KWAAD BLOED

W0304837

Robert Galbraith bij Boekerij

Koekoeksjong
Zijderups
Het slechte pad
Witte dood
Kwaad bloed

www.boekerij.nl

ROBERT GALBRAITH

KWAAD BLOED

BOEKERIJ

All characters and events in this publication, other than those clearly in the public domain, are fictitious and any resemblance to real persons, living or dead, is purely coincidental.

ISBN 978-90-225-9195-6
ISBN 978-94-023-1593-6 (e-book)
NUR 330

Oorspronkelijke titel: *Troubled Blood*
Vertaling: Sabine Mutsaers en Mireille Vroege
Omslagontwerp: Duncan Spilling © Little, Brown Book Group Ltd 2020, bewerkt door Wil Immink Design
Omslagbeeld: Stephen Mulcahey (figures); © Shutterstock (cobbles, puddle, birds and texture)
Zetwerk: Text & Image, Assen

Copyright © J.K. Rowling 2020
The moral right of the author has been asserted.
First published in Great Britain in 2020 by Sphere.
© 2020 Nederlandse vertaling Meulenhoff Boekerij bv, Amsterdam

Niets uit deze uitgave mag openbaar worden gemaakt door middel van druk, fotokopie, internet of op welke andere wijze ook, zonder voorafgaande schriftelijke toestemming van de uitgever.

All rights reserved.
No part of this publication may be reproduced, stored in a retrieval system, or transmitted, in any form or by any means, without the prior permission in writing of the publisher, nor be otherwise circulated in any form of binding or cover other than that in which it is published and without a similar condition including this condition being imposed on the subsequent purchaser.

Voor Barbara Murray,
maatschappelijk werkster, medewerkster WEA,
docente, echtgenote, moeder, grootmoeder, duivelse bridger
en de beste schoonmoeder van de hele wereld.

There they her sought, and euery where inquired,
Where they might tydings get of her estate;
Yet found they none. But by what haplesse fate,
Or hard misfortune she was thence conuayd,
And stolne away from her beloued mate,
Were long to tell...

Edmund Spenser
The Faerie Queene

For, if it were not so, there would be something disappearing into nothing, which is mathematically absurd.

Aleister Crowley
The Book of Thoth

DEEL I

Then came the iolly Sommer...

Edmund Spenser
The Faerie Queene

1

And such was he, of whom I haue to tell,
The champion of true Iustice, Artegall...

Edmund Spenser
The Faerie Queene

'Jij bent een *Cornishman*, geboren en getogen,' zei Dave Polworth geërgerd. 'Strike is niet eens je echte naam, je bent een Nancarrow. Je gaat jezelf hier toch niet Engelsman zitten noemen, hè?'

Het was op deze warme avond in augustus zo druk bij de Victory Inn dat de pubgasten ook buiten op de brede stenen trap naar de baai stonden. Polworth en Strike zaten aan een tafeltje in de hoek bier te drinken om Polworths negenendertigste verjaardag te vieren. Het gesprek ging nu twintig minuten over het nationalisme van Cornwall, maar voor Strike leek het veel langer.

'Of ik mezelf Engels zou noemen?' vroeg hij zich hardop af. 'Nee, eerder Brits, denk ik.'

'Rot op,' zei Polworth, snel aangebrand als altijd. 'Echt niet. Dat zeg je alleen om mij te stangen.'

De twee vrienden waren fysieke tegenpolen. Polworth was klein en tenger als een jockey, verweerd en vol vroegtijdige rimpels, zijn zonverbrande schedel zichtbaar door zijn dunne haar heen. Hij droeg een verkreukeld T-shirt, alsof hij het onder uit de wasmand had gevist, en zijn spijkerbroek zat vol rafels. Op zijn linkeronderarm was een Keltisch kruis getatoeëerd, op zijn rechterhand zat een diep litteken, als aandenken aan een aanvaring met een haai.

Zijn vriend Strike zag eruit als een uitgerangeerde bokser, wat hij in feite ook was; forsgebouwd, ruim boven de één meter tachtig, met een wat kromme neus en stugge, kortgeknipte donkere krulletjes. Hij had geen tatoeages en ondanks de eeuwige schaduw van een zware baard had hij de gladgestreken, verzorgde uitstraling van een oud-politieman of militair.

'Je bent hier geboren,' drong Polworth aan, 'dus ben je *Cornish*.'

'Het probleem is dat jij volgens die maatstaf een *Brummie* bent. Je bent geboren in Birmingham.'

'Rot op,' riep Polworth nog een keer, oprecht beledigd. 'Ik ben hier komen wonen toen ik twee maanden oud was en mijn moeder heet Trevelyan. Het is een identiteit, iets wat je híér voelt.' Polworth stompte tegen zijn borst, ter hoogte van zijn hart. 'De familie van mijn moeder gaat eeuwen terug in Cornwall...'

'Ach ja, bloedband en geboortegrond zijn nooit zo mijn...'

'Heb je gehoord wat er laatst uit die enquête kwam?' viel Polworth Strike in de rede. 'Ze vroegen: "Wat is uw etnische afkomst?" en de helft – de helft! – van de mensen gaf Cornwall aan in plaats van Engeland. Een gigantische toename.'

'Top,' zei Strike. 'Wat is de volgende stap? Kun je straks ook "Dumnonii" of "Romeins" invullen?'

'Blijf jij vooral zo neerbuigend doen,' zei Polworth. 'Je ziet vanzelf wel wat je daarmee bereikt. Je zit al te lang in dat klote-Londen, jongen. Er is niks mis mee om trots te zijn op je afkomst. Niks mis met gemeenschappen die de macht willen terugpakken van Westminster. Met de Schotten voorop, volgend jaar. Let maar eens op. Als zij de onafhankelijkheid krijgen, zal dat een hoop losmaken. Dan slaan de Keltische volkeren in het hele land hun slag.'

Hij wees naar Strikes lege glas. 'Jij nog een?'

Strike was naar de pub gekomen om stoom af te blazen, even niet meer te hoeven piekeren, en niet om doorgezaagd te worden over de politiek van Cornwall. Polworths toewijding aan Mebyon Kernow, de nationalistische partij waarbij hij zich op zijn zestiende had aangesloten, leek alleen nog maar gegroeid sinds de laatste keer dat ze elkaar gezien hadden, een jaar of wat geleden. Meestal kon niemand Strike zo aan het lachen maken als Dave, maar er mochten geen grappen worden gemaakt over de onafhankelijkheid van Cornwall, een onderwerp dat Strike net zo aantrekkelijk vond als interieuraccessoires of modeltreintjes. Heel even overwoog hij om te zeggen dat hij terug moest naar zijn tante, maar dat vooruitzicht was bijna nog deprimerender dan het getier van zijn vriend over supermarkten die weigerden een Keltisch kruis af te beelden op producten afkomstig uit Cornwall.

'Graag,' zei hij, en hij gaf zijn lege halveliterglas aan Dave, die ermee naar de bar liep, links en rechts knikkend naar zijn vele bekenden.

Alleen achtergebleven aan het tafeltje keek Strike afwezig rond in de pub die hij altijd als zijn stamkroeg had beschouwd. De zaak was veranderd in de loop der jaren, maar nog altijd herkenbaar als de plek waar hij in zijn late tienerjaren zijn Cornwallse vrienden had getroffen. Strike had het merkwaardig dubbele gevoel precies te zijn waar hij thuishoorde en tegelijk op een plek waar hij nooit had thuisgehoord; volkomen vertrouwd en tegelijkertijd afgezonderd.

Terwijl hij zijn blik doelloos van de houten vloer naar de posters met nautisch thema liet gaan, keek Strike opeens recht in de grote, gretige ogen van een vrouw die met een vriendin aan de bar stond. Ze had een lang, bleek gezicht en grijze strepen in haar donkere, schouderlange haar. Strike kende haar niet, maar hij was zich er het afgelopen uur steeds van bewust geweest dat bepaalde vaste gasten hun hals rekten om hem te kunnen zien of zijn blik te vangen. Strike wendde zijn hoofd af, pakte zijn telefoon en deed alsof hij een binnengekomen bericht bekeek.

Oude bekenden hadden een mooi excuus om een gesprekje aan te knopen zodra hij maar het minste teken van belangstelling toonde, want iedereen in St Mawes leek te weten dat zijn tante Joan tien dagen geleden te horen had gekregen dat ze eierstokkanker had, in een vergevorderd stadium, en dat Strike net als zijn halfzus Lucy en haar drie zoontjes halsoverkop naar het huis van Joan en Ted was gekomen om hen zo veel mogelijk te steunen. Hij had de hele week vragen afgehouden, blijken van medeleven in ontvangst genomen en beleefd ieder aanbod van hulp afgeslagen wanneer hij zich de deur uit waagde. Hij was het zat om steeds nieuwe manieren te moeten verzinnen om te zeggen: 'Ja, het lijkt erop dat het terminaal is en inderdaad, dat is klote voor ons allemaal.'

Polworth baande zich met twee verse glazen bier een weg terug naar het tafeltje.

'Alsjeblieft, Diddy,' zei hij terwijl hij weer op zijn barkruk ging zitten.

De oude bijnaam was niet, zoals de meeste mensen aannamen, een ironische verwijzing naar Strikes omvang, maar een afgeleide van *didicoy*, het Cornwallse woord voor zigeuner. Het horen van die naam stemde Strike wat milder, het herinnerde hem eraan waarom zijn vriendschap met Polworth de meest bestendige in zijn leven was.

Vijfendertig jaar eerder was Strike halverwege het schooljaar als nieuwe leerling aangekomen op de basisschool van St Mawes, ongewoon groot en fors voor zijn leeftijd en met een accent dat sterk afweek van het plaatselijke gebrouw. Hoewel hij geboren was in Cornwall, was zijn moeder met hem vertrokken zodra ze was bijgekomen van de bevalling; ze was midden in de nacht, met een baby in haar armen, gevlucht naar Londen, de stad waar ze zo van hield, om daar van flat naar kraakpand naar feest te trekken. Vier jaar na Strikes geboorte was ze teruggekeerd naar St Mawes met haar zoon en de pasgeboren Lucy, om in de vroege uurtjes weer te verdwijnen, met achterlating van Strike en zijn halfzusje.

Wat er precies in het briefje stond dat Leda had achtergelaten op de keukentafel had Strike nooit geweten. Ze had ongetwijfeld weer problemen gehad met een huisbaas of een vriendje, of misschien was er ergens een muziekfestival waar ze graag naartoe wilde. Het werd voor haar te lastig om het leven te leiden dat ze graag wilde met twee kinderen op sleeptouw. Wat de aanwezigheid voor haar langdurige afwezigheid ook mocht zijn, Leda's schoonzus Joan, die net zo traditioneel en ordelijk was als Leda wispelturig en chaotisch, had voor Strike een uniform aangeschaft en hem ingeschreven op de buurtschool.

De andere kinderen van vierenhalf hadden met open mond naar hem gekeken toen hij werd voorgesteld in de klas. Een paar nieuwe klasgenootjes hadden gegiecheld toen de onderwijzeres zijn naam noemde: Cormoran. Hij maakte zich zorgen om het hele schoolverhaal, want hij wist zeker dat zijn moeder had gezegd dat ze hem thuis les zou gaan geven. Hij probeerde zijn oom Ted duidelijk te maken dat zijn moeder vast niet zou willen dat hij naar school ging, maar Ted, die normaal gesproken zo begripvol was, had vastberaden gezegd dat hij erheen móést, dus daar zat hij dan, helemaal alleen tussen vreemde kinderen met een raar accent. Strike, die nooit een huilebalk was geweest, had aan de ouderwetse lessenaar gezeten met een brok in zijn keel zo groot als een appel.

Waarom Dave Polworth, het stoere baasje van de klas, nou precies had besloten vriendschap te sluiten met de nieuwe jongen was nooit naar behoren verklaard, zelfs niet aan Strike. Het kon niet uit angst voor Strikes omvang zijn geweest, want Daves twee beste vrienden waren potige visserszonen, en Dave was zelf een berucht vechtertje, zijn gemeenheid omgekeerd evenredig aan zijn lengte. Tegen het einde van die eerste schooldag was Polworth zowel vriend als verdediger geworden en had hij het op zich genomen om hun klasgenootjes duidelijk te maken waarom Strike hun respect verdiende: hij was geboren in Cornwall, zijn oom was Ted Nancarrow, die bij de reddingsbrigade zat, hij wist niet waar zijn moeder was en hij kon er ook niks aan doen dat hij zo raar praatte.

Hoe ziek Strikes tante nu ook was en hoezeer ze er ook van genoot om haar neef een volle week om zich heen te hebben, en ook al zou hij de volgende ochtend weer vertrekken, Joan had hem praktisch het huis uit gedúwd om die avond de verjaardag van 'de kleine Dave' te vieren. Ze hechtte grote waarde aan oude banden en vond het prachtig dat Strike en Dave Polworth na al die jaren nog steeds vrienden waren. Voor Joan was hun vriendschap het bewijs dat het destijds de juiste beslissing was geweest om hem tegen de wens van zijn lamlendige moeder in naar school te sturen, en tevens bewijs dat Cornwall Strikes echte thuis was, hoe ver hij sindsdien ook was afgedwaald en ook al woonde hij tegenwoordig in Londen.

Polworth nam een grote slok van zijn vierde pint bier en zei toen, met een scherpe blik over zijn schouder naar de donkerharige vrouw en haar blonde vriendin, die nog steeds naar Strike stonden te kijken: 'Klote-*emmets*.'

'En wat zou jouw tuin zijn zonder toeristen?'

'Dat zou geen probleem zijn,' zei Polworth prompt. 'We krijgen genoeg bezoekers uit de regio, ook veel mensen die vaker terugkomen.'

Polworth had nog niet zo lang geleden ontslag genomen als manager bij een bouwbedrijf in Bristol, om aan de slag te gaan als hoofd Tuinonderhoud in een grote openbare tuin een eindje verderop aan de kust. Polworth was, als gediplomeerd duiker, ervaren surfer en deelnemer aan Ironman-wedstrijden, al sinds zijn jeugd onafgebroken fysiek in de weer, een passie die niet was getemperd door het verstrijken van de tijd of door zijn kantoorbaan.

'Dus je hebt geen spijt?' vroeg Strike.

'Fuck, nee,' zei Polworth fel. 'Ik moest gewoon mijn handen weer vuilmaken. Weer naar buiten. Volgend jaar word ik veertig, het was nu of nooit.'

Polworth had naar de nieuwe functie gesolliciteerd zonder zijn vrouw in te lichten. Toen hij werd aangenomen, zegde hij zijn baan op en ging naar huis om zijn gezin op de hoogte te brengen van het fait accompli.

'Is Penny wel een beetje bijgetrokken?' vroeg Strike.

'Ze zegt elke week dat ze wil scheiden,' antwoordde Polworth onverschillig. 'Maar ik kon haar beter voor het blok zetten dan er eerst vijf jaar ruzie over maken. Het is allemaal prima afgelopen. De kinderen vinden het fijn op de nieuwe school, en Penny kon door haar bedrijf worden overgeplaatst naar het kantoor in de grote stad.' Waarmee Polworth Truro bedoelde, niet Londen. 'Ze vindt het fijn, dat wil ze alleen niet toegeven.'

Strike twijfelde in stilte aan het waarheidsgehalte van die bewering. Het negeren van feiten die hem slecht uitkwamen ging bij Polworth hand in hand met zijn voorliefde voor risico's en romantische motieven. Maar Strike had zelf genoeg aan zijn hoofd zonder zich druk te maken om Polworths problemen, dus hief hij het grote glas met zijn verse bier en zei, in de hoop Polworth af te leiden van de politiek: 'Nou, nog vele jaren, jongen.'

'Proost,' zei Polworth, die ook het glas hief. 'Hoe schat jij de kansen van Arsenal in? Gaan ze zich kwalificeren?'

Strike haalde zijn schouders op, bang dat een discussie over een mogelijke plek voor zijn Londense voetbalelftal in de Champions League zou terugvoeren tot het gebrek aan loyaliteit voor Cornwall.

'Hoe staat het met de liefde?' vroeg Polworth, om het over een andere boeg te gooien.

'Die is er niet,' antwoordde Strike.

Polworth grinnikte. 'Joanie denkt dat jij nog eens eindigt met je zakenpartner. Die Robin.'

'O ja?'

'Ze vertelde me erover toen ik laatst bij hen was, twee weekends terug, om hun Sky Box opnieuw in te stellen.'

'Daar hebben ze me niks over verteld,' zei Strike, die zijn glas tegen dat van Polworth tikte. 'Aardig van je, jongen.'

Als hij had gehoopt daarmee de aandacht van zijn vriend af te leiden, was die poging mislukt.

'Ze denken het allebei, Ted ook,' zei Polworth. 'Dat van jou en Robin.'

En toen Strike niks zei, drong Polworth aan: 'Dus er is niks tussen jullie?'

'Nee,' antwoordde Strike.

'Hoe komt dat?' vroeg Polworth, en hij fronste weer. Net als met de onafhankelijkheid van Cornwall weigerde Strike ook hier een voor de hand liggend en begerenswaardig doel na te streven. 'Ze ziet er goed uit, ik heb haar in de krant gezien. Misschien haalt ze het nét niet bij de Witte Tornado,' gaf Polworth toe. Het was de bijnaam die hij Strikes voormalige verloofde lang geleden had gegeven. 'Maar aan de andere kant: ze is dan ook niet knettergek, hè Diddy?'

Strike moest lachen.

'Lucy vindt haar leuk,' zei Polworth. 'Jullie zouden perfect zijn samen, zegt ze.'

'Wanneer heb jij het met Lucy over mijn liefdesleven gehad?' vroeg Strike, nu een tikkeltje minder inschikkelijk.

'Een maand of wat geleden,' zei Polworth. 'Ze was een weekendje hier met de kinderen en toen is de hele club bij ons komen barbecueën.'

Strike nam een slok en zei niets.

'Het klikt goed tussen jullie, zegt ze.' Polworth keek naar zijn reactie.

'Ja, dat klopt.'

Polworth wachtte af, zijn wenkbrauwen verwachtingsvol opgetrokken.

'Het zou alles verpesten,' zei Strike. 'Ik ga het detectivebureau er niet mee op het spel zetten.'

'Juist,' zei Polworth. 'Maar de verleiding is er wel, hè?'

Er viel een korte stilte. Strike hield zijn blik zorgvuldig afgewend van de donkerharige vrouw en haar metgezel; hij was ervan overtuigd dat ze het over hem hadden.

'Er zijn misschien wel momenten geweest,' gaf hij toe, 'dat het door mijn hoofd is geschoten. Maar ze zit midden in een akelige echtscheiding, we brengen nu al ons halve leven met elkaar door en ik heb haar graag als zakenpartner.'

Omdat ze al zo lang vrienden waren, omdat ze al een aanvaring hadden gehad over politiek én omdat Polworth vandaag jarig was, deed Strike zijn best om niets te laten merken van zijn lichte ergernis over dit verhoor. Alle getrouwde mensen die hij kende leken niets liever te doen dan anderen het huwelijk in jagen, ook al maakten ze zelf niet bepaald reclame voor dat instituut. Het echtpaar Polworth bijvoorbeeld leek voortdurend in een staat van wederzijdse vijandigheid te verkeren. Strike had Penny haar echtgenoot vaker 'die kloothommel' horen noemen dan dat ze zijn naam gebruikte, en er waren vele avonden geweest waarop Polworth zijn vrienden in geuren en kleuren vertelde hoe hij erin geslaagd was zijn eigen ambities en interesses te vervullen ten koste van zijn vrouw, of ondanks haar protesten. Beiden leken het gelukkigst en het meest op hun gemak in het gezelschap van hun eigen sekse, en bij de zeldzame gelegenheden dat Strike bij hen thuis te gast was geweest leken de bijeenkomsten een patroon te volgen van natuurlijke segregatie: de vrouwen in één deel van het huis en de mannen in een ander.

'En hoe moet dat dan als Robin kinderen wil?' vroeg Polworth.

'Ik denk niet dat ze die wil,' zei Strike. 'Daarvoor doet ze dit werk veel te graag.'

'Dat zeggen ze allemaal,' zei Polworth afwijzend. 'Hoe oud is ze nu?'

'Tien jaar jonger dan wij.'

'Die wil straks kinderen,' zei Polworth vol overtuiging. 'Dat willen ze allemaal. En bij vrouwen komt het eerder. Die zitten met een biologische klok.'

'Nou, met mij krijgt ze in ieder geval geen kinderen. Ik wil ze niet. En trouwens, hoe ouder ik word, hoe minder geschikt ik mezelf vind om te trouwen.'

'Dat dacht ik vroeger zelf ook, jongen,' zei Polworth. 'Maar toen besefte ik dat ik het verkeerd bekeek. Ik heb je toch wel eens verteld hoe het is gegaan? Hoe ik Penny ten huwelijk heb gevraagd?'

'Volgens mij niet,' zei Strike.

'Heb ik jou dat Tolstoj-verhaal niet verteld?' Het leek Polworth te verbazen dat hij dat had nagelaten.

Strike, die net een slok wilde nemen, liet verbaasd zijn glas zakken. Polworth had, ondanks zijn vlijmscherpe intelligentie, een broertje dood aan iedere vorm van onderwijs die hij niet onmiddellijk op een nuttige manier in de praktijk kon brengen, en hij ging al sinds de basisschool alles uit de weg wat gedrukt stond, behalve technische gebruiksaanwijzingen. Polworth vatte Strikes gezichtsuitdrukking verkeerd op en zei: 'Tolstoj. Dat is een schrijver.'

'Ja,' zei Strike. 'Bedankt. Wat heeft Tolstoj...?'

'Dat vertel ik je nu toch? Ik had het voor de tweede keer uitgemaakt met Penny. Ze liep de hele tijd te zeuren dat ze zich wilde verloven, en daar had ik geen zin in. Dus ik zit in de kroeg aan mijn vriend Chris te vertellen dat ik er doodziek van word, dat gedoe over een ring... Ken je Chris nog? Die dikke die zo slist. Je hebt hem ontmoet bij de doop van Rozwyn. Afijn, er zit een bezopen ouwere kerel in zijn eentje aan de bar, een beetje een aanstellerig type in zijn corduroy jasje, met zo'n slag in zijn haar, en eerlijk gezegd ergerde ik me kapot aan hem omdat ik kon zien dat hij mee zat te luisteren. Dus ik vroeg wat hij van ons moest en hij keek me recht in de ogen,' zei Polworth. 'En hij zei: "Je kunt alleen iets dragen en toch je handen gebruiken als je datgene wat je draagt op je rug bindt. Als je gaat trouwen, kun je allebei je handen blijven gebruiken. Als je niet trouwt, zul je nooit beide handen vrij hebben voor iets anders. Kijk maar naar Mazankov, naar Kroepov. Die hebben hun carrière weggegooid vanwege de vrouwen." Ik dacht dat die Mazankov en Kroepov vrienden van hem waren, en ik vroeg wat hij nou eigenlijk wilde zeggen. Toen zei hij dat hij een schrijver citeerde, die Tolstoj dus. En we raakten aan de praat en ik moet je zeggen, Diddy, dat moment heeft mijn leven veranderd. Er ging daar een lichtje branden,' zei Polworth, en hij wees naar de lucht boven zijn kalende hoofd. 'Door hem werd het me ineens duidelijk. Het dilemma van de man, jongen. Daar zat ik dan, op donderdagavond, hopend op een goeie beurt, maar ik moest weer alleen naar huis, platzak en verveeld. Ik dacht aan al die poen die ik had uitgegeven om wijven te scoren, en het gedoe eromheen, en ik vroeg me af of ik straks op mijn veertigste in mijn eentje porno zou zitten kijken. Toen dacht ik: dit is het juist, hier draait een huwelijk om. Kan ik wat beters krijgen dan Penny? Vind ik het leuk om in de kroeg tegen al die vrouwen aan te ouwehoeren? Penny en ik doen het hele nachten. Het kan een stuk slechter. Ze ziet er niet verkeerd uit. Die goeie beurt waar ik nu naar op zoek ben had thuis al op me kunnen wachten, ja toch?'

'Jammer dat ze dit niet hoort,' zei Strike. 'Ze zou zo weer verliefd op je worden.'

'Ik gaf die aanstellerige kerel een hand,' zei Polworth, zonder zich iets aan te trekken van Strikes sarcasme, 'en ik heb hem de naam van dat boek laten opschrijven en alles. Toen ben ik de pub uit gelopen, heb een taxi genomen naar Penny's flat en daar op de deur gebonsd tot ze wakker werd. Ze was fucking woest. Dacht dat ik alleen maar langskwam omdat ik bezopen was, dat ik wilde neuken en niks beters kon krijgen. Ik zei: "Nee, slome muts, ik ben hier omdat ik met je wil trouwen."

En als je soms wilt weten hoe dat boek heet,' zei Polworth, 'dat is *Anna Karenina.*' Hij goot de laatste slok bier uit zijn glas achterover. 'Waardeloos.'

Strike lachte.

Polworth liet een keiharde boer en keek toen op zijn horloge. Hij was een man die goed was met het laatste woord, en voor een uitgebreid afscheid had hij net zo weinig geduld als voor de Russische literatuur.

'Ik ga ervandoor, Diddy,' zei hij terwijl hij opstond. 'Als ik vóór half twaalf thuis ben, pijpt ze me nog voor mijn verjaardag. En dat is dus precies mijn punt, jongen. Dát bedoel ik nou.'

Strike schudde grinnikend zijn uitgestoken hand. Polworth vroeg hem de hartelijke groeten te doen aan Joan en hem te bellen als hij weer eens in de buurt was, waarna hij zich een weg baande naar de deur en uit het zicht verdween.

2

Heart, that is inly hurt, is greatly eas'd
With hope of thing, that may allay his Smart…

Edmund Spenser
The Faerie Queene

Nog nagrinnikend om Polworths verhaal besefte Strike dat de donkerharige vrouw aan de bar tekenen vertoonde dat ze hem wilde benaderen. Haar blonde metgezel met de bril leek haar dat af te raden. Strike dronk zijn glas leeg, pakte zijn portemonnee, controleerde of zijn sigaretten nog in zijn zak zaten en hees zich toen overeind met behulp van de muur naast hem. Hij waagde zijn eerste stap pas toen hij zeker wist dat zijn evenwicht optimaal was. Soms wilde zijn prothese niet meewerken na vier halve liters bier. Toen hij zich ervan had verzekerd dat hij stevig stond liep hij naar de uitgang, waarbij hij zonder te glimlachen knikte naar de paar buurtbewoners die hij niet kon negeren zonder dat het beledigend zou zijn, en hij bereikte de warme duisternis buiten zonder tegen zijn zin aangesproken te worden.

De brede, ongelijke treden van de stenen trap naar de baai waren nog steeds gevuld met drinkende en rokende mensen. Strike zigzagde tussen hen door en haalde intussen zijn sigaretten tevoorschijn.

Het was een milde augustusavond, de toeristen slenterden nog langs de pittoreske waterkant. Strike had een kwartier lopen voor de boeg, deels over een behoorlijk steile helling, terug naar het huis van zijn tante en oom. In een opwelling sloeg hij af naar rechts en stak de straat over naar de hoge stenen muur die het parkeerterrein en de veerhaven scheidde van de zee. Tegen de muur geleund stak hij een sigaret op en staarde over de loodgrijs met zilveren oceaan, als de zoveelste toerist in het donker, vrij om in stilte te roken zonder vragen over kanker te hoeven beantwoorden. Hij stelde bewust het moment uit waarop hij zou moeten terugkeren naar de ongemakkelijke bank die de afgelopen zes nachten dienstgedaan had als zijn bed.

Bij zijn aankomst had Joan tegen Strike gezegd dat hij, als alleenstaande, kinderloze man en voormalig militair, het niet erg vond om in de huiskamer te slapen, 'want jij slaapt overal'. Ze was vastbesloten geweest om de mogelijkheid uit te sluiten die Strike de vorige dag aan de telefoon voorzichtig had geopperd: dat hij naar een bed and breakfast zou gaan in plaats van in hun toch al overvolle huis te logeren. Strikes bezoeken waren zeldzaam, zeker tegelijk met zijn zus en de neefjes, en Joan wilde optimaal van zijn aanwezigheid genieten; ze wilde weer eens het gevoel hebben dat zij degene was die voor iedereen zorgde, ook al was ze momenteel verzwakt door de eerste ronde chemotherapie.

Dus had de lange, zware Strike, die veel liever op een kampeerbed had geslapen, zonder klagen al die nachten doorgebracht op de gladde, stugge massa van met satijn gestoffeerd paardenhaar, waar hij elke morgen was gewekt door zijn jonge neefjes, die steevast vergaten dat hun was gevraagd te wachten tot acht uur voordat ze de huiskamer in denderden. Jack had tenminste nog het fatsoen om sorry te fluisteren als hij weer eens besefte dat hij zijn oom wakker had gemaakt. De oudste, Luke, kwam iedere morgen schreeuwend de smalle trap af gestormd en lachte alleen maar besmuikt als hij langs Strike kwam op weg naar de keuken.

Luke had Strikes gloednieuwe koptelefoon kapotgemaakt, waarna de detective zich verplicht had gevoeld om te doen alsof dat helemaal niet erg was. Verder had zijn oudste neefje het amusant gevonden om op een morgen met Strikes beenprothese de tuin in te rennen en er door het raam mee naar zijn oom te gaan staan zwaaien. Toen Luke de prothese eindelijk terugbracht, had Strike, die een zeer volle blaas had en niet op één been de steile trap naar het enige toilet op kon hinken, Luke zodanig de les gelezen dat de jongen vrijwel de hele ochtend ongekend stilletjes was geweest.

Intussen zei Joan iedere morgen tegen Strike: 'Je hebt goed geslapen,' zonder ook maar even te informeren of dat wel zo was. Joan had al haar hele leven de gewoonte om de familie subtiel de antwoorden op te dringen die zij wilde horen. In de tijd dat Strike in zijn kantoor had geslapen en op het punt had gestaan failliet te gaan (feiten die hij, toegegeven, niet had gedeeld met zijn tante en oom) had Joan aan de telefoon opgewekt tegen hem gezegd dat hij het 'verschrikkelijk goed' deed, en het kwam hem zoals altijd onnodig strijdlustig voor om tegen haar optimistische bewering in te gaan. Nadat zijn onderbeen door een bom was weggeblazen in Afghanistan had Joan in tranen aan zijn ziekenhuisbed gestaan terwijl hij probeerde zich te concentreren door een waas van morfine, en ze had tegen hem gezegd: 'Maar gelukkig voel je je goed. Je hebt geen pijn.' Hij was dol op zijn tante, die hem een aanzienlijk deel van zijn jeugd had grootgebracht, maar als hij te lang in haar gezelschap doorbracht voelde dat verstikkend. Het was dodelijk vermoeiend, de manier waarop ze erop stond het stokje van de valse sociale samenhang te blijven doorgeven, terwijl de ongemakkelijke waarheid keer op keer genegeerd en ontkend werd.

In het water onder hem glansde iets, glad, zilverkleurig, met een paar gitzwarte ogen: vlak bij hem draaide een zeehond zich loom om. Strike keek naar de omwentelingen in het water en vroeg zich af of het dier hem ook zag, en om redenen die hij niet verklaard zou kunnen hebben gingen zijn gedachten naar zijn partner op het detectivebureau.

Hij was zich er terdege van bewust dat hij Polworth niet de hele waarheid had verteld over zijn relatie met Robin Ellacott, die per slot van rekening niemand wat aanging. De waarheid was dat zijn gevoelens nuances en complicaties bevatten die hij liever niet nader onderzocht. Zo had hij bijvoorbeeld vaak, als hij alleen was, zich verveelde of zich somber voelde, de behoefte om haar stem te horen.

Hij keek op zijn horloge. Ze had een vrije dag, maar er was een kleine kans dat ze nog wakker was en hij had een tamelijk goede smoes om haar een berichtje te sturen: Saul Morris, hun nieuwste freelancer, had zijn onkostenvergoeding van de afgelopen maand nog tegoed en Strike had geen instructies achtergelaten voor het uitbetalen ervan. Als hij haar een bericht stuurde over Morris was de kans groot dat Robin hem zou bellen om te vragen hoe het met Joan ging.

'Mag ik u wat vragen?' klonk een nerveuze vrouwenstem achter hem.

Strike wist zonder zich om te draaien dat het de donkerharige vrouw uit de pub was. Ze had een accent dat aan Londen en omstreken deed denken en haar toon had precies die mengeling van verontschuldigend en opgewonden die hij meestal hoorde bij mensen die het met hem wilden hebben over zijn triomfen als detective.

'Ja?' Hij draaide zich om naar de spreekster.

Haar blonde vriendin was meegekomen. Of misschien, dacht Strike, waren ze meer dan vriendinnen. Er leek een ondefinieerbaar hechte band te bestaan tussen de twee vrouwen, die hij rond de veertig schatte. Ze droegen jeans en T-shirts en vooral de blonde had het enigszins verweerde, gespierde lichaam dat leek te duiden op fiets- en wandelweekends in de heuvels. Ze was mooi op een manier die bij vrouwen vaak karakteristiek wordt genoemd, wat meestal betekent dat ze geen make-up gebruiken. Hoge jukbeenderen, een bril, het haar in een paardenstaart; ze zag er ook streng uit.

De donkerharige vrouw was tengerder gebouwd. Haar grote grijze ogen glansden bleek in haar lange gezicht. Ze straalde een zekere felheid uit, iets fanatieks zelfs, in het schemerdonker, als een middeleeuwse martelares.

'Bent u... bent u Cormoran Strike?' vroeg ze.

'Ja,' antwoordde hij, zijn toon niet-uitnodigend.

'O,' zei ze ademloos, met een geagiteerd handgebaartje. 'Dit is... dit is zo raar. Ik weet dat u vast geen zin hebt om... Het spijt me dat ik u stoor, ik weet dat u nu niet aan het werk bent.' Ze lachte nerveus. 'Maar... Ik ben Anna, trouwens. En ik vroeg me af...' Ze ademde diep in. 'Ik vroeg me af of ik een keer met u zou kunnen komen praten over mijn moeder.'

Strike zei niets.

'Ze is verdwenen,' vervolgde Anna. 'Margot Bamborough heet ze, ze was huisarts. Op een avond was ze klaar met werken, ze liep haar praktijk uit en is sindsdien niet meer gezien.'

'Hebt u de politie ingelicht?' vroeg Strike.

'O, ja! Ik bedoel, de politie wist ervan, heeft de zaak onderzocht. Maar er is niets uit gekomen. Haar verdwijning was in 1974.'

Het donkere water kabbelde over de stenen en Strike meende de zeehond zijn vochtige neusgaten te horen leegblazen. Drie dronken jongeren liepen slingerend voorbij op weg naar de veerhaven. Strike vroeg zich af of ze wisten dat de laatste boot om zes uur vertrokken was.

'Ik heb...' zei de vrouw haastig. 'Ik ben namelijk... vorige week... bij een medium geweest.'

Fuck, dacht Strike.

Hij was gedurende zijn loopbaan als detective zo nu en dan gestuit op dat soort verspreiders van paranormale inzichten, en hij kon niets anders dan minachting voor hen opbrengen. Profiteurs waren het, in zijn ogen, die de zakken leegtrokken van mensen die in hun wanhoop alles wilden geloven.

Over het water kwam een motorboot aangesnord, waarmee een einde kwam aan de stilte van de avond. Dit was blijkbaar de lift waarop de drie dronken jongens stonden te wachten. Ze begonnen te lachen en stootten elkaar aan bij het vooruitzicht van hun naderende zeeziekte.

'Dat medium zei dat ik een "leidraad" zou krijgen,' vervolgde Anna. 'Ze zei: "Je zult ontdekken wat er met je moeder is gebeurd. Er komt een leidraad en die moet je volgen. Hoe en wat zal heel gauw duidelijk worden." Dus toen ik u net zag in de pub – Cormoran

Strike in de Victory! – leek me dat zo'n enorm toeval dat ik dacht: ik moet u spreken.'

Een briesje blies Anna's donkere, met zilver doorschoten haar door de war. De blonde vriendin zei afgemeten: 'Kom, Anna, we moeten gaan.'

Ze sloeg een arm om de schouders van de andere vrouw. Strike zag een trouwring glinsteren.

'Het spijt ons dat we u hebben gestoord,' zei ze tegen Strike. Ze probeerde Anna met lichte druk bij hem weg te voeren.

Anna snifte en mompelde: 'Sorry, ik... ik denk dat ik te veel wijn gedronken heb.'

'Wacht even.'

Strike kon het van zichzelf vaak niet uitstaan dat hij alles wilde weten, dat hij moest krabben zodra het jeukte, zeker wanneer hij moe en kribbig was, zoals vanavond. Maar 1974 was zijn eigen geboortejaar. Margot Bamborough werd al zo lang vermist als Strike leefde. Hij kon er niets aan doen, hij wilde hier meer van weten.

'Bent u hier op vakantie?'

'Ja.' Het antwoord kwam van de blonde vrouw. 'Nou ja, we hebben een tweede huis in Falmouth. Onze vaste basis is Londen.'

'Ik ga morgen terug,' zei Strike (*Verdomme, man, wat doe je nou?* vroeg een stem in zijn hoofd), 'maar ik kan van tevoren wel even langskomen in Falmouth, als het morgenochtend schikt.'

'Echt?' vroeg Anna ademloos. Hij had niet gezien dat haar ogen zich vulden met tranen, maar dat moest wel gebeurd zijn, want nu veegde ze ze weg. 'O, dat zou fantástisch zijn. Dank u wel. Bedankt! Ik zal u het adres geven.'

De blonde vrouw toonde geen enthousiasme bij het vooruitzicht Strike nog een keer te zien. Maar toen Anna in haar handtas begon te rommelen, zei ze: 'Wacht maar, ik heb een kaartje.' Ze trok een portemonnee uit haar achterzak en gaf Strike een visitekaartje met daarop *Dr. Kim Sullivan, GZ-psycholoog* en daaronder een adres in Falmouth.

'Fijn,' zei Strike, die het kaartje in zijn portemonnee stak. 'Dan zie ik u beiden morgen.'

'Nou... ik heb morgenvroeg een videovergadering,' zei Kim. 'Vanaf twaalf uur ben ik vrij. Is dat te laat voor u?'

De stilzwijgende suggestie was duidelijk: jij praat niet met Anna zonder dat ik erbij ben.

'Nee, dat is prima,' zei Strike. 'Dan zie ik u beiden om twaalf uur.'

'Heel veel dank!' zei Anna.

Kim pakte Anna's hand en de twee vrouwen liepen weg. Strike keek toe hoe ze door het licht van een lantaarnpaal liepen en toen terugkeerden in de richting van de zee. De motorboot met de jonge stappers tufte weer weg. Hij leek al heel klein, nietig in de weidse baai, en het gebrul van de motor was langzaam gedoofd tot wat gebrom in de verte.

Strike vergat even dat hij Robin een berichtje had willen sturen. Hij stak een tweede sigaret op, pakte zijn mobiel en googelde Margot Bamborough.

Er verschenen twee verschillende foto's in beeld. De eerste was een korrelig portret van een aantrekkelijk, gelijkmatig gezicht, de ogen ver uit elkaar, het donkerblonde haar in een middenscheiding. Ze droeg een blouse met puntkraag over iets wat eruitzag als een gebreid hemdje.

Op de tweede foto zag dezelfde vrouw er jonger uit en droeg ze het beroemde zwarte korset van een Playboy-bunny, aangevuld met zwarte konijnenoortjes, een zwarte panty en een wit staartje. Ze had een dienblad in haar handen, zo te zien met sigaretten erop, en glimlachte naar de camera. Een andere jonge vrouw, identiek gekleed, stond stralend achter haar, met enigszins vooruitstekende tanden en wat meer rondingen dan haar slanke vriendin.

Strike scrolde tot hij op een bekende naam stuitte die in verband werd gebracht met Margot.

> ... jonge arts en moeder Margaret **'Margot' Bamborough**, wier verdwijning op 11 oktober 1974 bepaalde overeenkomsten vertoonde met de ontvoering van Vera Kenny en Gail Wrightman door Creed. **Bamborough**, die bij huisartsenpraktijk St John in Clerkenwell werk-

te, had om zes uur afgesproken met een vriendin in de plaatselijke pub Three Kings. Ze zou daar nooit aankomen.
Meerdere getuigen hebben een bestelbusje met hoge snelheid door de wijk zien rijden rond de tijd dat **Bamborough** onderweg had moeten zijn naar haar afspraak.
Inspecteur Bill Talbot, die het onderzoek naar **Bamborough**s verdwijning leidde, was er van het begin af aan van overtuigd dat de jonge arts ten prooi gevallen was aan de seriemoordenaar, van wie bekend is dat hij toesloeg in het zuidoosten van de stad. Er is echter geen enkel spoor van **Bamborough** aangetroffen in het souterrain waar Dennis Creed zeven andere vrouwen had opgesloten, gemarteld en gedood.
Creeds handelsmerk, het onthoofden van de lijken van zijn slachtoffers...

3

But now of Britomart it here doth neede,
The hard aduentures and strange haps to tell

Edmund Spenser
The Faerie Queene

Als haar dag volgens plan verlopen was, had Robin Ellacott nu in haar huurflat in Earl's Court opgekruld in bed een nieuwe roman liggen lezen, fris en schoon na een uitgebreid bad, de was gevouwen. In plaats daarvan zat ze in haar stokoude Land Rover, rillerig van pure vermoeidheid ondanks de milde avond, nog in de kleren die ze die morgen om half vijf had aangetrokken, naar het verlichte raam van een Pizza Express in Torquay te kijken. Haar gezicht in de buitenspiegel was bleek, haar ogen bloeddoorlopen; haar roodblonde haar, dat op dat moment was weggestopt onder een zwarte muts, moest nodig gewassen worden.

Zo nu en dan stak Robin haar hand in de zak amandelen die naast haar op de passagiersstoel lag. Het was maar al te makkelijk om terug te vallen op een eetpatroon van fastfood en chocola tijdens het schaduwen; om uit pure verveling meer te snacken dan nodig was. Robin probeerde gezond te eten ondanks haar onmogelijke werktijden, maar de amandelen hadden lang geleden hun aantrekkingskracht verloren. Ze snakte naar een punt van de pizza met pepperoni die ze een zwaarlijvig stel voor het raam van het restaurant zag eten. Ze kon het bijna proeven, ook al was de lucht om haar heen scherp van het zeezout, vermengd met die eeuwige vleug oude rubberlaarzen en natte honden die lang geleden in de bekleding van de Land Rover was getrokken.

Degene die ze schaduwde, door Strike en haar 'Toupet' genoemd vanwege zijn slechtzittende haarstuk, was op dat moment niet zichtbaar. Hij was anderhalf uur eerder de pizzatent binnengegaan met drie anderen, van wie Robin één jongen, een tiener met een arm in het gips, kon zien als ze haar hoofd heel schuin opzijhield, boven de passagiersstoel. Dat deed ze zo'n beetje elke vijf minuten, om het vorderen van de maaltijd van het viertal bij te houden. De laatste keer dat ze had gekeken werden er ijscoupes op tafel gezet. Het kon nu toch niet lang meer duren.

Robin vocht tegen haar sombere stemming, waarvan ze wist dat die op z'n minst voor een deel te wijten was aan de enorme vermoeidheid, de stijfheid in haar hele lijf na vele uren achter het stuur, en het mislopen van haar langverwachte vrije dag. Door Strikes verplichte afwezigheid van een volle week op het bureau had ze twintig dagen op rij gewerkt, zonder onderbreking. Hun beste freelancer, Sam Barclay, zou vandaag het volgen van Toupet hebben opgepakt in Schotland, maar Toupet was tegen de verwachting in niet naar Glasgow gevlogen. Hij had hen verrast door naar Torquay te gaan, zodat Robin geen andere keuze had gehad dan hem te volgen.

Er waren natuurlijk ook andere redenen voor haar sombere bui; een ervan gaf ze voor zichzelf toe, van de andere kon ze het niet uitstaan dat ze erover bleef piekeren.

De eerste reden, de toelaatbare, was haar ophanden zijnde echtscheiding, die met de week meer ruzie opleverde. Nadat Robin had ontdekt dat haar echtgenoot een verhouding had met een ander, hadden ze nog één laatste, kille ontmoeting gehad, vol verbittering, toevallig ook bij een Pizza Express, vlak bij Matthews werk. Daar waren ze overeengekomen dat ze eerst twee jaar apart zouden wonen en dan een echtscheiding zouden aanvragen, waarbij geen van beiden de ander aansprakelijk stelde. Robin was te eerlijk om niet toe te geven dat ook zij verantwoordelijk was voor het mislukken van hun relatie. Matthew mocht dan vreemdgegaan zijn, ze wist dat zij nooit voor de volle honderd procent voor hun huwelijk was gegaan, dat ze bij vrijwel iedere gelegenheid haar baan voorrang had gegeven boven Matthew; op het laatst had ze zitten wachten op een reden om te vertrekken. Zijn verhouding was een schok geweest, maar ook een bevrijding.

Maar in de twaalf maanden die waren verstreken sinds haar pizza met Matthew was Robin gaan inzien dat haar ex-man helemaal niet streefde naar een probleemloze scheiding; hij legde de schuld van hun beëindigde huwelijk volledig bij Robin en was vastbesloten haar te laten boeten voor haar fouten, zowel emotioneel als financieel. Hun gezamenlijke bankrekening, waar de opbrengst van de overwaarde van hun oude huis op stond, was bevroren terwijl de advocaten ruzieden over het bedrag dat Robin redelijkerwijs mocht verwachten nadat ze al die tijd veel minder had verdiend dan Matthew, terwijl ze alleen maar met hem was getrouwd – zoals sterk werd gesuggereerd in de laatste brief – om er financieel voordeel uit te halen. Zonder hem zou ze er nooit zo warmpjes bij gezeten hebben.

Iedere brief van Matthews advocaat bezorgde Robin weer nieuwe stress, woede en verdriet. Ze had ook zonder de waarschuwing van haar eigen advocaat wel begrepen dat Matthew haar probeerde te dwingen geld uit te geven dat ze niet had aan juridisch getouwtrek. Hij wilde tijdrekken en haar kaalplukken, zodat ze met zo weinig mogelijk achterbleef.

'Ik heb nooit geweten dat een scheiding waarbij geen kinderen in het spel zijn zo netelig kon worden,' had haar advocaat gezegd, en het waren woorden die geen troost boden.

Matthew nam nog bijna net zoveel ruimte in in Robins hoofd als toen ze getrouwd waren. Ze meende zijn gedachten te kunnen lezen ondanks de vele kilometers en de stilte die hen scheidde in hun nieuwe levens, die zo sterk van elkaar verschilden. Hij had nooit tegen zijn verlies gekund. Hij móést als winnaar uit de bus komen na zijn gênant korte huwelijk, door al het geld op te strijken en Robin aan te wijzen als enige oorzaak van het mislukken ervan.

Dat alles was op zich natuurlijk al reden genoeg voor haar huidige gemoedstoestand, maar dan was er nog die andere oorzaak, die ze niet wilde toegeven, en waarvan ze het niet kon uitstaan dat ze erover piekerde.

Het was de vorige dag gebeurd, op kantoor. Saul Morris, de nieuwste freelancer van het detectivebureau, had zijn onkostenvergoeding van de vorige maand nog tegoed gehad, dus nadat Robin had gezien dat Toupet goed en wel het huis in Windsor binnenging waar hij met zijn echtgenote woonde, was ze teruggereden naar Denmark Street om Saul te betalen.

Morris werkte nu zes weken voor hen. Hij was oud-politieman, onmiskenbaar knap, met zwart haar en blauwe ogen, maar hij had iets waar Robin de kriebels van kreeg. Zo was het zijn gewoonte om zijn stem te dempen wanneer hij tegen haar sprak, hij doorspekte zelfs de meest alledaagse gesprekjes met schalkse en veel te persoonlijke opmerkingen, en geen dubbelzinnig op te vatten uitspraak bleef onopgemerkt als Morris in de buurt was. Robin vreesde de dag dat hij zou ontdekken dat ze allebei in scheiding lagen, iets wat hij ongetwijfeld zou aangrijpen als vruchtbare nieuwe grond voor vermeende intimiteit.

Ze had gehoopt terug te zijn uit Windsor voordat Pat Chauncey, hun nieuwe officemanager, naar huis ging, maar het was tien over zes toen Robin de trap op liep, en ze trof Morris wachtend aan voor een gesloten deur.

'Sorry,' zei Robin. 'File. Niet te doen.'

Ze had Morris betaald met contant geld uit de nieuwe kluis en daarna kordaat gezegd dat ze naar huis moest, maar hij was blijven plakken als kauwgum in haar haar, met een heel verhaal over de nachtelijke berichtjes die zijn ex-vrouw hem stuurde. Robin probeerde beleefdheid te verenigen met afstandelijkheid, tot de telefoon op haar oude bureau ging. Normaal gesproken zou ze de voicemail zijn werk laten doen, maar ze wilde niets liever dan het gesprek met Morrison afkappen, dus had ze gezegd: 'Ik moet even opnemen, sorry. Fijne avond nog.'

'Detectivebureau Strike, met Robin.'

'Hallo, Robin,' zei een enigszins hese vrouwenstem. 'Is de baas er ook?'

Gezien het feit dat Robin Charlotte Campbell pas één keer had gesproken, drie jaar geleden, was het misschien verrassend dat ze onmiddellijk had geweten wie ze aan de lijn had. Naderhand had ze die paar woorden van Charlotte misschien wel tot in het belachelijke geanalyseerd. Ze had een glimlachende ondertoon bespeurd, alsof Charlotte haar vermakelijk vond. Het gemak waarmee ze haar bij haar voornaam had genoemd en Strike had beschreven als 'de baas' had ook voor de nodige overpeinzingen gezorgd.

'Nee, helaas niet,' had Robin geantwoord, en haar hartslag was versneld terwijl ze een pen pakte. 'Kan ik iets doorgeven?'

'Vraag maar of hij Charlotte Campbell wil bellen. Ik heb iets voor hem. Hij heeft mijn nummer.'

'Zal ik doen,' zei Robin.

'Hartelijk dank.' Charlotte klonk nog steeds geamuseerd. 'Nou, dag.'

Robin had plichtsgetrouw genoteerd: 'Telefoon van Charlotte Campbell. Ze heeft iets voor je,' en het briefje op Strikes bureau gelegd.

Charlotte was de ex-verloofde van Strike. Hun verloving was drie jaar geleden beëindigd op de dag dat Robin als uitzendkracht bij het bureau kwam werken. Hoewel Strike verre van spraakzaam was over dat onderwerp wist Robin dat ze zestien jaar samen geweest waren ('met tussenpozen', zoals Strike graag benadrukte, want de relatie had meerdere keren gewankeld vóór het definitieve einde), dat Charlotte zich slechts twee weken nadat Strike bij haar was weggegaan had verloofd met haar huidige echtgenoot, en dat ze nu moeder van een tweeling was.

Maar dat was niet alles wat Robin wist, want nadat ze bij haar man was weggegaan had ze vijf weken gebivakkeerd in de logeerkamer van Nick en Ilsa Herbert, twee van Strikes beste vrienden. In die periode waren Robin en Ilsa ook vriendinnen geworden, en ze dronken nog regelmatig samen een borrel of een kop koffie. Ilsa maakte er nauwelijks een geheim van dat ze hoopte en dacht dat Strike en Robin nog ooit, en liefst binnenkort, zouden beseffen dat ze 'voor elkaar gemaakt' waren. Hoewel Robin Ilsa regelmatig verzocht haar overduidelijke hints achterwege te laten, waarbij ze haar verzekerde dat Strike en zij allebei uiterst tevreden waren met hun vriendschap en hun werkrelatie, bleef Ilsa opgewekt in het tegendeel geloven.

Robin was dol op Ilsa, maar de smeekbedes aan haar nieuwe vriendin om alle ideeën om haar aan Strike te koppelen uit haar hoofd te zetten waren oprecht. Ze schaamde zich rot bij de gedachte dat Strike misschien de indruk kreeg dat ze zelf meewerkte aan Ilsa's regelmatige pogingen om met z'n vieren af te spreken – op zo'n manier dat het steeds meer op een date leek. Strike had de laatste twee keer nee gezegd tegen dat soort uitstapjes, en ook al hadden ze het op het bureau zo druk dat het lastig was om er een sociaal leven op na te houden, toch had Robin het ongemakkelijke gevoel dat hij zich maar al te zeer bewust was van Ilsa's ware motieven. Terugkijkend op haar eigen korte periode als getrouwde vrouw kon Robin met zekerheid zeggen dat zij zich er nooit aan schuldig had gemaakt mensen die single waren te behandelen zoals zij nu werd behandeld door Ilsa: zonder enige vrees om hun gevoelens te kwetsen bij die soms al te doorzichtige pogingen om zich met hun liefdesleven te bemoeien.

Een van Ilsa's manieren om Robin uit haar tent te lokken over het onderwerp Strike was door haar te vertellen over Charlotte, en op dat punt voelde Robin zich schuldig, want ze kapte de verhalen over Charlotte zelden af, ook al had ze na afloop steevast een gevoel alsof ze zich had volgepropt met junkfood: ongemakkelijk, maar met een niet te onderdrukken behoefte aan méér.

Ze was bijvoorbeeld op de hoogte van de vele 'het leger of ik'-ultimatums van Charlotte, van twee zelfmoordpogingen ('Die keer in Arran was geen echte poging,' had Ilsa vernietigend gezegd. 'Pure manipulatie.') en van haar tien dagen durende gedwongen opname in een psychiatrische kliniek. Robin had verhalen gehoord die Ilsa titels had gegeven als van goedkope thrillers: 'De avond met het broodmes', 'Het incident met het zwartkanten jurkje' en 'Het briefje met de bloedvlekken'. Ze wist dat Ilsa van mening was dat Charlotte inslecht was, niet gek, en dat de ergste ruzies die Ilsa en haar man Nick ooit hadden gehad over Charlotte gegaan waren, 'En die trut zou dat maar al te graag geweten hebben,' had Ilsa erbij gezegd.

En nu belde Charlotte naar kantoor en vroeg ze Strike om haar terug te bellen, en Robin, die nog steeds in de auto zat voor de Pizza Express, rammelend van de honger en dodelijk vermoeid, piekerde weer over dat telefoontje, zoals je met je tong niet van een zweertje in je mond kunt afblijven. Als Charlotte naar kantoor belde, wist ze in ieder geval niet dat Strike in Cornwall zat bij zijn terminaal zieke tante, wat erop zou moeten duiden dat die twee niet regelmatig contact met elkaar hadden. Aan de andere kant leek Charlotte met haar licht geamuseerde toon te suggereren dat er een bepaalde band was tussen haar en Strike.

Robins mobiel, die naast de zak amandelen op de passagiersstoel lag, trilde. Blij met de afleiding pakte ze het toestel op, en ze zag dat er een appje was van Strike.

Ben je wakker?

Robin appte terug:

Nee.

Zoals ze al had verwacht begon haar telefoon onmiddellijk te rinkelen.

'Dat snap ik,' zei Strike zonder verdere inleiding. 'Je zult wel kapot zijn. Hoe lang heb je Toupet de afgelopen dagen geschaduwd?'

'Ik ben nog steeds bezig.'

'Wat?' Strike klonk ontstemd. 'Zit je in Glasgow? Waar is Barclay dan?'

'In Glasgow. Hij had al positie ingenomen, maar Toupet stapte niet op het vliegtuig, hij reed naar Torquay. Daar zit hij nu pizza te eten. Ik sta voor het restaurant.'

'Wat moet hij in Torquay terwijl zijn vriendin in Schotland zit?'

'Hij is bij zijn oorspronkelijke gezin,' zei Robin, en ze zou willen dat ze Strikes gezicht kon zien als ze het volgende nieuwtje losliet. 'Hij is bigamist.'

Die mededeling werd ontvangen met doodse stilte.

'Ik stond om zes uur voor het huis in Windsor,' vertelde Robin, 'in de verwachting dat ik hem zou moeten volgen naar Stansted, waar hij netjes in het vliegtuig zou stappen zodat ik Barclay kon laten weten dat hij onderweg was, maar hij ging niet naar het vliegveld. Hij kwam een beetje paniekerig het huis uit gerend, reed naar een opslagruimte, nam zijn koffer mee naar binnen en kwam naar buiten met totaal andere bagage, en zonder toupet. Daarna reed hij helemaal hierheen. Onze opdrachtgeefster in Windsor komt er binnenkort achter dat haar huwelijk niet rechtsgeldig is,' zei Robin. 'Toupet heeft zijn vrouw in Torquay al twintig jaar. Ik heb de buren gesproken, zogenaamd voor een enquête. Een van de vrouwen in de straat was bij zijn eerste bruiloft. Toupet reist veel voor zijn werk, zei ze, maar het is een schat van een man. Dol op zijn zonen.

Hij heeft er twee,' vervolgde Robin, want Strike was blijkbaar met stomheid geslagen en bleef zwijgen. 'Allebei student, tegen de twintig, en ze lijken sprekend op hem. Een van hen is gisteren gevallen met zijn motor – dat heb ik allemaal van die buurvrouw – en loopt nu met een arm in het gips. Hij zag bont en blauw. Toupet is waarschijnlijk ingelicht over dat ongeluk en daarom hierheen gegaan in plaats van naar Schotland.

Toupet noemt zich hier Edward Campion, niet John. John blijkt zijn tweede voornaam te zijn, ik heb de gegevens online opgezocht. Hij woont met zijn vrouw en zijn zonen in een heel mooie villa met zeezicht en een gigantische tuin.'

'Sodeju,' zei Strike. 'Dus onze zwangere vriendin in Glasgow...?'

'Is wel de minste zorg van mevrouw Campion in Windsor,' zei Robin. 'Hij leidt drie verschillende levens. Twee echtgenotes en een minnares.'

'En hij ziet eruit als een kalende baviaan. Er is dus nog hoop voor ons allemaal. Zei je dat hij zit te eten?'

'Pizza met vrouw en kinderen. Ik sta voor het restaurant geparkeerd. Daarstraks heb ik geen foto's kunnen maken van hem met zijn zonen, maar dat wil ik wel doen, want als je die ziet, weet je het meteen. Mini-Toupetjes, net als die twee in Windsor. Waar heeft hij zogenaamd al die tijd gezeten, denk je?'

'Op een olieplatform?' opperde Strike. 'In het buitenland? Midden-Oosten? Misschien doet hij daarom zo zijn best om dat zongebruinde kleurtje te houden.'

Robin zuchtte. 'Wat erg voor onze klant.'

'En voor de minnares in Schotland,' zei Strike. 'De baby kan elk moment komen.'

'Hij heeft wel een bestendige smaak,' zei Robin. 'Als je ze naast elkaar zou zetten, de echtgenote in Torquay, de echtgenote in Windsor en de minnares in Glasgow, dan is het alsof je drie keer dezelfde vrouw ziet, met steeds twintig jaar ertussen.'

'Waar slaap je vannacht?'

'Een Travelodge of een bed and breakfast,' zei Robin, en ze geeuwde nog een keer. 'Als ik tenminste een vrije kamer kan vinden zo midden in het hoogseizoen. Ik zou wel terug willen rijden naar Londen, maar ik ben doodop. Ik ben al sinds vier uur vanmorgen op de been, en gisteren heb ik tien uur achter elkaar gewerkt.'

'Je gaat niet meer rijden en je slaapt niet in de auto,' zei Strike. 'Boek maar een kamer.'

'Hoe is het met Joan?' vroeg Robin. 'We redden het hier wel met het werk als je wat langer in Cornwall wilt blijven.'

'Ze kan niet stilzitten als wij er allemaal zijn. Ted is het met me eens dat ze rust nodig heeft. Ik ga over een paar weken wel terug.'

'Belde je voor een update over Toupet?'

'Nou, eigenlijk belde ik over iets wat net gebeurd is toen ik de pub uit kwam...'

Strike beschreef in een paar beknopte zinnen de ontmoeting met Margot Bamboroughs dochter.

'Ik heb haar net opgezocht,' zei hij. 'Margot Bamborough, arts, negenentwintig jaar oud, getrouwd, dochtertje van één. Liep aan het einde van een werkdag haar huisartsenpraktijk in Clerkenwell uit en zei dat ze nog even wat ging drinken met een vriendin voordat ze naar huis ging. De pub was maar vijf minuten lopen. De vriendin heeft op haar gewacht, maar Margot kwam niet en ze is nooit meer gezien.'

Er viel een stilte. Robin, die haar blik gericht hield op het raam van de pizzatent, zei: 'En haar dochter denkt dat jij bijna veertig jaar later nog kunt nagaan wat er is gebeurd?'

'Ze leek veel belang te hechten aan het toeval dat ze mij in de kroeg zag, kort nadat dat medium haar had verteld dat ze een "leidraad" zou krijgen.'

'Hm,' zei Robin. 'En hoe groot acht jíj de kans dat we na al die jaren nog te weten komen wat er is gebeurd?'

'Klein tot nihil,' gaf Strike toe. 'Aan de andere kant: de waarheid ligt er al, ergens. Mensen gaan niet zomaar in rook op.'

Robin hoorde een bekende klank in zijn stem, die wees op het herkauwen van vragen en mogelijkheden.

'Dus je ziet die dochter morgen weer?'

'Dat kan geen kwaad, toch?' zei Strike.

Robin gaf geen antwoord.

'Ik weet wat je denkt,' zei hij, enigszins verdedigend. 'Emotioneel te betrokken cliënt, medium, situatie rijp voor uitbuiting...'

'Ik zeg niet dat jíj de situatie zou uitbuiten...'

'Ik kan haar verhaal toch gewoon aanhoren? In tegenstelling tot andere mensen zal ik haar geld nooit aannemen als het niks kan worden. En als ik alle mogelijkheden heb bekeken...'

'Ik ken jou,' zei Robin. 'Hoe minder je te weten komt, hoe interessanter het voor je wordt.'

'Ik denk dat ik met haar vrouw te maken zou krijgen als ik niet binnen een redelijke termijn met resultaten zou komen. Het is een lesbisch stel,' legde hij uit. 'De echtgenote is psycholo...'

'Cormoran, ik bel je zo terug,' zei Robin, en zonder zijn reactie af te wachten verbrak ze de verbinding en gooide de telefoon weer op de passagiersstoel.

Toupet was zojuist het restaurant uit komen lopen, gevolgd door zijn vrouw en zijn zonen. Ze liepen glimlachend en pratend naar hun auto, die vijf plekken achter Robins Land Rover geparkeerd stond. Ze hief haar camera en nam een snelle reeks foto's van het naderende gezin.

Tegen de tijd dat ze de Land Rover gepasseerd waren, had Robin de camera op haar schoot gelegd en zat ze over haar telefoon gebogen, zogenaamd druk in de weer met een tekstbericht. In de achteruitkijkspiegel zag ze de familie Toupet in hun Range Rover stappen en vertrekken naar de villa aan zee.

Opnieuw geeuwend belde Robin Strike terug.

'Heb je alles wat je wilde?' vroeg hij.

'Ja.' Robin bekeek met één hand de foto's, met de telefoon aan haar oor. 'Een paar duidelijke van hem met zijn zonen. Jezus, wat heeft die man sterke genen. Alle vier zijn kinderen lijken sprekend op hem.' Ze stopte de camera weer in haar tas. 'Weet je trouwens dat ik maar een paar uur bij St Mawes vandaan zit?'

'Toch wel drie uur,' zei Strike.

'Als je wilt...'

'Je kunt toch niet eerst helemaal hierheen rijden en dan naar Londen. Je zegt net dat je doodop bent.'

Maar Robin kon horen dat het idee hem wel aanstond. Hij was naar Cornwall gereisd per trein, taxi en veerboot, want sinds hij een been moest missen, waren lange autoritten voor hem niet makkelijk en ook niet bepaald aangenaam.

'Ik zou die Anna best eens willen ontmoeten. Dan kun je daarna met mij mee terugrijden.'

'Nou, als je het zeker weet... dat zou heel fijn zijn.' Strike klonk nu opgewekt. 'Als we haar als klant aannemen, zouden we het onderzoek samen moeten doen. Het wordt een enorme berg informatie om door te spitten, zo'n oude zaak. En zo te horen heb jij het onderzoek naar Toupet vandaag afgerond.'

'Ja,' zei Robin met een zucht. 'Ik hoef alleen nog een handjevol levens te verwoesten.'

'Jíj verwoest die levens niet,' zei Strike fel. 'Dat doet hij zelf. Wat heb je liever, dat alle drie de vrouwen er nu achter komen, of straks als hij doodgaat, met de *bloody* puinhoop die hij achterlaat?'

'Ja, ik weet het.' Robin geeuwde opnieuw. 'Zal ik naar je oom en tante in St Ma...'

Zijn 'Nee' kwam snel en gedecideerd. 'Ze zitten – Anna en haar partner – in Falmouth. Ik zie je daar. Dat is voor jou dichterbij.'

'Oké,' zei Robin. 'Hoe laat?'

'Half twaalf, lukt dat?'

'Met gemak.'

'Ik stuur je het adres van de plek waar we afspreken. En nu slapen jij.'

Toen ze de contactsleutel omdraaide werd Robin zich ervan bewust dat ze aanzienlijk was opgevrolijkt. Alsof er een kritische jury toekeek, bestaande uit onder anderen Ilsa, Matthew en Charlotte Campbell, onderdrukte ze bewust haar glimlach terwijl ze achteruit het parkeervak uit reed.

4

Begotten by two fathers of one mother,
Though of contrarie natures to each other...

Edmund Spenser
The Faerie Queene

Strike werd de volgende morgen even voor vijf uur wakker. Het licht stroomde al door Joans dunne gordijnen. De paardenharen bank geselde iedere nacht een ander deel van zijn lichaam, en vandaag was het alsof hij een stomp in een van zijn nieren had gekregen. Hij tastte naar zijn telefoon, besloot dat hij te gemangeld was om weer in slaap te vallen en hees zich in zittende positie.

Nadat hij zich even had uitgerekt en onder zijn oksels had gekrabd terwijl zijn ogen wenden aan de rare vormen die aan alle kanten opdoken in de schemer van Joan en Teds huiskamer, googelde hij voor de tweede keer Margot Bamborough, en na een vluchtige blik op de foto van de glimlachende arts met het golvende haar en de ver uit elkaar staande ogen scrolde hij door de zoekresultaten, tot hij haar naam tegenkwam op een website die gewijd was aan seriemoordenaars. Daar stuitte hij op een lang artikel vol met foto's van Dennis Creed in diverse leeftijden, van leuke kleuter met blonde krulletjes tot de politiefoto van een slanke man met een weke, sensuele mond en een bril met grote, vierkante glazen.

Vervolgens ging Strike naar een online boekwinkel, waar hij een werk vond over het leven van de seriemoordenaar, uitgegeven in

1985 met de titel *De demon van Paradise Park*. Het was geschreven door een gerespecteerd onderzoeksjournalist, die inmiddels dood was. Het weinig opvallende gezicht van Creed stond in een hoek van het omslag, doorschijnend over een andere foto heen geplaatst waarop in spookachtig zwart-wit de zeven vrouwen te zien waren van wie bekend was dat hij ze had gemarteld en vermoord. Margot Bamboroughs gezicht stond er niet bij. Strike bestelde het tweedehands boek, dat één pond kostte, en gaf zijn kantoor op als bezorgadres.

Hij legde zijn telefoon weer aan de oplader, bevestigde zijn beenprothese, pakte zijn sigaretten en aansteker en baande zich een weg langs een gammele set bijzettafeltjes met een vaas droogbloemen erop, voorzichtig om niet een van de vele sierbordjes van de muur te stoten, een deur door en de drie treden af naar de keuken. Het zeil, dat er al lag sinds zijn kinderjaren, was ijskoud onder zijn overgebleven voet.

Nadat hij een kop thee voor zichzelf had gezet ging hij naar buiten door de achterdeur, nog steeds in alleen een boxershort en T-shirt, om te genieten van de koele vroege ochtend. Tegen de muur van het huis geleund snoof hij de zilte lucht op tussen de trekken van zijn sigaret door, en hij dacht aan verdwenen moeders. De afgelopen tien dagen waren zijn gedachten vaak uitgegaan naar Leda, een vrouw die net zoveel verschilde van Joan als de maan van de zon.

'Heb je al eens gerookt, Cormy? Moet je een keer proberen,' had ze ooit vaag gezegd, door een wolk net uitgeblazen blauwe rook heen. 'Het is niet goed voor je, maar jézus, wat lekker.'

Mensen vroegen wel eens waarom de kinderbescherming zich nooit met het gezin van Leda Strike had bemoeid. Het antwoord was dat Leda nooit ergens lang genoeg was gebleven om een bereikbaar doelwit te vormen. Haar kinderen bleven vaak maar luttele weken op de zoveelste school voordat ze werd bevangen door een nieuw enthousiasme en húp, daar gingen ze weer, naar een nieuwe stad, een nieuw kraakpand, een slaapzak bij vrienden op de vloer of, zo nu en dan, een huurflat. De enigen die wisten wat er speelde, en die de kinderbescherming hadden kunnen inschakelen, waren Ted en Joan, hét vaste punt in het leven van de kinderen. Maar of het nu was omdat Ted bang was de relatie met zijn onberekenbare zus te verstoren of omdat Joan vreesde dat de kinderen het haar nooit zouden vergeven, ze hadden het nooit gedaan.

Een van Strikes meest levendige jeugdherinneringen was tevens een van de zeldzame keren dat hij zich herinnerde ooit gehuild te hebben: toen Leda onaangekondigd terugkwam, zes weken nadat Strike was begonnen op de basisschool in St Mawes. Stomverbaasd en kwaad omdat er zo'n definitieve stap was gezet in haar aanwezigheid – haar zoon inschrijven op school – had ze hem en zijn zus linea recta meegenomen naar de veerboot en hun allerlei lekkers beloofd in Londen. Strike had schreeuwend geprobeerd haar duidelijk te maken dat Dave Polworth en hij in het weekend de smokkelaarsgrotten gingen verkennen; grotten die misschien niet bestonden behalve in Daves fantasie, maar dat maakte ze voor Strike niet minder echt.

'Die grotten zie je heus nog wel,' had Leda beloofd terwijl ze hem in de trein naar Londen overlaadde met snoep. 'Je ziet hoe-heet-ie gauw weer, beloofd.'

'Dave,' had Strike snikkend gezegd. 'Hij heet D-Dave.'

Niet aan denken, hield hij zichzelf nu voor, en hij stak met zijn brandende sigaret een tweede op.

'Stick, dat wordt nog je dood, buitenstaan in je onderbroek!'

Hij keek om zich heen. Zijn zus stond in de deuropening, in een wollen ochtendjas en op pantoffels van schapenvacht. Ze leken fysiek zo weinig op elkaar dat mensen zich niet konden voorstellen dat ze familie waren, laat staan halfbroer en -zus. Lucy was klein en blond en had een blozend gezicht; ze leek sprekend op haar vader, een muzikant die niet zo beroemd was als die van Strike, maar wel veel meer belangstelling toonde om contact te houden met zijn kroost.

'Goedemorgen,' zei hij, maar ze was alweer verdwenen, om even later terug te keren met zijn broek, sweatshirt, schoenen en sokken.

'Luus, het is niet koud...'

'Je loopt zo een longontsteking op. Trek aan!'

Net als Joan had Lucy alle vertrouwen in haar eigen vermogen om te beoordelen wat het beste was voor haar naasten en dierbaren. Strike nam, iets minder chagrijnig dan hij had kunnen opbrengen zonder het vooruitzicht morgen terug te keren naar Londen, zijn broek van haar aan en trok die aan, onhandig balancerend om niet languit op het grindpad te belanden. Tegen de tijd dat hij er een schoen en een sok aan zijn goede voet aan toegevoegd had, had Lucy een verse kop thee voor hem gehaald, en een voor haarzelf.

'Ik kon ook niet slapen,' zei ze terwijl ze hem een beker gaf en zich op het stenen bankje liet zakken. Het was de eerste keer die week dat ze alleen waren. Lucy was niet van Joans zijde geweken en had erop gestaan elke dag te koken en schoon te maken, terwijl Joan, voor wie het ondenkbaar was dat ze zou blijven zitten met een huis vol gasten, om haar heen liep te redderen. Op de zeldzame momenten dat Joan niet in hun buurt was, was er meestal wel een van Lucy's zoontjes geweest; Jack wilde altijd met Strike praten en de andere twee kwamen steevast bij Lucy ergens om zeuren.

'Akelig, hè?' zei Lucy, en ze staarde voor zich uit over het gazon en Teds zorgvuldig bijgehouden bloemperkjes.

'Ja,' verzuchtte Strike. 'Maar laten we duimen. De chemo...'

'Daar wordt ze niet beter van. Het verlengt hooguit... hooguit haar...' Lucy schudde het hoofd en bette haar ogen met een prop wc-papier die ze uit de zak van haar ochtendjas had gehaald. 'Ik bel haar al bijna twintig jaar lang twee keer per week, Stick. Dit is een tweede thuis voor onze kinderen. Ze is de enige moeder die ik ooit heb gekend.'

Strike wist dat hij niet zou moeten happen, maar toch zei hij: 'Behalve onze echte moeder, bedoel je.'

'Leda was mijn moeder niet,' zei Lucy kil. Strike had haar dat nooit met zoveel woorden horen zeggen, al had ze het vaak gesuggereerd. 'Ik beschouw haar al vanaf mijn veertiende niet meer als mijn moeder. Langer nog, trouwens. *Joan* is mijn moeder.'

En toen Strike niet reageerde, zei ze: 'Jij koos voor Leda. Ik weet dat je van Joan houdt, maar wij hebben een totaal verschillende relatie met haar.'

'Ik wist niet dat het een wedstrijd was,' zei Strike, en hij pakte een nieuwe sigaret.

'Ik zeg alleen hoe ik me voel!'

En je zegt mij hoe ík me voel.

Er waren gedurende hun week van gedwongen nabijheid al meerdere stekelige opmerkingen over de lippen van zijn zus gekomen waarmee ze verwees naar Strikes weinige bezoekjes. Hij had steeds zijn geërgerde reactie ingeslikt. Zijn voornaamste doel was hier te vertrekken zonder met iemand ruzie te maken.

'Ik vond het altijd verschrikkelijk als Leda ons kwam halen,' zei Lucy nu. 'Maar jij was dan blij.'

Het viel hem op dat ze het meldde als een feit, à la Joan, zonder hem te vragen of het echt zo was.

'Ik was niet altijd blij als ik hier weg moest,' sprak Strike haar tegen, denkend aan de veerboot, aan Dave Polworth en de smokkelaarsgrotten, maar Lucy leek het te ervaren alsof hij haar ergens van wilde beroven.

'Ik wil alleen maar zeggen dat jij je moeder al jaren geleden hebt verloren. Ik raak nu... misschien... de mijne kwijt.'

Ze depte weer haar ogen droog met de natte prop wc-papier.

Strike stond zwijgend te roken, met bonzende pijn in zijn onderrug, zijn ogen brandend van vermoeidheid. Hij wist dat Lucy Leda het liefst voorgoed uit haar geheugen zou hebben gewist en soms, als hij terugdacht aan bepaalde dingen die hij door haar toedoen had doorgemaakt, kon hij daar wel begrip voor opbrengen. Maar vanochtend leek de geest van Leda in de sigarettenrook om hem heen te hangen. Hij hoorde haar tegen Lucy zeggen: 'Huil maar eens flink, meid, dat helpt altijd,' en: 'Geef je ouwe moeder eens een sigaretje, Cormy.' Hij kon geen hekel aan haar hebben.

'Ik kan gewoon niet geloven dat je gisteren met Dave Polworth op stap geweest bent,' zei Lucy plotseling. 'Je laatste avond hier!'

'Joan schopte me nog net niet de deur uit,' zei Strike geërgerd. 'Ze is dol op Dave. Trouwens, ik kom over een paar weken weer terug.'

'O ja?' vroeg Lucy, de tranen nu als parels in haar wimpers. 'Of vergeet je dat straks weer, als je midden in een of andere zaak zit?'

Strike blies de rook uit in de steeds lichter wordende lucht, die nu de lichtblauwe tint had van een hemel vóór zonsopkomst. Helemaal rechts, vaag zichtbaar boven de daken van de huizen op de glooiing van Hillhead, werd de grens tussen lucht en water duidelijker aan de horizon.

'Nee,' zei hij. 'Ik vergeet het niet.'

'Want je bent goed in crisissituaties,' zei Lucy. 'Dat zal ik niet ontkennen. Maar waar je meer moeite mee hebt is volhouden. Joan heeft maandenlang steun nodig, niet alleen...'

'Dat weet ik, Luus,' zei Strike, die ondanks zichzelf kwaad werd. 'Ik weet wel het een en ander van ziekte en herstel, mocht je dat niet...'

'Nou,' zei Lucy, 'ik had veel aan je toen Jack in het ziekenhuis lag, maar als het allemaal goed gaat, trek je je niks van ons aan.'

'Ik heb Jack twee weken geleden nog mee op pad genomen, wat zit je nou...'

'Het was te veel gevraagd om naar Lukes verjaardagsfeestje te komen! Hij had tegen al zijn vriendjes gezegd dat jij er zou zijn.'

'Dat had hij niet moeten doen, want ik had aan de telefoon dúídelijk tegen je gezegd...'

'Je zei dat je je best zou doen.'

'Nee, jíj zei dat ik mijn best zou doen,' sprak Strike haar tegen, nu echt kwaad, ondanks zijn goede voornemen. 'Jíj zei: "Maar als het lukt, kom je toch." Nou, het lukte dus niet. Dat had ik je van tevoren gezegd, en als jij dan iets anders aan Luke vertelt, is dat niet mijn...'

'Ik stel het op prijs dat je Jack zo nu en dan een dagje mee uit neemt,' viel Lucy hem in de rede, 'maar is het nooit bij je opgekomen dat het fijn zou zijn als die andere twee ook mee mochten? Adam moest húílen toen Jack terugkwam van de War Rooms! En dan kom je hierheen,' zei Lucy, die vastbesloten leek te zijn haar hart te luchten nu ze eenmaal begonnen was, 'met alleen voor Jack een cadeau. En Luke en Adam dan?'

'Toen Ted belde met het nieuws over Joan ben ik meteen vertrokken. Ik had die speldjes voor Jack bewaard, dus die heb ik meegenomen.'

'Hoe denk je dat dat voor Luke en Adam is? Zij denken natuurlijk dat je hen niet zo leuk vindt als Jack!'

'Dat klopt,' zei Strike, die uiteindelijk zijn geduld verloor. 'Adam is een jankende zeurpiet en Luke is gewoon een ettertje.'

Hij drukte zijn sigaret uit tegen de muur, knipte de peuk de heg in en ging weer naar binnen, Lucy achterlatend als een vis op het droge, happend naar lucht.

Weer in de donkere huiskamer liep Strike keihard tegen de gammele set salontafeltjes aan; de vaas met droogbloemen belandde op het kleurrijke tapijt, en voordat hij het wist had hij de tere stengels en de papierdunne blaadjes vermorzeld onder zijn kunstvoet. Hij was nog bezig de losse stukjes zo goed en zo kwaad als het ging op te rapen toen Lucy zwijgend langs hem heen naar de trap beende, een en al moederlijke verontwaardiging. Strike zette de lege vaas terug op het tafeltje, wachtte tot hij Lucy's slaapkamerdeur hoorde dichtgaan en ging toen ziedend naar boven, naar de badkamer.

Hij durfde niet te douchen uit angst dat hij Ted en Joan wakker zou maken, en pas toen hij na het plassen de wc doortrok besefte hij weer hoeveel herrie dat oude kreng maakte. Hij waste zich zo goed mogelijk met lauw water terwijl de stortbak zich opnieuw vulde, met een lawaai als van een betonmolen. Wie hierdoorheen sliep, dacht Strike, moest wel gedrogeerd zijn.

En jawel, zodra hij de badkamerdeur opendeed stond hij oog in oog met Joan. De kruin van zijn tante kwam amper tot zijn borst. Hij keek omlaag, naar haar dunne grijze haar en de ooit vergeetmij-nietjesblauwe ogen, nu flets van ouderdom.

Ze droeg haar gewatteerde rode ochtendjas met de ceremoniële waardigheid van een kabuki-kimono.

'Goedemorgen,' zei Strike. Hij probeerde het opgewekt te laten klinken, maar kwam niet verder dan een geforceerd joviale toon. 'Ik heb je toch niet wakker gemaakt?'

'Nee, ik lag al even wakker. Hoe was het met Dave?' vroeg ze.

'Heel goed,' zei Strike gemeend. 'Hij geniet van zijn nieuwe baan.'

'En Penny en de meisjes?'

'Die zijn ook blij dat ze weer in Cornwall wonen.'

'O, mooi,' zei Joan. 'Daves moeder was bang dat Penny niet weg zou willen uit Bristol.'

'Nee, het heeft allemaal heel goed uitgepakt.'

De slaapkamerdeur achter Joan ging open. Luke stond in zijn pyjama nadrukkelijk in zijn ogen te wrijven.

'Jullie hebben me wakker gemaakt,' zei hij tegen Strike en Joan.

'Ach, sorry, lieverd,' zei Joan.

'Mag ik Coco Pops?'

'Natuurlijk mag je die,' antwoordde Joan liefdevol.

Luke holde naar beneden, stampend op de treden om zo veel mogelijk lawaai te maken. Hij was amper een minuut weg geweest of hij kwam weer naar hen toe, met een tevreden grijns op zijn sproetige gezicht gebeiteld.

'Oma, oom Cormoran heeft je bloemen stukgemaakt.'

Misselijk ettertje.

'Ja, sorry. Die droogbloemen,' zei Strike tegen Joan. 'Ik heb ze omgestoten. De vaas is nog heel.'

'Ach, dat geeft helemaal niks,' zei Joan, en ze liep weer in de richting van de trap. 'Ik pak de rolschuier even.'

'Nee,' zei Strike meteen. 'Ik heb het al...'

'Er liggen nog overal stukjes,' zei Luke. 'Ik trapte er net op.'

Ik zal dadelijk eens op jou trappen, rotzak.

Strike en Luke liepen achter Joan aan naar de huiskamer, waar Strike erop stond de rolschuier – een gammel, archaïsch geval dat ze al sinds de jaren zeventig had – van Joan over te nemen. Terwijl hij ermee over het tapijt ging, stond Luke in de deuropening naar de keuken met een grijns naar hem te kijken en Coco Pops in zijn mond te proppen. Tegen de tijd dat Strike het tapijt naar Joans tevredenheid had schoongemaakt, hadden Jack en Adam zich bij het ochtendfestijn gevoegd, samen met een ijzig kijkende Lucy, die nu volledig aangekleed was.

'Gaan we vandaag naar het strand, mam?'

'Mogen we zwemmen?'

'Mag ik in een boot met ome Ted?'

'Ga zitten,' zei Strike tegen Joan, 'dan breng ik je een kop thee.'

Maar dat had Lucy al gedaan. Ze gaf Joan de mok aan en wierp Strike een vuile blik toe, waarna ze terugliep naar de keuken, onderweg de vragen van haar zoontjes beantwoordend.

'Wat is hier aan de hand?' vroeg Ted, die in pyjama de kamer in kwam schuifelen, verbaasd om zoveel activiteit bij het krieken van de dag.

Ooit was hij bijna net zo lang geweest als Strike, die veel op hem leek. Zijn stugge krulletjes waren nu sneeuwwit, zijn donkerbruine gezicht eerder gebarsten dan gerimpeld, maar Ted was nog steeds een sterke man, ook al liep hij een beetje krom. Toch was het alsof Joans ziekte hem fysiek een klap had bezorgd. Hij was een beetje gedesoriënteerd en onvast, alsof hij letterlijk door elkaar geschud was.

'Ik ben alleen mijn spullen bij elkaar aan het zoeken, Ted,' zei Strike, die plotseling een overweldigend verlangen voelde om te vertrekken. 'Ik zal de eerste veerboot moeten nemen om de vroege trein te kunnen halen.'

'Aha,' zei Ted. 'Je gaat helemaal terug naar Londen?'

'Yep.' Strike stopte zijn oplader en zijn deodorant in de plunjezak waarin de rest van zijn spullen al keurig was opgeborgen. 'Maar ik kom over een paar weken terug. Je houdt me op de hoogte, hè?'

'Je kunt niet vertrekken zonder ontbijt!' zei Joan bezorgd. 'Ik maak een boterham voor je...'

'Het is voor mij nog te vroeg om te eten,' loog Strike. 'Ik heb een kop thee gedronken en ik neem wel wat in de trein. Hou haar tegen,' zei hij tegen Ted, want Joan luisterde niet en snelde al naar de keuken.

'Joanie!' riep Ted. 'Hij hoeft niks!'

Strike griste zijn jasje van de rugleuning van een stoel en sleepte de plunjezak de gang in.

'Ga maar lekker terug naar bed,' zei hij tegen Joan toen ze terug kwam lopen om hem uit te zwaaien. 'Ik had jullie niet wakker willen maken. Neem je rust, oké? Laat iemand anders de boel maar runnen de komende weken.'

'Ik wou maar dat je stopte met roken,' zei ze treurig.

Strike slaagde erin komisch met zijn ogen te rollen en omhelsde haar toen. Ze klampte zich aan hem vast zoals ze ook had gedaan als Leda vroeger ongeduldig stond te wachten om hem mee te nemen, en Strike drukte haar tegen zich aan terwijl hij opnieuw de pijn voelde van de verdeelde loyaliteit; het jochie dat zowel strijdtoneel als hoofdprijs was, dat werd geacht een naam te geven aan datgene wat niet te categoriseren was, niet te bevatten.

'Dag, Ted.' Hij omhelsde zijn oom. 'Ik bel je als ik thuis ben en dan spreken we af wanneer ik weer terugkom.'

'Ik had je ook weg kunnen brengen,' zei oom Ted zwakjes. 'Weet je zeker dat ik je niet hoef te brengen?'

'Ik reis graag met de ferry,' loog Strike. In werkelijkheid was de ongelijke trap naar de boot voor hem bijna niet te doen zonder hulp van de veerman, maar omdat hij wist dat ze het fijn zouden vinden om te horen, zei hij: 'Doet me denken aan vroeger, als jullie ons meenamen naar Falmouth om te winkelen.'

Lucy stond ogenschijnlijk ongeïnteresseerd naar hem te kijken in de deuropening van de huiskamer. Luke en Adam hadden hun Coco Pops niet in de steek willen laten, maar Jack wurmde zich ademloos het krappe gangetje in en zei: 'Nog bedankt voor de speldjes, ome Corm.'

'Graag gedaan,' zei Strike, en hij woelde door het haar van het jochie. 'Tot gauw, Jack.'

5

He little answer'd, but in manly heart
His mightie indignation did forbeare
Which was not yet so secret, but some part
Thereof did in his frouning face appeare...

Edmund Spenser
The Faerie Queene

De kamer in de bed and breakfast waar Robin de nacht had doorgebracht had amper ruimte voor een eenpersoonsbed, een ladekast en een gammel wasbakje in de hoek. Op de muren zat mauve bloemetjesbehang waarvan Robin sterk vermoedde dat het zelfs in de jaren zeventig al smakeloos moest zijn geweest, het beddengoed was klam en het raam werd maar half bedekt door de kromgetrokken jaloezieën.

In het felle licht van de enige lamp, een peertje met een opengewerkte rieten kap die de felle gloed niet kon dempen, zag Robins spiegelbeeld er uitgeput en onverzorgd uit, met paarse kringen onder haar ogen. In haar rugzak zaten alleen de spullen die ze altijd meenam als ze iemand moest schaduwen: een muts, voor het geval ze haar opvallende roodblonde haar moest bedekken, een zonnebril, een schoon shirt, een creditcard en identiteitsbewijzen op verschillende namen. Het verse T-shirt dat ze er zojuist uit had gevist was zwaar verkreukeld, en haar haar moest nodig gewassen worden; bij de wasbak lag geen zeep en ze had geen tandenborstel of tandpasta ingepakt, omdat ze niet had geweten dat ze die nacht niet thuis zou slapen.

Om acht uur was Robin weer op weg. In Newton Abbot stopte ze bij een drogist en een supermarkt, waar ze behalve wat toiletartikelen en droogshampoo een klein, goedkoop flesje 4711-eau de cologne kocht. Ze poetste haar tanden en maakte zich zo toonbaar mogelijk op het toilet van de supermarkt. Terwijl ze haar haar stond te borstelen kwam er een appje van Strike binnen.

Ik ben bij eetcafé Palacio Lounge in The Moor, midden in Falmouth. Iedereen weet hier waar The Moor is.

Hoe verder Robin westwaarts reed, hoe weelderiger en groener het landschap werd. Ze was geboren in Yorkshire en had het in Torquay heel bijzonder gevonden om te zien dat palmbomen blijkbaar konden floreren op Engelse bodem. Deze groene kronkelweggetjes, de uitbundige begroeiing die bijna subtropisch aandeed, kwamen als een verrassing voor iemand die was opgegroeid tussen kale, woeste heidegrond en glooiende heuvels. Aan de linkerkant ving ze ook nog zo nu en dan een glimp kwikzilver op van de zee, weids en glanzend als een glasplaat, en de scherpe zilte lucht vermengde zich met de citrusgeur van haar haastig aangeschafte eau de cologne. Ondanks de vermoeidheid merkte ze dat ze opleefde van de schitterende ochtend, en van het idee dat Strike op haar wachtte aan het einde van haar rit.

Om elf uur kwam ze aan in Falmouth, en op zoek naar een parkeerplek reed ze door de drukke straten waar het wemelde van de toeristen, langs winkels met uitstallingen van plastic speelgoed en pubs waarvan de gevels volhingen met vlaggen en veelkleurige plantenbakken. Toen ze eenmaal haar auto had geparkeerd op The Moor zelf – een groot open marktplein in het hart van de stad – zag ze dat in Falmouth onder die bonte zomeruitdossing ook enkele voorname negentiende-eeuwse gebouwen schuilgingen. In een daarvan was eetcafé en restaurant Palacio Lounge gevestigd.

Het pand met zijn hoge plafonds en klassieke proporties, zo te zien een oud gerechtsgebouw, was buitengewoon eigenzinnig ingericht, met schreeuwerig oranje bloemetjesbehang, honderden kitscherige schilderijtjes met lijsten in pasteltinten, en een opgezette vos aangekleed als ouderwetse rechter. De klanten, voornamelijk studenten en gezinnen, zaten op allemaal verschillende, niet bij elkaar passende houten stoelen, en hun drukke geroezemoes galmde door de hoge, holle ruimte. Na een paar seconden zag Robin Strike zitten, met zijn grote lijf en zijn norse gezicht, helemaal achter in de ruimte, verre van gelukkig tussen twee gezinnen van wie de vele jonge kinderen, bijna allemaal in gebatikte kleding gestoken, tussen de tafels door renden.

Robin meende Strike te zien overwegen op te staan om haar te begroeten toen ze zich tussen de tafeltjes door een weg naar hem toe beende, om er dan toch maar van af te zien. Ze wist hoe hij eruitzag als hij pijn had aan zijn been, de groeven rond zijn mond dieper dan anders, alsof hij zijn kaken lang op elkaar had geklemd. Robin had er drie uur eerder in de stoffige spiegel van de bed and breakfast al vermoeid uitgezien, maar Strike leek echt gebroken; zijn ongeschoren kaak oogde smoezelig, de kringen onder zijn ogen waren donkerblauw.

'Goedemorgen,' zei hij, luidkeels om boven het vrolijke gegil van de hippiekinderen uit te komen. 'Kon je de auto kwijt?'

'Vlak om de hoek,' antwoordde ze terwijl ze ging zitten.

'Ik heb voor deze zaak gekozen omdat hij me makkelijk te vinden leek,' zei hij.

Een jongetje knalde tegen hun tafel, waardoor Strikes koffie over het met croissantschilfers bezaaide schoteltje gutste, en rende meteen verder. 'Wat wil je drinken?' vroeg Strike.

'Heel graag koffie,' riep Robin boven het geschreeuw van de kinderen naast hen uit. 'Hoe staat het erbij in St Mawes?'

'Hetzelfde,' antwoordde Strike.

'Dat spijt me,' zei Robin.

'Waarom? Jij kunt er niks aan doen,' bromde Strike.

Het was niet bepaald de begroeting die Robin had verwacht na tweeënhalf uur rijden om hem op te halen. Misschien was haar ergernis zichtbaar, want Strike zei: 'Heel fijn dat je dit wilt doen. Bedankt. O, en doe niet alsof je me niet ziet, eikel,' voegde hij er kwaad aan toe toen een jonge ober wegliep zonder zich iets van zijn opgestoken hand aan te trekken.

'Ik bestel wel aan de bar,' zei Robin. 'Ik moet toch naar de wc.'

Tegen de tijd dat ze had geplast en erin was geslaagd koffie te bestellen bij een overwerkte ober, bonsde de spanningshoofdpijn aan de linkerkant van haar schedel. Toen ze terugliep zag ze dat Strikes gezicht op onweer stond, want de kinderen van het naastgelegen tafeltje gilden nu harder dan ooit terwijl ze om hun ouders heen renden, die zich van geen kwaad bewust waren en gewoon harder gingen praten om boven het lawaai uit te komen. Even schoot het idee om Strike nu te vertellen over het telefoontje van Charlotte door haar hoofd, maar ze verwierp het meteen weer.

De voornaamste reden voor Strikes chagrijn was een helse pijn in de stomp van zijn geamputeerde been. Hij was gevallen (als een domme kluns, zei hij tegen zichzelf) bij het aan boord gaan van de veerboot naar Falmouth. De stenen trap naar de boot had vervaarlijk oneffen uitgesleten treden en geen leuning, en bij het trapje om aan boord te komen had je alleen steun aan de uitgestoken hand van de veerman. Strike was met zijn meer dan honderd kilo moeilijk overeind te houden als hij uitgleed, en uitgegleden was hij, met als gevolg dat hij nu verging van de pijn.

Robin pakte een strip paracetamol uit haar tas.

'Hoofdpijn,' zei ze toen ze Strike zag kijken.

'Dat verbaast me verdomme niks,' zei hij luidkeels, met een blik op de ouders die tegen elkaar zaten te schreeuwen boven het gekrijs van hun kroost uit, maar ze hoorden hem niet. Even schoot het Strike door het hoofd om Robin een paar pijnstillers te vragen, maar dan zou ze misschien allerlei vragen gaan stellen en zich druk om hem maken, en daar had hij genoeg van gehad de afgelopen week, dus leed hij in stilte.

'Waar woont die nieuwe klant?' vroeg ze nadat ze de tabletten had ingenomen met koffie.

'Op vijf minuten rijden vanhier. Wodehouse Terrace is het adres.'

Op dat moment struikelde de kleinste van de rondrennende kinderen en belandde vol op haar gezicht op de houten vloer. Het gegil en gejammer doorboorde Robins trommelvliezen.

'O, Daffy!' riep een van de gebatikte moeders op schelle toon. 'Wat dóé je nou?'

De mond van het kind bloedde. Haar moeder hurkte neer naast hun tafel om het meisje op luide toon streng toe te spreken en te sussen, enthousiast gadegeslagen door de broertjes, zusjes en vriendjes van het kind. De blikken van de veerbootpassagiers vanochtend, toen Strike plat op het dek belandde, hadden sterk op die van deze kinderen geleken.

'Hij heeft een kunstbeen,' had de veerman uitgeroepen, deels, vermoedde Strike, om te voorkomen dat iemand zou denken dat de val het gevolg was van zijn nalatigheid. De mededeling had Strikes zelfkastijding en de belangstelling van zijn medereizigers er niet minder op gemaakt.

'Zullen we gaan?' vroeg Robin, die al was gaan staan.

'Graag.' Strike kwam met een pijnlijk gezicht overeind en pakte zijn plunjezak. 'Kutkinderen,' mompelde hij terwijl hij achter Robin aan het zonlicht tegemoet strompelde.

6

Faire Lady, hart of flint would rew
The vndeserued woes and sorrowes, which ye shew.

Edmund Spenser
The Faerie Queene

Wodehouse Terrace lag op een heuvel, met een weids uitzicht over de baai beneden. Bij veel van de huizen was de zolder verbouwd tot extra woonruimte, maar die van Anna en Kim, zo konden ze vanaf de straat zien, was een stuk ingrijpender opgeknapt dan de rest, met een soort vierkante glazen doos op de plek waar vroeger het dak was geweest.

'Wat doet die Anna eigenlijk?' vroeg Robin toen ze de trap op liepen naar de donkerblauwe voordeur.

'Geen idee,' zei Strike, 'maar haar vrouw is psycholoog. Ik kreeg de indruk dat zij niet op speurwerk zit te wachten.'

Hij drukte op de bel. Ze hoorden voetstappen, waarschijnlijk op een plankenvloer, en de deur werd opengedaan door dokter Sullivan, lang, blond, op blote voeten in een spijkerbroek en T-shirt. De zon weerkaatste op haar bril. Ze keek van Strike naar Robin, ogenschijnlijk verbaasd.

'Mijn collega, Robin Ellacott,' legde Strike uit.

'O.' Kim leek daar niet blij mee te zijn. 'U had toch wel begrepen dat dit niet meer dan een oriënterend gesprek is?'

'Robin was toevallig hier aan de kust voor een andere zaak, dus...'

'Ik wil anders best in de auto wachten, hoor,' zei Robin beleefd. 'Als Anna Cormoran liever alleen spreekt.'

'Hm, we zullen eens kijken wat Anna ervan zegt.'

Kim deed een stapje terug om hen binnen te laten. 'De trap op, rechtdoor. In de zitkamer.'

Het huis was duidelijk compleet gerenoveerd, en op hoog niveau. Overal blank hout en glas. De slaapkamer, zag Robin door een open deur, was verplaatst naar de benedenverdieping, samen met iets wat haar een werkkamer leek. Boven, in de glazen doos die ze vanaf de straat gezien hadden, was een gecombineerde zit-eetkamer met open keuken die een duizelingwekkend zeezicht bood.

Anna stond achter een glimmend, duur koffieapparaat in een ruimvallende blauwe katoenen jumpsuit en witte canvas schoenen, een outfit die Robin stijlvol vond en Strike slonzig. Ze droeg haar haar in een staart, waardoor haar smalle gezicht en hoge jukbeenderen goed uitkwamen.

'O, hallo,' zei ze, toen ze werd opgeschrikt door hun komst. 'Ik had jullie helemaal niet gehoord door het koffieapparaat.'

'Annie,' zei Kim, die achter Strike en Robin aan de huiskamer in kwam, 'dit is Robin Ellacott, de collega van eh... Cameron. Ze wil ook weggaan als jij liever...'

'Cormoran,' verbeterde Anna Kim. 'Zeggen mensen dat vaak verkeerd?' vroeg ze aan Strike.

'Vaker wel dan niet,' zei hij, maar hij glimlachte erbij. 'Het is ook zo'n stomme naam.'

Anna lachte. 'Ik vind het prima als je blijft,' zei ze tegen Robin, en ze liep naar haar toe en gaf haar een hand. 'Ik geloof dat ik over jou ook heb gelezen,' voegde ze eraan toe, en Robin deed alsof ze niet zag dat Anna even naar het lange litteken op haar onderarm gluurde.

'Ga zitten,' zei Kim, en ze wees Strike en Robin op een ingebouwde zithoek rond een perspex tafel.

'Koffie?' vroeg Anna, een aanbod dat ze beiden aannamen.

Een langharige kat, een ragdoll, kwam snuffelend de kamer in geslopen en trippelde door de rechthoeken zonlicht op de vloer, met helderblauwe ogen zoals die van Joan aan de andere kant van de baai. Nadat het beest Strike en Robin onverschillig aan een onderzoek had onderworpen, sprong het lichtvoetig op de bank en kroop bij Strike op schoot.

'Ironisch genoeg,' zei Kim, die een dienblad vol met kopjes en koekjes op tafel zette, 'is Cagney gék op mannen.'

Strike en Robin lachten beleefd. Anna kwam aanlopen met de koffiepot en de twee vrouwen gingen naast elkaar zitten, tegenover Strike en Robin, met het gezicht in de felle zon totdat Anna een afstandsbediening pakte en daarmee de automatische crèmekleurige zonwering liet zakken.

'Prachtig huis,' zei Robin en ze keek om zich heen.

'Dank je,' zei Kim. 'Háár werk,' voegde ze eraan toe, met een klopje op Anna's knie. 'Ze is architect.'

Anna schraapte haar keel. 'Ik wil me verontschuldigen,' zei ze, en ze keek Strike met haar ongewoon zilvergrijze ogen strak aan, 'voor mijn gedrag van gisteravond. Ik had een paar glazen wijn gedronken. Je dacht waarschijnlijk dat ik een of andere gek was.'

'Als ik dat had gedacht,' zei Strike terwijl hij de luid spinnende kat aaide, 'dan had ik hier nu niet gezeten.'

'Maar het noemen van dat medium heeft je misschien helemaal op het verkeerde... Want geloof me, Kim heeft me al duidelijk gemaakt dat het dwaas van me was om naar haar toe te gaan.'

'Niet dwaas, Annie,' zei Kim zacht, 'je bent gewoon kwetsbaar, dat is wat anders.'

'Mag ik vragen wat dat medium heeft gezegd?' vroeg Strike.

'Maakt dat wat uit?' vroeg Kim, en ze keek Strike aan met een blik die Robin interpreteerde als wantrouwen.

'Niet voor eventueel speurwerk,' zei Strike, 'maar als hij – zij? – de reden is dat Anna mij heeft benaderd...'

'Het was een vrouw,' zei Anna, 'en ze heeft niet echt iets zinvols gezegd... niet dat ik...' Ze schudde met een nerveus lachje het hoofd en begon opnieuw. 'Ik weet dat het stom van me was. Ik... ik zit in een moeilijke periode. Ik heb ontslag genomen en ik word binnenkort veertig en... Nou ja, Kim was van huis voor een cursus en ik...

ik wilde gewoon...' Ze wapperde afwijzend met haar hand, haalde diep adem en vervolgde toen: 'Die vrouw zag er heel gewoon uit, niks bijzonders, ze woonde in Chiswick. Haar huis stond vol engelen, gemaakt van keramiek en glas, en er hing een groot schilderij van een engel op een fluwelen doek boven de haard. Kim,' vervolgde ze, en Robin gluurde even naar de psycholoog, die met een strak gezicht voor zich uit keek, 'Kim denkt dat zij – het medium – al wist wie mijn moeder was, dat ze haar had gegoogeld voordat ik kwam. Ik had die vrouw mijn echte naam gegeven. Toen ik bij haar kwam zei ik alleen dat mijn moeder lang geleden gestorven was, al is er natuurlijk,' zei Anna met een nieuw nerveus gebaar van haar dunne handen, 'geen bewijs dat mijn moeder dood is. Dat is de halve... Afijn, ik zei dus tegen dat medium dat ze dood is en dat niemand me ooit duidelijk heeft verteld wat er is gebeurd.

Die vrouw raakte... laten we het in trance noemen,' zei ze met een opgelaten gezicht. 'En ze zei dat andere mensen dachten dat ze me voor mijn eigen bestwil beschermden, maar dat het tijd werd dat ik de waarheid wist, en dat ik binnenkort een "leidraad" zou vinden. En ze zei ook: "Je moeder is heel trots op je" en "ze waakt altijd over je" en dat soort dingen, de gebruikelijke clichés natuurlijk, en op het laatst zei ze nog: "Ze ligt op een gewijde plaats."'

'Een gewijde plaats?' herhaalde Strike.

'Ja. Ik denk dat ze dacht dat dat een troost voor me zou zijn, maar ik ben geen kerkganger. Of de laatste rustplaats van mijn moeder – als ze al begraven is – nou gewijd is of niet, dat is niet bepaald mijn eerste zorg.'

'Hebt u er bezwaar tegen als ik aantekeningen maak?' vroeg Strike. Hij haalde een notitieblok en een pen tevoorschijn, waarvan Cagney de kat scheen te denken dat ze voor haar persoonlijke vermaak bedoeld waren. Ze probeerde de pen weg te slaan toen Strike de datum noteerde.

'Kom hier, gek beest,' zei Kim, die opstond, de kat van zijn schoot tilde en haar weer op de warme houten vloer zette.

'Om bij het begin te beginnen,' zei Strike. 'U moet erg jong geweest zijn toen uw moeder vermist raakte.'

'Net iets ouder dan een jaar,' zei Anna, 'dus ik kan me niets van haar herinneren. In mijn jeugd waren er geen foto's van haar te vinden in huis. Ik heb heel lang niet geweten wat er gebeurd was. We hadden toen natuurlijk geen internet... Mijn moeder had sowieso haar eigen naam aangehouden na het huwelijk. Ik ben opgegroeid als Anna Phipps, de achternaam van mijn vader. Als iemand vóór mijn elfde tegen mij "Margot Bamborough" had gezegd, had ik niet geweten dat die naam iets met mij te maken had.

Ik dacht dat Cynthia mijn moeder was. Zij was mijn oppas toen ik klein was,' legde ze uit. 'Ze is een verre achternicht van mijn vader, een stuk jonger dan hij, maar ze is ook een Phipps, dus ik nam aan dat we allemaal één familie waren. Ik bedoel, waarom zou ik iets anders denken?

Ik weet nog wel dat ik me, toen ik eenmaal naar school ging, afvroeg waarom ik Cyn "Cyn" noemde in plaats van "mam". Maar toen besloten mijn vader en Cyn te gaan trouwen en ze zeiden dat ik haar voortaan "mama" mocht noemen als ik wilde, dus ik dacht: aha, dus daarom moest ik eerst haar voornaam gebruiken, omdat ze niet getrouwd waren. Je vult dat als kind allemaal zelf in, hè? Met je eigen rare logica.

Ik was zeven of acht toen een meisje op school tegen me zei: "Dat is niet je echte moeder. Je echte moeder is verdwenen." Het klonk idioot. Ik heb mijn vader of Cyn er niet naar gevraagd. Ik stopte het weg, maar ik denk dat ik ergens heel diep vanbinnen wel begreep dat ik zojuist het antwoord had gekregen op een aantal vragen rond de rare dingen die ik nooit had gesnapt.

Ik was elf toen ik echt ontdekte wat er speelde. Tegen die tijd had ik wel meer dingen gehoord van de andere kinderen op school. "Jouw moeder is weggelopen" was er een van. En op een dag zei zo'n echt vals rotjoch tegen me: "Jouw moeder is vermoord door een man die haar hoofd eraf gehakt heeft."

Ik ben naar huis gegaan en heb tegen mijn vader gezegd wat ik van die jongen had gehoord. Ik wilde dat hij in lachen zou uitbarsten, dat hij zou zeggen: *Wat is dat voor een afschuwelijk ventje?* Maar hij trok wit weg.

Diezelfde avond riepen Cynthia en hij me naar beneden, zetten me op een stoel en vertelden me de waarheid.

En alles wat ik meende te weten viel onder mijn voeten vandaan,' zei Anna zacht. 'Wie denkt nou dat zoiets in haar eigen gezin gebeurt? Ik was dol op Cyn. Ik kon beter met haar opschieten dan met mijn vader, eerlijk gezegd. En toen kwam ik er dus achter dat ze mijn moeder helemaal niet was, en dat ze allebei hadden gelogen – gelogen door de waarheid te verzwijgen, eigenlijk.

Ze vertelden me dat mijn moeder op een avond haar huisartsenpraktijk uit was gelopen en was verdwenen. De laatste die haar in leven had gezien was de receptioniste. Mijn moeder zei dat ze naar de pub ging, vijf minuten verderop. Daar wachtte haar beste vriendin op haar. Toen ze niet kwam opdagen heeft die vriendin, Oonagh Kennedy, nog een uur gewacht. Ze dacht dat ze het vergeten was. Ze belde naar het huis van mijn ouders. Mijn moeder was er niet. Mijn vader belde naar de praktijk, maar die was gesloten. Het werd donker. Mijn moeder kwam niet thuis. Mijn vader belde de politie.

Het onderzoek heeft maanden geduurd. Niets. Geen enkele aanwijzing, niemand die haar had gezien – althans, dat zeiden mijn vader en Cyn, maar sindsdien heb ik dingen gelezen die dat tegenspreken.

Ik vroeg aan mijn vader en Cyn wie de ouders van mijn moeder waren. Die waren dood, zeiden ze. Dat bleek inderdaad zo te zijn. Mijn grootvader is een paar jaar na de verdwijning van mijn moeder gestorven aan een hartaanval en mijn grootmoeder kreeg een jaar later een beroerte. Mijn moeder was enig kind, dus er waren verder geen familieleden met wie ik kon gaan praten.

Ik vroeg om foto's. Mijn vader zei dat hij die allemaal had weggedaan, maar Cyn diepte er een paar voor me op, een paar weken nadat ik het allemaal te weten was gekomen. Ze vroeg me het niet aan mijn vader te vertellen, en ze te verstoppen. Dat deed ik; ik had een pyjamazak in de vorm van een konijn, daar heb ik de foto's van mijn moeder jarenlang in bewaard.'

'Hebben je vader en je stiefmoeder ook uitgelegd wat er eventueel met je moeder gebeurd zou kunnen zijn?' vroeg Strike.

'Dennis Creed, bedoel je? Ja, maar zonder details. Ze zeiden dat er een kans bestond dat ze was gedood door... door een boze man. Zoveel moesten ze wel loslaten, vanwege die opmerking van die jongen op school.

Het was een walgelijk idee, de gedachte dat ze misschien was vermoord door Creed – zijn naam wist ik gauw genoeg, die vertelden de kinderen op school me maar al te graag. Ik kreeg nachtmerries over haar zonder hoofd. Soms kwam ze 's nachts mijn slaapkamer in. Soms droomde ik dat ik haar hoofd vond in mijn speelgoedkist.

Ik werd heel boos op mijn vader en Cyn,' zei Anna, en ze vlocht haar vingers weer in elkaar. 'Boos omdat ze het me nooit verteld hadden, natuurlijk, maar ik ging me ook afvragen wat ze nog meer voor me verborgen hielden, of ze soms iets te maken hadden met de verdwijning van mijn moeder, of ze haar uit de weg hadden willen ruimen om te kunnen trouwen. Ik ontspoorde een beetje, begon te spijbelen... Eén weekend liep ik weg en werd ik thuisgebracht door de politie. Mijn vader was woest. Begrijpelijk, achteraf gezien, na wat er met mijn moeder was gebeurd... Het idee dat ik onvindbaar was, al was het maar voor een paar uur... Ik was een ramp, eerlijk gezegd,' zei Anna beschaamd. 'Maar ik moet Cyn nageven dat ze me steeds is blijven steunen. Ze gaf het niet op. Mijn vader en zij hadden intussen samen ook kinderen – ik heb een jongere broer en zus – en we volgden gezinstherapie, er waren weekendjes met allerlei activiteiten die voor een betere band moesten zorgen, steeds op initiatief van Cyn, want mijn vader zag dat allemaal niet zitten. Als het gesprek over mijn moeder gaat wordt hij kwaad en opgefokt. Ik weet nog dat hij tegen me tekeerging: hij zei dat ik niet in de gaten had hoe vreselijk het voor hém was dat het hele verhaal weer werd opgerakeld; snapte ik dan niet hoe híj zich voelde?

Toen ik vijftien was ging ik op zoek naar de vriendin van mijn moeder, Oonagh, degene die ze in de pub zou treffen op de avond van haar vermissing. Ze waren samen Playboy-bunny geweest,' zei Anna met een lachje, 'al wist ik dat toen niet. Ik spoorde Oonagh op in Wolverhampton, en ze reageerde erg emotioneel toen ze van me hoorde. We hebben een paar heel fijne telefoongesprekken gevoerd. Zij heeft me dingen verteld die ik dolgraag wilde horen, over mijn moeders gevoel voor humor, het parfum dat ze gebruikte – Rive Gauche, daar heb ik de volgende dag al mijn verjaardagsgeld aan uitgegeven – en dat ze verslaafd was aan chocola, en helemaal bezeten van Joni Mitchell. In de gesprekken met Oonagh kwam mijn moeder voor mij meer tot leven dan door de foto's of alles wat mijn vader en Cyn me hadden verteld.

Maar mijn vader kwam erachter dat ik Oonagh had gesproken en hij was ziedend. Hij eiste dat ik hem haar nummer gaf, belde haar op en beschuldigde haar ervan mij tegen hem opgezet te hebben. Hij zei dat ik een probleemkind was, dat ik in therapie was en dat hij er niet op zat te wachten dat mensen "de boel oprakelen". En die Rive Gauche mocht ik niet gebruiken. Hij kon de geur niet verdragen, zei hij.

Dus tot een ontmoeting met Oonagh is het nooit gekomen, en toen ik na mijn twintigste weer contact met haar wilde zoeken, kon ik haar nergens vinden. Misschien is ze wel dood, ik weet het niet.

Ik ging studeren, het huis uit, en ik las alles wat ik kon vinden over Dennis Creed. De nachtmerries kwamen terug, maar ik kwam geen stap verder met mijn vraag wat er nou echt gebeurd is.

Blijkbaar heeft de rechercheur die het onderzoek naar mijn moeders verdwijning leidde, een zekere Bill Talbot, altijd gedacht dat Creed haar heeft meegenomen. Die Talbot zal inmiddels wel dood zijn, hij zat toen al tegen zijn pensioen aan.

Toen, een paar jaar na de universiteit, had ik het heldere idee om een website op te zetten,' zei Anna. 'Mijn toenmalige vriendin was handig in de technische kant ervan. Zij hielp me met de opzet, en ik was heel naïef.' Ze zuchtte. 'Ik zei wie ik was en smeekte om informatie over mijn moeder.

Je kunt je misschien wel voorstellen wat er gebeurde. Allerlei theorieën: helderzienden die me vertelden waar ik moest graven, mensen die zeiden dat mijn vader het natuurlijk had gedaan, anderen die beweerden dat ik niet echt Margots dochter was, dat ik uit was op geld en publiciteit, en ook een paar echt kwaadaardige berichten waarin werd gesuggereerd dat mijn moeder ervandoor gegaan zou zijn met een minnaar, of nog erger. Er waren ook een paar journalisten die contact opnamen. Een van hen heeft een afschuwelijk stuk over onze familie gepubliceerd in de *Daily Express* en nam contact op met mijn vader. Dat was de laatste nagel aan de doodskist van onze relatie.

Die is daarna nooit meer echt hersteld,' zei Anna somber. 'Toen ik hem vertelde dat ik lesbisch ben, leek hij te denken dat ik dat alleen deed om hem dwars te zitten. En Cyn heeft een beetje zijn kant gekozen, de afgelopen jaren. Zij zegt altijd: "Ik heb ook mijn loyaliteit ten opzichte van je vader, Anna." En dat is dus het verhaal.'

Er viel een korte stilte.

'Wat vreselijk,' zei Robin.

'Echt,' zei Kim, en ze legde weer een hand op Anna's knie. 'En ik snap heel goed dat Anna wil weten hoe het zit, natuurlijk snap ik dat. Maar is het realistisch?' vroeg ze met een blik op Robin en daarna op Strike. 'Dat is niet lullig bedoeld ten opzichte van jullie, maar is het realistisch om te denken dat jullie iets kunnen bereiken wat de politie niet voor elkaar heeft gekregen, na al die jaren?'

'Realistisch?' zei Strike. 'Nee.'

Robin zag Anna's neergeslagen blik en de plotselinge tranen in haar grote ogen. Ze had vreselijk met de vrouw te doen, maar tegelijkertijd waardeerde ze Strikes eerlijkheid, en de sceptische Kim leek daar ook van onder de indruk te zijn.

'Ik zal eerlijk zijn,' zei Strike, en hij was zo tactvol om in zijn aantekeningen te blijven kijken tot Anna haar ogen had gedroogd met de rug van haar hand. 'Ik denk dat we een redelijke kans maken om het oude politiedossier in handen te krijgen, we hebben contacten bij het hoofdbureau in Londen. We zouden alle bewijsmateriaal nog eens kunnen doornemen, opnieuw bij getuigen langsgaan, voor zover mogelijk, en in grote lijnen de onderste steen boven zien te krijgen.

Maar de kans is groot dat we na al die jaren niet meer zouden vinden dan de politie heeft gevonden, en we zouden te maken krijgen met twee belangrijke obstakels. Ten eerste is er nul komma nul forensisch materiaal. Ik heb begrepen dat er letterlijk geen spoor van je moeder is teruggevonden, klopt dat? Geen kledingstukken, geen buskaart... niks.'

'Klopt,' mompelde Anna.

'Ten tweede, zoals je net zelf al zei: waarschijnlijk zijn veel mensen die met haar te maken hadden of die avond iets hebben gezien inmiddels dood.'

'Ik weet het.' Er spatte een traan, glinsterend, vanaf Anna's neus op de perspex tafel. Kim sloeg een arm om haar schouder. 'Misschien komt het doordat ik de veertig nader,' zei Anna met een snik, 'maar ik moet er niet aan denken dat ik mijn graf in ga zonder te weten wat er met haar is gebeurd.'

'Dat begrijp ik,' zei Strike, 'maar ik wil geen dingen beloven die ik niet kan waarmaken.'

'Zijn er in de loop der jaren nog nieuwe aanwijzingen of ontwikkelingen geweest?' vroeg Robin.

Kim was degene die antwoord gaf. Ze leek een beetje geschrokken te zijn van Anna's openlijke verdriet, en ze liet haar arm om haar schouder liggen. 'Voor zover wij weten niet, hè Annie? Maar dit soort informatie zou waarschijnlijk naar Roy zijn gegaan, Anna's vader. En die zou het ons misschien niet verteld hebben.'

'Hij doet alsof het allemaal nooit gebeurd is, dat is zijn manier om ermee om te gaan,' zei Anna, terwijl ze haar tranen wegveegde. 'Alsof mijn moeder nooit heeft bestaan. Het is alleen jammer dat als zij er niet was geweest, ik dus óók niet had bestaan.

Geloof het of niet, maar waar ik nog het meest mee zit is de mogelijkheid dat ze uit zichzelf is weggegaan en nooit is teruggekomen, dat ze niet eens wilde weten hoe het met mij ging, dat ze ons nooit heeft laten weten waar ze was. Die gedachte kan ik niet verdragen. Mijn grootmoeder van vaderskant, van wie ik nooit heb gehouden – het was een van de gemeenste vrouwen die ik ooit heb gekend – vond het nodig om mij te laten weten dat ze in stilte altijd heeft gedacht dat mijn moeder gewoon was weggelopen. Dat het leven als echtgenote en moeder haar niet beviel. En dat deed me meer pijn dan ik jullie ooit zou kunnen vertellen, de gedachte dat mijn moeder iedereen die hel van het niet-weten zou aandoen, de onzekerheid over wat er met haar is gebeurd, dat ze niet eens informeerde hoe het met haar dochter ging...

Zelfs al zou Dennis Creed haar hebben vermoord,' zei Anna, 'dan zou dat vreselijk zijn – afschuwelijk – maar het zou daarmee wel achter de rug zijn. Ik zou liever rouwen dan leven met de mogelijkheid dat ze nog ergens rondloopt, onder een andere naam, zonder zich druk te maken om ons.'

Er viel een korte stilte, waarin Strike en Robin allebei van hun koffie dronken, Anna snifte en Kim opstond van de bank om een stuk keukenrol te halen, dat ze aan haar vrouw gaf.

Een tweede ragdollkat kwam de kamer in gelopen. Ze onderwerp de vier mensenwezens aan een hooghartige blik en ging toen op een zonnig plekje op de vloer liggen.

'Dat is Lacey,' zei Kim, terwijl Anna haar gezicht droogdepte. 'Zij vindt niemand leuk, zelfs ons niet.'

Strike en Robin lachten weer beleefd.

'Hoe gaat dit in zijn werk?' vroeg Kim toen abrupt. 'Hoe factureren jullie?'

'Per uur,' antwoordde Strike. 'U zou elke maand een gespecificeerde rekening krijgen. Ik kan u onze tarieven mailen,' bood hij aan, 'maar ik stel me zo voor dat u dit eerst samen wilt bespreken voordat u een beslissing neemt.'

'Absoluut,' zei Kim, maar terwijl ze Strike haar e-mailadres gaf, keek ze weer bezorgd naar Anna, die met gebogen hoofd nog steeds met regelmatige tussenpozen de prop keukenpapier tegen haar ogen drukte.

Strikes stomp protesteerde toen die zo kort na het zitten alweer zijn gewicht moest dragen, maar er leek verder weinig te bespreken te zijn, vooral nu Anna huilend in stilzwijgen was vervallen. Enigszins spijtig vanwege de onaangeroerde schaal koekjes pakte de detective Anna's koele hand.

'Evengoed bedankt,' zei Anna, en Strike had het gevoel dat hij haar teleurgesteld had, dat ze had gehoopt dat hij haar op zijn erewoord zou beloven de waarheid boven tafel te krijgen, dat hij zou doen wat al die anderen hadden nagelaten.

Kim liet hen uit. 'We bellen nog,' zei ze. 'Vanmiddag. Is dat goed?'

'Prima, wij wachten op uw telefoontje,' zei Strike.

Robin keek nog even om toen ze met Strike het zonovergoten trapje naar de tuin en de straat af liep, en ze zag een vreemde blik op Kims gezicht, alsof het bezoek iets had opgeleverd wat ze niet had verwacht. Toen ze Robins blik ving lachte Kim in een reflex, waarna ze de blauwe deur achter hen dichtdeed.

7

Long they thus traueiled in friendly wise,
Through countreyes waste, and eke well edifyde...

Edmund Spenser
The Faerie Queene

Toen ze Falmouth uit reden werd Strikes stemming ronduit opgewekt, wat Robin voornamelijk toeschreef aan de aantrekkingskracht van een mogelijk nieuwe zaak. Ze had nog nooit meegemaakt dat een intrigerend probleem zijn aandacht niet kon vasthouden, wat er verder ook gebeurde in zijn privéleven.

Ze had het deels bij het rechte eind: Strikes belangstelling was zeker gewekt door Anna's verhaal, maar hij was vooral opgevrolijkt door het vooruitzicht zijn prothese een paar uur niet te hoeven belasten, en door het besef dat elke minuut die verstreek de afstand tussen hem en zijn zus vergrootte. Hij liet het raampje zakken zodat de vertrouwde, verkwikkende zeelucht de oude auto in kon stromen, stak een sigaret op en vroeg aan Robin, nadat hij de rook de andere kant op had geblazen: 'Heb je Morris vaak gezien toen ik weg was?'

'Gisteren nog. Ik heb hem zijn onkosten van afgelopen maand betaald.'

'O, fijn, bedankt. Daar had ik je nog over willen bellen. Wat vind je van hem? Barclay zegt dat hij goed is in zijn werk, hij vindt alleen dat hij te veel praat in de auto.'

'Ja,' zei Robin neutraal. 'Hij praat inderdaad graag.'

'Hutchins vindt hem een beetje gladjes,' probeerde Strike haar subtiel uit te horen.

Het was hem opgevallen dat Morris altijd een speciaal toontje aansloeg tegen Robin. Hutchins had ook gemeld dat Morris hem had gevraagd of Robin een relatie had.

'Hm,' zei Robin. 'Ik heb eigenlijk nog te weinig contact met hem gehad om een mening te kunnen vormen.'

Gezien de spanningen waaronder Strike de laatste tijd verkeerde en de zware werkdruk waaronder het bureau gebukt ging – ze konden de opdrachten maar amper aan – had ze besloten geen kritiek te leveren op de nieuwste freelancer. Ze hadden de extra mankracht hard nodig. En Morris was in ieder geval goed in zijn werk.

'Pat vindt hem leuk,' voegde ze eraan toe, deels om Strike op de kast te jagen, en tot haar genoegen zag ze vanuit haar ooghoeken dat hij zich fronsend haar kant op draaide.

'Dat is geen aanbeveling,' zei hij geërgerd.

'Doe niet zo onaardig.'

'Besef je wel dat het vanaf volgende week lastiger wordt om haar te ontslaan? Haar proeftijd is bijna om.'

'Ik wil haar niet ontslaan,' zei Robin. 'Ik ben heel blij met haar.'

'Dan kom ik straks bij jou klagen als ze problemen veroorzaakt.'

'Echt niet. Je gaat mij Pat niet in de schoenen schuiven. We hebben samen besloten haar aan te nemen. Jij was degene die het zat was om steeds met uitzendkrachten...'

'En jij was degene die zei: "Misschien is het geen slecht idee om een wat traditionelere officemanager aan te nemen." En jíj vond dat we haar niet mochten uitsluiten vanwege haar leeftijd.'

'Ik weet heus wel wat ik heb gezegd, en dat van die leeftijd, daar sta ik nog steeds achter. We hebben inderdaad iemand nodig die ook verstand heeft van spreadsheets, die niet chaotisch is, maar je hebt...'

'Ik wilde niet beschuldigd worden van leeftijdsdiscriminatie.'

'Je hebt haar die baan zelf aangeboden!' zei Robin fel.

'Ik snap niet hoe ik het in mijn hoofd haalde,' mompelde Strike, en hij tikte uit het raampje de as van zijn sigaret af.

Patricia Chauncey was zesenvijftig en zag eruit als vijfenzestig. Het was een magere vrouw met een zwaar gerimpeld, aapachtig gezicht en ongeloofwaardig pikzwart haar. Op kantoor lurkte ze onafgebroken aan haar elektronische sigaret, maar ze stak een Superking op zodra ze het trottoir raakte aan het einde van een werkdag. Pats stem was zo zwaar en schor dat ze aan de telefoon vaak werd verward met Strike. Haar werkplek was Robins voormalige bureau in het voorportaal van het eigenlijke kantoor, waar ze het leeuwendeel van de binnenkomende telefoontjes en administratieve taken had overgenomen nu Robin fulltime detective was.

De relatie tussen Pat en Strike was vanaf het begin strijdlustig geweest, wat Robin verbaasde; zij mocht hen allebei graag. Robin was gewend aan Strikes chagrijnige buien en had de neiging hem het voordeel van de twijfel te geven, maar Pat deinsde er niet voor terug om te snauwen: 'Een bedankje, daar ga je toch niet dood van?' als Strike te weinig dankbaarheid toonde wanneer ze hem de binnengekomen telefoontjes doorgaf. Pat had duidelijk geen last van het ontzag dat sommige uitzendkrachten hadden getoond voor de tegenwoordig beroemde detective. Een van hen was op staande voet ontslagen nadat Strike haar erop had betrapt hem vanaf haar bureau stiekem te filmen met haar mobiele telefoon. De nieuwe officemanager leek juist te verwachten elk moment iets te kunnen ontdekken waardoor Strike in diskrediet zou raken. Ze had dan ook een zekere voldoening getoond toen ze hoorde dat de deuk in een van de dossierkasten was veroorzaakt door een vuistslag van haar baas.

Maar aan de andere kant waren alle dossiers strak bijgewerkt, de rekeningen op orde, de bonnetjes keurig gedocumenteerd, de telefoon werd snel opgenomen, boodschappen accuraat doorgegeven, ze zaten nooit zonder theezakjes of melk en Pat was niet één keer te laat gekomen, hoe slecht het weer ook was en hoeveel vertraging de metro ook had.

Het was inderdaad waar dat Pat Morris leuk vond; haar zeldzame glimlachjes waren meestal voor hem bestemd. Morris zorgde er steevast voor zijn charme en zijn blauwe ogen eerst op Pat te richten voordat hij Robin aandacht schonk. Pat was al alert op de mogelijkheid van een romance tussen haar jongere collega's.

'Hij ziet er goed uit,' had ze vorige week nog tegen Robin gezegd, nadat Morris telefonisch zijn locatie had doorgegeven zodat ze aan de tijdelijk onbereikbare Barclay kon doorgeven waar hij de schaduwklus in hun grootste zaak kon overnemen. 'Dat moet je hem nageven.'

'Ik hoef hem helemaal niks te geven,' had Robin een beetje geërgerd gezegd. Het was al erg genoeg dat Ilsa haar in haar vrije tijd aan haar kop zeurde over Strike zonder dat Pat ook nog eens tijdens kantooruren over Morris begon.

'Daar heb je helemaal gelijk in,' had Pat onaangedaan geantwoord. 'Hij moet het verdienen.'

'Afijn,' zei Strike, die de peuk van zijn sigaret uitdrukte in het blikje dat Robin voor dat doel in het handschoenenvakje bewaarde. 'Je hebt Toupet dus afgerond. Verdomd goed gedaan.'

'Bedankt,' zei Robin. 'Maar de pers komt hier natuurlijk op af. Bigamie is altijd nieuws.'

'Ja,' zei Strike. 'Het zal voor hem erger worden dan voor ons, maar het is de moeite waard om te proberen onze naam erbuiten te houden. Ik ga wel met mevrouw Campion in Windsor praten. Dan hebben we nog...' Hij telde de namen af op zijn vingers. 'Nieuwe Ronde, Twinkletoes, Ansichtkaart en Goochem.'

Ze hadden op het detectivebureau de gewoonte ontwikkeld om klanten en de mensen die ze voor hen volgden bijnamen te geven, voornamelijk om te voorkomen dat ze per ongeluk de echte namen zouden laten vallen in het openbaar of in e-mails. 'Nieuwe Ronde' was een voormalige klant die pasgeleden weer was teruggekeerd, nadat hij andere detectivebureaus had geprobeerd en daar niet tevreden over was. Strike en Robin hadden de vorige keer twee vriendinnen van hem gevolgd. Op het eerste gezicht leek hij gewoon pech te hebben in de liefde; een man wiens partners aanvankelijk werden aangetrokken door zijn dikke bankrekening, maar die niet in staat leken te zijn hem trouw te blijven. Strike en Robin waren na verloop van tijd tot het vermoeden gekomen dat hij een merkwaardige emotionele of seksuele bevrediging uit het overspel van zijn vriendinnen haalde, en dat hij het detectivebureau betaalde om bewijzen te leveren; bewijzen die hem beslist niet van streek maakten, maar hem juist genot bezorgden. Nadat de vriendin-van-het-moment eenmaal was geconfronteerd met foto's die haar trouweloosheid aantoonden werd ze weggestuurd en zocht hij een nieuwe, waarna het hele patroon zich herhaalde. Deze keer had hij iets met een glamourmodel dat, tot nauwverholen teleurstelling van Nieuwe Ronde, hem wel degelijk trouw leek te zijn.

'Twinkletoes', wiens nogal flauwe bijnaam was gekozen door Morris, was een vierentwintigjarige danser die op dat moment een verhouding had met een twee keer gescheiden vrouw van negenendertig die voornamelijk opviel door haar drugsverleden en haar enorme trustfonds. De vader van deze societykoningin betaalde het detectivebureau om zo veel mogelijk te weten te komen over Twinkletoes' achtergrond en zijn gedrag; alles waarmee pa zijn dochter van hem zou kunnen losweken.

'Ansichtkaart' was een geval apart, voor hen iets volslagen nieuws. Een televisieweerman van middelbare leeftijd, in Robins ogen tamelijk onaantrekkelijk, had hen benaderd nadat de politie had laten weten niets te kunnen doen aan de ansichtkaarten die werden bezorgd op zijn werk en ook, tot zijn grote bezorgdheid, bij hem thuis, in het holst van de nacht. De kaarten bevatten geen dreigementen, sterker nog, meestal waren ze volgeschreven met banale opmerkingen over dingen als de stropdaskeuze van de weerman, maar ze suggereerden wel dat de afzender veel meer wist van het gaan en staan en het privéleven van de weerman dan je van een vreemde mocht verwachten. De keuze voor ansichtkaarten was ook vreemd; het was in de huidige tijd immers veel makkelijker om iemand online lastig te vallen. Hun freelancer Andy Hutchins had nu twee volle weken lang elke nacht voor het huis van de weerman gestaan in zijn geparkeerde auto, maar Ansichtkaart had zich nog niet laten zien.

De laatste, en meest lucratieve, zaak was interessant: 'Goochem', een jonge investeringsbankier die zo snel was opgeklommen binnen het bedrijf waar hij werkte dat het – zoals te verwachten was – had geleid tot verbolgenheid bij zijn collega's die gepasseerd waren voor promotie, hetgeen was uitgegroeid tot keiharde verdenkingen toen hij uiteindelijk op de een-na-hoogste positie bij de bank terechtkwam terwijl er drie aantoonbaar betere kandidaten waren. De vraag waarmee Goochem de president-directeur (op het detectivebureau bekend als 'Goochems Baas' of 'GB') precies chanteerde was niet alleen interessant voor Goochems ondergeschikten, maar nu ook voor een aantal wantrouwende leden van de raad van bestuur, die met Strike hadden afgesproken in een donkere bar in het Londense zakencentrum om hem hun zorgen voor te leggen. Strikes huidige strategie was proberen meer te weten te komen over Goochem en zijn persoonlijk assistente, en met dat doel had Morris de taak gekregen haar buiten werktijd om zijn vinger te winden, zonder daarbij zijn naam te noemen of los te laten wat voor werk hij deed, om te peilen hoe ver haar loyaliteit aan Goochem ging.

'Moet jij op een bepaalde tijd terug zijn in Londen?' vroeg Strike na een korte stilte.

'Nee. Hoezo?'

'Zou je het erg vinden om even ergens te stoppen om eten in te slaan? Ik heb nog niet ontbeten.'

Robin, die dacht aan het bord vol croissantkruimels dat voor hem had gestaan toen ze aankwam bij de Palacio Lounge, zei dat ze het prima vond.

Strike leek haar gedachten te lezen. 'Een croissant telt niet. Dat is alleen maar lucht.'

Robin moest lachen.

Tegen de tijd dat ze aankwamen bij een Subway-filiaal langs de snelweg was de sfeer tussen hen bijna luchthartig, ondanks haar vermoeidheid. Robin koos, indachtig haar voornemen om gezonder te gaan eten, voor een salade, en terwijl Strike de eerste bevredigende happen van zijn stokbrood met reepjes biefstuk en gesmolten kaas nam, mailde hij Kim Sullivan hun tarievenformulier, waarna hij tegen Robin zei: 'Ik heb vanmorgen ruzie gehad met Lucy.'

Robin besefte dat het menens moest zijn geweest, als Strike haar erover vertelde.

'Om vijf uur 's morgens, in de tuin, waar ik rustig even een sigaretje wilde roken.'

'Beetje vroeg om te kibbelen,' zei Robin, die intussen weinig enthousiast in haar sla prikte.

'Ja, we blijken dus verwikkeld te zijn in een wedstrijd "Wie houdt het meest van Joan?" Ik wist niet eens dat ik me daarvoor ingeschreven had.' Hij at even zwijgend verder en zei toen: 'Het eindigde met mijn opmerking dat ik Adam een jankende zeurpiet en Luke een ettertje vind.'

Robin, die net een slok van haar water had genomen, verslikte zich en begon hevig te hoesten. Mensen die aan nabijgelegen tafeltjes zaten te eten keken om naar de proestende, hijgende Robin, die een papieren servetje pakte om haar kin en haar tranende ogen droog te deppen en ademloos vroeg: 'Waarom heb je dat in gódsnaam gezegd?'

'Omdat Adam een jankende zeurpiet is en Luke een ettertje.'

Robin bleef haar keel schrapen om het water uit haar luchtpijp te krijgen, en ze moest zo hard lachen dat de tranen over haar wangen liepen, maar ze schudde het hoofd. 'Jezus, Cormoran,' zei ze toen ze eindelijk weer kon praten.

'Jij hebt nooit een hele week verplicht met ze doorgebracht. Luke heeft mijn nieuwe koptelefoon gesloopt en is er toen vandoor gegaan met mijn been, de kleine rotzak. Toen zei Lucy beschuldigend tegen me dat ik Jack voortrek. Natuurlijk trek ik hem voor – hij is de enige van het stel die nog te doen is.'

'Ja, maar om dat nou tegen hun móéder...'

'Jaja, ik weet het,' zei Strike vermoeid. 'Ik bel haar wel om mijn excuses aan te bieden.' Er viel een korte stilte. 'Maar verdomme,' bromde hij toen, 'waarom zou ik die kinderen alle drie mee op stap moeten nemen? Die andere twee geven geen zak om militaire zaken. "Adam moest húílen toen jullie terugkwamen van de War Rooms." Gelul. Dat misselijke ventje kon het gewoon niet uitstaan dat ik Jack cadeautjes had gegeven, dat is het. Als het aan Lucy lag zou ik ze elk weekend meenemen, alle drie, en dan zouden ze om beurten mogen kiezen waar we naartoe gingen. Straks moet ik naar de dierentuin en zo'n ellendige kartbaan, dan is er voor mij niks meer aan om Jack te zien. Ik vind Jack léúk,' zei Strike, en het leek hem te verbazen. 'We hebben dezelfde interesses. Wat is dat voor gezeik dat ze allemaal gelijk behandeld moeten worden? Het is juist een goede levensles, zou ik denken, dat je niet zomaar overal recht op hebt. Je krijgt niet automatisch van alles cadeau omdat iemand toevallig familie van je is. Maar goed, ze wil dus dat ik voor die andere twee ook iets koop.' Hij vormde met zijn handen een vierkant in de lucht. "Doe je best om geen ettertje te zijn." Dat laat ik op een tegeltje zetten, dat Luke dan in zijn slaapkamer aan de muur kan hangen.'

Ze kochten een zak met eten voor onderweg en hervatten de reis. Toen ze de snelweg weer op draaiden zei Strike dat hij zich schuldig voelde dat hij Robin alleen liet rijden, omdat de Land Rover te lastig was voor zijn kunstbeen.

'Geeft niet,' zei Robin. 'Ik vind het niet erg. Wat zit je nou te lachen?' vroeg ze toen ze hem zag grijnzen om iets wat hij in de zak met proviand tegenkwam.

'Engelse aardbeien.'

'En dat is komisch omdat...?'

Hij vertelde over Polworths woede over producten uit Cornwall waarvan de afkomst niet op het etiket vermeld was, en zijn bijbehorende blijdschap over het feit dat steeds meer streekgenoten op formulieren hun Cornwall-identiteit invulden en die belangrijker vonden dan de Engelse.

'De theorie van de sociale identiteit is heel interessant,' zei Robin. 'Net als zelfcategorisatie. Ik heb daar tijdens mijn studie veel over gelezen. Er zijn implicaties voor bedrijven én voor de maatschappij. Wist je...'

Ze praatte een paar minuten opgewekt verder voordat ze, na een blik opzij, merkte dat Strike in slaap gevallen was. Ze besloot zich niet beledigd te voelen, want hij zag grauw van vermoeidheid. Robin zweeg, en op zo nu en dan wat snurkgeluiden na viel er van Strike geen communicatie meer te verwachten tot ze de buitenrand van Swindon naderden, waar hij met een ruk wakker schrok.

'Shit.' Hij veegde zijn mond af met de rug van zijn hand. 'Sorry. Hoe lang heb ik geslapen?'

'Ongeveer drie uur.'

'Shit,' zei hij nogmaals, 'sorry,' en hij viste meteen naar een sigaret. 'Ik heb daar gepit op de ongemakkelijkste bank ter wereld, en die schijtkinderen maakten me goddomme elke morgen voor dag en dauw wakker. Wil jij iets uit de tas met eten?'

'Ja,' zei Robin, die besloot haar dieet overboord te gooien. Ze had dringend behoefte aan een opkikker. 'Chocola. Uit Engeland of uit Cornwall, dat maakt me niet uit.'

'Sorry,' zei hij voor de derde keer. 'Je vertelde me iets over een sociale theorie of zo.'

Ze grinnikte. 'Je viel in slaap rond de tijd dat ik je mijn fascinerende toepassing van de sociale identiteitstheorie op de detectivepraktijk uit de doeken deed.'

'En die luidt...?' vroeg hij, in een poging zijn eerder verloren beleefdheid goed te maken.

Robin, die goed wist dat hij de vraag om die reden stelde, zei: 'In de kern hebben we de neiging om elkaar en onszelf in groepen te verdelen, en dat leidt over het algemeen tot een overschatting van de overeenkomsten tussen de leden van zo'n groep, plus een onderschatting van de overeenkomsten tussen insiders en buitenstaanders.'

'Dus je wilt zeggen dat niet iedere inwoner van Cornwall een ruig zout-der-aardetype is en niet iedere Engelsman een pretentieuze dikdoener?' Strike haalde de wikkel van een Yorkie en stopte Robin de reep in de hand. 'Ik kan het me niet voorstellen, maar ik zal het eens aan Polworth vragen als ik hem weer zie.'

Zonder enige aandacht te schenken aan de aardbeien, die Robin had uitgekozen, trok Strike een blikje cola open en dronk dat leeg met een sigaret erbij, terwijl de hemel bloedrood kleurde naarmate ze Londen naderden. 'Dennis Creed leeft nog, wist je dat?' zei hij, zijn blik gericht op de bomen buiten, die in een waas voorbijraasden. 'Ik heb vanmorgen een artikel over hem gelezen.'

'Waar zit hij vast?' vroeg Robin.

'Broadmoor. Eerst is hij naar Wakefield gegaan, toen naar Belmarsh, en daarna hebben ze hem overgeplaatst naar Broadmoor, in '95.'

'Wat was de psychiatrische diagnose?'

'Niet eenduidig. Psychiaters waren het er niet over eens of hij toerekeningsvatbaar was. Zeer hoog IQ. Uiteindelijk oordeelde de jury dat hij wel degelijk kon inschatten wat hij verkeerd deed, dus werd het de gevangenis in plaats van een inrichting. Maar hij moet sindsdien symptomen ontwikkeld hebben die een medische behandeling rechtvaardigen. Na het weinige wat ik erover heb gelezen,' vervolgde Strike, 'snap ik wel waarom het hoofd van het rechercheteam destijds dacht dat Margot Bamborough misschien ook een van Creeds slachtoffers was. Er is schijnbaar een bestelbusje gezien dat gevaarlijk hard door de wijk reed rond de tijd dat zij naar de Three Kings zou lopen. En Creed,' lichtte hij toe als reactie op Robins vragende blik, 'gebruikte een bestelbus bij sommige van zijn later bevestigde ontvoeringen.'

De lantaarnpalen langs de snelweg waren al aan toen Robin, na het doorslikken van haar laatste hap chocola, citeerde: '"Ze ligt op een gewijde plaats."'

Strike, die nog steeds zat te roken, lachte cynisch. 'Dat is van dat typische mediumgelul.'

'Zou je denken?'

'Ja, dat zou ik denken, ja. Lekker makkelijk, die lui praten alleen in cryptische raadselen vanuit het hiernamaals. Rot toch op.'

'Oké, rustig maar, ik dacht alleen even hardop.'

'Je kunt bijna iedere plek "gewijd" noemen als je wilt. In Clerkenwell, waar ze is verdwenen, is zo'n beetje overal een religieuze achtergrond te vinden. Iets met monniken. Weet je waar Dennis Creed woonde in 1974?'

'Vertel.'

'Paradise Park in Islington,' zei Strike.

'O. Dus jij denkt dat dat medium gewoon wist wie Anna's moeder was?'

'Als ik in de mediumbusiness zat zou ik zeker de namen van mijn klanten googelen voordat ze bij me langskwamen. Maar het kan ook een verzinsel zijn, bedoeld als een soort troost, zoals Anna al zei. De suggestie van een fatsoenlijke begrafenis. Hoe beroerd ze ook aan haar einde is gekomen, de plek waar haar stoffelijke resten liggen geeft een zekere zuivering. Zoiets. Creed heeft trouwens toegegeven vermalen botten verstrooid te hebben in Paradise Park. In de bloemperken.'

Hoewel het nog steeds drukkend warm was in de auto, voelde Robin onwillekeurig een lichte huivering door zich heen gaan.

'Vuile lijkenpikkers,' zei Strike.

'Wie?'

'Mediums, helderzienden, al die lui... ze maken misbruik van de mensen.'

'Denk je niet dat er ook mensen bij zijn die in hun eigen gaven geloven? Die denken dat ze echt boodschappen doorkrijgen uit het hiernamaals?'

'Ik denk vooral dat er een hoop mafkezen rondlopen, en hoe minder we hun mafkezerij belonen, hoe beter het voor ons allemaal is.'

Strikes mobiel rinkelde in zijn zak. Hij haalde hem tevoorschijn. 'Cormoran Strike.'

'Ja, hallo, met Anna Phipps. Kim zit hier naast me.'

Strike zette zijn telefoon op de speaker. 'Ik hoop dat u ons goed kunt verstaan,' zei hij over het gebrom en gerammel van de Land Rover uit. 'We zitten nog in de auto.'

'Ik hoor inderdaad lawaai,' zei Anna.

'Ik stop wel even,' zei Robin, en ze reed soepel de harde berm in.

'O, dat is beter,' reageerde Anna toen Robin de motor had uitgezet. 'Nou, Kim en ik hebben overlegd en we hebben besloten dat we jullie graag willen inhuren.'

Robin voelde een schokje van opwinding.

'Fijn,' zei Strike. 'We willen u graag helpen als dat kan.'

'Maar,' zei Kim, 'we vinden dat we, om psychologische – en vooruit, ook financiële – redenen een einddatum moeten afspreken, want als de politie deze zaak in bijna veertig jaar niet heeft kunnen oplossen... Ik bedoel, jullie kunnen ook wel veertig jaar tevergeefs blijven speuren.'

'Dat is waar,' zei Strike. 'En wat...'

'Wij dachten aan een jaar,' zei Anna, en ze klonk nerveus. 'Wat zeggen jullie ervan... klinkt dat redelijk?'

'Ik zou hetzelfde voorgesteld hebben,' zei Strike. 'Eerlijk gezegd denk ik dat we wel een maand of twaalf nodig hebben.'

'Hebben jullie verder nog wat van mij nodig om te kunnen beginnen?' Anna klonk nu zowel nerveus als enthousiast.

'Er schiet me vast nog wel iets te binnen,' zei Strike, en hij haalde zijn notitieboekje tevoorschijn om een naam op te zoeken. 'Maar het zou fijn zijn als ik uw vader en Cynthia kon spreken.'

Het werd doodstil aan de andere kant van de lijn. Strike en Robin keken elkaar aan.

'Ik denk niet dat dat erin zit,' zei Anna. 'Sorry, maar als mijn vader wist dat ik dit deed, zou hij het me vast nooit vergeven.'

'En Cynthia?'

'Het punt is,' klonk de stem van Kim, 'dat het niet goed gaat met Anna's vader. Cynthia is de redelijke van de twee als het om dit onderwerp gaat, maar ze zal Roy nu niet van streek willen maken.'

'Oké, geen probleem,' zei Strike, waarbij hij zijn wenkbrauwen optrok naar Robin. 'Onze eerste prioriteit is om het politiedossier in handen te krijgen. Ik mail u intussen alvast een standaardcontract. Als u dat wilt printen, ondertekenen en terugsturen, kunnen we beginnen.'

'Bedankt,' zei Anna, en Kim vulde met een lichte vertraging aan: 'Goed.'

Ze hingen op.

'Zo zo,' zei Strike, 'onze eerste cold case. Dat wordt interessant.'

'En we hebben een jaar,' zei Robin terwijl ze weer invoegde op de snelweg.

'Die termijn verlengen ze wel als het er straks naar uitziet dat we iets op het spoor zijn,' zei Strike.

'Veel succes daarmee,' reageerde Robin sardonisch. 'Kim is bereid ons een jaar de tijd te geven zodat ze tegen Anna kan zeggen dat ze alles geprobeerd hebben. Ik wil voor vijf pond wedden dat we geen verlenging krijgen.'

'Weddenschap aangenomen. Als er ook maar enigszins een spoor is, zal Anna de afloop willen weten.'

De rest van de rit bespraken ze de vier huidige klanten van het bureau, een gesprek dat hen helemaal tot aan het begin van Denmark Street voerde, waar Strike uitstapte.

'Cormoran,' zei Robin toen hij de plunjezak uit de achterbak sjorde, 'er ligt een bericht op je bureau van Charlotte Campbell. Ze belde gisteren en vroeg of je wilde terugbellen. Ze heeft iets voor je, zei ze.'

Heel even keek Strike Robin alleen maar aan, en zijn gezichtsuitdrukking was niet te peilen.

'Juist. Bedankt. Nou, tot morgen dan maar. O, nee,' verbeterde hij zichzelf meteen, 'je bent morgen vrij. Veel plezier alvast.'

En na het dichtgooien van de achterklep liep hij naar het kantoor, trekkend met zijn been, de plunjezak over zijn schouder. Robin, die dodelijk vermoeid achterbleef, wist nog steeds niet of Strike zat te wachten op datgene wat Charlotte Campbell voor hem had, wat het ook mocht zijn.

DEEL 2

Then came the Autumne all in yellow clad...

Edmund Spenser
The Faerie Queene

8

Full dreadfull thinges out of that balefull booke
He red...

Edmund Spenser
The Faerie Queene

Toen Strike en Robin haar het nieuws brachten over de bigamie van haar echtgenoot, bleef de lijkbleke vrouw die ze nu 'de tweede mevrouw Toupet' noemden eerst een paar minuten zwijgend zitten. Het was die dinsdagochtend rustig in haar kleine maar charmante huis in het centrum van Windsor: haar zoon en dochter waren naar de basisschool, en ze had opgeruimd en schoongemaakt voordat de detectives kwamen. De kamer rook naar Pledge, er liepen stofzuigersporen over het tapijt. Op de glanzend geboende salontafel lagen tien foto's van Toupet-zonder-toupet in Torquay, waar hij lachend de pizzazaak uit kwam met de tienerjongens die zo sprekend leken op zijn jongere kinderen in Windsor; hij had zijn arm om een glimlachende vrouw heen geslagen die een oudere zus van hun cliënte had kunnen zijn.

Robin, die nog precies wist hoe ze zich had gevoeld toen de diamanten oorbel van Sarah Shadlock uit haar eigen echtelijke bed was komen rollen, kon alleen maar raden naar de omvang van de pijn, vernedering en schaamte achter dat gespannen gezicht. Strike uitte de gebruikelijke woorden van medeleven, maar Robin zou er haar hele banksaldo om hebben verwed dat mevrouw Toupet er geen woord van meekreeg – en ze wist dat ze het goed had ingeschat toen mevrouw Toupet plotseling opstond, zo hevig trillend dat Strike ook moeizaam uit zijn stoel kwam, midden in een zin, om haar op te vangen, mocht dat nodig zijn. Maar ze liep met schokkerige bewegingen langs hem heen de kamer uit. Kort daarna hoorden ze de voordeur opengaan en zagen ze door de vitrage hoe hun cliënte met een golfclub in haar hand naar een rode Audi A3 liep die voor het huis geparkeerd stond.

'O, shit,' zei Robin.

Tegen de tijd dat ze bij haar waren had de tweede mevrouw Toupet de voorruit aan diggelen geslagen en diverse fikse deuken in het dak van de auto geramd. Achter verschillende ramen waren gapende buren verschenen, en twee dwergkeesjes keften verwoed achter glas in het huis tegenover hen. Toen Strike het ijzer uit haar hand trok, vloekte mevrouw Toupet tegen hem en probeerde het terug te pakken, waarna ze in snikken uitbarstte.

Robin sloeg een arm om de cliënte heen en leidde haar ferm terug naar binnen, gevolgd door Strike met de golfclub. Ze gaf hem opdracht sterke koffie te zetten en op zoek te gaan naar cognac. Op Robins advies belde mevrouw Toupet haar broer en smeekte hem om naar haar toe te komen, snel, maar toen ze had opgehangen en begon te scrollen op zoek naar het nummer van Toupet, griste Robin de mobiel uit haar gemanicuurde hand.

'Geef terug!' riep mevrouw Toupet met een verwilderde blik, klaar om ervoor te vechten. 'De schoft... de schoft... Ik moet hem spreken... Geef terug!'

'Geen goed idee,' zei Strike, en hij zette koffie en cognac voor haar neer. 'Hij heeft al aangetoond dat hij in staat is geld en goederen voor u te verbergen. Wat u nodig hebt is een topadvocaat, de beste van de besten.'

Ze bleven bij hun cliënte tot de komst van haar broer, een keurig in het pak gestoken hoofd Personeelszaken. Hij was geïrriteerd omdat hij voortijdig zijn werk had moeten verlaten en bleek nogal traag van begrip over wat er was gebeurd, waardoor Strike bijna ontplofte, en Robin voelde zich geroepen ertussen te springen en ruzie te voorkomen.

'Wat een bloody sukkel,' mompelde Strike toen ze terugreden naar Londen. 'Die kerel was al met iemand anders getrouwd toen hij met je zus in het huwelijk trad. Hoe moeilijk is dat te begrijpen?'

'Heel moeilijk.' Robins stem had een scherp randje. 'Mensen verwachten niet in zo'n situatie terecht te komen.'

'Denk je dat ze me hebben gehoord toen ik ze vroeg niet aan de pers los te laten dat wij hierbij betrokken zijn?'

'Nee,' zei Robin.

Ze had gelijk. Twee weken na hun bezoek aan Windsor kwamen ze 's ochtends tot de ontdekking dat diverse schandaalkranten de voorpagina hadden gereserveerd voor het verhaal over Toupet en zijn drie vrouwen, met verderop volop foto's van Strike, plus zijn naam in een van de koppen. Hij was tegenwoordig al nieuws op zichzelf, en de combinatie van een beroemde detective en een klein, kalend mannetje dat het voor elkaar had gekregen er twee gezinnen én een minnares op na te houden was onweerstaanbaar.

Strike had zich bij grote rechtszaken waar hij moest getuigen tot nu toe alleen vertoond met een volle baard, die gelukkig snel groeide als hij hem nodig had, en de foto die de pers het vaakst gebruikte was een oude waarop hij in uniform te zien was. Desalniettemin was het voor hem een eeuwige strijd om onopvallend op de achtergrond te blijven, zoals nodig was voor het beroep dat hij had gekozen; hij zat niet te wachten op verslaggevers die hem lastigvielen op kantoor en om commentaar vroegen. De storm aan publiciteit werd nog eens verlengd toen beide echtgenotes van Toupet een vijandig verbond sloten, samen tegen hun toekomstige ex. Ze gaven, met een onvoorziene voorliefde voor publiciteit, niet alleen een gezamenlijk interview aan een vrouwenblad, maar verschenen ook samen in diverse televisieprogramma's, waar ze vertelden over het langdurige bedrog, de schok, hun kersverse vriendschap en hun voornemen om Toupet zo hevig te laten boeten dat hij zou wensen dat hij hen nooit had leren kennen. Bovendien richtten ze een nauwverholen waarschuwing aan het adres van de zwangere minnares in Glasgow (die verbijsterend genoeg vast van plan leek te zijn om bij

Toupet te blijven): als ze dacht dat hij nog één penny zou overhouden nadat zijn echtgenotes met hem klaar waren, dan vergiste ze zich danig.

September was koel en wisselvallig. Strike belde Lucy om zich te verontschuldigen voor zijn opmerking over haar zoontjes, maar zelfs na zijn excuus bleef ze kil tegen hem doen, ongetwijfeld omdat hij alleen had gezegd er spijt van te hebben dat hij zijn mening hardop had uitgesproken, zonder zijn woorden terug te nemen. Strike was opgelucht te horen dat haar zonen in het weekend hun sportclubs hadden nu de school weer begonnen was, wat betekende dat hij bij zijn volgende bezoek aan St Mawes niet op de bank zou hoeven slapen en zich helemaal aan Ted en Joan zou kunnen wijden, zonder de afleiding van de gespannen, beschuldigende aanwezigheid van Lucy.

Zijn tante wilde zoals altijd niets liever dan voor hem koken, maar ze was al verzwakt door de chemotherapie. Het was pijnlijk om te zien hoe ze zich de keuken door sleepte, maar ze wilde niet blijven zitten, zelfs niet wanneer Ted haar smeekte dat wel te doen. Die zaterdagavond, nadat Joan naar bed was gegaan, stortte zijn oom in, snikkend tegen Strikes schouder. Ted, die in de ogen van zijn neef altijd een onverstoorbaar, onkwetsbaar bastion van kracht was geweest.

Strike kon normaal gesproken onder vrijwel alle omstandigheden slapen, maar nu lag hij 's nachts tot minstens twee uur wakker. Hij staarde voor zich uit in de duisternis, die veel dieper was dan de nachten in Londen, en vroeg zich af of hij langer moest blijven. Hij vond het zwak van zichzelf dat hij uiteindelijk besloot dat het de juiste beslissing was om terug te gaan naar Londen.

In werkelijkheid wilde hij vertrekken vanwege de werkdruk op het detectivebureau. Hij voelde zich schuldig om alle klussen die hij met zijn lange weekend in Cornwall afschoof op Robin en zijn freelancers. Boven op de vijf lopende zaken worstelden Robin en hij met de toegenomen managementeisen die aan hen werden gesteld door de uitbreiding van het team, en ze waren met de projectontwikkelaar die hun pand had gekocht in onderhandeling over de verlenging van de huur van het kantoor met een jaar. Daarnaast probeerden ze, tot nu toe zonder succes, om een van hun contacten bij de politie zover te krijgen dat hij hun het veertig jaar oude dossier van de verdwijning van Margot Bamborough zou overhandigen. Morris had bij de Londense politie gezeten, net als Andy Hutchins, de freelancer die het langst voor hen werkte: een rustige, sombere man wiens MS gelukkig in remissie was. Beiden hadden het ook geprobeerd bij voormalige collega's van wie ze nog iets tegoed hadden, maar tot nu toe liepen de reacties op de verzoeken van het detectivebureau uiteen van 'Ik denk dat het is opgegeten door de muizen' tot 'Rot op, ik heb het druk'.

Op een regenachtige middag tijdens het schaduwen van Goochem in de City, het Londense zakenhart, waarbij Strike zijn best deed om niet zichtbaar met zijn been te trekken, inwendig vloekend op de tweede verkoper van goedkope paraplu's die hem de weg versperde op het trottoir, kreeg Strike een telefoontje. Hij verwachtte een nieuw probleem dat opgelost moest worden, dus het verraste hem dat de beller zei: 'Hoi Strike, met George Layborn. Ik hoorde dat je weer bezig bent met de zaak-Bamborough?'

Strike had inspecteur Layborn pas één keer ontmoet, en hoewel dat in verband was geweest met een zaak waarin Strike en Robin de politie van Londen goed hadden geholpen, had hij niet de indruk gehad dat hun band hecht genoeg was om Layborn om hulp te vragen bij het verkrijgen van de Bamborough-dossiers.

'Ha, George. Ja, dat heb je goed gehoord,' zei Strike, die intussen Goochem een wijnbar binnen zag gaan.

'Ik zou morgenavond met je kunnen afspreken, als je wilt. Feathers, zes uur?' zei Layborn.

Dus vroeg Strike aan Barclay of hij van klus wilde ruilen, en de volgende avond ging hij naar de pub vlak bij Scotland Yard, waar Layborn al aan de bar op hem zat te wachten. Layborn, een man van middelbare leeftijd met grijs haar en een flinke buik, haalde voor hen allebei een pint London Pride en ze liepen naar een tafeltje in de hoek.

'Mijn pa heeft aan de zaak-Bamborough gewerkt, onder Bill Talbot,' vertelde Layborn. 'Hij heeft me er alles over verteld. Wat heb je tot nu toe?'

'Niks. Ik heb naar de oude berichten uit de pers gekeken, en ik probeer mensen op te sporen die werkten in de huisartsenpraktijk vanwaaruit ze is verdwenen. Verder kan ik weinig doen zonder het politiedossier, maar daar heeft tot nu toe niemand me aan kunnen helpen.'

Layborn, die tijdens hun enige andere ontmoeting een voorliefde voor kleurrijk obsceen taalgebruik aan de dag had gelegd, leek vanavond merkwaardig ingetogen. 'Het was een fucking puinhoop, het onderzoek in de zaak-Bamborough,' zei hij zacht. 'Heeft iemand je al over Talbot verteld?'

'Wat dan?'

'Hij is helemaal doorgedraaid,' zei Layborn. 'Een regelrechte zenuwinzinking. Hij deed al raar voordat hij deze zaak op zich nam, maar we hebben het hier natuurlijk wel over de jaren zeventig, hè? Aandacht voor de geestelijke gezondheid van werknemers was iets voor watjes. Hij was altijd een goede politieman geweest, daar niet van. Een paar jonge agenten merkten dat hij zich vreemd gedroeg, maar toen ze het aankaartten, werden ze niet serieus genomen.

Hij stond een half jaar aan het hoofd van het Bamborough-onderzoek toen zijn vrouw midden in de nacht een ambulance belde en hem liet opnemen in een psychiatrische instelling. Hij heeft zijn pensioen nog gewoon gekregen, maar voor het onderzoek was het te laat. Een dikke tien jaar later is hij overleden, maar ik heb gehoord dat hij het zichzelf nooit heeft vergeven dat hij de zaak had verkloot. Na zijn herstel schaamde hij zich kapot voor zijn eigen gedrag.'

'Wat voor gedrag was dat?'

'Hij hechtte te veel belang aan zijn eigen intuïtie, verzamelde niet naar behoren bewijsmateriaal, had geen interesse in getuigen die niet in zijn theorie pasten...'

'En zijn theorie was dat Creed haar had meegenomen, toch?'

'Precies,' zei Layborn. 'Alleen werd Creed toen nog het Monster van Essex genoemd, omdat hij de eerste paar lijken had gedumpt in Epping Forest en Chigwell.' Layborn nam een grote teug van zijn bier. 'Het grootste deel van Jackie Aylett is teruggevonden in een industriële afvalcontainer. Het is een beest, die kerel. Een beest.'

'Wie heeft de leiding in deze zaak overgenomen van Talbot?'

'Een zekere Lawson, Ken Lawson,' zei Layborn. 'Maar die had een achterstand van een half jaar, het spoor was afgekoeld en Talbot had een grote puinhoop achtergelaten. Daar komt nog bij dat de timing rondom Margot Bamborough behoorlijk ongelukkig was. Weet je nog wat er een maand naar haar verdwijning is gebeurd?'

'Nee?'

'Lord Lucan verdween,' zei Layborn. 'Probeer jij maar eens een vermiste huisarts op de voorpagina's te houden nadat de kinderoppas van een lid van het Hogerhuis is afgeslacht en hij op de vlucht is geslagen. Die bunnyfoto's hadden ze toen al gebruikt. Wist je dat Bamborough Playboy-bunny is geweest?'

'Ja,' zei Strike.

'Ze kon er deels haar studie geneeskunde mee bekostigen,' zei Layton, 'maar volgens mijn pa was de familie er niet blij mee dat dat werd opgerakeld. Ze stonden meteen op hun achterste benen, ook al bezorgden die foto's de zaak juist meer aandacht. Zo zit de wereld nu eenmaal in elkaar, nietwaar?'

'Wat dacht je vader dat er met haar was gebeurd?' vroeg Strike.

'Eerlijk gezegd,' antwoordde Layton met een zucht, 'dacht hij dat Talbot wel eens gelijk kon hebben. Dat Creed haar te pakken genomen had. Niets wees erop dat ze van plan was te verdwijnen – paspoort lag nog thuis, geen koffer ingepakt, geen kleding weg, vaste baan, geen geldzorgen, een jong kind.'

'Het valt niet mee om een fitte, gezonde vrouw van negenentwintig mee te sleuren vanaf een drukke straat zonder dat iemand het ziet,' zei Strike.

'Klopt,' zei Layborn. 'Creed pikte zijn slachtoffers meestal op als ze dronken waren. Dat gezegd hebbende: het was een donkere avond en het regende. Hij had het al eerder geflikt. En hij was er goed in het wantrouwen van vrouwen weg te nemen met zijn gladde praatjes en hun sympathie te wekken. Er zijn er een paar uit eigen beweging zijn flat binnengegaan.'

'Een bestelbus zoals die van Creed reed met hoge snelheid door de straat, klopt dat?'

'Ja,' zei Layborn. 'En uit het verhaal van mijn vader maakte ik op dat dat nooit goed is nagetrokken. Talbot wilde namelijk niet horen dat het misschien gewoon iemand was die op tijd thuis wilde zijn voor het avondeten. Het gewone routinewerk werd achterwege gelaten. Ik heb bijvoorbeeld ook gehoord dat een ex van Bamborough daar rondhing. Ik wil niet zeggen dat die haar heeft vermoord, maar volgens pa heeft Talbot de helft van het verhoor van die ex besteed aan vragen over de avond dat Helen Wardrop werd belaagd.'

'Wie?'

'Een prostituee. Creed heeft in '73 geprobeerd haar te ontvoeren. Het ging bij hem namelijk ook wel eens mis. Peggy Hiskett wist aan hem te ontkomen, en zij heeft de politie al in '71 een signalement gegeven, maar dat heeft niet veel geholpen. Ze zei dat hij donker haar had en nogal dik was, maar hij droeg die avond een pruik en een zwaar gevoerde vrouwenjas. Uiteindelijk is hij gepakt dankzij Melody Bower. Nachtclubzangeres, leek op Diana Ross. Creed sprak haar aan bij een bushalte, bood haar een lift aan en probeerde haar zijn bestelbus in te sleuren toen ze weigerde. Ze ontsnapte, gaf de politie een goede beschrijving van hem en vertelde dat hij in de buurt van Paradise Park woonde. Hij was op het laatst onvoorzichtig geworden. De arrogantie deed hem de das om.'

'Je weet hier veel van, George.'

'Ach ja, pa was als een van de eersten in Creeds kelder na de arrestatie. Hij wilde nooit praten over wat hij daar had gezien, en hij had toch afrekeningen in de onderwereld en dat soort dingen meegemaakt... Creed heeft de ontvoering van Bamborough nooit bekend, maar dat wil niet zeggen dat hij het niet heeft gedaan. Die schoft laat iedereen tot na zijn dood in onzekerheid. Die kloothommel is puur kwaadaardig. Hij speelt al jaren een spelletje met de familie van zijn bevestigde slachtoffers. Hij suggereert graag dat hij nog meer vrouwen heeft vermoord, maar laat geen bijzonderheden los. Begin jaren tachtig heeft een of andere journalist hem geïnterviewd, maar dat was de laatste keer dat er iemand bij hem werd toegelaten. Het ministerie van Justitie heeft de boel op slot gegooid. Creed grijpt publiciteit aan als middel om de familieleden te kwellen. Dat is de enige vorm van macht die hij nog heeft.'

Layborn dronk zijn glas leeg en keek op zijn horloge. 'Ik ga mijn best voor je doen met dat dossier. Die ouwe zou gewild hebben dat ik je hielp. Het zat hem niet lekker, zoals dat onderzoek is verlopen.'

Het begon harder te waaien toen Strike terugkwam bij zijn zolderflat. Zijn met regen bespatte ramen rammelden in de losse sponningen terwijl hij zorgvuldig de bonnetjes uit zijn portefeuille sorteerde voor de accountant.

Om negen uur, na het nuttigen van een maaltijd die hij had bereid op zijn eenpitsfornuisje, ging hij op bed liggen met de tweedehands biografie van Dennis Creed, *De demon van Paradise Park*, een boek dat hij een maand geleden had besteld en dat al die tijd ongeopend op zijn nachtkastje had gelegen. Hij maakte de knoop van zijn broeksband los om de grote hoeveelheid spaghetti die hij zojuist had verorberd de ruimte te geven, liet een luide, bevredigende boer, stak een sigaret op, leunde achterover in de kussens en sloeg het boek open, vooraan, bij de tijdlijn die Creeds langdurige loopbaan van verkrachting en moord blootlegde.

1937	Geboren in Greenwell Terrace, Mile End
1954	April: in militaire dienst gegaan
	November: verkrachting scholiere **Vicky Hornchurch (15)**
	2 jaar jeugddetentie
1955-61	Diverse kortstondige baantjes, hand- en kantoorwerk
	Bezocht prostituees
1961	Juli: verkrachting en marteling van verkoopster **Sheila Gaskins (22)**
	5 jaar gevangenisstraf Pentonville
1968	April: ontvoering, verkrachting, marteling en moord van scholiere **Geraldine Christie (16)**
1969	September: ontvoering, verkrachting, marteling en moord van secretaresse **Jackie Aylett (29)**, moeder van 1 kind
	Bijnaam 'Monster van Essex' in de pers

1970	Januari: verhuisd naar souterrain van Vi Cooper aan Liverpool Road, vlak bij Paradise Park Baan als bezorger bij stomerij Februari: ontvoering kantinemedewerkster **Vera Kenny (31)**, moeder van drie kinderen. Hield haar drie weken vast in kelder. Verkracht, gemarteld en vermoord. November: ontvoering makelaar **Noreen Sturrock (28)**. Vier weken vastgehouden in kelder. Verkracht, gemarteld en vermoord.
1971	Augustus: poging tot ontvoering apotheker **Peggy Hiskett (34)**
1972	September: ontvoering werkloze **Gail Wrightman (30)**. Vastgehouden in kelder. Verkracht en gemarteld.
1973	Januari: moord op Wrightman December: mislukte ontvoeringspoging prostituee **Helen Wardrop (32)**, moeder van 1 kind
1974	September: ontvoering kapster **Susan Meyer (27)**, vastgehouden in kelder. Verkracht en gemarteld.
1975	Februari: ontvoering van doctoraalstudente **Andrea Hooton (23)**. Hooton en Meyer werden gelijktijdig vier weken vastgehouden in kelder. Maart: moord op Susan April: moord op Andrea
1976	25 januari: poging tot ontvoering nachtclubzangeres **Melody Bower (26)** 31 januari: verhuurster Vi Cooper herkent Creed na beschrijving en het zien van politietekening 2 februari: Creed gearresteerd

Strike sloeg de bladzijde om en las vluchtig het voorwoord, waarin het enige interview werd aangehaald dat ooit was gegeven door Creeds moeder, Agnes Waite.

> Ze vertelde me allereerst dat de datum op Creeds geboorteakte niet juist is.

'Er staat dat hij is geboren op 20 december, nietwaar?' vroeg ze me. 'Dat klopt niet. Hij is geboren in de nacht van 19 november. Maar hij heeft bij de aangifte gelogen over de datum, omdat we veel te laat waren met aangeven.'

'Hij' was Agnes' stiefvader William Awdry, een man die in de buurt berucht was vanwege zijn gewelddadige karakter...

'Hij trok de baby meteen na de bevalling uit mijn armen en zei dat hij hem ging vermoorden. Verdrinken in de buiten-wc. Ik smeekte hem het niet te doen, om de baby te laten leven. Tot dat moment had ik zelf niet geweten of ik wel wilde dat het kindje zou blijven leven, maar als je ze eenmaal hebt gezien, hebt vastgehouden... En Dennis was sterk, je kon merken dat hij wilde leven.

Het ging nog weken door, dat dreigen, Awdry wilde hem verdrinken. Maar tegen die tijd hadden de buren de baby horen huilen en waarschijnlijk hadden ze ook gehoord waarmee hij [Awdry] dreigde. Hij wist dat hij het kind niet meer kon verbergen, hij had te lang gewacht. Dus deed hij aangifte van de geboorte, maar hij loog over de datum, zodat niemand zou vragen waarom hij zo lang had gewacht. Er was toch niemand die kon beweren dat het kind ouder was, niemand die dat bijhield. Ik heb nooit een vroedvrouw of een verpleegster gehad of iets dergelijks...'

De antwoorden die Creed me schreef waren vaak uitgebreider dan waar we tijdens onze persoonlijke gesprekken tijd voor hadden gehad. Maanden later stuurde hij me het volgende, over zijn eigen vermoedens over wie zijn vader was: 'Ik zag mijn zogenaamde stiefopa als ik in de spiegel keek. De gelijkenis werd sterker naarmate ik ouder werd. Ik had zijn ogen, dezelfde vorm oren, zijn grauwe huidskleur, zijn lange nek. Hij was forser dan ik, zag er mannelijker uit, en ik denk dat dat deels de reden was dat hij me niet moest: hij vond het vreselijk om zijn eigen trekken terug te zien in zwakkere, meisjesachtige vorm. Hij had een bloedhekel aan kwetsbaarheid...'

'Ja, natuurlijk was Dennis van hem,' vertelde Agnes me. 'Hij [Awdry] pakte me voor het eerst toen ik dertien was. Ik mocht nooit uitgaan, had nooit een vriendje. Toen mijn moeder besefte dat ik in verwachting was, zei Awdry dat ik stiekem met iemand op stap was geweest. Wat moest hij anders zeggen? En mijn moeder geloofde hem. Of ze deed alsof.'

Agnes ontvluchtte het overvolle huis van haar stiefvader kort voor Dennis' tweede verjaardag, toen ze zestieneneenhalf was.

'Ik wilde Dennis meenemen, maar ik vertrok midden in de nacht en ik mocht geen geluid maken. Ik kon nergens heen, ik had geen werk, geen geld. Alleen een vriend die zei dat hij voor me zou zorgen. Dus liep ik weg.'

Ze zou haar eerstgeborene nog twee keer zien. Toen ze hoorde dat William Awdry negen maanden gevangenisstraf uitzat wegens geweldpleging, keerde ze terug naar het huis van haar moeder, in de hoop Dennis ongezien te kunnen meenemen.

'Dan zou ik tegen Bert [haar eerste echtgenoot] zeggen dat hij mijn neefje was, want Bert wist niks van die hele toestand. Maar Dennis kende me niet meer, denk ik. Hij wilde mijn moeder niet loslaten, niet met me praten, en mijn moeder zei dat het nu te laat was en dat als ik hem dan zo graag wilde, ik hem maar niet had moeten achterlaten. Dus ben ik weer vertrokken zonder hem.'

De laatste keer dat Agnes haar zoon in levenden lijve zag was toen ze een keer naar zijn lagere school ging en hem over het hek bij zich riep. Hoewel hij destijds amper vijf was, beweerde Creed in ons tweede gesprek dat hij zich die laatste ontmoeting kon herinneren.

'Het was een mager, onknap vrouwtje, hoerig gekleed,' vertelde hij me. 'Ze zag er heel anders uit dan de andere moeders bij het schoolplein. Je kon zien dat het geen respectabele vrouw was. Ik wilde niet dat de andere kinderen me met haar zagen praten. Ze beweerde dat ze mijn moeder was en ik zei dat dat niet waar was, maar ik wist dat het wel zo was. Ik ben weggerend.'

'Hij wilde niets met me te maken hebben,' zei Agnes. 'Toen heb ik het opgegeven. Ik ging niet naar het huis als Awdry daar was. Dennis ging tenminste wel naar school. Hij zag er schoon uit...

Ik heb me later wel vaak afgevraagd hoe hij zou zijn en zo,' zei Agnes. 'Dat doe je nu eenmaal. Zo'n kind komt uit jouw lijf. Mannen snappen niet wat dat betekent. Jazeker, ik vroeg me af hoe het met hem ging, maar toen ben ik met Bert naar het noorden verhuisd, waar hij een baan kreeg bij de posterijen, en ik ben nooit meer naar Londen gegaan. Zelfs niet toen mijn moeder doodging, want Awdry had laten doorschemeren wat hij zou doen als ik daar mijn gezicht liet zien.'

Toen ik Agnes vertelde dat ik Dennis een week voor mijn bezoek aan haar in Romford nog had gezien, was er maar één ding waar ze nieuwsgierig naar was. 'Ze zeggen dat hij heel slim is, hè?'

Ik antwoordde dat hij inderdaad erg slim was, zonder twijfel. Het was het punt waarover al zijn psychiaters het eens waren. Bewakers vertelden me dat hij zeer veel las, vooral boeken over psychologie.

'Ik snap niet van wie hij dat heeft. Niet van mij... Ik heb het allemaal in de kranten gelezen, ik zag hem op het nieuws, heb gehoord wat hij allemaal heeft gedaan. Verschrikkelijk, echt verschrikkelijk. Hoe komt een mens zo?

Na de rechtszaak dacht ik aan dat naakte ventje, helemaal onder het bloed op het keukenzeil waar hij geboren was, met mijn stiefvader over ons heen gebogen, dreigend hem te verdrinken, en ik zweer u nu,' zei Agnes Waite, 'dat ik zou willen dat ik hem zijn gang had laten gaan.'

Strike drukte zijn sigaret uit en pakte het blik Tennent's-bier dat naast de asbak stond. Een lichte motregen spetterde tegen zijn ramen terwijl hij verder bladerde in het boek en halt hield halverwege hoofdstuk 2.

... grootmoeder, Ena, was niet bereid of niet in staat om het jongste lid van de huishouding te beschermen tegen de steeds sadistischer wordende straffen van haar echtgenoot.

Awdry genoot er vooral van om Dennis te vernederen vanwege zijn hardnekkige bedplassen. Zijn stiefgrootvader gooide dan een emmer water in het bed van de jongen en dwong hem vervolgens erin te slapen. Creed herinnerde zich diverse gelegenheden waarbij hij was gedwongen om in zijn drijfnatte pyjamabroek naar de buurtwinkel te lopen om voor Awdry sigaretten te kopen.

'Je vluchtte in je fantasie,' schreef Creed me later. 'In mijn hoofd was ik volledig vrij en gelukkig. Maar er waren, zelfs toen al, rekwisieten in de materiële wereld die ik graag toevoegde aan mijn geheime leven. Voorwerpen die in mijn fantasieën een totemachtig vermogen kregen.'

Al op twaalfjarige leeftijd ontdekte Creed de geneugten van het voyeurisme.

'Het wond me op,' schreef hij na ons derde interview, 'om naar vrouwen te kijken die niet wisten dat ze werden geobserveerd. Dat deed ik bij mijn zusjes, maar ik sloop ook naar verlichte ramen. Als ik geluk had, zag ik een vrouw of een meisje zich uitkleden of ving ik zelfs een glimp op van een naakt lichaam. Ik werd niet alleen opgewonden van het voor de hand liggende sensuele aspect, maar ook door het gevoel van macht. Het was alsof ik hun iets wezenlijks afnam, iets waarvan zij meenden dat het persoonlijk was, verscholen.'

Hij ging algauw over tot het stelen van vrouwenondergoed van de waslijnen van buren en zelfs van zijn grootmoeder Ena. Dat droeg hij graag heimelijk, en hij masturbeerde erin.

Strike bladerde geeuwend verder en stopte bij een passage in hoofdstuk 4.

... zwijgzame medewerker van de postkamer bij Fleetwood Electric, die zijn collega's verbijsterde door tijdens een avondje uit met de zaak de jas van een medewerkster aan te trekken om de zangeres Kay Starr te imiteren.

'Daar stond de kleine Dennis ineens "Wheel of Fortune" te blèren in Jenny's jas,' vertelde een anonieme collega aan de pers na de arrestatie van Creed. 'Een paar oudere mannen voelden zich daar ongemakkelijk onder. Sommigen dachten daarna dat hij, je weet wel... homo was. Maar wij, de jongere garde, juichten hem keihard toe. Daarna kroop hij een beetje uit zijn schulp.'

Maar het geheime fantasiebestaan van Creed draaide niet om een leven van amateurtoneel of zingen in de pub. Wat de toeschouwers van de aangeschoten zestienjarige op dat podium niet wisten, was dat zijn uitgebreide fantasieën steeds sadistischer werden...

Collega's bij Fleetwood Electric reageerden vol afschuw toen 'de kleine Dennis' werd gearresteerd voor de verkrachting en marteling van Sheila Gaskins, de tweeëntwintigjarige verkoopster die hij was gevolgd nadat ze uit de nachtbus stapte. Gaskins, die de aanval alleen heeft overleefd omdat Creed werd weggejaagd door een nachtwaker die geluiden hoorde in een steeg, kon bewijsmateriaal tegen hem aandragen.

Na zijn veroordeling zat hij vijf jaar gevangenisstraf uit in Pentonville. Dat was de laatste keer dat Creed toegaf aan zijn impulsen.

Strike nam even pauze om een nieuwe sigaret op te steken en bladerde door de volgende tien hoofdstukken tot zijn oog op een bekende naam viel.

... Margot Bamborough, huisarts in Clerkenwell, op 11 oktober 1974.

Inspecteur Talbot, die het onderzoek leidde, zag onmiddellijk verdacht veel overeenkomsten tussen de verdwijning van de jonge arts en die van Vera Kenny en Gail Wrightman.

Zowel Kenny als Wrightman werd ontvoerd op een regenachtige avond, waarop de aanwezigheid van paraplu's en natte autoruiten een welkom beletsel vormde voor mogelijke getuigen. Op de avond dat Margot Bamborough verdween stortregende het.

Een bestelbusje, met vermoedelijk valse kentekenplaten, is zowel bij Kenny als bij Wrightman in de buurt gezien vlak voor hun verdwijning. Drie getuigen hebben onafhankelijk van elkaar gemeld dat een vergelijkbare witte bestelbus die avond met hoge snelheid wegreed in de buurt van Margot Bamboroughs praktijk.

Wat nog meer tot nadenken stemde was het ooggetuigenverslag van een automobilist die op straat twee vrouwen had gezien, van wie er één onvast ter been of zelfs flauwgevallen leek te zijn en werd ondersteund door de ander. Talbot legde onmiddellijk de link met de dronken Vera Kenny, die hij in een bestelwagen had zien stappen met wat een andere vrouw leek te zijn, en aan het verhaal van Peggy Hiskett, die een verklaring had afgelegd over een man verkleed als vrouw die haar bij een afgelegen bushalte probeerde over te halen een flesje bier met hem te drinken en vervolgens agressief werd, waarna zij gelukkig de aandacht van een langsrijdende automobilist wist te trekken.

Talbot was ervan overtuigd dat Bamborough ten prooi gevallen was aan de seriemoordenaar die inmiddels het Monster van Essex werd genoemd, en...

Strikes mobiel ging. Omdat hij de bladzijde in het boek waar hij was gebleven niet uit het oog wilde verliezen, nam hij op zonder te kijken wie er belde. 'Met Strike.'

'Hallo, Bluey,' zei een vrouw zacht.

Strike legde het boek ondersteboven op het bed. Er viel een stilte, waarin hij Charlotte hoorde ademen.

'Wat wil je van me?'

'Met je praten.'

'Waarover?'

'Weet ik veel,' zei ze met een lachje. 'Kies jij maar.'

Strike kende deze stemming. Ze was halverwege een fles wijn of had misschien een paar whisky's gedronken. Er was een fase van dronkenschap – niet eens dronkenschap, eerder door alcohol opgewekte mildheid – waarin een Charlotte tevoorschijn kwam die vertederend was, amusant zelfs, maar nog niet strijdlustig of melodramatisch. Hij had zich ooit afgevraagd, tegen het einde van hun verloving, toen zijn eigen aangeboren eerlijkheid hem dwong de feiten onder ogen te zien en harde vragen te stellen, hoe realistisch of gezond het was om een vrouw te wensen die altijd licht aangeschoten was.

'Je hebt me niet teruggebeld,' zei Charlotte. 'Ik had een bericht achtergelaten bij die Robin van jou. Heeft ze dat niet doorgegeven?'

'Jawel.'

'Maar je hebt niet gebeld.'

'Wat wil je nou, Charlotte?'

Het verstandige deel van zijn hersenen zei dat hij het gesprek moest beëindigen, maar toch hield hij de telefoon aan zijn oor, luisterend, afwachtend. Ze was lange tijd als een drug voor hem geweest, of een ziekte.

'Interessant,' zei Charlotte dromerig. 'Ik dacht dat ze misschien had besloten de boodschap niet aan je door te geven.'

Hij zei niets.

'Zijn jullie al samen? Ze ziet er best goed uit. En ze is er altijd. Meteen voorhanden. Zo lekker makkelijk...'

'Waar bel je voor?'

'Dat zeg ik toch, ik wil met je praten... Weet je welke dag het vandaag is? De eerste verjaardag van de tweeling. De voltallige *famille* Ross is komen opdagen om te roepen hoe geweldig ze wel niet zijn. Ik heb nu voor het eerst even tijd voor mezelf.'

Hij wist natuurlijk dat ze een tweeling had gekregen. Er had een geboortebericht in *The Times* gestaan, want ze was getrouwd met een man uit een aristocratische familie die routinematig geboortes, huwelijken en sterfgevallen in de krant liet verkondigen, al had Strike het nieuws daar zelf niet gelezen. Ilsa was degene die hem de informatie had doorgegeven, en Strike had onmiddellijk moeten terugdenken aan de woorden die Charlotte tegen hem had gesproken aan het restauranttafeltje waar ze hem ruim een jaar eerder onder valse voorwendselen naartoe had gelokt.

Het enige wat me op de been heeft gehouden tijdens deze hele zwangerschap is de gedachte dat ik weg kan als ze eenmaal geboren zijn.

Maar de baby's waren prematuur ter wereld gekomen en Charlotte had ze niet in de steek gelaten.

Kinderen komen uit je lijf. Mannen snappen niet wat dat betekent.

Ze had het afgelopen jaar twee keer eerder zoals nu in aangeschoten toestand naar Strike gebeld, beide keren 's avonds laat. De eerste keer had hij het gesprek binnen een paar seconden beëindigd, omdat hij bereikbaar moest zijn voor Robin. De tweede keer had Charlotte na enkele minuten abrupt opgehangen.

'Niemand had gedacht dat ze het zouden halen, wist je dat?' vroeg Charlotte nu. 'Het is een wónder,' fluisterde ze.

'Je kinderen zijn jarig, ik kan je beter laten gaan. Fijne avond nog, Char...'

'Niet ophangen,' zei ze, plotseling fel. 'Alsjeblieft, niet doen.'

Ophangen, zei de stem in zijn hoofd. Hij deed het niet.

'Ze liggen te slapen. Als een blok. Ze weten niet dat het hun verjaardag is, het hele gedoe is een lachertje. Vieren dat die fucking nachtmerrie vandaag een jaar geleden is. Het was walgelijk, ze hebben me opengesneden...'

'Ik moet ophangen. Ik heb het druk.'

'Alsjeblieft,' zei ze, bijna jammerend. 'Bluey, ik ben zo ongelukkig, je hebt geen idee hoe ellendig ik me voel.'

'Je bent een getrouwde moeder van twee kinderen,' zei hij hardvochtig, 'en ik ben niet van de probleemrubriek. Er zijn hulpverleners die je anoniem kunt bellen als je daar behoefte aan hebt. Welterusten, Charlotte.'

Hij verbrak de verbinding.

Het regende nu harder. De druppels roffelden op de donkere ramen. Het gezicht van Dennis Creed keek ondersteboven naar hem vanaf het omgekeerde boek. Zijn door het licht gegeselde ogen leken andersom te staan. Het effect was verontrustend, alsof de ogen op de foto leefden.

Strike sloeg het boek weer open en las verder.

9

Faire Sir, of friendship let me now you pray,
That as I late aduentured for your sake,
The hurts whereof me now from battell stay,
Ye will me now with like good turne repay.

Edmund Spenser
The Faerie Queene

George Layborn was er nog steeds niet in geslaagd het Bamborough-dossier in handen te krijgen toen Robins verjaardag aanbrak.

Voor het eerst in haar leven voelde ze geen steek van opwinding door zich heen gaan toen ze bij het ontwaken op 9 oktober besefte wat voor dag het was. Ze werd eerder somber. Vandaag was ze negenentwintig jaar oud, en negenentwintig klonk raar. Het getal leek iets te markeren; het was geen mijlpaal, maar wel een aanduiding: 'volgende halte: DERTIG'. Terwijl ze daar in haar eentje in het tweepersoonsbed lag, in haar gehuurde slaapkamer, dacht ze terug aan wat haar favoriete nicht Katie had gezegd die laatste keer dat Robin haar ouders bezocht, toen ze Katies zoontje van twee had geholpen Play-Doh-monsters te kleien die mochten meerijden in zijn Tonkatruck.

'Het lijkt wel of jij in een andere richting reist dan wij met z'n allen.'

Toen Katie iets in Robins gezicht zag waardoor ze spijt kreeg van haar woorden, had ze er haastig aan toegevoegd: 'Dat bedoel ik niet vervelend! Je lijkt me heel gelukkig. Vrij, bedoel ik! Echt,' had ze er quasigemeend achteraan gezegd, 'soms benijd ik je.'

Robin had geen seconde spijt gehad van het beëindigen van het huwelijk dat haar, in die laatste fase, alleen maar diep ongelukkig had gemaakt. Ze wist nog precies hoe ze zich toen had gevoeld (daarna godzijdank niet meer): het was alsof alle kleur was weggetrokken uit haar omgeving – op zich een heel mooie omgeving. Ze wist dat de zeekapiteinswoning in Deptford waar Matthew en zij uiteindelijk uit elkaar waren gegaan een zeer aantrekkelijk huis was, en het was raar dat ze zich er nog maar zo weinig details van kon herinneren. Het enige wat haar haarscherp was bijgebleven was de doodse, afgestompte gemoedstoestand waaronder ze had geleden tussen die muren; het eeuwige, akelige schuldgevoel en de toenemende afschuw die gepaard ging met het besef dat ze zich had geketend aan iemand die ze niet eens leuk vond en met wie ze niets gemeen had.

Toch was Katies montere omschrijving van Robins huidige leven als 'gelukkig' en 'vrij' niet helemaal accuraat. Ze zag nu al een paar jaar dat Strike zijn werk prioriteit gaf boven al het andere. Sterker nog: het bericht dat Joan kanker had was voor zover Robin wist de allereerste aanleiding voor Strike om taken over te dragen en eindelijk iets anders dan detectivewerk voorrang te geven. De laatste tijd had Robin ook het gevoel dat ze bijna werd opgeslokt door haar werk, dat haar zoveel voldoening schonk. Nu ze eindelijk het leven leidde dat ze al die tijd had gewild, sinds ze voor het eerst door die glazen deur Strikes kantoor betrad, begreep ze de eenzaamheid die op de loer lag als je werd gedreven door één grote passie.

Dat ze het bed helemaal voor zichzelf had was in het begin een genot geweest: niemand die met de rug naar haar toe lag te mokken, niemand die klaagde dat ze niet genoeg geld binnenbracht of haar doorzaagde over zijn vooruitzichten op promotie; niemand die seks eiste, iets wat eerder een taak dan een genoegen was geworden. Maar ook al miste ze Matthew totaal niet, ze kon zich voorstellen dat er een tijd zou komen (en als ze eerlijk was, was die al aangebroken) dat het gebrek aan fysiek contact, aan genegenheid en zelfs seks –

wat voor Robin ingewikkelder lag dan voor veel andere vrouwen – een groot gemis zou worden, of in ieder geval een serieuze afwezigheid in haar leven.

En dan? Zou ze net zo worden als Strike, met een reeks relaties die allemaal met ferme hand naar de tweede plaats werden verbannen, met het werk op nummer één? Onmiddellijk na die gedachte vroeg ze zich af, zoals ze sindsdien vrijwel dagelijks had gedaan, of haar partner Charlotte Campbell had teruggebeld. Ongedurig sloeg ze het dekbed van zich af en liep naar de douche, zonder zich iets aan te trekken van de pakjes die op de ladekast lagen.

Haar nieuwe woonruimte aan Finborough Road besloeg de bovenste twee verdiepingen van een flink rijtjeshuis. De slaapkamers en de badkamer waren op de derde verdieping, de huiskamer was op de vierde. Daaraan grensde een terrasje, waar Wolfgang, de oude ruwharige teckel van de eigenaar, op zonnige dagen graag buiten lag.

Robin had niet de illusie dat er in Londen ook maar iets te koop was voor een vrouw alleen met een modaal inkomen, zeker als ze ook nog advocaatkosten moest betalen, en ze besefte dat ze ontzettend had geboft met de schone, goed onderhouden en smaakvol ingerichte flat, waar ze een grote slaapkamer voor zichzelf had en een huisgenoot die ze graag mocht. Haar inwonende huisbaas was de tweeënveertigjarige acteur Max Priestwood, die de flat niet kon betalen zonder huisgenoot. Max was gay en wat Robins moeder 'stoer aantrekkelijk' zou noemen: lang en breedgeschouderd, met dik, donkerblond haar en een eeuwig vermoeide blik in zijn grijze ogen. Hij was tevens een oude vriend van Ilsa, die met zijn jongere broer had gestudeerd.

Hoewel Ilsa haar had verzekerd dat Max 'een schat' was, had Robin zich de eerste paar maanden afgevraagd of ze niet een enorme fout had gemaakt door bij hem in te trekken, want hij leek verzonken te zijn in een soort eeuwige somberheid. Robin had haar uiterste best gedaan om een goede huisgenote te zijn: ze was van nature netjes, ze draaide nooit harde muziek, bereidde geen sterk geurende gerechten, ze was altijd lief voor Wolfgang en was nauwgezet als het aankwam op het aanvullen van afwasmiddel en toiletpapier, en ze deed altijd nadrukkelijk beleefd en opgewekt wanneer ze contact met hem had, maar toch glimlachte Max zelden, en toen Robin er pas woonde leek het voor hem een immense inspanning te zijn om zelfs maar met haar te praten. Robin had zich destijds paranoïde afgevraagd of Ilsa hem soms onder druk had gezet om haar als huurster te nemen.

In de loop der maanden waren de gesprekken tussen hen wel soepeler geworden, maar Max was nooit erg spraakzaam. Soms was Robin dankbaar voor zijn neiging om voornamelijk eenlettergrepige woorden te gebruiken, want als ze thuiskwam nadat ze twaalf uur achtereen een doelwit had geschaduwd, stijf en vermoeid, haar hoofd tollend van het gepieker over werk, dan was gebabbel over koetjes en kalfjes wel het laatste waarop ze zat te wachten. Soms, als ze eigenlijk het liefst in de huiskamer met open keuken was gaan zitten, bleef ze op haar kamer omdat ze Max niet van zijn privacy wilde beroven.

Ze vermoedde dat de belangrijkste reden voor Max' eeuwig bedrukte stemming zijn hardnekkige werkloosheid was. Sinds het toneelstuk op West End waarin hij een rolletje had gehad vier maanden geleden was geëindigd, was hij er niet in geslaagd een nieuwe rol te bemachtigen. Ze had al snel geleerd hem niet meer te vragen of er nog audities op het programma stonden. Soms voelde 'Heb je een fijne dag gehad?' al onnodig kritisch. Ze wist dat hij vóór haar langdurig had samengewoond met zijn toenmalige vriend, die toevallig ook Matthew heette. Robin wist niets van de verbroken relatie, behalve dat zíjn Matthew zijn helft van de flat vrijwillig had overgedragen aan Max, wat Robin toescheen als een opmerkelijk gul gebaar, in vergelijking met het gedrag van haar eigen ex-man.

Na het douchen trok ze een ochtendjas aan en liep terug naar haar slaapkamer om de pakjes open te maken die de afgelopen dagen met de post gekomen waren en die ze tot vanochtend had bewaard. Ze vermoedde dat haar moeder de aromatherapiebadolie had uitgezocht die zogenaamd afkomstig was van haar broer Martin; dat haar schoonzus-de-dierenarts (die in verwachting was van

Robins eerste nichtje of neefje) de degelijke trui had gekozen, een die Jenny zelf zou dragen; en dat haar broer Jonathan een nieuwe vriendin had, die de lange oorbellen had uitgezocht. Nog een tikkeltje somberder dan vóór het uitpakken van de cadeaus kleedde Robin zich aan, helemaal in het zwart, een outfit die geschikt was voor een dagje administratie bijwerken op kantoor, een bespreking met de weerman die werd bestookt door Ansichtkaart, en uiteindelijk een verjaardagsborrel met Ilsa en Vanessa, haar politievriendin. Ilsa had voorgesteld om Strike uit te nodigen, maar Robin had gezegd dat ze liever met de meiden onder elkaar was. Ze wilde iedere gelegenheid vermijden waarbij Ilsa weer zou proberen hen te koppelen.

Vlak voordat ze haar kamer uit liep viel Robins oog op het boek *De demon van Paradise Park*, dat ze net als Strike online had gekocht. Haar exemplaar was wat beduimelder dan dat van hem en ze had er langer op moeten wachten. Ze had er nog niet veel in gelezen, deels omdat ze 's avonds meestal te moe was om iets anders te doen dan in bed neerploffen, maar ook omdat het stukje dat ze al had gelezen had geleid tot een lichte terugkeer van de psychologische symptomen die ze met zich meedroeg sinds op een donkere avond haar onderarm was opengehaald met een mes. Maar vandaag stopte ze het boek in haar tas om er in de metro in te lezen.

Terwijl Robin naar het station liep kwam er een appje binnen van haar moeder, die haar een fijne verjaardag wenste en zei dat ze in haar mail moest kijken. Dat deed ze, en ze zag dat haar ouders haar een waardebon van honderdvijftig pond hadden gestuurd voor Selfridges. Die was zeer welkom, want Robin had, nadat ze de advocaat, de huur en vaste lasten had betaald, vrijwel niets meer te besteden aan zaken die op overbodige luxe leken.

Iets opgewekter ging ze in een hoekje van de wagon zitten, haalde *De demon van Paradise Park* uit haar tas en sloeg het boek open op de bladzijde waar ze was gebleven.

Het toeval op de eerste regel joeg een inwendige huivering door haar heen.

Hoofdstuk 5

Al wist hij dat zelf niet, Dennis Creed werd uit de gevangenis ontslagen op zijn daadwerkelijke negenentwintigste verjaardag: 19 november 1966. Zijn grootmoeder Ena was gestorven terwijl hij in Brixton zat en er was geen sprake van dat hij zou terugkeren naar zijn stiefgrootvader. Hij had geen goede vrienden op wie hij een beroep kon doen, en eenieder die hem misschien gunstig gezind was geweest voorafgaand aan zijn tweede veroordeling wegens verkrachting stond nu – weinig verrassend – niet te trappelen om hem te zien of te helpen. Creed bracht zijn eerste nacht als vrij man door in een hostel in de buurt van King's Cross.

Na een week in hostels en op parkbankjes geslapen te hebben lukte het Creed een kamer te huren in een pension. De volgende vier jaar zou Creed rondtrekken langs een reeks aftandse kamers en tijdelijke baantjes, waarbij hij handje contantje werd uitbetaald, afgewisseld met perioden op straat. Later biechtte hij aan mij op dat hij in die tijd veel prostituees bezocht, maar zijn eerste slachtoffer doodde hij in 1968.

Scholiere Geraldine Christie liep naar huis toen...

Robin sloeg de volgende anderhalve bladzijde over. Ze had weinig trek om te lezen over de bijzonderheden van alles wat Creed Geraldine Christie had aangedaan.

... tot Creed uiteindelijk in 1970 blijvend onderdak had gevonden in het souterrain van het pension dat werd gerund door Violet Cooper, een vijftigjarige oud-kleedster uit de toneelwereld die net als zijn grootmoeder min of meer alcoholiste was. Dit inmiddels gesloopte huis zou later roem vergaren als Creeds beruchte 'martelkamer'. Het hoge, smalle pand stond in Liverpool Road, vlak bij Paradise Park.

Creed gaf aan Cooper vervalste referenties op, die ze niet natrok, en hij beweerde dat hij recentelijk was ontslagen als barman, maar dat een vriend hem een baan had beloofd in een nabijgelegen restaurant. Op de vraag van de advocaat van de verdediging tijdens zijn rechtszitting waarom ze zomaar een kamer had verhuurd aan een werkloze zonder vaste verblijfplaats, antwoordde Cooper dat ze 'weekhartig' was, en: 'Creed leek me een lieve jongen, een beetje verloren en eenzaam.'

Haar beslissing om eerst een kamer en later het hele souterrain te verhuren aan Dennis Creed zou Violet Cooper duur komen te staan. Hoewel ze in de rechtszaak zou volhouden dat ze geen idee had gehad wat zich afspeelde in het souterrain van haar pension, wordt de naam Violet Cooper sindsdien hardnekkig geassocieerd met wantrouwen en schandaal. Ze heeft een nieuwe identiteit aangenomen, waarvan ik heb toegezegd die hier niet prijs te geven.

'Ik dacht dat hij een mietje was,' zegt Cooper nu. 'Dat kende ik wel uit het theater. Ik had met hem te doen, eerlijk gezegd.'

Deze mollige vrouw, wier gezicht is geteisterd door zowel de tijd als de drank, geeft toe dat Creed en zij algauw een hechte vriendschap sloten. Gedurende ons gesprek lijkt ze zo nu en dan te vergeten dat de jonge 'Den', die vele avonden met haar doorbracht boven in haar zitkamer, waar ze beiden aangeschoten meezongen met de grammofoonplaten uit haar verzameling, de seriemoordenaar was die in haar souterrain woonde.

'Ik heb hem geschreven, moet u weten,' aldus Cooper. 'Toen hij veroordeeld was. Ik zei: "Als je ooit iets om me hebt gegeven, als er ook maar iets écht was tussen ons, dan vertel je me of je die andere vrouwen ook hebt gepakt. Je hebt nu niets meer te verliezen, Den, en je kunt de mensen rust geven."'

Maar in de brief die Creed haar terugschreef gaf hij niets toe.

'Hij is ziek. Dat begreep ik toen ineens. Hij had gewoon de tekst overgenomen van een oud nummer van Rosemary Clooney dat we altijd samen zongen, "Come On-A My House". U kent het wel: *Come on-a my house, my house, I'm gonna give you candy...* Toen wist ik dat hij aan mij net zo'n hekel had als aan al die andere vrouwen. Hij kwelde me gewoon.'

Maar in 1970, toen Creed bij haar in het souterrain kwam wonen, had hij maar al te graag in het gevlij willen komen bij zijn verhuurster, die toegeeft dat hij algauw een combinatie van zoon en vertrouweling voor haar werd. Violet haalde haar vriendin Beryl Gould, die een stomerij had, over om de jonge Den een baantje te geven als bezorger, waarmee hij de beschikking kreeg over het bestelbusje dat algauw berucht zou worden in de pers...

Twintig minuten nadat ze in de metro was gestapt, stapte Robin uit op Leicester Square. Zodra ze het daglicht in liep, begon haar telefoon te trillen in haar zak. Ze haalde hem tevoorschijn en zag dat er een bericht was van Strike. Ze ging opzij voor de stroom mensen die het station uit kwam en opende het.

Nieuws: ik heb dokter Gupta gevonden, de huisarts die in 1974 samen met Margot bij de praktijk in Clerkenwell werkte. Hij is in de tachtig, maar zo te horen volledig compos mentis, en hij wil me met alle plezier vanmiddag ontvangen in zijn huis in Amersham. Ik zit nu toe te kijken hoe Twinkletoes zijn ontbijt nuttigt in Soho. Ik laat het Barclay van me overnemen rond lunchtijd en ga dan meteen door naar Gupta. Zou jij je afspraak met de weerman kunnen afzeggen om mee te gaan, of lukt dat niet?

De moed zonk Robin in de schoenen. Ze had de voortgangsbespreking met de weerman al een keer moeten verzetten en ze vond het niet netjes om dat nog een keer te doen, zeker zo kort van tevoren. Maar ze zou dokter Dinesh Gupta graag willen ontmoeten.

Ik kan het niet maken om het nog een keer te verzetten, typte ze terug. *Laat me weten hoe het gegaan is.*

Doe ik, antwoordde Strike.

Robin bleef nog een paar tellen naar het scherm van haar mobieltje kijken. Strike was vorig jaar haar verjaardag vergeten, had dat een week later beseft en toen alsnog bloemen voor haar gekocht. Omdat hij zich daar toen schuldig over leek te voelen, had ze zich voorgesteld dat hij de datum ergens zou noteren en misschien voor dit jaar een melding op zijn telefoon zou hebben ingesteld. Maar er verscheen geen 'O ja, nog een fijne verjaardag!' in beeld, dus stopte ze haar mobiel weer in haar zak en liep met een strak gezicht naar kantoor.

10

And if by lookes one may the mind aread,
He seemd to be a sage and sober syre...

Edmund Spenser
The Faerie Queene

'U denkt nu,' zei de kleine oude dokter met het brilletje, die extra klein leek door zowel zijn pak als de rechte stoel waarin hij zat, 'dat ik op Gandhi lijk.'

Strike, die precies dat had zitten denken, lachte verrast.

De eenentachtigjarige arts leek te zijn gekrompen in zijn pak: de kraag en de manchetten van zijn overhemd gaapten en zijn enkels staken mager uit de zwartzijden sokken. Hij had toefjes wit haar zowel in als op zijn oren en droeg een brilletje met hoornen montuur. De sterkste trekken in zijn vriendelijke bruine gezicht waren de haviksneus en de donkere ogen die als enige waren ontkomen aan het verouderingsproces; ze stonden helder en schrander als die van een winterkoninkje.

Op de glanzend geboende salontafel tussen hen in was geen spoortje stof te zien, en de formele zitkamer leek zelden gebruikt. Het diepe goud van het behang, de sofa en de stoelen glom smetteloos in de herfstzon, die werd gefilterd door de vitrage. Vier foto's in vergulde lijstjes hingen twee aan twee aan de wand, aan weerszijden van de gedrapeerde gordijnen met franje. Op elk van de foto's een andere donkerharige vrouw, ieder gekleed in toga en baret, met een diploma in de hand.

Mevrouw Gupta, een zeer kleine, tengere, hardhorende vrouw met grijs haar, had Strike al verteld welke studie ieder van haar dochters had afgerond – tweemaal geneeskunde, eenmaal moderne talen en eenmaal computertechnologie – en hoe goed ze het alle vier deden in de loopbaan van hun keuze. Ze had hem ook foto's getoond van de zes kleinkinderen met wie haar man en zij tot dusver gezegend waren. Alleen de jongste dochter was nog kinderloos, 'maar ze komen er wel,' zei mevrouw Gupta met Joan-achtige zekerheid. 'Ze wordt nooit gelukkig zonder kinderen.'

Nadat ze Strike en haar echtgenoot thee in porseleinen kopjes en een schaal vijgencakejes had geserveerd verdween mevrouw Gupta naar de keuken, waar op hoog volume *Escape to the Country* te horen was.

'Toevallig heeft mijn vader als jongeman Gandhi ontmoet, toen die in 1931 Londen bezocht,' zei dokter Gupta terwijl hij een cakeje uitkoos. 'Hij had ook rechten gestudeerd in Londen, moet u weten, maar later dan Gandhi. Alleen was onze familie vermogender. In tegenstelling tot Gandhi kon mijn vader het zich veroorloven om zijn vrouw mee te nemen naar Engeland. Mijn ouders besloten in het Verenigd Koninkrijk te blijven nadat papa zijn bevoegdheid als advocaat had behaald.

Mijn directe familie heeft dus de Deling niet meegemaakt. Dat was een groot geluk. Mijn grootouders en twee van mijn tantes zijn vermoord toen ze probeerden weg te komen uit Oost-Bengalen. Afgeslacht,' zei dokter Gupta. 'En allebei mijn tantes zijn eerst verkracht voordat ze werden vermoord.'

'Wat erg,' zei Strike, die deze wending in het gesprek niet had verwacht en zich nu een beetje dwaas voelde met zijn opengeslagen notitieblok en een pen in de aanslag.

'Mijn vader,' vervolgde dokter Gupta, en hij knikte licht terwijl hij op zijn vijgencakeje kauwde, 'heeft het schuldgevoel tot in het graf bij zich gedragen. Hij vond dat hij er had moeten zijn om hen te beschermen, of samen met hen had moeten sterven.

Nee, Margot hoorde niet graag de waarheid over de Deling,' zei dokter Gupta. 'Natuurlijk wilden we allemaal onafhankelijkheid, maar de overdracht werd slecht aangepakt, heel slecht. Bijna drie miljoen vermisten. Verkrachting. Verminking. Verscheurde families. Er zijn vreselijke fouten gemaakt. Gruwelijke wandaden gepleegd.

Margot en ik hadden daar een discussie over. Vriendschappelijk, uiteraard,' voegde hij er glimlachend aan toe. 'Maar Margot romantiseerde mensen die zijn opgegroeid in een ver land. Zij oordeelde over bruine verkrachters en kwelgeesten niet volgens dezelfde normen die ze zou hebben toegepast op witte mannen die kinderen verdronken omdat ze de verkeerde godsdienst zouden hebben. Zij was van mening, geloof ik, dat "bloedvergieten en ordeverstoring op zich niet noodzakelijk slecht zijn, mits ze een nobel doel dienen".' Dokter Gupta knikte weer en slikte zijn hap cake door. 'Suhrawardy was natuurlijk de aanstichter van de Great Calcutta Killing. Vierduizend doden op één dag.'

Strike liet een respectvolle stilte de kamer vullen, alleen verbroken door *Escape to the Country* vanuit de keuken. Toen er niet meer over bloedvergieten en terreur werd gesproken, greep hij de opening aan die hem werd geboden.

'Mocht u Margot graag?'

'O ja,' zei Dinesh Gupta, nog steeds glimlachend. 'Al vond ik haar opvattingen en haar houding soms schokkend. Ik ben afkomstig uit een traditioneel, zij het verwesterst, gezin. Voordat Margot en ik samen die praktijk begonnen was ik nooit dagelijks in de buurt van een zelfbenoemd geëmancipeerde dame geweest. Mijn studievrienden van geneeskunde en de partners in mijn vorige praktijk waren allemaal mannen geweest.'

'Was ze feministe?'

'O, zeer zeker,' antwoordde Gupta lachend. 'Ze plaagde me met mijn in haar ogen ouderwetse instelling. Ze was een echte mensenverbeteraar, Margot, of de mensen nu verbeterd wilden worden of niet. Ze was ook vrijwilligster bij de Workers Educational Association, de vereniging voor volwasseneneducatie. Ze kwam uit een arm gezin en was groot voorstandster van volwassenenonderwijs, zeker voor vrouwen.

Ze zou mijn meiden beslist hebben toegejuicht,' zei Dinesh Gupta, en hij draaide zijn leunstoel een halve slag om naar de vier afstudeerfoto's achter hem te wijzen. 'Jheel betreurt het nog steeds dat we nooit een zoon hebben gekregen, maar ik heb niks te klagen. Niks te klagen,' herhaalde hij en hij draaide zich weer naar Strike toe.

'Ik heb uit de medische staatsdossiers begrepen,' zei Strike, 'dat er nog een derde huisarts aan de St John-praktijk verbonden was, een zekere dokter Brenner. Klopt dat?'

'Dokter Brenner, ja, dat is juist,' zei Gupta. 'Ik betwijfel of hij nog leeft, die arme kerel. Hij zou nu meer dan honderd jaar oud zijn. Had jarenlang in zijn eentje in deze omgeving gewerkt voordat hij zich aansloot bij onze nieuwe praktijk. Hij bracht Dorothy Oakden mee, zij was al ruim twintig jaar zijn typiste. Een oudere dame – in ieder geval in mijn ogen toen,' zei Gupta, en hij grinnikte even. 'Ik denk niet dat ze ouder was dan vijftig. Laat getrouwd en niet lang daarna weduwe geworden. Ik heb geen idee wat er van haar geworden is.'

'Wie werkten er verder nog in de praktijk?'

'Eens kijken... je had Janice Beattie, de wijkverpleegster, de beste assistente die ik ooit heb gehad. Geboren in Eastend. Net als Margot kende zij de ontberingen van armoede uit eigen ervaring. Clerkenwell was destijds op geen stukken na zo chic als tegenwoordig. Ik krijg met Kerstmis nog altijd een kaart van Janice.'

'U hebt haar adres zeker niet?' vroeg Strike.

'Het zou kunnen,' zei dokter Gupta. 'Ik zal het eens aan Jheel vragen.'

Hij wilde opstaan.

'Dat kan straks nog, als we gepraat hebben,' zei Strike, bang om de overpeinzingen over het verleden te doorbreken. 'Gaat u verder. Wie werkten er nog meer in de praktijk?'

'Eens even kijken,' zei dokter Gupta weer, en hij liet zich langzaam terugzakken in zijn stoel. 'We hadden twee receptionistes, jonge vrouwen, maar ik ben bang dat ik het contact met hen allebei verloren heb. Ach, hoe heetten ze ook alweer?'

'Waren dat misschien Gloria Conti en Irene Bull?' vroeg Strike, die beide namen had gevonden in oude artikelen uit de pers. Op een wazige foto van de twee jonge vrouwen samen waren een tenger meisje met donker haar en een blondine – blond uit een flesje, meende hij – te zien, die er geen van beiden blij mee leken te zijn dat ze werden gefotografeerd bij het betreden van de praktijk. Het bijbehorende artikel in de *Daily Express* citeerde 'Irene Bull (25), receptioniste' als volgt: 'Het is afschuwelijk. We weten niets. We hopen nog steeds dat ze terugkomt. Misschien geheugenverlies of zo.' Gloria werd vermeld in ieder nieuwsbericht dat hij had gelezen, omdat ze de laatste was geweest die Margot in leven had gezien. 'Ze zei gewoon: "Fijne avond, Gloria, tot morgen." Ze leek heel normaal, misschien hooguit een beetje moe, het was het einde van de dag en we hadden een noodgeval gehad, een patiënt die was komen binnenlopen en haar langer had beziggehouden dan verwacht. Ze was aan de late kant voor de afspraak met haar vriendin. In de deuropening stak ze haar paraplu op en ze vertrok.'

'Gloria en Irene.' Dokter Gupta knikte. 'Ja, dat klopt. Ze waren allebei nog jong, dus ze zouden nog onder ons moeten zijn. Ik heb alleen geen flauw idee waar ze nu wonen.'

'Verder niemand?' vroeg Strike.

'Volgens mij niet. Of wacht.' Gupta stak een hand op. 'Er was nog een schoonmaakster. Een dame uit het Caribisch gebied. Hoe heette ze ook alweer?' Hij fronste diep. 'Ik ben bang dat ik het niet meer weet.'

De aanwezigheid van een schoonmaakster in de praktijk was nieuwe informatie voor Strike. Zijn eigen kantoor was altijd schoongemaakt door hemzelf of door Robin, hoewel Pat de laatste tijd ook haar steentje bijdroeg. Hij schreef op: *Schoonmaakster. Caribisch.*

'Hoe oud was zij, weet u dat nog?'

'Ik zou het echt niet kunnen zeggen,' zei Gupta, en hij voegde er voorzichtig aan toe: 'Zwarte dames... hun leeftijd is veel lastiger in te schatten, vindt u ook niet? Ze blijven er langer jong uitzien. Maar ik meen dat ze meerdere kinderen had, dus ze was niet piepjong. Midden dertig?' opperde hij hoopvol.

'Dus drie artsen, een secretaresse, twee receptionistes, een doktersassistente en een schoonmaakster?' somde Strike op.

'Dat is juist,' zei dokter Gupta. 'We hadden alle ingrediënten voor een succesvol bedrijf – maar het was geen gelukkige praktijk, vrees ik. Van het begin af aan al niet.'

'O nee?' vroeg Strike geïnteresseerd. 'Hoe komt dat?'

'Er was geen hechte band,' antwoordde Gupta prompt. 'Hoe ouder ik word, hoe meer ik inzie dat alles draait om het team. Goede papieren en ervaring zijn belangrijk, maar als het team geen gehéél is...' Hij haakte zijn knokige vingers in elkaar. 'Vergeet het dan maar! Dan bereik je nooit wat je zou moeten bereiken. En zo was het bij St John.

Dat was jammer, heel jammer, want we hadden potentieel. De praktijk was populair bij de vrouwen, die meestal het liefst een arts van hun eigen sekse hebben. Margot en Janice waren allebei geliefd. Maar er was van het begin af aan onderlinge verdeeldheid. Dokter Brenner sloot zich bij ons aan vanwege de voordelen van een nieuwer pand, maar hij heeft zich nooit opgesteld als onderdeel van het team. Sterker nog, na verloop van tijd gedroeg hij zich openlijk vijandig tegenover sommigen van ons.'

'Tegen wie in het bijzonder?' vroeg Strike, die het antwoord al kon raden.

'Ik ben bang,' zei dokter Gupta treurig, 'dat hij Margot niet mocht. Heel eerlijk gezegd denk ik dat Joseph Brenner sowieso iets tegen vrouwen had. Hij deed ook bot tegen de meisjes van de receptie. Die kon hij natuurlijk makkelijker koeioneren dan Margot. Voor Janice had hij wel respect, denk ik – ze was erg efficiënt, moet u weten, en minder strijdlustig dan Margot – en hij deed altijd beleefd tegen Dorothy, die hem zeer trouw was. Maar Margot moest hij van het begin af aan al niet.'

'Hoe kwam dat, denkt u?'

'Ach.' Dokter Gupta hief zijn handen en liet ze weer vallen, in een hulpeloos gebaar. 'De waarheid is dat Margot... Ik mocht haar graag, begrijpt u wel, we hadden altijd positieve gesprekken, maar zij was eigenlijk het Marmite-type: je hield van haar of je vond haar vreselijk. Dokter Brenner was geen feminist. Hij vond dat een vrouw thuis bij haar kinderen hoorde te zijn, en het idee dat Margot een baby had gekregen en weer fulltime was komen werken, dat keurde hij af. De sfeer tijdens teambesprekingen was stroef. Hij wachtte tot Margot het woord nam en praatte dan zeer luid dwars door haar heen.

Het was nogal een bullebak, Brenner. Had van alles aan te merken op onze receptionistes. Klaagde over hun roklengte en hun kapsels. Maar hoewel hij voornamelijk onbeleefd was tegen de dames, ben ik van mening dat hij gewoon niet van ménsen hield.'

'Merkwaardig, voor een arts.'

'Ach,' zei Gupta grinnikend, 'dat is lang niet zo ongebruikelijk als u misschien zou denken, meneer Strike. Wij dokters zijn ook maar gewoon als alle anderen. Het is een hardnekkig misverstand dat wij als vanzelf van mensen in het algemeen houden. De ironie wil dat het grootste struikelblok voor onze praktijk Brenner zelf was. Hij was verslaafd!'

'O ja?'

'Barbituraten. Ja, barbituraten. Daar zou je als arts in de huidige tijd niet mee wegkomen, maar hij bestelde veel te grote hoeveelheden. Die bewaarde hij achter slot en grendel in zijn spreekkamer. Het was een moeilijke man. Emotioneel gesloten. Ongehuwd. En dan dus die heimelijke verslaving.'

'Hebt u het er met hem over gehad?'

'Nee,' antwoordde Gupta treurig. 'Dat stelde ik uit. Ik wilde zeker zijn van mijn zaak voordat ik het onderwerp aansneed. Door de informatie die ik in stilte had ingewonnen, vermoedde ik dat hij zijn oude praktijkadres nog gebruikte naast ons adres, zodat hij de bestellingen kon verdubbelen en meerdere apotheken kon gebruiken. Het was lastig te bewijzen wat hij in zijn schild voerde.

Ik zou het misschien nooit gemerkt hebben als Janice niet naar me toe gekomen was. Zij was toevallig zijn spreekkamer in gelopen, vertelde ze, toen de kast openstond. Daar zag ze die enorme hoeveelheden liggen. Toen biechtte ze op dat ze hem een keer 's avonds versuft had aangetroffen, met zijn hoofd op zijn bureau, nadat de laatste patiënt vertrokken was. Toch denk ik niet dat zijn beoordelingsvermogen er ooit onder heeft geleden. Niet echt. Aan het einde van de dag keek hij soms wat glazig uit zijn ogen, had ik gemerkt, dat soort dingen, maar hij zat tegen zijn pensioen aan. Ik dacht dat hij gewoon moe was.'

'Wist Margot van zijn verslaving?'

'Nee. Ik heb het haar niet verteld, al had ik dat wel moeten doen. Ze was mijn partner en degene die ik in vertrouwen had moeten nemen, dan hadden we samen een beslissing kunnen nemen.

Maar ik was bang dat ze meteen dokter Brenners spreekkamer in zou stormen en hem erop zou aanspreken. Margot was niet iemand die schroomde te doen wat in haar ogen moest gebeuren, en soms vond ik dat ze wel wat tactischer zou mogen zijn. De gevolgen van een confrontatie met Brenner hadden ernstig kunnen zijn. Dit moest voorzichtig aangepakt worden, we hadden immers geen concrete bewijzen. Maar toen werd Margot dus vermist, en daarna was de barbituratenverslaving van dokter Brenner opeens de minste van onze zorgen.'

'Bleven dokter Brenner en u samenwerken nadat Margot verdwenen was?' vroeg Strike.

'Een paar maanden, ja, maar niet lang daarna ging hij met pensioen. Ik ben nog een poos bij St John blijven werken, maar toen kreeg ik een baan bij een andere praktijk. Daar was ik blij mee. Er kleefden te veel herinneringen aan St John.'

'Hoe zou u de relatie van Margot met de andere werknemers omschrijven?'

'Goh, eens even denken,' zei Gupta, en hij pakte een tweede vijgencakeje. 'Dorothy, de secretaresse, heeft haar nooit gemogen, maar ik denk dat dat uit loyaliteit ten opzichte van Brenner was. Zoals ik al zei: Dorothy was weduwe. Het was zo'n fél type, zo iemand die zich aan een werkgever hecht en hem of haar altijd verdedigt en steunt. Als Margot of ik iets deed wat Joseph niet aanstond of wanneer we kritiek op hem hadden, dan belandden onze brieven en verslagen steevast onderaan op de stapel van haar typewerk. Daar lachten we samen vaak om. Je had toen nog geen computers, meneer

Strike. Het ging heel anders dan nu. Aïsha...' Hij wees naar de foto rechtsboven aan de muur achter hem. 'Zij typt alles zelf, ze heeft een computer in haar spreekkamer, alles is geautomatiseerd, wat veel efficiënter is. Wij waren overgeleverd aan een typiste voor al onze brieven en verslagen.

Nee, Dorothy mocht Margot niet. Beleefd maar kil. Hoewel,' zei Gupta, die zich duidelijk opeens iets herinnerde. 'Dorothy kwam wel naar de barbecue, dat had niemand verwacht. Margot gaf een keer op zondag een barbecue bij haar thuis, in de zomer voor haar verdwijning,' legde hij uit. 'Ze wist dat we geen hecht team vormden, dus nodigde ze ons allemaal uit in haar huis. De barbecue was bedoeld als...' Deze keer illustreerde hij zijn bedoeling woordeloos door zijn vingers weer in elkaar te haken. 'Ik weet nog dat het me verbaasde dat Dorothy er ook was, want Brenner had de uitnodiging afgeslagen. Dorothy bracht haar zoon mee, die was een jaar of dertien, veertien, denk ik. Ze moet laat moeder geworden zijn, zeker voor de jaren zeventig. Een erg drukke jongen. Ik weet nog dat de man van Margot tegen hem uitviel omdat hij een kostbare schaal had stukgemaakt.'

Er schoot de detective een vluchtige herinnering aan zijn neefje Luke door het hoofd, die op Strikes nieuwe koptelefoon had getrapt.

'Margot en haar man hadden een heel mooi huis in Ham. De echtgenoot was ook arts, hematoloog. Grote tuin. Jheel en ik namen onze dochters mee, maar omdat Brenner niet kwam en Dorothy beledigd was toen Margots man haar zoon bestraffend had toegesproken, werd Margots doel niet bereikt, ben ik bang. De afstand werd niet overbrugd.'

'Waren alle anderen er wel?'

'Ja, ik dacht het wel. Nee, wacht. Ik geloof dat de schoonmaakster... Wilma!' zei dokter Gupta met een verrukte blik. 'Ze heette Wilma! Ik had geen idee dat ik dat nog wist... maar haar achternaam... Ik vraag me af of ik die toen eigenlijk wel kende. Nee, Wilma was er niet. Maar verder iedereen, ja. Janice had ook haar zoontje meegebracht. Hij was jonger dan de zoon van Dorothy en een stuk beter opgevoed, voor zover ik me herinner. Mijn dochters speelden de hele middag badminton met dat jochie van Beattie.'

'Was Janice getrouwd?'

'Gescheiden. Haar man had haar verlaten voor een andere vrouw. Ze heeft de draad weer opgepakt en haar zoon alleen grootgebracht. Vrouwen zoals Janice redden het altijd prima. Bewonderenswaardig. Ze had het niet makkelijk toen ik haar kende, maar ik geloof dat ze later hertrouwd is, en ik was blij dat te horen.'

'Konden Janice en Margot het goed met elkaar vinden?'

'O, zeker. Ze hadden allebei de gave om het met iemand oneens te zijn zonder het persoonlijk op te vatten.'

'Waren ze het vaak oneens?'

'Nee, nee, maar in zo'n werkomgeving moeten beslissingen genomen worden. We waren een democratisch bedrijf... of probeerden dat te zijn.

Ja, Margot en Janice konden rationeel van mening verschillen zonder daar aanstoot aan te nemen. Ik denk dat ze elkaar graag mochten en respecteerden. De verdwijning van Margot is bij Janice hard aangekomen. Op de dag dat ik de praktijk verliet vertelde ze me dat er geen week voorbijgegaan was sinds het was gebeurd zonder dat ze over Margot had gedroomd.

Maar we zijn geen van allen weer helemaal de oude geworden,' zei dokter Gupta zacht. 'Een mens verwacht niet dat iemand met wie je bevriend bent zomaar van de aardbodem verdwijnt. Dat heeft iets... griezeligs.'

'Inderdaad,' zei Strike. 'Hoe ging het tussen Margot en de twee receptionistes?'

'Nou, Irene, de oudste van de twee,' antwoordde Gupta met een zucht, 'kon best lastig zijn. Ik weet nog dat ze soms... niet onbeleefd, maar wel een beetje brutaal deed tegen Margot. Tijdens de kerstborrel op de praktijk – die ook door Margot georganiseerd was, alweer in een poging onze onderlinge band te versterken, weet u wel – had Irene behoorlijk wat gedronken. Ik herinner me een lichte *contretemps*, maar ik zou u niet kunnen vertellen waar die over ging. Ik betwijfel of het veel voorstelde. De eerstvolgende keer gingen ze weer net zo vriendschappelijk met elkaar om als voorheen. Irene was bijna hysterisch toen Margot verdween.'

Er viel een korte stilte.

'Het kan voor een deel theatraal gedrag geweest zijn,' gaf Gupta toe, 'maar het onderliggende verdriet was wel degelijk oprecht, daar ben ik van overtuigd.

Gloria – die arme kleine Gloria – was helemáál van streek. Margot was meer dan een werkgever voor haar, moet u weten. Ze was eerder een soort oudere zus, een mentor. Margot was degene die erop had gestaan dat we haar aannamen, ook al had Gloria vrijwel geen relevante ervaring. En ik moet toegeven,' zei Gupta oordeelkundig, 'dat ze een goede werkneemster bleek te zijn. Werkte hard. Leerde snel. Je hoefde haar maar één keer te verbeteren. Ik geloof dat ze van verarmde komaf was. Ik weet dat Dorothy op Gloria neerkeek. Ze kon erg onaardig zijn.'

'En Wilma, de schoonmaakster?' vroeg Strike, die het einde van zijn lijstje had bereikt. 'Kon zij met Margot overweg?'

'Ik zou liegen als ik zei dat ik dat nog wist,' zei Gupta. 'Wilma was een stille. Ik heb nooit gehoord dat er problemen van enige aard met haar waren.'

Na een korte pauze voegde hij eraan toe: 'Ik hoop dat ik het niet verzin, maar ik méén me te herinneren dat Wilma's man niet deugde. Ik dácht dat Margot me ooit heeft gezegd dat Wilma bij hem weg zou moeten gaan. Ik weet niet of ze dat Wilma ook recht in het gezicht heeft gezegd... maar waarschijnlijk wel, Margot kennende. Nu ik erover nadenk,' vervolgde hij, 'ik heb later, toen ik al bij de praktijk weg was, gehoord dat Wilma ontslagen was. Ze werd beschuldigd van drankgebruik onder werktijd. Ze had altijd een thermosfles bij zich. Maar misschien herinner ik me dat verkeerd, dus hecht u er alstublieft niet te veel belang aan. Zoals ik al zei: ik was daar toen inmiddels weg.'

De deur van de zitkamer ging open.

'Nog thee?' informeerde mevrouw Gupta, en ze nam het dienblad en de inmiddels afgekoelde theepot mee. Tegen Strike, die al overeind kwam om haar te helpen, zei ze dat hij niet zo gek moest doen en gauw weer moest gaan zitten.

Toen ze weg was, vroeg Strike: 'Mag ik u nog even mee terug nemen naar de dag van Margots verdwijning, dokter Gupta?'

De kleine arts leek zich schrap te zetten voordat hij zei: 'Natuurlijk. Maar ik moet u waarschuwen, mijn sterkste herinneringen van die dag zijn afkomstig van het verslag dat ik destijds aan de politie heb gedaan. Begrijpt u wel? Mijn daadwerkelijke herinneringen zijn vaag. Ik weet vooral nog wat ik de agent heb verteld die de zaak onderzocht.'

Strike vond dat een ongebruikelijk inzicht voor een getuige. Hij wist, met zijn ervaring in het opnemen van verklaringen, hoezeer mensen zich blindstaarden op hun eerste verklaring. Waardevolle informatie waarop in de eerste versie geen acht werd geslagen ging vaak voorgoed verloren onder de geformaliseerde versie die de plaats innam van de daadwerkelijke herinnering.

'Dat geeft niet,' zei hij tegen Gupta. 'Alles wat u zich maar herinnert is prima.'

'Het was een doodgewone dag. Het enige wat een béétje anders was, was dat een van de meisjes van de receptie naar de tandarts moest en om half drie vertrok. Dat was Irene.

Wij, de artsen, werkten zoals altijd ieder in onze eigen spreekkamer. Tot half drie zaten de meisjes allebei aan de balie, en nadat Irene was vertrokken bleef Gloria daar alleen achter. Dorothy zat aan haar bureau tot vijf uur, haar vaste vertrektijd. Janice was tot lunchtijd in de praktijk en legde 's middags huisbezoeken af, dat was de gewoonte. Ik heb Margot een paar keer achter gezien, daar hadden we een soort keukentje, of eigenlijk meer een hoekje met een waterkoker en een koelkastje. Ze was enthousiast over Wilson.'

'Over wie?'

'Harold Wilson,' zei Gupta met een glimlach. 'De vorige dag waren de algemene verkiezingen geweest. Labour kwam terug met een meerderheid van stemmen. Ze leidden al sinds februari een minderheidsregering, moet u weten.'

'Aha,' zei Strike. 'Juist, ja.'

'Ik ben om half vijf vertrokken. Ik heb Margot gedag gezegd, haar deur stond open. Brenners deur was dicht. Ik nam aan dat hij een patiënt had. Ik kan natuurlijk niet met zekerheid zeggen wat er na mijn vertrek is gebeurd, maar ik kan u wel vertellen wat ik van de anderen heb gehoord.'

'Graag, als u wilt. Ik ben vooral geïnteresseerd in het spoedgeval, de patiënt voor wie Margot langer is gebleven.'

'Aha.' Gupta plaatste zijn vingertoppen tegen elkaar en knikte. 'U bent op de hoogte van de geheimzinnige donkere dame. Alles wat ik van haar weet is afkomstig van de kleine Gloria.

We ontvingen bij St John de mensen op volgorde van binnenkomst. Onze eigen patiënten kwamen op het spreekuur en wachtten op hun beurt, tenzij het natuurlijk een spoedgeval was. Maar deze mevrouw kwam gewoon binnenlopen vanaf de straat. Ze stond niet ingeschreven bij de praktijk, maar ze had hevige buikpijn. Gloria vroeg haar te wachten en ging aan Joseph Brenner vragen of hij tijd voor haar had, omdat hij klaar was met werken, terwijl Margot nog bezig was met haar laatste patiënt van die dag.

Brenner deed erg moeilijk over het verzoek. Terwijl Gloria met hem stond te praten, kwam Margot haar spreekkamer uit om haar laatste patiënt uit te laten, een moeder met haar kind, en zij bood aan het spoedgeval te nemen, aangezien ze na het werk vanuit de praktijk naar de pub zou gaan met een vriendin, een eindje verderop in de straat. Brenner zei, volgens Gloria, zoiets als "Goed van je" – wat aardig was voor zijn doen – en trok zijn jas aan, zette zijn hoed op en vertrok.

Gloria ging terug naar de wachtkamer om tegen die mevrouw te zeggen dat Margot haar kon ontvangen. De patiënt ging de spreekkamer binnen en bleef langer dan Gloria had verwacht. Zeker vijfentwintig minuten, misschien een half uur, tot kwart over zes, terwijl Margot om zes uur met die vriendin had afgesproken.

Uiteindelijk kwam die vrouw de spreekkamer uit en vertrok. Kort daarna kwam Margot naar buiten, met haar jas aan. Ze zei tegen Gloria dat ze laat was voor haar afspraak in de pub en vroeg haar om af te sluiten. Ze liep de regen in... en is nooit meer teruggezien.'

De deur van de zitkamer ging open en mevrouw Gupta kwam

weer binnen, met verse thee. Strike wilde ook deze keer opstaan om haar te helpen en werd opnieuw tot zitten gemaand. Toen ze weg was, vroeg hij: 'Waarom noemde u de laatste patiënt "geheimzinnig"? Omdat ze niet bij de praktijk was ingeschreven, of...?'

'O, dat verhaal kent u niet? Nee, nee. Omdat er later veel te doen is geweest over de vraag of ze wel echt een vrouw was.' Gupta glimlachte om Strikes verbaasde blik en zei: 'Brenner begon daarmee. Hij was langs haar gelopen toen hij wegging en zei later tegen de politieman van het onderzoek dat hij dacht, op basis van de kortstondige indruk die hij van haar had gekregen, dat het een man was; dat het hem had verbaasd achteraf te horen dat het een vrouw zou zijn. Volgens Gloria was het een grofgebouwde jongedame, donker. Ze gebruikte het woord "zigeunerachtig", geen erg politiek correcte term, maar dat zei Gloria dus. Verder had natuurlijk niemand de vrouw gezien, dus wij konden er niet over oordelen.

Er werd een oproep gedaan, maar niemand meldde zich, en bij gebrek aan informatie die het tegendeel zou kunnen bewijzen zette die politieman Gloria onder druk. Ze moest zeggen dat ze dacht dat de patiënt in werkelijkheid een verklede man was, of dat zij, Gloria, zich op z'n minst vergist zou kunnen hebben toen ze zei dat het een vrouw was. Maar Gloria hield vol dat ze heus wel wist hoe een vrouw eruitzag.'

'Was die politieman Bill Talbot?' vroeg Strike.

'Precies.' Gupta pakte zijn theekopje.

'Denkt u dat hij graag wilde geloven dat de patiënt een man in vrouwenkleren was omdat...'

'... omdat Dennis Creed soms vrouwenkleding droeg? Ja. We noemden hem trouwens toen nog het Monster van Essex. Zijn echte naam wisten we pas in 1976. En de enige beschrijving van het uiterlijk van het Monster destijds luidde dat hij donker haar had en klein en gedrongen was. Ik snap wel waarom Talbot zijn verdenkingen had, maar...'

'Maar het zou gek zijn als het Monster van Essex in travestie een huisartsenpraktijk binnenliep en in de wachtkamer op zijn beurt wachtte?'

'Ja... tamelijk gek...'

Het was even stil terwijl Gupta kleine slokjes van zijn thee nam en Strike terugbladerde in zijn aantekeningen, om na te gaan of hij alles had gevraagd wat hij wilde weten.

Dokter Gupta nam als eerste weer het woord. 'Hebt u Roy ontmoet? De man van Margot?'

'Nee. Ik ben ingehuurd door haar dochter. Hoe goed kent u hem?'

'Slechts heel oppervlakkig,' antwoordde Gupta. Hij zette het theekopje terug op het schoteltje. Als Strike ooit een man had gezien die méér wilde vertellen, was het Dinesh Gupta wel.

'Wat voor indruk had u van hem?' vroeg Strike, en hij klikte onopvallend de punt van zijn pen weer naar buiten.

'Verwend. Erg verwend. Een knappe man om te zien, en zijn moeder had echt een prinsje van hem gemaakt. Daar weten wij Indiase jongens wel het een en ander van, meneer Strike. Ik heb Roys moeder ontmoet op die barbecue waarover ik u vertelde. Ze nam me apart voor een gesprek. Een snob, mag ik wel zeggen. Ze achtte de receptionistes en secretaresses haar tijd niet waard. Ik kreeg sterk de indruk dat ze vond dat haar zoon beneden zijn stand getrouwd was. Ook dat is niet ongewoon onder Indiase moeders. Hij heeft hemofilie, nietwaar?'

'Niet dat ik weet,' zei Strike verbaasd.

'Ja, ja. Volgens mij wel. Hij was hematoloog van beroep, en zijn moeder vertelde me dat hij daar specifiek voor had gekozen vanwege zijn aandoening. Snapt u wel? Het slimme, kwetsbare jongetje en de trotse, overbezorgde moeder.

Maar toen koos het prinsje als echtgenote iemand die totaal anders was dan zijn moeder. Margot was er de vrouw niet naar om vanaf haar patiënten, of haar leerlingen uit het volwassenenonderwijs, naar huis te snellen en voor Roy te gaan koken. Laat hem maar voor zichzelf zorgen, was haar instelling... of het nichtje had natuurlijk kunnen koken,' vervolgde Gupta, met iets van de terughoudendheid die hij ook had getoond toen hij het over 'zwarte dames' had. 'De jongedame die ze betaalden om voor de baby te zorgen.'

'Was Cynthia ook op die barbecue?'

'O, heette ze zo? Ja, zij was er ook. Ik heb haar niet gesproken. Zij liep met Margots dochter in haar armen terwijl Margot zich onder de gasten mengde.'

'Roy is verhoord door de politie, geloof ik,' zei Strike, die dat aannam zonder het zeker te weten.

'Jazeker,' zei Gupta. 'Dat was nog eens merkwaardig. Inspecteur Talbot vertelde mij aan het begin van mijn eigen gesprek met de politie dat Roy volledig was uitgesloten van verdenking – ik heb het altijd vreemd gevonden dat hij dat tegen me zei. Vindt u dat niet gek? Het was amper een week na Margots verdwijning. Ik denk dat het toen pas net tot ons doordrong dat er geen sprake was van een vergissing, dat er geen onschuldige verklaring was. We hadden allemaal onze hoopvolle theorietjes gehad die eerste paar dagen. Misschien had ze last gehad van spanningen, kon ze het niet aan, was ze in haar eentje ergens naartoe gegaan. Of misschien was er een ongeluk gebeurd, lag ze ergens bewusteloos in een ziekenhuis en kon ze niet geïdentificeerd worden. Maar naarmate de dagen verstreken en de ziekenhuizen waren nagetrokken, nadat haar foto in alle kranten had gestaan en er nog steeds geen nieuws was, begon het er allemaal heel akelig uit te zien.

Ik vond het buitengewoon vreemd dat inspecteur Talbot ongevraagd liet weten dat Roy buiten verdenking stond, dat hij een volledig alibi had. We vonden Talbot overigens allemaal een rare man. Erg gedreven. Zijn vragen gingen alle kanten op.

Ik dénk dat hij me wilde geruststellen,' zei Gupta, die een derde vijgencakeje pakte en dat peinzend bekeek terwijl hij verder praatte. 'Hij wilde me laten weten dat mijn collega-arts vrij was van verdenking, dat ik niets te vrezen had, dat hij wist dat een dokter nooit zoiets vreselijks zou doen als het ontvoeren of – zoals we inmiddels allemaal begonnen te vrezen – vermoorden van een vrouw...

Maar Talbot dacht natuurlijk dat Creed de dader was, al vanaf het begin, en waarschijnlijk had hij het nog bij het rechte eind ook,' verzuchtte Gupta treurig.

'Waarom denkt u dat?' Strike verwachtte dat Gupta iets zou zeggen over de bestelwagen die die avond met hoge snelheid was langsgereden in de regen, maar het antwoord was in zijn ogen scherpzinnig.

'Het is erg moeilijk om je zo volledig en definitief van een lijk te ontdoen als met dat van Margot lijkt te zijn gebeurd. Artsen kennen de geur van de dood, en de regels en procedures die een dode mens omringen. Iemand die op dat gebied onwetend is zou misschien denken dat het niet méér voorstelt dan het dumpen van een tafel van gelijk gewicht, maar het is totaal iets anders, en heel lastig. Zelfs in de jaren zeventig, toen er nog geen DNA-tests waren, was de politie vrij goed met vingerafdrukken, bloedgroepen, enzovoort.

Hoe kan ze zo lang verborgen zijn gebleven? Iemand heeft dat heel slim aangepakt, en als we íéts weten van Creed, dan is het wel dat hij heel slim is, nietwaar? Het waren uiteindelijk de levende vrouwen die hem de das om hebben gedaan, niet de dode. Hij wist zijn lijken voorgoed het zwijgen op te leggen.'

Gupta stopte het laatste hapje vijgencake in zijn mond, zuchtte, veegde zorgvuldig de kruimels van zijn handen, wees toen naar Strikes benen en vroeg: 'Welke is het?'

Strike had geen moeite met de botte vraag, nu die werd gesteld door een dokter.

'Deze.' Hij stak zijn rechterbeen een stukje naar voren.

'U loopt heel natuurlijk, voor zo'n forse man. Ik zou het niet gemerkt hebben als ik niet over u had gelezen in de pers. In mijn tijd waren de prothesen lang niet zo goed. Mooi, hoor, wat er tegenwoordig allemaal te koop is. Hydraulica om de natuurlijke bewegingen van gewrichten na te bootsen! Schitterend.'

'Die geavanceerde prothesen zijn te duur voor ons zorgstelsel,' zei Strike, en hij stopte het notitieboekje in zijn zak. 'Die van mij is vrij eenvoudig. Zou ik u misschien mogen vragen,' ging hij verder, 'om het huidige adres van de praktijkassistente?'

'Ja, ja, natuurlijk,' zei Gupta. Bij de derde poging slaagde hij erin zich uit zijn leunstoel te hijsen.

Het kostte het echtpaar Gupta een half uur om het laatste adres op te sporen dat ze hadden van Janice Beattie, in een oud adresboekje.

'Ik kan u niet beloven dat het nog actueel is,' zei Gupta toen hij Strike in de gang het strookje papier gaf.

'Zo heb ik een ieder geval een voorsprong bij het zoeken, zeker als ze getrouwd is en nu een andere naam gebruikt,' zei Strike. 'U hebt me goed geholpen, dokter Gupta. Ik waardeer het enorm dat u de tijd wilde nemen om met me te praten.'

'Het zou natuurlijk een wonder zijn,' zei dokter Gupta, en hij keek Strike met zijn pientere bruine ogen aan, 'als u haar na al die tijd nog zou vinden. Maar ik ben blij dat er weer iemand is die naar haar zoekt. Ja, daar ben ik heel blij om.'

11

It fortuned forth faring on his way,
He saw from far, or seemed for to see
Some troublous vprore or contentious fray

Edmund Spenser
The Faerie Queene

Strike liep terug naar station Amersham, langs de strakke heggen en dubbele garages van de werkende middenklasse, en hij dacht aan Margot Bamborough. Uit de herinneringen van de oude dokter was ze naar voren gekomen als een levendige, sterke persoonlijkheid en dat had hem, irrationeel genoeg, verbaasd. Door te verdwijnen was Margot Bamborough in Strikes beleving ongrijpbaar geworden als een geestverschijning, alsof het altijd voorbestemd was geweest dat ze op een dag zou opgaan in de regenachtige schemer, om nooit meer terug te keren.

Hij dacht terug aan de zeven vrouwen die waren afgebeeld op het omslag van *De demon van Paradise Park*. Zij leefden voort in spookachtig zwart-wit, met kapsels die minder modieus werden met elke dag dat ze langer afwezig waren van hun familie en hun leven, maar elk van die negatieven stond voor een mens wier hart ooit had geklopt, wier ambities en meningen, triomfen en teleurstellingen net zo echt waren geweest als die van Margot Bamborough, voordat ze de man tegen het lijf liepen die werd geëerd met een kleurenfoto op de voorkant van het boek met de afschuwelijke verhalen over hun dood. Strike had het nog niet uit, maar hij wist dat Creed verantwoordelijk was geweest voor de dood van een reeks uiteenlopende slachtoffers, onder wie een schoolmeisje, een makelaar en een apotheker. Dat was onderdeel geweest van de gruweldaden van het Monster van Essex, volgens de hedendaagse pers: hij beperkte zijn aanvallen niet tot prostituees, die, zo werd geïmpliceerd, tot de natuurlijke prooi van een moordenaar behoorden. Sterker nog, de enige uit die categorie van wie bekend was dat hij haar had belaagd, had dat overleefd.

Helen Wardrop, de vrouw in kwestie, had haar verhaal verteld in een televisiedocumentaire over Creed, die Strike een paar avonden terug had gekeken op YouTube terwijl hij zijn Chinese afhaalmaaltijd verorberde. Het programma was wellustig en melodramatisch, met veel slecht geacteerde reconstructies en muziek die afkomstig leek te zijn uit een horrorfilm uit de jaren zeventig. Ten tijde van de opnamen was Helen Wardrop een traag sprekende vrouw geweest met een slappe gezichtshuid, roodgeverfd haar en slecht aangebrachte valse wimpers, wier glazige blik en monotone stemgeluid het vermoeden opriep van tranquillizergebruik of neurologische schade. Creed had de dronken, gillende Helen met een hamer een potentieel fatale klap op het hoofd gegeven toen hij probeerde haar onder dwang zijn bestelbus in te krijgen. Ze had in de documentaire braaf haar hoofd naar de interviewer toe gedraaid, zodat de kijker de deuk kon zien die nog altijd in haar schedel zat. De interviewer zei dat ze van geluk mocht spreken dat ze het had overleefd. Er was een lichte aarzeling geweest voordat ze hem gelijk gaf.

Op dat punt had Strike de documentaire uitgezet, gefrustreerd door de banale manier van ondervragen. Ook hij was ooit op het verkeerde moment op de verkeerde plek geweest en droeg daarvan de levenslange gevolgen met zich mee, dus hij begreep Helen Wardrops aarzeling maar al te goed. Heel kort na de explosie die hem zijn voet en zijn scheenbeen had gekost, om maar te zwijgen van de onderste helft van sergeant Gary Topleys lichaam en een flink stuk van Richard Anstis' gezicht, had Strike een uiteenlopende reeks emoties doorlopen, waaronder schuldgevoel, dankbaarheid, verwarring, angst, woede, wrok en eenzaamheid, maar hij kon zich niet herinneren ooit het gevoel te hebben gehad dat hij 'geluk' had gehad. Hij zou geluk gehad hebben als de bom niet was afgegaan. Als hij allebei zijn benen nog had gehad. 'Geluk gehad', dat was wat mensen wilden horen van verminkte en doodsbange overlevenden, omdat ze de gedachte aan dergelijke gruwelen niet konden verdragen. Hij dacht aan zijn tante die huilend had gezegd dat hij geen pijn had terwijl hij daar lag in zijn ziekenhuisbed, groggy van de morfine, haar woorden in schril contrast met de eerste woorden die Polworth tegen hem had gesproken toen hij Strike bezocht in het Selly Oak-ziekenhuis.

'Nogal een klotezooi dit, Diddy.'

'Nogal, ja,' had Strike gezegd, de stomp van zijn geamputeerde been voor hem uitgestoken, met zenuwuiteinden die hem wilden wijsmaken dat zijn kuit en zijn voet er nog aan zaten.

Bij aankomst op station Amersham zag Strike dat hij de trein terug naar Londen net gemist had. Hij ging op een bankje zitten in de zwakke, late herfstzon, pakte zijn sigaretten, stak er een op en keek op zijn telefoon. Twee tekstberichten en een gemiste oproep in de tijd dat hij Gupta had gesproken, toen zijn telefoon op stil stond.

De tekstberichten waren van zijn halfbroer Al en van zijn vriendin Ilsa, dus die konden wel wachten, maar de gemiste oproep was van George Layborn, die hij onmiddellijk terugbelde.

'Ben jij dat, Strike?'

'Ja. Je had me gebeld.'

'Klopt. Ik heb het voor je. Het dossier van Bamborough.'

'Dat meen je niet!' riep Strike uitgelaten. 'George, dat is geweldig. Ik sta zwaar bij je in het krijt.'

'Geef me maar een rondje, en noem vooral mijn naam als je ooit de dader vindt. "Waardevolle hulp." "Zonder hem was het nooit gelukt." De tekst stellen we samen wel op. Dan zien ze hier misschien in dat ik promotie verdien. Zeg, moet je horen,' ging Layborn op ernstiger toon verder, 'het is een puinhoop. Dat dossier. Een ontzettende puinhoop.'

'In welk opzicht?'

'Oud. Er ontbreken stukken, voor zover ik het kon zien, maar misschien liggen ze niet op volgorde. Ik heb niet de tijd gehad om de hele boel systematisch door te nemen, het zijn vier dozen. Maar Talbot maakte er een potje van, en de komst van Lawson en zijn pogingen er chocola van te maken hebben niet bepaald geholpen. Maar goed, voor wat het waard is: je mag het hebben. Zal ik het morgen even komen afgeven bij je op kantoor?'

'Ik kan je niet zeggen hoe blij ik hiermee ben, George.'

'Mijn pa zou het hartstikke fijn gevonden hebben als hij had geweten dat er nog eens iemand naar gaat kijken,' zei Layborn. 'Hij wilde niks liever dan dat Creed een extra daad op zijn naam geschreven kreeg.'

Nadat Layborn had opgehangen stak Strike onmiddellijk weer een sigaret op en belde Robin om haar het goede nieuws te vertellen, maar hij kreeg de voicemail. Toen herinnerde hij zich dat ze een bespreking had met de weerman die werd lastiggevallen, dus richtte hij zijn aandacht op het bericht van Al, zijn halfbroer.

Hé, broertje, begon hij joviaal.

Al was het enige familielid van zijn vaderskant met wie Strike nog vaag iets van een relatie onderhield, hoe krampachtig en eenzijdig ook – het contact ging altijd uit van Al. Strike had in totaal zes Rokeby-halfbroers en -zussen, van wie hij er drie nooit had ontmoet, en hij had geen behoefte daar verandering in te brengen, hij had meer dan genoeg aan de stress van de familieleden die hij wél kende.

Zoals je weet vieren de Deadbeats volgend jaar hun vijftigjarig bestaan.

Strike had dat niet geweten. Hij had Jonny Rokeby, de leadzanger van de Deadbeats, precies twee keer in zijn leven ontmoet en de meeste informatie die hij over zijn vader-de-rockster had was afkomstig uit de pers en van zijn moeder Leda, de vrouw die Rokeby achteloos zwanger had gemaakt in de semiopenbare ruimte op een feest in New York.

Zoals je weet vieren de Deadbeats volgend jaar hun vijftigjarig bestaan en ze komen (dit is supervertrouwelijk) 24 mei bij wijze van verrassing met een nieuw album. Wij (familie) geven die avond een groot feest bij Spencer House in Londen om de albumpresentatie te vieren. Broertje, wij zouden het allemaal, vooral pa, te gek vinden als je daarbij bent. Gaby had het idee om een foto te laten maken van alle kinderen samen, om hem die avond cadeau te geven. Zijn eerste familiefoto. Ingelijst, als verrassing. Iedereen doet mee. We hebben alleen jou nog nodig. Denk erover na, broertje.

Strike las het bericht twee keer, klikte het toen weg zonder antwoord te geven en opende het appje van Ilsa, dat een stuk korter was.

Robin is vandaag jarig, ontzettende eikel.

12

With flattering wordes he sweetly wooed her,
And offered faire guiftes, t'allure her sight,
But she both offers and the offerer
Despysde, and all the fawning of the flatterer.

Edmund Spenser
The Faerie Queene

De televisieweerman had zijn vrouw meegebracht naar de afspraak met Robin om bijgepraat te worden. Eenmaal behaaglijk in het kantoor van het detectivebureau bleek het echtpaar lastig weer weg te krijgen. De vrouw kwam aanzetten met een nieuwe theorie die ze Robin wilde voorleggen, getriggerd door de meest recente anonieme ansichtkaart, die per post was bezorgd bij het BBC Television Centre. Het was de vijfde kaart met een afbeelding van een schilderij, en de derde die was gekocht bij de museumwinkel van de National Portrait Gallery. Daardoor had de weerman moeten denken aan een ex-vriendin, die kunstgeschiedenis had gestudeerd. Hij wist niet waar deze vrouw zich nu bevond, maar het was toch de moeite waard om haar te gaan zoeken?

Het leek Robin hoogstonwaarschijnlijk dat een ex-vriendin zou kiezen voor anonieme ansichtkaarten om het contact met een verloren liefde te herstellen, maar ze zei diplomatiek dat dit inderdaad het bekijken waard was, waarna ze alle details over het lang geleden verdwenen liefje van de weerman noteerde die hij zich kon herinneren. Verder liet ze de echtelieden geruststellend weten dat hun huis 's nachts nog altijd in de gaten werd gehouden in de hoop dat Ansichtkaart zich daar zou laten zien.

De weerman was een klein mannetje met roodbruin haar en donkere ogen die – mogelijk bedrieglijk – iets verontschuldigends uitstraalden. Zijn echtgenote, een magere vrouw die wel tien centimeter langer was dan haar man, leek bang te zijn geworden door de persoonlijke nachtelijke bezorging, en geërgerd vanwege de wat lacherige opmerkingen van haar man dat je zoiets niet verwachtte als weerman; hij was per slot van rekening niet bepaald het type filmster, en je wist maar nooit waartoe deze vrouw in staat was.

'Of man,' bracht zijn vrouw hem in herinnering. 'We wéten toch niet of het een vrouw is?'

'Nee, dat is waar.' De glimlach verdween van het gezicht van haar echtgenoot.

Toen het echtpaar eindelijk vertrokken was – op weg naar buiten liepen ze langs Pat, die stoïcijns zat te typen aan haar bureau – bekeek Robin in het kantoor de meest recente ansichtkaart nog eens. Op de voorkant stond deze keer een portret van een negentiende-eeuwse man met een hoge halsdoek: James Duffield Harding. Robin had nog nooit van hem gehoord. Ze draaide de kaart om. De tekst in blokletters luidde:

HIJ DOET ME ALTIJD AAN JOU DENKEN.

Ze draaide de kaart nog een keer om. De timide man met zijn bakkebaarden leek inderdaad op de weerman.

Een geeuw verraste haar. Ze was vrijwel de hele dag bezig geweest met het bijwerken van de administratie, het goedkeuren van te betalen rekeningen en het aanpassen van de roosters voor de komende twee weken omdat Morris had gevraagd om een vrije zaterdagmiddag, zodat hij naar de balletvoorstelling van zijn driejarige dochtertje kon. Toen ze op haar horloge keek, zag Robin dat het al vijf uur was. Vechtend tegen de somberheid die ze op afstand had weten te houden door hard te werken, ruimde ze het dossier van Ansichtkaart op en zette het geluid van haar mobiel weer aan. Binnen een paar tellen begon hij te rinkelen. Strike.

'Hallo.' Robin deed haar best om het niet geërgerd te laten klinken, want met het verstrijken van de uren was wel duidelijk geworden dat Strike haar verjaardag inderdaad wéér vergeten was.

'Gefeliciteerd met je verjaardag,' zei hij, boven het geluid van een trein uit, hoorde Robin.

'Dank je.'

'Ik heb iets voor je, maar ik ben pas over een uur terug, ik stap net in de trein vanuit Amersham.'

Ik heb iets voor je, m'n reet, dacht Robin. Je was het vergeten. Je koopt straks gauw ergens een bos bloemen op weg naar kantoor.

Ze was ervan overtuigd dat Ilsa Strike had getipt, want vlak voordat de klanten binnenkwamen had Ilsa haar gebeld om door te geven dat het haar niet zou lukken straks op tijd te komen voor de borrel. Ze had gevraagd, zogenaamd langs haar neus weg, wat Robin van Strike had gekregen, waarop ze naar waarheid 'Niks' had geantwoord.

'Leuk, dank je,' zei Robin nu, 'maar ik wilde net weggaan. Ik ga nog ergens wat drinken vanavond.'

'O. Juist, ja. Sorry, het kon niet anders. Ik moest hierheen voor dat gesprek met Gupta.'

'Nee. Nou ja, zet ze maar op kantoor neer.'

'Ja,' zei Strike, en het viel Robin op dat hij haar niet tegensprak toen ze 'ze' zei. Het werden dus zeker bloemen.

'Even iets anders. Heel goed nieuws. George Layborn heeft het Bamborough-dossier voor ons.'

'Maar dat is geweldig!' riep Robin uit, enthousiast ondanks zichzelf.

'Ja, hè? Hij komt het morgenochtend brengen.'

'Hoe was het bij Gupta?' Ze nam weer plaats aan haar kant van het dubbele bureau dat Strikes oude, kleinere exemplaar had vervangen.

'Interessant, vooral de verhalen over Margot zelf.' Hij klonk nu gedempt; Robin vermoedde dat zijn trein door een tunnel reed. Ze drukte de mobiel steviger tegen haar oor en vroeg: 'In welk opzicht?'

'Ik weet niet,' zei hij vaag. 'Uit die oude foto zou ik nooit hebben opgemaakt dat ze fel feministisch was. Ze klinkt nu meer als iemand met een sterke persoonlijkheid, en dat had ik me niet bij haar voorgesteld. Wat eigenlijk stom is, want waarom zou ze geen sterke persoonlijkheid hebben?'

Maar Robin begreep op de een of andere manier wel wat hij bedoelde. Het wazige fotootje van Margot Bamborough, bevroren in de tijd met haar seventiesmiddenscheiding, de brede, afgeronde kraag en haar gebreide hemdje leken te horen bij een lang vervlogen, tweedimensionale wereld van verschoten kleuren.

'De rest vertel ik je morgen,' zei Strike, omdat de verbinding steeds wegviel. 'Slecht bereik hier. Ik hoor je bijna niet.'

'Oké, prima,' zei Robin luid. 'Spreek je morgen.'

Ze deed de deur naar het voorportaal weer open. Pat zette net Robins oude pc uit, met de elektronische sigaret tussen haar lippen gestoken. 'Was dat Strike?' vroeg ze. Ze was net een kraai, met haar pikzwarte haar en die schorre stem; de nepsigaret wiebelde.

'Ja.' Robin pakte haar jas en tas. 'Hij is op weg hierheen vanaf Amersham. Sluit maar gewoon af, hij moet zichzelf maar binnenlaten.'

'Weet hij al dat je jarig bent?' vroeg Pat, die die ochtend nog een sadistisch genoegen leek te putten uit Strikes vergeetachtigheid.

'Ja,' zei Robin, en uit loyaliteit ten opzichte van Strike voegde ze eraan toe: 'Hij heeft een cadeau voor me. Dat krijg ik morgen.'

Pat had Robin een nieuwe portemonnee gegeven. 'Van die oude waren de naden helemaal los,' zei ze toen Robin hem uitpakte. Robin, die geroerd was hoewel ze zelf nooit voor knalrood gekozen zou hebben, had haar hartelijk bedankt en meteen haar geld en pasjes overgeheveld naar de nieuwe portemonnee.

'Zo'n lekker felle kleur is handig, die kun je makkelijk terugvinden in je tas,' had Pat zelfvoldaan gezegd. 'Wat heb je van die Schotse mafketel gekregen?'

Barclay had een pakje bij Pat achtergelaten, dat ze die ochtend aan Robin had gegeven.

'Speelkaarten,' had Robin gezegd, terwijl ze het cadeau glimlachend uitpakte. 'Sam heeft me hierover verteld toen we laatst samen iemand aan het schaduwen waren. Kijk, kaarten met afbeeldingen van de meest gezochte Al Qaida-leden. Die werden tijdens de oorlog in Irak uitgedeeld aan de Amerikaanse troepen.'

'Waarom geeft hij die aan jou?' vroeg Pat. 'Wat moet je daar nou mee?'

'Nou ja, omdat ik er belangstelling voor had toen hij me erover vertelde,' zei Robin, en ze moest lachen om Pats afkeurende reactie. 'Ik kan ermee pokeren. Ze hebben de juiste nummers en zo, kijk maar.'

'Bridge,' had Pat gezegd, 'dat is pas een kaartspel. Ik speel graag bridge.'

Nu, terwijl beide vrouwen hun jas aantrokken, vroeg Pat: 'Ga je nog iets leuks doen vanavond?'

'Iets drinken met een paar vriendinnen,' zei Robin. 'Maar ik heb een cadeaukaart van Selfridges die in mijn zak brandt. Ik denk dat ik mezelf eerst maar eens ga trakteren.'

'Goed zo,' zei Pat met haar schorre stem. 'Wat wordt het, denk je?'

Voordat Robin antwoord kon geven ging de glazen deur achter haar open en kwam Saul Morris binnen, knap, glimlachend en een beetje buiten adem, zijn zwarte haar achterovergekamd, zijn blauwe ogen helder.

Robin keek enigszins verontrust naar het pakje en de envelop die hij in zijn hand had.

'Gefeliciteerd!' zei hij. 'Ik hoopte al dat je er nog zou zijn.'

En voordat ze het kon voorkomen bukte hij en kuste haar op de wang; niks luchtkus, stevig contact van mond en huid. Ze deed een stapje terug.

'Ik heb een kleinigheidje voor je.' Blijkbaar merkte hij totaal niet dat er iets mis was, en hij stak haar het cadeau en de envelop met de verjaardagskaart toe. 'Het stelt niks voor, hoor. En hoe gaat het met Miss Moneypenny?' richtte hij zich tot Pat, die haar elektronische sigaret al uit haar mond had gehaald om naar hem te glimlachen, waarmee ze haar tanden in de kleur van oud ivoor toonde.

'Moneypenny,' herhaalde Pat stralend. 'Ga weg!'

Robin scheurde het papier van haar cadeau. Het was een doos karamel-zeezouttruffels van Fortnum & Mason.

'Oeh, lekker,' zei Pat goedkeurend. Blijkbaar was chocolade een veel gepaster geschenk voor een jonge vrouw dan een pakje speelkaarten met afbeeldingen van Al Qaida-leden.

'Ik had onthouden dat je van karamel-zeezout houdt,' zei Morris met een trotse blik.

Robin wist precies waarom hij dat dacht, en het maakte haar waardering er niet groter op. Een maand eerder, tijdens de eerste vergadering met hun nieuwe, uitgebreide team, had Robin een doos luxe koekjes opengemaakt uit een pakket dat hun was toegestuurd door een dankbare klant. Strike had zich hardop afgevraagd waarom tegenwoordig alles in een karamel-zeezoutvariant verkocht moest worden, waarop Robin had gezegd dat het hem er anders niet van weerhield er handenvol tegelijk van te eten. Ze had geen persoonlijke voorkeur geuit voor karamel-zeezout, maar blijkbaar had Morris niet goed opgelet – en tegelijkertijd té goed, door zijn luie aanname op te slaan voor later.

'Dank je wel, hoor,' zei ze met een minimum aan hartelijkheid. 'Ik moet nu helaas echt gaan.'

En voordat Pat haar erop kon wijzen dat Selfridges best een half uurtje kon wachten, liep Robin langs Morris heen de deur uit en de metalen trap af, met zijn verjaardagskaart nog ongeopend in haar hand.

Waarom ze zich nou precies zo aan Morris ergerde wist ze nog steeds niet toen ze even later over de enorme parfumafdeling van Selfridges slenterde. Ze had besloten een nieuw geurtje te kopen, want ze gebruikte al vijf jaar hetzelfde parfum. Matthew hield ervan en had nooit gewild dat ze iets anders koos, maar haar laatste flesje was bijna leeg en ze had plotseling sterk de behoefte om zich te hullen in een geur die Matthew niet zou herkennen, en misschien niet eens lekker zou vinden. Het goedkope flesje 4711 dat ze onderweg naar Falmouth had gekocht was lang niet uitgesproken genoeg om haar nieuwe vaste luchtje te worden, dus liep ze door dat enorme doolhof van rookglazen spiegels en vergulde lampen, langs eilanden vol verleidelijke flesjes en verlichte foto's van beroemdheden, elk minidomein beheerd door in het zwart gestoken sirenen die geurtjes opspoten en teststrookjes uitdeelden.

Was het arrogant van haar, vroeg ze zich af, dat ze vond dat Morris als freelancer niet zomaar een partner van het bureau mocht kussen? Zou ze het vervelend vinden als de meestal zo gereserveerde Hutchins haar op de wang kuste? Nee, besloot ze, dat zou ze helemaal niet vervelend vinden, want ze kende Andy al meer dan een jaar en bovendien zou Hutchins beleefd blijven en van de begroeting niet meer maken dan de kortstondige nabijheid van twee gezichten; geen mond die tegen haar gezicht gedrukt werd.

En Barclay? Hij had haar nooit gekust, al had hij haar laatst wel liefdevol 'kluns' genoemd toen ze tijdens het schaduwen hete koffie over hem heen morste in haar enthousiasme omdat ze hun doelwit zag lopen, een rijksambtenaar die om twee uur 's nachts een bordeel uit kwam. Maar ze had het helemaal niet erg gevonden dat Barclay haar een kluns noemde, ze wás op dat moment ook een kluns.

Robin sloeg een hoek om en stond opeens voor de toonbank van Yves Saint Laurent, en met scherpe belangstelling hield ze haar blik gericht op een cilindervormige verpakking in blauw, zwart en zilver met de naam Rive Gauche. Robin had het favoriete parfum van Margot Bamborough nooit bewust geroken.

'Dat is een klassieker,' zei de verveeld kijkende verkoopster toen ze zag dat Robin Rive Gauche op een stripje spoot en eraan snoof.

Robin had de neiging parfums te beoordelen op de gelijkenis ervan met een bekende bloem of iets eetbaars, maar dit was geen geur die in de natuur voorkwam. Er was in de verte iets van rozen in terug te vinden, maar het had ook iets merkwaardig metaligs. Robin, gewend aan geuren die toegankelijk werden gemaakt door fruit en snoep, schudde glimlachend het hoofd, legde het stripje weg en liep verder.

Dus zo rook Margot Bamborough, dacht ze. Het was een veel geraffineerdere geur dan het parfum dat Matthew zo lekker had gevonden bij Robin; dat rook natuurlijker, naar vijgen, vers, melkachtig en groen.

Robin sloeg weer een hoek om en zag op een toonbank pal voor haar een facetgeslepen glazen flesje staan gevuld met een roze vloeistof: Flowerbomb, de vaste geur van Sarah Shadlock. Robin had de fles bij Sarah en Tom in de badkamer zien staan als ze met Matthew een etentje bij hen thuis had. Sinds ze bij Matthew weg was had Robin ruimschoots de tijd gehad om in te zien dat de keren dat hij doordeweeks het bed had verschoond omdat hij zogenaamd thee had geknoeid of zei: 'Ik dacht, ik doe het vandaag, dan hoef jij het morgen niet te doen,' hij dat natuurlijk had gedaan om die opdringerige zoete lucht uit het beddengoed te wassen, samen met andere, ongetwijfeld nog veel duidelijker sporen die uit behoedzaam gebruikte condooms gelekt waren.

'Dat is een moderne klassieker,' zei de hoopvolle verkoopster die Robin naar de glazen handgranaat zag kijken. Robin schudde met een plichtmatig lachje het hoofd en liep weg. Haar spiegelbeeld in het rookglas was nu ronduit treurig terwijl ze flesjes oppakte en aan geurstrookjes rook, in een vreugdeloze jacht naar iets wat deze waardeloze verjaardag zou kunnen opvrolijken. Opeens zou ze willen dat ze op weg was naar huis, niet naar de pub voor een borrel.

'Wat zoek je precies?' vroeg een zwart meisje met scherpe jukbeenderen dat Robin even verderop trof.

Vijf minuten later, na een korte, professionele uitwisseling, liep ze terug naar Oxford Street met een zwart, rechthoekig flesje in haar tas. De verkoopster was zeer overtuigend geweest.

'... en als je echt hélemaal iets anders wilt,' had ze bij het vijfde flesje gezegd, terwijl ze een beetje op een strookje spoot en ermee wapperde, 'dan moet je Fracas proberen.'

Ze had de proefstrook aan Robin gegeven, maar haar neusgaten hadden inmiddels gebrand door de zware aanval van al die totaal verschillende geuren in het afgelopen half uur.

'Sexy maar volwassen, weet je wel? Een echte klassieker.'

En op dat moment, bij het opsnuiven van die bedwelmende, weelderige, olieachtige tuberoos, had Robin zich laten verleiden door het idee om in haar dertigste levensjaar een vrouw van de wereld te worden, volslagen anders dan de dwaas die te stom was geweest om in te zien dat waarvan haar echtgenoot beweerde te houden niet hetzelfde was als waarmee hij het bed in dook; die twee verschilden net zoveel van elkaar als een vijg en een handgranaat.

13

Thence forward by that painfull way they pas,
Forth to an hill, that was both steepe and hy;
On top of wherof a sacred chappell was,
And eke a little hermitage thereby.

Edmund Spenser
The Faerie Queene

Achteraf gezien had Strike spijt van het allereerste cadeau dat hij Robin Ellacott ooit had gegeven. Hij had de dure groene jurk gekocht in een vreemde vlaag van buitensporigheid, en het had alleen veilig gevoeld om haar zoiets persoonlijks te geven omdat ze verloofd was met een andere man en hij haar toch nooit meer zou zien – althans, dat had hij toen gedacht. Ze had de jurk op Strikes verzoek aangetrokken in de winkel omdat ze hoopten de verkoopster enkele indiscrete uitspraken te ontlokken, en de ontboezemingen die Robin vakkundig uit haar had losgekregen hadden geholpen als bewijs bij het oplossen van de zaak waarmee Strike naam had gemaakt en die zijn bureau had gered van de ondergang. Op een golf van euforie en dankbaarheid was hij later teruggegaan naar de winkel en had de aanschaf gedaan als groots afscheidsgebaar. Niets anders leek te kunnen samenvatten wat hij haar wilde zeggen: 'Kijk eens wat we samen hebben bereikt' en 'Zonder jou was het me niet gelukt' en ook (als hij eerlijk tegen zichzelf was): 'Hij staat je schitterend, en ik wil graag dat je weet dat ik dat al vond toen ik je er in de winkel in zag.'

Maar het was allemaal niet zo gelopen als Strike had gedacht, want nog geen uur nadat hij haar de groene jurk had gegeven, nam hij haar aan als fulltimeassistente. Ongetwijfeld had de jurk minstens voor een deel bijgedragen aan het wantrouwen dat Matthew, haar verloofde, had gehad jegens de detective. En wat, vanuit Strikes standpunt bekeken, nog erger was, was dat hij met de jurk de lat voor toekomstige cadeaus onaangenaam hoog had gelegd. Hij had sindsdien, al dan niet bewust, de verwachtingen flink naar beneden bijgesteld, door ofwel te vergeten een verjaardags- of kerstcadeau voor Robin te kopen, ofwel ze zo onpersoonlijk mogelijk te maken.

Hij kocht stargazerlelies bij de eerste de beste bloemist die hij zag nadat hij uit de trein uit Amersham was gestapt en nam ze mee naar kantoor, zodat Robin ze daar de volgende dag zou aantreffen. Hij koos voor de lelies omdat ze zo groot waren en zo sterk geurden. Hij vond dat hij meer geld moest uitgeven dan aan het ook al te laat aangeschafte bosje bloemen van vorig jaar, en deze zagen er indrukwekkend uit, alsof geld geen rol speelde. Rozen hadden een onwelkome associatie met Valentijnsdag, en bijna alle andere soorten die de bloemist in huis had – toegegeven, het aanbod was wat schraal om half zes 's middags – zagen er enigszins verlept of gewoontjes uit. De lelies waren fors en toch geruststellend onpersoonlijk, sculpturaal van aard en zwaar geurend, en juist door hun nadrukkelijke aanwezigheid hadden ze iets veiligs als cadeau. Ze waren afkomstig uit een klinische kas; geen romantisch gefluister van een stil bos of een geheime tuin. Het waren bloemen waarvan hij gewoon kon zeggen 'Ze ruiken lekker' zonder verder zijn keuze goed te praten.

Wat Strike niet kon weten was dat stargazerlelies Robin altijd zouden doen denken aan Sarah Shadlock, die ooit met een vrijwel identiek boeket was komen aanzetten op de housewarming van Robin en Matthew.

Toen ze de dag na haar verjaardag het kantoor in liep en de bloemen op het grote bureau van beide partners zag staan, nog in het cellofaan in een vaas vol water, met een grote rode strik erom en een kaartje met de tekst *Hartelijk gefeliciteerd van Cormoran* (geen kusje, daar deed hij niet aan), had dat dezelfde uitwerking op haar als het zien van het flesje in de vorm van een handgranaat bij Selfridges. Ze wilde deze bloemen niet; ze irriteerden haar dubbel doordat ze haar herinnerden aan Strikes nalatigheid en aan Matthews overspel, en als ze er dan toch naar moest kijken of ze moest ruiken, besloot ze, dan in ieder geval niet in haar eigen huis.

Dus liet ze de lelies op kantoor staan, waar ze koppig weigerden te verwelken doordat Pat ze trouw iedere morgen vers water gaf en er zo goed voor zorgde dat ze bijna twee weken goed bleven. Zelfs Strike werd er op het laatst niet goed van; hij rook steeds een vleug van iets wat hem deed denken aan het parfum van zijn ex-vriendin Lorelei, een onaangename associatie.

Tegen de tijd dat de wasachtige roze met witte blaadjes begonnen te verschrompelen en uitvielen, was de negenendertigste gedenkdag van Margot Bamboroughs verdwijning voorbijgegaan, onopvallend en waarschijnlijk onopgemerkt door iedereen behalve misschien haar familie, Strike en Robin, die de noodlottige datum allebei bewust beleefden. Het dossier was zoals beloofd afgegeven op kantoor door George Layborn en stond nu in vier kartonnen dozen onder het grote bureau, de enige plek op het detectivebureau waar er ruimte voor was. Strike, op dat moment degene die het minst belast was met de andere lopende zaken omdat hij steeds klaar wilde staan om terug te gaan naar Cornwall mocht dat nodig zijn, ging aan de slag om de dozen systematisch door te nemen. Hij was van plan om, zodra hij het hele dossier had bekeken, met Robin naar Clerkenwell te gaan en daar de route te volgen van de oude huisartsenpraktijk St John, de plek waar Margot voor het laatst in leven was gezien, naar de pub waar haar vriendin tevergeefs op haar had gewacht.

Op de laatste dag van oktober verliet Robin om één uur het kantoor en haastte zich, onder een dreigende hemel, met een paraplu al in de hand, naar de metro. Ze keek in stilte uit naar deze middag, de eerste keer dat zij en Strike samen aan de zaak-Bamborough zouden werken.

Het miezerde al toen Robin Strike zag staan, rokend ergens halverwege St John's Lane, voor een pand waarvan hij de voorgevel aan het bekijken was. Hij draaide zich om zodra hij haar hakken op het natte wegdek hoorde.

'Ben ik te laat?' riep ze toen ze dichterbij kwam.

'Nee, ik was te vroeg.'

Ze voegde zich bij hem, nog steeds met haar paraplu in de hand, en keek naar het hoge gebouw van meerdere verdiepingen in bruine baksteen, met grote ramen en metalen kozijnen. Er leken kantoren in te huizen, maar niets wees erop wat voor bedrijven er binnen te vinden waren.

'Hier was het.' Strike wees naar de deur waar nummer 29 bij stond. 'De oude huisartsenpraktijk St John. De gevel is duidelijk gerenoveerd. Er was vroeger ook een achteringang,' zei hij. 'Daar gaan we dadelijk even een kijkje nemen.'

Robin keek naar beide kanten St John's Lane in; het was een lange, smalle straat met eenrichtingverkeer, aan weerskanten hoge gebouwen met veel ramen.

'Veel uitzicht op de straat,' merkte Robin op.

'Yep,' zei Strike. 'Goed, laten we beginnen met wat Margot aanhad toen ze verdween.'

'Dat weet ik al,' zei Robin. 'Bruine corduroy rok, rode blouse, gebreid hemdje, beige Burberry-regenjas, zilveren kettinkje en oorbellen, een gouden trouwring. Ze had een leren schoudertas bij zich en een zwarte paraplu.'

'Je zou detective moeten worden,' zei Strike, enigszins onder de indruk. 'Ben je klaar voor het politiedossier?'

'Kom maar op.'

'Op 11 oktober 1974 om kwart voor zes waren er voor zover bekend maar drie mensen in dit gebouw aanwezig: Margot, die precies zo gekleed was als jij net beschreef, maar haar regenjas nog moest aantrekken, Gloria Conti, de jongste van de twee receptionistes, en een patiënt die onaangekondigd was komen binnenlopen met buikpijn. Deze patiënt heette volgens de haastige aantekeningen van Gloria "Theo vraagteken". Ondanks de mannennaam en dokter Joseph Brenners verzekering dat de patiënt eruitzag als een man, en ondanks het feit dat Talbot haar ervan probeerde te overtuigen dat

Theo een man in vrouwenkleren was, heeft Gloria er nooit aan getwijfeld dat Theo een vrouw was.

Alle andere medewerkers waren vóór kwart voor zes vertrokken, behalve Wilma de schoonmaakster, die daar die dag helemaal niet was geweest, want ze werkte niet op vrijdag. Later meer over Wilma.

Janice, de assistente, was er tot de lunch en legde de rest van de middag huisbezoeken af zonder nog terug te komen naar de praktijk. Irene, de receptioniste, vertrok om half drie voor een afspraak bij de tandarts en kwam niet terug. Volgens hun eigen verklaringen, die zijn bevestigd door een andere getuige, is secretaresse Dorothy vertrokken om tien over vijf, dokter Gupta om half zes en dokter Brenner om kwart voor zes. De politie was tevreden met alle drie de alibi's die zij gaven voor de rest van de avond: Dorothy ging naar huis, naar haar zoon, en heeft de hele avond met hem televisiegekeken. Dokter Gupta was bij een groot familiediner ter ere van de verjaardag van zijn moeder en dokter Brenner was samen met de ongetrouwde zus met wie hij in één huis woonde. Later heeft iemand die zijn hond uitliet beide Brenners binnen zien zitten door het raam in de woonkamer.

De laatste reguliere patiënten, een moeder met haar kind, was bij Margot geweest en verliet kort voor Brenner de praktijk. Deze patiënten hebben bevestigd dat er niets aan de hand was met Margot toen ze bij haar waren.

Vanaf dat punt is Gloria de enige getuige. Volgens Gloria ging Theo de spreekkamer van Margot in en bleef daar langer dan verwacht. Om kwart over zes vertrok Theo, om nooit meer gezien te worden in de praktijk. De politie heeft haar nog opgeroepen zich te melden, maar tevergeefs.

Margot heeft geen aantekeningen achtergelaten over Theo. Aangenomen wordt dat ze van plan was de volgende dag een verslag te schrijven van het consult, omdat haar vriendin al een kwartier op haar zat te wachten in de pub en ze niet nóg later wilde komen.

Kort na Theo's vertrek kwam Margot de spreekkamer uit gesneld, trok haar regenjas aan, gaf Gloria opdracht af te sluiten met de noodsleutel, liep de regen in, stak haar paraplu op, sloeg af naar rechts en verdween uit Gloria's zicht.'

Strike draaide een slag en wees naar een gele stenen poort verderop in de straat die er zeer oud uitzag, recht voor hen. 'Wat wil zeggen dat ze die kant op ging, naar de Three Kings.'

Even keken ze allebei naar de oude poort boven de weg, alsof daar een of andere schim van Margot zou kunnen verschijnen. Toen trapte Strike zijn peuk uit en zei: 'Kom eens mee.'

Hij liep nummer 28 voorbij en bleef even staan om naar een donker steegje te wijzen dat de breedte had van een deur, Passing Alley genaamd.

'Goede verstopplek,' zei Robin terwijl ze de donkere gewelfde gang tussen de gebouwen in keek.

'Zeker weten,' zei Strike. 'Als iemand haar ongezien had willen opwachten, is deze plek daarvoor gemáákt. Haar beetpakken en die gang in sleuren... maar daarna wordt het problematisch.'

Ze liepen een stukje verder en kwamen bij een lagergelegen terrein met beton en laag struikgewas dat tussen twee parallelle straten in lag.

'De politie heeft dit hele terrein doorzocht met speurhonden. Niks. En als een belager haar verder heeft gesleept, hierdoorheen' – Strike wees naar de weg die parallel liep aan St John's Lane – 'naar St John's Street, dan kan hij dat vrijwel onmogelijk ongezien gedaan hebben. In die straat is het een stuk drukker dan in St John's Lane. En dan ga ik er niet eens van uit dat een fitte, lange vrouw van negenentwintig zou hebben geschreeuwd en tegengestribbeld.'

Hij draaide zich om en keek naar de achteringang van de praktijk. 'De wijkverpleegster kwam soms achterom, dan hoefde ze niet door de wachtkamer. Zij had een kamertje achter in het pand waar haar eigen spullen stonden en waar ze soms patiënten ontving. Schoonmaakster Wilma ging ook wel eens via de achterdeur naar buiten. Verder was die meestal op slot.'

'Is het voor ons van belang of mensen het pand konden betreden of verlaten via een tweede deur?' vroeg Robin.

'Niet specifiek, maar ik wil even voelen hoe het erbij stond. Het is bijna veertig jaar geleden, we moeten alles bekijken.'

Ze liepen door Passing Alley terug naar de voorkant van het gebouw.

'We hebben één voordeel boven Bill Talbot,' zei Strike. 'Wij weten dat het Monster van Essex slank en blond bleek te zijn, in plaats van een donkere, gedrongen figuur met een zigeunerachtig voorkomen. Theo, wie zij ook mocht zijn, was Creed niet. Wat overigens natuurlijk niet automatisch wil zeggen dat ze geen belangrijke rol speelt.

Nog één ding, dan zijn we klaar met de praktijk zelf.' Hij keek omhoog naar nummer 29. 'Irene, de blonde receptioniste, heeft tegenover de politie verklaard dat Margot twee keer een anonieme dreigbrief heeft ontvangen kort voor haar verdwijning. Die brieven zitten niet in het politiedossier, dus we hebben alleen Irenes verklaring. Ze beweert dat ze er één heeft opengemaakt en dat ze er nog een heeft zien liggen op Margots bureau toen ze haar een kop thee bracht. In de brief die ze zelf had gelezen stond iets over hellevuur, zegt ze.'

'Je zou denken dat het de taak van de secretaresse is om de post te openen,' zei Robin. 'Niet die van de receptioniste.'

'Goed punt,' zei Strike, en hij haalde zijn notitieblok tevoorschijn en krabbelde er iets in. 'Dat trekken we na... Het lijkt me relevant om hier nog te vermelden dat Talbot Irene beschouwde als een onbetrouwbare getuige, inaccuraat en geneigd te overdrijven. Toevallig zei Gupta dat Irene en Margot een contretemps hadden gehad – zijn woord – op een kerstborrel. Het leek hem niet veel voor te stellen, maar hij herinnerde het zich nog wel.'

'En is Talbot...?'

'Dood? Ja,' zei Strike. 'Net als Lawson, die de zaak van hem heeft overgenomen. Maar Talbot heeft een zoon, en ik denk erover om contact met hem op te nemen. Lawson heeft nooit kinderen gekregen.'

'Je had het over die anonieme brieven.'

'Ja. Gloria, de andere receptioniste, zei dat Irene haar zo'n brief had laten zien, maar ze wist niet meer wat erin stond. Janice, de assistente, bevestigde dat Irene haar er destijds over had verteld, maar zei erbij dat ze de brieven niet met eigen ogen had gezien. Margot heeft Gupta er niet over verteld – ik heb hem nog gebeld om ernaar te vragen. Maar afijn,' zei Strike, en hij keek nog een laatste keer de straat door in de motregen, 'aangenomen dat Margot niet pal voor de praktijk is ontvoerd en dat ze niet op een paar meter van de voordeur in een auto is gestapt, moet ze dus in de richting van de Three Kings gelopen zijn, die kant op.'

'Wil je onder de paraplu?' vroeg Robin.

'Nee,' antwoordde Strike. Zijn stugge krulletjes zagen er nat hetzelfde uit als droog, hij was niet erg ijdel.

Ze liepen de straat uit en onder St John's Gate door, de oude stenen poort die was opgeluisterd met vele wapenschilden, waarna ze uitkwamen in Clerkenwell Road, een drukke straat met tweerichtingsverkeer. Na het oversteken van de weg stonden ze naast een ouderwetse rode telefooncel, aan het begin van Albemarle Way.

'Is dat de telefooncel waar die twee ruziënde vrouwen zijn gezien?' vroeg Robin.

Strike keek verbaasd op. 'Je hebt de aantekeningen gelezen,' zei hij bijna beschuldigend.

'Ik heb er even naar gekeken,' gaf Robin toe, 'toen ik gisteravond de rekening van Nieuwe Ronde moest printen. Ik heb niet alles gelezen, daar had ik de tijd niet voor. Gewoon wat fragmentjes hier en daar.'

'Nou, dit is níét die telefooncel,' zei Strike. 'De belangrijke telefooncel, of eigenlijk cellen, komen later. Alles op z'n tijd. Loop maar mee.'

In plaats van het bestrate voetgangersgebied te nemen waarvan Robin, uit haar eigen karige onderzoek, wist dat Margot erdoorheen gelopen moest zijn als ze inderdaad naar de Three Kings was gegaan, ging Strike linksaf, Clerkenwell Road in. 'Waarom gaan we deze kant op?' vroeg Robin. Ze moest een drafje inzetten om hem bij te houden.

'Omdat,' zei Strike, die weer bleef staan en nu wees naar het bovenste raam van het gebouw aan de overkant, dat uitkeek op een oud bakstenen pakhuis, 'een veertienjarige scholiere, Amanda White, zweert dat ze Margot op de avond in kwestie ergens na zes uur heeft gezien voor een van de bovenste ramen, het tweede van rechts, waar ze met haar vuisten op het glas beukte.'

'Dát heb ik online nergens zien staan!' zei Robin.

'Om de goede reden dat de politie heeft vastgesteld dat het niks voorstelde. Talbot nam, zo wordt duidelijk uit zijn aantekeningen, Amanda White niet serieus omdat haar verhaal niet te rijmen was met zijn theorie dat Margot ontvoerd zou zijn door Creed. Maar toen Lawson de zaak later overnam is hij naar Amanda toe gegaan en heeft samen met haar dit stuk weg gelopen.

Op zich was Amanda's verklaring niet ongeloofwaardig. Om te beginnen vertelde ze ongevraagd dat het was gebeurd op de avond na de algemene verkiezingen, dat wist ze nog omdat ze een discussie had gehad met een schoolvriendin die Tory-aanhangster was. Ze hadden die dag samen moeten nablijven. Daarna waren ze ergens koffie gaan drinken, en de vriendin was gepikeerd toen Amanda zei dat het goed was dat Wilson had gewonnen, en vervolgens weigerde ze met haar naar huis te lopen.

Amanda vertelde dat ze nog steeds boos was op haar tegendraadse vriendin, toen ze omhoogkeek en daar een vrouw met haar vuisten op het glas zag beuken. Het signalement dat ze gaf was goed, al was er tegen die tijd wel een volledige beschrijving van Margots uiterlijk en kleding in de pers verschenen.

Lawson nam contact op met de eigenaar van het bedrijf op de bovenste verdieping. Dat was een drukkerijtje, gerund door een echtpaar. Ze maakten in kleine oplagen pamfletten, posters en uitnodigingen, dat soort dingen. Geen connectie met Margot. Geen van beiden was ingeschreven bij St John, de huisartsenpraktijk, want ze woonden niet in de buurt. De vrouw verklaarde dat ze soms op het kozijn moest slaan omdat het raam anders niet goed sloot. Maar ze leek in geen enkel opzicht op Margot: ze was klein en mollig en had rood haar.'

'En iemand zou Margot toch ook naar boven hebben zien gaan?'

zei Robin. Ze keek van het bovenste raam naar de voordeur, waarna ze een stap bij de stoeprand vandaan deed, weg van de auto's die het water uit de plassen in de goot deden opspatten. 'Ze zou de trap of de lift genomen moeten hebben, en misschien ook hebben aangebeld om binnen te komen.'

'Dat zou je denken,' zei Strike instemmend. 'Lawson kwam tot de conclusie dat Amanda zich had vergist, heel onschuldig, en dat ze de vrouw van de drukker had aangezien voor Margot.'

Ze keerden terug naar het punt waar ze waren afgeweken van wat Robin beschouwde als 'Margots route'. Strike bleef weer staan en wees Albemarle Way in, een mistroostige zijstraat.

'Vergeet die telefooncel even, maar zie je dat Albemarle Way de eerste zijstraat na Passing Alley is die ze genomen kan hebben – al dan niet vrijwillig – zonder dat zeker vijftig mensen haar zouden zien? Rustiger, zoals je ziet – maar ook weer niet zo héél rustig,' moest Strike toegeven, en hij keek naar het einde van Albemarle Way, waar het verkeer gestaag langsreed. Albemarle Way was smaller dan St John's Lane, maar werd op dezelfde manier omzoomd door hoge gebouwen, onafgebroken, waardoor de straat permanent in de schaduw lag. 'Het blijft een risico voor een ontvoerder,' zei Strike, 'maar als Dennis Creed hier ergens stond in zijn bestelbus, klaar om toe te slaan zodra er een vrouw alleen – een willekeurige vrouw – langsliep in de regen, dan is dit een plek waar ik dat wel zie gebeuren.'

Op dat moment, terwijl er een koude wind door Albemarle Way gierde, meende Strike weer een vleug te ruiken van de geur waarvan hij steeds had gedacht dat die afkomstig was van de lelies, maar nu besefte hij dat het van Robin zelf kwam. Het parfum was niet precies hetzelfde als wat Lorelei had gedragen; dat van zijn ex had iets merkwaardig alcoholisch gehad, met overheersende tonen van rum (en dat had hij lekker gevonden toen de geur gepaard ging met ongedwongen genegenheid en fantasierijke seks; pas later was hij het gaan associëren met passief-agressief gedrag, karaktermoord en smeekbedes om liefde die hij niet kon voelen). Desalniettemin leek dit luchtje sterk op dat van Lorelei; hij vond het weeïg en misselijkmakend zoet.

Natuurlijk zouden veel mensen vinden dat hij nodig iets moest zeggen over de geur die vrouwen met zich meedroegen, aangezien zijn kenmerkende lucht die van oude asbakken was, bij bijzondere gelegenheden overgoten met een vleugje Pour Un Homme. En toch, na een jeugd in veelal erbarmelijke, smerige omstandigheden, waren 'schoon en fris' noodzakelijke voorwaarden wilde hij iemand aantrekkelijk kunnen vinden. Hij had Robins vorige geurtje altijd heel aangenaam gevonden; hij had het gemist als ze niet op kantoor was.

'Deze kant op,' zei hij, en ze liepen door de regen een hobbelig plein op dat tot voetgangersgebied was gemaakt. Een paar tellen later werd Strike zich er opeens van bewust dat Robin was achtergebleven, en hij liep een aantal passen terug om zich bij haar te voegen voor de kerk, St John Priory, een aangenaam symmetrisch bouwwerk van rode baksteen met hoge ramen, de ingang geflankeerd door twee witte stenen zuilen.

'Dacht je aan die gewijde plek waar ze zou liggen?' vroeg hij, en hij stak nog een sigaret op terwijl de regen op hem neerkletterde. Nadat hij de rook had uitgeblazen vouwde hij zijn hand om de sigaret om te voorkomen dat hij zou doven.

'Nee,' zei Robin, een beetje verdedigend, maar toen vervolgde ze: 'Oké, misschien een beetje. Kijk dit eens...'

Strike liep achter haar aan door het open hek naar een kleine gedenktuin, die toegankelijk was voor publiek en vol stond (zoals Robin las op een bordje dat aan de binnenmuur hing) met geneeskrachtige kruiden, waarvan er veel waren gebruikt in de middeleeuwen, in de Order of St John-ziekenhuizen. Een witte Christusfiguur hing aan de achterwand, omringd door de emblemen van de vier evangelisten: de stier, de leeuw, de adelaar en de engel. Varens en ander blad trilden zacht in de regen. Terwijl Robin haar blik door de kleine, ommuurde tuin liet gaan, zei Strike, die haar was gevolgd: 'Ik denk dat we het er wel over eens zullen zijn dat als hier iemand was begraven, een van de geestelijken toch wel gezien zou hebben dat de aarde omgewoeld was.'

'Weet ik,' zei Robin. 'Ik kijk alleen maar.'

Toen ze terugliepen naar de straat, zei ze: 'Kijk, overal Maltezer kruizen. Die stonden ook op de poort waar we daarnet onderdoor gelopen zijn.'

'Dat is het kruis van de hospitaalridders of johannieten. *Knights of St John.* Vandaar de straatnamen en emblemen: ze hebben hun hoofdkwartier in St John's Lane. Als dat medium de omgeving heeft gegoogeld waar Margot is verdwenen, kan ze de band van Clerkenwell met de johannieterorde niet over het hoofd gezien hebben. Ik durf te wedden dat ze daar het idee van dat "gewijde grond"-verhaaltje heeft opgedaan. Maar onthoud het even, want het kruis komt weer terug als we dadelijk bij de pub zijn.'

'Wist je,' zei Robin, en ze draaide zich om om naar de kerk te kijken, 'dat Peter Tobin, die Schotse seriemoordenaar, zich aan kerken verbond? Op zeker moment sloot hij zich aan bij een religieuze sekte, onder een valse naam. Toen nam hij een baan aan als klusjesman bij een kerk in Glasgow, waar hij dat arme meisje heeft begraven onder de vloerplanken.'

'Kerken zijn een goede schuilplaats voor moordenaars,' zei Strike. 'En voor zedendelinquenten.'

'Priesters en dokters,' zei Robin peinzend. 'Het zit bij bijna iedereen ingebakken om die te vertrouwen, denk je ook niet?'

'Na alle schandalen binnen de Katholieke Kerk? Na Harold Shipman?'

'Ja, toch wel, denk ik. Vind je niet dat we sommige categorieën mensen onverdiend goedheid toeschrijven? We moeten nu eenmaal vertrouwen hebben in degenen die invloed lijken te hebben op leven en dood.'

'Daar zeg je me wat,' zei Strike terwijl ze Jerusalem Passage in liepen, een kort voetpad. 'Ik zei tegen Gupta dat het gek was dat Joseph Brenner niet van mensen hield. Dat leek me een basisvereiste om als arts te kunnen werken. Gupta verbeterde me meteen.'

Even later zei hij: 'Laten we hier even blijven staan,' en hij voegde de daad bij het woord. 'Als Margot zo ver is gekomen – en dan ga ik ervan uit dat ze deze route heeft genomen, want het is de kortste en meest logische weg naar de Three Kings – dan is dit de eerste keer dat ze langs woonhuizen kwam in plaats van kantoren en openbare gebouwen.'

Robin keek naar de panden om hen heen. Inderdaad, er waren een paar deuren met meerdere bellen ernaast, die erop wezen dat er waarschijnlijk appartementen boven zaten.

'Is er een kans,' zei Strike, 'hoe onwaarschijnlijk ook, dat iemand die in deze laan woont haar heeft overgehaald of gedwongen om binnen te komen?'

Robin keek naar beide kanten de straat door terwijl de regen op haar paraplu tikte. 'Nou,' zei ze langzaam, 'het kán natuurlijk wel, maar het lijkt me onwaarschijnlijk. Zou iemand die ochtend bij het opstaan bedacht hebben dat hij of zij zin had om een vrouw te ontvoeren, om er vervolgens op straat eentje te pakken?'

'Heb ik jou dan niks geleerd?'

'Oké, oké: gelegenheid gaat voor motief. Maar er zijn weer andere problemen met gelegenheid. Hier kijken ook veel mensen op de straat uit. Ziet of hoort dan niemand dat ze ontvoerd wordt? Gilt ze niet, verzet ze zich niet? En ik neem aan dat de dader alleen woont, tenzij zijn of haar huisgenoten meewerken aan de ontvoering.'

'Allemaal sterke argumenten,' gaf Strike toe. 'Bovendien is de politie hier de deuren langsgegaan. Iedereen is ondervraagd, al zijn de flats verder niet doorzocht. Maar denk even mee... ze is arts. Stel je voor dat ergens in een van de huizen iemand haar roept en smeekt om binnen te komen en naar een gewonde te kijken, een ziek familielid. En als ze eenmaal binnen is laat diegene haar niet meer gaan. Dat zou een goede truc zijn om haar te lokken: doen alsof er een medisch noodgeval is.'

'Maar dan moest diegene wel weten dat ze arts was.'

'De ontvoerder kon een patiënt van de praktijk zijn.'

'Maar hoe wist die dan dat ze precies op die tijd zou langslopen? Had ze de hele buurt laten weten dat ze naar de pub ging?'

'Misschien was het willekeur. Zag de dader haar lopen, wist hij of zij dat ze dokter was, rende naar buiten en greep haar. Of... weet ik veel, laten we zeggen dat er binnen echt iemand gewond of stervende was, of een ongeluk had gehad... misschien is er ruzie geweest... Zij is het niet eens met de behandeling of weigert te helpen, de ruzie draait uit op een handgemeen... en ze wordt per ongeluk gedood.'

Er viel een korte stilte terwijl ze opzijgingen voor een groep druk pratende Franse scholieren. Toen ze voorbij waren zei Strike: 'Het is vergezocht, dat geef ik toe.'

'We zouden kunnen uitzoeken hoeveel panden nog bewoond worden door dezelfde mensen die hier negenendertig jaar geleden ook woonden,' zei Robin, 'maar dan blijft het probleem hoe de dader haar lichaam bijna veertig jaar lang verborgen heeft weten te houden. Je zou niet durven verhuizen, toch?'

'Dat is inderdaad een probleem,' gaf hij toe. 'Gupta zei het al: het is wat anders dan het dumpen van een tafel die ongeveer evenveel weegt. Bloed, ontbinding, insecten... Mensen hebben vaak genoeg geprobeerd om een lijk te bewaren. Crippen. Christie. Fred en Rose West. Over het algemeen wordt dat als een vergissing beschouwd.'

'Creed is er een tijdje mee weggekomen,' zei Robin. 'Hij kookte afgehakte handen in dat souterrain. Begroef de hoofden apart van de lichamen. Het kwam niet door de doden dat hij werd gepakt.'

'Lees jij *De demon van Paradise Park*?' vroeg Strike op scherpe toon.

'Ja,' antwoordde Robin.

'Wil je zulke beelden in je hoofd toelaten?'

'Het helpt ons bij het onderzoek.'

'Hm, ik dacht even aan mijn verantwoordelijkheid voor jouw gezondheid.'

Robin zei niets. Strike bekeek de huizen nog een keer vluchtig en vroeg Robin toen mee door te lopen.

'Je hebt gelijk,' zei hij. 'Ik zie het ook niet voor me. Vriezers worden geopend, de meteropnemer ruikt een rare lucht, buren hebben last van verstoppingen. Maar in het kader van de grondigheid zouden we toch moeten nagaan wie hier destijds woonden.'

Ze kwamen uit in de drukste straat die ze tot dan toe hadden gezien. Aylesbury Street was breed en werd eveneens omzoomd door kantoorpanden en flats.

'Goed,' zei Strike, die opnieuw even bleef staan, 'als Margot naar de pub is gelopen, moet ze hier zijn overgestoken en afgeslagen naar links, Clerkenwell Road in. Maar kijk even die kant op' – Strike wees naar een plek zo'n vijftig meter rechts van hen – 'want daar reed die avond een wit bestelbusje bijna twee vrouwen omver toen het met hoge snelheid vanaf Clerkenwell Green kwam aangereden. Er zijn vier of vijf getuigen van dat incident. Niemand heeft het kenteken onthouden...'

'... maar Creed gebruikte valse kentekenplaten voor de bestelbus die hij gebruikte, dus daar zouden we sowieso weinig aan gehad hebben.'

'Correct. Het busje dat op 11 oktober 1974 is gezien door getuigen had een afbeelding op de zijkant. Niet alle getuigen waren het erover eens wat die precies voorstelde, maar twee van hen dachten dat het een grote bloem was.'

'En we weten ook,' zei Robin, 'dat Creed afwasbare verf gebruikte voor de bestelbus, zodat hij de buitenkant makkelijk kon veranderen.'

'Ook dat is correct. Dus ogenschijnlijk is dit onze eerste echte aanwijzing dat Creed hier in de buurt geweest zou zijn. Talbot wilde dat natuurlijk geloven, dus was hij niet geïnteresseerd in de mening van een van de getuigen dat het busje van de plaatselijke bloemist was. Maar een jonge agent, waarschijnlijk een van degenen die doorhadden dat de leider van het onderzoek langzamerhand knettergek aan het worden was, is naar de bloemist in kwestie, ene Albert Shimmings, toe gegaan om hem te ondervragen, en hij ontkende stellig dat hij die avond met hoge snelheid door de buurt gereden zou zijn. Hij bracht op dat moment zijn zoon weg, zei hij, vele kilometers verderop.'

'Wat niet hoeft te betekenen dat Shimmings het níét was. Hij was misschien bang dat hij zou worden opgepakt wegens roekeloos rijgedrag. Geen beveiligingscamera's... niks om het te bewijzen.'

'Precies. Als Shimmings nog leeft, moeten we zijn verhaal maar eens natrekken. Misschien heeft hij besloten dat het de moeite waard is de waarheid te vertellen nu hij geen boete meer kan krijgen voor die snelheidsovertreding. Tot die tijd,' zei Strike, 'blijft de kwestie van de bestelbus onopgelost en zullen we moeten toegeven dat het ook een mogelijkheid is dat Creed erin reed.'

'Maar waar heeft hij Margot dan ontvoerd, als het inderdaad Creed was? Niet in Albemarle Way, want dan zou hij hier niet langs gekomen zijn.'

'Klopt. Als hij haar daar had meegenomen, zou hij veel eerder Aylesbury Street ingeslagen zijn, verder van hier, en zou hij niet via Clerkenwell Green zijn gereden. Wat ons weer mooi terugvoert naar de twee ruziënde vrouwen bij de telefooncellen.'

Ze liepen door de druilerige regen Clerkenwell Green op, een groot rechthoekig plein met bomen, een pub en een eetcafé. In het midden stonden twee telefooncellen, vlak bij geparkeerde auto's en een fietsenrek.

'Hier,' zei Strike, en hij bleef staan tussen beide telefooncellen, 'werd het onderzoek beïnvloed door de waanzin van Talbot. Een zekere Ruby Elliot, een vrouw die deze omgeving niet kende en die op zoek was naar het nieuwe huis van haar dochter en schoonzoon op Hayward's Place, was de weg kwijt en reed almaar rondjes in de regen. Ze kwam langs deze telefooncellen en zag twee vrouwen ruziën, van wie er één, zoals zij het noemde, "waggelend liep". Ze heeft verder geen uitgesproken herinnering aan hen. Vergeet niet dat het stortregende en dat ze ingespannen naar straatnamen en huisnummers zocht, want ze was verdwaald. Ze kon de politie alleen vertellen dat een van de vrouwen een sjaal om het hoofd droeg en de andere een regenjas aanhad.

De dag nadat hierover was bericht in de krant meldde zich een betrouwbare vrouw van middelbare leeftijd, om te vertellen dat de twee vrouwen die Ruby Elliot had gezien vrijwel zeker haar bejaarde moeder en zijzelf geweest waren. Ze zei tegen Talbot dat ze die avond met het oude besje over Clerkenwell Green was gelopen, op weg naar huis na een wandelingetje. Haar moeder, die seniel en erg zwak was, droeg een regenhoedje, en Fiona zelf had een regenjas aan die op die van Margot leek. Ze hadden geen paraplu bij zich, dus probeerde Fiona haar moeder aan te sporen wat harder te lopen. De oude dame liet zich niet opjagen en er ontstond wat onenigheid, hier bij de telefooncellen. Ik heb toevallig een foto van hen beiden, die had de pers in handen gekregen. "Getuigenis ontkracht".

Maar Talbot wilde daar niets van weten. Hij weigerde ronduit te geloven dat de twee vrouwen niet Margot en een als vrouw verklede man waren geweest. Hij zag het als volgt: Margot treft Creed hier bij de telefooncellen, Creed werkt haar zijn busje in, dat dáár zou hebben gestaan' – Strike wees naar een rijtje vlakbij geparkeerde auto's – 'waarna Creed met hoge snelheid wegrijdt via Aylesbury Street, terwijl zij schreeuwend op de zijkant van de bestelwagen beukt.'

'Maar,' zei Robin, 'Talbot dacht dat Theo Creed was. Waarom zou Creed verkleed als vrouw naar de spreekkamer van Margot komen, dan weer vertrekken, haar ongedeerd achterlaten, naar Clerkenwell Green lopen en haar daar te grazen nemen, midden op het drukste plein dat we ooit gezien hebben, waar al die ramen op uitkijken?'

'Het heeft geen zin om naar een logische verklaring te zoeken, want die is er niet. Toen Lawson de zaak overnam is hij naar die Fiona Fleury gegaan, de betrouwbare vrouw van middelbare leeftijd, om haar nogmaals te verhoren. Hij was ervan overtuigd dat zij en haar moeder inderdaad de vrouwen waren die Ruby Elliot had gezien. Ook nu kwamen de algemene verkiezingen goed van pas, want Fiona Fleury kon zich nog herinneren dat ze moe was geweest en niet erg veel geduld had kunnen opbrengen voor haar lastige moeder omdat ze de halve nacht was opgebleven om naar de verkiezingsuitzending te kijken. Lawson kwam tot de conclusie – en ik ben het wel met hem eens, geloof ik – dat de kwestie rond de twee ruziënde vrouwen was opgelost.'

De motregen was overgegaan in dikke druppels die op Robins paraplu roffelden en de onderkant van haar broekspijpen doorweekten. Ze liepen nu Clerkenwell Close in, een straat met een aantal bochten die schuin omhoogliep naar een grote, indrukwekkende kerk met een hoge, smalle spits.

'Zo ver kan Margot niet gekomen zijn,' zei Robin.

'Dat zeg jij,' zei Strike, en tot haar verbazing bleef hij opnieuw staan, nu om naar de kerk te kijken. 'Maar ze zou nog een keer gezien zijn. Een klusjesman van de kerk... Ja, ik weet het,' zei hij in reactie op Robins verbaasde blik, 'ene Willy Lomax, beweert dat hij die avond een vrouw in een Burberry-regenjas de trap naar St James-on-the-Green op zag lopen, rond de tijd dat Margot in de pub had moeten aankomen. Hij zag haar van achteren. Dat was natuurlijk in een tijd dat kerken niet altijd werden afgesloten.

Talbot deed uiteraard niks met Lomax' verklaring, want als Margot nog leefde en een kerk in liep, kon ze niet in de wegscheurende bestelbus van het Monster van Essex zitten. Lawson kon niet veel met de getuigenis van Lomax. Die kerel bleef bij zijn verhaal: hij had een vrouw die aan Margots beschrijving voldeed naar binnen zien gaan, maar aangezien hij niet erg nieuwsgierig van aard was, is hij haar niet gevolgd, heeft hij niet gevraagd wat ze van plan was en ook niet gewacht om te kijken of ze de kerk nog ooit uit kwam.

En nu,' zei Strike, 'hebben we bier verdiend.'

14

In which there written was with cyphres old…

Edmund Spenser
The Faerie Queene

Tegenover de kerk, aan de andere kant van de weg, hing het uithangbord van de Three Kings. De bocht in de straat werd weerspiegeld in de ronding van de betegelde buitenkant van de pub.

Terwijl ze achter Strike aan naar binnen liep, had Robin het merkwaardige gevoel terug te keren in de tijd. Bijna alle wanden waren behangen met pagina's uit oude muziekbladen uit de jaren zeventig: een wirwar van recensies, advertenties voor oude stereo-installaties en foto's van pop- en rocksterren. Boven de bar hing halloweenversiering, Bowie en Bob Marley keken vanaf ingelijste posters op hen neer en Bob Dylan en Jimi Hendrix staarden hen aan op de tegenoverliggende muur. Toen Robin aan een vrij tweepersoonstafeltje ging zitten terwijl Strike naar de bar liep, zag ze in de collage rondom de spiegel een krantenfoto van Jimmy Rokeby in een strakke leren broek. De pub zag eruit alsof er in jaren niets veranderd was; het zou best kunnen dat deze zelfde matglazen ruiten, het allegaartje aan houten tafels, de kale vloerplanken, de ronde glazen wandlampen en de kaarsen in flessen er ook al waren geweest toen Margots vriendin hier in 1974 op haar zat te wachten.

Nu Robin om zich heen keek in deze eigenzinnige, karakteristieke pub betrapte ze zich erop dat ze zich afvroeg wat voor vrouw

Margot Bamborough precies was geweest. Het was gek dat iemands beroep bepalend was voor het beeld dat je van hem of haar had. 'Dokter' voelde in veel opzichten als een volledige identiteit. Terwijl ze wachtte tot haar metgezel terugkwam met de drankjes, waarbij haar blik van de doodskoppen aan de bar naar de foto's van dode rocksterren ging, kreeg Robin opeens een vreemde gedachte over het omgekeerde kerstverhaal. De drie koningen, waar de naam van de pub naar verwees, hadden naar een geboorte toe gereisd; Margot was, zo vreesde Robin, op weg naar de Three Kings haar dood tegemoetgelopen.

Strike zette Robins wijn voor haar neer, nam een bevredigende slok van zijn Sussex Best, ging zitten en viste toen een rol papier uit de binnenzak van zijn overjas. Robin zag gekopieerde krantenartikelen tussen de getypte en handgeschreven bladzijden zitten.

'Je bent in de bibliotheek geweest.'

'Gisteren, de hele dag.'

Hij pakte de bovenste fotokopie en liet die aan Robin zien. Het was een knipseltje uit de *Daily Mail* met een foto van Fiona Fleury en haar oude moeder, met het onderschrift: *Onderzoek Monster van Essex: 'Wij waren die vrouwen.'* De vrouwen waren geen van beiden makkelijk te verwarren met Margot Bamborough: Fiona was lang en breed, had een vrolijk gezicht en geen taille, haar moeder was krom en verschrompeld van ouderdom.

'Dit is de eerste indicatie dat de pers het vertrouwen in Bill Talbot kwijtraakte,' zei Strike. 'Een paar weken nadat dit was verschenen wilden ze bloed zien, wat zijn geestelijke gezondheid waarschijnlijk geen goed heeft gedaan... Maar goed,' zei hij, en hij legde zijn grote, harige hand plat op de rest van de fotokopie. 'Laten we teruggaan naar één onbetwistbaar feit: Margot Bamborough leefde nog die avond om kwart voor zes en was in de praktijk.'

'Om kwart óver zes, bedoel je,' zei Robin.

'Nee, dat bedoel ik niet. De volgorde van vertrek is als volgt: tien over vijf Dorothy. Half zes Dinesh Gupta, die Margot in haar spreekkamer ziet voordat hij naar buiten loopt langs Gloria en Theo.

Gloria gaat aan Brenner vragen of hij Theo kan ontvangen. Hij weigert. Margot komt haar spreekkamer uit samen met haar laatste geplande patiënten, moeder en kind, en zij lopen bij vertrek ook langs Theo in de wachtkamer. Margot zegt tegen Gloria dat zij het prima vindt om even naar Theo te kijken. Brenner zegt "Goed van je" en vertrekt, dat is om kwart voor zes.

Vanaf dat moment hebben we alleen de onbevestigde beweringen van Gloria over wat er verder gebeurd zou zijn. Zij is de enige die beweert dat Theo en Margot de praktijk levend hebben verlaten.'

Robin wachtte met de slok wijn die ze had willen nemen. 'Kom op. Wou je nou beweren dat ze nooit vertrokken zijn? Dat Margot daar ergens onder de vloerplanken begraven ligt?'

'Nee, want het hele pand is doorzocht met speurhonden, net als de tuin erachter,' zei Strike. 'Maar wat denk je van deze theorie? De reden dat Gloria hardnekkig volhield dat Theo een vrouw was en geen man, was dat hij haar handlanger was bij de moord of ontvoering van Margot.'

'Zou het voor Gloria dan niet logischer zijn geweest om een meisjesnaam te noteren in plaats van "Theo", als ze wilde verbergen dat het een man was? En waarom zou ze aan dokter Brenner vragen of hij tijd had voor Theo als zij van plan was samen met Theo Margot te vermoorden?'

'Allebei goede argumenten,' gaf Strike toe, 'maar misschien wist ze heel goed dat Brenner zou weigeren, omdat hij nu eenmaal altijd ruzie zocht, dat ouwe stuk chagrijn, en ze wilde dat de situatie zo natuurlijk mogelijk zou overkomen op Margot. Denk nou even met me mee.

Een slap lichaam is zwaar, moeilijk te verplaatsen en lastig te verbergen. Een levende vrouw die tegenstribbelt is nog lastiger. Ik heb persfoto's van Gloria gezien en ze was wat mijn tante "een tenger meiske" zou noemen, terwijl Margot lang en sterk was. Ik betwijfel of Gloria Margot zonder hulp had kunnen doden, en ze had haar zeker niet kunnen verplaatsen.'

'Zei dokter Gupta niet dat Margot en Gloria een hechte band hadden?'

'Gelegenheid gaat voor motief. Die hechte band kan een dekmantel zijn geweest,' zei Strike. Misschien wilde Gloria helemaal niet "verbeterd" worden en speelde ze alleen maar de dankbare pupil om te voorkomen dat Margot wantrouwen zou krijgen.

Maar los daarvan: de laatste keer dat er meerdere getuigen waren van Margots aanwezigheid was een half uur voordat ze het pand zou hebben verlaten. Daarna hebben we alleen het verhaal van Gloria.'

'Oké, goedgekeurd,' zei Robin.

'Goed,' zei Strike, en hij haalde zijn hand van de stapel papier, 'als je daarin meegaat, vergeet dan even de getuigen die haar gezien zouden hebben achter een raam of bij de ingang van een kerk. Vergeet dat langsrazende bestelbusje. Het is heel goed mogelijk dat dat allemaal niets met Margot te maken heeft. Keer terug naar het enige wat we zeker weten: Margot Bamborough leefde nog om kwart voor zes.

Dan gaan we nu naar drie mannen die destijds door de politie werden beschouwd als mogelijke verdachten, en we vragen ons af waar zij waren op 11 oktober 1974 om kwart voor zes. Kijk,' zei hij, en hij gaf Robin een kopie van een artikel uit een schandaalkrant van 24 oktober 1974. 'Dat is Roy Phipps, ook wel bekend als de echtgenoot van Margot en de vader van Anna.'

Op de foto was een knappe man te zien van een jaar of dertig die sterk op zijn dochter leek. Als Robin een dichter had moeten casten voor een zwijmelfilm, zou ze het portret van Roy Phipps boven op de stapel hebben gelegd, dacht ze. Van hem had Anna haar lange, bleke gezicht, haar hoge voorhoofd en haar grote, mooie ogen. Phipps had in 1974 schouderlang haar gehad, tot op zijn puntkraag, en op deze oude krantenfoto keek hij gekweld in de camera, met een kaartje in zijn hand. Het onderschrift luidde: *Dr. Roy Phipps vraagt het publiek om hulp.*

'Je hoeft het artikel niet te lezen,' zei Strike, die er al een tweede knipsel bovenop had gelegd. 'Er staat niets in wat je nog niet weet, maar in dít artikel wel.'

Robin boog zich gehoorzaam over het tweede nieuwsbericht, waarvan Strike slechts de helft had gekopieerd.

> haar echtgenoot, dr. Roy Phipps, die lijdt aan de ziekte van Von Willebrand, lag op 11 oktober ziek in bed in de echtelijke woning in Ham.
>
> 'Als reactie op diverse inaccurate en onbezonnen berichten in de pers willen wij duidelijk verklaren dat we ervan overtuigd zijn dat dokter Phipps niets te maken heeft met de verdwijning van zijn vrouw,' liet rechercheur Bill Talbot, die het onderzoek leidt, verslaggevers weten. 'Zijn eigen artsen hebben bevestigd dat dokter Phipps op de bewuste dag niet in staat was te lopen, noch om auto te rijden, en zowel de kinderoppas als de schoonmaakster van dokter Phipps bevestigt dat hij het huis niet heeft verlaten op de dag dat zijn echtgenote verdween.'

'Wat is de ziekte van Von Willebrand?' vroeg Robin.

'Een afwijking van het bloed. Ik heb het opgezocht. Het bloed stolt niet zoals het hoort. Gupta heeft dat verkeerd onthouden, die dacht dat Roy hemofilie had. Er zijn drie varianten van de ziekte van Von Willebrand,' zei Strike. 'Type 1 houdt in dat het wat langer duurt dan normaal voordat je bloed stolt, maar je hoeft er niet voor in bed te blijven en je kunt gewoon autorijden. Ik neem aan dat Roy Phipps type 3 heeft, wat net zo ernstig kan zijn als hemofilie, en dat kan hem wel een tijdje uitgeschakeld hebben. Maar dat moeten we natrekken. Hoe dan ook,' zei hij terwijl hij de bladzijde omsloeg, 'dit is Talbots verslag van zijn gesprek met Roy Phipps.'

'O, god,' zei Robin zacht.

De bladzijde was volgekrabbeld in een schuin, kriebelig handschrift, maar het opmerkelijkst aan het verslag waren de sterretjes die Talbot er overal op had getekend.

'Zie je deze?' Strike ging met zijn wijsvinger langs een lijst data die nog net te zien waren tussen het gekrabbel. 'Dat zijn de data van de ontvoeringen door het Monster van Essex en zijn pogingen daartoe. Talbot verliest zijn belangstelling halverwege de lijst, kijk maar. Op 26 augustus 1971, dat is toen Creed probeerde Peggy Hiskett te ontvoeren, was Roy met Margot op vakantie in Frankrijk, dat kon hij bewijzen. Dus toen was het klaar, wat Talbot betrof. Als Roy niet had geprobeerd Peggy Hiskett te ontvoeren, was hij niet het Monster van Essex, en als hij niet het Monster van Essex was, kon hij ook niets te maken hebben met de verdwijning van Margot.

Maar er is iets geks, hier, aan het einde van Talbots lijst met data. Ze verwijzen allemaal naar de activiteiten van Creed, op één na. Hij heeft 27 december omcirkeld, zonder jaartal. Geen idee waarom hij geïnteresseerd was in 27 december.'

'Of waarom hij voor Vincent van Gogh speelde met dit verslag.'

'De sterretjes? Ja, maar die komen op al Talbots aantekeningen voor. Heel vreemd. Goed,' zei Strike, 'dan gaan we nu kijken hoe je wél een verklaring hoort af te nemen.'

Hij sloeg de bladzijde om naar een keurig getypt verslag met grote regelafstand, vier pagina's lang, van een verklaring van Roy Phipps, afgenomen door Lawson, op de laatste bladzijde naar behoren ondertekend door de hematoloog.

'Je hoeft hem nu niet helemaal te lezen,' zei Strike. 'Het komt erop neer dat Phipps volhoudt dat hij de hele dag in bed heeft gelegen, zoals de schoonmaakster en de kinderoppas konden bevestigen.

Maar nu gaan we naar Wilma Bayliss, de schoonmaakster van het echtpaar Phipps. Zij maakte toevallig ook schoon bij St John. De rest van de praktijk wist niet dat ze daarnaast bij Margot en Roy thuis werkte. Gupta zei dat hij meende dat Margot Wilma wilde aansporen bij haar man weg te gaan, en misschien wilde ze haar daarbij helpen door haar extra werk te bezorgen.'

'Waarom wilde ze dat Wilma wegging bij haar man?'

'Ik ben blij dat je het vraagt,' zei Strike, en hij legde een ander vel papier neer, met daarop een minuscuul gekopieerd nieuwsberichtje, met daarnaast de datum, genoteerd in Strikes vrijwel onleesbare gekrabbel: 6 november 1972.

Gevangenisstraf voor verkrachter

Jules Bayliss (36) uit Leather Lane in Clerkenwell is vandaag veroordeeld door de rechtbank van Clerkenwell tot vijf jaar cel voor twee verkrachtingen. Bayliss, die al eerder twee jaar uitzat in Brixton wegens zware mishandeling, bekende geen schuld.

'Aha,' zei Robin. 'Op die manier.'

Ze nam een grote slok wijn.

'Grappig,' zei ze toen, al klonk het niet alsof ze het grappig vond. 'Creed heeft voor zijn tweede verkrachting ook vijf jaar gekregen. Na zijn vrijlating begon hij vrouwen behalve te verkrachten ook te vermoorden.'

'Ja,' zei Strike. 'Ik weet het.'

Voor de tweede keer wilde hij vragen of het wel een goed idee was dat Robin *De demon van Paradise Park* las, maar hij deed het niet.

'Ik heb nog niet kunnen vinden wat er van Jules Bayliss is geworden,' zei hij, 'en de politieaantekeningen over hem zijn incompleet, dus ik weet niet of hij nog in de bajes zat toen Margot ontvoerd werd. Wat voor ons relevant is, is dat Wilma aan Lawson een ander verhaal heeft verteld dan aan Talbot – al zei ze later zelf dat ze het wél zo aan Talbot had verteld en dat hij het niet goed had vastgelegd. Wat best zou kunnen, want zoals je ziet laten zijn aantekeningen nogal wat te wensen over.

Hoe dan ook, een van de dingen die ze Lawson heeft verteld is dat ze met een spons een bloedvlek heeft verwijderd uit het tapijt in de slaapkamer van het echtpaar op de dag van Margots verdwijning. En verder zou ze Roy in de tuin hebben zien lopen die dag waarvan hij beweerde de hele dag in bed te hebben gelegen. Ze gaf ook toe aan Lawson dat ze Roy niet echt in bed had zien liggen, maar dat ze hem die dag had horen praten in de slaapkamer.'

'Dat zijn... forse veranderingen in haar verhaal.'

'Nou ja, zoals ik al zei: Wilma beweerde dat ze haar verhaal niet veranderde, maar dat Talbot het gewoon niet goed had genoteerd. Maar Lawson schijnt Wilma hard aangepakt te hebben, en hij heeft Roy ook nog eens verhoord naar aanleiding van haar beweringen. Alleen had Roy de oppas als alibi, die Cynthia, en zij was bereid onder ede te verklaren dat hij de hele dag platgelegen had, want ze had hem regelmatig een kopje thee gebracht in de slaapkamer.

Ja, ik weet het,' zei hij als reactie op Robins opgetrokken wenkbrauw. 'Lawson heeft blijkbaar net zo'n dirty mind als wij. Hij heeft

Phipps uitgehoord over de precieze aard van zijn relatie met Cynthia, hetgeen leidde tot een woede-uitbarsting van Phipps, die zei dat ze twaalf jaar jonger was dan hij, en bovendien een nicht van hem.'

Op dat punt schoot het zowel Strike als Robin door het hoofd dat zijzelf tien jaar in leeftijd verschilden. Beiden onderdrukten deze ongenode en niet ter zake doende gedachte.

'Volgens Roy hadden dat leeftijdsverschil en hun bloedband voor ieder fatsoenlijk mens een totaalverbod op een relatie moeten betekenen. Maar zoals wij nu weten is hij er zeven jaar later toch in geslaagd zich over die bezwaren heen te zetten.

Lawson heeft Roy ook verhoord over het feit dat Margot drie weken voor haar verdwijning een borrel had gedronken met een oude vlam. Talbot was zo gretig geweest in het vrijpleiten van Roy dat hij zich weinig had aangetrokken van het relaas van Oonagh Kennedy...'

'De vriendin die Margot hier zou treffen?' vroeg Robin.

'Precies. Oonagh had tegen Talbot én tegen Lawson gezegd dat als Roy erachter zou komen dat Margot iets was gaan drinken met een ex, hij ziedend zou zijn, en ze vertelde ook dat hij en Margot niet meer tegen elkaar praatten vlak voor haar verdwijning. Volgens de aantekeningen van Lawson vond Roy het vervelend dat dit werd aangekaart...'

'Verbaast me niks.'

'... en werd hij behoorlijk agressief. Maar nadat hij Roys artsen had gesproken geloofde hij wel dat Roy inderdaad een ernstige bloeding had gehad na een val in de parkeergarage van het ziekenhuis en dat hij vrijwel onmogelijk naar Clerkenwell had kunnen rijden die avond, laat staan dat hij zijn vrouw had kunnen doden of ontvoeren.'

'Hij had er iemand voor kunnen inhuren,' opperde Robin.

'Ze hebben zijn bankrekeningen bekeken en konden geen verdachte betalingen vinden, maar dat wil natuurlijk niet zeggen dat hij daar niet iets op verzonnen kan hebben. Hij is hematoloog, hij zal er heus wel de hersenen voor hebben.'

Strike nam nog een grote slok bier.

'Dus tot zover de echtgenoot,' zei hij, bladerend in de vier pagina's van Roys verklaring. 'Nu de oude vlam.'

'Goeie god,' zei Robin toen ze de volgende persfoto zag.

Het dikke, golvende haar van de man viel tot ver over zijn schouders. Hij stond met een strak gezicht, met zijn handen op zijn smalle heupen, naast een schilderij van iets wat eruitzag als twee innig verstrengelde geliefden. Zijn overhemd hing bijna tot aan zijn navel open en zijn spijkerbroek zat bij het kruis strak als een tweede huid en had wijd uitlopende pijpen.

'Ik dacht wel dat je dat mooi zou vinden,' zei Strike, grinnikend om Robins reactie. 'Dit is Paul Satchwell, kunstenaar – al was zijn werk zo te zien geen kunst met een grote K. Toen de pers hem in het vizier kreeg, was hij bezig met het ontwerp van een muurschildering voor een nachtclub. Dit is die ex van Margot.'

'Ze daalt ineens in mijn achting,' mompelde Robin.

'Niet te hard oordelen. Ze had hem ontmoet toen ze bunny was, dus toen was ze pas negentien of twintig. Hij was zes jaar ouder dan zij en destijds leek hij waarschijnlijk een man van de wereld.'

'Met dat overhemd?'

'Het is een publiciteitsfoto voor zijn tentoonstelling,' zei Strike. 'Dat staat in de kleine lettertjes. Waarschijnlijk liet hij in het dagelijkse leven wat minder borsthaar zien. De pers raakte nogal opgewonden bij de gedachte dat er misschien een ex-minnaar bij de zaak betrokken was, en laten we eerlijk zijn: een kerel die er zo uitziet is natuurlijk een godsgeschenk voor de roddelbladen.'

Strike haalde een nieuw voorbeeld van Talbots chaotische manier van werken tevoorschijn, een verslag dat net als het eerste was volgekrabbeld met vijfpuntssterren en zo'n zelfde lijst met data bevatte, met gekrabbelde notities ernaast.

'Zoals je ziet begon Talbot niet met zoiets alledaags als de vraag: "Waar was u om kwart voor zes op de avond van Margots verdwijning?" Hij vroeg meteen naar de data van het Monster van Essex, en toen Satchwell liet weten dat hij op 11 september, de dag dat Susan Meyer werd ontvoerd, de dertigste verjaardag van een vriend vierde, was Talbot zo'n beetje klaar met zijn vragen. Maar ook hier hebben we een datum die niks met Creed te maken heeft, zwaar omcirkeld onderaan op de bladzijde, met een gigantisch kruis ernaast. Deze keer is het 16 april.'

'Waar woonde Satchwell toen Margot verdween?'

'In Camden,' zei Strike. Hij sloeg de bladzijde om naar opnieuw een ouderwets getypte verklaring. 'Kijk, dat staat in zijn verklaring aan Lawson. Niet eens zo ver van Clerkenwell.

Satchwell heeft tegenover Lawson verklaard dat Margot en hij elkaar na acht jaar toevallig tegenkwamen op straat en besloten iets te gaan drinken om bij te praten. Hij was daar heel open in tegen Lawson, waarschijnlijk omdat hij besefte dat Oonagh of Roy het vast al verteld had. Hij zei zelfs tegen Lawson dat hij graag weer wat met Margot begonnen zou zijn, wat me wat al te behulpzame informatie lijkt, al bedoelde hij het waarschijnlijk als bewijs dat hij niets te verbergen had. Hij vertelde dat Margot en hij een paar jaar lang een nogal explosieve relatie hadden gehad, die uiteindelijk definitief was beëindigd door Margot toen ze Roy leerde kennen.

Satchwells alibi bleek te kloppen. Hij zei tegen Lawson dat hij op de dag van Margots verdwijning het grootste deel van de middag alleen in zijn atelier was, in Camden, maar dat hij daar rond vijf uur was gebeld. Vaste telefoonlijnen; daar viel niet mee te rommelen als je een alibi wilde faken, zoals nu met die mobieltjes. Satchwell had om half zeven iets gegeten in een eetcafé in de buurt, waar ze hem kenden, en getuigen bevestigden hem daar gezien te hebben. Hij is naar huis gegaan om zich te verkleden voordat hij om een uur of acht een paar vrienden trof in een bar. De mensen met wie hij daar beweerde te zijn geweest hebben dat allemaal bevestigd, en Lawson was ervan overtuigd dat Satchwell de waarheid sprak.

Dat voert ons naar de derde, en ik moet zeggen de meest veelbelovende verdachte – behalve Dennis Creed dus.' Strike schoof Satchwells verklaring van de inmiddels flink geslonken stapel papier en wees naar het volgende vel. 'Dit is Steve Douthwaite.'

Als Roy Phipps voor een luie castingdirector hét beeld van de gevoelige dichter was geweest en Paul Satchwell de rockster uit de seventies, dan zou Steve Douthwaite zonder enige twijfel de rol van brutale kerel hebben gekregen, de snelle moppentapper, de zelfverzekerde arbeidersjongen. Hij had donkere kraaloogjes, een aanstekelijke grijns en stekeltjeshaar met een matje dat Robin deed denken aan de jongemannen op een oude Bay City Rollers-elpee die haar moeder, tot grote hilariteit van haar kinderen, nog altijd koesterde. Douthwaite had een glas bier in de ene hand en zijn andere arm was om de schouder geslagen van een man wiens gezicht buiten de foto viel, maar die net als Douthwaite een pak droeg dat er goedkoop uitzag, gekreukt en glimmend. Douthwaites brede, opzichtige stropdas hing los, net als de bovenste knoopjes van zijn overhemd, waardoor zijn halsketting goed zichtbaar was.

'Ladykiller'-vertegenwoordiger gezocht in verband met vermissing arts

De politie is naarstig op zoek naar een vertegenwoordiger in dubbelglas, Steve Douthwaite, die is verdwenen na een routineverhoor over de verdwijning van dokter Margot Bamborough (29).

Douthwaite (28) heeft geen adres achtergelaten nadat hij ontslag nam en vertrok uit zijn flat in Percival Street in Clerkenwell.

Douthwaite, voormalig patiënt van de vermiste huisarts, riep verdenking op in de praktijk door zijn veelvuldige bezoeken aan de knappe blonde dokter. Vrienden van de vertegenwoordiger beschrijven hem als 'een gladde prater' en hebben niet de indruk dat Douthwaite ernstige gezondheidsproblemen had. Ook zou Douthwaite dokter Bamborough geschenken hebben gestuurd.

Douthwaite, die is opgegroeid in pleeggezinnen, heeft sinds 7 februari geen contact meer gehad met zijn vrienden. Het schijnt dat de politie zijn huis heeft doorzocht nadat hij dat had leeggehaald.

Tragische zaak

'Hij heeft hier voor veel problemen gezorgd, en voor negatieve gevoelens,' aldus een collega bij Diamond Double Glazing, die zijn naam niet vermeld wil zien. 'Gladde versierder. Had een verhouding met de vrouw van een ander. Uiteindelijk heeft zij een overdosis genomen en bleven haar kinderen achter zonder moeder. Niemand vond het erg toen Douthwaite opstapte, eerlijk gezegd. We zagen hem maar al te graag vertrekken. Te veel belangstelling voor drank en vrouwen en niet bijster goed in zijn werk.'

Dokter zou 'te veel gedoe' zijn

Op de vraag wat volgens hem de relatie met de vermiste arts zou kunnen zijn, antwoordde deze collega: 'Steve wil alleen maar achter de meiden aan. Hem kennende zou een dokter te veel gedoe zijn.'

De politie zou Douthwaite zeer graag opnieuw spreken en doet een beroep op eenieder die mogelijk zijn verblijfplaats kent om zich te melden.

Toen Robin klaar was met lezen zei Strike, die zijn eerste glas leeg had: 'Jij nog wat drinken?'

'Ik ga wel,' zei Robin.

Ze liep naar de bar en ging staan wachten onder de schedels en nepspinnenwebben die daar hingen. De barman was geschminkt als het monster van Frankenstein. Robin bestelde afwezig hun drankjes, in gedachten nog bij het artikel over Douthwaite.

Toen ze bij Strike terugkwam met een verse pint, een glas wijn en twee zakjes chips, zei ze: 'Weet je, dat artikel is niet fair.'

'Vertel.'

'Mensen vertellen hun collega's niet altijd over medische problemen. Misschien dachten ze op zijn werk dat Douthwaite kerngezond was, als ze samen in de kroeg zaten of zo. Maar dat wil niet zeggen dat hem niets mankeerde. Misschien was het wel een psychische aandoening.'

'In de roos,' zei Strike. 'Voor de zoveelste keer.'

Hij bladerde in het resterende stapeltje kopieën en haalde weer een handgeschreven formulier tevoorschijn, netter dan dat van Talbot, zonder gekrabbel en willekeurige data. Op de een of andere manier wist Robin nog voordat Strike iets had gezegd dat dit vloeiende, ronde handschrift afkomstig was van Margot Bamborough.

'Kopieën van het medisch dossier van Douthwaite,' zei Strike.

'De politie heeft het opgevraagd. "Hoofdpijn, maagklachten, gewichtsverlies, hartkloppingen, moeite met slapen,"' las hij voor. 'Margots conclusie, na vier bezoekjes – kijk, daar staat het – luidt: "Persoonlijke en werkgerelateerde problemen, patiënt staat onder grote druk, vertoont tekenen van spanningen."'

'Tja, zijn getrouwde minnares had zelfmoord gepleegd,' zei Robin. 'Daar zou iedereen die geen psychopaat is onder bezwijken, of niet?'

Charlotte gleed als een schaduw door Strikes gedachten.

'Ja, dat zou je zeggen. En kijk dit eens. Hij was kort voor zijn eerste bezoek slachtoffer geworden van mishandeling. "Kneuzingen, gebroken rib." Ik ruik een boze, rouwende en bedrogen echtgenoot.'

'Maar de kranten brengen het alsof hij Margot stalkte.'

'Nou,' zei Strike, tikkend op de kopie van Douthwaites medische gegevens, 'hij is ook wel verdomd vaak bij haar geweest. Drie keer in één week. Hij had last van spanningen, schuldgevoelens, voelde zich impopulair; hij had waarschijnlijk niet verwacht dat zijn pleziertje met die vrouw zou eindigen met haar dood. En dan is er een knappe dokter die niet oordeelt, die vriendelijk is en hem steunt. Het lijkt me niet uitgesloten dat hij gevoelens voor haar ontwikkelde.

En moet je dit zien.' Hij sloeg een bladzijde om zodat Robin de rest van de getypte verklaringen kon zien. 'Deze zijn van Dorothy en Gloria, die Douthwaite allebei de spreekkamer uit hebben zien komen de laatste keer dat hij bij Margot was geweest. Hij zag er... Wacht, dit komt van Dorothy,' zei hij en hij las voor: '"Ik keek naar meneer Douthwaite die de spreekkamer van dokter Bamborough uit kwam en het viel me op dat hij er hevig geschrokken uitzag. Hij leek ook kwaad en van streek te zijn. Bij het naar buiten gaan struikelde hij over een speelgoedtruck van een jongetje in de wachtkamer en vloekte luid. Hij leek afwezig te zijn, zich niet bewust van zijn omgeving." En Gloria,' vervolgde Strike, terwijl hij de bladzijde omsloeg, 'zegt het volgende: "Ik herinner me het vertrek van meneer Douthwaite nog omdat hij vloekte tegen een jongetje. Hij zag eruit alsof hij zojuist slecht nieuws gekregen had, bang en boos, in mijn ogen."

Maar in Margots aantekeningen van haar laatste consult met Douthwaite staat niets anders dan weer die melding van stressgerelateerde symptomen,' vervolgde Strike, en hij wendde zich opnieuw tot de medische gegevens. 'Dus hij had beslist niet te horen gekregen dat hij aan een levensbedreigende ziekte leed. Lawson speculeerde dat Bamborough misschien de indruk kreeg dat hij zich erg aan haar begon te hechten, en dat ze tegen hem had gezegd dat hij niet langer haar kostbare tijd in beslag moest nemen, tijd die ze beter aan andere patiënten kon besteden. Dat hoorde Douthwaite vast niet graag. Misschien had hij zichzelf ervan overtuigd dat zijn gevoelens voor haar wederzijds waren. Alles wijst erop dat hij op dat moment behoorlijk labiel was.

Hoe dan ook, vier dagen na Douthwaites laatste afspraak verdwijnt Margot. Na een tip van haar praktijk dat een van haar patiënten misschien een beetje al te dol op haar was, liet Talbot hem naar het bureau komen voor verhoor. Kijk, hier.'

Strike haalde opnieuw een handgeschreven vel vol krabbels en getekende sterren tussen de getypte pagina's vandaan.

'Zoals gewoonlijk begint Talbot het verhoor door de lijst met data van Creed door te nemen. Het probleem is dat Douthwaite zich van geen van die dagen lijkt te herinneren waar hij was of wat hij deed.'

'Als hij inderdaad last had van stressge...' begon Robin.

'Ja, precies,' zei Strike. 'Verhoord worden door een politieman die denkt dat jij misschien het Monster van Essex bent, dat doet je spanningen geen goed, hè? En moet je kijken, Talbot komt weer met een willekeurige datum: 21 februari. Maar hij doet nog iets geks. Kun jij hier wat van maken?'

Robin nam het vel papier van Strike over en keek aandachtig naar de onderste drie regels.

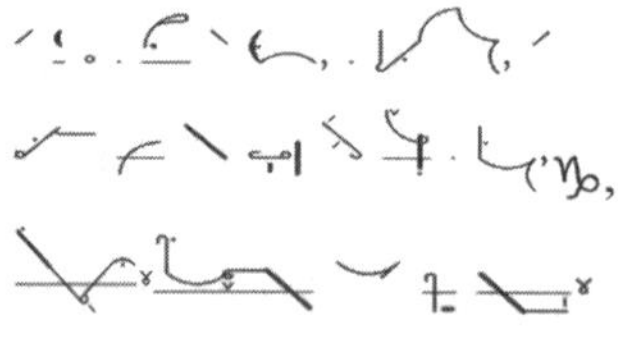

'Dat is steno,' zei Robin.

'Kun jij dat lezen?'

'Nee, dat heb ik nooit geleerd. Pat kan het wel.'

'Wou je nou zeggen dat ze ons misschien toch een keer van pas komt?'

'Ach, rot toch op, Strike,' zei Robin kwaad. 'Als jij weer met uitzendkrachten wilt gaan werken, mij best, maar ik vind het fijn om accurate boodschappen door te krijgen en te weten dat de dossiers op orde zijn.'

Ze nam met haar telefoon een foto van de stenotekst en stuurde die naar Pat, met een verzoekje het bericht te vertalen. Strike peinsde intussen over het feit dat ze hem nooit eerder geërgerd 'Strike' had genoemd. Pervers genoeg had het hem intiemer in de oren geklonken dan het gebruik van zijn voornaam. Hij vond het leuk.

'Sorry dat ik lullig deed over Pat,' zei hij.

'Ik zei: rot op,' zei Robin, en het lukte haar niet een glimlach te onderdrukken. 'Wat vond Lawson van Douthwaite?'

'Het zal je niet verbazen dat Lawsons belangstelling flink toenam toen bleek dat Douthwaite op het moment dat hij hem wilde verhoren zowel zijn flat als zijn baan vaarwel gezegd bleek te hebben. Vandaar de tip aan de kranten. Ze probeerden hem uit zijn schuilplaats te lokken.'

'En lukte dat?' vroeg Robin met een hapje chips in haar mond.

'Ja. Douthwaite dook op bij een politiebureau in Waltham Forest op de dag na verschijnen van dat "Ladykiller"-artikel, waarschijnlijk doodsbenauwd dat de politie en Scotland Yard bij hem op de stoep zouden staan. Hij zei dat hij werkloos was en ergens een kamertje huurde. De plaatselijke politie belde Lawson, die er meteen naartoe ging om hem te verhoren. Er zit een volledig verslag bij,' zei Strike, en hij schoof de laatste paar vellen van de rol papier die hij had meegebracht naar Robin toe. 'Allemaal geschreven door Lawson: "lijkt bang te zijn" – "ontwijkend" – "nerveus" – "zweet" – en het alibi is niet goed. Douthwaite zegt dat hij in de middag van Margots verdwijning op zoek was naar een nieuwe flat.'

'Hij beweert dat hij al woonruimte zocht voordat ze verdween?'

'Wat een toeval, hè? Alleen kon hij, toen er werd doorgevraagd, niet aangeven welke flats hij had bezichtigd, en hij kon niemand noemen die zich zou kunnen herinneren hem gezien te hebben. Uiteindelijk zei hij dat zijn huizenjacht had bestaan uit het omcirkelen van advertenties in de krant vanuit een buurtcafé. Het probleem was dat niemand in die zaak zich herinnerde dat hij daar was geweest.

Hij beweerde dat hij naar Waltham Forest was verhuisd omdat hij vervelende associaties had met Clerkenwell na zijn verhoor door Talbot, dat hem het gevoel had gegeven dat hij onder verdenking stond, en dat het op zijn werk toch al niet lekker liep sinds de affaire met de suïcidale echtgenote van zijn collega.'

'Dat klinkt best geloofwaardig,' zei Robin.

'Lawson heeft hem daarna nog twee keer verhoord, maar verder niets uit hem gekregen. Douthwaite kwam naar verhoor nummer drie met een advocaat. Op dat punt krabbelde Lawson terug. Ze hadden immers niks waar ze hem op konden pakken, ook al leek hij het verdachtst van iedereen die ze verhoord hadden. En het was te verdedigen – met moeite – dat hij in dat café niemand was opgevallen omdat het er erg druk was.'

Een groep kroeggangers in halloweenkostuums kwam de pub binnen, lacherig en duidelijk al flink onder invloed van alcohol. Robin zag Strikes blik automatisch naar een jonge blondine in een rubberen verpleegsterspakje gaan.

'Oké,' zei ze. 'Was dat alles?'

'Bijna,' zei Strike. 'Maar dit laatste zou ik je eigenlijk het liefst niet laten zien.'

'Waarom niet?'

'Omdat ik bang ben dat het je obsessie voor gewijde plekken zou voeden.'

'Ik heb geen...'

'Oké, maar voordat je ernaar kijkt: onthoud dat gekken altijd worden aangetrokken door moordzaken en vermissingen, oké?'

'Jaja,' zei Robin. 'Laat zien.'

Strike draaide het vel om. Het was een fotokopie van de meest elementaire vorm van een anonieme brief, met letters die uit tijdschriften geknipt waren.

Als je WiLt weteN waar Margot BaMboRough begraVEn is, graAf DaN hier

✠

'Weer zo'n johannieterkruis. St John,' zei Robin.

'Yep. Deze werd in 1985 bezorgd bij Scotland Yard, gericht aan Lawson, die toen al met pensioen was. Er zat verder niks in de envelop.'

Robin liet zich met een zucht terugzakken in haar stoel.

'Duidelijk een gek,' zei Strike, die zijn gekopieerde artikelen en verklaringen op een stapeltje legde en ze weer oprolde. 'Als je echt wist waar een lijk begraven lag, zou je er verdomme wel een plattegrond bij doen.'

Het was nu bijna zes uur, ongeveer het tijdstip waarop een arts ooit haar praktijk had verlaten om nooit meer teruggezien te worden. De matglazen ramen van de pub waren inktblauw. Verderop aan de bar giechelde de blondine in het rubberen verpleegstersuniform om iets wat een man verkleed als The Joker tegen haar zei.

'Weet je,' zei Robin, met een blik op de papieren die naast Strikes glas lagen, 'ze was te laat... het stortregende...'

'Ga door,' zei Strike. Hij vroeg zich af of ze precies hetzelfde wilde gaan zeggen als wat hij ook al had gedacht.

'Haar vriendin zat hier in haar eentje te wachten. Margot was te laat. Ze wilde zo snel mogelijk hierheen. De simpelste, meest plausibele verklaring die ik kan bedenken is dat iemand haar een lift aanbood. Er stopte een auto...'

'Of een bestelbusje,' zei Strike. Robin was inderdaad tot dezelfde conclusie gekomen als hij. 'Iemand die ze kende...'

'Of die betrouwbaar overkwam. Een oudere man...'

'Of iemand van wie zij dacht dat het een vrouw was.'

'Precies.' Robin keek Strike met een treurig gezicht aan. 'Dat moet het zijn. Ze kende de bestuurder, of het was een vreemde die haar veilig leek.'

'En wie zou zich zoiets achteraf herinneren? Ze draagt een onopvallende regenjas en een paraplu. Er stopt een voertuig. Ze buigt zich naar het raampje en stapt dan in. Geen verzet. Geen ruzie. De auto rijdt weg.'

'En alleen de bestuurder weet wat er daarna is gebeurd,' zei Robin.

Haar telefoon ging. Het was Pat Chauncey.

'Dat doet ze nou altijd,' zei Strike. 'Als je haar appt, appt ze niet terug maar ze belt.'

'Maakt dat wat uit?' zei Robin geërgerd, waarna ze opnam. 'Hoi Pat, sorry dat ik je na werktijd lastigval. Heb je mijn berichtje ontvangen?'

'Ja,' zei Pat schor. 'Waar heb je dat vandaan?'

'Het komt uit een oud politiedossier. Kun jij het vertalen?'

'Ja, maar ik snap er niet veel van.'

'Wacht even, Pat, ik wil dat Cormoran dit ook hoort,' zei Robin, en ze zette haar telefoon op de speaker.

'Klaar?' klonk Pats krassende stem.

'Ja,' zei Robin. Strike haalde een pen tevoorschijn en draaide zijn rol papier om, zodat hij op de onbedrukte kant kon schrijven.

'Er staat: "En dat is de laatste, komma, de twaalfde, komma, en de cirkel is straks rond als de tiende..." en dan een woord dat ik niet kan lezen, ik denk niet dat het officieel steno is, en daarna een woord dat fonetisch klinkt als ba-fom-et "wordt gevonden", punt. Dan een nieuwe zin: "Overnemen in het echte boek."'

'Baphomet,' herhaalde Strike.

'Ja,' zei Pat.

'Dat is een naam. Baphomet is een afgod.'

'Oké, nou, dat staat er dus,' zei Pat nuchter.

Robin bedankte haar en hing op.

'"En dat is de laatste, de twaalfde, en de cirkel is straks rond als de tiende – onbekend woord – Baphomet wordt gevonden. Overnemen in het echte boek,"' las Strike nog een keer voor.

'Wat weet jij van Baphomet?' vroeg Robin.

'Whittaker had belangstelling voor dat soort gedoe.'

'O,' zei Robin.

Whittaker was de laatste minnaar van Strikes moeder geweest, de man van wie Strike dacht dat hij haar de overdosis had toegediend die haar fataal geworden was.

'Hij had een Satansbijbel,' zei Strike. 'Daar stond een plaatje in van Baphomets hoofd in een penta... Shit,' zei hij toen, en hij begon terug te bladeren in de losse vellen papier tot hij het blad had gevonden dat Talbot had volgekrabbeld met die vele vijfpuntssterren. Hij staarde er even fronsend naar en keek Robin toen aan.

'Ik denk niet dat dit sterren zijn. Het zijn pentagrammen.'

DEEL 3

... Winter, clothëd all in frieze...

Edmund Spenser
The Faerie Queene

15

Wherein old dints of deepe woundes did remaine...

Edmund Spenser
The Faerie Queene

In de tweede week van november daalde Joans gehalte aan witte bloedcellen door de chemotherapie tot een gevaarlijk laag niveau, waardoor ze moest worden opgenomen in het ziekenhuis. Strike droeg de leiding over het bureau over aan Robin, Lucy liet haar drie zoontjes achter in handen van haar man en beiden haastten zich terug naar Cornwall.

Strikes hernieuwde afwezigheid viel samen met de maandelijkse teambespreking, die Robin voor het eerst alleen leidde, als jongste en onmiskenbaar minst ervaren speurder van het detectivebureau, en als enige vrouw.

Ze wist niet of ze het zich inbeeldde, maar ze meende dat Hutchins en Morris, de twee voormalige politiemannen, net iets moeilijker deden over het rooster voor de komende maand en de aanpak van Goochem dan wanneer Strike erbij was geweest. Robin was van mening dat ze zo snel mogelijk afscheid moesten nemen van Goochems assistente, die uitgebreid in de watten gelegd was in dure restaurants op kosten van het bureau zonder dat ze ook maar iets had losgelaten over mogelijke chantage door haar baas van zijn CEO. Ze had besloten dat Morris nog één keer met haar zou moeten afspreken om het af te ronden, zonder dat de assistente zou vermoeden waar hij al die tijd op uit was geweest, en daarna werd het volgens Robin tijd om te proberen te infiltreren in Goochems sociale kringen, met als uitgangspunt meer informatie te vinden over de man die ze natrokken. Barclay was de enige freelancer die het met Robin eens was, en hij steunde haar toen ze erop aandrong dat Morris de assistente voortaan met rust zou laten. Het kwam natuurlijk, zoals Robin maar al te goed besefte, doordat Barclay en zij samen naar een lijk hadden gegraven, iets wat toch een band schiep.

De herinnering aan de teambespreking zat haar nog dwars toen ze later in pyjama en een ochtendjas met opgetrokken benen op de bank in de flat aan Finborough Road zat te werken op haar laptop. Teckel Wolfgang lag opgekruld bij haar blote voeten en hield ze warm.

Max was er niet. Hij had vorig weekend opeens verkondigd dat hij bang was van 'introvert' te veranderen in 'kluizenaar', en hij had een uitnodiging aangenomen om uit eten te gaan met enkele bevriende acteurs, ook al had hij bij vertrek op verbitterde toon gezegd: 'Ze vinden me vast allemaal een zielig geval, maar daar genieten ze natuurlijk van.' Robin was om elf uur snel een blokje om gelopen met Wolfgang, maar verder had ze haar avond besteed aan de zaak-Bamborough, waar ze geen tijd voor had gehad in de periode dat Strike in St Mawes zat, omdat de andere vier lopende zaken van het bureau al haar uren opslokten.

Robin was niet meer uit geweest sinds haar verjaardagsborrel met Ilsa en Vanessa, die niet zo leuk was geweest als ze had gehoopt. Het gesprek was alleen maar over relaties gegaan, omdat Vanessa was komen aanzetten met een fonkelnieuwe verlovingsring om haar vinger. Sindsdien had Robin de drukte op het werk door Strikes afwezigheid aangegrepen om niet met haar vriendinnen te hoeven afspreken. Ze kon de woorden van haar nicht Katie, *Het lijkt wel of jij in een andere richting reist dan wij met z'n allen*, moeilijk uit haar hoofd zetten, maar de waarheid was dat Robin geen zin had om in een bar te staan terwijl Ilsa en Vanessa haar aanspoorden om in te gaan op de versierpogingen van een al te familiaire Morris-achtige man met een vlotte babbel en slechte grappen.

Strike en zij hadden nu onderling de mensen verdeeld die ze wilden opsporen en opnieuw horen in de zaak-Bamborough. Helaas wist Robin inmiddels dat minstens vier van de haar toegewezen personen waren overgegaan naar een wereld waar ze niet meer te ondervragen waren.

Nadat ze zorgvuldig de oude gegevens naast elkaar had gelegd, was Robin erin geslaagd de Willy Lomax te vinden die jarenlang klusjesman was geweest bij St James's Church, de kerk in Clerkenwell. Hij was gestorven in 1989 en Robin had geen enkel familielid van hem kunnen opsporen.

Albert Shimmings, de bloemist en mogelijk de bestuurder van de langsrazende bestelbus die was gezien op de avond van Margots verdwijning, was ook overleden, maar Robin had twee mannen gemaild van wie ze dacht dat ze zijn zonen waren. Ze hoopte maar dat ze de juiste personen had benaderd, anders zouden een verzekeringsagent en een rijinstructeur allebei zeer raadselachtige berichten ontvangen. Geen van beiden had nog gereageerd op haar verzoek hen te spreken.

Wilma Bayliss, de voormalige schoonmaakster van de praktijk, was gestorven in 2003. Ze was, als moeder van twee zonen en drie dochters, in 1975 gescheiden van Jules Bayliss. Toen ze stierf was Wilma geen schoonmaakster meer geweest, maar maatschappelijk werkster, en haar kinderen hadden veel bereikt, onder andere als architect, verpleegkundige, leraar, eveneens maatschappelijk werker en Labour-raadslid. Een van de zonen woonde tegenwoordig in Duitsland, maar Robin stuurde ook hem de e-mails en Facebookberichten die ze de anderen had gestuurd. Tot nu toe was er geen reactie gekomen.

Dorothy Oakden, de secretaresse van de huisartsenpraktijk, was op eenennegentigjarige leeftijd gestorven in een verpleeghuis in Noord-Londen. Robin was er nog niet in geslaagd Carl, haar enige kind, op te sporen.

Intussen bleken Margots ex-vriend Paul Satchwell en receptioniste Gloria Conti merkwaardig genoeg allebei moeilijk te vinden. Eerst was Robin opgelucht geweest toen ze van geen van beiden een overlijdensverklaring kon vinden, maar na het uitkammen van digitale telefoongidsen, het bevolkingsregister, vonnissen van de districtsrechtbank, huwelijks- en echtscheidingsaktes, persarchieven, social media en lijsten met personeelsgegevens van diverse bedrijven stond ze nog steeds met lege handen. De enige mogelijke verklaringen die Robin kon verzinnen waren naamsverandering (in Gloria's geval misschien door een huwelijk) en emigratie.

Dan was er nog Mandy White, de scholiere die had beweerd Margot in de regen achter een raam te hebben gezien. Er waren online zoveel Amanda Whites van ongeveer de juiste leeftijd te vinden dat Robin er zo langzamerhand een hard hoofd in had dat ze ooit de juiste zou treffen. Ze vond dit deel van het onderzoek buitengewoon frustrerend, ten eerste omdat er een grote kans was dat White niet langer Mandy's achternaam was en ten tweede omdat Robin het, net als de politie vóór haar, hoogstonwaarschijnlijk achtte dat Mandy die avond inderdaad Margot achter dat raam had zien staan.

Na het bestuderen en verwerpen van de Facebook-pagina's van nog eens zes Amanda Whites rekte Robin zich geeuwend uit en besloot dat ze wel een pauze had verdiend. Ze zette haar laptop op een bijzettafeltje en zwaaide haar benen van de bank, voorzichtig om Wolfgang niet wakker te maken, waarna ze naar de open keuken liep om een beker van de chocolademelk light te maken waarvan ze zichzelf probeerde wijs te maken dat het een traktatie was, want ook in deze lange periode van voornamelijk zittend surveillancewerk probeerde ze aan de lijn te denken.

Terwijl ze het onsmakelijk uitziende poeder in een beker kokend water goot vermengde een vleug tuberoos zich met de synthetische karamellucht. Hoewel ze vanavond in bad geweest was, hing de geur van Fracas nog steeds in haar haar en haar pyjama. Het parfum, zo had ze eindelijk ingezien, was een dure vergissing geweest. De hele dag een zware wolk tuberoos om haar heen zorgde er niet alleen voor dat ze voortdurend tegen hoofdpijn aan zat, het gaf haar ook een gevoel alsof ze op klaarlichte dag een bontjas en parels droeg.

Robins mobiel, die naast Wolfgang op de bank lag, ging toen ze haar laptop weer wilde pakken. De ontstemde hond, ruw uit zijn slaap gehaald, kwam overeind op zijn door artritis geteisterde pootjes. Robin tilde hem veilig op de grond voordat ze de telefoon pakte en tot haar teleurstelling zag dat de beller niet Strike was maar Morris.

'Hallo, Saul.'

Sinds de kus op haar verjaardag deed Robin haar best om Morris professioneel tegemoet te treden, tegen het koele aan.

'Ha die Robs. Je zei dat ik mocht bellen als ik iets had, ook al was het laat.'

'Ja, natuurlijk.' *Maar ik heb niet gezegd dat je me 'Robs' mag noemen.* 'Wat is er gebeurd?' vroeg Robin, en ze keek om zich heen op zoek naar een pen.

'Ik heb Gemma vanavond dronken gevoerd. De assistente van Goochem, weet je wel. Onder invloed van de drank heeft ze me verteld dat ze denkt dat Goochem zijn baas ergens mee chanteert.'

Ja, dat wisten we dus al, dacht Robin, die de vruchteloze zoektocht naar schrijfgerei opgaf. 'Waarom denkt ze dat?'

'Blijkbaar zegt hij dingen tegen haar als: "O, als ík bel neemt hij wel op, wees maar niet bang," en "Ik weet waar alle lijken begraven liggen."'

Even zag Robin een Maltezer kruis voor zich, maar ze zette het meteen uit haar hoofd.

'Als geintje,' voegde Morris eraan toe. 'Hij bracht het als een geintje, maar het heeft Gemma wel aan het denken gezet.'

'Ze weet verder geen details?'

'Nee, maar moet je horen. Serieus, geef me wat meer tijd, dan kan ik haar vast wel overhalen om voor ons een zendertje te gaan dragen. Niet om nou mijn eigen loftrompet te steken – daar kan ik trouwens niet eens bij. Nee, zonder gekheid,' zei hij, ook al had Robin niet gelachen, 'ze eet uit mijn hand. Geef me nog wat tijd en...'

'We hebben het hier al over gehad bij de teambespreking,' hielp Robin Morris herinneren, en ze onderdrukte een geeuw, waardoor ze tranen in haar ogen kreeg. 'De klant wil niet dat iemand van het personeel weet dat wij hier onderzoek naar doen, dus we mogen haar niet vertellen wie jij bent. Als je haar onder druk zet om haar eigen baas af te luisteren, vraag je haar om haar baan op het spel te zetten. Bovendien komt de hele zaak op losse schroeven te staan als zij besluit hem te vertellen wat er speelt.'

'Maar nogmaals, niet om mezelf op de...'

'Saul, het is één ding dat ze je in vertrouwen van alles vertelt als ze dronken is,' zei Robin (waarom luisterde hij niet; ze hadden dit uitentreuren besproken bij de teamvergadering), 'maar het is wat anders om een jonge vrouw zonder speurdersopleiding voor ons te laten werken.'

'Ze kan niet van me afblijven, Robin,' zei Morris ernstig. 'Het zou stom zijn om daar geen gebruik van te maken.'

Robin vroeg zich plotseling af of Morris met de assistente naar bed was geweest. Strike had hem duidelijk gemaakt dat dat niet de bedoeling was. Ze liet zich op de bank zakken. Haar boek, *De demon van Paradise Park*, was warm, voelde ze, van de teckel die erop had gelegen. De weggejaagde Wolfgang keek nu vanonder de eetkamertafel naar Robin met de treurige, verwijtende ogen van een oude man.

'Saul, ik denk echt dat het tijd wordt dat Hutchins het van je overneemt, om te kijken wat hij bij Goochem zelf kan bereiken,' zei Robin.

'Oké, maar laat me dan voordat we die beslissing nemen eerst Strike bellen en...'

'Je gaat Strike niet bellen.' Robin werd nu kwaad. 'Zijn tante is... Hij heeft genoeg aan zijn hoofd daar in Cornwall.'

'Wat ben je toch een schatje,' zei Morris met een lachje. 'Maar ik kan je verzekeren dat Strike hier ook wat over te...'

'Hij heeft mij de leiding gegeven,' zei Robin, nu echt pissig. 'En ik zeg je dat je tot het uiterste bent gegaan met die assistente. Ze heeft geen nuttige informatie voor je, en nu proberen nog meer uit haar los te krijgen zou heel slecht kunnen uitpakken voor ons bureau. Ik vraag je om er onmiddellijk mee op te houden. Je kunt morgenavond Ansichtkaart overnemen, dan zet ik Andy op Goochem.'

Het bleef even stil.

'Heb ik je boos gemaakt? Ja, hè?' zei Morris.

'Nee, je hebt me niet boos gemaakt.' 'Boos' was immers wat anders dan 'woest'.

'Het was niet mijn bedoeling...'

'Ik ben niet boos, Saul, ik herinner je alleen aan wat we hebben afgesproken.'

'Oké. Goed dan. Hé, ken je die mop van de baas die tegen zijn secretaresse zei dat er belastingcontrole was aangekondigd?'

'Nee,' zei Robin knarsetandend.

'Hij zei: "We kunnen niet meer zoveel aftrekken." En toen zei die secretaresse: "Prima, ik kreeg er al een lamme arm van."'

'Haha,' zei Robin. 'Slaap lekker, Saul.'

Waarom zei ik nou 'haha'? vroeg ze zich woest af toen ze haar mobiel weglegde. Waarom zeg ik niet gewoon dat hij die waardeloze moppen voor zich moet houden? Of zeg gewoon niks! En waarom bleef ik zo beleefd terwijl ik hem gewoon opdroeg te doen wat we met z'n allen hebben besloten in de teamvergadering? Waarom pak ik hem met fluwelen handschoenen aan?

Ze dacht aan al die keren dat ze tegenover Matthew had gedaan alsof. Het faken van orgasmes was nog niks vergeleken met doen alsof ze hem grappig en interessant vond wanneer hij weer eens dezelfde grap vertelde over de rugbyclub, of een anekdote die bedoeld was om duidelijk te maken dat hij de slimste of grappigste man in het gezelschap was. Waarom doen we dat toch? vroeg ze zich af, en zonder erbij na te denken pakte ze *De demon van Paradise Park* op. Waarom doen we zo hard ons best om de vrede te bewaren, om ze tevreden te houden?

Dat doen we, antwoordden de zeven gezichten in spookachtig zwart-wit achter het hoofd van Dennis Creed, omdat ze gevaarlijk kunnen worden, Robin. Jij weet waartoe ze in staat zijn, met je litteken op je arm en je herinnering aan dat gorillamasker.

Maar ze wist dat dat niet de reden was waarom ze braaf om Morris had gelachen, niet echt. Ze verwachtte heus niet dat hij grof of gewelddadig zou worden als ze weigerde te lachen om zijn stomme grappen. Nee, dit was iets anders. Als enige meisje in een jongensgezin had Robin geleerd, wist ze, om iedereen tevreden te houden, ondanks het feit dat haar moeder behoorlijk feministisch was aangelegd. Niemand had het bewust gedaan, maar door de therapie die Robin had gevolgd na de aanval die haar een blijvend litteken op haar onderarm had bezorgd, was ze gaan inzien dat haar rol in het gezin die van 'het gemakkelijke kind' was geweest, degene die niet klaagde, de bemiddelaar. Ze was maar een jaar ouder dan Martin, het 'probleemkind' van de familie Ellacott: een warhoofd, impulsief, de minst academische en plichtsgetrouwe van het stel, de zoon die op zijn achtentwintigste nog thuis woonde en de broer met wie ze het minst gemeen had. (Al had Martin Matthew een stomp op zijn neus gegeven op haar trouwdag, en de laatste keer dat ze thuis was had ze hem spontaan omhelsd toen hij aanbood om dat nog een keer te doen, nadat hij had gehoord hoe moeilijk Matthew het haar maakte over de scheiding.)

Het raam achter de eettafel was bezaaid met winterse regenspetters. Wolfgang was weer in diepe slaap. Robin kon het niet opbrengen om vanavond de socialmediapagina's van nog eens vijftig Amanda Whites uit te pluizen. Ze aarzelde even toen ze *De demon van Paradise Park* oppakte. Ze had voor zichzelf (omdat ze een lange, zware weg had moeten afleggen om de positie te bereiken waarin ze nu verkeerde, en ze wilde haar huidige geestelijke gezondheid niet kwijt) de regel opgesteld om het boek niet te lezen als het donker was of vlak voordat ze naar bed ging. Per slot van rekening was alle informatie die erin stond ook in verkorte versie online te vinden; ze hoefde niet in zijn eigen woorden te horen wat Creed had gedaan met al die vrouwen die hij had gemarteld en vermoord.

Toch pakte ze haar beker warme chocolademelk, sloeg het boek open op de bladzijde waar ze een bon van de supermarkt tussen had gelegd en begon te lezen op het punt waar ze drie dagen eerder was opgehouden.

> Ervan overtuigd dat Bamborough slachtoffer was geworden van de seriemoordenaar die nu het Monster van Essex werd genoemd, maakte Talbot vijanden onder zijn collega's door zijn in hun ogen obsessieve focus op één theorie.

'Het werd vervroegd pensioen genoemd,' zei een collega, 'maar eigenlijk is hij gewoon weggestuurd. Ze zeiden dat hij alleen maar geïnteresseerd was in het Monster, maar we zijn nu negen jaar verder en niemand heeft ooit een betere verklaring gevonden, of wel soms?'

De familie van Margot Bamborough kon niet met zekerheid zeggen of de door niemand anders aangewezen sieraden en het ondergoed die bij zijn arrestatie in 1976 in Creeds souterrain zijn aangetroffen van haar waren, al meende Bamboroughs echtgenoot dokter Roy Phipps wel dat een medaillon vol vlekken en deuken, mogelijk ontstaan door een klap met een stomp voorwerp, wel wat leek op het medaillon waarvan wordt aangenomen dat de huisarts het droeg toen ze verdween.

Een recentelijk gepubliceerd relaas over het leven van Bamborough, *Wat is er gebeurd met Margot Bamborough?*[4] geschreven door de zoon van een goede vriendin van de huisarts, bevat echter onthullingen over het privéleven van de arts die een nieuwe kijk op de zaak suggereren – en een mogelijk verband met Creed. Kort voor haar verdwijning had Margot Bamborough een afspraak gemaakt bij privékliniek Bride Street in Islington, waar vrouwen in 1974 terechtkonden voor een discrete abortus.

16

Behold the man, and tell me Britomart,
If ay more goodly creature thou didst see;
How like a Gyaunt in each manly part
Beares he himselfe with portly maiestee...

Edmund Spenser
The Faerie Queene

Vier dagen later, om kwart over vijf 's ochtends, reed de slaaptrein Night Riviera station Paddington binnen. Strike, die slecht had geslapen, had grote delen van de nacht doorgebracht met kijken naar het spookachtig grijze waas van de zogenaamde Engelse Rivièra die aan het raam van zijn coupé voorbijtrok. Hij had op de dekens gelegen zonder zijn prothese af te doen, en hij sloeg het aangeboden ontbijt op een plastic dienblaadje af om als een van de eerste passagiers te kunnen uitstappen, met zijn plunjezak over zijn schouder.

Er hing lichte vorst in de lucht zo vroeg op de ochtend, en Strikes adem vormde een wolkje terwijl hij het perron af liep, onder de gewelfde stalen bogen van Brunel die boven hem hingen als de ribben van een blauwe-vinvisskelet, de koude, donkere hemel zichtbaar door het glazen plafond. Ongeschoren en tamelijk ongemakkelijk op de stomp die zijn gebruikelijke laag verzachtende crème die nacht had moeten missen, liep Strike naar een bankje, ging zitten, stak de sigaret op waar hij zwaar behoefte aan had, haalde zijn mobiel tevoorschijn en belde Robin.

Hij wist dat ze wakker zou zijn, want ze had die nacht in Strikes BMW gezeten voor het huis van de weerman, op de uitkijk voor Ansichtkaart. Ze hadden voornamelijk gecommuniceerd via appjes in de periode dat hij in Cornwall zat, waar hij zijn tijd verdeelde tussen het ziekenhuis in Truro en het huis in St Mawes. Lucy en hij zaten beurtelings aan het bed van Joan, wier haar nu was uitgevallen en wier immuunsysteem bezweken leek te zijn onder druk van de chemotherapie. Ze hadden ook om beurten voor Ted gezorgd, die nauwelijks at. Voordat hij terugging naar Londen had Strike een grote hoeveelheid curry klaargemaakt en die in porties ingevroren, samen met de ovenschotel met gehakt die Lucy had gemaakt. Toen hij de sigaret naar zijn mond bracht rook hij nog een vleug komijn aan zijn vingers, en als hij zich concentreerde kon hij weer de dodelijke lucht van het ziekenhuis oproepen: ontsmettingsmiddel met een vage ondertoon van urine, in plaats van koud ijzer, diesel en in de verte een vleug koffie van een nabijgelegen Starbucks.

'Hallo,' zei Robin, en bij het horen van haar stem voelde Strike, zoals hij van tevoren had geweten, de knoop in zijn maag wat losser worden. 'Wat is er?'

'Niks,' zei hij een beetje verbaasd, tot hij besefte dat het half zes 's ochtends was. 'O... ja, sorry, geen noodgeval of zo. Ik kom net uit de slaaptrein. Ik vroeg me af of je zin hebt in een ontbijtje voordat je naar huis en naar bed gaat.'

'O, dat zou perfect zijn,' zei Robin, en het klonk zo oprecht enthousiast dat Strike zich meteen wat minder moe voelde. 'Want ik heb Bamborough-nieuws.'

'Fijn,' zei Strike. 'Ik ook. Dan kunnen we even bijpraten.'

'Hoe gaat het met Joan?'

'Niet goed. Ze hebben haar gisteren naar huis laten gaan, ze krijgt thuishulp. Ted zit er helemaal doorheen. Lucy is nog daar.'

'Je had toch kunnen blijven,' zei Robin. 'Wij redden het hier wel.'

'Het is goed zo.' Hij kneep zijn ogen tot spleetjes tegen zijn eigen sigarettenrook. Een baan winters zonlicht brak door de wolken en bescheen de peuken op de tegelvloer. 'Ik heb gezegd dat ik met Kerstmis weer terugkom. Waar zullen we afspreken?'

'Nou, ik wilde nog naar de National Portrait Gallery gaan voordat ik naar huis ga, dus...'

'Huh?' zei Strike.

'Ja, naar de National Portrait Gallery. Ik leg het je straks wel uit. Vind je het goed om daar in de buurt af te spreken?'

'Ik kan overal naartoe komen,' zei Strike, 'ik sta nu bij de metro. Ik ga die kant op, en degene van ons die als eerste een eettentje heeft gevonden stuurt de ander een bericht.'

Drie kwartier later liep Robin naar binnen bij Notes in St Martin's Lane, waar het al druk was ondanks het vroege ochtenduur. De houten tafels, sommige zo groot als de keukentafel van haar ouders in Yorkshire, zaten vol met jonge mensen met laptops en zakenmannen die snel een ontbijtje meepikten voordat ze naar hun werk gingen. Terwijl Robin in de rij stond voor de lange toonbank, deed ze haar best om niet te kijken naar de zoete broodjes en taarten die daar uitgestald stonden; ze had boterhammen meegenomen voor haar nachtelijke post bij het huis van de weerman, en dat moest maar genoeg zijn, hield ze zichzelf streng voor.

Nadat ze een cappuccino had besteld liep ze naar het tafeltje achter in de zaak waar Strike *The Times* zat te lezen, onder een ijzeren kroonluchter die eruitzag als een grote spin. Het leek wel of ze de afgelopen zes dagen was vergeten hoe groot en fors hij was. Hij deed haar denken aan een zwarte beer, over de krant gebogen met zijn zware stoppelbaard terwijl hij een grote hap nam van een ciabatta met bacon en gebakken ei. Robin voelde een golf van genegenheid puur door zijn voorkomen. Of misschien, dacht ze, was het gewoon een reactie op die gladgeschoren, slanke en traditioneel knappe mannen die, net als parfums met tuberoos, aantrekkelijk leken tot je er zo lang aan was blootgesteld dat je snakte naar ontsnapping.

'Hallo,' zei ze toen ze op de stoel naast hem ging zitten.

Strike keek op, en op dat moment waren haar lange, glanzende haar en haar gezonde, frisse uitstraling als een tegengif voor de nevel van klinisch verval waarin hij de afgelopen vijf dagen had doorgebracht.

'Jij ziet er niet afgepeigerd genoeg uit voor iemand die de hele nacht wakker is gebleven.'

'Ik zal het maar opvatten als een compliment en niet als een verwijt,' zei Robin met opgetrokken wenkbrauwen. 'Ik ben wel degelijk de hele nacht wakker gebleven, en Ansichtkaart heeft zich nog steeds niet laten zien. Er is gisteren wel een nieuwe kaart gekomen, geadresseerd aan de televisiestudio. Daarop stond dat Ansichtkaart de glimlach van onze weerman zo lief vond aan het einde van het weerbericht afgelopen dinsdag.'

Strike kreunde.

Robin zei: 'Wil jij eerst over Bamborough vertellen of zal ik beginnen?'

'Jij eerst,' zei Strike met volle mond. 'Ik rammel van de honger.'

'Oké,' zei Robin. 'Ik heb goed nieuws en slecht nieuws. Het slechte nieuws is dat bijna iedereen die we zouden kunnen opsporen dood is, en van de anderen scheelt het weinig.'

Ze bracht Strike op de hoogte van het overlijden van Willy Lomax, Albert Shimmings, Wilma Bayliss en Dorothy Oakden, en van de stappen die ze tot dusver had ondernomen om contact op te nemen met hun familie.

'Niemand reageert, behalve een van de zonen van Shimmings, die schijnbaar bang is dat journalisten zullen proberen zijn vader de verdwijning van Margot in de schoenen te schuiven. Ik heb hem een geruststellende mail gestuurd, nu maar hopen dat dat helpt.'

Strike, die het gestage verorberen van de ciabatta alleen had onderbroken om een halve beker thee naar binnen te gieten, zei: 'Ik heb soortgelijke problemen gehad. Die melding van "twee ruziënde vrouwen bij de telefooncellen" is zo goed als onmogelijk na te trekken. Ruby Elliot, degene die ze heeft gezien, en moeder en dochter Fleury, die vrijwel zeker zélf die vrouwen waren, zijn ook allemaal dood. Maar ze hebben wel levende afstammelingen, dus ik heb wat berichten rondgestuurd. Tot nu toe maar één reactie, van een Fleury-kleinzoon die geen flauw idee heeft waar ik het over heb. En dokter Brenner lijkt helemaal geen familie meer te hebben, voor zover ik kan nagaan. Nooit getrouwd, geen kinderen en een dode zus die ook niet getrouwd was.'

'Weet je hoeveel vrouwen er rondlopen die Amanda White heten?' vroeg Robin met een zucht.

'Daar kan ik me wel iets bij voorstellen.' Strike nam nog een grote hap. 'Daarom heb ik jou op haar gezet.'

'Wat...?'

'Grapje.' Hij moest lachen om haar gezicht. 'En Paul Satchwell en Gloria Conti?'

'Als ze dood zijn, zijn ze niet gestorven in het Verenigd Koninkrijk. Maar weet je wat echt maf is? Ik kan geen enkele vermelding van hun naam vinden na '75.'

'Toevallig,' zei Strike met opgetrokken wenkbrauwen. 'Douthwaite, de man van de spanningshoofdpijn en de dode minnares, is ook verdwenen. Geen adres te vinden na '76, en ook geen overlijdensakte. Nou moet ik zeggen dat ik als ik in zijn schoenen had gestaan ook mijn naam veranderd zou hebben. Hij komt niet erg goed naar voren in de pers, hè? Slecht in zijn werk, deelde het bed met de vrouw van een collega, stuurde bloemen naar een arts die vervolgens verdween...'

'We weten niet of het bloemen waren,' zei Robin in haar koffiekopje. *Er bestaan ook andere cadeaus, Strike.*

'Bonbons dan. Komt op hetzelfde neer. Maar van Satchwell en Conti is moeilijker te begrijpen waarom ze van de radar verdwenen zijn,' zei Strike, en hij streek met zijn hand over zijn ongeschoren kin. 'De belangstelling van de pers voor hen was vrij snel weggeëbd. En Conti zou je online wel hebben gevonden als ze alleen maar een andere naam had aangenomen na haar huwelijk. Er kunnen niet net zoveel Gloria Conti's zijn als Amanda Whites.'

'Ik vraag me af of ze misschien in Italië is gaan wonen,' zei Robin. 'Haar vader heette Ricardo. Misschien had ze daar familie. Ik heb via Facebook wat vragen gesteld aan mensen die Conti heten, maar de enigen die tot nu toe hebben gereageerd kennen geen Gloria. Ik ben zogenaamd bezig met genealogisch onderzoek, want ik ben bang dat ze niet zal reageren als ik plompverloren over Margot begin.'

'Dat zou best eens kunnen,' zei Strike, en hij deed nog meer suiker in zijn thee. 'Ja, Italië is een goed idee. Ze was nog jong, misschien wilde ze een andere omgeving. Maar dat Satchwell is verdwenen is raar. Op die foto leek hij niet bepaald schuchter. Je zou toch denken dat hij intussen wel ergens opgedoken zou zijn om zijn schilderijen aan te prijzen.'

'Ik heb gekeken bij tentoonstellingen, kunstveilingen, galerieën. Het lijkt echt of hij van de aardbodem is verdwenen.'

'Nou, ik heb wel íéts gevonden.' Strike slikte de laatste hap van zijn ciabatta door en haalde zijn notitieboekje tevoorschijn. 'Je kunt verrassend veel werk verzetten als je in zo'n ziekenhuis moet rondhangen. Ik heb vier getuigen gevonden die nog leven, en een van hen heeft al toegezegd met ons te willen praten: Gregory Talbot, de zoon van Bill die helemaal doordraaide en het dossier volkrabbelde met pentagrammen. Ik heb uitgelegd wie ik ben en wie me heeft ingehuurd, en Gregory staat wel open voor een babbeltje. Ik ga zaterdag naar hem toe, mocht je mee willen.'

'Dan kan ik niet,' zei Robin teleurgesteld. 'Morris en Andy hebben allebei iets met de familie, dus Barclay en ik doen de weekendklussen.'

'Hm, jammer. Verder heb ik twee van de vrouwen gevonden die bij Margot in de praktijk werkten,' vervolgde hij, en hij sloeg een bladzijde van zijn notitieboekje om. 'De doktersassistente, Janice, gebruikt nog steeds de achternaam van haar eerste man, dat hielp. Het adres dat Gupta me heeft gegeven was oud, maar vanaf daar heb ik haar kunnen opsporen. Ze woont nu in Nightingale Grove...'

'Toepasselijke naam.'

'... in Hither Green. En Irene Bull heet tegenwoordig Irene Hickson, weduwe van een man die een succesvol bouwbedrijf runde. Ze woont in Greenwich, in Circus Street.'

'Heb je hen gebeld?'

'Ik heb besloten eerst te schrijven,' zei Strike. 'Oudere vrouwen, ze wonen allebei alleen. Ik heb uiteengezet wie we zijn en wie ons heeft ingehuurd, zodat ze de tijd hebben om ons na te trekken, zich ervan te verzekeren dat het allemaal koosjer is, en misschien willen ze eerst contact opnemen met Anna.'

'Slim bedacht,' zei Robin.

'En ik ga hetzelfde doen met Oonagh Kennedy, de vrouw die die avond op Margot heeft zitten wachten in de pub, zodra ik weet dat ik de juiste heb gevonden. Volgens Anna woont ze in Wolverhampton, maar de vrouw die ik heb gevonden zit in Alnwick. De leeftijd klopt, maar dit is een gepensioneerde dóminee.'

Robin moest grinniken om Strikes gezichtsuitdrukking, een mengeling van wantrouwen en afkeer.

'Wat is er mis met dominees?'

'Niks,' zei hij. 'Van alles. Ligt aan de dominee in kwestie. Maar Oonagh is in de jaren zestig Playboy-bunny geweest. Ze stond naast Margot op een van de foto's die door de pers werden gebruikt, werd met naam en toenaam genoemd in het onderschrift. Lijkt de overgang van bunny naar dominee je niet wat onwaarschijnlijk?'

'Een interessante levensweg,' gaf Robin toe, 'maar je hebt het hier tegen een voormalig uitzendkracht die van secretaresse fulltime detective is geworden. En over Oonagh gesproken,' ze pakte haar exemplaar van *De demon van Paradise Park* uit haar tas en sloeg het open, 'ik wilde je iets laten zien. Hier.' Ze hield hem de bladzijde voor. 'Lees het stukje eens dat ik met potlood heb gemarkeerd.'

'Ik heb het hele boek al gelezen. Welk gedeelte...?'

'Toe nou. Lees gewoon even wat ik gemarkeerd heb.'

Strike veegde zijn hand af aan een papieren servetje, pakte het boek van haar aan en las de paragraaf naast de dikke potloodstreep.

> Kort voor haar verdwijning had Margot Bamborough een afspraak gemaakt bij privékliniek Bride Street in Islington, waar vrouwen in 1974 terechtkonden voor een discrete abortus.
>
> De kliniek in Bride Street sloot haar deuren in 1978 en er zijn geen gegevens waaruit blijkt of Bamborough de procedure inderdaad heeft ondergaan.
>
> Er wordt echter een andere mogelijkheid, namelijk dat ze een vriendin heeft toegestaan haar naam te gebruiken, geopperd door de

auteur van *Wat is er gebeurd met Margot Bamborough?*. Hij meldt dat de Ierse vrouw die Bamborough die avond in de pub zou treffen, haar collega-bunny, wel eens een goede reden gehad kan hebben om het verhaal over de pub vol te houden, zelfs na Bamboroughs dood.

De privékliniek in Bride Street lag op slechts acht minuten lopen van Dennis Creeds souterrain in Liverpool Road. Er bestaat dus nog altijd een mogelijkheid dat Margot Bamborough helemaal niet van plan was die avond naar de pub te gaan, dat ze daarover loog uit zelfbescherming, en dat ze misschien niet ontvoerd is in Clerkenwell, maar vlak bij Creeds huis in de buurt van Paradise Park.

'Wat zullen we nou...?' begon Strike met een verbijsterd gezicht. 'Dat staat niet in mijn boek. Jij hebt drie paragrafen extra!'

'Ik dácht al dat je het niet gelezen had,' zei Robin, en ze klonk tevreden. 'Jouw boek is vast geen eerste druk, het mijne wel. Kijk hier eens,' zei ze, bladerend naar een plek ergens achter in het boek terwijl Strike het nog in zijn handen had. 'Zie je die vermelding? "*Wat is er gebeurd met Margot Bamborough?* door C.B. Oakden, gepubliceerd in 1985." Alleen is het nooit gepubliceerd,' zei Robin. 'Het is de versnipperaar in gegaan. De auteur hiervan' – ze tikte op *De demon van Paradise Park* – 'moet een vooruitexemplaar in handen gekregen hebben. Ik heb wat graafwerk gedaan. Dit was natuurlijk allemaal vóór internet, maar ik heb er online toch wat over gevonden, in juridische artikelen over de aanklacht wegens laster om publicatie te verbieden. Het komt erop neer dat Roy Phipps en Oonagh Kennedy samen een zaak hebben aangespannen tegen C.B. Oakden en die hebben gewonnen. Oakdens boek ging de versnipperaar in en *De demon van Paradise Park* werd in allerijl herdrukt, zonder die belasterende alinea's.'

'C.B. Oakden,' herhaalde Strike. 'Is dat...'

'Een zoon van Dorothy de praktijksecretaresse. Precies. Volledige naam: Carl Brice Oakden. Het laatste adres dat ik van hem heb was in Walthamstow, maar hij is verhuisd en ik heb hem nog niet kunnen vinden.'

Strike las de tekst over de abortuskliniek nog een keer en zei toen:

'Als Phipps en Kennedy de publicatie via een rechtszaak hebben kunnen tegenhouden, moeten ze een jury ervan hebben overtuigd dat deze informatie deels of helemaal onjuist was.'

'Wat vreselijk om over zoiets te liegen, vind je niet?' zei Robin. 'Het is al erg genoeg om te beweren dat Margot een abortus had ondergaan, maar om dan te suggereren dat het om Oonagh ging en dat ze daarmee loog over de plek waar Margot die avond...'

'Het verbaast me dat dat juridisch is goedgekeurd.'

'Oakdens uitgeverij was een heel klein bedrijfje. Dat heb ik ook opgezocht. Het is niet lang nadat zijn boek de versnipperaar in ging opgedoekt. Misschien lieten ze hun manuscripten niet eens door juristen checken.'

'Dwazen,' zei Strike. 'Maar tenzij ze een of andere doodswens hadden, kan hij het verhaal toch niet compleet uit zijn duim gezogen hebben. Het moet ergens op gebaseerd zijn. En déze kerel' – hij hield *De demon van Paradise Park* omhoog – 'was een echte onderzoeksjournalist. Die zou niet met de theorie zijn gekomen zonder enig bewijs.'

'Kunnen we hem natrekken of is hij...?'

'Dood,' zei Strike, die even peinzend bleef zitten en toen vervolgde: 'De afspraak moet gemaakt zijn op Margots naam. Het is alleen de vraag of zij een abortus heeft gehad of dat iemand haar naam heeft gebruikt zonder dat ze het wist.' Strike las de eerste paar zinnen van het fragment nog een keer door. 'En er staat ook geen datum bij voor de afspraak. "Kort voor haar verdwijning" is een laffe formulering. Als de afspraak had gestaan op de dag van haar verdwijning, had de auteur dat wel vermeld. Dat zou een enorme onthulling zijn geweest en de politie zou het onderzocht hebben. Met "kort voor haar verdwijning" kun je alle kanten op.'

'Maar wel toevallig, toch?' zei Robin. 'Dat ze die afspraak heeft gemaakt zo dicht bij Creeds huis?'

'Ja,' zei Strike, maar na een korte overpeinzing zei hij: 'Ik weet het eigenlijk niet. Is het toeval? Hoeveel abortusklinieken waren er in Londen in 1974?' Hij gaf Robin het boek terug. 'Dit zou kunnen verklaren waarom Roy Phipps bang was dat zijn dochter met

Oonagh Kennedy ging praten. Hij wilde niet dat zijn tienerdochter te horen zou krijgen dat haar moeder misschien een broertje of zusje had laten weghalen.'

'Daar heb ik ook aan gedacht. Het zou afschuwelijk zijn om zoiets te horen. Vooral terwijl ze zich al het grootste deel van haar leven heeft afgevraagd of haar moeder haar in de steek heeft gelaten.'

'We moeten proberen een exemplaar van *Wat is er gebeurd met Margot Bamborough?* te pakken te krijgen,' zei Strike. 'Misschien zijn er nog een paar in omloop, als ze destijds wel gedrukt zijn. Hij zou er een paar weggegeven kunnen hebben. Recensie-exemplaren en zo.'

'Ik ben er al mee bezig,' zei Robin. 'Ik heb een paar verschillende tweedehandsboekwinkels gemaild.'

Het was niet de eerste keer dat ze iets deed voor het bureau waardoor ze zich vies ging voelen.

'Carl Oakden was pas veertien toen Margot verdween,' vervolgde ze. 'En dan later een boek over haar schrijven, hun connectie uitmelken, beweren dat Margot en zijn moeder dikke vriendinnen waren...'

'Ja, zo te horen is het een ordinaire lamzak,' stemde Strike in. 'Wanneer is hij vertrokken van dat adres in Walthamstow?'

'Vijf jaar geleden.'

'Heb je op social media gekeken?'

'Ja. Kan hem niet vinden.'

Strikes mobiel trilde in zijn zak. Robin meende een vlaag van paniek in zijn ogen te zien toen hij onhandig naar het toestel grabbelde, en ze wist dat hij aan Joan dacht.

'Alles goed?' vroeg ze, en ze zag zijn gezicht betrekken toen hij naar het schermpje keek.

Het bericht dat Strike had ontvangen luidde als volgt:

Broertje, kunnen we het hier alsjeblieft onder vier ogen over hebben? De presentatie en het nieuwe album betekenen veel voor pa. Het enige wat we van je vragen...

'Ja, hoor,' zei Strike, en hij stopte de telefoon in zijn zak zonder de rest van het bericht te lezen. 'Dus jij wilde dadelijk naar...?' Even kon hij zich niet herinneren waar Robin ook alweer naartoe wilde gaan; het was een onverwachte plek – en de reden dat ze in dit eetcafé hadden afgesproken.

'De National Portrait Gallery,' zei ze. 'Drie kaarten van Ansichtkaart zijn daar in de museumwinkel gekocht.'

'Drie... sorry, wat?'

Hij was afgeleid door wat hij zojuist had gelezen. Hij had duidelijk genoeg tegen zijn halfbroer gezegd dat hij geen zin had om een feest ter ere van het nieuwe album van zijn vader bij te wonen of te poseren voor de foto met zijn halfbroers en -zussen die ze hem cadeau zouden geven.

'De ansichtkaarten van Ansichtkaart – degene die onze weerman lastigvalt,' hielp ze hem herinneren, om vervolgens te mompelen: 'Niet belangrijk, ik had gewoon een ideetje.'

'Wat voor ideetje?'

'Nou, op de een-na-laatste kaart die Ansichtkaart heeft gestuurd stond een portret dat hem of haar "altijd deed denken" aan onze weerman. Dus dacht ik... misschien ziet diegene dat schilderij vaak. Misschien is het iemand die in de portrettengalerij werkt. Misschien wil de afzender wel stiekem dat hij dat weet, dat hij daarheen komt om hem of haar te zoeken?'

Nog terwijl ze het zei vond ze de theorie zelf vergezocht klinken, maar de waarheid was dat ze geen enkel aanknopingspunt hadden voor Ansichtkaart. Hij of zij was niet meer naar het huis van de weerman gekomen sinds ze daar 's nachts surveilleerden. Dat er drie kaarten waren gekocht op dezelfde plek wilde misschien wel iets zeggen, maar voor hetzelfde geld ook helemaal niet. Wat hadden ze verder nog?

Hij bromde wat. Robin, die bang was dat hij daarmee zijn gebrek aan enthousiasme voor haar theorie over Ansichtkaart wilde uitdrukken, stopte haar exemplaar van *De demon van Paradise Park* in haar tas en vroeg: 'Ga je daarna naar kantoor?'

'Ja. Ik heb tegen Barclay gezegd dat ik om twee uur het schaduwen van Twinkletoes overneem.' Strike geeuwde. 'Misschien moet ik proberen eerst nog een paar uur te pitten.' Hij hees zich overeind. 'Ik bel je om te laten weten hoe het gaat met Gregory Talbot. En bedankt dat je de boel draaiende hebt gehouden toen ik weg was. Heel fijn.'

'Graag gedaan.'

Hij sjorde zijn plunjezak over zijn schouder en hinkte het eetcafé uit. Robin ervoer een lichte anticlimax toen ze hem voor het raam zag halt houden om een sigaret op te steken, en ze keek hem na tot hij uit het zicht verdween. Een blik op haar horloge vertelde haar dat ze nog anderhalf uur moest wachten tot de National Portrait Gallery opengıng.

Er waren ongetwijfeld aangenamere manieren om die tijd door te brengen dan met gepieker over de vraag of het bericht dat Strike zojuist had ontvangen afkomstig was van Charlotte Campbell, maar dat was de afleiding die Robin te binnen schoot, en het hield haar bezig voor een verrassend groot deel van de tijd die ze moest zien te doden.

17

But thou... whom frowning froward fate
Hath made sad witnesse of thy fathers fall

Edmund Spenser
The Faerie Queene

Jonny Rokeby, die vrijwel volledig afwezig was geweest in het leven van zijn oudste zoon, was desalniettemin een constante, ongrijpbare aanwezigheid geweest, vooral in Strikes jeugd. De ouders van vriendjes hadden zijn vaders elpees gehad en hadden Rokeby's poster als tiener in hun slaapkamer hangen; ze trakteerden Strike op hun dierbare herinneringen aan concerten van de Deadbeats. Een moeder aan de schoolpoort had de zevenjarige Strike ooit gesmeekt een brief van haar door te geven aan zijn vader. Die brief had zijn moeder later verbrand, in het kraakpand waar ze toen verbleven.

Tot hij het leger in ging, waar hij ervoor koos niemand te laten weten wie zijn vader was of wat voor werk hij deed, had Strike zich regelmatig een exotisch dier op sterk water gevoeld; hij werd bestookt met vragen die mensen onder normale omstandigheden te persoonlijk of te bemoeizuchtig zouden vinden, en hij kreeg steeds te maken met onuitgesproken aannames die hun oorsprong vonden in afgunst en wrok.

Rokeby had geëist dat Leda een vaderschapstest liet doen voordat hij accepteerde dat Strike zijn zoon was. Toen de uitslag positief bleek te zijn, waren ze tot een financiële regeling gekomen die ervoor had moeten zorgen dat deze jonge zoon nooit meer op een vuil matras hoefde te slapen in een kamer die ze deelden met min of meer vreemden. Maar een combinatie van zijn moeders spilzucht en haar regelmatige ruzies met de afgevaardigden van Rokeby had er alleen maar voor gezorgd dat Strikes leven veranderde in een reeks verwarrende perioden van grote rijkdom, die meestal eindigden in een abrupte terugval naar chaos en misère. Leda had de neiging haar kinderen buitensporig te verwennen met spullen en snoep waar ze van genoten terwijl ze op te krappe schoenen rondliepen, of om te vertrekken naar Europa of Amerika voor de concerten van haar favoriete bands; haar kinderen bleven achter bij Ted en Joan terwijl zij zich liet rondrijden in auto's met chauffeur en overnachtte in de beste hotels.

Hij wist nog goed hoe hij in de logeerkamer in Cornwall, Lucy slapend in het eenpersoonsbedje naast hem, had liggen luisteren naar zijn moeder en Joan die beneden ruziemaakten, omdat de kinderen midden in de winter bij hun oom en tante waren afgezet zonder jas. Strike was twee keer ingeschreven op een privéschool, maar beide keren had Leda hem daar al voor het einde van het schooljaar weer weggehaald omdat ze vond dat haar zoon er de verkeerde normen en waarden leerde. Elke maand verdween Rokeby's geld als sneeuw voor de zon doordat ze het weggaf aan kennissen of haar nieuwe vriend, of investeerde in roekeloze ondernemingen: Strike herinnerde zich een bijouterie, een kunsttijdschrift en een vegetarisch restaurant, allemaal mislukt, om maar te zwijgen van de commune in Norfolk die hij beschouwde als de vreselijkste ervaring in zijn jonge leventje.

Uiteindelijk hadden Rokeby's juristen (aan wie de rockster alle financiële zaken die te maken hadden met het welzijn van zijn zoon had uitbesteed) de ouderalimentatie op zo'n manier vastgezet dat Leda het geld niet langer kon verkwisten. Het enige verschil dat dat had gemaakt in het dagelijkse leven van Strike als tiener was dat hij niet langer dure cadeaus kreeg, want Leda had geen zin om haar uitgaven vooraf te laten controleren, zoals de nieuwe regeling vereiste. Vanaf dat moment had het geld van zijn vader zich in stilte opgehoopt op een rekening en had het gezin het hoofd boven water gehouden dankzij de kleinere financiële bijdragen van Lucy's vader.

Strike had zijn pa pas twee keer ontmoet, en aan beide keren had hij zeer slechte herinneringen. Rokeby had op zijn beurt nooit geïnformeerd waarom Strikes geld onaangeroerd bleef. Als jarenlange belastingemigrant had hij de zorg voor zijn band, het onderhoud van diverse huizen, twee exen en een huidige echtgenote die hij tevreden moest zien te houden, plus vijf wettige en twee onwettige kinderen. Strike, wiens conceptie een ongelukje was geweest – waarna de positieve uitslag van de vaderschapstest het einde had betekend van Rokeby's tweede huwelijk – en van wie meestal onduidelijk was waar hij zich bevond, stond laag op de prioriteitenlijst van zijn vader.

Strikes oom was het voorbeeld van mannelijkheid geweest waar Strike naar had gestreefd in de tijd dat zijn moeder voortdurend van minnaar wisselde, gedurende een jeugd die hij doorbracht in de lange schaduw die zijn biologische vader wierp. Leda had Ted, die bij de militaire politie had gezeten, altijd aangewezen als de oorzaak van Strikes onnatuurlijke belangstelling voor het leger en speurwerk. Vanuit een dikke blauwe wolk cannabisrook had ze in alle ernst geprobeerd haar zoon een carrière bij het leger uit het hoofd te praten en hem de les gelezen over de beschamende militaire geschiedenis van Groot-Brittannië en de onverbrekelijke band tussen imperialisme en kapitalisme, en ze had geprobeerd – zonder succes – hem over te halen gitaar te leren spelen of op z'n minst zijn haar te laten groeien.

Maar hoeveel nadelen en ellende de merkwaardige omstandigheden van zijn geboorte en zijn opvoeding hem ook hadden gebracht, Strike wist dat ze hem een voorsprong hadden gegeven in zijn werk als detective. Hij had al vroeg geleerd zich aan te passen aan zijn omgeving. Vanaf het moment dat hij erachter was gekomen dat je gestraft werd als je niet klonk zoals ieder ander, had hij met zijn accent steeds geschakeld tussen Londen en Cornwall. Voordat het verlies van een been hem had belemmerd in zijn lichaamsbeweging was hij erin geslaagd om ondanks zijn aanzienlijke omvang op zo'n manier te lopen en te praten dat hij een stuk kleiner leek dan hij in werkelijkheid was. Hij had ook ontdekt dat het zinvol was om persoonlijke informatie achter te houden en de verhalen die je over jezelf vertelde dusdanig aan te passen dat je niet verstrikt raakte in het beeld dat anderen over je hadden, over wie je zou moeten zijn. En het belangrijkste van alles: Strike had een gevoelige radar ontwikkeld voor het veranderde gedrag dat werd veroorzaakt door het plotselinge besef dat hij de zoon van een beroemd man was. Al sinds zijn kinderjaren had hij een neus voor manipulators, vleiers, leugenaars, opportunisten en hypocrieten.

Deze twijfelachtige gaven waren het beste wat zijn vader hem had gegeven, want behalve de alimentatie was er nooit iets gekomen, geen verjaardagskaart en geen kerstcadeau. Pas nadat Strikes been was afgerukt in Afghanistan had Rokeby hem een handgeschreven briefje gestuurd. Strike had Charlotte, die naast hem aan het ziekenhuisbed had gezeten toen hij het briefje ontving, gevraagd het in de prullenbak te gooien.

Sinds Strike zelf interessant was geworden voor de kranten, door eigen toedoen, had Rokeby vaker aarzelend geprobeerd contact te krijgen met de zoon van wie hij compleet verwijderd was geraakt, en hij suggereerde in interviews zelfs dat ze een goede band hadden. Diverse vrienden van Strike hadden hem linkjes gestuurd naar een recent online interview met Rokeby waarin hij zijn trots over Strike had uitgesproken. De detective had de berichten gewist zonder te antwoorden.

Strike was wel, zij het knarsetandend, gesteld op Al, de halfbroer die Rokeby nu inzette als tussenpersoon. De hardnekkige pogingen die Al ondernam om een band te krijgen met Strike waren niet verminderd toen hij aanvankelijk op verzet van zijn oudere broer stuitte. Al bleek bewondering te hebben voor Strikes onafhankelijkheid en zelfstandigheid, eigenschappen die de laatste noodgedwongen had ontwikkeld. Desalniettemin bleef Al irritant koppig proberen Strike over te halen een jubileum te vieren dat niets voor hem betekende, behalve dat het hem er weer eens aan herinnerde hoeveel belangrijker Rokeby's rockband altijd voor hem was geweest dan zijn onwettige zoon. De detective vond het irritant dat hij tijd moest verspillen om een antwoord op te stellen voor Als laatste bericht over dit onderwerp. Hij koos uiteindelijk voor bondigheid in plaats van opnieuw de discussie aan te gaan.

Ben niet van mening veranderd, maar geen verwijten van mijn kant. Hoop dat het allemaal goed verloopt, en als je in de buurt bent, drinken we samen een biertje.

Na het afhandelen van dat storende privéklusje maakte Strike een boterham voor zichzelf, trok een schoon overhemd aan over zijn T-shirt, zocht de pagina uit het Bamborough-dossier op waarop Bill Talbot in steno zijn cryptische boodschap had genoteerd en vertrok in zijn auto naar West Wickham, waar hij een afspraak had met Gregory Talbot, zoon van wijlen Bill.

Onderweg, afwisselend in de zon en de regen, concentreerde Strike zich al rokend op de zaken, en hij piekerde niet alleen over de vragen die hij van plan was de zoon van de politieman te stellen, maar ook over de uiteenlopende problemen die op het bureau ontstaan waren sinds zijn terugkeer. Barclay had de vorige dag verschillende kwesties aangekaart die zijn persoonlijke aandacht vergden. De Schot, van wie Strike geneigd was hem zijn beste speurder na Robin te noemen, had zich om te beginnen op zijn typerend botte wijze uitgelaten over de West End-danser over wie ze belastende informatie zouden moeten verzamelen.

'We gaan niks vinden, Strike. Als hij een ander grietje neukt, moet ze goddomme wel bij hem thuis in de kast wonen. Hij zal best bij die meid van hem blijven vanwege haar creditcard, maar hij is te slim om dat te verkloten,' zei hij met zijn sterke Schotse accent.

'Ik denk dat je gelijk hebt,' zei Strike, 'maar ik heb met de klant afgesproken dat we hem drie maanden geven. Dus we gaan door. Kun je het een beetje vinden met Pat?' vroeg hij toen. Hij hoopte dat hij niet de enige was die de nieuwe secretaresse bloedirritant vond, maar hij werd teleurgesteld.

'*Aye*, ze is tof. Ze klinkt als een dokwerker met bronchitis, maar ze is heel efficiënt. Alleen... als we het toch over nieuw personeel hebben...' begon Barclay, en hij keek met die grote blauwe ogen vanonder zijn borstelige wenkbrauwen op naar zijn baas.

'Zeg het maar. Doet Morris zijn werk niet goed?'

'Dat is het niet.' De man uit Glasgow krabde aan zijn vroegtijdig grijze achterhoofd en vroeg toen: 'Heeft Robin er niets over gezegd?'

'Zijn er problemen geweest tussen die twee?' vroeg Strike, nu wat scherper.

'Niet echt problemen,' antwoordde Barclay langzaam, 'maar hij neemt geen opdrachten van haar aan. En dat maakt hij achter haar rug duidelijk.'

'Daar moet verandering in komen. Ik ga wel met hem praten.'

'En hij heeft zijn eigen opvattingen over de zaak-Goochem.'

'O?'

'Hij denkt nog steeds die assistente voor zich te winnen. Robin zei dat het tijd werd om haar los te laten en Hutchins op de zaak te zetten. Ze heeft ontdekt...'

'Dat Goochem lid is van de Hendon Rifle Club, ja, dat mailde ze me. En nu wil ze Hutchins daarheen sturen zodat hij kan proberen met hem aan te pappen. Slim plan. Goochem vindt zichzelf nogal een macho, voor zover ik hem kan inschatten.'

'Maar Morris wil het op zijn manier doen. In Robins gezicht zei hij dat hij de nieuwe aanpak prima vindt, maar...'

'Denk je dat hij nog steeds met die assistente van Goochem omgaat?'

'"Omgaan" is wel heel netjes uitgedrukt.'

Dus had Strike Morris naar kantoor laten komen en hem in duidelijke taal laten weten dat hij de secretaresse van Goochem met rust moest laten en zich de komende twee weken moest richten op de vriendin van Nieuwe Ronde. Morris had geen bezwaar gemaakt, sterker nog, hij had zich zelfs enigszins onderdanig gewonnen gegeven. Strike had een wat onaangename smaak aan het gesprek overgehouden. Morris was in vrijwel alle opzichten een gewilde kracht, met veel goede contacten bij de politie, maar zijn houding toen hij haastig instemde had iets glads gehad, iets wat Strike niet aanstond.

Later die avond, toen Strike de taxi met daarin Twinkletoes en zijn vriendin volgde door West End, dacht hij terug aan de in elkaar gehaakte vingers van dokter Gupta en het oordeel van de oude arts over die ene voorwaarde voor een succesvol bedrijf: het team moest soepel functioneren.

Bij het binnenrijden van West Wickham trof hij een rij huizen met erkerramen, brede opritten en eigen garages. The Avenue, waar Gregory Talbot woonde, was een laan met solide gezinswoningen die duidden op bewoners uit de middenklasse, mensen die hun gazon maaiden en er op tijd aan dachten de vuilnisbak buiten te zetten. De huizen waren minder vorstelijk dan de vrijstaande panden in de straat van dokter Gupta, maar vele malen ruimer dan Strikes zolderflatje boven het kantoor.

Strike reed Talbots oprit op en parkeerde zijn BMW achter een bouwcontainer die de ingang van de garage blokkeerde. Toen hij de motor afzette werd de deur opengedaan door een bleke, volledig kale man met grote oren en een bril met stalen montuur. Hij gluurde behoedzaam enthousiast naar buiten. Strike wist van zijn online research dat Gregory Talbot in het bestuur van een ziekenhuis zat.

'Meneer Strike?' riep Talbot terwijl de detective voorzichtig uit de BMW stapte (de oprit was glad van de regen en de herinnering aan zijn val bij de ferry vanaf Falmouth was nog vers).

'Dat ben ik,' zei Strike, en hij sloot zijn autoportier en stak een hand uit naar Talbot, die op hem af kwam lopen. Hij was zeker vijftien centimeter kleiner dan Strike.

'Excuses voor die container,' zei hij. 'We zijn de zolder aan het verbouwen.'

Toen ze de voordeur naderden kwamen er twee meisjes van een jaar of tien naar buiten gestormd, een tweeling die Gregory bijna omverliep.

'In de tuin blijven, dames,' riep Gregory, al leek het Strike een dringender probleem dat ze op blote voeten waren terwijl de grond koud en nat was.

'*In de tuin blijven, damesss*,' imiteerde een van de twee hem op aanstellerige toon.

Gregory wierp het stel over zijn brillenglazen een milde blik toe. 'Een grote mond is niet grappig.'

'Het is fucking grappig!' zei tweelingzus nummer één, wat haar een lachstuip van nummer twee opleverde.

'Nog één keer dat soort taal en je krijgt vanavond geen chocoladetoetje, Jayda,' zei Gregory. 'En dan blijf je van mijn iPad af.'

Jayda trok een groteske grimas, maar sloeg inderdaad geen grove taal meer uit.

'We doen aan pleegzorg,' zei Gregory tegen Strike toen ze naar binnen liepen. 'Onze eigen kinderen zijn het huis uit. Hier naar rechts, en gaat u zitten.'

Voor Strike, die er zelf voor koos om in tamelijk spartaans minimalisme te leven, was deze volle, erg rommelige kamer onaantrekkelijk. Hij wilde Gregory's uitnodiging om te gaan zitten wel aannemen, maar dat was nergens mogelijk zonder eerst een grote hoeveelheid voorwerpen te verplaatsen, wat hem onbeleefd voorkwam. Gregory, zich totaal niet bewust van Strikes netelige situatie, keek door het raam naar de tweeling. Ze kwamen alweer naar binnen gehold, bibberend.

'Ze leren het wel,' zei hij toen de voordeur met een klap dichtviel en de kinderen naar boven renden. Toen hij zich omdraaide naar de zitkamer, drong het tot hem door dat de stoelen geen van allen bruikbaar waren.

'O ja, sorry,' zei hij, maar het had niets van de schaamte die Strikes tante Joan getoond zou hebben als een onverwachte bezoeker haar huis in deze wanordelijke staat had aangetroffen. 'De meisjes hebben hier vanmorgen gespeeld.'

Gregory raapte rap een lekkend bellenblaaspistool, twee naakte barbiepoppen, een kindersok, een aantal felgekleurde stukjes plastic en een halve mandarijn van de zitting van een leunstoel zodat Strike kon plaatsnemen. Hij dumpte de ontheemde troep op een houten salontafel die al bezaaid was met een torenhoge stapel tijdschriften, een wirwar aan afstandsbedieningen, diverse brieven en lege enveloppen en nog meer plastic speeltjes, waaronder een flinke hoeveelheid lego.

'Thee?' bood hij aan. 'Koffie? Mijn vrouw is zwemmen met de jongens.'

'O, er zijn ook nog jongens?'

'Vandaar de zolderverbouwing,' zei Gregory. 'Darren woont nu bijna vijf jaar bij ons.'

Terwijl Gregory koffie en thee ging halen, pakte Strike het officiële verzamelalbum van de Champions League op, dat hij onder de salontafel op de vloer had zien liggen. Hij sloeg de bladzijden om met een lichte heimwee naar de tijd dat hij zelf voetbalplaatjes had verzameld. Terwijl hij zich vaag afvroeg of er een kans bestond dat Arsenal de beker zou winnen, klonk er pal boven zijn hoofd een reeks doffe dreunen en hij keek op. Het klonk alsof de tweeling op een bed aan het springen was. Terwijl hij het album weglegde vroeg hij zich af, zonder antwoord op die vraag te vinden, wat Talbot en zijn vrouw ertoe aangezet kon hebben kinderen in huis te nemen met wie ze geen biologische band hadden. Tegen de tijd dat Gregory terugkwam met een dienblad waren Strikes gedachten afgedwaald naar Charlotte, die altijd van zichzelf had verklaard dat ze geen moedertype was, en die tijdens haar zwangerschap had gezworen dat ze zou weggaan en haar tweeling, die uiteindelijk te vroeg geboren zou worden, zou achterlaten bij haar schoonmoeder.

'Kunt u die spullen even...?' vroeg Gregory met een blik op de salontafel.

Strike verplaatste haastig handenvol speelgoed naar de bank.

'Zo dan,' zei Gregory terwijl hij het dienblad neerzette. Hij raapte nog eens een berg rommel van een tweede leunstoel, gooide die bij de toch al aanzienlijke hoop op de bank, pakte zijn beker, ging zitten en zei: 'Tast toe,' wijzend op de enigszins kleverige suikerpot en een ongeopende rol koekjes.

'Hartelijk dank,' zei Strike terwijl hij suiker in zijn thee deed.

'Juist,' begon Gregory met een enigszins opgewonden blik. 'U probeert dus te bewijzen dat Creed Margot Bamborough heeft vermoord.'

'Nou,' zei Strike, 'ik probeer uit te zoeken wat er met haar is gebeurd, en Creed is uiteraard een van de mogelijkheden.'

'Hebt u het gezien, dit weekend in de krant? Een van de tekeningen van Creed is voor meer dan een ton verkocht.'

'Dat heb ik gemist,' zei Strike.

'Ja, het stond in *The Observer*. Zelfportret in potlood, gemaakt toen hij in Belmarsh zat. Verkocht via een website waar je kunst van seriemoordenaars kunt kopen. De wereld is gek geworden.'

'Inderdaad,' zei Strike instemmend. 'Zoals ik aan de telefoon al zei, wil ik het vooral over uw vader hebben.'

'Ja,' zei Gregory, en zijn monterheid liet hem deels in de steek. 'Ik, eh... ik weet niet hoeveel u al weet.'

'Dat hij voortijdig met pensioen is gegaan, na een inzinking.'

'Eh, ja... dat is het in een notendop,' zei Gregory. 'Het kwam in wezen allemaal door zijn schildklier. Die was overactief, maar dat is jarenlang onopgemerkt gebleven. Mijn vader viel af, kon niet slapen... Hij stond onder grote druk. Niet alleen van het korps, ook van de pers. De mensen waren boos. Nou ja, u snapt het wel, een vermiste arts... Mijn moeder dacht dat zijn enigszins vreemde gedrag werd veroorzaakt door de stress.'

'Wat bedoelt u met vreemd gedrag?'

'Nou, hij nam de logeerkamer in beslag en daar mocht niemand komen,' zei Gregory, en voordat Strike om meer details kon vragen, vervolgde hij: 'Nadat de diagnose van een te snel werkende schildklier was gesteld en hij de juiste medicijnen had gekregen werd hij weer normaal, maar toen was het te laat voor zijn loopbaan. Hij kreeg nog wel zijn pensioen, maar hij heeft zich nog jarenlang schuldig gevoeld over de zaak-Bamborough. Hij verweet het zichzelf, moet u weten. Als hij niet zo ziek was geworden, zou hij die kerel misschien gepakt hebben, dacht hij. Margot Bamborough was namelijk niet de laatste vrouw die Creed te grazen nam – dat weten jullie natuurlijk allemaal al? Na Bamborough heeft hij Andrea Hooton ontvoerd. Toen ze bij zijn arrestatie dat huis in gingen en die kelder zagen – de martelwerktuigen en de foto's die hij van de vrouwen had genomen – gaf Creed toe dat hij sommige slachtoffers maandenlang in leven had gehouden voordat hij ze vermoordde. Mijn vader was erg van streek toen hij dat hoorde. Hij bleef erover malen en dacht dat als hij Creed eerder had gepakt, Bamborough en Hooton misschien nog hadden geleefd. Hij nam het zichzelf enorm kwalijk dat hij zo gefixeerd was geweest...' Gregory verbeterde zichzelf. 'Of afgeleid.'

'Dus zelfs na zijn herstel dacht uw vader nog altijd dat Creed Margot had ontvoerd?'

'O ja, beslist.' Gregory leek licht verbaasd te zijn dat Strike daar nog aan twijfelde. 'Alle andere mogelijkheden waren toch uitgesloten? De ex-vriend, de rare patiënt die op haar viel, ze bleken allemaal onschuldig te zijn.'

In plaats van eerlijk zijn kijk op de zaak te geven, namelijk dat door de ziekte van Talbot waardevolle maanden verloren gegaan waren waarin de verdachten, inclusief Creed, de tijd hadden gehad om een lijk te verbergen, bewijsmateriaal te verdoezelen, hun alibi aan te scherpen of alle drie, haalde Strike het vel papier uit zijn binnenzak waarop Talbot zijn stenobericht had genoteerd en hield dat Gregory voor.

'Ik wilde u iets vragen. Dit is uw vaders handschrift, neem ik aan?'

'Hoe komt u hieraan?' vroeg Gregory, en hij nam het vel behoedzaam aan.

'Uit het politiedossier. Er staat: "En dat is de laatste, de twaalfde, en de cirkel is straks rond als de tiende" – en dan staat er een onbekend woord – "Baphomet wordt gevonden. Overnemen in het echte boek,"' zei Strike. 'Ik vroeg me af of dat u iets zegt.'

Op dat moment klonk er een nog hardere klap boven hun hoofden. Gregory legde met een haastig 'Neem me niet kwalijk' het papier op het dienblad en snelde de kamer uit. Strike hoorde hem de trap op lopen en daarna op bestraffende toon praten. Een van de tweelingzusjes bleek een ladekast omgegooid te hebben. Sopraanstemmetjes pleitten gezamenlijk de dader vrij en uitten tegenbeschuldigingen.

Door de vitrage heen zag Strike nu een oude Volvo stoppen voor het huis. Een mollige vrouw van middelbare leeftijd met bruin haar, gekleed in een donkerblauwe regenjas, stapte uit, gevolgd door twee jongens die Strike rond de veertien of vijftien schatte. De vrouw liep naar de kofferbak van de auto en haalde er twee sporttassen en diverse tassen met boodschappen van de Aldi uit. De jongens, die al met hangende schouders naar de voordeur sjokten, moesten worden teruggeroepen om haar te helpen.

Gregory verscheen weer in de deuropening van de huiskamer op het moment dat zijn vrouw de gang in kwam. Een van de tieners duwde hem opzij om de vreemde te bekijken, met een verbijstering die gepast zou zijn voor een ontsnapt beest uit een dierentuin.

'Hallo,' zei Strike.

De jongen keek Gregory vragend aan. 'Wie is dat?' vroeg hij wijzend.

De tweede jongen dook op naast de eerste, en hij bekeek Strike met precies diezelfde mengeling van verbazing en wantrouwen.

'Dat is meneer Strike,' zei Gregory.

Zijn vrouw verscheen nu tussen de jongens in, legde een hand op hun schouders en duwde hen lijfelijk weg terwijl ze naar Strike glimlachte.

Gregory sloot de deur achter hen en keerde terug naar zijn leunstoel. Hij leek even vergeten te zijn waar hij en Strike het over hadden gehad voordat hij naar boven ging, en toen viel zijn blik op het vel papier dat was volgekrabbeld in zijn vaders handschrift, bezaaid met pentagrammen, en met de cryptische regels in steno.

'Weet u waarom pa steno kende?' vroeg hij geforceerd opgewekt. 'Mijn moeder leerde steno op de secretaresseopleiding, dus deed hij mee, zodat hij haar kon overhoren. Hij was een goede echtgenoot – en een goede vader,' voegde hij er ietwat verdedigend aan toe.

'Zo klinkt hij inderdaad,' zei Strike.

Er viel weer een stilte.

'Moet u horen,' zei Gregory. 'Ze hebben de... de bijzonderheden over mijn vaders ziekte destijds uit de pers gehouden. Hij was een goed politieman en hij kon er niks aan doen dat hij ziek werd. Mijn moeder leeft nog. Zij zou het verschrikkelijk vinden als het nu allemaal bekendgemaakt werd.'

'Ik begrijp uw...'

'Eerlijk gezegd denk ik niet dat u het kunt begrijpen,' zei Gregory, en hij werd een beetje rood. Hij kwam over als een beleefde, milde man, en het was duidelijk dat deze assertieve bewering hem moeite kostte. 'De families van sommige slachtoffers van Creed... achteraf... Ze namen het mijn vader zeer kwalijk. Dat hij Creed niet had weten te pakken, dat hij er een puinhoop van had gemaakt. Mensen stuurden brieven naar zijn huis waarin ze schreven dat het een schande was. Uiteindelijk zijn mijn ouders zelfs verhuisd. Uit uw woorden aan de telefoon maakte ik op dat u geïnteresseerd was in mijn vaders theorieën... niet in dat soort dingen.' Hij wees naar het vel papier met de pentagrammen.

'Ik ben zeer geïnteresseerd in uw vaders theorieën,' zei Strike. Hij besloot dat het nuttig was om hier de feiten enigszins te verdraaien of ze op z'n minst in een ander perspectief te plaatsen. 'Het grootste deel van wat uw vader in het dossier heeft genoteerd was zeer degelijk. Hij stelde de juiste vragen en hij had ook gezien...'

'Dat er een bestelbus met hoge snelheid langsreed,' zei Gregory snel.

'Precies.'

'Het regende, net zoals op de avonden dat Vera Kenny en Gail Wrightman werden meegenomen.'

'Juist.' Strike knikte.

'De twee vrouwen die ruzie hadden. De laatste patiënt, de vrouw die eruitzag als een man. Ik bedoel, u moet toch toegeven, als je dat allemaal bij elkaar optelt...'

'Helemaal waar. Hij mocht dan ziek zijn, hij wist wel op welke aanwijzingen hij moest letten. Ik wil alleen weten of die tekst in steno iets speciaals betekent, iets wat ik zou moeten weten.'

Gregory's enthousiasme verdween deels van zijn gezicht. 'Nee. Zegt me niks. Dat kwam door zijn ziekte, denk ik.'

'Uw vader,' zei Strike langzaam, 'was niet de enige die iets satanisch zag in Creed. De titel van de beste biografie over hem...'

'De demon van Paradise Park.'

'Juist. Creed en Baphomet hebben veel gemeen,' zei Strike.

In de stilte die volgde hoorden ze de tweeling de trap af rennen en op luide toon aan hun pleegmoeder vragen of ze chocolademousse had gekocht.

'Moet u horen, ik zou niets liever willen dan dat u kon aantonen dat Creed het heeft gedaan,' zei Gregory uiteindelijk. 'Dat u zou bewijzen dat pa al die tijd gelijk had. Het is geen schande als Creed hem te slim af geweest is. Hij was Lawson ook te slim af; hij was iedereen te slim af. Ik weet dat er geen sporen van Margot Bamborough zijn teruggevonden in Creeds kelder, maar hij heeft ook nooit prijsgegeven waar hij de kleding en sieraden van Andrea Hooton had gelaten. Op het laatst gebruikte hij steeds andere manieren om zich van de lichamen te ontdoen. Met Hooton zat het hem tegen: hij had haar van de rotsen gegooid, maar had de pech dat het lichaam heel snel gevonden werd.'

'Helemaal waar,' zei Strike. Hij dronk van zijn thee terwijl Gregory afwezig op een nijnagel beet. Er verstreek een volle minuut voordat Strike besloot dat hij wat meer druk moest uitoefenen. 'Dat "overnemen in het echte boek"...'

Gregory schrok een beetje, en Strike wist dat dit een schot in de roos was.

'Ik vroeg me af of uw vader buiten het officiële dossier nog andere aantekeningen bijhield... en zo ja,' voegde hij eraan toe toen Gregory niet reageerde, 'of die nog ergens zijn.'

Gregory's afgedwaalde blik richtte zich weer op Strike. 'Ja, oké,' zei hij. 'Pa meende op zoek te zijn naar iets bovennatuurlijks. Daar kwamen we pas tegen het einde achter, toen we beseften hoe ziek hij was. Hij strooide elke avond zout voor de deuren van onze slaapkamers, om Baphomet te weren. Mijn moeder dacht dat hij van de logeerkamer een werkkamer had gemaakt, maar de deur was altijd op slot. Op de avond dat hij werd opgenomen in een psychiatrische kliniek,' zei Gregory met een treurig gezicht, 'kwam hij, eh... schreeuwend die kamer uit. We werden er allemaal wakker van. Mijn broer en ik liepen de overloop op. Pa had de deur van de logeerkamer open laten staan, en we zagen dat alle muren volhingen met pentagrammen en dat er overal kaarsen brandden. Hij had het tapijt losgetrokken en een magische kring op de vloer getekend om daar een of ander ritueel te houden, en hij beweerde... Nou ja, hij dacht dat hij een of ander duivels wezen had opgeroepen... Mijn moeder belde het alarmnummer en er kwam een ambulance en toen... Ach, de rest weet u al.'

'Dat moet voor u allemaal heel akelig zijn geweest,' zei Strike.

'Ja, inderdaad. Dat was het. Terwijl mijn vader in die kliniek zat, heeft mijn moeder de kamer leeggehaald, zijn tarotkaarten en occulte boeken weggedaan en de pentagrammen en de magische kring overgeschilderd. Voor haar was het helemaal erg, want ze waren allebei trouwe kerkgangers geweest voordat mijn vader die inzinking kreeg.'

'Hij was duidelijk zeer ziek. Daar kon hij niets aan doen, maar hij was nog altijd rechercheur en hij behield zijn gezonde politieverstand. Dat kan ik zien aan het officiële dossier. Als er nog ergens andere aantekeningen zijn, zeker over zaken die niet in het officiële dossier zijn opgenomen, dan zouden die een belangrijk document kunnen vormen.'

Gregory beet weer op zijn nagel, met een gespannen gezicht. Na een hele tijd leek hij tot een besluit te komen.

'Sinds ik u aan de telefoon heb gehad, heb ik zitten denken dat ik u dit misschien zou moeten geven.' Hij stond op en liep naar een uitpuilende boekenkast in een hoek van de kamer. Van de bovenste plank pakte hij een groot, ouderwets, in leer gebonden aantekenboek met een stuk touw eromheen gebonden.

'Dit is het enige wat niet is weggegooid,' zei Gregory met een blik op het boek, 'want pa wilde het niet loslaten toen de ambulance kwam. Hij zei dat hij moest vastleggen hoe de, eh... geest eruitzag, de verschijning die hij had opgeroepen. Dus ging het aantekenboek met hem mee naar de kliniek. Hij mocht daar de demon tekenen, dat hielp de artsen om beter inzicht te krijgen in wat er in zijn hoofd omging, want aanvankelijk wilde hij niet met hen praten. Dat alles ben ik pas later te weten gekomen; toen het speelde hebben ze mij en mijn broer ervoor afgeschermd. Nadat mijn vader weer beter was geworden heeft hij dat aantekenboek bewaard, want, zo zei hij, als íéts hem eraan herinnerde zijn medicatie te blijven innemen, was dat het wel. Maar ik wilde u eerst ontmoeten voordat ik de knoop doorhakte.'

Strike onderdrukte de neiging om zijn hand uit te steken naar het aantekenboek en probeerde zo'n meelevend gezicht op te zetten als zijn van nature norse gelaatstrekken toelieten. Robin was veel beter in hartelijkheid en empathie; hij had haar vaak genoeg recalcitrante getuigen zien ompraten sinds ze samen een bedrijf runden.

'U moet begrijpen,' zei Gregory, nog steeds met het boek in zijn hand, duidelijk van plan zijn punt heel duidelijk te maken, 'dat hij een zware zenuwinzinking had.'

'Uiteraard. Aan wie hebt u dit nog meer laten zien?'

'Niemand. Het heeft tien jaar hier op zolder gelegen. We hadden een paar dozen met spullen uit mijn ouderlijk huis bewaard. Grappig dat u net langskomt op het moment dat we de zolder aan het uitmesten zijn... misschien is dat het werk van mijn vader? Misschien probeert hij me te vertellen dat het goed is als ik het aan u overdraag.'

Strike maakte een onbestemd geluidje om over te brengen dat het best eens zou kunnen dat Talbots beslissing om de zolder leeg te halen op de een of andere manier in gang gezet was door Gregory's dode vader, en niet omdat hij twee extra pleegkinderen kwijt moest in zijn huis.

'Neem het maar mee,' zei Gregory toen abrupt, en hij stak hem het oude aantekenboek toe. Strike meende opluchting te zien bij het overdragen van het bezit.

'Ik waardeer uw vertrouwen. Als ik hier iets in aantref waarvan ik denk dat u me erbij kunt helpen, neem ik contact met u op. Is dat goed?'

'Ja, natuurlijk. U hebt mijn e-mailadres... ik zal u ook mijn mobiele nummer geven.'

Vijf minuten later gaf Strike bij de voordeur mevrouw Talbot een hand terwijl hij zich opmaakte om te vertrekken.

'Heel fijn u te ontmoeten,' zei ze. 'Ik ben blij dat hij u dat ding heeft gegeven. Je weet maar nooit, hè?'

En met het aantekenboek in zijn hand bevestigde Strike dat je maar nooit wist.

18

So the fayre Britomart hauing disclo'ste
Her clowdy care into wrathfull stowre,
The mist of griefe dissolu'd...

Edmund Spenser
The Faerie Queene

Robin, die de laatste tijd meerdere weekends had gewerkt om de drukke agenda van het bureau te verlichten, nam op aandringen van Strike die dinsdag en woensdag vrij. Haar voorstel om naar kantoor te komen om het aantekenboek te bekijken dat Strike van Talbot had gekregen en daarnaast systematisch de laatste doos van het politiedossier door te nemen – iets waar ze geen van beiden nog tijd voor hadden gehad – was streng afgewezen door de senior partner van het detectivebureau. Strike wist dat er te weinig tijd over was om Robin alle vrije dagen te geven waarop ze voor dat kalenderjaar recht had, maar hij stond erop dat ze er in ieder geval zo veel mogelijk opnam.

Maar als hij dacht dat Robin plezier beleefde aan die vrije dagen, dan had hij het mis. De dinsdag bracht ze door met alledaagse zaken als de was en de boodschappen, en op woensdagochtend ging ze de deur uit voor een afspraak met haar advocaat die al twee keer was uitgesteld.

Toen ze haar ouders had verteld dat Matthew en zij gingen scheiden, iets meer dan een jaar nadat ze getrouwd waren, hadden haar vader en moeder erop gestaan dat ze een advocaat in Harrogate in de arm zou nemen, een oude vriend van de familie.

'Ik woon in Londen. Wat moet ik met een advocaat in Yorkshire?'

Robin had gekozen voor Judith, een vrouw van eind veertig die haar met haar droge humor, grijze stekeltjeshaar en grote zwarte bril al bij de eerste ontmoeting voor zich ingenomen had. Maar Robins warme gevoelens voor Judith waren in de daaropvolgende twaalf maanden enigszins bekoeld geraakt. Het viel niet mee om genegenheid te voelen voor iemand wier taak het was om steeds de nieuwste starre, agressieve communicatie van Matthews advocaat door te geven. Naarmate de maanden verstreken merkte Robin dat Judith zo nu en dan informatie die relevant was voor de scheiding vergat of verkeerd onthield. Robin was iemand die er zelf altijd zorg voor droeg dat haar cliënten de indruk kregen dat hun problemen bij haar op de eerste plaats kwamen, en ze vroeg zich onwillekeurig af of Judith misschien zorgvuldiger te werk zou gaan als haar cliënte rijker was geweest.

Net als Robins ouders was Judith er oorspronkelijk van uitgegaan dat dit een snelle, probleemloze echtscheiding zou worden, een kwestie van twee handtekeningen en een handdruk. Het stel was maar iets meer dan een jaar getrouwd geweest en had geen kinderen, zelfs geen huisdier om ruzie over te maken. Robins ouders hadden zich zelfs ingebeeld dat Matthew, die ze al kenden sinds zijn prille jeugd, zich zo zou schamen voor zijn overspel dat hij dat tegenover Robin zou willen compenseren door zich bij de echtscheiding gul en redelijk op te stellen. De woede van haar moeder ten opzichte van haar voormalige schoonzoon maakte dat Robin er steeds meer tegen opzag om naar huis te bellen.

Advocatenkantoor Stirling en Cobbs lag op twintig minuten loopafstand van Robins flat, aan North End Road. Ze trok een warme jas aan, nam een paraplu mee en koos ervoor die ochtend te voet te gaan, puur voor de lichaamsbeweging, omdat ze de laatste tijd vele lange uren in haar auto had doorgebracht, voor het huis van de weerman, wachtend op Ansichtkaart. De laatste keer dat ze een vol uur had gelopen was binnen geweest, in de National Portrait Gallery, een bezoek dat vruchteloos was gebleken op een piepklein incidentje na, dat Robin als onbelangrijk had afgedaan omdat Strike haar had geleerd niet te vertrouwen op ingevingen of haar gevoel; iets wat werd geromantiseerd door het grote publiek, mensen die zelf niet aan speurwerk deden. Een ingeving, zei Strike, kwam meestal voort uit iemands persoonlijke kijk op de zaak en uit ijdele hoop.

Moe, mistroostig en in het volle besef dat ze niets opbeurends te horen zou krijgen van Judith liep Robin langs een wedkantoor toen haar telefoon ging. Het duurde langer dan gewoonlijk om het toestel uit haar zak te vissen omdat ze handschoenen aanhad, en daardoor klonk ze een beetje paniekerig toen ze er eindelijk in slaagde het telefoontje van de onbekende beller aan te nemen.

'Ja, hallo? Met Robin Ellacott.'

'O, dag. U spreekt met Eden Richards.'

Even kon Robin met geen mogelijkheid bedenken wie Eden Richards was. De vrouw aan de andere kant van de lijn leek haar probleem aan te voelen, want ze vervolgde: 'De dochter van Wilma Bayliss. U hebt mij en mijn broers een bericht gestuurd. U wilde ons spreken over Margot Bamborough.'

'Ach ja, natuurlijk, wat fijn dat u belt!' zei Robin, en ze ging in het portiek van het wedkantoor staan en stopte een vinger in haar oor aan de kant waar de telefoon niet tegenaan gedrukt was, om het geluid van het verkeer buiten te sluiten. Eden, herinnerde ze zich nu, was de oudste van Wilma's kinderen, het Labour-raadslid uit Lewisham.

'Ja,' zei Eden Richards. 'Maar ik ben bang dat we niet met u willen praten. En dan spreek ik namens ons allemaal, oké?'

'Wat jammer,' zei Robin, en ze keek afwezig naar een dobermannpincher die hurkte om op het wegdek te poepen terwijl zijn baasje stond te wachten met een plastic zak in zijn hand. 'Mag ik ook vragen waarom...?'

'We willen het gewoon niet,' zei Eden. 'Oké?'

'Oké,' zei Robin. 'Maar even voor alle duidelijkheid: we trekken alleen maar de verklaringen na die zijn afgelegd rond de tijd dat Margot...'

'Wij kunnen niet namens onze moeder spreken,' zei Eden. 'Ze is dood. We vinden het rot voor Margots dochter, maar we willen geen dingen oprakelen die... Het is iets wat we niet weer opnieuw willen doormaken, niemand in onze familie. We waren nog jong toen ze verdween. Het was een rottijd voor ons. Dus het antwoord is nee, oké?'

'Ik begrijp het,' zei Robin. 'Maar toch zou ik willen dat u er nog eens over nadenkt. We vragen u niet om over persoonlijke...'

'Wel waar,' zei Eden. 'Dat vraag je wel. En dat willen we niet, oké? Jullie zijn de politie niet. En trouwens, mijn jongste zusje heeft chemotherapie, dus laat haar alsjeblieft met rust. Ze kan die ellende niet gebruiken. Ik ga nu ophangen. Het antwoord is nee, oké? Neem alsjeblieft geen contact meer op, met niemand van ons.'

En de verbinding werd verbroken.

'Shit,' zei Robin hardop.

De eigenaar van de dobermannpincher, die net een flinke hoop shit van de stoep graaide, zei: 'Praat me d'r niet van, meid.'

Robin forceerde een glimlach, stopte haar mobiel weer in haar zak en liep verder. Kort daarna, nog steeds piekerend over de vraag of ze het telefoontje met Eden beter had kunnen aanpakken, duwde Robin de glazen deur van advocatenkantoor Stirling en Cobbs open.

'Zo,' zei Judith vijf minuten later, toen Robin eenmaal tegenover haar zat in het minuscule kantoortje vol met dossierkasten. Die ene lettergreep werd gevolgd door een stilte terwijl Judith vluchtig de documenten bekeek die voor haar lagen, duidelijk met de bedoeling zich – in Robins bijzijn – weer even in te lezen in de zaak. Robin had veel liever vijf minuten langer in de wachtkamer gezeten dan getuige te moeten zijn van deze achteloze en haastige blik op datgene wat haar zoveel stress en verdriet bezorgde.

'Eh...' zei Judith. 'Ja... voor alle zekerheid... Ja, er is dus een reactie gekomen op de veertiende, zoals ik in mijn mail al zei, dus u weet inmiddels dat de heer Cunliffe niet bereid is zijn standpunt over de gezamenlijke rekening te wijzigen.'

'Ja,' zei Robin.

'Dan lijkt het me echt tijd worden voor een mediator,' zei Judith Cobbs.

'En zoals ik al zei in mijn antwoord op uw mail,' zei Robin, die zich afvroeg of Judith haar e-mail wel had gelezen, 'zie ik niet in wat dat voor nut zou hebben.'

'Vandaar dat ik u graag hier op kantoor wilde spreken,' zei Judith met een glimlach. 'We zien vaak dat wanneer beide partijen in één ruimte om de tafel zitten en hun kant van het verhaal moeten belichten, zeker wanneer daar een onafhankelijke getuige bij is – ik zou er uiteraard ook bij zijn – ze veel minder onbuigzaam worden dan ze in hun briefwisseling waren.'

'U hebt zelf gezegd,' antwoordde Robin (het bloed gonsde in haar oren; het gevoel niet gehoord te worden werd steeds gebruikelijker bij deze gesprekken), 'de vorige keer dat ik hier was, dat u het met me eens was dat Matthew me tot een rechtszaak lijkt te willen dwingen. Het gaat hem helemaal niet om die gezamenlijke bankrekening. Hij heeft tien keer zoveel te besteden als ik. Hij wil gewoon van me winnen. Hij wil een rechter horen zeggen dat ik alleen maar met hem getrouwd ben vanwege zijn geld. Hij heeft er een flink bedrag voor over om tot een uitspraak te komen waaruit blijkt dat de scheiding *míjn* schuld was.'

'Het is makkelijk,' zei Judith, nog altijd glimlachend, 'om een ex-partner de akeligste motieven toe te schrijven, maar hij is duidelijk een intelligente...'

'Ook intelligente mensen kunnen haatdragend zijn.'

'Dat is waar,' zei Judith, nog steeds op een toon alsof ze Robin wilde sussen, 'maar de weigering om zelfs maar een bemiddelingspoging te doen is een slechte zet voor jullie allebei. Geen enkele rechter staat positief tegenover mensen die niet eens willen probéren tot een oplossing te komen, zodat er geen rechtszaak aan te pas hoeft te komen.'

De waarheid, zoals Judith waarschijnlijk net zo goed wist als zij, was dat Robin er niet aan moest denken oog in oog te komen staan met Matthew en de advocaat die al die kille, dreigende brieven had opgesteld.

'Hij wéét dat ik de erfenis van zijn moeder niet hoef,' zei Robin. 'Het enige wat ik van die gezamenlijke rekening wil hebben is het geld dat míjn ouders in ons eerste huis hebben gestoken.'

'Ja,' zei Judith een tikkeltje verveeld; Robin wist zelf ook wel dat ze elke keer dat ze elkaar zagen precies diezelfde opmerking had gemaakt. 'Maar zoals u weet, is zijn standpunt...'

'Dat ik vrijwel niks bijdroeg aan onze financiën, dus dat hij alles zou moeten mogen houden, want hij is uit liefde met mij getrouwd terwijl ik een of andere golddigger ben.'

'Dit raakt je duidelijk nogal.' Judith glimlachte nu niet meer.

'We zijn tien jaar samen geweest,' zei Robin, die zonder veel succes probeerde kalm te blijven. 'Toen hij studeerde en ik werkte, betaalde ik alles. Had ik soms de bonnetjes moeten bewaren?'

'Dat punt kunnen we bij de mediator zeker naar voren brengen.'

'Dat zou hem alleen maar woest maken,' zei Robin. Ze bracht een hand naar haar gezicht, puur om het te verbergen. Opeens voelde ze dat ze gevaarlijk dicht op de rand van tranen zat. 'Oké, mij best, dan proberen we het met een mediator.'

'Dat lijkt me verstandig.' Judith Cobbs glimlachte weer. 'Dan zal ik contact opnemen met Brophy, Shenston en...'

'Zo krijg ik tenminste nog eens de kans om Matthew te laten weten wat een rotzak hij is,' zei Robin in een plotselinge vlaag van woede.

Judith liet een lachje horen. 'Nou, dat raad ik niet aan, hoor.'

Ach, je raadt het niet aan? dacht Robin terwijl ze weer een glimlach forceerde en opstond om te vertrekken.

Er stond een stormachtige, vochtige wind toen ze het advocatenkantoor verliet. Robin sjokte terug naar Finborough Road, maar toen haar gezicht gevoelloos werd en haar haren steeds in haar ogen zwiepten, liep ze een eettentje binnen, waar ze, in strijd met haar eigen regels om gezond te eten, een grote latte en een brownie bestelde. Ze ging aan een tafeltje zitten en staarde naar de striemende regen buiten, genietend van haar brownie en koffie, toen haar telefoon ging.

Het was Strike.

'Hoi,' zei ze met volle mond. 'Sorry, ik zit te eten.'

'Ik wou dat ik dat kon zeggen. Ik sta verdomme weer voor dat stomme theater. Volgens mij heeft Barclay gelijk: we gaan niks vinden bij Twinkletoes. Maar ik heb nieuws over Bamborough.'

'Ik ook,' zei Robin, nadat ze erin geslaagd was haar grote hap brownie door te slikken. 'Maar geen goed nieuws. De kinderen van Wilma Barclay willen niet met ons praten.'

'Van de schoonmaakster? Waarom niet?'

'Wilma was geen schoonmaakster meer toen ze stierf,' bracht Robin hem in herinnering. 'Ze was maatschappelijk werkster.'

Nog terwijl ze het zei, vroeg ze zich af waarom ze de behoefte voelde hem te verbeteren. Misschien kwam het door het simpele feit dat als Wilma Bayliss eeuwig 'de schoonmaakster' genoemd zou worden, zijzelf voor altijd 'de uitzendkracht' zou zijn.

'Goed, waarom willen de kinderen van de *maatschappelijk werkster* niet met ons praten?'

'Degene die mij belde – Eden, dat is de oudste – zei dat ze de periode die zo vervelend is geweest voor de familie niet willen oprakelen. Het heeft niks met Margot te maken, zei ze, maar vervolgens sprak ze zichzelf tegen, want toen ik haar liet weten dat we het alleen maar over Margot wilden hebben, zei ze... Ik weet de precieze woorden niet meer, maar het kwam erop neer dat een gesprek over Margots verdwijning ook inhield dat het over persoonlijke familiekwesties zou gaan.'

'Tja, hun vader zat begin jaren zeventig in de gevangenis, en Margot spoorde Wilma aan om bij hem weg te gaan,' zei Strike. 'Ik denk dat ze daarop doelen. Zou het de moeite waard zijn om nog eens terug te bellen? Met een beetje overredingskracht?'

'Ik denk niet dat ze van gedachten zal veranderen.'

'En ze zei dat ze ook namens haar broers en zussen sprak?'

'Ja. Een van hen ondergaat momenteel chemotherapie. Ze waarschuwde me specifiek om háár met rust te laten.'

'Oké, dan mijden we haar, maar we kunnen een van de anderen proberen.'

'Daar zal Eden niet blij mee zijn.'

'Misschien niet, maar we hebben toch niks te verliezen?'

'Hm, nee,' zei Robin. 'En wat was jouw nieuws?'

'De praktijkassistente en de receptioniste, niet Gloria Conti maar die andere...'

'Irene Bull,' zei Robin.

'Irene Bull, tegenwoordig Hickson. Ja, die. Zij zijn allebei graag bereid met ons te praten. Ze blijken al sinds de tijd van St John vriendinnen te zijn. Irene ontvangt ons zaterdagmiddag met alle plezier samen met Janice bij haar thuis. Ik vind dat we allebei moeten gaan.'

Robin zette haar telefoon op de speaker zodat ze het rooster kon bekijken op haar mobiel. Bij zaterdag stond: *Strike jarig / vriendin NR.*

'Ik moet dan eigenlijk de vriendin van Nieuwe Ronde volgen.' Ze schakelde de speaker weer uit.

'Mooi niet, dat moet Morris maar doen,' zei Strike. 'Jij rijdt – als je dat niet erg vindt,' voegde hij eraan toe, en Robin glimlachte.

'Nee, dat vind ik niet erg.'

'Mooi. Fijne dag nog vandaag.'

Hij verbrak de verbinding. Robin pakte het laatste stuk van haar brownie en at dat langzaam op, genietend van ieder hapje. Ondanks het vooruitzicht van de mediator en Matthew, en ongetwijfeld dankzij de hoognodige chocolade-inname, voelde ze zich een stuk beter dan tien minuten eerder.

19

There did I finde mine onely faithfull frend
In heauy plight and sad perplexitie;
Whereof I sorie, yet my selfe did bend,
Him to recomfort with my companie.

Edmund Spenser
The Faerie Queene

Strike vertelde nooit iemand dat hij binnenkort jarig was, en ook op de dag zelf hield hij zo veel mogelijk zijn mond. Niet dat hij het niet op prijs stelde als mensen aan zijn verjaardag dachten; sterker nog, het deed hem meer dan hij liet blijken, maar hij had een ingeboren afkeer van geplande feestjes en geforceerde joligheid, en van alle onnozele gebruiken die hij kende was het aanhoren van 'Happy Birthday' dat voor hem werd gezongen wel de minst favoriete.

Al zolang hij zich kon heugen bracht zijn verjaardag slechte herinneringen met zich mee, die hij altijd uit zijn hoofd probeerde te zetten – meestal zonder succes. Toen hij nog klein was, was zijn moeder soms vergeten een cadeau voor hem te kopen. Zijn biologische vader had de datum nooit erkend. Verjaardagen waren onlosmakelijk verbonden met de wetenschap, hem lang geleden bijgebracht, dat zijn bestaan een ongelukje was, dat zijn genetische afkomst was aangevochten in de rechtbank, en dat zijn geboorte 'een weerzinwekkende toestand' was geweest, 'als mannen het moesten doen, schat, was de hele fucking mensheid binnen een jaar uitgestorven'.

In de ogen van zijn zus Lucy was het bijna wreed om de verjaardag van een dierbare voorbij te laten gaan zonder een kaart, een cadeau, een telefoontje of, als het haar lukte, het organiseren van een feest of op z'n minst een maaltijd. Dat was de reden dat hij meestal tegen Lucy loog en deed alsof hij plannen had, zodat hij niet helemaal naar haar huis in Bromley hoefde te reizen voor een familie-etentje waar zij veel meer plezier aan beleefde dan hij. Nog niet zo lang geleden had hij het prima gevonden om zijn verjaardag te vieren met een afhaalmaaltijd bij zijn vrienden Nick en Ilsa, maar Ilsa had nu voorgesteld dat Strike dan Robin meenam, en aangezien hij weken geleden had vastgesteld dat de steeds openlijker koppelpogingen van Ilsa alleen succesvol te pareren waren door botweg zijn medewerking te weigeren, deed hij alsof hij naar Lucy ging. De enige vreugdeloze hoop die Strike had voor zijn negenendertigste verjaardag was dat Robin hem vergeten was, want in dat geval zou zijn eigen nalatigheid tenietgedaan worden en stonden ze quitte.

Toen hij vrijdagochtend de metalen trap af liep naar kantoor zag hij tot zijn verrassing twee pakjes en vier enveloppen naast de gebruikelijke stapel post op Pats bureau liggen. De enveloppen hadden allemaal verschillende kleuren. Blijkbaar hadden vrienden en familie ervoor willen zorgen dat hun verjaardagswensen vóór het weekend binnen waren.

'Ben je jarig?' vroeg Pat met haar zware, hese stem, haar blik nog op het scherm gericht terwijl ze zat te typen, de elektronische sigaret zoals gewoonlijk tussen haar tanden geklemd.

'Morgen,' zei Strike terwijl hij de kaarten pakte. Van drie ervan herkende hij het handschrift, maar van de vierde niet.

'Nog vele jaren,' bromde Pat boven het getik van haar toetsenbord uit. 'Had het maar gezegd.'

'Waarom? Had je dan een taart voor me gebakken?'

'Nee,' zei Pat onverschillig. 'Maar misschien had ik een kaart voor je gekocht.'

'Dan is het maar goed dat ik niks heb gezegd. Dat scheelt weer een dode boom.'

'Het zou geen gróte kaart geweest zijn,' zei Pat met een strak gezicht, terwijl haar vingers nog steeds over het toetsenbord gleden.

Zacht grinnikend liep Strike met zijn kaarten en pakjes het kantoor in, en later die avond nam hij ze allemaal mee naar boven, nog ongeopend.

Op de drieëntwintigste werd hij wakker met zijn gedachten bij de rit naar Greenwich van straks met Robin, en hij besefte pas weer dat het geen gewone dag was toen hij de cadeaus en de kaarten op tafel zag liggen. In de pakjes zaten een trui van Ted en Joan en een sweatshirt van Lucy. Ilsa, Dave Polworth en zijn halfbroer Al hadden allemaal lollige kaarten gestuurd waar hij niet echt om kon lachen, maar die hem wel enigszins opvrolijkten.

Hij schoof de vierde kaart uit de envelop. Op de voorkant stond een foto van een bloedhond; Strike stond daar even bij stil en vroeg zich af waarom iemand voor deze afbeelding zou hebben gekozen. Hij had nooit een hond gehad, en hoewel hij een lichte voorkeur had voor honden boven katten nadat hij ze van dichtbij had meegemaakt in het leger, zou hij niet zeggen dat 'hondenliefhebber' een van zijn in het oog springende eigenschappen was. Hij sloeg de kaart open en zag de tekst:

Happy birthday, Cormoran,
Beste wensen,
Jonny (pa)

Heel even keek Strike alleen maar naar de woorden, zijn gedachten net zo blanco als de rest van de kaart. De laatste keer dat hij het handschrift van zijn vader had gezien had hij stijf gestaan van de morfine, kort nadat zijn been was afgerukt. Als kind had hij zo nu en dan een glimp opgevangen van zijn vaders handtekening op de juridische stukken die zijn moeder toegestuurd kreeg. Destijds had hij vol ontzag naar de naam gestaard, alsof hij daadwerkelijk een deel van zijn vader zag, alsof de inkt bloed was, deugdelijk bewijs dat zijn vader een mens van vlees en bloed was en geen mythe.

Tamelijk plotseling, en met een hevigheid waar hij zelf van schrok, ervoer Strike een enorme razernij, woede namens het jongetje dat ooit zijn ziel verkocht zou hebben voor een verjaardagskaart van zijn vader. Hij was ruimschoots over het verlangen naar contact met Jonny Rokeby heen gegroeid, maar hij kon zo de acute pijn weer oproepen die de voortdurende en onverbiddelijke afwezigheid van zijn vader bij hem als kind teweeggebracht had: wanneer ze op school Vaderdagkaarten hadden gemaakt, bijvoorbeeld, of wanneer onbekende volwassenen hem uithoorden en vroegen waarom hij Rokeby nooit zag; als andere kinderen hem uitjouwden, nummers van de Deadbeats zongen of tegen hem zeiden dat zijn moeder alleen maar zwanger was geworden en hem had gekregen om Rokeby geld af te troggelen. Hij herinnerde zich het bijna pijnlijke verlangen, altijd het meest acuut rond verjaardagen en Kerstmis, naar een cadeautje of telefoontje van zijn vader, iets waaruit zou blijken dat hij wist van Strikes bestaan. Strike vond de herinnering aan die fantasieën nog veel erger dan de herinnering aan de pijn die het eeuwige onvervuld blijven ervan had veroorzaakt, maar het allerergst vond hij de hoopvolle leugens die hij zichzelf als heel klein jochie had wijsgemaakt om het gedrag van zijn vader goed te praten: zijn vader wist natuurlijk niet dat ze verhuisd waren, hij had de cadeaus naar het verkeerde adres gestuurd, hij wilde hem wel kennen, maar kon hem eenvoudigweg niet vinden.

Waar was Jonny Rokeby geweest toen zijn zoon een volslagen onbekende was? Waar was Jonny Rokeby geweest al die keren dat Leda weer eens ontspoord was en Ted en Joan voor de zoveelste keer te hulp gesneld waren? Waar was hij geweest bij de duizenden gelegenheden waar zijn aanwezigheid echt iets betekend zou hebben, zijn oprechte aanwezigheid, niet alleen bedoeld om leuk over te komen in de bladen?

Rokeby wist letterlijk niets van zijn zoon behalve dat hij detective was, en dát was dus de verklaring voor die stomme bloedhond. *Fuck you met je fucking kaart.* Strike scheurde het papier doormidden en toen in kwarten, waarna hij de snippers in de prullenbak gooide.

Hij zou er een lucifer bij gehouden hebben als hij niet bang was geweest dat de rookmelder erdoor zou afgaan.

De woede raasde de hele ochtend als een stroomstoot door Strike heen. Hij kon het niet uitstaan dat hij zo kwaad was; het toonde aan dat Rokeby hem emotioneel nog voor een deel in zijn greep had. Tegen de tijd dat hij naar Earl's Court vertrok, waar Robin hem zou oppikken, scheelde het weinig of hij wenste dat verjaardagen nooit uitgevonden waren.

Toen Robin drie kwartier later in de Land Rover pal voor het station stond en ze Strike naar buiten zag komen met een in leer gebonden aantekenboek in zijn hand, viel het haar op dat hij chagrijniger keek dan ooit.

'Gefeliciteerd met je verjaardag,' zei ze terwijl hij het portier aan de passagierskant opentrok. Strike zag onmiddellijk de kaart en het pakje op het dashboard liggen.

Fuck.

'Yep.' Hij stapte in en keek nog chagrijniger.

Voordat Robin de weg op draaide, vroeg ze: 'Ben je zo boos omdat je negenendertig wordt of is er iets gebeurd?'

Aangezien hij geen zin had om over Rokeby te praten, besloot Strike dat hij wat beter zijn best moest doen.

'Nee, ik ben gewoon heel moe. Het is laat geworden gisteren, ik heb de laatste doos van het Bamborough-dossier doorgenomen.'

'Dat wilde ik dinsdag komen doen, maar dat mocht niet van jou!'

'Je had recht op je vrije dagen,' zei Strike kortaf terwijl hij de envelop van haar kaart openscheurde. 'En je hebt er nog veel meer staan.'

'Weet ik, maar dat dossier is een stuk boeiender dan thuis de was strijken.'

Strike keek naar de voorkant van Robins kaart, waar een aquarel van St Mawes op was afgebeeld. Ze moest aardig wat moeite gedaan hebben om die te vinden in Londen, bedacht hij. 'Mooi, dank je wel.'

Hij sloeg de kaart open en las:

Nog vele jaren, liefs Robin x

Ze had nooit eerder een kusje achter een bericht voor hem gezet, en hij vond het leuk dat het erbij stond. Iets opgewekter maakte hij het pakje open dat bij de kaart hoorde, en er bleek een koptelefoontje in te zitten, zo'n zelfde als Luke stukgemaakt had toen Strike die zomer in St Mawes was.

'Ach, Robin, wat... Dank je wel. Heel fijn. Ik had nog geen nieuwe gekocht.'

'Weet ik. Dat was me opgevallen.'

Terwijl Strike haar kaart terugstopte in de envelop knoopte hij zich in de oren dat hij echt een goed kerstcadeau voor haar moest kopen.

'Is dat het geheime aantekenboek van Bill Talbot?' vroeg Robin met een schuine blik op het in leer gebonden boek op Strikes schoot.

'Jazeker. Ik zal het je laten zien als we Irene en Janice hebben gesproken. Knettergek. Vol bizarre tekeningen en symbolen.'

'En wat zat er in de laatste doos van het politiedossier? Nog iets interessants?'

'Ja, toch wel. Een stapel aantekeningen van de politie uit 1975 is tussen de latere gegevens terechtgekomen. Er zat wel wat interessants tussen. Zo is de schoonmaakster van de praktijk, Wilma, een paar maanden na de verdwijning van Margot ontslagen, maar dat was wegens diefstal en niet, zoals Gupta zei, wegens drankmisbruik. Er verdwenen steeds kleine bedragen uit portemonnees en jaszakken. Ik heb ook gelezen dat er op Anna's tweede verjaardag naar Margots huis is gebeld door iemand die zich voordeed als Margot.'

'Jezus, wat afschuwelijk,' zei Robin. 'Een of andere grappenmaker?'

'De politie dacht van wel. Er bleek te zijn gebeld vanuit een telefooncel in Marylebone. Cynthia, eerst-oppas-en-later-tweede-echtgenote, nam op. De beller gaf zich uit voor Margot en vroeg Cynthia goed voor haar dochter te zorgen.'

'Dacht Cynthia dat het Margot was?'

'Ze zou later tegenover de politie verklaren dat ze te geschokt was geweest om echt te luisteren naar wat de beller had gezegd. Ze klonk wel een beetje als Margot, dacht ze, maar bij nader inzien leek het eerder iemand die haar imiteerde.'

'Waarom doen mensen zoiets?' vroeg Robin oprecht perplex.

'Omdat ze niet deugen. Er zijn ook een hoop meldingen geweest van mensen die Margot na haar verdwijning nog gezien zouden hebben, die zitten in de laatste doos. Allemaal nagetrokken en van de hand gewezen, maar ik heb er een lijst van gemaakt, die zal ik je mailen. Mag ik roken?'

'Ga je gang,' zei Robin, en Strike deed het raampje open. 'Ik heb jou ook nog iets kleins gemaild gisteravond. Totaal onbelangrijk, hoor. Weet je nog, Albert Shimmings, de bloemist...'

'... van wie sommigen dachten dat het zijn bestelwagen was die zo hard wegreed van Clerkenwell Green? Jawel. Heeft hij een briefje achtergelaten waarin hij de moord bekent?'

'Jammer genoeg niet, maar ik heb zijn oudste zoon gesproken en die zegt dat zijn vaders bestelwagen die avond om half zeven zéker niet in Clerkenwell was. Het busje stond te wachten voor het huis van zijn klarinetleraar in Camden, waar zijn vader hem elke vrijdag naartoe bracht. Dat heeft hij destijds ook tegen de politie gezegd, zei hij. Zijn vader wachtte in de bestelbus op hem en las dan spionnenboekjes.'

'Over die klarinetlessen staat niks in het dossier, maar Talbot en Lawson geloofden Shimmings allebei toen ze hem spraken. Maar het is goed om het bevestigd te zien,' voegde hij eraan toe, voor het geval Robin dacht dat hij haar routinewerk niet waardeerde. 'Dat wil dus zeggen dat er nog steeds een mogelijkheid bestaat dat die bestelwagen van Dennis Creed was, toch?'

Hij stak een Benson & Hedges op, blies de rook door het raampje naar buiten en zei: 'In een van de aantekeningen uit de laatste doos stond iets interessants over de twee vrouwen die we dadelijk spreken. Weer zaken die aan het licht zijn gekomen toen Lawson de zaak overnam.'

'Echt? Ik dacht dat Irene naar de tandarts was de middag voordat Margot verdween en dat Janice huisbezoeken aflegde?'

'Ja, dat stond in hun eerste verklaringen,' zei Strike. 'En Talbot heeft die geen van beide nagetrokken. Hij geloofde hen op hun woord.'

'Waarschijnlijk omdat hij dacht dat een vrouw nooit het Monster van Essex kon zijn.'

'Precies.'

Strike haalde zijn eigen notitieboekje uit zijn jaszak en sloeg het open op de bladzijde die hij dinsdag had volgekrabbeld. 'In Irenes eerste verklaring, afgelegd aan Talbot, stond dat ze al een paar dagen verging van de kiespijn. Haar vriendin Janice, de doktersassistente, dacht dat het wel eens een abces kon zijn, dus maakte Irene een afspraak voor een spoedbehandeling om drie uur en verliet de praktijk om half drie. Janice en zij zouden die avond naar de bioscoop gaan, maar Irene had een pijnlijke, dikke wang nadat er een kies getrokken was, dus toen Janice haar belde om te vragen hoe het bij de tandarts was gegaan en of ze die avond nog wilde gaan, zei Irene dat ze liever thuisbleef.'

'Geen mobieltjes,' zei Robin peinzend. 'Een andere wereld.'

'Precies wat ik dacht toen ik het doorlas,' zei Strike. 'Tegenwoordig zouden Irenes vriendinnen een liveverslag verlangen. Selfies vanuit de tandartsstoel.

Talbot maakte zijn agenten wijs dat hij persoonlijk contact had opgenomen met de tandarts om het verhaal na te trekken, maar dat was niet waar. Ik zie hem ervoor aan dat hij een glazen bol raadpleegde.'

'Haha.'

'Serieus. Wacht maar tot je zijn aantekenboek ziet.' Strike sloeg een bladzijde om. 'Afijn, een half jaar later nam Lawson de zaak over, en hij is systematisch alle getuigen en verdachten in het dossier nog eens nagegaan. Irene vertelde weer dat verhaal over de tandarts, maar een half uur nadat ze bij hem was vertrokken raakte ze in paniek en vroeg ze om een nieuwe afspraak. Deze keer biechtte ze op dat ze had gelogen. Ze had helemaal geen kiespijn gehad. Ze was niet naar de tandarts geweest. Ze zei dat ze heel vaak onbetaald had moeten overwerken in de praktijk en dat ze daarvan baalde. Ze had recht op een vrije middag, vond ze, dus had ze kiespijn voorgewend en zogenaamd een afspraak gemaakt bij de tandarts, waarna ze de praktijk verliet en naar West End ging om te winkelen.

Tegen Lawson zei ze dat ze pas weer thuis – ze woonde trouwens nog bij haar ouders – besefte dat als ze die avond op stap zou gaan met Janice, die dus doktersassistente was, Janice misschien naar het gat van de getrokken kies zou willen kijken of op z'n minst zou verwachten dat ze een dikke wang had. Dus toen Janice haar belde om te vragen of de bioscoop nog doorging, loog ze en zei dat ze zich niet lekker voelde.

Lawson heeft Irene flink de les gelezen, aan zijn aantekeningen te zien. Of ze wel begreep dat het een serieuze zaak was, liegen tegen de politie, er waren mensen voor minder gearresteerd, et cetera. Hij maakte ook duidelijk dat ze in het nieuwe verhaal geen alibi had voor die middag en avond, behalve voor het tijdstip dat Janice haar thuis belde, om half zeven.'

'Waar woonde Irene?'

'De straat heet Corporation Row. Dat is toevallig vlak bij de Three Kings, al ligt hij niet op de route die Margot vanaf de praktijk genomen zou hebben.

Maar goed, toen het over haar alibi ging, werd Irene hysterisch. Ze begon ineens te roepen dat Margot een heleboel vijanden had, maar ze kon niet zeggen wie dat dan waren, al verwees ze wel naar de anonieme brieven die Margot had ontvangen.

De volgende dag ging Irene wéér naar Lawson, deze keer vergezeld door haar boze vader, die haar geen dienst bewees door uit te vallen tegen Lawson omdat die het had gewaagd zijn dochter van streek te maken. In de loop van dit derde gesprek overhandigde Irene Lawson een aankoopbon uit Oxford Street, afgegeven om 15.10 uur op de middag voor Margots verdwijning. De aankoop was contant betaald. Lawson had er waarschijnlijk lol in om tegen Irene en haar vader te zeggen dat de bon alleen maar bewees dat íémand die dag had gewinkeld in Oxford Street.'

'Maar toch... een bon voor de juiste dag, de juiste tijd...'

'Had ook van haar moeder kunnen zijn. Of een vriendin.'

'Waarom zouden die zo'n bon een half jaar bewaren?'

'Waarom zou Irene dat doen?'

Robin dacht er even over na. Zelf bewaarde ze regelmatig bonnetjes, maar dan ging het om uitgaven onder werktijd die vergoed werden en waarvan de bonnen naar de boekhouder moesten.

'Ja, misschien is het wel gek dat ze die nog had,' gaf ze toe.

'Maar Lawson heeft verder nooit iets uit haar kunnen krijgen. Ik denk ook niet dat hij haar serieus verdacht, hoor. Ik krijg de indruk dat hij haar niet mocht. Hij voelde haar stevig aan de tand over de anonieme brieven die ze beweerde gezien te hebben, waarin het over hellevuur ging. Ik denk dat hij daar niet in geloofde.'

'Ik dacht dat die andere receptioniste had bevestigd dat ze er een had gezien?'

'Klopt. Maar je weet niet of die twee onder één hoedje speelden. Er is nooit een spoor van die brieven teruggevonden.'

'Maar dat zou een ernstige leugen zijn,' zei Robin. 'Van dat zogenaamde tandartsbezoek snap ik nog dat ze het verzonnen had en dat later niet durfde op te biechten. Maar liegen over anonieme brieven in de context van een vermiste persoon...'

'Ja, maar vergeet niet dat Irene het verhaal over die anonieme brieven al vertelde voordat Margot vermist werd. Het komt eigenlijk op hetzelfde neer, hè? De twee receptionistes zouden die briefjes verzonnen kunnen hebben om samen een boosaardige roddel te verspreiden, en na de verdwijning durfden ze de leugen misschien niet terug te draaien.

Janice verklaarde oorspronkelijk dat ze de hele middag in de auto op pad is geweest om huisbezoeken af te leggen. Het laatste was bij een oude dame met meerdere gezondheidsproblemen, met wie ze meer tijd kwijt was dan ze had gedacht. Ze vertrok daar rond zes uur en haastte zich naar een telefooncel om Irene thuis te bellen, om te vragen of ze die avond nog naar de bioscoop zouden gaan. Irene zei dat ze zich niet lekker voelde, maar Janice had al oppas geregeld en wilde de film dolgraag zien – *The Gambler*, James Caan – dus ging ze toch. Ze keek de film in haar eentje, haalde toen bij de buren haar zoontje op en ging naar huis.

Talbot nam niet de moeite om dat verhaal na te trekken, maar een overijverige agent deed dat wél, op eigen initiatief, en het klopte allemaal. Alle patiënten bevestigden dat Janice op de genoemde tijden bij hen thuis was geweest. De oppas bevestigde dat Janice haar zoon volgens afspraak was komen halen. Janice viste ook nog een afgescheurd bioscoopkaartje onder uit haar tas. Aangezien het nog geen week na Margots verdwijning was, komt het niet heel verdacht over dat ze dat kaartje nog had. Aan de andere kant bewijst een afgescheurd bioscoopkaartje net zomin dat ze de hele film heeft uitgezeten als die aankoopbon bewijst dat Irene gewinkeld zou hebben.'

Hij gooide zijn peuk uit het raampje.

'Waar woonde Janice' laatste patiënt van die dag?' vroeg Robin, en Strike wist dat ze doelde op afstanden en het tijdsbestek.

'In Gopsall Street, dat is ongeveer tien minuten rijden van de praktijk. Het moet voor een vrouw in een auto nét mogelijk zijn geweest om Margot te onderscheppen op weg naar de Three Kings, aangenomen dat Margot heel langzaam liep of ergens op de route werd opgehouden, of wanneer ze later bij de praktijk is vertrokken dan Gloria beweert. Maar dan moet ze wel geluk gehad hebben, want zoals we weten is een deel van de weg die Margot genomen moet hebben een druk voetgangersgebied.'

'En ik zie ook niet echt in waarom je met een vriendin zou afspreken om naar de film te gaan als je van plan bent iemand te gaan ontvoeren,' zei Robin.

'Ik ook niet. Maar ik was nog niet klaar. Toen Lawson de zaak overnam, kwam hij erachter dat Janice óók tegen Talbot had gelogen.'

'Dat meen je niet.'

'Yep. Ze bleek helemaal geen auto te hebben. Zes weken voor de verdwijning van Margot had Janice' stokoude Morris Minor de geest gegeven en ze had hem naar de schroot gebracht. Vanaf die tijd legde ze al haar huisbezoeken af met het openbaar vervoer of te voet. Ze had niemand in de praktijk willen vertellen dat ze autoloos was, uit angst dat ze dan zouden zeggen dat ze zo haar werk niet kon doen. Haar man was ervandoor gegaan en had haar alleen achtergelaten met een kind. Ze spaarde voor een nieuwe auto, maar ze wist dat het wel even zou duren voor ze genoeg geld had, dus deed ze alsof de Morris Minor bij de garage stond, of ze zei dat het makkelijker was om de bus te nemen, als iemand ernaar vroeg.'

'Maar als dat waar is...'

'Het is waar. Lawson heeft het nagetrokken, hij is bij het sloopbedrijf geweest en alles.'

'... dan verdwijnt ze helemaal uit beeld voor een ontvoering.'

'Ik ben geneigd het met je eens te zijn,' zei Strike. 'Ze had natuurlijk een taxi kunnen nemen, maar dan zou de chauffeur meegewerkt moeten hebben aan de ontvoering. Nee, het interessante aan Janice is dat Talbot haar, hoewel hij meende dat ze volkomen onschuldig was, in totaal zeven keer heeft verhoord. Vaker dan alle andere getuigen.'

'Zéven keer?'

'Ja. In het begin had hij nog een soort excuus. Ze was een buurvrouw van Steve Douthwaite, de patiënt van Margot met acute stress. Verhoor twee en verhoor drie gingen helemaal over Douthwaite, die Janice alleen kende van hallo zeggen. Douthwaite was Talbots favoriete kandidaat voor het Monster van Essex, dus je kunt zijn gedachtegang wel volgen: als je echt denkt dat iemand thuis vrouwen afslacht, ga je natuurlijk de buren ondervragen. Maar Janice kon Talbot niks vertellen over Douthwaite wat we nog niet wisten, en toch keerde Talbot steeds bij haar terug. Na het derde verhoor vroeg hij haar niet langer naar Douthwaite, en toen werd het echt raar. Hij wilde onder andere weten of ze ooit gehypnotiseerd was, of ze bereid was hypnose te proberen, hij vroeg van alles over haar dromen en drong erop aan dat ze voor hem een dromendagboek ging bijhouden, en ze zou ook een lijst moeten aanleggen van haar meest recente sekspartners.'

'Wát?'

'In het dossier zit een kopie van een brief van de commissaris,' zei Strike droog, 'met excuses aan Janice voor het gedrag van Talbot. Al met al zul je begrijpen waarom ze hem zo snel mogelijk wilden lozen.'

'Heeft zijn zoon daar iets over gezegd?'

Strike dacht terug aan het ernstige, milde gezicht van Gregory, zijn verzekering dat Bill een goede vader was geweest en zijn schaamte toen het gesprek op de pentagrammen kwam.

'Ik betwijfel of hij er iets van wist. Janice lijkt er niet moeilijk over gedaan te hebben.'

'Tja,' zei Robin langzaam, 'ze was natuurlijk wel doktersassistente. Misschien kon ze merken dat hij ziek was?' Daar dacht ze even over na. 'Maar het moet toch angstaanjagend zijn? De rechercheur die het onderzoek leidt die om de vijf minuten bij je op de stoep staat en je vraagt een dromendagboek bij te houden.'

'De meeste mensen zouden flink protesteren. Ik neem aan dat er een voor de hand liggende verklaring is, maar we moeten haar er wel naar vragen.'

Strike keek om naar de achterbank en zag daar, zoals hij al had gehoopt, een tas met eten staan.

'Ja, je bent jarig,' zei Robin, zonder haar ogen af te wenden van de weg.

'Jij een koekje?'

'Voor mij is het nog een beetje vroeg. Maar neem gerust.'

Toen hij zich naar achteren boog om de tas te pakken, merkte Strike dat Robin weer naar haar oude parfum rook.

20

And if that any ill she heard of any,
She would it eeke, and make much worse by telling,
And take great ioy to publish it to many,
That euery matter worse was for her melling.

Edmund Spenser
The Faerie Queene

Het huis van Irene Hickson stond in een korte, halfronde rij statige oude panden van gele baksteen, met boogramen en waaiervensters boven de zwarte voordeuren. Het deed Robin denken aan de straat waar ze de laatste paar maanden van haar huwelijk had doorgebracht, in een huurhuis dat ooit was gebouwd voor een koopvaardijkapitein. Ook hier waren sporen te zien van Londens handelsverleden. Op een van de boogramen was de tekst Royal Circus Tea Warehouse aangebracht.

'Meneer Hickson moet goed verdiend hebben,' zei Strike terwijl hij opkeek naar de fraai geproportioneerde gevel toen hij met Robin de straat overstak. 'Dit is even wat anders dan Corporation Row.'

Robin belde aan. Ze hoorden iemand roepen: 'Wacht maar, ik ga wel!', en een paar tellen later deed een kleine vrouw met zilvergrijs haar de deur voor hen open. Ze droeg een donkerblauwe trui en een broek die Robins moeder 'pantalon' zou noemen, en ze had een bol, roze met wit gezicht. Blauwe ogen bekeken hen vanonder een rechte pony waarvan Robin vermoedde dat ze hem zelf bijknipte.

'Mevrouw Hickson?' vroeg Robin.

'Janice Beattie,' zei de oudere vrouw. 'Jij bent vast Robin, nietwaar? En u bent...?' De gepensioneerde doktersassistente liet haar blik over Strikes benen gaan alsof ze hem beroepsmatig keurde. '... Corm'ran, spreek je dat zo uit?' vroeg ze, waarbij ze hem weer aankeek.

'Inderdaad,' zei Strike. 'Fijn dat u ons wilde ontvangen, mevrouw Beattie.'

'O, geen enkel probleem.' Ze liep achteruit om hem binnen te laten. 'Irene komt er zo aan.'

Door de van nature omhoogkrullende mondhoeken van de vrouw en de kuiltjes in haar bolle wangen zag ze er opgewekt uit, zelfs wanneer ze niet glimlachte. Ze ging hun voor door een gang die zo rijk gedecoreerd was dat Strike het er benauwd van kreeg. Alles was zachtroze: het bloemetjesbehang, het dikke tapijt en de schaal potpourri die op het telefoontafeltje stond. Het geluid van een wc die werd doorgetrokken in de verte vertelde hun precies waar Irene was.

De zitkamer was gedecoreerd in olijfgroen, en alles wat maar frutsels, franjes, ruches of sierstiksels kon hebben had die ook. Bijzettafeltjes stonden propvol met familiefoto's in zilveren lijstjes; op de grootste foto was een zwaar zongebruinde blondine van in de veertig te zien, wang aan wang – boven twee cocktails vol fruit en parasolletjes – met een zwierige heer van wie Robin aannam dat het wijlen meneer Hickson was. Hij zag er een stuk ouder uit dan zijn vrouw. In een op maat gemaakte mahoniehouten kast tegen het glimmende olijfgroene behang stond een grote verzameling porseleinen figuurtjes. Het waren allemaal jonge vrouwen. Sommige droegen een crinoline, andere roken aan een bloem of hielden een lammetje in de armen.

'Die verzamelt ze,' zei Janice met een glimlach toen ze Robin ernaar zag kijken. 'Mooi, hè?'

'Ja, nou,' loog Robin.

Janice leek het gevoel te hebben dat ze niet het recht had hun een stoel aan te bieden zonder dat Irene erbij was, dus bleven ze met z'n drieën naast de porseleinen beeldjes staan.

'Bent u van ver gekomen?' vroeg ze beleefd, maar voordat ze antwoord konden geven klonk een stem die alle aandacht opeiste: 'Hallo! Welkom!'

Net als haar zitkamer maakte Irene Hickson een zeer overdadige eerste indruk, zwaar opgesmukt. Ze was nog even hoogblond als op haar vijfentwintigste, maar nu een stuk zwaarder, met een enorme boezem. Haar geloken ogen waren omrand met zwart, haar dunne wenkbrauwen ingetekend tot een hoge, pierrotachtige boog en haar smalle lippen vuurrood gestift. Ze kwam naar hen toe gelopen in een mosterdkleurige twinset, een zwarte broek, lakschoenen met hak en een grote hoeveelheid gouden sieraden, waaronder clipoorbellen die zo zwaar waren dat ze haar toch al lange oorlellen uitrekten, en ze werd omhuld door een zware wolk amberparfum en haarlak.

'Hoe maakt u het?' vroeg ze, en ze keek Strike stralend aan terwijl ze hem haar hand toestak, met rinkelende armbanden. 'Heeft Janice u verteld wat er vanmorgen is gebeurd? Zó gek, terwijl u vandaag zou komen, zó gek, maar dat soort dingen gebeuren me regelmatig, zo vaak dat ik gewoon de tel kwijt ben.' Ze zweeg even en zei toen theatraal: 'Mijn Margot is stukgevallen. Mijn Margot Fonteyn, van de bovenste plank.' Ze wees naar een lege plek tussen de porseleinen beeldjes. 'In duizend stukjes uit elkaar gespat toen ik er met de plumeau overheen ging!'

Ze zweeg weer, in afwachting van verbijsterde reacties.

'Dat is zeker gek,' zei Robin, want het was wel duidelijk dat Strike niks zou zeggen.

'Ja toch?' zei Irene. 'Thee? Koffie? Wat u maar wilt.'

'Ik doe 't wel, liefje,' zei Janice.

'Bedankt, schat. Misschien koffie én thee zetten?' zei Irene. Ze wuifde hoffelijk naar twee fauteuils voor Strike en Robin. 'Ga toch zitten.'

Vanuit de stoelen konden ze naar buiten kijken door een raam waar gedrapeerde gordijnen met kwastjes voor hingen, naar een tuin met drukke sierbestrating en verhoogde bloembedden. De tuin had een romantische uitstraling, met lage heggen en een smeedijzeren zonnewijzer.

'Ach, de tuin was mijn Eddies grote hobby,' zei Irene toen ze hun blikken volgde. 'Hij was er dól op, de schat. En op dit huis. Daarom woon ik hier nog steeds, ook al is het eigenlijk te groot voor me nu... Neem me niet kwalijk. Ik voel me niet zo lekker,' zei ze op luide fluistertoon, en ze liet zich met veel omhaal op de sofa zakken en plaatste een aantal kussens om zich heen. 'Janice is een éngel.'

'Wat vervelend voor u,' zei Strike. 'Dat u zich niet lekker voelt, bedoel ik, niet dat uw vriendin een engel is.'

Irene giechelde verrukt en Robin vermoedde dat als Strike iets dichterbij gezeten had, Irene hem een speelse tik zou hebben gegeven. Half fluisterend, alsof ze Strike geheime informatie doorgaf, zei ze: 'Prikkelbaredarmsyndroom. Ik heb steeds van die aanvallen. De pijn is soms... poeh. Het gekke is, al die tijd dat ik weg was ging het prima – ik heb een tijdje bij mijn oudste dochter in Hampshire gelogeerd, daarom had ik uw brief niet meteen ontvangen – maar zodra ik thuiskwam heb ik Janice gebeld, ik zeg: Janice, je moet komen, ik vergá van de pijn, en aan mijn huisarts heb ik niks,' voegde ze er met een afkeurend pruilmondje aan toe. 'Een vróúw. Volgens haar is het allemaal mijn eigen schuld! Ik mag niks meer hebben wat het leven een beetje leuk maakt... Ik zeg net, Janice,' zei ze toen haar vriendin de kamer weer in kwam met een boordevol dienblad, 'dat je een engel bent.'

'O, ga door. Iedereen hoort graag goeie dingen over zichzelf,' zei Janice opgewekt. Strike kwam al half overeind uit zijn stoel om haar te helpen met het dienblad, waarop een theepot en een cafetière stonden, maar net als mevrouw Gupta weigerde ze hulp, en ze zette het blad op een gecapitonneerd voetenbankje. Op een opengewerkte papieren onderlegger lag een assortiment chocoladekoekjes, sommige in folie verpakt; bij de pot met suikerklontjes zat een tang en de gebloemde porseleinen kopjes leken bij een zondags servies te horen. Janice ging naast haar vriendin op de sofa zitten en schonk koffie en thee in, als eerste voor Irene.

'Neem gerust een koekje,' zei Irene tegen het bezoek, en toen, met een gretige blik op Strike: 'Goh, de beroemde Cameron Strike! Ik kreeg bijna een hartaanval toen ik uw naam onder die brief zag staan. En u gaat proberen Creed te breken, nietwaar? Denkt u dat hij tegen u wel zal praten? Mag u naar hem toe?'

'Zover zijn we nog niet,' zei Strike met een glimlach, en hij pakte zijn notitieboekje erbij en trok de dop van zijn pen. 'We hebben een paar vragen, voornamelijk achtergrondinformatie, die u beiden misschien...'

'O, álles om u te helpen,' zei Irene gretig. 'Alles.'

'We hebben de politieverklaringen van u beiden gelezen,' zei Strike, 'dus tenzij...'

'Ach jee,' viel Irene hem in de rede, en ze trok een quasiangstig gezicht. 'Dan weet u ook dat ik stout geweest ben, hè? Met dat zogenaamde tandartsbezoek? Er zijn vast op dit moment ook jonge meisjes die hetzelfde doen, een beetje jokken om een paar uurtjes vrij te krijgen, maar ik had de pech de middag uit te kiezen waarop Margot... O, sorry, zo bedoel ik het niet,' riep Irene zichzelf tot de orde. 'Echt niet. Zo kom ik nou in de problemen,' zei ze met een lachje. '"Rustig aan, meid," zou Eddie gezegd hebben. Hè, Janice?' Ze tikte haar vriendin op de arm. 'Zou hij dat niet gezegd hebben? "Rustig aan, meid."'

'Inderdaad,' zei Janice met een glimlach, en ze knikte.

'Ik wilde zeggen,' vervolgde Strike, 'dat tenzij een van u nog iets toe te voegen heeft...'

'O, denk maar niet dat we daar niet over nagedacht hebben,' onderbrak Irene hem opnieuw. 'Als wij ons nog iets nieuws herinnerd hadden, waren we meteéén naar het politiebureau gegaan, hè Janice?'

'... zou ik graag een paar dingen ophelderen. Mevrouw Beattie,' zei Strike, en hij keek naar Janice, die afwezig over de onderkant van haar trouwring wreef, het enige sieraad dat ze droeg. 'Wat mij opviel toen ik de aantekeningen van de politie las, is hoe vaak inspecteur Talbot...'

'Ik had precies hetzelfde, Cameron,' viel Irene hem in de rede voordat Janice haar mond open kon doen. 'Precies hetzelfde! Ik weet ook precíés wat je wilt vragen: waarom bleef hij Janice maar lastigvallen? Dat heb ik destijds al gezegd. Nietwaar, Janice? Ik zei:

"Dit klopt niet, je moet er melding van maken," maar dat heb je niet gedaan, hè? Ik weet dat hij overspannen was en blablabla... Daar weet jij natuurlijk alles van,' zei ze met een knikje naar Strike, waarmee ze hem tegelijkertijd een compliment gaf en aangaf dat ze hem maar al te graag op de hoogte wilde brengen als dat nodig mocht zijn, 'maar zieke mannen blijven nog altijd mánnen, nietwaar?'

'Mevrouw Beattie,' herhaalde Strike, nu wat luider, 'waarom denkt ú dat Talbot u telkens opnieuw wilde verhoren?'

Irene begreep de hint en liet Janice antwoorden, maar haar zelfbeheersing begaf het toen Janice op dreef kwam, waarna ze telkens tegenwerpingen mompelde, de woorden van Janice herhaalde, haar instemming en nadruk uitte en verder vooral de indruk wekte dat ze bang was dat Strike haar zou vergeten als ze niet om de paar seconden een geluid uitbracht.

'Ik weet 't niet, heel eerlijk gezegd,' zei Janice, nog steeds friemelend aan haar trouwring. 'De eerste paar keer stelde hij heel normale vragen...'

'Eerst wel, ja,' mompelde Irene driftig knikkend.

'... over wa'k die dag had gedaan, weet u wel, en wa'k hem kon vertellen over de mensen die bij Margot geweest waren, want ik wist veel over de patiënten...'

'Die leerden we allemaal kennen, door ons werk in de praktijk,' zei Irene met een knikje.

'... maar daarna... Het leek wel of-ie dacht da'k... speciale gaven had. Ik weet dat het idioot klinkt, maar ik geloof niet...'

'Nou, ik wel, hoor,' zei Irene, haar ogen op Strike gericht.

'Nee, echt, ik geloof niet dat-ie... je weet wel...' Janice leek het niet eens hardop te durven zeggen. 'Dat-ie een oogje op me had. Hij stelde wel ongepaste vragen, maar ik kon merken dat-ie niet in orde was, da't niet helemaal goed zat in zijn hoofd. Het was verschrikkelijk, eerlijk gezegd,' zei Janice, die haar blik nu op Robin richtte. 'Ik had het gevoel da'k het aan niemand kon vertellen. Hij was van de politie! Ik zat daar maar en moest z'n vragen aanhoren over m'n drómen. En na de eerste paar keer wilde hij het alleen nog maar hebben over de vriendjes die'k had gehad en zo, niks over Margot of de patiënten...'

'Maar er was toch één patiënt in wie hij wel geïnteresseerd was?' begon Robin.

'Duckworth!' riep Irene opgewonden.

'Douthwaite,' zei Strike.

'Douthwaite, ja, die bedoel ik,' mompelde Irene, en om haar lichte gêne te verbergen pakte ze een koekje, wat betekende dat Janice in ieder geval even kon praten zonder in de rede gevallen te worden.

'Ja, hij vroeg me naar Steve.' Janice knikte. 'Omdat die bij mij in de flat woonde, in Percival Street.'

'Kende u Douthwaite goed?' vroeg Robin.

'Niet echt. Of eigenlijk kende ik hem helemaal niet voordat-ie in elkaar geslagen werd. Ik kwam op een avond laat thuis en er stonden een heleboel mensen om 'm heen op de galerij. Ze wisten da'k doktersassistente was, dus... Ik kwam aangelopen met mijn zoon Kevin onder de ene arm en mijn boodschappen in de andere hand... maar Steve was er beroerd aan toe, dus ik moest wel helpen. Hij wilde niet da' de politie erbij kwam, maar hij had een pak slaag gehad waarbij je best eens inwendige verwondingen kunt oplopen. Die andere kerel had 'm met een honkbalknuppel toegetakeld. Een jaloerse echtgenoot...'

'Die zich flink vergiste, hè?' onderbrak Irene haar. 'Want Douthwaite was van de verkeerde kant!' zei ze gierend van de lach. 'Hij was alleen maar bevriend met die vrouw, maar die jaloerse gek dacht...'

'Nou, ik weenie zeker of Steve van de verkeerde kant was, hoor,' begon Janice, maar Irene liet zich de mond niet snoeren.

'Man... vrouw... meteen een conclusie trekken! Mijn Eddie was precíés zo. Janice, zeg jij het eens, wat voor man was Eddie?' vroeg ze, en ze tikte Janice weer op de arm. 'Precíés hetzelfde toch? Ik weet nog dat ik een keer zei, ik zeg: "Eddie, jij denkt dat als ik maar even naar een man kíjk... of hij nou homo is of wat dan ook..." Maar nadat jij me dat had verteld, Janice, toen dacht ik: ja, die Duckworth... Douth-dinges... is wel een beetje verwijfd. Toen hij later naar de praktijk kwam, zag ik het. Knappe man, maar een tikkeltje soft.'

'Maar ik weenie of Steve homo was, Irene, ik kende hem niet goed genoeg om...'

'Hij kwam steeds bij je terug,' zei Irene afkeurend. 'Dat heb je me zelf verteld. Hij kwam bij je thuis voor een kop thee en een luisterend oor en hij vertelde je al zijn problemen.'

'Het was maar een paar keer,' zei Janice. 'We maakten een praatje in 't voorbijgaan op de trap, en één keer had hij me geholpen met de boodschappen en toen kwam hij binnen voor een kopje thee.'

'Maar hij vroeg je...' spoorde Irene haar aan.

'Daar kom ik zo op, lieverd,' zei Janice met opmerkelijk veel geduld, vond Strike. 'Hij had heel vaak hoofdpijn,' zei ze tegen Strike en Robin, 'en ik zei dat-ie naar de dokter moest, dat ik geen diagnose kon stellen. Ik bedoel, ik had wel een beetje met hem te doen, maar buiten werktijd patiënten ontvangen in mijn flat, daar kon'k nie aan beginnen. Ik had Kevin al om voor te zorgen.'

'Dus u denkt dat Douthwaite zo dikwijls bij Margot kwam vanwege zijn gezondheid?' vroeg Robin. 'Niet omdat hij romantische gevoelens had voor...?'

'Hij heeft haar wel een keer bonbons gestuurd,' zei Irene, 'maar als je het mij vraagt, zag hij haar meer als iemand bij wie hij zijn sores kwijt kon.'

'Nou, hij had echt hoofdpijn en hij was ook op van de zenuwen. Depressief misschien wel,' zei Janice. 'Iedereen nam 't 'm kwalijk, wat er met die arme meid was gebeurd, dat vrouwtje dat zich van kant had gemaakt, maar ik weet 't niet... En sommige andere buren zeiden dat er jongemannen zijn flat uit kwamen...'

'Zie je nou wel,' zei Irene triomfantelijk. 'Van de verkeerde kant!'

'Dat hoeft niet, hoor,' zei Janice. 'Misschien waren 't gewoon vrienden, of kwamen ze voor drugs of spullen die van de vrachtwagen gevallen waren... Eén ding wee'k wél zeker, want er werd gepraat in de buurt: de man van dat meiske dat zelfmoord had gepleegd sloeg haar bont en blauw. Tragisch. Maar de kranten wezen allemaal naar Steve, en hij ging ervandoor. Ach ja, seks verkoopt beter dan huiselijk geweld, nietwaar? Als u Steve vindt, doe 'm dan de groeten van me. Het was niet eerlijk, zoals de kranten hem behandelden.'

Robin had van Strike geleerd om haar gesprekken en aantekeningen in te delen in de categorieën mensen, locaties en voorwerpen. Nu vroeg ze aan beide vrouwen: 'Weet u nog of er patiënten in de praktijk kwamen die reden vormden voor ongerustheid, of die misschien een ongebruikelijke relatie hadden met Mar...'

'Ja!' zei Irene. 'Weet je nog, Janice, die vent met die baard tot hier' – ze hield haar hand bij haar middel – 'weet je wel? Hoe heette hij ook alweer? Apton? Applethorpe? Janice, zeg jij het eens. Je weet het toch wel, Janice, hij stonk als een zwerver en jij moest een keer bij hem op huisbezoek. Hij zwierf altijd over straat in de buurt van St John. Volgens mij woonde hij in Clerkenwell Road. Soms had hij zijn kind bij zich. Dat joch zag er héél raar uit. Met enorme oren.'

'O, díé,' zei Janice, en haar frons verdween. 'Maar zij kwamen niet bij Margot als...'

'Nou, hij hield naderhand anders wel mensen aan op straat en zei dat hij Margot had vermoord!' zei Irene opgewonden. 'Ja, dat zei hij! Hij heeft Dorothy een keer aangesproken! Natuurlijk vertelde Dorothy dat niet aan de politie, ze zei dat het allemaal "grote onzin" was, "die man is gewoon knettergek" en zo, maar ik zei tegen haar: "Stel dat straks blijkt dat hij het echt heeft gedaan, Dorothy, en jij hebt het niemand verteld." Ja, die Applethorpe was hartstikke gek. Hij hield een jonge vrouw opgesloten...'

'Ze zat niet opgesloten, Irene,' zei Janice, die voor het eerst een vleugje ongeduld toonde. 'Volgens maatschappelijk werk had ze straatvrees, maar ze werd niet tegen haar wil...'

'Het was een eigenaardig type,' zei Irene koppig. 'Dat zei je zelf. Persoonlijk ben ik van mening dat iemand hun kind daar had moeten weghalen. Je zei zelf dat die flat smerig was...'

'Je kunt mensen hun kinderen niet afnemen omdat ze hun huis niet poetsen!' zei Janice op ferme toon. Ze richtte zich weer tot Strike en Robin. 'Ja, ik ben bij de familie Applethorpe op huisbezoek geweest, één keer maar, maar ik geloof niet dat ze Margot ooit ontmoet hebben. Het was toen anders, moet u weten, dokters hadden hun eigen patiënten, en de Applethorpes stonden ingeschreven bij dokter Brenner. Hij vroeg of ik namens hem wilde gaan kijken hoe 't met dat kind ging.'

'Weet u het adres nog? De straatnaam?'

'Ach heden,' zei Janice met een frons. 'Ja, ik denk da't Clerkenwell Road was. Ik denk 't wel. Ik ben er maar één keer geweest, hè. Dat kind was ziek en dokter Brenner wilde dat ernaar werd gekeken, en zelf deed-ie nooit huisbezoeken. Als hij er maar enigszins onderuit kon... Hoe dan ook, 't ging al beter met dat joch, maar ik zag meteen dat de vader...'

'Knettergek,' zei Irene knikkend.

'... schichtig was, een beetje afwezig,' zei Janice. 'Ik ging naar de keuken om m'n handen te wassen, en op 't aanrecht lag een hele zwik benzedrine, vol in 't zicht. Ik heb allebei de ouders gewaarschuwd dat ze dat spul, nu die kleine kon lopen, op een veilige plek moesten...'

'Dat kind zag er echt héél raar uit,' viel Irene haar in de rede.

'Naderhand ben ik naar Brenner gegaan en ik heb gezegd: "Dokter Brenner, die man is verslaafd aan benzedrine." Dat spul is hartstikke verslavend, dat wisten we toen ook al, in '74. Natuurlijk was Brenner verontwaardigd omdat ik mijn twijfels had over recepten die door hem waren uitgeschreven. Maar ik maakte me zorgen, dus heb ik maatschappelijk werk gebeld zonder 't tegen Brenner te zeggen, en daar pakten ze 't heel goed op. Ze bleken dat gezin sowieso al in de gaten te houden.'

'Maar de moeder...' zei Irene.

'Jij kunt niet voor andere mensen bepalen wat iemand gelukkig maakt, Irene!' zei Janice. 'De moeder hield van d'r kind, ook al was de vader... Ja, het was inderdaad een rare, die arme drommel,' gaf Janice toe. 'Hij dacht dat-ie een soort... Hoe noem je dat? Een soort goeroe was, iets met magie. Hij meende dat hij 't boze oog op mensen kon loslaten. Dat zei hij toen ik daar op huisbezoek was. Je komt mensen tegen met de gekste opvattingen, als doktersassistente. Ik zei dan meestal gewoon: "O, ja? Wat interessant." Het heeft geen zin om ze tegen te spreken. Maar Applethorpe dacht dat-ie mensen kon beheksen, zo noemden we dat vroeger. Hij was bang dat zijn zoontje rodehond had omdat hij boos op hem was geworden. Dat kon hij, zei hij, mensen ziek maken... Later ging hij zelf dood, die arme kerel. Een jaar na de verdwijning van Margot.'

'O ja?' vroeg Irene lichtelijk teleurgesteld.

'Ja. Toen was jij al weg, denk ik, het was na je huwelijk met Eddie. Ik weet nog dat de vuilnisophalers hem 's morgens vonden, opgekruld onder de brug van Walter Street, dood. Hartaanval. Hij was in elkaar gezakt en er was niemand geweest om hem te helpen. Nog helemaal niet zo oud. Ik kan me herinneren dat dokter Brenner daar een beetje nerveus over deed.'

'Waarom?' vroeg Strike.

'Nou ja, hij had dus de bennies voorgeschreven waar die man aan verslaafd was, hè?'

Tot Robins verbazing trok er vluchtig een glimlach over Strikes gezicht.

'Maar het was niet alleen Applethorpe,' vervolgde Janice, die schijnbaar niets vreemds had opgemerkt aan Strikes reactie. 'Er waren...'

'O, er waren zát mensen die zwoeren dat ze iets hadden gehoord, dat ze een vermoeden hadden, blablabla,' zei Irene, en ze sloeg geërgerd haar ogen ten hemel. 'Terwijl wij er dus echt bij betrókken waren, weet je wel, het was vreselijk, echt... Neem me niet kwalijk,' zei ze, en ze legde een hand op haar buik. 'Ik moet even naar de... Sorry.'

Ze liep enigszins gehaast de kamer uit. Janice keek haar na, en door haar natuurlijke glimlach was het moeilijk te zien of ze bezorgd of geamuseerd was.

'Komt wel goed met d'r, hoor,' zei ze zacht tegen Strike en Robin. 'Ik heb nog zó gezegd dat de dokter vast gelijk heeft, dat ze geen pittige gerechten moet eten, maar ze wilde gisteravond Indiaas... Ze is vaak eenzaam. Dan belt ze me op en vraagt of ik kom. Ik heb bij d'r thuis geslapen. Eddie is pas een jaar dood. Hij was bijna negentig, de arme drommel. Hij was dól op Irene en de meisjes. Ze mist 'm verschrikkelijk.'

'Wilde u ons net vertellen dat er nog iemand was die beweerde te weten wat er met Margot gebeurd zou zijn?' spoorde Strike haar voorzichtig aan.

'Wat? O, ja... Charlie Ramage. Hij verkocht bubbelbaden en sauna's. Schatrijk, dus je zou denken dat-ie wel wat beters te doen had dan rare verhalen verzinnen, maar zo zie je maar weer, mensen zijn vreemde wezens.'

'Wat zei hij?' vroeg Robin.

'Nou, Charlie had als hobby motoren. Hij had er een heleboel, en hij maakte lange tochten door het hele land. Toen was-ie een keer lelijk gevallen en zat-ie thuis met twee gebroken benen, dus ik ging een paar keer per week bij hem langs... dat was dik twee jaar na Margots verdwijning. Die Charlie praatte nogal graag, en op een dag beweerde hij ineens bij hoog en bij laag, zomaar uit het niets, dat-ie Margot had gezien in Leamington Spa, ongeveer een week na d'r vermissing. Maar ach,' zei Janice hoofdschuddend, 'ik nam hem niet serieus, hoor. Aardige man, maar zoals ik al zei, hij praatte nogal graag.'

'Wat vertelde hij u precies?' vroeg Robin.

'Hij zei dat-ie een motorrit had gemaakt naar het noorden van het land, en toen hij even pauze nam bij de grote kerk in Leamington Spa, waar hij buiten tegen de muur geleund een beker thee dronk en een boterham at, liep er op het kerkhof aan de andere kant van het hek een vrouw die naar de graven keek. Niet dat ze rouwde of zo, ze was gewoon geïnteresseerd. Zwart haar, volgens Charlie. En toen hij naar haar riep: "Mooi hier, hè?", toen draaide ze zich naar hem om, en... nou ja, hij zwoer dat het Margot Bamborough was, met geverfd haar. Hij zei tegen haar dat ze hem bekend voorkwam, en ze schrok en ging er gauw vandoor.'

'En hij beweerde dat dat een week na haar verdwijning was gebeurd?' vroeg Robin.

'Ja. Hij had haar herkend omdat haar foto in die tijd nog volop in de kranten stond. Dus ik vraag: "Ben je hiermee naar de politie gegaan, Charlie?", en hij zegt: "Jazeker." Toen vertelde hij dat-ie bevriend was met een politieman, nogal een hoge pief, en tegen hem had hij het gezegd. Maar ik heb er daarna nooit meer iets over gehoord of gezien, dus...'

'Ramage vertelde u dat verhaal in 1976?' vroeg Strike, die een aantekening maakte.

'Ja, dat moet het geweest zijn.' Terwijl Janice fronste om het zich te herinneren, kwam Irene de kamer weer binnen. 'Want toen hadden ze Creed opgepakt. Zo kwamen we erop. Hij had in de krant gelezen over de rechtszaak en toen zei hij, zo kalmpjes als je je maar kunt indenken: "Nou, ik denk niet dat hij Margot Bamborough iets heeft aangedaan, want die heb ik nog gezien na haar verdwijning."'

'Had Margot op de een of andere manier een band met Leamington Spa, voor zover u weet?' vroeg Robin.

'Wat is dit?' vroeg Irene op scherpe toon.

'Niks,' zei Janice. 'Gewoon een stom verhaal dat een patiënt me ooit verteld heeft. Margot op een kerkhof met geverfd haar. Dat wéét je toch?'

'In Leamington Spa?' vroeg Irene met een ontstemd gezicht. Robin kreeg de indruk dat ze het niet kon uitstaan dat ze Janice in de spotlights had moeten achterlaten terwijl zij naar de wc was. 'Dat heb je me nooit verteld. Waarom heb je dat niet verteld?'

'O... nou ja, het was in '76,' zei Janice, die nu een beetje geïntimideerd leek. 'Jij had toen net Sharon gekregen, denk ik. Je had wel wat beters aan je hoofd dan de kletsverhalen van Charlie Ramage.'

Irene nam nog een koekje en fronste haar wenkbrauwen.

'Ik wil het graag nog even over de praktijk zelf hebben,' zei Strike. 'Hoe vond u Margot...'

'Om mee te werken?' vulde Irene luidkeels aan. Ze leek van mening te zijn dat het haar beurt was, nu ze vele minuten van Strikes aandacht had moeten missen. 'Nou, persóónlijk vond ik...' De stilte die ze liet vallen was die van een fijnproever die zich verkneukelt over het naderende genot. 'Heel eerlijk gezegd was ze zo iemand die meende alles beter te weten. Zij bepaalde hoe jij je leven moest inrichten, hoe de dossiers moesten worden bijgehouden, hoe je thee moest zetten, blablabla...'

'Ach, Irene, dat valt best mee,' mompelde Janice. 'Ik mocht haar...'

'Janice, kom op nou,' zei Irene laatdunkend. 'Ze kon nooit even vergeten dat zij de slimste van haar familie was, en ze vond ons allemaal oliedom! Nou, jou misschien niet,' ze rolde geërgerd met haar ogen omdat haar vriendin het hoofd schudde, 'maar mij wel. Ze behandelde me als een idioot. Neerbuigend. Ho, ik had geen hekel aan haar!' voegde ze er snel aan toe. 'Geen hekel. Maar ze was pietluttig. En érg blij met zichzelf. Helemaal vergeten dat ze vroeger in een krap rijtjeshuisje in Stepney had gewoond, laat ik het zo zeggen.'

'Wat vond u van haar?' vroeg Robin aan Janice.

'Nou...' begon Janice, maar Irene nam het woord weer.

'Een snob. Kom op nou, Janice. Ze trouwde met zo'n rijke consultant... Dát was geen krap rijtjeshuisje, daar in Ham. Een kast van een huis. Dat opende me wel even de ogen, toen ik zag wat haar huwelijk haar had gebracht, en dan had ze ook nog het lef om tegenover ons de feministe uit te hangen op het werk: trouwen is ook niet alles, geef je carrière niet op, blablabla. En overal commentaar op leveren.'

'Waar had ze...?'

'Hoe je de telefoon opnam, hoe je tegen patiënten praatte, en zelfs wat voor kleding je droeg. "Irene, dat truitje vind ik niet geschikt voor op het werk." Ze was verdomme zelf Playboy-bunny! Zo hypocriet! Maar ik had geen hekel aan haar,' hield Irene vol. 'Echt niet, ik wil alleen dat jullie het hele verhaal... O ja, en we mochten geen thee of koffie voor haar zetten, hè Janice? De twee ándere dokters klaagden nooit dat we geen fatsoenlijke thee konden zetten.'

'Dat was niet de...' begon Janice.

'Janice, kom op nou! Je weet heus nog wel hoe pietluttig...'

'Waarom denkt u dat ze niet wilde dat anderen thee voor haar zetten?' vroeg Strike aan Janice. Robin merkte dat zijn geduld met Irene opraakte.

'O, dat kwam zo: toen ik een keer de afwas deed,' zei Janice, 'trof ik onder in de beker van dokter Brenner...'

'Een pil,' zei Irene. 'Atomal, toch?'

'... een capsule amytal, vastgeplakt op de bodem van zijn beker. Ik zag wat het was aan de kl...'

'Blauw,' onderbrak Irene haar met een knikje. 'De capsules waren blauw, toch?'

'"Blue heaven" werden ze op straat genoemd, ja,' zei Janice. 'Tranquillizers. Bij mijn huisbezoeken maakte ik altijd meteen duidelijk dat ik niks in mijn dokterstas had. Je moest voorzichtig zijn, je kon zo overvallen worden.'

'Hoe wist u dat het de beker van dokter Brenner was?' vroeg Strike.

'Hij gebruikte altijd dezelfde, met het wapen van zijn oude universiteit erop,' zei Janice. 'O wee als iemand het waagde zijn beker te gebruiken.' Ze aarzelde. 'Ik weet niet of u... dokter Gupta hebt gesproken...'

'We weten dat dokter Brenner verslaafd was aan barbituraten,' zei Strike.

Janice keek opgelucht. 'Juist. Nou ja, ik wist dus dat-ie die pil per ongeluk in de beker moest hebben laten vallen toen hij er een paar innam. Hij had het waarschijnlijk niet gemerkt, misschien dacht-ie dat die pil op de grond gevallen was. Er zouden heel wat vragen gesteld zijn, normaal gesproken, als je bij een huisartsenpraktijk een verdovend middel aantreft in een beker. Het zou heel ernstig geweest zijn als het bij iemand in de thee terechtgekomen was.'

'Hoeveel kwaad zou één zo'n capsule...?' begon Robin.

'O, dat kan niet veel kwaad,' zei Irene alwetend. 'Hè, Janice?'

'Nee, één capsule is niet eens een hele dosis. Je zou er een beetje slaperig van worden, meer niet. Maar goed, Margot kwam net naar achteren toen ik die pil met een theelepeltje uit de beker viste. We hadden een keukentje met een waterkoker en een koelkast, achter de kamer van de assistentes. Ze zag me naar die capsule vissen. Het was dus niet uit kieskeurigheid dat ze daarna haar eigen thee wilde zetten. Het was uit vóórzorg. Ik lette ook goed op da'k altijd uit mijn eigen mok dronk.'

'Hebt u Margot verteld hoe u dacht dat die pil in de thee terechtgekomen was?' vroeg Robin.

'Nee,' zei Janice, 'want dokter Gupta had me gevraagd niks te zeggen over Brenners probleem, dus ik zei alleen maar: "Vast een ongelukje," waar niks aan gelogen was. Ik verwachtte dat ze meteen het team bij elkaar zou roepen om iedereen uit te horen...'

'Nou, je weet waarom ze dat volgens mij niet deed,' zei Irene.

'Irene...' zei Janice hoofdschuddend. 'Toe nou...'

'Míjn theorie,' zei Irene zonder zich iets van Janice aan te trekken, 'is dat Margot dacht dat iemand ánders die pil in Brenners thee had gedaan, en als je mij dan vraagt wíé...'

'Irene!' zei Janice nog een keer, duidelijk om haar de mond te snoeren, maar Irene was niet te houden.

'Dat zal ik je zeggen: Gloria. Die meid was zo ruig als de donder en ze had een criminele achtergrond – nee, Janice, ik zeg gewoon waar het op staat, ik weet zeker dat Cameron álles wil weten wat er speelde in die praktijk.'

'Hoe had Gloria nou iets in Brenners thee kunnen doen, en trouwens,' zei Janice tegen Strike en Robin, 'ik denk niet dat zij dat gedaan heeft.'

'Nou, ík zat elke dag met Gloria aan de balie, Janice,' zei Irene hooghartig. 'Ik wist hoe ze echt was.'

'Maar al zou ze die pil in zijn thee gedaan hebben, Irene, wat zou dat dan te maken kunnen hebben met Margots verdwijning?'

'Weet ik veel.' Irene leek nu boos te worden. 'Maar ze willen weten wie daar werkten en wat er speelde. Ja toch?' vroeg ze op barse toon aan Strike, die knikte. Met een 'Zie je nou wel?' tegen Janice denderde Irene voort: 'Dus Gloria kwam uit een asociaal gezin, haar familie kwam uit Little Italy.'

Janice probeerde te protesteren, maar Irene overstemde haar weer. 'Jawel, Janice! Een van haar broers handelde in drugs, dat soort dingen. Dat heeft ze me zelf verteld! Die Atomal-capsule kwam misschien wel helemaal niet van Brenner! Zij had hem ook via haar broers kunnen regelen. Gloria háátte Brenner. Het was een ouwe chagrijn, dat is waar, hij was heel vervelend tegen ons. Ze zei een keer tegen me: "Je zult met die kerel moeten leven. Als ik zijn zus was zou ik gif in het eten van die ouwe lul gooien." Margot hoorde dat en gaf haar een standje, omdat er patiënten in de wachtkamer zaten en het niet professioneel was om zoiets te zeggen over een van de dokters. Afijn, toen Margot niks deed nadat die pil in Brenners beker was gevonden, dacht ik: dat is omdat ze weet wie het heeft gedaan. Ze wilde niet dat haar lievelingetje in de problemen zou komen. Gloria was namelijk haar projéct. Ze zat de helft van de tijd bij Margot in de spreekkamer naar haar lesjes over feminisme te luisteren, terwijl ik de boel draaiende moest houden aan de receptie... Margot zou Gloria nog hebben laten wegkomen met moord. Ze had gewoon een blinde vlek voor haar.'

'Weet een van u beiden waar Gloria nu woont?' vroeg Strike.

'Geen idee. Ze is kort na de verdwijning van Margot vertrokken.'

'Ik heb haar nooit meer gezien nadat ze ontslag had genomen bij de praktijk,' zei Janice, die zich er ongemakkelijk bij leek te voelen. 'Maar Irene, ik vind niet dat we nou beschuldigingen moeten gaan...'

'Wil je iets voor me doen?' vroeg Irene abrupt aan haar vriendin. 'Pak even mijn pillen die op de koelkast liggen. Ik voel me nog steeds niet goed. En wil er nog iemand thee of koffie, als Janice toch loopt?'

Janice stond zonder klagen op, verzamelde de lege kopjes, zette ze op het dienblad en liep ermee naar de keuken. Robin stond op om de deur voor haar open te doen, en Janice glimlachte in het voorbijgaan naar haar. Toen Janice' voetstappen verdwenen over het hoogpolige tapijt in de gang, zei Irene met een strak gezicht: 'Arme Janice. Ze heeft eigenlijk een vreselijk leven gehad. Haar jeugd was een soort Dickens-verhaal. Eddie en ik hebben haar financieel een paar keer geholpen toen Beattie pas bij haar weg was. Ze noemt zichzelf wel Beattie, maar hij is nooit met haar getrouwd, moet u weten,' zei Irene. 'Vreselijk, nietwaar? En ze hadden een kind. Ik geloof niet dat hij ooit echt bij haar wilde zijn, en toen ging hij er dus vandoor. Maar Larry... Hij was niet de slimste,' zei Irene met een lachje, 'maar hij droeg haar op handen. Ik geloof dat ze eerst nog dacht dat ze wel wat beters kon krijgen – Larry werkte voor Eddie, moet u weten; niet aan de managementkant, hij was gewoon bouwvakker – maar uiteindelijk zag ze wel in, denk ik... Nou ja, niet iedereen is bereid het kind van een ander...'

'Mag ik u nog wat vragen over de dreigbrieven aan Margot die u hebt gezien, mevrouw Hickson?'

'O, ja, natuurlijk,' zei Irene vergenoegd. 'Dus ú gelooft me wel? De politie namelijk niet.'

'Het waren er twee, zei u in uw verklaring?'

'Inderdaad. Ik zou de eerste anders nooit opengemaakt hebben, maar Dorothy was vrij en ik moest voor dokter Brenner de post sorteren. Dorothy was bijna nooit vrij, maar haar zoontje z'n amandelen moesten eruit. Verwend puntje-puntje-puntje, dat kind van haar. Het was de enige keer dat ik haar van streek zag, toen ze me vertelde dat ze hem de volgende dag naar het ziekenhuis moest brengen. Meestal was ze bikkelhard – maar ze was weduwe en dat joch was alles wat ze had.'

Janice kwam terug met de theepot en de cafetière, beide opnieuw gevuld. Robin stond op en pakte de zware theepot en de cafetière voor haar van het dienblad. Janice aanvaardde haar hulp met een glimlach en een gefluisterd 'Dank je wel' om Irene niet te onderbreken.

'Wat stond er in die brief?' vroeg Strike.

'Nou, het is natuurlijk een eeuwigheid geleden,' zei Irene. Janice gaf haar een strip maagtabletten, die Irene met een kort lachje aanpakte zonder haar te bedanken. 'Maar wat ik me ervan herinner...' Ze drukte een paar pillen uit de strip. 'Even denken, ik wil het goed vertellen... Het was een heel onbeschofte brief. Margot werd een kaa-u-tee-wijf genoemd, dat weet ik nog wel. En er stond in dat vrouwen zoals zij het hellevuur te wachten stond.'

'Was de brief getypt? Geprint?'

'Handgeschreven,' zei Irene. Ze nam een paar tabletten in met een slokje thee.

'En de tweede brief?' vroeg Strike.

'Ik weet niet wat daarin stond. Ik liep een keer haar spreekkamer in om iets aan haar door te geven en toen zag ik hem op haar bureau liggen. Zelfde handschrift, ik herkende het. Ze was er niet blij mee dat ik hem zag, dat kon ik aan haar merken. Ze frommelde hem op en gooide hem in de prullenbak.'

Janice schonk verse thee en koffie in. Irene nam nog een chocoladebiscuitje.

'Het zal haast wel niet,' zei Strike, 'maar ik vroeg me af of u ooit reden hebt gehad om te vermoeden dat Margot zwanger was voordat ze...'

'Hoe weet u dat nou?' riep Irene uit, met een stomverbaasd gezicht.

'Was ze echt zwanger?' vroeg Robin.

'Ja!' zei Irene. 'Het was namelijk zo... Janice, kijk niet zo naar me! Ik werd gebeld door een kliniek toen zij op huisbezoek was. Ze belden naar de praktijk om te bevestigen dat ze de volgende dag zou komen voor...' De volgende woorden sprak ze geluidloos. *Een abortus!*

'Ze vertelden u door de telefoon om wat voor behandeling het ging?' vroeg Robin.

Even leek Irene danig in de war te zijn. 'Ze... Nou, nee, ik... Eerlijk gezegd... Ik ben er niet trots op, maar ik heb die kliniek teruggebeld. Gewoon uit nieuwsgierigheid. Dat soort dingen doe je als je jong bent, hè?'

Robin hoopte dat haar glimlach er oprechter uitzag dan die van Irene.

'Wanneer was dat, mevrouw Hickson, weet u dat nog?' vroeg Strike.

'Niet lang voor haar verdwijning. Vier weken? Zoiets?'

'Voor of na de anonieme brieven?'

'Ik weet niet... Erna, denk ik,' zei Irene. 'Of toch niet? Ik weet het niet meer.'

'Hebt u het verder nog met iemand over die afspraak gehad?'

'Alleen met Janice, en zij werd boos. Ja toch, Janice?'

'Ik weet dat je 't niet kwaad bedoelde,' mompelde Janice, 'maar 't beroepsgeheim...'

'Margot was geen patiënt, dat ligt anders.'

'En u hebt de politie hier niets over verteld?' vroeg Strike haar.

'Nee,' zei Irene. 'Want ik... Nou ja, ik hoorde het eigenlijk niet te weten, hè? En trouwens, hoe zou het iets te maken kunnen hebben met haar verdwijning?'

'Hebt u er behalve mevrouw Beattie nog iemand anders over verteld?'

'Nee,' zei Irene defensief. 'Ik zou het nooit, ik bedoel... Ik zou niemand ánders... Je hield je mond als je bij een dokterspraktijk werkte. Ik had wel allerlei verhalen over patiënten kunnen doorvertellen, nietwaar? Als receptioniste zag ik dossiers, maar natuurlijk hield ik mijn mond. Ik kon heus wel geheimen bewaren, dat hoorde bij mijn werk.'

Strike schreef met een neutraal gezicht *protesteert te hard* in zijn notitieboekje.

'Ik heb nog een vraag, mevrouw Hickson, en misschien ligt dit gevoelig,' zei Strike toen hij weer opkeek. 'Ik heb gehoord dat er onenigheid is geweest tussen Margot en u op de kerstborrel.'

'O,' zei Irene, en haar gezicht betrok. 'Dat. Ja, eh...'

Er viel een korte stilte.

'Ik was boos om wat ze met Kevin had gedaan. De zoon van Janice. Weet je nog, Janice?'

Janice keek haar niet-begrijpend aan.

'Kom op, Janice, je weet het best.' Irene tikte haar weer op de arm. 'Toen ze hem had meegenomen naar haar spreekkamer en blablabla.'

'O,' zei Janice. Even had Robin sterk de indruk dat Janice deze keer echt boos was op haar vriendin. 'Maar...'

'Je weet het nog wel,' zei Irene, en ze keek haar strak aan.

'Ik... Ja,' zei Janice. 'Ja, goed dan, daar was ik boos om, ja.'

'Janice had hem thuisgehouden van school,' zei Irene tegen Strike. 'Hè, Janice? Hoe oud was hij toen? Zes? En toen...'

'Wat is er precies gebeurd?' vroeg Strike aan Janice.

'Kev had buikpijn,' zei Janice. 'Of eigenlijk was-ie schoolziek. Mijn buurvrouw, die wel eens op hem paste, was niet lekker en...'

'Het kwam erop neer,' onderbrak Irene haar, 'dat Janice Kevin had meegenomen naar het werk en...'

'Mag mevrouw Beattie het zelf vertellen?' vroeg Strike.

'O... ja, natuurlijk!' zei Irene. Ze legde haar hand weer op haar buik en wreef erover, met een gekweld gezicht.

'Uw gebruikelijke oppas was ziek?' spoorde Strike Janice aan.

'Ja, maar ik moest werken, dus nam ik Kev mee naar de praktijk en gaf 'm een kleurboek. Toen ik naar achteren moest om het verband van een vrouw te verwisselen, zette ik Kevin in de wachtkamer. Irene en Gloria hielden hem voor me in de gaten. Maar toen kwam Margot... Ze nam 'm mee naar haar spreekkamer en onderzocht 'm, trok zijn trui en hemd uit en alles. Ze wíst dat hij mijn zoon was en ze wíst waarom hij daar zat, maar ze vond het nodig... Ik was boos, daar zal ik niet over liegen,' zei Janice zacht. 'We kregen woorden. Ik zei: "Je had alleen maar hoeven wachten tot ik klaar was met die patiënt, dan had ik met 'm naar je spreekkamer kunnen komen en had jij naar 'm kunnen kijken."

En ik moet zeggen: toen ik haar dat duidelijk gemaakt had, krabbelde ze meteen terug en bood haar excuses aan. Wel waar,' zei Janice, omdat Irene haar stekels alweer opzette, 'dat deed ze wél, Irene, ze bood haar excuses aan, ze zei da'k eigenlijk wel gelijk had, dat ze hem niet zonder mij erbij had mogen onderzoeken, maar hij had naar zijn buik gegrepen en ze had intuïtief gehandeld. Het was niet verkeerd bedoeld. Soms kon ze gewoon...'

'... mensen tegen de haren in strijken, ja, dat bedoel ik,' zei Irene. 'Ze dacht dat ze meer was dan een ander. Dat ze alles beter wist.'

'... wat overhaast handelen, wilde ik zeggen. Maar ze was een goede dokter,' zei Janice zachtjes maar vastberaden. 'Je hoort van alles als je bij de mensen thuis komt, je hoort wat patiënten over de dokter zeggen, en Margot was geliefd. Ze nam de tijd. Ze was aardig... Wel waar, Irene. Ik weet dat ze jou op de zenuwen werkte, maar de patiënten...'

'Ach, nou ja, misschien wel,' zei Irene, alsof ze wilde zeggen: *Jij je zin*. 'Maar ze had bij St John ook niet veel concurrentie, hè?'

'Waren dokter Gupta en dokter Brenner impopulair?' vroeg Strike.

'Dokter Gupta was een schat,' zei Janice. 'Een heel goede dokter, al wilden sommige patiënten geen bruine man, zo is 't nu eenmaal. Maar dokter Brenner kon je echt moeilijk aardig vinden. Pas na zijn dood begreep ik waarom hij...'

Irene hapte luid naar lucht en begon toen onverwacht te lachen. 'Vertel ze eens wat je verzamelt, Janice. Vertel dan!' Ze keek Strike en Robin aan. 'Dat is wel zo'n enge, morbide...'

'Ik verzamel ze niet,' zei Janice, die vuurrood geworden was. 'Ik vind het gewoon fijn om ze te bewáren...'

'Overlijdensberichten! Wat zegt u daarvan? Andere mensen verzamelen porseleinen beeldjes of van die schudbollen met sneeuw, blablabla, maar Janice verzamelt...'

'Ik verzamel ze niet!' zei Janice nog een keer, nog steeds vuurrood. 'Het is gewoon...' Ze keek Robin aan, hopend op begrip. 'Mijn moeder kon niet lezen...'

'Stel je voor,' zei Irene zelfgenoegzaam, wrijvend over haar buik.

Janice haperde even en zei toen: 'Ja, dus... mijn vader had niets met boeken, maar hij bracht wel de krant mee naar huis, en zo heb ik leren lezen. Ik knipte de beste verhalen eruit. Human interest noemen ze dat geloof ik tegenwoordig. Ik heb nooit iets om fictie gegeven. Ik zie niet in waarom ik zou moeten lezen wat een ander verzonnen heeft.'

'O, ik ben dol op goede romans,' zei Irene ademloos, nog steeds wrijvend over haar maagstreek.

'Hoe dan ook... Ik weet niet... als je een overlijdensbericht leest, kom je te weten wie mensen echt waren, niet dan? Als het iemand is die ik ken, of iemand die'k als patiënt heb gezien, dan bewaar ik ze, want... ik weet niet, ik heb het idee dat íémand het moet doen. Je leven wordt beschreven in de krant, dan heb je toch wat bereikt, of niet?'

'Niet als je Dennis Creed bent,' zei Irene. Met een blik alsof ze iets heel pienters had gezegd boog ze zich naar voren om nog een koekje te pakken, en er knetterde een oorverdovende scheet door de kamer.

Irene werd vuurrood. Eén vreselijk moment dacht Robin dat Strike zou gaan lachen, dus vroeg ze op luide toon aan Janice: 'Hebt u het overlijdensbericht van dokter Brenner bewaard?'

'O, ja,' zei Janice, die op geen enkele manier van de wijs gebracht leek te zijn door het harde geluid dat zojuist aan Irene was ontsnapt. Misschien was ze veel erger gewend, als doktersassistente. 'En die verklaarde een heleboel.'

'In welk opzicht?' vroeg Robin, vastbesloten om niet naar Strike of Irene te kijken.

'Hij had in Bergen-Belsen gezeten, als een van de eerste medici daar.'

'Jezus!' zei Robin geschokt.

'Zeg dat wel,' zei Janice. 'Hij praatte er niet over. Ik zou het niet geweten hebben als ik het niet in de krant had gelezen. Wat die man allemaal gezien moet hebben... stapels lijken, dode kinderen... Ik heb er ooit een bibliotheekboek over gelezen. Afschuwelijk. Misschien was hij daarom zo geworden, ik weet het niet. Ik had met hem te doen toen ik het las. Ik had hem in geen jaren gezien toen hij stierf. Iemand liet me zijn overlijdensbericht zien omdat ik bij St John had gewerkt, en ik heb het bewaard als aandenken aan hem. Je kon Brenner veel vergeven als je wist waarvan hij getuige was geweest, wat hij had doorgemaakt... maar dat geldt eigenlijk voor iedereen, hè? Als je 't eenmaal weet, verklaart dat alles. Het is triest dat je het vaak pas te weten komt als 't te laat is om... Gaat 't, lieverd?' vroeg ze aan Irene.

Robin vermoedde dat Irene in de nasleep van de scheet had besloten dat er maar één waardige uitweg was: benadrukken dat ze zich niet lekker voelde.

'Weet je, ik denk dat het door de spanningen komt,' zei ze, met haar hand in de tailleband van haar broek. 'Het wordt altijd erger als ik... Sorry,' zei ze met geheven hoofd tegen Strike en Robin, 'maar ik ben bang dat ik niet...'

'Natuurlijk,' zei Strike, en hij sloeg zijn notitieboekje dicht. 'Ik denk dat we toch alle vragen waarvoor we kwamen al hebben gesteld. Tenzij u zich nog iets herinnert,' vroeg hij de vrouwen, 'wat u achteraf bekeken vreemd of misplaatst voorkomt?'

'We hebben er wel over nagedacht, hè?' zei Janice tegen Irene. 'Al die jaren... we hebben het er natuurlijk ook over gehad.'

'Het móét Creed toch wel geweest zijn?' zei Irene stellig. 'Wat is er anders voor verklaring? Wie kan het nog meer gedaan hebben? En, denkt u dat ze u bij hem laten om hem te verhoren?' vroeg ze nogmaals aan Strike, met een laatste opleving van nieuwsgierigheid.

'Geen idee.' Hij kwam overeind. 'Hartelijk dank voor uw gastvrijheid en voor het beantwoorden van onze vragen...'

Janice liet hen uit; Irene zwaaide woordeloos toen ze de kamer uit liepen. Robin kon merken dat het gesprek haar was tegengevallen. Ze had zich gênante, ongemakkelijke bekentenissen laten ontfutselen; het beeld dat ze had geschetst van haar jonge ik was waarschijnlijk anders uitgevallen dan ze graag had gezien – en niemand, bedacht Robin terwijl ze Janice bij de deur een hand gaf, zou het leuk vinden een keiharde scheet te laten in gezelschap van vreemden.

21

Well then, sayd Artegall, let it be tride.
First in one balance set the true aside.
He did so first; and then the false he layd
In th'other scale...

Edmund Spenser
The Faerie Queene

'Ik ben natuurlijk geen arts,' zei Strike toen ze de straat weer overstaken naar de Land Rover, 'maar volgens mij komt het door het Indiase eten.'

'Hou op,' zei Robin, die tegen haar zin moest lachen. Ze voelde een plaatsvervangende schaamte.

'Jij zat niet zo dicht bij haar als ik,' zei Strike nadat hij was ingestapt. 'Ik denk dat ze lamscurry had ge...'

'Serieus,' zei Robin, half lachend, half walgend. 'Kappen nou.'

Terwijl hij zijn veiligheidsgordel schuin over zijn schouder trok, zei Strike: 'Ik heb drank nodig nu.'

'Er is een goede pub niet ver hiervandaan. Ik heb het opgezocht. The Trafalgar Tavern.'

Het opzoeken van de pub was ongetwijfeld het zoveelste Aardige Gebaar dat Robin had gekozen voor zijn verjaardag, en Strike vroeg zich af of het haar bedoeling was hem een schuldgevoel te bezorgen. Waarschijnlijk niet, dacht hij, maar toch had het die uitwerking, dus ging hij er niet op in en vroeg alleen: 'Wat denk jij van het hele verhaal?'

'Er waren nogal wat zijsprongen, vond je niet?' antwoordde Robin terwijl ze het parkeervak uit reed. 'En ik denk dat we een aantal leugens te horen hebben gekregen.'

'Ik ook,' zei Strike. 'Welke zijn jou opgevallen?'

'Die ruzie van Irene en Margot op de kerstborrel, om te beginnen.' Robin reed Circus Street uit. 'Ik denk niet dat die echt ging over die keer dat Margot Janice' zoontje had meegenomen naar haar spreekkamer, al denk ik wél dat Margot Kevin zonder toestemming heeft onderzocht.'

'Dat denk ik ook,' zei Strike. 'Maar ik ben het met je eens: volgens mij ging hun ruzie daar niet over. Irene dwong Janice om dat verhaal te vertellen omdat ze de waarheid niet wilde opbiechten. Waardoor ik me afvraag... Irene heeft Janice vandaag naar haar huis laten komen zodat we die twee samen konden ondervragen, maar was dat misschien om te voorkomen dat Janice ons dingen zou vertellen waarvan Irene niet wilde dat ze aan het licht kwamen? Dat is het probleem met vrienden die je al tientallen jaren hebt, hè? Die weten te veel.'

Robin, die zich de route naar de Trafalgar probeerde te herinneren die ze zich die morgen in het hoofd had geprent, moest meteen denken aan alle verhalen die Ilsa haar had verteld over de relatie tussen Strike en Charlotte. Ilsa had haar verteld dat Strike de uitnodiging om die avond bij hen te komen eten had afgeslagen met het excuus dat hij naar zijn zus zou gaan. Maar Robin kon zich dat niet voorstellen, na de ruzie tussen Strike en Lucy van laatst. Misschien beeldde ze zich van alles in, maar ze had zich wel afgevraagd of Strike misschien gewoon geen zin had om buiten werktijd met haar op te trekken.

'Je verdenkt Irene toch niet?'

'Ik verdenk haar alleen van liegen, roddelen en ziekelijke aandachttrekkerij,' zei Strike. 'Ik geloof niet dat ze slim genoeg is om Margot Bamborough te hebben ontvoerd zonder zichzelf te verraden, veertig jaar lang. Aan de andere kant zijn leugens altijd interessant. Is jou verder nog iets opgevallen?'

'Ja. Er is iets raars aan de hand met dat verhaal over Leamington

Spa, of eigenlijk met Irenes reactie toen ze Janice erover hoorde vertellen... Ik denk dat Leamington Spa iets voor haar betekent. En het is inderdaad gek dat Janice haar niet had verteld over dat verhaal van die patiënt. Je zou zeker verwachten dat ze ervan op de hoogte was, aangezien die twee hartsvriendinnen zijn en ze Margot allebei hebben gekend, en ze hebben al die jaren contact gehouden. Zelfs al zou Janice denken dat die man, die Ramage, het hele verhaal verzonnen had, waarom heeft ze Irene er dan niet over verteld?'

'Weer een goed punt.' Strike keek peinzend naar de neoklassieke gevel van het National Maritime Museum terwijl ze langs het uitgestrekte, schitterend onderhouden smaragdgroene gazon reden. 'Wat vond jij van Janice?'

'Tja, de keren dat we naar haar mochten luisteren leek ze me wel oké,' zei Robin voorzichtig. 'Ze leek me ook wel billijk ten opzichte van Margot en Douthwaite. Maar waarom ze zich laat behandelen als Irenes dienstmeid...'

'Sommige mensen hebben het nodig om onmisbaar te zijn... en misschien voelt ze ook een soort verplichting ten opzichte van haar, als het waar is wat Irene zei over de financiële steun die zij en haar man haar hebben gegeven toen ze die nodig had.'

Strike zag de pub die Robin had uitgekozen al van veraf liggen. Groot en overdadig, met overal balkonnetjes en luifels, plantenbakken en wapenschilden, aan de oever van de Theems. Toen Robin de auto had geparkeerd liepen ze langs zwarte ijzeren paaltjes naar het bestrate terras, waar vele houten tafels uitzicht boden over de rivier, met in het midden een levensgroot zwart standbeeld van de nietige Lord Nelson die uitkeek over het water.

'Kijk,' zei Robin. 'Je kunt buiten zitten, en dus roken.'

'Is dat niet een beetje koud?'

'Deze jas is gevoerd. Ik haal...'

'Nee, dat doe ik,' zei Strike vastberaden. 'Wat wil je drinken?'

'Doe maar een lime-soda. Ik moet nog rijden.'

Op het moment dat Strike de pub binnenkwam, barstte een groepje mensen los in een luidkeels 'Happy Birthday'. Een fractie van een seconde, toen hij in een hoek een tros heliumballonnen zag hangen, dacht hij vol afschuw dat Robin hem hier mee naartoe had genomen voor een surpriseparty, maar binnen één hartslag zag hij dat er geen enkel bekend gezicht bij was en dat de ballonnen het getal 80 vormden. Een klein, tenger vrouwtje met lavendelkleurig haar zat stralend aan het hoofd van een tafel vol familieleden, en er werd geflitst toen ze de kaarsjes op een chocoladetaart uitblies. Daarop volgden applaus en gejuich, en een peuter blies op een papieren rolfluitje.

Strike liep naar de bar, nog een beetje ontdaan, en hij sprak zichzelf in gedachten streng toe omdat hij zich heel even had ingebeeld dat Robin een surpriseparty voor hem georganiseerd zou hebben. Zelfs Charlotte, met wie hij de langste en meest serieuze relatie van zijn leven had gehad, had dat nooit gedaan. Sterker nog, Charlotte had haar eigen grillen en buien nooit laten doorkruisen door zoiets platvloers als zijn verjaardag. Toen Strike zevenentwintig werd en zij een van haar vele aanvallen van onstuitbare jaloezie had gehad, of weer eens woest was geworden omdat hij weigerde het leger de rug toe te keren (de precieze redenen van hun vele ruzies en scheldpartijen waren één waas geworden in zijn hoofd) had ze zijn ingepakte cadeau voor zijn neus uit het raam op de derde verdieping gegooid.

Maar er waren natuurlijk ook andere herinneringen. Zijn drieëndertigste verjaardag bijvoorbeeld. Hij was net ontslagen uit ziekenhuis Selly Oak en liep voor het eerst met een prothese, toen Charlotte hem had meegenomen naar haar flat in Notting Hill, voor hem had gekookt en na het eten uit de keuken was gekomen met twee bekers koffie, spiernaakt en mooier dan alle vrouwen die hij ooit had gezien. Hij had gelachen en tegelijkertijd geschrokken naar adem gehapt. Destijds had hij bijna twee jaar geen seks gehad. De nacht die erop was gevolgd zou hij waarschijnlijk nooit meer vergeten, net als de manier waarop ze naderhand snikkend in zijn armen had gelegen en had gezegd dat hij de enige man voor haar was, dat ze bang was voor haar eigen gevoelens voor hem, bang dat ze een slecht mens was, want het kon haar niet schelen dat hij een onderbeen moest missen, omdat hij daardoor bij haar teruggekomen was; omdat het betekende dat ze eindelijk voor hem kon zorgen zoals hij altijd voor haar had gezorgd. En tegen middernacht had Strike haar ten huwelijk gevraagd en hadden ze opnieuw de liefde bedreven, en tot het licht werd hadden ze gepraat over het detectivebureau dat hij zou beginnen. Ze had gezegd dat ze geen ring wilde, dat hij zijn geld maar moest bewaren voor zijn nieuwe carrière, waar hij vast ontzettend goed in zou zijn.

Met drankjes en chips keerde Strike terug naar Robin, die buiten op een bankje zat met haar handen in haar zakken en een mistroostig gezicht.

'Niet zo somber,' zei Strike, net zozeer tegen zichzelf als tegen haar.

'Sorry,' zei Robin, al wist ze niet goed waarom ze zich verontschuldigde.

Hij ging naast haar zitten in plaats van tegenover haar, zodat ze allebei naar de rivier konden kijken. Onder hen was een kiezelstrandje, waar de golfjes over de koude stenen kabbelden. Aan de andere oever verrezen de staalgrijze kantoorkolossen van Canary Wharf en links van hen was The Shard. De rivier had de kleur van lood op deze koude novemberdag. Strike trok een van de zakjes chips open en legde het tussen hen in, zodat ze er samen van konden eten. Robin had spijt dat ze geen koffie had genomen in plaats van een koud drankje, en ze nam een slok van haar lime-soda, at een paar chipjes, stak haar handen weer in haar zakken en zei: 'Ik weet dat het niet de juiste houding is, maar... eerlijk gezegd denk ik niet dat we zullen ontdekken wat er met Margot Bamborough is gebeurd.'

'Hoe kom je daar ineens bij?'

'Irene die al die namen verkeerd onthouden heeft... Janice die met haar meepraat en de reden voor de ruzie tijdens de kerstborrel verzwijgt... het is allemaal zo lang geleden. Mensen hebben ook geen enkele plicht om ons nu de waarheid te vertellen, zelfs als ze het nog precies weten. Dan speelt nog mee dat mensen vasthouden aan oude theorieën, zoals dat hele verhaal van Gloria en de pil in dokter Brenners beker, en mensen maken zichzelf graag belangrijk, doen alsof ze dingen weten en... Nou ja, ik denk zo langzamerhand dat we hier het onmogelijke proberen te bereiken.'

Robin was overspoeld door een golf vermoeidheid terwijl ze in de kou op Strike had zitten wachten, en in het kielzog daarvan had de moedeloosheid zich aangediend.

'Kop op,' zei Strike bemoedigend. 'We hebben al twee belangrijke dingen ontdekt die de politie nooit heeft geweten.' Hij haalde zijn sigaretten tevoorschijn, stak er een op en zei toen: 'Ten eerste: er was een grote voorraad barbituraten aanwezig in het pand waar Margot werkte. Ten tweede: het zou heel goed kunnen dat Margot Bamborough een abortus heeft ondergaan. Eerst de barbituraten,' zei hij. 'Zien we iets voor de hand liggends over het hoofd? Namelijk dat er ter plekke middelen aanwezig waren om iemand buiten westen te krijgen?'

'Margot was niet buiten westen,' zei Robin, en ze kauwde somber op een chipje. 'Ze is zelf naar buiten gelopen.'

'Alleen als we aannemen...'

'... dat Gloria niet loog. Ik weet het. Maar hoe kan Gloria samen met Theo... want Theo moet hebben meegedaan, toch? Hoe hadden Gloria en Theo samen Margot zoveel barbituraten kunnen toedienen dat ze bewusteloos raakte? Vergeet niet dat als Irene de waarheid vertelt, Margot op dat punt niet eens wilde dat iemand koffie of thee voor haar zette. En uit Janice' opmerking over de dosering maak ik op dat je een hoop van die pillen nodig hebt om iemand knock-out te krijgen.'

'Goed geredeneerd. Oké, nog even over dat verhaaltje van die pil in de thee...'

'Geloofde je dat niet?'

'Jawel,' zei Strike, 'want het lijkt me zinloos om daarover te liegen. Het is ook niet interessant genoeg om er een spannend verhaal van te maken hè, één zo'n pil? Maar het roept wel weer de vraag op of Margot wist of vermoedde dat Brenner verslaafd was. Misschien was het haar opgevallen dat hij zich vreemd gedroeg. Van tranquillizers zou hij suf geworden zijn. Misschien vond ze hem traag van begrip. Uit alles wat we tot nu toe van Margot weten maak ik op dat als zij vond dat Brenner zich onprofessioneel gedroeg of misschien een gevaar vormde voor patiënten, ze hem er op de man af op aangesproken zou hebben. En we hebben daarnet een hoop interessante achtergrondinformatie gekregen over Brenner, die zo te horen getraumatiseerd, ongelukkig en eenzaam was. Stel dat Margot hem had gedreigd dat hij onbevoegd verklaard zou worden. Verlies van status en prestige, voor een man die verder vrijwel niets heeft in zijn leven. Er zijn mensen die voor minder een moord plegen.'

'Hij heeft die avond vóór haar de praktijk verlaten.'

'Maar stel dat hij haar heeft opgewacht. Haar een lift heeft aangeboden.'

'Ik denk dat ze in dat geval wantrouwen zou hebben gekregen,' zei Robin. 'Niet dat ze dacht dat hij haar iets wilde aandoen, maar wel dat hij haar de les zou lezen, want zo was hij wel, afgaand op wat we van hém weten. Persoonlijk was ik dan liever gaan lopen, ondanks de regen. En ze was een stuk jonger dan hij, en lang en fit. Ik weet even niet meer waar hij woonde...'

'Bij zijn ongehuwde zus, op zo'n twintig minuten rijden van de praktijk. Volgens die zus kwam hij op de gebruikelijke tijd thuis. Een buurman die zijn hond uitliet bevestigde dat hij hem om een uur of elf door het raam heeft zien zitten...

Maar ik kan ook nog een andere mogelijkheid bedenken met betrekking tot die barbituraten,' vervolgde Strike. 'Zoals Janice al zei waren die pillen geld waard op straat, en zo te horen had Brenner een flinke voorraad opgebouwd. We moeten rekening houden met de mogelijkheid dat een buitenstaander wist dat er waardevolle medicijnen in de praktijk lagen, ze wilde stelen en toen stuitte op Margot.'

'Waarmee we weer terugkeren bij de mogelijkheid dat ze ter plekke omgekomen zou zijn, in de praktijk, maar dat betekent...'

'Daar komen Gloria en Theo weer in beeld. Misschien waren zij van plan dat spul zelf te jatten. En we hebben net gehoord...'

'... over een broer die in drugs handelde,' zei Robin.

'Vanwaar die sceptische toon?'

'Irene wilde Gloria toch duidelijk zwartmaken?'

'Dat wel, ja, maar dat Gloria een broer had die in drugs handelde is op zich waardevolle informatie, net als het feit dat er een voorraad medicijnen in de praktijk lag die makkelijk te stelen was. Brenner zou niet willen toegeven dat hij ze had gehad, dus waarschijnlijk zou hij geen aangifte hebben gedaan van diefstal, een situatie die makkelijk uit te buiten is.'

'Het hebben van een criminele broer maakt iemand nog niet crimineel.'

'Mee eens, maar het maakt wel dat ik die Gloria nu zéker wil opsporen. De term "mogelijke verdachte" is daardoor toch op haar van toepassing... En dan hebben we de abortus nog,' zei Strike. 'Als het waar is wat Irene zegt, als de kliniek inderdaad belde om de afspraak te bevestigen...'

'Ja, áls,' zei Robin.

'Ik denk niet dat dat gelogen was,' zei Strike. 'En hier geldt het tegenovergestelde als voor de pil in Brenners beker: de leugen is te groot. Zoiets verzin je niet. Bovendien heeft ze Janice er destijds over verteld, en dat gekibbel over het beroepsgeheim klonk geloofwaardig. En die C.B. Oakden moet zijn verhaal toch ergens op gebaseerd hebben. Het zou me niks verbazen als de tip van Irene kwam. Zij lijkt me wel het type dat geen kans voorbij laat gaan om te speculeren of te roddelen.'

Robin zei niets. Ze had één keer in haar leven moeten meemaken dat ze mogelijk zwanger was, en ze kon de opluchting nu nog voelen die door haar heen gegaan was toen duidelijk werd dat het niet zo was, dat ze niet hoefde te worden blootgesteld aan nog meer vreemden, een intieme behandeling, bloed en pijn.

Het idee dat je een kind van je eigen man zou laten weghalen, dacht ze. Zou Margot dat echt gekund hebben, terwijl ze thuis het zusje van dat kind al had? Wat had er in haar hoofd gespeeld, een maand voor haar verdwijning? Misschien had ze in stilte een zenuwinzinking gehad, net als Talbot. De afgelopen jaren had Robin geleerd hoe mysterieus mensen konden zijn, zelfs ten opzichte van degenen die hen het beste kenden. Ontrouw en bigamie, excentrieke trekjes en fetisjen, diefstal en fraude, stalking en getreiter: ze had zich inmiddels op zoveel geheime levens gestort dat ze de tel kwijt was. Ze voelde zich ook niet verheven boven de bedrogenen en gedupeerden die naar het detectivebureau kwamen, snakkend naar de waarheid. Had zij ook niet gedacht dat ze haar eigen echtgenoot door en door kende? Hoeveel honderden nachten hadden ze niet verstrengeld gelegen als een Siamese tweeling, elkaar vertrouwelijke dingen toegefluisterd en samen gelachen in het donker? Ze had haar halve leven doorgebracht met Matthew, en pas toen er een harde, glinsterende diamanten oorbel in hun bed was opgedoken, was het tot haar doorgedrongen dat hij een eigen leven leidde en niet de man was die ze dacht te kennen – en misschien was hij dat wel nooit geweest.

'Jij wilt niet dat ze een abortus heeft ondergaan,' zei Strike, die de reden van Robins stilzwijgen blijkbaar minimaal voor een deel correct interpreteerde. Ze gaf geen antwoord, vroeg in plaats daarvan: 'Je hebt zeker nog niks gehoord van haar vriendin Oonagh?'

'Heb ik je dat niet verteld? Jawel, ze heeft me gisteren gemaild. Ze is inderdaad een gepensioneerde dominee, en ze wil ons heel graag ontmoeten als ze naar Londen komt om kerstinkopen te doen. De datum moeten we nog afspreken.'

'Mooi,' zei Robin. 'Ik wil nu wel eens iemand spreken die Margot wél graag mocht.'

'Gupta mocht haar graag,' zei Strike. 'En Janice, dat zei ze net nog.'

Robin trok het tweede zakje chips open. 'Dat zou je verwachten, toch?' zei ze. 'Dat mensen op z'n minst doen alsóf ze Margot leuk vonden, na wat er is gebeurd. Maar Irene deed dat niet. Vind je het niet een beetje... overdreven... om na veertig jaar nog zo'n wrok tegen iemand te koesteren? Ze ging helemaal los. Je zou toch denken dat het... weet ik veel, beleefder is om...'

'Te doen alsof ze vriendinnen waren?'

'Ja... maar misschien wist Irene dat te veel mensen er getuige van zijn geweest dat ze géén vriendinnen waren. Wat denk jij van die anonieme brieven? Waar of niet waar?'

'Goede vraag,' zei Strike, krabbend aan zijn kin. 'Irene genoot ervan om ons te vertellen dat Margot een "kaa-u-tee-wijf" werd genoemd, maar "hellevuur" klinkt niet als een woord dat zij zou verzinnen. Ik zou van haar eerder iets verwachten als "verwaande trut" of zo.'

Hij haalde zijn notitieboekje weer tevoorschijn en bekeek vluchtig de aantekeningen die hij had gemaakt tijdens het gesprek. 'We moeten nog wat sporen natrekken, voor wat het waard is. Als jij Charlie Ramage en Leamington Spa doet, dan neem ik bennieverslaafde Applethorpe, oké?'

'Nou doe je het weer,' zei Robin.

'Wat doe ik?'

'Grijnzen bij het woord "bennie". Wat is er grappig aan benzedrine?'

'O.' Hij grinnikte. 'Het deed me gewoon denken aan iets wat oom Ted me ooit heeft verteld. Keek jij vroeger naar *Crossroads*?'

'Wat is *Crossroads*?'

'Ik vergeet altijd dat jij een stuk jonger bent dan ik. Dat was een soapserie die overdag werd uitgezonden, en een van de personages heette Benny. Hij was... Tegenwoordig zou je hem verstandelijk beperkt noemen. Simpel. Droeg altijd een wollen muts. Een iconische figuur, op zijn eigen manier.'

'Moest je aan hem denken?' vroeg Robin. Zo grappig leek haar dat niet.

'Nee, maar je moet even weten wie hij was om het volgende gedeelte te snappen. Ik neem aan dat je wel iets weet van de Falklandoorlog.'

'Ik mag dan jonger zijn dan jij, Strike, maar ik ben niet achterlijk.'

'Oké. Nou, de Britse troepen die daarheen gingen – Ted heeft er in 1982 gezeten – noemden de plaatselijke bevolking "Bennies", naar dat personage uit *Crossroads*. De legerleiding kreeg daar lucht van en algauw kwam het bevel: "Noem de mensen die wij zojuist hebben bevrijd geen Bennies." En dus,' zei Strike grinnikend, 'noemden ze hen voortaan "Tochs".'

'"Tochs"? Wat betekent "Tochs"?'

'"Toch Bennies",' zei Strike, en hij kwam niet meer bij van het lachen. Robin lachte ook, maar vooral omdat Strike zo'n lol had. Toen zijn bulderende lach was weggeëbd, bleven ze samen een paar tellen naar de rivier zitten kijken, drinkend en, in Strikes geval, rokend, tot hij zei: 'Ik ga het ministerie van Justitie schrijven. Toestemming vragen om Creed te bezoeken.'

'Serieus?'

'We moeten het proberen. De instanties hebben altijd gedacht dat Creed méér vrouwen heeft aangevallen of vermoord dan waarvoor hij is veroordeeld. Er lagen sieraden bij hem in huis en sommige daar aangetroffen kledingstukken zijn nooit herleid tot bekende slachtoffers. Dat iedereen denkt dat Creed het heeft gedaan...'

'... wil niet zeggen dat hij het niet heeft gedaan,' stemde Robin in; ze kon zijn verknipte logica prima volgen.

Strike zuchtte, wreef over zijn gezicht – de sigaret nog in zijn mondhoek – en zei toen: 'Wil je zien hoe gestoord Talbot was?'

'Kom maar op.'

Strike haalde het in leer gebonden aantekenboek uit de binnenzak van zijn jas en gaf het aan Robin. Ze sloeg het open en bladerde er zwijgend in. De bladzijden waren bedekt met rare tekeningen en diagrammen. Het handschrift was klein, heel netjes maar kriebelig. Veel zinnen en symbolen waren onderstreept of omcirkeld. Het pentagram maakte weer zijn opwachting. De bladzijden stonden vol met namen, maar die hadden geen van alle te maken met het onderzoek: Crowley, Lévi, Adams en Schmidt.

'Huh,' zei ze zachtjes, toen ze stopte bij een bladzijde met wel erg veel tekeningen: een geitenkop met een derde oog keek haar dreigend aan. 'Moet je dit zien.' Ze boog zich er dichter naartoe. 'Hij gebruikt astrologische symbolen.'

'Wat?' vroeg Strike, en hij keek fronsend naar de bladzijde die ze zat te bestuderen.

'Dat is de Weegschaal.' Robin wees naar een symbool vrijwel onderaan op de bladzijde. 'Dat is mijn sterrenbeeld, ik had er vroeger een sleutelhanger van.'

'Hij maakt gebruik van stérrenbeelden?' Strike trok het boek naar zich toe, met zo'n afkeurend gezicht dat Robin opnieuw moest lachen.

Strike bekeek de bladzijde vluchtig. Robin had gelijk. En de cirkels die om de geitenkop getekend waren vertelden hem nog meer. 'Hij heeft de volledige horoscoop berekend voor het moment waarop hij meende dat ze ontvoerd was. Kijk maar naar de datum hier. 11 oktober 1974. Half zeven 's avonds... krijg nou wat. Astrologie... hij was echt de weg kwijt.'

'Wat is jouw sterrenbeeld?' vroeg Robin, en ze probeerde het zelf na te gaan.

'Geen flauw idee.'

'Ach, rot op.'

Hij keek haar verbaasd aan.

'Je houdt je van de domme!' zei ze. 'Iedereen weet wat zijn sterrenbeeld is. Doe nou niet alsof jij daarboven staat.'

Strike grinnikte met tegenzin, nam een flinke haal van zijn sigaret, blies de rook uit en zei toen: 'Boogschutter, ascendant Schorpioen, met de zon in het eerste huis.'

'Je...' Robin begon te lachen. 'Zit je nou maar wat uit je nek te lullen of is het echt zo?'

'Natuurlijk is het niet echt zo! Jezus! Het is toch allemáál onzin? Maar jawel, zo staat het in mijn geboortehoroscoop. Lach niet, verdomme. Je weet toch wie mijn moeder was? Zij was gek op dat gezeik. Een van haar beste vriendinnen heeft mijn horoscoop voor haar getrokken na mijn geboorte. Ik had dat beest meteen moeten herkennen,' zei hij, wijzend naar de geit. 'Maar ik heb dit nog niet serieus doorgenomen, nog geen tijd voor gehad.'

'En wat wil "de zon in het eerste huis" zeggen?'

'Helemaal niks, het is pure lulkoek.'

Robin merkte dat hij niet wilde toegeven dat hij het onthouden had, en daar moest ze weer om lachen.

Half geërgerd, half geamuseerd mompelde hij: 'Zelfstandig. Leiderschap.'

'Nou...'

11/10/'74 18.30 u

ΚΕΦΑΛΗ Α
De sabbath van de geit
Voortbrengen is sterven;
sterven is voortbrengen. Strooi het zaad
uit over de Akker van de Nacht.
CROWLEY

Schmidt adviseert:
herziening
Baphomet /
Baphomet

♀ = godin van intelligentie & gerechtigheid in ♑
ZIJ HOORT BIJ BAPHOMET

Medium Coeli ♑ Baphomet doet van zich spreken, vervult een AMBITIE

WIE?

Eindeloze fouten door ♑ MISSCHIEN GELUK GEHAD? Bestelbus?

Schmidt zegt ♓ is ♑ !

WIE?

AC ♈

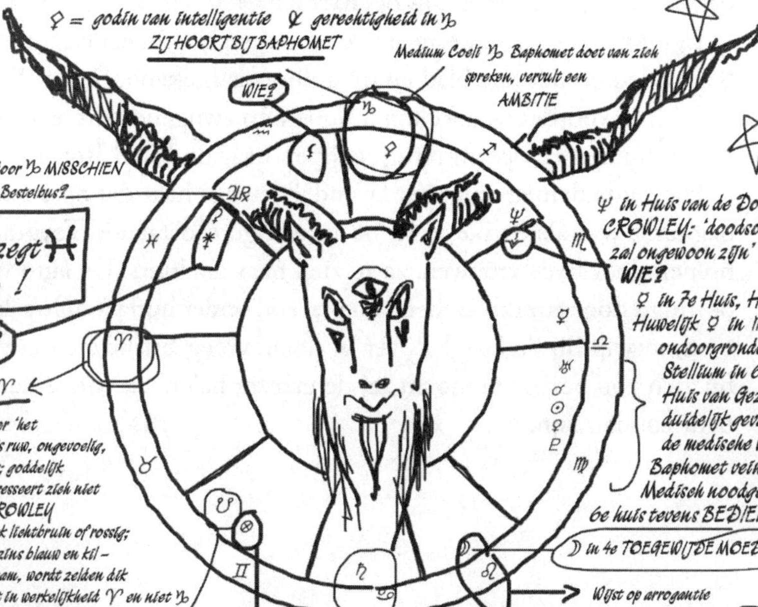

Veelzeggend? Maar 'het sterrenbeeld ♑ is ruw, ongevoelig, duister, blind zelfs; goddelijk gewetenloos, interesseert zich niet voor de afloop' CROWLEY
♈ het haar is vaak lichtbruin of rossig; de ogen zijn enigszins blauw en kil – goedgevormd lichaam, wordt zelden dik
ADAMS dus is het in werkelijkheid ♈ en niet ♑
MAAR VLAK BIJ DE PLAATS VAN ONTVOERING?

WIE?

Zuidelijke knoop in ♊
Cauda Draconis: CROWLEY zegt PLOTSELINGE VERLIEZEN
2e Huis, Huis van Bezittingen: TROFEEËN HAAR ONTNOMEN
ADAMS: ♊ in spraak is logisch en helder – ♊ ???
SCHMIDT CORRIGEERT NAAR ☋ ✓

♆ in Huis van de Dood
CROWLEY: 'doodsoorzaak zal ongewoon zijn'
WIE?
♀ in 7e Huis, Huis van Huwelijk ♀ in ♏ opstijgend, ondoorgrondelijk.
Stellium in 6e huis, Huis van Gezondheid, duidelijk gevaar voor de medische wereld.
Baphomet veinst ziekte?
Medisch noodgeval?
6e huis tevens BEDIENDEN

☽ in 4e TOEGEWIJDE MOEDER

Wijst op arrogantie hoogmoedige bullebak ♌

Baphomet overheerst in ♋
'Heilig, heilig, heilig tot Honderdzesenvijftig keer heilig zal zij zijn
ONZE VROUWE berijdt HET BEEST!' Crowley
♋ weet iets, mogelijk onbewust, heeft eerder contact gehad met ♑ ?

Ze verdween tijdens ♎ VEELZEGGEND?
♎ = GERECHTIGHEID / RECHTZETTEN Was ze uit op gerechtigheid?
Dr ♎ perfect voorbeeld van het type. ADAMS zegt lange schedel, fijne, regelmatige en aangename gelaatstrekken, het haar zeer donkerbruin of zwart, vaak laag op het voorhoofd – zachtaardig – voorkomend – 'het kan helemaal mis zijn zonder dat iemand het doorheeft. ♎ is degene die de problemen ontdekt en ze rechtzet.' 'Verstoring is hem een gruwel.'
♎ IS HET BETROUWBAARST

♑

Het is het teken van antagonisme en fatalitelt.
Het is de geit der lusten die de hemelen aanvalt met zijn hoorns.
– Eliphas Levi

'Het is gelul, en we hebben al genoeg vage onzin gezien in deze zaak zonder ook nog eens met sterrenbeelden te beginnen. Het medium en de gewijde plek, Talbot en Baphomet...'

'Irene en haar stukgevallen Margot Fonteyn,' zei Robin.

'Irene en haar bloody stukgevallen Margot Fonteyn,' mompelde Strike, en hij rolde met zijn ogen.

Er begon een ijskoude, nevelige motregen te vallen; de spettertjes belandden op het tafelblad en op Talbots aantekenboek, dat Strike dichtsloeg voordat de inkt kon uitlopen. In zwijgende overeenstemming stonden ze op om terug te lopen naar de Land Rover.

Het oude dametje met het lavendelkleurige haar dat op dezelfde dag jarig was als Strike werd nu in een gereedstaande Toyota geholpen door twee vrouwen, zo te zien haar dochters. De auto werd omringd door familie, lachend en pratend onder hun paraplu's. Heel even, terwijl hij de Land Rover in dook, vroeg Strike zich af waar hij zich zou bevinden mocht hij de tachtig halen, en wie er dan bij hem zouden zijn.

22

And later times thinges more vnknowne shall show.
Why then should witlesse man so much misweene
That nothing is but that which he hath seene?
What if within the Moones fayre shining spheare,
What if in euery other starre vnseene
Of other worldes he happily should heare?

Edmund Spenser
The Faerie Queene

Strike haalde die avond een afhaalmaaltijd, die hij in zijn eentje opat op zijn zolderflat. Toen hij de bak noedels omkieperde op zijn bord gaf hij voor zichzelf toe hoe ironisch het was dat als Ilsa niet zo gretig had willen bemiddelen in een romantische relatie tussen hem en Robin, hij nu misschien in Nick en Ilsa's flat aan Octavia Road had zitten lachen met twee van zijn oudste vrienden én met Robin, wier gezelschap hem nooit had verveeld gedurende de vele lange uren dat ze hadden samengewerkt.

Tijdens het eten bleven Strikes gedachten hangen bij zijn partner, bij het kusje op de zo attent gekozen verjaardagskaart, en de koptelefoon en het feit dat ze hem tegenwoordig Strike noemde als ze zich ergerde of wanneer ze samen ergens om moesten lachen, allemaal duidelijke tekenen van toenemende intimiteit. Hoe stressvol haar scheiding, waarover ze hem weinig bijzonderheden had verteld, ook verliep en ook al was ze misschien niet bewust op zoek naar een relatie, ze was wel degelijk vrij en beschikbaar.

Niet voor het eerst vroeg Strike zich af hoe egoïstisch het eigenlijk was om te vermoeden dat Robins gevoelens voor hem warmer waren dan die van pure vriendschap. Hij kon beter met haar opschieten dan hij ooit met een vrouw overweg had gekund. Ze mochten elkaar graag, en dat gegeven had alle spanningen doorstaan van een gezamenlijk bedrijf, de persoonlijke beproevingen die ieder van hen had gekend sinds hun ontmoeting, en zelfs de fikse onenigheid die hem er ooit toe had gedreven haar te ontslaan. Ze was naar het ziekenhuis gesneld toen hij daar in zijn eentje aan het bed zat van zijn neefje dat in kritieke toestand was opgenomen, iets waarvoor ze ongetwijfeld de bezwaren van haar toenmalige echtgenoot had genegeerd, de ex die Strike in gedachten nooit vergat 'die lul' te noemen.

Ook was Strike niet ongevoelig voor Robins knappe uiterlijk; sterker nog, hij was zich daar sterk van bewust geweest vanaf die allereerste keer dat ze in zijn kantoor haar jas uittrok. Maar haar fysieke aantrekkingskracht vormde een minder grote bedreiging voor zijn gemoedsrust dan dat sterke, schuldbewuste genot vanwege het besef dat hij nu de belangrijkste man in haar leven was. Nu de mogelijkheid van méér voor hem lag, nu ze weg was bij haar man, nu ze single was, betrapte hij zich erop dat hij zich serieus afvroeg wat er zou gebeuren als ze zouden handelen naar de aantrekkingskracht waarvan hij begon te vermoeden dat die wederzijds was. Zou het detectivebureau, waarvoor ze allebei zoveel hadden opgeofferd en dat voor Strike gelijkstond aan het bereiken van al zijn ambities, het overleven als de partners met elkaar het bed in doken? Hoe hij die vraag ook formuleerde, steeds weer anders, het antwoord luidde telkens nee, want hij was ervan overtuigd dat Robin, om redenen die te maken hadden met een trauma uit het verleden en niet met bijzondere preutsheid, uiteindelijk de zekerheid en vastigheid van een huwelijk nastreefde.

En hij was er de man niet naar om te trouwen. Ondanks de ongemakken snakte hij na een dag werken naar zijn eigen persoonlijke ruimte, schoon en opgeruimd, precies zo ingericht als hij het wilde, vrij van emotionele stormen, schuldgevoelens en wederzijdse verwijten, vrij van de eis om te voldoen aan de Hallmark-opvatting van romantiek. Hij wilde geen leven waarin hij verantwoordelijk was voor het geluk van een ander. De waarheid was dat er altijd wel een vrouw was geweest voor wie hij verantwoordelijk was: Lucy, tijdens hun gezamenlijke jeugd in de viezigheid en de chaos; Leda, die van minnaar naar minnaar holde en die hij als tiener soms fysiek had moeten beschermen; Charlotte, die met haar opvliegende en zelfdestructieve neigingen verschillende etiketten opgeplakt had gekregen door therapeuten en psychiaters, maar van wie hij ondanks alles had gehouden. Nu was hij alleen, en hij had min of meer rust gevonden. Geen van de verhoudingen en onenightstands die hij sinds Charlotte had gehad had zijn ware kern geraakt. Hij had zich wel eens afgevraagd of Charlotte zijn vermogen om intensief te vóélen niet had belemmerd.

Alleen gaf hij dus, bijna tegen zijn wil, wel degelijk om Robin. Hij voelde het vertrouwde verlangen om het haar naar de zin te maken, en dat ergerde hem veel meer dan de gewoonte die hij had ontwikkeld om vastberaden zijn blik af te wenden wanneer ze zich over een bureau boog. Ze waren vrienden en hij hoopte dat ze dat altijd zouden blijven, en hij had zo'n vermoeden dat de beste manier om daarvoor te zorgen was elkaar nooit naakt te zien.

Toen hij zijn bord had afgewassen zette Strike het raam open om de koude avondlucht binnen te laten, en hij herinnerde zichzelf er nog eens aan dat iedere vrouw die hij kende onmiddellijk geklaagd zou hebben over de tocht. Hij stak een sigaret op, klapte de laptop open die hij mee naar boven had genomen en stelde een brief op aan het ministerie van Justitie waarin hij uitlegde dat hij was ingehuurd door Anna Phipps. Hij gaf zijn geloofsbrieven op, voor zijn werk als rechercheur en als detective, zowel binnen het leger als daarbuiten, waarna hij toestemming vroeg om Dennis Creed te bezoeken in Broadmoor.

Toen hij klaar was geeuwde hij, stak zijn zoveelste sigaret van die dag op en ging op zijn bed liggen, waarbij hij zoals gewoonlijk eerst zijn broek losmaakte. Hij pakte *De demon van Paradise Park* op en bladerde door naar de laatste bladzijde.

De agenten die in 1976 Creeds kelder betraden en met eigen ogen de combinatie van gevangenis en martelkamer hebben gezien die hij daar had ingericht worden nog altijd gekweld door de vraag of de twaalf vrouwen van wie is bevestigd dat hij ze heeft aangevallen, verkracht en/of vermoord zijn totale aantal slachtoffers vormen.

In ons laatste interview was Creed, die nog diezelfde ochtend diverse beperkingen opgelegd had gekregen na een agressieve uitbarsting tegen een gevangenbewaarder, het minst spraakzaam tot nu toe, en zeer cryptisch.

V: Men vermoedt dat er meer slachtoffers zijn.

A: O ja?

V: Louise Tucker. Ze was zestien, van huis weggelopen...

A: Jullie journalisten vermelden altijd graag de leeftijd van mensen, hè? Waarom is dat toch?

V: Omdat het een beeld schetst. Het is een detail waarmee iedereen zich kan identificeren. Weet jij iets van Louise Tucker?

A: Ja. Ze was zestien.

V: Er lagen sieraden in je kelder van wie we de eigenaar niet kennen. En kleding.

A: ...

V: Wil je niet over de sieraden praten?

A: ...

V: Waarom wil je het niet over die spullen hebben?

A: ...

V: Denk je niet ergens in je achterhoofd: ik heb niks te verliezen, ik kan mensen gemoedsrust bezorgen, de onzekerheid van die families wegnemen?

A: ...

V: Denk je niet: het zou een vorm van herstel kunnen zijn? Ik zou op die manier nog iets van mijn reputatie kunnen herstellen?

A: [lacht] 'Reputatie'... Denk je dat ik me hier druk loop te maken om mijn reputatie? Jullie zijn zulke [onverstaanbaar]

V: En hoe zit het met Kara Wolfson? Verdwenen in '73.

A: Hoe oud was ze?

V: Zesentwintig. Gastvrouw in een club in Soho.
A: Ik hou niet van hoeren.
V: Hoe komt dat?
A: Smerig.
V: Je bezocht prostituees.
A: Als er verder niks voorhanden was.
V: Je hebt geprobeerd... Helen Wardrop was prostituee. Zij is aan je ontsnapt. Ze heeft de politie een signalement gegeven.
A: ...
V: Je hebt geprobeerd Helen mee te nemen in hetzelfde gebied waar Kara voor het laatst gezien is.
A: ...
V: En Margot Bamborough?
A: ...
V: Een bestelwagen die op de jouwe leek reed hard weg in de buurt waar ze is verdwenen.
A: ...
V: Als je Bamborough ontvoerd zou hebben, zou ze samen met Susan Meyer bij jou in die kelder gezeten hebben, toch?
A: ... fijn voor haar.
V: Was het fijn voor haar?
A: Iemand om mee te praten.
V: Bedoel je dat je Bamborough en Meyer daar samen hebt vastgehouden?
A: [glimlacht]
V: En Andrea Hooton? Was Bamborough dood toen je Andrea ontvoerde?
A: ...
V: Je hebt het lichaam van Andrea van de rotsen gegooid. Daarmee week je af van je vaste werkwijze. Was zij de eerste die je van de rotsen gooide?
A: ...
V: Wil je niet bevestigen of je Margot Bamborough hebt ontvoerd?
A: [glimlacht]

Strike legde het boek weg en bleef een tijdje liggen roken en nadenken. Toen pakte hij het in leer gebonden aantekenboek van Bill Talbot, dat hij op zijn bed had gegooid toen hij eerder die avond zijn jas uittrok.

Bladerend door de overvolle pagina's, op zoek naar iets begrijpelijks, iets wat hij zou kunnen linken aan een degelijk feit of een referentiepunt, stak hij ineens een dikke vinger tussen de bladzijden om ze tegen te houden, zijn aandacht getrokken door een zin die voornamelijk in gewoon Engels was geschreven en die hem bekend voorkwam.

12e (♓) gevonden. Dus ZOALS VERWACHT is de moordenaar ♑

Het was een fikse inspanning om op te staan en zijn notitieboekje te pakken, maar toch deed hij het. Toen hij zich weer op zijn bed had laten zakken, zocht hij de stenozin op die Pat voor hem had vertaald.

En dat is de laatste, de twaalfde, en de cirkel is straks rond als de tiende – onbekend woord – Baphomet wordt gevonden. Overnemen in het echte boek.

Het onbekende woord, besefte Strike, was hetzelfde symbool dat in Talbots aantekenboek achter 'verwacht' stond.

Geërgerd maar ook nieuwsgierig pakte hij zijn telefoon en googelde 'astrologische tekens'.

Een paar minuten later, na met een licht vertrokken gezicht van afkeer een paar astrologische webpagina's gelezen te hebben, had hij de zin van Talbot succesvol ontcijferd. Die luidde: *Twaalfde (Vissen) gevonden. De moordenaar is daarom* ZOALS VERWACHT *Steenbok.*

Vissen was het twaalfde teken van de dierenriem, Steenbok het tiende. Steenbok was bovendien het teken van de geit, iets wat Talbot in zijn manische toestand leek te hebben gekoppeld aan Baphomet, de afgod met de geitenkop.

'Krijg nou wat,' mompelde Strike, en hij sloeg een nieuwe bladzijde om in zijn notitieboekje en schreef iets op.

Er was hem iets nieuws te binnen geschoten: de vreemde, onverklaarde data met een kruis ernaast op alle verklaringen van mannen. Hij vroeg zich af of hij het zou kunnen opbrengen om nu naar beneden te gaan om de betreffende papieren uit de dozen met het politiedossier te pakken. Met een zucht besloot hij dat het antwoord ja was. Hij deed zijn gulp dicht, hees zich van het bed en pakte de sleutel van kantoor van het haakje bij de deur.

Tien minuten later was hij terug in zijn slaapkamer met zijn laptop en een vers aantekenboekje. Toen hij zich weer op het bed installeerde, zag hij dat het scherm van zijn mobiel, die op het dekbed lag, oplichtte. Iemand had hem gebeld terwijl hij beneden was. In de verwachting dat het Lucy was geweest pakte hij de telefoon en keek ernaar.

Hij had zojuist een oproep van Charlotte gemist. Strike legde de telefoon weer weg en klapte zijn laptop open. Langzaam en nauwgezet ging hij aan de slag om de onverklaarde data op de pagina's van iedere mannelijke verdachte te koppelen aan het bijpassende sterrenbeeld. Als zijn ingeving klopte, als Talbot de sterrenbeelden van de mannen had willen nagaan, was Steven Douthwaite Vissen, Paul Satchwell Ram en Roy Phipps, die was geboren op 27 december... een Steenbok. En toch had Talbot Roy Phipps al vroeg in het onderzoek van verdenking ontheven.

'Shit, dat slaat dus nergens op,' mompelde Strike in het lege vertrek.

Hij schoof zijn laptop opzij, pakte het aantekenboek van Talbot er weer bij en bladerde naar de stellige bewering dat de moordenaar van Margot een Steenbok moest zijn.

'Goeie god,' mompelde hij terwijl hij zonder veel succes probeerde, met behulp van de astrologische websites, om enige logica te ontwaren in die enorme hoeveelheid esoterisch gebazel. Voor zover hij er wijs uit kon, leek Talbot Roy Phipps van verdenking ontheven te hebben op basis van zijn conclusie dat Phipps niet echt een Steenbok was, maar een of ander sterrenbeeld waar Strike kop noch staart aan kon vinden en waarvan hij vermoedde dat Talbot het gewoon verzonnen had.

Terug bij het aantekenboek herkende Strike het Keltische kruis

12e (♓) gevonden. Dus ZOALS VERWACHT is de moordenaar ♑

'Capricornus is goddelijk gewetenloos, interesseert zich niet voor de afloop... gij hebt geen enkel recht dan uw wil geschiede. Doe dat, en anderen verbieden het u. Want slechts uw wil, verlost van de lust der uitkomsten, is volmaakt in ieder opzicht.' – Crowley

Echtgenoot kan geen ware ♑ zijn, volgens Adams is ♑ materialistisch, streng, verbeten, met dunne lippen en 'kleine felle oogjes'

SCHMIDT VERKLAART → NIET ♑ MAAR

Vindingrijk, gevoelig, muzikaal

"Ik ben de geheime slang, opgerold, klaar om op te springen. Mijn gekronkel biedt vreugd." – Crowley

NEE

♋ tegenpool ♑

VII Zegewagen (♋)

Overwinning, vastberadenheid
Kan ik oplossen (met ♋)

Zwaarden Prins (♑/♒)

Kan charmant zijn
= BEKEND VAN WERK?

VERBONDEN

XV Duivel (♑)

Samenwerking met ♋ zal blijken

Negen van Zwaarden

Twee van Kelken (♋)

(♊)

Aas van Pentakels omgekeerd (♉)

⊕ teken van HEBZUCHT materialisme

Hiërofant (♉)

Houder van geheime kennis
♉ WEET IETS

Maar Levi zegt de Twee van Kelken is de koe
DUS OOK MOGELIJK ♉
Deze twee zijn de SLEUTEL ♋ en ♉

'gif en bloed druppel' WREEDHEID,
zij lijdt nu NOG IN LEVEN?

Vijf van Pentakels (♉)

frustratie, hindernissen:
♉ zwijgt

Hoge-priesteres (☽)

ISIS DE BASIS
♋/☽

SCHMIDT VERANDERT ALLES BAPHOMET

Tien van Zwaarden (♊)

ONDERGANG – HET WORDT MIJN ONDERGANG
IK GA TEN ONDER

NEE

♋

♋ OPNIEUW ONDERVRAGEN: - HELDERZIEND, intuïtief, opnieuw verhoren
GOED karakter: - koestert, beschermt, tegenovergestelde van HET KWAAD
Adams: 'het gezicht is vol en plat – de ogen zijn groot en licht.'
Vergeet niet ♄ ook in ♋.
Dus ♋ kan contact gehad hebben met Baphomet
MOGELIJK IN GEVAAR

√√√√

♉

Karakter ♉ daarentegen is ALS VAN BAPHOMET
'De hiërofant zal u zeggen: ---
"Draai om!" en in de schaduw die gij werpt is de aanwezigheid van deze zon der onstoffelijke geesten, deze zal u voorkomen als de duivel, dat zwarte spook' - Levi
ONBETROUWBAAR, VERBERGT DINGEN WEET MEER

♏ MOEDERVLEK (Adams) √√

Leugens, kapotte spiegels, troebel water – Crowley

WATERCONNECTIE: ALLE STEERENBEELDEN HEBBEN MET WATER TE MAKEN
TEVENS REGEN TOEN ZE WERD MEEGENOMEN

NEE

WATER WATER WATER WATER WATER WATER OVERAL WATER

♒ Zorgen over manier waarop ♏ is gestorven? SCHMIDT IS HET EENS m ADAMS

Heeft ♒ ♓ aangesproken over ♏? Was ♋ erbij, was ♋ getuige? ♋ is aardig, instinctief beschermend, OPNIEUW VERHOREN.
♏ EN ♒ HOUDEN VERBAND MET water water OOK ♋ en ♑ HEEFT EEN VISSENSTAART

De monsters CETUS, Leviathan, de Bijbelse walvis
Oppervlakkige charme, boosaardig van binnen
Koppig, graag in middelpunt belangstelling
Performer, leugenaar

op de tarotkaarten uit zijn jeugd. Leda had zichzelf beschouwd als iemand die tarotkaarten kon lezen; hij had haar dat vaak zien doen, in dezelfde formatie als die Talbot schetste op het midden van de bladzijde. Maar hij had nooit gezien dat de kaarten een astrologische betekenis toegekend kregen, en hij vroeg zich af of Talbot dat ook zelf verzonnen had.

Zijn mobiel trilde weer. Hij pakte het toestel op.

Charlotte had hem een foto gestuurd. Een naaktfoto van zichzelf met twee bekers koffie in haar handen. Het begeleidende bericht luidde: *Vanavond 6 jaar geleden. Ik zou willen dat het weer gebeurde. Happy birthday, Bluey x*

Tegen zijn wil staarde Strike naar het lichaam dat geen enkele heteroseksuele man koud zou laten, en naar het gezicht waar Venus nog jaloers op zou zijn. Toen zag hij de wazige vlek op haar onderbuik, waar ze het litteken van haar keizersnede had weggewerkt. Dat maakte een einde aan zijn ontluikende erectie. Als een alcoholist die een glas cognac van zich af schuift wiste hij de foto en keerde terug naar Talbots aantekenboek.

23

It is the mynd, that maketh good or ill,
That maketh wretch or happie, rich or poore:
For some, that hath abundance at his will,
Hath not enough, but wants in greatest store;
And other, that hath litle, askes no more,
But in that litle is both rich and wise.

Edmund Spenser
The Faerie Queene

Elf dagen later werd Robin om acht uur 's ochtends gewekt door de ringtone van haar mobiel, na amper een uur slaap. Ze had weer eens de hele nacht voor niets staan schaduwen voor het huis van de gekwelde weerman, en ze was teruggegaan naar haar flat in Earl's Court om een paar uurtjes slaap te pakken voordat ze zich zou moeten haasten naar het gesprek met Oonagh Kennedy samen met Strike, in de lunchroom van Fortnum & Mason. Volkomen gedesoriënteerd stootte ze van alles van haar nachtkastje terwijl ze in het donker naar haar telefoon tastte.

"Hallo?'

'Robin,' werd er blij in haar oor gebruld. 'Je bent tante!'

'Sorry, wat ben ik?' mompelde ze.

Flarden van haar droom waren blijven hangen: Pat Chauncey had haar mee uit eten gevraagd en was diep beledigd door haar weigering.

'Je bent tante! Jenny's baby is er!'

'O,' zei Robin, en haar uiterst trage brein kwam tot de conclusie dat dit Stephen moest zijn, haar oudere broer. 'O, wat goed. Wat...?'

'Een meisje!' jubelde Stephen. 'Annabel Marie. Ruim acht pond!'

'Wauw. Dat is... Is dat niet zwaar? Het lijkt me...'

'Ik stuur je nu een foto! Heb je hem?'

'Nee, wacht.' Robin ging rechtop zitten. Met dikke slaapogen zette ze haar telefoon op de speaker om de ingekomen berichten te bekijken. De foto kwam binnen op het moment dat ze naar het schermpje tuurde: een rimpelige kale baby gewikkeld in een ziekenhuisdekentje, met gebalde vuistjes, zo te zien woedend omdat ze vanaf een rustig, zacht en donker plekje gedwongen was geweest zich te verplaatsen naar het felle licht van een ziekenhuiskamer.

'Hij komt net binnen. O, Stephen, ze is... ze is prachtig.'

Dat was gelogen, maar toch voelde Robin tranen prikken in haar vermoeide ogen. 'Jezus, Button,' zei ze zacht; het was Stephens bijnaam uit hun jeugd. 'Je bent vader!'

'Zeg maar niks. Krankzinnig idee, hè? Wanneer kom je naar huis om haar te bewonderen?'

'Gauw,' beloofde Robin. 'Ik ben er met de kerst. Geef Jenny een dikke kus van me, oké?'

'Zal ik doen. Ik ga nu Jon bellen. Tot gauw, Robs.'

De verbinding werd verbroken. Robin lag in het donker naar de helder verlichte foto van de verfrommelde baby te kijken, die haar gezwollen oogjes dichtkneep tegen een wereld waarvan ze al besloten leek te hebben dat die niet veel voorstelde. Het was een heel raar idee dat haar broer Stephen nu vader was, en dat er een familielid bij was gekomen.

Het was alsof Robin de woorden van haar nicht Katie weer hoorde: *Het lijkt wel of jij in een andere richting reist dan wij met z'n allen.* Vroeger, toen ze met Matthew samen was, voordat ze bij het detectivebureau ging werken, had ze gedacht kinderen met hem te zullen krijgen. Robin had niets tégen kinderen, ze wist alleen dat het werk waar ze zo van hield nu onmogelijk te combineren was met het moederschap; haar geliefde baan zou er op z'n minst minder aantrekkelijk door worden. Moeder zijn, zo had ze opgemaakt uit de beperkte observatie van vrouwen van haar leeftijd die kinderen hadden, leek alles van een vrouw te vergen wat ze maar kon geven. Katie had haar verteld dat er onophoudelijk aan haar hart werd getrokken als ze niet bij haar zoon was, waarna Robin had geprobeerd zich voor te stellen dat er emotionele ketenen waren die haar nog sterker konden belemmeren dan het schuldgevoel en de woede waarmee Matthew haar had willen kluisteren. Het probleem was niet dat Robin bang was dat ze niet van haar kind zou houden. Integendeel, ze verwachtte juist dat ze er zoveel van zou houden dat haar baan, waarvoor ze vrijwillig haar huwelijk, haar veiligheid, haar slaap en haar financiële zekerheid had opgeofferd, er op zijn beurt voor geofferd zou worden. En wat voor gevoelens zou ze dan ontwikkelen ten opzichte van degene die dat offer noodzakelijk had gemaakt?

Robin deed het licht aan en bukte om de spullen op te rapen die ze van haar nachtkastje had gestoten: een leeg glas, gelukkig nog heel, en de flinterdunne paperback met de titel *Wat is er gebeurd met Margot Bamborough?* van C.B. Oakden, die ze de vorige dag per post had ontvangen en ook al had gelezen.

Strike wist nog niet dat ze Oakdens boek te pakken had gekregen, en ze verheugde zich erop het hem te laten zien. Ze had nog meer Bamborough-nieuwtjes, maar nu, misschien puur door de uitputting, was haar enthousiasme om het hem allemaal te vertellen verdwenen. Nadat ze had vastgesteld dat ze toch niet meer zou kunnen slapen stond ze op.

Tijdens het douchen besefte Robin tot haar verbazing dat ze huilde.

Doe niet zo stom. Je wilt niet eens een baby. Stel je niet aan.

Toen ze bovenkwam, aangekleed, met geföhnd haar en een laag concealer om de wallen onder haar ogen te verdoezelen, zat Max in de keuken een geroosterde boterham te eten.

'Goedemorgen,' zei hij, opkijkend van zijn telefoon, waarop hij het nieuws had zitten lezen. 'Alles goed?'

'Ja hoor,' zei Robin geforceerd opgewekt. 'Ik heb net gehoord dat ik tante geworden ben. De vrouw van mijn broer Stephen is vanochtend bevallen.'

'O. Gefeliciteerd,' zei Max met beleefde belangstelling. 'Eh... jongen of meisje?'

'Meisje.' Robin zette het koffiezetapparaat aan.

'Ik heb een stuk of acht petekinderen,' vertelde Max somber. 'Ouders wijzen voor die taak altijd graag mensen zonder kinderen aan. Ze denken dat we beter ons best doen omdat we zelf geen kids hebben.'

'Klopt.' Robin probeerde haar opgewekte toon vast te houden. Ze was peettante van Katies kind. De doop was de eerste keer geweest sinds haar huwelijk met Matthew dat ze in de kerk in Masham kwam.

Ze nam een beker zwarte koffie mee naar haar slaapkamer, waar ze haar laptop openklapte en besloot haar nieuwe informatie over de zaak-Bamborough naar Strike te mailen voordat ze naar hun afspraak ging. Misschien hadden ze straks weinig tijd samen voorafgaand aan het gesprek met Oonagh Kennedy, en dan zou dit hun overleg bespoedigen.

Hoi,

Even wat info over Bamborough voor ik je straks spreek:

- *Charles Ramage, de bubbelbadmiljonair, is dood. Ik heb zijn zoon gesproken, die het verhaal dat Ramage Margot gezien zou hebben niet kon bevestigen, maar hij herinnerde zich wel dat Janice zijn vader had verzorgd na het motorongeluk, en hij zei dat Ramage haar graag mocht en haar 'waarschijnlijk al zijn verhalen heeft verteld, en hij had er veel'. Hij zei ook dat zijn vader er nooit moeite mee had te overdrijven als dat een verhaal mooier maakte, maar dat hij geen leugenaar was en een goed hart had. 'Hij zou nooit hebben gelogen over een vermiste vrouw.' Hij bevestigde bovendien dat zijn vader goed bevriend was met iemand die 'iets hoogs' was bij de politie, een zekere*

Greene (rang of voornaam wist hij niet meer). De weduwe van Greene senior leeft nog en woont in Spanje, maar ze is zijn tweede vrouw en de zoon kan niet goed met haar opschieten. Ik probeer haar nummer/e-mailadres nog te achterhalen.

- *Ik ben er voor 99% zeker van dat ik de juiste Amanda White heb gevonden, die nu Amanda Laws heet. Twee jaar geleden heeft ze een stuk geplaatst op Facebook over vermiste mensen, onder wie Margot. In de comments zei ze dat ze persoonlijk betrokken was bij Margots verdwijning. Ik heb haar een bericht gestuurd, maar nog niks gehoord.*
- *Ik heb een exemplaar van 'Wat is er gebeurd met Margot Bamborough?' gevonden en gelezen (het is een dun boekje). Afgaand op wat we tot nu toe weten over Margot lijkt het vol te staan met onjuistheden. Ik breng het straks mee.*

Tot zo x

Door het slaapgebrek had Robin het kusje er automatisch achter gezet, en ze had de mail al verstuurd voordat ze het kon weghalen. Het was één ding om een kus op een verjaardagskaart te zetten, maar om er een aan een werkmail toe te voegen was een ander verhaal.

Shit.

Ze kon moeilijk een PS sturen met 'Let niet op die kus, mijn vingers deden het vanzelf'. Dat zou de aandacht er juist op vestigen, terwijl Strike er misschien niets bijzonders in had gezien.

Terwijl ze haar laptop dichtklapte, lichtte het schermpje van haar telefoon op. Het was een lang, enthousiast bericht van haar moeder over baby Annabel Marie en hoe volmaakt ze was, compleet met een foto van haarzelf met haar nieuwe kleindochter in de armen terwijl Robins vader over de schouder van zijn vrouw stralend toekeek. Robin stuurde *Ze is prachtig!* terug, ook al maakte de baby op deze nieuwe foto net zo weinig indruk op haar als op de oude. Maar het was niet echt gelogen: het feit dat Annabel geboren was had iets prachtigs, een alledaags wonder, en Robins mysterieuze tranen onder de douche waren deels veroorzaakt door dat besef.

In de metro, die haar met hoge snelheid naar Piccadilly Circus bracht, haalde Robin het boek van C.B. Oakden tevoorschijn dat ze had gevonden bij een tweedehandsboekwinkel in Chester en bladerde er nog een keer doorheen. De verkoper had verteld dat hij het boek al jaren in zijn winkel had staan; het was binnengekomen met een partij afkomstig van een familie die na de dood van een oudere dame uit de buurt van haar boeken af wilde. Robin vermoedde dat de verkoper vóór haar vraag ernaar per e-mail niet op de hoogte was geweest van de vage juridische status van het boek, maar hij had er schijnbaar weinig morele bezwaren tegen om het te verkopen. Zolang Robin hem aan de telefoon verzekerde dat ze niemand zou vertellen hoe ze eraan gekomen was, had hij er best afstand van willen doen, na een fikse prijsverhoging. Ze hoopte maar dat Strike het die prijs waard zou vinden als hij het eenmaal had gelezen.

Het boek dat ze op de kop getikt had leek te zijn ontkomen aan de versnipperaar omdat het een van de uitdeelexemplaren van de auteur was geweest, dat hij ontvangen moest hebben vóór de uitspraak van de rechter. De inscriptie op het schutblad luidde: *Voor tante May, ik wens u alle goeds, C.B. Oakden (Carl)*. Robin vond 'ik wens u alle goeds' een gekunstelde, hoogdravende boodschap om naar een tante te sturen.

Op het omslag van de flinterdunne paperback, die nog geen honderd pagina's telde, stond een foto van Margot als bunny, voor Robin een vertrouwd beeld omdat de foto zo vaak was gebruikt in nieuwsberichten over Margots verdwijning. Half van deze uitvergrote foto gesneden was nog een tweede bunny te zien, van wie Robin wist dat het Oonagh Kennedy was. De foto stond in zijn geheel binnen in het boek, op een van de middenpagina's, samen met andere afbeeldingen waarvan Robin verwachtte dat Strike het met haar eens zou zijn dat ze het waardevolste gedeelte vormden, al was dat alleen, vreesde ze, omdat ze nu gezichten hadden bij de namen, niet omdat de foto's hen zouden helpen bij het onderzoek.

Ze stapte bij Piccadilly Circus uit de metro en liep in de harde wind onder de zwiepende kerstverlichting door terwijl ze zich afvroeg waar ze een cadeau zou kunnen kopen voor de baby van Stephen en Jenny. Zonder een geschikte winkel te hebben gezien kwam ze bij Fortnum & Mason aan, een uur te vroeg voor hun afspraak met Oonagh Kennedy.

Robin was vaak langs de beroemde winkel gelopen sinds ze in Londen woonde, maar ze was er nooit naar binnen gegaan. De sierlijke gevel was eendeneiblauw en de etalages, ingericht voor Kerstmis, behoorden tot de mooiste van de stad. Robin tuurde door cirkels van helder glas omringd door kunstsneeuw naar torens gekonfijte vruchten die eruitzagen als juwelen, naar zijden sjaals, vergulde theeblikken en houten notenkrakers in de vorm van sprookjesprinsen. De ijskoude wind vol miezerige regendruppels gierde om haar heen, en zonder er bewust bij na te denken liet Robin zich opslokken door die weelderige kerstfantasie, via een deur die werd bediend door een portier in een lange jas en hoge hoed.

Op de winkelvloer lag dieprood tapijt. Overal stapels eendeneiblauwe pakjes. Vlakbij zag ze precies de truffels die Morris haar voor haar verjaardag had gegeven. Ze liep langs marsepeinen vruchten en koekjes, tot ze achteraan op de begane grond de lunchroom zag waar Strike en zij met Oonagh hadden afgesproken. Ze draaide om. Ze wilde de gepensioneerde dominee niet voortijdig zien; ze moest eerst in de juiste zakelijke stemming zien te komen voor hun gesprek.

'Mag ik u iets vragen?' sprak ze een gekweld kijkende vrouw aan die marsepeinen vruchten aan het uitkiezen was voor een klant. 'Verkoopt u ook iets voor kinderen van...?'

'Derde verdieping,' zei de vrouw, en ze liep alweer weg.

De kleine selectie kinderspullen was in Robins ogen exorbitant geprijsd, maar als Annabels enige tante en haar enige familielid dat in Londen woonde voelde ze toch een zekere druk om met een gepast grootsteeds geschenk te komen. Dus kocht ze een flinke Paddington-knuffelbeer.

Robin liep net weg bij de kassa met haar eendeneiblauwe draagtas toen haar mobiel ging. Ze keek op het schermpje in de verwachting dat het Strike zou zijn, maar ze zag een onbekend nummer.

'Hallo, met Robin.'

'Ja, Robin, met Tom,' klonk een nijdige stem.

Robin kon met geen mogelijkheid bedenken wie Tom was. In gedachten ging ze de lopende onderzoeken van het bureau na – Nieuwe Ronde, Twinkletoes, Ansichtkaart, Goochem en Bamborough – in een vergeefse poging zich een Tom voor de geest te halen, terwijl ze zei, op een quasihartelijke toon die ja-natuurlijk-weet-ik-wie-je-bent moest uitdrukken: 'Hé, hoi!'

'Tom Turvey!' zei de man. Blijkbaar had ze hem niet voor de gek kunnen houden.

'O.' Robins hart begon onaangenaam snel te kloppen, en ze trok zich terug in een nis waar de schappen gevuld waren met prijzige geurkaarsen.

Tom Turvey was de verloofde van Sarah Shadlock. Robin had geen contact meer met hem gehad sinds ze had ontdekt dat hun respectievelijke partners het bed met elkaar deelden. Ze had Tom nooit erg graag gemogen, en ze was nooit te weten gekomen of hij op de hoogte was van de verhouding.

'Je wordt bedankt,' zei Tom. 'Je wordt echt hartelijk bedankt, Robin!'

Hij schreeuwde nog net niet. Robin hield de mobiel wat verder van haar oor. 'Pardon?' zei ze, maar ze leek opeens te bestaan uit louter zenuwen en hartkloppingen.

'Je vond het zeker niet nodig om het mij verdomme te vertellen, hè? Je bent gewoon opgestapt en hebt je handen ervan afgetrokken.'

'Tom...'

'Ze heeft me álles verteld, en jij wist het een jaar geleden al, terwijl ik het vandaag pas te horen kreeg, *vier fucking weken voor mijn fucking bruiloft*.'

'Tom, ik...'

'Nou, ik hoop dat je tevreden bent!' bulderde hij. Robin haalde de telefoon bij haar oor vandaan en hield hem op een armlengte afstand, waarna Tom nog steeds goed te verstaan was. Hij brulde: 'Ik ben hier de enige die niet met een ander neukt, en toch ben ik de enige die zwaar genaaid wordt!'

Robin verbrak de verbinding. Haar handen trilden.

'Párdon,' zei een dikke vrouw die de kaarsen in het schap achter Robin wilde bekijken. Robin mompelde een verontschuldiging en liep weg, tot ze bij een gebogen ijzeren leuning kwam met daarachter een grote, ronde leegte. Toen ze naar beneden keek, zag ze dat je dwars door alle verdiepingsvloeren helemaal tot in het souterrain kon kijken, waar de mensen opeengepakt kriskras door elkaar liepen met mandjes die tot de rand toe gevuld waren met dure hammen en flessen wijn. Robins hoofd tolde en ze was zich nauwelijks bewust van wat ze deed toen ze blindelings de afdeling verliet; ze moest haar best doen om niet op de tafels te botsen die waren volgeladen met breekbaar serviesgoed. Terwijl ze de met rood tapijt beklede trap af liep probeerde ze zichzelf met haar ademhaling tot bedaren te brengen, en te bevatten wat ze zojuist had gehoord.

'Robin.'

Ze liep door, en pas toen iemand nog een keer 'Robin!' zei draaide ze zich om en besefte ze dat Strike zojuist de winkel was binnengekomen, via de zijingang in Duke Street. De schouders van zijn jas waren bezaaid met glinsterende regendruppels.

'Hoi,' zei ze verdwaasd.

'Gaat het wel goed?'

Heel even wilde ze hem alles vertellen. Hij wist per slot van rekening van Matthews buitenechtelijke verhouding, hij wist hoe hun huwelijk was geëindigd en hij kende Tom en Sarah. Maar Strike zag er gespannen uit, hij kneep hard in de mobiel die hij in zijn hand had.

'Ja hoor. Met jou ook?'

'Kan beter,' zei hij.

Ze gingen opzij om een groep toeristen de winkel in te laten. In de schaduw van de houten trap zei Strike: 'Het gaat slechter met Joan. Ze ligt weer in het ziekenhuis.'

'O god, wat erg,' zei Robin. 'Luister, ga naar Cornwall. Wij redden het hier wel. Ik doe dat gesprek met Oonagh, ik regel alles...'

'Nee. Ze heeft uitdrukkelijk tegen Ted gezegd dat ze niet wil dat wij allemaal weer halsoverkop daarheen komen. Maar dat is niks voor haar...'

Strike leek net zo van slag en afwezig te zijn als Robin zich voelde, maar nu rechtte ze haar rug. *Tom, Matthew en Sarah kunnen doodvallen.*

'Serieus, Cormoran, ga erheen. Ik vang het werk wel op.'

'Ze verwachten me over twee weken voor de kerst. Ted zegt dat Joan ons dolgraag allemaal thuis wil ontvangen. Het is maar voor een paar dagen als het goed is, deze ziekenhuisopname.'

'Als je het zeker weet...' zei Robin. Ze keek op haar horloge. 'We hebben nog tien minuten voordat Oonagh komt. Zullen we in de lunchroom op haar wachten?'

'Ja,' zei Strike. 'Goed idee, ik kan wel een kop koffie gebruiken.'

'God Rest Ye Merry Gentlemen' schalde uit de speakers toen ze het domein van de gekonfijte vruchten en dure theesoorten betraden, allebei in pijnlijke gedachten verzonken.

24

... my delight is all in ioyfulnesse,
In beds, in bowres, in banckets, and in feasts:
And ill becomes you with your lofty creasts,
To scorne the ioy, that Ioue is glad to seeke...

Edmund Spenser
The Faerie Queene

Om in de lunchroom te komen moesten ze een trapje op dat het horecagedeelte iets hoger plaatste dan de winkelvloer, waar het uitzicht op bood. Toen Robin en hij hadden plaatsgenomen aan een vierpersoonstafel bij het raam keek Strike zwijgend Jeremyn Street in, waar de voorbijgangers werden gereduceerd tot wandelende paddenstoelen, aan het zicht onttrokken door hun paraplu's. Hij bevond zich op een steenworp afstand van het restaurant waar hij Charlotte voor het laatst had gezien.

Ze had hem nog meerdere keren gebeld na de naaktfoto op zijn verjaardag, en diverse berichtjes gestuurd, waarvan drie de vorige avond. Hij had ze allemaal genegeerd, maar ergens achter zijn bezorgdheid om Joan ging een vertrouwde ongerustheid schuil over Charlottes volgende zet, want de berichten die ze stuurde werden steeds overspannener van toon. Ze had in het verleden enkele zelfmoordpogingen gedaan, waarvan er één bijna was geslaagd. Drie jaar nadat hij haar had verlaten probeerde ze hem nog altijd verantwoordelijk te stellen voor haar veiligheid en haar geluk, iets wat

Strike even razend als treurig maakte. Toen Ted hem die ochtend had gebeld met het nieuws over Joan was de detective net bezig geweest het telefoonnummer op te zoeken van de financieringsbank waar Charlottes echtgenoot werkte. Als Charlotte zou dreigen met zelfmoord of een bericht zou sturen dat aanvoelde als een laatste groet, zou Strike Jago bellen.

'Cormoran,' zei Robin.

Hij keek om zich heen. Er was een ober aan hun tafel verschenen. Toen ze allebei koffie hadden besteld, en Robin geroosterd brood, vervielen ze beiden in stilzwijgen. Robin had haar blik afgewend van het raam en keek naar de winkelende mensen die dure kerstboodschappen insloegen terwijl zij in gedachten de uitbarsting van Tom Turvey nog eens de revue liet passeren. Ze voelde de naschokken nog steeds. *Vier fucking weken voor mijn fucking bruiloft.* Die zou wel afgeblazen zijn. Sarah had Tom verlaten voor Matthew, de man die ze al die tijd had gewild, en Robin was ervan overtuigd dat ze niet bij Tom weggegaan zou zijn als Matthew zich niet bereid had getoond haar te bieden wat Tom haar ook bood: diamanten en een andere achternaam. *Ik ben hier de enige die niet met een ander neukt.* Iedereen was ontrouw geweest, volgens Tom, behalve die arme Tom... dus moest Matthew tegen zijn oude vriend hebben gezegd dat zij, Robin, met iemand anders naar bed was geweest (waarmee hij natuurlijk verwees naar Strike, op wie Matthew eeuwig jaloers was geweest en die hij had gewantrouwd vanaf het moment dat Robin voor hem was gaan werken). En zelfs nu Tom het wist van Matthew en Sarah, zelfs nadat de leugens en het verraad van zijn oude vriend aan het licht gebracht waren, geloofde Tom die leugen over Robin en Strike nog steeds. Hij meende ongetwijfeld dat zijn huidige misère geheel te wijten was aan Robin, dat als zij niet was gezwicht voor Strike het hele domino-effect van ontrouw nooit in gang gezet zou zijn.

'Gaat het echt wel?'

Robin schrok op en keek om zich heen. Strike was uit zijn eigen gepeins ontwaakt en keek haar over zijn koffie heen aan.

'Jawel,' zei ze. 'Gewoon heel moe. Heb je mijn mail gekregen?'

'Mail?' Hij viste zijn telefoon uit zijn zak. 'Ja, maar nog niet gelezen, sorry. Ik had andere...'

'Hoeft nu niet,' zei Robin snel, en ze kromp inwendig ineen bij de gedachte aan de per ongeluk toegevoegde kus, zelfs midden in haar nieuwe sores. 'Het is niet zo belangrijk, het kan wel wachten. Maar ik heb dit gevonden.'

Ze haalde haar exemplaar van *Wat is er gebeurd met Margot Bamborough?* uit haar tas en schoof het over de tafel naar hem toe, maar voordat Strike zijn verrassing kon uiten, mompelde ze: 'Geef terug, gauw,' rukte het boek uit zijn hand en propte het weer in haar tas.

Een gezette vrouw kwam door de lunchroom heen naar hun tafel gelopen. Twee uitpuilende tassen vol kerstinkopen bungelden aan haar handen. Ze had de bolle wangen en de grote, rechte voortanden van een vrolijke eekhoorn, een aspect dat haar aantrekkelijke voorkomen op de jeugdige foto's een zekere brutale charme hadden gegeven. Het haar dat eens lang, donker en glanzend was geweest was nu op kaaklengte geknipt en wit, behalve aan de voorkant, waar een opvallende felpaarse lok was aangebracht. Een zilveren kruis met een amethist danste bungelend op haar paarse trui.

'Oonagh?' zei Robin.

'Dat ben ik,' antwoordde ze hijgend. Ze leek nerveus te zijn. 'Die rijen bij de kassa! Maar ja, wat verwacht je dan, bij Fortnum met kerst. Maar eerlijk is eerlijk, ze hebben hier heerlijke mosterd.'

Robin glimlachte. Strike schoof de stoel naast hem naar achteren.

'Hartelijk dank,' zei Oonagh, en ze ging zitten.

Haar Ierse accent was aantrekkelijk, en nauwelijks aangetast door haar verblijf in Engeland; Robin wist dat ze hier inmiddels langer woonde dan ze in haar geboorteland had verbleven.

Beide detectives stelden zich voor.

'Heel fijn jullie te ontmoeten.' Oonagh schudde hun de hand, waarna ze nerveus haar keel schraapte. 'Neem me niet kwalijk. Ik zat gewoon te wáchten op je bericht,' zei ze tegen Strike. 'Jaren en jaren heb ik me afgevraagd waarom Roy nooit iemand in de arm nam; hij had er het geld voor en de politie heeft nooit wat bereikt.

Goh, dus het was de kleine Anna die jullie heeft ingehuurd? De arme schat, wat zij moet hebben doorgemaakt... O, hallo,' zei ze tegen de ober. 'Mag ik een cappuccino en een stuk van die carrotcake? Dank u wel.'

Toen de ober weg was ademde Oonagh diep in en zei: 'Ik weet dat ik zit te ratelen. Ik ben nerveus, eerlijk gezegd.'

'Er is niets om...' begon Strike.

'O, jawel,' sprak Oonagh hem met een nuchtere blik tegen. 'Wat er ook gebeurd is met Margot, het kan nooit positief zijn, wel? Bijna veertig jaar heb ik voor die meid gebeden, gebeden voor de waarheid en gebeden dat God goed voor haar zou zorgen, levend of dood. Ze was de beste vriendin die ik ooit heb gehad en... Sorry, ik wist dat dit zou gebeuren. Ik wíst het.'

Ze pakte haar ongebruikte servet en bette haar ogen.

'Stel gauw een vraag,' zei ze, half lachend. 'Dan houd ik tenminste op.'

Robin gluurde naar Strike, die met een blik het gesprek aan haar overdroeg en zijn notitieboekje tevoorschijn haalde.

'Nou, misschien kunnen we beginnen met hoe Margot en u elkaar hebben ontmoet?' stelde Robin voor.

'Ja, natuurlijk,' zei Oonagh. 'Dat moet in '66 geweest zijn. We deden allebei auditie om bunny te worden. Daar weten jullie van?'

Robin knikte.

'Ik had toen een goed figuur, al geloven jullie dat misschien niet,' zei Oonagh glimlachend en ze gebaarde naar haar mollige torso, hoewel ze weinig moeite leek te hebben met het verlies van haar taille.

Robin hoopte dat Strike haar er later niet op zou aankijken dat ze haar vragen niet had ingedeeld in de categorieën mensen, locaties en voorwerpen, maar het leek haar beter als dit aanvoelde als een gewoon gesprek, zeker in het begin, want Oonagh was nog steeds zichtbaar nerveus.

'Kwam u daarvoor uit Ierland, om een gooi te doen naar die baan?' vroeg Robin.

'Nee joh. Ik zat al in Londen. Eerlijk gezegd was ik min of meer van huis weggelopen. Er zit een superbraaf meisje voor jullie, met een moeder zo streng als een gevangenisbewaarder. Ik had mijn weekloon van een kledingzaak in Derry op zak en ik had net iets te vaak op mijn kop gehad van mijn moeder. Ik liep weg, nam de veerboot, kwam naar Londen en stuurde een ansichtkaart naar huis om te zeggen dat ik nog leefde en dat ze zich geen zorgen hoefden te maken. Mijn moeder heeft dertig jaar niet tegen me gepraat.

Ik werkte als serveerster toen ik hoorde dat er in Mayfair een Playboy Club geopend zou worden. Ze betaalden krankzinnig goed, vergeleken wat je met een normaal baantje kon verdienen. We begonnen met vijfendertig pond per week. Dat is naar de huidige tijd omgerekend bijna zeshonderd pond. Je kon in Londen als gewoon arbeidersmeisje nergens zoveel geld verdienen. Het was meer dan het salaris van de meeste vaders in mijn kringen.'

'En in de club ontmoette u Margot?'

'Bij de auditie. Zodra ik haar zag wist ik zeker dat zíj in ieder geval aangenomen zou worden. Ze had het figuur van een model: eindeloos lange benen, terwijl die meid op suiker lééfde. Ze was drie jaar jonger dan ik, en ze loog over haar leeftijd zodat ze... O, dank u wel,' zei Oonagh toen de ober haar cappuccino en carrotcake voor haar neerzette.

'Waarom deed Margot auditie?' vroeg Robin.

'Omdat ze het bij haar thuis niet breed hadden, en dan bedoel ik dat ze echt straatarm waren,' zei Oonagh. 'Haar vader had een ongeluk gehad toen ze vier was. Van een ladder gevallen en zijn nek gebroken. Verlamd. Daarom had ze geen broers of zussen. Haar moeder maakte schoon bij mensen thuis. Mijn familie had nog meer geld dan de Bamboroughs, en van een boerderijtje als dat van ons is toch echt nog nooit iemand rijk geworden. Maar de Bamboroughs waren zo arm dat ze niet eens genoeg te eten hadden.

Het was zo'n pientere meid, maar dat gezin moest geholpen worden. Ze was aangenomen voor haar studie geneeskunde, maar ze liet de universiteit weten dat ze een jaar uitstel nodig had en ging rechtstreeks naar de Playboy Club. Al tijdens de auditie klikte het tussen ons, ze was zo gráppig.'

'O ja?' zei Robin. Vanuit haar ooghoeken zag ze dat Strike verbaasd opkeek uit zijn notitieboekje.

'Ach, Margot Bamborough was de grappigste persoon die ik in mijn hele leven heb gekend. We moesten vaak huilen van het lachen. Dat heb ik daarna nooit meer gehad. Met dat zware Cockneyaccent van haar, je kwam niet meer bij.

Dus gingen we samen in de club werken, en ze waren daar hartstikke streng,' vervolgde ze terwijl ze onder het praten grote happen cake nam. 'Inspectie voordat je de zaal in ging, of je uniform wel goed zat en je nagels gedaan waren, en al die regeltjes... je hebt geen idee. Ze zetten soms politiemensen in burger in de zaal om ons te betrappen als we klanten onze naam of een telefoonnummer gaven.

Als je goed was in je werk, kon je aardig wat geld opzijzetten. Margot promoveerde tot sigarettenmeisje, met zo'n dienblaadje om sigaretten te verkopen. Ze was populair bij de mannen omdat ze zo grappig was. Ze gaf amper geld uit aan zichzelf. Ze zette een deel op haar spaarrekening voor haar studie en de rest gaf ze aan haar moeder, en ze werkte alle uren die ze kon krijgen. Bunny Peggy, noemde ze zichzelf, want ze wilde niet dat de klanten daar haar echte naam wisten. Ik was Bunny "Una", omdat niemand wist hoe je "Oonagh" uitspreekt. We kregen allerlei voorstellen – daar mocht je natuurlijk niet op ingaan. Maar het was best fijn dat ze het vroegen,' zei Oonagh, en misschien zag ze Robins verbazing, want ze glimlachte en zei: 'Denk maar niet dat Margot en ik niet héél goed wisten wat we deden, in zo'n ingesnoerd lijfje en met die konijnenoortjes. Wat jullie je misschien niet realiseren is dat je als vrouw in die tijd geen hypotheek kon krijgen zonder de handtekening van een man. Hetzelfde gold voor creditcards. In het begin smeet ik met geld, maar ik leerde van Margot om er beter mee om te gaan. Ik werd verstandig en begon te sparen. Uiteindelijk heb ik mijn eigen flat gekocht, contant afgerekend. Die meiden uit de betere klasse, voor wie pappie en mammie alles betaalden, konden het zich veroorloven om hun beha's te verbranden en hun oksels niet te scheren, maar Margot en ik deden wat we moesten doen.

Maar goed. De Playboy Club was een chique tent, geen goedkope hoerenkast. Als het uit de hand liep, zouden ze hun vergunning kwijtgeraakt zijn. Er kwamen ook vrouwelijke bezoekers. Mannen brachten hun echtgenote mee, hun date. Het ergste wat je kon overkomen was dat ze aan je staartje trokken, maar als een clublid echt handtastelijk werd, raakte hij zijn lidmaatschap kwijt. Je had eens moeten zien wat ik allemaal had moeten pikken in mijn vorige baantje: een hand onder mijn rokje als ik over een tafel gebogen stond, en erger. Bij de Playboy Club werd er voor ons gezorgd. Leden mochten niet uitgaan met bunny's – nou ja, in theorie. Het gebeurde wel. Margot deed het ook. Ik werd daar boos om, ik zei: "Je zet alles op het spel, stomkop."'

'Was dat met Paul Satchwell?'

'Ja, dat klopt. Hij was in de club als gast van een ander, dus hij was zelf geen lid. Dat was grijs gebied, vond Margot. Toch was ik bang dat ze haar baan zou kwijtraken.'

'Mocht u hem niet?'

'Nee, ik mocht hem niet,' zei Oonagh. 'Die kerel dacht dat hij Robert Plant was, echt waar, maar Margot viel als een blok voor hem. Ze ging namelijk niet vaak uit, want ze moest sparen. Ik struinde alle nachtclubs af mijn eerste jaar in Londen, ik heb zat van die types zoals Satchwell ontmoet. Hij was zes jaar ouder dan zij, kunstenaar, en zijn spijkerbroeken zaten zo strak dat je zijn pik en zijn ballen gewoon zag zitten.'

Strike lachte onwillekeurig. Oonagh keek hem aan.

'Sorry,' mompelde hij. 'U bent, eh... anders dan de meeste dominees die ik heb ontmoet.'

'Ik denk niet dat Onze-Lieve-Heer het erg vindt als ik over pikken en ballen praat,' zei ze luchtig. 'Hij heeft ze zelf geschapen, nietwaar?'

'Dus die twee kregen wat met elkaar?' vroeg Robin.

'Nou en of. Woeste hartstocht, hoor. Je voelde de vlammen ervan afslaan. Voor Margot... Weet je, vóór Satchwell was ze altijd met een soort tunnelvisie door het leven gegaan, steeds gericht op het eindresultaat: dokter worden en haar familie van de ondergang redden. Ze was slimmer dan alle jongens die ze kende, en daar moeten mannen tegenwóórdig al niks van hebben. Ze was ook nog eens langer dan de helft van hen. Ze zei tegen me dat ze vóór Satchwell nog nooit een man had gehad die geïnteresseerd was in haar hersenen. Geïnteresseerd in haar hersenen, m'n grootje. Die meid had een figuur als Jane Birkin. O, en het ging haar bij hem ook niet alleen om het uiterlijk, zei ze. Hij las veel. Hij kon over kunst praten. Ja, inderdaad, uren aan een stuk. Ik heb het moeten aanhoren. Nou zie ik zelf het verschil niet tussen een Monet en een poster van Margate, dus ik kan er niet over oordelen, maar volgens mij lulde hij maar wat. Hij nam Margot mee naar een galerie en vertelde haar van alles over kunst, en daarna ging ze met hem mee naar huis en naar bed. Seks maakt van iedereen een dwaas,' zei Oonagh Kennedy met een zucht. 'Hij was ook nog eens haar allereerste, en het lag er dik bovenop, weet je wel.' Ze knikte naar Robin. 'Hij wist wat hij deed, dus het was extra belangrijk voor haar. Straalverliefd. Tot over haar oren.

En toen, op een avond een paar weken voordat ze met haar studie geneeskunde zou beginnen, stond ze brúllend bij mij aan de deur. Ze was na het werk onverwacht bij Paul langsgegaan en er was een andere vrouw bij hem in de flat geweest. Naakt. Ze poseerde voor hem, zei hij. Poseren – midden in de nacht. Margot is omgedraaid en weggerend. Hij ging nog achter haar aan, maar ze sprong in een taxi en kwam naar mij toe.

Ze was er kapot van. We hebben de hele nacht zitten praten. Ik zei: "Je bent beter af zonder hem" en dat was niet meer dan de waarheid. Ik heb tegen haar gezegd: "Margot, je gaat straks studeren, daar stikt het van de knappe, slimme jongens die later dokter worden. Nog een week of twee en je weet Satchwells náám niet eens meer."

Maar toen, het was al bijna licht, vertelde ze me iets wat ik nog nooit aan iemand heb doorverteld.'

Oonagh aarzelde. Robin deed haar best om een beleefde maar hartelijke ontvankelijkheid uit te stralen.

'Ze had toegestaan dat hij foto's van haar maakte. Je weet wel. Fóto's. En ze was bang, ze wilde die foto's terug. Ik zei tegen haar:

"Waarom heb je dat in godsnaam goedgevonden, Margot?" Want het zou haar moeders dood geworden zijn. Ze waren zo trots op haar, hun enige dochter, hun superslimme meid. Als die foto's ergens opdoken, in een tijdschrift of weet ik wat, dan zouden haar ouders dat niet overleefd hebben. Ze liepen altijd te pochen over hun Margot, hun geniale kind.

Dus ik zeg: "Ik ga met je mee, we gaan ze terughalen." We gingen heel vroeg op pad en bonsden bij hem op de deur. De klootzak... Neem me niet kwalijk,' zei ze. 'Dadelijk zeg je natuurlijk terecht dat dat geen christelijke houding is, maar wacht maar tot je het verhaal hoort. Satchwell zei tegen Margot: "Ik wil best met jou praten, maar niet met je kinderjuf." Je kinderjuf!

Nou ja, zeg. Ik heb tien jaar gewerkt met mensen die te maken hadden gehad met huiselijk geweld, in Wolverhampton, en het is een van de kenmerken van daders: als het slachtoffer niet gewillig genoeg is, is dat de schuld van een ander, iemand die te veel invloed op haar zou hebben. Haar kínderjuf, zei hij.

Voordat ik het wist was zij binnen en stond ik buiten voor de gesloten deur. Hij had haar de gang in getrokken en de deur in mijn gezicht gesmeten. Ik hoorde ze tegen elkaar schreeuwen. Margot gaf hem er flink van langs, de schat.

En toen... Nu komt het eigenlijke verhaal. Ik wil het goed vertellen. Die inspecteur Talbot luisterde voor geen meter naar me, en die kerel die het van hem had overgenomen, hoe heette hij ook alweer...?'

'Lawson?' zei Robin.

'Lawson.' Oonagh knikte. 'Ik heb het aan allebei verteld: ik kon ze achter de deur horen schreeuwen. Margot zei dat hij haar de foto's en de negatieven moest geven. Het was toen namelijk een andere wereld: je moest de negatieven hebben als je niet wilde dat er meer afdrukken kwamen. Maar hij weigerde. Hij zei dat hij het copyright had, de vuile schoft. Dus toen hoorde ik Margot zeggen, en dit is het belangrijke gedeelte: "Als je die foto's aan iemand laat zien, als ze ooit ergens opduiken, stap ik onmiddellijk naar de politie en dan vertel ik alles over die kussendroom van je."'

'Kussendroom?' herhaalde Robin.

'Dat zei ze. En toen sloeg hij haar. Zo'n harde klap dat ik het door massief hout heen kon horen, en ik hoorde haar gillen. Nou, ik begon op de deur te bonzen en ertegenaan te schoppen. Ik zei dat als hij niet opendeed, ik meteen al naar de politie zou gaan. Dáár werd hij wel bang van. Hij deed de deur open en Margot kwam naar buiten, met een hand tegen haar gezicht gedrukt, ze had een vuurrode plek, je kon de afdruk van zijn vingers zien. Ik trok haar achter me en zei tegen Satchwell: "Waag het niet om nog ooit bij haar in de buurt te komen, en je hebt gehoord wat ze zei. Je komt flink in de problemen als die foto's ergens opduiken."

En ik zweer het je, hij had een moordlustige blik in zijn ogen. Hij kwam op me af zoals mannen dat doen om je te laten zien wat ze je zouden kunnen aandoen, als ze zouden willen. Hij stond nog net niet op mijn tenen. Maar ik week geen millimeter achteruit. Ik hield stand, al was ik wel bang, dat zal ik niet ontkennen. En hij vroeg aan Margot: "Heb je het haar verteld?" Waarop Margot zei: "Ze weet niks. Nog niet." En toen zei hij: "Je weet wat er gebeurt als ik erachter kom dat je je mond voorbijgepraat hebt." Waarop hij gebaarde... Ach, laat ook maar. Hij nam een... obscene houding aan, zo zou je het kunnen zeggen. Naar een van de foto's die hij had genomen. En hij liep terug zijn flat in en sloeg keihard de deur dicht.'

'Heeft Margot u ooit verteld wat ze met de "kussendroom" bedoelde?' vroeg Robin.

'Dat weigerde ze. Uit angst, zou je misschien denken, maar... ach, weet je, volgens mij zijn vrouwen gewoon zo,' zei Oonagh met een zucht. 'We zijn zo gesocialiseerd, maar misschien heeft Moeder Natuur er ook de hand in. Hoeveel kinderen zouden hun eerste verjaardag halen als hun moeders ze niets konden vergeven? Zelfs die dag, met de afdruk van zijn hand nog op haar gezicht, wilde ze het me niet vertellen, omdat ze hem diep in haar hart toch geen kwaad wilde doen. Ik heb dat zo bloody vaak meegemaakt bij slachtoffers van huiselijk geweld. Vrouwen bleven die kerels beschermen. Ze maakten zich zorgen om hen! De liefde is bij sommige vrouwen maar moeilijk te doven.'

'Heeft ze Satchwell daarna nog gezien?'

'Gód, wat zou ik graag zeggen van niet,' zei Oonagh hoofdschuddend, 'maar wel dus. Ze konden niet bij elkaar vandaan blijven.

Ze begon aan haar studie, maar ze was zo populair bij de club dat ze parttime mocht blijven werken, dus ik zag haar nog vaak. Op een dag belde haar moeder naar de club omdat haar vader ziek geworden was, maar Margot was niet komen werken. Ik was dodelijk ongerust: waar was ze, wat was er met haar gebeurd, waarom was ze niet komen opdagen? Ik heb later vaak aan dat moment teruggedacht, snap je, want toen ze echt verdween, wist ik in het begin zeker dat ze wel weer zou opduiken, net zoals die eerste keer.

Afijn, toen ze zag dat ik totaal van streek was, omdat ik dus dacht dat ze verdwenen was, vertelde ze me de waarheid. Satchwell en zij hadden het goedgemaakt. Ze had alle oude smoesjes weer paraat: hij had gezworen dat hij haar nooit meer zou slaan, hij had de ogen uit zijn kop gejankt, het was de grootste fout van zijn leven, en bovendien had ze het zelf uitgelokt. Ik zei tegen haar: "Als je nu niet inziet hoe hij echt is, na wat hij je de vorige keer heeft geflikt..." Maar goed, ze gingen weer met elkaar en – goh, wat een verrassing – hij sloeg haar niet alleen opnieuw, hij sloot haar ook de hele dag op in zijn flat, zodat ze niet kon gaan werken. Dat was de allereerste keer dat ze een dienst had gemist. Ze werd er bijna om ontslagen, ze heeft een of ander vaag lulverhaal moeten ophangen.

Dus toen, eindelijk,' vervolgde Oonagh, 'had ze haar lesje geleerd, zei ze. Ik had het al die tijd goed gezien, ze zou nooit meer naar hem teruggaan, het was afgelopen, *finito*.'

'Had ze die foto's teruggekregen?' vroeg Robin.

'Dat was het eerste wat ik vroeg toen ik hoorde dat het weer aan was. Ze zei dat hij had gezegd dat hij ze vernietigd had. En ze geloofde hem nog ook.'

'Maar u niet?'

'Natuurlijk niet. Ik had hem gezien toen ze hem dreigde met die kussendroom. Die man was bang. Hij zou nooit iets vernietigd hebben waarmee hij haar in zijn macht kon houden.

Mag ik nog een cappuccino bestellen?' vroeg Oonagh op verontschuldigende toon. 'Ik krijg een droge keel van al dat gepraat.'

'Natuurlijk,' zei Strike, en hij wenkte een ober en bestelde voor hen alle drie nog een koffie.

Oonagh wees naar Robins Fortnum & Mason-tas. 'Heb je ook kerstinkopen gedaan?'

'O, nee, ik heb een cadeautje gekocht voor mijn nieuwe nichtje. Ze is vanmorgen geboren,' zei Robin met een glimlach.

'Gefeliciteerd,' zei Strike, verbaasd dat Robin hem dat nog niet had verteld.

'Ach, wat enig,' zei Oonagh. 'Ik heb vorige maand mijn vijfde kleinkind gekregen.'

De pauze in het gesprek, waarin ze wachtten op de nieuwe ronde koffie, werd gevuld met de foto's van Oonaghs kleinkinderen die ze Robin liet zien, waarna Robin Oonagh de twee foto's toonde die ze had van Annabel Marie.

'Wat een schátje, hè?' zei Oonagh, die door haar paarse leesbril naar de foto op Robins telefoon tuurde. Ze betrok Strike bij de vraag, maar hij zag alleen een boos kijkend kaal aapje, en zijn instemming was halfslachtig.

Toen de koffie was gebracht en de ober weer wegliep, vroeg Robin: 'Nu ik eraan denk... weet u toevallig of Margot familie of vrienden had in Leamington Spa?'

'Leamington Spa?' herhaalde Oonagh met een frons. 'Even denken... een van die meiden in de club kwam uit... Nee, dat was King's Lynn. Dat is zo'n zelfde soort naam, vind je niet? Ik herinner me niemand die daarvandaan kwam, nee. Waarom?'

'We hoorden dat er een man was die beweerde Margot te hebben gezien, een week na haar verdwijning.'

'Zo zijn er wel meer mensen geweest, ja. Allemaal niks van waar. Onzinverhalen. Maar Leamington Spa is nieuw voor me.' Ze nam een slok van haar cappuccino.

Robin vroeg: 'Zag u elkaar nog vaak toen Margot eenmaal studeerde?'

'O ja, omdat ze parttime in de club bleef werken. Hoe ze het voor elkaar kreeg, studeren en werken én haar familie onderhouden... Ze leefde op pure zenuwen en chocola, slank als altijd. En toen, aan het begin van haar tweede jaar, leerde ze Roy kennen.' Oonagh zuchtte. 'Zelfs de slimste mensen kunnen compleet áchterlijk zijn als het om hun liefdesleven gaat. Sterker nog, ik denk wel eens: hoe pienterder ze zijn met boeken, hoe stommer ze zijn met seks. Margot dacht dat ze haar lesje had geleerd, dat ze volwassen geworden was. Ze zag niet in dat het de klassieke reactie op haar liefdesverdriet was. Hij mocht dan uiterlijk zoveel van Satchwell verschillen als maar mogelijk is, op zich was het gewoon meer van hetzelfde.

Roy had een achtergrond die Margot prachtig vond. Boeken, reizen, cultuur, je kent het wel. Margot had namelijk wat leemtes in haar kennis. Ze was onzeker over dingen als het juiste bestek, de juiste woorden. Ze zei gewoon "servet" en niet "serviette". Dat snobistische gedoe.

Roy was gek op haar, hoor, daar niet van. Het kwam niet van één kant. Ik begreep wel wat hij in haar zag: ze leek in niets op de vrouwen die hij tot dan toe had gekend. Voor hem was ze choquerend, maar ook fascinerend, met de Playboy Club en haar werklust, haar feministische opvattingen, de steun aan haar vader en moeder. Ze hadden soms ruzie, maar het waren... intellectuele discussies.

Hij had ook iets bloedeloos, iets kleurloos. Niet dat hij doodsaai was, maar...' Ze begon plotseling te lachen. 'Bloedeloos! U weet van zijn bloedziekte?'

'Ja,' zei Robin. 'De ziekte van Von... nog wat?'

'Precies. Hij was zijn leven lang beschermd en in de watten gelegd door zijn moeder, dat mens was een verschrikking. Ik heb haar een paar keer ontmoet. Ze behandelde mij met hetzelfde respect waarmee je iets wat onder je schoen is blijven hangen zou behandelen.

En Roy was... Stille wateren hebben diepe gronden, zo kun je het nog het beste samenvatten. Hij toonde weinig emotie. Hún prille relatie draaide niet alleen om seks, ze vonden elkaar echt leuk vanwege hun opvattingen. Niet dat hij er niet goed uitzag. Hij was best knap, hij had alleen iets... slaps. Een groter contrast met Satchwell was niet denkbaar, met zijn grote ogen en die lange lok.

Maar hij manipuleerde de boel. Een afkeurende opmerking hier, een koele blik daar. Hij vond het prachtig dat Margot zo anders was, maar hij voelde zich er ook ongemakkelijk bij. Hij wilde een vrouw die precies het tegenovergestelde was van zijn moeder, maar mammie moest haar wel goedkeuren. Dus er waren van het begin af aan al scheurtjes.

En hij kon ontzettend mokken. Ik haat mensen die mokken. Mijn moeder was ook zo. Ze heeft dertig jaar niet met me gepraat omdat ik naar Londen verhuisd was. Uiteindelijk gaf ze zich gewonnen omdat ze haar kleinkinderen wilde zien, maar toen liet mijn zus met haar aangeschoten hoofd met Kerstmis vallen dat ik de Kerk had verlaten en me bij de anglicanen had aangesloten, en dat was het definitieve einde. Playboy kon ze me nog vergeven, maar het protestantisme... nooit.

Al in de tijd dat ze net verkering hadden praatte Roy soms dagenlang niet tegen Margot. Ze vertelde me een keer dat hij haar een week had doodgezwegen. Haar geduld raakte op en ze zei: "Ik stap op." Dat hielp, hij schrok. Ik vroeg haar waarover hij zo had lopen mokken. Het bleek om de club te gaan. Hij vond het verschrikkelijk dat ze daar werkte. Ik vroeg: "Biedt hij je dan aan om zelf jouw familie te steunen terwijl jij studeert?" Maar ze zei: "Hij vindt het niet prettig dat andere mannen naar me gluren." Meisjes vinden dat leuk, als een man een beetje bezitterig is. Ze denken dat het betekent dat hij alleen háár wil, terwijl het natuurlijk andersom is. Hij wil dat zij alleen voor hem beschikbaar is. Zelf mag hij gerust naar andere meiden kijken, en Roy had er wel meer die belangstelling voor hem hadden, meiden met dezelfde achtergrond als hij. Het was een knappe jongen uit een rijke familie. Ach, kijk maar naar zijn kleine nichtje Cynthia, zij lag al op de loer in de coulissen.'

'Kent u Cynthia?'

'Ik heb haar een paar keer ontmoet, bij hen thuis. Een grijze muis. Ze heeft nooit meer dan twee woorden met me gesproken,' zei Oonagh. 'Maar ze gaf Roy een goed gevoel over zichzelf. Schaterlachte om al zijn grappen. Hoe flauw ook.'

'Margot en Roy zijn dus meteen na hun studie geneeskunde getrouwd, of niet?'

'Klopt. Ik was bruidsmeisje. Zij werd huisarts, Roy was een hoogvlieger, die ging naar zo'n groot academisch ziekenhuis, ik weet niet meer welk.

Roys ouders hadden een heel mooi groot huis, met gigantische gazons, de hele mikmak. Na de dood van zijn vader, vlak voordat ze Anna kregen, heeft zijn moeder het overgedaan aan Roy. Margots naam stond niet eens op de eigendomsakte, ik weet nog dat ze me dat vertelde. Maar Roy vond het prachtig om met zijn gezin in het huis te gaan wonen waar hij zelf was opgegroeid. Het was ook schitterend, daar niet van, vlak bij Hampton Court. Dus de schoonmoeder ging verhuizen en Margot trok erin.

Alleen vond schoonmoeder natuurlijk dat ze het recht had om daar binnen te lopen wanneer ze maar wilde, want zij had hem dat huis gegeven en ze beschouwde het nog steeds meer als háár woning dan die van Margot.'

'Zagen Margot en u elkaar toen nog vaak?' vroeg Robin.

'Ja. We probeerden in ieder geval eens in de paar weken af te spreken. Echte hartsvriendinnen waren we. Zelfs na haar huwelijk met Roy wilde ze mij niet kwijt. Ze hadden natuurlijk hun vriendjes uit de betere kringen, maar ik denk,' zei Oonagh, en haar stem haperde even, 'dat ze wist dat ik er altijd voor haar zou zijn, snap je? Ze bevond zich in gezelschap waar ze zich alleen voelde.'

'Thuis, of ook op het werk?' vroeg Robin.

'Thuis was ze als een vis op het droge. Roys huis, Roys familie, alles was van Roy. Ze zag haar eigen vader en moeder nog heel vaak, maar het viel niet mee om hen naar dat grote huis te halen, met haar vader die in een rolstoel zat. Volgens mij voelden de Bamboroughs zich geïntimideerd door Roy en zijn moeder. Dus ging Margot naar Stepney als ze haar ouders wilde zien. Ze onderhield ze ook nog steeds. Ze rende de benen onder haar kont vandaan, met al die verplichtingen.'

'En hoe ging het op haar werk?'

'Bergopwaarts, in alle opzichten. Er waren toen niet veel vrouwelijke artsen, en ze was jong en kwam uit een arbeidersgezin. Bij de praktijk waar ze terechtkwam, St John, voelde ze zich alleen. Het was geen vrolijke plek,' zei Oonagh, net als dokter Gupta. 'En Margot was zo iemand die daar verandering in wilde brengen. Er een succes van maken. Dat was Margot ten voeten uit: de situatie verbeteren, ervoor zorgen dat het wérkte. Ze had oog voor iedereen. Zij moest en zou het probleem oplossen. Dus probeerde ze er een echt team van te maken, ook al was zij degene die gekoeioneerd werd.'

'Door wie dan?'

'Die ouwe kerel. Ik weet de namen niet meer. Er waren nog twee andere dokters, toch? De oude en de Indiër. Hij was wel oké, zei ze, die man uit India, maar ook bij hem voelde ze afkeuring. Ze hadden een discussie over de pil, vertelde ze me een keer. Huisartsen konden die voorschrijven aan ongehuwde vrouwen, als ze wilden – toen de pil er net was, was die alleen voor getrouwde vrouwen – maar die Indiase dokter wilde dat niet. De eerste klinieken voor geboorteplanning kwamen in het jaar dat Margot verdween. Daar hadden we het samen over. Goddank dat ze er waren, zei Margot, want vrouwen die naar hun praktijk kwamen kregen van geen van beide andere artsen de pil.

Maar dat was niet het enige. Ze had ook moeite met andere medewerkers. Die assistente moest haar niet, volgens mij.'

'Janice?' vroeg Robin.

'Heette ze Janice?' Oonagh fronste haar wenkbrauwen.

'Irene?' opperde Strike.

'Ze was blond. Ik weet nog dat op de kerstborrel...'

'Was u daar ook?' vroeg Robin verbaasd.

'Margot had me gesmeekt om te komen. Zij had het feestje georganiseerd en ze was bang dat het vreselijk zou worden. Roy moest werken, dus hij kon er niet bij zijn. Het was een paar maanden na de geboorte van Anna. Margot was met zwangerschapsverlof en er was een invaller voor haar aangenomen, een man. Ze was ervan overtuigd dat de praktijk veel beter af was zonder haar. Ze had last van haar hormonen, ze was moe en zag er erg tegen op om terug te gaan. Anna was pas twee of drie maanden oud. Margot had haar meegenomen naar het feest, omdat ze borstvoeding gaf. Ze had die kerstborrel georganiseerd om een soort frisse start te maken met iedereen daar, om het ijs te breken voordat ze weer zou beginnen.'

'Vertelt u eens wat meer over Irene,' zei Robin, zich bewust van Strikes pen boven het notitieboekje.

'Nou, die werd dus dronken, als dat de blonde was. Ze had een of andere kerel meegenomen naar de borrel. Maar goed, tegen het einde van de avond beschuldigde Irene Margot ervan met die man te flirten. Heb je ooit van je leven zoiets belachelijks gehoord? Margot stond daar met haar piepjonge baby in de armen en dan valt zo'n grietje haar aan. Was het niet de assistente? Het is zo lang geleden...'

'Nee, Irene was de receptioniste,' zei Robin.

'Ik dacht dat dat het Italiaanse meisje was.'

'De andere heette Gloria.'

'O, die vond Margot héél leuk,' zei Oonagh. 'Ze zei dat Gloria erg goed was in lastige situaties. Daar weidde ze verder niet over uit. Ik denk dat dat meisje bij haar was gekomen voor medisch advies, en Margot ging mij natuurlijk niks vertellen over haar gezondheid. Dat nam ze altijd heel serieus. Een priester in de biechtstoel kon niet meer respect hebben voor andermans geheimen dan Margot voor haar patiënten.'

'Ik wil u iets vragen wat gevoelig ligt,' zei Robin aarzelend. 'Er is een boek geschreven over Margot, in 1985, en u...'

'Ik heb de publicatie samen met Roy tegengehouden,' vulde Oonagh onmiddellijk aan. 'Klopt. Het stond van begin tot eind vol met leugens. Jullie weten blijkbaar al wat hij beweerde. Over...' Oonagh mocht dan de Katholieke Kerk verlaten hebben, ze had moeite met het woord. 'Over die zwangerschapsbeëindiging. Een smerige leugen. Ik heb nooit een abortus ondergaan en Margot evenmin. Ze zou het me verteld hebben als ze het overwoog. We waren hartsvriendinnen. Iemand heeft op haar naam die afspraak gemaakt. Ik weet niet wie. De kliniek herkende haar foto later ook niet. Ze is daar nooit geweest. Het beste wat haar was overkomen was Anna, en ze zou nóóit een andere baby hebben laten weghalen. Nooit. Ze was niet gelovig, maar dat zou ze als een zonde hebben beschouwd.'

'Was ze geen kerkganger?' vroeg Robin.

'Atheïst, door en door,' zei Oonagh met haar sterke Ierse accent. 'Ze vond het allemaal maar bijgeloof. Haar moeder was protestants, daar zette Margot zich tegen af. De kerk hield vrouwen klein, zo zag Margot het, en ze zei tegen mij: "Als God bestaat, waarom moest mijn vader, zo'n lieve, goeie man, dan van een ladder vallen?" Nou, mij hoefde Margot niks te vertellen over hypocrisie en religie. Ik had toen de Katholieke Kerk al de rug toegekeerd. De doctrine van de pauselijke onfeilbaarheid. Geen voorbehoedmiddelen, ook al zijn er vrouwen bezweken tijdens de bevalling van nummer elf.

Mijn eigen moeder meende dat ze Gods afgevaardigde op aarde was, echt waar, en sommige nonnen bij mij op school waren ontzettende krengen. Zuster Mary Theresa... Zie je dit?' Oonagh schoof haar pony opzij en onthulde daarmee een litteken van een paar centimeter. 'Ze gaf me een klap tegen het hoofd met een metalen tekendriehoek. Overal bloed. "Je zult het wel verdiend hebben," zei mijn moeder later.

Weet je wie mij deed denken aan zuster Mary Theresa?' zei Oonagh. 'Was zíj misschien de assistente? Die oudere van het stel bij Margot in de praktijk?'

'Bedoelt u Dorothy?'

'Ze was weduwe, degene die ik bedoel.'

'Ja, dat was Dorothy, de secretaresse.'

'Als twee druppels water zuster Mary Theresa. Die ogen. Ze nam me apart op die kerstborrel. Ze worden aangetrokken door de Kerk, zulke types. Bijna iedere parochie heeft er wel een paar. Vanbuiten vroom, vanbinnen puur gif. Dan zeggen ze: "Heer, vergeef me, ik heb gezondigd,' maar de Dorothy's van deze wereld denken dat ze niet kúnnen zondigen, niet echt.

Het leven heeft mij één ding geleerd: waar geen ruimte is voor vreugde, is ook geen ruimte voor goedheid,' zei Oonagh Kennedy. 'Ze had het altijd op Margot gemunt, die Dorothy. Toen ik haar vertelde dat ik Margots beste vriendin was, begon ze allerlei nieuwsgierige vragen te stellen. Waar we elkaar van kenden. Over haar vriendjes. Hoe Margot Roy had leren kennen. Dat ging haar geen donder aan.

Toen begon ze over die oude dokter, hoe hij ook mocht heten. Ze had echt iets van zuster Mary Theresa in zich, maar de god van deze vrouw zat aan een bureau vlak bij haar. Ik vertelde Margot naderhand over het gesprek dat ik met die vrouw had gehad, en ze zei dat ik gelijk had. Dorothy was een vals kreng.'

'Dorothy's zoon is degene die dat boek over Margot geschreven heeft,' zei Robin.

'Was dat haar zoon?' Oonagh hapte even naar lucht. 'Daar heb je het al. Akelige types, allebei.'

'Wanneer hebt u Margot voor het laatst gezien?'

'Precies twee weken voor de avond van haar verdwijning. Toen hadden we ook afgesproken bij de Three Kings. Om zes uur, ik was een avond vrij van de club. Er waren wel wat bars dichter bij de praktijk, maar ze had geen zin om in haar vrije tijd iemand van het werk tegen te komen.'

'Kunt u zich nog herinneren waar u het die avond over hebt gehad?'

'Ik weet alles nog precies. Je denkt misschien dat dat overdreven is, maar dat is niet zo. Eerst heb ik haar de les gelezen omdat ze iets was gaan drinken met Satchwell, wat ze me al aan de telefoon had verteld. Ze waren elkaar toevallig tegengekomen op straat.

Ze zei dat hij anders leek dan vroeger en daar maakte ik me zorgen om, dat zeg ik eerlijk. Ze was geen type voor een stiekeme verhouding, maar ze was ongelukkig. Eenmaal bij de pub aangekomen vertelde ze me het hele verhaal. Hij had gezegd dat hij haar weer vaker wilde zien en ze had geweigerd. Ik geloofde haar, en ik zal jullie zeggen waarom: omdat ze er verdomd treurig bij keek toen ze me liet weten dat ze nee had gezegd.

Ze leek die avond doodop. Ongelukkiger dan ik haar ooit had gezien. Ze zei dat Roy tien dagen niet tegen haar had gepraat nadat ze Satchwell was tegengekomen. Ze hadden ruzie gehad over zijn moeder, die het huis in en uit liep alsof ze daar woonde. Margot wilde de boel opnieuw inrichten, maar Roy zei dat zijn moeder het vreselijk zou vinden als ze spullen zouden wegdoen waar zijn vader zo van had gehouden. Dus Margot was een buitenstaander in haar eigen huis, ze mocht de áánkleding niet eens veranderen.

Margot zei dat ze de hele dag een zin uit een nummer van *Court and Spark* in haar hoofd had. Het album van Joni Mitchell, *Court and Spark*,' verduidelijkte ze toen ze Robins niet-begrijpende blik zag. 'Dát was Margots religie, Joni Mitchell. Ze was bezeten van die plaat. Het was een zin uit het nummer "The Same Situation": *Caught in my struggle for higher achievements, and my search for love that don't seem to cease.* "Ik kom niet los van de strijd om meer te bereiken, en mijn zoektocht naar liefde lijkt ook nooit te eindigen." Ik kan tot op de dag van vandaag niet naar dat album luisteren. Te pijnlijk.

Ze vertelde me dat ze meteen nadat ze iets had gedronken met Paul naar huis gegaan was en Roy erover had verteld. Ik denk deels omdat ze zich schuldig voelde over die ontmoeting, maar ook om hem wakker te schudden. Ze was moe en ongelukkig en eigenlijk zei ze: *Ooit was er iemand anders die naar mij verlangde.* Dat is menselijk, nietwaar? *Word wakker*, bedoelde ze eigenlijk. *Je kunt me niet zomaar negeren en elk compromis weigeren. Ik kan zo niet leven.*

Nou, Roy was er het type niet naar om te ontploffen en met spullen te gaan gooien. Ik denk dat ze dat liever had gehad. Hij was woest, dat wel, maar dat liet hij blijken door zich nog killer te gaan gedragen en te zwijgen.

Ik geloof dat hij geen woord meer tegen haar heeft gesproken tot haar verdwijning. Ze zei door de telefoon, toen we afspraken om op de elfde wat te gaan drinken: "Ik leef nog steeds in een zwijgende orde." Ze klonk wanhopig. Ik weet nog dat ik toen dacht: ze gaat bij hem weg.

Die laatste keer dat ik haar trof in de pub zei ik tegen haar: "Satchwell is niet de oplossing voor wat er mis is tussen Roy en jou." We hadden het ook over Anna. Margot zou er alles voor overgehad hebben om er een jaar of twee tussenuit te gaan en zich op Anna te concentreren, en dat is precies wat Roy en zijn moeder graag wilden: dat ze zou thuisblijven met Anna en haar werk vergeten.

Maar dat kon ze niet. Ze onderhield nog altijd haar ouders. Haar moeder was nu ziek en Margot wilde niet dat ze nog langer bij anderen zou moeten schoonmaken. Als Margot werkte, kon ze Roy in de ogen blijven kijken over het geld dat ze haar ouders gaf, maar zijn moeder stond niet toe dat haar geliefde, tere zoontje moest zwoegen voor zo'n stelletje kettingrokende paupers.'

'Weet u waar u het nog meer met haar over hebt gehad?'

'Over de Playboy Club, omdat ik ging stoppen. Ik had mijn flat en ik dacht erover om te gaan studeren. Margot was daarvoor. Wat ik haar niet vertelde, in verband met haar houding ten opzichte van godsdienst, was dat ik dacht aan theologie.

We hebben het ook nog even over politiek gehad. We hoopten allebei dat Wilson de verkiezingen zou winnen. En ik zei tegen haar dat ik me zorgen maakte omdat ik de Ware nog steeds niet had gevonden. Ik was al over de dertig. Dat was toen oud, om nog een man te vinden.

Voordat we die avond afscheid namen, zei ik: "Onthoud goed dat ik altijd een logeerkamer voor je heb. En daar is ook plaats voor een wiegje."'

Oonagh kreeg weer tranen in haar ogen, en ze stroomden over haar wangen. Ze pakte haar servet en drukte dat tegen haar gezicht. 'Sorry, hoor. Veertig jaar geleden, maar het lijkt wel gisteren. Ze verdwijnen nooit, de doden. Het zou makkelijker zijn als het wel zo was. Ik zie haar nog haarscherp voor me. Als ze hier nu dat trapje op zou komen lopen, zou ik eigenlijk niet eens verbaasd zijn. Ze was zo'n levendig iemand. Dat ze zomaar kon verdwijnen, in het niets...'

Robin zweeg tot Oonagh haar gezicht had drooggeveegd en vroeg toen: 'Wat weet u nog van de afspraak om elkaar de elfde te treffen?'

'Zij belde mij, en ze wilde afspreken in dezelfde pub op dezelfde tijd. Ik zei natuurlijk ja. De manier waarop ze het vroeg had iets raars. Ik vroeg: "Er is toch niks aan de hand?" en ze zei: "Ik moet je om advies vragen. Misschien word ik wel gek. Ik mag er eigenlijk niet over praten, maar jij bent de enige die ik kan vertrouwen."'

Strike en Robin keken elkaar aan.

'Is dat nergens terug te vinden?' vroeg Oonagh.

'Nee,' antwoordde Strike.

'Nou,' voor het eerst leek Oonagh kwaad te worden, 'dat verbaast me dus niets.'

'Waarom niet?' vroeg Robin.

'Talbot zweefde ergens in een andere dimensie. Dat had ik al na vijf minuten door toen ik hem sprak. Ik belde Roy en ik zei: "Die kerel is niet in orde. Dien een klacht in, zeg dat je iemand anders op deze zaak wilt hebben." Dat deed hij niet, of misschien wel en is er niks mee gedaan.

En Lawson beschouwde mij als een domme bunny. Hij dacht waarschijnlijk dat ik maar wat verzon, om interessant over te komen, over de rug van mijn beste vriendin die verdwenen was. Margot Bamborough was voor mij eerder een zus dan een gewone vriendin.' Ze werd nu fel. 'De enige met wie ik ooit echt over haar heb gepraat is mijn man. Ik heb tegen hem lopen janken, twee dagen voor onze bruiloft, omdat ze erbij had moeten zijn. Ze had mijn getuige moeten zijn.'

'Hebt u enig idee waarover ze u advies wilde vragen?' vroeg Robin.

'Nee. Ik heb er sindsdien vaak over nagedacht, of het misschien te maken kon hebben met wat er is gebeurd. Iets over Roy misschien, maar waarom zou ze dan gezegd hebben dat ze er eigenlijk niet over mocht praten? We hadden het vaak genoeg over Roy. En de laatste keer dat ik haar zag heb ik haar ronduit gezegd dat ze bij mij mocht komen wonen als ze bij hem weg zou gaan, en Anna ook.

Toen dacht ik: misschien heeft het te maken met iets wat een patiënt haar heeft verteld, want zoals ik al zei: ze hield zich nauwgezet aan haar beroepsgeheim.

Maar ik liep dus de elfde door de regen die heuvel op naar de pub. Het was nog vroeg, daarom ben ik even gaan kijken bij de kerk verderop, die grote...'

'Wacht,' zei Strike scherp. 'Wat voor jas had u aan?'

De vraag leek Oonagh niet te verbazen. Integendeel, ze glimlachte. 'Je denkt aan die oude grafdelver of wie het ook was? De man die dacht dat hij Margot naar binnen had zien gaan? Ik heb nog zo gezegd dat ik dat was, destijds. Ik droeg geen regenjas, maar mijn jas was wel beige. Mijn haar was donkerder dan dat van Margot, maar ongeveer even lang. Toen ze me vroegen of ik dacht dat Margot misschien vóór onze afspraak die kerk binnengegaan was, heb ik duidelijk gezegd: nee, ze haatte de kerk. Dat was ík! Ik ben die kerk in gegaan!'

'Waarom?' vroeg Strike. 'Wat ging u daar doen?'

'Ik werd geroepen,' zei Oonagh eenvoudig.

Robin onderdrukte een glimlach, omdat Strike het antwoord bijna gênant leek te vinden.

'God riep me terug. Ik ging steeds anglicaanse kerken binnen, met de gedachte: is dit het antwoord? De katholieken hadden zoveel waar ik niet tegen kon, maar ik werd wel telkens aangetrokken door Hem.'

'Hoe lang denkt u dat u in die kerk gebleven bent?' vroeg Robin, om Strike de gelegenheid te geven even bij te komen.

'Een minuut of vijf. Ik heb een gebedje gedaan. Gevraagd om me de juiste weg te wijzen. Toen ben ik weer naar buiten gegaan, de weg overgestoken en de pub in gelopen.

Ik heb bijna een vol uur gewacht voordat ik Roy belde. Eerst dacht ik: ze wordt opgehouden door een patiënt. Daarna dacht ik: nee, ze is het vast vergeten. Maar toen ik naar haar huis belde, zei Roy dat ze er niet was. Hij deed nogal kortaf. Ik vroeg me af of er nog meer was voorgevallen tussen die twee. Misschien was er iets geknapt bij Margot. Misschien zou ze met Anna voor mijn deur staan als ik dadelijk thuiskwam. Dus haastte ik me naar huis, maar daar was ze niet.

Roy belde om negen uur om te vragen of ik nog contact met haar had gehad. Toen werd ik echt ongerust. Hij zei dat hij de politie ging bellen.

De rest weten jullie,' zei ze zachtjes. 'Het was net een nachtmerrie.

Je zet al je hoop in op scenario's die steeds onwaarschijnlijker worden. Geheugenverlies. Ze is aangereden door een auto en ligt ergens bewusteloos. Of ze is weggelopen om na te denken.

Maar eigenlijk wist ik het wel. Ze zou haar kleine meid nooit achtergelaten hebben, en ze zou nóóit vertrokken zijn zonder het mij te vertellen. Ik wist dat ze dood was. Ik merkte wel dat de politie het Monster van Essex verdacht, maar ik...'

'Maar u...?' spoorde Robin haar voorzichtig aan.

'Nou, ik dacht steeds: drie weken nadat Paul Satchwell terugkeert in haar leven verdwijnt ze voorgoed. Ik weet dat hij een alibi had, dat al zijn kunstzinnige vriendjes hem de hand boven het hoofd hielden. Ik heb tegen Talbot en Lawson gezegd: vraag hem eens naar de kussendroom. Vraag wat dat betekent, de kussendroom waarvan hij zo bang was dat Margot er anderen over zou vertellen.

Staat dat in de aantekeningen van de politie?' vroeg ze aan Strike, en ze draaide zich naar hem toe. 'Heeft een van hen Satchwell aan de tand gevoeld over de kussendroom?'

'Nee,' zei Strike traag. 'Volgens mij niet.'

25

All those were idle thoughtes and fantasies,
Deuices, dreames, opinions vnsound,
Shewes, visions, sooth-sayes, and prophesies;
And all that fained is, as leasings, tales, and lies.

Edmund Spenser
The Faerie Queene

Drie avonden later was Strike te vinden in zijn BMW voor een onbeduidend rijtjeshuis in Stoke Newington. Het onderzoek naar Goochem, inmiddels in zijn vijfde maand, had tot nu toe niets opgeleverd. De wantrouwende bestuursleden, die vermoedden dat hun CEO ergens mee werd gechanteerd door de ambitieuze Goochem, lieten al geluiden van onvrede horen die weinig goeds voorspelden; ze waren duidelijk van plan een concurrent in te schakelen voor het speurwerk.

Zelfs nadat Hutchins erin geslaagd was vriendschap met Goochem te sluiten bij de schietvereniging en hij hem had volgegoten met gin, hield Goochem nog altijd zijn lippen stijf op elkaar over een mogelijk geheim van zijn baas, dus had Strike besloten dat het tijd werd dat hij GB zelf ging volgen. Het was mogelijk dat de CEO, een kogelronde, in krijtstreep gestoken man met een kale kruin als een geschoren monnik, nog steeds het chantabele gedrag vertoonde dat Goochem had ontdekt en dat hem een promotie had opgeleverd die noch door zijn cv, noch door zijn persoonlijkheid werd gerechtvaardigd.

Strike was ervan overtuigd dat Goochem niet simpelweg een geval van overspel uitbuitte. GB's huidige echtgenote had de onberispelijke, plastic uitstraling van een pop die net uit het cellofaan komt, en Strike vermoedde dat een buitenechtelijke verhouding voor haar niet voldoende was om de ijzeren greep van haar klauwen op zijn zwarte American Express-card te laten verslappen, vooral omdat ze amper twee jaar met hem getrouwd was en geen kinderen had die haar konden verzekeren van een ruimhartige financiële regeling.

Achter bijna ieder raam in de straat waar Strike stond twinkelden kerstlichtjes. Aan de dakgoot van het huis naast hem hingen felle, blauwig witte ijspegels die een gat in je netvlies brandden als je er te lang naar keek. Kransen aan de deuren, de ruiten gedecoreerd met kunstsneeuw en de glinstering van oranje, rood en groen gereflecteerd in de vieze plassen: alles herinnerde Strike eraan dat hij nog kerstcadeaus moest kopen om mee te nemen naar Cornwall.

Joan was die ochtend ontslagen uit het ziekenhuis, en ze was vastbesloten thuis aan de voorbereidingen voor de familiefestiviteiten te beginnen. Strike moest niet alleen voor Joan en Ted cadeautjes kopen, maar ook voor zijn zus, zwager en neefjes. Het was een hinderlijke extra taak, gezien de hoeveelheid werk die het bureau in de agenda had staan. Toen bracht hij zichzelf in herinnering dat hij ook iets moest kopen voor Robin, iets beters dan bloemen. Strike, die een hekel had aan winkelen in het algemeen en het kopen van cadeaus in het bijzonder, pakte zijn sigaretten om het enigszins getergde gevoel op afstand te houden.

Nadat hij er een had opgestoken haalde hij *Wat is er gebeurd met Margot Bamborough?* uit zijn zak, het boek dat hij van Robin had gekregen maar waarvoor hij nog niet de tijd had gehad om het te lezen. Ze had met plakkertjes de passages gemarkeerd die misschien interessant waren voor het onderzoek.

Met een snelle blik op de nog altijd gesloten voordeur van het huis dat hij in de gaten hield sloeg Strike het boek open en las vluchtig een paar bladzijden, waarbij hij met regelmatige tussenpozen opkeek om na te gaan of GB niet naar buiten gekomen was.

Het eerste hoofdstuk, door Robin niet gemarkeerd, was een samenvatting van Margots jeugd en vroege tienerjaren. Omdat hij niemand had kunnen spreken die erg duidelijke herinneringen aan die tijd had, had Oakden moeten terugvallen op algemeenheden, giswerk en flink wat opvulling. Aldus kwam Strike te weten dat Margot Bamborough 'ervan gedroomd zou hebben de armoede achter zich te laten', 'waarschijnlijk helemaal opging in de lichtzinnige sfeer van de jaren zestig' en 'zich bewust moet zijn geweest van de mogelijkheden voor seks-zonder-gevolgen die de anticonceptiepil bood'. Het woordenaantal was opgeschroefd met de informatie dat de minirok populair was geworden dankzij Mary Quant, dat Londen het hart was geweest van een bloeiende muziekscene en dat The Beatles rond de tijd van Margots negentiende verjaardag waren verschenen in *The Ed Sullivan Show* in Amerika. 'Margot zou enthousiast geweest zijn over de mogelijkheden die deze nieuwe tijd van gelijkheid de arbeidersklasse bood,' zo liet C.B. Oakden zijn lezers weten.

Hoofdstuk 2 kondigde Margots komst bij de Playboy Club aan, en hier verdween de ingetogen sfeer die het vorige hoofdstuk had beheerst. Het was duidelijk dat C.B. Oakden Margot als Playboybunny een stuk inspirerender vond dan Margot als kind, en hij wijdde vele paragrafen aan het gevoel van vrijheid en bevrijding dat ze ervaren zou hebben wanneer ze de veters van haar bunnykorset straktrok, de bijpassende konijnenoren opzette en zorgvuldig de cups van het lijfje opvulde om zich ervan te verzekeren dat haar borsten vol genoeg leken om aan de strenge eisen van haar werkgever te voldoen. Oakden, die zijn boekje elf jaar na de verdwijning had geschreven, was erin geslaagd een paar bunny's op te sporen die zich Margot nog herinnerden. Bunny Lisa, die nu getrouwd was en twee kinderen had, mijmerde dat ze 'altijd heerlijk met haar kon lachen' en dat ze 'kapot' was geweest van haar verdwijning. Bunny Rita, die een eigen marketingbedrijf runde, zei dat Margot 'heel pienter' was en 'zeker veel zou bereiken' en meende dat het 'vreselijk moet zijn geweest voor haar familie'.

Strike keek weer op naar de gevel van het huis waarin GB was verdwenen. Nog altijd geen spoor van hem. Terug bij C.B. Oakden sloeg hij verveeld een stuk over en ging door naar het eerste plakkertje van Robin.

Na haar succesvolle baantje bij de Playboy Club viel het de speelse en flirterige Margot zwaar om zich aan het passen aan het leven van een huisarts. Minimaal één medewerker van de praktijk St John zegt dat haar gedrag misplaatst was voor een arts in een spreekkamer.

'Ze hield niet de gepaste afstand, dat was het probleem. Zij kwam uit een omgeving met weinig hoger geschoolden. Een dokter moet boven zijn patiënten staan.

Ze raadde een vrouw die bij haar kwam het boek *The Joy of Sex* aan. Ik hoorde er naderhand mensen in de wachtkamer over praten. Giechelend, weet u wel. Een arts hoort niet tegen mensen te zeggen dat ze zoiets moeten lezen. Dat geeft de dokterspraktijk een slechte naam. Ik schaamde me plaatsvervangend.

Die jongeman die gek op haar was, die steeds terugkwam en bonbons voor haar kocht en weet ik wat allemaal... Als je tegen mensen begint over verschillende seksstandjes, dan moet je begrijpen dat sommige mannen zich rare dingen in het hoofd halen, nietwaar?'

Er volgden meerdere paragrafen die duidelijk waren overgenomen uit de pers, ook over de zelfdoding van Steve Douthwaites getrouwde ex-vriendin, zijn plotselinge vertrek van zijn werk en het feit dat Lawson hem nog vele malen opnieuw verhoord had. Met optimale uitbuiting van zijn schaarse materiaal wist Oakden te suggereren dat Douthwaite in het gunstigste geval een slechte naam had gehad en in het slechtste geval gevaarlijk was geweest, een lamlendige nietsnut en een gewetenloze rokkenjager; vrouwen die in zijn buurt kwamen gingen dood of verdwenen. Strike proestte even, plotseling geamuseerd, toen hij de volgende zin las:

Douthwaite, die zichzelf tegenwoordig Stevie Jacks noemt, werkt nu bij bungalowpark Butlin's in Clacton-on-Sea,

Nadat hij nogmaals had opgekeken om na te gaan of GB niet was verschenen, las hij verder:

> waar hij overdag evenementen organiseert voor parkgasten en 's avonds optreedt in het cabaret. Zijn 'Longfellow Serenade' doet het vooral bij de dames erg goed. De donkerharige Douthwaite/Jacks is nog altijd een knappe man, en duidelijk populair bij vrouwelijke vakantiegangers.
>
> 'Ik heb altijd graag gezongen,' vertelt hij me na de voorstelling in de bar. 'Toen ik jonger was zat ik in een band, maar die hield ermee op. Als kind kwam ik altijd in dit soort bungalowparken, met mijn pleegouders. Het leek me hartstikke leuk om hier op te treden. Veel grote entertainers zijn hier begonnen.'
>
> Maar als het gesprek op Margot Bamborough komt, laat de vermetele cabaretzanger zich van een heel andere kant zien.
>
> 'De pers heeft een hoop gelul geschreven. Ik heb nooit bonbons of zoiets voor haar gekocht, dat hebben ze gewoon verzonnen om een engerd van me te maken. Ik had een maagzweer en veel last van hoofdpijn. Ik heb een zware tijd gehad.'
>
> Nadat hij weigerde uit te leggen waarom hij zijn naam heeft veranderd, verliet Douthwaite de bar.
>
> Zijn collega's in het bungalowpark uitten hun schok toen ze hoorden dat 'Stevie' was ondervraagd door de politie in verband met de verdwijning van de jonge dokter.
>
> 'Daar heeft hij ons nooit iets over verteld,' zei Julie Wilkins (22). 'Ik weet niet wat ik hoor! Je zou denken dat hij ons daarover had ingelicht. Hij heeft ook nooit gezegd dat Jacks niet zijn echte naam was.'

Oakden trakteerde zijn lezers op een korte geschiedenis van bungalowpark Butlin's en eindigde het hoofdstuk met een paragraaf vol speculatie over de mogelijkheden voor roofzuchtige mannen om toe te slaan in een vakantiepark als dit.

Strike stak nog een sigaret op en bladerde toen verder naar Robins tweede plakker, bij een korte passage over Jules Bayliss, echtgenoot van Wilma, de schoonmaakster die later maatschappelijk werkster zou worden. Het enige beetje nieuwe informatie was dat de wegens verkrachting veroordeelde Bayliss op borgtocht was vrijgelaten in 1975, drie volle maanden na de vermissing van Margot. Desalniettemin verzekerde Oakden dat Bayliss 'ter ore gekomen zou zijn' dat Margot had geprobeerd zijn vrouw zover te krijgen dat ze bij hem wegging, en 'boos zou zijn geweest omdat de dokter zijn vrouw onder druk zette haar gezin op te breken' en dat hij 'zelf vele criminele banden onderhield in zijn omgeving'. De politie, zo informeerde Oakden zijn lezers, 'zou de gangen van alle vrienden en familieleden van Bayliss op 11 oktober zorgvuldig hebben nagetrokken, dus moeten we concluderen,' zo luidde de anticlimax in zijn afronding, 'dat er geen verdachte activiteiten aan het licht gekomen zijn'.

Robins derde plakker was aangebracht bij de bladzijden over de abortus in de kliniek in Bride Street. Oakden leidde dit deel van zijn verhaal met veel tamtam in, door zijn lezers te laten weten dat hij op het punt stond feiten te onthullen die nooit eerder openbaargemaakt waren.

Wat volgde was voor Strike alleen in zoverre interessant dat er werd aangetoond dat er wel degelijk een abortus had plaatsgevonden op 14 september 1974, en dat de naam die de patiënt had opgegeven inderdaad die van Margot Bamborough was. Als bewijs had Oakden kopieën afgedrukt van de medische dossiers van Bride Street die hij in handen had gekregen via een niet nader genoemde medewerker van de kliniek, die in 1978 was gesloten. Strike nam aan dat de niet bij naam genoemde medewerker niet langer voor zijn of haar baan had hoeven vrezen toen Oakden hem of haar in de jaren tachtig geld had geboden voor deze informatie. Diezelfde medewerker vertelde Oakden ook dat de vrouw die de abortus had ondergaan niet leek op de foto van Margot die later in de kranten was verschenen.

Oakden kwam vervolgens met een reeks retorische vragen waarvan hij en zijn overmoedige uitgeverij kennelijk hadden gedacht dat ze er wel mee konden wegkomen zonder een rechtszaak wegens smaad aan hun broek te krijgen. Was het mogelijk dat de vrouw die de abortus had ondergaan Margots naam had gebruikt met haar steun en toestemming? En in dat geval, wie zou Margot dan zo graag hebben willen helpen? Was het niet zeer waarschijnlijk dat een rooms-katholieke vrouw bang was dat iemand te weten zou komen dat ze een abortus had ondergaan? Was het mogelijk dat Margot op de avond van 11 oktober was teruggegaan naar de omgeving van de kliniek in Bride Street om iemand te bezoeken die daar opnieuw was opgenomen? Of om namens die persoon om advies te vragen? Was Margot misschien niet ontvoerd in Clerkenwell, maar op een paar straten afstand van Dennis Creeds kelder?

Vragen waarop Strike in gedachten antwoordde: *Nee, en het is je eigen schuld dat je boek in de versnipperaar terechtgekomen is, vriend.* De aaneenschakeling van gebeurtenissen die Oakden suggereerde was duidelijk in elkaar gezet in een vastberaden poging Margot in de omgeving van Creeds souterrain te plaatsen op de avond van haar verdwijning. 'Complicaties' waren nodig om te verklaren waarom ze een maand na de abortus zou terugkeren naar de kliniek, maar Margot kon zelf geen last hebben van complicaties, aangezien ze fit en gezond was en tot het moment van haar verdwijning in de St John-praktijk had gewerkt. Maar eenmaal toegeschreven aan een hartsvriendin dienden die niet nader gespecificeerde 'complicaties' twee doelen: ze gaven Margot een reden om terug te keren naar de kliniek, namelijk Oonagh bezoeken, en ze gaven Oonagh een reden om te liegen over de plek waar beide vrouwen zich op de bewuste avond hadden bevonden. Al met al vond Strike dat Oakden nog geluk had gehad dat hij niet voor de rechter was gesleept, en hij vermoedde dat Roy en Oonagh zich alleen hadden laten weerhouden door hun angst voor de publiciteit die eruit gevolgd zou zijn.

Strike bladerde door naar Robins vierde plakker, en nadat hij zich ervan had verzekerd dat de voordeur van het huis dat hij in de gaten hield nog steeds dicht was, las hij de volgende gemarkeerde passage.

'Ik zag haar net zo duidelijk als ik u nu zie. Ze stond bij dat raam en beukte erop met haar vuisten, alsof ze de aandacht wilde trekken. Ik herinner het me nog heel goed omdat ik destijds *The Other Side of Midnight* aan het lezen was en steeds moest denken aan wat vrouwen allemaal moeten doormaken, weet u wel, en toen keek ik omhoog en zag haar staan.

Als ik mijn ogen dichtdoe zie ik haar weer, als een foto in mijn hoofd, en eerlijk gezegd heeft het me al die tijd achtervolgd. Mensen zeggen dan "Je verzint het" of "Je moet het loslaten", maar ik ga mijn verhaal niet aanpassen alleen omdat anderen het niet geloven. Wat voor iemand zou ik zijn als ik dat deed?'

De kleine drukkerij die destijds huisde op de bovenste verdieping van het gebouw werd gerund door het echtpaar Arnold en Rachel Sawyer. De politie aanvaardde hun verklaring dat Margot Bamborough nooit bij hen binnen was geweest en dat de vrouw die Mandy destijds had gezien waarschijnlijk mevrouw Sawyer zelf was, die beweerde dat een van de ramen slecht sloot en dat je er met je vuist op moest slaan.

Er bestaat echter een merkwaardig verband tussen A&R Printing en Margot Bamborough dat door de politie onopgemerkt is gebleven. De eerste grote opdracht van A&R was voor de inmiddels gesloten nachtclub Drudge – de club waarvoor Paul Satchwell, Margots minnaar, de gewaagde muurschildering had ontworpen. Satchwells tekeningen verschenen later op flyers die waren gedrukt door A&R Printing, dus het kan best dat het echtpaar Sawyer en hij contact met elkaar hadden.

Betekent dit dan misschien

'Rot op,' mompelde Strike en hij sloeg de bladzijde om en liet zijn blik afdalen naar een korte paragraaf die Robin met een dikke zwarte streep had gemarkeerd.

Voormalig buurman Wayne Truelove denkt echter dat Paul Satchwell daarna naar het buitenland is vertrokken.

'Hij had het over reizen. Ik denk niet dat hij veel geld verdiende met zijn kunst, en nadat de politie hem had verhoord, zei hij dat hij erover dacht om 'm een poosje te smeren. Misschien wel slim, maken dat hij daar wegkwam.'

Robins vijfde en laatste plakker zat tegen het einde van het boek, en nadat hij zich er nog eens van had verzekerd dat GB's auto nog op de plek stond waar hij hem had achtergelaten en de voordeur van het huis niet was opengegaan, las Strike:

> Een maand na de verdwijning van Margot bracht haar man Roy een bezoek aan St John, de huisartsenpraktijk. Roy, die in de zomer zijn opvliegendheid niet had kunnen verhullen tijdens de praktijkbarbecue, was tijdens dit bezoek verrassend ingetogen.
>
> Dorothy kijkt terug: 'Hij wilde ons allemaal spreken, om ons te bedanken voor onze medewerking met de politie. Hij zag er ziek uit. Niet zo gek ook.
>
> We hadden haar persoonlijke spullen in een doos opgeslagen omdat er een waarnemend arts in haar spreekkamer werkte. De politie had die spullen al doorzocht. We hadden alles bij elkaar gestopt: handcrème en haar ingelijste artsendiploma en een foto van hem, Roy, met hun dochter in zijn armen. Hij keek in de doos en werd een beetje emotioneel, maar toen pakte hij een voorwerp dat op haar bureau had gestaan. Het was zo'n houten figuurtje, een soort Viking. Hij vroeg: "Waar komt dit vandaan? Hoe kwam ze hieraan?" We wisten het geen van allen, maar het leek wel of hij er boos van werd.
>
> Waarschijnlijk dacht hij dat ze het van een man had gekregen. Natuurlijk keek de politie tegen die tijd ook naar haar liefdesleven. Akelig, hoor, als je je eigen vrouw niet kunt vertrouwen.'

Strike keek nog een keer op naar het huis, zag geen verandering en bladerde door naar het einde van het boek, dat een laatste uitbarsting van speculatie, giswerk en halfbakken theorieën bevatte. Aan de ene kant impliceerde Oakden dat Margot de tragedie over zichzelf had afgeroepen, dat het lot haar had gestraft omdat ze te vrij en schaamteloos was geweest op het gebied van seks, omdat ze zich had uitgedost in een korset met konijnenoortjes, en omdat ze zich overmoedig had verheven boven de klasse waarin ze was geboren. Aan de andere kant leek ze in haar leven omringd te zijn geweest door potentiële moordenaars. Geen enkele man die met Margot werd geassocieerd ontkwam aan Oakdens verdenking, of het nu 'de charmante maar doelloze Stevie Douthwaite-ofwel-Jacks' was, 'de bazige bloedspecialist Roy Phipps', 'de rancuneuze verkrachter Jules Bayliss', 'de heetgebakerde rokkenjager Paul Satchwell' of 'het beruchte seksmonster Dennis Creed'.

Strike stond op het punt het boek dicht te slaan toen hij een streepje donkerder paginaranden in het midden zag, wat op foto's leek te duiden, en hij vouwde het verder open.

Naast de bekende portretten uit de pers en de foto van Margot en Oonagh in hun bunnykostuums – Oonagh met haar rondingen breed lachend, Margot statuesk, met een dikke bos lichtblond haar – stonden er maar drie foto's in. Ze waren allemaal van slechte kwaliteit en Margots aanwezigheid was overal ondergeschikt.

Het onderschrift van de eerste foto luidde: *De auteur, zijn moeder en Margot.* Dorothy Oakden, met strakke kaken, staalgrijs haar en een bril met vleugelmontuur, keek in de camera met haar arm om een mager, sproetig jongetje met een pagekapsel heen geslagen. Het jochie trok een grimas die zijn gezicht vervormde. Strike moest denken aan Luke, zijn oudste neefje. Achter de Oakdens lag een langgerekt gestreept gazon en in de verte stond een groot huis met diverse gevelspitsen. Vlak bij het huis leek van alles uit het gras te steken; bij nadere inspectie zag Strike dat het het begin van muren of zuilen was. Zo te zien werd er een zomerhuis verbouwd.

Over het gras achter Dorothy en Carl liep Margot Bamborough, zich er niet van bewust dat ze gefotografeerd werd, op blote voeten en in denim shorts en een T-shirt. Ze had een schaal in haar handen en glimlachte naar iemand buiten beeld. Strike deduceerde dat de foto genomen moest zijn tijdens de barbecue met de praktijkmedewerkers die Margot had georganiseerd. Het huis van de familie Phipps was een stuk groter en voornamer dan hij het zich had voorgesteld.

Nadat hij nog een keer had gekeken of de auto van GB nog op dezelfde plek stond, bekeek hij de laatste twee foto's, allebei genomen tijdens de kerstborrel bij St John, de huisartsenpraktijk.

De balie hing vol met glinsterende slingers en de stoelen uit de wachtkamer waren in de hoeken opgestapeld. Strike zocht op beide foto's naar Margot en zag haar uiteindelijk: ze stond met baby Anna in haar armen te praten met een lange zwarte vrouw van wie hij aannam dat het Wilma Bayliss was. In een hoek van de foto stond een slanke vrouw met grote ronde ogen en springerig bruin haar van wie Strike dacht dat het de jonge Janice zou kunnen zijn.

Op de tweede foto waren alle hoofden afgewend van de camera of deels aan het zicht onttrokken, op één na. Een broodmagere oudere man met een strak gezicht, zijn haar achterovergekamd, was de enige die gewaarschuwd leek te zijn dat er een foto genomen zou worden. Zijn ogen zagen rood door de flits. Het onderschrift luidde: *Margot en dokter Joseph Brenner*, ook al was van Margot alleen het achterhoofd zichtbaar.

In een hoek van deze foto stonden drie mannen die, aan hun jassen te zien, net waren aangekomen op het feest. Door hun donkere kleding vormden ze één blok aan de rechterkant van het beeld. Ze stonden alle drie met hun rug naar de camera, maar van de grootste, meest forse man, wiens gezicht een tikje naar links gedraaid was, was een lange zwarte bakkebaard zichtbaar, en een groot oor, het puntje van een vlezige neus en een hangend oog. Hij hief zijn linkerhand om aan zijn gezicht te krabben. Hij droeg een grote gouden ring met een leeuwenkop.

Strike keek aandachtig naar de foto, tot geluiden op straat zijn aandacht trokken. GB kwam net het huis uit. Een mollige blonde vrouw op pantoffels stond op de deurmat. Ze hief een hand en gaf GB een klopje op zijn hoofd, zoals je bij een kind of een hond zou doen. GB nam glimlachend afscheid, draaide zich om en liep terug naar zijn Mercedes.

Strike gooide *Wat is er gebeurd met Margot Bamborough?* op de passagiersstoel, wachtte tot GB de weg op draaide en reed achter hem aan.

Na een minuut of vijf werd duidelijk dat zijn doelwit terugreed naar zijn eigen huis in West Brompton. Met één hand aan het stuur tastte Strike naar zijn mobiel en toetste het nummer van een oude vriend in. Hij kreeg de voicemail.

'Shanker, met Bunsen. Ik moet iets met je bespreken. Wanneer kan ik je op een pint trakteren?'

26

All were faire knights, and goodly well beseene,
But to faire Britomart they all but shadowes beene,

Edmund Spenser
The Faerie Queene

Met vijf lopende zaken op de agenda en nog maar vier dagen te gaan tot Kerstmis vielen twee van de freelancers die voor het bureau werkten ten prooi aan de heersende griep. Morris was de eerste. Hij gaf de schuld aan de kinderopvang van zijn dochtertje, waar het virus als een veenbrand alle peuters en ook hun ouders had aangestoken. Hij bleef werken tot de koorts en de pijn in zijn gewrichten hem dwongen zich telefonisch te verontschuldigen, en tegen die tijd had hij tot diens grote woede Barclay aangestoken, die de griep op zijn beurt overdroeg aan zijn eigen vrouw en zijn jonge dochtertje.

'Die domme sukkel had moeten thuisblijven in plaats van mijn kant op te ademen in de auto,' tierde Barclay door de telefoon schor tegen Strike op de ochtend van de twintigste, terwijl Strike het kantoor opende. De laatste teambespreking op volle sterkte had die dag om tien uur moeten plaatsvinden, maar aangezien twee teamleden er niet bij konden zijn, had Strike besloten de bespreking af te blazen. De enige die hij niet had kunnen bereiken was Robin; hij nam aan dat ze in de metro zat. Hij had haar gevraagd vroeg te komen, zodat ze konden bijpraten over de zaak-Bamborough voordat de anderen kwamen.

'Wij zouden morgen naar Glasgow vliegen,' vervolgde Barclay met zijn hese stem terwijl Strike water opzette. 'Die kleine vergaat van de oorpijn...'

'Ja,' zei Strike, die zich ook niet al te best voelde, ongetwijfeld door de vermoeidheid en te veel roken. 'Nou, beterschap, en kijk maar wanneer je weer kunt komen werken.'

'Eikel,' bromde Barclay, en toen: 'Morris, bedoel ik. Jij niet. Fijne fucking kerst.'

Strike probeerde zichzelf wijs te maken dat hij zich de kriebel in zijn keel, zijn klamme rug en de pijn achter zijn ogen slechts inbeeldde, en hij zette een beker thee, liep het kantoor in en deed de luxaflex open. Door de wind en de harde regen zwiepte de kerstverlichting in Denmark Street aan de kabels. Net als de voorgaande vijf ochtenden herinnerde de versiering hem eraan dat hij nog geen kerstcadeaus had gekocht. Hij ging aan zijn kant van het dubbele bureau zitten, in het besef dat hij zo lang met deze taak had gewacht dat hij die nu binnen een paar uur zou moeten volbrengen. Daarmee schakelde hij in ieder geval de vervelende voorbereiding uit van een zorgvuldige afweging van wat iedereen graag zou krijgen. De regen striemde tegen het raam achter hem. Het liefst was hij terug naar bed gegaan.

Hij hoorde de glazen deur open- en weer dichtgaan.

'Morgen,' riep Robin achter de tussendeur. 'Het is bééstenweer.'

'Morgen,' riep Strike terug. 'Het water kookt en de teamvergadering is afgelast. Barclay heeft nu ook griep.'

'Shit,' zei Robin. 'En hoe voel jij je?'

'Goed,' zei Strike, die zijn aantekeningen over de zaak-Bamborough aan het sorteren was.

Maar toen Robin het kantoor binnenkwam, met thee in haar ene hand en haar eigen aantekeningen in de andere, vond ze Strike er helemaal niet goed uitzien. Hij was bleker dan anders, zijn voorhoofd glom en hij had grijze schaduwen onder zijn ogen. Ze deed de tussendeur dicht en ging tegenover hem zitten zonder er iets van te zeggen.

'Een teambespreking zou nu sowieso weinig zin hebben,' mompelde Strike. 'We zijn geen zak opgeschoten met onze zaken. Twinkletoes doet niks verkeerd. Het ergste wat je over hem zou kunnen beweren is dat hij haar alleen voor het geld heeft, maar dat weet haar vader al van het begin af aan. De vriendin van Nieuwe Ronde belazert hem niet en de hemel mag weten waar Goochem GB mee chanteert. Heb je mijn mail over die blonde vrouw in Stoke Newington gezien?'

'Ja,' zei Robin. Ze had een vuurrood hoofd gekregen van het stormachtige weer en probeerde met haar vingers haar haar weer enigszins in model te krijgen. 'Niks gevonden over dat adres?'

'Nee. Als ik moet gokken, zou ik zeggen dat ze familie van hem is. Ze gaf hem bij vertrek een klopje op het hoofd.'

'Sm-meesteres?' opperde Robin. Sinds ze bij het bureau werkte was er nog maar weinig wat ze niet wist over de seksuele afwijkingen van machtige mannen.

'Daar heb ik ook aan gedacht, maar de manier waarop ze afscheid nam... Het zag er... gezellig uit. Alleen heeft hij geen zus en ze leek me jonger dan hij. Zouden neef en nicht elkaar een klopje op het hoofd geven?'

'Hm. Zondagavond past niet bij een gewone psycholoog of therapeut, maar zo'n klopje heeft iets moederlijks. Een lifecoach? Een medium?'

'Dat zou best eens kunnen,' zei Strike, wrijvend over zijn kin. 'Aandeelhouders zouden niet bepaald onder de indruk zijn als hij zakelijke beslissingen zou nemen op basis van wat zijn waarzegster in Stoke Newington hem influistert. Ik had Morris met de kerst op die vrouw willen zetten, maar hij is uitgeschakeld, Hutchins doet de vriendin van Nieuwe Ronde al en ik moet overmorgen vertrekken naar Cornwall. Wanneer ga jij naar Masham? Dinsdag?'

'Nee,' zei Robin met een gespannen gezicht. 'Morgen... zaterdag. Dit hebben we in september besproken, weet je nog? Ik heb met Morris geruild zodat hij kon...'

'Jaja, ik weet het alweer,' loog Strike. Zijn hoofd begon te bonzen en de thee hielp niet tegen zijn keelpijn. 'Geen probleem.'

Maar dat betekende natuurlijk wel dat als hij Robin een kerstcadeau wilde geven, hij dat vandaag zou moeten kopen en het haar voor het einde van de dag moest geven.

'Ik wil best proberen een trein later te nemen, maar dat zal met de kerst niet...'

'Nee, je hebt recht op je vrije dagen,' zei hij bruusk. 'Jij hoeft niet te werken omdat die onvoorzichtige sukkels griep hebben opgelopen.'

Robin, die sterk het vermoeden had dat Barclay en Morris niet de enige medewerkers waren die griep hadden, vroeg: 'Wil je nog een kop thee?'

'Wat? Nee,' zei Strike, onredelijk wrokkig omdat hij het gevoel had dat zij hem dwong om vandaag te gaan winkelen. 'En Ansichtkaart schiet helemáál niet op, we hebben letterlijk niks...'

'Ik heb misschien – heel misschien – wel iets over Ansichtkaart.'

'Wat dan?' vroeg Strike verbaasd.

'Onze weerman heeft gisteren weer een kaart ontvangen, bezorgd bij het Television Centre. Het is de vierde die is gekocht in de winkel van de National Portrait Gallery, en er staat een vreemde boodschap op.'

Ze haalde de kaart uit haar tas en gaf die over het bureau heen aan Strike. Op de voorkant stond een afbeelding van het schilderij *Lavacourt dans la neige*. Op de achterkant was geschreven:

Ik hoop dat ik me vergis, maar ik geloof dat je iemand naar mijn werk hebt gestuurd met een paar van mijn kaarten in de hand. Heb je ze aan iemand anders laten zien? Ik hoop echt van niet. Je doet altijd alsof je aardig en nuchter bent, geen kapsones hebt. Ik had verwacht dat je wel zelf zou komen als je me iets te zeggen hebt. Mocht je dit niet begrijpen, negeer het dan.

Strike keek Robin aan. 'Wil dit zeggen...?'

Robin legde uit dat ze dezelfde drie kaarten had gekocht die Ansichtkaart eerder had gestuurd, afkomstig uit de museumwinkel, waarna ze door de zalen was gaan lopen met de kaarten in haar hand, zichtbaar voor alle suppoosten die ze tegenkwam. Een uilachtige vrouw met dikke brillenglazen leek te reageren toen ze de kaarten zag, en ze was verdwenen door een deur met een bordje PERSONEEL erop.

'Ik heb het je toen niet verteld,' zei Robin, 'omdat ik dacht dat ik het me misschien had verbeeld, en ze zag er ook precies zo uit als ik me Ansichtkaart had voorgesteld, dus ik was bang dat ik gewoon mijn eigen rare ingeving volgde, net zoals Talbot dat altijd deed.'

'Maar jij bent niet knettergek, of wel? Dat was een verdomd goed idee van je, die museumwinkel, en deze hier' – hij hield de kaart met de Monet omhoog – 'doet vermoeden dat het in de roos is, al bij je eerste worp.'

'Ik heb geen foto van haar kunnen nemen,' zei Robin, en ze moest hard haar best doen om niet te laten merken dat ze genoot van Strikes compliment. 'Maar ze stond in zaal 8 en ik kan haar beschrijven. Kleiner dan ik, grote bril, dik bruin haar in een boblijn, waarschijnlijk ergens in de veertig.'

Strike noteerde de beschrijving. 'Misschien wip ik er wel even binnen voordat ik naar Cornwall ga. Oké, en dan nu Bamborough.'

Maar voordat een van hen nog iets kon zeggen ging de telefoon achter de tussendeur. Strike, blij dat hij iets te klagen had, keek op zijn horloge, hees zich overeind en zei: 'Het is negen uur, Pat had al...'

Nog terwijl hij het zei hoorden ze allebei de glazen deur opengaan, gevolgd door de voetstappen van Pat – op haar dooie gemak – en daarna haar gebruikelijke schorre bariton: 'Detectivebureau Cormoran Strike.'

Robin probeerde een glimlach te onderdrukken toen Strike weer in zijn stoel plofte.

Er werd op de deur geklopt en Pat stak haar hoofd om de hoek. 'Morgen. Ik heb een zekere Gregory Talbot voor je in de wacht staan.'

'Verbind maar door,' zei Strike. 'Alsjeblieft,' voegde hij eraan toe toen hij Pats blik zag. 'En doe de deur dicht.'

Dat deed ze. Even later ging de telefoon op het bureau, en Strike zette het toestel op de speaker. 'Hallo, met Strike.'

'Ja, hallo,' zei Gregory. Hij klonk nerveus.

'Wat kan ik voor u doen?'

'Eh... ik had toch verteld dat we de zolder aan het leegruimen waren?'

'Ja.'

'Nou, gisteren heb ik een oude doos uitgepakt,' vervolgde Gregory op gespannen toon, 'en ik vond iets wat verstopt was onder pa's onderscheidingen en zijn uniform.'

'Niet verstopt,' klonk een verongelijkte vrouwenstem op de achtergrond.

'Mijn moeder wil u graag even spreken,' zei Gregory op geërgerde toon.

Een opstandig klinkende oudere vrouw nam de telefoon van Gregory over. 'Spreek ik met meneer Strike?'

'Jazeker.'

'Heeft Gregory u verteld hoe de politie Bill op het laatst behandelde?'

'Ja.'

'Hij had gewoon kunnen blijven werken nadat hij aan zijn schildklier was behandeld, maar dat mocht niet. Hij heeft de politie álles gegeven, zijn werk was zijn leven. Ik hoor dat Greg u Bills aantekeningen heeft gegeven.'

'Dat klopt,' zei Strike.

'Nou, na de dood van Bill vond ik een... blik in een doos in de schuur en daar stond het teken van Creed op. U hebt de aantekeningen gelezen, wist u dat Bill een speciaal symbool gebruikte voor Creed?'

'Ja,' zei Strike.

'Ik kon niet alles meenemen naar die aanleunwoning, je krijgt daar praktisch géén opslagruimte, dus heb ik de dozen bij Greg en Alice op zolder gezet. Ik was ze bijna vergeten, tot Greg gisteren zijn vaders spullen bekeek. De politie heeft héél duidelijk gemaakt dat ze niet geïnteresseerd waren in Bills theorieën, maar u bent dat wel, zegt Greg, dus moet het naar u toe.'

Gregory kwam weer aan de lijn. Ze hoorden geluiden die erop leken te duiden dat hij bij zijn moeder vandaan liep. Er werd een deur dichtgedaan.

'Het is een blik met een oude 16-millimeterfilmrol,' zei Gregory tegen Strike, met zijn mond dicht bij de hoorn. 'Mijn moeder weet niet wat erop staat. Ik heb de apparatuur niet om hem af te spelen, maar ik heb de film tegen het licht gehouden en... het ziet eruit als een seksfilm. Ik durfde hem niet bij het vuilnis te zetten...'

Aangezien het echtpaar Talbot pleegkinderen in huis had, begreep Strike zijn aarzeling.

'Als we hem aan u geven, zou u dan...?'

'U hebt liever niet dat we vertellen van wie de film afkomstig is?' vroeg Strike, en hij keek Robin aan. 'Dat lijkt me ook niet nodig.'

Het viel Robin op dat hij niks beloofde, maar Gregory leek er tevreden mee te zijn.

'Dan geef ik hem bij u af. Ik moet vanmiddag toch daar in de buurt zijn. We gaan met de tweeling naar de Kerstman toe.'

Toen Gregory had opgehangen, zei Strike: 'Is het jou ook opgevallen dat de Talbots er na veertig jaar nog steeds van overtuigd zijn...'

De telefoon achter de tussendeur ging weer.

'... dat Margot is vermoord door Creed? Ik denk dat ik al weet welk symbool er op dat blik staat, want...'

Pat klopte op de tussendeur.

'Godver,' mompelde Strike, en zijn keel brandde nu. 'Wat nou weer?'

'Charmant,' zei Pat kil. 'Een meneer Shanker voor je. Hij was doorgeschakeld vanaf je mobiel. Hij zei dat jij hem...'

'Ja, klopt. Schakel maar weer door naar mijn mobiel... alsjeblieft,' voegde hij er weer aan toe, en tegen Robin zei hij: 'Sorry, kun je me heel even alleen laten?'

Ze liep het kantoor uit en deed de deur achter zich dicht, waarna Strike zijn mobiel pakte.

'Shanker, fijn dat je me terugbelt.'

Hij en Shanker, wiens echte naam hij zich nog slechts met moeite zou kunnen herinneren, kenden elkaar al vanaf hun tienerjaren. Destijds waren ze al een diametraal tegengestelde richting in gegaan in het leven: Strike had gekozen voor de universiteit, het leger en detectivewerk, terwijl voor Shanker een loopbaan van steeds zwaardere criminaliteit in het verschiet had gelegen. Desondanks had een vreemd gevoel van verwantschap hen steeds verbonden en konden ze elkaar zo nu en dan van nut zijn, en Strike betaalde Shanker contant voor informatie of diensten die hij niet op een andere manier kon krijgen.

'Zeg het eens, Bunsen.'

'Ik wil je graag bij een biertje een foto laten zien.'

'Ik ben toevallig straks bij je in de buurt. Ik moet naar Hamleys. Ik had de verkeerde fucking Monster High-pop gekocht voor Zahara.'

Alles behalve 'Hamleys', de speelgoedwinkel, was abracadabra voor Strike.

'Oké, bel me maar als je zover bent.'

'Afgesproken.'

De verbinding werd verbroken. Shanker deed niet aan afscheidsgroeten.

Robin kwam terug met twee verse bekers thee en duwde met haar voet de deur dicht.

'Sorry daarvoor,' zei Strike, en hij wiste afwezig het zweet van zijn voorhoofd. 'Waar had ik het over?'

'Je denkt te weten wat het symbool op Talbots oude filmblik is.'

'O ja. Het teken van de Steenbok. Ik ben bezig geweest met het ontcijferen van zijn aantekeningen.' Hij tikte op het in leer gebonden aantekenboek dat naast hem lag, waarna hij voor Robin de redenen opsomde waarom Talbot was gaan denken dat Margot ontvoerd moest zijn door een man die was geboren onder het teken van de geit.

'Talbot sloot verdachten uit op basis van het feit dat ze geen Steenbok waren?' vroeg Robin vol ongeloof.

'Ja.' Strike fronste; zijn keel schroeide nu erger dan ooit. Hij nam een slokje thee. 'Alleen is Roy Phipps wél Steenbok en toch sloot Talbot hem uit van verdenking.'

'Waarom?'

'Ik probeer het allemaal nog te ontcijferen, maar het lijkt erop dat hij voor Phipps een raar symbool gebruikte dat ik tot nu toe op geen enkele astrologische site heb kunnen vinden. Maar de aantekeningen verklaren wel waarom hij Janice telkens opnieuw verhoorde. Haar sterrenbeeld is Kreeft. De Kreeft is de tegenpool van de Steenbok en Kreeften zijn paranormaal begaafd en intuïtief, volgens de aantekeningen van Talbot. Hij concludeerde dat Janice, als Kreeft, zijn natuurlijke bondgenote was tegen Baphomet, en dat zij misschien bovennatuurlijke inzichten zou hebben over de identiteit van Baphomet, vandaar dat dromendagboek.

Wat naar zijn idee nog veelzeggender was, was dat Saturnus, de heerser van de Steenbok...'

Robin verborg haar glimlach achter haar beker thee. Strikes gezichtsuitdrukking bij het uiteenzetten van deze astrologische fenomenen zou gepast zijn geweest voor een man die weken oude zeevruchten at.

'... in het teken van de Kreeft stond op de dag van Margots verdwijning. Daaruit maakte Talbot op dat Janice Baphomet kende of er contact mee had. Vandaar het verzoek om hem een lijst te overhandigen met haar sekspartners.'

'Jee,' zei Robin zacht.

'Ik laat je vast een glimp zien van zijn gestoorde ideeën, maar er is nog veel meer. Ik zal je de belangrijkste punten mailen als ik alles ontcijferd heb. Maar wat interessant is, is dat soms de rechercheur in hem naar boven lijkt te komen, dwars door zijn verwarde geest heen.

Hij had hetzelfde idee waar ik ook aan heb gedacht: misschien is Margot ergens heen gelokt met de smoes dat iemand medische hulp nodig had, al verpakt Talbot het in een hoop wazige flauwekul: er stond een stellium in het zesde huis, het huis van de gezondheid, en dat betekende volgens hem dat er gevaar dreigde dat te maken had met ziekte.'

'Wat is een stellium?'

'Een groep van meer dan drie planeten. De politie heeft patiënten nagetrokken die vaak bij Margot zijn geweest in de aanloop naar haar verdwijning. Je had natuurlijk Douthwaite, en een gekke oude vrouw in Gopsall Street die steeds naar de praktijk belde om iets te doen te hebben, en nog een gezin op Herbal Hill van wie het kind klachten kreeg na een poliovaccinatie.'

'Artsen hebben met zoveel mensen contact,' zei Robin.

'Ja, en ik denk dat het deels daardoor is misgegaan in deze zaak. Talbot kreeg heel veel informatie en wist niet wat hij van de hand kon doen. Aan de andere kant is het niet zo'n idioot idee dat ze onder medische voorwendselen een huis in gelokt zou zijn, of dat een gestoorde patiënt haar zou hebben aangevallen. Artsen gaan zonder enige bescherming de huizen van de meest uiteenlopende mensen binnen... en neem nou Douthwaite. Lawson kon zich hem wel voorstellen als ontvoerder of moordenaar van Margot, en Talbot was ook zeer geïnteresseerd in hem. Ook al had Douthwaite het sterrenbeeld Vissen, Talbot probeerde een Steenbok van hem te maken. Volgens hem denkt "Schmidt" dat Douthwaite eigenlijk Steenbok is...'

'Wie is Schmidt?'

'Geen flauw idee,' zei Strike, 'maar hij of zij komt overal terug in die aantekeningen en corrigeert dan de sterrenbeelden.'

'Al die verloren kansen om echt bewijsmateriaal te verzamelen,' zei Robin zacht, 'terwijl Talbot bezig was met horoscopen.'

'Precies. Als het niet zo'n serieuze zaak was, zou je je rot lachen. Maar toch wijst zijn belangstelling voor Douthwaite op gedegen politie-instinct. Er zit niet zomaar een luchtje aan die Douthwaite, hij stinkt een uur in de wind.'

'Rotte vis,' zei Robin.

Strike keek haar vragend aan.

'Vissen, zijn sterrenbeeld,' bracht ze hem in herinnering.

'O. Ja.' Strike kon er niet om lachen. Het bonzen achter zijn ogen was erger geworden en zijn keel protesteerde elke keer dat hij slikte, maar hij kon geen griep hebben. Onmogelijk. 'Ik heb het stukje in Oakdens boek gelezen dat jij had gemarkeerd,' zei hij. 'Over Douthwaite die zijn naam had veranderd toen hij in Clacton zanger werd in een bungalowpark, maar ik kan ook niks terugvinden over ene Steve, Steven of Stevie Jacks na 1976. Eén naamsverandering zou nog te begrijpen zijn na al die aandacht van de politie, maar twee wordt verdacht.'

'Zou je denken? We weten dat hij een nerveus type was, naar zijn medische gegevens te oordelen. Misschien kreeg hij de zenuwen toen Oakden opdook bij dat bungalowpark?'

'Maar Oakdens boek is in de versnipperaar beland. Niemand behalve een paar medewerkers van dat park heeft ooit geweten dat Stevie Jacks is verhoord in de zaak-Margot Bamborough.'

'Misschien is hij naar het buitenland vertrokken,' zei Robin. 'In het buitenland gestorven. Ik begin zo langzamerhand te geloven dat dat voor Paul Satchwell ook geldt. Heb je gezien dat de vroegere buurman zei dat hij was gaan reizen?'

'Ja. Ben je al iets opgeschoten met Gloria Conti?'

'Niks,' antwoordde ze met een zucht. 'Maar ik heb wel een páár dingen...' Ze sloeg haar aantekenboekje open. 'We schieten er niet veel mee op, maar voor wat het waard is... Ik heb de weduwe van Charlie Ramage in Spanje gesproken. Je weet wel, de bubbelbadmiljonair die dacht dat hij Margot had gezien op dat kerkhof in Leamington Spa?'

Strike knikte, blij dat hij zijn keel even rust kon gunnen.

'Ik denk dat mevrouw Ramage een beroerte heeft gehad, óf ze houdt van een drankje rond lunchtijd. Ze praatte met dubbele tong, maar ze bevestigde wel dat Charlie dacht dat hij Margot had gezien op een kerkhof en dat hij dat later had besproken met een vriend die bij de politie was, zijn naam wist ze niet meer. Toen zei ze ineens: "Nee, wacht. Mary Flanagan. Het was Mary Flanagan die hij gezien dacht te hebben." Ik nam het verhaal nog een keer met haar door en zij zei ja, dat klopt allemaal, alleen was het dus Mary Flanagan en niet Margot Bamborough. Ik heb Mary Flanagan opgezocht,' zei Robin, 'en zij wordt vermist sinds 1959. Het is de langstlopende vermissingszaak in Engeland.'

'Wie van de twee zit er het verst naast, denk je, mevrouw Ramage of Janice?'

'Mevrouw Ramage, zeker weten. Janice zou die twee vrouwen toch nooit met elkaar verward hebben? Bij mevrouw Ramage kan dat wel. Zij was er niet persoonlijk bij betrokken, voor haar waren het gewoon twee vermiste personen van wie de voornaam begon met een M.'

Strike dacht daar met gefronst voorhoofd over na. Na een poos zei hij, met gloeiende keelamandelen: 'Als die Ramage graag verhalen ophing, kun je het zijn vriend bij de politie niet kwalijk nemen dat hij hem niet serieus nam. Dit bevestigt in ieder geval dat Ramage meende een vermiste vrouw gezien te hebben.'

Zijn frons werd zo diep dat Robin vroeg: 'Heb je pijn?'

'Nee. Ik vraag me af of het de moeite waard is om te proberen Janice en Irene apart te spreken, al had ik gehoopt Irene Hickson nooit meer te hoeven zien. We zouden op z'n minst moeten blijven zoeken naar een verband tussen Margot en Leamington Spa. Zei je nou dat je nog iets had?'

'Het stelt weinig voor. Amanda Laws – of Amanda White, zoals ze heette toen ze beweerde Margot gezien te hebben achter dat raam aan Clerkenwell Road – heeft me teruggemaild. Ik zal haar reactie aan je doorsturen als je die wilt lezen, maar het komt erop neer dat ze geld wil zien.'

'O, echt?'

'Ze draait er een beetje omheen. Zegt dat ze het al aan de politie heeft verteld en dat niemand haar geloofde, dat Oakden haar niets heeft betaald voor haar verhaal en dat ze het zat is om niet serieus genomen te worden. Als we haar verhaal willen horen, wil ze er deze keer geld voor hebben. Ze beweert dat ze een hoop negatieve aandacht heeft moeten doorstaan, dat ze een leugenaar en een fantast is genoemd, en ze is niet bereid dat allemaal nog een keer door te maken zonder enige compensatie.'

Strike maakte een tweede aantekening. 'Zeg maar dat het niet de gewoonte van ons bureau is om getuigen te betalen voor hun medewerking. Probeer op haar goedheid in te spelen. Mocht dat niet werken, dan kunnen we haar honderd pond geven.'

'Volgens mij hoopt ze op duizenden.'

'En ik hoop op een kerst in de Bahama's,' zei Strike, terwijl de regen op het raam achter hem tikte. 'Was dat alles?'

'Ja.' Ze sloeg haar aantekenboek dicht.

'Nou, ik ben op een dood spoor beland met de bennieverslaafde patiënt die beweerd zou hebben dat hij Margot had vermoord. Applethorpe. Waarschijnlijk heeft Irene de naam verkeerd onthouden. Ik heb gezocht op alle varianten die ik maar kon verzinnen, maar niks gevonden. Misschien móét ik haar wel terugbellen. Maar ik probeer eerst Janice.'

'Je hebt me nog niet verteld wat je van Oakdens boek vindt.'

'Het is een smerige opportunist, die er knap in is geslaagd tien hoofdstukken te persen uit vrijwel niks. Maar ik zou hem graag opsporen als dat lukt.'

'Ik doe mijn best,' zei Robin met een zucht, 'maar hij lijkt ook van de aardbodem verdwenen te zijn. Zijn moeder was schijnbaar zijn belangrijkste bron, hè? Ik geloof niet dat hij ook maar iemand die Margot écht heeft gekend zover heeft gekregen met hem te praten.'

'Nee. Je had bijna alle belangrijkste fragmentjes gemarkeerd.'

'Bijna?' vroeg ze op scherpe toon.

'Allemaal,' verbeterde Strike zichzelf.

'Heb jij nog meer gevonden?'

'Nee,' zei hij, maar toen hij zag dat ze niet overtuigd was, voegde hij eraan toe: 'Ik vroeg me af of iemand haar misschien heeft laten vermoorden.'

'Haar man?' vroeg Robin verbaasd.

'Wie weet.'

'Of dacht je aan de man van de schoonmaakster? Jules Bayliss, met zijn vermeende criminele connecties?'

'Niet echt.'

'Maar waarom...?'

'Ik kom steeds op hetzelfde uit: als ze vermoord is, moet het heel efficiënt gebeurd zijn. En dat zou kunnen betekenen...'

'... dat er een huurmoordenaar in het spel is. Ik heb laatst een biografie gelezen over Lord Lucan. Ze denken dat hij iemand had ingehuurd om zijn vrouw te vermoorden...'

'... en dat de moordenaar per ongeluk het kindermeisje omlegde,' vulde Strike aan. Hij kende de theorie. 'Ja. Nou, als het bij Margot zo is gegaan, hebben we hier te maken met een killer die een stuk efficiënter is dan die van Lucan. Geen spoortje van haar te vinden, nog geen druppeltje bloed.'

Er viel een korte stilte, waarin Strike achter zich keek naar de regen en de wind die nog steeds de kerstverlichting buiten teisterden, en Robins gedachten gingen naar Roy Phipps, de man die Oonagh 'bloedeloos' had genoemd en die uitgerekend op de dag van Margots verdwijning het bed had moeten houden, wat wel heel goed uitkwam.

'Ik moet gaan,' zei Strike, en hij hees zich uit zijn stoel.

'Ja, ik ook.' Robin zocht met een diepe zucht haar spullen bij elkaar.

'Je komt straks toch nog naar kantoor?' vroeg Strike. Hij moest haar het nog aan te schaffen kerstcadeau geven voordat ze naar Yorkshire vertrok.

'Dat was ik niet van plan,' zei Robin. 'Hoezo?'

'Kom straks even terug,' zei Strike, en hij probeerde snel een reden te verzinnen. Hij deed de tussendeur open. 'Pat?'

'Ja?' antwoordde ze zonder om te kijken. Ze zat weer snel en accuraat te typen, de elektronische sigaret wiebelend tussen haar tanden.

'Robin en ik moeten nu allebei weg, maar straks komt Gregory Talbot een blik met een 16-millimeterfilm afgeven. Denk jij dat je een projector kunt regelen om die film af te spelen? Liefst vóór vijf uur?'

Pat draaide zich langzaam om op haar bureaustoel om Strike aan te kijken, haar aapachtige gezicht strak, haar ogen tot spleetjes geknepen. 'Je wilt dat ik vóór vijf uur een antieke filmprojector voor je vind?'

'Dat zeg ik.' Strike wendde zich tot Robin. 'Dan kunnen we snel even kijken wat Talbot op zolder verborgen hield voordat je naar Masham vertrekt.'

'Oké. Dan ben ik om vier uur terug.'

27

His name was Talus, made of yron mould,
Immoueable, resistlesse, without end.
Who in his hand an yron flale did hould,
With which he thresht out falsehood, and did truth vnfould.

Edmund Spenser
The Faerie Queene

Zo'n tweeënhalf uur later stond Strike onder de luifel van Hamleys in Regent Street met een aantal volle winkeltassen aan zijn voeten, en hij bleef zichzelf halsstarrig wijsmaken dat hij zich goed voelde, ondanks overvloedig empirisch bewijs dat hij hevig rilde. Overal om hem heen spatte de koude regen op het vuile wegdek, waar het water uit de plassen werd geschopt door de marcherende voeten van honderden voorbijgangers. Het gutste over de stoepranden in het kielzog van langsrijdende voertuigen en droop langs Strikes kraag in zijn nek, ook al stond hij theoretisch gezien droog daar onder de luifel.

Nadat hij nog een keer op zijn telefoon had gekeken of er enig teken was dat Shanker niet was vergeten waar ze elkaar zouden treffen voor een biertje stak hij een sigaret op, maar zijn rauwe keel kon het plotselinge inhaleren van rook niet waarderen. Met een smerige smaak in zijn mond trapte hij de peuk na één trek uit. Er was geen bericht van Shanker, dus pakte Strike zijn volle winkeltassen op en vertrok, zijn keel brandend bij elke keer dat hij slikte.

Hij had zich optimistisch voorgesteld dat hij binnen twee uur al zijn inkopen zou kunnen doen, maar het middaguur was gekomen en gegaan en hij was nog steeds niet klaar. Hoe speelden mensen het toch klaar om hun keuze te maken terwijl uit alle speakers het geblèr van kerstliedjes schalde, de winkels te vol lagen met te veel keuze en het allemaal rommel leek te zijn? Een eindeloze stoet vrouwen liep hem telkens voor de voet bij het ogenschijnlijk moeiteloos uitkiezen van hun aankopen. Waren vrouwen genetisch geprogrammeerd om het juiste cadeau te vinden? Was er niet iemand die hij kon betalen om deze klus voor hem te klaren?

Zijn ogen voelden zwaar, zijn keel deed zeer en hij had een loopneus gekregen. Zonder te weten waar hij naartoe moest of wat hij zocht liep hij blindelings verder. Terwijl zijn richtingsgevoel normaal gesproken uitstekend was, ging hij nu steeds de verkeerde kant op en raakte gedesoriënteerd. Meerdere keren botste hij tegen uitstallingen met zorgvuldig opgestelde kerstartikelen of hij ramde kleinere mensen omver, die hem boos aankeken en zich mompelend uit de voeten maakten.

In de grote tassen die hij bij zich had zaten drie identieke Nerfblasters voor zijn neefjes: grote plastic geweren waarmee je balletjes van kunststofschuim kon afschieten, die Strike had gekocht omdat hij zoiets zelf prachtig gevonden zou hebben toen hij elf was, en omdat de verkoper hem had verzekerd dat dit hét cadeau van het jaar was. Voor zijn oom Ted had Strike een trui gekocht, omdat hij niets anders kon verzinnen, voor zijn zwager een doos golfballen en een fles gin om dezelfde reden, maar de lastigste cadeaus moest hij nog kopen, die voor de vrouwen: Lucy, Joan en Robin.

Zijn mobiel ging.

'Fuck.'

Hij hobbelde zijwaarts de mensenmassa uit en bevrijdde zich naast een etalagepop in een rendiertrui van enkele van de tassen, zodat hij zijn mobiel tevoorschijn kon halen.

'Strike.'

'Bunsen, ik ben vlak bij Shakespeare's Head in Great Marlborough Street. Zie ik je daar over twintig minuten?'

'Prima,' zei Strike, die nu schor klonk. 'Ik ben daar vlakbij.' Het zweet gutste weer over zijn lijf, zijn hoofdhuid en borst waren doorweekt. Het zou eventueel kunnen, gaf een deel van zijn hersenen nu toe, dat hij de griep van Barclay had gekregen, en als dat het geval was, mocht hij zijn tante met haar zeer zwakke immuunsysteem niet aansteken. Hij pakte zijn winkeltassen weer op en liep naar de glibberige stoep.

Terwijl hij door Great Marlborough Street liep verrees rechts van hem de zwart-witte vakwerkgevel van warenhuis Liberty. Bij de hoofdingang stonden emmers die gevuld waren met boeketten, verleidelijk licht en draagbaar, en al verpakt. Wat zou het makkelijk zijn om er een mee te nemen naar Shakespeare's Head en daarna naar kantoor. Maar deze keer kon hij natuurlijk niet aankomen met bloemen. Heviger transpirerend dan ooit liep Strike de winkel binnen, zette voor de zoveelste keer zijn tassen neer naast een uitstalling van zijden sjaals en belde Ilsa.

'Hé, Oggy,' zei Ilsa.

'Wat moet ik Robin voor Kerstmis geven?' vroeg hij. Praten werd steeds moeilijker, zijn keel voelde rauw.

'Gaat het wel goed met je?'

'Hartstikke goed. Geef me eens een idee, ik ben bij Liberty.'

'Eh... Eens even... O, ik weet wat je voor haar kunt kopen. Ze wil graag een nieuw parfum. Ze vond het geurtje dat ze eerst...'

'Ik hoef geen achtergrondverhaal,' zei Strike onvriendelijk. 'Heel goed. Parfum. Welke geur gebruikt ze?'

'Dat wilde ik net zeggen, Oggy. Ze wil wat anders. Kies iets nieuws voor haar.'

'Ik ruik niks,' zei hij ongeduldig. 'Ik ben verkouden.'

Maar los van dat algemene probleem was hij bang dat een door hem persoonlijk uitgekozen parfum te intiem was om te geven, net als de groene jurk een paar jaar geleden. Hij zocht iets zoals bloemen, maar dan geen bloemen, iets waarmee hij zou zeggen: 'Ik mag je graag,' maar niet: 'Ik wil dat je voortaan zó ruikt.'

'Stap gewoon op een verkoper af en zeg: "Ik zoek een parfum voor iemand die nu Philosykos gebruikt en die..."'

'Wat? Wat gebruikt ze nu?'

'Philosykos. Gebruikte, dus.'

'Spel dat even.' Strikes hoofd bonsde. Ilsa spelde het.

'Dus ik zeg gewoon tegen een verkoper dat ik iets soortgelijks zoek?'

'Dat bedoelde ik ongeveer, ja,' zei Ilsa geduldig.

'Mooi,' zei hij. 'Dank je wel. Tot gauw.'

De verkoopster dacht dat je het wel lekker zou vinden ruiken. Ja, dat zou hij zeggen. *De verkoopster dacht dat je het wel lekker zou vinden ruiken* zou het cadeau minder persoonlijk maken, zodat het bijna net zo gewoon werd als bloemen, maar er zou wel uit blijken dat hij zijn best had gedaan, dat hij erover nagedacht had. Hij pakte zijn tassen weer op en strompelde naar een afdeling in de verte waar allerlei flesjes naast elkaar stonden.

De parfumerie bleek klein te zijn, ongeveer zo groot als Strikes kantoor. Voorzichtig betrad hij de drukke ruimte, onder een koepeldak dat was beschilderd met sterren, tot hij omringd werd door schappen beladen met fragiele glazen flesjes, sommige met plooikraag of een patroontje dat aan kant deed denken. Andere flesjes zagen eruit als edelstenen of een soort reageerbuis die geschikt was voor een liefdesdrankje. Hij verontschuldigde zich tegenover de mensen die hij opzijduwde met zijn Nerf-geweren, zijn gin en zijn golfballen, tot hij stuitte op een slanke man in het zwart die vroeg: 'Kan ik u helpen?' Op dat moment viel Strikes oog op een geurlijn van identiek verpakte flesjes met zwarte etiketten en doppen. Ze zagen er functioneel en discreet uit, zonder een overdreven suggestie van romantiek.

'Ik wil er zo een,' bracht hij schor uit, wijzend naar de rij flesjes.

'Juist,' zei de verkoper. 'Eh...'

'Het is voor iemand die eerst Philosykos gebruikte. Ik zoek iets wat daarop lijkt.'

'Oké,' zei de verkoper, en hij ging Strike voor naar de uitstalling. 'Wat vindt u van...'

'Nee,' zei Strike nog voordat de man de dop van het testflesje kon halen. Het parfum heette Carnal Flower. Te zinnelijk. 'Die vond ze niet lekker ruiken,' voegde hij er snel aan toe, om wat minder vreemd over te komen. 'Zijn er nog andere die op Philo...'

'Misschien is Dans Tes Bras iets voor haar?' opperde de verkoper, en hij spoot wat uit de tweede fles op een geurstrip.

'Dat betekent toch...?'

'"In je armen",' zei de verkoper.

'Nee,' zei Strike zonder aan de strip te ruiken. 'Zijn er nog meer geuren die op Philo...'

'Musc Ravageur?'

'Weet je, laat ook maar,' zei Strike. Het zweet prikte weer onder zijn overhemd. 'Welke uitgang is het dichtst bij Shakespeare's Head?'

De verkoper wees Strike met een onvriendelijk gezicht naar rechts. Strike mompelde een verontschuldiging en schuifelde langs vrouwen die aandachtig de flesjes bekeken en wolkjes parfum op teststrips spoten, en toen hij een hoek om ging zag hij tot zijn opluchting de pub waar hij met Shanker had afgesproken, pal achter de glazen deuren van een overvolle bonbonafdeling.

Bonbons, dacht hij en hij vertraagde zijn pas, waardoor hij een groepje getergde vrouwen de doorgang belemmerde. Iedereen houdt van bonbons. De zweetaanvallen volgden elkaar nu in rap tempo op, en het was alsof hij het tegelijkertijd heet en koud had. Hij liep naar een tafel waarop de bonbondozen hoog waren opgestapeld en zocht naar de duurste, een verpakking die waardering en vriendschap zou uitdrukken. Bij het kiezen van een variant meende hij zich een gesprek over karamel-zeezout te herinneren, dus nam hij de grootste doos die hij kon vinden in die smaak en liep ermee naar de kassa.

Vijf minuten later, met nog een extra tas in zijn hand, kwam Strike de winkel uit aan de kant van Carnaby Street, waar kerstversiering met een muziekthema tussen de panden gespannen was. De onzichtbare hoofden die werden gesuggereerd door reusachtige koptelefoons en zonnebrillen kwamen Strike in zijn inmiddels koortsige toestand eerder onheilspellend dan feestelijk voor. Worstelend met zijn tassen liep hij achteruit Shakespeare's Head in, waar kerstlampjes twinkelden en de ruimte werd gevuld met geroezemoes en gelach.

'Bunsen,' klonk een stem vlak achter de deur.

Shanker had zich verzekerd van een tafeltje. Naast een kaalgeschoren hoofd en een mager, bleek gezicht had hij een grote hoeveelheid tatoeages en een bovenlip die permanent een Elvis-achtige grijns vertoonde, met dank aan een litteken dat tot aan zijn jukbeen liep. Shanker knipte afwezig met de vingers van de hand waarin hij zijn bier niet vasthad, een tic die hij al sinds zijn tienerjaren had. Waar hij ook was, Shanker straalde altijd iets gevaarlijks uit, alsof hij bij de geringste provocatie geweld zou gebruiken. Ondanks de enorme drukte in de pub was er niemand bij hem aan de tafel gaan zitten. Merkwaardig genoeg, althans in Strikes ogen, had ook Shanker winkeltassen aan zijn voeten staan.

'Wat is er met jou aan de hand?' vroeg Shanker toen Strike tegenover hem kwam zitten en zijn tassen onder de tafel schoof. 'Je ziet er belabberd uit, man.'

'Niks,' zei Strike. Hij had nu een hevige loopneus en zijn hart leek op hol geslagen te zijn. 'Verkouden of zo.'

'Blijf dan uit mijn fucking buurt,' zei Shanker. 'Dat kunnen we thuis dus echt niet gebruiken. Zahara is verdomme net van de fucking griep af. Bier?'

'Eh, nee.' Strike moest nu niet aan bier denken. 'Kun je een gewoon glas water voor me halen?'

'Krijg nou wat,' mompelde Shanker toen hij opstond.

Toen hij terugkwam met een glas water en weer ging zitten, zei Strike zonder verdere inleiding: 'Ik wil je iets vragen over een avond, het moet rond '92 of '93 zijn geweest. Jij moest naar de stad, je had een auto maar je kon zelf niet rijden. Er was iets met je arm. Die zat in een mitella.'

Shanker haalde ongeduldig zijn schouders op, alsof hij wilde zeggen: wie kan zich nou zoiets onbenulligs herinneren? Shankers leven was een eindeloze aaneenschakeling van blessures en verwondingen, zowel opgelopen als uitgedeeld, en hij moest altijd wel ergens naartoe om geld, drugs, dreigementen of een pak slaag af te leveren. Zijn perioden in de gevangenis hadden daar niets aan veranderd, ze hadden hooguit tijdelijk verandering gebracht in de omgeving vanwaaruit hij zakendeed. De helft van de jongens met wie hij in zijn tienerjaren was opgetrokken was dood, de meesten het slachtoffer van messteken of een overdosis. Eén neef was omgekomen bij een achtervolging door een politieauto, een andere was in het achterhoofd geschoten. De dader was nooit gevonden.

'Je moest iets wegbrengen,' probeerde Strike Shankers geheugen op te frissen. 'Een dikke bubbeltjesenvelop met... drugs of cash, weet ik veel. Je kwam bij me langs in het kraakpand op zoek naar een chauffeur, het was dringend. Ik zei dat ik je wel zou brengen. We gingen naar een stripclub in Soho, Teezers.'

'Teezers, ja,' zei Shanker. 'Allang weer weg. Tien, vijftien jaar geleden gesloten.'

'Toen we daar aankwamen, stond er een groep mannen op de stoep om naar binnen te gaan. Een van hen was een kale zwarte vent...'

'Dat fucking geheugen van jou,' zei Shanker geamuseerd. 'Je zou er volle zalen mee kunnen trekken. Bunsen, the Amazing Memory Man!'

'... en een grote, dikke latino met zwartgeverfd haar en bakkebaarden. We stopten, jij deed het raampje open en hij kwam aangelopen en legde zijn hand op het portier om met je te praten. Hij had van die hangende hondenogen, en hij droeg een joekel van een gouden ring met een leeuwen...'

'Mucky Ricci,' zei Shanker.

'Kun je je hem nog herinneren?'

'Ik zeg toch net hoe hij heet, Bunsen, of niet dan?'

'Ja. Sorry. Weet je ook wat zijn echte naam is?'

'Nico, Niccolo Ricci, maar iedereen noemde hem Mucky. Ouderwetse schurk. Pooier. Eigenaar van een stel stripclubs, runde 'n paar hoerententen. Echt zo'n type uit het oude Londen. Begonnen bij de Sabini-bende, als kind al.'

'Hoe spel je Ricci? R-I-C-C-I, toch?'

'Waar gaat dit over?'

Strike viste *Wat is er gebeurd met Margot Bamborough?* uit zijn zak, sloeg het boek open bij de foto's van de kerstborrel in de dokterspraktijk en hield het voor aan Shanker, die er wantrouwend naar keek. Hij tuurde even met half dichtgeknepen ogen naar de man met de leeuwenring die slechts deels op de foto stond en gaf het boek toen terug aan Strike.

'Nou?'

'Ja, dat is 'm, denk ik. Waar is dat?'

'Clerkenwell. Kerstborrel van een paar dokters.'

Shanker reageerde lichtelijk verbaasd. 'Hm, Clerkenwell was wel de vaste plek van die ouwe Sabini-bende, toch? En zelfs gangsters hebben soms een dokter nodig.'

'Het was een feestje, hij kwam niet voor een consult. Wat zou Mucky Ricci te zoeken kunnen hebben op een borrel van een stel dokters?'

'Geen idee. Moest er iemand omgelegd worden?'

'Grappig dat je het vraagt. Ik doe onderzoek naar de verdwijning van een vrouw die daar die avond was.'

Shanker keek hem van opzij aan. 'Mucky Ricci is kinds,' zei hij zacht. 'Hij is nou een ouwe kerel, hè.'

'Maar hij leeft dus nog wel?'

'Ja. Zit in een tehuis.'

'Hoe weet je dat?'

'Ik heb wel eens zakengedaan met z'n oudste zoon, Luca.'

'Zitten de zonen in hetzelfde vak als die ouwe?'

'Nou, er is dus geen bende meer in Little Italy, hè. Maar ze deugen niet, nee,' zei Shanker. Toen boog hij zich over de tafel heen en zei zacht: 'Luister goed naar me, Bunsen. Geen gelazer met de zonen van Mucky Ricci.'

Het was de eerste keer de Shanker Strike een dergelijke waarschuwing gaf.

'Als je die ouwe naait, als je 'm ook maar iets in de schoenen probeert te schuiven, dan villen ze je levend. Begrepen? Ze deinzen nergens voor terug, ze steken je fucking kantoor in de hens. Snijden die meid van je open.'

'Vertel eens wat meer over Mucky. Alles wat je over hem weet.'

'Heb je wel gehoord wat ik net zei, Bunsen?'

'Vertel me nou verdomme gewoon wat je van hem weet.'

Shanker keek hem kwaad aan. 'Hoeren. Porno. Drugs ook, maar vooral vrouwen. Zat in dezelfde hoek als George Cornell, Jimmy Humphries, dat soort jongens. Die gouden ring van hem... ze zeggen dat hij die van Danny "de Leeuw" had gekregen. Danny Leo, de maffiabaas in New York. Hij beweerde dat ze familie waren. Geen idee of 't waar is.'

'Ben jij ooit een zekere Conti tegengekomen?' vroeg Strike. 'Beetje jonger dan Ricci, denk ik.'

'Nee. Maar Luca Ricci is een fucking psychopaat. Wanneer is die meid verdwenen?'

'1974.'

Hij verwachtte dat Shanker honend zou roepen dat het fucking onmogelijk was om na al die jaren een dergelijke zaak op te lossen, maar zijn oude vriend keek hem alleen maar met gefronste wenkbrauwen aan, zijn druk knippende vingers onstuitbaar als een doodskloppertje, en het schoot door Strike heen dat Shanker meer wist van oude misdaden en de lange schaduwen die ze wierpen dan menig politieman.

'Ze heette Margot Bamborough,' zei Strike. 'Verdwenen op weg naar de pub. Nooit gevonden, ook geen handtas, sleutels, niks. Niks meer van teruggezien.'

Shanker nam een slokje van zijn bier. 'Het werk van een prof.'

'Dat heb ik ook gedacht. Derhalve...'

'Rot op met je fucking "derhalve",' zei Shanker fel. 'Als die meid is omgelegd door Mucky Ricci of een van zijn zonen, dan valt ze nu toch niet meer te redden. Ik weet dat jij graag de brave held uithangt, maar de laatste keer dat iemand Luca Ricci kwaad maakte is het niet goed afgelopen. Zijn vrouw deed een paar dagen later de deur open en kreeg bijtend zuur in haar gezicht gegooid. Nu aan één oog blind. Schei hiermee uit, Bunsen. Als Mucky Ricci het antwoord is, moet jij heel gauw ophouden de fucking vraag te stellen.'

28

Greatly thereat was Britomart dismayd,
Ne in that stownd wist, how her selfe to beare...

Edmund Spenser
The Faerie Queene

Pat was er op de een of andere manier in geslaagd een ouderwetse filmprojector op de kop te tikken. Er was beloofd dat die om vier uur bezorgd zou worden, maar Strike en Robin zaten er om kwart voor zes nog steeds op te wachten, en Robin zei dat ze nu echt weg moest. Ze had nog niet gepakt voor de kerst bij haar ouders in Yorkshire, ze wilde vroeg naar bed omdat ze morgen de eerste trein moest halen en eerlijk gezegd was ze ook beledigd door Strikes cadeau: een niet-ingepakte doos karamel-zeezoutbonbons van Liberty die hij haastig uit een tas had gevist toen hij haar zag, en waarvan ze nu begon te vermoeden dat het de eigenlijke reden was dat ze had moeten terugkomen naar kantoor. Ze had dat hele eind naar Denmark Street in een bomvolle metro gestaan, en het viel niet mee om geen rancune te voelen over alle tijd en moeite die zij had gestoken in het zoeken en inpakken van een dvd met twee oude concerten van Tom Waits, waarvan Strike een paar weken eerder had gezegd dat hij ze graag zou willen zien. Robin had nog nooit van de zanger gehoord, en het had haar alleen al aardig wat moeite gekost om uit te zoeken wie Strike bedoelde en hoe de concerten heetten waarover hij het had gehad: *No Visitors After Midnight*. En dan kwam hij aanzetten met bonbons die hij ongetwijfeld uit een willekeurig winkelschap had gegraaid.

Ze liet Strikes cadeau onaangeroerd bij Max in de keuken liggen voordat ze de volgende morgen de overvolle trein naar Harrogate nam. Terwijl ze in noordelijke richting reed in haar goddank gereserveerde stoel probeerde Robin zichzelf wijs te maken dat het lege gevoel dat ze had werd veroorzaakt door pure vermoeidheid. De kerst bij haar ouders zou een heerlijk verzetje zijn. Ze ging kennismaken met haar nieuwe nichtje, uitslapen, genieten van versbereide maaltijden en uren voor de tv hangen.

Achteraan in de coupé schreeuwde een peuter, en zijn moeder, die hem probeerde te vermaken en te kalmeren, was al net zo luidruchtig als hij. Robin haalde haar iPod tevoorschijn en deed haar oortjes in. Ze had *Court and Spark* van Joni Mitchell gedownload, het album dat volgens Oonagh de favoriet was geweest van Margot Bamborough. Robin had nog geen tijd gehad om ernaar te luisteren; ze had sowieso de afgelopen weken helemaal geen tijd gehad voor muziek.

Maar *Court and Spark* bleek rustgevend noch opwekkend te zijn. De nummers brachten Robin van haar stuk op een manier zoals ze nooit eerder had ervaren. Ze had pakkende melodieën verwacht, maar daarin werd ze teleurgesteld: alles voelde onaf, opengelaten, onopgelost. Een prachtige sopraanstem laaide op en ebde weer weg bij piano- en gitaarakkoorden die nooit leidden tot zoiets gewoons als een refrein, een gedeelte waarbij je even achterover kon leunen of kon meetikken met je voet. Je kon niet meeneuriën of aanhaken, tenzij je net zo kon zingen als Joni Mitchell, wat voor Robin zeker niet gold. De teksten waren vreemd en riepen reacties op die haar niet aanstonden: ze wist niet of ze ooit de gevoelens had gehad waarover Mitchell zong, waardoor ze iets defensiefs kreeg, in de war raakte en zich treurig voelde. *Love came to my door, with a sleeping roll and a madman's soul...*

Toen het derde nummer een paar tellen bezig was zette ze de iPod uit en pakte het tijdschrift dat ze had meegenomen. De peuter achter in de coupé zat nu keihard te brullen.

Robins licht hopeloze stemming hield aan tot ze uit de trein stapte, maar zodra ze haar moeder op het perron zag staan, klaar om haar mee te nemen naar Masham, werd ze overspoeld door een oprecht warm, hartelijk gevoel. Ze omhelsde Linda, en de volgende tien minuten, terwijl ze samen al pratend naar de auto liepen, voelde ze zich getroost en opgepept door alles wat zo vertrouwd was: het eetcafé waar jengelende kerstmuziek naar buiten kwam, de sombere grijze lucht boven Yorkshire en zelfs de geur van labrador Rowntree die in de auto hing.

'Ik moet je iets vertellen,' zei Linda nadat ze het portier aan de bestuurderskant had dichtgetrokken. In plaats van de contactsleutel om te draaien en de auto te starten draaide ze zich naar Robin toe, bijna angstig.

Een misselijkmakende vlaag paniek keerde Robins maag om. 'Wat is er gebeurd?'

'Nee, niks,' zei Linda haastig. 'Niks ergs. Maar ik wil dat je het weet voordat we in Masham zijn, voor het geval je ze ziet.'

'Wie moet ik zien?'

'Matthew. Hij heeft... hij heeft die vrouw meegebracht naar zijn ouders. Sarah Shadlock. Ze logeren met Kerstmis bij Geoffrey.'

'O. Jezus, mam, ik dacht dat er iemand dood was.'

Ze ergerde zich kapot aan de manier waarop Linda naar haar keek. Hoewel ze het vanbinnen ijskoud had gekregen en de kwetsbare blijdschap die even in haar was opgeflakkerd weer was gedoofd, forceerde ze een glimlach en een onbezorgde toon. 'Geeft niet. Ik wist het al. Haar ex-verloofde belde me. Ik had ook wel kunnen raden,' zei ze terwijl ze zich afvroeg waarom ze het eigenlijk níét had geraden, 'dat ze hier de kerst zouden doorbrengen. Kunnen we dan nu naar huis gaan? Ik snak naar een kop thee.'

'Je wist het al? Waarom heb je het ons niet verteld?'

Maar Linda gaf zelf het antwoord op die vraag, onderweg in de auto. Haar moeders uitbarsting bood Robin kalmte noch troost: hoe woest ze was geweest toen een buurvrouw haar vertelde dat Matthew doodleuk midden in het stadje hand in hand had gelopen met Sarah. Robin vond geen geruststelling in Linda's felle kritiek op de normen en waarden en het gedrag van haar voormalige echtgenoot, en ze zat niet te wachten op een uitgebreid verslag van de reacties van al haar familieleden ('Martin had zin om hem weer een dreun te verkopen!'). Toen begon Linda over de scheiding: hoe stond het ervoor? Waarom was het allemaal nog niet geregeld? En dacht Robin nou echt dat een mediator zou werken? Toonde Martins gedrag, openlijk met dat mens over straat lopen, voor het oog van heel Masham, dan niet duidelijk genoeg aan dat hij geen enkele schaamte kende, dat hij niet voor rede vatbaar was? En waarom had Robin er toch in vredesnaam niet mee ingestemd om de scheiding te laten afhandelen door Harveys uit Harrogate? Wist ze wel zéker dat die vrouw daar in Londen dit aankon? Want Linda had van Corinne Maxwell gehoord dat toen háár dochter, die ook geen kinderen had, ging scheiden, het allemaal héél soepel was verlopen...

Maar gelukkig was er de kleine Annabel Marie, zo besloot Linda haar monoloog toen ze de straat van Robins ouderlijk huis in reden. 'Wacht maar tot je haar ziet, Robin, wacht maar.'

De voordeur ging open nog voordat de auto helemaal stilstond. Jenny en Stephen stonden in de deuropening, zo verwachtingsvol en popelend dat een toeschouwer misschien gedacht zou hebben dat zíj degenen waren die hun babydochtertje voor het eerst te zien kregen, in plaats van Robin. Robin begreep wat er van haar verwacht werd. Ze pleisterde een gretige lach op haar gezicht, en binnen een paar minuten zat ze op de bank in de huiskamer van haar ouders met in haar armen een warm slapend lijfje, in wol gewikkeld, verrassend stevig en zwaar, met de geur van Johnson's-babypoeder om haar heen.

'Ze is prachtig, Stephen,' zei Robin terwijl Rowntree met zijn staart tegen de salontafel sloeg. Hij besnuffelde Robin en duwde herhaaldelijk zijn kop onder haar hand; hij begreep niet waarom hij niet de aandacht kreeg die hij gewend was. 'Ze is prachtig, Jenny,' zei Robin terwijl haar schoonzus foto's nam van tante Robin die Annabel voor het eerst ontmoette. 'Ze is prachtig, mam,' zei Robin tegen Linda, die teruggekomen was met een dienblad met thee en snakte naar Robins oordeel over hun wondertje van nog geen halve meter.

'De boel is mooi in evenwicht hè, met een meisje erbij?' zei Linda verrukt. De woede om Matthew was verdwenen, haar kleindochter was alles voor haar.

De huiskamer was voller dan anders, niet alleen door de kerstbomen en de kerstkaarten, maar ook door alle babyspullen. Een aankleedkussen, een reiswieg, een stapel geheimzinnige doeken, een tas met luiers en een merkwaardig apparaat waarvan Jenny uitlegde dat het een borstkolf was. Robin jubelde, glimlachte, schaterlachte, at koekjes, hoorde het verhaal over de bevalling aan, bewonderde haar nichtje nog een keer, hield haar vast tot ze wakker werd, en nadat Jenny weer bezit genomen had van de baby en er met een nieuwe, pasverworven gewichtigheid uitgebreid voor was gaan zitten om haar de borst te geven, zei Robin dat ze even naar boven ging om haar spullen uit te pakken.

Ze liep met haar tas de trap op, haar afwezigheid onopgemerkt en onbetreurd door degenen die achterbleven en helemaal opgingen in hun bewondering voor de baby. Robin deed de deur van haar oude kamer achter zich dicht, maar in plaats van uit te pakken ging ze op haar oude bed liggen. Haar gezichtsspieren deden zeer van al het geforceerde glimlachen, en ze sloot haar ogen en gunde zichzelf de luxe van vermoeidheid en chagrijn.

29

Thus warred he long time against his will,
Till that through weakness he was forced at last
To yield himself unto the mighty ill,
Which, as a victor proud, 'gan ransack fast
His inward parts and all his entrails waste...

Edmund Spenser
The Faerie Queene

Met nog drie dagen te gaan tot Kerstmis kon Strike zichzelf niet langer wijsmaken dat hij geen griep had. Hij besloot dat er maar één verstandige oplossing was: zich opsluiten op zijn zolderflat zolang het virus door zijn lijf joeg, en hij sjokte moeizaam naar een bomvolle supermarkt, koortsig en zwetend en ademend door zijn mond terwijl hij niets liever wilde dan ontsnappen aan de mensenmassa's en de ingeblikte kerstmuziek. Hij graaide genoeg eten voor een paar dagen bij elkaar en liep ermee naar zijn twee kamers boven de zaak.

Joan had het, zoals hij al had verwacht, erg moeilijk met het nieuws dat hij de feestelijkheden in Cornwall niet zou bijwonen. Ze zei zelfs dat hij gerust kon komen, zolang ze maar ieder aan een uiteinde van de eettafel zouden zitten, maar tot Strikes opluchting sprak Ted daar zijn veto over uit. Strike wist niet of het paranoïde van hem was, maar hij had het vermoeden dat Lucy niet geloofde dat hij echt ziek was. En als ze het al geloofde, dan sprak uit haar toon in ieder geval de beschuldiging dat hij expres griep had opgelopen. Hij meende iets verwijtends te horen toen ze hem liet weten dat Joan nu helemaal kaal was.

Om vijf uur 's middags op de dag van kerstavond hoestte Strike inmiddels zo hevig dat zijn longen reutelden en zijn ribben pijn deden. Dommelend op zijn bed in een T-shirt en boxershort, zijn beenprothese tegen de muur geleund, werd hij abrupt wakker van lawaai. Er leken voetstappen de trap af te gaan, weg van zijn zolderdeur. Hij werd in beslag genomen door een hevige hoestbui voordat hij iets kon roepen naar degene die hem had gewekt. Moeizaam hees hij zich in zittende positie om zijn longen vrij te maken. De tweede reeks naderende voetstappen hoorde hij niet, er werd opeens op zijn deur geklopt. Zwaar geïrriteerd door de inspanning die het hem kostte riep hij: 'Ja, wat is er?'

'Kan ik iets voor je doen?' klonk de zware, schorre stem van Pat.

'Nee,' riep Strike. Die ene lettergreep kwam er krakend uit.

'Heb je eten?'

'Ja.'

'Pijnstillers?'

'Ja.'

'Oké, dan laat ik het een en ander voor je achter hier voor de deur.' Hij hoorde dat ze spullen neerzette. 'Er zijn ook kerstcadeaus voor je. Eet de soep meteen op nu hij nog warm is. Ik zie je de achtentwintigste.'

Haar voetstappen kletterden de metalen trap weer af voordat hij iets terug kon zeggen.

Hij wist niet of hij zich de opmerking over warme soep misschien had ingebeeld, maar de mogelijkheid dat er echt soep zou staan was voor hem genoeg om zijn krukken naar zich toe te schuiven en moeizaam naar de deur te strompelen. De kou in het trappenhuis bezorgde hem kippenvel op zijn koortsige, bezwete huid. Pat was er op de een of andere manier in geslaagd de oude filmprojector voor hem naar boven te zeulen, en hij vermoedde dat het neerzetten daarvan het lawaai was geweest waarvan hij wakker was geworden. Naast de projector lag het filmblik dat afkomstig was van Gregory

Talbots zolder, plus een stapeltje ingepakte kerstcadeaus, een handvol kaarten en twee piepschuimbekers met warme kippensoep. Die moest ze te voet in Chinatown gehaald hebben. Hij voelde zich belachelijk dankbaar.

Hij liet de zware projector en het filmblik liggen, schoof de cadeaus en de kaarten met een van zijn krukken de flat in en bukte toen heel langzaam om de bekers soep te pakken.

Voordat hij begon te eten pakte hij zijn mobiel van het nachtkastje en stuurde Pat een bericht.

Hartelijk bedankt. Ik hoop dat je een fijne kerst hebt.

Vervolgens sloeg hij het dekbed om zich heen en at de soep rechtstreeks uit de bekers, zonder iets te proeven. Hij had gehoopt dat de warme vloeistof zijn rauwe keel zou verzachten, maar de hoest hield aan en een paar keer was hij bang dat alles er weer uit zou komen. Zijn ingewanden leken ook niet goed te weten of ze wel eten wilden toelaten. Toen beide bekers leeg waren kroop hij weer onder het dekbed en keek zwetend naar de zwarte hemel buiten. Zijn darmen protesteerden, en hij vroeg zich af waarom hij nog niet aan de beterende hand was.

Na een nacht onrustig dommelen, steeds onderbroken door lange hoestbuien, werd Strike op eerste kerstdag wakker met nog altijd hoge koorts, verstrikt in zijn bezwete lakens. Het was onnatuurlijk stil in zijn normaal gesproken zo lawaaiige flat. Er was opeens geen verkeer op Tottenham Court Road, wat erg raar voelde. Hij nam aan dat de meeste taxichauffeurs thuis bij hun familie zaten.

Strike had niet gauw medelijden met zichzelf, maar toen hij in zijn eentje in bed lag, hoestend en zwetend, met zere ribben en een nu vrijwel lege koelkast, kon hij het niet laten te mijmeren over kerstdagen uit het verleden, vooral de keren dat hij ze had doorgebracht bij Ted en Joan in St Mawes, waar alles verliep zoals op televisie en in voorleesboeken, met kalkoen en kerstlichtjes en cadeaus.

Het was natuurlijk een ander verhaal geweest in de jaren dat hij de kerst ver van familie en vrienden had doorgebracht. In zijn legertijd had hij soms in een tent in het veld smaakloze kalkoen gegeten uit een foliebakje, tussen collega's in camouflagepakken met een kerstmuts op het hoofd. De structuur binnen het leger was toen een troost geweest, bij gebrek aan andere geneugten, maar vandaag was er geen sprake van enige camaraderie; hij moest het doen met het ellendige feit dat hij alleen was, ziek en met één been, op een tochtige zolder, gedwongen om de consequenties te ondergaan van zijn eigen stellige afwijzing van een relatie die steun had kunnen bieden op momenten van ziekte of treurnis.

Hij dacht terug aan het aardige gebaar van Pat, dat hem op deze kerstochtend nog meer raakte dan gisteren. Toen draaide hij zijn hoofd opzij naar de cadeautjes die ze mee naar boven had genomen, en die nog achter de deur op de vloer lagen.

Hij stond op, nog steeds hoestend, reikte naar zijn krukken en hees zich naar de badkamer. Zijn urine was donker, zijn ongeschoren gezicht in de spiegel zag asgrauw. Hoewel hij moedeloos werd van zijn eigen zwakte en uitputting verhinderden de ingesleten gewoonten uit zijn militaire jaren dat hij terug in bed kroop. Hij wist dat ongewassen blijven liggen zonder zijn beenprothese de neerslachtigheid alleen maar zou vergroten. Dus nam hij een douche, voorzichtiger dan anders om niet te vallen, droogde zich af, trok een schoon T-shirt, een boxershort en zijn ochtendjas aan en maakte, nog steeds hevig hoestend, een smaakloos ontbijt van havermout bereid met water, omdat hij de halve liter melk die er nog stond wilde bewaren voor zijn thee. Aangezien hij erop had gerekend binnen enkele dagen wel wat beter te zijn, was zijn voedselvoorraad geslonken tot een hoopje verlepte groenten, een paar rauwe kipfilets die twee dagen over de datum waren en een stukje harde cheddar.

Na het ontbijt nam Strike pijnstillers in, bevestigde zijn prothese en haalde toen, vastbesloten het kleine beetje fysieke kracht dat hij nog had te benutten voordat de griepverschijnselen hem weer te pakken zouden krijgen, zijn bed af en maakte het op met schone lakens. Vervolgens verplaatste hij zijn kerstcadeaus van de vloer naar de keukentafel en zeulde de projector en de film, die hij op de overloop had laten liggen, naar binnen. Op het blik stond, zoals hij al had verwacht, het teken van de Steenbok in viltstift, vervaagd maar nog duidelijk zichtbaar.

Zijn mobiel trilde toen hij het filmblik tegen de muur onder zijn keukenraam zette. Hij pakte het toestel in de verwachting dat het een bericht zou zijn van Lucy, die hem vroeg wanneer hij zou bellen om iedereen in St Mawes een fijne kerst toe te wensen.

Vrolijk kerstfeest, Bluey. Ben je gelukkig? Ben je met iemand van wie je houdt?

Er waren twee weken verstreken sinds Charlottes laatste bericht, bijna alsof ze telepathisch lucht had gekregen van zijn voornemen om contact op te nemen met haar man als haar berichten nog zelfdestructiever zouden worden.

Het zou zo makkelijk zijn om te reageren, om tegen haar te zeggen hij alleen was, ziek, zonder steun. Hij dacht aan de naaktfoto die ze hem op zijn verjaardag had gestuurd, en waarvan hij zichzelf had gedwongen hem te wissen. Maar Strike had een lange, zware weg afgelegd naar deze positie van eenzame bescherming tegen emotionele uitbarstingen. Hoeveel hij ook van haar had gehouden, hoe makkelijk ze zijn innerlijke rust ook kon verstoren met een paar getypte woorden, hij dwong zichzelf, staand naast zijn formicatafeltje, om terug te denken aan de enige keer dat hij haar met Kerstmis had meegenomen naar St Mawes. Hij dacht aan de ruzie die in het hele huisje te horen was geweest, waarna ze naar buiten was gestormd, langs de familie die om de kalkoen heen geschaard zat, en hij herinnerde zich de gezichten van Ted en Joan. Zij hadden zich zo verheugd op het bezoek, ze hadden Strike ruim een jaar niet gezien omdat hij destijds met de Special Investigation Branch van de militaire politie gelegerd was geweest in Duitsland.

Hij zette het geluid van zijn mobiel uit. Zelfrespect en zelfdiscipline waren altijd zijn verdediging geweest tegen lethargie en lamlendigheid. Wat stelde Kerstmis nou helemaal voor? Als je even vergat dat anderen plezier hadden en genoten van een feestmaal, was het niet meer dan een gewone winterdag. Waarom zou hij niet, nu hij lichamelijk verzwakt was, zijn geestelijke capaciteiten benutten en doorwerken aan de zaak-Bamborough?

Met die redenering zette hij een verse beker sterke thee, deed er een heel klein beetje melk bij, klapte zijn laptop open en las, met af en toe een pauze voor een hoestbui, nogmaals het document waaraan hij had gewerkt voordat hij ziek werd: een samenvatting van de inhoud van Bill Talbots in leer gebonden aantekenboek met de vele symbolen, die Strike nu al drie weken probeerde te ontcijferen. Hij was van plan om het document naar Robin te sturen en te vragen wat zij ervan dacht.

<u>Talbots occulte aantekeningen</u>

1. Overzicht
2. Sleutel voor symbolen
3. Mogelijke aanknopingspunten
4. Waarschijnlijk irrelevante zaken
5. Punten van aanpak

<u>Overzicht</u>

Talbots psychische inzinking manifesteerde zich in de overtuiging dat hij de zaak-Bamborough kon oplossen met occulte middelen. Behalve de astrologie raadpleegde hij ook de Thoth-tarotkaarten van Aleister Crowley, die een astrologische dimensie hebben. Hij dompelde zich onder in het werk van diverse occulte schrijvers, onder wie Crowley, Éliphas Lévi en de astroloog Evangeline Adams, en hij probeerde magische rituelen uit.

Talbot was een regelmatige kerkganger geweest voordat zijn geestelijke gezondheid het begaf. Toen hij ziek was, meende hij op jacht te zijn naar een letterlijke belichaming van het kwaad/de duivel. Aleister Crowley, die meer invloed lijkt te hebben gehad op Talbot dan wie dan ook, noemde zich 'Baphomet' en bracht Baphomet ook in verband met zowel de duivel als het sterrenbeeld Steenbok. Waarschijnlijk had Talbot daar het idee vandaan dat de moordenaar van Margot een Steenbok moest zijn.

Het meeste van wat in het aantekenboek staat is onbruikbaar, maar ik denk dat Talbot drie

Strike schrapte 'drie' en maakte er 'vier' van. Zoals altijd wanneer hij opging in zijn werk snakte hij naar een sigaret. Zijn longen trakteerden hem, alsof ze in opstand kwamen tegen het idee alleen al, onmiddellijk op een hevige hoestbui, die het noodzakelijk maakte een stuk keukenrol af te scheuren om dat wat ze probeerden te lozen op te vangen. Na deze gepaste afstraffing trok Strike licht huiverend zijn kamerjas wat strakker om zich heen, nam een slok van de thee die hij niet proefde en hervatte zijn werk.

Het meeste van wat in het aantekenboek staat is onbruikbaar, maar ik denk dat Talbot vier mogelijk bruikbare aanwijzingen heeft weggelaten uit het officiële politiedossier; aanwijzingen die hij alleen heeft vastgelegd in 'het echte boek', namelijk zijn in leer gebonden aantekenboek.

Sleutel voor symbolen
In het aantekenboek komen geen namen voor, alleen tekens van de dierenriem. Ik noteer hier geen getuigen van wie de naam niet is vermeld – we kunnen onmogelijk mensen opsporen op basis van hun sterrenbeeld en verder niks – maar na het vergelijken van diverse gegevens doe ik hier zo goed mogelijk een gooi naar de identiteit van degenen die volgens Talbot belangrijk waren voor het onderzoek.

♈	Ram	Paul Satchwell (ex-vriend)
♉	Stier	Wilma Bayliss (schoonmaakster praktijk)
♊	Tweelingen	Oonagh Kennedy
♊2	Tweelingen 2	Amanda Laws (heeft M achter dat raam zien staan)
♋	Kreeft	Janice Beattie (doktersassistente)
♋2	Kreeft 2	Cynthia Phipps (oppas/stiefmoeder Anna)

♌	Leeuw	Dinesh Gupta
♌2	Leeuw 2	Willy Lomax (zag M kerk binnengaan)
♌3	Leeuw 3?	(uit Talbots aantekeningen blijkt dat een getuige ♌3 de praktijk uit heeft zien komen. Suggereert dat ♌3 bekend is bij de politie en dat ♌3 daar 's avonds was

Strike schrapte de laatste paragraaf, veranderde een naam en voegde een nieuwe aantekening toe.

♌3	Leeuw 3	Nico 'Mucky' Ricci (gangster die bij de kerstborrel in de praktijk was. Niemand lijkt hem herkend te hebben, op een niet bij naam genoemde voorbijganger na)
♍	Maagd	Dorothy Oakden (praktijksecretaresse)
♎	Weegschaal	Joseph Brenner (huisarts)
♎2	Weegschaal 2	Ruby Elliot (zag twee ruziënde vrouwen)
♏	Schorpioen	? (dode)*
♏2	Schorpioen 2	Mevrouw Fleury (liep met bejaarde moeder over Clerkenwell Green op avond van Margots verdwijning)
♐	Boogschutter	Gloria Conti (receptioniste)
♐2	Boogschutter 2	Jules Bayliss (echtgenoot schoonmaak-ster)
♒	Waterman	Margot Bamborough (slachtoffer)
♑	Steenbok	Monster van Essex/Baphomet
♓	Vissen	Steven Douthwaite (patiënt)
	geen idee	Roy Phipps (echtgenoot)**
	geen idee	Irene Bull/Hickson (receptioniste)**

* Hieronder noem ik een mogelijke identiteit voor de Schorpioen, maar het kan iemand zijn van wie we nog niet gehoord hebben.
** Geen idee wat deze symbolen betekenen. Kan ze op geen enkele astrologische website terugvinden. Talbot lijkt ze zelf verzonnen te hebben. Als hij het bij de sterrenbeelden had gehouden, had Irene

bij de Tweelingen gestaan, en Roy was Steenbok. Talbot schrijft dat Phipps 'geen echte Steenbok kan zijn' (omdat hij vindingrijk, sensitief en muzikaal is) en komt dan met een nieuw symbooltje voor hem, op aanraden van Schmidt.

Schmidt

De naam Schmidt komt door het hele aantekenboek heen steeds terug. 'Schmidt corrigeert dat naar (ander sterrenbeeld)', 'Schmidt is het er niet mee eens'. Schmidt wil voornamelijk de sterrenbeelden van genoemde personen aanpassen, terwijl je toch zou denken dat dit de enige zekerheden zijn, aangezien iemands geboortedatum niet verandert. Ik heb het nagevraagd bij Gregory Talbot, en hij kan zich niet herinneren dat zijn vader ooit iemand heeft gekend die Schmidt heet. Mijn beste gok is dat deze Schmidt is ontsproten aan Talbots steeds psychotischer verbeelding. Misschien kon hij er niet omheen dat sommige mensen niet de eigenschappen vertoonden die bij hun sterrenbeeld zouden horen en was Schmidt zijn rationele kant die zich probeerde te laten gelden.

<u>Mogelijke aanknopingspunten</u>

Joseph Brenner

Ondanks Talbots vastberadenheid, al vanaf het begin, om Brenner uit te sluiten van verdenking op basis van zijn sterrenbeeld (Weegschaal is 'het betrouwbaarste sterrenbeeld' volgens Evangeline Adams) legt hij later in het aantekenboek vast dat een niet nader genoemde patiënt van de praktijk hem – Talbot – heeft verteld had hij/zij Joseph Brenner had gezien in een flatgebouw aan Skinner Street op de avond van Margots verdwijning. Dat is rechtstreeks in tegenspraak met Brenners eigen verhaal (hij zou meteen naar huis gegaan zijn), de bevestiging van zijn zus daarvan, en mogelijk ook met de verklaring van de buurman die zijn hond uitliet en die beweerde Brenner om elf uur die avond door het raam gezien te hebben. Er is geen tijdstip genoemd voor de vermeende waarneming in Michael Cliffe House, dat op 3 minuten rijden van de praktijk St John lag, en dus veel dichter bij de route van Margot dan Brenners eigen huis, op 20 minuten rijden. Niets hiervan staat in de aantekeningen van de politie en er lijkt ook niets mee gedaan te zijn.

De dood van de Schorpioen

Talbot lijkt te suggereren dat er iemand gestorven is, en dat Margot zijn of haar dood mogelijk verdacht vond. De dood van deze Schorpioen wordt in verband gebracht met Vissen (Douthwaite) en Kreeft (Janice), en de meest voor de hand liggende kandidaat voor deze Schorpioen is daarmee Joanna Hammond, de getrouwde vrouw met wie Douthwaite een verhouding had en die zelfmoord gepleegd zou hebben.

De verklaring Hammond/Douthwaite/Janice past redelijk goed: het is mogelijk dat Margot tegenover Douthwaite haar wantrouwen heeft geuit over de dood van Hammond, de laatste keer dat hij bij haar was, wat een reden zou kunnen zijn dat hij haar spreekkamer uit stormde. En als vriendin/buurvrouw van Douthwaite had Janice misschien haar eigen bedenkingen bij hem.

Het probleem met deze theorie is dat ik online de geboorteakte van Joanna Hammond heb opgezocht en dat haar sterrenbeeld Boogschutter was. Of zij is niet de dode in kwestie, of Talbot heeft zich vergist in haar geboortedatum.

Bloed bij het huis van Phipps / Roy die rondliep

Toen Lawson het onderzoek overnam, vertelde schoonmaakster Wilma hem dat ze Roy in de tuin had zien lopen op de dag van Margots verdwijning, terwijl hij beweerde aan zijn bed gekluisterd te zijn. Ze zei bovendien dat ze bloed had aangetroffen op het tapijt in de logeerkamer en dat had schoongemaakt.

Lawson dacht dat dit de eerste keer was dat Wilma deze feiten meldde aan de politie, en hij vermoedde dat ze Roy Phipps in de problemen wilde brengen.

Maar Wilma blijkt het verhaal wel degelijk verteld te hebben aan Talbot, maar in plaats van het vast te leggen in het officiële politiedossier heeft hij het genoteerd in zijn astrologische aantekenboek.

Ook al had Wilma hem informatie gegeven die je toch belangrijk zou kunnen noemen, Talbots aantekeningen wijzen erop dat hij ervan overtuigd was dat ze nog iets anders verborg. Hij lijkt een fixatie te hebben ontwikkeld op Wilma, die volgens hem occulte gaven/geheime kennis had. Hij speculeert dat de Stier misschien aan *magick* doet en suggereert zelfs dat het bloed op het tapijt daar geplaatst zou zijn door Wilma zelf, met het oog op een of ander ritueel.

Tarotkaarten die betrekking hebben op de Stier, Wilma's sterrenbeeld, kwamen bij hem vaak in beeld, en hij lijkt dat geïnterpreteerd te hebben als een aanwijzing dat ze meer wist dan ze liet blijken. Hij onderstreepte de uitdrukking 'zwart spook' met betrekking tot haar en associeerde haar met Lilith, ofwel de Zwarte Maan, dat is een vast astrologisch punt dat wordt geassocieerd met taboes en geheimen. Bij gebrek aan een andere verklaring vermoed ik een flinke dosis ouderwets racisme.

Op Charing Cross Road schalde 'Do They Know It's Christmas?' uit de radio van een voorbijrijdende auto. Strike voegde fronsend nog een punt toe aan 'mogelijke aanknopingspunten' en begon te typen.

Nico 'Mucky' Ricci

Volgens Talbot was Leeuw 3 op een avond de praktijk uit gekomen, opgemerkt door een niet bij naam genoemde voorbijganger, die Talbot er later over vertelde. Nico 'Mucky' Ricci staat op een van Dorothy Oakdens foto's die zijn genomen tijdens de kerstborrel in de praktijk van 1973, de foto waarvan een afdruk later in het boek van haar zoon terechtkwam. Ricci was Leeuw (bevestigd met geboortedatum in persbericht uit 1968).

Ricci was een beroepsgangster, pornograaf en pooier die in 1974 aan Leather Lane in Clerkenwell woonde, op korte loopafstand van de praktijk St John, dus het zou logisch zijn als hij daar stond ingeschreven als patiënt van een van de artsen. Hij is nu in de negentig en woont in een verpleeghuis, volgens Shanker.

Het feit dat Ricci op die borrel was is niet vermeld in het officiële dossier. Talbot vond zijn aanwezigheid daar opmerkelijk genoeg om erover te schrijven in het astrologische aantekenboek, maar niets wijst erop dat hij er verder iets mee gedaan heeft of het aan Lawson zou hebben doorgegeven. Mogelijke verklaringen: 1) aangezien Ricci een Leeuw was en geen Steenbok concludeerde Talbot dat hij Baphomet niet kon zijn, 2) Talbot vertrouwde de persoon niet die zei dat hij Ricci de praktijk uit had zien komen, 3) Talbot wist, zonder dat in zijn boek te noteren, dat Ricci een alibi had voor de avond van Margots verdwijning, 4) Talbot wist dat Ricci alibi's had voor andere ontvoeringen door het Monster van Essex.

Welk van deze punten ook van toepassing is, er moet gekeken worden naar Ricci's aanwezigheid op die kerstborrel. Hij had de juiste contacten om iemand voorgoed te laten verdwijnen. Zie punten van aanpak hieronder.

Het kostte Strike veel meer inspanning dan het hem normaal gesproken gekost zou hebben om zijn gedachten over Mucky Ricci te ordenen en te noteren. Hij was moe, zijn keel was rauw en de spieren tussen zijn ribben deden zeer van het hoesten toen hij de rest van het document las, dat naar zijn mening weinig waardevols bevatte op de punten van aanpak na. Na het verbeteren van een paar tikfoutjes voegde hij het document toe aan een e-mail en stuurde die naar Robin.

Pas nadat hij hem had verzonden drong het tot hem door dat sommige mensen het misschien onaanvaardbaar vonden om collega's te mailen op eerste kerstdag. Maar hij zette de kortstondige twijfel van zich af door zichzelf voor te houden dat Robin nu gezellig Kerstmis vierde bij haar familie, en dat de kans dat ze vóór morgen haar mail zou checken uiterst klein was.

Hij pakte zijn mobiel. Charlotte had niets meer gestuurd. Ze had natuurlijk ook een tweeling, aristocratische schoonouders en een echtgenoot die ze het naar de zin moest maken. Hij legde de telefoon weer weg.

Hoe weinig energie Strike ook had, hij werd nog lustelozer van het nietsdoen. Zonder al te veel nieuwsgierigheid bekeek hij twee van de kerstcadeaus die naast hem lagen, allebei duidelijk afkomstig van dankbare klanten, aangezien ze geadresseerd waren aan hem en Robin samen. Hij schudde met het grootste pakje en stelde vast dat er bonbons in moesten zitten.

Terug in zijn slaapkamer keek hij een tijdje televisie, maar hij werd zo somber van de niet-aflatende nadruk op Kerstmis dat hij het toestel uitzette, midden in een zin van een omroeper die iedereen een heel fijne...

Hij ging weer naar de keuken, en daar viel zijn oog op de zware projector en het filmblik die pal achter de deur lagen. Na een korte aarzeling hees hij het zware apparaat op zijn keukentafel, richtte het op een lege muur en stak de stekker in het stopcontact. De projector leek nog te werken. Strike wrikte het deksel van het blik en er kwam een grote rol 16-millimeterfilm tevoorschijn, die hij eruit pakte en in de projector stopte.

Ongetwijfeld omdat hij minder helder kon denken dan anders, en tevens vanwege de noodzaak regelmatig een korte pauze te nemen om weer wat slijm in een stuk keukenrol te hoesten, kostte het Strike bijna een uur om uit te vogelen hoe de oude projector werkte. Toen het hem gelukt was, merkte hij dat hij een beetje trek begon te krijgen. Het was bijna twee uur. Hij deed zijn best om niet te denken aan St Mawes, waar nu ongetwijfeld een grote kalkoen met alles erop en eraan zijn hoogtepunt van goudbruine perfectie bereikte, maar hij beschouwde deze opleving van zijn eetlust wel als een teken van zijn terugkerende gezondheid. Hij pakte de kipfilets met verstreken houdbaarheidsdatum en de verlepte groenten uit de koelkast, sneed alles klein, kookte een portie gedroogde noedels en maakte een roerbakschotel.

Hij proefde nog steeds niets, maar dankzij deze tweede ronde van voedselopname voelde hij zich weer een beetje mens, en hij scheurde het papier en het cellofaan van de doos chocoladetruffels die bij de cadeaus had gezeten en verorberde meerdere exemplaren voordat hij de schakelaar van de projector omzette.

Op de muur, flets in het zonlicht, flakkerde een naakte vrouwenfiguur. Ze had een kap over haar hoofd. Haar handen waren achter haar rug gebonden. Een mannenbeen in een zwarte broek schoof in beeld. Hij schopte haar, ze struikelde en viel op haar knieën. Hij bleef haar schoppen tot ze languit op haar buik lag, in een ruimte die aan een pakhuis deed denken.

Ze moest geschreeuwd hebben, ze kon onmogelijk niet geschreeuwd hebben, maar er was geen geluid bij de film. Er liep een smal litteken van onder haar linkerborst naar haar ribben. Er waren meerdere mannen met messen in de ruimte, hun gezicht bedekt met een sjaal of bivakmuts. Alleen zij was naakt, de mannen trokken slechts hun spijkerbroek omlaag.

Ze hield op met bewegen lang voordat ze met haar klaar waren. Op zeker moment, vlak voor het einde, toen ze zich amper nog verroerde en het bloed nog uit haar vele steekwonden droop, verscheen in een flits de linkerhand van een man die wel leek te hebben toegekeken maar niet had meegedaan. Er glinsterde iets, groot en van goud.

Strike zette de projector uit. Hij was plotseling doorweekt van het koude zweet en had krampen in zijn maag. Hij kon nog net de badkamer halen voordat hij moest overgeven, en daar bleef hij zitten braken tot hij helemaal leeg was en de schemer inviel achter de zolderramen.

30

Ah dearest Dame, quoth then the Paynim bold,
Pardon the error of enraged wight,
Whome great griefe made forgett the raines to hold
Of reasons rule...

Edmund Spenser
The Faerie Queene

Annabel lag te jammeren in Stephens oude kamer, pal naast die van Robin. Haar nichtje had een aanzienlijk deel van de kerstnacht gehuild en Robin had samen met haar wakker gelegen, luisterend naar Joni Mitchell over de oortjes van haar iPod om het lawaai buiten te sluiten.

Vier dagen opgesloten zitten in haar ouderlijk huis in Masham had Robin teruggevoerd naar de grillige, alle kanten op schietende melodieën van Mitchell, en de teksten die haar zo'n merkwaardig verloren gevoel bezorgden. Margot Bamborough had er iets in gevonden waaraan ze behoefte had, en was Margot Bamboroughs leven niet stukken ingewikkelder geweest dan dat van haar? Zieke ouders die onderhouden moesten worden, een nieuw dochtertje om van te houden en te missen, een werkplek met lastige en bazige collega's, een echtgenoot die niet tegen haar praatte, een andere man op de achtergrond die beloofde dat hij veranderd was. Wat stelden Robins problemen nu helemaal voor, daarmee vergeleken?

Dus lag ze in het donker te luisteren zoals ze dat in de trein niet had gedaan. Daar had ze een vervreemdende wereldwijsheid gehoord in de teksten die werden gezongen met die mooie stem. Robin had geen flitsende affaires gehad die ze kon ontleden of waarover ze zich kon beklagen: ze had maar één ex-vriend, één huwelijk dat op een akelige manier was stukgelopen, en nu zat ze bij haar ouders als kinderloze vrouw van negenentwintig en reisde ze 'in een andere richting dan wij met z'n allen' – met andere woorden: de verkeerde richting.

Maar nu ze echt luisterde, daar in het donker, begon ze melodielijnen te ontdekken tussen de zwevende akkoorden, en nu ze de muziek niet langer vergeleek met datgene waarnaar ze normaal gesproken geluisterd zou hebben, besefte ze dat de beelden die ze zo vervreemdend had gevonden omdat ze er niets in herkende een belijdenis waren van ontoereikendheid en verdringing, van de moeilijkheid om twee levens samen te voegen, van wachten op de zielsverwant die nooit kwam, snakkend naar zowel vrijheid als liefde.

Ze ervoer een fysieke schok toen ze de woorden aan het begin van het achtste nummer hoorde: *I'm always behind the times, just like this train...* En toen Mitchell later in het nummer vroeg: 'Wat ga je nu doen? Je hebt niemand die je je liefde kunt schenken,' kreeg Robin tranen in haar ogen. Op zo'n anderhalve kilometer van waar zij nu was, lagen Matthew en Sarah nu waarschijnlijk in de logeerkamer van haar ex-schoonvader, terwijl Robin weer hier in haar eentje in de kamer lag die voor altijd een soort gevangeniscel voor haar zou blijven. Hier had ze maanden doorgebracht nadat ze was gestopt met haar studie, vastgepind tussen vier muren door haar eigen herinneringen aan een man met een gorillamasker en de ergste twintig minuten van haar leven.

Sinds haar komst een paar dagen geleden wilde iedereen in huis met haar naar Masham, 'want je hoeft je niet te verstoppen'. Daarmee impliceerden ze, hoe goed ze het ook bedoelden, dat zich verstoppen de natuurlijke reactie was voor een vrouw van wie de exman een nieuwe partner had gevonden. Het had iets beschamends om single te zijn.

Maar terwijl ze luisterde naar *Court and Spark* bedacht Robin dat het klopte dat zij in een andere richting reisde dan iedereen die ze kende. Ze vocht zich een weg terug naar degene die ze had moeten zijn voordat een man met een masker haar te pakken nam onder een donkere trap. De reden dat niemand anders dat begreep, was dat ze meenden dat haar ware ik de vrouw was die Matthew Cunliffe graag wilde: een vrouw die stilletjes bij Personeelszaken werkte en 's avonds in het donker veilig binnenbleef. Ze hadden niet in de gaten dat die vrouw het gevolg was geweest van die bewuste twintig minuten, en dat de echte Robin misschien nooit tevoorschijn gekomen zou zijn als ze niet door een misverstand naar een sjofel kantoor in Denmark Street was gestuurd.

Met het vreemde gevoel haar slapeloze uren vruchtbaar te hebben doorgebracht zette Robin haar iPod uit. Vier uur 's nachts op tweede kerstdag en het was eindelijk stil in huis. Robin deed de oortjes uit, draaide zich om en viel in slaap.

Twee uur later werd Annabel weer wakker, en deze keer stond Robin op en sloop op blote voeten naar beneden, naar de grote houten tafel naast het AGA-fornuis, met haar aantekenboekje, haar laptop en haar telefoon.

Het was fijn om de keuken voor zichzelf te hebben. Achter het raam was de tuin bedekt met een laagje ijs, donkerblauw met zilver in de winterse bijna-dageraad. Nadat ze haar laptop en telefoon op tafel had gelegd begroette ze Rowntree, die tegenwoordig te stram was om te spelen op de vroege morgen, maar hij kwispelde vanuit zijn mand naast de radiator loom met zijn staart. Ze zette een kop thee voor zichzelf, ging aan tafel zitten en klapte haar laptop open.

Ze had Strikes document nog niet gelezen, de samenvatting van de horoscoopaantekeningen die was binnengekomen toen ze bezig was haar moeder te helpen met de voorbereidingen van het kerstdiner. Robin had net de spruiten in de stoompan gedaan toen ze vanuit haar ooghoeken zag dat er een mailtje binnenkwam op haar telefoon, die aan de oplader lag aan een van de weinige stopcontacten die niet in beslag genomen werden door babyspullen: het steriliseerapparaat voor de zuigflessen, de babyfoon en de borstkolf.

Toen Robin Strikes naam in het schermpje zag, had haar hart een sprongetje gemaakt. Ze verwachtte een bedankje te krijgen voor de Tom Waits-dvd, en het feit dat hij haar op eerste kerstdag had gemaild was voor haar een ongekende indicator van hun vriendschap.

Maar toen ze de mail opende, stond er alleen:

Ter info: samenvatting van Talbots horoscoopaantekeningen en punten van aanpak.

Toen Robin opkeek en ze Linda verwachtingsvol naar haar zag kijken, realiseerde ze zich dat haar gezicht betrokken was.

'Slecht nieuws?'

'Nee, het is gewoon Strike.'

'Op eerste kerstdag?' vroeg Linda op scherpe toon.

En op dat moment had Robin beseft dat Geoffrey, haar ex-schoonvader, in Masham het bericht verspreid moest hebben dat als Matthew al ontrouw was geweest, dat pas was gebeurd nadat hij zelf achterbaks was bedrogen. Ze las de waarheid op het gezicht van haar moeder; in Jenny's plotselinge belangstelling voor Annabel; in de felle blik die Jonathan, haar jongste broer, haar toewierp terwijl hij cranberrysaus uit een potje in een schaaltje goot.

'Werkmail,' had Robin koeltjes geantwoord. En ieder van haar stille beschuldigers had zich haastig weer op zijn of haar eigen taak gericht.

Om die reden had Robin gemengde gevoelens ten opzichte van de auteur toen ze ervoor ging zitten om Strikes document te lezen. Dat hij haar had gemaild op eerste kerstdag voelde als een verwijt, alsof ze hem had laten vallen door naar Masham te gaan in plaats van in Londen te blijven en in haar eentje het kantoor te runnen terwijl hij, Barclay en Morris geveld waren door griep. En bovendien: als hij dan toch moest mailen op eerste kerstdag, zou het wel zo beleefd geweest zijn om op z'n minst iets van een persoonlijke boodschap mee te sturen. Misschien had hij haar kerstcadeau gewoon in ontvangst genomen met dezelfde onverschilligheid als waarmee zij dat van hem had uitgepakt.

Robin had net het laatste stukje 'mogelijke aanknopingspunten' gelezen en liet het idee tot zich doordringen dat een professionele gangster bij minstens één gelegenheid in Margots nabijheid was geweest, toen de keukendeur openging en in de verte weer het gehuil van Annabel te horen was. Linda kwam binnen in een ochtendjas en op pantoffels.

'Wat doe jij nou beneden?' vroeg ze terwijl ze naar de waterkoker liep. Het klonk afkeurend.

Robin deed haar best om haar irritatie niet te laten blijken. Ze had de afgelopen dagen geglimlacht tot haar kaken er pijn van deden en zoveel meegeholpen als fysiek maar mogelijk was, ze had de kleine Annabel bewonderd tot ze betwijfelde of ze één porie had overgeslagen met haar complimenten, ze had Hints gespeeld en drankjes ingeschonken, ze had chocolaatjes uitgepakt en noten gekraakt voor Jenny, die constant aan de bank gekluisterd was vanwege de borstvoeding. Ze had intelligente en vriendelijke belangstelling getoond voor het wel en wee van Jonathans vrienden aan de universiteit, ze had geluisterd naar haar vaders mening over het landbouwbeleid van David Cameron en ze had haar rancune voor zich gehouden toen niemand van haar familieleden zelfs maar even informeerde hoe het op haar werk ging. Mocht ze dan niet een half uurtje rustig in de keuken zitten terwijl Annabel het haar onmogelijk maakte om te slapen?

'Ik lees een mailtje.'

'Ze denken,' zei Linda (en Robin wist dat 'ze' op de kersverse ouders moest slaan, want alles draaide nu immers om hun gedachten en wensen), 'dat het door de spruiten komt. Ze heeft de hele nacht krampjes gehad. Jenny is doodop.'

'Annabel heeft geen spruiten gehad,' zei Robin.

'Ze krijgt alles binnen via de moedermelk,' legde Linda uit, op een toon die Robin als neerbuigend ervoer omdat zij was uitgesloten van de geheimen van het moederschap.

Linda liep de keuken uit met twee bekers thee voor Stephen en Jenny. Robin sloeg opgelucht haar aantekenboekje open en noteerde een paar gedachten die haar te binnen geschoten waren bij het lezen van de 'mogelijke aanknopingspunten', waarna ze terugkeerde naar Strikes document om zijn korte lijst van 'waarschijnlijk irrelevante zaken', bijeengesprokkeld uit Talbots aantekenboek, door te nemen.

Paul Satchwell

Na een paar maanden was Talbots mentale toestand duidelijk verslechterd, te oordelen naar zijn aantekeningen, die steeds verder verwijderd raakten van de werkelijkheid.

Tegen het einde van zijn aantekenboek keert hij terug naar de andere twee gehoornde tekens van de dierenriem, Ram en Stier, waarschijnlijk omdat hij nog steeds gefixeerd is op de duivel. Zoals hierboven vermeld richten veel van zijn ongefundeerde verdenkingen zich op Wilma, maar hij neemt ook de moeite om Satchwells complete geboortehoroscoop te trekken, wat betekent dat hij moet weten hoe laat Satchwell precies geboren is. Het stelt waarschijnlijk niets voor, maar het is gek dat hij is teruggekeerd naar Satchwell en zoveel tijd besteedde aan die horoscoop, dat heeft hij bij geen enkele andere verdachte gedaan. Talbot benadrukt onderdelen van de horoscoop die zouden duiden op agressie, oneerlijkheid en neurosen. Hij wijst er ook steeds weer op dat diverse onderdelen van Satchwells horoscoop 'hetzelfde als AC' zouden zijn, zonder verklaring.

Roy Phipps en Irene Hickson

Zoals hierboven vermeld worden de tekens die Talbot gebruikt voor Roy Phipps en Irene Hickson (toen Irene Bull) nergens in de astrologie gebruikt; het lijken bedenksels te zijn van Talbot zelf.

Het symbool voor Roy lijkt op een simpel getekend poppetje zonder hoofd. Ik kom er niet uit waar het precies voor zou moeten staan – misschien een sterrenconstellatie? Rondom Roys naam komen citaten over slangen voor.

Het teken dat Talbot heeft verzonnen voor Irene lijkt op een grote vis en

De keukendeur ging opnieuw open. Robin keek op. Het was Linda weer.

'Zit je hier nou nog?' vroeg ze, en weer had het iets afkeurends.

'Nee,' zei Robin. 'Ik ben boven.'

Linda's glimlach was schoorvoetend. Ze pakte een paar nieuwe bekers uit de kast en vroeg: 'Wil jij nog thee?'

'Nee, dank je.' Robin klapte haar laptop dicht. Ze had besloten de rest van Strikes document op haar kamer te lezen. Misschien verbeeldde ze het zich, maar Linda leek meer lawaai te maken dan anders.

'Dus hij zet je nu ook al met Kerstmis aan het werk?' vroeg Linda.

Robin vermoedde al een paar dagen dat haar moeder met haar over Strike wilde praten. De blikken die ze gisteren op de gezichten van haar verbaasde familieleden had gezien hadden haar duidelijk gemaakt waarom. Maar ze voelde zich totaal niet geroepen om voor Linda het verhoor makkelijker te maken.

'Wat bedoel je met "ook al"?'

'Je weet best wat ik bedoel,' zei Linda. 'Het is kerst. Ik dacht dat je recht had op vrije dagen.'

'Ik héb vrije dagen.' Robin liep met haar lege mok naar het aanrecht. Rowntree kwam moeizaam overeind en Robin liet hem buiten door de achterdeur, waarbij ze de ijskoude lucht voelde op ieder stukje blote huid. Boven de heg uit zag ze de zon de horizon groen kleuren terwijl hij gestaag klom aan de ijzige hemel.

'Gaat hij met iemand om?' vroeg Linda. 'Strike?'

'Hij gaat met heel veel mensen om,' zei Robin, expres onnozel. 'Dat kan niet anders met zo'n baan.'

'Je weet best wat ik bedoel.'

'Vanwaar die belangstelling?'

Ze verwachtte dat haar moeder wel zou terugkrabbelen, maar Linda verbaasde haar.

'Dat weet je heus wel,' zei ze, en ze keek haar dochter strak aan.

Robin werd woest op zichzelf toen ze voelde dat ze begon te blozen. Ze was verdorie een vrouw van negenentwintig.

Precies op dat moment piepte haar mobiel op de keukentafel. Ze wist zeker dat het een appje van Strike was, en Linda blijkbaar ook.

Zij zat er dichterbij, en toen ze het toestel pakte om het aan Robin te geven, gluurde ze naar de naam van de afzender. Het bericht was niet afkomstig van Strike, het was van Saul Morris. Hij schreef:

Hoop dat je niet zo'n shitkerst hebt als ik.

Robin zou normaal gesproken niet gereageerd hebben. De wrevel ten opzichte van haar familie maakte, samen met nog iets anders, iets wat ze liever niet wilde toegeven, dat ze een bericht terugstuurde, pal onder Linda's ogen.

Ligt eraan hoe shit de jouwe is. De mijne is behoorlijk shit.

Ze verstuurde het en keek toen op naar Linda.

'Wie is Saul Morris?' vroeg haar moeder.

'Freelancer op het bureau. Ex-politieman,' antwoordde Robin.

'O.'

Robin kon merken dat ze Linda daarmee nieuwe stof tot nadenken had gegeven. En als ze eerlijk was tegen zichzelf, moest ze toegeven dat dat precies haar bedoeling was geweest. Ze pakte de laptop van de tafel en liep de keuken uit.

De badkamer was uiteraard bezet. Robin ging terug naar haar kamer. Toen ze met de opengeklapte laptop op haar bed lag, stuurde Morris weer een bericht.

Vertel me over jouw ellende, dan vertel ik jou over de mijne. Gedeelde smart...

Met lichte spijt dat ze hem had geantwoord legde Robin haar mobiel ondersteboven op bed en las verder in Strikes document.

> Het teken dat hij heeft verzonnen voor Irene lijkt op een grote vis, en Talbot noteert botweg waar het volgens hem voor staat: 'Het monster Cetus, Leviathan, de Bijbelse walvis, oppervlakkige charme, maar daaronder schuilt het kwaad. Koppig, staat graag in het middelpunt,

speelt een rol, liegt.' Talbot lijkt te hebben vermoed dat Irene een leugenares was nog voordat werd aangetoond dat ze had gelogen over haar zogenaamde tandartsbezoek, iets wat Talbot nooit te weten is gekomen, al wijst niets erop waarover ze volgens hem dan loog.

Margot als Babalon

Dit is alleen relevant omdat het aantoont hoe slecht Talbot er geestelijk aan toe was.

Op de avond dat hij uiteindelijk gedwongen werd opgenomen, probeerde hij een soort magisch ritueel uit. Te oordelen naar zijn aantekeningen wilde hij Baphomet oproepen, waarschijnlijk omdat hij dacht dat Baphomet de gedaante zou aannemen van Margots moordenaar.

Volgens Talbot was datgene wat in de kamer verscheen niet Baphomet, maar de geest van Margot 'die mij verwijten maakt en me aanvalt'. Talbot geloofde dat ze na haar dood Babalon was geworden, de onderbevelhebber/gemalin van Baphomet. De demon die hij 'zag' had een beker bloed en een zwaard bij zich. Talbot heeft het herhaaldelijk over leeuwen, gekrabbelde opmerkingen rond de afbeelding van de demon. Babalon berijdt een zevenkoppige leeuw op de kaart van de Lust in de Thoth-tarot.

Nadat Talbot de demon had getekend, heeft hij op zeker moment over sommige aantekeningen heen en op de demon zelf Latijnse kruizen getekend, en hij noteert een Bijbels citaat waarin wordt gewaarschuwd tegen hekserij, dwars door de tekening heen. De verschijning van de demon lijkt hem te hebben teruggedreven naar de religie, en daar eindigen zijn aantekeningen.

Robin hoorde de badkamerdeur open- en dichtgaan. Ze moest inmiddels heel nodig plassen, dus ze sprong op en liep haar kamer uit.

Stephen stak net de overloop over met zijn toilettas, geeuwend en met dikke ogen. 'Sorry van vannacht, Rob,' zei hij. 'Jenny denkt dat het door de spruiten komt.'

'Ja, dat zei ma al,' antwoordde Robin, en ze liep om hem heen.

'Geeft niks. Hopelijk voelt ze zich weer wat beter.'

'We gaan zo met haar wandelen. Ik zal kijken of ik ergens oordopjes voor je kan kopen.'

Nadat ze had gedoucht ging Robin terug naar haar kamer. Haar telefoon piepte twee keer terwijl ze zich aan het aankleden was.

Toen ze voor de spiegel haar haar borstelde, viel haar oog op het nieuwe parfum dat ze als kerstcadeau van haar moeder had gekregen. Robin had Linda verteld dat ze een nieuw geurtje zocht omdat het oude haar te veel aan Matthew deed denken. Toen ze het pakje openmaakte was ze geroerd geweest dat haar moeder het had onthouden.

Het was een rond flesje; niet bol, maar een soort afgeplatte cirkel. Chanel Chance Eau Fraîche. De vloeistof was lichtgroen. Door een ongelukkige associatie van ideeën moest Robin nu aan spruiten denken. Toch spoot ze een beetje op haar polsen en achter haar oren, en de kamer werd gevuld met de geur van scherpe citroen en onbestemde bloemen. Wat had de keuze van haar moeder bepaald, vroeg ze zich af. Wat had dit parfum waardoor ze meteen 'Robin' had gedacht? Voor Robins neus rook het als een deodorant, neutraal, schoon, en gespeend van enige romantiek. Ze dacht terug aan haar onsuccesvolle aankoop van Fracas, en het verlangen om een sexy vrouw van de wereld te zijn dat was geëindigd met niets anders dan hoofdpijn. Peinzend over de kloof tussen hoe mensen graag gezien zouden worden en de manier waarop anderen hen zagen ging Robin weer met haar laptop op bed zitten en draaide haar telefoon om.

Morris had nog twee berichten gestuurd.

Hier eenzaam en een kater. Het is shit om met kerst niet bij de kids te zijn.

Toen Robin niet antwoordde, had hij een nieuw bericht gestuurd.

Sorry, ik ben een sentimentele zak. Negeer me gerust.

Dat hij zichzelf een zak noemde was het meest sympathieke wat Robin tot nu toe van Morris had meegemaakt. Ze had met hem te doen en antwoordde:

Het is vast zwaar. Vind het rot voor je.

Toen keerde ze terug naar haar laptop en het laatste stukje van Strikes document, waarin hij een plan van aanpak uiteenzette, met initialen bij ieder punt om aan te geven wie van hen het zou moeten uitvoeren.

Punten van aanpak

Opnieuw met Gregory Talbot gaan praten – CS
Ik wil weten waarom Bill Talbot, zelfs toen hij weer beter was, zijn collega's nooit heeft verteld over de aanwijzingen in dit boek die hij had achtergehouden voor hen, namelijk dat Brenner is gezien in Skinner Street op de avond van Margots verdwijning / bloed op het tapijt bij het echtpaar Phipps / een sterfgeval waarover Margot zich mogelijk zorgen maakte / Mucky Ricci die op een avond de praktijk uit kwam.

Opnieuw met Dinesh Gupta gaan praten – CS
Hij weet misschien wie Brenner die avond heeft bezocht in Skinner Street. Zou een patiënt kunnen zijn. Hij zou eventueel ook licht kunnen werpen op de aanwezigheid van Mucky Ricci op de kerstborrel. Ga hem ook vragen naar 'Schorpioen' voor het geval dat verwijst naar een patiënt wiens dood Margot verdacht vond.

Gesprek met Roy Phipps – CS / RE
We hebben te lang op onze tenen gelopen als het om Phipps gaat. Tijd om Anna te bellen en te kijken of zij hem kan overhalen met ons te gaan praten.

Proberen gesprek met een van Wilma Bayliss' kinderen te regelen – CS / RE
Vooral belangrijk als we Roy niet kunnen spreken. Wil het verhaal van Wilma (Roy die rondliep, bloed op het tapijt) nog eens nader bekijken.

C.B. Oakden opsporen – CS / RE
Naar zijn boek te oordelen lult hij uit zijn nek, maar er is een kleine kans dat hij iets weet over Brenner wat wij niet weten, aangezien zijn moeder in de praktijk het dichtst bij Brenner stond.

Paul Satchwell opsporen + gesprek – CS / RE

Steven Douthwaite opsporen + gesprek – CS / RE

Robin voelde zich onwillekeurig subtiel bekritiseerd. Strike had nu zijn eigen initialen toegevoegd aan punten die eerst alleen Robins taak waren geweest, zoals het opsporen van Satchwell en het overhalen van de kinderen van Wilma Bayliss om met hen te praten. Ze schoof de laptop weer opzij, pakte haar telefoon en ging terug naar de keuken voor het ontbijt.

Er viel abrupt een stilte toen ze binnenkwam. Linda, Stephen en Jenny hadden allemaal het opgelaten gezicht van iemand die bang is dat een ander te veel heeft opgevangen. Robin deed brood in de broodrooster terwijl ze probeerde haar steeds grotere ergernis te onderdrukken. Het was alsof ze achter haar rug geluidloos overleg en gebaren voelde.

'Robin, we zijn net Matthew tegengekomen,' zei Stephen plotseling. 'Toen we een blokje om liepen met Annabel.'

'O.' Robin draaide zich naar hen om en probeerde een enigszins geïnteresseerd gezicht op te zetten.

Het was de eerste keer dat Matthew was gespot. Robin was niet naar de nachtmis gegaan, ervan overtuigd dat Matthew en Sarah daar zouden zijn, maar haar moeder had na afloop gemeld dat er niemand van de familie Cunliffe in de kerk was geweest. Nu keken

Linda, Stephen en Jenny allemaal naar haar, bezorgd en vol mede- lijden, in afwachting van haar reactie en haar vragen.

Haar telefoon piepte.

'Sorry,' zei ze, en ze pakte het toestel op, maar al te blij met een reden om haar blik van hen te kunnen afwenden.

Morris had een bericht gestuurd.

Waarom is jouw kerst zo shit?

Terwijl het drietal toekeek, antwoordde ze:

Mijn ex-schoonvader woont hier in de buurt en mijn ex heeft zijn nieuwe vriendin meegenomen. Wij zijn nu het schandaal van de buurt.

Ze mocht Morris niet, maar op dat moment voelde hij als een welkome bondgenoot, een reddingsboei vanuit het leven dat ze zo moeizaam had opgebouwd, weg van Matthew en Masham. Robin wilde net de telefoon wegleggen toen hij weer piepte, en terwijl de andere drie aanwezigen nog steeds toekeken las ze: *Da's mooi klote.*

Inderdaad, stuurde ze terug.

Toen keek ze op naar haar moeder, Stephen en Jenny en dwong zichzelf om te glimlachen. 'Ga je me er nog over vertellen?' vroeg ze aan Stephen. 'Of moet ik ernaar vragen?'

'Nee,' zei hij haastig. 'Het stelde niet veel voor. We liepen met Annabel in de wandelwagen naar het plein en terug, en toen kwamen ze onze kant op. Hij met die...'

'Sarah,' hielp Robin hem. Ze zag die twee voor zich, hand in hand, genietend van de winterse ochtend en het pittoreske stadje, slaperig in de vorst en het vroege zonnetje.

'Ja. Zo te zien had hij het liefst rechtsomkeert gemaakt toen hij ons zag, maar dat deed hij niet. Hij zei: "Ik mag jullie feliciteren, zie ik."'

Robin hoorde Matthew het zeggen.

'En dat was het eigenlijk,' zei Stephen.

'Ik had hem het liefst in zijn ballen getrapt,' zei Jenny opeens. 'De zelfvoldane eikel.'

Maar Linda's ogen waren gericht op Robins telefoon. 'Met wie zit je toch steeds te appen op tweede kerstdag?' vroeg ze.

'Dat heb ik je net verteld. Morris. Hij werkt voor het bureau.'

Ze wist precies wat voor indruk ze daarmee wekte bij Linda, maar ze had haar trots. Het mocht dan geen schande zijn om single te zijn, maar door het medelijden van haar familieleden, de gedachte aan Matthew en Sarah die samen door Masham liepen, doordat iedereen haar ervan verdacht iets met Strike te hebben, plus het feit dat er niks te vertellen viel over Strike en haar, behalve dat hij blijkbaar vond dat hij maar beter haar taken kon overnemen omdat zij toch niks klaarspeelde – door dat alles kreeg ze de behoefte om haar zwaar aangetaste waardigheid af te schermen met een figuurlijk vijgenblad. Hoe glad en overdreven populair hij zich ook mocht gedragen, Morris was vandaag misschien wel eerder meelijwekkend dan irritant, en hij bood zich aan om Robins gezicht te redden.

Ze zag haar moeder een blik wisselen met haar broer, en even voelde ze de holle bevrediging van het besef dat ze gretig het valse spoor volgden dat ze had uitgezet. Met een ellendig gevoel trok ze de koelkast open en pakte de halfvolle, zorgvuldig afgesloten fles champagne die over was van eerste kerstdag.

'Wat doe jij nou?' vroeg Linda.

'Ik ga een mimosa maken,' antwoordde Robin. 'Het is nog steeds Kerstmis, hè.'

Nog één nachtje en dan zou ze weer in de trein naar Londen zitten. Bijna alsof ze Robins asociale gedachte had gehoord liet de baby een gekwelde kreet horen door de babyfoon, die vlak achter Robin stond, waardoor ze opvloog van schrik. Dat wat ze in gedachten het babycircus was gaan noemen verplaatste zich van de keuken naar de huiskamer: Linda bracht Jenny alvast een glas water voor tijdens het voeden en zette de tv voor haar aan, terwijl Stephen naar boven holde om Annabel te gaan halen.

Drank was de oplossing, besloot Robin. Als je er maar genoeg sinaasappelsap bij gooide hoefde niemand te weten dat je in je eentje een fles champagne soldaat maakte, en je kon het verdriet, de woede en de onmacht diep in je binnenste er fijn mee verdoven. De mimosa's hielpen haar door de lunch heen terwijl de anderen een glas rood namen, al dronk Jenny niet meer dan 'een slokje' vanwege Annabel, zonder acht te slaan op Robins opmerking dat een tikkeltje alcohol in de moedermelk misschien zou helpen haar beter te laten slapen. Morris bleef maar berichten sturen, voornamelijk stomme kerstmoppen en updates over zijn dag, en Robin antwoordde net zo gedachteloos als ze soms chips kon blijven eten, met een vleugje zelfhaat.

Mijn moeder is nu hier. Stuur me sherry en een smoes om niet met haar over haar vrouwenpraatgroep en mijn politiewerk te hoeven praten.

Hoe heet je moeder? appte Robin terug. Ze was nu echt een beetje dronken.

Yoni, antwoordde Morris.

Robin wist niet of ze daarom mocht lachen, en of het eigenlijk wel grappig was.

'Robs, doe je mee met Pictionary?' vroeg Jonathan.

'Wat?' zei ze. Ze zat op een ongemakkelijke harde stoel in een hoekje van de huiskamer. Het babycircus nam zeker de halve kamer in beslag. *The Wizard of Oz* was op tv, maar niemand keek er echt naar.

'Pictionary,' herhaalde Jonas, en hij hield de doos omhoog. 'En o ja, Robs, kan ik in februari een weekend bij jou logeren?'

Geintje, appte Morris. *Ze heet Frances.*

'Wat?' zei Robin nog een keer, omdat ze dacht dat iemand haar iets had gevraagd.

'Die Morris is blijkbaar erg interessant,' zei Linda schalks, en iedereen keek om naar Robin.

Robin zei alleen maar: 'Pictionary. Ja, prima.'

Moet Pictionary spelen, stuurde ze naar Morris.

Teken een pik, antwoordde hij onmiddellijk.

Robin legde de telefoon weer weg. De drank begon zijn uitwerking te verliezen, met achterlating van een bonkende hoofdpijn in haar rechterslaap. Gelukkig kwam Martin op dat moment aangelopen met een dienblad vol bekers koffie en een fles Baileys.

Jonathan won met Pictionary. Baby Annabel brulde nog wat. Er werd een koude avondmaaltijd uitgestald op de keukentafel, ook voor de buren die waren uitgenodigd om Annabel te komen bewonderen. Om acht uur die avond nam Robin paracetamol in en dronk ze alleen nog zwarte koffie om haar hoofd helder te maken. Ze moest op de een of andere manier het gesprek met Morris afronden, dat al de hele dag doorging. Ze kon merken dat hij inmiddels behoorlijk dronken was.

Moeder naar huis, klaagt dat ze klienkindderen niet genoeg ziet. Waar zulen we het over hebben? Wat heb je aan?

Ze negeerde het bericht. Boven in haar slaapkamer pakte ze haar spullen in om de volgende morgen al vroeg te kunnen vertrekken. *Alstublieft, God, laat Matthew en Sarah niet in de trein zitten.* Ze spoot nog wat van het kerstcadeau van haar moeder op. Nu ze het geurtje weer rook, besloot ze dat het maar één boodschap overbracht op omstanders: Ik heb me gewassen. Misschien had haar moeder dat nietszeggende ontsmettingsmiddel voor haar gekozen vanuit een onbewust verlangen haar dochter te ontdoen van de suggestie van overspel. Het had in ieder geval niets van een verleidster, en het parfum zou Robin voor eeuwig herinneren aan deze waardeloze kerst. Toch pakte ze het flesje zorgvuldig in, in een bolletje sokken, want ze wilde haar moeder niet kwetsen door het achter te laten.

Tegen de tijd dat ze weer beneden kwam, had Morris nog vijf berichten gestuurd.

Dat was een grapje.
Zeg dat je weet dat het een grapje was.
Fuck, nu heb ik je beledigd.

Of niet?
Reageer verdomme even!

Een beetje pissig en nu ook beschaamd vanwege de stomme, puberale schijnvertoning waarmee ze haar familie had wijsgemaakt dat zij net als Matthew een nieuwe partner had, bleef ze in de gang staan om hem een antwoord te sturen.

Ik ben niet beledigd. Moet nu gaan. Vroeg naar bed.

Ze liep de huiskamer in, waar iedereen, slaperig na te veel eten, het nieuws zat te kijken. Robin raapte een slabbetje, een halfvol pak luiers en een van de Pictionary-borden van de bank zodat ze kon zitten.

'Sorry, Robin,' zei Jenny, en ze pakte geeuwend de babyspullen en legde ze aan haar voeten.

Robins telefoon piepte weer. Linda keek haar kant op. Robin negeerde zowel haar moeder als de telefoon, haar blik strak gericht op het Pictionary-bord waarop Martin had geprobeerd 'Icarus' te tekenen. Niemand had het geraden, ze dachten dat Icarus een insect was dat boven een bloem hing.

Maar iets aan de tekening hield Robins aandacht vast. Tot haar telefoon weer piepte. Ze keek op het schermpje.

Lig je in bed?

Ja, en dat zou jij ook moeten doen, stuurde ze terug, haar gedachten nog bij het Pictionary-bord. Bij de bloem die op een zon leek. De zon die op een bloem leek.

Haar telefoon piepte weer. Geërgerd keek ze naar het toestel.

Morris had haar een foto van zijn stijve pik gestuurd. Heel even, zelfs in haar afkeer en weerzin, bleef Robin ernaar kijken. Toen, zo abrupt dat haar vader wakker schrok in zijn stoel, stond ze op en stoof de kamer uit.

De keuken was niet ver genoeg. Niets zou ver genoeg geweest

zijn. Trillend van woede en schrik rukte ze de achterdeur open en beende de ijskoude tuin in, waar het water in het vogelbadje dat ze had ontdooid met kokend water alweer troebel bevroren was in het maanlicht. Zonder eerst even rustig na te denken belde ze Morris' nummer.

'Hé...'

'Waar haal je het gore... Hoe haal je het in je hoofd om mij godverdomme zoiets te sturen?'

'Fuck,' zei hij met dubbele tong. 'Het was nie... Ik dacht... Het was een soort "Jammer dat je hier niet bent" of...'

'Ik zei verdomme dat ik naar bed ging!' schreeuwde Robin. 'Ik heb niet om die pik van jou gevraagd!'

Ze zag de hoofden van de buren omdraaien achter de luxaflex. De familie Ellacott zorgde voor prima vermaak deze kerst: eerst een kersverse baby en daarna een scheldpartij over een penis.

'O, shit,' stootte Morris uit. 'O, fuck... nee, luister, het was niet m'n bedoeling...'

'Wie dóét zoiets?' schreeuwde Robin. 'Wat mankeert jou?'

'Nee... shit... fuck... sorry... ik dacht... Ik ben zo fokking stom ge... Robin, niet... O, jezus!'

'Ik wil jouw lul niet zien!'

Het antwoord was een aanval van droge snikken, waarna Robin meende te horen dat hij de telefoon op een hard oppervlak legde. Van een afstandje was gekweld gekreun hoorbaar, afgewisseld met gehuil. Het klonk alsof er zware voorwerpen omvielen. Toen hoorde ze gekletter, en hij pakte zijn mobiel weer op. 'Robin, het spijt me zo. Fuck, wat heb ik gedaan, wat heb ik... Ik dacht... Ik kan mezelf net zo goed meteen van kant maken. Zeg alsjeblieft niks... zeg dit niet tegen Strike... Fuck, ik smeek het je... Als ik deze baan verlies... Niets zeggen, Robin... Als ik dit kwijtraak, ben ik álles kwijt... Godver, ik wil mijn dochtertjes niet verliezen, Robin...'

Hij deed haar denken aan Matthew op de dag dat ze had ontdekt dat hij vreemdging. Ze zag haar ex-man zo haarscherp voor zich alsof hij daar op het berijpte gazon stond, met zijn handen voor zijn gezicht geslagen terwijl hij haperend zijn excuses aanbood, waarna hij in paniek naar haar opkeek. *Heb je Tom gesproken? Weet hij het?*

Wat had zij toch waardoor mannen steeds eisten dat ze hun ranzige geheimen voor zich hield?

'Ik zeg niks tegen Strike,' zei ze rillend, maar eerder van woede dan van de kou. 'Omdat zijn tante op sterven ligt en we niemand kunnen missen op de zaak. Maar waag het niet mij ooit nog iets anders dan een update over een klant te sturen.'

'O, god, Robin... dank je wel... bedankt... jij bent zo'n goed mens.'

Hij snikte niet meer. Ze vond zijn sentimentele gedweep bijna net zo beledigend als de foto van zijn pik.

'Ik ga ophangen.' Ze stond daar in het donker met de mobiel langs haar zij en voelde vrijwel niets van de kou. Toen bij de buren in de keuken het licht uitging, ging de achterdeur van haar ouders open. Rowntree kwam aangehobbeld over het bevroren gras, enthousiast om haar buiten aan te treffen.

'Gaat het, lieverd?' vroeg Michael Ellacott aan zijn dochter.

'Prima,' zei Robin, en ze hurkte neer bij Rowntree om haar plotselinge tranen te verbergen. 'Het gaat prima.'

DEEL 4

Great enemy... is wicked Time...

Edmund Spenser
The Faerie Queene

31

Deare knight, as deare, as euer knight was deare,
That al these sorrowes suffer for my sake,
High heuen behold the tedious toyle, ye for me take...

Edmund Spenser
The Faerie Queene

Strikes maag- en darmproblemen verlengden zijn ziek-zijn met dagen, en hij bracht oud en nieuw door in bed, waar hij zich verliet op bezorgpizza's, maar hij kreeg er nauwelijks een hap van door zijn keel. Voor het eerst in zijn leven had hij geen zin in chocola, want de truffels die hij had gegeten na de kip met de verstreken houdbaarheidsdatum waren er als eerste uit gekomen tijdens zijn langdurige gebraak. Het enige waar hij plezier in had was de dvd met de *No Visitors After Midnight*-concerten van Tom Waits die hij voor Kerstmis van Robin had gekregen, en die hij op nieuwjaarsdag eindelijk had uitgepakt. Op zijn appje om haar te bedanken kwam een kort *Graag gedaan* terug.

Tegen de tijd dat hij zich fit genoeg voelde om naar Cornwall te reizen, met zijn verlate kerstcadeaus, was Strike bijna zeven kilo afgevallen, en dat was het eerste waarop Joan bezorgd reageerde toen hij eindelijk hun huis in St Mawes binnenkwam, zich verontschuldigend voor zijn afwezigheid met Kerstmis.

Als hij nog één dag langer had gewacht om naar Joan en Ted af te reizen had hij er misschien niet meer kunnen komen, want hij was nog maar net binnen of het zuiden van Groot-Brittannië werd belaagd door een zwaar stormfront. De kust van Cornwall werd erdoor geteisterd, treinen reden niet meer, er werden tonnen zand weggeslagen van de stranden en door overstromingen veranderden de wegen in de kustplaatsjes in ijskoude grachten. Het schiereiland werd tijdelijk afgesloten van de rest van Engeland, en al had St Mawes het minder zwaar dan Mevagissey en Fowley aan de kust, er werden bergen zandzakken opgestapeld bij de ingangen van gebouwen die vlak aan zee lagen. De golven sloegen tegen de pier, kaki en staalgrijs. De toeristen waren verdwenen, net als de zeehonden; plaatselijke bewoners in drijfnatte oliejassen begroetten elkaar met een knikje bij het in en uit gaan van de buurtwinkels. Alle bontgekleurde bekoorlijkheid die St Mawes in de zomer typeerde was weggevaagd, en als een actrice na het afschminken toonde het stadje zijn ware gezicht, met veel ruige, harde steen en een sterke ruggengraat.

Het huis van Ted en Joan werd gegeseld door striemende regen en harde wind, maar het was gelukkig hooggelegen. Toen hij daar opgesloten zat, dacht Strike terug aan Lucy's opmerking dat hij beter was in crisissituaties dan in het onderhouden van relaties, en hij wist dat er een kern van waarheid in die beschuldiging zat. Hij was geknipt voor noodgevallen, kon goed zijn kalmte bewaren, snel nadenken en handelen, maar de eigenschappen die nodig waren om om te gaan met Joans langzame aftakeling waren een stuk lastiger op te roepen. Strike miste de afwezigheid van een groter doel, iets om na te streven zodat hij zijn verdriet even opzij kon zetten; hij miste de noodzaak om zijn pijn en ellende te negeren ten dienste van iets groters. Dat had hem in het leger op de been gehouden. Zijn oude overlevingsstrategieën waren niet toepasbaar bij Joan in de keuken, naast de gebloemde ovenschalen en haar oude ovenwanten. Zwarte humor en stoïcisme zouden als ongevoelig beschouwd worden door de aardige buren, die juist wilden dat hij zijn pijn toonde en deelde. Terwijl Strike snakte naar actie als afleiding, werd er van hem verwacht dat hij over koetjes en kalfjes praatte en attent was in de dagelijkse huiselijkheden.

Joan was stiekem dolgelukkig: de uren en dagen alleen met haar neef vormden compensatie voor de kerst die hij had gemist. Strike gaf haar gelaten wat ze wilde: zo veel mogelijk gezelschap. Dagenlang zat hij bij haar en praatte met haar. De chemotherapie was stopgezet, Joan was er niet sterk genoeg meer voor. Ze droeg een sjaal over de dunne plukjes haar die ze nog overhad, en haar man en haar neef keken gespannen toe als ze met lange tanden at en stonden voortdurend in de startblokken om haar te helpen als ze van de ene naar de andere kamer ging. Ze zouden haar nu allebei met gemak kunnen dragen.

Met het verstrijken van de dagen viel Strike nog een andere verandering op aan zijn tante, een die hem verbaasde. Zoals haar door de storm geteisterde geboorteplaats zich bij tegenslag van een andere kant had laten zien, kwam er nu ook een Joan tevoorschijn die hij niet kende, een Joan die open vragen stelde die niet bedoeld waren om slechts te bevestigen wat ze wilde horen, geen nauwverholen verzoeken om geruststellende leugens.

'Waarom ben jij nooit getrouwd, Cormoran?' vroeg ze haar neef die zaterdagmorgen toen ze samen in de huiskamer zaten, Joan in de gemakkelijkste leunstoel, Strike op de bank. In het licht van de lamp naast haar, die ze aangedaan hadden omdat het zo'n bewolkte, regenachtige dag was, leek haar huid dun en doorschijnend als tissuepapier.

Strike was zo geconditioneerd om tegen Joan te zeggen wat ze wilde horen dat hij even met zijn mond vol tanden stond. Het eerlijke antwoord dat hij Dave Polworth had gegeven leek hier onmogelijk. Ze zou zichzelf waarschijnlijk verwijten maken als hij zou zeggen dat hij niet het type was om te trouwen; dan had zij iets verkeerd gedaan, dan was ze er niet in geslaagd hem te leren dat liefde essentieel was voor geluk.

'Ik weet het niet,' zei hij, waarna hij terugviel op een cliché: 'Misschien heb ik de juiste vrouw nog niet ontmoet.'

'Als je wacht op de perfecte vrouw: die bestaat niet,' zei de nieuwe Joan.

'Je zou toch niet willen dat ik met Charlotte getrouwd was, hè?'

vroeg hij haar. Hij wist heel goed dat Joan en Lucy Charlotte allebei beschouwden als niets minder dan een duivelin.

'Zeer zeker niet,' zei Joan met een sprankje van haar oude vechtlust, en ze glimlachten naar elkaar.

Ted stak zijn hoofd om de deur. 'Kerenza is er, schat,' zei hij. 'Ik zag net haar auto aankomen.'

De verpleegkundige van de thuiszorg, die Strike had ontmoet op zijn eerste dag hier, was een grotere zegen dan hij zich ooit had kunnen voorstellen. Een slanke vrouw met sproeten van zijn leeftijd, die niet de sfeer van de dood met zich meebracht maar van het leven dat doorging, alleen met wat meer comfort en steun. Strikes eigen langdurige blootstelling aan de medische beroepsgroep had hem gehard voor een bepaalde vorm van overdreven, onpersoonlijke opgewektheid, maar Kerenza leek Ted en Joan te beschouwen als individuen en behandelde hen niet als onmondige kinderen. Hij hoorde haar in de keuken, waar ze haar jas uitdeed, praten met Ted, voormalig strandwacht, over mensen die met de rug naar de huizenhoge golven in de storm selfies probeerden te nemen.

'Precies. Ze snappen niks van de zee, hè? Als je er geen respect voor hebt, blijf dan uit de buurt, zou mijn vader gezegd hebben... Goedemorgen, Joan,' zei ze toen ze de huiskamer binnenkwam. 'Hallo, Cormoran.'

'Goedemorgen, Kerenza,' zei Strike, en hij kwam overeind. 'Ik zal jullie niet voor de voeten lopen.'

'Hoe gaat het vandaag, lieverd?' vroeg de verpleegkundige aan Joan.

'Niet slecht,' zei Joan. 'Ik ben alleen een beetje...' Ze zweeg en wachtte tot haar neef buiten gehoorsafstand was.

Toen Strike de deur dichtdeed, hoorde hij buiten knerpende voetstappen op het grind. Ted, die de regionale krant zat te lezen, keek op. 'Wie kan dat nou zijn?'

Even later verscheen Dave Polworth voor het ruitje in de achterdeur, met een grote rugzak om. Hij kwam binnen, natgeregend en grijnzend.

'Morgen, Diddy,' zei hij, en ze wisselden de handdruk en omhelzing uit die in de loop der jaren hun vaste begroeting was geworden. 'Morgen, Ted.'

'Wat doe jij nou hier?' vroeg Ted.

Polworth zwaaide de rugzak van zijn schouders, maakte hem open en haalde er een aantal diepvriesdozen met eten uit. 'Penny heeft wat ovenschotels gemaakt. Ik ga boodschappen doen, en ik kom even vragen wat jullie nodig hebben.'

De vlam van pure, praktische goedheid die in Dave Polworth brandde was voor Strike nooit duidelijker zichtbaar geweest dan nu, behalve misschien vroeger op die allereerste schooldag, toen hij als klein opdondertje Strike in bescherming had genomen.

'Je bent een goeie kerel,' zei Ted geroerd. 'Wil je Penny namens mij heel hartelijk bedanken?'

'Ja, jullie krijgen ook de groeten en alles,' zei Polworth nonchalant.

'Heb je zin om mee te lopen? Ik ga even een sigaretje roken,' zei Strike.

'Ja, goed.'

'Ga maar naar de schuur,' opperde Ted.

En dus liepen Strike en Polworth samen door de drassige tuin, met gebogen hoofd tegen de harde wind en regen, naar Teds schuur. Binnen stak Strike opgelucht een sigaret op.

'Ben je op dieet?' vroeg Polworth terwijl hij Strike van top tot teen bekeek.

'Griep en voedselvergiftiging gehad.'

'O ja, Lucy zei al dat je ziek was.' Polworth draaide zijn hoofd met een ruk naar Joans raam. 'Hoe is het met haar?'

'Niet best,' zei Strike.

'Hoe lang blijf je hier?'

'Ligt aan het weer. Luister, even serieus, ik vind het echt fijn dat je zoveel doet voor...'

'Schei toch uit, watje.'

'Mag ik nog één ding van je vragen?'

'Ga je gang.'

'Probeer Ted zover te krijgen dat hij rond het middaguur een biertje met je gaat drinken. Hij moet even het huis uit. Als hij weet dat ik bij haar blijf, gaat hij wel mee, maar anders is hij de deur niet uit te slaan.'

'Komt voor elkaar,' zei Polworth.

'Je bent een...'

'... schat van een kerel, ik weet het. Hé, dus Arsenal is door de knock-outs heen gekomen?'

'Ja,' zei Strike. 'Maar straks moeten we tegen Bayern München.'

Hij had de plaatsing van zijn team vlak voor de kerst gemist omdat hij Goochem volgde in West End. De Champions League, die voor plezier en afleiding had moeten zorgen, kreeg hem deze keer niet in haar greep zoals anders.

'Runt Robin de boel in Londen terwijl jij hier bent?'

'Ja.'

Ze had hem eerder die dag in een appje gevraagd of ze even konden overleggen over de zaak-Bamborough. Hij had geantwoord dat hij haar zou bellen zodra hij tijd had. Zelf had hij ook nieuws over de zaak, maar Margot Bamborough werd al bijna veertig jaar vermist, en net als Kerenza van de thuiszorg legde Strike zijn prioriteit nu bij de levenden.

Toen hij zijn sigaret had opgerookt liepen ze samen terug naar het huis, waar Ted en Kerenza in de keuken in gesprek waren.

'Ze praat vandaag liever met jou dan met mij,' zei Kerenza met een glimlach tegen Strike terwijl ze haar regenjas aantrok. 'Ik ben er morgenvroeg weer, Ted.'

Toen ze naar de achterdeur liep, zei Polworth: 'Ted, wij gaan samen een pint drinken.'

'O nee, bedankt, jongen,' zei Ted. 'Ik blijf liever hier.'

Kerenza bleef staan met haar hand op de klink. 'Dat is een heel goed idee. Ga een frisse neus halen, Ted, of een natte neus, kan ik vandaag beter zeggen,' voegde ze eraan toe terwijl de regen op het dak kletterde. 'Dag, allemaal.'

En weg was ze. Ted had wat meer overreding nodig, maar uiteindelijk stemde hij ermee in om met Polworth een broodje te gaan eten bij de Victory. Zodra ze weg waren pakte Strike de regionale krant van tafel en liep ermee terug naar de huiskamer.

Joan en hij bespraken de overstromingen, maar de foto's van de hoge golven die Mevagissey teisterden deden haar veel minder dan een paar maanden geleden het geval geweest zou zijn. Strike kon merken dat Joans gedachten nu bij persoonlijke kwesties waren, niet bij algemene.

'Wat staat er in mijn horoscoop?' vroeg ze toen hij de bladzijde omsloeg.

'Ik wist niet dat jij in die dingen geloofde, Joan.'

'Ik weet zelf niet of ik erin geloof. Maar ik kijk er wel altijd naar.'

'Jouw sterrenbeeld is...' Hij probeerde zich te herinneren wanneer ze jarig was. Hij wist alleen dat het in de zomer was.

'Kreeft,' hielp ze hem.

'"Dit is een goed moment om vaste gewoonten te veranderen,"' las hij voor, en hij liet zijn ogen vluchtig over haar horoscoop gaan zodat hij eventueel deprimerende berichten kon censureren. '"Dus wijs nieuwe ideeën niet van de hand. Jupiter loopt retrograde, dat bevordert spirituele groei."'

'Pff,' zei Joan, en na een korte pauze zei ze ineens: 'Ik denk niet dat ik mijn verjaardag nog haal, Corm.'

De woorden kwamen aan als een vuistslag. 'Dat moet je niet zeggen.'

'Als ik het tegen jou niet kan zeggen, tegen wie dan wel?'

Haar ogen, die altijd vergeet-mij-nietjesblauw waren geweest, waren nu flets. Ze had nooit eerder zo tegen hem gesproken, als gelijke. Ze had er altijd naar gestreefd enigszins boven hem te staan, zodat vanuit haar perspectief de soldaat van bijna één meter negentig nog altijd haar kleine neefje zou kunnen zijn.

'Tegen Ted of Lucy kan ik het niet zeggen, of wel soms?' zei ze. 'Je weet hoe ze zijn.'

'Ja,' bracht hij moeizaam uit.

'Jij zorgt... naderhand toch wel voor Ted, hè? Ga bij hem langs. Hij houdt zoveel van je.'

Fuck.

Ze had zo lang van iedereen om haar heen een soort schone schijn geëist, alles moest door een roze bril bekeken worden, en nu ze eindelijk met simpele eerlijkheid en de onopgesmukte waarheid kwam, zou hij niets liever willen dan simpelweg knikken bij het nieuws van een of ander schandaaltje uit de buurt. Waarom was hij niet vaker bij hen langsgegaan?

'Ja, natuurlijk,' antwoordde hij.

'Ik wil de uitvaart in de kerk van St Mawes,' zei ze zacht, 'waar ik gedoopt ben. Maar ik wil niet begraven worden, want dat zou dan helemaal in Truro moeten, daar is de begraafplaats. Ted zou de hele tijd naar mijn graf gaan om me bloemen te brengen en zo, ik ken hem. We hebben altijd gezegd dat we straks bij elkaar willen blijven, maar we hebben nooit een plan gemaakt. En nu wil hij er niet over praten. Ik heb erover nagedacht, Corm, en ik wil gecremeerd worden. Jij zorgt er wel voor dat dat gebeurt, hè? Want Ted begint telkens te huilen als ik erover begin en Lucy luistert gewoon niet.'

Strike knikte, en hij moest zijn best doen om niet te glimlachen.

'Ik wil de familie niet bij de crematie hebben. Ik haat crematies, met dat gordijn en die lopende band. Nemen jullie maar afscheid van me in de kerk, en dan ga je met Ted naar de pub en laat de begrafenisonderneming dat gedoe in het crematorium maar afhandelen, goed? Dan kunnen jullie later mijn as ophalen en met Teds boot het water op gaan om me uit te strooien op zee. En als het zijn beurt is, doe jij hetzelfde voor Ted en dan zijn we weer samen. Ik wil niet dat Lucy en jij je zorgen hoeven maken om onze graven, helemaal vanuit Londen. Afgesproken?'

Het plan had zoveel van de Joan die hij kende in zich: het was praktisch en voorkomend en er was over nagedacht, maar die laatste toets van haar as die wegdreef op de golven had hij niet zien aankomen; geen grafsteen, geen gegraveerde datum maar een eenwording met het element dat haar leven en dat van Ted had gedomineerd. Zij waren in hun stadje aan zee altijd onderworpen geweest aan de oceaan, op die vreemde onderbreking na toen Ted, om zich af te zetten tegen zijn vader, voor meerdere jaren was verdwenen naar de militaire politie.

'Oké,' antwoordde Strike moeizaam.

Ze liet zich achterover zakken in haar stoel, opgelucht dat ze had kunnen zeggen wat ze op haar hart had, en ze glimlachte naar hem. 'Het is zo fijn dat je er bent.'

De afgelopen dagen was hij gewend geraakt aan haar korte overpeinzingen en onverwachte redeneringen, dus was het niet eens zo'n verrassing toen hij haar even later hoorde zeggen: 'Ik zou willen dat ik jouw Robin had ontmoet.'

Strike, die in gedachten nog Joans as nakeek bij zonsondergang, riep zichzelf tot de orde. 'Ik denk dat je haar leuk zou vinden,' zei hij. 'En ik weet zeker dat ze jou graag zou mogen.'

'Lucy zegt dat ze knap is.'

'Ja, dat is ze.'

'Die arme meid,' mompelde Joan. Hij vroeg zich af waarom. Natuurlijk was de aanval met een mes, nadat Robin had getuigd tegen de Shacklewell Ripper, beschreven in de pers.

'Toevallig dat jij nu over horoscopen begint,' zei Strike, om haar af te leiden van Robin en uitvaarten en de dood. 'We zijn nu bezig met een oude verdwijningszaak. Degene die het onderzoek leidde...'

Hij had nooit eerder de bijzonderheden van een zaak besproken met Joan, en nu hij zag hoe aandachtig ze luisterde vroeg hij zich af waarom niet.

'Maar die dokter herinner ik me nog!' riep ze, levendiger dan hij haar in dagen had gezien. 'Margot Bamborough, ja! Ze had thuis een baby...'

'Die baby is nu onze cliënt. Anna heet ze. Ze heeft samen met haar partner een vakantiehuis in Falmouth.'

'Dat arme gezin. Stel je toch voor dat je er nooit achter komt... Dus die agent dacht dat het antwoord in de sterren geschreven stond?'

'Yep. Hij was ervan overtuigd dat de moordenaar een Steenbok was.'

'Ted is Steenbok.'

'Goh, bedankt voor de tip,' zei Strike ernstig, en ze moest even lachen. 'Wil je nog thee?'

Terwijl het water aan de kook kwam bekeek Strike zijn binnengekomen berichten. Barclay had een update gestuurd over de vriendin van Nieuwe Ronde, maar het meest recente bericht was van een onbekende afzender, en dat opende hij als eerste.

Hoi Cormoran, hier je halfzus, Prudence Donleavy. Ik heb je nummer van Al gekregen. Ik hoop dat je dit niet verkeerd opvat. Laat me allereerst zeggen dat ik heel goed begrijp dat je je niet bij ons wilt aansluiten voor het feest rond het jubileum en het nieuwe album van de Deadbeats. Zoals je misschien weet, en misschien ook niet, heb ik zelf ook lange tijd in veel opzichten een moeizame relatie gehad met pa, maar uiteindelijk heb ik ervaren dat het herstellen van de band met hem – en jawel, hem vergeven – een ervaring is die me heeft verrijkt. We hopen allemaal vurig dat je nog eens zult nadenken over

‘Wat is er?’ vroeg Joan. Ze was achter hem aan gekomen naar de keuken, schuifelend, een beetje krom.

‘Wat doe je? Moet ik iets voor je pakken?’

‘Ik wilde je laten zien waar ik de chocoladekoekjes verstopt heb. Als Ted weet waar ze liggen, schrokt hij ze in één keer naar binnen, en de dokter maakt zich zorgen over zijn bloeddruk. Wat las je net? Ik ken die blik. Je bent boos.’

Hij wist niet of haar nieuwe waardering voor eerlijkheid wel helemaal reikte tot aan zijn vader, maar op de een of andere manier, met de wind en de regen die om hen heen striemden, was de sfeer van de biechtstoel over het huis neergedaald. Hij vertelde haar over het tekstbericht.

‘O,’ zei Joan. Ze wees naar een tupperwaredoos op een van de bovenste planken. ‘De koekjes zitten daarin.’

Ze liepen terug naar de huiskamer met de koekjes, die ze per se op een schaal had willen leggen. Sommige dingen veranderden nooit.

‘Je hebt Prudence nooit ontmoet, hè?’ zei Joan toen ze zich weer in haar stoel had geïnstalleerd.

'Ik ken Prudence niet, de oudste, Maimie, niet en de jongste, Ed, evenmin,' zei Strike, waarbij hij probeerde zijn toon nuchter te houden.

Joan zweeg een minuut of wat en zuchtte toen diep, waardoor haar smalle borstkas eerst zwol en daarna weer inzakte. 'Ik vind dat je naar dat feest van je vader moet gaan, Corm.'

'Want...?' vroeg Strike. Die ene lettergreep klonk hem puberaal en intolerant in de oren. Tot zijn lichte verbazing glimlachte ze naar hem.

'Ik weet wat er gebeurd is. Hij heeft zich belabberd gedragen, maar hij blijft wel je vader.'

'Nee. Téd is mijn vader.'

Dat had hij nog nooit hardop gezegd. Joans ogen vulden zich met tranen.

'Hij zou het prachtig vinden om jou dat te horen zeggen,' zei ze zacht. 'Gek toch... jaren geleden, jaren en jaren, toen ik nog heel jong was, ben ik eens naar zo'n echte waarzegster geweest, bij de zigeuners die hier hun kamp hadden opgeslagen. Ik dacht dat ze me allemaal fijne dingen zou vertellen. Dat verwacht je toch van zo iemand? Je hebt ervoor betaald. Weet je wat ze zei?'

Strike schudde zijn hoofd.

'"Jij zult nooit kinderen krijgen." Zomaar uit het niets. Recht voor z'n raap.'

'Nou, dat heeft ze dan verkeerd gezien, hè?' zei Strike.

Joan kreeg weer tranen in haar fletse ogen. Waarom heb ik nooit eerder zulke dingen gezegd, vroeg Strike zich af. Het zou zo makkelijk geweest zijn om haar een plezier te doen, maar in plaats daarvan had hij zich vastgehouden aan zijn verdeelde loyaliteit, kwaad dat hij moest kiezen, een etiket moest plakken, en daarmee verraad zou moeten plegen. Hij pakte haar hand, waarmee ze verrassend hard in de zijne kneep.

'Ga toch naar dat feest, Corm. Ik denk dat je vader de kern is van... een heleboel dingen. Ik zou willen,' voegde ze er na een korte pauze aan toe, 'dat je iemand had die voor je zorgt.'

'Zo werkt dat tegenwoordig niet meer, Joan. Mannen worden

geacht voor zichzelf te kunnen zorgen – in meer dan één opzicht,' maakte hij de zin met een glimlach af.

'Doen alsof je niks nodig hebt... dat is gewoon dom,' zei ze zacht. 'Wat staat er eigenlijk in jóúw horoscoop?'

Hij pakte de krant en schraapte zijn keel. '"Boogschutter: met jouw heersende retrograde zul je wellicht merken dat je niet je vrije, onbezorgde zelf bent..."'

32

Where euer yet I be, my secrete aide
Shall follow you.

Edmund Spenser
The Faerie Queene

Het was drie uur 's middags en Robin zat in haar Land Rover vlak bij het onbeduidende huis in Stoke Newington dat Strike tegen Kerstmis in de gaten had gehouden. Ze had nog niets interessants gezien sinds ze die morgen om negen uur de straat in was gereden. Terwijl de regen over de voorruit droop zou ze bijna willen dat ze rookte, om maar iets te doen te hebben.

Ze had de blonde eigenares en bewoonster van het huis online gevonden: ze heette Elinor Dean, was gescheiden en woonde alleen. Elinor was zeker thuis, want Robin had haar twee uur geleden langs een van de ramen zien lopen, maar het onstuimige weer leek haar binnen te houden. Er was de hele dag niemand aan de deur geweest, laat staan Goochems baas. Misschien waren ze toch familie en was zijn bezoekje tegen de kerst gewoon een van die dingen geweest die je nu eenmaal doet tijdens de feestdagen: sociale schulden aflossen, cadeaus brengen, je gezicht laten zien. Het klopje op zijn hoofd was mogelijk een geintje geweest, een familieonderonsje. Het leek zeker niet te duiden op iets seksueels, crimineels of afwijkends, en daar waren ze naar op zoek.

Robins mobiel ging. 'Hoi.'

'Kan het even?' vroeg Strike. Hij liep de steile helling af van de straat waar het huis van Ted en Joan stond, leunend op de uitklapbare wandelstok die hij had meegenomen, in het besef dat de wegen nat en mogelijk glad zouden zijn. Ted was weer thuis, ze hadden net samen Joan naar boven geholpen voor een dutje en Strike, die wilde roken maar geen zin had om weer in de schuur te gaan staan, had besloten een eindje te gaan lopen in de nietaflatende regen.

'Ja. Hoe gaat het met Joan?'

'Hetzelfde,' zei Strike. Hij had geen zin om erover te praten. 'Je wilde het over Bamborough hebben.'

'Ja. Ik heb goed nieuws, geen nieuws en slecht nieuws.'

'Eerst het slechte.'

De zee was nog steeds turbulent, boven de kademuur spoot het opstuivende water de lucht in. Hij ging rechtsaf, het centrum in.

'Je krijgt geen toestemming van het ministerie van Justitie om met Creed te gaan praten. De brief is vanmorgen gekomen.'

'Ach,' zei Strike. De regen striemde in de blauwe walm van zijn sigarettenrook en liet er weinig van heel. 'Ik kan niet zeggen dat het me verbaast. Wat staat erin?'

'Ik heb de brief op kantoor laten liggen, maar het komt erop neer dat zijn psychiaters het erover eens zijn dat zijn houding in deze fase niet zal veranderen, en hij wil nergens aan meewerken.'

'Juist. Nou ja, het was ook hoog gegrepen.'

Maar Robin hoorde zijn teleurstelling en begreep die ook. Ze werkten nu vijf maanden aan deze zaak zonder nieuwe aanknopingspunten die die naam verdienden, en nu ging de mogelijkheid om Creed te verhoren in rook op. Op de een of andere manier had ze het gevoel dat Strike en zij zinloos in getijdenpoeltjes aan het zoeken waren terwijl een paar meter verderop een joekel van een haai ongrijpbaar het donkere water in glipte.

'En ik heb weer contact opgenomen met Amanda White, die nu Amanda Laws heet, degene die dacht dat ze Margot voor het raam van die drukkerij had gezien. Ze wilde geld zien, weet je nog? Ik heb aangeboden haar onkosten te vergoeden als ze naar kantoor wil komen – ze woont in Londen, veel zou het niet zijn – en ze denkt erover na.'

'Goh, wat grootmoedig,' bromde Strike. 'En wat is het goede nieuws?'

'Anna heeft haar stiefmoeder overgehaald met ons te praten. Cynthia.'

'Echt?'

'Ja, maar wel alleen. Roy weet nog steeds niets van ons. Cynthia spreekt achter zijn rug om met ons af.'

'Nou ja, Cynthia is al iets. Heel wat, eigenlijk,' voegde hij er na een korte overpeinzing aan toe.

Zijn voeten voerden hem automatisch naar de pub, zijn natte broekspijp koud op zijn enige enkel.

'Waar spreken we met haar af?'

'Het kan niet bij hen thuis, want Roy weet dus van niks. Zij stelde Hampton Court voor, omdat ze daar parttime als gids werkt.'

'Als gids, goh. Nu je het zegt: nog nieuws over Ansichtkaart?'

'Barclay is vandaag naar de Portrait Gallery,' zei Robin. 'Hij gaat proberen foto's van haar te maken.'

'En wat doen Morris en Hutchins?' vroeg Strike, terwijl hij behoedzaam de brede, gladde trap naar de pub op liep.

'Morris doet de vriendin van Nieuwe Ronde, die nog steeds niks verkeerds heeft gedaan – Nieuwe Ronde heeft deze keer echt pech – en Hutchins zit op Twinkletoes. Over Twinkletoes gesproken: je zou volgende week vrijdag het eindverslag moeten inleveren. Zal ik namens jou naar de klant toe gaan?'

'Dat zou heel fijn zijn.' Hij liep opgelucht de Victory in. De regen droop van hem af toen hij zijn jas uittrok. 'Ik weet niet of ik wel terug kan komen. Zoals je wel gezien zult hebben, rijden er geen treinen.'

'Maak je over het werk maar geen zorgen. We hebben hier alles onder controle. Maar ik heb je het verhaal over Bamborough... O, wacht even.'

'Moet je ophangen?'

'Nee, hoeft niet.' Robin had de voordeur van Elinor Dean open zien gaan. De mollige blonde vrouw kwam naar buiten in een jas met capuchon die haar gezichtsveld beperkte, wat goed uitkwam. Robin glipte de Land Rover uit, sloot het portier en ging achter haar aan, nog steeds in haar mobiel pratend.

'Onze blonde vriendin gaat de deur uit,' zei ze zacht.

'Zei je nou dat je nog meer goed nieuws had over Bamborough?' vroeg Strike. Hij was bij de bar aangekomen en bestelde door alleen maar te wijzen een halve liter bier voor zichzelf, die hij afrekende en meenam naar het tafeltje in de hoek waar hij die zomer met Polworth had gezeten.

'Ja, klopt,' zei Robin, en ze liep aan het einde van de straat de hoek om achter de blonde vrouw aan, die niets in de gaten had. 'Ik zou willen dat ik kon zeggen dat ik Douthwaite of Satchwell had gevonden, maar de laatste persoon die Margot in leven heeft gezien is ook al heel wat, toch?'

'Heb je Gloria Conti gevonden?' vroeg Strike op scherpe toon.

'Niet te enthousiast,' zei Robin, sjokkend in de regen. Elinor leek boodschappen te gaan doen. Robin zag in de verte een Tesco-supermarkt. 'Ik heb haar nog niet kunnen spreken, maar ik ben er vrijwel zeker van dat ze het is. Ik heb het gezin gevonden in de volkstelling van 1961: moeder, vader, een oudere zoon en een dochter, Gloria, doopnaam Mary. Zo te zien woont Gloria tegenwoordig in Frankrijk, in Nîmes om precies te zijn, en ze is getrouwd met een Fransman. Ze gebruikt de naam Gloria niet meer en noemt zich nu Mary Jaubert. Ze heeft een Facebook-pagina, maar die is afgeschermd. Ik heb haar opgespoord via een genealogiewebsite. Een van haar Engelse neven en nichten probeert een stamboom te maken. Geboortedatum en alles kloppen.'

'Bloody goed gedaan. Weet je, misschien is zij nog wel interessanter dan Satchwell of Douthwaite. De laatste die Margot in leven heeft gezien. Stond dicht bij haar. En ze is ook de enige levende ziel die Theo heeft gezien.'

Strikes enthousiasme hielp bij het onderdrukken van Robins vermoeden dat hij zichzelf had toegevoegd aan haar punten van aanpak omdat hij vond dat ze haar werk niet goed deed.

'Ik heb geprobeerd vrienden met haar te worden op Facebook, maar nog geen reactie. Als ze niet reageert: ik weet voor welk bedrijf haar man werkt, en ik denk erover om hem te mailen en te vragen of hij een boodschap aan haar wil doorgeven. Het leek me alleen tactischer om het eerst via de privéroute te proberen.'

'Dat denk ik ook.' Strike nam een slokje van zijn Doom Bar. Het was een verademing om in de warme, droge pub te zitten, en om met Robin te praten.

'En er is nog iets,' zei Robin. 'Ik denk dat ik weet welke bestelbus hard wegreed vanaf Clerkenwell Green op de avond van Margots verdwijning.'

'Hè? Hoe dan?' vroeg Strike stomverbaasd.

'Ik bedacht met Kerstmis ineens dat de bloem die mensen gezien dachten te hebben op de zijkant van de bus ook een zon zou kunnen zijn. Je weet wel, de planeet.'

'De zon is eigenlijk een st...'

'Rot op, ik weet dat het een ster is.'

De blonde vrouw met de capuchon ging de supermarkt in, zoals Robin al had vermoed. Ze ging ook naar binnen en genoot van de warme lucht in de winkel, al was de vloer glad en vies.

'Er was in 1974 een natuurvoedingswinkel die als logo een zon had. Ik heb er een advertentie van gevonden in het krantenarchief van de bibliotheek en toen via het nationale handelsregister de directeur opgespoord. Die heb ik gesproken, hij leeft nog. Ja, ik weet dat ik hem niet had kunnen spreken als hij niet meer had geleefd,' voegde ze er snel aan toe, om een volgende bijdehante opmerking voor te zijn.

'*Bloody hell*, Robin,' zei Strike terwijl achter hem de regen tegen het raam kletterde. Goed nieuws en Doom Bar deden zijn humeur beslist goed. 'Dat is uitstekend werk.'

'Dank je,' zei Robin. 'En moet je horen: hij heeft de bezorger ontslagen, ergens halverwege 1975, omdat die met de bestelbus een bekeuring had gekregen voor te hard rijden. Hij wist de naam nog, Dave Underwood, maar ik heb nog geen tijd gehad om...'

Elinor draaide zich abrupt om, halverwege het gangpad met conserven, en kwam haar kant op lopen. Robin deed alsof ze helemaal opging in het kiezen van een pak rijst. Ze liet haar doelwit passeren voordat ze haar zin afmaakte.

'... om naar hem op zoek te gaan.'

'Je stelt mijn werk in de schaduw,' gaf Strike toe, en hij wreef in zijn vermoeide ogen. Hoewel hij nu een eigen logeerkamer had en niet meer op de bank hoefde te slapen, was het oude matras maar een kleine vooruitgang in comfort, met de kapotte veren die in zijn rug priemden en het gekraak elke keer dat hij zich omdraaide. 'Mijn grootste prestatie is het opsporen van de dochter van Ruby Elliot.'

'Ruby-die-twee-ruziënde-vrouwen-zag-bij-de-telefooncellen?' vroeg Robin, haar blik gericht op de blonde vrouw, die op een boodschappenlijstje keek voordat ze in de volgende gang verdween.

'Ja, die. Haar dochter mailde me dat ze met alle plezier een keer wil komen praten, maar we hebben nog geen tijd afgesproken. En ik heb Janice gebeld. Vooral omdat ik er niet aan moest denken Irene weer te moeten spreken, en ik wil weten of zij zich de echte naam van die "Applethorpe" kan herinneren. Maar ze zit voor zes weken in Dubai, op bezoek bij haar zoon. Op haar antwoordapparaat zei ze letterlijk: "Hallo, ik zit voor zes weken in Dubai, op bezoek bij mijn zoon." Misschien moet ik even inspreken dat het niet handig is om willekeurige bellers te vertellen dat je huis leegstaat.'

'Dus toen heb je Irene gebeld?' vroeg Robin. Elinor keek nu bij de babyvoeding, zag ze.

'Nog niet, maar ik heb...'

Op dat moment vertelde een piepje op de lijn hem dat iemand anders hem probeerde te bereiken. 'Robin, ik krijg een telefoontje. Ik bel je zo terug.' Hij schakelde over. 'Cormoran Strike.'

'Ja, hallo,' zei Gregory Talbot. 'Met mij... Greg Talbot. U vroeg of ik u wilde bellen.'

Gregory klonk bezorgd. Strike kon het hem niet kwalijk nemen. Hij had gehoopt zich van een probleem te ontdoen door het oude filmblik aan Strike te overhandigen.

'Ja, meneer Talbot, fijn dat u terugbelt. Ik had nog een paar vragen, ik hoop dat u dat niet erg vindt.'

'Vraag maar.'

'Ik heb uw vaders aantekenboek doorgenomen en ik wilde weten of uw vader een zekere Niccolo Ricci kende of het wel eens over hem heeft gehad. Zijn bijnaam was Mucky.'

'Mucky Ricci?' zei Gregory. 'Nee, die kende hij niet echt. Maar ik weet nog wel dat pa het over hem had. Grote naam in het wereldje van de seksshops in Soho, als het dezelfde is die ik bedoel.'

Gregory klonk alsof praten over de gangster hem een lichte huivering van genot bezorgde. Dat had Strike vaker meegemaakt, en niet alleen bij gefascineerde burgers. Zelfs politie en justitie waren niet immuun voor de kick die ze kregen als ze zich binnen de kring begaven van criminelen met geld, en zoveel macht dat ze zich met hen konden meten. Strike had hooggeplaatste politiemensen bijna bewonderend horen praten over de georganiseerde misdaad die ze probeerden te voorkomen, en hij had advocaten gekend die het zo fantastisch vonden een borrel te drinken met grote, bekende cliënten dat hun belangstelling duidelijk verder reikte dan de hoop op een leuke anekdote om tijdens een etentje te vertellen. Hij vermoedde dat Mucky Ricci voor Gregory Talbot een naam was uit de jeugd waar hij dierbare herinneringen aan had, een romantische figuur die hoorde bij een verloren tijdperk, toen zijn vader nog een politieman met gezond verstand was, en een tevreden huisvader.

'Ja, die bedoel ik,' zei Strike. 'Het ziet ernaar uit dat Mucky Ricci rondhing bij de praktijk van Margot Bamborough, en uw vader lijkt daarvan op de hoogte geweest te zijn.'

'Echt?'

'Ja, en het komt me merkwaardig voor dat die informatie nooit het officiële dossier heeft gehaald.'

'Nou, mijn vader was ziek,' zei Gregory verdedigend. 'U hebt het aantekenboek gezien. De helft van de tijd wist hij niet waar hij mee bezig was.'

'Daar heb ik begrip voor. Maar toen hij weer beter was, hoe stond hij toen tegenover het bewijsmateriaal dat hij in zijn tijd had verzameld?'

'Hoe bedoelt u?' Gregory klonk nu wantrouwend, alsof hij bang was dat Strike hem in een richting duwde waar hij niet heen wilde.

'Beschouwde hij het allemaal als waardeloze informatie, of...?'

'Hij had verdachten geschrapt op grond van hun sterrenbeeld,' zei Gregory zacht. 'Hij dacht een demon te zien in de logeerkamer. Hoe denkt ú dat hij ertegenover stond? Hij... hij schaamde zich. Hij kon er niets aan doen, maar hij is er nooit overheen gekomen. Hij wilde weer gaan werken en alles rechtzetten, maar hij mocht niet terugkomen, ze dwongen hem om te stoppen. De zaak-Bamborough had voor hem alles aangetast, alle herinneringen aan zijn politietijd. Al zijn vrienden zaten bij het korps, en hij wilde hen niet meer zien.'

'Hij voelde rancune vanwege de manier waarop hij was behandeld, nietwaar?'

'Zo zou ik het niet... Ik bedoel, het was wel terecht, zou ik zeggen, dat hij vond dat ze hem onheus behandelden.'

'Heeft hij naderhand nog wel eens zijn aantekeningen doorgenomen, om zich ervan te verzekeren dat hij alles ook in het officiële dossier had overgenomen?'

'Dat weet ik niet,' zei Gregory, nu een beetje korzelig. 'Ik denk dat hij een houding had van "ze hebben me geloosd, ze zien me als een groot probleem, dus laat Lawson het verder maar uitzoeken".'

'Kon uw vader goed opschieten met Lawson?'

'Zeg, waar gaat dit allemaal over?' Voordat Strike antwoord kon geven, zei Gregory: 'Lawson had mijn vader duidelijk gemaakt dat zijn tijd voorbij was. Hij wilde hem daar niet meer zien, pa moest bij het onderzoek uit de buurt blijven. Lawson deed er alles aan om mijn vader volledig in diskrediet te brengen, en dan bedoel ik niet alleen vanwege zijn aandoening. Ik bedoel als man, en als de agent die hij was geweest voordat hij ziek werd. Die Lawson zei tegen iedereen die bij het onderzoek betrokken was dat ze bij mijn vader uit de buurt moesten blijven, zelfs buiten werktijd. Dus als er informatie is die niet overgedragen is, dan ligt dat net zo goed aan Lawson als aan mijn vader. Voor hetzelfde geld heeft hij het wel geprobeerd en werd hij weggehoond.'

'Ik kan het zeker begrijpen vanuit uw vaders standpunt. Een erg lastige situatie.'

'Ja, precies,' zei Gregory, enigszins gesust, zoals Strikes bedoeling was geweest.

'Nog even over Mucky Ricci. Dus voor zover u weet heeft uw vader nooit met hem te maken gehad?'

'Nee, maar pa's beste vriend bij het korps wel, Browning heette hij. Hij was van Zedenzaken. Heeft ooit een inval gedaan in een van Mucky's clubs, dat herinner ik me nog. Ik weet nog dat mijn vader erover vertelde.'

'Waar is die Browning nu? Kan ik hem spreken?'

'Hij is dood. Wat wilde u precies...?'

'Ik zou graag willen weten waar de film vandaan komt die u me hebt gegeven, meneer Talbot.'

'Ik zou het niet weten. Pa kwam er op een dag gewoon mee thuis, zegt mijn moeder.'

'Enig idee wanneer dat was?' vroeg Strike, en hij hoopte dat hij geen beleefde manier zou hoeven bedenken om te vragen of Talbot toen nog een beetje bij zijn verstand was.

'Dat moet geweest zijn in de tijd dat hij aan de zaak-Bamborough werkte. Waarom?'

Strike zette zich schrap. 'Ik ben bang dat we die film hebben moeten overdragen aan de politie.'

Hutchins had aangeboden die taak op zich te nemen, op de ochtend dat Strike naar Cornwall was vertrokken. Als oud-politieman met goede contacten binnen het korps wist hij waar hij moest zijn en hoe hij ervoor kon zorgen dat de film bij de juiste mensen terechtkwam. Strike had Hutchins gevraagd niets tegen Robin te zeggen over de film en haar niet te vertellen wat hij ermee had gedaan. Ze was niet op de hoogte van de inhoud.

'Wat?' zei Gregory vol afschuw. 'Waarom?'

'Het is geen porno.' Strike mompelde nu, uit eerbied voor het oude echtpaar dat net de Victory was binnengekomen en op nog geen halve meter van zijn tafel stond, gedesoriënteerd door de storm buiten, druipend en met hun ogen knipperend. 'Het is een snuffmovie.

Iemand heeft gefilmd hoe een vrouw door een groep mannen wordt verkracht en doodgestoken.'

Het bleef weer stil aan de andere kant van de lijn. Het oude echtpaar schuifelde naar de bar en de vrouw deed haar plastic regenkapje af.

'Echt dóód?' vroeg Gregory, en zijn stem werd een octaaf hoger. 'Ik bedoel... is het echt? Is dat zeker?'

'Ja,' zei Strike. Hij was niet van plan details te geven. Hij had mensen zien sterven en had lijken gezien, wat anders bleek te zijn dan de bloederigheid die je in horrorfilms zag, maar toch zou hij, zelfs zonder geluid bij de film, niet gauw de beelden vergeten van de naakte vrouw die met de kap over het hoofd lag te stuiptrekken op de vloer van het pakhuis terwijl haar moordenaars toekeken hoe ze stierf.

'En ik neem aan dat u erbij hebt gezegd waar u het vandaan hebt?' vroeg Gregory, eerder paniekerig dan kwaad.

'Dat moest helaas wel. Het spijt me, maar het zou kunnen dat enkele van de mannen die hierbij betrokken zijn nog leven, en dat ze hier nog voor gestraft kunnen worden. Ik kan zoiets niet onder de pet houden.'

'Ik heb niks verborgen. Ik wist niet eens wat het was.'

'Ik zou ook niet willen suggereren dat u ervan wist of dat u iets probeerde te verbergen.'

'Als ze denken... We hebben pléégkinderen, Strike...'

'Ik heb tegen de politie gezegd dat u de film uit eigen beweging aan mij hebt gegeven, zonder te weten wat erop stond. Ik ben bereid voor de rechter te getuigen dat ik geloof dat u geen flauw idee had wat er bij u op zolder lag. Uw familie heeft meer dan veertig jaar de gelegenheid gehad de film te vernietigen, en dat hebben jullie niet gedaan. Niemand zal u dit kwalijk nemen,' zei Strike, al wist hij donders goed dat de roddelkranten er anders over zouden denken.

'Ik was al bang dat er zoiets zou gebeuren,' zei Gregory, die nu stijf leek te staan van de stress. 'Ik maak me al zorgen sinds u bij mij op de koffie bent geweest. Om dat allemaal weer op te rakelen...'

'U zei zelf dat uw vader zou willen dat deze zaak wordt opgelost.'

Het was even stil, en toen zei Gregory: 'Dat is waar. Maar niet ten koste van mijn moeders gemoedsrust, of het risico dat mijn vrouw en ik onze pleegkinderen kwijtraken.'

Er schoten Strike een paar reacties te binnen, sommige onaardig. Het was lang niet de eerste keer dat hij te maken kreeg met de neiging van anderen om te geloven dat de doden gewild zouden hebben wat de levenden het beste uitkwam.

'Ik had de verantwoordelijkheid die film over te dragen aan de politie toen ik eenmaal had gezien wat erop stond. Zoals ik al zei: ik zal iedereen die ernaar vraagt duidelijk maken dat u niets probeerde te verbergen, dat u hem vrijwillig aan me hebt overgedragen.'

Verder viel er weinig te zeggen. Gregory, duidelijk nog steeds niet tevreden, verbrak de verbinding en Strike belde Robin terug.

Ze was nog bij Tesco, waar ze een doosje noten met rozijnen, kauwgum en shampoo voor zichzelf kocht terwijl de vrouw die ze aan het schaduwen was twee kassa's verderop babypoeder, babyvoeding en fopspeentjes afrekende, samen met andere boodschappen.

'Hoi,' zei Robin in haar mobiel, en ze wendde haar hoofd af naar het raam bij de ingang van de supermarkt toen de blonde vrouw langs haar liep.

'Hoi,' zei Strike. 'Dat was Gregory Talbot.'

'Wat had hij...? O ja,' zei ze plotseling vol belangstelling, terwijl ze achter de blondine aan de winkel uit liep, 'wat stond er op die film? Dat was ik helemaal vergeten te vragen. Heb je de projector aan de praat gekregen?'

'Ja. Ik zal je over de film vertellen als we elkaar zien. Maar luister, ik wilde je nog iets zeggen. Laat Mucky Ricci aan mij over, oké? Shanker heeft zijn voelsprieten voor me uitgestoken en ik wil niet dat je hem gaat zoeken of naar hem informeert.'

'Ik kan toch wel...?'

'Heb je me niet gehoord?'

'Ja, rustig maar!' zei Robin verbaasd. 'Die Ricci moet toch inmiddels minstens negentig...?'

'Hij heeft zonen. Zonen voor wie zelfs Shanker bang is.'

'O!' De implicatie van die mededeling was Robin volkomen duidelijk.

'Precies. Dus dat is afgesproken?'

'Afgesproken,' verzekerde ze hem.

Nadat Strike had opgehangen, liep Robin achter Elinor aan de winkel uit, de regen in, terug naar haar rijtjeshuis. Toen de voordeur achter Elinor dichtging stapte Robin weer in haar Land Rover, waar ze haar noten en rozijnen opat terwijl ze het huis in de gaten hield.

Bij de Tesco had ze bedacht dat Elinor misschien kinderoppas was, gezien de aard van haar inkopen, maar de middag ging over in de vroege avond zonder dat er ouders langskwamen om hun kleintjes te brengen en zonder dat er babygehuil te horen was in de stille straat.

33

For he the tyrant, which her hath in ward
By strong enchauntments and blacke Magicke leare,
Hath in a dungeon deepe her close embard...
There he tormenteth her most terribly,
And day and night afflicts with mortall paine...

Edmund Spenser
The Faerie Queene

Nu ze ook de blonde vrouw in Stoke Newington schaduwden, moest de zaak-Goochem worden uitgebreid van twee naar drie mensen. Posten voor het huis van Elinor Dean werd toegevoegd aan het volgen van Goochems baas en Goochem zelf, die op dezelfde voet doorging en genoot van het dikke salaris waarvan iedereen vond dat hij het niet verdiende, maar hij liet niets los over mogelijke chantage van zijn baas. Intussen betaalde Nieuwe Ronde nog steeds om zijn vriendin in de gaten te laten houden, eerder uit wanhoop dan dat hij meende iets te ontdekken, zo leek het, en Ansichtkaart was verdacht stil geworden. Hun enige verdachte, de gids met de uilenbril bij de National Portrait Gallery, was van haar werkplek verdwenen.

'Ik hoop in godsnaam dat ze gewoon griep heeft en geen zelfmoord heeft gepleegd,' zei Robin die vrijdagmiddag tegen Barclay toen ze elkaar zagen op kantoor. Strike zat nog vast in Cornwall en ze had net de Twinkletoes-klant uitgelaten. Die had zijn aanzienlijke rekening tandenknarsend betaald; het enige wat hij te weten was gekomen was dat de West End-danser op wie zijn naïeve dochter smoorverliefd was een rechtschapen, monogame en kennelijk heteroseksuele jongeman was.

Barclay, die zijn bonnetjes van die week kwam inleveren bij Pat voordat hij op pad ging om het schaduwen van Goochem voor die nacht over te nemen, reageerde verbaasd. 'Waarom zou dat mens zich in godsnaam van kant maken?'

'Ik weet niet. Op dat laatste kaartje klonk ze een beetje paniekerig. Misschien dacht ze dat ik voor haar kwam, ik liep daar met de kaarten die zij had gestuurd.'

'Jij moet nodig een nachtje goed slapen.'

Robin liep naar de waterkoker.

'Ik hoef niet,' zei Barclay. 'Moet over een half uur Andy overnemen. We zijn weer bezig in Pimlico, die meid van Nieuwe Ronde volgen die nooit iets verkeerd doet. Wat een sukkel is het ook.'

Pat telde briefjes van tien pond uit voor Barclay, de freelancer die ze nog net tolereerde maar niet bepaald hartelijk bejegende. Pats favoriet, op Robin na, was nog steeds Morris. Robin had hem na nieuwjaar pas drie keer gezien: twee keer met het wisselen van de wacht en één keer toen hij naar kantoor kwam om zijn weekverslag in te leveren. Hij durfde haar nauwelijks aan te kijken en praatte alleen over werk, een verandering waarvan ze hoopte dat die blijvend zou zijn.

'Wie is de eerste klant op de wachtlijst, Pat?' vroeg ze terwijl ze oploskoffie zette.

'We hebben niet genoeg mankracht voor een extra zaak,' zei Barclay met zijn zware accent terwijl hij het geld in zijn zak stak. 'Niet nu Strike niet werkt.'

'Hij komt zondag terug, als de treinen tenminste rijden,' zei Robin, en ze zette Pats koffie bij haar neer. Strike en zij hadden afgesproken om Cynthia Phipps die maandag te treffen bij Hampton Court Palace.

'Ik móét eind van de maand een weekend naar Schotland,' zei Barclay tegen Pat, die tijdens Strikes afwezigheid de roosters maakte. Toen ze het bestand opende op haar computer, voegde Barclay eraan toe: 'Ik kan er maar beter van profiteren zolang ik nog geen paspoort nodig heb.'

'Hoe bedoel je?' vroeg Robin, die doodop met haar koffie op de bank tegenover Pat was neergeploft. Eigenlijk was ze vrij, maar ze had geen fut om naar huis te gaan.

'De onafhankelijkheid van Schotland, Robin,' zei Barclay, en hij keek haar vanonder zijn zware wenkbrauwen aan. 'Ik weet dat jullie het hier in Engeland amper in de gaten hebben, maar de Unie staat op het punt uit elkaar te vallen.'

'Dat zal toch niet echt gebeuren?'

'Elke idioot die ik ken gaat in september "ja" stemmen. Een van mijn oude schoolmaten noemde me laatst een overloper. Dat zal die eikel de volgende keer wel uit z'n hoofd laten,' gromde Barclay.

Toen Barclay was vertrokken vroeg Pat aan Robin: 'Hoe gaat het met zijn tante?'

Robin wist dat Pat doelde op Strike; als het enigszins kon vermeed ze het gebruik van zijn naam.

'Heel ziek. Te zwak voor een nieuwe chemokuur.'

Pat stak de elektronische sigaret tussen haar tanden en ging door met typen. Na een poosje zei ze: 'Hij was helemaal alleen met de kerst, hierboven.'

'Ik weet het. Hij heeft me verteld dat je zo goed voor hem hebt gezorgd. Je had soep voor hem gehaald. Hij was je echt dankbaar.'

Pat snoof. Robin dronk haar koffie op en hoopte dat ze er net genoeg energie van zou krijgen om van de bank te komen en de metro te nemen. Toen zei Pat: 'Ik had gedacht dat híj toch wel ergens anders terecht zou kunnen dan op dat zoldertje.'

'Hij had het flink te pakken,' zei Robin, 'en hij was bang anderen aan te steken met zijn griep.'

Maar terwijl ze haar beker omspoelde, haar jas aantrok, afscheid nam van Pat en naar beneden liep, betrapte ze zich erop dat ze over die opmerking bleef peinzen. Ze had zich vaak afgevraagd waar Pats in Robins ogen onverklaarbare vijandigheid ten opzichte van Strike vandaan kwam. Uit Pats toon was duidelijk geworden dat ze Strike op de een of andere manier immuun achtte voor eenzaamheid of kwetsbaarheid, en Robin vroeg zich af waarom, want hij had er nooit een geheim van gemaakt waar hij woonde en dat hij daar in zijn eentje sliep.

Haar mobiel ging. Ze zag een onbekend nummer en dacht aan de laatste keer dat ze het telefoontje van een anonieme beller had opgenomen: toen was het Tom Turvey geweest. Het was daarom met lichte aarzeling dat ze voor het metrostation van Tottenham Court Road bleef staan om op te nemen.

'Spreek ik met Robin Ellacott?' klonk een stem met een Manchester accent.

'Ja.'

'Ja, hallo,' zei de vrouw een beetje nerveus. 'U wilde Dave Underwood spreken. Ik ben zijn dochter.'

'O! Ja. Wat fijn dat u me terugbelt.'

Dave Underwood was bezorger geweest hij de natuurvoedingswinkel in de tijd van Margot Bamboroughs vermissing. Robin, die zijn adres online had gevonden en hem drie dagen geleden een brief had gestuurd, had deze snelle reactie niet verwacht. Ze was het gewend geraakt dat iedereen haar berichten over Margot Bamborough negeerde.

'Het was nogal een schok, die brief van u,' zei de vrouw aan de telefoon. 'Het zit namelijk zo: mijn vader kan u zelf niet spreken. Hij heeft drie weken geleden een tracheotomie ondergaan.'

'O, wat vervelend,' zei Robin, en ze drukte met één vinger haar andere oor dicht om het geraas van het verkeer buiten te sluiten.

'Ja. Maar hij is nu hier bij me en hij wil dat ik u vertel... Zeg, hij krijgt hier toch geen problemen mee, hè?'

'Nee, natuurlijk niet. Zoals ik al zei in mijn brief, willen we alleen uitsluiten dat die bestelbus iets met de verdwijning te maken had.'

'Goed dan,' zei Daves dochter. 'Nou, hij was het inderdaad. Ongelooflijk dat u dat hebt uitgevogeld, want ze wisten allemaal zeker dat het een bloem was op de zijkant van dat busje. Ja toch? Hij was daar toen blij om, omdat hij bang was dat hij er anders problemen mee zou krijgen, maar hij heeft zich jarenlang schuldig gevoeld. Hij was verkeerd gereden met een bestelling en scheurde over Clerkenwell Green om de verloren tijd in te halen. Hij wilde niet toegeven dat hij het was geweest omdat hij die morgen van de baas op z'n kop had gekregen nadat hij een paar bestellingen te laat had afgeleverd. Hij zag in de krant dat ze dachten dat hij misschien Dennis Creed was en toen... Nou ja, u snapt het wel. Niemand wordt graag bij zoiets betrokken, hè? En hoe langer hij het had verzwegen, hoe erger het hem leek dat hij zich niet meteen had gemeld.'

'Juist, ja. Ja, dat kan ik wel begrijpen. Nou, hier hebben we heel veel aan. En nadat hij zijn bestelling had afgeleverd, is hij toen...?'

'Ja, hij is teruggegaan naar de winkel en kreeg daar alsnog op zijn kop, want bij het openmaken van de bus zagen ze dat hij de verkeerde bestelling had afgeleverd. Hij moest meteen weer terug.'

Dus Margot Bamborough had zeker niet achter in de bestelbus van de natuurvoedingswinkel gelegen.

'Heel hartelijk bedankt voor het bellen,' zei Robin, 'en bedankt u uw vader alstublieft voor zijn eerlijkheid. We zijn er erg mee geholpen.'

'Graag gedaan,' zei de vrouw, en voordat Robin kon ophangen vroeg ze snel: 'Ben jij dat meisje dat is gestoken door de Shacklewell Ripper?'

Robin overwoog even om het te ontkennen, maar ze had de brief aan Dave Underwood ondertekend met haar echte naam. 'Ja,' zei ze, maar het klonk een stuk minder hartelijk dan haar bedankje voor de informatie over de bestelbus. Ze werd niet graag 'het meisje dat is gestoken door de Shacklewell Ripper' genoemd.

'Wauw. Ik zei al tegen mijn vader dat jij dat moest zijn. Nou, Creed kan je tenminste niet te pakken nemen, hè?'

Ze zei het bijna vrolijk. Robin mompelde instemmend, bedankte haar nogmaals voor haar medewerking, hing op en liep de trap van het metrostation af.

Creed kan je tenminste niet te pakken nemen, hè?

De opgewekte afscheidswoorden bleven door Robins hoofd spelen terwijl ze afdaalde naar de perrons. Dergelijke luchthartigheid was alleen denkbaar voor mensen die nooit blinde doodsangst hadden gevoeld, nooit te maken hadden gekregen met brute kracht en staal, die nooit gehijg als van een varken in hun oor hadden gehoord, nooit weggedraaide ogen hadden gezien door de gaten van een bivakmuts of hun eigen huid hadden voelen opensplijten terwijl ze nauwelijks pijn voelden, omdat de dood zo dichtbij was dat ze zijn adem konden ruiken.

Robin keek op de roltrap over haar schouder naar de achteloze forens achter haar die steeds met zijn aktetas tegen haar kuiten stootte. Soms vond ze terloops fysiek contact met mannen bijna ondraaglijk. Beneden aangekomen stapte ze snel van de roltrap om bij de forens vandaan te kunnen. *Creed kan je tenminste niet te pakken nemen, hè?* Alsof 'te pakken genomen worden' niet meer was dan een spelletje tikkertje.

Of kwam het doordat ze in de krant had gestaan? Had de vrouw aan de telefoon haar daarom niet meer helemaal als een mens van vlees en bloed beschouwd? Toen Robin in het metrostel tussen twee vrouwen in was gaan zitten, keerden haar gedachten terug naar Pat, naar de verbazing van de secretaresse over het feit dat Strike nergens terechtkon als hij ziek was, dat er niemand was die voor hem zorgde. Lag daar de basis van haar antipathie, in de aanname dat nieuwswaardigheid gelijkstond aan onkwetsbaarheid?

Toen Robin drie kwartier later haar flat binnenging met een tas boodschappen, zich verheugend op een rustig avondje, bleek er niemand thuis te zijn behalve Wolfgang, die haar uitbundig begroette en toen begon te janken om aan te geven dat hij een volle blaas had. Met een zucht deed Robin hem zijn riem om en nam hem mee naar beneden voor een snel blokje om. Daarna maakte ze, te moe om een fatsoenlijke maaltijd te bereiden, roerei met geroosterd brood en at dat op terwijl ze het nieuws keek op tv.

Terwijl ze het bad liet vollopen ging haar mobiel weer. De moed zonk haar in de schoenen toen ze zag dat het haar broer Jonathan was, die bezig was aan zijn laatste jaar aan de universiteit van Manchester. Ze dacht al te weten waarover hij belde.

'Hoi Jon.'

'Ha die Robs. Je hebt niet gereageerd op mijn berichtje.'

Dat wist ze maar al te goed. Hij had het die ochtend gestuurd, terwijl zij keek naar de vriendin van Nieuwe Ronde die een volkomen onschuldig kopje koffie dronk, in haar eentje met een boek van Stieg Larsson erbij. Jon wilde weten of hij in het weekend van 14 en 15 februari bij haar kon slapen, samen met een vriendin van hem.

'Sorry, ik weet het. Ik had een drukke dag vandaag. Ik twijfel eerlijk gezegd, Jon. Ik weet niet wat Max voor plannen...'

'Hij heeft er toch geen bezwaar tegen dat wij in jouw kamer crashen? Courtney is nog nooit in Londen geweest. Er is zaterdag een comedyvoorstelling die we willen zien. In het Bloomsbury Theatre.'

'Is Courtney je vriendin?' vroeg Robin, nu glimlachend. Jonathan was thuis altijd nogal onmededeelzaam geweest over zijn liefdesleven.

'"Is Courtney je vriendín?"' herhaalde hij op spottende toon, maar Robin kreeg de indruk dat hij stiekem heel blij was met die vraag, en ze nam aan dat het antwoord ja was.

'Ik zal het aan Max vragen, oké? Dan bel ik je morgen terug.'

Nadat ze Jonathan had afgewimpeld liet ze het bad verder vollopen en liep naar haar kamer om een pyjama, badjas en iets te lezen te halen. *De demon van Paradise Park* lag op haar keurig opgeruimde boekenplank. Na een korte aarzeling pakte ze het boek en nam het mee naar de badkamer, waar ze zich probeerde voor te stellen dat ze met haar broer en een onbekend meisje in één kamer zou moeten slapen. Was ze nou zo preuts, bekrompen en bejaard? Ze had haar studie niet afgemaakt, en bij vreemden in huis op de vloer 'crashen' was nooit een onderdeel van haar leven geweest. Na de verkrachting die had plaatsgevonden in haar studentenflat op de campus had ze nooit meer de behoefte gevoeld ergens anders te slapen dan in een omgeving waar ze alles onder controle had.

Toen ze zich in het warme schuim liet zakken, slaakte Robin een diepe zucht van genot. Ze had een lange week achter de rug, waarin ze urenlang in de auto had gezeten en veel door de regen had gelopen, achter Goochem of Elinor Dean aan. Met gesloten ogen genoot ze van de warmte en de synthetische jasmijngeur van haar goedkope badschuim, en haar gedachten keerden terug naar de dochter van Dave Underwood.

Creed kan je tenminste niet te pakken nemen, hè? Afgezien van de beledigend lacherige toon vond ze het opmerkelijk dat een vrouw die jarenlang had geweten dat Creed niet de bestuurder van de bestelwagen met de zon op de zijkant was er evengoed van uitging dat hij Margot had ontvoerd.

Want Creed had dus niet altíjd een bestelbus gebruikt. Hij had al twee vrouwen vermoord voordat hij die baan bij de stomerij kreeg, en zelfs in de tijd dat hij de bus had, was hij erin geslaagd om twee vrouwen vrijwillig zijn flat binnen te laten gaan.

Robin deed haar ogen open, pakte *De demon van Paradise Park* en sloeg het open op de bladzijde waar ze was gebleven. Met het boek voorzichtig boven het warme, schuimende water begon ze te lezen.

Op een avond in september 1972 zag Creeds hospita voor het eerst dat hij een vrouw meenam naar het souterrain dat hij huurde. Voor de rechter verklaarde ze later dat ze tegen middernacht de poort aan de straat had horen 'piepen', waarna ze uit haar slaapkamerraam naar het trapje gluurde dat naar het souterrain voerde en daar Creed naar binnen zag gaan met een vrouw 'die een beetje dronken leek maar nog wel gewoon kon lopen'.

Toen ze Dennis vroeg wie de vrouw was, hing hij het ongeloofwaardige verhaal op dat ze een vaste klant was van de stomerij. Hij beweerde dat hij de dronken vrouw toevallig was tegengekomen op straat en dat ze hem had gesmeekt haar mee te nemen naar zijn flat zodat ze een taxi kon bellen.

In werkelijkheid was de vrouw die Violet door Dennis naar binnen geduwd had zien worden de werkloze Gail Wrightman, die die avond tevergeefs op haar vriend had zitten wachten bij de Grasshopper, een bar in Shoreditch. Daar was ze om half elf 's avonds vertrokken na het drinken van meerdere sterke cocktails. Een vrouw die aan Wrightmans beschrijving voldeed was door getuigen gezien toen ze niet ver van de bar in een witte bestelbus stapte. Behalve Violet Cooper, die een glimp had opgevangen van een vrouw met bruin haar in een lichtgekleurde jas die op die avond Creeds souterrain binnenging, heeft niemand Gail Wrightman nog gezien na haar vertrek bij de Grasshopper.

Inmiddels had Creed zijn act van de kwetsbare man aangescherpt, die het vooral goed deed bij oudere vouwen zoals zijn hospita, en hij nam tevens een joviale, seksueel ambigue persoonlijkheid aan die aansloeg bij dronken, eenzame figuren. Creed gaf uiteindelijk toe dat hij Wrightman had ontmoet in de Grasshopper, dat hij Nembutal in haar drankje had gedaan en haar buiten voor de bar had opgewacht, waar ze, verward en onvast ter been, dankbaar was toen hij haar een lift naar huis aanbood.

Cooper nam genoegen met Creeds verklaring dat zij een klant van de stomerij was die een taxi wilde bellen, 'want ik had geen reden daaraan te twijfelen'.

In werkelijkheid zat Gail Wrightman inmiddels met een prop in haar mond aan een radiator in Creeds slaapkamer vastgeketend, waar ze zou blijven tot Creed haar in januari 1973 ombracht door verwurging. Het was de langste periode dat hij een slachtoffer in leven had gehouden, en het toont aan hoe groot zijn vertrouwen was dat hij veilig was in zijn souterrain, waar hij kon verkrachten en martelen zonder bang te zijn ontdekt te worden.

Echter, kort voor Kerstmis dat jaar ging zijn hospita bij hem langs met een vage smoes, en zij verklaarde in de getuigenbank: 'Hij wilde van me af, dat kon ik merken. Ik vond het daar behoorlijk stinken, maar we hadden al eerder problemen gehad met de afvoer van de buren. Hij zei dat hij geen tijd had voor een praatje, omdat hij een telefoontje verwachtte.

Ik weet nog dat het rond Kerstmis was omdat ik hem vroeg waarom hij geen kerstkaarten had opgehangen. Ik wist dat hij weinig vrienden had, maar ik dacht: er moet toch wel iemand zijn die aan hem gedacht heeft? Ik vond het heel erg. "Long Haired Lover from Liverpool" was op de radio en die stond heel hard, dat weet ik nog, maar dat was niets ongewoons. Dennis hield van muziek.'

Coopers onverwachte bezoek aan het souterrain is vrijwel zeker Wrightmans doodvonnis geweest. Creed vertelde later aan een psychiater dat hij met het idee had gespeeld om haar 'als troeteldiertje' te houden voor de nabije toekomst, om zichzelf de risico's te besparen die nieuwe ontvoeringen met zich meebrachten, maar hij had zich bedacht en besloot haar 'uit haar lijden te verlossen'.

Creed heeft Wrightman vermoord in de nacht van 9 januari 1973, een datum die hij had uitgekozen omdat Vi Cooper drie dagen van huis was vanwege een ziek familielid. Hij sneed Wrightmans hoofd en handen eraf in bad en reed 's nachts met de rest van het lijk, gewikkeld in zeildoek, in zijn bestelbus naar Epping Forest, waar hij haar in een ondiep graf begroef. Weer thuis kookte hij het vlees van Wrightmans hoofd en handen en sloeg de beenderen stuk, zoals hij dat ook had gedaan met de lijken van Vera Kenny en Nora Sturrock. De tot poeder vermalen botten deed hij in het ingelegde ebbenhouten kistje dat hij onder zijn bed bewaarde.

Bij terugkeer op Liverpool Road viel het Violet Cooper op dat de 'vieze lucht' verdwenen was uit het souterrain, en ze concludeerde dat het afvoerprobleem opgelost was.

Hospita en huurder hervatten hun gezellige avondjes, waarop ze samen dronken en meezongen met langspeelplaten. Waarschijnlijk experimenteerde Creed in die periode met het drogeren van Vi. Later zou ze verklaren dat ze na de avonden waarop ze met Dennis nog een slaapmutsje had genomen zo vast sliep dat ze 's morgens nog groggy was.

Het graf van Wrightman bleef bijna vier maanden intact, tot het werd ontdekt door iemand die zijn hond uitliet. De terriër groef een dijbeen op. Door de ontbinding, de afwezigheid van hoofd en handen en ook kleding was identificatie vrijwel onmogelijk, omdat het in dergelijke omstandigheden erg lastig is om weefsel te analyseren. Pas na de arrestatie van Creed, toen Wrightmans ondergoed en panty werden gevonden onder de vloerplanken in Creeds zitkamer, plus een ring met een opaal waarvan de familie kon vaststellen dat deze van Gail was geweest, kon de recherche de moord op Wrightman toevoegen aan de lijst aanklachten tegen Creed.

Gails jongere zusje had nooit de hoop verloren dat Gail nog leefde. 'Ik geloofde het pas toen ik de ring met eigen ogen zag. Tot dat moment dacht ik echt dat het allemaal een misverstand was. Ik zei steeds tegen pap en mam dat ze wel terug zou komen. Ik kon me niet voorstellen dat er zoveel wreedheid bestond in deze wereld, en dat die uitgerekend mijn zus getroffen had. Hij is geen mens. Tijdens de rechtszaak speelde hij met ons, met de families. Hij zwaaide iedere morgen glimlachend naar ons. Hij keek telkens naar de vader of moeder of broer of wie dan ook van degene die genoemd werd. En naderhand, na zijn veroordeling, liet hij steeds meer los, steeds een beetje meer, en wij hebben er al die tijd mee moeten leven: wat Gail had gezegd, hoe ze hem had gesmeekt. Ik zou hem met mijn blote handen vermoorden als het kon, maar dan nog zou hij nooit zo lijden als hij Gail heeft laten lijden. Die vent heeft toch geen gevoel, zoals normale mensen? Je zou ervan

Er klonk een harde klap in de gang, waar Robin zo van schrok dat het water over de badrand gutste.

'Ik ben het maar!' riep Max, en hij klonk veel opgewekter dan ze van hem gewend was. Ze hoorde hem Wolfgang begroeten: 'Hallo, jochie. Ja, hallo, hallo...'

'Hoi,' riep Robin. 'Ik heb hem al uitgelaten!'

'Fijn, dank je wel. Kom je zo? Ik heb iets te vieren!'

Ze hoorde hem de trap op lopen. Nadat ze de stop uit het bad had getrokken, bleef ze liggen terwijl het water langzaam wegliep, de broze schuimbelletjes nog op haar huid terwijl ze het hoofdstuk uitlas.

Je zou ervan gaan hopen dat de hel bestaat.'

In 1976 vertelde Creed aan gevangenispsychiater Richard Merridan dat hij had geprobeerd 'zich gedeisd te houden' na de vondst van Wrightmans resten. Creed gaf tegenover Merridan toe dat hij verlangde naar roem en tegelijkertijd bang was gepakt te worden.

'Ik vond het leuk om in de kranten te lezen over het Monster. Ik heb haar begraven in Epping Forest, net als de anderen, omdat ik wilde dat de mensen zouden weten dat ze allemaal door één persoon vermoord waren, maar ik besefte dat ik alles op het spel zette door niet te variëren met het patroon. Naderhand, nadat Vi me met haar had gezien, bedacht ik dat ik beter een tijdje hoeren kon pakken, me gedeisd houden.'

Maar de keuze om 'hoeren te pakken' zou slechts enkele maanden later leiden tot Creeds bijna-arrestatie.

Hier eindigde het hoofdstuk. Robin kwam uit bad, dweilde het water op dat over de rand gegutst was, trok haar pyjama en badjas aan en liep toen naar boven, naar de huiskamer, waar Max met een gelukzalig gezicht televisie zat te kijken. Wolfgang leek te zijn aangestoken door de goede bui van zijn baasje: hij begroette Robin alsof ze een lange reis had gemaakt en begon de badolie van haar enkels te likken, tot ze hem vriendelijk verzocht daarmee op te houden.

'Ik heb werk,' zei Max tegen Robin, en hij zette het geluid van de tv uit. Er stonden twee champagneglazen en een fles op de salontafel voor hem. 'Grootste rol na de hoofdrol, een nieuwe dramaserie voor BBC One. Neem een glaasje.'

'Max, wat fantastisch!' zei Robin, dolblij voor hem.

'Ja,' zei hij stralend. 'Luister eens, denk je dat jouw Strike een keer zou willen komen eten? Ik speel een veteraan. Het zou fijn zijn om met iemand te praten die echt in het leger heeft gezeten.'

'Dat wil hij vast wel,' zei Robin, en ze hoopte dat het waar was. Strike en Max hadden elkaar nooit ontmoet. Ze nam een glas champagne van Max aan, ging zitten en hief proostend het glas. 'Gefeliciteerd!'

'Dank je,' zei hij terwijl hij zijn glas tegen het hare tikte. 'Ik kook, als Strike komt eten. Het zou goed voor me zijn ook. Ik moet echt wat meer onder de mensen komen. Ik word langzamerhand zo'n type waarvan ze dan later op het nieuws zeggen: "Hij was altijd erg op zichzelf."'

'En dan ben ik de domme huisgenote,' zei Robin, met haar gedachten nog bij Vi Cooper. 'Die jou zo leuk vond en zich nooit afvroeg waarom ze je steeds de vloerplanken opnieuw zag vastspijkeren.'

Max moest lachen. 'En dan nemen ze het jou meer kwalijk dan mij. Want zo gaat het altijd. De vrouwen die niet doorhadden...

Echt, je hébt er soms... Wie was die kerel in Amerika ook alweer die zijn vrouw pas in de garage liet als ze eerst via een intercom had aangebeld?'

'Jerry Brudos,' zei Robin. Brudos' naam was ook gevallen in *De demon van Paradise Park*. Hij had net als Creed vrouwenkleding gedragen toen hij een van zijn slachtoffers ontvoerde.

'Ik moet echt weer een sociaal leven opbouwen,' zei Max, die onder invloed van de alcohol en het goede nieuws breedsprakiger was dan Robin hem ooit had meegemaakt. 'Ik voel me zo klote sinds Matthew bij me weg is. Ik dacht de hele tijd: waarom verkoop ik deze tent niet om ergens anders opnieuw te beginnen?'

Robin dacht dat de kortstondige paniek van haar gezicht te lezen moest zijn, want Max zei: 'Wees maar niet bang, ik doe het niet. Maar ik werd er bijna gek van om de flat aan te houden. Ik heb hem eigenlijk alleen gekocht omdat hij dat wilde. "Steek al je geld in onroerend goed, daarmee ga je nooit de mist in," zei hij.'

'Max, ik wilde je iets vragen, maar het geeft niks als het niet kan, hoor. Mijn jongere broer en een vriendin van hem zoeken een slaapplaats in Londen voor het weekend van 14 en 15 februari. Maar als je liever...'

'Welnee joh. Ze kunnen hierop slapen.' Hij gaf een klopje op de bank. 'Het is een slaapbank.'

'O,' zei Robin, die dat niet had geweten. 'Goh, fijn. Dank je wel.'

Ze had ontzettende slaap gekregen van de champagne en het warme bad, maar ze bleef nog een tijdje zitten praten over Max' nieuwe serie, tot ze zich verontschuldigde en zei dat ze echt naar bed moest.

Terwijl ze het dekbed over zich heen trok, besloot Robin niet aan een nieuw hoofdstuk over Creed te beginnen. Sommige dingen kon je maar beter niet in je hoofd hebben als je wilde gaan slapen. Maar zodra ze haar nachtlampje had uitgedaan, merkte ze dat haar gedachten zich niet lieten uitschakelen, dus pakte ze haar iPod.

Ze luisterde nooit muziek over een koptelefoon, tenzij ze wist dat Max thuis was. Sommige ervaringen in het leven maken mensen voor altijd bewust van hun reactievermogen, van de noodzaak om gewaarschuwd te worden. Maar nu, de voordeur veilig vergrendeld met twee sloten (Robin had het gecontroleerd, zoals ze altijd deed) en haar flatgenoot plus een hond op slechts een paar seconden afstand, deed ze haar oortjes in en zette Joni Mitchell op shuffle. Ze had intussen vier albums; ze had gekozen voor muziek in plaats van opnieuw een fles parfum die ze niet lekker vond.

Als ze naar Mitchell luisterde, wat Robin de laatste tijd vaak deed, zag ze soms in gedachten Margot Bamborough via de muziek naar haar glimlachen. Voor altijd negenentwintig, verwikkeld in een strijd om zich niet te laten verslaan door een leven dat ingewikkelder was dan ze ooit had kunnen denken, toen ze de ambitie ontwikkelde om boven de armoede uit te stijgen, met behulp van haar hersenen en hard werken.

Er begon een nummer dat Robin nog niet kende. De tekst vertelde het verhaal van een stukgelopen liefdesrelatie. De woorden waren eenvoudiger, directer dan die van veel andere Mitchell-nummers, met weinig metaforen of poëzie. *Last chance lost / The hero cannot make the change / Last chance lost / The shrew will not be tamed.*

Robin dacht aan Matthew, die zich niet kon aanpassen aan een vrouw die meer uit het leven wilde halen dan gestaag opklimmen op de huizenmarkt; Matthew die de minnares niet had kunnen loslaten die eerlijk gezegd altijd beter bij zijn idealen en ambities had gepast dan Robin. Maakte dat Robin de *shrew* uit het nummer, de feeks die streed voor een carrière die iedereen behalve zijzelf beschouwde als een vergissing?

Terwijl ze daar in het donker lag te luisteren naar de stem van Mitchell, die lager en heser was dan op haar latere albums, werkte een idee dat al een paar weken aan de rand van haar gedachten zweefde zich naar de voorgrond. Het lag al op de loer sinds ze de brief van het ministerie van Justitie had gelezen waarin Strike toestemming werd geweigerd om de seriemoordenaar te bezoeken.

Strike had de beslissing van het ministerie aanvaard en jawel, Robin ook, aangezien ze weinig behoefte had om het leed van de familie van de slachtoffers te vergroten. Maar aan de andere kant leefde de man nog die Anna zou kunnen verlossen van haar levenslange pijn en onzekerheid. Als Irene Hickson al dolgraag met Strike had willen praten, hoeveel méér behoefte zou Creed daar dan niet aan hebben, na tientallen jaren van stilzwijgen?

Last chance lost / The hero cannot make the change.

Robin ging met een ruk rechtop zitten, trok de oortjes uit, deed de lamp weer aan en pakte het aantekenboekje en de pen die ze de laatste tijd altijd naast haar bed had liggen.

Het was niet nodig om Strike te vertellen wat ze van plan was. Ze moest het risico nemen dat haar daad slecht zou uitpakken voor het bureau. Als ze het niet probeerde, zou ze zich immers altijd blijven afvragen of er niet toch een kans was geweest om Creed te bereiken.

34

... no Art, nor any Leach's Might...
Can remedy such hurts; such hurts are hellish Pain.

Edmund Spenser
The Faerie Queene

Er reden eindelijk weer treinen tussen Cornwall en Londen. Strike pakte zijn tas in, maar hij beloofde zijn tante en oom om gauw terug te komen. Joan klampte zich bij het afscheid zwijgend aan hem vast. Onvoorstelbaar genoeg had Strike liever de emotionele chantage gehad die hij voorheen zo vreselijk had gevonden.

In de trein terug naar Londen zag hij zijn stemming weerspiegeld in het monochrome winterlandschap van modder en huiverende bomen dat achter het met modder bespatte raam aan hem voorbijtrok. Joans langzame aftakeling was een andere ervaring dan de sterfgevallen waarmee Strike bekend was, die allemaal van natuurlijke aard waren geweest. Als soldaat en speurder was hij eraan gewend geraakt om zonder enige waarschuwing de plotselinge, brute uitschakeling van een mens te moeten verwerken; om de acute leegte te aanvaarden waar eens een ziel had geflakkerd. Joans trage capitulatie aan een vijand in haar eigen lichaam was nieuw voor hem. Iets diep in zijn binnenste, iets waar hij zich voor schaamde, wenste dat het allemaal maar achter de rug was, zodat het rouwen in alle ernst kon beginnen. En terwijl de trein hem oostwaarts voerde, verheugde hij zich op zijn lege flat, dat tijdelijke toevluchtsoord waar hij vrijuit kon treuren, zonder enerzijds de druk te voelen om nadrukkelijk zijn verdriet te tonen aan de buren, en anderzijds opgewektheid te moeten veinzen tegenover zijn tante.

Hij sloeg twee uitnodigingen af om die zaterdagavond te komen eten, een van Lucy en een van Nick en Ilsa, omdat hij zich liever bezighield met de administratie van het bureau en de werkverslagen van Barclay, Hutchins en Morris. Zondag ging hij opnieuw praten met dokter Gupta en enkele familieleden van overleden getuigen in de zaak-Bamborough, ter voorbereiding op zijn afspraak met Robin om de volgende dag bij te praten.

Maar zondagavond, toen hij bij de pan spaghetti op zijn eenpitsfornuisje stond, kwam er een tweede tekstbericht binnen van zijn onbekende halfzus Prudence.

Hoi Cormoran, ik weet niet of je mijn eerste app hebt gelezen. Hopelijk komt deze wel aan. Ik wilde alleen maar zeggen dat ik (denk ik) begrijp waarom je niet met ons op de groepsfoto voor pa wilt en dat je niet naar het feest wilt komen. Er zit iets meer achter dan alleen dat nieuwe album. Ik wil het je graag onder vier ogen vertellen, maar het is vertrouwelijk, als familie brengen we het niet naar buiten. Ik hoop dat je het niet erg vindt dat ik hier nog aan toevoeg dat ik, net als jij, het gevolg ben van een van pa's kortstondige affaires (!) en dat ik in de loop der jaren ook mijn portie pijn en woede te verwerken heb gehad. Zou je een keer een kop koffie met me willen drinken om het hierover te hebben? Ik wil je graag ontmoeten.
Hartelijks, Pru

Zijn spaghetti kookte nu luidruchtig. Strike stak een sigaret op. Er leek zich een druk op te bouwen achter zijn ogen. Hij wist dat hij te veel rookte: zijn tong deed zeer, en sinds de griep met Kerstmis was zijn ochtendhoest erger dan ooit. Barclay had bij hun laatste ontmoeting hoog opgegeven over de e-sigaret. Misschien was het tijd om die eens te proberen, of op z'n minst wat minder te gaan roken.

Hij las het bericht van Prudence nog een keer. Wat voor vertrouwelijke reden kon er achter het feest zitten, behalve de release van het nieuwe album van zijn vader? Werd Rokeby eindelijk geridderd, of maakte hij al die ophef over het vijftigjarig bestaan van de Deadbeats in een poging de mensen die daarover gingen erop te wijzen dat dat nooit gebeurd was? Strike probeerde zich voor te stellen hoe Lucy zou reageren als hij haar zou vertellen dat hij van plan was een hele bups halfbroers en -zussen te gaan ontmoeten, terwijl haar kleine familie op het punt stond met één persoon af te nemen. Hij probeerde zich Prudence voor te stellen, van wie hij niets wist behalve dat haar moeder een bekende actrice was geweest.

Hij haalde de pan van de warmtebron, liet de spaghetti in het water drijven en begon aan een antwoord, met een sigaret tussen zijn tanden geklemd.

Bedankt voor je bericht. Ik heb geen bezwaar tegen een ontmoeting met jou, maar het komt nu niet goed uit. Ik begrijp dat je meent het juiste te doen, maar ik ben er nooit een voorstander van geweest om gevoelens te veinzen of een beleefd beeld in stand te houden omdat dat beter uitkomt vanwege zo'n publieke viering. Ik heb geen relatie met

Strike pauzeerde een volle minuut. Hij had Jonny Rokeby nooit 'pa' of 'pap' genoemd en wilde ook niet 'onze vader' zeggen, want dat leek hem op één lijn te stellen met Prudence, op een manier waar hij zich ongemakkelijk bij voelde, aangezien ze een volslagen vreemde voor hem was.

En toch voelde ze ergens niet als een vreemde. Diep in zijn hart voelde hij dat hij naar haar toe werd getrokken. Wat was dat? Ordinaire nieuwsgierigheid? Een echo van het verlangen dat hij als kind had gevoeld, naar een vader die nooit kwam opdagen? Of was het iets primitievers, de roep van bloed tot bloed, een dierlijke connectie die je niet kon wissen, hoe hard je ook je best deed om de band te verbreken?

Rokeby en ik heb geen zin om een paar uur lang te doen alsof, alleen omdat hij een nieuw album uitbrengt. Ik neem jou verder niks kwalijk, en zoals ik al zei: ik wil je best een keer ontmoeten als mijn leven wat minder

Strike pauzeerde opnieuw. In de stoom die opsteeg uit zijn steelpan moest hij denken aan Joan die stervende was, aan de lopende zaken in de agenda van het bureau, en om onverklaarbare redenen ook aan Robin.

ingewikkeld is. Hartelijke groet, Cormoran

Hij at zijn spaghetti op met kant-en-klare saus uit een pot en viel die avond in slaap bij het geluid van de regen die op de dakpannen kletterde, dromend dat Rokeby en hij met elkaar vochten op het dek van een zeilschip, dat hotste en helde tot ze allebei in zee belandden.

Het regende nog steeds de volgende morgen om tien voor elf, toen Strike metrostation Earl's Court uit kwam en wachtte op Robin, die hem zou ophalen om samen naar hun afspraak met Cynthia Phipps in Hampton Court Palace te rijden. Staand onder het stenen afdak voor de uitgang van het station, met alweer een sigaret in zijn mond, las Strike twee mailtjes die waren binnengekomen op zijn telefoon: een update van Barclay over Nieuwe Ronde en een update van Morris over Goochem. Hij was bijna klaar met lezen toen de telefoon overging. Het was Al, en in plaats van de voicemail in te schakelen besloot Strike om eens en voor altijd een einde te maken aan het gezeur.

'Broertje!' zei Al. 'Alles goed?'

'Kan beter,' antwoordde Strike. Hij stelde bewust geen beleefde wedervraag.

'Moet je horen. Eh... Pru belde me net. Ze vertelde me over je bericht. Het punt is dat we een fotograaf geboekt hebben voor zaterdag, maar als jij niet op de foto wilt... Het gaat er juist om dat wij er allemaal op staan. Voor de allereerste keer.'

'Al, ik ben niet geïnteresseerd,' zei Strike. Hij was het beu om steeds beleefd te blijven.

Er viel een korte stilte. Toen zei Al: 'Weet je, pa heeft zo vaak geprobeerd om contact met je te krijgen...'

'O ja?' zei Strike, en plotseling vlamde de woede op, dwars door die mist van vermoeidheid, zijn zorgen om Joan en de grote hoeveelheid waarschijnlijk niet ter zake doende details die hij naar boven had gehaald in de zaak-Bamborough en die hij in zijn hoofd probeerde vast te houden, zodat hij ze straks kon doorgeven aan Robin. 'En wanneer was dat dan wel? Toen hij zijn advocaten op me afstuurde om geld van me los te peuteren dat wettelijk gezien van mij...?'

'Als je doelt op Peter Gillespie: pa wist niet dat hij je op die manier onder druk zette, ik zweer het je. Pete is nu met pensioen...'

'Ik heb geen belangstelling om de release van dat fucking album van hem te vieren,' zei Strike. 'Ga vooral je gang zonder mij, ik wens jullie veel plezier.'

'Luister nou,' zei Al. 'Ik kan het je nu niet uitleggen... Als je wat met me gaat drinken, zal ik het je vertellen – maar er is een reden waarom we dit nu voor hem willen doen, die foto en het feest...'

'Het antwoord is nee, Al.'

'Dus jij blijft gewoon eeuwig twee middelvingers naar hem opsteken?'

'Wie steekt hier nou middelvingers op? Ik heb in het openbaar nooit een woord over hem gezegd, en dat kun je andersom van hem niet zeggen. Hij kan tegenwoordig verdomme geen interview geven zonder over mij te beginnen.'

'Hij probeert het goed te maken, en jij geeft geen duimbreed toe!'

'Hij probeert een lastig onderdeeltje van zijn imago op te poetsen,' zei Strike bot. 'Zeg maar dat hij gewoon netjes belasting moet betalen als hij zo nodig geridderd wil worden. Ik ga niet de rol van het zwarte schaap spelen.'

Hij hing op, kwader dan hij had verwacht; zijn hart bonkte onaangenaam onder zijn jas. Nadat hij zijn sigarettenpeuk had weggeknipt op straat keerden zijn gedachten onontkoombaar terug naar

Joan, met een sjaaltje om haar hoofd om haar kaalheid te verbergen, en Teds tranen die in zijn thee drupten. Waarom, dacht Strike woest, kon het niet Rokeby zijn die dood lag te gaan, terwijl zijn tante gezond en gelukkig was, in het volste vertrouwen dat ze haar verjaardag zou halen? Ze zou door St Mawes moeten wandelen, een praatje maken met vriendinnen die ze al haar hele leven kende, het avondeten plannen voor Ted, en Strike door de telefoon aan zijn hoofd zeuren dat hij niet vaak genoeg langskwam.

Toen Robin een paar minuten later in de Land Rover de hoek om kwam, schrok ze van Strike. Hij zag er slecht uit. Hij had haar aan de telefoon wel verteld dat hij griep had gehad en bedorven kip had gegeten, maar zijn gezicht was zichtbaar magerder geworden en hij keek zo woest uit zijn ogen dat ze automatisch een blik op haar horloge wierp, bang dat ze te laat was.

'Alles goed?' vroeg ze toen hij het portier aan de passagierskant opentrok.

'Ja,' zei hij kortaf, en hij ging zitten en gooide het portier dicht.

'Gelukkig nieuwjaar.'

'Hebben we dat nog niet gehad?'

'Nou, nee,' zei Robin, enigszins geërgerd door zijn norse reactie. 'Maar voel je alsjeblieft niet verplicht om mij hetzelfde te wensen. Ik zou niet willen dat je je in een hoek gedreven voelde...'

'Gelukkig nieuwjaar, Robin,' mompelde Strike.

De ruitenwissers moesten hard werken om haar zicht vrij te houden, en bij het invoegen had Robin een déjà vu. Toen ze hem op zijn verjaardag had opgepikt was hij ook zo chagrijnig geweest, en ook al wist ze dat hij veel aan zijn hoofd had, zij was ook moe, zij had óók persoonlijke problemen, en ze zou het op prijs gesteld hebben als hij een beetje zijn best deed.

'Wat is er?' vroeg hij.

'Niks.'

Ze reden een paar minuten zwijgend verder, tot Robin vroeg: 'Heb je de mail van Barclay gezien?'

'Over Nieuwe Ronde en zijn vriendin? Ja, net gelezen. Gedumpt, en ze zal nooit weten dat het komt omdat ze te trouw was.'

'Het is zo'n mafkees. Maar zolang hij de rekening betaalt...'

'Precies.' Strike deed zijn best om zijn chagrijnige bui van zich af te zetten. Per slot van rekening was niets van wat er speelde – Joan, Pru, Al, Rokeby – Robins schuld. Zij had de boel draaiende gehouden op het bureau terwijl hij in Cornwall zat. Ze verdiende beter.

'We hebben nu ruimte voor een nieuwe klant van de wachtlijst,' zei hij, waarbij hij probeerde een enthousiaste toon op te zetten. 'Zal ik de effectenmakelaar bellen die haar man ervan verdenkt het met de nanny te doen?'

'Nou, de klus van Goochem vergt op het moment veel mankracht. We volgen hem en zijn baas én die vrouw in Stoke Newington. De baas is gisteravond weer bij Elinor Dean geweest. Precies hetzelfde verhaal, inclusief aai over zijn bol.'

'Echt?' vroeg Strike met een frons.

'Ja. Maar de opdrachtgevers worden ongeduldig, die willen harde bewijzen zien. Bovendien is Ansichtkaart nog niet opgelost en neemt Bamborough nogal wat tijd in beslag.' Robin wilde niet expliciet zeggen dat zij en de freelancers, nu Strike steeds heen en weer reisde naar Cornwall, de boel draaiende hielden door hun vrije dagen op te geven.

'Dus jij vindt dat we ons moeten concentreren op Goochem en Ansichtkaart?'

'Ik denk dat we moeten accepteren dat Goochem momenteel een klus voor drie man is en dat we niet overhaast een nieuwe klant moeten aannemen.'

'Oké, daar zit wat in,' bromde Strike. 'Is er nog nieuws over die gids in de National Portrait Gallery? Barclay zei dat je je zorgen maakte dat ze zich van kant zou hebben gemaakt.'

'Waarom moest hij dat nou weer zeggen?' Robin had er spijt van dat ze haar bezorgdheid er zomaar uitgeflapt had. Het voelde zwak en onprofessioneel.

'Hij bedoelde het niet verkeerd. Is ze weer opgedoken?'

'Nee.'

'Nog kaarten voor de weerman?'

'Nee.'

'Misschien heb je haar afgeschrikt.'

Strike haalde zijn notitieboekje tevoorschijn en sloeg het open terwijl de regen onophoudelijk op de voorruit roffelde. 'Ik heb nog wat kleine dingetjes over Bamborough, voordat we naar Cynthia Phipps gaan. Heel goed gedaan, trouwens, het uitsluiten van die bestelbus van de natuurvoedingswinkel.'

'Dank je,' zei Robin.

'Maar er is nu een nieuwe bestelbus in beeld.'

'Wát?'

'Ik heb gisteren de dochter van Ruby Elliot gesproken. Je weet wel...'

'Ruby is de vrouw die vanuit haar auto twee ruziënde vrouwen zag.'

'Precies. Ik heb ook een neef van mevrouw Fleury gesproken, de vrouw die Clerkenwell Green overstak met haar seniele moeder, die ze in de regen naar huis probeerde te brengen.' Strike schraapte zijn keel en las voor uit zijn aantekeningen: 'Volgens Mark Fleury was zijn tante nogal van streek toen ze in de kranten las dat er sprake zou zijn van duwen en trekken, en dat ze zelfs aan haar moeder "gesjord" zou hebben, alsof ze ruw met dat oude besje was omgesprongen. Ze liet weten dat ze haar moeder alleen had aangespoord om door te lopen, dat ze haar niet had gedwongen, maar ze gaf wel toe dat de omschrijving verder precies klopte, dezelfde plek, dezelfde tijd, regenkapje, regenjas, et cetera.

Maar Talbot klampte zich vast aan "Het was geen duwen en trekken" en probeerde mevrouw Fleury zover te krijgen dat ze haar verklaring introk en toegaf dat zij en de oude dame niet degenen konden zijn die door Ruby Elliot gezien waren. Mevrouw Fleury liet zich niet ompraten. De beschrijving klopte veel te goed, ze wist zeker dat dit de mensen waren die ze had gezien.

Dus keerde Talbot terug naar Ruby en probeerde haar te dwingen háár verhaal aan te passen. Je weet vast nog wel dat er nog een andere telefooncel was, aan het begin van Albemarle Way. Talbot wilde Ruby laten verklaren dat ze voor dié telefooncel twee mensen had zien ruziën.

En hier wordt het interessanter,' zei Strike terwijl hij de bladzijde van zijn notitieboekje omsloeg. 'Volgens haar dochter was Ruby erg afwezig, een nerveuze automobiliste, slecht in kaartlezen, en had ze vrijwel geen richtinggevoel. Aan de andere kant beweert de dochter dat ze een ijzersterk geheugen had voor kleine visuele details. Ze wist soms bijvoorbeeld niet meer in welke straat ze een kennis was tegengekomen, maar dan kon ze diegene wel nauwkeurig beschrijven, tot aan de kleur van zijn of haar schoenveters. Ze was in haar jonge jaren etaleuse geweest. Gezien haar algehele vaagheid dacht Talbot waarschijnlijk dat hij haar makkelijk kon laten geloven dat ze de verkeerde telefooncel voor zich had, maar hoe harder hij aandrong, hoe standvastiger zij werd. Ze zei dat de vrouwen niet voor die cel bij Albemarle hadden kunnen staan omdat ze daar iets ánders had zien gebeuren, iets wat ze helemaal vergeten was, totdat Talbot begon over een wigvormig gebouw. Vergeet niet dat ze Clerkenwell niet kende.

Volgens haar dochter reed Ruby die avond almaar in een grote cirkel rond en miste ze steeds Hayward's Place, waar het nieuwe huis van haar dochter stond. Toen hij vroeg: "Weet u zeker dat u die twee ruziënde vrouwen niet voor de ándere telefooncel hebt gezien, bij dat wigvormige gebouw op de hoek van Albemarle Way?" herinnerde Ruby zich plotseling dat ze op dat punt had moeten remmen omdat een bestelbus vóór haar zonder waarschuwing stopte naast het wigvormige gebouw. Er stapte een donkere, gedrongen jonge vrouw in die daar in de stromende regen stond, bij de telefooncel. De vrouw...'

'Wacht even,' zei Robin, en ze wendde haar blik af van de weg om naar Strike te kijken. 'Donker en gedrongen? Was dat niet Theo?'

'Ruby dacht van wel, toen ze de vrouw in de regen uit haar herinnering vergeleek met de politietekening van Margots laatste patiënt. Donkere huid, stevig gebouwd, dik zwart haar – aan haar gezicht geplakt omdat ze drijfnat was – en ze droeg...' Strike raadpleegde zijn notitieblokje voor de hem onbekende naam. '*Kuchi*-oorbellen.'

'Wat zijn kuchi-oorbellen?'

'Romastijl, volgens Ruby's dochter, dat zou kunnen verklaren dat Gloria Theo "zigeunerachtig" noemde. Ruby had verstand van kleding en sieraden. Dat soort dingen vielen haar op.

Die bestelbus remde zonder waarschuwing om de-jonge-vrouw-die-mogelijk-Theo-was op te pikken en hield daarmee tijdelijk het verkeer op. De auto's achter Ruby begonnen te claxonneren. De donkere vrouw stapte in naast de bestuurder, het busje reed in de richting van St John Road, waarna Ruby het uit het oog verloor.'

'En ze heeft Talbot daar niets over verteld?'

'Haar dochter zegt dat ze het helemaal had gehad tegen de tijd dat ze zich het tweede voorval herinnerde, ze was het hele gedoe zat, de kritiek en het razen en tieren van Talbot, dus zei ze dat ze zich had vergist, dat de twee ruziënde vrouwen toch best Margot en Creed in vrouwenkleren konden zijn geweest; ze had allang spijt dat ze zich als getuige had gemeld.

Nadat Lawson het onderzoek had overgenomen, was ze bang voor de reactie van de politie en de pers als zij ineens zou aankomen met het verhaal dat ze iemand had gezien die op Theo leek. Terecht of onterecht, ze was bang dat het zou lijken alsof ze, nadat haar eerste verklaring onbruikbaar was gebleken, nog een keer wilde proberen een belangrijke rol in te nemen in het onderzoek.'

'Maar haar dochter vond het wel oké om jou dit allemaal te vertellen?'

'Nou ja, Ruby is dood, hè. Het kan haar nu niet meer schaden. Haar dochter heeft duidelijk gemaakt dat ze niet denkt dat hier nog iets uit voort zal komen, dus kan ze het me net zo goed allemaal vertellen. En uiteindelijk,' zei Strike terwijl hij een bladzijde in zijn boekje omsloeg, 'weten we niet of die vrouw inderdaad Theo was... al denk ik persoonlijk van wel. Theo stond niet ingeschreven bij de praktijk, dus waarschijnlijk kende zij de omgeving niet. Die straathoek is een handige plek om af te spreken om opgehaald te worden na een doktersbezoek. Ruimte genoeg voor dat busje om te stoppen.'

'Klopt,' zei Robin langzaam, 'maar als die vrouw inderdaad Theo was, kan zij dus niks te maken hebben gehad met Margots verdwijning, of wel? Ze is duidelijk in haar eentje vertrokken bij de praktijk, heeft een lift gekregen en is...'

'Wie reed er dan in dat busje?'

'Geen idee. Dat kan iedereen zijn. Vader, moeder, vriend, vriendin, broer, zus...'

'Waarom heeft Theo zich niet gemeld na al die oproepen van de politie?'

'Misschien was ze bang. Misschien had ze een medisch probleem waar niemand van mocht weten. Er zijn zoveel mensen die liever niet met de politie in aanraking komen.'

'Ja, daar zit wat in,' gaf Strike toe. 'Nou, het lijkt me wel de moeite waard om te weten dat een van de laatste mensen die Margot in leven hebben gezien daar uit die buurt is vertrokken in een bestelbus die groot genoeg was om een vrouw in te verstoppen. Trouwens, over de laatste mensen die Margot in leven hebben gezien gesproken,' voegde hij eraan toe, 'heb je nog wat gehoord van Gloria Conti?'

'Nee. Als er eind deze week nog niks gebeurt, probeer ik via haar man contact met haar op te nemen.'

Strike sloeg weer een blaadje van zijn notitieboekje om. 'Nadat ik Ruby's dochter en die neef van Fleury had gesproken, heb ik dokter Gupta nog een keer gebeld. Ik weet niet of je het je nog kunt herinneren, maar in mijn samenvatting van de horoscoopaantekeningen had ik het over een Schorpioen van wie de dood Margot niet lekker zat, volgens Talbot.'

'Ja. Jij speculeerde dat die Schorpioen de getrouwde vriendin van Steve Douthwaite zou kunnen zijn, de vrouw die zelfmoord heeft gepleegd.'

'Goed onthouden. Nou, Gupta herinnert zich niet één patiënt die is gestorven onder onverklaarbare omstandigheden of op zo'n manier dat Margot er bezorgd over zou kunnen zijn, al benadrukte hij wel dat het veertig jaar geleden is en kan hij niet zweren dat zo'n geval er níét is geweest.

Daarna vroeg ik hem of hij wist bij wie Joseph Brenner op bezoek gegaan zou kunnen zijn in een flat aan Skinner Street op de avond van Margots verdwijning. Gupta zegt dat hij een aantal patiënten had in Skinner Street, maar hij kan geen enkele reden bedenken waarom Brenner gelogen zou hebben over een huisbezoek daar.

Ten slotte herinnert Gupta zich nog iets waar we niet al te veel aan hebben: Gloria werd na de kerstborrel op de praktijk opgehaald door een paar mannen. Een van die mannen was een stuk ouder, wist hij nog, en hij nam aan dat het Gloria's vader was. De naam Mucky Ricci zei hem niets.'

Halverwege Chiswick Bridge doorkliefde de zon plotseling in een baan de regenwolken, waardoor ze allebei verblind werden. De vieze Theems onder de brug en de ondiepe plassen flitsten als laserstralen, maar binnen een paar seconden sloot het wolkendek zich weer en reden ze opnieuw door de regen, in het grauwe januarilicht, over een rechte tweebaansweg omzoomd door struiken die glad waren van de regen, en kale bomen.

'En die film?' vroeg Robin met een zijdelingse blik op Strike. 'Uit het blik dat bij Gregory Talbot op zolder lag? Je zou me nog vertellen wat er op de film stond.'

'O ja.' Hij aarzelde, keek langs de ruitenwissers naar de lange, rechte weg voor hen, glinsterend onder een diagonaal gordijn van regen. 'Er stond een vrouw op met een kap over haar hoofd die door een groep mannen werd verkracht en vermoord.'

Robin voelde een tinteling in haar nek en op haar hoofdhuid. 'En daar geilen mensen op,' mompelde ze vol afkeer.

Hij maakte uit haar toon op dat ze het niet had begrepen, dat ze dacht dat hij pornografische fictie beschreef.

'Nee,' zei hij, 'geen porno. Iemand heeft gefilmd wat er... echt gebeurde.'

Robin keek hem geschokt aan, waarna ze haar blik weer snel op de weg richtte. Haar knokkels werden wit om het stuur. Weerzinwekkende beelden drongen zich naar voren in haar hoofd. Wat had Strike gezien waardoor hij zo gesloten was, met dat uitdrukkingsloze gezicht? Had het lichaam van de vrouw met de kap over het hoofd op dat van Margot geleken, met de 'eindeloos lange benen' waarover Oonagh Kennedy het had gehad?

'Gaat het?' vroeg Strike.

'Prima.' Ze snauwde bijna. 'Wat... wat heb je gezien, hoe...?'

Maar Strike koos ervoor een vraag te beantwoorden die ze niet had gesteld. 'De vrouw had een lang litteken op haar ribbenkast. Er is in de krantenberichten of het politiedossier nergens sprake van zo'n litteken bij Margot. Ik denk niet dat zij het was.'

Robin zei niets, maar ze zag er nog even gespannen uit.

'Er waren vier mannen bij de... erbij betrokken,' vervolgde hij. 'Allemaal wit en allemaal met bedekt gezicht. Er was ook een vijfde man bij, die toekeek. Zijn arm kwam even in beeld. Het zou Mucky Ricci kunnen zijn. Er was onscherp een grote gouden ring te zien.' Hij probeerde zijn verhaal te reduceren tot een reeks droge feiten. Zijn beenspieren waren net zo strakgespannen als Robins handen, en hij zat klaar om het stuur van haar over te nemen. Ze had al eens een paniekaanval gekregen terwijl ze aan het rijden waren.

'Wat zegt de politie ervan? Weten zij waar die film vandaan komt?'

'Hutchins heeft hier en daar geïnformeerd. Een oud-medewerker van Zedenzaken denkt dat de film afkomstig is uit een partij die ze in beslag hebben genomen bij een inval in een club in Soho in '75. Ricci was de eigenaar van die club. Er is toen een hoop hardcore porno aangetroffen in de kelder.

Een van Talbots beste vrienden werkte ook bij Zeden. Ik kan alleen maar gokken dat Talbot die film heeft gejat of gekopieerd nadat zijn vriend hem die had laten zien.'

'Maar waarom zou hij dat doen?' vroeg Robin een beetje wanhopig.

'Ik denk niet dat we een beter antwoord zullen krijgen dan "omdat hij geestesziek was",' zei Strike. 'Maar het uitgangspunt moet zijn belangstelling voor Ricci geweest zijn. Hij had ontdekt dat Ricci stond ingeschreven bij huisartsenpraktijk St John, en dat hij op die kerstborrel was geweest. In de aantekeningen noemde hij Ricci...'

'Leeuw drie,' zei Robin. 'Ja, dat weet ik.'

Strikes beenspieren ontspanden zich enigszins. Robins focus en haar geheugen riepen niet het beeld op van iemand die op het punt stond een paniekaanval te krijgen.

'Heb je mijn mail uit je hoofd geleerd of zo?' vroeg hij haar.

Nu was het Robins beurt om terug te denken aan Kerstmis, toen het haar kortstondig soelaas had geboden om zich te begraven in haar werk aan de keukentafel van haar ouders.

'Ik let gewoon goed op als ik iets lees, dat is alles.'

'Toch begrijp ik nog steeds niet waarom Talbot niks heeft gedaan met dat spoor van Ricci, al was zijn mentale toestand, te oordelen naar de horoscoopaantekeningen, flink verslechterd in het half jaar dat hij het onderzoek leidde. Ik schat zo in dat hij dat filmblik heeft gestolen kort voordat hij het korps uit werd geschopt, vandaar dat er niets over te vinden is in het politiedossier.'

'En toen heeft hij de film verstopt zodat niemand anders de dood van die vrouw kon onderzoeken,' zei Robin. Haar sympathie voor Bill Talbot was zojuist verdwenen, of had op z'n minst een fikse deuk opgelopen. 'Waarom is hij in godsnaam niet met die film naar de politie gegaan toen hij zijn verstand weer had?'

'Ik denk dat hij zijn baan terug wilde, en toen dat niet lukte moest hij in ieder geval zijn pensioen veiligstellen. Afgezien van de normale integriteit zie ik niet in wat voor drijfveer hij gehad zou kunnen hebben om op te biechten dat hij in een andere zaak met bewijsmateriaal had geknoeid. Iedereen was toch al pissig op hem: de families van de slachtoffers, de pers, het korps, ze namen het hem allemaal kwalijk dat hij het onderzoek had verkloot. En dan neemt Lawson, een kerel die hij niet mag, het onderzoek over en zegt dat hij overal met zijn poten van af moet blijven. Waarschijnlijk hield hij zichzelf voor dat die dode vrouw toch maar een prostituee was of...'

'Jezus,' zei Robin kwaad.

'Hé, ík zeg niet "maar een prostituee",' zei Strike snel. 'Ik raad naar de gedachtewereld van een politieman in de jaren zeventig die al publiekelijk aan de schandpaal genageld was wegens het verkloten van een heel belangrijke grote zaak.'

Robin zei niets, maar bleef de rest van de rit met een strak gezicht voor zich uit kijken terwijl Strike, de spieren van zijn anderhalve been zo gespannen dat ze pijn deden, stiekem met een schuin oog bleef kijken naar de handen die zich om het stuur klemden.

35

... fayre Aurora, rysing hastily,
Doth by her blushing tell, that she did lye
All night in old Tithonus frosen bed,
Whereof she seemes ashamed inwardly.

Edmund Spenser
The Faerie Queene

'Ben je hier ooit geweest?' vroeg Strike aan Robin toen ze de auto parkeerde bij Hampton Court. Ze zweeg al sinds hij haar had verteld over de film, en hij probeerde de spanning te doorbreken.

'Nee.'

Ze stapten uit de Land Rover en liepen in de koude regen het parkeerterrein over.

'Waar treffen we Cynthia?'

'Bij The Privy Kitchen Café,' zei Robin. 'We zullen wel een plattegrond krijgen bij het loket.'

Ze wist dat Strike er niks aan kon doen, aan de film die bij Gregory Talbot op zolder gevonden was. Hij had hem daar niet neergelegd, hij had hem niet veertig jaar lang verborgen gehouden, en toen hij hem in de projector stopte kon hij niet weten dat hij op het punt stond de laatste, doodsbange, gruwelijke momenten van een vrouw te zien te krijgen. Robin zou ook niet gewild hebben dat hij de waarheid over wat hij had gezien voor haar achterhield. Maar toch had zijn droge, emotieloze beschrijving haar op de zenuwen gewerkt. Redelijk of niet, zij wilde een teken dat hij ervan walgde, dat hij het afschuwelijk vond, ze wilde afkeer zien.

Maar misschien was dat onrealistisch. Strike had, lang voordat Robin hem kende, bij de militaire politie gezeten, en daar had hij een vorm van afstandelijkheid aangeleerd waar ze hem soms om benijdde. Onder haar resoluut kalme buitenkant voelde ze zich slap en beroerd, en ze wilde weten dat toen Strike de opname had bekeken van het sterven van deze vrouw, hij haar had gezien als een mens, net zo echt als hijzelf was.

Toch maar een prostituee.

Hun voetstappen galmden op het natte asfalt terwijl het grote paleis van rode baksteen voor hen opdoemde. In een poging de vreselijke beelden uit haar hoofd te verdrijven probeerde Robin zich alles te herinneren wat ze wist over Hendrik VIII, de wrede en corpulente Tudor-koning die twee van zijn zes echtgenotes had onthoofd, maar ze moest ineens denken aan Matthew, al wist ze niet waarom.

Toen Robin op brute wijze was verkracht door een man met een gorillamasker die op de loer had gelegen onder het trappenhuis van haar studentenflat, was Matthew lief, geduldig en begripvol geweest. Robins advocaat mocht dan niet begrijpen waarom hij zich zo rancuneus gedroeg in een scheiding die heel eenvoudig had moeten zijn, maar Robin was gaan inzien dat het einde van hun huwelijk een enorme schok voor hem moest zijn geweest, omdat hij meende dat hij eeuwige dankbaarheid verdiende voor het feit dat hij haar door de ergste periode van haar leven had geholpen. Robin was ervan overtuigd dat Matthew vond dat zij voor eeuwig bij hem in het krijt stond.

De tranen prikten in haar ogen. Ze hield haar paraplu zo vast dat Strike haar gezicht niet kon zien en knipperde verwoed om ze te verdrijven.

Zwijgend liepen ze over de kinderkopjes van een binnenplaats, tot Robin plotseling bleef staan. Strike, die nooit graag over een oneffen ondergrond liep met zijn prothese, vond het niet erg om even te pauzeren, maar hij vreesde vaag dat hem een uitbarsting boven het hoofd hing.

'Moet je kijken,' zei Robin, wijzend naar een van de glanzende kinderkopjes.

Toen Strike wat beter keek, zag hij tot zijn verbazing een klein johannieterkruis dat in een vierkante steen gegraveerd was. 'Toeval,' zei hij.

Ze liepen verder. Robin keek om zich heen en dwong zichzelf om haar omgeving in zich op te nemen. Ze kwamen langs een tweede binnenplaats, waar een groep scholieren in regenjassen met capuchon werd toegesproken door een gids in een middeleeuws hofnarrenkostuum.

'O, wauw,' zei Robin zacht. Ze keek over haar schouder en liep een paar passen achteruit om beter te kunnen zien wat er hoog in de muur boven de boog was aangebracht. 'Moet je kíjken!'

Strike gehoorzaamde braaf en zag een reusachtige, sierlijke zestiende-eeuwse, blauw met gouden astronomische klok. Langs de buitenrand waren de tekens van de dierenriem aangebracht, zowel met de symbooltjes die Strike ongewild goed had leren kennen als met plaatjes van ieder sterrenbeeld. Robin glimlachte om Strikes gezichtsuitdrukking: een combinatie van verbazing en ergernis.

'Wat is er?' vroeg hij toen hij haar geamuseerde blik zag.

'Je bent woest,' zei ze terwijl ze weer begon te lopen, 'op de dierenriem.'

'Als jij dat gelul van Talbot drie weken lang had moeten doorspitten zou je ook niet dol zijn op de dierenriem,' zei Strike. Hij deed een stapje opzij zodat Robin als eerste het paleis binnen kon gaan. Ze volgden de plattegrond die Strike had gekregen over een overdekt geplaveid pad in de richting van The Privy Kitchen Café.

'Nou, ik vind astrologie wel iets poëtisch hebben,' zei Robin, waarmee ze bewust haar gedachten afleidde van Talbots oude filmblik en haar ex-man. 'Ik wil niet zeggen dat het allemaal klopt, maar het heeft een zekere... symmetrie, een ordening.'

Door een deur aan de rechterkant was een kleine tuin in tudorstijl te zien. Felgekleurde wapendieren hielden de wacht over vierkante perken vol zestiende-eeuwse kruiden. De plotselinge verschijning van het gevlekte luipaard, het witte hert en de rode draak leken Robin aan te moedigen, met hun kracht en de allure van symbolen en mythe.

'Er zit een zekere... logica in. Niet letterlijk,' zei Robin toen de zonderlinge schepsels uit het zicht verdwenen, 'maar het heeft wel de tijd doorstaan, dat is niet voor niks.'

'Ach ja,' zei Strike. 'Mensen geloven de gekste dingen.'

Enigszins tot zijn opluchting glimlachte Robin. Ze liepen een horecagelegenheid met witte muren, glas-in-loodraampjes en donkere eikenhouten meubels binnen.

'Zoek jij een discreet tafeltje voor ons, dan haal ik wat te drinken. Wat wil jij, koffie?'

Robin koos een verlaten zijkamer, ging aan een tafel onder een van de glas-in-loodramen zitten en bekeek vluchtig de korte geschiedenis van het paleis die ze bij hun entreekaartjes hadden ontvangen. Ze las dat de ridderorde van de johannieten – the Knights of Saint John – ooit de grond had bezeten waarop het paleis stond, vandaar het johannieterkruis op een van de kinderkopjes, en dat kardinaal Wolsey het paleis had geschonken aan Hendrik VIII, in een vergeefse poging zijn eigen machtsverlies af te wenden. Maar toen ze las over de verhalen dat de geest van de negentienjarige Catharina Howard nog gillend rondwaarde in de Haunted Gallery, waar ze voor eeuwig haar vijftigjarige echtgenoot, de koning, smeekte om haar niet te laten onthoofden, sloeg Robin het foldertje dicht zonder de rest te lezen. Strike, die aankwam met hun koffie, trof haar aan terwijl ze met haar armen over elkaar geslagen voor zich uit zat te staren.

'Is er iets?'

'Nee. Ik zat aan sterrenbeelden te denken.'

'Nog steeds?' Strike rolde even met zijn ogen.

'Jung noemt het de eerste poging van de mens tot psychologie, wist je dat?'

'Nee, dat wist ik niet.' Strike ging tegenover haar zitten. Robin, zo wist hij, had psychologie gestudeerd voordat ze voortijdig de universiteit verliet. 'Maar dat is geen excuus om het te blijven gebruiken nu we de echte psychologie hebben, toch?'

'Folklore en bijgeloof zijn niet verdwenen. Dat zal ook nooit gebeuren. De mensen hebben ze nodig,' zei ze, en ze nam een slokje van haar koffie. 'Een puur wetenschappelijke wereld lijkt me maar kil. Jung had het ook over het collectieve onderbewuste. De archetypen die in ons allemaal schuilgaan.'

Maar Strike, wiens moeder ervoor had gezorgd dat hij een groot deel van zijn jeugd had doorgebracht in een waas van wierook, vuil en mystiek, zei kortaf: 'Ja, oké. Ik ben team Rationeel.'

'Mensen voelen zich graag verbonden met iets groters,' vervolgde Robin, en ze keek omhoog naar de regenachtige hemel buiten. 'Ik denk dat je je daardoor minder eenzaam voelt. Astrologie verbindt je met de kosmos, nietwaar? En met eeuwenoude mythen en ideeën...'

'En zo nu en dan is het goed voor je ego,' zei Strike. 'Je voelt je er minder onbeduidend door. "Kijk eens, de kosmos zegt dat ik heel bijzonder ben." Het idee dat ik van alles gemeen zou hebben met andere mensen die zijn geboren op 23 november vind ik net zo onzinnig als het idee dat ik door mijn geboorte in Cornwall een beter mens zou zijn dan iemand die in Manchester is geboren.'

'Ik zeg niet...'

'Jij misschien niet, maar mijn oudste vriend wel. Dave Polworth.'

'De man die kwaad wordt als er geen vlaggetje van Cornwall op de aardbeien staat?'

'Ja, die. Toegewijd Cornwall-nationalist. Hij schiet in de verdediging als je hem erop aanspreekt – "Ik zeg niet dat wij beter zijn dan een ander" – maar hij vindt wel dat je geen onroerend goed in Cornwall zou moeten mogen kopen als je niet kunt aantonen dat je daarvandaan komt. Herinner hem er maar nooit aan dat hij in Birmingham is geboren, als je tanden je lief zijn.'

Robin glimlachte.

'Het komt eigenlijk op hetzelfde neer, toch?' zei Strike. '"Ik ben bijzonder en anders omdat ik op dit stukje rots geboren ben" en "Ik ben bijzonder en anders omdat ik op 12 juni geboren ben".'

'Waar je geboren bent heeft wel degelijk invloed op wie je bent,' zei Robin. 'Culturele normen en waarden en taal hebben hun uitwerking. En uit studies is gebleken dat mensen die in verschillende perioden van het jaar geboren zijn vatbaarder zijn voor bepaalde aandoeningen.'

'Dus Roy Phipps bloedt veel omdat hij is geboren in... Hé, hallo!' zei Strike plotseling, zijn blik op de ingang gericht.

Robin draaide zich om en zag, tot haar kortstondige verbijstering, een slanke vrouw in een lange groene japon in tudorstijl en een sierlijke kap op het hoofd.

'Ja, sórry, hoor!' De vrouw gebaarde naar haar kostuum en lachte nerveus toen ze naar hun tafeltje toe kwam lopen. 'Ik dacht dat ik nog tijd zou hebben om me om te kleden! Ik heb een groep scholieren rondgeleid, we waren laat klaar...'

Strike stond op en stak haar een hand toe. 'Cormoran Strike.' Met zijn ogen gericht op de halsketting van nepparels waar een B aan hing, zei hij: 'Anna Boleyn, neem ik aan?'

Cynthia's lach had een paar onbedoeld snuivende uitschieters, wat haar merkwaardige gelijkenis met een onhandig schoolmeisje, ondanks haar middelbare leeftijd, nog versterkte. Haar bewegingen pasten niet bij de wijde fluwelen japon, woest en onbevallig als ze waren.

'Hahaha, ja, dat ben ik! Het is pas mijn tweede keer als Anna. Je denkt dat je álle vragen die kinderen je kunnen stellen hebt voorbereid, maar dan komt er eentje met: "Hoe voelt dat nou als je hoofd afgehakt wordt?" Hahaha!'

Cynthia was totaal anders dan Robin had verwacht. Ze besefte nu pas dat ze een jonge blondine in gedachten had gehad, het stereotype van de Scandinavische au pair... of was dat omdat Sarah Shadlock bijna wit haar had?

'Koffie?' vroeg Strike aan Cynthia.

'O, koffie, ja, lekker, heel graag, fijn,' zei Cynthia overenthousiast. Toen Strike weg was, maakte ze een kleine pantomime van de keuze waar ze zou gaan zitten, totdat Robin glimlachend de stoel naast de hare naar achteren schoof en haar ook een hand toestak.

'O! Ja, hallo!' zei Cynthia, die ging zitten en haar de hand schudde. Ze had een mager, bleek gezicht, nu met een gespannen glimlach.

De gespikkelde irissen van haar grote ogen hadden een onbestemde kleur, tussen blauw, groen en grijs in, en ze had nogal scheve tanden.

'Dus u geeft verkleed deze rondleidingen?' vroeg Robin.

'Ja, precies, als die arme Anna, hahaha,' zei Cynthia met alweer een nerveuze, snuivende lach. 'Ik kon de koning geen zoon schenken! Ze zeiden dat ik een heks was! Dat zijn de dingen die kinderen graag horen, het kost aardig wat moeite om ook nog wat over de politiek te kunnen vertellen, hahaha. Arme Anna.' Ze friemelde met haar magere handen.

'O, ik heb nog steeds... Deze kan in ieder geval wél af, eindelijk.' Cynthia ging aan de slag om de kap van haar hoofd te verwijderen.

Ook al kon ze merken dat Cynthia erg nerveus was, en dat haar voortdurende gelach eerder een tic was dan oprecht plezier, Robin moest weer denken aan Sarah Shadlock, die veel lachte, en hard, vooral wanneer ze in Matthews buurt was. Opzettelijk of niet, Cynthia's lach legde anderen een soort verplichting op: glimlachen of je komt vijandig over. Robin herinnerde zich een documentaire over apen die ze een keer had gekeken toen ze 's avonds te moe was om van de bank op te staan en naar bed te gaan: ook chimpansees beantwoordden elkaars lach om sociale cohesie uit te drukken.

Toen Strike weer aan de tafel verscheen met Cynthia's koffie, trof hij haar opeens met onbedekt hoofd. Haar donkere haar was voor de helft grijs, en achterovergekamd in een dun, kort paardenstaartje. 'Heel fijn dat u met ons wilde afspreken, mevrouw Phipps,' zei hij terwijl hij weer ging zitten.

'O, welnee, geen enkele moeite, nee joh.' Cynthia wapperde met haar magere handen en lachte alweer. 'Ik wil er alles aan doen om Anna te helpen met... Maar het gaat niet zo goed met Roy, dus ik wil hem nu niet ongerust maken.'

'Wat akelig dat hij...'

'Ja, dank u, nee, hij heeft prostaatkanker,' zei Cynthia, nu zonder te lachen. 'Bestraling. Voelt zich niet bepaald kiplekker. Anna en Kim zijn vanmorgen gekomen om bij hem te zitten, anders had ik niet kunnen... Ik laat hem op het moment niet graag alleen, maar de meiden zijn er, dus dacht ik dat het wel...'

Het einde van de zin ging verloren doordat ze een slok koffie nam. Haar hand trilde licht toen ze het kopje terugzette op het schoteltje.

'Uw stiefdochter heeft u waarschijnlijk wel verteld...' begon Strike, maar Cynthia viel hem onmiddellijk in de rede.

'Dóchter. Noem Anna nooit mijn stiefdochter. Sorry, hoor, maar ik voel voor haar preciés hetzelfde als voor Jeremy en Ellie. Geen enkel verschil.'

Robin vroeg zich af of dat waar was. Ze was zich er op een ongemakkelijke manier van bewust dat een deel van haar Cynthia vanaf de zijlijn kritisch en afkeurend bekeek. Ze is Sarah niet, bracht Robin zichzelf in herinnering.

'Goed, Anna heeft u vast verteld waarom ze ons heeft ingehuurd en zo.'

'O, ja,' zei Cynthia. 'Nee, ik moet eerlijk zeggen dat ik zoiets eigenlijk al heel lang verwachtte. Ik hoop maar dat dit het voor haar allemaal niet nog erger maakt.'

'Eh... tja, dat hopen wij natuurlijk ook,' zei Strike, waarop Cynthia begon te lachen en zei: 'Ach, nee, ja, natuurlijk.'

Strike haalde zijn notitieboek tevoorschijn, waarin een aantal dubbelgevouwen vellen papier zaten, en pakte een pen. 'Kunnen we beginnen met de verklaring die u aan de politie hebt afgelegd?'

'Hebben jullie die daar?' vroeg Cynthia verbaasd. 'Het origineel?'

'Een fotokopie.' Strike vouwde de papieren open.

'Wat... grappig. Om dat terug te zien, na al die jaren. Ik was toen achttien. Achttien! Het lijkt een eeuwigheid geleden, hahaha!'

De handtekening onder aan de bovenste bladzijde, zag Robin, was rond en een beetje kinderlijk. Strike gaf de gekopieerde vellen aan Cynthia, die ze met een bijna angstig gezicht aanpakte.

'Ik vrees dat ik akelig dyslectisch ben,' zei ze. 'De diagnose is pas gesteld op mijn tweeënveertigste. Mijn ouders dachten dat ik gewoon aartslui was, hahaha... eh, dus...'

'Hebt u liever dat ik het voorlees?' stelde Strike voor.

Cynthia gaf hem de kopieën meteen terug. 'O, graag. Zo leer ik ook de aantekeningen voor het gidswerk, door naar audio-opnamen te luisteren, hahaha...'

Strike streek de papieren glad op tafel. 'Onderbreekt u me alstublieft als u iets wilt toevoegen of veranderen,' zei hij tegen Cynthia, die knikte en zei dat ze dat zou doen.

'"Naam: Cynthia Jane Phipps... geboortedatum 20 juli 1957... adres The Annexe, Broom House, Church Road." Is dat niet Margots...?'

'Ik had mijn eigen zelfstandige woonruimte boven de dubbele garage,' zei Cynthia. Robin meende een lichte nadruk op 'zelfstandige' te horen.

'"Ik ben bij dokter Phipps en dokter Bamborough in dienst als oppas voor hun dochtertje en ik woon bij hen in huis..."'

'Zelfstandige studio,' zei Cynthia. 'Met eigen ingang.'

'"Mijn werktijden..." Ik denk niet dat we dit nodig hebben,' mompelde Strike. 'Dan komt het. "Op de ochtend van 11 oktober begon ik om zeven uur. Ik zag dokter Bamborough voordat ze naar haar werk vertrok. Ze was gewoon hetzelfde als altijd. Ze herinnerde me eraan dat ze laat thuis zou zijn omdat ze met haar vriendin Oonagh Kennedy had afgesproken wat te gaan drinken vlak bij de praktijk. Aangezien dokter Phipps zijn bed niet uit kon vanwege het ongeluk dat hij kort daarvoor had gehad..."'

'Heeft Anna verteld dat Roy de ziekte van Von Willebrand heeft?' vroeg Cynthia gespannen.

'Eh... ik geloof niet dat we het van háár hebben gehoord, maar het is wel vermeld in het politierapport.'

'O, heeft ze dat niet gezegd?' Cynthia leek er niet blij mee te zijn. 'Nou, hij heeft type 3. Dat is ernstig, net zoiets als hemofilie. Zijn knieën werden helemaal dik en hij had veel pijn, kon amper bewegen.'

'Ja,' zei Strike, 'het staat allemaal in het politie...'

'Nee, hij had namelijk op de zevende van die maand een ongeluk gehad,' zei Cynthia, die het belangrijk leek te vinden dat te melden. 'Het was een natte dag, het stortregende, dat is nog na te trekken. Hij liep bij het ziekenhuis de hoek om op weg naar het parkeerterrein toen een poliklinische patiënt hem omver fietste. Roy kwam tussen het voorwiel, gleed uit en bezeerde zijn knie. Het bloedde heel erg. Tegenwoordig krijgt hij profylactische injecties, dus nu bloedt hij minder hevig, maar als hij zich in die tijd bezeerde, kon hij soms wekenlang zijn bed niet uit.'

'Juist,' zei Strike, en omdat het hem de meest tactische reactie leek, maakte hij zorgvuldig aantekeningen van details die hij al had gelezen in Roys eigen verklaringen en de politieverhoren.

'Nee, Anna weet dat haar vader die dag gewond was. Dat heeft ze altijd geweten,' voegde Cynthia eraan toe.

Strike ging verder met het voorlezen van de verklaring. Het was een herhaling van feiten die hij en Robin al kenden. Cynthia had thuis voor baby Anna gezorgd. Overdag was Roys moeder langsgekomen. Wilma Bayliss had drie uur lang schoongemaakt en was weer vertrokken. Cynthia had zo nu en dan de invalide arts en zijn moeder kopjes thee gebracht. Om zes uur 's avonds was Evelyn Phipps naar haar eigen bungalow gegaan om te bridgen met vriendinnen, met achterlating van een dienblad met eten voor haar zoon.

'"Die avond om acht uur zat ik beneden in de huiskamer televisie te kijken toen ik in de hal de telefoon hoorde rinkelen. Normaal gesproken nam ik alleen op als dokter Phipps en dokter Bamborough allebei weg waren. Maar omdat dokter Phipps thuis was en er een telefoon naast zijn bed stond, nam ik niet op. Ongeveer vijf minuten later hoorde ik de gong die mevrouw Evelyn Phipps naast het bed van dokter Phipps had gezet voor noodgevallen. Ik ging naar boven. Dokter Phipps lag nog in bed. Hij vertelde dat mevrouw Kennedy zojuist had gebeld. Dokter Bamborough was niet komen opdagen in de pub. Dokter Phipps zei dat ze vast was opgehouden op haar werk of de afspraak was vergeten. Hij vroeg me om dokter Bamborough meteen door te sturen naar hun slaapkamer zodra ze thuiskwam.

Ik ging weer naar beneden. Ongeveer een uur later hoorde ik de gong weer. Ik liep terug naar boven, en nu was dokter Phipps nogal ongerust over zijn vrouw. Hij vroeg of ze nog niet thuisgekomen was. Nee, zei ik. Toen vroeg hij me om in de kamer te blijven terwijl hij mevrouw Kennedy belde, bij haar thuis. Ze had nog steeds niets van dokter Bamborough gehoord of gezien. Dokter Phipps hing op en vroeg mij wat dokter Bamborough bij zich had gehad toen ze die morgen de deur uit ging. Alleen een handtas en haar dokterstas, zei ik. Hij vroeg of dokter Bamborough iets had gezegd over huisbezoeken. Nee, zei ik. Hij wilde dat ik daar bleef terwijl hij dokter Bamboroughs moeder belde.

Mevrouw Bamborough had niets van haar dochter gehoord en had haar ook niet gezien. Dokter Phipps werd nu erg bezorgd en vroeg mij om beneden in de zitkamer te gaan kijken of er iets in de la onder in de klok op de schoorsteenmantel lag. Ik ging kijken. Er lag niets in de la. Ik liep weer naar boven om tegen dokter Phipps te zeggen dat de la van de klok leeg was. Dokter Phipps legde uit dat zijn vrouw en hij daar soms persoonlijke briefjes voor elkaar achterlieten. Dat wist ik niet.

Hij vroeg me om bij hem te blijven terwijl hij zijn moeder belde, want misschien moest ik daarna nog iets voor hem doen. Hij sprak zijn moeder en vroeg haar om advies. Het was een kort gesprek. Toen hij ophing, vroeg dokter Phipps of ik vond dat hij de politie zou moeten bellen. Ik zei ja. Dat ging hij doen, zei hij. Ik moest naar beneden gaan om de politiemensen binnen te laten als ze kwamen en ze dan naar zijn kamer brengen. De politie kwam ongeveer een half uur later en ik wees de agenten de slaapkamer van dokter Phipps.

In mijn ogen was dokter Bamborough niet anders dan anders toen ze die morgen het huis uit ging. De relatie tussen dokter Phipps en dokter Bamborough leek gewoon goed te zijn, ze waren gelukkig. Haar verdwijning verbaast me heel erg, het is niks voor haar. Ze is erg gehecht aan haar dochtertje en ik kan me niet voorstellen dat ze de baby alleen zou laten, of dat ze weg zou gaan zonder haar man of mij te vertellen waarheen." Was getekend: Cynthia Phipps, 12 oktober 1974.'

'Ja, nee, dat is... Daar heb ik niets aan toe te voegen,' zei Cynthia. 'Gek om het terug te horen!' Ze lachte weer snuivend, maar Robin meende angst in haar ogen te zien.

'Dit ligt natuurlijk, eh, gevoelig, maar kunnen we nog even teruggaan naar uw verklaring over de relatie tussen Roy en Margot?'

'Ja, sorry, nee, ik ga niet over hun huwelijk praten.' Er verscheen een bijna paarse blos op haar bleke wangen. 'Iedereen maakt wel eens ruzie, iedereen heeft ups en downs, maar het is niet aan mij om hun huwelijk te bespreken.'

'We begrepen dat uw man niet...' begon Robin.

'Margóts man,' zei Cynthia. 'Nee, het is namelijk... Het zijn twee totaal verschillende mensen. In mijn hoofd.'

Lekker makkelijk, zei een stemmetje in Robins hoofd.

'We bekijken alleen de mogelijkheid dat ze is vertrokken,' zei Strike, 'of misschien...'

'Nee, Margot zou nooit zomaar weggegaan zijn zonder iets te zeggen. Dat was niks voor haar.'

'Anna heeft ons verteld dat haar grootmoeder...' begon Robin.

'Evelyn had beginnende alzheimer, je kon haar woorden niet serieus nemen,' zei Cynthia. Haar toon was nu hoger, brozer. 'Dat heb ik altijd tegen Anna gezegd, ik heb áltijd gezegd dat Margot haar nooit in de steek gelaten zou hebben. Dat heb ik áltijd tegen haar gezegd,' zei ze nogmaals.

Behalve, vervolgde het stemmetje in Robins hoofd, toen je deed alsof je haar echte moeder was en je Margots bestaan voor haar verborgen hield.

'We gaan verder,' zei Strike. 'U werd gebeld op Anna's tweede verjaardag, door een vrouw die zich uitgaf voor Margot?'

'Eh, ja, nee, dat klopt,' zei Cynthia. Ze nam bibberig nog een slokje koffie. 'Ik was in de keuken de verjaardagstaart aan het glazuren toen de telefoon ging, dus ik had moeilijk kunnen vergeten welke datum het was, hahaha. Ik nam op en een vrouwenstem zei: "Ben jij dat, Cynthia?" Ik zei: "Ja," en toen zei ze: "Met Margot. Wens de kleine Annie een fijne verjaardag van haar mama. En zorg goed voor haar." Toen werd de verbinding verbroken.

Ik stond daar maar.' Ze hield een onzichtbaar voorwerp in haar hand en probeerde weer te lachen, maar er kwam geen geluid. 'Met die spatel. Ik wist niet wat ik moest doen. Anna zat te spelen in de huiskamer. Ik was... Ik besloot dat ik beter Roy kon bellen op zijn werk. Hij zei dat ik de politie moest bellen, en dat heb ik gedaan.'

'Dacht u dat het Margot was?' vroeg Strike.

'Nee. Het was niet... Nou ja, ze klónk wel als Margot, maar ik denk niet dat ze het was.'

'Denkt u dat iemand haar imiteerde?'

'Ja, haar stem. Het accent. Cockney, maar... nee, ik kreeg niet dat gevoel dat je krijgt als je gewoon wéét wie het is...'

'Weet u zeker dat het een vrouw was?' vroeg Strike. 'Had het ook een man kunnen zijn die een vrouw nadeed?'

'Dat denk ik niet.'

'Noemde Margot Anna wel eens "de kleine Annie"?' vroeg Robin.

'Ze had allerlei koosnaampjes voor haar,' zei Cynthia met een mistroostig gezicht. 'Annie Fandango, Annabella, Angel Face... Iemand had ernaar kunnen raden, of misschien was het gewoon een vergissing. Maar de timing was... Ze hadden net de resten gevonden van Creeds laatste slachtoffer. De vrouw die hij van de rotsen had gegooid bij Beachy Head...'

'Andrea Hooton,' zei Robin. Cynthia leek er een beetje van te schrikken dat ze die naam meteen paraat had.

'Ja, de kapster.'

'Nee,' zei Robin. 'Dat was Susan Meyer. Andrea was de studente.'

'O ja,' zei Cynthia. 'Natuurlijk... Ik ben zo slecht met namen. Maar Roy had dus net dat hele gedoe met de identificatie achter de rug. Van, eh... de delen van het lijk die waren aangespoeld, dus onze hoop was al... Nee, niet onze hoop!' riep Cynthia, met een benauwd gezicht vanwege het woord dat ze er zojuist had uitgeflapt. 'Dat bedoel ik niet! Nee, we waren natuurlijk opgelucht dat het Margot niet was, maar je denkt toch, weet je wel, dat je misschien antwoord krijgt op...'

Strike moest denken aan zijn eigen schuldgevoel omdat hij had gewenst dat er gauw een einde zou komen aan Joans trage en langdurige sterfproces. Een lijk, hoe onwelkom ook, betekende dat het leed kon worden geuit, en worden verspreid over bloemen, toespraken en rituelen; je kon troost putten uit God, alcohol en mederouwenden; er werd een apotheose bereikt, een eerste stap naar het bevatten van het afschuwelijke feit dat er een leven was uitgedoofd – en dat het leven doorging.

'We hadden het al een keer doorgemaakt toen dat andere lichaam gevonden werd, in Alexandra Lake,' zei Cynthia.

'Susan Meyer,' mompelde Robin.

'Roy kreeg foto's te zien... allebei de keren... en toen kwam dat telefoontje, kort nadat hij had moeten... voor de tweede keer... het was...'

Cynthia huilde plotseling. Niet zoals Oonagh Kennedy met geheven hoofd en tranen die glinsterden op haar wangen, maar over de tafel gebogen, haar gezicht verborgen, haar trillende handen als steun onder haar voorhoofd.

'Het spijt me,' snikte ze. 'Ik wist dat dit akelig zou worden... We praten nooit... nooit meer over haar. Sorry, hoor...'

Ze bleef een paar seconden zitten snikken en dwong zichzelf toen om weer op te kijken, haar grote ogen nu rood en nat.

'Roy wilde geloven dat het Margot was geweest aan de telefoon. Hij vroeg steeds: "Weet je héél zeker dat zij het niet was?" Hij was op van de zenuwen toen de politie het telefoontje natrok...

Jullie zijn heel beleefd,' zei ze toen, en deze keer was haar lach enigszins hysterisch, 'maar ik weet heus wel wat jullie willen weten, en wat Anna wil weten, ook al heb ik het zo vaak tegen haar gezegd, steeds weer... Er was niéts tussen Roy en mij voordat Margot verdween, en de eerste vier jaar daarna... Heeft ze verteld dat Roy en ik familie zijn?'

Ze zei het alsof ze zichzelf dwong het te vertellen, ook al waren ze als verre achterneef en -nicht toch geen erg nabije familie van elkaar. Maar Robin dacht aan Roys bloedafwijking, en ze vroeg zich af of het binnen de familie Phipps, net als bij de Romanovs, niet verstandiger was geweest om nooit met een neef of nicht te trouwen.

'Ja, dat heeft ze verteld,' zei Strike.

'Ik kon zijn naam niet meer hóren voordat ik voor hen ging werken, eerlijk gezegd. Het was altijd "Neem een voorbeeld aan neef Roy, die met al zijn gezondheidsproblemen toch maar mooi geneeskunde studeert aan Imperial College. Als je maar eens wat harder zou werken, Cynthia..." Ik kon hem wel schieten, hahaha!'

Robin dacht aan de foto van de jonge Roy uit de kranten: het gevoelige gezicht, de lange lok, de dichtersogen. Veel vrouwen vonden letsel en ziekte romantisch bij een knappe man. En was Matthew in zijn ergste jaloezieaanvallen op Strike niet begonnen over diens geamputeerde been, de krijgswond waartegen hij het nooit dacht te kunnen opnemen, met zijn intacte, fitte lijf?

'Jullie geloven het misschien niet, maar voor mij als zeventienjarige was Margot het beste wat Roy te bieden had! Nee, ik vond haar gewéldig, zo... zo modieus en... je weet wel, overal een mening over...

Ze vroeg me te eten toen ze had gehoord dat ik gezakt was voor al mijn examens. Ze was echt mijn grote heldin, dus ik was dolgelukkig. Ik stortte mijn hart bij haar uit, zei dat ik er niet aan moest dénken herexamen te moeten doen, dat ik gewoon in de echte wereld mijn geld wilde verdienen. En toen zei ze: "Je bent heel goed met kinderen, waarom kom je niet voor mijn baby zorgen als ik weer ga werken? Dan laat ik Roy de ruimte boven de garage voor je inrichten."

Mijn ouders waren witheet,' zei Cynthia, met alweer een dappere maar onsuccesvolle poging om te glimlachen. 'Ze waren woest op haar én op Roy, hoewel hij me daar eigenlijk eerst helemaal niet wilde hebben, omdat hij liever had dat Margot thuisbleef om zelf voor Anna te zorgen. Mijn vader en moeder zeiden dat ze gewoon een goedkope arbeidskracht zocht. Tegenwoordig kan ik het wel beter vanuit hun standpunt bekijken. Ik weet niet of ík zo blij geweest zou zijn als zomaar een vrouw een van mijn dochters had overgehaald om te stoppen met school en bij haar in te trekken om voor haar baby te zorgen. Maar nee, ik was dol op Margot. Ik vond het prachtig.'

Cynthia viel even stil, met een afwezige blik in haar droefgeestige ogen, en Robin vroeg zich af of ze dacht aan de immense, niet meer terug te draaien gevolgen van het accepteren van die baan als oppas, die achteraf gezien geen springplank was gebleken naar haar eigen, onafhankelijke leven, maar waardoor ze was terechtgekomen in een huis waar ze nooit meer zou vertrekken, waar ze Margots kind zou grootbrengen als haar eigen dochter, het bed zou delen met Margots man en voor altijd in de schaduw zou staan van de dokter op wie ze beweerde zo dol te zijn geweest. Hoe zou het zijn om te moeten leven met zo'n enorme afwezigheid?

'Mijn ouders wilden dat ik daar weg zou gaan na de verdwijning van Margot. Ze vonden het niet prettig dat ik met Roy alleen in huis was, want de mensen begonnen te roddelen. Er werd zelfs van alles gesuggereerd in de pers, maar ik zweer op het leven van mijn kinderen,' zei Cynthia met een soort doffe beslistheid, 'dat er níéts was tussen Roy en mij, nooit, voordat Margot verdween, en ook heel lang daarna niet. Ik ben gebleven voor Anna, omdat ik het niet kon verdragen haar in de steek te laten... Ze was mijn dochter geworden!'

Niet waar, zei de onverbiddelijke stem in Robins hoofd. *En dat had je haar moeten vertellen.*

'Roy heeft heel lang geen vrouw in zijn leven gehad na de verdwijning van Margot. Toen was er een tijdje een collega van hem.' Cynthia's magere gezicht kleurde weer rood. 'Maar dat duurde maar een paar maanden. Anna mocht haar niet.

Ik had zelf wel verkering, een knipperlichtrelatie, maar hij was me zat. Hij zei dat het net was alsof hij iets had met een getrouwde vrouw met een kind, omdat Anna en Roy bij mij altijd op de eerste plaats kwamen.

En toen...' zei Cynthia zwakjes, met één gebalde vuist en de andere hand eromheen geklemd, 'na verloop van tijd... besefte ik dat ik verliefd was geworden op Roy. Maar ik had nooit durven dromen dat hij mij ook wilde. Margot was zo slim, zo'n... zo'n sterke persoonlijkheid, en hij was een stuk ouder dan ik, veel intelligenter, een man van de wereld...

Op een avond, nadat ik Anna in bed gelegd had, wilde ik teruggaan naar mijn kamer toen hij me vroeg hoe het zat met Will, mijn vriendje, en ik zei dat het uit was. Hij vroeg wat er was gebeurd en we raakten aan de praat en hij zei... hij zei: "Jij bent heel bijzonder, je verdient beter." En toen... toen dronken we samen wat...

Dat was víér jaar na haar verdwijning,' zei Cynthia nogmaals. 'Ik was achttien toen ze verdween en ik was tweeëntwintig toen Roy en ik... toegaven dat we bepaalde gevoelens voor elkaar hadden. We hielden het natuurlijk geheim. Het heeft nog eens drie jaar geduurd voordat Roy een overlijdensverklaring voor Margot kon krijgen.'

'Dat moet heel zwaar geweest zijn,' zei Strike.

Cynthia keek hem even aan zonder te glimlachen. Ze leek ouder te zijn geworden sinds haar komst aan hun tafeltje. 'Ik heb al bijna veertig jaar nachtmerries over Margot die terugkomt en mij het huis uit gooit,' zei ze, en ze probeerde weer te lachen. 'Dat heb ik Roy nooit verteld. Ik wil ook niet weten of hij over haar droomt. We praten niet over haar. Dat is de enige manier om het aan te kunnen. We hebben destijds alles gezegd wat er te zeggen viel, tegen de politie, tegen elkaar, tegen de rest van de familie. Alles werd opgerakeld, we hebben toen uren gepraat. "Het is tijd om de deur te sluiten," zo formuleerde Roy het. Hij zei: "We hebben de deur lang genoeg opengelaten. Ze komt niet terug."

Er werden wel hatelijke dingen gezegd in de pers, je kent dat wel, toen we gingen trouwen. "Echtgenoot van verdwenen arts trouwt met jonge kinderoppas." Dat klinkt meteen ranzig, nietwaar? Roy zei dat ik me er niks van aan moest trekken. Mijn ouders vonden het allemaal afschuwelijk. Pas toen ik Jeremy kreeg zijn ze een beetje bijgetrokken.

Het is nóóit onze bedoeling geweest om Anna te misleiden. We wilden wachten... Ik weet niet... We zochten naar het juiste moment om haar uit te leggen... Maar hoe doe je dat? Ze noemde mij "mama",' fluisterde Cynthia, 'ze was g-gelukkig, het was een h-heel gelukkig meisje, maar toen vertelden die andere kinderen op school haar over Margot en dat heeft álles ver...'

Ergens vlakbij klonk een luide synthesizerversie van 'Greensleeves'. Ze keken alle drie geschrokken op, totdat Cynthia haar snuivende lach weer liet horen en zei: 'Dat is mijn telefoon!' Ze viste het toestel uit een diepe zak in haar japon en nam op. 'Roy?'

Robin kon vanaf de plek waar ze zat Roys boze stem horen. Cynthia zag er plotseling geschrokken uit. Ze probeerde op te staan, maar trapte op de zoom van haar jurk en struikelde voorover. Terwijl ze een poging deed zich te herpakken zei ze: 'Nee, ik ben... O, nee, toch? Moest ze dat nou... O, god, Roy, ik wilde het je niet vertellen omdat... Nee, ja, ik ben nog bij hen!'

Toen ze er eindelijk in was geslaagd zich te bevrijden, zowel van de japon als van de tafel, strompelde Cynthia het vertrek uit. De grote kap die ze op haar hoofd had gedragen gleed slap van haar stoel. Robin bukte om hem op te rapen, en toen ze hem op de zitting legde, zag ze Strike naar haar kijken.

'Wat nou?'

Hij wilde net antwoord geven toen Cynthia terugkwam. Ze zag er hevig ontdaan uit.

'Roy weet het. Anna heeft het hem verteld. Hij wil dat jullie meekomen naar Broom House.'

36

He oft finds med'cine who his grief imparts;
But double griefs afflict concealing hearts,
As raging flames who striveth to suppress.

Edmund Spenser
The Faerie Queene

Cynthia maakte zich haastig uit de voeten om haar Anna Boleyn-kostuum uit te trekken en kwam tien minuten later terug in een slecht passende spijkerbroek, een grijze trui en gympen. Ze leek buitengewoon gespannen te zijn toen ze samen terugliepen door het paleis, in een rap tempo dat voor Strike niet makkelijk bij te houden was op kinderkopjes die nog glad waren van de regen. Het was tijdelijk droog buiten, maar de dikke grijze wolken beloofden alweer nieuwe buien, ondanks hun vergulde randen. Toen Robin bij de poort naar de binnenplaats even omhoogkeek werd haar blik getrokken door de glimmende gouden accenten op de astronomische klok, en ze zag dat de zon in Margots sterrenbeeld Waterman stond.

'Ik zie jullie daar wel,' zei Cynthia buiten adem zodra ze bij het parkeerterrein kwamen, en zonder op antwoord te wachten ging ze op een drafje naar een blauwe Mazda 3 in de verte.

'Dit wordt interessant,' zei Robin.

'Nou en of,' zei Strike.

'Pak de kaart even,' zei Robin toen ze allebei in de auto zaten. De oude Land Rover had niet eens een fatsoenlijke radio, laat staan een navigatiesysteem. 'Jij moet de weg wijzen.'

'Wat vind je van haar?' vroeg Strike terwijl hij Church Road in Ham opzocht.

'Ze lijkt me wel oké,' zei Robin, en ze werd zich ervan bewust dat Strike, net als daarstraks aan het tafeltje, met een wat vragende blik naar haar keek.

'Wat nou?' vroeg ze opnieuw.

'Ik had de indruk dat je haar niet erg mocht.'

'Wel waar,' zei Robin enigszins verdedigend. 'Ze is oké.'

Ze reed achteruit het parkeervak uit, terugdenkend aan Cynthia's snuivende lach en haar gewoonte om 'ja' en 'nee' verkeerd te gebruiken.

'Nou...'

'Dacht ik het niet,' zei Strike zelfvoldaan.

'Als je bedenkt wat er met Margot gebeurd kan zijn, zou ik zo'n gesprek niet beginnen met een lollige opmerking over onthoofdingen.'

'Zij leeft er al veertig jaar mee,' zei Strike. 'Mensen die met zoiets omvangrijks moeten leven zien het vaak niet meer. Het is gewoon de achtergrond van hun bestaan. Alleen anderen kunnen er op geen enkele manier omheen.'

Het begon weer te regenen toen ze het parkeerterrein af reden, en er vormde zich razendsnel een dunne sluier over de voorruit.

'Oké, ik ben bevooroordeeld,' gaf Robin toe terwijl ze de ruitenwissers aanzette. 'Het onderwerp tweede vrouw ligt bij mij momenteel een beetje gevoelig.'

Ze reed een poos zwijgend door voordat ze zich ervan bewust werd dat Strike weer naar haar zat te kijken.

'Wat nou?' vroeg ze voor de derde keer.

'Waarom ligt dat gevoelig, het onderwerp tweede vrouw?'

'Omdat... O, dat heb ik je niet verteld, hè? Ik heb het tegen Morris gezegd.' Ze had sindsdien geprobeerd om niet meer te denken aan hun dronken uitwisseling van tekstberichtjes op tweede kerstdag, aan het kleine beetje troost dat ze er toen nog uit had geput, naast een enorme hoeveelheid ongemak. 'Matthew en Sarah Shadlock zijn nu officieel een stel. Ze is voor hem bij haar verloofde weggegaan.'

'Shit,' zei Strike, zijn blik nog steeds op Robins profiel gericht. 'Nee, dat had je me niet verteld.'

Maar hij noteerde in gedachten het feit dat ze het wel aan Morris had verteld, wat niet paste bij het beeld dat hij had van de relatie tussen Robin en Morris. Na wat Barclay hem had verteld, over Morris die Robins autoriteit niet aanvaardde, en door Robins over het algemeen nogal lauwe commentaar op hun nieuwe freelancer had Strike aangenomen dat Morris' ongetwijfeld seksuele belangstelling voor Robin met een sisser was gedoofd omdat zij die niet beantwoordde. En toch had ze dit pijnlijke stukje persoonlijke informatie gedeeld met Morris en niet met hem.

Terwijl ze zwijgend naar Church Road reden, vroeg hij zich af wat er in Londen had gespeeld in de tijd dat hij in Cornwall zat. Morris zag er goed uit en was net als Robin in een echtscheiding verwikkeld. Strike begreep eigenlijk niet dat hij niet eerder aan de mogelijke gevolgen van deze overduidelijke symmetrie had gedacht. Ervaringen uitwisselen over advocaten, lastige exen, het gedoe rond twee levens die opgedeeld moesten worden: ze hadden natuurlijk genoeg om over te praten, volop gelegenheid voor wederzijds begrip.

'Hier rechtdoor,' zei hij, en ze reden in stilte over de Royal Paddocks, tussen hoge, rechte rode muren door.

'Mooie straat,' merkte Robin op, twintig minuten na hun vertrek bij Hampton Court Palace. Ze stuurde de Land Rover een weg op die ook ergens diep op het platteland had kunnen liggen. Links van hen was een dicht bos, rechts stonden meerdere grote, vrijstaande huizen, een flink eind van de weg af, achter hoge heggen.

'Daar is het.' Strike wees naar een buitengewoon riant huis met meerdere puntgevels, deels betimmerd met vakwerk.

Het dubbele toegangshek stond open, net als de voordeur. Ze reden de oprijlaan op en parkeerden achter de blauwe Mazda 3.

Zodra Robin de motor had afgezet hoorden ze geschreeuw uit het huis komen. Een mannenstem, fel en hoog.

De echtgenote van Anna Phipps, lang en blond, en net als de vorige keer gekleed in jeans en een T-shirt, kwam naar buiten gelopen en beende met grote passen op hen af, haar gezichtsuitdrukking gespannen. 'Vette ruzie,' zei ze toen Strike en Robin in de motregen uitstapten.

'Hebt u liever dat we wachten tot...?'

'Nee,' zei Kim, 'hij wil jullie per se zien. Ga maar mee naar binnen.'

Ze liepen het grind over en gingen Broom House binnen. Ergens verderop klonk nog steeds geschreeuw, nu ook van een vrouw.

Elk huis heeft zijn eigen ingesleten geur, en hier rook het naar sandelhout en iets niet geheel onaangenaam mufs. Kim ging hun voor door een lange gang met grote ramen die ergens halverwege de twintigste eeuw leek te zijn blijven steken. Er hingen koperen lampen en aquarellen, en op de geboende houten vloer lag een oud kleed. Met een plotselinge huivering bedacht Robin dat Margot ooit over diezelfde vloer had gelopen, en dat haar metalige rozenparfum zich vermengd moest hebben met de geuren van boenwas en oud tapijt.

Toen ze de deur naar de salon naderden, werd de ruzie daarbinnen plotseling verstaanbaar.

'... en als er over mij gepraat wordt,' schreeuwde een man, 'dan heb ik het recht om iets terug te zeggen. Mijn familie die besluit om achter mijn rug om onderzoek naar me te doen... chic is dat, héél chic...'

'Niemand doet onderzoek naar jou! Jezus!' hoorden ze Anna zeggen. 'Bill Talbot was een prutser...'

'O ja? Was jij erbij dan? Heb je hem gekend?'

'Ik hoefde er niet bij te zijn, pap, om te...'

Kim deed de deur open. Strike en Robin liepen achter haar aan naar binnen.

Het was alsof ze op een tableau vivant stuitten. De drie mensen die in de kamer stonden verstarden bij hun binnenkomst. Cynthia drukte haar magere vingers tegen haar mond. Anna was opgesteld tegenover haar vader, aan de andere kant van een antiek tafeltje.

Er was niets meer over van de romantische dichter uit 1974. Roy Phipps' resterende haar was kort en grijs en groeide alleen rond zijn oren en op zijn achterhoofd. Hij zou nu, met zijn gebreide spencer, het hoge voorhoofd, de kale, glimmende kruin en zijn felle ogen, enigszins verzonken in een vlekkerig gezicht, beter geschikt zijn voor de rol van verstrooide professor.

Roy Phipps zag er zo woest uit dat Robin min of meer verwachtte dat hij ook tegen de nieuwkomers zou gaan schreeuwen. Maar de houding van de hematoloog veranderde toen zijn blik die van Strike trof. Robin zou niet kunnen zeggen of het een eerbetoon was aan de omvang van de detective of dat het kwam door de ernst en kalmte die hij onder hoogspanning altijd wist uit te stralen, maar ze meende te zien dat Roy besloot op te houden met schreeuwen. Na een korte aarzeling aanvaardde de arts Strikes uitgestoken hand, en terwijl die twee elkaar begroetten vroeg Robin zich af in welke mate mannen zich bewust waren van de machtsdynamiek die tussen hen plaatsvond terwijl de vrouwen toekeken.

'Dokter Phipps,' zei Strike.

Roy leek de omschakeling van buitensporige woede naar een beleefde begroeting lastig te vinden, en zijn onmiddellijke reactie was enigszins onsamenhangend.

'Dus u bent... u bent de detective?' vroeg hij. Hij had nog steeds blauw-rode vlekken op zijn bleke wangen.

'Cormoran Strike – en dit is mijn collega Robin Ellacott.'

Robin deed een stap naar voren.

'Hoe maakt u het?' zei Roy stijfjes, en hij gaf ook haar een hand. De zijne was warm en droog.

'Zal ik koffiezetten?' vroeg Cynthia half fluisterend.

'Ja, nee, waarom ook niet.' Roys norsheid streed duidelijk om voorrang met de zenuwen die toe leken te nemen terwijl Strike, groot en fors en roerloos, naar hem stond te kijken. 'Ga zitten, ga zitten,' zei hij, wijzend naar een bank die haaks op een andere stond.

Cynthia maakte zich haastig uit de voeten om koffie te zetten, en Strike en Robin namen plaats op de hun toegewezen plekken.

'Ik ga Cyn helpen,' mompelde Anna en ze snelde de kamer uit. Kim volgde haar na een korte aarzeling, zodat Strike en Robin alleen achterbleven met Roy. De dokter installeerde zich in een hoge, fluwelen stoel met rechte rug en keek boos om zich heen. Hij zag er niet goed uit. Nu de rode blossen van opwinding wegtrokken, was zijn gezicht flets en bleek. Zijn sokken waren afgezakt rond zijn magere enkels.

Er viel een stilte, een van de ongemakkelijkste stiltes die Robin ooit had uitgezeten. Voornamelijk om niet naar Roy te hoeven kijken liet ze haar blik door de grote kamer gaan, die net zo ouderwets was als de gang. In een hoek stond een vleugel. Ook hier waren grote ramen, die uitzicht boden op een enorme tuin, met een grote rechthoekige vijver pal achter een geplaveid gedeelte, en helemaal daarachter een overdekt, tempelachtig bouwwerk waar mensen konden zitten, om te kijken naar de koikarpers – die nu amper zichtbaar waren door de spetterende regen op het wateroppervlak – of het uitgestrekte gazon, met zijn volwassen bomen en goed onderhouden bloembedden.

De kasten in de huiskamer waren gevuld met een overvloed aan in leer gebonden boeken, bronzen beeldjes en antieke voorwerpen. Tussen de banken in stond een borduurraam, waarop een prachtig borduurwerk van zijde in de maak was. Het was een afbeelding met Japanse invloed, van twee koikarpers die in tegengestelde richting zwommen. Robin overwoog om er een beleefde opmerking over te maken en te vragen of het Cynthia's borduurwerk was, toen Strike vroeg: 'Wie was de classicus?'

'Wat?' vroeg Roy. 'O. Mijn vader.'

Hij liet zijn wilde blik langs de diverse bronzen en marmeren beeldjes in het vertrek gaan. 'Klassieke talen gestudeerd aan Cambridge.'

'Aha,' zei Strike, en de ijzige stilte keerde terug.

Een hevige windvlaag zwiepte nog meer regen tegen het raam. Robin was opgelucht toen ze het getinkel van theelepeltjes en de voetstappen van de drie terugkerende vrouwen hoorde.

Cynthia, die als eerste binnenkwam, zette een dienblad op de antieke tafel die tussen de twee banken in stond. Het zwaarbeladen blad wiebelde een beetje. Anna plaatste er een grote cake op een houder naast.

Anna en Kim gingen naast elkaar op de vrije bank zitten, Cynthia schoof enkele iele bijzettafeltjes aan zodat iedereen zijn thee kwijt kon en sneed voor de liefhebbers plakken cake af, waarna ze met een angstig gezicht naast haar schoonstiefdochter ging zitten.

'Zo,' zei Roy toen eindelijk tegen Strike, 'ik wil graag horen hoe groot u de kans acht dat u wél zult ontdekken wat de politie van Londen in veertig jaar tijd niet heeft kunnen vinden.'

Robin wist zeker dat Roy deze agressieve openingszin had bedacht tijdens hun lange, pijnlijke stilte.

'Tamelijk klein,' antwoordde Strike nuchter, nadat hij een grote hap had doorgeslikt van de plak cake die Cynthia hem had gegeven. 'Al hebben we wel een nieuwe getuige gevonden, iemand die beweert uw eerste vrouw gezien te hebben, en daar zou ik het graag met u over hebben.'

Roy leek van zijn stuk gebracht.

'Beweért,' benadrukte Strike. Hij zette zijn schoteltje weg en tastte in de binnenzak van zijn jasje naar zijn notitieblok. 'Maar het is duidelijk... Uitstekende cake, mevrouw Phipps,' zei hij tegen Cynthia.

'O, dank u wel,' reageerde ze met een klein stemmetje. 'Anna was gek op koffiecake met walnoten toen ze klein was, hè lieverd?' zei ze, maar Anna's enige reactie was een gespannen lachje.

'We hoorden het van een van de voormalige collega's van uw vrouw, Janice Beattie.'

Roy schudde het hoofd en haalde ongeduldig zijn schouders op, om aan te geven dat de naam hem niets zei.

'Ze was de praktijkassistente bij St John,' zei Strike.

'O,' zei Roy. 'Ja. Ik geloof dat ze hier ooit is geweest, voor een barbecue. Het leek me een prima mens... Een ramp, die middag. Wat een vervloekte ramp. Die kinderen waren een verschrikking. Weet je nog?' vroeg hij op felle toon aan Cynthia.

'Ja,' zei Cynthia snel. 'Nee, er was één jongen die echt...'

'Wodka in de punch gedaan,' blafte Roy. 'Is nog iemand ziek van geworden.'

'Gloria,' zei Cynthia.

'Ik kan al die namen niet onthouden.' Roy wapperde ongeduldig met zijn hand. 'De hele wc beneden ondergekotst. Walgelijk.'

'Dat jongetje, was dat Carl Oakden?' vroeg Strike.

'Ja, klopt,' zei Roy. 'Later vonden we de lege wodkafles, verstopt in de schuur. Dat joch was het huis in geslopen en had die fles uit de drankenkast gepikt.'

'Ja,' zei Cynthia. 'En daarna gooide hij...'

'... een kristallen schaal van mijn moeder en een stuk of vijf glazen kapot. Sloeg een cricketbal dwars over het terrein waar de barbecue stond. Die praktijkzuster heeft de boel voor me opgeruimd, omdat... Aardig van haar. Ze wist dat ik dat zelf niet kon doen. Glasscherven,' zei Roy met een ongeduldig gebaar.

'Het voordeel was wel,' zei Cynthia met een vaag lachje, 'dat de punch in de schaal zat die aan diggelen ging, dus verder is er niemand ziek geworden.'

'Het was een art-decoschaal,' zei Roy. Bij hem kon er geen lachje af. 'Rampzalig, die hele toestand. Ik zei tegen Margot...' Hij zweeg even bij het uitspreken van de naam, en Robin vroeg zich af wanneer hij dat voor het laatst had gedaan. 'Ik zei: "Ik snap niet wat je hiermee denkt te bereiken." Want híj kwam toch niet, die dokter met wie ze de relatie wilde herstellen, die kerel met wie ze niet kon opschieten, hoe heette...'

'Joseph Brenner,' zei Robin.

'Brenner, precies. Híj had de uitnodiging afgeslagen, dus wat had het voor zin? Maar nee, hoor, we moesten hoe dan ook onze zaterdag opofferen om dat zootje ongeregeld te ontvangen, en als dank werd onze drank gestolen en werden onze spullen vernield.'

Roys vuisten lagen op de leuningen van zijn stoel. Hij strekte zijn lange vingers even, als een heremietkreeft die zijn poten bewoog, waarna hij zijn vuisten weer stevig balde.

'Diezelfde jongen, die Oakden, heeft later een boek over Margot geschreven. Hij gebruikte goddomme een foto van diezelfde barbecue om de suggestie te versterken dat hij en zijn moeder alles van ons privéleven wisten. Dus ja,' zei Roy kil, 'het was níét een van Margots betere ideeën.'

'Nou ja, ze probeerde toch om de samenwerking binnen de praktijk te verbeteren?' zei Anna. 'Jij hebt op je werk nooit te maken gehad met verschillende persoonlijkheden die...'

'O, nu weet je zeker ineens alles over mijn werk, Anna?'

'Nou ja, het was wat anders dan een baan als huisarts, of niet dan?' zei Anna. 'Jij gaf colleges, deed onderzoek, je had niet te maken met schoonmakers en receptionisten en een hele zwik niet-medisch personeel.'

'Ze gedroegen zich echt nogal onbehoorlijk, Anna,' schoot Cynthia Roy loyaal te hulp. 'Nee, echt. Ik heb het nooit verteld, want ik wilde geen problemen veroorzaken, maar een van die vrouwen was naar boven geslopen, de slaapkamer van je vader en moeder in.'

'Wát?' blafte Roy.

'Ja,' zei Cynthia nerveus. 'Nee, ik ging naar boven om Anna een schone luier om te doen en toen hoorde ik iets. Ik liep de kamer in en zag dat ze naar Margots kleren in de kast stond te kijken.'

'Wie was dat?'

'De blonde. Niet Gloria maar die andere receptioniste.'

'Irene,' zei Strike. 'Wist ze dat u haar had gezien?'

'O ja. Ik kwam binnen met Anna in mijn armen.'

'Wat zei ze toen ze u zag?' vroeg Robin.

'Ze geneerde zich een beetje,' zei Cynthia. 'Zou jij je niet generen? Ze lachte en zei: "Ik ben gewoon nieuwsgierig," waarna ze langs me heen de kamer uit liep.'

'Goeie god,' zei Roy Phipps hoofdschuddend. 'Wie had die lui ooit áángenomen?'

'Keek ze echt alleen maar?' vroeg Robin aan Cynthia. 'Of denkt u dat ze de kamer in was geslopen om...?'

'O, ik denk niet dat ze iets had meegenomen,' zei Cynthia. 'En er was niks... Margot miste later toch niks, of wel?' vroeg ze aan Roy.

'Nee, maar toch had je het me destijds moeten vertellen,' zei Roy kwaad.

'Ik wilde geen problemen veroorzaken. Jij was toen al... Nou ja, het was een stressvolle dag, nietwaar?'

'Nog even over de persoon die meende Margot gezien te hebben,' zei Strike, en hij vertelde de familie uit de derde hand het verhaal over Charlie Ramage, die beweerde Margot te hebben zien lopen tussen de graven op een kerkhof in Leamington Spa.

'... en nu heeft Robin de weduwe van Ramage gesproken, die het verhaal in grote lijnen bevestigde, alleen kon ze niet zweren dat het Margot was die hij gezien dacht te hebben, en niet een andere vermiste vrouw. De waarneming lijkt niet te zijn doorgegeven aan de politie, dus ik wilde vragen of Margot een bepaalde band had met Leamington Spa, voor zover u weet.'

'Geen enkele,' zei Roy, en Cynthia schudde het hoofd.

Strike maakte een aantekening. 'Dank u wel. Nu we het toch hebben over mensen die haar gezien zouden hebben, zouden we de rest van de lijst nog eens kunnen doornemen?'

Robin meende te weten waar Strike naartoe wilde. Hoe ongemakkelijk het idee dat Margot misschien nog leefde ook mocht zijn voor de aanwezigen in deze kamer, Strike wilde de ondervraging beginnen met een ander uitgangspunt dan moord.

'De vrouw bij het wegrestaurant in Birmingham, de moeder in Brighton, iemand die haar hond uitliet in Eastbourne,' raffelde Roy af, nog voordat Strike kon beginnen. 'Waarom zou Margot openlijk rondlopen, autorijden en honden uitlaten? Als ze vrijwillig was verdwenen, wilde ze duidelijk niet gevonden worden. Hetzelfde geldt voor rondlopen op een kerkhof.'

'Klopt,' zei Strike. 'Maar er was één geval...'

'Warwick,' zei Roy. 'Ja.'

De echtelieden wisselden een blik. Strike wachtte af. Roy zette zijn kop-en-schotel op de tafel voor hem en keek op naar zijn dochter. 'Weet je zeker dat je dit wilt, Anna?' vroeg hij met een blik op zijn zwijgende dochter. 'Heel, héél zeker?'

'Wat bedoel je nou?' snauwde ze. 'Waarom denk je anders dat ik detectives heb ingeschakeld? Voor de lol?'

'Goed dan. Goed. Die getuigenis trok... trok mijn aandacht omdat de ex van mijn vrouw, een zekere Paul Satchwell, oorspronkelijk uit Warwick kwam. Dat was een man met wie ze... het contact weer had opgepakt, vlak voor haar verdwijning.'

'Ach, kom op, zeg,' zei Anna met een lachje. 'Denk je nou echt dat ik niet weet hoe het zit met Paul Satchwell? Natuurlijk weet ik dat wel!' Kim stak haar hand uit en legde die op het been van haar vrouw, als troostend gebaar of als waarschuwing, dat was moeilijk te zien. 'Heb je nooit gehoord van internet, pap, of van persarchieven? Ik heb die belachelijke foto van Satchwell gezien, met zijn borsthaar en al die opsmuk, en ik weet dat mijn moeder drie weken voor haar verdwijning iets met hem is gaan drinken! Maar het was maar één keer...'

'O ja?' zei Roy vals. 'Bedankt voor de geruststelling, Anna. Bedankt voor je expertise en je kennis. Wat fijn als je zo alwetend bent als...'

'Roy,' fluisterde Cynthia.

'Wat wil je nou zeggen, dat er meer aan de hand was?' vroeg Anna met een geschrokken gezicht. 'Dat is niet waar, wat gemeen om dat te zeggen! Volgens Oonagh...'

'O, nou begrijp ik het!' riep Roy, en zijn ingevallen wangen werden paars terwijl hij hard in de armleuningen van zijn stoel kneep. 'Zegt Oonagh het? Dat verklaart alles!'

'Wat verklaart dat dan?' vroeg Anna fel.

'Dit!' schreeuwde hij, en hij wees met een trillende hand, waar de aderen dik bovenop lagen en waarvan de knokkels gezwollen waren, naar Strike en Robin. 'Oonagh Kennedy zit achter dit alles, of niet soms? Ik had kunnen weten dat ik nog niet van dat mens af was!'

'Roy, alsjeblieft, zeg,' zei Kim hard. 'Wat een belachelijke...'

'Oonagh Kennedy wilde mij laten arresteren!'

'Pap, dat is stomweg niet waar,' zei Anna, en ze duwde met kracht Kims dwingende hand van haar been. 'Jij hebt een morbide fixatie voor Oonagh...'

'Mij aan mijn kop zeiken dat ik een klacht moest indienen over Talbot...'

'Ja, waarom heb je dat verdomme niet gedáán?' riep Anna uit. 'Die man had gewoon keihard een zenuwinzinking!'

'Roy,' jammerde Cynthia nogmaals, toen Roy zich over het te kleine tafeltje, waarop de wankelende cake stond, naar zijn dochter toe boog. Woest gebarend, met een vuurrood hoofd, brulde hij: 'Het hele huis vol politie, ze zaten aan de spullen van je moeder, er liepen speurhonden in de tuin... Ze wilden niets liever dan een reden vinden om mij te kunnen arresteren. En in die situatie had ik een officiële klacht moeten indienen tegen de man die daar de leiding had? *Hoe zou dat overgekomen zijn?*'

'Hij was incompetent!'

'Was je erbij, Mevrouw Alwetend? Heb je hem gekend?'

'Waarom hebben ze hem vervangen? Waarom staat er in ieder artikel over hem dat hij incompetent was? De waarheid is,' zei Anna, terwijl ze met haar wijsvinger in de lucht tussen haar en haar vader in priemde, 'dat jij en Cyn dol waren op Bill Talbot, omdat hij van het begin af aan dacht dat je onschuldig was en...'

'Dácht dat ik onschuldig was?' bulderde Roy. 'Je wordt bedankt, het is goed om te weten dat er niks veranderd is sinds je mij er op je dertiende...'

'Roy!' zeiden Cynthia en Kim in koor.

'... van beschuldigde de koivijver aangelegd te hebben boven op de plek waar ik haar begraven zou hebben!'

Anna barstte in tranen uit en vluchtte de kamer uit, waarbij ze bijna struikelde over Strikes benen. Hij vermoedde een massale uittocht en trok snel zijn voeten in.

'Wanneer,' vroeg Kim op kille toon aan haar schoonvader, 'ga je Anna eindelijk eens vergeven wat ze heeft gezegd toen ze een verward kind was, een kind dat een afschuwelijke tijd doormaakte?'

'En míjn afschuwelijke tijd stelt zeker niks voor? Niks!' schreeuwde Roy, en ook hij liep de kamer uit, zo vlug als hij kon, wat in zijn geval een versneld gestrompel betekende.

'Jezus,' mompelde Kim. Ze beende achter Roy en Anna aan en kwam bij de deur bijna in botsing met Cynthia, die was opgesprongen om Roy te volgen.

De deur viel dicht. Buiten kletterde de regen in de vijver. Strike blies zijn wangen bol, wisselde een blik met Robin, pakte toen zijn bordje en at zijn cake op. 'Ik rammel,' zei hij met volle mond, in antwoord op Robins blik. 'Niet geluncht. En het is lekkere cake.'

In de verte hoorden ze geschreeuw en opnieuw een deur die dichtsloeg.

'Denk je dat het gesprek voorbij is?' mompelde Robin.

'Nee,' antwoordde Strike, nog steeds met volle mond. 'Ze komen wel terug.'

'Fris mijn geheugen even op over die getuige in Warwick,' zei Robin. Ze had de lijst die Strike haar had gestuurd van iedereen die Margot gezien meende te hebben slechts vluchtig bekeken. Er had naar haar idee weinig interessants tussen gestaan.

'Een vrouw in een pub vroeg om kleingeld, en de uitbaatster dacht dat het Margot was. Later meldde een volwassen student zich om te zeggen dat zij het was geweest, maar de uitbaatster was niet overtuigd dat het dezelfde persoon was. De politie wel.' Strike nam nog een hap cake en vervolgde: 'Ik denk niet dat het iets voorstelt. Hoewel...' Hij slikte zijn hap door en wierp een veelbetekenende blik op de deur van de huiskamer. 'Nu misschien iets meer.'

Strike bleef zitten en at zijn cake op terwijl Robin rondkeek in de kamer en haar blik liet rusten op een buitengewoon lelijke goudbronzen klok op de schoorsteenmantel. Ze gluurde even naar de deur en stond toen op om de klok van dichtbij te bekijken. Op het rijkversierde zware onderstel rustte een vergulde klassieke godin.

'Pallas Athene,' zei Strike, die naar haar zat te kijken, en hij wees met zijn vorkje naar het beeld.

In het onderstel van de klok zat een lade met een koperen greepje. Denkend aan Cynthia's verklaring over de briefjes die Roy en Margot er voor elkaar in achterlieten trok Robin de lade open. Hij was gevoerd met rood vilt en was leeg.

'Zou deze veel waard zijn?' vroeg ze aan Strike terwijl ze de lade weer dichtdeed.

'Geen idee. Hoezo?'

'Waarom zou je zoiets anders bewaren? Wat een lelijk ding.'

De kamer was ingericht vanuit twee verschillende, uitgesproken smaken die niet bij elkaar pasten, dacht Robin toen ze om zich heen keek, op haar hoede voor de terugkeer van de familie. De in leer gebonden boeken van Ovidius en Plinius en de victoriaanse reproducties van klassieke beelden, waaronder een set miniatuur-Medicileeuwen, een reproductie van een Vestaalse maagd en een Hermes die op zijn tenen op een zware bronzen sokkel stond waren waarschijnlijk een afspiegeling van de smaak van Roys vader, terwijl Robin vermoedde dat zijn moeder de zouteloze botanische aquarellen en landschappen, de iele antieke meubeltjes en de chintzgordijnen had uitgekozen.

Waarom had Roy nooit een nieuwe start gemaakt en de boel opnieuw ingericht, vroeg Robin zich af. Uit eerbied voor zijn ouders? Gebrek aan verbeelding? Of was het ziekelijke jongetje, dat ongetwijfeld voor een groot deel van zijn jeugd aan huis gebonden was geweest, gehecht geraakt aan deze voorwerpen en kon hij ze niet wegdoen? Hij en Cynthia leken nauwelijks een stempel gedrukt te hebben op de kamer, op een paar fletse zwart-witte familiefoto's na waarop Roys ouders te zien waren, en Roy als kind. De enige foto die Robins aandacht kon vasthouden was een kiekje van het gezin dat begin jaren negentig genomen leek te zijn, toen Roy nog al zijn haar had en Cynthia dikke, golvende lokken. Hun twee biologische kinderen, en jongen en een meisje, leken op Anna. Niemand zou geraden hebben dat zij een andere moeder had gehad.

Robin liep naar het raam. De regen striemde nu zo hard op de lange, strakke koivijver buiten, met het stenen paviljoen aan het einde, dat de felrode, witte en zwarte gedaantes die vlak onder de oppervlakte zwommen nauwelijks herkenbaar waren als vissen. Er was één bijzonder groot beest bij, parelmoerwit met zwart, dat van deze afstand wel zestig of zeventig centimeter lang leek. Normaal gesproken zou het miniatuurpaviljoen gereflecteerd worden in het spiegelgladde water, maar vandaag voegde het slechts een extra laag diffuus grijs toe aan het achterste gedeelte van de vijver. Op de vloer van het paviljoentje was een patroon aangebracht dat Robin op een vreemde manier bekend voorkwam.

'Cormoran,' zei ze, precies op hetzelfde moment dat Strike zei: 'Kijk dit dan.'

Ze draaiden zich allebei om. Strike, die zijn cake intussen ophad, stond naast een van de beeldjes van Roys vader, dat Robin over het hoofd gezien had. Het was van brons, zo'n dertig centimeter hoog: een naakte man met een doek om zijn schouders en een slang in zijn handen. Even begreep Robin niet waar Strike op doelde, maar na een paar tellen zag ze het.

'O... het slangensymbool dat Talbot voor Roy had verzonnen?'

'Precies. Dit is Asclepius,' zei Strike. 'De Griekse god van de geneeskunde. Wat heb jij gevonden?'

'Kijk eens naar de vloer van dat prieeltje. Ingelegd in de stenen.'

Hij kwam bij haar staan aan het raam. 'Aha. Het begin daarvan is te zien op de foto's van Margots barbecue. Het was toen in aanbouw.'

Op de vloer van het prieel lag een johannieterkruis, ingelegd met donkerder graniet. 'Interessante keuze,' zei Strike.

'Weet je,' zei Robin, terwijl ze zich weer omdraaide naar de huiskamer, 'mensen die manisch zijn denken vaak dat ze bovennatuurlijke boodschappen doorkrijgen. Dingen die anderen, mensen met gezond verstand, toeval zouden noemen.'

'Precies wat ik dacht,' zei Strike met een blik op het beeldje van Pallas Athene, boven op de lelijke klok op de schoorsteenmantel. 'In de ogen van een man in Talbots verwarde toestand leek het waarschijnlijk alsof de kamer tot de nok toe gevuld was met astrologische...'

De stem van Roy was te horen op de gang. '... moet je het mij niet kwalijk nemen...'

De deur ging open en de familie kwam in ganzenpas weer binnen.

'... als ze dingen hoort die haar niet aanstaan!' maakte Roy zijn zin af, gericht aan Cynthia, die pal achter hem liep, met een angstig gezicht. Roy was weer ongezond paars aangelopen, al bleef de huid rond zijn ogen ziekelijk geel.

Hij leek te schrikken van de aanblik van Strike en Robin die bij het raam stonden. 'We bewonderden uw tuin,' zei Strike toen Robin en hij terugliepen naar de bank.

Roy bromde wat en ging weer zitten. Hij ademde zwaar. 'Excuses,' zei hij na een korte stilte. 'U ziet de familie niet op haar best.'

'Het is voor iedereen erg stressvol,' zei Strike toen ook Anna en Kim weer binnenkwamen en opnieuw hun plek op de bank innamen, hand in hand. Cynthia kroop op het puntje naast hen, met een angstige blik op Roy.

'Ik zou graag iets zeggen,' zei Roy tegen Strike. 'Ik wil volkomen duidelijk maken dat...'

'Ach, man, ik heb haar één keer aan de telefoon gehad!' zei Anna.

'Ik zou het op prijs stellen, Anna,' zei Roy met zwoegende borstkas, 'als ik mijn zin kon afmaken.' Tegen Strike voegde hij eraan toe: 'Oonagh Kennedy had al een hekel aan mij vanaf de allereerste keer dat ik Margot ontmoette. Ze gedroeg zich bezitterig ten opzichte van Margot, en ze had toevallig ook nog de Kerk de rug toegekeerd en maakte iedereen die er nog wél kwam tot vijand. Bovendien...'

'Dokter Phipps,' onderbrak Strike hem. Hij voorzag al dat de middag zou uitdraaien op een lange ruzie over Oonagh Kennedy. 'Ik vind dat u moet weten dat Oonagh tijdens ons gesprek duidelijk heeft gemaakt dat we onze energie volgens haar zouden moeten richten op Paul Satchwell.'

Een paar tellen lang leek Roy niet helemaal te kunnen bevatten wat er zojuist tegen hem gezegd was.

'Zie je nou wel?' zei Anna woest. 'Je hebt er net op gezinspeeld dat er meer was tussen mijn moeder en Satchwell dan die ene keer dat ze wat zijn gaan drinken. Wat bedoelde je daarmee? Of was je gewoon boos en reageerde je je af?' vroeg ze, en Robin hoorde de onderliggende hoop in haar toon.

'Mensen die zo nodig een beerput moeten opentrekken,' zei Roy, 'moeten niet gaan klagen als ze onder de drek komen te zitten.'

'Oké,' zei Anna, 'kom maar op met je drek.'

'Anna,' fluisterde Cynthia, en ze werd genegeerd.

'Goed,' zei Roy. 'Goed dan.' Hij richtte zich weer tot Strike en Robin. 'Vroeg in onze relatie zag ik een briefje van Satchwell dat Margot had bewaard. "Lieve Brunhilde," stond erboven – dat was zijn koosnaampje voor haar. De Walkure, weet u wel. Margot was lang. Blond.'

Hij zweeg even en slikte moeizaam. 'Zo'n drie weken voor haar verdwijning kwam ze thuis en vertelde dat ze Satchwell op straat was tegengekomen en dat ze samen... heel onschúldig iets waren gaan drinken.' Hij schraapte zijn keel. Cynthia schonk nog wat thee voor hem in. 'Na haar... Nadat ze was verdwenen, moest ik haar spullen gaan ophalen bij St John, de praktijk. In die doos trof ik een klein' – hij hield zijn vingers een centimeter of acht van elkaar – 'houten figuurtje, een gestileerde Viking. Die had op haar bureau gestaan. Onder op dat poppetje was met inkt "Brunhilde" geschreven, met een hartje erbij.'

Roy nam een slokje koffie.

'Ik had het nooit eerder gezien. Nu is het natuurlijk mogelijk dat Satchwell jarenlang met dat ding op zak gelopen heeft, met het oog op de piepkleine kans dat hij Margot ooit nog eens op straat zou tegenkomen. Maar ik trok de conclusie dat ze elkaar later nog eens hadden gezien en dat hij haar toen dat... aandenken had gegeven. Ik weet alleen dat ík het nooit had gezien voordat ik haar spullen ging ophalen bij de praktijk.'

Robin kon merken dat Anna een andere mogelijke verklaring wilde opperen, maar het viel niet mee om een speld tussen Roys redenering te krijgen.

'Hebt u de politie over uw vermoeden verteld?' vroeg Strike.

'Ja,' antwoordde Phipps. 'Ik geloof dat Satchwell beweerde dat er geen tweede ontmoeting was geweest, dat hij Margot dat poppetje jaren eerder had gegeven, toen ze nog verkering hadden. Het was natuurlijk niet te bewijzen, maar het omgekeerde evenmin. Ik had dat ding nog nooit gezien.'

Robin vroeg zich af wat pijnlijker zou zijn: erachter komen dat je echtgenoot een aandenken met hartje van een voormalige partner voor je verborgen had gehouden, of dat hij het recentelijk had gekregen.

'Wat ik me afvroeg,' zei Strike, 'is of Margot u ooit iets heeft verteld over een "kussendroom".'

'Een wat?' vroeg Roy.

'Iets wat Satchwell haar had verteld, het ging over een kussen.'

'Ik heb geen idee waar u het over hebt,' zei Roy wantrouwend.

'Heeft inspecteur Talbot toevallig ooit laten vallen dat hij meende dat Satchwell had gelogen over waar hij was op 11 oktober?'

'Nee.' Roy keek nu erg verbaasd. 'Ik had begrepen dat de politie had geconstateerd dat zijn alibi klopte.'

'Wij hebben ontdekt,' zei Strike, en nu richtte hij zich tot Anna, 'dat Talbot zijn eigen aantekeningen over de zaak bijhield – buiten het officiële politiedossier om, bedoel ik. Nadat hij Ram leek uit te sluiten keerde hij naar hem terug en begon te zoeken naar meer informatie over hem.'

'"Ram"?' herhaalde Anna verbaasd.

'Sorry,' zei Strike, geërgerd over zijn eigen astrologische jargon. 'Talbots mentale problemen manifesteerden zich in de overtuiging dat hij de zaak kon oplossen met occulte middelen. Hij ging in de weer met tarotkaarten en horoscopen en verwees naar alle betrokkenen met hun sterrenbeeld. Satchwell was geboren onder het sterrenbeeld Ram, dus zo werd hij genoemd in Talbots privéaantekeningen.'

Het bleef even stil, tot Kim zei: 'Mijn god.'

'Astrologie?' vroeg Roy, kennelijk verbaasd.

'Zie je nou wel, pap?' Anna stompte met haar vuist op haar knie. 'Als Lawson het onderzoek eerder had overgenomen...'

'Lawson was een dwaas,' zei Roy, maar hij leek evengoed erg geschrokken. 'Een idioot! Hij vond het belangrijker om te bewijzen dat Talbot alles verkeerd had aangepakt dan om uit te zoeken wat er met Margot was gebeurd. Hij wilde álles nog eens natrekken. Hij stond erop persoonlijk de artsen te spreken die mij hadden behandeld voor die bloeding aan mijn knie, ook al hadden ze een schriftelijke verklaring afgegeven. Hij controleerde mijn bankrekeningen, voor het geval ik iemand betaald zou hebben om je moeder te vermoorden. Hij oefende druk uit...'

Roy onderbrak zijn verhaal, begon te hoesten en sloeg tegen zijn borst. Cynthia wilde opstaan van de bank, maar Roy gaf met een boos gebaar te kennen dat ze moest blijven zitten.

'... oefende druk uit op Cynthia om haar te laten bekennen dat ze had gelogen toen ze zei dat ik de hele dag in bed had gelegen, maar hij heeft geen flintertje nieuwe informatie gevonden over wat er met je moeder gebeurd kon zijn. Het was een dienstklopper, een bazige, fantasieloze dienstklopper wiens prioriteit het niet was om haar te vinden, maar om aan te tonen dat Talbot er een puinhoop van had gemaakt. Bill Talbot was dan misschien... Nee, dat was hij zéker,' zei Roy met een woeste blik op Strike, 'hij was ziek, maar het simpele feit blijft hetzelfde: niemand heeft ooit een betere verklaring gevonden dan dat Creed de dader moest zijn, of wel soms?'

Bij het vallen van de naam Creed betrokken de gezichten van de drie vrouwen. Alleen al het noemen daarvan leek een soort zwart gat op te roepen in de kamer, een gat waarin levende vrouwen verdwenen waren die nooit meer waren teruggezien; een manifestatie van een bijna bovennatuurlijk kwaad. Het noemen van zijn naam had iets definitiefs: het monster zat nu levenslang achter slot en grendel, ongrijpbaar, onbereikbaar, net als de vrouwen die opgesloten hadden gezeten en gemarteld waren in zijn kelder. En Robins gedachten gingen schuldbewust naar de e-mail die ze had geschreven, en verstuurd, zonder Strike erover te vertellen, omdat ze bang was dat hij het zou afkeuren.

'Weet een van jullie,' vroeg Roy abrupt, 'wie Kara Wolfson en Louise Tucker waren?'

'Ja,' zei Robin voordat Strike antwoord kon geven. 'Louise was een weggelopen tiener en Kara werkte als gastvrouw in een nachtclub. Creed werd ervan verdacht beiden vermoord te hebben, maar er was geen bewijs.'

'Juist,' zei Roy, waarbij hij haar een blik toewierp die hij misschien ooit had geschonken aan medisch studenten die een juiste diagnose hadden gesteld. 'Nou, in 1978 heb ik de broer van Kara en de vader van Louise ontmoet.'

'Daar wist ik niks van!' zei Anna geschokt.

'Natuurlijk niet, je was vijf,' snauwde Roy. Hij wendde zich weer tot Strike en Robin. 'Louises vader had een hele studie gemaakt van het leven van Creed. Hij bezocht alle plekken waar Creed ooit had gewoond of gewerkt, en hij ondervroeg iedereen die toegaf hem gekend te hebben. Hij hield een petitie om Merlyn-Rees, de toenmalige minister van Binnenlandse Zaken, toestemming af te dwingen hem op zo veel mogelijk verschillende plekken te laten graven.

Die man was haast krankzinnig,' zei Roy. 'Toen heb ik gezien wat het met je kan doen als je moet leven met zoiets als dit. De obsessie had zijn hele bestaan overgenomen. Hij wilde gebouwen laten slopen, muren laten neerhalen, fundamenten laten blootleggen. Akkers waar Creed misschien ooit had gelopen, moesten worden omgespit. Er moest gedregd worden in slootjes waar Creed volgens een oud schoolvriendje misschien wel eens had gevist. Tucker trilde hevig toen ik hem sprak, en hij probeerde mij en Wolfson, die vrachtwagenchauffeur was, over te halen mee te doen aan een tv-campagne. We zouden ons moeten vastketenen aan de hekken voor Downing Street om op het nieuws te komen... Tuckers huwelijk was stukgelopen. Hij leek op slechte voet te staan met zijn kinderen die nog wel leefden. Creed was zijn hele leven geworden.'

'En jij wilde hem niet helpen?' vroeg Anna.

'Nou,' zei Roy zacht, 'als hij ook maar enig bewijs had gehad, één degelijke aanwijzing die Margot linkte aan Creed...'

'Ik heb ergens gelezen dat je dacht dat een van de kettinkjes in die kelder misschien...'

'Als jij je informatie uit die sensatieboekjes wilt halen, Anna...'

'Want jij hebt het me altijd zo gemákkelijk gemaakt om over mijn moeder te praten, hè?'

'Anna,' fluisterde Cynthia opnieuw.

'Het medaillon dat in Creeds kelder is gevonden was niet van Margot, en ik kan het weten, want ze had het van mij gekregen,' zei Roy. Zijn mond trilde, hij perste zijn lippen op elkaar.

'Nog een paar vragen, als u het niet erg vindt,' zei Strike, voordat Anna nog iets kon zeggen. Hij was vastbesloten een nieuwe ruzie te voorkomen als dat enigszins mogelijk was. 'Kunnen we het even hebben over Wilma, de schoonmaakster die in de praktijk en ook hier bij u thuis werkte?'

'Dat was helemaal Margots idee, om haar aan te nemen, maar ze was niet erg goed,' zei Roy. 'Die vrouw had persoonlijke problemen, en Margot dacht dat meer geld de oplossing zou zijn. Na Margots verdwijning is ze opgestapt. Nooit meer teruggekomen. Er was niks aan verloren. Ik hoorde later dat de praktijk haar ontslagen had. Wegens diefstal, heb ik me laten vertellen.'

'Wilma heeft tegenover de politie verklaard...'

'... dat er boven bloed op het tapijt lag op de dag van Margots verdwijning,' maakte Roy de zin af. Uit de geschrokken gezichten van Anna en Kim maakte Robin op dat die informatie nieuw voor hen was.

'Ja,' zei Strike.

'Het was menstruatiebloed,' zei Roy koeltjes. 'Margot was die nacht ongesteld geworden. Op de wc lagen verpakkingen van maandverband, vertelde mijn moeder me. Wilma heeft de vlek uit het tapijt geschrobd. Het was in de logeerkamer, helemaal aan de andere kant van het huis, ver van onze slaapkamer. Margot en ik sliepen in die tijd apart, vanwege...' er klonk een lichte aarzeling, '... mijn kapotte knie.'

'Wilma zei ook dat ze u meende te hebben zien...'

'Lopen in de tuin,' zei Roy. 'Dat loog ze. Als ze al iemand heeft gezien, moet dat een van de steenhouwers zijn geweest. We waren toen bezig met het prieel,' zei hij, wijzend naar het stenen bouwsel aan het einde van de visvijver.

Strike maakte een aantekening en sloeg een bladzijde van zijn boekje om. 'Kan iemand van u zich herinneren of Margot het ooit over een zekere Niccolo Ricci heeft gehad? Hij was patiënt van de praktijk.'

Roy en Cynthia schudden beiden het hoofd.

'En een andere patiënt, Steven Douthwaite?'

'Nee,' zei Roy, 'maar over hem hebben we later in de pers gehoord.'

'Bij de barbecue zei iemand dat Margot bonbons toegestuurd had gekregen door een patiënt,' zei Cynthia. 'Dat was hij toch?'

'We denken van wel. Heeft ze het nooit over Douthwaite gehad?

Nooit laten vallen dat hij een ongepaste belangstelling voor haar aan de dag legde, of dat hij homoseksueel was?'

'Nee,' zei Roy nogmaals. 'Er bestaat ook nog zoiets als beroepsgeheim, moet u weten.'

'Dit lijkt misschien een rare vraag,' zei Strike, en voordat ze ertussen konden komen, vervolgde hij: 'Heeft Margot u ooit verteld dat ze dreigbrieven kreeg?'

'Ja,' zei Roy. 'Of nee, geen meervoud. Ze heeft me over één brief verteld.'

'O ja?' Strike keek op.

'Ja. Daarin werd ze ervan beschuldigd jonge vrouwen aan te zetten tot promiscuïteit en zonde.'

'In dreigende taal?'

'Dat weet ik niet,' zei Roy. 'Ik heb die brief niet gezien.'

'Had ze hem niet mee naar huis genomen?'

'Nee,' zei Roy kortaf. Hij aarzelde en zei toen: 'We hebben er ruzie over gehad.'

'O ja?'

'Ja. Het kan ernstige gevolgen hebben,' zei Roy, en hij werd nog roder, 'maatschappelijke gevolgen, als je dingen mogelijk gaat maken die in de natuur niet voorkomen...'

'Ben je bang dat ze tegen een meisje heeft gezegd dat het oké is om lesbisch te zijn?' vroeg Anna, en alweer fluisterde Cynthia: 'Anna!'

'Ik heb het,' zei Roy met een gekweld gezicht, 'over het geven van roekeloos advies dat kan leiden tot de beëindiging van een huwelijk. Ik heb het over het faciliteren van promiscuïteit, achter de ruggen van ouders om. Die brief was haar gestuurd door een heel boze man, en ze leek nooit te hebben overwogen... overwogen...'

Er gebeurde van alles op Roys gezicht. Even leek het erop dat hij zou gaan schreeuwen, maar toen, totaal onverwacht, barstte hij luidruchtig in tranen uit.

Zijn vrouw, zijn dochter en zijn schoondochter zaten met stomheid geslagen op een rijtje op de bank; niemand, zelfs Cynthia niet, ging naar hem toe. Roy huilde plotseling met diepe snikken, de tranen liepen over zijn ingevallen wangen. Hij probeerde zich tevergeefs te beheersen, en zei uiteindelijk tussen het gesnik door: 'Ze... leek... steeds... te vergeten... dat ik... haar... niet... kon... beschermen... en niks kon doen... als iemand... haar... wat... zou... willen... aandoen. Want ik... bloed leeg. Ik ben een *waardeloze... leegbloeder*.'

'Ach, páp,' fluisterde Anna ontzet, en ze liet zich van de bank glijden en schuifelde op haar knieën naar haar vader toe. Ze probeerde haar handen op zijn been te leggen, maar hij sloeg haar troostende gebaar van zich af, hoofdschuddend, nog steeds huilend.

'Nee... nee... ik verdien het niet. Je weet niks... Je weet niet...'

'Wat weet ik niet?' vroeg ze met een angstig gezicht. 'Pap, ik weet meer dan je denkt. Ik weet van de abortus...'

'Er is nooit, nooit, nóóit een abortus geweest!' riep Roy uit, naar adem happend en snikkend. 'Dat is één ding dat Oonagh Kennedy en ik allebei... We wisten zeker... Ze zou nooit, nóóit... niet na jou! Ze heeft me verteld, Margot heeft me verteld dat na jouw geboorte... dat haar kijk op het leven totaal veranderd was. Totáál!'

'Wat weet ik dan niet?' fluisterde Anna.

'Ik was... ik was w-wreed tegen haar!' jammerde Roy. 'Echt! Ik maakte het haar moeilijk. Toonde geen belangstelling voor haar werk. Ik heb haar weggejaagd! Ze wilde bij me weg... Ik weet wat er is gebeurd. Ik heb het altijd geweten. De dag ervoor... voor ze vertrok... heeft ze een briefje voor me achtergelaten. In de klok... zo stom, dat deden we altijd... En in dat briefje stond: P-praat alsjeblieft met me...'

Roy werd nu overmand door zijn gesnik. Toen Cynthia opstond en aan de andere kant van Roy neerknielde, pakte Anna haar vaders hand, en deze keer stond hij haar toe die vast te houden. Zich vastklampend aan zijn dochter zei hij: 'Ik wachtte... op excuses. Omdat ze iets was gaan drinken... met Satchwell. En toen er geen excuus kwam... in dat briefje... heb ik niet met haar g-gepraat. En de volgende dag...

Ik weet wat er is gebeurd. Ze wandelde graag. Als ze van streek was... lange wandelingen. Ze was die afspraak met Oonagh vergeten, is gaan wandelen... om een beslissing te nemen. Moest ze bij me weggaan? Want ik maakte haar... heel... heel... verdrietig. Ze... ze lette... niet op... en Creed... en toen moet Creed haar...'

Anna bleef haar vaders hand vasthouden, sloeg haar andere arm om zijn schokkende schouders en drukte zich tegen hem aan. Hij huilde ontroostbaar en bleef zich aan haar vastklampen. Strike en Robin veinsden belangstelling voor het gebloemde vloerkleed.

'Roy,' zei Kim uiteindelijk voorzichtig. 'Niemand in deze kamer heeft nooit dingen gezegd of gedaan waar we later bittere spijt van hebben gekregen. Dat geldt voor ons allemaal.'

Strike, die veel meer uit Roy Phipps had losgekregen dan hij had verwacht, vond het tijd worden om het gesprek af te ronden. Phipps was zo van de kaart dat het onmenselijk leek om verder aan te dringen. Toen zijn gesnik een beetje gezakt was, zei Strike formeel: 'Ik wil u hartelijk bedanken dat u ons te woord wilde staan, en bedankt voor de thee. Dan laten we u nu verder met rust.'

Robin en hij stonden op. Roy bleef zitten, verstrikt met zijn vrouw en zijn dochter. Kim kwam overeind om hen uit te laten.

'Nóú,' zei Kim zacht toen ze bijna bij de voordeur waren. 'Ik moet zeggen... dat was bijna een wonder. Hij heeft nog nooit op die manier over Margot gesproken. Nooit. Zelfs al zouden jullie verder niks vinden... bedankt. Dat was... helend.'

Het regende niet meer en de zon was tevoorschijn gekomen. Boven het bos tegenover het huis stond een dubbele regenboog. Strike en Robin liepen de schone, frisse lucht in.

'Zou ik je nog één ding mogen vragen?' Strike draaide zich om naar Kim, die in de deuropening stond.

'Ja, natuurlijk.'

'Het gaat over dat zomerhuisachtige gebouwtje in de tuin, naast de koivijver. Ik vroeg me af waarom er een johannieterkruis op de vloer is afgebeeld,' zei Strike.

'O! Dat patroon heeft Margot uitgekozen. Ja, dat heeft Cynthia me verteld, jaren geleden. Margot had toen net die baan bij St John, en grappig genoeg heeft dit gebied ook iets te maken met de hospitaalridders of johannieten.'

'Ja,' zei Robin, 'dat heb ik gelezen bij Hampton Court.'

'Daarom leek het haar een leuke toespeling op die twee dingen... Goh, nu je het zegt: het verbaast me eigenlijk dat niemand dat ooit heeft weggehaald. Alle andere sporen van Margot zijn gewist, in het hele huis.'

'Dat is anders een duur grapje,' zei Strike. 'Om die granieten platen te verwijderen.'

'Ja.' Kims glimlach verflauwde. 'Dat zal ook wel.'

37

Spring-headed Hydres, and sea-shouldring Whales,
Great whirlpooles, which all fishes make to flee,
Bright Scolopendraes, arm'd with siluer scales
Mighty Monoceros, with immeasured tayles...
The dreadfull Fish, that hath deseru'd the name
Of Death...

Edmund Spenser
The Faerie Queene

Het bleef vrijwel onafgebroken regenen tot begin februari. Op de vijfde van die maand werd het zuiden getroffen door de hevigste storm tot dan toe. Duizenden huizen kwamen zonder stroom te zitten, een deel van de zeedijk waarop de spoorlijn van Londen naar het zuidwesten lag stortte in, hele lappen landbouwgrond verdwenen onder water, wegen veranderden in rivieren en 's avonds op het nieuws waren akkers te zien die eruitzagen als een grijze zee, en huizen tot aan hun middel in de modder. De premier beloofde financiële bijstand, de hulpdiensten snelden toe om gestrande mensen te ontzetten, en hoog op haar heuvel boven het ondergelopen St Mawes moest Joan het stellen zonder de beloofde bezoeken van Strike en Lucy, omdat die haar niet konden bereiken, noch over de weg noch per trein.

Strike voelde zich schuldig omdat hij niet naar Cornwall was gegaan vóór de weersomstandigheden de reis onmogelijk maakten, en hij onderdrukte zijn schuldgevoel door lange dagen te maken en te beknibbelen op slaap. Hij draaide, masochistisch, dubbele diensten zodat Barclay en Hutchins de vrije dagen konden opnemen waar ze nog recht op hadden na zijn vorige bezoeken aan Joan. Als gevolg daarvan was het Strike en niet Hutchins die de woensdag daarop in de niet-aflatende regen in zijn BMW voor het huis van Elinor Dean in Stoke Newington zat. En het was ook Strike die zag dat een man in trainingspak op haar deur klopte en werd binnengelaten.

Hij wachtte de hele avond en nacht tot de man weer naar buiten zou komen. Uiteindelijk, om zes uur 's morgens, liep de bezoeker de nog donkere straat weer in, met een hand voor de onderste helft van zijn gezicht geslagen. Strike, die hem met een nachtkijker in de gaten hield, ving een glimp op van Elinor Dean die hem uitzwaaide in een huiselijke, gewatteerde ochtendjas. De man in het trainingspak haastte zich naar zijn Citroën met zijn rechterhand nog voor zijn mond en vertrok in zuidelijke richting.

Strike volgde de Citroën tot aan Risinghill Street in Pentonville, waar zijn doelwit parkeerde en een modern flatgebouw van rode baksteen betrad, nu met beide handen in zijn zakken en niets ongewoons bij zijn mond, voor zover de detective het kon zien. Strike wachtte tot de kust veilig was en de man binnen was, noteerde achter welk raam vijf minuten later het licht aanging en reed toen weg, om kort daarna zijn auto te parkeren in White Lion Street.

Ondanks het vroege uur waren er al volop mensen op weg naar hun werk, de paraplu's schuin tegen de aanhoudende stortregen. Strike liet het autoraampje zakken, want zelfs als verstokt roker genoot hij niet bepaald van de lucht in zijn auto na een nacht posten. En hoewel zijn tong zeer deed van alle sigaretten stak hij er nog een op voordat hij Saul Morris belde.

'Alles goed, baas?'

Strike, die het niet prettig vond als Morris hem 'baas' noemde maar geen manier kon bedenken om hem te vragen daarmee op te houden zonder over te komen als een eikel, zei: 'Ik ga je op een ander doelwit zetten. Vergeet Goochem vandaag, ik ben zojuist een nieuwe bezoeker van Elinor Dean gevolgd die daar de nacht heeft doorgebracht.' Hij gaf Morris het adres. 'Hij woont op de tweede verdieping, de meest linkse flat als je voor het gebouw staat. Veertiger, grijzend haar, een buikje. Kijk wat je over hem te weten kunt komen – maak een praatje met de buren, zoek uit waar hij werkt en doe wat graafwerk online, ga na waar zijn belangstelling ligt. Ik heb zo'n gevoel dat GB en hij om dezelfde reden bij die vrouw komen.'

'Kijk, daarom ben jij nou de hoogste pief. Je neemt het één avond over en je bereikt meteen een doorbraak.'

Strike zou willen dat Morris ook ophield met die hielenlikkerij.

Nadat hij had opgehangen, bleef hij nog een tijdje zitten roken. De wind sneed pijnlijk in zijn huid op de plekken waar die onbedekt was, en de regendruppels die zijn gezicht bereikten voelden als ijzige speldenprikken. Toen, nadat hij had gekeken of het niet te vroeg was, belde hij Ted, die altijd bij het krieken van de dag opstond.

'Alles goed, jongen?' vroeg zijn oom over de krakende lijn.

'Ja, hoor, en met jou?'

'Gaat best. Ik zat net te ontbijten. Joanie slaapt nog.'

'Hoe gaat het met haar?'

'Geen veranderingen. Ze houdt zich taai.'

'En heb je genoeg te eten in huis?'

'Eten zat, maak je daar maar geen zorgen over,' zei Ted. 'De kleine Dave Polworth heeft gisteren genoeg gebracht voor een hele week.'

'Hoe heeft hij dat nou voor elkaar gekregen?' vroeg Strike, die wist dat een groot deel van het gebied tussen het huis van zijn oom en tante en dat van Dave Polworth zeker een meter onder water stond.

'Hij heeft een stuk geroeid,' zei Ted, en het klonk geamuseerd. 'Je had hem moeten horen, alsof hij het over een van die triatlons van hem had. Hij was helemaal ingepakt, had een oliepak aan. Grote rugzak vol boodschappen. Goeie jongen, die Polworth.'

'Ja, nou,' zei Strike, en hij sloot even zijn ogen. Polworth zou niet degene moeten zijn die voor zijn oom en tante zorgde. Dat had híj moeten doen. Hij had eerder die kant op moeten gaan; hij had geweten dat er noodweer op komst was, maar het schuldgevoel om zijn oom en tante streed al maanden met zijn schuldgevoel ten opzichte van zijn freelancers en vooral Robin. 'Ted, ik kom zodra de treinen weer rijden.'

'*Aye*, weet ik toch, jongen,' zei Ted. 'Maak je om ons maar geen zorgen. Ik geef je haar nu niet, want ze heeft haar rust nodig, maar ik zal zeggen dat je gebeld hebt. Dat vindt ze zo fijn.'

Strike, die moe was en rammelde van de honger, vroeg zich af waar hij nu zou kunnen ontbijten. Hij schreef, met zijn sigaret tussen zijn tanden geklemd, een berichtje voor Dave Polworth, waarbij hij de bijnaam gebruikte die hij Polworth ooit had gegeven nadat die op zijn achttiende een haaienbeet had opgelopen.

Ik hoor net van Ted wat je gisteren hebt gedaan. Ik kan het nooit allemaal goedmaken, Chum. Bedankt.

Hij knipte zijn peuk uit het raampje, deed dat voor de helft dicht en had net de motor gestart toen zijn mobiel begon te trillen. In de verwachting dat het een reactie van Polworth zou zijn, ongetwijfeld met de vraag sinds wanneer hij zo'n mietje was, zo'n jankwijf (Polworths taalgebruik was nooit politiek correct, het leek er nog niet op) keek hij op het schermpje, al glimlachend bij het vooruitzicht. Tot hij las:

Pa wil je bellen. Wanneer komt het uit?

Strike moest het bericht twee keer lezen voordat hij begreep dat het afkomstig was van Al. Eerst voelde hij slechts neutrale verbazing. Toen kwamen de woede en de diepe verontwaardiging als braaksel omhoog.

'Sodemieter op!' riep hij tegen zijn telefoon.

Hij reed de zijstraat uit en vroeg zich met opeengeklemde kaken af waarom hij van alle perioden in zijn leven uitgerekend nu lastiggevallen moest worden door Rokeby, terwijl hij zoveel zorgen had om familieleden die er wél voor hem waren geweest toen daar geen sympathie mee te scoren viel. Het was te laat om het goed te maken, de schade was onherstelbaar, het bloed kroop verdomme helemaal niet waar het niet gaan kon. Strike kon alleen maar denken aan de breekbare Joan, van wie hij geen flintertje DNA had, ingesloten door de overstromingen in haar huis op die heuvel; de woede en het schuldgevoel kolkten in zijn binnenste.

Slechts enkele minuten later besefte hij ineens dat hij door Clerkenwell reed. In St John Street zag hij een koffietentje dat al open was, en hij parkeerde zijn auto en liep door de regen naar de warme, lichte zaak, waar hij een broodje gebakken ei met tomaat bestelde. Hij koos een tafeltje bij het raam met uitzicht op straat, en hij keek recht in zijn eigen ongeschoren, chagrijnige gezicht in de natgeregende ruit.

Afgezien van zijn katers had Strike zelden hoofdpijn, maar nu ontstond er aan de linkerkant van zijn schedel langzaam iets wat daarop leek. Hij at zijn broodje op; eten zou vast helpen, hield hij zichzelf vastberaden voor. Na het bestellen van een tweede beker thee haalde hij zijn mobiel weer tevoorschijn en typte een antwoord aan Al, met het tweeledige doel Rokeby eens en voor altijd uit zijn leven te bannen en te verhullen, voor zowel zijn halfbroer als zijn vader, hoezeer zijn rust werd verstoord door hun hardnekkigheid.

Ik heb geen belangstelling. Het is te laat. Ik wil met jou geen ruzie, maar vat mijn 'nee' alsjeblieft op als een definitief antwoord.

Hij verzond het bericht en ging onmiddellijk op zoek naar afleiding voor zijn vermoeide geest. De winkels aan de overkant lagen vol met rood en roze: het was bijna 14 februari. Ineens besefte Strike dat hij niks meer van Charlotte had gehoord sinds hij haar bericht met Kerstmis had genegeerd. Zou ze hem op Valentijnsdag weer iets sturen? Haar verlangen naar contact leek altijd te worden getriggerd door bijzondere gelegenheden en jubilea.

Automatisch, zonder erbij na te denken maar met hetzelfde verlangen naar troost dat hem deze koffiezaak in had gedreven, haalde Strike zijn telefoon weer tevoorschijn en belde Robin, maar ze was in gesprek. Hij stak de mobiel in zijn zak, gestrest, nerveus en snakkend naar actie, en besloot toen dat nu hij toch in Clerkenwell was, hij daar maar beter gebruik van kon maken.

Vanaf de koffiezaak was het maar een klein eindje lopen naar de oude St John-praktijk. Hoeveel van deze voorbijgangers, vroeg hij zich af, zouden hier veertig jaar geleden ook al gewoond hebben? De kromme oude vrouw in haar regenjas, met de geruite boodschappentrolley? De man met de grote grijze snor die probeerde een taxi aan te houden? Misschien de bejaarde sikh met zijn tulband die liep te appen? Was er iemand bij die destijds patiënt was geweest van Margot Bamborough? Zou een van hen zich een smoezelige man met baard herinneren die een naam had die op Applethorpe leek, en die ooit hier door de straten had gezworven en tegen iedereen had gezegd dat hij de dokter had vermoord?

Strikes afwezige blik viel op een man aan de overkant van de weg met een raar hobbelend loopje. Zijn dunne, muisgrijze haar was drijfnat van de regen en plakte aan zijn hoofd. Hij had geen jas aan en geen paraplu bij zich, maar hij droeg een sweatshirt met een afbeelding van Sonic the Hedgehog op de voorkant. Het ontbreken van een jas, het sjokkende loopje, de grote, kinderlijke ogen en de enigszins openhangende mond, de manier waarop hij stoïcijns accepteerde dat hij langzaam doorweekt raakte: dat alles suggereerde een zekere cognitieve beperking. De man verdween net uit Strikes gezichtsveld toen de telefoon van de detective ging.

'Hoi. Heb jij me net gebeld?' vroeg Robin, en Strike voelde een deel van zijn spanningen wegebben. De thee had zijn hoofd goedgedaan, stelde hij vast.

'Ja, klopt. Gewoon even bijpraten.' Hij vertelde haar het verhaal van de man in trainingspak die de nacht had doorgebracht bij Elinor Dean.

'En hij bedekte zijn mond toen hij wegging? Wat raar.'

'Vind ik ook. Er is iets merkwaardigs gaande in dat huis, zeker weten. Ik heb Morris gevraagd eens goed naar deze nieuwe bezoeker te kijken.'

'Pentonville is vlak bij Clerkenwell,' zei Robin.

'Ja, daar ben ik nu. Koffietent in St John Street. Ik d-denk...' Een geeuw ontsnapte Strike. 'Sorry. Ik dacht, als ik toch in de buurt ben, kan ik net zo goed wat speurwerk doen naar wijlen Applethorpe. Kijken of ik iemand kan vinden die zich dat gezin herinnert, of weet wat er met hen is gebeurd.'

'Hoe ga je dat doen?'

'Een beetje rondlopen,' zei Strike, en nog terwijl hij het zei werd hij zich bewust van zijn zere knie. 'Navraag doen bij alle winkels die er al lang lijken te zitten. Ik w-weet' – hij geeuwde weer – 'dat de kans klein is, maar we hebben verder nu eenmaal niemand die heeft lopen roepen dat hij Margot vermoord zou hebben.'

'Ben je niet doodop?'

'Kan erger. Waar ben jij nu?'

'Op kantoor,' zei Robin. 'En ik heb ook nieuws over de zaak-Bamborough, als je even tijd hebt.'

'Vertel,' zei Strike, blij dat hij het moment kon uitstellen waarop hij de regen weer in moest.

'Om te beginnen heb ik een e-mail ontvangen van de man van Gloria Conti. Je weet wel, de receptioniste, de laatste die Margot heeft gezien. Het is een korte mail. "Beste meneer Ellacott..."'

'Meneer?'

'Mensen worden vaak op het verkeerde been gezet door "Robin". "Ik schrijf u namens mijn vrouw, die erg gegriefd is door uw communicatie. Zij heeft geen bewijzen of informatie die te maken hebben met Margot Bamborough en het is onwenselijk dat u contact met haar probeert te leggen via mijn werk. Ons gezin is erg op zichzelf en dat willen we graag zo houden. Ik wil dat u me verzekert dat u mijn vrouw niet meer zult benaderen. Met vriendelijke groet, Hugo Jaubert."'

'Interessant,' zei Strike, krabbend aan zijn ongeschoren kin. 'Waarom mailt Gloria niet zelf terug? Te gegriefd?'

'Ik vraag me af waarom ze zo gegr... boos is,' zei Robin, waarna ze haar eigen vraag beantwoordde: 'Misschien omdat ik via het werk van haar man contact met haar heb opgenomen. Maar ik heb het eerst via Facebook geprobeerd en ze reageerde niet.'

'Weet je, het lijkt me de moeite waard om Anna contact te laten opnemen met Gloria. Misschien dat de dochter van Margot eerder een gevoelige snaar raakt dan wij. Kun jij nog een nieuw verzoek opstellen en dat naar Anna sturen, vragen of zij ermee akkoord gaat dat we het uit haar naam versturen?'

'Goeie,' zei Robin, en hij hoorde gekrabbel van een pen op papier. 'Maar in de categorie beter nieuws: toen jij me daarnet belde, had ik de een-na-oudste dochter van Wilma Bayliss aan de lijn, Maya. Dat is de adjunct-schooldirectrice. Ik denk dat ik haar bijna zover heb dat ze toch met ons wil praten. Ze maakt zich alleen zorgen om de reactie van haar oudere zus, maar ik heb goede hoop.'

'Mooi,' zei Strike. 'Ik zou graag meer willen horen over Wilma.'

'En er is nog iets,' zei Robin. 'Ik denk alleen dat jij het weinig kans van slagen zult geven.'

'Ik heb je net verteld dat ik hier de deuren langsga om te informeren naar een dode gek die zeker níét Applethorpe heette,' zei Strike, en Robin moest lachen.

'Oké, komt-ie. Ik heb gisteren weer eens online zitten zoeken op Steve Douthwaite en ik stuitte op een oude website die *Herinneringen aan Butlin's* heet, waar oud-medewerkers van dat bungalowpark met elkaar chatten, herinneringen ophalen en reünies organiseren en zo, je kent dat wel. Maar ik kon niks vinden over Douthwaite – of Jacks, zoals hij zich noemde in Clacton-on-Sea, maar ik kwam wel... Ik weet dat het waarschijnlijk niks voorstelt,' zei ze, 'en ik weet niet of jij het je nog herinnert, maar in *Wat is er gebeurd met Margot Bamborough?* wordt een zekere Julie Wilkes geciteerd. Zij zei dat ze geschokt was dat Stevie Jacks zijn vrienden nooit had verteld dat hij betrokken was geraakt bij een vermissingszaak.'

'Ja, dat weet ik nog,' zei Strike.

'Nou... dat meisje is verdronken,' zei Robin. 'In het bungalowpark, aan het einde van het vakantieseizoen van 1985. Haar lichaam is op een ochtend gevonden in het zwembad daar. Een groepje oud-medewerkers besprak haar dood op een messageboard op die website. Ze denken dat ze dronken was, dat ze met haar hoofd ergens tegenaan is gevallen en in het zwembad is beland. Misschien is het gewoon gruwelijke pech, maar er gaan wel veel vrouwen dood rondom Douthwaite, vind je ook niet? Zijn getrouwde vriendin pleegt zelfmoord, zijn huisarts wordt vermist en dan verdrinkt een collega van hem... Overal waar hij komt, sterft iemand een onnatuurlijke dood. Toch gek.'

'Ja,' zei Strike, fronsend in de regen. Net toen hij zich hardop wilde afvragen waar Douthwaite zich zou kunnen schuilhouden, zei Robin een beetje haastig: 'Zeg, er is nog iets wat ik je wil vragen, maar je mag gerust nee zeggen. Mijn huisgenoot Max... wist je dat hij acteur is? Hij heeft nu een rol gekregen, iets voor de tv. Hij speelt een oud-soldaat en hij weet niet aan wie hij het anders zou kunnen vragen, dus toen vroeg hij zich af of jij misschien een keer zou willen komen eten zodat hij je wat vragen kan stellen.'

'O,' zei Strike, verbaasd maar niet afwijzend. 'Eh... ja, dat is goed. Wanneer?'

'Ik weet dat het kort dag is, maar... morgen, zou dat uitkomen? Het moet echt snel.'

'Ja, dat gaat wel lukken,' zei Strike. Hij stond in de startblokken om naar St Mawes te gaan zodra dat uitvoerbaar was, maar het zag er niet naar uit dat de zeedijk de volgende dag al gerepareerd zou zijn.

Nadat Robin had opgehangen bestelde Strike een derde beker thee. Hij vertoonde uitstelgedrag, en hij wist ook waarom. Als hij echt in Clerkenwell op zoek zou gaan naar iemand die zich de dode man herinnerde die destijds had beweerd dat hij Margot Bamborough had vermoord, zou het helpen als hij de juiste naam van die man had. En aangezien Janice Beattie nog in Dubai zat, kon hij alleen zijn toevlucht nemen tot Irene Hickson.

Het regende harder dan ooit. Strike stelde het telefoontje naar Irene van minuut tot minuut uit; hij keek naar het verkeer dat door de golvende regenvlagen reed, de voetgangers op straat die tussen de plassen door laveerden, en hij dacht aan de dood van een jong lid van het animatieteam van een bungalowpark lang geleden. Uitgegleden, hoofd gestoten, verdronken in een zwembad.

Overal water, had Bill Talbot in zijn astrologische aantekenboek geschreven. Het had Strike enige moeite gekost om die passage te ontcijferen. Hij was tot de conclusie gekomen dat Talbot verwees naar een aantal watersterrenbeelden die ogenschijnlijk verband hielden met de onbekende Schorpioen. Waarom was Schorpioen eigenlijk een watersterrenbeeld, vroeg Strike zich af terwijl hij van zijn thee dronk. Schorpioenen leefden aan land, in de hitte; konden ze eigenlijk wel zwemmen? Hij dacht terug aan het grote symbool van de vis dat Talbot voor Irene had gebruikt in zijn aantekenboek, en dat hij op een bepaald punt 'Cetus' had genoemd. Strike pakte zijn mobiel erbij en googelde het woord.

Het sterrenbeeld Cetus, zo las hij, ook bekend als Walvis, was genoemd naar een zeemonster dat werd gedood door Perseus toen hij Andromeda redde van de zeegod Poseidon. Het stond aan de hemel in een gebied dat 'De Zee' werd genoemd, vanwege de aanwezigheid van veel andere sterrenbeelden die met water geassocieerd werden, zoals Vissen, Waterman en Steenbok, de bok die als achterlijf een vissenstaart had.

Overal water.

De astrologische aantekeningen wikkelden zich langzamerhand rond zijn denkprocessen als een oud visnet dat de schroef van een boot laat vastlopen. Als een verderfelijke mengeling van zin en onzin vormden ze, zo bedacht Strike, een afspiegeling van de aantrekkingskracht van de astrologie zelf, met die flatteuze, troostende belofte dat jouw pietluttige zorgen van belang waren voor het grote geheel van de kosmos, en dat de sterren of de spirituele wereld jou de weg zouden wijzen die je niet kon vinden met hard werken en logisch redeneren.

Klaar nu, hield hij zichzelf streng voor. Hij toetste het nummer van Irene in op zijn mobiel, wachtte terwijl hij haar telefoon hoorde overgaan en stelde zich het toestel voor naast de schaal met potpourri in die veel te druk gedecoreerde gang, met het roze bloemetjesbehang en het hoogpolige roze tapijt. Precies op het punt dat hij, met een mengeling van opluchting en spijt, vaststelde dat ze niet thuis was, nam ze op.

'Dubbel vier vijf negen,' zei ze opgewekt; het klonk als een soort jingle. Ook Joan nam de vaste telefoon altijd op door het nummer te noemen dat de beller zojuist had gekozen.

'Mevrouw Hickson?'

'Daar spreekt u mee.'

'Met Cormoran Strike, de...'

'O, hallo!' piepte ze. Het klonk geschrokken.

'Ik vroeg me af of u me misschien zou kunnen helpen,' zei Strike, en hij pakte zijn notitieboekje erbij en sloeg het open. 'Toen wij laatst bij u waren, had u het over een patiënt van St John die volgens u Apton heette, of Applethorpe...'

'O, ja?'

'... die beweerde dat hij...'

'Margot had vermoord, ja,' onderbrak ze hem. 'Hij hield Dorothy bij klaarlichte dag staande...'

'Ja.'

'... maar zij vond het maar flauwekul. Ik zei nog tegen haar: "Stel je voor dat hij het echt heeft gedaan, Dorothy. Wat dan?"'

'Ik heb niemand kunnen vinden met die naam die in 1974 in die buurt woonde,' zei Strike met stemverheffing, 'dus vroeg ik me af of u de naam misschien verkeerd...'

'Zou kunnen, dat kan best,' zei Irene. 'Het is ook lang geleden, hè? Hebt u Inlichtingen geprobeerd? Nee, niet Inlichtingen,' verbeterde ze zichzelf onmiddellijk. 'Online gegevens en zo.'

'Het valt niet mee om iemand op te zoeken als je de verkeerde naam hebt,' zei Strike, en hij slaagde er ternauwernood in zijn ergernis en sarcasme uit zijn stem te weren. 'Ik ben momenteel vlak bij Clerkenwell Road. U zei geloof ik dat hij daar woonde.'

'Nou ja, hij hing er altijd rond, dus ik nam aan dat hij daar ergens woonde.'

'Hij stond als patiënt ingeschreven bij de praktijk, klopt dat? Weet u misschien zijn voorn...'

'Eh, eens even denken. Het was iets van... Gilbert of... nee, ik weet het niet meer, ben ik bang. Applethorpe? Appleton? Apton? Echt íédereen daar in de buurt kende hem van gezicht, omdat het een heel opvallend type was: lange baard, ongewassen, blablabla. En soms had hij zijn kind bij zich,' zei Irene, die nu de smaak te pakken kreeg. 'Een jongetje dat er héél raar uitzag.'

'Ja, dat zei u...'

'... met enórme flaporen. Híj leeft misschien nog wel, de zoon, maar dan zal hij vast... u weet wel.'

Strike wachtte af, maar blijkbaar was het de bedoeling dat hij iets deed met de onafgemaakte zin, want Irene zweeg.

'Dan zal hij vast...?' spoorde hij haar aan.

'Ach, u weet wel. Ergens zitten nu.'

'Ergens?'

'In een tehuis of zo!' zei ze een beetje ongeduldig, alsof Strike traag van begrip was. 'Hij kan nooit goed terechtgekomen zijn, wel dan? Met een vader die aan de drugs was en een achterlijke moeder. Het kan me niet schelen wat Janice zegt. Zij heeft andere... Daar kan ze ook niks aan doen, bij haar thuis waren ze... Ze hadden andere normen. En Janice bekijkt de dingen graag... Dat willen we natuurlijk allemaal... Maar u wilt immers de waarheid horen, of niet dan?'

Strike hoorde de kwaadaardige speldenprikjes over haar vriendin tussen de losse flarden door.

'Hebt u Duckworth nog gevonden?' veranderde Irene van onderwerp.

'Douthwaite?'

'O, wat ben ik toch erg, nou doe ik het weer, hahaha.' Hoe weinig enthousiasme ze ook had getoond toen hij belde, hij was in elk geval iemand om tegenaan te praten. 'Ik zou dólgraag weten hoe het hem is vergaan, echt waar, als er aan hém geen luchtje zat, dan weet ik het niet meer. Janice praatte het een beetje goed toen u hier was, maar ze was een tikkeltje teleurgesteld toen hij homo bleek te zijn, weet u wel. Ze had een zwak voor hem. Ach, ze was erg eenzaam toen ik haar pas kende. We probeerden haar altijd te koppelen, Eddie en ik...'

'U zei...'

'... maar mannen wilden geen kind op de koop toe nemen en Janice was een beetje... u kent het wel, als een vrouw een poos alleen is geweest. Ik wil niet zeggen wanhopig, maar ze was bezitterig. Larry vond dat niet erg, maar Larry was ook niet helemaal...'

'Ik wilde u nog één ding vragen.'

'... al wilde ook hij niet met haar trouwen. Hij had een nare scheiding achter de rug...'

'Even over Leamington Spa.'

'Hebt u gekeken in Bognor Regis?'

'Pardon?' zei Strike.

'Douthwaite. Hij is toch naar Bognor Regis vertrokken? Naar zo'n bungalowpark?'

'Clacton-on-Sea,' zei Strike. 'Tenzij hij ook naar Bognor Regis is gegaan...?'

'Hoe bedoelt u "ook"?'

Jezus christus, mens.

'Waarom denkt u dat Douthwaite naar Bognor Regis vertrokken zou zijn?' vroeg Strike luid en duidelijk, en hij wreef over zijn voorhoofd.

'Ik dacht... Zat hij daar niet op een bepaald moment?'

'Voor zover ik weet niet, maar we weten wel dat hij halverwege de jaren tachtig in Clacton-on-Sea heeft gewerkt.'

'O, dan moet het dat geweest zijn. Ja, dat heeft iemand me dan verteld, ze zijn ook allemaal... Die ouderwetse kustplaatsen. U weet wel.'

Strike meende zich te herinneren dat hij Irene en Janice allebei had gevraagd of ze enig idee hadden waar Douthwaite gebleven kon zijn na zijn vertrek uit Clerkenwell, en dat beiden hadden geantwoord dat ze het niet wisten.

'Hoe weet u dat hij in Clacton-on-Sea is gaan werken?' vroeg hij.

'Van Janice,' zei Irene na een minuscule pauze. 'Zíj was zijn buurvrouw hè, zíj was degene die hem kende. Ja, ik geloof dat ze had uitgezocht waar hij naartoe was gegaan na zijn vertrek uit Percival Road, omdat ze bezorgd om hem was.'

'Maar dit was elf jaar later,' zei Strike.

'Wat was elf jaar later?'

'Hij is pas elf jaar na zijn vertrek uit Percival Road naar Clacton-on-Sea gegaan,' zei Strike. 'Toen ik u beiden vroeg of u wist waar hij naartoe was...'

'Nou ja, u bedoelde toch nú?' zei Irene. 'Waar hij nu is? Geen flauw idee. Hebt u trouwens nog naar dat Leamington Spa-verhaal gekeken?' Toen begon ze te lachen, en ze zei: 'Al die kustplaatsen! Nee, wacht, dat ligt niet aan de kust, of wel? Maar u weet wat ik bedoel, water. Ik ben dol op water, het is... Greenwich, Eddie wist dat ik dit huis geweldig zou vinden toen hij het te koop zag staan... Was er nou echt iets in Leamington Spa of heeft Janice dat gewoon verzonnen?'

'Mevrouw Beattie verzon het niet,' zei Strike. 'Meneer Ramage heeft inderdaad een vermiste...'

'O, ik bedoelde niet dat Janice zoiets zou verzinnen, nee, dat bedoel ik niet,' zei Irene, waarmee ze zichzelf onmiddellijk tegensprak. 'Ik wil alleen zeggen, weet u wel, rare plek voor Margot, om daar op te duiken, Leamington... Hebt u een connectie gevonden?' vroeg ze luchtig. 'Of...?'

'Nog niet. Maar ú herinnert zich dus ook niks over Margot en Leamington Spa, of toch wel?'

'Ik? Jeetje, nee, hoe moet ik nou weten wat ze daar te zoeken zou hebben?'

'Tja, soms schieten mensen opeens dingen te binnen nadat wij met hen hebben ge...'

'Hebt u Janice na die ene keer nog gesproken?'

'Nee,' zei Strike. 'Weet u wanneer ze terugkomt uit Dubai?'

'Nee,' zei Irene. 'Sommige mensen doen maar, hè? Ik zou ook best wat zon willen, met die winter hier... Maar aan Janice is het niet besteed, zij houdt niet van zonnebaden, en ik moet er trouwens ook niet aan denken om dat hele eind economy te vliegen, wat zij dus wel moet... Ik ben benieuwd hoe het gaat, zes weken met haar schoondochter! Hoe goed je het ook met elkaar kunt vinden, het is lang, hoor...'

'Ik zal u verder met rust laten, mevrouw Hickson.'

'O, goed dan,' zei ze. 'Ach, ja. Veel succes met alles.'

'Dank u wel,' zei hij, en hij hing op.

De regen tikte tegen het raam. Strike vertrok met een zucht naar het toilet van de koffiezaak; hij moest nodig plassen.

Toen hij afrekende zag hij buiten de man met het Sonic the Hedgehog-sweatshirt voorbijlopen, nu aan dezelfde kant van de straat waar de koffiezaak zat. De man liep met twee overvolle Tesco-tassen vol boodschappen in zijn handen terug in de richting waaruit hij daarstraks was gekomen, met datzelfde rare wiegende loopje, van links naar rechts, zijn drijfnatte haar plat tegen zijn schedel geplakt, zijn mond een beetje open. Strike volgde hem met zijn blik toen hij langsliep en keek naar de druipende regen aan de onderkant van zijn boodschappentassen, en zijn uitzonderlijk grote oren.

38

So long in secret cabin there he held
Her captive to his sensual desire;
Till that with timely fruit her belly swell'd,
And bore a boy unto that salvage sire...

Edmund Spenser
The Faerie Queene

Terwijl hij zich afvroeg of hij echt zoveel geluk kon hebben gooide Strike een fooi op tafel en snelde in de stromende regen naar buiten, onderwijl zijn jas aantrekkend. Als de verstandelijk beperkte volwassene in het drijfnatte Sonic-sweatshirt inderdaad het kind met de grote oren was dat vroeger door zijn excentrieke vader door deze straten was gezeuld, woonde hij zeker al veertig jaar in dit gedeelte van Clerkenwell. Nou ja, er waren natuurlijk mensen die zo leefden, peinsde Strike, vooral als ze op een bepaalde plek hun vangnet hadden en hun hele wereld bestond uit een paar vertrouwde straten. De man was nog steeds in zicht: hij liep onverstoorbaar in de richting van Clerkenwell Road in de kletterende regen, zonder zijn pas te versnellen of ook maar enigszins te proberen te voorkomen dat hij nog natter werd. Strike zette zijn kraag omhoog en volgde hem.

Vooraan in St John Street ging Strikes doelwit bij een kleine ijzerwarenzaak rechtsaf de hoek om naar Albemarle Way, de korte straat met aan de andere kant de oude rode telefooncel, en aan weerskanten een onafgebroken rij hoge gebouwen. Strikes belangstelling nam toe.

Even voorbij de ijzerwarenzaak zette de man zijn beide boodschappentassen op het natte trottoir en haalde een sleutel tevoorschijn. Strike liep door omdat hij zich nergens kon verstoppen, maar hij keek in het voorbijgaan naar het huisnummer. Was het mogelijk dat wijlen Applethorpe in deze flat had gewoond? Had Strike niet steeds gedacht dat Albemarle Way een veelbelovende plek was om ongezien een slachtoffer op te wachten? Niet zo geschikt als Passing Alley misschien, en minder handig dan de flats langs Jerusalem Passage, maar een stuk beter dan het drukke Clerkenwell Green, waar Margot naar Talbots stellige overtuiging had geworsteld met een vermomde Dennis Creed.

Strike hoorde de voordeur achter de man met de grote oren dichtvallen en keerde om. De donkerblauwe deur was toe aan een nieuwe verflaag. Ernaast hing een kleine bel, waaronder een strookje papier met de geprinte naam ATHORN was geplakt. Kon dat de naam zijn die Irene had onthouden als Applethorpe, Appleton of Apton?

Toen zag Strike dat de man de sleutel in het slot had laten zitten.

Met een gevoel dat hij de ondoorgrondelijke wegen van de kosmos misschien veel te makkelijk van de hand had gewezen trok hij de sleutel uit het slot en drukte op de bel, die binnen een luid gerinkel voortbracht. Even gebeurde er niets, toen ging de deur weer open, en daar stond de man in het natte Sonic-sweatshirt.

'U had deze in het slot laten zitten,' zei Strike, en hij hield de sleutel omhoog.

De man keek Strike niet aan, maar sprak tegen de derde knoop van zijn overjas. 'Dat heb ik laatst ook gedaan en Clare zei dat ik het niet meer moest doen,' mompelde hij terwijl hij zijn hand uitstak. Strike hem gaf hem de sleutel. De man wilde de deur weer dichtdoen.

'Ik ben Cormoran Strike. Zou ik misschien even mogen binnenkomen om over uw vader te praten?' Strike stak nog net niet zijn voet tussen de deur, maar hij bereidde zich er wel op voor dat te doen mocht het nodig zijn.

De grote oren van de andere man staken bleek af tegen de donkere gang. 'Mijn-vader-Gwilherm is dood.'

'Ja,' zei Strike. 'Dat weet ik.'

'Hij droeg me op zijn schouders.'

'O, ja?'

'Ja. Dat heeft mijn moeder me verteld.'

'Woont u alleen?'

'Ik woon hier met mijn moeder.'

'Heet zij Clare?'

'Nee. Deborah.'

'Ik ben detective,' zei Strike, en hij haalde een kaartje uit zijn zak. 'Mijn naam is Cormoran Strike en ik zou heel graag uw moeder spreken, als dat mag.'

De man pakte het kaartje niet aan, maar keek er vanuit zijn ooghoeken naar. Strike vermoedde dat hij niet kon lezen.

'Is dat goed?' vroeg Strike in de koude regen die op hem bleef neerdalen.

'Ja hoor, kom maar binnen,' zei de man, nog steeds tegen Strikes knoop, en hij hield de deur verder open om de detective binnen te laten. Zonder af te wachten of Strike hem volgde liep hij de donkere trap op.

Strike voelde zich er ongemakkelijk bij om misbruik te maken van de kwetsbaarheid van een man als Athorn, maar het vooruitzicht om te kunnen rondneuzen in de flat waarvan hij inmiddels sterk het vermoeden had dat hier in 1974 de zelfverklaarde moordenaar van Margot Bamborough had gewoond was onweerstaanbaar. Nadat hij zorgvuldig zijn voeten had geveegd deed hij de deur achter zich dicht, en hij zag een paar brieven op de vloer liggen waar de zoon des huizes eenvoudig overheen gestapt was; op een ervan zat een natte schoenafdruk. Hij raapte de brieven op en liep de houten trap op, waar een kaal, niet-werkend peertje boven hing.

Onderweg naar boven stond Strike zichzelf een fantasie toe van een flat waar in veertig jaar niemand anders dan de bewoners binnen was geweest, met kastjes en kamers die op slot zaten of zelfs – er waren gevallen van bekend – een geraamte dat openlijk in het zicht lag. Een fractie van een seconde, toen hij de overloop op liep, nam zijn hoop toe: de oven in het piepkleine keukentje leek rechtstreeks afkomstig te zijn uit de jaren zeventig, net als de bruine wandtegels, maar jammer genoeg – vanuit detectiveoogpunt – was de flat netjes en rook het er fris en schoon. Er waren zelfs verse stofzuigersporen te zien op de oude vloerbedekking, die een patroon van oranje en bruine krullen had. De Tesco-tassen stonden te wachten om uitgepakt te worden op zeil dat kaal en versleten was, maar wel pas gedweild.

Rechts van Strike was een open deur naar een kleine zitkamer. Daar stond de man die hij was gevolgd, tegenover een veel oudere vrouw die zat te haken in een fauteuil bij het raam. Ze leek, volkomen begrijpelijk, geschokt te zijn dat er ineens een grote, forse vreemdeling in haar gang stond.

'Hij wil met je praten,' kondigde de man aan.

'Alleen als u dat niet vervelend vindt, mevrouw Athorn,' riep Strike vanaf de overloop. Hij zou willen dat Robin bij hem was. Zij was er goed in nerveuze vrouwen op hun gemak te stellen. Hij herinnerde zich dat Janice had verteld dat deze vrouw straatvrees had. 'Ik ben Cormoran Strike, ik wilde u een paar vragen stellen over uw man. Maar als u dat niet prettig vindt, ben ik natuurlijk meteen weer weg.'

'Ik heb het koud,' zei de man luid.

'Trek iets anders aan,' raadde de vrouw hem aan. 'Je bent nat geworden. Waarom doe je je jas dan ook niet aan?'

'Te klein,' zei hij. 'Dom mens.'

Hij draaide zich om en liep de kamer uit, langs Strike, die een stapje terug deed om hem erdoor te laten. De zoon van Gwilherm verdween in een kamer waar op de deur in houten letters de naam SAMHAIN was aangebracht.

Samhains moeder leek net zomin van oogcontact te houden als haar zoon. Uiteindelijk zei ze tegen Strikes knieën: 'Goed. Kom maar binnen dan.'

‘Hartelijk dank.’

Twee grasparkieten, een blauwe en een groene, tjilpten in een kooi in een hoek van de zitkamer. Samhains moeder was een patchworksprei aan het haken. Op de brede vensterbank naast haar lag een stapel wollen vierkantjes die ze al af had en aan haar voeten stond een mand met wol. Een enorme legpuzzelmat lag opengeklapt op een grote poef voor de bank, met daarop een voor twee derde voltooide puzzel met een afbeelding van eenhoorns. Als het om netheid ging won deze kamer het met gemak van de huiskamer van Gregory Talbot.

‘Er was post voor u,’ zei Strike, en hij hield de vochtige enveloppen omhoog.

‘Maak maar open,’ zei ze.

‘Ik denk niet...’

‘Maak maar open,’ zei ze nog een keer.

Ze had dezelfde grote oren als Samhain en dezelfde lichte onderbeet. Ondanks die onvolkomenheden was haar zachte witte gezicht met de donkere ogen aantrekkelijk. Haar lange, keurig gevlochten haar was wit. Ze moest minstens zestig zijn, maar haar gladde witte huid was die van een veel jongere vrouw. Ze leek op een merkwaardige manier niet van deze wereld, zoals ze daar zat met haar druk bewegende haaknaald bij het natgeregende raam, afgesloten van alles en iedereen. Strike vroeg zich af of ze kon lezen. De enveloppen waarvan duidelijk was dat ze junkmail bevatten kon hij rustig openmaken, dacht hij, dus dat deed hij.

‘Er is een catalogus voor vogelzaad binnengekomen,’ zei hij, en hij liet hem aan haar zien, ‘en een brief van een meubelzaak.’

‘Die wil ik niet,’ zei de vrouw bij het raam, nog steeds tegen Strikes benen. ‘U mag gaan zitten,’ voegde ze eraan toe.

Strike schoof voorzichtig tussen de bank en de poef, die, net als hijzelf, veel te groot was voor deze kleine kamer. Nadat hij erin geslaagd was niet tegen de enorme puzzel te stoten, ging hij op respectvolle afstand van de hakende vrouw zitten.

‘Deze,’ zei Strike met een blik op de laatste brief, ‘is voor Clare Spenser. Kent u haar?’

Er zat geen postzegel op de brief. Aan het adres op de achterkant te zien was de afzender de man van de ijzerwarenzaak beneden.

'Clare is onze maatschappelijk werkster,' zei ze. 'Maak maar open.'

'Dat lijkt me geen goed idee. Ik zal hem hier laten liggen voor Clare. U bent toch Deborah?'

'Ja,' mompelde ze.

Samhain verscheen weer in de deuropening. Hij was nu op blote voeten, maar droeg een droge spijkerbroek en een vers sweatshirt, met Spiderman op de voorkant.

'Ik ga spullen in de ijskast zetten,' kondigde hij aan, en hij verdween weer.

'Samhain doet nu de boodschappen,' zei Deborah met een blik op Strikes schoenen. Hoewel ze timide was, leek ze er geen probleem mee te hebben met hem te praten.

'Deborah, ik wil je wat vragen over Gwilherm,' zei Strike.

'Hij is hier niet.'

'Nee, ik...'

'Hij is dood.'

'Ja. Dat spijt me. Maar ik ben eigenlijk gekomen omdat een dokter die vroeger...'

'Dokter Brenner,' zei ze onmiddellijk.

'Herinnert u zich dokter Brenner nog?' vroeg Strike verbaasd.

'Ik mocht hem niet.'

'Nou, ik wilde u spreken over een ándere dok...'

Samhain kwam de kamer weer in en vroeg luid aan zijn moeder: 'Wil je warme chocolademelk of niet?'

'Ja,' zei ze.

'Wil jíj warme chocolademelk of niet?' vroeg Samhain op strenge toon aan Strike.

'Ja, graag,' zei Strike, vanuit het principe dat elk vriendelijk gebaar in dergelijke situaties moest worden aanvaard.

Samhain sjokte weg. Deborah hield even op met haken, wees naar een punt recht voor haar en zei: 'Dat is Gwilherm, hij daar.'

Strike keek om zich heen. Op de muur achter de oude tv was een Egyptische ankh getekend, symbool van het eeuwige leven. De muren waren overal lichtgeel behalve achter de ankh, waar een vierkantje vaalgroen bewaard was gebleven. Voor de ankh, op het bakbeest van een televisie, stond een zwart voorwerp waarvan Strike op het eerste gezicht dacht dat het een vaas was. Toen hij zag dat er een gestileerde duif op stond, besefte hij dat het een urn was en begreep eindelijk wat hem werd verteld.

'Aha,' zei hij. 'Dus dat is de as van Gwilherm?'

'Ik heb tegen Tudor gezegd dat hij die met de vogel moest nemen, want ik hou van vogels.'

Een van de grasparkieten fladderde plotseling door de kooi, in een waas van felgroen en geel.

'Wie heeft dat geschilderd?' vroeg Strike, wijzend naar de ankh.

'Gwilherm,' zei Deborah, nog altijd druk in de weer met haar haaknaald.

Samhain kwam weer binnen, met een blikken dienblad.

'Niet op mijn puzzel,' waarschuwde zijn moeder hem, maar er was verder nergens ruimte.

'Zal ik...?' bood Strike aan, gebarend naar de puzzel, maar op de vloer was er geen plaats voor.

'Dichtdoen,' droeg Deborah hem op, enigszins verwijtend, en Strike zag dat de mat flappen had die dichtgeklapt konden worden om de puzzel te beschermen. Dat deed hij, en Samhain zette het dienblad erop. Deborah stak haar haaknaald zorgvuldig in het bolletje wol en nam een beker instantchocolademelk en een Penguinwafel aan van haar zoon. Samhain hield zelf de Batman-beker. Strike nam een slokje van de warme drank en zei, niet geheel oprecht: 'Heerlijk.'

'Ik kan lekkere chocolademelk maken, hè Deborah?' zei Samhain terwijl hij een wafel uit de wikkel haalde.

'Ja,' antwoordde Deborah, en ze blies zachtjes in de chocolademelk.

'Ik weet dat het lang geleden is,' begon Strike nog een keer, 'maar er was nog een andere dokter, die bij dokter Brenner werkte...'

'Joe Brenner was een ouwe viespeuk,' zei Samhain Athorn, en hij lachte kakelend.

Strike keek verrast zijn kant op. Samhain richtte zijn grijns op de dichtgeklapte legpuzzel.

'Waarom was hij een ouwe viespeuk?' vroeg de detective.

'Dat heeft mijn oom Tudor me verteld,' zei Samhain. 'Een héél vieze man. Hahaha. Is deze voor mij?' Hij pakte de envelop die was geadresseerd aan Clare Spenser.

'Nee,' zei zijn moeder. 'Die is voor Clare.'

'Waarom?'

'Ik denk,' zei Strike, 'dat hij van uw onderbuurman komt.'

'De schoft,' zei Samhain, en hij legde de brief weer neer. 'Van hem moesten we alles weggooien, hè Deborah?'

'Ik vind het nu beter,' zei Deborah mild. 'Het is goed zo.'

Strike liet enkele momenten verstrijken, voor het geval Samhain er nog wat aan toe te voegen had, en vroeg toen: 'Waarom zei oom Tudor dat Joseph Brenner een oude viespeuk was?'

'Tudor wist alles van iedereen,' zei Deborah onbewogen.

'Wie was Tudor?' vroeg Strike haar.

'Gwilherms broer,' antwoordde Deborah. 'Hij wist alles over de mensen hier.'

'Komt hij nog wel eens langs?' vroeg Strike, hoewel hij het antwoord al vermoedde.

'Overleden-naar-gene-zijde,' zei Deborah, alsof het één woord was. 'Vroeger deed hij onze boodschappen. Hij ging met Sammy voetballen en naar het zwembad.'

'Ik doe nu de boodschappen,' zei Samhain. 'Soms heb ik geen zin, maar als ik geen boodschappen doe, krijg ik honger en dan zegt Deborah: "Het is jouw schuld dat er niks te eten is." Dus dan ga ik boodschappen doen.'

'Goed van jou,' zei Strike.

Ze dronken gedrieën van hun warme chocolademelk.

'Ouwe viespeuk, Joe Brenner,' herhaalde Samhain, harder nu. 'Oom Tudor heeft me verhalen verteld. De oude Betty en die ene die niet wilde betalen, hahaha. Die vieze ouwe Joe Brenner.'

'Ik mocht hem niet,' zei Deborah zacht. 'Hij wilde dat ik mijn broek uittrok.'

'Echt waar?' zei Strike.

Ook al was het ongetwijfeld voor een medisch onderzoek geweest, hij voelde zich er ongemakkelijk bij.

'Ja, om naar me te kijken,' zei Deborah. 'Ik wilde dat niet. Gwilherm zei dat het moest, maar ik hou er niet van als mannen die ik niet ken naar me kijken.'

'Nee, dat begrijp ik,' zei Strike. 'Was u ziek?'

'Gwilherm zei dat ik het moest doen,' was haar enige reactie.

Als hij nog bij de Special Investigation Branch had gezeten, zou er voor dit gesprek een vrouwelijke agent bij hem geweest zijn. Strike vroeg zich af wat Deborahs IQ was.

'Hebt u dokter Bamborough ooit ontmoet?' vroeg hij. 'Dat was een...' Hij aarzelde. 'Een mevrouw die dokter was.'

'Ik heb nooit een mevrouw gezien die dokter was,' zei Deborah, en het klonk spijtig.

'Weet u of Gwilherm dokter Bamborough ooit heeft ontmoet?'

'Ze is dood,' zei Deborah.

'Ja,' zei Strike verrast. 'De mensen denken dat ze dood is, maar niemand weet het z...'

Een van de grasparkieten liet het belletje rinkelen dat in de nok van zijn kooi hing. Deborah en Samhain keken allebei glimlachend om.

'Welke was het?' vroeg Deborah aan Samhain.

'Bluey,' zei hij. 'Bluey is slimmer dan Billy Bob.'

Strike wachtte tot ze hun belangstelling voor de parkieten verloren, wat een paar minuten duurde. Toen beide Athorns hun aandacht weer op hun warme chocolademelk richtten, zei hij: 'Dokter Bamborough is verdwenen, en ik probeer erachter te komen wat er met haar is gebeurd. Ik heb gehoord dat Gwilherm soms over dokter Bamborough praatte, na haar vermissing.'

Deborah reageerde niet. Het was moeilijk te zeggen of ze wel luisterde of dat ze hem expres negeerde.

'Ik heb gehoord,' zei Strike – het had geen zin om het niet te zeggen; per slot van rekening was dit de reden dat hij hier was – 'dat Gwilherm zei dat hij haar had vermoord.'

Deborah gluurde naar Strikes linkeroor en keek toen weer naar haar chocolademelk.

'Jij bent net als Tudor,' zei ze. 'Je weet hoe alles zit. Het zal wel waar zijn,' voegde ze er kalmpjes aan toe.

'Bedoelt u,' vroeg Strike voorzichtig, 'dat hij mensen erover heeft verteld?'

Ze gaf geen antwoord.

'... of denkt u dat hij de dokter heeft vermoord?'

'Heeft Mijn-vader-Gwilherm haar weggetoverd?' informeerde Samhain bij zijn moeder. 'Mijn-vader-Gwilherm heeft die mevrouw niet vermoord. Mijn oom Tudor heeft me verteld wat er echt is gebeurd.'

'Wat heeft je oom je verteld?' vroeg Strike, en hij verplaatste zijn blik van moeder naar zoon, maar Samhain propte alleen maar zijn mond vol met chocoladekoek, dus hervatte Deborah haar verhaal.

'Hij maakte me een keer wakker toen ik sliep,' zei ze, 'en het was donker. Hij zei: "Ik heb per ongeluk een mevrouw gedood." Ik zei: "Je hebt gewoon akelig gedroomd." Hij zei: "Nee, nee, ik heb haar gedood, maar het was niet mijn bedoeling."'

'Dus hij maakte u wakker om dat te zeggen?'

'Hij maakte me wakker, helemaal overstuur.'

'Maar u denkt dat het een akelige droom was geweest?'

'Ja,' zei Deborah, maar even later voegde ze eraan toe: 'maar misschien had hij haar wel echt gedood, want hij deed aan magie.'

'Ik begrijp het,' zei Strike, niet naar waarheid, en hij richtte zich weer tot Samhain. 'Wat was er volgens oom Tudor gebeurd met die mevrouw die dokter was?'

'Dat mag ik u niet vertellen,' zei Samhain, plotseling grijnzend. 'Oom Tudor heeft gezegd dat ik het niet mag zeggen. Nooit.' Maar hij grijnsde met een boosaardige vreugde omdat hij een geheim had. 'Dat heeft Mijn-vader-Gwilherm gedaan,' zei hij toen, wijzend naar de ankh op de muur.

'Ja,' zei Strike, 'dat vertelde je moeder me al.'

'Ik vind het maar niks,' zei Deborah onbewogen, met een blik op de ankh. 'Ik zou liever hebben dat alle muren hetzelfde waren.'

'Ik vind het mooi,' zei Samhain, 'omdat het anders is dan de andere muren... dom mens,' voegde hij er afwezig aan toe.

'Heeft oom Tudor...' begon Strike, maar Samhain, die zijn koek ophad, stond op en liep de kamer uit.

In de deuropening bleef hij staan en zei heel hard: 'Clare zegt dat het fijn is dat ik nog spullen heb van Gwilherm!'

Hij verdween zijn slaapkamer in en trok de deur hard achter zich dicht. Met een gevoel alsof hij zojuist een gouden muntstuk een put in had zien stuiteren richtte Strike zich weer tot Deborah. 'Weet ú wat er volgens Tudor met de dokter gebeurd zou zijn?'

Ze schudde ongeïnteresseerd het hoofd. Strike keek hoopvol weer naar Samhains slaapkamerdeur. Die bleef dicht.

'Weet u nog hóé Gwilherm de dokter gedood dacht te hebben?' vroeg hij aan Deborah.

'Hij zei dat ze dood was door zijn magie en dat hij haar toen heeft weggedaan.'

'Weggedaan?'

De deur van Samhains kamer ging plotseling open en hij kwam de kamer weer in gesjokt, met een boek zonder kaft in zijn hand.

'Deborah, dit is het magieboek van Mijn-vader-Gwilherm, hè?'

'Klopt,' zei Deborah. Ze had haar warme chocolademelk op. Nadat ze de lege mok had weggezet, pakte ze haar haakwerk weer op.

Samhain stak het boek zwijgend uit naar Strike. De kaft mocht er dan af zijn, de titelpagina was nog intact: *The Magus* van Francis Barrett. Strike kreeg de indruk dat de overhandiging van het boek een teken van achting was, dus bladerde hij het met een zeer geïnteresseerde blik door; alles om Samhain tevreden te stellen en hem in de buurt te houden voor verdere ondervraging.

Op een van de bladzijden vooraan in het boek zat een bruine veeg. Strike hield het wapperende papier tegen om de vlek nader te bekijken. Het was opgedroogd bloed, vermoedde hij, uitgesmeerd over een paar regels tekst.

> Ik zeg het nogmaals: mensen die slaapwandelen kunnen, gedreven door niets anders dan het bloed, zo lijkt het, heen en weer lopen,

zakendoen, over muurtjes klimmen en diverse andere dingen die onmogelijk zijn voor degenen die wakker zijn.

'Daar kun je magie uit leren, uit dat boek,' zei Samhain. 'Maar het is van mij, want het is van Mijn-vader-Gwilherm geweest, dus mag ik het nu hebben.' Hij stak zijn hand uit voordat Strike het boek beter kon bekijken, plotseling afgunstig om het bezit. Toen Strike het teruggaf, drukte Samhain het boek met één hand tegen zijn borst en bukte om een derde chocoladekoek te pakken.

'Geen koek meer, Sammy,' zei Deborah.

'Ik ben ze zelf door de regen gaan halen,' zei Samhain hard. 'Ik mag eten wat ik wil. Dom mens. Stóm mens.'

Hij schopte tegen de poef, maar bezeerde daarmee zijn blote voet, wat zijn plotselinge, kinderlijke boosheid nog versterkte. Rood aangelopen en agressief keek hij de kamer door, en Strike vermoedde dat hij zocht naar iets wat hij kon overhoophalen of misschien wel stukgooien.

Zijn keuze viel op de grasparkieten. 'Ik zet de kooi open,' dreigde hij zijn moeder, wijzend naar de vogels. Hij liet *The Magus* op de bank vallen terwijl hij op de zitting ging staan, boven Strike uittorenend.

'Nee, niet doen,' zei Deborah, onmiddellijk paniekerig. 'Niet doen, Sammy!'

'En dan zet ik het raam open,' zei Samhain, die nu probeerde over de bank te lopen, maar de weg werd hem versperd door Strike. 'Hahaha, stom mens!'

'Nee, Samhain, niet doen!' riep Deborah angstig uit.

'Je moet de kooi niet openmaken,' zei Strike, en hij kwam overeind en ging er dwars voor staan. 'Straks vliegen de parkieten weg, en dan komen ze niet meer terug.'

'Dat weet ik,' zei Samhain. 'De vorige kwamen ook niet terug.'

Zijn boosheid leek na deze rationele oppositie net zo snel te zakken als ze was opgekomen. Nog steeds staand op de bank zei Samhain nors: 'Ik ben door de regen gelopen. Ik heb ze gehaald.'

'Hebt u het telefoonnummer van Clare?' vroeg Strike aan Deborah.

'In de keuken,' zei ze, zonder te vragen waar hij dat voor wilde hebben.

'Kun jij me de weg wijzen?' vroeg Strike aan Samhain, hoewel hij goed wist waar de keuken was. De hele flat was net zo groot als de huiskamer van Irene Hickson.

Samhain keek een poosje naar Strikes middenrif en zei toen: 'Goed dan.'

Hij liep over de bank heen naar de andere kant, sprong eraf met zo'n dreun dat de boekenkast ervan schudde en dook toen naar de chocoladekoeken. 'Hahaha,' zei hij honend tegen zijn moeder, met handenvol Penguins. 'Ik heb ze. Dom mens. Stóm mens.'

Hij liep de kamer uit.

Terwijl Strike achteruit de ruimte tussen de poef en de bank uit schuifelde, bukte hij om *The Magus* op te rapen, het boek dat Samhain op de bank had gegooid, en schoof het onder zijn jas. Deborah Athorn zat kalm te haken bij het raam en merkte er niets van.

Op de keukenmuur was met een punaise een lijst namen en telefoonnummers bevestigd. Het deed Strike goed om te zien dat er schijnbaar veel mensen waren die zich het wel en wee van Deborah en Samhain aantrokken.

'Wie zijn dat allemaal?' vroeg hij, maar Samhain haalde zijn schouders op en bevestigde Strikes vermoeden dat hij niet kon lezen, hoe trots hij ook mocht zijn op *The Magus*.

Hij nam met zijn telefoon een foto van de lijst en draaide zich toen om naar Samhain. 'Je zou me echt helpen als je je kon herinneren wat er volgens jouw oom Tudor is gebeurd met die mevrouw die dokter was.'

'Hahaha,' zei Samhain, en hij haalde weer een Penguin-koek uit de wikkel. 'Zeg ik niet.'

'Je oom Tudor moet je wel echt vertrouwd hebben, om het jou te vertellen.'

Samhain kauwde even zwijgend, slikte zijn hap chocoladekoek door en zei toen, zijn kin trots de lucht in gestoken: 'Ja.'

'Het is fijn als je mensen hebt aan wie je belangrijke informatie kunt toevertrouwen.'

Die mededeling leek Samhain goed te doen. Hij at zijn koek op en keek Strike voor het eerst vluchtig aan. De detective kreeg de indruk dat Samhain genoot van de aanwezigheid van een andere man in de flat.

'Die heb ik gemaakt,' zei hij plotseling, en hij liep naar het aanrecht en pakte een potje van klei, waar een afwasborstel en een spons in stonden. 'Ik heb elke dinsdag les en dan maken we dingen. Dat leren we van Ranjit.'

'Goed, zeg,' zei Strike, en hij nam de pot van hem aan en bekeek die aandachtig. 'Waar was jij toen je oom je vertelde wat er was gebeurd met dokter Bamborough?'

'Bij voetbal,' zei Samhain. 'En ik heb ook deze gemaakt.' Hij trok een houten fotolijstje van de koelkastdeur, waar het met een magneet op bevestigd had gezeten. In het lijstje zat een recente foto van Deborah en Samhain, allebei met een grasparkiet op een uitgestoken vinger.

'Heel goed,' zei Strike bewonderend.

'Ja,' zei Samhain, en hij pakte het lijstje van hem af en ramde het weer op de koelkastdeur. 'Ranjit zei dat ik de beste was. We waren bij voetbal en ik hoorde dat oom Tudor het tegen zijn vriend zei.'

'Aha,' zei Strike.

'En toen zei hij tegen mij: "Niemand vertellen."'

'Juist,' zei Strike. 'Maar als je het mij vertelt, kan ik misschien de familie van de dokter helpen. Die mensen zijn heel verdrietig. Ze missen haar.'

Samhain keek nog eens vluchtig naar Strikes gezicht.

'Ze kan nu niet meer terugkomen. Mensen kunnen niet meer levend worden als ze dood zijn.'

'Nee,' zei Strike. 'Maar het is fijn als de families weten wat er is gebeurd en waar ze zijn gebleven.'

'Mijn-vader-Gwilherm is doodgegaan onder de brug.'

'Ja.'

'Mijn oom Tudor is doodgegaan in het ziekenhuis.'

'Zie je nou wel?' zei Strike. 'Het is fijn als je het weet.'

'Ja,' zei Samhain. 'Ik weet wat er is gebeurd.'

'Precies.'

'Oom Tudor heeft me verteld dat Nico en zijn jongens het hebben gedaan.'

Het kwam er bijna onverschillig uit.

'U mag het aan de familie vertellen,' zei Samhain, 'maar verder aan niemand.'

'Juist,' zei Strike. Zijn hersenen draaiden op volle toeren. 'Wist Tudor ook hoe Nico en de jongens het hadden gedaan?'

'Nee. Hij wist alleen dat zij het waren.' Samhain pakte nog een chocoladekoek. Hij leek verder niets te zeggen te hebben.

'Eh, mag ik even naar het toilet?'

'De plee?' vroeg Samhain met een mond vol chocolade.

'Ja, de plee.'

Net als de rest van de flat was de badkamer brandschoon. Er hing groen behang met een patroon van roze flamingo's dat ongetwijfeld uit de seventies stamde en nu, veertig jaar later, in de categorie modieuze kitsch viel. Strike trok het medicijnkastje open en trof daar een doosje scheermesjes aan. Hij maakte het open, haalde er een uit en sneed met één soepele haal de pagina met de bloedvlekken uit *The Magus*, die hij vervolgens dubbelvouwde en in zijn zak liet glijden.

Op de overloop gaf hij Samhain het boek terug. 'Dat had je op de vloer laten liggen.'

'O,' zei Samhain. 'Bedankt.'

'Je gaat de parkietjes toch niet vrijlaten als ik weg ben, hè?'

Samhain keek naar het plafond en grijnsde even.

'Nou?' vroeg Strike.

'Nee,' verzuchtte Samhain uiteindelijk.

Strike liep terug naar de deuropening van de zitkamer. 'Ik ga weer, mevrouw Athorn,' zei hij. 'Hartelijk dank dat u met me wilde praten.'

'Ja, dag,' zei Deborah zonder naar hem op te kijken.

Strike ging de trap af en liet zichzelf uit, de straat op. Eenmaal buiten bleef hij even in de regen staan nadenken. Hij stond daar zo opmerkelijk roerloos dat een langslopende vrouw zich naar hem omdraaide.

Tot een beslissing gekomen sloeg Strike links af en ging de ijzerwarenzaak binnen die onder de flat van de Athorns lag.

Achter de toonbank stond een norse man met een grote snor en een schort voor, die opkeek toen Strike binnenkwam. Zijn ene oog was groter dan het andere, wat hem iets merkwaardig boosaardigs gaf.

'Goedemorgen,' zei Strike monter. 'Ik was net bij de familie Athorn hierboven. Ik heb begrepen dat u Clare Spencer wilt spreken?'

'Wie ben jij?' vroeg de ijzerwarenhandelaar, met een mengeling van verbazing en agressie.

'Een vriend van hen,' zei Strike. 'Mag ik vragen waarom u brieven voor hun maatschappelijk werkster in hun brievenbus stopt?'

'Omdat ze bij maatschappelijk werk die verdomde telefoon niet opnemen,' snauwde de ijzerwarenhandelaar. 'En het heeft weinig zin om met die lui hierboven zelf te gaan praten, hè?' Hij priemde met zijn vinger naar het plafond.

'Kan ik u misschien ergens mee helpen?'

'Dat betwijfel ik,' zei de ijzerwarenhandelaar kortaf. 'Jij zult het wel allemaal prima vinden zo, als vriend van de familie? Niemand hoeft te dokken, behalve ik, hè? Snel de boel een beetje opkalefateren en een ander voor de kosten laten opdraaien, hè?'

'Wat is er opgekalefaterd?' vroeg Strike.

De ijzerwarenhandelaar legde het maar al te graag uit. De flat boven, vertelde hij Strike, was lange tijd een gevaar voor de gezondheid geweest, volgestouwd met jarenlang verzamelde rommel, waarmee ze ongedierte aantrokken. En in een rechtvaardige wereld zou híj niet degene moeten zijn die de kosten moest dragen van een woning onder een stel regelrechte mafkezen...

'U hebt het hier wel over vrienden van mij,' zei Strike.

'Doe het dan zelf,' snauwde de ijzerwarenhandelaar. 'Leg jij dan een bloody fortuin neer om de ratten hier weg te houden. Mijn plafond buigt helemaal door onder het gewicht van hun smeerboel.'

'Ik kom net van boven en het is daar keurig...'

'Omdat ze verdomme vorige maand de boel uitgemest hebben, toen ik had gezegd dat ik naar de rechter zou stappen! Zodra ik daarmee dreigde, kwam er ineens familie uit Leeds, terwijl het tot die tijd niemand ook maar ene moer kon schelen. Kom ik op maandagmorgen hier, hebben ze de hele boel schoongemaakt. Stelletje stiekemerds!'

'Had u liever niet gewild dat de flat werd schoongemaakt?'

'Ik wil een vergoeding van al mijn onkosten! Structurele schade, rekeningen van Rentokil, die twee zouden niet zonder toezicht op zichzelf moeten mogen wonen, daar zijn ze niet geschikt voor, ze horen in een tehuis! Al moet ik ermee naar de rechter stappen...'

'Mag ik u een adviesje geven?' zei Strike met een glimlach. 'Als u ook maar iets doet wat kan worden opgevat als bedreigend voor de Athorns, zullen hun vrienden ervoor zorgen dat ú degene bent die voor de rechter wordt gesleept. Fijne dag nog,' voegde hij eraan toe voordat hij naar de deur liep.

Het feit dat de flat van de Athorns pasgeleden was uitgemest door behulpzame familieleden leek te impliceren dat het lijk van Margot hier niet verborgen kon zijn. Aan de andere kant was Strike een bloedvlek en een gerucht rijker, en dat was aanzienlijk veel meer dan hij een uur geleden had gehad. Hoewel hij nog altijd niet geneigd was te geloven in de hand van een hogere macht, moest hij toegeven dat zijn besluit om die ochtend in St John Street te gaan ontbijten op z'n minst een zeer gelukkige keuze was geweest.

39

... they thus beguile the way,
Vntill the blustring storme is ouerblowne...
They cannot finde that path, which first was showne,
But wander too and fro in waies vnknowne...

Edmund Spenser
The Faerie Queene

Robins wekker ging die vrijdagochtend om half zeven, midden in een droom over Matthew: hij was naar haar toe gekomen in de flat in Earl's Court en had haar gesmeekt om hem terug te nemen. Hij zei dat hij stom was geweest, beloofde nooit meer te klagen over haar werk en wilde dat ze zou toegeven dat ze miste wat ze samen hadden gehad. Hij vroeg haar of ze het nou echt fijn vond om in een huurflat te wonen, zonder de zekerheid en het gezelschap die een huwelijk boden, en in de droom had Robin de aantrekkingskracht gevoeld van haar oude relatie, voordat die bemoeilijkt was door haar baan bij Strike. Het was een jongere Matthew in haar droom, een veel aardiger Matthew, en Sarah Shadlock werd weggewuifd als een foutje, een slippertje, een vergissing die niets voorstelde. Ergens op de achtergrond hield Robins huisgenoot zich op, deze keer niet de teruggetrokken en hoffelijke Max, maar een bleek, onnozel lachend meisje dat Matthews overredende woorden herhaalde, giechelde als hij naar haar keek en er bij Robin op aandrong hem zijn zin te geven.

Pas toen ze erin geslaagd was haar wekker het zwijgen op te leggen en de mist van slaap te verdrijven besefte Robin, met haar gezicht diep in het kussen gedrukt, dat de huisgenote uit haar droom sprekend op Cynthia Phipps had geleken.

Het kostte haar grote moeite om te achterhalen waarom ze haar wekker zo vroeg had gezet. Ze ging rechtop in bed zitten, de roomwitte muren van haar slaapkamer blauwig mauve in het licht van de dageraad, en herinnerde zich toen dat Strike een bespreking had gepland met het voltallige team, voor het eerst in twee maanden, en dat hij haar weer had gevraagd een uur eerder te komen dan de anderen, zodat ze samen de zaak-Bamborough konden bespreken vóór het teamoverleg.

Doodmoe, zoals ze de laatste tijd voortdurend leek te zijn, nam Robin een douche en kleedde zich aan. Ze prutste onhandig met knoopjes, vergat waar ze haar telefoon had neergelegd, zag pas halverwege de trap naar boven, op weg naar de keuken, dat ze een vlek in haar trui had, en ze was kwaad op het leven in het algemeen en vroeg opstaan in het bijzonder. Op de bovenverdieping aangekomen trof ze Max in zijn ochtendjas aan in de eetkamer, over een kookboek gebogen. De tv stond aan, de presentator van het ontbijtprogramma vroeg zich af of Valentijnsdag een oefening in commercieel cynisme was of een gelegenheid om als stel weer wat broodnodige romantiek aan het leven toe te voegen.

'Zijn er dingen die Cormoran niet lust of niet mag hebben?' vroeg Max, en toen Robin hem niet-begrijpend aankeek, zei hij: 'Voor vanavond. Het etentje.'

'O ja. Nee. Hij eet alles.'

Ze checkte haar mail op haar telefoon en dronk een beker zwarte koffie. Ze voelde een lichte steek van angst toen ze het bericht van haar advocaat met als onderwerp 'mediator' zag. Nadat ze het had geopend, zag ze dat er concreet een datum werd voorgesteld: woensdag 19 maart, over meer dan een maand. In gedachten zag ze Matthew praten met zijn eigen advocaat, zijn agenda erbij pakken en zoals altijd zijn macht doen gelden. *Ik zit de hele volgende maand vol.* Toen stelde ze zich voor dat ze met hem aan een grote vergadertafel zat, hun beider advocaten naast hen, en ze voelde paniek opkomen, vermengd met woede.

'Wel ontbijten, hoor,' zei Max, die nog steeds in een stel kookboeken zat te bladeren.

'Ik neem straks wel wat.' Robin klikte haar e-mail weg.

Ze pakte de jas die ze over de armleuning van de bank had gehangen en vroeg: 'Max, je bent toch niet vergeten dat mijn broer dit weekend komt logeren met zijn vriendin? Ze zullen wel niet veel hier zijn, het is niet meer dan hun uitvalsbasis.'

'Nee, nee, prima joh,' zei Max vaag, helemaal ondergedompeld in de recepten.

Robin ging de deur uit, de koele, vochtige ochtendlucht in, en pas bij de metro aangekomen merkte ze dat ze haar portemonnee niet bij zich had.

'Shit!'

Robin was normaal gesproken efficiënt, netjes en georganiseerd, een fout als deze maakte ze zelden. Met wapperende haren holde ze terug naar de flat, waarbij ze zich onderweg afvroeg waar ze dat ding in godsnaam gelaten kon hebben. Opeens sloeg de angst toe ze hem misschien ergens verloren had of dat hij uit haar tas gestolen was.

Ondertussen in Denmark Street hopste Strike groggy op zijn ene voet de douche uit, met dikke ogen, al net zo afgepeigerd als Robin. De naweeën van een week lang dubbele diensten draaien – zowel die van Barclay als die van Hutchins – begonnen hem nu op te breken, en hij had lichte spijt dat hij Robin had gevraagd zo vroeg naar de zaak te komen.

Hij had net zijn broek aangetrokken toen zijn mobiel ging, en er ging een steek van angst door hem heen toen hij het nummer van Ted en Joan zag.

'Ted?'

'Hoi Corm. Er is geen reden voor paniek, hoor. Ik wil je alleen even bijpraten.'

'Graag,' zei Strike, en hij bleef met ontbloot bovenlijf stokstijf staan in het kille grijze ochtendlicht, dat werd gefilterd door de te dunne gordijnen van zijn zolderflat.

'Ze ziet er nogal belabberd uit. Kerenza heeft geprobeerd haar naar het ziekenhuis te sturen, maar Joanie wil niet. Ze ligt nog in bed, ze... ze is er gisteren niet uit gekomen.' Teds stem brak. 'Het lukte niet.'

'Shit,' mompelde Strike, en hij liet zich op zijn eigen bed zakken. 'Oké, Ted, ik kom naar je toe.'

'Dat gaat niet,' zei zijn oom. 'We zijn ingesloten door het water. Het is gevaarlijk. De politie zegt dat iedereen thuis moet blijven, dat je nu niet moet gaan reizen. Kerenza kan... Ze zegt dat ze de pijn hier thuis kan wegnemen. Ze heeft een middel dat ze met injecties... Want Joan eet nu haast niks meer. Kerenza denkt dat het... je weet wel... zij denkt dat het niet...' Hij begon nu echt te huilen. 'Nog niet meteen, maar ze denkt dat het niet lang meer zal duren.'

'Ik kom naar je toe,' zei Strike vastberaden. 'Weet Lucy hoe ernstig het is met Joan?'

'Ik heb jou eerst gebeld,' zei Ted.

'Ik sein haar wel in, maak je daar maar niet druk om. Ik bel je zodra we een plan hebben, oké?'

Strike hing op en belde Lucy.

'O god, nee,' zei zijn zus toen hij haar een niet-emotionele samenvatting had gegeven van Teds verhaal. 'Stick, ik kan nu niet weg, Greg zit vast in Wales!'

'Wat moet Greg nou in Wales?'

'Het is voor zijn werk. O god, wat nu?'

'Wanneer komt hij terug?'

'Morgenavond.'

'Dan gaan we zondagochtend.'

'Hoe dan? Er rijden geen treinen, de wegen staan onder water...'

'Ik huur wel een jeep of zo. Desnoods komt Polworth ons daar halen met een boot. Ik bel je weer als ik iets heb geregeld.'

Strike kleedde zich aan, zette thee, roosterde brood en nam alles mee naar boven, naar het dubbele bureau in het kantoor, waar hij Ted terugbelde. Strike wuifde al zijn bezwaren weg en zei dat Lucy en hij zondag zouden komen, of Ted het nu goedvond of niet. Hij kon horen dat zijn oom snakte naar zijn aanwezigheid, dat hij wanhopig behoefte had aan gezelschap, iemand met wie hij de last van zijn angst en verdriet zou kunnen delen. Toen belde Strike Dave Polworth, die het hartgrondig met zijn plan eens was en beloofde klaar te staan met een boot, een sleepkabel en duikspullen, mocht dat nodig zijn.

'Ik heb verder toch geen zak te doen. Mijn werkplek staat onder water.'

Strike belde een paar autoverhuurbedrijven, tot hij er eindelijk een had gevonden dat een jeep beschikbaar had. Hij gaf net zijn creditcardgegevens door toen er een berichtje binnenkwam van Robin.

Sorry! Was portemonnee kwijt, net gevonden, kom eraan.

Strike was helemaal vergeten dat ze voorafgaand aan de teambespreking de zaak-Bamborough zouden doornemen. Toen hij de jeephuur had afgerond, begon hij alles te verzamelen wat hij met Robin had willen bespreken: de met bloed besmeurde pagina die hij uit *The Magus* had gescheurd en thuis in een plastic hoesje had geschoven, en de ontdekking die hij de vorige avond had gedaan op zijn computer en die hij nu klaarzette op het scherm, zodat hij het haar meteen kon laten zien.

Toen pakte hij het rooster erbij om te kijken welke diensten hij zou moeten delegeren nu hij weer naar Cornwall ging, en hij zag voor die avond *eten bij Max* op de agenda staan.

'Godver.' Hij nam aan dat hij er niet onderuit kon, aangezien hij pas de vorige dag ja had gezegd, maar het was wel het laatste waar hij op zat te wachten.

Op datzelfde moment hoorde Robin, die de roltrap naar Tottenham Court Road met twee treden tegelijk op liep, haar mobiel overgaan in haar tas.

'Ja,' zei ze hijgend in de telefoon terwijl ze het station in liep, als eenling tussen de vele haastige forenzen.

'Hoi Robs,' zei haar jongere broer.

'Hé.' Ze gebruikte haar metrokaart om het hekje te openen. 'Alles goed?'

'Ja, hoor,' zei Jonathan, maar hij klonk minder opgewekt dan de laatste keer dat ze elkaar hadden gesproken. 'Hé, is het goed als ik nog iemand meebreng om bij jou te crashen?'

'Wat?' zei Robin terwijl ze de striemende regen in liep in de gecontroleerde chaos van het kruispunt van Tottenham Court Road en Charing Cross Road, waar nu al drieënhalf jaar wegwerkzaamheden aan de gang waren. Ze hoopte dat ze Jonathan verkeerd verstaan had.

'Een vriend van me,' zei hij. 'Is dat goed? Hij kan overal slapen.'

'O, Jon,' kreunde Robin, die nu op een drafje door Charing Cross Road liep, 'we hebben maar één slaapbank.'

'Kyle slaapt wel op de vloer, dat maakt hem niks uit. Het geeft toch niet, één man extra?'

'Oké, mij best,' verzuchtte ze. 'Je komt wel nog steeds om tien uur?'

'Dat weet ik nog niet. Misschien nemen we een trein eerder, we denken erover om vanmiddag de colleges te skippen.'

'Ja, maar het punt is,' zei Robin, 'dat Cormoran vanavond komt eten omdat Max hem...'

'O, leuk!' zei Jonathan, en hij klonk al wat enthousiaster. 'Courtney wil hem vast heel graag ontmoeten, ze is bezeten van misdaadverhalen!'

'Nee... Jon, ik wilde juist zeggen dat Max een hoop vragen heeft voor Cormoran, over een rol die hij gaat spelen. Ik denk ook niet dat er genoeg eten is voor drie extra...'

'Geeft niks, als we vroeg zijn, bestellen we gewoon zelf wat.'

Hoe moest ze tegen hem zeggen: 'Kom alsjeblieft niet tijdens het eten'? Nadat hij had opgehangen begon Robin te rennen. Ze hoopte maar dat Jonathan, van wie ze uit ervaring wist dat hij slecht was in plannen, genoeg treinen zou missen om vanavond later aan te komen.

Toen ze hollend de hoek naar Denmark Street om kwam, zag ze

tot haar schrik Saul Morris lopen. Hij naderde het kantoor met een ingepakt bosje roze gerbera's.

Laat die alsjeblieft niet voor mij zijn.

'Hé, Robs,' zei hij toen ze hem had ingehaald. 'O jee,' merkte hij toen grijnzend op. 'Hebben we ons verslapen? Ik zie de vouwen van je kussen nog zitten.' Hij wees naar zijn eigen wang om aan te geven waar bij Robin, naar ze aannam, nog een rimpel zat doordat ze op haar buik had geslapen, roerloos met haar gezicht in het kussen, omdat ze gisteravond doodop was geweest. 'Voor Pat,' zei Morris, en hij toonde haar behalve de gerbera's ook zijn kaarsrechte witte gebit. 'Ze zegt dat ze van haar man nooit wat krijgt met Valentijnsdag.'

Jezus, wat ben jij een gladjanus, dacht Robin toen ze de sleutel in het slot stak. Het viel haar op dat Morris haar weer 'Robs' noemde, het zoveelste teken dat zijn ongemak in haar aanwezigheid langzaam maar zeker was verdwenen in de zeven weken na Kerstmis. Ze zou willen dat zij net zo makkelijk de – onredelijke maar daardoor niet minder sterke – schaamte van zich af kon schudden die ze voelde nadat ze voor altijd zijn erectie op haar telefoon had gezien.

Boven keek Strike net getergd op zijn horloge toen zijn mobiel ging. Zijn oude vriend Nick Herbert belde anders nooit zo vroeg, en Strike, die nu extra gespitst was op slecht nieuws, nam op met een akelig voorgevoel.

'Alles goed, Oggy?' Nick klonk schor, alsof hij had geschreeuwd.

'Ja, hoor,' antwoordde Strike, die nu voetstappen en stemmen dacht te horen op de metalen trap. 'Hoe gaat-ie?'

'Z'n gangetje. Ik vroeg me af of je zin hebt om vanavond een pint te pakken. Wij met z'n tweeën.'

'Ik kan niet,' zei Strike, en het speet hem enorm. 'Sorry, ik heb al iets anders.'

'Aha. Oké. En rond lunchtijd? Kun je dan wel?'

'Ja, waarom ook niet,' zei Strike na een lichte aarzeling. Hij kon wel een flink glas bier gebruiken, even weg van zijn werk, zijn familie en zijn honderd andere problemen.

Door de open deur zag hij Robin binnenkomen in de tussenruimte, gevolgd door Saul Morris, die een bos bloemen in zijn hand had. Pas nadat Strike de tussendeur had dichtgedaan verwerkte zijn vermoeide brein de bloemen en de datum.

'Wacht even. Ben jij niet druk bezig met valentijnsgedoe?'

'Dit jaar niet.'

Er viel een korte stilte. Strike had Nick en Ilsa, respectievelijk gastro-enteroloog en juriste, altijd beschouwd als het gelukkigst getrouwde stel dat hij kende. Hun huis in Octavia Street was vaak een toevluchtsoord voor hem geweest.

'Ik leg het je straks uit bij een biertje,' zei Nick. 'En ik ben er hard aan toe. Ik kom wel jouw kant op.'

Ze spraken een pub en een tijd af en hingen op. Strike keek weer op zijn horloge: Robin en hij hadden nog een kwartier over om Bamborough te bespreken, van het uur waarop hij had gehoopt. Hij deed de deur open en zei: 'Klaar? We hebben niet veel tijd.'

'Sorry.' Robin haastte zich naar binnen. 'Je hebt mijn appje toch wel gekregen? Over mijn portemonnee?'

'Ja.' Strike deed de deur weer dicht om Morris buiten te sluiten en wees naar de pagina uit *The Magus*, die hij aan Robins kant op het bureau had gelegd. 'Dat is die bladzijde uit het boek bij moeder en zoon Athorn.'

Meteen nadat hij bij de ijzerwarenhandel wegging had Strike Robin gebeld om haar te vertellen dat hij de Athorns had gevonden, en ze had hem enthousiast gefeliciteerd. Zijn norse houding van nu ergerde haar. Waarschijnlijk deed hij zo omdat ze te laat was, maar had zij dan geen recht op een klein beetje menselijke feilbaarheid na al die overuren van de laatste tijd, waarin ze naast haar eigen werk en dat van Strike ook nog de freelancers had aangestuurd en er alles aan had gedaan om hem geen extra stress te bezorgen nu zijn tante op sterven lag? Maar ze hoorde achter de dichte deur Barclay en Hutchins binnenkomen, wat haar eraan herinnerde dat zijzelf nog niet zo lang geleden de uitzendkracht was geweest, en Strike had aan het begin van hun professionele relatie in niet mis te verstane bewoordingen duidelijk gemaakt wat hij van een partner verwachtte.

Achter deze deur stonden drie mannen die zichzelf ongetwijfeld geschikter achtten voor die positie dan zij. Dus ging Robin zitten, pakte het vel papier en las de passage onder de roodbruine vlek.

'De tekst gaat over bloed.'

'Ik weet het.'

'Hoe vers moet bloed zijn om het te kunnen analyseren?'

'Het oudste monster waarvan ik heb gehoord dat het ooit succesvol is geanalyseerd was iets van vijfentwintig jaar oud,' zei Strike. 'Als dit bloed is, en het stamt uit de tijd dat Gwilherm Athorn nog leefde, dan is het dus zeker nog tien jaar ouder. Aan de andere kant heeft het al die tijd in dat boek gezeten, waar er geen licht en vocht bij konden, dat scheelt misschien. Ik ga hoe dan ook Roy Phipps bellen om hem te vragen welke bloedgroep Margot had, en dan probeer ik iemand te vinden die het voor ons kan analyseren. Misschien dat vriendje van jouw vriendin Vanessa die bij de forensische dienst zat, hoe heet hij ook alweer?'

'Oliver,' zei Robin. 'En hij is nu haar verloofde.'

'Nou, hij dus. Er is trouwens nog iets interessants naar voren gekomen uit mijn gesprek met Samhain...'

Hij vertelde haar over oom Tudor die had gemeend dat 'Nico en zijn jongens' Margot Bamborough hadden vermoord.

'Nico. Denk je...?'

'Niccolo "Mucky" Ricci? Dikke kans. Hij woonde niet ver daarvandaan en hij moet een plaatselijke bekendheid zijn geweest, ook al lijkt niemand van de praktijk in de gaten te hebben gehad wie er zomaar was binnengelopen op hun kerstborrel.

Ik heb een bericht achtergelaten voor de maatschappelijk werkster van de Athorns, want ik wil weten hoeveel geloof we mogen hechten aan de herinneringen van Deborah en Samhain. Shanker zou informatie over Ricci voor me proberen te verzamelen, maar ik hoor geen moer van hem. Misschien moet ik hem even helpen herinneren.'

Hij hield zijn hand op en Robin gaf hem de besmeurde bladzijde terug. 'Hoe dan ook, de enige andere ontwikkeling is dat ik C.B. Oakden heb gevonden,' zei Strike.

'Hè? Hoe dan?'

'Gisteravond. Ik zat over namen na te denken. Dat Irene ze steeds verkeerd onthield, met haar Douthwaite en Duckworth, Athorn en Applethorpe. Toen bedacht ik dat mensen vaak dicht bij het origineel blijven als ze hun naam veranderen.'

Hij draaide zijn computerscherm naar haar toe, en Robin zag een foto van een man van vroeg-middelbare leeftijd. Hij had lichte sproeten, zijn ogen stonden net iets te dicht bij elkaar en hij was enigszins kalend, al had hij nog genoeg haar om het over zijn smalle voorhoofd te kammen. De man was nog net herkenbaar als het jochie dat met een vertrokken gezicht in de camera had gekeken op de barbecue bij Margot.

Het verhaal onder de foto luidde:

CELSTRAF VOOR MEERVOUDIG OPLICHTER
'Verachtelijk misbruik van vertrouwen'

Een hardnekkige fraudeur die over een periode van twee jaar meerdere weduwen op leeftijd een bedrag van ruim 75.000 pond heeft afgetroggeld, heeft een gevangenisstraf van vier jaar en negen maanden gekregen.

Brice Noakes (49) uit Fortune Street in Clerkenwell, oorspronkelijke naam Carl Oaken, heeft in totaal negen 'kwetsbare en goedgelovige vrouwen' zover gekregen dat ze hem sieraden en contanten gaven; in één geval liep het bedrag op tot 30.000 pond aan spaargeld.

Rechter McCrieff noemde Noakes 'een doortrapte, gewetenloze man die schaamteloos misbruik maakte van de kwetsbaarheid van zijn slachtoffers'.

De keurig geklede en welbespraakte Noakes had het gemunt op alleenwonende weduwen. Meestal bood hij aan hun sieraden te taxeren. Noakes kreeg zijn slachtoffers zover dat ze hem toestemming gaven hun kostbaarheden mee te nemen voor een professionele waardebepaling.

> In andere gevallen deed hij zich voor als afgevaardigde van de gemeente, die beweerde dat de huizenbezitter een achterstand had met het betalen van de gemeentebelastingen en daar ieder moment voor vervolgd kon worden.
>
> 'U hebt met gebruikmaking van geloofwaardige maar volkomen frauduleuze papieren kwetsbare vrouwen onder druk gezet om geld over te maken naar een rekening die u had geopend voor uw eigen gewin,' aldus rechter McCrieff bij het vonnis.
>
> 'Enkele van de benadeelde vrouwen durfden aanvankelijk uit schaamte hun familie niet te vertellen dat ze dit individu in hun huis hadden binnengelaten,' vertelt hoofdinspecteur Grant. 'Wij vermoeden dat er nog meer slachtoffers zijn, die niet durven toegeven dat ze op deze manier bedrogen zijn, en we willen deze personen dringend aansporen om contact met ons op te nemen als ze Noakes herkennen van de foto's.'

'Zijn echte naam is verkeerd gespeld in de krant,' zei Robin. 'Er staat "Oaken" in plaats van "Oakden".'

'En daarom was hij niet te vinden als je gewoon op zijn naam googelde,' zei Strike.

Met het gevoel subtiel bekritiseerd te zijn, omdat zij degene was die Oakden had moeten opsporen, gluurde Robin snel naar de datum bij het nieuwsbericht, dat vijf jaar oud bleek te zijn. 'Hij moet nu zo'n beetje uit de gevangenis zijn.'

'Klopt,' zei Strike, en hij draaide de monitor weer naar zich toe, typte opnieuw enkele woorden en schoof hem weer Robins kant op. 'Ik heb nog wat meer variaties op zijn naam gebruikt en...'

Ze zag een auteurspagina op de website van Amazon, met een lijst van boeken geschreven door een zekere Carl O. Brice. De man op de foto was dezelfde als in de krant, een beetje ouder, een beetje kaler, met een beetje meer rimpels rond de ogen. Hij haakte zijn duimen in de zakken van zijn jeans en droeg een zwart T-shirt met daarop een wit logo van een gebalde vuist in het Mars-symbool.

> **Carl O. Brice**
>
> Carl O. Brice is lifecoach, ondernemer en gelauwerd auteur over mannenkwesties als masculinisme, vaderrechten, gynocentrisme, de mentale gezondheid van de man, *female privilege* en schadelijk feminisme. Carls persoonlijke ervaring met het gynocentrische familierechtsysteem, culturele misandrie en mannenuitbuiting heeft hem de middelen en de vaardigheden geboden om mannen uit alle lagen van de samenleving een gezonder en gelukkiger leven te bezorgen. In zijn reeks boeken, waarvoor hij vele onderscheidingen ontving, bestudeert Carl de rampzalige gevolgen die het moderne feminisme heeft gehad voor de vrijheid van meningsuiting, de werkplek, mannenrechten en het gezin.

Robin bekeek vluchtig de lijst met boeken onder de auteursnaam. De omslagen zagen er goedkoop en amateuristisch uit, allemaal voorzien van foto's van vrouwen in licht pornografische kostuums en houdingen. Op de cover van *Van hoofse liefde tot de familierechter; een geschiedenis van het gynocentrisme* zat een schaars geklede blondine met een kroontje op het hoofd op een troon, terwijl op *Schaam je! De hedendaagse oorlog tegen mannelijkheid* een brunette in een rubberen stormtroeppakje naar de camera wees.

'Hij heeft zijn eigen website,' zei Strike, die de monitor weer naar zich toe draaide. 'Hij brengt die boeken uit in eigen beheer en biedt zich aan als coach voor mannen die hun kinderen niet meer mogen zien. En hij brengt proteïneshakes en vitaminepreparaten aan de man. Ik denk dat hij de kans om met ons te praten niet zal afslaan. Het lijkt me zo'n type dat niet te houden is zodra hij bekendheid of geld ruikt.

Over geld ruiken gesproken. Hoe staat het erbij met die vrouw die dacht dat ze Margot had gezien voor het raam van...?'

'Amanda Laws. Ja, ik heb dus aangeboden dat we haar onkosten vergoeden als ze naar kantoor komt, maar ze heeft nog geen antwoord gegeven.'

'Ga er dan achteraan. Besef je wel dat we nu al zes maanden bezig...'

'Ja, dat besef ik,' zei Robin; ze kon zich niet inhouden. 'Ik heb ook leren tellen op school.'

Hij trok zijn wenkbrauwen op.

'Sorry,' mompelde ze. 'Ik ben gewoon moe.'

'Ja, dat ben ik ook, maar ik ben me er ook van bewust dat we een aantal tamelijk belangrijke mensen nog niet hebben opgespoord. Satchwell bijvoorbeeld.'

'Daar ben ik mee bezig.' Robin keek op haar horloge en stond op uit haar stoel. 'Ik denk dat het team op ons zit te wachten.'

'Waarom heeft Morris bloemen bij zich?'

'Die zijn voor Pat. Voor Valentijnsdag.'

'Waarom in godsnaam?'

Ze bleef staan bij de deur en keek Strike aan. 'Is dat niet duidelijk?'

Terwijl ze wegliep vroeg Strike zich met een frons af wat er duidelijk zou moeten zijn. Hij kon maar twee redenen bedenken om een vrouw bloemen te geven: omdat je met haar naar bed wilde, of om te voorkomen dat ze kritiek op je zou hebben als je géén bloemen kocht op een dag dat er bloemen verwacht werden. In dit geval leek geen van beide van toepassing.

Het team zat in een krappe kring in de tussenruimte, Hutchins en Barclay op de nepleren bank, Morris op een van de plastic klapstoelen die ze hadden gekocht toen het personeelsbestand groter werd dan het aantal beschikbare zitplaatsen en Pat op haar eigen bureaustoel met wieltjes, zodat er voor de partners alleen nog twee ongemakkelijke plastic stoelen over waren. Het viel Robin op dat het drietal mannen ophield met praten zodra Strike hun kantoor uit kwam. Toen zij de bespreking in haar eentje had geleid, had ze moeten wachten tot Hutchins en Morris hun gesprek hadden afgerond, over een gezamenlijke kennis bij de politie die was betrapt op het aannemen van smeergeld.

De knalroze, margrietachtige gerbera's stonden nu in een vaasje op Pats bureau. Strike keek er even naar voordat hij zei: 'Goed, laten we beginnen met Goochem. Morris, heb jij nog wat bereikt met die kerel in trainingspak?'

'Jazeker,' zei Morris, en hij raadpleegde zijn aantekeningen. 'Hij heet Barry Fisher. Hij is gescheiden, heeft één kind en is bedrijfsleider in de sportschool van Goochem.'

Er klonk goedkeurend en geïnteresseerd gebrom van Strike, Barclay en Hutchins. Robin trok alleen licht een wenkbrauw op. Ze had de ervaring dat het geringste teken van hartelijkheid of waardering van haar kant door Morris werd opgevat als een uitnodiging tot flirten.

'Dus heb ik een proefles geboekt bij een van hun instructeurs,' zei Morris.

Een vrouwelijke, wedden, dacht Robin.

'Toen ik met haar stond te praten, zag ik hem met een paar andere meiden kletsen. Hij is zeker hetero, je had hem moeten zien kijken naar een van de vrouwen op een crosstrainer. Ik ga maandag weer daar sporten als dat oké is, baas. Proberen wat meer over hem te weten te komen.'

'Prima,' zei Strike. 'Nou, dit lijkt ons eerste degelijke aanknopingspunt te zijn: een verband tussen Goochem en de gebeurtenissen in het huis van Elinor Dean, wat daar ook mag spelen.'

Robin, die eergisteren de hele nacht in haar Land Rover voor Elinors huis had gezeten, zei: 'Het is misschien niet relevant, maar Elinor heeft gisteren een bestelling van Amazon ontvangen. Twee gigantische dozen. Ze zagen er tamelijk licht uit, maar...'

'We zouden weddenschappen moeten afsluiten,' zei Morris tegen Strike. 'Ik zet twintig pond in op sm-meesteres.'

'Ik heb nooit begrepen wat er zo leuk is aan zweepslagen,' zei Barclay peinzend. 'Als ik pijn wil, vergeet ik wel gewoon de vuilnisbakken buiten te zetten.'

'Ze is wel een beetje een moeke, vind je niet?' zei Hutchins. 'Als ik zoveel geld had als GB, zou ik liever wat meer...' Hij tekende met zijn handen een slanker figuur in de lucht.

Morris begon te lachen.

'Ach, over smaak valt niet te twisten,' zei Barclay. 'Een maat van me in het leger vond alles onder de tachtig kilo volkomen oninteressant. We noemden hem de varkensfluisteraar.'

De mannen lachten. Robin glimlachte, voornamelijk omdat Barclay naar haar keek en ze Barclay graag mocht, maar ze was te moe en afgestompt om echt mee te lachen. Pat trok een 'ach ja, zo zijn mannen'-gezicht van verveelde tolerantie.

'Ik moet helaas zondag weer naar Cornwall,' zei Strike. 'En ik begrijp...'

'Fuck, man, hoe denk je in Cornwall te komen?' vroeg Barclay, terwijl de ramen van het kantoor rammelden in de sponningen door de harde wind.

'Jeep,' zei Strike. 'Mijn tante ligt op sterven. Het ziet ernaar uit dat ze nog maar een paar dagen heeft.'

Robin keek geschrokken naar Strike.

'Ik weet dat dit een druk legt op jullie vrije dagen,' vervolgde Strike op zakelijke toon, 'maar daar is niets aan te doen. Het lijkt me de moeite waard om GB zelf te blijven volgen. Morris kan wat rondneuzen bij die kerel in de sportschool, en dan verdelen jullie het schaduwen van Elinor Dean. Tenzij iemand nog wat toe te voegen heeft.' Hij wachtte op eventueel commentaar. De mannen schudden alle drie het hoofd en Robin, te moe om nog een keer over de Amazon-dozen te beginnen, hield haar mond.

'Laten we even naar Ansichtkaart kijken.'

'Ik heb nieuws,' zei Barclay laconiek. 'Ze is weer aan het werk. Ik heb haar gesproken. Die vrouw die jij had gevonden,' zei hij tegen Robin. 'Klein. Bril met grote ronde glazen. Ik ben naar haar toe gekuierd en heb wat vragen gesteld.'

'Waarover?' vroeg Morris. Er speelde een grijns om zijn mond.

'Lichteffecten in de landschappen van James Duffield Harding,' zei Barclay. 'Wat dacht jij dat ik had gevraagd, wie volgens haar de Champions League zou winnen?'

Strike moest lachen en deze keer lachte Robin mee, blij dat Morris voor gek stond.

'Ja, ik had het bordje bij zijn portret gelezen en ben effe om het hoekje gaan staan om hem op te zoeken op mijn telefoon,' zei Barclay. 'Ik wilde het met haar over het onderwerp "weer" hebben,' voegde de man uit Glasgow er met zijn sterke accent aan toe. 'Afijn, we waren een paar minuten in gesprek, over lichteffecten en broeierige luchten en zo, toen ze begon over onze vriend de weerman. Ze werd vuurrood bij het noemen van zijn naam. Zei dat hij de week ervoor een foto van een kijker "turneresk" had genoemd. Zij is het, hoor,' zei hij tegen Robin. 'Ze genoot ervan om zijn naam te noemen. Deze vrouw is Ansichtkaart.'

'Verdomd knap gedaan,' zei Strike tegen Barclay.

'Het is Robins werk,' zei Barclay. 'Zij heeft de voorzet gegeven, ik heb hem er alleen in getikt.'

'Dank je wel, Sam,' antwoordde Robin nadrukkelijk zonder naar Strike te kijken, die zowel haar toon als haar gezichtsuitdrukking opmerkte.

'Dat is waar,' zei Strike. 'Goed gedaan, jullie allebei.' Hij was zich ervan bewust dat hij kortaf had gedaan tegen Robin tijdens hun bespreking van de zaak-Bamborough, en hij probeerde het goed te maken door naar haar mening te vragen over klanten op de wachtlijst met wie ze contact zouden moeten opnemen nu Ansichtkaart zo goed als afgerond was. Ze opperde de effectenhandelaar die vermoedde dat haar man met de nanny naar bed ging.

'Goeie,' zei Strike. 'Pat, kun jij contact met haar opnemen om te zeggen dat we er klaar voor zijn als ze hem nog steeds wil laten volgen? Als dan verder niemand iets heeft...'

'Ik wel,' zei Hutchins, meestal de stilste van het hele bureau. 'Over de oude film die je aan de politie wilde geven.'

'O?' zei Strike. 'Is daar nieuws over?'

'Mijn maat belde gisteravond. Ze kunnen er niks mee. Je krijgt daar niemand meer voor veroordeeld.'

'Waarom niet?' vroeg Robin. Het klonk feller dan haar bedoeling was. De mannen keken allemaal naar haar.

'Gezichten van de daders geen van alle te zien,' zei Hutchins. 'De arm die even in beeld verschijnt: je kunt geen strafzaak bouwen op een onscherpe ring.'

'Ik dacht dat jouw contactpersoon had gezegd dat die film afkomstig was van een inval in een van de bordelen van Mucky Ricci,' zei Robin.

'Dat dénkt hij,' verbeterde Hutchins haar. 'Je kunt geen DNA van een filmblik halen dat zo oud is, dat in een schuur en op een zolder is bewaard en dat wel door honderd verschillende handen is gegaan. Zo werkt het niet. Jammer maar helaas,' zei hij onverschillig.

Strike hoorde zijn mobiel overgaan op het grote bureau, waar hij hem had achtergelaten. Bang dat het Ted was excuseerde hij zich, trok zich terug in het kantoor en deed de deur achter zich dicht.

Er was geen nummer van de beller te zien op het schermpje.

'Cormoran Strike.'

'Hallo, Cormoran,' zei een onbekende, schorre stem. 'Met Jonny.'

Er viel een korte stilte.

'Je vader,' voegde Rokeby eraan toe.

Strike, wiens vermoeide hoofd was gevuld met Joan, de drie lopende zaken van het bureau, het schuldgevoel omdat hij chagrijnig had gedaan tegen zijn partner, en de logistieke eisen die hij aan zijn medewerkers stelde door weer naar Cornwall te vertrekken, zei helemaal niets. Door de tussendeur hoorde hij dat het team nog steeds de film uit het blik besprak.

'Ik wilde even met je babbelen,' zei Rokeby, 'is dat goed?'

Strike voelde zich plotseling lichaamloos, onstoffelijk, volledig verwijderd van alles, van kantoor, van zijn vermoeidheid, van de zorgen die daarnet nog zo belangrijk hadden geleken. Het was alsof alleen hij en de stem van zijn vader bestonden, en alsof verder niets écht was, alleen Strikes adrenaline en een oerbehoefte om iets te doen wat Rokeby niet snel zou vergeten.

'Ik luister,' zei hij.

Weer een stilte.

'Moet je horen.' Rokeby klonk licht ongemakkelijk. 'Ik wil dit niet over de telefoon doen. Laten we ergens afspreken. Het is zo fucking lang geleden. Gedane zaken en zo. Laten we afspreken, laten we... Ik wil... Dit kan zo niet doorgaan. Deze fucking... onenigheid of wat het ook is.'

Strike zei niets.

'Kom naar mijn huis toe,' zei Rokeby. 'Kom hierheen. Dan praten we, en... Je bent geen kind meer. Elk verhaal heeft twee kanten. Niks is zwart-wit.'

Hij zweeg even. Strike zei nog steeds niets.

'Ik ben trots op je, weet je dat?' zei Rokeby. 'Ik ben verdomme hartstikke trots op jou. Op wat je hebt bereikt en...' Hij maakte de zin niet af.

Strike staarde roerloos naar de lege muur voor hem. Achter de gesloten deur lachte Pat om iets wat Morris had gezegd.

'Moet je horen,' zei Rokeby nog een keer, nu met niet meer dan een minuscuul vleugje ergernis, omdat hij het nu eenmaal gewend was zijn zin te krijgen. 'Ik snap het, echt waar, maar fuck, man, wat moet ik doen? Ik kan niet terugkeren in de tijd. Al heeft me verteld wat je laatst zei, en er zijn heel veel dingen die jij niet weet, over je moeder en al die godverdomde kerels van haar. Kom nou gewoon hierheen, dan drinken we wat en gooien we het er allemaal uit. En,' zei Rokeby op nogal suggestieve toon, 'misschien kan ik je ergens mee helpen, misschien is er iets wat ik voor je kan doen om het goed te maken, ik sta open voor suggesties...'

In de tussenruimte achter de deur stonden Hutchins en Barclay op het punt om te vertrekken, ieder naar hun eigen klus van die dag. Robin wilde alleen maar naar huis, ze kon nergens anders aan denken. Ze was de rest van de dag vrij, maar Morris bleef hangen, en ze wist zeker dat hij dat deed omdat hij met haar naar de metro wilde lopen. Ze deed alsof ze papierwerk moest nakijken en rommelde, terwijl Morris een praatje maakte met Pat, in een dossierkast in de hoop dat hij zou vertrekken. Kort nadat ze een oud dossier over een onverbeterlijke vreemdganger had opengeslagen, schalde Strikes stem vanachter de gesloten deur door de ruimte. Robin, Pat en Morris keken allebei op. Een aantal losse vellen papier uit het dossier dat Robin losjes op een la had gelegd schoven van de stapel en belandde op de vloer.

'... dus SODEMIETER OP!'

Voordat Robin een blik kon wisselen met Morris of Pat ging de tussendeur naar het kantoor open. Strike zag er angstaanjagend uit: spierwit, ziedend, happend naar adem. Hij stormde het vertrek door, griste zijn jas mee en liep luidruchtig de metalen trap af naar buiten.

Robin raapte de gevallen vellen papier op.

'Shit,' zei Morris met een grijns. 'Ik had niet graag degene willen zijn die hij aan de telefoon had.'

'Opvliegend karakter,' zei Pat, en ze keek er merkwaardig tevreden bij. 'Ik wist het wel. Zodra ik hem zag wist ik het.'

40

Thus as they words amongst them multiply,
They fall to strokes, the frute of too much talke...

Edmund Spenser
The Faerie Queene

Robin kon geen beleefde manier verzinnen om niet met Morris naar de metro te hoeven lopen, met als gevolg dat ze twee schuine moppen moest aanhoren en moest liegen over haar plannen voor Valentijnsdag, want ze kon zich al precies voorstellen hoe hij zou reageren als ze hem vertelde dat Strike kwam eten. Ze deed alsof ze Morris' voorstel om ervaringen uit te wisselen over echtscheidingsadvocaten niet had gehoord en nam onder aan de roltrap opgelucht afscheid van hem.

Moe en tamelijk somber bleef Robin nog even over Morris nadenken terwijl de metro haar met hoge snelheid terugvoerde naar Earl's Court. Was hij er zo aan gewend dat vrouwen gretig reageerden op zijn onmiskenbaar knappe uiterlijk dat hij het vanzelfsprekend was gaan vinden dat er positief op hem werd gereageerd? Of lag de fout bij Robin zelf, die omwille van de beleefdheid en de hechtheid van het team, en omdat ze geen problemen wilde veroorzaken nu het zo druk was op het bureau, almaar bleef glimlachen om zijn stomme grappen en ervoor koos om niet luid en duidelijk te zeggen: 'Ik mag jou niet. Een date zit er niet in, dat gaat nooit gebeuren.'

Toen ze thuiskwam in de flat hing daar de verrukkelijke, opbeurende geur van stoofvlees en rode wijn. Max was er niet, maar er stond een grote braadpan in de oven, en Wolfgang lag zo dicht bij de hete ovendeur als maar mogelijk was zonder zich te branden, waarmee hij haar deed denken aan de fans van popsterren die een hele nacht voor een zaal sliepen in de hoop een glimp op te vangen van hun favoriet.

In plaats van op bed te gaan liggen en te proberen nog een paar uur slaap te pakken voor het eten zette Robin koffie, klapte haar laptop open en ging aan de kleine eettafel zitten, gepikeerd omdat Strike haar eraan had herinnerd dat ze Amanda Laws niet had kunnen strikken en Paul Satchwell niet had gevonden. Nadat ze Amanda Laws opnieuw had gemaild ging ze naar Google. Toen ze de zoekmachine opende bleek elke letter van het logo te veranderen in een hartjessnoepje in pasteltinten, met teksten als DE WARE, KALVERLIEFDE en BLIND DATE, en om de een of andere reden gingen haar gedachten naar Charlotte Campbell. Het zou voor een getrouwde vrouw natuurlijk heel lastig zijn om vanavond haar minnaar te zien. En tegen wie had Strike 'SODEMIETER OP!' geroepen door de telefoon?

Robin ging aan de slag met Satchwell en probeerde Strikes succes bij het opsporen van C.B. Oakden te evenaren. Ze speelde wat met de drie namen van Satchwell, verwisselde Paul en Leonard, probeerde de initialen en enkele expres verkeerd gespelde varianten, maar de mannen die opdoken waren niet veelbelovend.

Was het mogelijk dat Margots kunstenaar met zijn weelderige borsthaar en zijn strakke spijkerbroek in die periode van veertig jaar was veranderd in oldtimerverzamelaar Leo Satchwell, een dik mannetje met een sikje en een bril met gekleurde glazen? Onwaarschijnlijk, besloot Robin, nadat ze tien minuten aan Leo had verspild: te oordelen naar de foto's op zijn Facebook-pagina, waar hij tussen andere liefhebbers van klassieke auto's stond, was hij amper anderhalve meter lang. Er was een Brian Satchwell in Newport, maar die had een lui oog en was vijf jaar te jong, en een Colin Satchwell in Eastbourne die een antiekhandel runde.

Ze zat nog naarstig te zoeken naar een afbeelding van Colin toen ze de voordeur hoorde opengaan. Een paar minuten later kwam Max de keuken in met een tas vol boodschappen. 'Hoe is het met de ovenschotel?' vroeg hij.

'Heel goed,' antwoordde Robin, die niet had gekeken.

'Ga eens opzij, Wolfgang, tenzij je je wilt branden,' zei Max en hij trok de ovendeur open. Tot Robins opluchting leek het eten er goed uit te zien, en Max sloot het deurtje weer.

Ze klapte haar laptop dicht. Het gevoel dat het onbeleefd was om te zitten typen terwijl iemand anders in haar buurt aan het koken was stamde nog uit de tijd dat ze onder één dak had gewoond met een echtgenoot die het haar zeer kwalijk nam als ze werk meebracht naar huis.

'Max, het spijt me echt, maar mijn broer brengt vanavond nóg een vriend mee.'

'Goed, hoor,' zei Max, en hij begon de boodschappen uit te pakken.

'En ze komen misschien eerder. Ze hoeven niet mee te eten...'

'Ze zijn welkom. Deze ovenschotel is genoeg voor acht personen. Ik wilde het overschot invriezen, maar we kunnen hem ook gewoon vanavond opmaken.'

'Dat is heel lief van je, maar ik weet dat je Cormoran alleen wilt spreken, dus ik kan ook met hen...'

'Nee joh, hoe meer zielen, hoe meer vreugd,' zei Max, die tamelijk opgewekt leek te zijn door het vooruitzicht van gezelschap. 'Ik heb je toch gezegd dat ik van mijn kluizenaarsbestaan af wil.'

'O. Nou, oké dan.'

Ze had haar twijfels over de samenstelling van de groep eters, die in haar ogen slecht bij elkaar pasten, maar ze hield zichzelf voor dat haar pessimisme voortkwam uit vermoeidheid, en ze ging naar haar slaapkamer en zocht de rest van de middag naar een foto van Colin Satchwell. Uiteindelijk, om zes uur, na veel vergelijken en speuren, vond ze er een op de website van een kerk in de gemeente waar hij blijkbaar wethouder was. Hij was stevig gebouwd en had een lage haargrens, waardoor hij totaal niet leek op de kunstenaar die ze zocht.

Ze wilde net haar laptop dichtklappen, zich ervan bewust dat ze zich zou moeten omkleden en naar beneden zou moeten gaan om Max te helpen, toen er een e-mail binnenkwam. In de onderwerpregel stond één woord: 'Creed'. Robin voelde een stoot nerveuze opwinding toen ze de mail opende.

Hoi Robin,

Een snelle update: ik heb het Creed-verzoek doorgegeven aan de twee mensen over wie ik het had. Mijn contactpersoon bij het ministerie van Justitie was hoopvoller dan ik had verwacht. Dit is vertrouwelijk, maar er is nog een familie die heeft gelobbyd voor een nieuw verhoor van Creed. Hun dochter is nooit gevonden, maar ze hebben altijd geloofd dat het hangertje dat in Creeds huis is gevonden van haar was. Mijn contactpersoon denkt dat er wel iets te bereiken valt als de familie van Bamborough de handen ineenslaat met de Tuckers. Ik weet alleen niet of Cormoran de ondervraging van Creed zou mogen doen. Die beslissing ligt bij de leiding van Broadmoor, het ministerie van Justitie, en bij Binnenlandse Zaken, en mijn contactpersoon bij Justitie denkt dat ze eerder de politie het verhoor zullen laten doen. Zodra ik iets hoor laat ik het je weten.

Groet, Izzy

Robin las de mail door en stond zichzelf een vleugje optimisme toe, al was ze nog niet van plan Strike te vertellen waar ze mee bezig was. Met een beetje geluk zouden ze de afgevaardigde van de politie mogen spreken voordat hij of zij naar Broadmoor ging. Ze typte een bedankmail en ging zich klaarmaken voor het etentje.

Haar iets betere stemming overleefde zelfs een blik in de spiegel en de vaststelling dat ze er moe uitzag, grijze wallen onder haar enigszins bloeddoorlopen ogen had en dringend haar haar moest wassen. Ze behielp zich met droogshampoo, deed haar haar in een staart, trok een schone spijkerbroek en haar favoriete truitje aan, smeerde concealer onder haar ogen en wilde net de kamer uit gaan toen haar mobiel ging.

Robin was bang dat het Strike zou zijn die afbelde, en ze voelde grote opluchting toen ze Ilsa's naam zag.

'Hé, Ilsa!'

'Hallo, Robin, is Corm bij jou?'

'Nee,' zei Robin, en in plaats van haar kamer uit te lopen ging ze weer op het bed zitten. 'Is er iets?'

Ilsa klonk raar; zwak en afgestompt.

'Weet je waar Corm is?'

'Nee, maar als het goed is, is hij over tien minuten hier. Moet ik iets aan hem doorgeven?'

'Nee. Ik... Weet jij of hij vandaag met Nick heeft afgesproken?'

'Nee,' antwoordde Robin, die nu bezorgd werd. 'Wat is er aan de hand? Je klinkt zo treurig.'

Toen herinnerde ze zich dat het Valentijnsdag was, terwijl Ilsa dus niet wist waar haar man was. Robin werd overmand door iets wat sterker was dan bezorgdheid: het was angst. Nick en Ilsa waren het gelukkigste stel dat ze kende. De vijf weken dat ze bij hen had gewoond, nadat ze bij Matthew was weggegaan, hadden Robins geknakte vertrouwen in het huwelijk deels hersteld. Zij konden niet uit elkaar gaan, niet Nick en Ilsa.

'Het is niks,' zei Ilsa.

'Vertel op. Wat...?'

Er klonk een hartverscheurend gesnik door de telefoon.

'Ilsa, wat is er gebeurd?'

'Ik... ik heb een miskraam gehad.'

'O god,' zei Robin hevig geschrokken. 'O, nee. Ilsa, wat erg.'

Ze wist dat Nick en Ilsa al jaren probeerden een kind te krijgen. Nick praatte er nooit over, Ilsa zelden. Robin had geen idee gehad dat ze zwanger was. Opeens herinnerde ze zich dat Ilsa op het avondje met haar verjaardag niet had gedronken.

'Het gebeurde... in de... in de supermarkt.'

'O nee,' fluisterde Robin. 'O, jezus.'

'Ik begon te bloeden... in de rechtbank... midden in een heel belangrijke zaak... kon niet weg. En toen... en toen... onderweg naar huis...'

De rest was bijna niet te volgen. Robin kreeg tranen in haar ogen terwijl ze daar zat, met de telefoon tegen haar oor gedrukt.

'... wist... mis was... stapte uit de taxi... en ik ging... supermarkt in... en ik was... op de wc... en ik voelde... ik voelde... een... propje... een piepklein... piepklein... lichaampje...'

Robin sloeg haar handen voor haar gezicht.

'En ik... ik wist niet... wat ik moest doen... maar er was een vrouw... een vrouw bij de wc's... en zij... Het was haar... haar ook overkomen... Zo lief voor me...'

Haar verhaal werd weer onverstaanbaar. Robin hoorde Ilsa snikken, naar adem happen en hikken voordat er weer woorden kwamen die ze kon volgen.

'En Nick zei... dat het mijn schuld was. Zei... allemaal mijn schuld. Te hard... gewerkt... niet genoeg... voor mezelf gezorgd... Hij zei dat de baby... bij mij niet op de eerste plaats kwam.'

'Dat meen je niet,' zei Robin. Ze mocht Nick graag. Ze kon zich niet voorstellen dat hij zoiets tegen zijn vrouw zou zeggen.

'Ja, echt. Hij zei dat ik... naar huis had moeten komen. Dat ik... dat mijn w-werk... belangrijker was... dan de baby.'

'Ilsa, luister. Als je één keer zwanger bent geraakt, moet het weer lukken.'

'Nee, nee, nee, dat is niet waar.' Ilsa barstte weer in tranen uit. 'Het was onze derde ivf-poging. We hadden besloten... besloten... dat dit de laatste keer was. Het is afgelopen.'

De bel ging.

'Ilsa, ik moet de deur opendoen. Misschien is het Cormoran...'

'Ja, ga maar gauw. Het is al goed... komt allemaal goed.'

Voordat Robin haar kon tegenhouden had Ilsa opgehangen. Ze wist amper wat ze deed toen ze naar beneden rende en de deur opendeed.

Maar natuurlijk was het Strike niet. Hij was nog nooit op tijd gekomen als ze hem buiten het werk ergens voor had uitgenodigd, of het nu een borrel, een housewarming of zelfs haar bruiloft was. Voor de deur stond Jonathan, de broer die het meest op haar leek: lang en slank, met hetzelfde roodblonde haar en blauwe ogen. Vanavond was de gelijkenis zelfs nog groter, want broer en zus zagen er allebei belabberd uit. Ook Jonathan had wallen onder zijn ogen, om maar te zwijgen van zijn grauwe gelaatskleur.

'Hoi Robs.'

'Hoi.' Robin liet zich door Jonathan omhelzen en probeerde te doen alsof ze blij was hem te zien. 'Kom binnen.'

'Dit is Courtney,' zei Jonathan, 'en dat is Kyle.'

'Haihai,' giechelde Courtney, die een blikje in haar hand had. Het was een buitengewoon mooi meisje met grote donkere ogen en lang zwart haar, en ze leek een beetje aangeschoten te zijn. Kyle, die Robin bij binnenkomst per ongeluk ramde met zijn grote rugzak, was een stuk langer dan zij, mager, met een hoog opgeschoren kapsel, grote, bloeddoorlopen ogen en een verzorgde baard.

'Hallo,' zei hij, en hij stak glimlachend een hand naar Robin uit. Een onbekende zou misschien gedacht hebben dat hij haar in zijn flat verwelkomde in plaats van andersom. 'Robin, toch?'

'Ja.' Ze forceerde een glimlach. 'Heel leuk jullie te ontmoeten. Loop maar mee, we eten op de bovenste verdieping.'

Met haar gedachten nog bij Ilsa liep ze achter de drie studenten aan. Courtney en Kyle giechelden en smoesden samen, Courtney een beetje onvast ter been. Bij de huiskamer aangekomen stelde Robin alle drie haar gasten voor aan Max terwijl Kyle zijn niet al te schone rugzak op de crèmekleurige bank van hun gastheer dumpte.

'Hartelijk bedankt dat we hier mogen slapen,' zei Jonathan tegen Max, die de tafel had gedekt voor zes personen. 'Het ruikt hier lekker, zeg.'

'Ik ben vegan,' zei Courtney ineens. 'Maar ik neem wel gewoon een bordje pasta of zoiets.'

'Daar zorg ik voor, dat hoef jij niet te doen,' zei Robin tegen Max terwijl ze snel Kyles vuile rugzak van de bank tilde, zonder er de aandacht op te vestigen. Courtney ging prompt op haar knieën op de bank zitten, met haar natte gympen nog aan, en vroeg: 'Is dit de slaapbank?'

Robin knikte.

'We moeten afspreken wie waar slaapt,' zei Courtney met een vluchtige blik op Kyle. Robin meende de glimlach van haar broer te zien verflauwen.

'Zullen we voorlopig even alle tassen op mijn kamer zetten?' opperde Robin toen ook Jonathan zijn plunjezak op de bank slingerde. 'Dan houden we de boel hier netjes voor straks na het eten.'

Courtney noch Kyle maakte aanstalten zich te verroeren, dus brachten Robin en Jonathan samen de tassen naar beneden. Eenmaal op Robins kamer haalde hij een doos bonbons uit zijn rugzak en gaf die aan zijn zus.

'Dank je wel, Jon. Wat lief. Gaat het wel goed met je? Je ziet een beetje bleek.'

'Gisteravond wiet gerookt. Hé, Robs... niks zeggen tegen Courtney over dat ze mijn, eh, vriendin is of zo, oké?'

'Dat was ik niet van plan.'

'Mooi, want...'

'Is het uit?' vroeg Robin meelevend.

'Het is nooit aan ge... We hebben het gewoon een paar keer leuk gehad samen,' mompelde Jonathan. 'Maar... ik weet niet, ik geloof dat ze nu Kyle wel ziet zitten.'

Courtneys lach schalde over de bovenverdieping. Jonathan glimlachte even plichtmatig naar zijn zus en ging terug naar zijn vrienden.

Robin probeerde Ilsa terug te bellen, maar het nummer was in gesprek. In de hoop dat dat betekende dat ze Nick had gevonden, appte Robin haar:

Kreeg je niet te pakken. Hou me alsjeblieft op de hoogte. Ik maak me zorgen om je xxx Robin

Ze ging weer naar boven en zette water op om ravioli met pompoenvulling te koken voor Courtney. Wolfgang, die blijkbaar aanvoelde dat de braadpan met stoofvlees binnenkort de oven zou verlaten, bleef rond Max' en Robins enkels drentelen. Robin keek op haar horloge en zag dat Strike al een kwartier te laat was. Zijn record was anderhalf uur. Ze deed zonder veel succes haar best om niet boos te worden. Zoals hij vanmorgen tegen haar had gedaan omdat ze te laat gekomen was...

Robin goot net de ravioli af toen de bel eindelijk ging.

'Zal ik...?' vroeg Max, die drankjes voor Jonathan, Courtney en Kyle aan het inschenken was.

'Nee, ik ga wel,' zei Robin kortaf.

Zodra ze de deur opendeed, wist ze dat Strike dronken was. Hij keek haar met half dichtgeknepen ogen wazig aan.

'Sorry dat ik te laat ben,' zei hij met dubbele tong. 'Kan ik eerst even pissen?'

Ze deed een stap opzij om hem binnen te laten. Hij stonk naar Doom Bar en sigaretten. Gespannen als ze was merkte Robin op dat hij er niet aan had gedacht een fles wijn of iets dergelijks voor Max mee te brengen, hoewel hij duidelijk de middag in de kroeg had doorgebracht.

'Die kant op.' Ze wees hem de wc. Hij verdween door de deur en Robin wachtte op de gang. Het leek erg lang te duren.

'We eten boven,' zei ze toen hij eindelijk weer de gang in kwam.

'Nog een trap?' mompelde Strike.

Toen ze in de huiskamer met open keuken kwamen, leek hij zichzelf tot de orde te roepen. Hij gaf Max en Jonathan een hand en zei dat hij het leuk vond hen te ontmoeten. Courtney liet Kyle even in de steek en kwam stuiterend aangelopen om de beroemde detective te begroeten, en Strike reageerde ronduit enthousiast op haar knappe verschijning.

Zich plotseling sterk bewust van haar eigen afgepeigerde hoofd met dikke ogen liep Robin terug naar de keuken om Courtneys ravioli in een kom te doen. Achter haar hoorde ze Courtney zeggen: 'En dit is Kyle.'

'O ja, dus jij bent de detective?' zei Kyle, nadrukkelijk niet onder de indruk.

Jonathan, Courtney, Kyle en Max hadden al wat te drinken, dus schonk Robin voor zichzelf een grote gin-tonic in. Terwijl ze er ijs bij deed, kwam Max opgewekt het keukengedeelte weer in om bier te pakken voor Strike, waarna hij de schotel uit de oven haalde en op tafel zette. Wolfgang jankte toen zijn nieuwe liefde buiten zijn bereik werd geplaatst.

Terwijl Max aan tafel voor iedereen opschepte, zette Robin de kom ravioli voor Courtney neer.

'O god, nee, wacht,' zei Courtney. 'Is dit vegan? Waar is de verpakking?'

'In de vuilnisbak,' antwoordde Robin.

'Pff.' Courtney stond op en liep naar de open keuken. Max en Robin waren de enigen aan tafel die haar niet automatisch volgden met hun blik. Robin klokte de helft van haar gin naar binnen voordat ze haar mes en vork pakte.

'Nee, het is oké,' riep Courtney vanaf de pedaalemmer. 'Het is vegan.'

'Goh, fijn,' zei Robin. Links van haar vroeg Max naar Strikes mening over diverse aspecten van de persoonlijkheid en het verleden van zijn personage. Courtney kwam terug aan tafel en begon haar pasta naar binnen te schrokken, waarbij ze flink doordronk en regelmatig wijn voor zichzelf bijschonk terwijl ze Jonathan en Kyle vertelde over haar plannen voor een protestmars op de universiteit. Robin nam deel aan geen van beide gesprekken. Ze at en dronk zwijgend, met één oog op de mobiel naast haar bord, voor het geval Ilsa haar een bericht zou sturen of zou bellen.

'... kan niet,' zei Strike. 'Hij zou al niet eens toegelaten zijn, na een veroordeling wegens bezit en beoogde handel. Dat slaat nergens op.'

'Echt? De schrijvers hebben veel research gedaan...'

'Dan hadden ze dat moeten weten.'

'... dus ja, voornamelijk in ondergoed en met korte rokjes en zo,' zei Courtney, en toen Kyle en Jonathan begonnen te lachen, zei ze: 'Hou op, het is een serieuze...'

'... nee, dit is juist heel bruikbaar.' Max krabbelde iets in een schrift. 'Dus als hij vóór het leger in de gevangenis heeft gezeten...'

'Na een straf van meer dan dertig maanden neemt het leger je niet aan.'

'Ik draag geen jarretels, Kyle. Trouwens, Miranda wil niet...'

'Ik weet niet hoe lang hij heeft gezeten,' zei Max. 'Ik zal het navragen. Vertel me eens wat meer over drugs in het leger. Hoe vaak...'

'... dus hij zegt: "Begrijp je dan niet hoe problematisch het woord 'slet' is, Courtney?" En ik heb zoiets van: "Eh, waarom denk je..."'

'"Waarom denk je dat we een Slettenmars organiseren?"' zei Kyle, dwars door Courtneys verhaal heen. Hij had een zware stem en de uitstraling van een jongeman die het gewend was dat er naar hem werd geluisterd.

Het schermpje van Robins mobiel lichtte op. Ilsa had een bericht teruggestuurd.

'Ogenblikje,' mompelde ze, al had niemand aandacht voor haar, en ze liep het keukengedeelte in om te lezen wat Ilsa had gestuurd.

Wilde je niet ongerust maken. Nick is thuis, bezopen. Heeft met Corm in de pub gezeten. We praten nu. Hij zegt dat hij het niet zo bedoelde als ik het heb opgevat. Hoe had ik het anders moeten opvatten? X

Robin, die volledig aan Ilsa's kant stond, stuurde desondanks terug:

Het is een eikel, maar ik weet dat hij veel van je houdt. Xxx

Toen ze een nieuwe dubbele gin-tonic voor zichzelf aan het inschenken was, riep Max haar en vroeg of ze nog een biertje voor Strike uit de koelkast kon pakken. Nadat Robin het opengemaakte flesje voor Strike had neergezet bedankte hij haar niet, hij nam alleen een grote slok en verhief zijn stem om boven Kyle en Courtney uit te komen. Hun gesprek was afgedwaald naar de opvattingen van de onbekende Miranda over porno.

'... dus ik heb zoiets van: je weet heel goed dat vrouwen zélf bepalen wat ze met hun lichaam doen, Miran... O, shit, sorry.'

Courtney had met haar weidse gebaar haar wijnglas omgestoten. Robin sprong op om keukenrol te pakken. Toen ze terugkwam had Kyle Courtneys glas alweer gevuld. Robin depte de wijn op terwijl de twee aparte gesprekken aan weerskanten van haar gestaag luider werden. Ze gooide de natte prop weg en ging weer zitten terwijl ze wenste dat ze gewoon naar bed kon gaan.

'... moeilijke jeugd gehad, dat is fucking origineel. Nou, ik kan je vertellen dat er genoeg mensen zijn die bij het leger gaan omdat ze het land willen dienen, niet om te ontsnappen aan...'

'Pure hoerenfobie,' baste Kyle. 'Zij denkt zeker dat serveersters iedere fucking minuut genieten van hun werk?'

'... en hij kan niet bij het eerste regiment Rifles hebben gezeten als hij van jouw leeftijd is. Dat bataljon is pas opgericht in...'

'... tegen betaling. Wat is verdomme het verschil?'

'... ik denk eind 2007...'

'... en er zijn ook vrouwen die graag porno *kijken*!'

Courtneys woorden klonken extra luid in een tijdelijke stilte. Iedereen keek naar haar; ze bloosde en sloeg giechelend een hand voor haar mond.

'Niks aan de hand, we hebben het over feminisme,' zei Kyle grijnzend. 'Niet dat Courtney een filmpje voorstelde voor na het eten of zo.'

'Kyle!' riep Courtney ademloos uit, en ze stompte hem tegen zijn bovenarm en begon weer onbedaarlijk te giechelen.

'Wie wil er een toetje?' Robin stond op om de borden af te halen. Ook Max kwam overeind.

'Sorry dat Strike zo dronken is,' mompelde Robin tegen Max terwijl ze de overgebleven ravioli in de afvalbak kieperde.

'Ben je gek,' zei Max met een sluw lachje. 'Dit is puur goud. Mijn personage is alcoholist.'

Hij was alweer op weg naar de tafel, met een zelfgemaakte cheesecake, voordat Robin hem kon vertellen dat Strike normaal gesproken nooit zoveel dronk; sterker nog, dit was de tweede keer dat ze hem dronken zag. De eerste keer was hij treurig en ook wel ontwapenend geweest, maar vanavond was er een duidelijke onderstroom van agressie te bespeuren. Ze dacht terug aan het geschreeuwde 'SODEMIETER OP!' dat ze eerder die dag door de tussendeur heen had gehoord, en opnieuw vroeg ze zich af wie Strike aan de telefoon had gehad.

Robin volgde Max naar de tafel met een citroentaartje en een derde grote gin-tonic. Kyle trakteerde nu de hele tafel op zijn opvattingen over porno. De uitdrukking op Strikes gezicht stond Robin niet erg aan. Hij had vaak een instinctieve antipathie tentoongespreid tegen het type jongemannen die je je het slechtst zou kunnen voorstellen als militair; ze vertrouwde erop dat hij vanavond zijn mening voor zich zou houden.

'... ook gewoon een vorm van vermaak,' zei Kyle met een weids armgebaar. Uit angst voor nieuwe ongelukken zette Robin discreet de bijna lege wijnfles buiten zijn bereik. 'Als je het objectief bekijkt, als je al dat puriteinse gelul buiten beschouwing laat...'

'Ja, precies,' zei Courtney. 'Vrouwen hebben zeggenschap over hun...'

'... films, gamen, het stimuleert allemaal het genotscentrum in de hersenen,' zei Kyle, die nu naar zijn eigen onberispelijk verzorgde hoofd wees. 'Je zou kunnen beredeneren dat bioscoopfilms emotionele porno zijn. Al die moralistische, gekunstelde woede over porno...'

'Die mag ik geen van beide hebben, als er zuivel in zit,' fluisterde Courtney tegen Robin, die deed alsof ze het niet hoorde.

'... vrouwen die geld willen verdienen met hun eigen lichaam, dat is de letterlijke definitie van empowerment, en er valt veel voor te zeggen dat het een groter maatschappelijk belang dient dan...'

'Toen ik in Kosovo zat,' zei Strike onverwacht, en alle drie de studenten keken geschrokken zijn kant op. Strike zweeg even en viste in zijn zak naar zijn sigaretten.

'Cormoran,' zei Robin, 'je mag hier niet ro...'

'Geen probleem,' zei Max, en hij stond weer op. 'Ik pak even een asbak.'

Het kostte Strike drie pogingen om zijn aansteker een vlammetje te ontlokken, en al die tijd zat iedereen zwijgend naar hem te kijken.

Zonder zijn stem te verheffen had hij de hele kamer in zijn ban gekregen.

'Wie wil er cheesecake?' vroeg Robin in de stilte, op geforceerd opgewekte toon.

'Ik mag niet,' zei Courtney licht pruilend. 'Maar misschien een stukje van die citroentaart, als die...?'

'Toen ik in Kosovo zat,' herhaalde Strike, en hij blies rook uit terwijl Max terug kwam lopen, een asbak voor hem neerzette en weer ging zitten. 'Bedankt... Ik heb daar een pornozaak onderzocht – of eigenlijk was het een geval van mensenhandel. Een groepje soldaten had betaald voor seks met minderjarige meisjes. Ze werden gefilmd zonder dat ze het wisten, en die video's kwamen op Pornhub terecht. Het is uiteindelijk uitgedraaid op een internationaal civiel onderzoek. Een heleboel kinderen, nog niet eens pubers, zowel jongens als meisjes, bleken gedwongen in de porno te zitten. Het jongste kind was zeven.' Strike nam een lange haal van zijn sigaret en tuurde door de rook heen naar Kyle. 'Wat is daarvan volgens jou het maatschappelijk belang?'

Er viel een korte, akelige stilte waarin de drie studenten de detective aanstaarden.

'Nou, het lijkt me duidelijk,' zei Kyle met een vaag lachje, 'dat dat... heel wat anders is. Niemand heeft het hier over kinderen, dat is niet... Dat is toch illegaal? Ik heb het over...'

'De porno-industrie rust voor een groot deel op mensenhandel,' zei Strike, die nog steeds door zijn rook heen naar Kyle keek. 'Vrouwen en kinderen uit arme landen. Een van die kleine meisjes in mijn zaak was gefilmd met een plastic zak over het hoofd terwijl ze anaal verkracht werd door zo'n kerel.'

Robin zag vanuit haar ooghoeken dat Kyle en Courtney schuwe blikken haar kant op wierpen, en met een gevoel alsof haar maag razendsnel omdraaide besefte ze dat haar broer haar verhaal aan zijn vrienden verteld moest hebben. Max was de enige aan tafel die volkomen op zijn gemak leek te zijn. Hij keek naar Strike met de afstandelijke aandacht van een scheikundige die het verloop van een experiment volgt.

'De video van dat kind is online meer dan honderdduizend keer bekeken,' zei Strike. Hij klemde de sigaret tussen zijn tanden en sneed een groot stuk cheesecake af, waarbij hij de hele taart sloopte om een derde ervan op zijn eigen bord te dumpen. 'Dat zijn flink wat gestimuleerde genotscentra, hè?' vervolgde hij met een blik op Kyle.

'Nee, maar dat is echt wat anders,' schoot Courtney Kyle te hulp. 'We hebben het hier over vrouwen die... Volwassen vrouwen mogen zelf weten wat ze met hun eigen lichaam...'

'Heb je dit allemaal zelf gemaakt?' vroeg Strike aan Max met een mond vol cheesecake. Hij had de brandende sigaret nu in zijn linkerhand.

'Ja,' zei Max.

'Verdomd lekker.' Strike wendde zich weer tot Kyle. 'Hoeveel serveersters ken jij die door mensenhandelaren zijn geronseld?'

'Nou ja, nul natuurlijk, maar... Ik bedoel, het is logisch dat jij de ellende te zien krijgt, als politieman...'

'Zolang jij het maar niet hoeft te zien is het oké, bedoel je dat?'

'Nou, als je er zo over denkt...' Kyle zag nu vuurrood. 'Als je zo fel gekant bent tegen porno, dan heb je vast ook nog nooit... dan heb je zeker nooit porno gekeken, hè?'

'Als niemand verder een dessert wil,' zei Robin luid, en ze ging staan en wees naar het zitgedeelte van de kamer, 'zullen we dan daar koffiedrinken?'

Zonder op antwoord te wachten liep ze naar het keukengedeelte. Achter haar hoorde ze stoelpoten schrapen. Nadat ze water had opgezet ging ze naar de wc beneden, waar ze na het plassen vijf minuten op de pot bleef zitten met haar handen voor haar gezicht geslagen.

Waarom was Strike dronken komen aanzetten? Waarom moesten ze het over verkrachting en porno hebben? De man die haar had aangevallen was een gretig gebruiker van gewelddadige porno geweest, met de specifieke nadruk op verwurging, maar de resultaten uit de zoekgeschiedenis op zijn computer waren door de rechtbank afgedaan als ontoelaatbaar bewijs. Robin wilde niet weten of Strike wel eens porno keek; ze wilde niet denken aan de kinderen die gefilmd waren, net zoals ze niet wilde terugdenken aan Morris' dickpic op haar telefoon of de snuffmovie die Bill Talbot had gestolen. Moe en terneergeslagen vroeg ze zich af waarom Strike de studenten niet gewoon met rust kon laten; deed hij het niet uit respect voor zijn gastheer, dan in ieder geval voor haar, zijn zakenpartner.

Ze ging terug naar boven. Halverwege de trap hoorde ze Kyles verhitte toon en wist dat de discussie geëscaleerd was. Op de bovenverdieping aangekomen zag ze de vijf anderen rond de salontafel zitten, met daarop een cafetière en een fles, en de bonbons die Jonathan had meegebracht. Strike en Max hadden allebei een glas cognac in de hand terwijl Courtney – die nu zichtbaar dronken was, al was ze een stuk minder ver heen dan Strike – knikte om Kyles argumenten, een beker koffie vervaarlijk schuin in haar hand. Robin ging weer aan de nu verlaten eettafel zitten, bij de rest van de groep vandaan, en ze prikte een stukje rundvlees uit de ovenschaal en voerde dat aan een deerniswekkend dankbare Wolfgang.

'Het púnt is dat we vernederend taalgebruik over vrouwen moeten destigmatiseren en terugwinnen,' zei Kyle tegen Strike. 'Dát is het punt.'

'En dah ga je b'reiken door een stel sj-sj... sjtudentes in hun ondergoed te laten rondpara... paraderen?' zei Strike met dubbele tong van de alcohol.

'Nou, niet meteen in ónder...' begon Courtney.

'Het gaat erom dat er een einde komt aan *victim blaming*,' zei Kyle. 'Je snapt toch wel dat het slachtoffer...'

'En hoe gaan jullie daar een einde aan maken dan?'

'Dasss toch dui... duidelijk?' zei Courtney luid. 'Door onder... onderliggende houding te v'ran...'

'Dusss... jullie denke' dah zo'n verkrachter die vrouwen in hun ondergoed ziet protesteren ineens zal denken: goh ja, ik kan maar beter sj... sj... stoppen met verkrachten?'

Courtney en Kyle begonnen allebei tegen Strike te schreeuwen. Jonathan gluurde gespannen naar zijn zus, die weer een misselijkmakende knoop in haar maag had.

'Het gaat om het destigmatiseren...'

'O, begrijp me nie' verkeerd, mannen zat die het lekker vinden als jullie in je beha rondhuppelen,' lalde Strike, en hij nam nog een slok cognac, waarvan de helft langs zijn kin droop. 'Het s-s-staat vast prachtig op Ins... Instagram.'

'Dit gaat niet om Instagram!' Courtney was nu bijna in tranen. 'We willen serieus een vuist maken tegen...'

'Tegen mannen die vrouwen s-s-sletten noemen ja, dat zei je al.' Strike praatte opnieuw dwars door haar heen. 'Wat zullen ze zich op hun nummer gezet voelen als ze jullie in je minirokje zien huppelen.'

'Het gaat er niet om ze op hun nummer te zetten,' zei Kyle. 'Dat is het punt niet.'

'Ik snap heel goed wat jouw supersubtiele fucking punt is,' snauwde Strike. 'Ik zeg alleen dat in de échte wereld zo'n fucking Hoerenmars...'

'Slettenmars,' riepen Kyle en Courtney in koor.

'... geen moer helpt. De kerels die vrouwen sletten noemen zullen bij het zien van jullie showtje alleen maar denken: moet je kijken wat een stelletje sletten. Je kunt zoveel fucking taalgebruik terugwinnen als je wilt, je verandert de houding in de echte wereld heus niet door te bepalen welke woorden wel en welke niet bele... beledigend zijn.'

Wolfgang, die nog steeds trillend bij Robins enkel zat in de hoop meer vlees te krijgen, stootte een luid jammerkreetje uit, waardoor Strike omkeek. Hij zag Robin daar zitten, bleek en roerloos.

'Wat vind jíj er nou allemaal van?' vroeg hij haar luidkeels, zwaaiend met zijn glas in de richting van de studenten, waardoor er cognac over de rand klotste en op het tapijt belandde.

'Het lijkt mij een goed idee om het ergens anders over te hebben,' zei Robin. Haar hart ging zo tekeer dat het pijn deed.

'Zou jíj meelopen met zo'n fucking Hoeren...'

'Ik weet het niet. Misschien,' antwoordde Robin. Het bloed gonsde in haar oren, ze wilde alleen maar dat er een einde zou komen aan dit gesprek. Haar verkrachter had keer op keer 'hoer' gegromd toen hij haar te grazen nam. Als haar bijna-moordenaar dertig seconden langer haar keel had dichtgeknepen, zou dat het laatste woord zijn geweest dat ze op deze aarde had gehoord.

'Da's gewoon beleefdheid,' zei Strike nauwelijks verstaanbaar, en hij draaide zich weer om naar de studenten.

'Spreek je nu ook al namens de vrouwen?' sneerde Kyle.

'Namens een echt verkrachtingsslachtoffer!' zei Courtney.

Het was alsof de kamer bewoog. Er viel een klamme stilte. Robin zag ergens aan de rand van haar gezichtsveld dat Max zich naar haar omdraaide.

Strike slaagde er bij de tweede poging in overeind te komen. Robin wist dat hij iets tegen haar zei, maar het was alleen maar geluid, haar oren leken gevuld te zijn met watten. Strike zwalkte naar de deur: hij vertrok. Na een botsing tegen de deurstijl verdween hij uit het zicht.

Iedereen bleef Robin aanstaren.

'O god, sorry als ik dat niet had mogen zeggen,' fluisterde Courtney door de vingers heen die ze tegen haar mond drukte. Haar ogen vulden zich met tranen. Beneden klonk het geluid van een dichtslaande deur.

'Geeft niet,' klonk heel in de verte een stem die nogal leek op die van Robin zelf. 'Ogenblikje, zo terug.'

Ze stond op en ging achter Strike aan.

41

With that they gan their shiuering speares to shake,
And deadly points at eithers breast to bend,
Forgetfull each to haue bene euer others frend.

Edmund Spenser
The Faerie Queene

De donkere, onbekende straat verraste de buitengewoon dronken Strike. Gegeseld door regen en wind stond hij zich af te vragen, tollend op zijn benen, welke kant hij op moest naar de metro. Zijn doorgaans betrouwbare richtinggevoel zei rechtsaf, dus liep hij naar rechts, onderwijl in zijn zakken tastend naar sigaretten, nog nagenietend van die heerlijke ontlading van zijn spanningen en zijn woede. De herinnering aan wat er zojuist was gebeurd bood zich aan in enkele losse fragmenten: het boze rode hoofd van Kyle. *Sukkel. Fucking studentjes.* Max die lachte om iets wat Strike had gezegd. Heel veel eten. Nog meer drank.

De regen glinsterde in het licht van de straatlantaarns en vertroebelde Strikes zicht. Om hem heen leken voorwerpen te krimpen en weer uit te zetten, vooral de geparkeerde auto die zich ineens voor zijn voeten had geplaatst terwijl hij in een rechte lijn over straat probeerde te lopen. Zijn dikke vingers zochten vruchteloos in zijn zakken. Hij kon zijn sigaretten niet vinden.

Dat laatste glas cognac was misschien niet slim geweest. Hij proefde het nog. Eigenlijk hield hij niet van cognac, en hij had met

Nick al verdomd veel Doom Bar gedronken in de pub.

Het was een fikse inspanning om tegen de harde wind in te lopen. Zijn aangename roes begon af te nemen, maar hij voelde zich niet beroerd, zeker niet, zelfs niet na al dat stoofvlees en de enorme punt cheesecake, al moest hij daar nu even niet aan denken, net zomin als aan de minstens veertig sigaretten die hij in de afgelopen vierentwintig uur had gerookt, of de cognac die hij nog steeds proefde.

Zonder waarschuwing trok zijn maag samen. Strike strompelde naar een opening tussen twee auto's, boog voorover en braakte net zo overvloedig als hij met Kerstmis had gedaan, telkens opnieuw. Minutenlang, tot hij daar kokhalzend met zijn handen op zijn knieën stond en er niets meer kwam.

Met een bezweet gezicht ging hij rechtop staan en veegde met de rug van zijn hand zijn mond af terwijl er heipalen dreunden in zijn hoofd. Het duurde vele seconden voordat hij zich bewust werd van een bleke gedaante die naar hem stond te kijken, met roodblond haar dat wapperde in de wind.

'Wat...? O,' zei hij toen Robin in beeld kwam. 'Ben jij het.'

Hij bedacht dat ze hem vast achterna was gekomen om zijn sigaretten te brengen, en hij keek hoopvol naar haar handen, maar die waren leeg. Hij liep bij de plas braaksel in de goot vandaan en leunde tegen een andere auto.

'Ik heb de hele middag met Nick in de pub gezeten,' zei hij met dubbele tong, omdat hij de indruk had dat Robin zich zorgen om hem maakte.

Er drukte iets hards tegen zijn bil. Nu besefte hij dat hij zijn sigaretten wel degelijk bij zich had en daar was hij blij om, want hij verkoos de smaak van tabak boven die van braaksel. Hij trok het pakje uit zijn kontzak en slaagde er na een paar mislukte pogingen in een sigaret op te steken.

Toen drong het eindelijk tot hem door dat Robins manier van doen anders was dan anders. Hij keek naar haar gezicht en zag dat het spierwit en vreemd vertrokken was.

'Wat?'

'"Wat?"' herhaalde ze. 'Fucking "Wat?"'

Robin vloekte veel minder vaak dan Strike. De vochtige avondlucht, die ijskoud aanvoelde op zijn bezwete gezicht, werkte in rap tempo ontnuchterend. Robin leek kwaad te zijn, kwader dan hij haar ooit had gezien. Maar de alcohol vertraagde zijn reactievermogen, en hij kon niets beters bedenken dan te herhalen: 'Wat?'

'Eerst kom je te laat,' zei ze. 'Natúúrlijk kom je te laat, want wanneer heb je ooit de fucking beleefdheid opgebracht om op tijd te komen als ik iets...'

'Wat?' zei Strike nog een keer, deze keer niet zozeer omdat hij informatie wilde, maar uit ongeloof. Zij was de unieke vrouw in zijn leven die nooit had geprobeerd hem te veranderen. Dit was niet de Robin die hij kende.

'Je komt straalbezopen aanzetten, natúúrlijk kom je bezopen aanzetten, want hoe belangrijk ben ik nou helemaal? Het is Robin maar die voor schut staat, het is háár huisgenoot maar en háár familie die...'

'Hij vond het niet erg,' wist Strike uit te brengen. Zijn herinneringen aan de avond waren niet al te helder, maar dat wist hij in ieder geval wél: Max had het niet erg gevonden dat hij dronken was. Max had gelachen om een grap van hem, hij wist nu even niet meer welke. Hij vond Max leuk.

'En dan val je mijn gasten aan. En daarna,' zei Robin, 'zet je me voor het blok om iets wat ik graag voor mezelf... voor mezelf...' Haar ogen waren plotseling nat, ze balde haar vuisten, haar hele lichaam verstarde. 'Om iets wat ik voor mezelf had willen houden prijs te geven tijdens zo'n fucking discussie met wildvreemden. Is het ook maar één moment bij je opgekomen...'

'Wacht even,' zei Strike. 'Ik heb niet...'

'... dat ik het niet over het onderwerp verkrachting wilde hebben met mensen die ik amper ken?'

'Maar ík heb niet...'

'Waarom vroeg je me dan wat ik van Slettenmarsen vond?'

'Nou ja, omdat...'

'Moest het nou echt onder het eten over kinderverkrachting gaan?'

'Ik wilde een punt ma...'

'En dan loop je weg en laat mij achter met...'

'Zo te horen,' zei Strike, 'was het juist goed dat ik wegliep. Hoe eerder, hoe beter.'

'Beter voor jou, ja.' Ze kwam met ontblote tanden op hem af gelopen. Zo had hij haar nog nooit gezien. 'Je dumpt al je agressie bij mij thuis, je gaat ervandoor en laat mij achter met de fucking rotzooi, zoals gewoonlijk!'

'Zoals gewoonlijk?' zei Strike met opgetrokken wenkbrauwen. 'Wacht even...'

'Nu moet ik dus terug naar binnen om de boel recht te trekken, iedereen tot bedaren te brengen...'

'Dat hoeft helemaal niet,' sprak hij haar tegen. 'Kruip gewoon in je fucking bed als je...'

'Zo ben ik nu eenmaal!' brulde Robin, en ze beukte bij ieder woord met haar vuist op haar borstbeen. Strike hield geschokt zijn mond en staarde haar aan.

'Zoals ik er ook altijd aan denk om netjes "alsjeblieft" en "dank je wel" tegen de secretaresse te zeggen terwijl dat jou geen reet kan schelen! Zoals ik me verontschuldig voor jouw rotbuien tegenover andere mensen als je ze hebt beledigd! Zoals ik alle shit op me neem die jij...'

'Ho even,' zei Strike, en hij duwde zich van de stationcar omhoog en keek vanaf zijn volle lengte op haar neer. 'Waar komt dit opeens...?'

'... en je neemt godverdomme niet eens de moeite, na alles wat ik voor je doe, om nuchter te verschijnen bij dat éne etentje dat ik...'

'Als je het zo nodig wilt weten,' zei Strike, en de woede gloeide op uit de as van zijn euforie van daarstraks. 'Ik zat in de pub met Nick, die...'

'... die thuis een vrouw heeft die net een baby heeft verloren! Dat weet ik, en wat moest hij in godsnaam met jou in de kroeg terwijl zij...'

'Ze had hem eruit gegooid!' blafte Strike. 'Heeft ze je dat niet verteld tijdens jullie lekker-klagen-als-vrouwen-onder-elkaar-bespreking? En ik ga me verdomme niet verontschuldigen voor een middagje ontspanning na de week die ik achter de rug...'

'En ík heb geen ontspanning nodig zeker? Ik heb verdomme de helft van mijn fucking vakantiedagen opgeofferd voor...'

'Hoeveel keer heb ik je al bedankt dat je het van me hebt overgenomen terwijl ik in Cornwall...?'

'En waarom moest je vanmorgen zo lullig tegen me doen omdat ik één fucking keer te laat kwam, de állereerste keer...'

'Ik had maar drieënhalf uur geslapen.'

'Je woont verdomme boven de zaak, man!'

'Zoek het verder maar uit,' zei Strike, en hij gooide zijn sigaret weg. Terwijl hij bij haar vandaan liep in de richting van de metro – hij wist nu zeker wat de juiste weg was – dacht hij aan alle dingen die hij had kunnen zeggen: dat hij in Londen was gebleven uit schuldgevoel om de druk die hij op Robin legde, terwijl hij in St Mawes bij zijn stervende tante had moeten zijn; Jonny Rokeby aan de telefoon die ochtend; Nicks tranen in de pub en wat een opluchting het was geweest om daar te zitten met een oude vriend, om te drinken en te luisteren naar de problemen van een ander in plaats van over die van hemzelf te piekeren.

'En waag het niet,' schreeuwde Robin hem achterna, 'om nog ooit fucking blóémen voor me te kopen!'

'Wees maar niet bang!' riep Strike over zijn schouder terwijl hij de duisternis in beende.

42

... his late fight
With Britomart, so sore did him offend,
That ryde he could not, till his hurts he did amend.

Edmund Spenser
The Faerie Queene

Toen Strike die zaterdagochtend wakker werd, met bonkende hoofdpijn en een smerige smaak in zijn mond, kostte het hem wat tijd om precies terug te halen wat er de vorige avond was gebeurd. Afgezien van het braken, wat hij naar zijn mening veel te vaak deed de laatste tijd, herinnerde hij zich aanvankelijk alleen het vuurrode hoofd van Kyle en Robins spierwitte, geschrokken gezicht.

Maar toen reconstrueerde hij langzaam Robins kritiek: te laat en dronken aankomen, bot doen tegen haar broer en een etentje verpesten door een paar studentjes de harde waarheid te vertellen over de echte wereld. Hij meende dat er ook nog iets was gezegd over de manier waarop hij met het personeel omging: hij zou niet soft en klef genoeg zijn.

Heel voorzichtig kwam hij uit bed, en steun zoekend bij het meubilair hopste hij naar de badkamer en nam een douche.

Terwijl Strike zich waste streden twee verschillende impulsen om voorrang. De eerste was de behoefte om zijn eigen daden goed te praten, met een tevreden schouderklopje en bonuspunten voor wat hij zich nog kon herinneren van zijn discussie met de studenten.

De andere impuls was een ingebakken eerlijkheid over zijn motieven, die hem dwong onder ogen te zien dat hij zich onmiddellijk vijandig had opgesteld ten opzichte van Robins gasten omdat zij het soort mensen waren waartoe zijn moeder zich op slag aangetrokken gevoeld zou hebben.

Het hele bestaan van Leda Strike was één grote strijd geweest tegen regeltjes en beperkingen: voor haar zou een protestmars in ondergoed een schitterende aanval op de begrenzing zijn geweest. Strike, die Leda's gulle hart of haar onuitroeibare liefde voor de underdog nooit vergat, had desalniettemin een heldere kijk op het feit dat haar activisme voornamelijk de vorm van enthousiast exhibitionisme had aangenomen. Voor Leda geen saai geleur van deur tot deur om stemmen te werven, geen lastige compromissen of onverdroten pogingen om structurele veranderingen te bewerkstelligen. Ze was nooit een groot denker geweest, geen kritische geest, en ze was als een blok gevallen voor wat Strike beschouwde als intellectuele charlatans. De basis voor haar levensfilosofie, als je dat woord al mocht gebruiken voor de losse verzameling bevliegingen en voorspelbare reacties die zij overtuigingen noemde, was dat alles wat de bourgeoisie afkeurde per definitie goed en juist moest zijn. Natuurlijk zou zij zich achter Kyle en Courtney geschaard hebben, zou ze net als zij porno en Slettenmarsen hebben toegejuicht, en de kleinzerige bezwaren van haar zoon zou ze hebben afgedaan als de slechte invloed van haar vreugdeloze schoonzus.

Terwijl Strike zich afdroogde en zijn prothese aanbracht, met behoedzame bewegingen vanwege zijn bonzende hoofd, kwam de gedachte bij hem op om Robin te bellen, maar die verwierp hij meteen weer. Hij had lang geleden de gewoonte ontwikkeld om na een ruzie met een vrouw te wachten tot zij de volgende stap zette, wat hem puur een kwestie van gezond verstand leek. Als ze haar excuses aanbood, was dat mooi meegenomen. Als ze het wilde uitpraten, had je de kans dat ze wat rustiger was geworden nadat ze er een poos over had kunnen nadenken. Als ze nog steeds kwaad was, was het stomweg masochistisch om je vrijwillig nog meer ellende op de hals te halen voordat zij er zelf mee kwam. Strike had in principe niets tegen een ongevraagde verontschuldiging wanneer hij vond dat híj fout zat, maar in de praktijk kwamen zijn excuses meestal aan de late kant, en alleen wanneer duidelijk werd dat er anders geen einde zou komen aan de onenigheid.

Deze modus operandi was grotendeels voortgekomen uit zijn ervaringen met Charlotte. Proberen het goed te maken met Charlotte voordat ze haar woede tot de laatste milligram had gespuid was als proberen een huis opnieuw op te bouwen midden in een aardbeving. Soms, als hij had geweigerd aan haar zoveelste nieuwe eis te voldoen – meestal weggaan bij het leger, maar soms ook het contract verbreken met een andere vriendin of geld uitgeven dat hij niet had, waarvan een weigering door Charlotte steevast werd gezien als bewijs dat hij niet van haar hield –, was Charlotte weggelopen, en pas wanneer ze weer terug was, soms op een moment dat Strike allang een andere vrouw had ontmoet of het bed met iemand anders had gedeeld, werd erover gepraat. Hun ruzies hadden vaak een week of langer geduurd. Het was een paar keer voorgekomen dat Strike terugkeerde naar zijn buitenlandse missie voordat er iets was uitgepraat.

En toch, onder het eten van een zeer welkom broodje gebakken spek, het drinken van een sloot koffie en het innemen van Nurofen; nadat hij Ted had gebeld en van hem had gehoord dat Joan het nog steeds volhield, waarna Strike hem had verzekerd dat Lucy en hij de volgende dag zouden komen; bij het openen van zijn weinige post en het verscheuren van een grote goudomrande uitnodiging voor het feest ter ere van het vijftigjarig bestaan van de Deadbeats in mei; tijdens de boodschappen, door de eeuwige wind en regen, om in te slaan voor een reis die wel eens vele uren zou kunnen gaan duren; bij het inpakken van zijn kleren voor de reis, tijdens zijn telefoongesprek met Lucy en het kijken naar de weersverwachting, keerden zijn gedachten steeds terug naar Robin.

Langzaam maar zeker drong het tot hem door dat het hem nog het meest dwarszat dat hij eraan gewend was geraakt dat Robin altijd aan zijn kant stond, wat voor hem een van de belangrijkste redenen was om haar te bellen als het hij even niet meer zag zitten of zich rot voelde. Ze hadden in de loop van de tijd een zeer aangename, bevredigende kameraadschap ontwikkeld, en Strike had nooit gedacht dat die verstoord kon worden door wat in zijn ogen niet meer was dan een discussie tijdens een etentje.

Toen om vier uur die middag zijn telefoon ging, verbaasde hij zichzelf door het toestel van tafel te grissen in de hoop dat het zijn zakenpartner zou zijn, om teleurgesteld te worden met alweer een onbekend nummer. Terwijl hij nam opnam vroeg hij zich af of hij weer Rokeby aan de lijn zou krijgen, of misschien een andere bloedverwant die hij niet kende.

'Strike.'

'Pardon?' zei een strenge, beschaafde vrouwenstem.

'Cormoran Strike. Met wie spreek ik?'

'Clare Spencer, ik ben de maatschappelijk werkster van het gezin Athorn. U had een bericht voor me achtergelaten.'

'O, ja.' Strike schoof een keukenstoel naar achteren en ging zitten. 'Fijn dat u me belt, mevrouw Spencer.'

'Mag ik u wat vragen? Bent u dé Cormoran Strike?'

'Ik denk niet dat er veel andere zijn.' Hij pakte zijn sigaretten en schoof ze toen weer van zich af. Hij moest echt minder gaan roken.

'Juist ja,' zei Clare Spencer. 'Goh, ik schrok een beetje toen ik uw berichtje kreeg. Waar kent u de familie Athorn van?'

'Ik kwam hun naam toevallig tegen,' zei Strike, die meteen bedacht hoe weinig accuraat die bewering was. 'Bij een zaak waaraan ik momenteel werk.'

'Bent u degene die naar de winkel beneden is gegaan en de eigenaar heeft bedreigd?'

'Ik heb hem niet bedreigd. Maar zijn houding leek agressief te zijn, dus heb ik hem erop gewezen dat ze vrienden hebben die het niet op prijs zullen stellen als hij vervelend tegen hen is.'

'Ha.' Clare klonk nu wat hartelijker. 'Het is een verschrikking, die man. Hij probeert hen al een eeuwigheid die flat uit te krijgen. Wil het hele pand kopen. Hij heeft een draagmuur weggehaald en probeerde toen Deborah en Samhain er de schuld van te geven dat zijn plafond doorboog. Dat heeft hun een boel stress bezorgd.'

'De flat is nog niet zo lang geleden...' Strike had bijna 'uitgemest' gezegd, maar zocht naar een beleefdere omschrijving. '... grondig schoongemaakt, zei hij.'

'Ja. Ik zal niet ontkennen dat het nogal een rommel was, maar nu is alles opgeruimd. En die bewering dat ze structurele schade zouden hebben veroorzaakt: we hebben een taxateur laten komen die alles heeft nagekeken en die zegt ook dat er niets aan de hand is. Wat een opportunist, die kerel. Hoe dan ook, het is heel goed dat u hem de wacht hebt aangezegd. Hij denkt ze te kunnen intimideren omdat ze weinig nabije familieleden hebben. Zeg, wat is dat voor zaak die u onderzoekt?'

Strike vertelde haar in het kort over Margot Bamborough, haar verdwijning in 1974 en de informatie die hem naar de familie Athorn had gevoerd.

'... en daarom,' besloot hij, 'wilde ik iemand spreken die me kan vertellen hoeveel geloof ik mag hechten aan wat zij me hebben verteld.'

Er viel een korte stilte.

'Juist ja.' Clare leek nu wat meer op haar hoede te zijn. 'Nou, ik ben bang dat ik als maatschappelijk werkster niet zomaar vertrouwelijke informatie...'

'Mag ik u een paar vragen stellen? Als u er geen antwoord op kunt geven, zal ik dat natuurlijk accepteren.'

'Goed,' zei ze. Hij kreeg de indruk dat zijn aanpak van de bullebak van de ijzerwarenhandel haar aan zijn kant had geschaard.

'Ze zijn duidelijk prima in staat om zelfstandig te wonen,' zei Strike.

'Met wat hulp, ja,' bevestigde Clare. 'Ze doen het eigenlijk erg goed. Hun wederzijdse band is sterk. Waarschijnlijk hadden ze zonder die band allebei ergens in een zorginstelling gezeten.'

'Wat is er precies...?' Strike vroeg zich af hoe hij de vraag voorzichtig zou kunnen formuleren.

Clare schoot hem te hulp. 'Het fragiele-x-syndroom. Deborah

functioneert relatief goed, al heeft ze wat sociale problemen, ze kan wel lezen en zo. Samhain doet het beter op het sociale vlak, maar zijn cognitieve beperking is groter dan die van zijn moeder.'

'En de vader, Gwilherm...?'

Clare lachte. 'Ik ben pas een paar jaar hun maatschappelijk werkster. Ik heb Gwilherm nooit gekend.'

'U kunt me niet vertellen of hij goed bij zijn verstand was?'

Er viel een lange stilte.

'Tja,' zei ze toen. 'Ik kan wel... Het is geloof ik algemeen bekend dat het een merkwaardige man was. Verschillende familieleden hebben me over hem verteld. Hij dacht schijnbaar dat hij mensen kon beheksen. Met zwarte magie.'

'Deborah zei iets wat ik... een beetje verontrustend vond. Het ging over een zekere dokter Brenner, een collega van dokter Bamborough bij de St John-praktijk. Het ging misschien gewoon over een medisch onderzoek, maar...'

Hij dacht dat Clare iets zei. 'Pardon?'

'Nee, niks. Wat heeft ze u precies verteld?'

'Nou, ze zei dat ze haar broek moest uittrekken en dat ze dat niet wilde, maar het moest van Gwilherm. Ik nam aan...'

'Die man was arts?'

'Ja,' zei Strike.

Er viel weer een stilte, langer deze keer.

'Ik weet echt niet wat ik hierop moet zeggen,' zei Clare uiteindelijk. 'Het zou kunnen dat het inderdaad een medisch onderzoek was, maar... er kwamen erg veel mannen in die flat.'

Strike zei niets en vroeg zich af of hem nu werd verteld wat hij dacht dat hem werd verteld.

'Gwilherm moest zijn geld voor drank en drugs toch érgens vandaan halen,' zei Clare. 'Door wat Deborah in de loop der jaren heeft losgelaten aan andere maatschappelijk werkers, hebben wij het vermoeden gekregen... Nou ja, ik zal er niet omheen draaien: wij denken dat hij haar de hoer liet spelen.'

'Jezus,' zei Strike vol afkeer.

'Ja. Alle losse flarden die ze hier en daar heeft laten vallen geven bij elkaar opgeteld het beeld dat Gwilherm de deur uit ging met Samhain als zij een klant had. Inderdaad afschuwelijk. Ze is zo kwetsbaar. Al met al kan ik er niet om treuren dat Gwilherm jong gestorven is. Maar alstublieft... zegt u hier niets over tegen Deborahs familie wanneer u die spreekt. Ik heb geen idee hoeveel zij weten, en tegenwoordig heeft ze het goed naar haar zin. Het is niet nodig om mensen van streek te maken.'

'Nee, natuurlijk niet.' Strike dacht terug aan Samhains woorden: *Joe Brenner was een ouwe viespeuk.*

'Hoe betrouwbaar is Samhains geheugen, naar uw inschatting?'

'Hoezo? Wat heeft hij u verteld?'

'Een paar dingen die zijn oom Tudor gezegd zou hebben.'

'Nou, mensen met het fragiele-x-syndroom hebben over het algemeen een goed langetermijngeheugen,' zei Clare voorzichtig. 'Ik zou zeggen dat zijn herinneringen aan wat zijn oom Tudor hem heeft verteld betrouwbaarder zijn dan veel andere herinneringen.'

'Oom Tudor had blijkbaar een theorie over wat er gebeurd zou zijn met Margot Bamborough. Daar zouden een zekere Nico "en zijn jongens" bij betrokken zijn.'

'Aha,' zei Clare. 'Ja. Weet u wie dat is?'

'Zegt u het maar.'

'Er was vroeger een oude gangster die in Clerkenwell woonde. Niccolo Ricci heette hij. Samhain heeft het graag over "Nico en zijn jongens", alsof het volkshelden zijn of zo.'

Ze praatten nog een paar minuten, maar Clare had verder niets interessants te vertellen.

'Heel hartelijk bedankt dat u me hebt gebeld,' zei Strike. 'Blijkbaar werken maatschappelijk werkers ook op zaterdag, net als detectives.'

'De mensen hebben ook in het weekend hulp nodig,' zei ze droogjes. 'Succes ermee. Ik hoop dat u erachter komt wat er met die arme dokter is gebeurd.'

Maar hij hoorde aan haar toon, hoe vriendelijk die ook was, dat ze de kans uiterst klein achtte.

Strikes hoofdpijn had zich ontwikkeld tot een dof gebons dat erger werd als hij bukte of te snel opstond. Hij richtte zich weer op zijn strakke voorbereiding van zijn vertrek naar Cornwall de volgende dag: bederfelijke spullen uit de koelkast weggooien, boterhammen maken voor onderweg, naar het nieuws luisteren – waar hij te horen kreeg dat er die dag drie doden waren gevallen ten gevolge van de ongunstige weersomstandigheden – zijn plunjezak inpakken, zijn e-mail bijwerken, een out-of-officebericht opstellen om potentiële klanten door te verwijzen naar Pat, en het rooster bekijken om zich ervan te verzekeren dat het was aangepast op zijn afwezigheid. Tijdens al die dingen hield hij met één oog zijn mobiel in de gaten, voor het geval er een bericht zou komen van Robin, maar dat gebeurde niet.

Om acht uur, nadat hij een uitgebreid Engels ontbijt met alles erop en eraan voor zichzelf had gemaakt – hij vond dat hij het verdiend had, met zijn kater en na een dag hard werken – trilde eindelijk zijn mobiel. Vanaf de andere kant van de tafel zag hij dat er drie opeenvolgende berichten waren binnengekomen. In het besef dat hij de volgende morgen zou vertrekken en het volkomen onduidelijk was wanneer hij zou terugkomen, had Robin schijnbaar het verzoeningsproces ingezet dat voor vrouwen gebruikelijk was, te beginnen met een opsomming van haar diverse grieven. Hij opende het eerste bericht, grootmoedig bereid om te voldoen aan vrijwel alle voorwaarden van haar vredesonderhandeling, en pas op dat moment zag hij dat het afkomstig was van een onbekend nummer.

Ik dacht dat het vandaag Valentijnsdag was, maar ik zie nu dat het de 15e is. Ze stoppen me hier zo vol met allerlei pillen dat ik mijn eigen naam amper kan onthouden. Ik zit weer opgesloten. Dit is niet mijn telefoon. Er is hier een vrouw die er wel een mag hebben en zij heeft me de hare geleend. Jouw mobiele nummer is het enige dat ik uit mijn hoofd ken. Waarom heb je nooit een nieuw nummer genomen? Was dat voor mij of is dat ijdel van me. Ik zit zo onder de verdovende middelen dat ik niks meer voel maar ik weet dat ik van je hou. Ik zou wel eens willen weten hoeveel ze me zouden moeten toedienen voordat dat ook verdwijnt. Een dodelijke dosis, denk ik.

Het volgende bericht, van hetzelfde nummer, luidde:

Hoe heb je Valentijnsdag doorgebracht. Heb je seks gehad. Ik ben hier deels omdat ik geen seks wil. Ik kan zijn aanraking niet verdragen en ik weet dat hij meer kinderen wil. Ik ga nog liever dood. Ik ga sowieso liever dood, maar dat weet je al. Zie ik jou nog ooit? Je zou me hier kunnen bezoeken. Vandaag stelde ik me voor dat je binnenkwam, zoals ik bij jou binnenkwam toen met je been. Ik stelde me voor dat je zei dat ze me moesten laten gaan omdat je van me hield en jij voor me zou zorgen. Ik huilde en

Het derde bericht vervolgde:

de psychiater was blij dat ik huilde want ze houden van emotie. Ik weet het adres niet precies maar het heet Symonds House. Ik hou van je vegreet meniet wat er ook met me gebeurt. Ik hou van je.

Er was nog een vierde, laatste bericht:

Ik ben het, Charlotte, mocht je dat nog niet begrepen hebben.

Strike las de hele draad twee keer door. Toen sloot hij zijn ogen en vroeg zich af, net als miljoenen van zijn medemensen, waarom problemen nooit alleen kwamen maar zich als een lawine over je uitstortten, zodat je steeds verder uit balans raakte bij iedere klap.

43

And you faire Ladie knight, my dearest Dame,
Relent the rigour of your wrathfull will,
Whose fire were better turn'd to other flame;
And wiping out remembrance of all ill,
Graunt him your grace...

Edmund Spenser
The Faerie Queene

Tot Robins opluchting stonden haar drie gasten de volgende morgen vroeg op, omdat ze een volle dag in Londen wilden doorbrengen. Het drietal was nogal bedrukt na wat Robin in gedachten het nachtmerrie-etentje noemde. Ze was als de dood dat Courtney, die het stilst van allemaal was, haar huilend om vergiffenis zou gaan smeken, dus veinsde Robin een opgewekte monterheid die ze zeker niet voelde terwijl ze goedkope eettentjes en leuke bezienswaardigheden aanraadde, waarna ze de studenten uitzwaaide. Omdat Robin die nacht moest posten bij Elinor Dean had ze Jonathan een sleutel gegeven, en ze vond het helemaal niet erg dat ze waarschijnlijk nog in Stoke Newington zou zitten als het drietal terugging naar Manchester; ze waren van plan zondag halverwege de ochtend de trein te nemen.

Ze wilde niet alleen zijn met Max, voor het geval hij de vorige avond met haar zou willen nabeschouwen, dus sloot Robin zich de hele dag vrijwillig op in haar eigen kamer, waar ze op haar laptop werkte en probeerde de vlagen van woede te verdrijven die ze voelde voor Strike, en de huilerigheid die haar steeds dreigde te bekruipen. Hoe hard ze ook haar best deed om zich te concentreren op de zoektocht naar mensen die ten tijde van Margots verdwijning in Jerusalem Passage hadden gewoond, haar gedachten keerden steeds terug naar haar partner.

Het verbaasde Robin totaal niet dat ze niks van hem had gehoord, maar ze verdomde het om zelf het initiatief te nemen. Ze kon niet met een zuiver geweten ook maar één woord terugnemen van wat ze had gezegd nadat ze hem had zien staan kotsen in de goot, want ze was het zat dat Strike alles wat ze voor hem deed voor lief nam, zonder dat hij het zelf in de gaten had.

Naarmate de middag vorderde terwijl de regen tegen haar raam bleef kletteren ontwikkelde ze langzaam maar zeker een doffe hoofdpijn, hoewel ze lang niet zo dronken was geweest als Strike. Verdriet en woede trokken in gelijke delen aan haar telkens wanneer ze terugdacht aan het etentje van gisteravond, en aan alles wat ze Strike op straat naar het hoofd geslingerd had. Ze zou willen dat ze kon huilen, maar het drukkende gevoel op haar borst verhinderde dat. Haar woede laaide steeds opnieuw op als ze dacht aan de dronken Strike die haar gasten aanviel, maar daarna betrapte ze zich erop dat ze de argumenten van Courtney en Kyle nog een keer de revue liet passeren. Robin was ervan overtuigd dat geen van beide studenten ooit te maken had gehad met de horror die zijzelf had ervaren, niet alleen onder die donkere trap in haar studentenflat, maar ook tijdens haar werk voor Strike: mishandelde vrouwen, verkrachte meisjes, de dood. Zij wilden Strikes verhalen niet horen omdat het veel geruststellender was om te geloven dat je met taal alleen de wereld zou kunnen veranderen. Maar die overpeinzing maakte niet dat ze meer begrip kreeg voor haar partner, integendeel: ze kon het niet uitstaan dat ze het eigenlijk met hem eens was. Hij was op zoek geweest naar iets of iemand om aan te vallen, en daar was zij de dupe van geworden.

Robin dwong zichzelf om door te werken, want werk was haar enige constante, haar redding. Om acht uur die avond was ze er zeker van – zo zeker als iemand kon zijn op basis van online gegevens – dat niemand in Jerusalem Passage daar al veertig jaar woonde. Tegen die tijd had ze zo'n trek dat ze echt iets moest eten, en ze was bang dat dat betekende dat ze Max onder ogen zou moeten komen en het met hem over Strike zou moeten hebben.

En inderdaad, toen ze de huiskamer in kwam zat Max met Wolfgang op schoot tv te kijken. Hij zette het geluid van het nieuws uit zodra hij haar zag, en de moed zonk Robin in de schoenen.

'Goedenavond.'

'Hallo,' zei Robin. 'Ik maak even wat te eten. Wil jij ook wat?'

'Er is nog over van gisteren, als je wilt.'

'Heeft Strike niet die hele schotel opgegeten dan?' Ze begon zelf over hem, dan had ze het maar gehad. Ze kon merken dat Max het een en ander kwijt wilde.

'Nee,' antwoordde hij. Hij tilde de slaperige Wolfgang naast zich op de bank, stond op en liep naar de keuken. 'Ik warm het wel even voor je op.'

'Dat hoeft niet, ik kan...'

Maar Max deed het toch, en toen Robin aan tafel zat met haar eten en drinken, kwam hij met een biertje bij haar zitten. Dat was hoogst ongebruikelijk, en Robin werd plotseling nerveus. Bereidde hij haar voorzichtig voor op een onwelkome mededeling? Had hij toch besloten om de boel te verkopen?

'Ik heb je nooit verteld hoe ik zo'n mooie flat heb kunnen kopen, hè?' vroeg hij.

'Nee,' antwoordde Robin, op haar hoede.

'Ik heb vijf jaar geleden een enorm bedrag aan schadevergoeding ontvangen. Voor een medische misser.'

'O.'

Het bleef even stil. Max glimlachte. 'Meestal vragen mensen dan: "Shit, wat is er gebeurd?" Maar jij dringt nooit aan, hè? Dat is me opgevallen. Je stelt weinig vragen.'

'Ach, dat moet ik op mijn werk al zoveel.'

Maar dat was niet de reden dat ze Max niet had gevraagd naar zijn financiën, en ook niet de reden dat ze hem nu niet vroeg wat er was misgegaan met zijn lichaam of een behandeling. Er was te veel in Robins eigen verleden waar ze niet eindeloos over wilde praten, om andere mensen geen ongemakkelijk gevoel te bezorgen.

'Zeven jaar geleden had ik last van hartkloppingen,' zei Max, en hij bestudeerde het etiket van zijn bierflesje. 'Aritmie. Ik werd doorverwezen naar een hartspecialist en die heeft me geopereerd: ablatie van de sinusknoop. Je weet waarschijnlijk niet wat dat is.' Hij keek vluchtig naar haar op, en ze schudde haar hoofd. 'Ik wist het ook niet, tot ze de mijne naar de knoppen hielpen. Het komt er in grote lijnen op neer dat mijn hart daardoor niet meer zelfstandig kan kloppen. Ik kreeg een pacemaker.'

'O, nee,' zei Robin, met een hap rundvlees op haar vork die ergens in de lucht bleef zweven.

'En het mooiste was nog wel, dat het allemaal niet nodig was geweest. Er bleek helemaal niets mis te zijn met mijn sinusknoop. Ik had nooit atriale tachycardie gehad. Het was gewoon plankenkoorts.'

'Ik... Max, wat erg.'

'Ja, het was niet fijn.' Hij nam een slokje van zijn bier. 'Twee onnodige openhartoperaties, eindeloze complicaties. Ik raakte acteerklussen kwijt, heb vier jaar zonder werk gezeten, en ik slik nog steeds antidepressiva. Matthew zei dat ik écht een aanklacht moest indienen tegen de artsen. Als hij me niet zo achter de vodden had gezeten, zou ik het waarschijnlijk niet gedaan hebben. Dure advocaten. Een hoop stress. Maar uiteindelijk heb ik die zaak gewonnen en een forse schadevergoeding gekregen. Hij heeft me overgehaald het geld in onroerend goed te steken. Hij werkt bij het hooggerechtshof, verdient bakken met geld. Afijn, toen hebben we dus dit huis gekocht.'

Max streek zijn dikke blonde haar uit zijn gezicht en keek even naar Wolfgang, die naar de tafel was getrippeld om nogmaals de geur van stoofvlees op te snuiven.

'Toen we hier een week woonden, moest ik gaan zitten en vertelde hij me dat hij bij me wegging. De inkt van de hypotheekakte was amper droog. Hij zei dat hij het er moeilijk mee had gehad omdat hij toch een zekere loyaliteit voor me voelde, na wat ik had doorgemaakt, maar dat hij zich daar niet lang door had laten weerhouden. Hij meldde ook nog,' vervolgde hij met een hol lachje, 'dat hij had ingezien dat medelijden niet hetzelfde is als liefde. Hij wilde dat ik de flat zou houden, ik hoefde hem niet uit te kopen – alsof ik dat had gekund – dus droeg hij zijn deel aan me over. Gewoon om zich minder schuldig te hoeven voelen natuurlijk. En daar ging hij, met Tiago. Het is een Braziliaan, zijn nieuwe vriend. Heeft een restaurant.'

'Wat een hel,' zei Robin zachtjes.

'Ja, het was... Ik moet echt ophouden naar hun stomme Instagram te kijken.' Hij slaakte een diepe zucht en wreef afwezig over de littekens op zijn borst onder zijn overhemd. 'Natuurlijk heb ik overwogen om de boel gewoon te verkopen, maar we hebben amper samengewoond, dus het is ook weer niet zo dat ik hier heel veel herinneringen heb. Ik had de energie niet om weer op huizenjacht te gaan en opnieuw te verhuizen, dus ben ik gebleven, en kost het me elke maand moeite om de hypotheek te betalen.'

Robin meende te begrijpen waarom hij haar dit allemaal vertelde, en haar vermoeden werd bevestigd toen hij haar recht aankeek en zei: 'Wat ik eigenlijk wil zeggen: ik vind het heel erg wat jou is overkomen. Ik had geen idee. Ilsa heeft me alleen verteld dat er een pistool op je gericht is...'

'O, maar tóén ben ik niet verkracht,' zei ze, en tot Max' zichtbare verbazing begon ze te lachen. Het kwam ongetwijfeld door de vermoeidheid, maar het luchtte op om donkere humor te vinden in deze litanie van vreselijke dingen die mensen elkaar aandeden, al was er niets grappigs aan zijn verminkte hart of het gorillamasker in haar nachtmerries. 'Nee, die verkrachting was jaren geleden. Daarom ben ik met mijn studie gestopt.'

'Shit.'

'Ja,' zei ze, en net als Max daarnet voegde ze eraan toe: 'Het was niet fijn.'

'Wanneer is dat met dat mes dan gebeurd?' vroeg Max, zijn blik gericht op haar onderarm, en ze begon weer te lachen. Wat moest ze anders?

'Een paar jaar geleden.'

'Tijdens je werk voor Strike?'

'Ja,' zei Robin, en nu lachte ze niet meer. 'Zeg, even over gisteravond...'

'Ik vond het leuk.'

'Dat kun je niet menen.'

'Toch meen ik het. Het was heel nuttig voor de opbouw van mijn personage. Het is echt zo'n typische reus van een kerel die niet van gelul houdt, hè?'

'Je bedoelt dat hij zich gedraagt als een lompe botterik?'

Hij lachte schouderophalend. 'Is hij heel anders wanneer hij nuchter is?'

'Ja. Hoewel... ik weet niet. Iets minder lomp en bot.' En voordat Max nog meer kon vragen over haar partner, zei ze snel: 'Hij had trouwens wel gelijk over jouw kookkunsten. Het was heerlijk. Dank je wel, daar was ik echt aan toe.'

Nadat ze had afgeruimd ging ze weer naar beneden, om te douchen en zich om te kleden voor een nachtje schaduwen. Met nog een uur te gaan voordat ze Hutchins moest aflossen ging ze op haar bed zitten en typte vruchteloos variaties op de naam Paul Satchwell in de zoekbalk van Google.

Haar mobiel ging. Ze keek op het display. Het was Strike. Na een momentje wachten nam ze op, maar ze zei niets.

'Robin?'

'Ja.'

'Kun je praten?'

'Ja,' zei ze weer, en haar hart klopte sneller dan anders terwijl ze fronsend naar het plafond keek.

'Ik bel om mijn excuses aan te bieden.'

Ze was zo verbaasd dat ze secondelang niets zei. Toen schraapte ze haar keel en vroeg: 'Kun je je überhaupt nog wel herinneren waarvóór je je excuses aanbiedt?'

'Eh... ja, volgens mij wel. Ik... Het was niet mijn bedoeling dat... dát opgerakeld zou worden. Ik had moeten snappen dat het een onderwerp is dat je niet wilt bespreken tijdens een etentje. Ik dacht er niet bij na.'

Nu kreeg Robin eindelijk tranen in haar ogen.

'Oké.' Ze probeerde het nonchalant te laten klinken.

'En het spijt me dat ik bot deed tegen je broer en zijn vrienden.'

'Dank je.'

Er viel een stilte. Buiten regende het nog steeds. Toen vroeg Strike: 'Heb je nog iets van Ilsa gehoord?'

'Nee. Jij van Nick?'

'Nee.'

Opnieuw een stilte.

'Dus nu is het goed tussen ons, toch?' vroeg hij.

'Ja.' Ze vroeg zich af of het waar was.

'Ik heb het allemaal voor lief genomen, wat je voor me deed. Dat spijt me. Je bent de beste die ik heb.'

'Ja, verdómme, Strike.' Robin probeerde niet langer te verhullen dat ze huilde en snoof luidruchtig haar tranen naar binnen.

'Wat is er?'

'Je bent gewoon... bloody irritant.'

'Waarom?'

'Dat je dat zegt. Nu.'

'Het is niet de eerste keer dat ik het zeg.'

'Jawel, dat is het wel.'

'Ik zeg het ook tegen andere mensen.'

'Tja.' Ze moest lachen en huilen tegelijk terwijl ze naar een doos tissues reikte. 'Je snapt toch wel dat dat niet hetzelfde is als het tegen *míj* zeggen, hè?'

'Misschien niet. Nu je het zegt.'

Hij zat te roken aan zijn formicatafeltje terwijl buiten achter zijn zolderraam de eeuwige regen viel. Op de een of andere manier hadden de tekstberichten van Charlotte hem doen inzien dat hij Robin moest bellen, om met haar in het reine te komen voordat hij vertrok naar Cornwall en naar Joan. Nu had het horen van haar stem, van haar lach, dezelfde uitwerking op hem als altijd: alles leek een klein beetje minder verschrikkelijk.

'Wanneer vertrek je?' vroeg Robin terwijl ze haar ogen droogde.

'Morgen om acht uur. Lucy komt naar het autoverhuurbedrijf. We hebben een jeep gehuurd.'

'Als je maar voorzichtig bent.' Ze had die dag op het nieuws gehoord over de drie mensen die waren omgekomen toen ze ondanks de harde wind en de overstromingen probeerden te reizen.

'Ja. Ik ga niet doen alsof ik niet liever had dat jij zou rijden. Lucy is een bloody ramp achter het stuur.'

'Je hoeft niet meer te slijmen, ik heb je al vergeven.'

'Ik meen het,' zei Strike met een blik op de aanhoudende regen. 'Jij bent, met je cursus verhoogde rijvaardigheid, de enige bij wie ik het niet in mijn broek doe van angst in de auto.'

'Denk je dat het jullie gaat lukken?'

'Waarschijnlijk niet helemaal met de jeep. Maar Polworth staat in de startblokken om ons te redden. Hij heeft de beschikking over speciale bootjes. We moeten nú daarheen, Joan heeft misschien nog maar een paar dagen.'

'Nou, ik zal aan je denken. Ik duim met alles wat ik heb.'

'Bedankt, Robin. Ik hou je op de hoogte.'

Nadat hij had opgehangen bleef ze een poosje zwijgend zitten, genietend van het lichte gevoel dat haar plotseling vervulde. Toen trok ze haar laptop naar zich toe, klaar om hem uit te zetten en te vertrekken voor haar nachtje posten in de Land Rover. Nonchalant, zoals ze misschien nog één keer de dobbelsteen zou hebben laten rollen voordat ze de crapstafel achter zich liet, tikte ze 'Paul Satchwell kunstenaar' in op Google.

> ... **kunstenaar Paul Satchwell** heeft het grootste deel van zijn carrière op het Griekse eiland...

'Wat?' zei Robin hardop, alsof de laptop tegen haar had gepraat. Ze klikte het zoekresultaat aan, waarna de website van Leamington Spa Museum and Art Gallery het scherm vulde. De pagina was net aangemaakt of pas bijgewerkt.

> **Tijdelijke tentoonstelling 3-7 maart 2014**
> **Plaatselijke kunstenaars**

> Nieuw in Leamington Spa Museum and Art Gallery: tijdelijke tentoonstelling van kunstenaars uit de regio Warwickshire. Entree gratis.

Robin scrolde omlaag langs de foto's van diverse kunstenaars, tot ze hem zag.

Het was zonder enige twijfel dezelfde man. Zijn gezicht mocht dan gelooid en gebarsten zijn, zijn tanden geler en zijn dikke krullen witter en dunner, zijn haar hing nog steeds tot op zijn schouders, en zijn openhangende overhemd toonde dik wit borsthaar.

> De in Leamington Spa geboren en in Warwick opgegroeide kunstenaar Paul Satchwell heeft het grootste deel van zijn carrière op het Griekse eiland Kos doorgebracht. Paul, die voornamelijk met olieverf werkt, daagt met zijn Helleens geïnspireerde verkenning van mythen de kijker uit om oerangsten onder ogen te zien en een kritische blik te werpen op vooroordelen. Door het sensuele gebruik van lijnen en kleuren...

44

Huge sea of sorrow, and tempestuous griefe,
Wherein my feeble barke is tossed long,
Far from the hoped hauen of reliefe,
Why does thy cruel billowes beat so strong,
And thy moyst mountaines each on others throng,
Threatning to swallow vp my fearefull lyfe?

Edmund Spenser
The Faerie Queene

De wateroverlast, de regen en de harde wind waren onmiskenbaar echt, maar toch had de strijd van Strike en Lucy om St Mawes te bereiken iets van een merkwaardige droom. Ze wisten allebei dat aan het einde van hun tocht de dood wachtte; beiden waren vastbesloten om, als ze erin slaagden Joan op tijd te bereiken, bij haar te blijven tot ze stierf.

Bomen zwiepten en kraakten terwijl ze over de snelweg raasden. Ze moesten uitwijken voor enorme meren waar voorheen weilanden waren geweest, zodat ze gedwongen werden vele kilometers om te rijden. Twee keer werden ze aangehouden bij een wegversperring en kregen ze van woedende politiemensen te horen dat ze rechtsomkeert moesten maken. Ze zetten door; op zeker moment moesten ze tachtig kilometer afleggen om vijfentwintig kilometer verder te komen, luisterend naar ieder weerbericht op de radio, er steeds zekerder van dat er een punt zou komen waarop ze de jeep zouden moeten achterlaten. De regen geselde de auto, rukwinden trokken de ruitenwissers van het glas van de voorruit, en broer en zus reden om beurten, verbonden door dat ene doel, tijdelijk bevrijd van alle andere zorgen.

Tot Strikes dankbare verrassing had de crisis een andere Lucy onthuld, zoals Joans ziekte een andere Joan naar boven had gehaald. Zijn zus was volledig gefocust op wat er moest gebeuren. Ze reed zelfs anders zonder drie lawaaiige zoontjes op de achterbank, die kibbelden en elkaar begonnen te stompen als de rit langer dan twintig minuten duurde. Hij was vergeten hoe efficiënt en praktisch Lucy kon zijn, hoe geduldig, hoe resoluut. Haar kalme vastberadenheid brak alleen toen ze een impasse bereikten op zo'n vijftig kilometer van St Mawes, waar de weg onbegaanbaar was geworden door overstromingen en omgevallen bomen.

Terwijl Lucy zich snikkend op het stuur liet zakken en haar gezicht in haar armen begroef stapte Strike uit de jeep en ging staan schuilen voor de onophoudelijke regen onder een boom, waar hij van de gelegenheid gebruikmaakte om te roken terwijl hij Dave Polworth belde, die klaarstond om hen te helpen.

'Ja, we dachten al dat jullie daar zouden stranden,' zei Polworth toen Strike hem hun positie had gegeven.

'Wie is "we"?'

'Fuck, Diddy, dacht je dat ik dit alleen kon? Met een uurtje zouden we bij je moeten zijn. Blijf in de auto.'

En een uur later dook Dave Polworth inderdaad zoals beloofd op uit de toenemende duisternis, met vijf andere mannen: twee leden van de plaatselijke reddingsbrigade en drie oude schoolvrienden van Strike. Gestoken in waterdichte pakken, voorzien van lieslaarzen voor de slechtst begaanbare gedeeltes, ontfermden de mannen zich over de bagage van Lucy en Strike. Ze parkeerden de jeep in een zijstraat en de groep ging te voet verder.

Het uiteinde van Strikes stomp schuurde pijnlijk, al lang voordat ze de twee volle uren lopen over drassige grond en glad asfalt achter de rug hadden. Algauw moest hij zich over zijn trots heen zetten en zich aan weerskanten laten ondersteunen door twee van zijn oude schoolmaten. Het was pikdonker toen ze bij de bootjes kwamen die Polworth had geregeld voor het oversteken van de ondergelopen weilanden. Ze gebruikten de riemen afwisselend om te roeien en om zich voort te duwen, en ze navigeerden met behulp van zaklampen en een kompas.

Polworth had al zijn vrienden en bekenden ingezet om de tocht van Lucy en Strike over het door de storm verwoeste schiereiland mogelijk te maken. Ze legden vele kilometers af in een trailer die werd voortgetrokken door een tractor, maar op sommige stukken waren ze gedwongen om door het ijskoude water te waden, waarbij de kleine, tengere Lucy op de rug mocht zitten van de stevigste man van de reddingbrigade.

Vier uur na het achterlaten van de jeep bereikten ze St Mawes. Aan de poort van Ted en Joans huis namen broer en zus met een omhelzing afscheid van hun begeleiders.

'Als je het maar laat,' zei Polworth toen Strike, doodop en met een pijnlijke stomp, onder woorden probeerde te brengen wat eigenlijk niet uit te drukken was. 'Fuck, man, ga naar binnen, waar is dit anders allemaal goed voor geweest?'

Ted, die ze gedurende de reis regelmatig op de hoogte gehouden hadden, begroette hen in pyjamabroek bij de achterdeur. De tranen rolden langs de diepe groeven in zijn verweerde gezicht.

'Ik had nooit gedacht dat het zou lukken,' zei hij steeds weer terwijl hij thee voor hen zette. 'Nóóit gedacht dat jullie het zouden halen.'

'Hoe gaat het met haar?' vroeg de huiverende Lucy toen ze met z'n drieën in de keuken geroosterd brood zaten te eten en hun handen om bekers thee vouwden.

'Ze heeft vandaag een paar hapjes soep gegeten,' zei Ted. 'Ze is nog... Ze slaapt veel. Maar als ze wakker is, vindt ze het fijn om te praten. Och, wat zal ze blij zijn om jullie hier te hebben...'

En zo begonnen de dagen die net zo vreemd aanvoelden als hun reis, als een periode die buiten de tijd geplaatst was. Aanvankelijk liet Strike zijn prothese voor wat die was, want het uiteinde van zijn stomp was rauw na de pijnlijke noodsituaties onderweg. Hij bewoog zich in het kleine huisje voort door op één been te hopsen en steun te zoeken bij rugleuningen van stoelen en aan de muur. Hij las en beantwoordde Robins mail over werk, maar haar nieuws leek afkomstig van een plek die veel verder weg was dan Londen.

Joan was nu teer en frêle als een vogeltje, haar botten zichtbaar door haar doorschijnende huid. Ze had duidelijk gemaakt dat ze thuis wilde sterven, niet in het ziekenhuis in Truro, dus lag ze, klein en gekrompen, in het grote tweepersoonsbed dat de slaapkamer domineerde, een bed dat was aangeschaft met het oog op Teds grote lijf toen hij nog lang, fit en gespierd was en bij de militaire politie zat, en later een trouw medewerker werd van de plaatselijke reddingsbrigade.

Overdag zaten Strike, Ted en Lucy om beurten aan Joans bed, want of ze nu wakker was of sliep, ze vond het een prettig idee dat steeds een van hen dicht bij haar was. Kerenza kwam 's morgens en 's middags, en dat waren de enige keren dat haar familie de kamer verliet. Joan kon geen pillen of drankjes meer innemen, dus begon Kerenza met het injecteren van de morfine. Strike wist dat ze zijn tante waste en haar hielp met de wat persoonlijker handelingen; door de langdurige herstelperiode na zijn amputatie had hij geen enkele illusie meer over het werk van verpleegkundigen. Aardig, efficiënt en humaan als ze was, was Kerenza een van de weinige mensen die Strike met plezier in de tochtige keuken uitnodigde.

En toch hield Joan vol. Drie dagen na hun komst, vier dagen: ze sliep vrijwel onafgebroken, maar klampte zich nog altijd vast aan het leven.

'Het komt door jullie,' zei Ted. 'Ze wil niet gaan als jullie er zijn.'

Strike zag inmiddels vreselijk op tegen de stiltes, die te omvangrijk waren om gevuld te worden door mensenstemmen. Zijn zenuwen stonden strak van het constante getinkel van theelepeltjes in koffie en thee, gezet om iets te doen te hebben, van de tranen die oom Ted plengde als hij dacht dat niemand het zag, en de gefluisterde vragen van goedbedoelende buren.

Op de vijfde dag kwam Lucy's man Greg met hun drie zoontjes. De echtelieden hadden overlegd of het wel verstandig was om de jongens van school te halen en een reis te ondernemen die risicovol bleef, ook al was het noodweer eindelijk voorbij, maar Lucy kon hun afwezigheid niet langer verdragen. Toen Greg voor het huis stopte holden de jongens de auto uit naar hun moeder en het hele gezin klampte zich aan elkaar vast terwijl Strike en Ted toekeken, verenigd in hun alleen-zijn, de ongetrouwde man en de bijna-weduwnaar. De jongens werden meegenomen naar Joans kamer, waar ze voor hen allemaal een glimlach kon opbrengen. Naderhand was zelfs Luke stil en gedwee, en Jack moest huilen.

Nu beide logeerkamers nodig waren voor de nieuwkomers ging Strike zonder morren weer op de bank slapen.

'Je ziet er belabberd uit,' liet Polworth hem botweg weten op de zesde dag, en Strike, die ieder uur wakker was geworden op de paardenharen bank, voelde het zelf ook. 'Laten we een pint gaan pakken.'

'Mag ik mee?' vroeg Jack hoopvol. Hij had de neiging om steeds bij Strike in de buurt te blijven hangen in plaats van bij zijn vader wanneer Lucy boven bij Joan zat.

'Alleen als je vader het goedvindt,' zei Strike.

Greg, die door de tuin liep met zijn telefoon aan zijn oor en zich probeerde te concentreren op een telefonische vergadering met zijn kantoor in Londen terwijl Luke en Adam om hem heen aan het voetballen waren, stak zijn duim op om toestemming te geven.

Dus liepen Strike, Polworth en Jack samen St Mawes in. De hemel was donker en de wegen waren nog nat, maar de wind was eindelijk gaan liggen. Toen ze bij het strand kwamen ging Strikes mobiel. Hij nam al lopend op.

'Strike.'

'Met Shanker. Heb je bericht ontvangen.'

'Mijn bericht van tien dagen geleden.'

'Ik had het druk, ondankbare hond.'

'Sorry.' Strike wuifde om de twee anderen aan te geven dat ze moesten doorlopen en bleef staan bij de pier, waar hij uitkeek over de groengrijze zee en de heiige horizon.

'Ik heb wat rondgeneusd. Je zult er nooit achter komen wie die meid was, Bunsen. Op de film. Niemand weet het. Maar ze moet wel iets heel heftigs gedaan hebben om zo te eindigen.'

'Je bedoelt dat het haar verdiende loon was,' zei Strike met een blik op de gladde zee. Het leek nu onmogelijk dat het water zoveel geweld had kunnen aanrichten in het stadje.

'Ik zeg niet dat ze het verdíénde... ik zeg alleen dat zoiets als dit niet de gewoonte van Mucky Ricci was,' zei Shanker ongeduldig. 'Zeg, zit je in een isoleercel?'

'Hè?'

'Waar ben je, man? Ik hoor geen enkel fucking geluid.'

'In Cornwall.'

Even verwachtte Strike dat Shanker zou vragen waar dat lag. Hij wist indrukwekkend weinig van het gebied dat voorbij Londen lag.

'Wat moet jij nou in fucking Cornwall?'

'Mijn tante ligt op sterven.'

'O, shit. Sorry.'

'Waar is hij nu?'

'Wie?'

'Ricci.'

'Hij zit in een tehuis. Dat zei ik toch.'

'Oké. Bedankt voor je moeite, Shanker.'

Dit was misschien wel de allereerste keer dat Shanker degene was die riep dat Strike niet moest ophangen. 'Ho! Wacht!'

'Wat?' Strike bracht de mobiel weer naar zijn oor.

'Waarom wil je weten waar hij is? Jij gaat niet met Ricci praten. Het is klaar.'

'Ik ben nog niet klaar.' Strike kneep zijn ogen tot spleetjes tegen de zeebries. 'Ik weet nog steeds niet wat er met de dokter is gebeurd.'

'Rot op, man. Wil je een fucking kogel door je kop?'

'Tot kijk, Shanker,' zei Strike, en voordat zijn oude vriend nog iets kon zeggen, verbrak hij de verbinding en zette zijn telefoon op stil.

Polworth zat al met Jack aan een tafeltje toen Strike de Victory binnenkwam. Er stonden twee grote glazen bier en een cola tussen hen in.

'Ik zeg net tegen Jack,' zei Polworth tegen Strike toen de detective ging zitten, 'dat dít zijn stamkroeg is. Hè, Jack?'

Jack knikte stralend.

'Een pub op vijfhonderd kilometer van waar hij woont?'

'Hij is geboren in Cornwall. Dat heeft hij me net verteld.'

Het gezin had bij Ted en Joan gelogeerd toen Lucy een maand te vroeg weeën kreeg. Jack was geboren in hetzelfde ziekenhuis in Truro als Strike.

'En je bent een Nancarrow van moederskant,' zei Polworth tegen Jack, die enorm genoot van Polworths goedkeuring. 'Dus ben je een echte Cornishman, geboren en getogen.' Polworth richtte zich tot Strike. 'Wie was die marktventer aan de telefoon? We konden zijn Cockneygeratel een kilometer verderop horen.'

'Hij heet Shanker,' zei Strike. 'Ik heb je wel eens over hem verteld. Mijn moeder heeft hem ooit van de straat geschraapt toen hij was neergestoken. Hij heeft ons geadopteerd.' Strike nam een slok van zijn bier en vroeg zich af of het zou klikken tussen Polworth en Shanker, in het onwaarschijnlijke geval dat ze elkaar ooit zouden ontmoeten. Ze kwamen Strike voor als stukjes van twee totaal verschillende legpuzzels; het had geen zin om te proberen ze te verbinden.

Bij het woord 'neergestoken' gluurde Polworth even naar Jack, maar Strike zette zijn glas neer en zei: 'Maak je om hem maar geen zorgen, hij wil later bij de rode baretten, net als Ted en ik.'

Jack straalde weer. Hij had het geweldig naar zijn zin. 'Mag ik een slokje bier?' vroeg hij aan zijn oom.

'Er zijn grenzen,' zei Strike.

'Moet je dit zien,' zei Polworth, wijzend naar een bladzijde in de krant die hij had gepakt. 'Westminster probeert de Schotten de wet voor te schrijven, dat stelletje...'

Strike schraapte zijn keel. Jack giechelde.

'Sorry,' zei Polworth. 'Maar kom op nou. Zeggen dat ze het pond niet mogen houden als ze stemmen voor onafhankelijkheid? Natuurlijk houden ze het pond. Het is in ieders belang...'

De volgende tien minuten ratelde hij door over klein nationalisme, met de voor de hand liggende argumenten voor de onafhankelijkheid van zowel Schotland als Cornwall; je moest wel een idioot zijn om daarop tegen te zijn. Toen Jack glazig voor zich uit begon te kijken bracht Strike, als laatste redmiddel, het gesprek met wat moeite weer op voetbal. Arsenal had, zoals hij al had voorzien, verloren van titelverdediger Bayern München, en hij twijfelde er niet aan dat de return het er niet beter op zou maken. Ted en hij hadden de wedstrijd samen gekeken en hadden beiden hun best gedaan om zich te gedragen alsof de uitslag hen interesseerde. Strike gaf Polworth de ruimte voor een kritische opmerking over de overtreding waarvoor de keeper van Arsenal van het veld was gestuurd, en daarmee was het onderwerp politiek gelukkig van tafel.

Strike dacht aan Polworth toen hij later die avond in het donker op de paardenharen bank lag en weer niet kon slapen. Zijn vermoeidheid had nu iets koortsachtigs, wat nog werd versterkt door de pijn in zijn lijf, de voortdurende inspanning die het kostte om hier te zijn, in dit veel te volle huis, in afwachting van het moment dat dat tengere lichaam boven het opgaf.

In die vage toestand tolde er een wirwar aan ideeën door Strikes hoofd. Hij dacht aan categorieën en grenzen: soms willen we zelf grenzen stellen en die aan anderen opleggen, terwijl we er in andere gevallen juist aan willen ontkomen of ze ongedaan willen maken. Hij dacht aan de fanatieke glinstering in Polworths ogen toen die had gepleit voor de striktere grens tussen zijn land en de rest van Engeland. Strike viel in slaap met de gedachte aan de schijngroeperingen van de astrologie, en hij droomde over Leda die haar tarotkaarten legde in de commune in Norfolk van lang geleden.

Om vijf uur werd hij gewekt door zijn eigen pijnlijke lichaam. In de wetenschap dat Ted ook zo wakker zou zijn stond hij op en kleedde zich aan, klaar om het waken van zijn oom over te nemen wanneer die ging ontbijten.

En inderdaad, zodra Ted Strikes voetstappen hoorde op de gang beneden, kwam hij in zijn ochtendjas de slaapkamer uit.

'Ik heb thee voor je gezet,' fluisterde Strike. 'Er staat een pot in de keuken. Ik ga wel bij haar zitten.'

'Je bent een goeie jongen.' Ted gaf een klopje op zijn arm. 'Ze slaapt nu, maar ik heb om vier uur even met haar gepraat. Ze had in dagen niet zoveel gezegd.'

Het gesprek met zijn vrouw leek hem opgebeurd te hebben. Hij ging naar beneden voor zijn thee en Strike sloop de vertrouwde kamer binnen, waar hij zijn positie innam in de harde, rechte stoel naast Joan.

Het behang was, voor zover Strike wist, nooit vervangen sinds Joan en Ted hier waren komen wonen, in hun enige thuis sinds Teds vertrek uit het leger, in het stadje waar ze allebei waren opgegroeid. Ted en Joan leken niet te zien dat het huis in die tientallen jaren sjofel was geworden; hoe overdreven schoon en netjes Joan alles ook hield, ze had de woning één keer ingericht en leek nooit enige noodzaak te hebben gezien om ook maar iets te veranderen aan het interieur. Het behang had een patroontje van bundeltjes paarse bloemen, en Strike kon zich nog herinneren dat hij de geometrische vormen daartussen met zijn vingers als klein jochie had gevolgd wanneer hij 's morgens vroeg bij Ted en Joan in bed kroop, als ze allebei nog slaap hadden en hij wilde ontbijten en zin had om naar het strand te gaan.

Twintig minuten nadat hij was gaan zitten deed Joan haar ogen open en keek Strike aan, zo uitdrukkingsloos dat hij dacht dat ze hem niet meer kende.

'Ik ben het, Joan,' zei hij zacht, en hij schoof zijn stoel wat dichter naar haar bed toe en deed de lamp met de franjes aan. 'Corm. Ted is even ontbijten.'

Joan glimlachte. Haar hand was nu een klauwtje. De vingers bewogen schokkerig. Strike pakte haar hand. Ze zei iets wat hij niet kon verstaan, en hij bracht zijn hoofd dichter bij haar gezicht.

'Wat zei je?'

'Je bent... een fijne man.'

'Nou, dat weet ik niet, hoor,' mompelde Strike. Hij hield haar hand heel losjes vast, bang om er druk op uit te oefenen. De *arcus senilis* rond de irissen van haar lichte ogen maakte het blauw fletser dan ooit. Hij dacht aan al die keren dat hij haar had kunnen bezoeken en het niet had gedaan. Al die gemiste kansen om te bellen. Alle keren dat hij haar verjaardag was vergeten.

'... mensen helpen...'

Ze keek hem aan, met een uiterste inspanning, en fluisterde: 'Ik ben trots op je.'

Hij wilde iets zeggen, maar zijn keel zat dichtgeschroefd. Na een paar tellen zag hij haar oogleden zakken.

'Ik hou van je, Joan.' De woorden kwamen er zo schor uit dat ze bijna onhoorbaar waren, maar hij meende haar te zien glimlachen toen ze wegzakte in een slaap waaruit ze nooit meer zou ontwaken.

45

Of auncient time there was a springing well,
from which fast trickled forth a siluer flood,
full of great vertues, and for med'cine good.

Edmund Spenser
The Faerie Queene

Robin was nog op kantoor toen Strike die avond belde met het nieuws dat Joan gestorven was.

'Het spijt me voor jullie, maar ik denk dat ik hier moet blijven tot de uitvaart is geregeld. Er moet veel gebeuren en Ted is kapot van verdriet.'

Hij had Ted en Lucy zojuist verteld over Joans plan voor haar afscheid, waarna ze allebei in snikken waren uitgebarsten aan de keukentafel. Ted huilde om de schrijnende gedachte dat zijn vrouw dit had geregeld om het hem makkelijker te maken, zoals ze dat in hun huwelijk vijftig jaar lang had gedaan, en om het nieuws dat zij de wens had gehad te eindigen in zee en daar op hem te wachten. Lucy plengde haar tranen vanwege het mislopen van een graf dat ze had gehoopt te bezoeken en onderhouden. Lucy was iemand die haar dagen vulde met vrijwillige verplichtingen, die haar leven vorm en een doel gaven; ze was vastbesloten nooit zo te worden als haar onberekenbare biologische moeder.

'Geen probleem,' stelde Robin hem gerust. 'Wij redden het hier prima.'

'Zeker weten?'

'Heel zeker.'

'Ze hebben bij het crematorium een achterstand door de overstromingen. De uitvaart is onder voorbehoud op 3 maart.'

Dat was de dag die Robin wilde doorbrengen in Leamington Spa, om de opening van Paul Satchwells tentoonstelling bij te wonen. Dat vertelde ze Strike niet; ze merkte dat hij op dat moment weinig ruimte in zijn hoofd had voor zaken die niet met Joan en zijn leven in Cornwall te maken hadden.

'Maak je maar geen zorgen. Gecondoleerd nog, Cormoran.'

'Bedankt. Ik was vergeten hoe dat is, een uitvaart plannen. Ik heb al één keer scheidsrechter moeten spelen bij een meningsverschil.'

Nadat hij Joans plannen voor haar afscheid met hen had gedeeld en Lucy en Ted hun tranen hadden gedroogd, had Ted voorgesteld om aan de aanwezigen een bijdrage te vragen voor het kankerfonds in plaats van bloemen.

'... maar toen zei Lucy dat Joan bloemen gewild zou hebben,' vertelde Strike aan Robin. 'Dus stelde ik voor om de mensen zelf te laten kiezen. Maar Ted zegt dat ze het dan allebéí gaan doen en dat ze dat niet kunnen betalen, maar fuck, jammer dan. Lucy heeft gelijk, Joan zou inderdaad bloemen gewild hebben, hoe meer hoe liever. Daarop beoordeelde ze de begrafenissen van anderen altijd.'

Nadat ze afscheid hadden genomen bleef Robin nog een poos aan het grote bureau zitten, en ze vroeg zich af of het gepast zou zijn om namens de zaak bloemen te sturen voor de uitvaart van Strikes tante. Ze had Joan nooit ontmoet en was bang dat het raar zou staan, of opdringerig, om haar medeleven te betuigen. Ze dacht aan vorige zomer, toen ze Strike had aangeboden hem op te halen bij Joan thuis en hij haar snel had afgekapt, om zoals altijd een grens te trekken tussen Robin en zijn privéleven.

Geeuwend sloot ze de computer af, borg het afgeronde dossier over Ansichtkaart op dat ze had bijgewerkt en stond op om haar jas te pakken. Toen, alsof ze reageerde op een onhoorbaar commando, liep ze terug het kantoor in, zette de computer weer aan en bestelde, voor ze weer aan zichzelf kon gaan twijfelen, een boeket donkerroze rozen, die ze op 3 maart liet bezorgen bij de kerk van St Mawes, met op het kaartje de tekst: 'Met innige deelneming van Robin, Sam, Andy, Saul en Pat.'

De rest van de maand werkte ze zonder onderbreking door. Ze hield een laatste bespreking met de gestalkte weerman en zijn vrouw, waarbij ze de identiteit van Ansichtkaart onthulde, haar echte naam en adres doorgaf en hun laatste betaling in ontvangst nam. Daarna liet ze Pat contact opnemen met hun cliënt van de wachtlijst, de effectenmakelaar die haar echtgenoot ervan verdacht het bed te delen met de nanny, en de volgende dag ontving ze de vrouw op kantoor om haar gegevens te noteren en een aanbetaling in ontvangst te nemen.

De effectenmakelaar deed geen moeite haar teleurstelling te verbergen over het feit dat ze Robin te spreken kreeg in plaats van Strike. Het was een magere, kleurloze blondine van tweeënveertig met te veel highlights in het haar, dat van dichtbij de textuur had van dun touw. Robin vond haar onsympathiek tot het einde van het gesprek, toen ze vertelde over haar man, wiens bedrijf failliet gegaan was en die nu vanuit huis werkte, zodat hij vele lange uren alleen was met de nanny.

'Veertien jaar,' zei de effectenhandelaar. 'Veertien jaar, drie kinderen, en nu...' Ze sloeg haar trillende handen voor haar ogen en Robin, die sinds de middelbare school met Matthew samen was geweest, voelde ondanks de kille façade van de vrouw onverwacht een warme gloed van medeleven.

Nadat de cliënt was vertrokken riep Robin Morris bij zich en gaf hem de opdracht als eerste de nanny een dag lang te volgen.

'Okidoki. Hé, zullen we deze klant "RB" noemen?'

'Waar staat dat voor?'

'Rich Bitch,' antwoordde Morris grijnzend. 'Ze barst van de poen.'

'Nee,' antwoordde Robin met een strak gezicht.

'Oeps.' Morris trok zijn wenkbrauwen op. 'Gaan we feministisch doen?'

'Zoiets.'

'Oké, wat zeg je van...?'

'We noemen haar mevrouw Smith, naar de straat waar ze wonen,' zei Robin koeltjes.

De dagen daarna schaduwde Robin regelmatig de nanny, een vrouw met glanzend bruin haar die haar een beetje deed denken aan Strikes ex Lorelei. De kinderen van de effectenmakelaar leken in ieder geval dol te zijn op hun oppas, en hun vader ook, vreesde Robin. Al raakte hij haar niet één keer op amoureuze wijze aan, hij vertoonde alle tekenen van een hopeloos verliefde man: lichaamstaal spiegelen, buitensporig lachen om haar grappen, haastig deuren en poorten voor haar openhouden.

Een paar avonden later doezelde Robin enkele seconden weg achter het stuur terwijl ze naar het huis van Elinor Dean in Stoke Newington reed. Zodra ze wakker schrok zette ze de radio aan en deed het raampje open, waardoor ze tranen in haar ogen kreeg van de koude, donkere nachtlucht, maar het voorval maakte haar bang. De dagen daarna verhoogde ze haar cafeïneconsumptie, in de hoop dat ze daarvan wakker zou blijven. Ze werd er enigszins schrikachtig van en kon moeilijk in slaap komen bij de zeldzame gelegenheden dat ze daar wél de kans toe kreeg.

Robin was altijd net zo zuinig geweest met geld van de zaak als Strike zelf: ze behandelde iedere penny die werd uitgegeven alsof die van haar eigen salaris werd afgetrokken. Die spaarzaamheid had ze behouden, ook al hoefden ze voor het voortbestaan van het bureau niet langer klanten om een voorschot te vragen voordat de laatste herinneringen van hun eigen rekeningen binnenkwamen. Robin was zich er maar al te zeer van bewust dat Strike voor zichzelf heel weinig geld uit de zaak haalde; hij stak de winst liever meteen weer in het bureau. Hij bleef spartaans in de twee kamertjes boven kantoor wonen en er waren maanden dat zij, als partner met een vast salaris, meer geld mee naar huis nam dan hij als senior partner en oprichter van het bedrijf.

Dat alles droeg bij aan haar schuldgevoel toen ze voor zichzelf een kamer boekte bij de Premier Inn in Leamington Spa voor de zondagnacht voorafgaand aan Satchwells tentoonstelling. Het was maar twee uur rijden naar het stadje, en Robin wist best dat ze ook op maandag vroeg had kunnen opstaan in plaats van ter plaatse te overnachten. Maar ze was zo afgepeigerd dat ze bang was opnieuw achter het stuur in slaap te vallen.

Ze praatte de hotelkamer voor zichzelf goed door vierentwintig uur voor de opening van de tentoonstelling van huis te gaan, zodat ze de tijd had om de kerk te bekijken waar Margot een week na haar verdwijning gezien zou zijn. Ze nam kopieën mee van alle bladzijden in Talbots horoscoopaantekeningen waarop de naam Paul Satchwell voorkwam, met de bedoeling die in alle rust te bekijken op haar hotelkamer. Ze voegde er een tweedehands exemplaar van *Your Place in the Sun* van Evangeline Adams aan toe, een ongeopend pak tarotkaarten en *Het boek van Thoth*. Ze had Strike niets verteld over de aankoop van dat alles en was niet van plan er iets van te declareren.

Hoeveel ze ook van Londen hield, soms smachtte de in Yorkshire geboren Robin naar bomen, woeste heide en heuvels. Haar rit over de nietszeggende M40, langs gehuchten en dorpen met archaïsche namen als Middleton Cheney, Temple Herdewyke en Bishop's Itchington, bood haar zo nu en dan een glimp van vlakke groene akkers. De koele, vochtige dag droeg een welkome vleug lente met zich mee, en in de onderbrekingen tussen de witte wolkenslierten scheen de zon hard en fel en werd de oude Land Rover gevuld met een licht dat van Robins spiegelbeeld in het stoffige raampje naast haar een bleek, grauw spook maakte. Ze moest nodig de auto wassen; al die kleine, persoonlijke klusjes stapelden zich op nu ze nonstop voor het bureau aan het werk was. Haar moeder bellen bijvoorbeeld, nadat ze haar telefoontjes al een hele poos had genegeerd, en haar advocaat, die een bericht had ingesproken over de ophanden zijnde mediation; bovendien moest ze dringend haar wenkbrauwen epileren, platte schoenen kopen en haar helft van de gemeentebelasting overmaken naar Max.

Terwijl de hagen langs de weg voorbijflitsten schakelde Robin bewust over van deze somber stemmende alledaagse gedachten naar Paul Satchwell. Ze betwijfelde of ze hem zou aantreffen in Leamington Spa, want ze kon zich niet voorstellen waarom een man van vijfenzeventig zijn huis op Kos zou verlaten om een kunstgalerie in de provincie te bezoeken. Satchwell had zijn schilderijen waarschijnlijk opgestuurd vanuit Griekenland of toestemming gegeven om ze tentoon te stellen. Waarom zou hij weggaan uit een villa die in Robins verbeelding oogverblindend witte muren en een atelier tussen de olijfbomen had? Haar plan was om te doen alsof ze belangstelling had om een schilderij van hem te kopen, en op die manier aan zijn adres te komen. Heel even stond ze zichzelf een fantasietje toe waarin ze samen met Strike naar Griekenland vloog om de oude kunstenaar te ondervragen. Ze stelde zich voor dat bij het uitstappen uit het vliegtuig in Athene de warmte hun in het gezicht zou slaan alsof er een ovendeur werd opengetrokken, en ze zag zichzelf al in een jurkje en op sandaaltjes over een stoffig pad naar Satchwells voordeur lopen. Maar toen haar verbeelding haar Strike in korte broek toonde, met de metalen onderbeenprothese vol in het zicht, sloot ze de fantasie af voordat ze het strand bereikten, of het hotel.

Aan de rand van Leamington Spa volgde ze de borden naar de All Saints-kerk, de enige mogelijke kandidaat voor de plek waar Charlie Ramage Margot gezien zou hebben. Janice had het gehad over een grote kerk, en de All Saints was een toeristische attractie vanwege zijn omvang. Geen van de andere kerken in Leamington Spa had een eigen kerkhof. Bovendien lag de All Saints pal op de route van eenieder die vanuit Londen noordwaarts reisde. Hoewel Robin zich moeilijk kon voorstellen waarom Margot grafstenen bekeken zou hebben in Leamington Spa terwijl haar man in de landelijke pers smeekte om informatie over haar verblijfplaats, en terwijl haar in Leamington geboren geliefde in Londen was achtergebleven, had ze het vreemde gevoel dat ze beter zou kunnen inschatten of Margot hier ooit was geweest als ze de kerk met eigen ogen bekeek. De vermiste arts was voor Robin echt gaan leven.

Ze slaagde erin een parkeerplek te bemachtigen op Priory Terrace, pal naast de kerk, waar ze vervolgens omheen liep en waar ze zich verwonderde over de omvang van het bouwwerk. Het was verbluffend groot voor een relatief klein stadje en leek eigenlijk meer op een kathedraal, met die hoge boogramen. Toen ze rechts afsloeg naar Church Street merkte ze het toeval op van de straatnaam die zoveel op Margots huisadres leek. Aan haar rechterhand vormde een laag muurtje met een ijzeren hek erop de ideale plek om een motorfiets te parkeren en een beker thee uit een thermosfles te drinken, met uitzicht op het kerkhof.

Alleen was er geen kerkhof. Robin bleef abrupt stilstaan. Ze zag maar twee grafstenen, verhoogde rechthoeken van steen waarvan de inscripties geërodeerd waren. Verder was er alleen een lap gras die werd doorkruist door twee voetpaden.

'Er is een bom op gevallen.'

Een moeder met een dubbele wandelwagen met daarin twee slapende jongetjes, een tweeling, kwam met een opgewekt gezicht Robins kant op gelopen. Ze had haar plotselinge stop correct geïnterpreteerd.

'Echt waar?'

'Ja, in 1940.' De vrouw ging langzamer lopen. 'Luftwaffe.'

'Jee. Afschuwelijk.' Robin stelde zich de getroffen aarde voor, de kapotte grafstenen en misschien wel stukken doodskist en botten.

'Ja, maar die twee zijn niet geraakt.' De vrouw wees naar de oude graven in de schaduw van een taxus. Een van de peuters rekte zich even uit in zijn slaap en zijn oogleden bewogen snel. Met een komische grimas naar Robin liep de vrouw met ferme pas bij haar vandaan.

Robin betrad het afgebakende terrein dat eens een kerkhof was geweest, keek om zich heen en vroeg zich af wat ze nu van Ramages verhaal moest denken. Er was hier geen kerkhof geweest in 1974, toen hij Margot tussen de graven beweerde te hebben zien lopen. Of was de intacte begraafplaats erbij verzonnen door Janice Beattie toen zij hoorde dat Margot naar graven had gekeken? Robin draaide zich om naar de twee tombes die het bombardement hadden overleefd. Als Margot die had staan bekijken, had ze zich op hooguit twee meter afstand moeten bevinden van een eventuele motorrijder die naast de kerk stond.

Robin legde haar handen op de koude zwarte spijlen die moesten voorkomen dat nieuwsgierigen de graven aanraakten, en ze keek aandachtig naar de grafstenen. Wat kon Margot daarin aangetrokken hebben? De inscripties in de met mos begroeide stenen waren vrijwel onleesbaar. Robin hield haar hoofd schuin in een poging ze te ontcijferen.

Verbeeldde ze zich het nou of stond daar *Virgo*, de Latijnse naam voor Maagd? Misschien had ze te veel tijd besteed aan de horoscoopaantekeningen van Talbot. Hoe langer ze ernaar keek, hoe meer de naam op 'Virgo' leek.

Robin associeerde het sterrenbeeld tegenwoordig met twee mensen: haar bijna-ex-echtgenoot Matthew en Dorothy Oakden, de weduwe die als secretaresse had gewerkt in de praktijk van Margot. Robin was zo bedreven geraakt in het lezen van Talbots aantekeningen dat ze als vanzelf *Dorothy* hoorde in haar hoofd wanneer ze naar het Virgo-teken keek. Nu pakte ze haar telefoon erbij, zocht de grafsteen op en was er tamelijk zeker van dat ze het zich niet inbeeldde: dit was de laatste rustplaats van James Virgo Dunn.

Maar waarom zou dat interessant zijn geweest voor Margot? Robin scrolde langs een genealogiesite van de families Virgo en Dunn en kwam te weten dat de man wiens beenderen op nog geen meter afstand van haar tot stof waren vergaan was geboren in Jamaica, waar hij de eigenaar was geweest van zesenveertig slaven.

'Met jou hoeven we geen medelijden te hebben,' mompelde Robin terwijl ze haar telefoon weer in haar zak stopte, en ze liep om de kerk heen naar de voorkant, tot ze bij de grote toegangsdeur van eikenhout met ijzer kwam. Toen ze de stenen trap op liep, hoorde ze zacht gezang. Ach, natuurlijk: het was zondagochtend.

Na een korte aarzeling deed ze zo stilletjes als ze kon de deur open en gluurde naar binnen. Het was een immense, sombere ruimte, met kille parabolen van grijze steen, en dertig meter koude lucht tussen de kerkgangers en het plafond. Een kerk van deze immense omvang had ongetwijfeld noodzakelijk geleken in de Regencyperiode, toen drommen mensen naar het kuuroord waren getrokken om van het bronwater te drinken, maar de hedendaagse kerkgangers konden de ruimte op geen stukken na vullen. Een dienaar in een zwarte pij keek naar haar om en Robin glimlachte verontschuldigend, deed zachtjes de deur weer dicht en liep het trottoir op, waar een groot, modern stalen beeld van een soort kronkel met een spiraal blijkbaar de medicinale bron moest voorstellen waar het stadje omheen was gebouwd.

Een nabijgelegen pub opende juist zijn deuren. Robin had zin in koffie, dus ze stak de weg over en liep de Old Library in.

De zaak was groot, maar nauwelijks minder somber dan de kerk, ingericht met voornamelijk bruintinten. Ze haalde een kop koffie en ging in een afgelegen hoekje, waar niemand haar kon observeren, zitten mijmeren. De glimp die ze had opgevangen van de binnenkant van de kerk had niets opgeleverd. Margot was atheïst geweest, maar kerken behoorden tot de weinige plekken waar mensen ongestoord konden nadenken. Was het mogelijk dat Margot zich aangetrokken had gevoeld tot de All Saints door eenzelfde vage, ontluikende behoefte die Robin ooit naar een onbekende begraafplaats had gedreven, waar ze op een houten bankje had nagedacht over de hachelijke staat van haar huwelijk?

Ze zette haar koffiekopje neer, maakte de messengerbag die ze had meegebracht open en haalde de stapel kopieën eruit. Nadat ze ze had gladgestreken keek ze terloops op naar de twee mannen die net hadden plaatsgenomen aan een nabijgelegen tafeltje. Degene die met zijn rug naar haar toe zat was lang en breed en had donkere krulletjes, en voordat ze zichzelf kon voorhouden dat het Strike niet kon zijn omdat die in St Mawes zat, ging er even een huivering van vreugde door haar heen.

De onbekende leek gevoeld te hebben dat Robin naar hem keek, want hij draaide zich om voordat ze haar blik kon afwenden. Ze zag vluchtig zijn ogen, zo blauw als die van Morris, en een slappe kin en een kort nekje. Ze boog snel het hoofd om naar de horoscoopaantekeningen te kijken, en ze voelde dat ze rood werd en kon zich opeens niet meer concentreren op de kriebelige tekeningen en symbooltjes voor haar.

Ze werd overspoeld door een enorme golf schaamte, totaal niet in proportie met het vangen van de blik van een vreemde. Ergens diep in haar binnenste gloeiden de laatste vonken van haar enthousiasme bij de gedachte dat ze Strike had gezien nog eens op en doofden toen.

Je had het gewoon even verkeerd gezien, hield ze zichzelf voor. Niks om je druk over te maken. Rustig maar.

Maar in plaats van de aantekeningen te lezen sloeg Robin haar handen voor haar gezicht. In deze onbekende pub, haar weerstand verlaagd door de vermoeidheid, besefte ze dat ze het afgelopen jaar de vraag wat ze nu echt voor Strike voelde uit de weg gegaan was. Ze was te druk bezig geweest zich los te maken van Matthew, te wennen aan een nieuwe flat en een nieuwe huisgenoot, het afweren en aanpakken van de angsten en oordelen van haar ouders, de voortdurende ongewenste toenaderingspogingen van Morris en het ontwijken van Ilsa's gekmakende koppelpogingen. Bovendien had ze twee keer zo hard gewerkt als voorheen, waardoor het gemakkelijk was geweest om nergens anders aan te denken, zelfs niet aan de precaire vraag wat ze nu werkelijk voelde voor Cormoran Strike.

Nu, in een hoekje van deze armetierige pub, waar verder geen enkele afleiding was, betrapte Robin zich erop dat ze terugdacht aan de avonden tijdens haar huwelijksreis, toen ze door het witte zand had geijsbeerd terwijl Matthew in bed lag en ze zichzelf streng de vraag had gesteld of ze verliefd was op de man die toen nog haar baas was geweest, niet haar zakenpartner. Ze had een diepe geul uitgesleten in het strand terwijl ze in het donker op en neer liep, had uiteindelijk besloten dat het antwoord nee was en dat wat ze voor hem voelde een mengeling was van vriendschap, bewondering en dankbaarheid omdat hij haar de kans had gegeven de carrière op te bouwen waarvan ze vroeger had gedroomd en waarvan ze had gedacht dat die niet voor haar was weggelegd. Ze mocht haar partner graag, ze bewonderde hem, ze was hem dankbaar. Meer niet. Dat was alles.

Alleen... herinnerde ze zich ook hoeveel vreugde het haar had bezorgd om hem na een week afwezigheid te zien zitten bij Notes Café, en hoe blij ze altijd was, onder welke omstandigheden dan ook, als ze Strikes naam zag oplichten op haar telefoon.

Ze werd nu bijna bang en dwong zichzelf eraan te denken hoe verdomd irritant Strike kon zijn: chagrijnig, onmededeelzaam en ondankbaar, en hij was, met zijn gebroken neus en de stugge krulletjes die hij zelf 'schaamhaar' noemde, lang niet zo knap als Matthew, of zelfs Morris...

Maar hij was haar beste vriend. Die bekentenis, lange tijd angstvallig op afstand gehouden, veroorzaakte een haast pijnlijke steek in Robins hart, niet in het minst omdat ze wist dat ze het onmogelijk tegen Strike zou kunnen zeggen. Ze zag al voor zich hoe hij er als een opgeschrikte bizon vandoor zou gaan na zo'n openlijke uiting van affiniteit, om vervolgens de muur die hij graag om zich heen optrok wanneer ze per ongeluk te dicht bij elkaar kwamen nog eens te verdubbelen. Toch was het ook een soort opluchting om de pijnlijke waarheid toe te geven: ze gaf heel veel om haar partner. Ze vertrouwde hem als het op belangrijke zaken aankwam: hij deed altijd het juiste om de juiste reden. Ze bewonderde zijn scherpe denkvermogen en waardeerde zijn volharding, om nog maar te zwijgen van zijn zelfdiscipline, die extra bewonderenswaardig was omdat genoeg mannen met een ongeschonden lichaam die nooit hadden kunnen opbrengen. Ze stond vaak versteld van zijn vrijwel totale gebrek aan zelfmedelijden. Ook heel mooi vond ze zijn hang naar rechtvaardigheid, die ze met hem deelde, die onwrikbare vastberadenheid om lastige kwesties op te lossen.

En er was nog iets, iets heel ongebruikelijks. Ze had zich in Strikes buurt niet één keer fysiek ongemakkelijk gevoeld. Ze zaten samen op kantoor, lange tijd als de enige twee medewerkers van het detectivebureau, en hoewel Robin lang was, was hij een stuk groter dan zij, maar dat gevoel had hij haar nooit gegeven, zoals veel andere mannen dat wel deden, niet eens in een poging haar te intimideren, maar omdat ze graag pronkten, als een pauw die zijn staart opzet. Matthew had zich er niet overheen kunnen zetten dat Strike en zij constant samen waren, in dat kleine kantoor, en hij had niet willen geloven dat Strike geen misbruik maakte van de situatie door avances te maken, hoe subtiel ook.

Maar Robin, die waarschijnlijk altijd hypergevoelig zou blijven voor ongevraagde aanrakingen, verlekkerde zijdelingse blikken, het betreden van haar persoonlijke ruimte en het op de proef stellen van conventionele grenzen, had met Strike niet één keer de kriebels gekregen van zijn pogingen de relatie naar een ander niveau te tillen. Er lag een deken van terughoudendheid over zijn privéleven, en hoewel ze dat soms frustrerend vond (had hij Charlotte Campbell nu wel of niet teruggebeld?) strekte zijn liefde voor privacy zich uit tot het respecteren van andermans grenzen. Nooit had er een zogenaamd behulpzame maar onnodige aanraking plaatsgevonden, geen hand op haar onderrug of op haar arm, geen blikken waar ze de rillingen van kreeg of die maakten dat ze zich kuiser wilde kleden – de gewelddadige confrontaties met mannen hadden haar meer littekens bezorgd dan voor het oog zichtbaar waren.

In werkelijkheid (waarom zou ze niet alles voor zichzelf toegeven nu ze zo moe was en nauwelijks verweer had?) kon ze slechts twee momenten in vier jaar noemen waarop ze er zeker van was geweest dat Strike haar had gezien als een begerenswaardige vrouw, niet als zomaar een vriendin, leerling of jongere zus.

De eerste keer was toen ze hem de groene Cavalli-jurk showde, in de loop van hun eerste onderzoek samen, waarbij hij zijn blik van haar had afgewend zoals iemand zou doen om fel licht te weren. Naderhand had ze zich opgelaten gevoeld door haar eigen gedrag: het was niet haar bedoeling geweest verleidelijk of provocerend over te komen, ze had alleen maar informatie willen loskrijgen uit de verkoopster. Maar toen hij haar later de groene jurk cadeau had gedaan, in de veronderstelling dat hij haar toch nooit meer zou zien, had ze zich afgevraagd of een deel van de boodschap die Strike had willen overbrengen misschien was dat hij wel degelijk achter zijn blik van toen stond, dat ze er inderdaad prachtig uitgezien had in de jurk, en dat vermoeden maakte niet dat ze zich ongemakkelijk voelde, maar juist blij en gevleid.

Het tweede moment, veel pijnlijker om aan terug te denken, was op haar bruiloft geweest, toen zij boven aan de trap stond en Strike beneden: hoe hij naar haar, de kersverse bruid, had gekeken nadat hij zich had omgedraaid toen ze zijn naam riep. Hij was gewond en afgepeigerd geweest, en ook toen had ze in zijn ogen iets zien oplichten wat meer was dan alleen vriendschap, en ze hadden elkaar omhelsd en ze voelde...

Beter maar niet aan denken. Niet te lang stilstaan bij die omhelzing, dat gevoel alsof ze thuiskwam; dat moment van krankzinnigheid waarin ze zich had voorgesteld dat hij zou zeggen: 'Ga met me mee' en ze had geweten dat ze met hem weggegaan zou zijn.

Robin schoof de horoscooppapieren bij elkaar, stopte ze weer in haar tas en liep de pub uit, haar koffie slechts voor de helft opgedronken.

In een poging haar herinneringen te verdrijven met een flinke wandeling stak ze een stenen bruggetje over, over de traag stromende Leam, het wateroppervlak vlekkerig van het eendenkroos, en ze liep langs de zuilengang van de Royal Pump Rooms, waar de volgende dag de opening van Satchwells tentoonstelling zou zijn. Met grote passen, haar handen in haar zakken, probeerde Robin zich te concentreren op de Parade, waar de winkels met hun etalages een riante rij witte huizen uit de Regency-periode ontsierden.

Leamington Spa had voor haar niets opbeurends. Integendeel, het plaatsje deed haar te veel denken aan een ander kuuroord: Bath, waar Matthew had gestudeerd. Die lange, symmetrische halve cirkels Regency-panden in lange rijen met hun eenvoudige, klassieke gevels zouden bij Robin voor altijd herinneringen oproepen die eens zo dierbaar waren geweest, en daarna aangetast door de latere ontdekkingen: beelden van haarzelf hand in hand wandelend met Matthew, met daaroverheen het besef dat hij toen al met Sarah naar bed ging.

'Ach, rot op. Klotezooi,' mompelde Robin en ze knipperde de tranen uit haar ogen. Ze draaide zich abrupt om en liep het hele eind terug naar de Land Rover.

Nadat ze de auto dichter bij het hotel had geparkeerd maakte ze een omweg naar een nabijgelegen Co-op om een voorraadje eten in te slaan, waarna ze via een automaat incheckte in haar Premier Inn en naar boven ging, naar haar eenpersoonskamer. Die was klein, maar brandschoon en comfortabel, met uitzicht op een spectaculair lelijk stadhuis van rode en witte baksteen, overdreven opgesmukt met krullen, frontons en leeuwen.

Na een paar sandwiches, een chocolade-eclair, een blikje cola light en een appel voelde Robin zich beter. Terwijl de zon langzaam achter de gebouwen aan de Parade zakte trok ze haar schoenen uit en pakte de gekopieerde bladzijden van Talbots aantekenboek uit haar tas, en het pakje Thoth-tarotkaarten die waren aanbevolen door Aleister Crowley en waarin Bill Talbot de oplossing van Margots verdwijning had gezocht. Ze liet de kaarten uit het doosje in haar hand glijden, bekeek ze een voor een en bestudeerde de afbeeldingen. Zoals ze al had verwacht, bleek Talbot veel van de symbolen te hebben overgenomen in zijn aantekenboek, waarschijnlijk van de kaarten die naar boven gekomen waren bij zijn vele pogingen om met behulp van tarot de zaak op te lossen.

Robin streek de kopie van wat zij de 'hoornpagina' was gaan noemen glad, de bladzijde waarop Talbot uitweidde over de drie tekens van de dierenriem die hoorns hadden: Steenbok, Ram en Stier. Deze zat in het achterste gedeelte van het aantekenboek, waarin veel meer citaten van Aleister Crowley, astrologische symbolen en merkwaardige tekeningen voorkwamen dan concrete feiten.

Op deze hoornpagina's was bewijs te vinden voor Talbots hernieuwde belangstelling voor Satchwell, die hij eerst had uitgesloten van verdenking op basis van zijn sterrenbeeld: Ram in plaats van Steenbok. Talbot had kennelijk Satchwells complete geboortehoroscoop getrokken en de moeite genomen diverse aspecten daarvan te noteren, met daarbij de opmerkingen: *Hetzelfde als AC. Hetzelfde als AC. En vergeet de connectie met LS niet.*

Om de verwarring nog groter te maken werden de sterrenbeelden steeds gecorrigeerd door de mysterieuze Schmidt, al had Satchwell van hem zijn oorspronkelijke aanduiding Ram mogen houden.

En toen kreeg Robin een gekke inval. Het was natuurlijk belachelijk dat er een dierenriem met veertien tekens zou zijn (maar waarom zou dat belachelijker zijn dan eentje met twaalf? vroeg een stem in haar hoofd, die verdacht veel op die van Strike leek), maar als je er twee tekens tussen perste, dan zouden de data toch moeten verschuiven?

Ze pakte haar mobiel en googelde op 'dierenriem veertien tekens Schmidt'.

'*Oh my God*,' zei ze hardop in haar stille hotelkamer.

Voordat ze helemaal had kunnen verwerken wat ze had gelezen ging de mobiel in haar hand. Het was Strike.

'Hallo.' Robin zette het toestel gauw op de speaker, zodat ze kon lezen wat ze zojuist had gevonden. 'Hoe gaat het?'

'Ik ben kapot,' zei Strike, en zo klonk hij ook. 'Wat is er gebeurd?'

'Hoe bedoel je?' Ze liet haar ogen vliegensvlug over de tekst gaan.

'Je klinkt zoals je altijd klinkt wanneer je iets ontdekt hebt.'

Ze moest lachen. 'Oké, je zult het niet geloven, maar ik heb zojuist Schmidt gevonden.'

'Wát?'

'Schmidt, voornaam Steven. Hij bestaat echt! Heeft in 1970 een boek geschreven, *Astrology 14*, waarin hij voorstelt om twee tekens toe te voegen aan de dierenriem: Ophiuchus de slangendrager en Cetus de walvis!'

Het bleef even stil, en toen mompelde Strike: 'Hoe heb ik dat in godsnaam over het hoofd kunnen zien?'

'Weet je nog, dat beeldje van de man met de slang in het oude huis van Margot?' Robin liet zich achterover op haar kussen vallen, tussen de tarotkaarten die verspreid over het bed lagen.

'Asclepius. Ophiuchus was de Romeinse variant. De god van de geneeskunde.'

'Nou, dit verklaart toch die veranderde data, of niet? En nu snap ik ook dat die arme Talbot zo in de war raakte! Hij probeerde alles te plaatsen binnen de aangepaste data van Schmidt, maar het leek niet te passen. En alle andere astrologen die hij raadpleegde gebruikten nog het systeem met twaalf tekens, dus...'

'Ja,' onderbrak Strike haar, 'daar wordt een gek natuurlijk nog gekker van.' Hij klonk alsof hij wilde zeggen: *Dit is interessant, maar niet belangrijk.*

Robin trok de Drie van de Schijven onder zich vandaan en bekeek

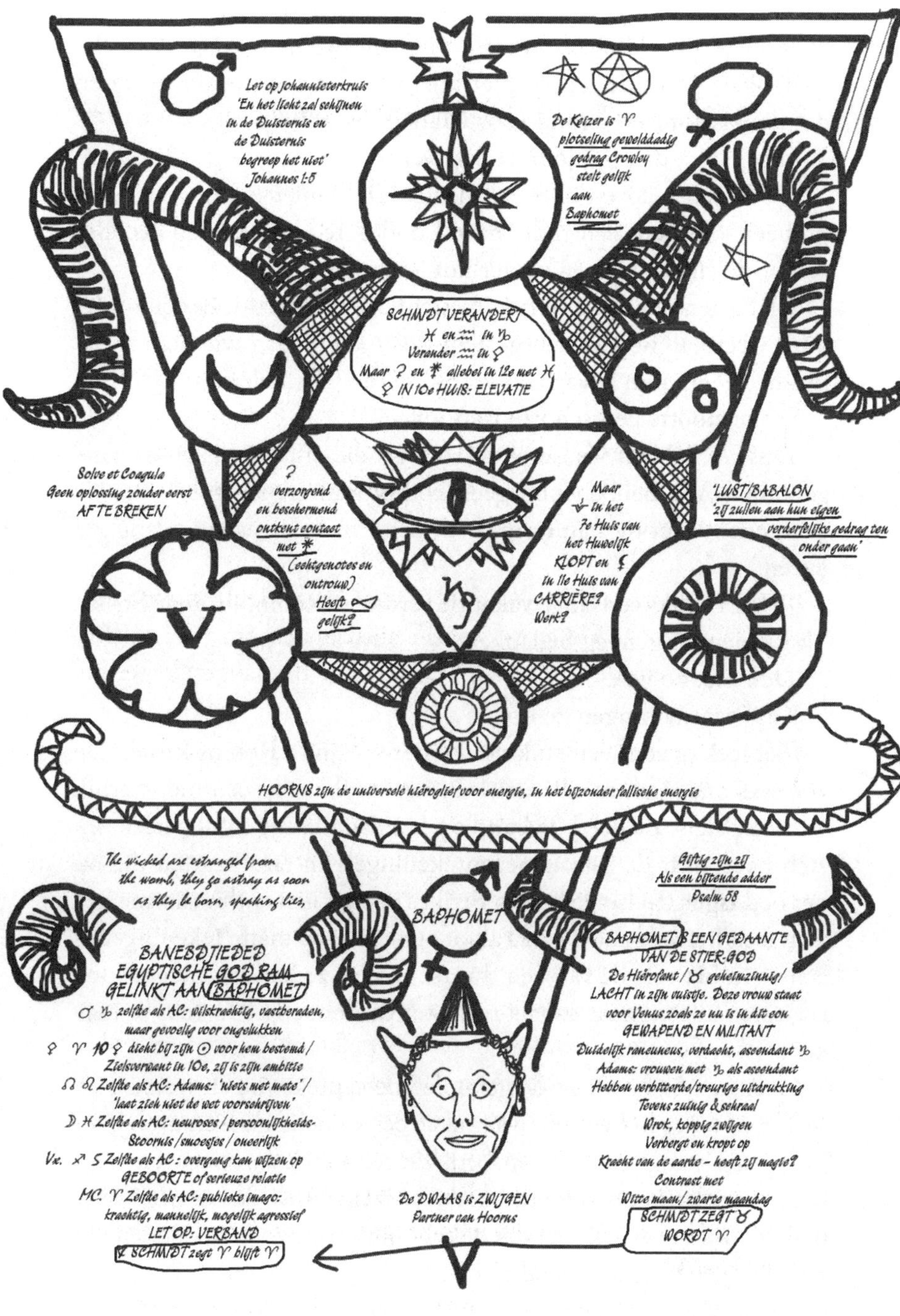

Let op Johanniterkruis
'En het licht zal schijnen
in de Duisternis en
de Duisternis
begreep het niet'
Johannes 1:5
De Ketzer is ♈
plotseling gewelddadig
gedrag Crowley
stelt gelijk
aan
Baphomet
SCHMIDT VERANDERT
♓ en ♒ in ♑
Verander ♒ in ♀
Maar ⚳ en ⚵ allebei in 12e met ♓
♀ IN 10e HUIS: ELEVATIE
Solve et Coagula
Geen oplossing zonder eerst
AF TE BREKEN
⚳
verzorgend
en beschermend
ontkent contact
met ⚵
(echtgenotes en
ontrouw)
Heeft ⚸
gelijk?
♑
Maar
⚴ in het
7e Huis van
het Huwelijk
KLOPT en ⚷
in 11e Huis van
CARRIÈRE?
Werk?
'LUST/BABALON
'zij zullen aan hun eigen
verderfelijke gedrag ten
onder gaan'
HOORNS zijn de universele hiëroglief voor energie, in het bijzonder fallische energie
The wicked are estranged from
the womb, they go astray as soon
as they be born, speaking lies,
BAPHOMET
Giftig zijn zij
Als een bijtende adder
Psalm 58
BANEBDJIEDED
EGYPTISCHE GOD RAM
GELINKT AAN BAPHOMET
♂ ♑ zelfde als AC: wilskrachtig, vastberaden,
maar gevoelig voor ongelukken
♀ ♈ 10 ♀ dicht bij zijn ☉ voor hem bestemd /
Zielsverwant in 10e, zij is zijn ambitie
☊ ♌ Zelfde als AC: Adams: 'niets met mate' /
'laat zich niet de wet voorschrijven'
☽ ♓ Zelfde als AC: neuroses / persoonlijkheids-
Stoornis / smoesjes / oneerlijk
Vx. ♐ 5 Zelfde als AC: overgang kan wijzen op
GEBOORTE of serieuze relatie
MC. ♈ Zelfde als AC: publieke imago:
krachtig, mannelijk, mogelijk agressief
LET OP: VERBAND
⚸ SCHMIDT zegt ♈ blijft ♈
BAPHOMET IS EEN GEDAANTE
VAN DE STIER-GOD
De Hiërofant / ♉ geheimzinnig/
LACHT in zijn vuistje. Deze vrouw staat
voor Venus zoals ze nu is in dit eon
GEWAPEND EN MILITANT
Duidelijk rancuneus, verdacht, ascendant ♑
Adams: vrouwen met ♑ als ascendant
Hebben verbitterde/treurige uitdrukking
Tevens zuinig & schraal
Wrok, koppig zwijgen
Verbergt en kropt op
Kracht van de aarde – heeft zij magie?
Contrast met
Witte maan/ zwarte maandag
De DWAAS is ZWIJGEN
Partner van Hoorns
SCHMIDT ZEGT ♉
WORDT ♈

afwezig de afbeelding. Ze was nu zo vertrouwd met de astrologische symbolen dat ze de tekens niet hoefde op te zoeken om te weten dat die kaart tevens stond voor Mars in Steenbok.

'Hoe is het daar bij jou?' vroeg ze.

'De buren beloven allemaal dat ze Ted zullen opvangen. Lucy probeert om hem een tijdje naar Londen te laten komen als alles achter de rug is. Heb jij verder nog nieuws?'

'Eh... even denken... ik heb Ansichtkaart afgerond. Ik geloof dat onze weerman nogal teleurgesteld was toen hij zag wie hem al die tijd heeft gestalkt. Maar zijn vrouw leefde juist helemaal op.'

Strike stootte een schorre lach uit.

'Dus nu hebben we de opdracht van die effectenmakelaar aangenomen. We hebben nog geen compromitterende foto's van de echtgenoot met de nanny, maar ik denk niet dat dat nog lang zal duren.'

'Jij hebt straks een lange vakantie verdiend, Robin,' bromde Strike. 'Ik kan je niet genoeg bedanken.'

'Doe niet zo gek.'

Kort daarna hingen ze op.

Het leek opeens een stuk donkerder te zijn in Robins kamer. De zon was onder, en in silhouet leek het stadhuis op een monsterlijk gotisch paleis. Ze deed de lamp op het nachtkastje aan en keek om zich heen naar de astrologieaantekeningen en tarotkaarten die op het bed lagen. In het licht van Strikes gebrek aan enthousiasme bezien leek het gekrabbel van Talbot eerder op de maffe tekeningetjes achter in het schrift van een dwarse tiener: ze leidden nergens toe en waren alleen maar aangebracht uit de behoefte iets geks te maken.

Geeuwend vouwde ze de gekopieerde aantekeningen weer op en stopte ze terug in haar tas, waarna ze een douche nam en even later in pyjama terugliep naar het bed. Ze schoof de tarotkaarten weer bij elkaar, netjes op volgorde zodat ze zeker wist dat er geen ontbraken, want ze wilde niet dat de schoonmakers zouden denken dat zij zo'n type was dat overal tarotkaarten liet slingeren.

Op het moment dat ze de kaarten terug in het doosje wilde stoppen, ging Robin plotseling op het bed zitten en begon de kaarten te schudden. Ze was te moe om er vijftien uit te leggen, zoals in het tarotboekje werd aanbevolen, maar ze wist na het eindeloos bestuderen van Talbots aantekeningen dat hij soms had geprobeerd helderheid te scheppen in het onderzoek door slechts drie kaarten te leggen: de eerste stond dan voor 'de aard van het probleem', de tweede voor 'de oorzaak' en de derde was 'de oplossing'.

Na een minuutje schudden draaide ze de bovenste kaart om en legde die in het licht van de lamp op het nachtkastje. Het was de Prins van de Bekers. Een naakte, blauwgroene man zat op een adelaar die op water af dook. De man had een bokaal met daarin een slang in de ene hand en een lotusbloem in de andere. Robin haalde *Het boek van Thoth* uit haar tas en zocht de betekenis op.

> De morele eigenschappen van de persoon afgebeeld op deze kaart zijn subtiliteit, heimelijk geweld en doortraptheid. Hij is zeer stiekem, een kunstenaar op zijn eigen manier.

Ze moest meteen denken aan Dennis Creed. Een kunstenaar op het gebied van moord, op zijn eigen manier.

Ze draaide de volgende kaart om. De Vier van de Bekers, ofwel Weelde. Ook hier een lotus: deze goot water over nog eens vier bokalen, goudkleurig deze keer. Robin pakte het boek erbij.

> De kaart verwijst naar de Maan in Kreeft, die in haar eigen huis staat, maar Kreeft zelf is zo geplaatst dat dit een zekere zwakheid impliceert, een overgave aan het verlangen.

Bekritiseerde de tarot haar hier omdat ze had gekozen voor comfort? Ze keek even om zich heen in het hokkerige kamertje en draaide toen de laatste kaart om.

Nog meer bekers en lotussen, en twee verstrengelde vissen die water in nog eens twee gouden kelken goten, geplaatst op een groen meer.

> Liefde... De kaart verwijst ook naar Venus in Kreeft. Deze toont de harmonie tussen man en vrouw, in de ruimste zin van het woord. Het is volmaakte, vreedzame harmonie...

Robin bekeek de kaart nog een paar tellen aandachtig voordat ze hem bij de andere twee legde. Het waren allemaal bekers. Ze wist na het bestuderen van de Thoth-tarot dat bekers stonden voor water. En zij was hier in een kuuroord met een bron...

Ze schudde het hoofd, al was er niemand die het kon zien, stopte de tarotkaarten weer in de doos, kroop in bed, zette haar wekker en deed het licht uit.

46

Whereas that Pagan proud him selfe did rest,
In secret shadow by a fountaine side:
Euen he it was, that earst would haue supprest
Faire Vna...

Edmund Spenser
The Faerie Queene

Die nacht schrok Robin keer op keer wakker uit een reeks angstdromen: dat ze weer achter het stuur in slaap gevallen was, of dat ze zich had verslapen en pas bij de galerie aankwam toen Satchwells tentoonstelling alweer afgelopen was. Toen om zeven uur de wekker op haar mobiel ging, dwong ze zichzelf om onmiddellijk op te staan, te douchen en zich aan te kleden, waarna ze, blij dat ze de onpersoonlijke kamer kon verlaten, met haar ingepakte weekendtas naar beneden ging om muesli te eten en koffie te drinken in de ontbijtzaal, die een deprimerende groenige moddertint had.

Buiten was het fris maar bewolkt, met een koel zilverkleurig zonnetje dat door het wolkendek heen probeerde te breken. Nadat ze haar weekendtas in de Land Rover had gezet ging ze lopend naar de Royal Pump Rooms, met de galerie waar dadelijk Satchwells tentoonstelling geopend zou worden. Links van haar lag de siertuin, Jephson Gardens, met een fontein in roze steen die model had kunnen staan voor een van Crowleys tarotkaarten, met bovenin vier kleine bassins in schelpvorm.

... een zekere zwakheid impliceert, een overgave aan het verlangen...

Je lijkt Talbot wel, zei Robin geërgerd tegen zichzelf. Ze versnelde haar pas en kwam zelfs te vroeg bij de Pump Rooms aan.

Het gebouw was net open. Een jonge vrouw in zwarte kleding liep met een sleutelbos bij de glazen deuren vandaan. Robin ging naar binnen, waar weinig overgebleven bleek te zijn van de oude kursalen uit de Regency-tijd: op de vloer lagen moderne grijze tegels en het plafond werd gesteund door metalen zuilen. De lunchroom nam een hele vleugel van de grote open ruimte in beslag, de souvenirwinkel een andere. De kunstgalerie, zag Robin, lag pal aan de overkant, achter nog meer glazen deuren.

Het bleek één lange zaal te zijn, met bakstenen muren en houten vloeren, tijdelijk beschikbaar gesteld voor deze tentoonstelling van plaatselijke kunstenaars. Binnen waren maar drie mensen: een kleine, dikke vrouw met een grijs bobkapsel in een haarband, een klein bangig mannetje met een deemoedige blik van wie Robin vermoedde dat hij haar man was en nog een jonge vrouw in het zwart, vermoedelijk een medewerkster van de galerie.

De stem van de vrouw met het grijze haar galmde door de ruimte alsof het een gymzaal was. 'Ik heb nog zó tegen Shona gezegd dat Long Itchington accentverlichting nodig heeft! Je kunt het amper zien, zo donker is deze hoek!'

Robin liep langzaam rond om de doeken en tekeningen te bekijken. Vijf lokale kunstenaars hadden ruimte gekregen voor de tijdelijke tentoonstelling, maar ze herkende het werk van Paul Satchwell moeiteloos: het had een prominente plek en sprong eruit tussen de studies van plaatselijke bezienswaardigheden, portretten van bleke Britten bij bushaltes, en stillevens.

Naakte figuren dartelden uitgelaten rond in taferelen uit de Griekse mythologie. Persephone stribbelde tegen in de armen van Hades die haar afvoerde naar de onderwereld; Andromeda vocht tegen de ketenen die haar aan de rotsen kluisterden terwijl een draakachtig wezen uit de golven opsteeg om haar te verslinden; Leda lag ruggelings in het riet en werd bezwangerd door Zeus, in de gedaante van een zwaan.

Er schoten Robin twee zinnetjes van Joni Mitchell te binnen toen ze naar de schilderijen keek: *When I first saw your gallery, I liked the ones of ladies...*

Alleen was Robin er niet zo zeker van dat ze de schilderijen mooi vond. Alle vrouwenfiguren hadden zwart haar, een olijfkleurige huid en zware borsten, en ze waren gedeeltelijk of helemaal naakt. Hoe vaardig ze ook geschilderd waren, Robin vond ze een beetje wellustig. De vrouwen hadden allemaal dezelfde lege, ongeremde gezichtsuitdrukking, en Satchwell leek een uitgesproken voorkeur te hebben voor mythen waarin bondage, verkrachting of ontvoering voorkwam.

'Bijzonder, hè?' zei de bedrukt kijkende echtgenoot van de boze schilderes van Long Itchington, die naast Robin opdook en peinzend het schilderij bekeek van een spiernaakte Io, wier haren achter haar aan wapperden terwijl ze met glimmende borsten van het zweet vluchtte voor een stier met een gigantische erectie.

'Hm,' zei Robin. 'Ik vroeg me af of hij ook naar de tentoonstelling komt. Paul Satchwell, bedoel ik.'

'Ik geloof dat hij zei dat hij straks nog even terugkomt, ja,' zei de man.

'Terug? Bedoelt u dat hij hier is? In Engeland?'

'Eh, ja.' De man leek een beetje verbaasd te zijn. 'Hij was in ieder geval gisteren hier. Om toe te zien op het ophangen.'

'Ik meen dat hij zei dat hij op familiebezoek was,' zei de jonge vrouw in het zwart, die blij leek te zijn om met iemand anders dan de woedende kunstenares met de haarband te kunnen praten.

'U hebt niet toevallig zijn contactgegevens?' vroeg Robin. 'Misschien een adres waar hij momenteel verblijft?'

'Nee,' zei de jonge vrouw, die nu geïntrigeerd leek te zijn. Kennelijk maakten plaatselijke kunstenaars normaal gesproken niet zulk enthousiasme los. 'Maar je kunt je naam en adres achterlaten, als je wilt, dan geef ik door dat je hem wilt spreken als hij nog langskomt.'

Dus liep Robin met de jonge vrouw mee naar de receptie, waar ze haar naam en telefoonnummer op een papiertje krabbelde. Vervolgens ging ze, haar hart nog bonzend van opwinding, naar de koffiehoek en stelde zich op naast een hoog raam dat uitkeek op de Pump Room Gardens, zodat ze goed zicht had op iedereen die het gebouw betrad.

Moest ze weer teruggaan naar de Premier Inn en hier in Leamington Spa blijven tot Satchwell zich liet zien? Zou Strike het goedvinden dat ze daarvoor andere zaken tijdelijk verwaarloosde? Vandaag was Joans uitvaart, ze kon hem er nu niet mee lastigvallen.

Ze vroeg zich af wat haar partner nu aan het doen was. Misschien kleedde hij zich net om voor de dienst. Robin had pas twee keer een uitvaart bijgewoond. Haar opa van moederskant was gestorven kort voordat ze met haar studie stopte; ze was naar huis gegaan voor de begrafenis en nooit teruggekeerd. Ze had er maar weinig van onthouden. Het had haar die dag al haar energie gekost om de breekbare schijn op te houden dat het goed met haar ging, en ze herinnerde zich het vreemde gevoel van lichaamloosheid onder het flinterdunne, breekbare laagje waarmee ze de wat angstige familieleden te woord had gestaan die wisten wat er met haar was gebeurd. Ze herinnerde zich ook Matthews hand die de hare vasthield. Hij had haar niet één keer losgelaten en had colleges en een belangrijke rugbywedstrijd laten schieten om met haar mee te gaan en bij haar te zijn.

De enige andere uitvaart die ze ooit had bijgewoond was vier jaar geleden, toen ze samen met Strike naar de crematie van een vermoord meisje was gegaan in de loop van hun eerste moordzaak. Ze hadden samen achter in het onpersoonlijke, niet al te druk bezochte crematorium gestaan. Dat was voordat Strike haar een vaste aanstelling had gegeven, toen ze niets meer was geweest dan een uitzendkracht die hem had overgehaald haar te laten meewerken aan zijn onderzoek. Nu ze terugdacht aan de crematie van Rochelle Onifade besefte Robin dat haar band met Matthew toen al begon te haperen. Ze had het zich op dat moment niet gerealiseerd, maar in die periode had ze iets gevonden wat ze liever wilde dan Matthews echtgenote zijn.

Toen ze haar koffie ophad ging Robin snel naar het toilet, waarna ze terugkeerde naar de galerie in de hoop dat Satchwell intussen ongezien was binnengekomen, maar hij was nergens te bekennen. Er waren inmiddels een paar bezoekers, die nu rondliepen op de tentoonstelling. De schilderijen van Satchwell trokken de meeste belangstelling. Nadat ze nog een rondje had gelopen deed Robin alsof ze volop aandacht had voor een fontein in een hoek, bedekt met slingers en leeuwenkoppen met gapende muilen waar eens het geneeskrachtige bronwater uit had gestroomd.

Verderop was nog een zaal, die een sterk contrast vormde met de strakke, moderne ruimte achter haar. Hij was achthoekig en had bakstenen muren, een zeer hoog plafond en ramen van Bristolblauw glas. Robin liep er naar binnen. Het was ooit een hamam geweest, een Turks stoombad, of misschien was het dat nog steeds, en de ruimte deed denken aan een tempeltje. Op het hoogste punt van het gewelfde plafond was een koepel, versierd met een achtpuntsster van glas, waar een lantaarn onder hing.

'Fijn om een stukje heidense invloed te zien, nietwaar?' De stem was een combinatie van zelfverzekerd Cockney met heel in de verte een Grieks accent. Robin draaide zich met een ruk om en daar, midden in de hamam, stond een oudere man in spijkerbroek en een oud denim overhemd, zijn linkeroog afgedekt met een medisch ooglapje, dat spierwit afstak tegen zijn gebruinde huid, die zo donker was als oude terracotta. Zijn grijze piekhaar viel in slierten tot op zijn kromme schouders, er groeide wit borsthaar in de ruimte die zijn openhangende knoopjes vrijlieten, op de crêpepapierachtige huid van zijn hals rustte een zilveren ketting en aan zijn vingers prijkten zilveren ringen.

'Ben jij de jongedame die me wilde spreken?' Satchwell lachte zijn geelbruine tanden bloot.

'Ja, dat klopt. Robin Ellacott.' Ze stak een hand naar hem uit.

Zijn niet-afgedekte oog gleed met onverholen bewondering langs haar gezicht en figuur. Hij hield haar hand net iets te lang vast, maar Robin bleef glimlachen toen ze hem terugtrok en ze groef in haar handtas op zoek naar een visitekaartje, dat ze aan hem gaf.

'Privédetective?' Satchwells glimlach verflauwde toen hij met zijn ene oog het kaartje las. 'Wat krijgen we nou?'

Ze legde het uit.

'Margot?' Hij keek geschokt. 'Jezus christus, hoe lang is dat wel niet geleden? Veertig jaar?'

'Bijna.' Robin deed een stapje opzij om haar plek in het midden van de hamam af te staan aan een paar toeristen, die de geschiedenis van het pand aflazen van een bordje aan de muur. 'Ik ben vanuit Londen hierheen gekomen in de hoop u over haar te kunnen spreken. Het zou voor de familie heel veel betekenen als u me alles zou willen vertellen wat u zich nog kunt herinneren.'

'*Éla ré*, wat verwacht je nou van mij na al die jaren?'

Maar ze had er alle vertrouwen in dat hij ja zou zeggen. Ze had ontdekt dat mensen meestal te weten wilden komen wat je al wist, waarom je hen had opgezocht en of ze reden hadden om zich zorgen te maken. En soms wilden ze gewoon praten, omdat ze eenzaam waren of zich verwaarloosd voelden, en het was vleiend als iemand aan je lippen hing, en soms, zoals nu (hoe oud hij ook was, zijn ene oog – dat kil fletsblauw was – gleed steeds over haar lichaam en dan terug naar haar gezicht), wilden ze meer tijd doorbrengen met een jonge vrouw die ze aantrekkelijk vonden.

'Goed dan,' zei hij traag. 'Ik weet niet wat ik je zou moeten vertellen, maar ik heb trek. Laat me je mee uit lunchen nemen.'

'Dat zou heel fijn zijn, maar ik betaal,' zei Robin met een glimlach. 'U doet míj immers een plezier.'

47

... the sacred Oxe, that carelesse stands,
With gilden hornes, and flowry girlonds crownd...
All suddeinly with mortall stroke astownd,
Doth groueling fall...
The martiall Mayd stayd not him to lament,
But forward rode, and kept her ready way...

Edmund Spenser
The Faerie Queene

Satchwell nam afscheid van de medewerkster van de kunstgalerie door haar beide handen te pakken en haar te verzekeren dat hij later die week zou terugkomen. Hij nam zelfs kruiperig afscheid van de ontstemde schilderes van Long Itchington, die achter zijn rug een kwaad gezicht naar hem trok.

'Galerieën in de provincie,' zei hij grinnikend toen hij met Robin de Pump Rooms uit liep. 'Grappig om mijn werk naast de vakantiekiekjesschilderijen van die ouwe muts te zien, hè? En het is best een kick om een tentoonstelling te hebben in je geboorteplaats. Hoe lang ben ik hier nu niet geweest? Jezus... ik denk meer dan vijftig jaar. Heb jij een auto? Mooi. Laten we maken dat we hier wegkomen en naar Warwick gaan. Dat is vlakbij.'

Satchwell praatte onafgebroken terwijl ze naar de Land Rover liepen.

'Ik heb Leamington nooit wat gevonden.' Met maar één oog ter beschikking moest hij zijn hoofd overdreven draaien als hij om zich heen wilde kijken. 'Veel te aangeharkt voor mensen zoals ik.'

Robin kreeg te horen dat hij in het kuurstadje had gewoond tot hij zes was, waarna zijn alleenstaande moeder met hem naar Warwick was verhuisd. Hij had een jongere halfzus uit het tweede huwelijk van zijn moeder, bij wie hij nu logeerde, en hij had besloten zich aan staar te laten opereren nu hij toch in Engeland was.

'Daar heb ik recht op. Ik ben nog altijd Brits staatsburger. Dus toen zij me vroegen' – hij wees met een weids gebaar naar de Royal Pump Rooms achter hen – 'of ik een paar schilderijen wilde leveren, dacht ik: waarom ook niet? Ik heb ze zelf meegebracht.'

'Ze zijn prachtig,' zei Robin onoprecht. 'Hebt u maar één zus?' Ze vroeg het louter om een beleefd gesprekje te voeren, maar ze zag vanuit haar ooghoeken dat Satchwell zijn hoofd haar kant op draaide om met zijn niet-afgedekte oog naar haar te kijken.

'Nee,' zei hij na een korte stilte. 'Het was... Ik had ook nog een oudere zus, maar zij is gestorven toen we nog klein waren.'

'O, wat erg,' zei Robin.

'Die dingen gebeuren. Ze was ernstig gehandicapt. Had toevallen en zo. Zelf kan ik me er niet veel van herinneren, maar voor mijn moeder kwam het natuurlijk keihard aan.'

'Dat kan ik me voorstellen.'

Ze waren bij de Land Rover aangekomen. Robin had in haar hoofd het risico al berekend. Mocht Satchwell gevaarlijk blijken te zijn, dan vertrouwde ze erop dat ze veilig was bij daglicht, ook omdat zij degene was die achter het stuur zat. Ze maakte de portieren open en stapte in; Satchwell slaagde er bij zijn tweede poging in om zich naast haar op de passagiersstoel te hijsen.

'Ja, we zijn vanaf hier naar Warwick verhuisd na de dood van Blanche.' Hij klikte zijn gordel vast. 'Mijn moeder en ik, met z'n tweetjes. Niet dat Warwick nou zoveel beter is, maar het is authentiek. Authentieke middeleeuwse panden, weet je wel?'

Aangezien hij geboren en getogen was in de Midlands moest zijn Cockneyaccent wel aangeleerde aanstellerij zijn, bedacht Robin. Het zakte ook steeds weg, en daarnaast had hij een licht buitenlands accent na al die jaren in Griekenland.

'Terwijl hier... In de victoriaanse tijd hebben ze hier de boel verpest.' Terwijl Robin achteruit het parkeervak uit reed, keek hij omhoog naar het met mos bedekte gezicht van een stenen koningin Victoria. 'Moet je d'r zien, dat zure oude wijf,' zei hij lachend. 'Dat ziet er toch niet uit,' voegde hij eraan toe toen ze langs het stadhuis reden. 'Dat hadden Crowley en ik in ieder geval gemeen. Allebei hier geboren, en we vonden het allebei niks.'

Robin dacht even dat ze het verkeerd verstaan had. 'Dat hebt u gemeen met...?'

'Aleister Crowley.'

'Crowley?' Ze reden de Parade op. 'De occulte schrijver?'

'Ja. Hij is hier geboren. Dat lees je niet vaak in de reisgidsen, want de mensen vinden het maar niks. Hier linksaf. Ja, en dan gewoon rechtdoor.'

Een paar minuten later wees hij haar de weg naar Clarendon Square, waar hoge witte herenhuizen nog een zweem van de oude grandeur hadden behouden, ook al waren ze tegenwoordig opgedeeld in appartementen.

'Hierzo, hier is hij geboren.' Satchwell wees tevreden naar nummer 30. 'Geen plaquette of niks. Ze praten niet graag over hem, de brave burgers van Leamington Spa. Ik heb in mijn jeugd een korte Crowley-fase gehad,' verklaarde hij terwijl Robin omhoogkeek naar de grote, rechte ramen. 'Wist je dat hij als kind een keer een kat doodgemarteld heeft, alleen om te zien of het beestje negen levens had?'

'Nee, dat wist ik niet.' Ze zette de auto in z'n achteruit.

'Dat is waarschijnlijk daarbinnen gebeurd,' zei Satchwell met een morbide genoegen.

Hetzelfde als AC. Hetzelfde als AC. Robin kreeg opnieuw een heldere ingeving. Talbot was op zoek gegaan naar identieke componenten in de horoscoop van Satchwell en die van Crowley, het zelfverklaarde Beest, Baphomet, de slechtste mens van het westelijk halfrond. *Connectie met LS.* Natuurlijk: Leamington Spa.

Waarom had Talbot besloten, na maanden onderzoek, dat Satchwell een volledige horoscoop verdiende, een eer die hem als enige van alle verdachten toekwam? Zijn alibi leek immers waterdicht te zijn. Was de terugkeer van zijn verdenking een symptoom geweest van Talbots ziekte, getriggerd door het toeval van de gezamenlijke geboorteplaats van Satchwell en Crowley? Of had hij een niet eerder vastgelegd zwak punt ontdekt in Satchwells alibi?

Satchwell praatte maar door over zijn leven in Griekenland, zijn schilderwerk en zijn teleurstelling in het oude Engeland, waar alles waardeloos was, en Robin maakte op gepaste tijden de gepaste geluidjes terwijl ze in gedachten de punten uit Satchwells horoscoop naging die Talbot zo intrigerend had gevonden.

Mars in Steenbok: wilskrachtig, vastberaden, maar vatbaar voor ongelukken.

Maan in Vissen: neurosen / persoonlijkheidsstoornissen / oneerlijk.

Ascendant Leeuw: kan geen maat houden. Danst naar niemands pijpen.

Binnen een half uur waren ze in Warwick, en zoals Satchwell haar al had beloofd had het stadje geen groter contrast kunnen vormen met de weidse, halfronde rijen witte herenhuizen van Leamington. Een oude stenen poort deed Robin denken aan Clerkenwell. Ze reden langs vakwerkhuizen, kinderkopjes, steile straatjes en smalle steegjes.

'We gaan naar de Roebuck,' zei Satchwell toen Robin de auto had geparkeerd op het marktplein. 'Zit er al eeuwen. Oudste pub in de stad.'

'U mag het zeggen,' zei ze met een glimlach terwijl ze even voelde of haar notitieboekje in haar tas zat.

Ze liepen samen door het hart van Warwick, waarbij Satchwell haar de bezienswaardigheden aanwees die hij de moeite waard achtte. Hij was zo'n man die de behoefte voelde om mensen aan te raken: hij tikte Robin steeds onnodig op de arm om haar aandacht te trekken, pakte bij het oversteken haar elleboog beet en gedroeg zich over het algemeen bezitterig ten opzichte van haar terwijl ze door de kleine straatjes naar Smith Street liepen.

'Mag ik even?' vroeg hij toen ze ter hoogte kwamen van Picturesque Art Supplies, een winkel met schilderbenodigdheden, en zonder op haar antwoord te wachten nam hij haar mee de zaak in, waar hij onder het uitzoeken van penselen en olieverf op luchtige toon gewichtig deed over moderne trends in de kunst en de domheid van critici. Ach, Margot toch, dacht Robin, maar toen stelde ze zich voor hoe de Margot Bamborough die zij in gedachten met zich meedroeg op haar beurt afkeurend zou praten over Matthew, met zijn eindeloze voorraad anekdotes over zijn eigen sportprestaties en zijn steeds irritantere blabla over salarisverhoging en bonussen, en ze realiseerde zich dat zij weinig recht van spreken had.

Uiteindelijk bereikten ze de Roebuck Inn, een pub met lage balken en aan de gevel een uithangbord met een hert erop. Ze kozen een tafeltje voor twee achter in de zaak. Robin kon niet onder het toeval uit: de muur achter Satchwell hing vol met dierenkoppen met hoorns, waaronder een opgezet hert en bronskleurige nepantilopen en een ram. Zelfs op de menukaarten waren silhouetten van hertenkoppen met gewei afgedrukt. Ze deed haar best om de gedachten aan de gehoornde sterrenbeelden van de dierenriem uit haar hoofd te zetten en bestelde een cola light.

'Vindt u het goed,' vroeg ze met een glimlach aan Satchwell toen de serveerster terugliep naar de bar, 'als ik u nu een paar vragen stel over Margot?'

'Ja, natuurlijk.' Hij lachte opnieuw zijn bruine tanden bloot, maar hij pakte onmiddellijk de menukaart en begon die te bestuderen.

'En hebt u er geen bezwaar tegen als ik aantekeningen maak?' Ze haalde haar notitieboekje tevoorschijn.

'Ga je gang.' Hij glimlachte nog steeds terwijl hij over de menukaart heen met zijn onbedekte oog naar haar keek en haar bewegingen volgde bij het openslaan van het boekje en het openklikken van haar pen.

'Het spijt me als er vragen bij zitten die misschien...'

'Weet je zeker dat je niet iets fatsoenlijks wilt drinken?' vroeg Satchwell, die zelf bier had besteld. 'Ik drink niet graag alleen.'

'Ik moet nog rijden.'

'Je kunt ook blijven slapen. Niet bij mij, wees maar niet bang,' voegde hij er snel aan toe, met een grijns die bij een man van zijn gevorderde leeftijd deed denken aan die van een wellustige sater. 'Ik bedoel, neem een hotel, declareer de kosten. Ik neem aan dat de familie van Margot hier dik voor betaalt, of niet dan?'

Robin glimlachte slechts en zei: 'Ik moet terug naar Londen. We hebben het erg druk. Het zou heel nuttig zijn om wat achtergrondinformatie te hebben over Margot. Hoe hebt u haar leren kennen?'

Hij vertelde haar het verhaal dat ze al kende: dat hij door een klant was meegenomen naar de Playboy Club, waar hij de negentienjarige met haar lange benen had gezien, voorzien van bunnyoortjes en een staartje.

'En er ontstond een vriendschap tussen u beiden?'

'Nou, ik weet niet of ik het zo zou noemen.' Hij richtte zijn kille oog op haar. 'We hadden een heel sterke seksuele klik. Ze was nog maagd toen we elkaar leerden kennen, moet je weten.'

Robin bleef formeel glimlachen. Ze zou zich niet door hem in verlegenheid laten brengen.

'Zij was negentien, ik vijfentwintig. Mooie meid,' verzuchtte hij. 'Had ik de foto's maar bewaard die ik van haar heb genomen, maar na haar verdwijning voelde het niet goed om ze te hebben.'

Robin hoorde in gedachten Oonagh weer. *Ze had toegestaan dat hij foto's van haar maakte. Je weet wel. Fóto's.* Daar moest Satchwell nu op doelen, op pikante of obscene afbeeldingen van Margot. Over gewone kiekjes zou hij zich immers niet schuldig gevoeld hebben.

De serveerster kwam terug met Satchwells bier en Robins cola light. Ze bestelden hun eten. Robin had na het vluchtig bekijken van de menukaart gekozen voor een salade met kip en spek, Satchwell nam biefstuk met friet. Toen de serveerster weer weg was vroeg Robin, hoewel ze het antwoord al wist: 'Hoe lang bent u met haar samen geweest?'

'Een paar jaar, al met al. We maakten het uit en dan kwamen we weer bij elkaar. Ze had niet graag dat ik andere modellen gebruikte. Jaloers. Ze was niet geschikt als muze, Margot. Hield niet van stilzitten zonder te praten, haha... Nee, ik viel als een blok voor Margot

Bamborough. Ja, die meid had heel wat meer in haar mars dan de bunny spelen.'

Ja, natuurlijk had ze dat, dacht Robin, hoewel ze beleefd bleef glimlachen. Ze is verdomme dokter geworden.

'Hebt u haar ooit geschilderd?'

'Ja,' zei Satchwell. 'Een paar keer. Wat schetsen en één schilderij ten voeten uit. Ik heb ze verkocht, ik had geld nodig. Daar heb ik nu spijt van.'

Hij verzonk even in gepeins. Zijn onbedekte oog dwaalde door de pub, en Robin vroeg zich af of er echt oude herinneringen bovenkwamen achter dat zongebruinde gezicht, dat zo gegroefd en donker was dat het uit teakhout gesneden leek, of dat hij de rol speelde die er van hem werd verwacht, toen hij zachtjes zei: 'Wat een meid, Margot Bamborough.' Hij nam een slokje van zijn bier voordat hij vroeg: 'Jullie zijn zeker ingehuurd door haar man?'

'Nee, door haar dochter.'

'O.' Hij knikte. 'Ja, natuurlijk, er was een kind. Ze zag er anders niet uit als iemand die een kind had gebaard toen ik haar na haar huwelijk weer zag. Slank als altijd. Mijn beide echtgenotes kwamen na elk kind allebei kilo's aan.'

'Hoeveel kinderen hebt u?' vroeg Robin beleefd. Ze zou willen dat het eten kwam. Het was lastiger om weg te lopen als er eten voor je neus stond, en haar instinct zei haar dat Paul Satchwells wispelturigheid snel kon omslaan.

'Vijf. Twee bij mijn eerste vrouw en drie bij de tweede. Dat was niet de bedoeling, de laatste worp was een tweeling. Zijn nu allemaal volwassen, hoor, godzijdank. Kinderen en kunst gaan niet samen. Ik hou van ze,' zei hij ruw, 'maar Cyril Connolly had gelijk: de vijand van de belofte is zo'n klotewandelwagen in de gang.' Hij gluurde even met zijn ene zichtbare oog naar Robin en vroeg toen abrupt: 'Dus haar man denkt nog steeds dat ik iets te maken had met Margots verdwijning?'

'Hoe bedoelt u, "nog steeds"?'

'Hij heeft destijds mijn naam doorgegeven aan de politie. Op de avond van haar verdwijning. Dacht dat ze er misschien met mij vandoor gegaan was. Wist je dat Margot en ik elkaar een paar weken voordat ze verdween nog tegen het lijf gelopen waren?'

'Dat wist ik, ja.'

'Daardoor haalde hoe-heet-ie zich allerlei rare dingen in het hoofd. Ik kan het hem niet kwalijk nemen, het leek misschien ook wel verdacht. Ik zou waarschijnlijk hetzelfde gedacht hebben als mijn vriendin een oude vlam had getroffen vlak voordat ze de benen nam – verdween, bedoel ik.'

Het eten werd gebracht. Satchwells biefstuk en de frieten zagen er heerlijk uit, maar Robin had zich bij het bestellen zo geconcentreerd op haar vragen dat ze niet naar de kleine lettertjes op de menukaart had gekeken. In plaats van de verwachte salade kreeg ze een houten plank met diverse stenen bakjes die waren gevuld met plakjes worst, hummus en plakkerige slablaadjes die dropen van de mayonaise, een geheel dat erg lastig te eten was als je tussendoor aantekeningen wilde maken.

'Wil je friet?' Satchwell schoof het metalen emmertje haar kant op.

'Nee, dank u wel,' zei Robin met een glimlach. Ze nam een hapje van een soepstengel en vroeg, met haar pen in de aanslag: 'Had Margot het ook over Roy toen u haar tegenkwam?'

'Even, ja,' antwoordde hij met een mond vol biefstuk. 'Ze hield duidelijk de schijn op. Dat doe je toch als je een ex tegenkomt? Je wekt de indruk dat je de juiste keuze hebt gemaakt. Dat je nergens spijt van hebt.'

'Denkt u dat ze wel ergens spijt van had?'

'Ze was niet gelukkig, dat kon ik zien. Ik dacht: jij krijgt geen aandacht. Ze hield zich groot, maar volgens mij voelde ze zich ellendig. En ze was doodop.'

'Hebt u elkaar alleen die ene keer gezien?'

Satchwell kauwde op zijn vlees en keek Robin peinzend aan. Toen hij zijn hap eindelijk had doorgeslikt, vroeg hij: 'Heb je mijn politieverklaring gelezen?'

'Ja.'

'Dan weet je heel goed,' zei hij, zwaaiend met zijn vork, 'dat het bij die ene keer is gebleven. Of niet soms?' Hij glimlachte en probeerde de impliciete vermaning als schalks af te doen, maar ze voelde de speldenprik van agressie.

'Dus u bent samen wat gaan drinken en u hebt gepraat?' Robin glimlachte ook, alsof ze de ondertoon niet had gehoord, en ze daagde hem uit zich te verdedigen.

Hij vervolgde op mildere toon: 'Ja, in een of andere bar in Camden, niet ver van mijn flat. Ze was op huisbezoek geweest bij een patiënt.'

Robin maakte een aantekening. 'Weet u nog waar u het met haar over hebt gehad?'

'Ze vertelde dat ze haar man had leren kennen tijdens haar studie geneeskunde, en dat hij zo'n hoogvlieger was. Wat was hij ook alweer? Cardioloog of iets dergelijks?'

'Hematoloog.'

'Is dat niet iets met bloed? Ja, ze was altijd onder de indruk van pientere lui, Margot. Het kwam niet bij haar op dat die slimme types net zulke kloothommels kunnen zijn als ieder ander.'

'Kreeg u de indruk dat dokter Phipps een kloothommel was?' vroeg Robin luchtig.

'Niet echt. Maar ik heb me laten vertellen dat hij verwaand was, en een moederskindje.'

'Van wie hebt u dat gehoord?' Haar pen zweefde boven haar notitieboekje.

'Iemand die hem had ontmoet.' Hij haalde even zijn schouders op. 'Ben jij niet getrouwd?' vroeg hij met een blik op Robins kale linkerhand.

'Ik woon samen.' Ze glimlachte even. Het was het antwoord dat ze had leren geven om geflirt van getuigen en klanten af te weren en zich voor hen af te sluiten.

'Aha. Als een grietje samenwoont met een kerel zonder getrouwd te zijn, moet ze wel echt gek op hem zijn, denk ik altijd. Niks houdt haar tegen om op te stappen behalve haar gevoelens voor hem, ja toch?'

'Daar zit wat in.' Robin wist dat hij haar van haar stuk probeerde te brengen. 'Heeft Margot het nog gehad over iets wat haar zorgen baarde, had ze problemen? Thuis of op het werk?'

'Ik zei het al, alles voor de buitenwereld.' Satchwell kauwde op een frietje. 'Goeie baan, goeie man, leuk kind, leuk huis: ze had het gemaakt.' Hij slikte zijn hap door. 'Ik deed hetzelfde: ik zei dat ik een tentoonstelling had, dat ik een prijs had gewonnen met een van mijn schilderijen, dat ik in een band zat en serieuze verkering had... wat gelogen was.' Hij lachte schamper. 'Ik herinner me die meid alleen nog omdat het later die avond uitging. Vraag me niet hoe ze heette. We hadden nog niet zo lang iets. Ze had lang zwart haar en een gigantische tatoeage van een spinnenweb rond haar navel, dat heb ik vooral onthouden. Afijn, ik heb het toen uitgemaakt. Nadat ik Margot weer had gezien...' Hij aarzelde. Zijn onbedekte oog werd wazig toen hij zei: 'Ik was vijfendertig. Rare leeftijd. Je begint langzaam te beseffen dat de veertig er echt aan komt, ook bij jou, niet alleen bij andere mensen. Hoe oud ben jij, vijfentwintig?'

'Negenentwintig.'

'Vrouwen hebben het eerder, zijn vroeger bang om oud te worden. Heb je al kinderen?'

'Nee. Maar Margot heeft dus niets gezegd wat er misschien op zou kunnen wijzen dat ze uit vrije wil verdwenen zou zijn?'

'Margot zou nooit zomaar weggegaan zijn en iedereen in onzekerheid hebben achtergelaten.' Satchwell leek daar net zo zeker van te zijn als Oonagh. 'Zo was ze niet. Ze had een heel sterk verantwoordelijkheidsgevoel. Het was een goeie meid. Type schooldirectrice.'

'Dus u had geen plannen gemaakt om elkaar opnieuw te treffen?'

'Geen plannen.' Hij kauwde weer op een paar frietjes. 'Ik vertelde haar dat mijn band de week erop in de Roundhouse zou spelen. "Kom langs als je in de buurt bent," zei ik nog, maar ze kon niet, zei ze. De Roundhouse was een pub in Camden. Zit er misschien nog wel.'

'Ja, dat klopt.'

'Ik heb ook tegen die rechercheur gezegd dat ik haar over dat optreden had verteld. Dat ik haar graag weer had willen zien, als zij dat ook wilde. Ik had niks te verbergen.'

Robin herinnerde zich Strikes mening dat het vrijwillig aandragen van die informatie door Satchwell bijna té behulpzaam leek, en ze probeerde haar plotselinge wantrouwen te verhullen door te vragen: 'Heeft niemand Margot gezien bij de Roundhouse, die avond dat u daar speelde?'

Satchwell nam de tijd om zijn hap door te slikken. 'Voor zover ik weet niet.'

'Dat houten Vikingpoppetje dat u haar hebt gegeven...' Ze keek aandachtig naar zijn gezicht. 'Waar aan de onderkant "Brunhilde" op geschreven was...'

'Dat ding dat ze op haar werk op het bureau had staan?' Robin meende een vleugje ijdelheid te bespeuren. 'Ja, dat heb ik haar gegeven in de tijd dat we nog een relatie hadden.'

Zou dat waar kunnen zijn, vroeg Robin zich af. Zou Margot echt, nadat ze met ruzie bij hem weggegaan was, nadat Satchwell haar had opgesloten in zijn flat zodat ze niet kon gaan werken, nadat hij haar had geslagen, nadat zij was getrouwd met een andere man, dat rare cadeautje van Satchwell bewaard hebben? Kwam er niet juist op wrange, akelige wijze een einde aan onderlinge grapjes en koosnaampjes na een pijnlijke breuk, wanneer de gedachte daaraan bijna ondraaglijker werd dan de herinneringen aan ruzies en beledigingen? Robin had vrijwel alles wat ze ooit van Matthew had gekregen naar de kringloop gebracht nadat ze had ontdekt dat hij vreemdging, ook zijn eerste valentijnsgeschenk in de vorm van een pluchen olifant en de sieradendoos die ze voor haar eenentwintigste verjaardag had gekregen. Maar Robin kon wel merken dat Satchwell zich aan zijn verhaal zou houden, dus ging ze door naar de volgende vraag in haar notitieboekje.

'Er zat een drukkerij in Clerkenwell Road waar u volgens mij een connectie mee had.'

'Pardon?' Hij fronste zijn voorhoofd. 'Een drukkerij?'

'Een scholiere, Amanda White, zegt dat ze Margot voor een van de ramen op de verdieping van de drukkerij heeft zien staan op de avond...'

'O ja? Ik heb nooit iets te maken gehad met een drukkerij. Wie zegt dat van die connectie?'

'Er is in de jaren tachtig een boek geschreven over de verdwijning van Margot...'

'Ja? Dat heb ik dan gemist.'

'Daarin stond dat bij die drukkerij flyers werden gedrukt voor een nachtclub waarvoor u een muurschildering had gemaakt.'

'Nu moet je ophouden!' Satchwell moest lachen, maar klonk ook geërgerd. 'Dat is geen connectie. Het is zelfs overdreven om dat toeval te noemen. Ik heb nooit van die drukkerij gehoord.'

Robin maakte weer een aantekening en ging door met de volgende vraag. 'Wat vond u van Bill Talbot?'

'Wie?'

'De politieman die het onderzoek leidde. De eerste.'

'O ja.' Hij knikte. 'Heel rare kerel. Het verbaasde me niks toen ik later hoorde dat hij een zenuwinzinking of zoiets had. Hij vroeg steeds wat ik op willekeurige dagen had gedaan. Later begreep ik dat hij probeerde te achterhalen of ik het Monster van Essex was. Hij wilde ook weten hoe laat ik geboren ben, maar wat dát er nou mee te maken had...'

'Hij probeerde uw horoscoop te trekken.' Robin vertelde hem over Talbots fascinatie voor astrologie.

'*Dén tó pistévo!*' Satchwell keek geërgerd. 'Astrologie? Dat is niet grappig meer. Hoe lang heeft hij die zaak wel niet geleid?'

'Een half jaar.'

'Jezus.' Hij fronste, waardoor de doorzichtige tape die het verband voor zijn oog op zijn plaats hield verkreukelde.

'Ik geloof niet dat de mensen om hem heen doorhadden hoe ziek hij was, tot ze er niet meer omheen konden.' Robin haalde een paar gelabelde vellen papier uit haar tas: fotokopieën van de verklaringen die Satchwell had afgelegd aan Talbot en Lawson.

'Wat is dat allemaal?' vroeg hij op scherpe toon.

'Uw verklaringen aan de politie.'

'Waarom staat deze helemaal vol met... wat zijn het, sterren?'

'Pentagrammen. Dit is de verklaring die Talbot heeft afgenomen. Gewoon routine,' voegde ze eraan toe toen ze Talbots wantrouwende blik zag. 'We doen dit bij iedereen die door de politie is ondervraagd. Ik weet dat uw verklaringen destijds twee keer nagetrokken zijn, maar ik zou ze graag nog eens met u doornemen, misschien schiet u iets bruikbaars te binnen.'

Ze vatte zijn stilte op als toestemming en vervolgde: 'U was alleen in uw atelier op de middag van 11 oktober, maar om vijf uur kreeg u een telefoontje van een zekere meneer... Hendricks?'

'Hendricks, ja. Die regelde destijds mijn zaken.'

'Om half zeven bent u iets gaan eten in een restaurantje in de buurt, waar u een gesprekje hebt gevoerd met de vrouw bij wie u afrekende. Zij herinnerde zich dat later. Toen bent u naar huis gegaan om iets anders aan te trekken, waarna u om een uur of acht enkele vrienden trof bij een bar, Joe Bloggs. Alle drie de vrienden met wie u daar iets hebt gedronken bevestigden uw verhaal. Hebt u daar niets meer aan toe te voegen?'

'Nee.' Robin meende een lichte opluchting bij Satchwell te bespeuren. 'Zo te horen klopt het wel.'

'Was een van die vrienden trouwens degene die Roy Phipps had ontmoet?' vroeg Robin losjes.

'Nee,' antwoordde Satchwell met een strak gezicht, waarna hij van onderwerp veranderde. 'Margots dochter moet nu wel tegen de veertig zijn, of niet?'

'Vorig jaar veertig geworden.'

'*Éla*,' zei hij hoofdschuddend. 'De tijd vliegt.' Een van zijn mahoniebruine handen, rimpelig en voorzien van grote zilveren ringen met turquoise stenen, maakte een soepele beweging, als een papieren vliegtuigje dat door de lucht vloog. 'En voor je het weet ben je oud, zonder dat je het hebt zien aankomen.'

'Wanneer bent u naar het buitenland verhuisd?'

'Het was eigenlijk niet mijn bedoeling om te verhuizen. Eind '75 ben ik gaan reizen.' Satchwell had zijn biefstuk nu bijna op.

'Wat heeft u bewogen...'

'Ik dacht er al langer over om op reis te gaan, maar nadat Creed Margot had vermoord... Het was zo bloody verschrikkelijk, zo'n schok... Ik weet niet, ik wilde er helemaal uit.'

'Dus u denkt dat Creed haar heeft vermoord?'

Hij stak het laatste hapje vlees in zijn mond, kauwde erop en slikte het door voordat hij antwoord gaf. 'Eh, ja. Natuurlijk hoopte ik eerst dat ze bij haar man was weggelopen en zich ergens schuilhield. Maar het bleef maar duren en... Ja, iedereen dacht dat het Monster van Essex haar te pakken had, ook de politie. Nee, niet die mafkees, maar de tweede, de agent die het had overgenomen.'

'Lawson.'

Satchwell schokschouderde, alsof hij wilde zeggen dat de naam van de politieman er niet toe deed, en vroeg toen: 'Gaan jullie Creed ondervragen?'

'Hopelijk.'

'Waarom zou hij nu wel de waarheid vertellen?'

'Hij houdt van publiciteit. Misschien wil hij graag de kranten halen met een spektakelverhaal. Maar de verdwijning van Margot was dus een schok voor u?'

'Ja, wat denk je.' Hij ging met zijn tong langs zijn tanden. 'Ik had haar pas weer teruggezien en... ik zal niet beweren dat ik nog verlíéfd op haar was of zo, maar... Ben jij ooit verwikkeld geraakt in een politieonderzoek?' vroeg hij toen met een vleugje agressie.

'Ja. Meerdere keren. Het was telkens weer stressvol en intimiderend.'

'Dat bedoel ik.' Hij klonk nu iets minder fel.

'Waarom koos u voor Griekenland?'

'Daar heb ik niet echt voor gekozen. Ik had een erfenis gekregen van mijn oma en ik dacht: ik neem een tijdje vrij, ga naar Europa, schilderen... Ik heb in Frankrijk en Italië gezeten, en in '76 kwam ik in Kos terecht. Ik werkte er in een bar, schilderde in mijn vrije uren. Verkocht een paar schilderijen aan toeristen. Ontmoette mijn eerste vrouw... en ben nooit meer weggegaan.' Hij haalde zijn schouders op.

'Er is nog iets wat ik u wilde vragen.' Robin schoof de politieverklaringen onder op haar stapeltje. 'We hoorden laatst dat er nóg iemand is geweest die Margot gezien zegt te hebben, een week na haar verdwijning. Dat is nooit gemeld bij de politie.'

'O?' Satchwell leek geïnteresseerd. 'Waar dan?'

'In Leamington Spa. Op het kerkhof van de All Saints.'

Hij trok zijn dikke witte wenkbrauwen op, waardoor de doorzichtige tape die het verband over zijn oog op zijn plaats hield weer onder spanning kwam te staan. 'De All Saints-kerk?' Hij klonk zeer verbaasd.

'Ze stond naar graven te kijken. Blijkbaar had ze haar haar zwart geverfd.'

'Wie zegt haar gezien te hebben?'

'Een man die daar was op zijn motor. Hij vertelde er twee jaar later over aan de doktersassistente van St John.'

'Hij vertelde het aan de doktersassistente?' Satchwells kaak verstrakte. 'En wat heeft de assistente jullie nog meer verteld?' Hij keek aandachtig naar Robins gezicht en leek plotseling onverwacht woest te zijn.

'Kent u Janice?' Ze vroeg zich af waarom hij zo kwaad werd.

'O, heet ze zo? Dat zou ik niet meer weten.'

'Maar u kent haar wel?'

Hij stak nog een frietje in zijn mond. Robin kon merken dat hij afwoog wat hij aan haar wilde loslaten, en ze voelde een steek van opwinding die al het werk, de lange, saaie uren in de auto en de slapeloze nachten de moeite waard maakte.

'Zij is iemand die problemen zoekt,' zei Satchwell abrupt. 'Altijd de boel opruien, die assistente. Margot en zij mochten elkaar niet. Margot heeft me zelf verteld dat ze haar niet mocht.'

'Wanneer was dat?'

'Die keer dat we elkaar waren tegengekomen op straat.'

'Maar u zei net dat ze het toen niet over haar werk heeft gehad.'

'Nou, dat heeft ze me wél verteld. Ze hadden ruzie gehad of zoiets. Weet ik veel. Het was een terloopse opmerking. Ze zei alleen dat ze de assistente niet mocht,' zei hij nog een keer.

Het was alsof er een hard masker was verschenen onder die donkere, gelooide huid: de enigszins komische charmeur met het gezicht van crêpepapier had plaatsgemaakt voor een valse oude man met één oog. Robin herinnerde zich nu hoe de onderste helft van Matthews gezicht altijd straktrok als hij kwaad werd, waardoor hij op een gemuilkorfde hond leek, maar ze liet zich niet intimideren. Ze vermoedde dat Satchwell hetzelfde sluwe instinct tot zelfbehoud had als haar ex-man. Wat Satchwell Margot ook mocht hebben aangedaan, of de vrouwen die bij hem waren weggegaan, hij zou zich wel twee keer bedenken voor hij Robin zou slaan in een drukke pub, in het stadje waar zijn zus nog woonde.

'Bent u nou boos?'

'*Gia chári tou*, natuurlijk ben ik boos. Die assistente – hoe heette ze nou, zei je? Die probeert mij gewoon zwart te maken. Een verhaal verzinnen waardoor het lijkt alsof Margot voor mij is weggelopen bij...'

'Janice heeft dat verhaal niet verzonnen. We hebben het nagevraagd bij de weduwe van meneer Ramage en zij bevestigt dat haar overleden man destijds heeft gezegd...'

'Wat beweert *Janice* nog meer?'

'Ze heeft uw naam nooit genoemd.' Robin werd nu buitengewoon nieuwsgierig. 'We hadden geen idee dat u elkaar kende.'

'Maar ze beweert wel dat Margot na haar verdwijning is gezien in Leamington Spa? Nee, dat mens weet verdomme precíés waar ze mee bezig is.'

Satchwell pakte weer een frietje, at het op, stond toen plotseling op en liep weg, langs Robin, die hem naar de toiletten zag benen toen ze over haar schouder keek. Van achteren zag hij er ouder uit dan van voren, ze kon zijn roze hoofdhuid door het dunne witte haar zien schijnen en hij had geen kont in de losse spijkerbroek.

Robin nam aan dat het gesprek voor hem beëindigd was. Maar ze had nog iets achter de hand, iets gevaarlijks misschien, maar ze zette het liever in dan de ondervraging op deze manier te laten eindigen, met meer vragen dan antwoorden.

Het duurde een volle vijf minuten voordat hij terugkwam, en ze kon merken dat hij zich kwaad had gemaakt in zijn afwezigheid. Hij ging niet meer zitten, maar kwam naast haar staan en zei: 'Volgens mij ben jij geen fucking detective. Je bent van de pers.'

Van onderaf gezien had hij echt een schildpaddennekje. Door de ketting, de zilveren met turquoise ringen en het lange haar zag hij eruit als iemand in verkleedkleren.

'U mag Anna Phipps bellen om het na te trekken, als u wilt. Ik heb hier haar nummer. Waarom zou de pers belangstelling voor u hebben?'

'De vorige keer was voor mij genoeg. Ik ben weg, ik heb hier geen zin in. Ik moet aan mijn herstel denken.'

'Nog één ding. En dit is iets wat u wilt horen.'

Die truc had ze van Strike geleerd. Rustig blijven, maar wel assertief zijn. Maak ze een beetje bang voor wat je nog meer zou kunnen weten.

Satchwell draaide zich weer om, zijn ene oog hard als vuursteen. Van zijn geflirt was niets meer over, hij behandelde haar niet langer neerbuigend. Ze was nu een gelijke, een tegenstander.

'Gaat u even zitten,' zei Robin. 'Dit duurt niet lang.'

Na een korte aarzeling liet hij zich weer op zijn stoel zakken. Zijn witgrijze hoofd blokkeerde nu de opgezette hertenkop die achter hem aan de stenen muur hing. Vanaf Robins plek leken de hoorns rechtstreeks uit het dunne haar te komen, dat in slappe krullen tot op zijn schouders hing.

'Margot Bamborough wist iets van u waarvan u niet wilde dat het bekend werd, hè?'

Hij keek haar kwaad aan.

'De kussendroom?' zei Robin.

Elke lijn in zijn gezicht verstrakte, waardoor hij iets van een vos kreeg. De bruinverbrande borst, rimpelig onder het witte haar, trok hol naar binnen als hij ademde.

'Dus ze heeft het toch doorverteld. Aan wie?' Voordat Robin antwoord kon geven zei hij: 'Haar man, neem ik aan? Of die Ierse trut. Was zij het?' Zijn kaken bewogen zonder dat hij ergens op kauwde. 'Ik had het haar nooit moeten vertellen. Dat doe je nou eenmaal als je fucking dronken en verliefd bent, of wat het ook was bij ons. Daarna ben ik nog jarenlang bang geweest dat ze...' Hij maakte de zin niet af.

'Heeft ze er iets over gezegd toen u elkaar terugzag?' Robin probeerde maar wat, ze deed alsof ze meer wist dan in werkelijkheid het geval was.

'Ze informeerde wel naar mijn arme moeder. Ik dacht toen nog: zit je me nou op stang te jagen? Maar volgens mij was dat niet haar bedoeling. Misschien wist ze wel beter nu ze dokter was, had ze een andere kijk op de zaak gekregen. Ze had natuurlijk vaker mensen zoals Blanche gezien. Zo'n leven is geen leven. Afijn.' Hij boog zich licht naar haar toe. 'Ik denk nog steeds dat het een droom was. Oké? Ik was zes jaar! Ik heb het gewoon gedroomd. En al was dat niet zo, ze zijn nu allebei dood en begraven en niemand kan het tegendeel beweren. Mijn oude moeder is in '89 gestorven. Haar kun je er niet meer op pakken, die ouwe muts. Ze was een alleenstaande moeder, moest het allemaal maar in haar eentje zien te rooien met ons. Het is een daad van barmhartigheid, iemand uit haar lijden verlossen. Pure barmhartigheid.'

Hij stond weer op, nu spierwit onder zijn gebruinde huid, zijn gezicht ingevallen, en hij draaide zich om en liep weg. Maar vlak voordat hij uit het zicht verdween draaide hij zich om en kwam wankelend teruggelopen, zijn kaak nog steeds malend.

'Ik vind jou,' zei hij zo boosaardig als hij kon, 'een akelige bitch.'

Deze keer vertrok hij voorgoed.

Robins hartslag was nauwelijks verhoogd. Het gevoel dat overheerste was uitgelatenheid. Ze schoof haar eigen onappetijtelijke bakjes eten aan de kant, trok het metalen emmertje dat de schilder had achtergelaten naar zich toe en at de rest van zijn friet op.

48

Sir Artegall, long hauing since,
Taken in hand th'exploit...
To him assynd, her high beheast to doo,
To the sea shore he gan his way apply...

Edmund Spenser
The Faerie Queene

Op het eind van Joans begrafenis werd de meest geliefde hymne van zeelieden gezongen, 'Eternal Father, Strong to Save'. Terwijl de aanwezigen de bekende woorden zongen, namen Ted, Strike, Dave Polworth en drie maten van Ted van de reddingsbrigade de kist op de schouders en droegen hem over het gangpad naar buiten, de eenvoudige kerk uit met zijn crèmekleurige muren, houten balken en glas-in-loodramen met een beeltenis van de in een paars gewaad gehulde St Maudez, naar wie zowel het dorp als de kerk was vernoemd. Geflankeerd door een eiland met een toren erop en een zeehond op een rots keek de heilige toe terwijl de dragers de kerk verlieten.

O Saviour, whose almighty word
The winds and waves submissive heard,
Who walked upon the foaming deep,
And calm amidst the rage did sleep...

Polworth, die met afstand de kleinste van de zes dragers was, liep pal achter Strike en deed zijn best om zijn aandeel in het torsen van de vracht te kunnen bijdragen.

Veel aanwezigen hadden achter in de overvolle kerk moeten blijven staan, of de dienst buiten zo goed mogelijk geprobeerd te volgen. Iedereen ging buiten in een respectvolle kring om de lijkwagen heen staan, en de glanzende eikenhouten kist werd erin gezet. Toen Joans stoffelijke resten in de auto stonden en de achterportieren met een klap werden gesloten, kon je een speld horen vallen. De stramme begrafenisondernemer nam in zijn dikke zwarte jas weer plaats achter het stuur en Strike sloeg zijn arm om Teds schouders. Samen keken ze de lijkwagen na tot die uit het zicht verdwenen was. Strike voelde Ted trillen.

'Moet je al die bloemen zien, Ted,' zei Lucy, die zulke dikke ogen had dat ze helemaal dichtzaten, en ze draaiden zich alle drie om naar de kerk om de enorme hoeveelheid bloemstukken, kransen en boeketten te bekijken die tegen de buitenmuur van het kerkje een uitbundige kleurenpracht vormden.

'Kijk eens wat een mooie lelies, Ted... van Marion en Gary, helemaal uit Canada...'

Er kwamen nog steeds mensen uit de kerk, die zich buiten bij de anderen aansloten. Iedereen liep zijwaarts langs de kerkmuur en hield daarbij afstand van de familie. Joan zou de bloemenzee vast geweldig gevonden hebben, en Strike putte geheel tegen zijn verwachting in troost uit de tekstjes die Lucy voorlas aan Ted, die net als zij dikke rode ogen had.

'Ian en Judy,' zei ze tegen haar oom. 'Terry en Olive...'

'Wat veel bloemen, hè?' zei Ted verbaasd.

De begrafenisgangers liepen inmiddels fluisterend rond en vroegen zich ongetwijfeld af of het oneerbiedig was om meteen al naar het Ship and Castle te gaan, het hotel waar de receptie gehouden zou worden. Strike gaf ze geen ongelijk; hij had zelf ook ontzettende trek in bier, misschien wel met een shotje ernaast.

'"Met innige deelneming van Robin, Sam, Andy, Saul en Pat",' las Lucy voor. Ze draaide zich om en keek glimlachend naar Strike.

'Wat lief. Heb je Robin verteld dat dat Joans lievelingsbloemen waren, roze rozen?'

'Volgens mij niet.' Strike had het zelf niet eens geweten.

Het betekende heel veel voor hem dat ook zijn bureau Joan een laatste eer had bewezen. In tegenstelling tot Lucy ging hij straks in zijn eentje terug naar Londen, met de trein. Hoewel hij er de afgelopen tien dagen intens naar had verlangd om alleen te kunnen zijn, zag hij er niet naar uit om straks weer op zijn stille zolderkamer te zitten, na deze lange dagen vol angst en verdriet. De rozen, die voor Joan bestemd waren, waren ook voor hem, ze zeiden: je bent niet alleen, je hebt iets opgebouwd, en het is dan misschien geen familie, maar er zijn in Londen wel degelijk mensen die om je geven. Strike zei 'mensen' tegen zichzelf omdat er vijf namen op het kaartje stonden, maar toen hij zich omdraaide en wegliep, dacht hij alleen aan Robin.

Lucy bracht Ted en Strike in Teds auto naar het Ship and Castle, Greg kwam met de jongens achter hen aan. In de auto zei niemand iets; er was een soort emotionele uitputting ingetreden.

Joan had geweten wat ze deed, dacht Strike terwijl hij de vertrouwde straten aan zich voorbij zag glijden. Hij was blij dat ze niet meegingen naar het crematorium, dat ze het lichaam zouden terugkrijgen in een vorm die je tegen de borst kon drukken en op een boot kon meenemen, binnenkort op een stille, zonnige middag, met alleen de familie, om in kleine kring definitief afscheid van haar te nemen.

De ramen van het restaurantgedeelte van het Ship and Castle keken uit over de St Mawes Bay, waar het bewolkt maar windstil was. Strike haalde bier voor Ted en hemzelf, installeerde zijn oom veilig in een stoel bij een groepje bezorgde vrienden, ging toen terug naar de bar voor een dubbele Old Grouse, die hij in één keer achteroversloeg, en liep met zijn glas bier naar het raam.

De zee was staalgrijs, met zo nu en dan een fonkeling als de zilverkleurige randen van de wolken erop vielen. Vanuit het raam van het hotel gezien was St Mawes een palet van muis- en leigrijs, maar de roeibootjes die beneden op het wad lagen vormden welkome vrolijke kleurtoetsen.

'Gaat-ie, Diddy?'

Hij draaide zich om: het waren Polworth en Ilsa, die haar armen naar Strike uitstak om hem te omhelzen. Ze hadden alle drie samen op de basisschool van St Mawes gezeten. Strike herinnerde zich dat Ilsa indertijd niks van Polworth moest hebben. Hij had altijd slecht gelegen bij de meisjes uit hun klas. Over Daves schouder zag Strike Penny, de vrouw van Polworth, die met een groepje vriendinnen stond te praten.

'Nick had heel graag willen komen, Corm, maar hij moest werken,' zei Ilsa.

'Tuurlijk. Heel lief van je dat je gekomen bent.'

'Ik hield van Joan,' zei ze eenvoudigweg. 'Ted komt vrijdagavond bij mijn ouders eten. Mijn vader gaat dinsdag met hem golfen.'

De twee dochters van Polworth, die niet bepaald als braaf bekendstonden, speelden tikkertje tussen de gasten. De kleinste van de twee – Strike wist nooit wie nu Roz en wie Mel was – rende om hen heen en hield zich heel even vast aan de achterkant van Strikes benen, alsof hij een meubelstuk was, en ze loerde naar haar zus en ging er toen giechelend weer vandoor.

'En Ted komt zaterdag bij ons,' zei Polworth alsof er niets was gebeurd. Polworth noch Penny corrigeerde hun kinderen ooit, tenzij de ouders zelf last van ze hadden. 'Dus maak je geen zorgen, Diddy, wij zorgen wel voor die ouwe.'

'Bedankt, jongen,' wist Strike uit te brengen. In de kerk had hij niet gehuild, hij had de afgelopen afschuwelijke dagen niet gehuild, omdat er zoveel geregeld moest worden en het hem goeddeed om bezig te zijn. Maar deze gebaren van zijn oude vrienden, daar was hij niet tegen bestand: hij wilde goed onder woorden brengen hoe dankbaar hij was, want Polworth had hem nog niet de kans gegeven om alles te zeggen wat hij wilde zeggen over het feit dat hij Strike en Lucy in staat had gesteld om bij Joan te kunnen zijn op haar sterfbed. Maar voordat Strike van wal kon steken, kwam Penny Polworth bij hun groepje staan, gevolgd door twee vrouwen die hij niet kende, maar die hem allebei stralend aankeken.

'Hé, Corm,' zei Penny, die donkere ogen en een wipneus had, en al sinds haar vijfde haar haar in een praktische staart droeg. 'Abigail en Lindy willen graag kennis met je maken.'

'Hallo,' zei Strike zonder te glimlachen. Hij schudde hun allebei de hand in de overtuiging dat ze het met hem over zijn successen als detective wilden hebben, en hij was meteen al geïrriteerd. Vandaag wilde hij meer dan ooit alleen maar de neef van Joan zijn. Hij nam aan dat Abigail de dochter van Lindy was, want als je bij de jongste van de twee de zorgvuldig met potlood getekende, geometrisch precieze wenkbrauwen en de zelfbruinertint wegdacht, hadden ze hetzelfde ronde, vlakke gezicht.

'Ze was ontzettend trots op u,' zei Lindy.

'We lezen alles over u in de krant,' zei de mollige Abigail, die ieder moment in gegiechel leek te kunnen uitbarsten.

'Waar bent u nu mee bezig? Daar mag u zeker niks over zeggen, hè?' zei Lindy, terwijl ze hem met haar ogen verslond.

'Hebt u wel eens met het koninklijk huis te maken?' vroeg Abigail.

Jezus.

'Nee,' zei Strike. 'Sorry, ik moet even roken.'

Hij wist dat hij hen had beledigd, maar dat interesseerde hem niet, hoewel hij Joans afkeurende blik al voor zich zag toen hij van het groepje bij het raam wegliep. Het was toch een kleine moeite om even met haar vriendinnen over zijn werk te praten, zou ze gezegd hebben. Joan had graag met hem gepronkt, met de neef die ze bijna beschouwde als de zoon die ze nooit had gekregen, en plotseling wist hij weer, na al het schuldgevoel van de afgelopen dagen, waarom hij zo lang niet meer naar het stadje had willen komen: omdat hij het gevoel had dat hij langzaam stikte onder het gewicht van theekopjes, onderleggertjes van kantpapier en zorgvuldig geregisseerde gesprekken, en Joans verstikkende trots, de nieuwsgierigheid van de buren en de zijdelingse blikken op zijn kunstbeen, als niemand dacht dat hij hen zag kijken.

Hij strompelde de zaal door, haalde zijn telefoon uit zijn zak en toetste zonder er echt bij na te denken Robins nummer in.

'Hé, hallo,' zei ze, lichtelijk verbaasd dat hij belde.

'Hallo.' Strike bleef voor de deur van het hotel even staan om met zijn tanden een sigaret uit het pakje te trekken. Hij liep naar de overkant van de weg en stak hem op, terwijl hij over het wad uitkeek naar de zee. 'Ik bel even om te horen hoe het gaat, en om je te bedanken.'

'Waarvoor?'

'Voor jullie bloemen. Dat stelt de familie erg op prijs.'

'O, fijn... Hoe was de uitvaart?'

'Nou ja, het was een uitvaart.' Strike keek naar een meeuw die op de kalme zee dobberde. 'Daar nog nieuws?'

'Nou, eigenlijk wel, ja,' zei Robin na iets van een aarzeling. 'Maar dit is er misschien niet het juiste moment voor. Ik vertel het wel als je...'

'Het kan nu prima.' Strike hunkerde naar normale dingen, naar iets wat niets met Joan, verdriet of St Mawes te maken had.

En dus vertelde Robin over haar gesprek met Paul Satchwell, en Strike luisterde zwijgend.

'... en toen zei hij dat ik een akelige bitch was,' besloot ze haar verhaal, 'en weg was hij.'

'Jezus.' Strike was oprecht verbaasd, niet alleen over het feit dat Robin erin was geslaagd zoveel informatie uit Satchwell los te krijgen, maar ook over wat ze te weten was gekomen.

'Ik zat net een beetje op mijn telefoon in archieven te kijken – ik zit weer in de Land Rover en ga zo op huis aan. Blanche Doris Satchwell, overleden in 1945, op tienjarige leeftijd. Ze ligt op een begraafplaats even buiten Leamington Spa. Satchwell noemde het een daad van barmhartigheid. Nee,' verbeterde Robin zichzelf, 'hij noemde het een droom, want zo kon hij het aan Margot vertellen en het tegelijkertijd ook nog enigszins aannemelijk blijven ontkennen, snap je? Maar wel een traumatische herinnering om vanaf je zesde mee rond te lopen, hè?'

'Zeg dat wel. En het geeft hem ook een soort motief, mocht hij bang zijn geweest dat Margot het aan de politie zou vertellen...'

'Precies. En wat vind je van wat hij over Janice zei? Waarom heeft ze ons niet verteld dat ze Satchwell kende?'

'Goeie vraag. Vertel nog eens wat hij over Janice te zeggen had.'

'Toen ik hem vertelde dat Janice had gezegd dat Margot gezien zou zijn in Leamington Spa, zei hij dat ze een onruststoker was en dat ze probeerde te suggereren dat hij iets met de verdwijning van Margot te maken had.'

'Heel interessant.' Strike keek fronsend naar de dobberende meeuw die met geconcentreerde blik naar de horizon tuurde en er met zijn wrede, gekromde snavel naar wees. 'En dat over Roy?'

'Hij zei dat iemand hem had verteld dat Roy een moederskindje was, en verwaand. Maar hij wilde me niet vertellen wie dat gezegd had.'

'Lijkt me niks voor Janice, maar je weet maar nooit. Nou, goed werk, Robin.'

'Dank je.'

'Als ik terug ben, moeten we eens goed bijpraten over Bamborough,' zei Strike. 'Nou ja, we moeten over alles bijpraten.'

'Prima. Dan hoop ik dat het daar verder nog goed verloopt,' zei Robin op besliste toon, om aan te geven dat ze het gesprek wilde afronden. Hij wilde nog niet ophangen, maar zij leek te denken dat ze op zijn laatste middag met de nabestaanden geen beslag op zijn tijd mocht leggen, en hij kon geen smoesje bedenken om haar nog langer aan de praat te houden. Ze namen afscheid en Strike stopte zijn telefoon weer in zijn zak.

'Pak aan, Diddy.'

Polworth was met twee verse glazen bier naar buiten gekomen. Strike nam het zijne dankbaar aan, en ze draaiden zich allebei om naar de baai en namen een slok.

'Je gaat morgen terug naar Londen, hè?' vroeg Polworth.

'Ja, maar niet voor lang. Joan wilde dat we met Teds boot haar as op zee zouden verstrooien.'

'Mooi idee.'

'Hé, man... bedankt voor alles nog.'

'Hou op. Jij zou voor mij hetzelfde doen.'

'Ja, inderdaad. Ik zou het voor jou ook doen.'

'Dat kun jij makkelijk zeggen, lul,' zei Polworth zonder een seconde te aarzelen, 'aangezien mijn moeder dood is en ik geen idee heb waar mijn pa uithangt.'

Strike moest lachen. 'Nou, ik ben privédetective. Zal ik hem voor je gaan zoeken?'

'Fuck, nee. Blij dat ik van die lul af ben.'

Ze dronken van hun bier. Het wolkendek brak heel even open en opeens was de zee een tapijt van diamanten met de dobberende meeuw, als een krijtwit origamiwerkje. Net toen Strike zich afvroeg of Polworths vurige liefde voor Cornwall soms een reactie was op zijn afwezige vader, die in Birmingham geboren was, stak Polworth weer van wal.

'Zeg, over vaders gesproken... ik hoorde van Joan dat die van jou weer contact zoekt.'

'O, zei ze dat?'

'Doe niet zo geïrriteerd. Je weet hoe ze was. Ze vond dat ik moest weten dat jij een zware tijd doormaakt. Weinig kans zeker?'

'Ja, weinig kans.'

De korte stilte werd onderbroken door het gegil en gejoel van de twee dochters van Polworth die naar buiten kwamen rennen. Zonder zich iets aan te trekken van hun vader of Strike wurmden ze zich onder de ketting door die de weg van het vochtige kiezelstrand scheidde en renden naar het water, even later gevolgd door Strikes neefje Luke, die een paar roombroodjes in zijn hand hield en duidelijk van plan was die naar de meisjes te gooien.

'Hé daar!' brulde Strike. 'Laat dat!'

Luke keek beteuterd. 'Zíj begonnen.' Hij draaide zich om zodat Strike de witte veeg kon zien op de rug van zijn zwarte colbertje, net nieuw gekocht voor de uitvaart van zijn oudtante.

'En ík maak er een eind aan,' zei Strike, terwijl de meiden van Polworth giechelend over de rand gluurden van de roeiboot waarachter ze beschutting hadden gezocht. 'Leg die dingen terug waar je ze vandaan hebt.'

Met een boze blik op zijn oom nam Luke uitdagend een hap van een van de broodjes, draaide zich toen om en liep weer naar binnen.

'Ettertje,' mompelde Strike.

Polworth keek onverschillig toe terwijl zijn meiden koud zeewater en zand naar elkaar schopten. Hij reageerde pas toen de jongste haar evenwicht verloor, achterover in dertig centimeter ijskoud zeewater viel en een geschrokken gil slaakte.

'Godsamme... naar binnen jullie. Hup – nou niet janken, het is je eigen schuld – hup, naar binnen, nu!'

De drie Polworths liepen het Ship and Castle binnen en lieten Strike weer alleen achter.

De dobberende meeuw, die vast gewend was aan een vloedgolf toeristen, aan het gepuf en geronk van de veerboot naar Falmouth en aan de vissersboten die elke dag de baai in en uit voeren, was niet onder de indruk van het gegil en gekrijs van de dochters van Polworth. Hij hield zijn scherpe ogen strak gericht op iets ver weg op zee, iets wat Strike niet kon zien. Pas toen het wolkendek zich weer sloot en de zee de kleur van ijzer aannam, vloog de vogel eindelijk op. Strike keek hem na terwijl hij hoog in de lucht op brede, gebogen vleugels wegzweefde, weg van de beschutte baai naar de open zee, klaar om het harde, maar noodzakelijke gevecht om het bestaan te hervatten.

DEEL 5

... lusty Spring, all dight in leaues of flowres...

Edmund Spenser
The Faerie Queene

49

After long storms and tempests overblown,
The sun at length his joyous face doth clear;
So whenas fortune all her spite hath shown,
Some blissful hours at last must needs appear;
Else would afflicted wights oft-times despair...

Edmund Spenser
The Faerie Queene

Om acht uur op de ochtend waarop Robin eigenlijk een mediationgesprek met haar bijna-ex-man had moeten hebben, liep ze onder een strakblauwe lucht het metrostation aan Tottenham Court Road uit. De zon voelde als een klein wonder na al die maanden waarin het alleen maar had geregend en gestormd, en Robin had die dag, omdat ze toch niemand hoefde te volgen, een jurk aangetrokken, blij om even niet de eeuwige spijkerbroek en sweatshirt aan te hoeven.

Ook al was ze kwaad omdat Matthew het gesprek amper vierentwintig uur van tevoren had laten afzeggen ('Het spijt mijn cliënt, maar er is iets dringends in de privésfeer tussen gekomen. Aangezien ik zelf in de tweede helft van maart niet beschikbaar ben, stel ik voor dat we een datum in april prikken die beide partijen schikt'), ook al vermoedde ze dat Matthew de boel alleen maar traineerde om te laten zien dat hij macht had en om druk op haar uit te oefenen in de hoop dat ze haar aanspraak op hun gezamenlijke rekening zou laten varen, ze werd opgevrolijkt door de nevelige gloed van het vroege zonlicht waarin de eindeloze wegwerkzaamheden aan het begin van Charing Cross Road baadden. Tijdens de vijf dagen die Robin van Strike verplicht vrij had moeten nemen had ze er niet langer omheen gekund: ze voelde zich veel beter als ze aan het werk was. Ze had geen zin om naar haar ouders in Yorkshire te gaan en daar van haar moeder de bekende stortvloed aan vragen over de scheiding en haar baan over zich heen te krijgen, en ze had niet genoeg geld om uit Londen weg te gaan en in haar eentje een minivakantie te houden, dus had ze het merendeel van haar tijd doorgebracht met het afwerken van haar achterstallige klusjes, en verder was ze met de zaak-Bamborough bezig geweest.

Ze had misschien nog geen echte aanwijzingen, maar wel ideeën, en ze ging nu vroeg naar kantoor in de hoop Strike nog even te kunnen spreken voor de gewone werkdag begon. De pneumatische boren overstemden de kreten van de werklui toen Robin langsliep, tot ze de schaduwrijke stilte van Denmark Street had bereikt, waar de winkels nog niet open waren.

Toen Robin bijna boven aan de metalen trap was aangekomen hoorde ze stemmen vanachter de glazen deur van het kantoor komen. Het was nog niet eens kwart over acht, maar het licht brandde al.

'Goeiemorgen,' zei Strike toen ze de deur opendeed. Hij stond naast de waterkoker en keek lichtelijk verbaasd dat ze er zo vroeg al was. 'Ik dacht dat jij rond de lunch pas zou komen?'

'Ging niet door.'

Ze vroeg zich af of hij was vergeten wat voor afspraak ze die ochtend had gehad, of dat hij discreet deed omdat Morris op de skaileren bank zat. Hoewel Morris knap was als altijd, waren zijn helderblauwe ogen bloeddoorlopen en zijn kaken donker van een stoppelbaard.

'Hé, terug van weggeweest?' zei hij. 'Nou nou, je kunt wel zien dat jij het ervan genomen hebt, zeg.'

Robin ging er niet op in, maar toen ze haar jasje ophing, merkte ze dat ze spijt had dat ze die jurk had aangetrokken. Ze kon het niet uitstaan dat ze zich door toedoen van Morris zo ongemakkelijk voelde, maar het was een stuk eenvoudiger geweest als ze gewoon een spijkerbroek had aangetrokken.

'Morris heeft meneer Smith betrapt met de nanny,' zei Strike.

'Dat is snel!' Robin probeerde ruimhartig te zijn, al had ze liever gewild dat het niet Morris maar iemand anders was gelukt.

'Op heterdaad, om tien over een vannacht.' Morris gaf Robin een digitale camera met nachtkijker. 'Meneer deed alsof hij met zijn vrienden op stap was. De nanny heeft dinsdagavond altijd vrij. Die stomkoppen namen voor de deur afscheid. Beginnersfout.'

Robin scrolde door de foto's. De weelderige nanny die zo op Strikes ex Lorelei leek stond in de deuropening van een rijtjeshuis, in de armen van de echtgenoot van mevrouw Smith. Morris had niet alleen de omhelzing, maar ook de straatnaam en het huisnummer weten vast te leggen.

'Waar is dit?' vroeg ze.

'In Shoreditch. Het huis staat op naam van de beste vriendin van de nanny,' zei Morris. 'Altijd handig om een vriendin te hebben die haar huis laat gebruiken voor een stiekeme wip, toch? Ik heb haar naam en gegevens ook, dus zij wordt hier straks ook in meegesleurd.'

Hij strekte zich loom uit op de bank, met zijn handen boven zijn hoofd, en zei geeuwend: 'Hoe vaak krijg je nou de kans om in één klap drie vrouwen ongelukkig te maken?'

'Om over de echtgenoot nog maar te zwijgen.' Robin keek naar het knappe profiel van de echtgenoot van de grondstoffenmakelaar, in silhouet afgetekend voor een lantaarnpaal terwijl hij terugliep naar de gezinsauto.

'Nou, vooruit.' Morris bleef languit liggen. 'Die ook.'

Zijn T-shirt was omhooggekropen, zodat een stuk van zijn gespierde buik te zien was. Robin vermoedde dat hij zich daar terdege van bewust was.

'Heb je toevallig zin in een ontbijtbespreking?' vroeg Strike aan Robin. Hij had net de koektrommel opengemaakt en gezien dat die leeg was. 'We moeten nodig bijpraten over Bamborough. En ik heb nog niet ontbeten.'

'Prima,' zei Robin, die meteen haar jasje weer pakte.

'Míj neem je nooit mee uit ontbijten,' zei Morris tegen Strike, terwijl hij opstond van de bank.

Strike ging er niet op in. 'Goed werk met Smith, Morris. Ik licht de echtgenote straks wel in. Tot morgen.'

'Vreselijk, hè,' zei Robin toen Strike en zij door de zwarte deur naar buiten liepen, in de koelte van Denmark Street, waar de zon nog niet was doorgedrongen, 'dat verdwenen vliegtuig?'

Elf dagen daarvoor was vlucht 370 van Malaysia Airlines vertrokken in Kuala Lumpur en spoorloos verdwenen. Er werden meer dan tweehonderd mensen vermist. De afgelopen week hadden de kranten vol gestaan met de ene na de andere theorie over wat er met het vliegtuig gebeurd kon zijn, onder andere een kaping, sabotage door de crew en een mechanisch defect. Robin had er onderweg naar haar werk over gelezen. Al die familieleden die op nieuws wachtten. Dat kon nu toch niet meer lang uitblijven? Een vliegtuig met zoveel mensen aan boord raakte niet zo snel vermist als één enkele vrouw, die in de regen van Clerkenwell van de aardbodem was verdwenen.

'Een nachtmerrie voor de nabestaanden,' beaamde Strike terwijl ze de zonnige Charing Cross Road in liepen. Hij bleef even staan en keek links en rechts de straat in. 'Ik heb geen zin in Starbucks.'

Dus liepen ze naar Bar Italia in Frith Street, dat tegenover de jazzclub van Ronnie Scott lag, vijf minuten lopen vanaf kantoor. De metalen tafeltjes en stoelen op de stoep waren allemaal vrij. Ondanks de veelbelovende zon was het deze ochtend in maart nog frisjes. Binnen waren alle krukken aan de bar bezet met klanten die snel een kop koffie naar binnen klokten alvorens aan hun werkdag te beginnen en ondertussen op hun telefoon het nieuws lazen of anders via de spiegel tegenover hen de kast met uitgestalde koopwaar bekeken.

'Is het voor jou warm genoeg als we buiten gaan zitten?' vroeg Strike bedenkelijk. Hij keek van Robins jurk naar de bar binnen. Ze had onderhand echt spijt dat ze haar spijkerbroek niet had aangetrokken.

'Ja hoor, prima. En voor mij alleen een cappuccino, ik heb al gegeten.'

Terwijl Strike iets te eten en hun koffies bestelde, ging Robin op de koude metalen stoel zitten, trok haar jasje wat dichter om zich heen en maakte haar tas open om het in leer gebonden aantekenboek van Talbot eruit te halen, maar na een korte aarzeling bedacht ze zich. Ze wilde niet dat Strike zou denken dat ze de afgelopen dagen alleen maar met Talbots astrologische overpeinzingen bezig was geweest, ook al had ze wel degelijk urenlang dat boek bestudeerd.

'Cappuccino.' Strike kwam terug en zette de koffie voor haar neer. Hij had voor zichzelf een dubbele espresso en een broodje mozzarella met salami gekocht.

'Waarom ging die mediation niet door?' vroeg hij terwijl hij naast haar kwam zitten.

'Matthew beweert dat er iets dringends tussen is gekomen,' zei Robin, blij dat hij nog wist wat voor afspraak ze die ochtend had gehad.

'Geloof je hem?'

'Nee. Ik denk dat hij een spelletje speelt. Ik zag er niet bepaald naar uit, maar dan had ik het in elk geval maar gehad. Maar vertel,' zei ze, want ze had geen zin om het over Matthew te hebben, 'heb je nog iets nieuws over Bamborough gevonden?'

'Niet echt.' Strike had sinds hij terug was uit Cornwall al zijn tijd aan hun andere zaken besteed. 'We hebben de labuitslagen terug van de bloedvlek uit het boek in de woning van de Athorns.'

'En?'

'Bloedgroep O-positief.'

'En heb je Roy gebeld om te vragen...'

'Ja. Margot had A-positief.'

'O.'

'Ik had al niet veel hoop.' Strike haalde zijn schouders op. 'Het leek me meer een bloedvlekje van iemand die zich aan het papier gesneden heeft. Ik heb wel Mucky Ricci gevonden. Hij zit in een particulier verpleeghuis, St Peter's, in Islington. Ik moest me aan de telefoon als iemand anders voordoen om dat bevestigd te krijgen.'

'Mooi zo. Zal ik...?'

'Nee, Shanker wil absoluut niet dat iemand die ouwe tegen de haren in strijkt, voor het geval zijn zonen er lucht van krijgen.'

'Dus *ík* strijk mensen tegen de haren in en jij niet?'

Strike grijnsde een beetje terwijl hij op een hap brood kauwde.

'Het heeft geen zin om Luca Ricci's wantrouwen te wekken als dat niet per se hoeft. Shanker zei dat Mucky kinds was, en ik hoopte dat dat betekende dat hij een beetje minder scherp was dan vroeger. Dat had zelfs in ons voordeel kunnen werken. Maar uit wat ik de verpleegkundige heb weten te ontfutselen maak ik op dat hij niet meer praat.'

'Helemaal niet meer?'

'Blijkbaar niet. Ze zei het tussen neus en lippen door. Ik heb nog geprobeerd uit te vissen of dat komt doordat hij depressief is, of misschien een beroerte heeft gehad, of dat hij dement is, want in dat geval heeft het natuurlijk geen zin om hem te ondervragen, maar dat heeft ze verder niet gezegd.

Ik ben bij dat verpleeghuis wezen kijken. Ik hoopte dat het een grote instelling zou zijn waar je onopgemerkt naar binnen en naar buiten kunt glippen, maar het is meer een soort pension. Ze hebben maar achttien bewoners. De kans dat je daar ongezien binnenkomt of dat je je kunt voordoen als een ver familielid lijkt me praktisch nihil.'

Nu Ricci onbereikbaar leek te zijn kreeg Robin, die niet meer belangstelling voor hem had gehad dan voor de andere verdachten, irrationeel genoeg onmiddellijk het gevoel dat er iets heel belangrijks voor hun onderzoek verloren was gegaan.

'Dat neemt niet weg dat ik nog wel een keer een poging bij hem ga wagen,' zei Strike. 'Maar op dit moment is wat het ons zou kunnen opleveren het niet waard om een stelletje professionele gangsters tegen ons in het harnas te jagen. Aan de andere kant: als we in augustus niks anders hebben, zal ik toch moeten proberen om Ricci aan de praat te krijgen.'

Naar zijn toon te oordelen was Strike zich er maar al te zeer van bewust dat ruim de helft van het jaar dat ze aan de zaak-Bamborough mochten besteden voorbij was.

'Ik heb ook contact gelegd met C.B. Oakden, de biograaf van Margot, die nogal moeilijk doet,' ging hij verder. 'Hij vindt zichzelf geloof ik erg belangrijk voor het onderzoek, al denk ik daar anders over.'

'Is hij op geld uit?'

'Ik heb de indruk dat hij uit is op alles wat hij kan krijgen. Hij leek mij net zo graag te willen interviewen als door mij geïnterviewd te willen worden.'

'Misschien speelt hij wel met het idee om een boek over jou te schrijven, zoiets als hij over Margot heeft geschreven.'

Er kon bij Strike geen glimlachje van af. 'Hij komt op mij even uitgekookt als dom over. Het schijnt niet in hem te zijn opgekomen dat ik waarschijnlijk heel veel over zijn schimmige verleden weet, gezien het feit dat ik hem na tal van naamsveranderingen toch heb weten op te sporen. Maar ik snap wel hoe het hem is gelukt om al die oude vrouwen op te lichten. Aan de telefoon weet hij heel goed de indruk te wekken dat hij iedereen uit de omgeving van Margot kent en zich alles herinnert. Het ging allemaal heel soepel. "Ja, dokter Gupta, aardige man", "O ja, Irene, beetje lastige tante". Dat werkt heel overtuigend, tot je beseft dat hij veertien was toen Margot verdween en hij ze allemaal hooguit een paar keer heeft ontmoet.

Maar over Brenner wilde hij niets vertellen, en in hem ben ik juist geïnteresseerd. "Daar moet ik over nadenken," zei hij. "Ik weet niet of ik het daar wel over wil hebben." Ik heb hem tot nog toe twee keer gebeld. Allebei de keren probeerde hij over mij te beginnen, waarna ik weer over Brenner begon, maar toen beëindigde hij het gesprek met de smoes dat hij iets dringends moest doen. Beide keren beloofde hij dat hij me zou terugbellen, maar dat heeft hij niet gedaan.'

'Je denkt toch niet dat hij die gesprekken opneemt, hè? Dat hij informatie over jou probeert te verzamelen die hij aan de krant kan verkopen?'

'Het is wel even in me opgekomen,' gaf Strike toe, terwijl hij suiker in zijn koffie deed.

'Zal ik de volgende keer anders eens met hem praten?'

'Dat is misschien niet eens zo'n slecht idee. Maar goed, hoe dan ook' – hij nam een slok koffie – 'meer heb ik niet aan Bamborough kunnen doen sinds ik terug ben. Zodra ik even een paar uur vrij heb ben ik wel van plan om bij Janice, de praktijkassistente, langs te gaan. Die moet onderhand terug zijn uit Dubai, en ik wil weten waarom ze nooit heeft verteld dat ze Paul Satchwell kende. Ik denk dat ik haar deze keer maar niet laat weten dat ik kom. Het heeft zo zijn voordelen om onverwacht voor iemands neus te staan. En jij, nog nieuws?'

'Nou,' zei Robin, 'Gloria Conti, of Jaubert, zoals ze tegenwoordig heet, heeft niet op Anna's e-mail gereageerd.'

'Jammer,' zei Strike met een frons. 'Ik dacht dat we meer kans maakten dat ze met ons zou willen praten als Anna het haar vroeg.'

'Dat dacht ik ook. Laten we het nog een week de tijd geven en dan aan Anna vragen of ze erachteraan wil gaan. Het ergste wat er kan gebeuren is dat we nog een definitief "nee" krijgen. Iets beter nieuws is dat ik straks een afspraak heb met Amanda White, die nu Amanda Laws heet.'

'Hoeveel gaat ons dat kosten?'

'Niets. Ik heb een beroep gedaan op haar geweten. Ze deed eerst alsof ze overtuigd moest worden, maar ik voelde gewoon dat ze de publiciteit prachtig vindt, en het idee om jou te ontmoeten. Ze wil weer in de krant komen als het dappere schoolmeisje dat haar verhaal over de vrouw voor het raam heeft volgehouden, ook toen de politie haar niet geloofde. Terwijl ze in het begin, toen ik net contact met haar had, deed alsof ze geen zin had in de stress van weer al die media-aandacht, tenzij er voor haar iets aan te verdienen viel.'

'Is ze nog steeds getrouwd?' Strike viste zijn sigaretten uit zijn zak. 'Want zo te horen zijn Oakden en zij voor elkaar geschapen. Misschien moeten we dat er gewoon bij gaan doen: zwendelaars aan elkaar koppelen.'

Robin moest lachen. 'Zodat ze samen criminele kinderen kunnen krijgen en wij dus nooit om werk verlegen zullen zitten?'

Strike stak zijn sigaret op en blies de rook uit. 'Geen waterdicht businessplan. Als twee ellendelingen samen een kind krijgen, heb je niet de garantie dat dat ook een ellendeling wordt. Ik ken heel fatsoenlijke mensen die door regelrechte rotzakken zijn grootgebracht, en omgekeerd.'

'Dus jij denkt dat *nature* belangrijker is dan *nurture*?'

'Zou kunnen. Mijn drie neefjes zijn toch allemaal op dezelfde manier grootgebracht? En...'

'... eentje is leuk, eentje is een jankende zeurpiet en eentje is een ettertje,' zei Robin.

Strikes bulderende lach leek de getergd uitziende man in pak die gehaast langsliep met een mobiel tegen zijn oor gedrukt te ergeren.

'Dat heb je goed onthouden.' Strike grijnsde nog steeds terwijl hij de kwaad kijkende man nakeek. Hij had de laatste tijd zelf ook wel eens een bui gehad waarin hij zich stoorde aan de vrolijkheid van andere mensen, maar op dit moment, zo met de lente in aantocht, en met lekkere koffie en Robin naast zich, besefte hij opeens dat hij in maanden niet zo gelukkig was geweest.

'Niemand wordt hetzelfde opgevoed. Zelfs niet in hetzelfde huis, met dezelfde ouders. Je plaats in het gezin doet ertoe, en nog veel meer dingen. Trouwens, Maya, de dochter van Wilma Bayliss, heeft toegezegd dat ze met ons wil praten. We proberen een datum te prikken. Ik geloof dat ik je had verteld dat de jongste zus herstellende is van borstkanker, dus ik wil ze niet te veel op hun nek zitten. En er is nog iets,' zei Robin een beetje ongemakkelijk.

Strike, die zich weer op zijn broodje had gestort, zag tot zijn verbazing dat Robin het in leer gebonden aantekenboek van Talbot uit haar tas haalde, terwijl hij dacht dat dat nog op kantoor achter slot en grendel in de archiefkast lag.

'Ik heb hier nog eens in zitten kijken.'

'Je denkt zeker dat ik iets over het hoofd heb gezien?' zei Strike met volle mond.

'Nee, ik...'

'Prima, hoor. Zou best kunnen. Iedereen maakt fouten.'

Inmiddels bereikte de zon langzaam Frith Street, en de bladzijden van het oude aantekenboek lichtten geel op toen Robin het opensloeg.

'Het gaat over Schorpioen. Weet je nog?'

'De persoon over wiens dood Margot zich mogelijk zorgen maakte?'

'Ja, die. Jij dacht dat Schorpioen misschien de getrouwde vriendin van Steve Douthwaite was, die zelfmoord heeft gepleegd.'

'Ik sta open voor andere theorieën,' zei Strike. Nu hij zijn broodje op had, veegde hij zijn handen af en pakte zijn sigaretten weer. 'In de aantekeningen wordt de vraag gesteld of Waterman Vissen heeft beschuldigd, toch? Ik ging ervan uit dat daarmee bedoeld werd of Margot Douthwaite had beschuldigd.'

Ondanks zijn neutrale toon vond Strike het uitermate vervelend om aan de sterrenbeelden herinnerd te worden. Het tijdrovende en uiteindelijk weinig bevredigende werk om uit te zoeken welke verdachten en getuigen er met elk astrologisch teken werden bedoeld was bepaald niet zijn favoriete onderdeel van het speurwerk geweest.

'En verder,' zei Robin, terwijl ze twee opgevouwen kopietjes uit het aantekenboek schoof, 'zat ik me af te vragen... Bekijk dit eens.'

Ze gaf de twee documenten aan Strike, die ze openvouwde en zag dat het kopieën van twee geboorteaktes waren, de ene van Olive Satchwell en de andere van Blanche Satchwell.

'Olive was Satchwells moeder,' zei Robin, terwijl Strike al rokend de documenten bestudeerde. 'En Blanche was zijn zusje, dat als kind van tien is overleden – mogelijk met een kussen op haar gezicht.'

'Ik hoop niet dat je denkt dat ik uit deze geboortedata hun sterrenbeeld kan opmaken,' zei Strike, 'want ik heb niet de hele dierenriem uit mijn hoofd geleerd.'

'Blanche is geboren op 25 oktober, dus die is Schorpioen. Olive is geboren op 29 maart. Volgens het traditionele systeem zou zij dan Ram zijn, net als Satchwell...'

Tot Strikes verbazing pakte Robin nu een exemplaar van *Astrology 14* van Steven Schmidt uit haar tas.

'Het heeft me veel moeite gekost dit te vinden. Het is al heel lang niet meer leverbaar.'

'Zo'n meesterwerk? Dat verbaast me.' Strike keek toe hoe Robin naar een pagina bladerde met daarop een lijst met data van aangepaste sterrenbeelden, volgens Schmidt.

Robin glimlachte, maar liet zich niet van de wijs brengen.

'Moet je kijken,' zei ze. 'Volgens Schmidts systeem was de moeder van Satchwell Vissen.'

'Gaan we nu die twee systemen door elkaar gebruiken?'

'Nou, dat heeft Talbot wel gedaan. Hij vond dat Irene en Roy hun Schmidt-teken moesten krijgen, maar andere mensen mochten gewoon hun traditionele sterrenbeeld houden.'

'Maar Talbot heeft op basis van iemands oorspronkelijke sterrenbeeld enorme, vergaande aannames gedaan.' Strike was zich er terdege van bewust dat hij logica probeerde toe te passen op iets wat in wezen onlogisch was. 'Brenner viel af als verdachte, louter en alleen omdat hij...'

'... Weegschaal was, ja.'

'Oké, maar wat gebeurt er met het idee dat Janice helderziend zou zijn en met het Monster van Essex dat Steenbok is als alle data beginnen te verschuiven?'

'Overal waar het traditionele sterrenbeeld afwijkt van dat van Schmidt, lijkt het erop dat hij heeft gekozen voor het sterrenbeeld dat hij het best bij die persoon vond passen.'

'Waardoor dit dus één grote schijnvertoning wordt. En bovendien worden hiermee alle sterrenbeelden en verdachten die ik in kaart heb gebracht in twijfel getrokken.'

'Ik weet het. Het lijkt erop dat het voor Talbot zelf ook enorm stressvol was om met allebei de systemen te werken, want vanaf dat moment is hij zich voornamelijk op asteroïden en de tarot gaan concentreren.'

'Oké.' Strike blies de rook de andere kant uit. 'Ga even door op wat je net zei: als het zusje van Satchwell Schorpioen was en haar moeder Vissen... Help me even. Wat stond er ook alweer precies in die passage over Schorpioen?'

Robin bladerde terug in Talbots aantekenboek tot ze bij de passage kwam die versierd was met tekeningetjes van de krab, de vis, de schorpioen, de bok met de vissenstaart en de urn van de waterdrager.

'"Waterman gealarmeerd door de dood van Schorpioen, vraagteken",' las ze voor. 'En – in hoofdletters – "SCHMIDT IS HET MET ADAMS EENS". Dan: "Heeft Waterman Vissen aangesproken over Schorpioen? Was Kreeft erbij, is Kreeft getuige geweest? Kreeft is aardig, wil van nature beschermen", dan, in hoofdletters: "OPNIEUW ONDERVRAGEN. Schorpioen en Waterman houden verband met elkaar, water, water, ook Kreeft, en Steenbok", in hoofdletters: "HEEFT VISSENSTAART".'

'We gaan ervan uit dat Kreeft nog steeds voor Janice staat, toch?' vroeg Strike met gefronst voorhoofd.

'Nou ja, Janice en Cynthia zijn de enige twee Kreeften die iets met de zaak te maken hebben, en Janice lijkt hier beter te passen. Laten we zeggen dat Margot besloot om iets te doen met haar verdenking dat de moeder van Satchwell zijn zusje had gedood. Als zij Olive vanuit de praktijk heeft gebeld, zou Janice het gesprek hebben kunnen horen, toch? En als Janice de familie Satchwell kende, of iets met hen te maken had waar wij niks van weten, heeft ze misschien niet aan de politie willen vertellen wat ze gehoord had, uit angst dat ze Olive daarmee verdacht zou maken.'

'Waarom zou Margot jaren hebben gewacht om haar vermoedens over de kussendroom uit te zoeken?' vroeg Strike, maar voor Robin antwoord kon geven, deed hij dat zelf al. 'Mensen hebben er soms natuurlijk jaren voor nodig om te besluiten op wat voor manier ze na zoiets in actie moeten komen. Of om er genoeg moed voor te verzamelen.'

Hij gaf Robin de twee kopietjes terug.

'Nou ja, als dat het verhaal achter dat gedoe met die Schorpioen is, blijft Satchwell nog steeds een hoofdverdachte.'

'Ik heb zijn adres in Griekenland niet te pakken kunnen krijgen,' zei Robin schuldbewust.

'Als het moet, vinden we hem wel via de zus die nog leeft.'

Strike nam een slok koffie en vroeg toen, enigszins tegen beter weten in: 'Wat zei je nou net over asteroïden?'

Robin bladerde verder in het schrift om Strike de bladzijde te laten zien die ze in Leamington Spa had zitten bestuderen, en die ze in gedachten de 'hoornpagina' noemde.

'Gaandeweg lijkt hij helemaal gestopt te zijn met de normale astrologie. Ik denk dat hij door Schmidt zo in de war was geraakt dat hij het niet meer op een rijtje kreeg, dus toen is hij zijn eigen systeem gaan bedenken. Hij heeft de stand van de asteroïden op de avond dat Margot is verdwenen berekend. Kijk hier...'

Robin wees het symbool ⚴ aan.

'Dat symbool staat voor de asteroïde Pallas Athene – weet je nog die lelijke klok in het huis van de familie Phipps? – en die gebruikt hij om Margot aan te duiden. De asteroïde Pallas Athene stond op de avond dat Margot verdween in het tiende huis van de dierenriem, en het tiende huis wordt bestierd door Steenbok. Het schijnt ook van invloed te zijn op bedrijven, de bovenklasse en bovenverdiepingen.'

'Denk je dat Margot nog steeds bij iemand op zolder zit?'

Robin glimlachte, maar liet zich niet van de wijs brengen.

'En kijk, dit hier...' Ze draaide het schrift naar hem toe. 'Als we ervan uitgaan dat de andere asteroïden ook naar levende mensen verwijzen, hebben we hier Ceres, Juno en Vesta. Ik denk dat hij met Vesta, "de godin van het haardvuur", Cynthia bedoelt. Vesta stond in het zevende huis, en dat is het huis van het huwelijk. Talbot schrijft "KLOPT", dus volgens mij wil hij hiermee zeggen dat Cynthia zich in de echtelijke woning van Margot bevond, in Broom House. "Zorgzame, beschermende Ceres" lijkt me weer op Janice te duiden. Zij staat in het twaalfde huis, en Juno ook, die geassocieerd wordt met "echtgenotes en ontrouw", wat ons weer zou kunnen terugvoeren naar Joanna Hammond, Douthwaites getrouwde vriendin...'

'Waar staat het twaalfde huis voor?'

'Vijanden, geheimen, verdriet en ongeluk.'

Strike keek haar met opgetrokken wenkbrauwen aan. Hij had

Robin haar verhaal laten doen omdat de zon scheen en hij genoot van haar gezelschap, maar hij had het helemaal gehad met de astrologie.

'Het is ook het huis van Vissen,' zei Robin, 'en dat is Douthwaites sterrenbeeld, dus misschien...'

'Jij denkt dat Janice en Joanna Hammond allebei in Douthwaites flat waren toen Margot werd ontvoerd?'

'Nee, maar...'

'Want dat kan lastig worden, als je bedenkt dat Joanna Hammond al weken dood was toen Margot verdween. Of probeer je nou te zeggen dat haar geest bij Douthwaite kwam spoken?'

'Oké, ik weet heus wel dat het misschien niks wil zeggen,' zei Robin. Half lachend zette ze door. 'Maar Talbot heeft hier ook nog iets anders opgeschreven: "Ceres weigert contact met Juno. Zou Cetus gelijk kunnen hebben?"'

Ze wees het symbool van de walvis aan, dat stond voor Irene.

'Ik kan me niet voorstellen dat Irene Hickson nou in veel dingen gelijk had,' zei Strike. Hij trok het leren aantekenboek naar zich toe om het kleine, obsessieve gekrabbel van Talbot wat beter te kunnen bekijken, en schoof de aantekeningen toen met een enigszins ongeduldig schouderophalen weer van zich af. 'Je kunt je zo makkelijk door die onzin laten meeslepen. Toen ik de aantekeningen doornam, probeerde ik zijn gedachtestroom te volgen en begon ik allemaal verbanden te leggen, maar hij was ziek, hè? Het leidt allemaal niet tot iets concreets.'

'Ik was gewoon geïntrigeerd door dat "Zou Cetus gelijk kunnen hebben?", want Talbot wantrouwde Irene toch al van meet af aan? En dan vraagt hij zich opeens af of ze misschien gelijk gehad zou kunnen hebben over... over iets wat met vijanden, geheimen en ongeluk te maken heeft...'

'Als we er ooit achter komen wat er met Margot Bamborough is gebeurd, durf ik er honderd pond onder te verwedden dat je net zo goed kunt hardmaken dat dat occulte gedoe van Talbot een schot in de roos was als dat hij er volkomen naast zat. Je kunt die symbolische onzin altijd zo draaien dat het strookt met de feiten. De moeder van een van mijn vrienden raadde altijd wat voor sterrenbeeld iemand was, en ze had het élke keer goed.'

'Echt?'

'Nou en of. Want zelfs als ze ernaast zat, had ze gelijk. Dan bleek diegene een heleboel planeten in dat sterrenbeeld te hebben of dan had, ik zeg maar wat, de verloskundige die hem of haar ter wereld had gebracht dat sterrenbeeld. Of zijn of haar hond.'

'Oké,' zei Robin gelaten. Ze had toch al wel verwacht dat Strike er sceptisch tegenover zou staan, en ze stopte het in leer gebonden aantekenboek en *Astrology 14* weer in haar tas. 'Ik weet dat het misschien niks te betekenen heeft, maar ik wil alleen...'

'Als jij Irene Hickson nog een keer wilt opzoeken, ga je gang. Zeg maar tegen haar dat Talbot dacht dat ze misschien een diepgaand inzicht had in iets wat te maken heeft met asteroïden en, weet ik veel, kaas...'

'Het twaalfde huis gaat niet over kaas,' zei Robin, die er streng bij probeerde te kijken.

'Welk nummer heeft het zuivelhuis dan wel?'

'Ach, rot op,' zei ze, en ze moest toch lachen.

Haar telefoon trilde in haar zak, en ze zag dat er een bericht binnengekomen was.

Hallo Robin, ik kan nu praten, als je wilt. Ik heb net afgesproken dat ik een latere dienst draai, dus ik hoef pas over een paar uur naar mijn werk. Anders wordt het vanavond na 8 uur. Amanda

'Amanda White,' zei ze tegen Strike. 'Die wil nu praten.'

'Ik vind het prima,' zei hij, blij dat hij qua onderzoek terug was op veilig terrein. Of ze nu loog of niet, het gesprek met Amanda White zou in elk geval over een echte vrouw bij een echt raam gaan.

Robin toetste Amanda's nummer in, zette haar telefoon op speaker en legde hem tussen Strike en haar in op tafel.

'Hallo,' zei een zelfverzekerde vrouwenstem met een licht Noord-Londens accent. 'Ben jij het, Robin?'

'Ja. En Cormoran zit naast me.'

'Goeiemorgen,' zei Strike.

'O, bent u er ook?' Amanda klonk opgetogen. 'Wat een eer. Ik heb tot nu toe alleen uw assistente gesproken.'

'Ze is mijn partner, hoor.'

'O, echt? Zakelijk, of dat andere?'

'Zakelijk,' zei Strike zonder Robin aan te kijken. 'Ik heb begrepen dat Robin het met jou heeft gehad over wat je hebt gezien op de avond dat Margot Bamborough is verdwenen?'

'Dat klopt.'

'Heb je er bezwaar tegen als we dit gesprek opnemen?'

'Eh... nee,' zei Amanda. 'Ik bedoel, ik wil gewoon doen wat goed is, al kan ik niet ontkennen dat het wel een beetje een dilemma voor me was, want vorige keer is het allemaal erg stressvol geweest. Journalisten, twee politieverhoren, en ik was pas veertien. Maar ik ben altijd een koppige meid geweest, haha, en ik heb voet bij stuk gehouden...'

En dus vertelde ze het verhaal dat Strike en Robin al kenden: over de regen, de boze vriendin, het raam op de bovenverdieping, en dat Amanda Margot achteraf had herkend, toen ze haar foto in de krant zag. Strike stelde een paar vragen, maar hij merkte wel dat Amanda haar verhaal nooit zou veranderen. Of ze nu oprecht geloofde dat ze Margot Bamborough die avond voor het raam had zien staan of niet, ze was duidelijk vastbesloten om haar link met het veertig jaar oude mysterie nooit ofte nimmer op te geven.

'... en ik word eigenlijk sindsdien achtervolgd door het idee dat ik niks gedaan heb, maar ik was veertien en het is pas later tot me doorgedrongen dat ík haar had kunnen redden,' besloot ze haar relaas.

'Oké,' zei Robin toen Strike knikte ten teken dat hij alles had gehoord wat hij wilde horen, 'bedankt dat je met ons hebt willen praten, Amanda. Ik stel het echt...'

'Er is nog iets, voor je ophangt. Dit moeten jullie echt horen. Het is ongelooflijk toevallig, en ik geloof niet eens dat de politie ervan weet, want ze zijn allebei dood.'

'Wie zijn er dood?' vroeg Robin. Strike stak nog een sigaret op.

'Nou,' zei Amanda, 'hoe bizar wil je het hebben? Op mijn vorige werk was er een jong meisje en zij had een oudtante...'

Strike rolde met zijn ogen.

'... die in een hospice lag en wie denk je dat daar ook zat?'

'Ik zou het niet weten,' zei Robin beleefd.

'Violet Cooper. Je weet waarschijnlijk niet wie...'

'De hospita van Dennis Creed.'

'Precies!' zei Amanda, zo te horen blij dat Robin het belang van haar verhaal op waarde wist te schatten. 'Maar goed, hoe dan ook, vind je het niet vreemd dat ik Margot achter dat raam zag staan en dat ik dan jaren later een collega heb die familie is van Vi Cooper? Ze noemde zichzelf inmiddels wel anders, want iedereen had een hekel aan haar.'

'Dat is inderdaad toevallig.' Robin keek angstvallig niet naar Strike. 'Nou, bedankt...'

'Dat is nog niet alles!' zei Amanda lachend. 'Nee, het verhaal is nog niet uit! Nou, dus de oudtante van dat meisje zei dat Vi had verteld dat ze Creed één keer een brief heeft geschreven waarin ze hem vroeg of hij Margot Bamborough had vermoord.'

Amanda liet een stilte vallen, duidelijk in afwachting van een reactie, dus zei Robin, die hier al over had gelezen in *De demon van Paradise Park*: 'Jeetje.'

'Zeg dat wel. En Vi schijnt gezegd te hebben – op haar sterfbed, dus ze sprak de waarheid, want dat doen mensen op hun sterfbed, toch? – dus Vi zei dat hij haar een brief teruggeschreven had en dat daarin stond dat hij haar inderdaad had vermoord.'

'Echt?' zei Robin. 'Ik dacht dat die brief...'

'Nee, maar dit komt rechtstreeks van Violet,' zei Amanda, terwijl Strike nogmaals zijn ogen ten hemel sloeg, 'en zij zei dat hij het echt gedaan heeft, dat hij het haar min of meer heeft verteld. Hij zei het op zo'n manier dat alleen zij het zou begrijpen, maar ze wist precies wat hij bedoelde. Bizar toch? Ik zie Margot voor het raam en dan, jaren later...'

'Ongelooflijk,' zei Robin. 'Nou, ontzettend bedankt dat je de tijd hebt willen nemen, Amanda, het was echt heel, eh...'

Het duurde nog een paar minuten voor ze, na nog meer niet-gemeende bedankjes, het gesprek met Amanda kon beëindigen.

'Wat denk je?' vroeg ze aan Strike toen ze zich eindelijk van Amanda had weten te verlossen.

Hij wees naar de lucht.

'Wat moet ik zien?' Ze keek omhoog.

'Als je heel goed kijkt,' zei Strike, 'zie je misschien net een asteroïde door het huis van lulkoek heen vliegen.'

50

Aye me (said she) where am I, or with whom?
Emong the liuing, or emong the dead?

Edmund Spenser
The Faerie Queene

De daaropvolgende dagen werd Strike in beslag genomen door speurwerk dat niets met de zaak-Bamborough te maken had. Zijn eerste poging om Janice Beattie, de praktijkassistente, onaangekondigd thuis te treffen was mislukt. Hij vertrok onverrichter zake weer uit Nightingale Grove, een onopvallende straat die pal tegen de Southeastern-spoorlijn aan lag.

De woensdagmiddag erop, toen hij zijn tweede poging deed, waaide het en dreigden er buien. Strike liep vanaf metrostation Hither Green naar Janice' huis, over een stoep met rechts van hem hekwerk en een haag die de weg van het spoor scheidden. Hij dacht aan Robin terwijl hij daar al rokend voortploeterde, omdat ze net de gelegenheid om samen met hem Janice te ondervragen had afgeslagen, met als verklaring dat ze 'iets anders' te doen had, maar zonder uit te leggen wat dat dan was. Toen Strike had voorgesteld om Janice gezamenlijk te ondervragen, meende hij in Robins reactie iets van behoedzaamheid te bespeuren, bijna op het defensieve af, terwijl ze normaal gesproken alleen maar teleurgesteld zou hebben gereageerd.

Sinds ze bij Matthew weg was, was Strike eraan gewend geraakt dat Robin en hij wat losser en opener met elkaar omgingen, dus deze weigering, in combinatie met haar toon en uitblijvende verklaring, maakte hem nieuwsgierig. Er waren natuurlijk dingen waarvan ze hem waarschijnlijk niet op de hoogte zou brengen – consulten bij de gynaecoloog of zo – maar dan had hij verwacht dat ze op zijn minst zou zeggen: 'Ik moet naar de dokter.'

De lucht betrok toen Strike het huis van Janice naderde, dat aanzienlijk kleiner was dan dat van Irene Hickson. Het was een rijtjeshuis. Voor alle ramen hing vitrage en de voordeur was donkerrood. Pas toen Strike de straat al half was overgestoken, viel hem op dat er achter de vitrage van de woonkamer licht brandde. Toen tot hem doordrong dat zijn beoogde slachtoffer dus thuis was, zette hij alle gedachten aan zijn zakenpartner uit zijn hoofd, stak iets sneller verder over en klopte stevig aan. Terwijl hij stond te wachten hoorde hij door het raam op de begane grond het gedempte geluid van een tv die hard aanstond. Hij overwoog net om nog een keer aan te kloppen, voor het geval Janice het de eerste keer niet had gehoord, toen de deur openging.

In tegenstelling tot de vorige keer dat ze elkaar hadden ontmoet, keek de doktersassistente, die een bril met stalen montuur droeg, geschrokken en bepaald niet blij om Strike te zien. Achter haar schalden uit de tv, die hij van hieruit niet kon zien, twee Amerikaanse vrouwenstemmen: '*So you love the bling?*' '*I love the bling!*'

'Eh... heb ik een bericht gemist, of...?'

'Sorry dat ik onaangekondigd langskom,' huichelde Strike, 'maar ik was in de buurt, en ik vroeg me af of u even een paar minuten tijd voor me hebt.'

Ze keek over haar schouder. Een aanstellerige mannenstem zei nu: 'De jurk waar Kelly voor gevallen is, is een uniek stuk dat speciaal voor de modeshow...'

Janice had duidelijk de pest in toen ze zich weer omdraaide naar Strike. 'Nou... goed dan,' zei ze, 'maar het is hier een bende – en kunt u alstublieft uw voeten fatsoenlijk vegen, want die vent die laatst onaangekondigd hier voor de deur stond had hondenpoep onder zijn schoenen. Doe die deur maar achter u dicht.'

Strike liep naar binnen en Janice beende weg, de woonkamer in. Hij dacht dat ze de tv wel zou uitzetten, maar dat deed ze niet. Terwijl hij zijn voeten veegde op de kokosmat achter de deur, zei een mannenstem: 'Deze unieke bruidsjapon zou wel eens onvindbaar kunnen zijn, dus Randy gaat op zoek...' Na een korte aarzeling op de deurmat bedacht Strike dat Janice vast verwachtte dat hij achter haar aan zou komen, en liep hij de kleine woonkamer binnen.

Strike, die een aanzienlijk deel van zijn jeugd met zijn moeder in kraakpanden had doorgebracht, had een heel ander beeld bij 'bende' dan Janice. Het was er vol, en overal stond wel iets, maar de enige tekenen van echte rommel waren een krant, de *Daily Mirror*, die in een leunstoel lag, een verfrommelde verpakking naast een geopend pakje dadels op de lage salontafel en een föhn, die vreemd genoeg naast de bank op de grond lag en waarvan Janice net de stekker eruit trok.

'Antonella heeft hier de jurk die het dichtst bij Kelly's keuze in de buurt komt, een japon vol bling van 15.000 dollar...'

'De spiegel hier beneden is beter voor als ik m'n haar moet föhnen,' legde Janice uit, terwijl ze met een rood gezicht overeind kwam met de föhn in haar hand, en ze keek er een beetje ontstemd bij, alsof Strike haar dwong zich nader te verklaren. 'Ik had het wel fijn gevonden als ik het van tevoren had geweten,' zei ze erachteraan, waarbij ze zo streng keek als maar kon voor een vrouw die normaal gesproken altijd glimlachte. 'U overvalt me.'

Strike moest opeens heel sterk aan Joan denken, die altijd helemaal zenuwachtig werd als er mensen langskwamen terwijl de stofzuiger of de strijkplank nog in de kamer stond.

'Sorry. Zoals ik al zei, ik was toevallig in de buurt...'

'Terwijl Kelly zich al in nummer één hult, kan ze haar droomjurk nog altijd niet uit het hoofd zetten,' zei de voice-over luid, en zowel Strike als Janice keek even naar de tv, waarop een jonge vrouw zich in een nauwsluitende, half doorzichtige witte jurk wurmde, bezaaid met zilverkleurige strassteentjes.

'*Say Yes to the Dress*,' zei Janice, die dezelfde donkerblauwe trui en broek aanhad als de vorige keer dat Strike haar had gezien. 'Mijn guilty pleasure... Wilt u thee?'

'Alleen als het geen moeite is,' zei Strike.

'Een beetje moeite is 't altijd wel, niewaar?' zei Janice, en er was voor het eerst weer iets van een glimlach op haar gezicht te bespeuren. 'Maar ik wilde toch al voor mezelf gaan zetten tijdens het eerste reclameblok, dus dan kunt u net zo goed ook een kopje nemen.'

'In dat geval graag.'

'Als ik deze jurk niet vind...' De aanstellerige weddingconsulent op televisie had zulke hevig geëpileerde wenkbrauwen dat ze op zijn gezicht getekend leken. Hij zocht gejaagd de rekken vol witte jurken langs. 'Dan is het niet...'

Het scherm ging op zwart. Janice had de tv met haar afstandsbediening uitgezet.

'Dadel?' Ze hield Strike het doosje voor.

'Nee, dank u.'

'Ik heb hele dozen uit Dubai meegenomen. Die wou ik als cadeautje geven, maar ik kan er gewoon niet van afblijven. Gaat u zitten. Ben zo terug.'

Toen ze de kamer uit liep, met de föhn in haar ene hand en de dadels in haar andere, meende Strike weer een heimelijke blik op zijn onderbenen te bespeuren. Hij ging in een leunstoel zitten, die kraakte onder zijn gewicht.

Strike vond de kleine woonkamer benauwend. Het voornamelijk rode tapijt had een motief van felle krullen en daarbovenop lag een goedkoop rood Turks vloerkleed. Aan de rode wanden hingen ingelijste droogbloemen, tussen oude foto's in houten lijstjes, sommige zwart-wit, en de kleurenfoto's waren verschoten. Er was een servieskast die vol stond met goedkope prullaria van geblazen glas. Het grootste geval, een koets van Assepoester met zes glazen paarden ervoor, had een ereplaats gekregen op de schoorsteenmantel, boven de elektrische kachel. Onder Janice' no-nonsensekleren klopte blijkbaar een romantisch hart.

Een paar minuten later kwam ze terug met een dienblad met rieten handgrepen met daarop twee bekers thee, met de melk er al in, en een schaaltje chocoladekoekjes. Door thee te gaan zetten was ze haar gast iets beter gezind geraakt, leek het wel.

'Dat is mijn Larry,' zei ze toen ze Strike naar een dubbel lijstje op het tafeltje naast hem zag kijken. Aan de ene kant was een te zware man te zien met slaperige ogen en een rokersgebit. Aan de andere kant een blonde vrouw, dik maar knap.

'Aha. En dit is...?'

'Mijn zusje, Clare. Overleden in '97. Alvleesklierkanker. Ze waren d'r laat bij.'

'Ach jee, wat akelig.'

'Ja,' zei Janice met een diepe zucht. 'Ik heb ze allebei rond dezelfde tijd verloren. Om u de waarheid te zeggen,' zei ze terwijl ze op de bank ging zitten, waarbij haar knieën hoorbaar knakten, 'toen ik hier na Dubai weer binnenkwam, dacht ik: ik moet nodig eens wat nieuwe foto's neerzetten. Ik werd er somber van, bij binnenkomst, al die dooie mensen... Ik heb een paar hartstikke mooie van Kev en de kleinkinderen op vakantie, maar die moet ik nog laten afdrukken. Die knul van hiernaast zou 't voor me doen. Al mijn oude foto's van Kev en de kinderen zijn van twee jaar geleden. Ik heb die jongen dat kaartje... Hoe heet zo'n ding?'

'De geheugenkaart?' opperde Strike.

'Die bedoel ik. De kinderen van hiernaast lachen me gewoon uit. Maar Irene is nog erger dan ik. Die kan amper een batterij vervangen. Maar goed, waar kwam u nou voor?'

Omdat Strike niet het risico wilde lopen meteen afgescheept te worden, was hij van plan zijn vragen over Satchwell als laatste te stellen. Hij haalde zijn notitieboekje tevoorschijn en sloeg het open.

'Sinds de laatste keer dat we elkaar gezien hebben, zijn er een paar dingen bij me opgekomen. Het eerste heb ik ook aan dokter Gupta gevraagd, maar hij kon me niet helpen. U misschien wel, hoop ik. Weet u toevallig iets over ene Niccolo Ricci, die ook wel eens "Mucky" wordt genoemd?'

'Was dat niet een ouwe gangster? Ik weet dat hij hier ergens in de buurt woonde, in Clerkenwell, maar ik heb 'm nooit ontmoet. Waarom wilt u... O, heeft Irene u soms over die fundering verteld?'

'Pardon?'

'O, nee, niks. Begin jaren zeventig kwam er allerlei nieuwbouw in Clerkenwell en toen hebben een paar bouwvakkers onder een van de gesloopte panden een lijk gevonden, in beton gegoten. Gangsters uit Little Italy zouden het daar in de jaren veertig hebben verstopt, werd er gezegd. Maar Eddie – Eddie van Irene bedoel ik, die bouwvakker met wie ze uiteindelijk is getrouwd – zo hebben ze mekaar leren kennen, hier in de pub, toen het bedrijf waar-ie voor werkte daar van alles aan het bouwen was – Eddie zei dat het allemaal onzin was. Zelf heb ik 't ook nooit geloofd. Irene wel, denk ik, een beetje,' zei Janice erachteraan, terwijl ze een koekje in haar thee doopte.

'Wat heeft dit met Margot te maken?' vroeg Strike.

'Nou, toen Margot was verdwenen, had je een theorie dat 'r lichaam in een van de funderingen was gegooid die nog openlagen, en toen bedekt met beton. In '74 werd hier namelijk nog 't een en ander gebouwd.'

'Waren er dan mensen die wilden suggereren dat Ricci haar had vermoord?'

'Gut, nee zeg!' Janice stootte een geschrokken lachje uit. 'Wat heeft Mucky Ricci met Margot te maken? Het kwam door dat gerucht, meer niet. Dat bracht mensen op een idee, dat je een lichaam in beton kon begraven. Mensen kunnen soms zo stom zijn. Larry, m'n man, zei tegen me – die was bouwvakker, moet u weten – dat die mannen in de bouw echt wel zien of er een lading vers beton is gestort als ze 's ochtends op hun werk komen.'

'Wist u dat Ricci naar de kerstborrel van de St John-praktijk is geweest?'

'Hè, wat?' zei Janice met volle mond.

'Hij kwam daar op het eind van de borrel aan, met een paar andere mannen, waarschijnlijk om Gloria naar huis te brengen.'

'Hebben die... Wát?' zei Janice met een oprecht verbijsterde blik. 'Mucky Ricci en Gloria? Hou op, zeg. Komt dit door...? Nee wacht, u moet niet luisteren naar wat Irene zegt, niet als het over Gloria gaat. Irene... ze laat zich meeslepen. Die heeft Gloria nooit erg gemogen. En soms heeft ze het totaal bij het verkeerde eind. Ík heb nog nooit gehoord dat de familie van Gloria iets met misdaad te maken zou hebben. Irene heeft te veel *Godfather*-films gekeken. De eerste daarvan hebben we samen gezien, in de bioscoop, en daarna ben ik 'm nog twee keer in m'n eentje gaan kijken. James Caan, snapt u wel?' verzuchtte ze. 'Mijn droomman.'

'Ricci was in elk geval op de kerstborrel van de praktijk. Voor zover ik heb begrepen, kwam hij pas helemaal op het eind opdagen.'

'Nou, toen was ik al weg. Ik moest naar huis, naar Kev. Leeft-ie nog, Ricci?'

'Ja.'

'Die moet dan toch behoorlijk op leeftijd zijn.'

'Inderdaad.'

'Toch vreemd. Wat had Ricci nou bij St John te zoeken?'

'Daar hoop ik dus achter te komen.' Strike sloeg een bladzijde van zijn notitieboekje om. 'Verder wilde ik u nog iets vragen over Joseph Brenner. Herinnert u zich nog die familie waarvan u dacht dat ze Applethorpe heetten? Nou, ik ben erachter gekomen...'

'U gaat me toch niet vertellen dat u ze gevonden hebt, hè?' zei Janice, onder de indruk. 'En hoe heetten ze nou?'

'Athorn.'

'Athorn!' Ze leek opgelucht. 'Ik wíst wel dat het niet Applethorpe was. Ik heb er dagen mee rondgelopen, toen... Hoe gaat het met ze? Ze hebben het fragiele-x-syndroom, toch? Ze zitten toch niet in een tehuis?'

'Ze wonen nog steeds in dezelfde flat,' zei Strike, 'en ze redden zich redelijk goed, geloof ik.'

'Ik hoop maar dat ze een beetje ondersteuning krijgen.'

'Er is een maatschappelijk werker bij betrokken, die helemaal aan hun kant lijkt te staan. Dat brengt me op wat ik u verder wilde vragen. Die maatschappelijk werker zegt dat Deborah na de dood van Gwilherm heeft verteld...' Hij aarzelde even. 'Eh, die maatschappelijk werker formuleerde het zo: Gwilherm liet Deborah, eh... de hoer spelen.'

'Wát?' De glimlach gleed van Janice' gezicht.

'Ik snap dat het een akelige gedachte is,' zei Strike neutraal. 'Toen ik met Deborah sprak vertelde ze me dat dokter Brenner thuis bij haar langskwam. Ze zei dat hij eh... haar had gevraagd haar broek uit te trekken...'

'Nee!' zei Janice, en haar afkeer leek instinctief. 'Nee, ik weet zeker... Nee, dat klopt niet. Zo kan dat nooit gegaan zijn, als ze een inwendig onderzoek nodig had. Dat zou hij op de praktijk hebben gedaan.'

'Maar u zei toch dat ze straatvrees had?'

'Ja, maar...'

'Samhain, de zoon, zei dat hij dokter Brenner een "ouwe viespeuk" vond.'

'Hij... Maar... Nee, het... het móét een onderzoek geweest zijn... misschien na de bevalling? Maar dat had ík moeten doen, als doktersassistente... Ik word er niet goed van, zeg,' zei Janice ontdaan. 'Je denkt dat je alles gehoord hebt, maar... Nee, ik word er niet goed van. Ik bedoel, ik ben daar één keer geweest voor dat kind en toen heeft ze geen woord tegen me gezegd... maar toen was híj er natuurlijk, de vader, die maar bleef vertellen over die stomme magische krachten van 'm. Ze durfde waarschijnlijk niks... Nee, ik word er niet goed van, de schoft.'

'Het spijt me,' zei Strike, 'maar ik moet het u vragen: hebt u ooit gehoord dat Brenner prostituees bezocht? Hebt u in de buurt ooit geruchten over hem gehoord?'

'Nooit. Als ik erover had gehoord, had ik het wel aan iemand verteld. Dat was ik verplicht, in onze wijk. Alle vrouwen daar stonden bij onze praktijk ingeschreven. Dan was ze een patiënt van ons geweest.'

'In de aantekeningen van Talbot staat dat iemand beweert dat hij Brenner op de avond van Margots verdwijning in Michael Cliffe House heeft gezien. Brenner heeft zelf aan de politie verklaard dat hij rechtstreeks naar huis is gegaan.'

'Michael Cliffe House... dat is toch die torenflat aan Skinner Street? Daar woonden patiënten van ons, maar voor de rest...' Janice leek zich niet goed te voelen. 'Ik ben er helemaal naar van,' zei ze. 'Hij en die arme mevrouw Athorn... en ik hem maar verdedigen tegenover alles en iedereen, vanwege wat hij in de oorlog had meegemaakt. Nog geen twee weken terug zat de zoon van Dorothy hier, precies waar u nu zit...'

'Is Carl Oakden hier geweest?' vroeg Strike op scherpe toon.

'Ja. Die veegde z'n voeten ook al niet. De hele vloerbedekking onder de poep.'

'Wat kwam hij doen?'

'Nou, hij dééd alsof hij gezellig kwam bijpraten. Je zou denken dat ik hem na al die tijd niet zou herkennen, maar hij was eigenlijk niet eens zo erg veranderd. Maar goed, hij ging in die stoel zitten, waar u nu zit, en begon allerlei onzin te vertellen over vroeger en beweerde dat zijn moeder zulke fijne herinneringen aan me had – ha! Dorothy Oakden, fijne herinneringen aan míj? Dorothy vond Irene en mij maar een stelletje sloeries, met rokjes tot boven de knie, samen naar de pub...

Hij begon ook nog over u,' zei Janice, en ze keek hem met haar kraaloogjes strak aan. 'Hij wilde weten of ik u al had gesproken. Hij heeft een boek over Margot geschreven, moet u weten, maar dat heeft nooit de winkels gehaald, en daar is-ie kwaad over. Hij heeft er uitgebreid over verteld toen-ie hier was. Hij wil nu nog een boek schrijven, en door ú is-ie op dat idee gekomen. De beroemde detective die de zaak oplost – of de beroemde detective die de zaak níét oplost. Carl vindt 't allebei best.'

'Wat zei hij over Brenner?' vroeg Strike. Straks had hij nog alle tijd om erover na te denken wat het voor gevolgen kon hebben als een amateurbiograaf door het onderzoek heen kwam banjeren.

'Hij zei dat dokter Brenner een sadistische ouwe man was, dus ik zat het min of meer voor dokter Brenner op te nemen... maar nu komt u met dat verhaal over Deborah Athorn...'

'Zei Oakden dat Brenner een sadist was? Dat is nogal wat.'

'Vond ik ook. Carl zei dat hij 'm nooit had gemogen, hij zei dat dokter Brenner vroeger vaak bij Dorothy langsging, wat ik nooit geweten heb, hij ging er op zondag vaak eten en zo. En ik maar denken dat het gewoon collega's waren. Dokter Brenner heeft Carl waarschijnlijk een keer flink op z'n donder gegeven, meer niet. Het was als kind een ellendeling, die Carl, en hij lijkt me ook iemand die lang wrokkig kan zijn.'

'Als Oakden nog eens bij u langskomt, raad ik u aan hem niet binnen te laten,' zei Strike. 'Hij heeft in de gevangenis gezeten. Wegens oplichting van' – hij wist 'oude' nog net in te slikken – 'alleenstaande vrouwen, die hij geld afhandig heeft gemaakt.'

'O!' zei ze geschrokken. 'Jemig. Ik moet Irene waarschuwen. Hij zei dat hij ook nog bij haar langs wilde.'

'En u had de indruk dat hij met name in Brenner geïnteresseerd was, toen hij hier langskwam?'

'Nou, nee. Hij was vooral in ú geïnteresseerd, maar we hebben het wel meer over Brenner gehad dan over de andere collega's van de praktijk.'

'Mevrouw Beattie, hebt u toevallig nog dat overlijdensbericht van Brenner uit de krant, waar u het de vorige keer over had? U zei toch dat u dat bewaard had?'

'O,' zei Janice met een blik op de la onder in haar servieskast. 'Ja... dat wilde Carl ook zien, toen hij hoorde dat ik 't had.'

Ze hees zich van de bank omhoog en liep naar de servieskast. Ze hield zich aan de schoorsteenmantel vast om haar evenwicht te bewaren, ging op haar knieën zitten, trok de la open en begon erin te rommelen.

'Ze zijn niet zo netjes gesorteerd, de knipsels. Irene vindt me gestoord, met m'n kranten,' voegde ze eraan toe, tot aan haar polsen in de la. 'Die heeft nooit zo'n belangstelling gehad voor het nieuws of de politiek of dat soort dingen, maar ik heb altijd interessante berichten bewaard: medische dingen, en, ik zal eerlijk zijn, een artikeltje over het koningshuis vind ik ook altijd wel leuk, en...'

Ze trok ergens aan, een hoek van een kartonnen map of iets dergelijks.

'... en Irene mag het gerust raar vinden, maar ik zie niet in wat er mis mee is om zo'n verhaal...'

De map schoot los.

'... over iemands leven... te bewaren...' Janice schuifelde op haar knieën naar de salontafel. 'Wat is daar nou morbide aan? Het is niet gekker dan een foto bewaren.'

Ze sloeg de map open en zocht tussen de knipsels, waarvan sommige vergeeld waren van ouderdom.

'Ziet u wel? Dat heb ik voor haar bewaard, voor Irene.' Janice hield een artikel over koningskruid omhoog. 'Schijnt goed te zijn voor de spijsvertering, dus ik dacht dat Eddie wel een paar van die plantjes voor haar in de tuin kon zetten. Ze slikte veel te veel pillen voor haar darmen, dat kan niet goed zijn, maar Irene is zo iemand voor wie iets in pilvorm verkocht moet worden, anders vertrouwt ze het niet...

Prinses Diana.' Janice zuchtte terwijl ze de voorpagina van een bewaarnummer van de krant voor Strike omhooghield. 'Ik was fan...'

'Mag ik...?' Strike stak zijn hand uit naar een paar krantenknipsels.

'Ga uw gang.' Janice tuurde over haar bril heen naar de stukjes papier die Strike oppakte. 'Dat artikel over diabetes is heel interessant. Sinds ik met pensioen ben is er zoveel veranderd in de zorg. Mijn petekind heeft type 1. Ik hou het graag allemaal bij... Dat in uw andere hand is zeker het stuk over het kind dat is gestorven aan buikvliesontsteking?'

'Ja.' Hij bekeek het knipsel, dat zo oud was dat het bruin was geworden.

'Ja,' zei Janice somber, terwijl ze door krantenartikeltjes bleef bladeren. 'Vanwege hem ben ik verpleegkundige geworden. Zo ben ik op het idee gekomen. Hij woonde twee deuren verder toen ik klein was. Ik heb dat uitgeknipt en bewaard, de enige foto die ik van hem zou hebben... Ik heb m'n ogen uit m'n kop gejankt. De dokter werd erbij geroepen, maar die is verdorie nooit komen opdagen.' Janice' toon had nu iets hards. 'Voor een rijkeluiskind was hij wel gekomen, dat wist iedereen, maar de kleine Johnny Marks uit Bethnal Green... niet belangrijk. De dokter heeft wel een berisping gekregen, maar is nooit geschorst. Als ik érgens een hekel aan heb, is het dat mensen anders worden behandeld vanwege de plek waar ze geboren zijn.'

Ogenschijnlijk zonder enig gevoel voor ironie schoof ze met een vragend gezicht wat foto's van leden van het koningshuis opzij. 'Waar is dat stuk over dokter Brenner nou?' mompelde ze.

Met een paar knipsels nog in haar hand schuifelde ze op haar knieën terug naar de open la en zocht verder.

'Nee, het zit er echt niet bij.' Janice kwam terug naar de salontafel. 'Wat gek...'

'U denkt toch niet dat Oakden het heeft meegenomen?'

Ze keek op. 'De brutale hond,' zei ze langzaam. 'Hij had het verdomme kunnen vragen.'

Ze schoof haar knipsels weer in de map, stopte die terug in de la, hees zich aan de schoorsteenmantel overeind, waarbij haar knieën opnieuw luid knakten, en ging met een zucht van verlichting op de bank zitten.

'Weet u, die knul heeft altijd al lange vingers gehad.'

'Hoezo dan?'

'Er verdween geld, in de praktijk.'

'O ja?'

'Ja. Na de verdwijning van Margot is het allemaal uitgekomen. Er verdwenen steeds kleine bedragen, en ze dachten dat Wilma het deed, de schoonmaakster – dat dacht iedereen, behalve ik. Íк heb altijd gedacht dat het Carl was. Die kwam na school vaak langs, en in de vakanties. Ik heb het er onder vier ogen met dokter Gupta over gehad, maar... ik weet niet, misschien wilde hij Dorothy niet van streek maken, en bovendien was het makkelijker om Wilma te ontslaan. Oké, er speelden nog andere dingen met Wilma... Ze dronk, en ze maakte ook niet echt goed schoon. Ze kon niet bewijzen dat ze nooit iets had gestolen, en toen het team erover ging vergaderen heeft ze zelf ontslag genomen. Ze wist al waar het op uit zou draaien.'

'En hield die diefstal toen op?'

'Ja, maar wat zegt dat? Misschien dacht Carl wel dat hij er beter mee kon ophouden, nadat hij bijna tegen de lamp was gelopen.'

Daar had ze een punt, vond Strike. 'Nog een paar vragen. Eerst even over een zekere Joanna Hammond.'

'Moet ik die kennen?'

'Dat was...'

'De vriendin van Steve Douthwaite. Zelfmoord gepleegd. Ja, die.'

'Weet u nog of zij bij de praktijk stond ingeschreven?'

'Nee, ze was geen patiënte bij ons. Volgens mij woonden ze in Hoxton.'

'Dus Margot kan niet met de lijkschouwer gesproken hebben, of op een andere manier beroepsmatig iets met haar dood te maken hebben gehad?'

'Nee, het zal bij haar net zo zijn gegaan als bij mij: nooit van die vrouw gehoord, tot ze dood was en Steve om hulp kwam vragen. Maar ik denk dat ik wel weet waarom u ernaar vraagt. Talbot was er heilig van overtuigd dat Steve het Monster van Essex was, hè? Hij ging maar door over Steve, al die keren dat hij mij ondervraagd heeft. Maar Steve Douthwaite was een zachtmoedig mens, eerlijk waar. Ik heb in mijn jeugd een paar verdomd gewelddadige kerels meegemaakt. Mijn vader was er ook zo een. Ik ken dat type, en Steve was beslist niet zo.'

Strike dacht aan de vrouwen die de ogenschijnlijke kwetsbaarheid van Dennis Creed innemend hadden gevonden, en hij hield wijselijk zijn mond.

'Talbot wilde weten of ik ooit bij die Joanna thuis was geweest, als praktijkassistente. Ik zei dat ze geen patiënt bij St John was, maar hij ging maar door. Of ik haar dood niet toch een beetje verdacht vond? En ik maar zeggen: "Ik heb die vrouw nooit ontmoet. Hoe moet ík dat weten?" Ik kreeg er eerlijk gezegd schoon genoeg van om zo behandeld te worden. Ik heb tegen Talbot gezegd: "Vraag gewoon wat de lijkschouwer ervan vond!"'

'En u weet niet of er een ander sterfgeval was dat Margot niet helemaal vertrouwde? Iets wat misschien was geregistreerd als een natuurlijke dood, of een ongeval, maar waarvan zij dacht dat er misschien sprake kon zijn geweest van een misdrijf?'

'Waarom vraagt u dat?'

'Ik probeer alleen iets uit Talbots aantekeningen duidelijk te krijgen. Hij schijnt te hebben gedacht dat Margot bedenkingen had over de manier waarop iemand was gestorven. U werd in verband met dat sterfgeval genoemd.'

Janice sperde haar ronde blauwe ogen open achter haar bril.

'U wordt genoemd omdat u ergens getuige van zou zijn geweest, of misschien ergens bij aanwezig was,' legde Strike uit. 'Er was geen enkele sprake van een beschuldiging.'

'Ik mag hopen van niet, zeg! Nee, ik ben nooit ergens getuige van geweest. Dan had ik het toch wel verteld?'

Er viel even een stilte waarvan Strike inschatte dat hij die maar beter niet kon verbreken, en inderdaad stak Janice weer van wal.

'Moet u horen, ik kan niet na veertig jaar voor Margot spreken. Ze is dood, hè? Dat zou niet eerlijk zijn, voor ons allebei niet. Ik heb geen zin om jaren later verdenkingen rond te strooien.'

'Ik probeer alleen maar mogelijke onderzoeksrichtingen uit te sluiten.'

Er viel nu een iets langere stilte. Janice' blik dwaalde over het dienblad naar de foto van haar overleden echtgenoot, met zijn bruinige tanden en vriendelijke, slaperige ogen. Toen slaakte ze een zucht.

'Oké dan, maar ik wil dat u opschrijft dat dit Margots idee was, niet het mijne, oké? Ik beschuldig niemand.'

'Lijkt me redelijk.' Strike hield zijn pen in de aanslag.

'Goed dan. Nou... het lag allemaal heel gevoelig, omdat we met haar samenwerkten – met Dorothy, bedoel ik. Dorothy en Carl woonden bij Dorothy's moeder in huis. Maud heette ze, al had ik dat niet meer geweten als Carl hier niet laatst was geweest. We zaten te praten en ik zei iets over zijn oma, en toen noemde hij haar "die stomme Maud", niet "oma" of niks.

Maar goed, Maud had een ontsteking aan d'r been, een zweer die maar niet wilde genezen. Die moest verbonden en verzorgd worden, dus ik kwam daar vaak over de vloer. Elke keer dat ik daar was zei ze dat het huis van háár was, niet van Dorothy. Haar dochter en kleinzoon woonden bij haar in. Dat vond ze leuk om te zeggen. Voelde ze zich machtig.

Ik zal niet zeggen dat ze leuk gezelschap was. Een zuur oud mens. Het was nooit goed. Ze klaagde vaak dat haar kleinzoon verwend was – maar wat ik al zei, hij was vroeger een echte ellendeling, dus ik kan het 'r niet kwalijk nemen. Maar hoe dan ook, voordat die zweer op d'r been genezen was ging ze dood, van de trap gevallen. Lopen ging al niet best, want ze had natuurlijk een tijd het bed moeten houden met dat zere been, en ze liep met een stok. Nu vallen er inderdaad wel eens mensen van de trap, en als je wat ouder bent, kan dat natuurlijk ernstige gevolgen hebben, maar... Hoe dan ook, een week later vroeg Margot of ik even in haar spreekkamer wilde komen omdat ze met me wilde praten, en toen... ja, toen kreeg ik de indruk dat Margot het niet helemaal vertrouwde. Ze heeft 't nooit met zoveel woorden gezegd, ze vroeg alleen wat ik ervan dacht. Ik wist wat ze bedoelde... maar wat moesten we? We waren er niet bij toen ze viel, en de familie zei dat ze beneden waren geweest en haar alleen hadden horen vallen, en toen lag ze onder aan de trap, bewusteloos, en twee dagen later is ze in het ziekenhuis gestorven. Dorothy toonde geen enkele emotie, maar dat deed ze toch al nooit, nergens over. Wat moesten we?' zei Janice nog een keer, en ze stak haar handen omhoog. 'Ik begreep natuurlijk wel in welke richting Margot dacht, want zij wist dat het huis van Maud was, en nu zaten Dorothy en Carl er warmpjes bij en... Over dat soort dingen denken dokters na, dat snap ik. Zij krijgen het op hun bordje als ze iets over het hoofd hebben gezien. Maar uiteindelijk heeft Margot er nooit iets mee gedaan, en voor zover ik weet is er ook nooit iemand over begonnen.

Zo,' besloot ze met een kleine zucht van verlichting omdat ze het verteld had, 'nu weet u het.'

'Dank u wel.' Strike maakte een aantekening. 'Daar kan ik mee verder. Maar eh... hebt u dit ooit tegen Talbot gezegd?'

'Nee. Maar iemand anders misschien wel. Iedereen wist dat Maud dood was en hoe ze was doodgegaan, want Dorothy nam voor de begrafenis een dag vrij. Eerlijk gezegd wilde ik aan het eind van al die verhoren met Talbot gewoon wegwezen daar. Hij wilde vooral dat ik over m'n dromen vertelde. Ik vond het gewoon eng, eerlijk gezegd. Vreemde toestand, al met al.'

'Dat geloof ik graag. Goed, dan heb ik nog één vraag, en dan ben ik klaar. Mijn compagnon is erin geslaagd Paul Satchwell op te sporen.'

'O,' zei Janice zonder enige blijk van gêne of ongemak. 'Aha. Dat was Margots vroegere vriend, toch?'

'Ja. Nou, het verbaasde ons dat u beiden elkaar blijkt te kennen.'

Ze keek hem uitdrukkingsloos aan. 'Wat?'

'Dat u elkaar kent.'

'Paul Satchwell en ik?' vroeg Janice met een lachje. 'Ik heb die man nooit ontmoet!'

'Echt niet?' Strike bekeek haar wat aandachtiger. 'Toen hij hoorde dat u ons had verteld dat Margot in Leamington Spa gezien zou zijn, werd hij heel boos. Hij zei iets in de trant van' – Strike las het uit zijn notitieboekje voor – 'dat u hem probeerde zwart te maken.'

Er viel een lange stilte. Tussen Janice' ronde blauwe ogen verscheen een fronsrimpel. 'Heeft-ie mijn naam genoemd?' vroeg ze uiteindelijk.

'Nee. Hij leek uw naam zelfs niet meer te weten. Hij herinnerde zich u alleen als "de assistente". Hij heeft ook tegen Robin gezegd dat Margot en u elkaar niet mochten.'

'Zei hij dat Margot *míj* niet mocht?'

'Ja, het spijt me.' Strike keek aandachtig naar haar.

'Maar... Nee, sorry hoor, dat klopt niet. We konden 't hartstikke goed met mekaar vinden! Behalve die ene keer met Kev en z'n buik... Oké, toen ben ik tegen d'r uitgevallen, maar ik wist dat ze het goed bedoelde. Ze dacht dat ze me een plezier deed door 'm te onderzoeken... en ik voelde me beledigd omdat... Nou ja, je schiet in de verdediging hè, als moeder, als je denkt dat een andere vrouw vindt dat je je kinderen niet goed verzorgt. Ik moest het allemaal alleen doen met Kev en... het komt gewoon harder aan, als je in je eentje bent.'

'Maar waarom zegt Satchwell dan dat hij u kende, en dat u hem zwart wilde maken?'

De stilte die hierop volgde werd onderbroken door het geluid van een trein die achter de haag voorbijreed: een aanstormend gedreun dat aanzwol en weer afnam, en toen het voorbij was, sloot de stilte van de woonkamer zich als een luchtbel, waarin de detective en de verpleegkundige elkaar bleven aankijken.

'Dat weet u vast al,' zei Janice eindelijk.

'Wat zou ik moeten weten?'

'Ach, hou toch op. Al die dingen die u hebt opgelost – u bent niet op uw achterhoofd gevallen. Volgens mij weet u het al en probeert u me alleen maar bang te maken, zodat ik het zelf vertel.'

'Ik probeer u beslist niet bang...'

'Ik weet dat u haar niet mocht. Irene. Doe nou maar niet alsof. Ik weet dat ze u irriteerde. Als ik geen mensenkennis had, had ik mijn werk niet kunnen doen, voortdurend bij vreemden over de vloer, hè? En ik was héél goed in mijn werk.' Op de een of andere manier kwam die opmerking niet arrogant over. 'Luister, u hebt Irene in een aanstellerige bui gezien. Ze vond het zo spannend om u te ontmoeten dat ze er een enorme vertoning van heeft gemaakt.

Het valt voor een vrouw niet mee om alleen te wonen als je gewend bent aan gezelschap, snapt u wel? Zelfs ik moest weer even wennen toen ik terugkwam uit Dubai. Je raakt eraan gewend om familie om je heen te hebben, en opeens ben je weer terug in dat lege huis, in je eentje... Zelf kan ik goed alleen zijn, maar Irene vindt het verschrikkelijk. Ze is een heel goede vriendin voor me geweest,' zei Janice, fel maar zonder stemverheffing. 'Heel lief. Ze heeft me financieel geholpen na de dood van Larry, toen ik geen penny had. De deur stond altijd voor me open. We trekken met elkaar op, we kennen elkaar al heel lang. Oké, ze heeft het soms hoog in d'r bol, nou en? Dat geldt voor zoveel mensen...'

Er viel weer een korte stilte.

'Wacht,' zei Janice kordaat. 'Ik moet even bellen.'

Ze stond op en liep de kamer uit. Strike wachtte. Door de vitrage zag hij de zon opeens achter een kogelgrijze wolk tevoorschijn glijden, zodat de glazen Assepoesterkoets op de schoorsteenmantel felle neonkleuren aannam.

Janice kwam terug met een mobiele telefoon in haar hand. Ze keek ongerust. 'Ze neemt niet op.'

Ze ging weer op de bank zitten. Er viel opnieuw een stilte.

'Oké dan,' zei Janice uiteindelijk, alsof Strike haar zo streng had toegesproken dat ze wel iets móést zeggen. 'Satchwell heeft niet míj gekend, maar Irene. En nou niet meteen denken dat ze iets gedaan heeft wat ze niet had mogen doen! Niet in criminele zin, bedoel ik. Ze zat er vreselijk mee, na afloop. En ik was bezorgd om háár... O, god.' Ze haalde diep adem. 'Nou, goed dan... Ze was indertijd verloofd met Eddie. Eddie was stukken ouder dan Irene. Hij droeg haar op handen, en zij hield ook van hem. Wel waar,' zei Janice, ook al had Strike haar niet weersproken. 'En ze was vreselijk jaloers als Eddie zelfs maar naar iemand anders kéék... Maar ze lustte wel een borreltje en ze was een echte flirt. Stelde niks voor. Meestal niet... Die vent, die Satchwell, zat toch in een band?'

'Ja, inderdaad.'

'Nou, Irene zag ze optreden, in een of andere pub. Ik was er niet bij, die avond dat ze Satchwell leerde kennen. Ik heb er pas over gehoord toen Margot vermist was.

Dus zij ziet Satchwell optreden en... nou ja, ze vond hem leuk. En na afloop zag ze 'm het café binnenkomen en hij liep zo door naar achteren, waar Margot stond, in een hoekje, met 'r regenjas aan. Irene dacht dat Satchwell haar al vanaf het podium had zien staan. Zelf had Irene Margot nog niet gezien, want ze stond helemaal vooraan, met 'r vriendinnen. Hoe dan ook, ze zag die twee, en Satchwell en Margot praatten even samen – echt heel kort, volgens Irene – en toen leek het wel of ze ruzie kregen. Irene dacht op een gegeven moment dat Margot haar zag staan, en toen liep Margot de pub uit.

Dus Irene gaat naar Satchwell toe en zegt dat ze de band zo goed vond en alles en, nou ja, van het een kwam het ander en... ja.'

'Waarom zou Satchwell denken dat zij de praktijkassistente was?' vroeg Strike.

Janice grijnsde. 'Nou, om u de waarheid te zeggen: dat zei ze dus altijd met d'r domme hoofdje als een kerel haar probeerde te versieren. Ze deed altijd alsof ze verpleegkundige was, dat vonden de mannen leuk. Zolang ze maar niks over medische zaken wisten, kon ze het hun wijsmaken, want ze had op haar werk de namen van medicijnen en alles voorbij horen komen, hoewel ze de meeste verkeerd uitsprak, de schat.' Ze sloeg vluchtig haar ogen ten hemel.

'Dus het was een onenightstand, of...?'

'Nee, het heeft een week of twee, drie geduurd. Langer niet. Toen Margot verdween... nou, toen was de lol er wel af. Dat kunt u zich voorstellen. Maar een paar weken lang was Irene... smoorverliefd, kun je wel zeggen. Ze hield echt van Eddie, hoor... Ze was er trots op dat ze een oudere man had, Eddie, succesvol zakenman en alles, dat-ie met haar wilde trouwen, maar... Eigenlijk gek, hè?' zei Janice zacht. 'We zijn allemaal dieren, als puntje bij paaltje komt. Ze was helemaal hoteldebotel van Paul Satchwell. Een paar weken maar. Ze probeerde hem zo vaak mogelijk te zien, ging stiekem naar hem toe... Ik denk eerlijk gezegd dat hij zich rot geschrokken is van haar, want uit wat ze me later heeft verteld, maak ik op dat hij alleen maar met haar naar bed ging om Margot een hak te zetten. Eigenlijk wilde hij Margot... en dat drong te laat tot Irene door. Ze had zich laten gebruiken.'

'Dus het verhaal over Irenes kiespijn,' zei Strike, 'dat later veranderde in een middagje winkelen...'

'Ja,' zei Janice zacht. 'Die middag was ze bij Satchwell. Ze had dat recept van haar zus gepikt om het tegenover de politie te kunnen gebruiken. Ik heb dat allemaal naderhand pas gehoord. Ze kwam in tranen bij me langs om haar hart uit te storten. Aan wie moest ze het anders vertellen? Niet aan Eddie, en ook niet aan haar ouders! Ze was doodsbang dat het uitkwam en dat ze Eddie zou kwijtraken. Dat had haar de ogen geopend. Ze wilde Eddie, en niemand anders, en ze was bang dat hij het zou uitmaken als hij erachter zou komen van Satchwell. Weet u wat het is, Satchwell had Irene de laatste keer dat ze elkaar zagen bijna letterlijk gezegd dat hij haar gebruikte om Margot terug te krijgen. Hij was kwaad geworden op Margot omdat zij had gezegd dat ze alleen maar uit nieuwsgierigheid naar de band was komen kijken, en omdat ze hem keihard had afgewezen toen hij haar mee naar zijn huis probeerde te krijgen. Hij heeft 'r toen dat houten Vikingdingetje gegeven. Dat had-ie bij zich, in de hoop dat ze zou komen, en hij zal wel gedacht hebben dat ze gewoonweg zou smélten als hij dat deed, en dat Roy dan wel z'n biezen kon pakken... alsof dat zo makkelijk gaat, een man en kind in de steek laten, voor een houten poppetje... Hij zei ook nog lelijke dingen over Margot tegen Irene... dat ze mannen expres opgeilde, en nog veel ergere dingen...

Afijn, Margot wordt vermist, de politie werd erbij gehaald, en Satchwell belde Irene op om te zeggen dat ze niet mocht vertellen dat hij kwaad was op Margot, en zij smeekte hem om nooit aan iemand over hun stiekeme verhouding te vertellen, en dat was het dan. Ik was de enige die het wist, en ik heb m'n mond gehouden, want... nou ja, dat doe je voor je vriendin, niewaar?'

'Dus toen Charlie Ramage zei dat hij Margot in Leamington Spa had gezien,' zei Strike, 'wist u toen...'

'... dat Satchwell daarvandaan komt? Nee, dat wist ik indertijd niet, niet toen Charlie het me voor het eerst vertelde. Maar kort daarna stond er een verhaal in de krant over een ouwe vent in Leamington Spa die een bord in z'n voortuin had gezet. "Blank verenigd tegen de zwarte invasie" of iets dergelijks, walgelijk. Larry en ik waren uit eten met Eddie en Irene, en Eddie vertelde over die ouwe racist in het nieuws, en toen Irene en ik naar de wc gingen, zei ze tegen me: "Leamington Spa, daar kwam Paul Satchwell vandaan." Ze had het al ik weet niet hoe lang niet meer over hem gehad.

Ik zeg het eerlijk, daar voelde ik me echt ongemakkelijk door, dat zij me dat vertelde, want ik dacht, o mijn god, stel nou dat Charlie Margot echt gezien heeft? Stel nou dat Margot er met haar ex vandoor is gegaan? Maar toen dacht ik: wacht 's even, als Margot niet verder is gekomen dan Leamington Spa, hoe kan het dan dat ze sindsdien niet meer gezien is? Het is niet bepaald Timboektoe, hè?'

'Nee,' zei Strike. 'Dat klopt. Is dat het enige wat Irene u ooit over Margot en Satchwell heeft verteld?'

'Is het niet genoeg?' Janice' vlekkerige gezicht leek nu nog bleker dan daarstraks, en de aderen onder haar ogen waren donkerder. 'Gaat u het Irene alstublieft niet moeilijk maken. U zou het misschien niet denken, maar onder al die aanstellerij is ze heel zachtaardig. Ze maakt zich zorgen, hoor.'

'Ik zie niet in waarom ik het haar moeilijk zou moeten maken. Nou, u hebt me enorm geholpen, mevrouw Beattie. U hebt heel wat dingen voor me opgehelderd.'

Janice liet zich achteroverzakken op de bank en keek Strike fronsend aan. 'U rookt, hè?' zei ze abrupt. 'Ik ruik het aan u. Hebben ze u na die amputatie niet laten stoppen met roken?'

'Dat hebben ze wel geprobeerd, ja.'

'Heel slechte gewoonte. Het is ook niet goed voor de mobiliteit, naarmate je ouder wordt. Slecht voor de bloedsomloop én voor de huid. Ik zou er maar mee stoppen.'

'Ja, ik weet het.' Strike glimlachte naar haar en stak zijn notitieboekje weer in zijn zak.

'Hmm,' bromde Janice, haar ogen tot spleetjes geknepen. '"Ik was toevallig in de buurt", m'n grootje.'

51

... neuer thinke that so
That Monster can be maistred of destroyd:
He is not, ah, he is not such a foe,
As steele can wound, or strength can ouerthroe.

Edmund Spenser
The Faerie Queene

Achter de smoezelig gele bakstenen muur rezen de torens van de Tower of London op, met hun koepeltjes, maar Robin had geen aandacht voor historische bezienswaardigheden. Niet alleen had ze al over een half uur de afspraak die ze zonder medeweten van Strike had gemaakt, ze was bovendien nog kilometers verwijderd van de plek waar ze om één uur werd verwacht en ze kende dit deel van Londen totaal niet. Ze rende met haar mobiel in haar hand over straat en keek steeds even op de plattegrond op het schermpje.

Na een paar passen ging de telefoon. Omdat ze zag dat het Strike was, nam ze op.

'Hé. Ik ben net bij Janice geweest.'

'O, mooi.' Robin deed haar best om niet te hijgen terwijl ze ondertussen om zich heen keek of ze ergens een bord voor de metro of een taxi zag. 'Had ze nog iets?'

'Een heleboel,' zei Strike, die over Nightingale Grove terugwandelde. Ondanks wat de verpleegkundige net tegen hem had gezegd, had hij zojuist een Benson & Hedges opgestoken. Er stond een fris windje, en de rook werd van zijn lippen gerukt zodra hij uitblies. 'Waar zit je nu?'

'Tower Bridge Road.' Robin rende nog steeds en keek nog steeds tevergeefs om zich heen op zoek naar een bordje voor de metro.

'Ik dacht dat jij vanochtend Goochems Baas zou volgen?'

'Dat heb ik ook gedaan,' zei Robin. Ze kon Strike maar beter meteen vertellen wat er zojuist was gebeurd. 'Ik heb hem net op de Tower Bridge achtergelaten, met Barclay.'

'Hoezo "met Barclay"?'

'Misschien praten ze inmiddels met elkaar, ik weet het niet,' zei Robin. Ze kon als ze holde niet normaal praten, dus ging ze over op een stevige wandelpas. 'Cormoran, het zag eruit alsof GB van plan was te gaan springen.'

'Van de Tower Bridge?' vroeg Strike verbaasd.

'Waarom niet van de Tower Bridge?' Robin sloeg een hoek om naar een druk kruispunt. 'Dat was het dichtstbijzijnde hoge gebouw waar hij op kon...'

'Maar zijn kantoor is helemaal niet in de buurt van...'

'Hij is net als altijd bij Monument uitgestapt, maar hij ging niet naar zijn werk. Hij heeft wel even naar het pand omhoog staan kijken, maar liep toen weg. Ik dacht dat hij gewoon even de benen wilde strekken, maar toen liep hij de Tower Bridge op en ging daar naar het water staan staren.'

Robin had drie kwartier gespannen staan toekijken hoe GB naar de cementkleurige rivier in de diepte keek, zijn aktetas slap langs zijn lichaam terwijl het verkeer ronkend over de brug achter hem voorbijreed. Strike had er waarschijnlijk geen idee van hoe zenuwslopend het voor haar was geweest om te moeten wachten tot Barclay haar kwam aflossen.

Nog steeds geen metrostation te bekennen. Robin zette weer een drafje in.

'Ik heb nog overwogen om hem aan te spreken,' zei ze, 'maar ik was bang dat hij zo van me zou schrikken dat hij zou springen. Je weet wat een forse kerel het is, dus ik had hem nooit kunnen tegenhouden.'

'Denk je echt dat hij...?'

'Ja,' zei Robin. Ze deed haar best om niet triomfantelijk te klinken: ze had net tussen een paar auto's door een rond rood metrobord gezien en begon nu echt te rennen. 'Hij zag er volkomen radeloos uit.'

'Ben je aan het rennen?' Strike kon zelfs boven het gebrom van het verkeer uit horen hoe haar voeten het wegdek raakten.

'Ja,' zei ze, en toen: 'Anders kom ik te laat voor mijn tandartsafspraak.'

Ze had er spijt van dat ze niet eerder een goede reden had bedacht voor het niet meegaan naar Janice Beattie en ze had voor deze smoes gekozen, mocht Strike er nog een keer naar vragen.

'Aha. Vandaar.'

'Hoe dan ook.' Robin baande zich een weg tussen de voorbijgangers door. 'Barclay kwam om het over te nemen. Hij was het met me eens dat GB eruitzag alsof hij wilde gaan springen, en hij zei...'

Ze had inmiddels steken in haar zij.

'... zei... dat hij zou proberen... met hem te praten... en toen ben ik weggegaan. Barclay... is in elk geval... stevig genoeg... om hem tegen te houden... als hij iets probeert,' maakte ze haar verhaal buiten adem af.

'Maar dat betekent dus ook dat GB Barclay in de toekomst zal herkennen.'

'Ja, ik weet het.' Robin ging weer gewoon lopen nu ze bijna bij de trap van de metro was, en ze masseerde haar zij. 'Maar aangezien we dachten dat hij zelfmoord zou plegen...'

'Ik begrijp het.' Strike was in de schaduw van metrostation Hither Green even blijven staan om zijn sigaret verder op te roken. 'Ik dacht even met het oog op de logistiek. Als we geluk hebben vertelt hij misschien wel aan Barclay wat Goochem over hem weet. Iemand die ten einde raad is wil nog wel eens...'

'Cormoran, ik moet ophangen.' Ze was bij de ingang van de metro aangekomen. 'Als ik klaar ben, zie ik je op kantoor en dan hoor ik verder wel wat Janice allemaal had.'

'Oké dan. Ik hoop dat het geen pijn doet.'

'Dat wat geen pij... O ja, de tandarts. Nee, gewoon controle.'

Heel overtuigend, Robin, dacht ze, boos op zichzelf, terwijl ze haar mobiel weer in haar zak stak en de trap af rende, het metrostation in.

Eenmaal in het treinstel trok ze haar jasje uit, want ze zweette van het rennen, en fatsoeneerde haar haar met behulp van haar weerspiegeling in het vuile donkere raam tegenover zich. Na GB en zijn mogelijke zelfmoordplan, na het liegen tegen Strike, haar zwakke smoes en met het oog op de mogelijke risico's van de ontmoeting die ze zo meteen had, voelde ze zich een beetje schichtig. Het was al eens eerder voorgekomen, een paar jaar geleden, dat Robin bij een onderzoek voor een bepaalde tactiek had gekozen zonder Strike daarover in te lichten. Met als gevolg dat hij haar had ontslagen.

Dit ligt anders, probeerde ze zichzelf gerust te stellen, terwijl ze de bezwete pieken haar van haar voorhoofd streek. Hij vindt het vast niet erg, als het maar iets oplevert. Hij wil dit ook.

Twintig minuten later kwam ze op Tottenham Court Road het station uit, en met haar jasje over haar schouder haastte ze zich Soho in.

Pas toen ze eetcafé Star naderde en het bord boven de deur zag, drong tot haar door hoe toevallig die naam was. Ze probeerde niet aan asteroïden, horoscopen of voortekenen te denken en ging naar binnen, het eetcafé in, waar op een roodstenen vloer ronde houten tafeltjes stonden. Aan de muren hingen ouderwetse blikken reclameborden, waaronder één voor ROBIN CIGARETTES. Pal daaronder, misschien wel met opzet, zat een oude man met een zwart windjack aan, zijn gezicht rood van de gesprongen adertjes en zijn dikke grijze haar met vet in een kuif gekamd die eruitzag alsof er sinds de jaren vijftig niets aan was veranderd. Tegen de muur naast hem stond een wandelstok. Aan de andere kant zat een meisje, een tiener met lang knalgeel haar, dat druk bezig was met haar telefoon en pas opkeek toen Robin bij hun tafeltje stond.

'Meneer Tucker?'

'Ja,' zei de man schor. Ze zag dat hij scheve bruine tanden had. 'Mevrouw Ellacott?'

'Robin.' Ze schudde hem glimlachend de hand.

'Dit is mijn kleindochter, Lauren,' zei Tucker.

'Hoi.' Lauren keek heel even op van haar telefoon, maar wendde toen snel haar blik weer af.

'Ik ga even koffie halen,' zei Robin. 'Kan ik voor jullie iets meebrengen?'

Ze hoefden niets. Terwijl Robin een flat white voor zichzelf bestelde, voelde ze de ogen van de oude man in haar rug. Ze hadden één keer eerder met elkaar gesproken, aan de telefoon, en toen had Brian Tucker het een kwartier lang onafgebroken over de verdwijning van zijn oudste dochter Louise gehad, in 1972, en hij had haar verteld dat hij sindsdien altijd had proberen te bewijzen dat Dennis Creed haar had vermoord. Roy Phipps had gezegd dat Tucker 'haast krankzinnig' was. Zo ver wilde Robin niet gaan, afgaand op haar ervaring tot dusver, maar het stond buiten kijf dat hij volledig was geobsedeerd door Creed en zijn strijd om het recht te doen gelden.

Toen Robin terugkwam bij het tafeltje van de Tuckers en met haar koffie ging zitten, legde Lauren haar telefoon weg. Haar lange felgele extensions, de tattoo van een eenhoorn op haar onderarm, haar overduidelijk valse wimpers en haar afgebladderde nagellak stonden allemaal in schril contrast met het onschuldige gezicht met de kuiltjes in de wangen dat maar net door haar opzichtige contouring heen schemerde.

'Ik ben meegekomen om opa te helpen. Hij loopt tegenwoordig niet meer zo best.'

'Het is een lieve meid,' zei Tucker. 'Een heel lieve meid.'

'Nou, fijn dat jullie zijn gekomen,' zei Robin tegen beiden. 'Ik stel het enorm op prijs.'

Van dichtbij had Tuckers gezwollen neus iets van een aardbei, bespikkeld als hij was met mee-eters.

'Nee, ík stel het enorm op prijs, mevrouw Ellacott,' zei hij met die zachte, schorre stem. 'Ik denk dat ze het deze keer echt door laten gaan. En zoals ik aan de telefoon al zei, als ze het niet laten doorgaan, ben ik bereid om de televisiestudio's te bestormen...'

'Nou,' zei Robin, 'laten we hopen dat zulke drastische...'

'... en dat heb ik al tegen ze gezegd, en dat heeft ze wakker geschud. En natuurlijk uw contactpersoon die het ministerie van Justitie heeft aangespoord in actie te komen,' gaf hij toe, terwijl hij Robin met zijn bloeddoorlopen oogjes aankeek. 'Ik zou bijna gaan denken dat ik ze jaren geleden al had moeten dreigen dat ik ermee naar de krant zou gaan. Je bereikt niets bij die lui als je het keurig volgens de regels speelt, ze schepen je gewoon af met hun bureaucratie en hun meningen van zogenaamde deskundigen.'

'Ik kan me indenken dat het voor u vreselijk geweest moet zijn,' zei Robin, 'maar nu we misschien de kans hebben om hem te ondervragen, moeten we geen gekke...'

'Ik zal gerechtigheid krijgen voor Louise, al kost het mij mijn leven. Laat ze me maar arresteren. Dat levert alleen maar meer publiciteit op.'

'Maar we willen toch niet...'

'Ze wil niet dat u domme dingen gaat doen, opa. Ze wil niet dat u de boel verpest.'

'Nee, dat doe ik heus niet,' zei Tucker. Zijn ogen waren klein, met vlekjes, bijna kleurloos, met paarse wallen eronder. 'Maar dit is misschien onze enige kans, dus het moet op de juiste manier worden gedaan *en door de juiste ondervrager*.'

'Komt hij niet?' vroeg Lauren. 'Cormoran Strike? Opa zei dat hij misschien ook kwam.'

'Nee,' zei Robin, en toen ze zag hoe beteuterd opa en kleindochter keken, voegde ze er snel aan toe: 'Hij is momenteel met een andere zaak bezig, maar alles wat u tegen Cormoran zou willen zeggen, kunt u ook tegen mij zeggen, ik ben zijn...'

'Híj moet Creed ondervragen,' zei Tucker. 'Niet jij.'

'Dat begrijp...'

'Nee, kind, je begrijpt het niet,' zei Tucker ferm. 'Mijn leven draait al die jaren om niets anders. Ik begrijp Creed beter dan al die idioten die een boek over hem hebben geschreven. Ik heb hem bestudeerd. Hij is al jaren afgesloten van iedere vorm van aandacht. Jouw baas is beroemd. Creed wil hem vast en zeker ontmoeten. Creed denkt natuurlijk dat hij slimmer is. Hij zal je baas willen verslaan, als winnaar uit de bus willen komen, maar de verleiding om zijn naam weer in de krant te zien staan is te groot. Hij heeft altijd genoten van de publiciteit. Ik denk dat hij bereid zal zijn om te praten, zolang je baas hem er maar van kan overtuigen dat het voor hem de moeite waard is... Hij is toch wel koosjer, die baas van jou?'

Onder zo ongeveer alle andere omstandigheden zou Robin nu gezegd hebben: 'Hij is mijn baas niet, we zijn compagnons', maar nu zei ze, omdat ze begreep wat er aan haar gevraagd werd: 'Ja, hij is koosjer.'

'Ja, die indruk had ik ook, dat dacht ik wel,' zei Brian Tucker. 'Nadat jullie contactpersoon me had gebeld, heb ik online alles opgezocht. Indrukwekkend, wat hij allemaal gedaan heeft. Maar hij geeft geen interviews, hè?'

'Nee.'

'Dat mag ik wel.' Tucker knikte. 'Hij doet dat werk om de juiste redenen. Maar hij is nu bekend, en dat zal Creed aanspreken, en ook het feit dat je baas contact heeft gehad met beroemde mensen. Daar houdt Creed van. Ik heb het ministerie van Justitie en jullie contactpersoon gezegd dat ik wil dat Strike dit doet, ik wil niet dat de politie hem gaat ondervragen. Daar hebben ze hun kans gehad, en we weten allemaal hoe dat is afgelopen. En ook geen psychiaters meer, godbetert, want die vinden zichzelf allemaal zo slim, maar ze kunnen het er niet eens over eens worden of die rotzak nou toerekeningsvatbaar is of niet.

Ik ken Creed. Ik begrijp Creed. Ik heb me er al die jaren in verdiept hoe hij psychisch in elkaar steekt. Ik heb tijdens het proces elke dag in de rechtszaal gezeten. Ze vroegen hem tijdens de zittingen niets over Lou, niet met naam en toenaam, maar hij maakte heel vaak oogcontact met me. Hij moet me herkend hebben, hij moet geweten hebben wie ik was, want Lou leek als twee druppels water op me.

Toen ze hem tijdens de zitting naar de sieraden vroegen... Je weet toch van dat hangertje hè, van Lou's hangertje?'

'Ja.'

'Dat had ze een paar dagen voor haar verdwijning gekregen. Ze heeft het nog aan haar zus Liz, de moeder van Lauren, laten zien, ja toch?' vroeg hij aan Lauren, die knikte. 'Een ketting met een vlindertje eraan, niks duurs of zo, en omdat er heel veel van waren gemaakt zei de politie dat het van iedereen had kunnen zijn. Liz herinnerde zich dat hangertje anders – vandaar dat de politie er niks mee kon, ze wist aanvankelijk niet zeker of het wel van Lou was – maar ze gaf toe dat ze het maar heel even had gezien. En toen ze over de sieraden begonnen, keek Creed me recht aan. Hij wist wie ik was. Lou leek als twee druppels water op me,' zei Tucker nog een keer. 'Weet u wat hij zei toen ze vroegen waarom hij zoveel sieraden onder de vloerplanken had liggen?'

'Hij zei dat hij die gekocht had omdat hij zich graag als vrouw verkleedde...'

'Dat hij ze had gekocht.' Tucker praatte door Robin heen. 'Voor als hij zich verkleedde.'

'Meneer Tucker, aan de telefoon zei u...'

'Lou had het gepikt uit die winkel waar ze vroeger allemaal naartoe gingen, hoe heette die ook alweer?'

'Biba,' zei Lauren.

'Biba,' zei Tucker. 'Twee dagen voor ze verdween had ze gespijbeld, en die avond liet ze aan Liz, de moeder van Lauren, zien wat ze gestolen had. Het was een pittig tante, hoor, Lou. Ze kon niet goed overweg met mijn tweede vrouw. De moeder van mijn dochters is gestorven toen Lou tien was. Lou heeft er het meest last van gehad, meer dan de andere twee. Ze heeft mijn tweede vrouw nooit gemogen.'

Dat had hij Robin aan de telefoon ook al allemaal verteld, maar toch knikte ze meelevend.

'Op de ochtend van de dag dat Lou verdween had mijn vrouw ruzie met haar gehad, en Lou was weer gaan spijbelen. Dat kregen we pas door toen ze die avond niet thuiskwam. We hebben al haar vriendinnen gebeld, maar niemand had haar gezien, dus toen hebben we de politie gebeld. Later kwamen we erachter dat een van haar vriendinnen had gelogen. Ze had Lou stiekem mee naar boven genomen en het niet aan haar ouders verteld.

Lou is de volgende dag drie keer gezien, met haar schooluniform nog aan. De laatste keer dat iemand haar zag, voor zover wij weten, was voor een wasserette in Kentish Town. Ze vroeg een man om een vuurtje. We wisten dat ze rookte. Daar ging onder andere die ruzie met mijn vrouw over.

Creed heeft Vera Kenny ook meegenomen in Kentish Town,' zei Tucker schor. 'In 1970, vlak nadat hij naar die woning bij Paradise Park was verhuisd. Vera was de eerste vrouw die hij naar die kelder heeft meegenomen. Hij legde ze daar vast aan een ketting, en hij liet ze in leven om ze...'

'Opa,' zei Lauren op klaaglijke toon, 'doe nou niet.'

'Nee,' mompelde Tucker, en hij liet zijn hoofd hangen. 'Sorry, lieverd.'

'Meneer Tucker.' Robin zag haar kans schoon. 'Aan de telefoon zei u dat u iets wist over Margot Bamborough wat verder niemand weet.'

'Klopt.' Hij haalde een stapel opgevouwen vellen papier uit de binnenzak van zijn windjack, die hij met bevende handen openvouwde. 'De eerste kreeg ik in '79 via een bewaker van Wakefield. Eind jaren zeventig ging ik daar elk weekend heen en dan zag ik ze allemaal naar buiten komen en weer naar binnen gaan. Zo kwam ik erachter waar ze graag ze een biertje gingen drinken en zo.

Maar goed, de bewaarder over wie het hier gaat, ik ga niet zeggen hoe hij heet, maar we raakten bevriend. Creed zat op de zwaarbeveiligde afdeling, alleen in een cel, want alle andere misdadigers wilden hem in elkaar slaan. Eentje heeft Creed in '82 bijna een oog uitgestoken. Hij had een lepel uit de kantine gestolen en in zijn cel de steel in een scherpe punt geslepen. Daarmee probeerde hij Creed in zijn oogbal te steken. Hij stak net mis, want Creed dook weg. Die vriend van me vertelde dat hij gilde als een klein meisje,' zei Tucker vergenoegd.

'Dus ik zeg tegen die vriend van me: wat je ook maar te weten kunt komen, ik hoor het graag. Dingen die Creed zegt, hints die hij geeft, dat werk. Ik heb hem ervoor betaald. Als iemand erachter was gekomen, had het hem zijn baan kunnen kosten. Die vriend heeft hier de hand op weten te leggen, hij heeft het naar buiten gesmokkeld en mij toegespeeld. Ik heb nooit kunnen vertellen dat ik het had, want als het bekend was geworden waren we allebei de sigaar geweest, maar ik heb wel de man van Margot Bamborough gebeld, hoe heet hij ook alweer?'

'Roy Phipps.'

'Ja, Roy Phipps. Ik zei: "Ik heb hier iets wat Creed geschreven heeft en wat u vast wilt zien. Het is het bewijs dat hij uw vrouw heeft vermoord."'

Tucker glimlachte minachtend, waardoor zijn toffeekleurige tanden weer zichtbaar werden.

'Maar hij wilde het niet weten. Phipps dacht dat ik hem wat wijs wilde maken. Een jaar na dat telefoongesprek las ik in de krant dat hij met de oppas was getrouwd. Creed heeft dokter Phipps een dienst bewezen, lijkt het wel.'

'Opa!' zei Lauren geschokt.

'Ja, stil maar,' mompelde Tucker. 'Ik heb die dokter nooit gemogen. Hij had ons heel goed kunnen helpen, als hij had gewild. Medisch specialist, naar zo'n man hadden ze bij justitie wel willen luisteren. Als hij ons had geholpen hadden we druk kunnen blijven uitoefenen, maar hij had geen belangstelling, en toen ik las dat hij er met de oppas vandoor was gegaan, dacht ik: aha, dat verklaart een hoop.'

'Mag ik...?' Robin wees naar het papier dat Tucker nog steeds plat op tafel had liggen, maar hij reageerde niet.

'Dus heb ik het jarenlang alleen met Jerry moeten doen. Jerry Wolfson, de broer van Kara. Weet u wie dat is?' beet hij Robin toe.

'Ja, de gastvrouw uit de nachtclub...'

'Gastvrouw in een nachtclub, daarnaast prostituee, en ook nog drugsverslaafd. Jerry maakte zich geen illusies over haar, hij was niet naïef, maar het was wel zijn zus. Zij heeft hem grootgebracht nadat hun moeder de benen had genomen. Kara was de enige familie die hij nog had.

In februari 1973, drie maanden na Lou, is Kara ook verdwenen. Ze was in de vroege uurtjes uit haar club in Soho vertrokken. Een ander meisje was precies tegelijk met haar weggegaan. Het was hier even verderop, trouwens.' Tucker wees naar buiten. 'Die twee vrouwen gaan ieder een andere kant op. De vriendin kijkt om en ziet dat Kara zich aan het eind van de straat naar de bestuurder van een busje toe buigt en met hem praat. De vriendin nam aan dat Kara de bestuurder kende. Ze liep weg. Niemand heeft Kara ooit nog gezien.

Jerry heeft naderhand met alle vriendinnen van Kara bij die club gesproken, maar niemand wist iets. Na Kara's verdwijning ging het gerucht dat ze politie-informante was geweest. Die club werd gerund door een paar onderwereldtypes. Het kwam hun wel goed uit om te zeggen dat ze een informant was, snap je? Zo durfden die andere meiden meteen niks meer te zeggen over wat ze in de club hadden gehoord of gezien.

Maar Jerry heeft nooit geloofd dat Kara een verklikster was. Hij heeft van het begin af aan gedacht dat het Monster van Essex erachter zat – dat busje had hem verraden. Dus toen hebben we de handen ineengeslagen.

Hij heeft net als ik geprobeerd toestemming te krijgen om Creed te bezoeken, maar dat vonden de instanties niet goed. Jerry heeft het uiteindelijk opgegeven. Hij heeft zich doodgedronken. Als er zoiets gebeurt met iemand van wie je houdt, ben je getekend voor het leven. Daar kom je niet onderuit. Sommige mensen bezwijken onder die last.

Mijn huwelijk liep op de klippen. Mijn andere twee dochters hebben jaren niet tegen me gepraat. Ze vonden dat ik moest ophouden over Lou, dat ik het niet meer over Creed moest hebben, dat ik moest doen alsof het nooit...'

'Dat is niet eerlijk, opa,' zei Lauren streng.

'Ja ja, het is al goed,' mompelde hij. 'Oké, ik moet toegeven dat Laurens moeder wel is bijgetrokken. Ik zei tegen Liz: "Denk eens aan alle tijd die ik met Lou had moeten doorbrengen, zoals ik met Lisa en jou heb gedaan. Tel dat eens allemaal bij elkaar op. Maaltijden met het gezin, feestdagen. Haar helpen met haar huiswerk. Zeggen dat ze haar kamer moest opruimen. Ruzie met haar maken...' Goeie god, die kon me toch dwars zijn. Meemaken dat ze afstudeerde, neem ik aan, want Lou was slim, hoor, ook al kreeg ze problemen op school met al dat gespijbel. Ik zei tegen Liz: "Ik heb nooit de kans gekregen om haar weg te geven, hè? Ik heb nooit bij haar op bezoek kunnen gaan in het ziekenhuis waar haar kinderen waren geboren. Tel alle tijd eens bij elkaar op die ik aan haar zou hebben besteed als ze was blijven leven..."'

Tucker stokte. Lauren legde een mollige hand op de hand van haar opa, die dikke, paarse knokkels had.

'... tel al die tijd eens bij elkaar op,' zei hij schor, en zijn ogen vulden zich met tranen. 'Dat ben ik haar verschuldigd, ik moet erachter komen wat er met haar is gebeurd. Dat is het enige wat ik doe. Ze krijgt wat haar toekomt.'

Robin voelde zelf ook de tranen achter haar oogleden prikken. 'Wat verschrikkelijk voor u,' zei ze zacht.

'Ja, ach.' Tucker veegde zijn ogen en neus ruw af aan de mouw van zijn windjack. Nu pakte hij het bovenste volgeschreven vel papier en stak het Robin toe. 'Alsjeblieft. Lees maar, dan weet je waar we mee te maken hebben.'

Ze pakte het papier van hem aan; er stonden twee korte alinea's op, in duidelijk schuinschrift, alle letters los van elkaar en goed leesbaar. Ze begon te lezen.

Ze probeert me via woorden en soms met vleiende opmerkingen te beïnvloeden. Ze zegt dat ik zo slim ben en begint dan over 'behandeling'. Het is een lachwekkend doorzichtige strategie. Haar 'bevoegdheden' en haar 'opleiding' zijn, vergeleken met mijn zelfkennis, mijn zelfbewustzijn, als de flakkering van een vochtige lucifer naast het licht van de zon.

Ze belooft me dat als wordt vastgesteld dat ik gek ben, ik een mildere behandeling krijg. Dat zegt ze tussen haar geschreeuw door, terwijl ik met een zweep haar gezicht en haar borsten bewerk. Bloedend smeekt ze me in te zien dat ze iets voor me kan betekenen. Dat ze voor me wil getuigen. Haar arrogantie en haar heerszucht zijn aangewakkerd door de maatschappelijke goedkeuring die de positie van 'dokter' haar heeft opgeleverd. Zelfs aan de ketting denkt ze nog dat ze superieur is. Daar komt ze nog wel op terug.

'Ziet u wel?' zei Tucker op felle fluistertoon. 'Margot Bamborough lag aan een ketting in zijn kelder. Hij geniet ervan om erover te schrijven, het opnieuw te beleven. Maar de psychiaters zagen het niet als een bekentenis, ze dachten dat Creed dit soort schrijfsels alleen maar produceerde om nog meer aandacht te trekken. Ze zeiden dat het één groot spel was om meer interviews te krijgen, want hij vond het leuk om de politie te slim af te zijn en om in de krant over zichzelf te lezen, om zichzelf op het nieuws te zien. Ze zeiden dat het alleen maar fantasie was, en dat je Creed zijn zin zou geven als je het serieus nam, want het wond hem op als erover gesproken werd.'

'Gatver,' zei Lauren nauwelijks hoorbaar.

'Maar die vriend van me, die bewaarder, zei... Er zijn namelijk drie vrouwen geweest van wie ze dachten dat Creed ze had vermoord en van wie het lichaam nooit is gevonden: mijn Lou, Kara Wolfson en Margot Bamborough. Dus die vriend van me zegt: hij vond het vooral leuk als er naar die dokter werd gevraagd. Creed houdt namelijk van mensen die in hoog aanzien staan. Hij denkt dat hij zelf directeur van een of andere multinational had kunnen worden, of professor of zo, als hij niet aan het moorden was geslagen. Dat heb ik allemaal van die vriend van me. Creed ziet zichzelf als iemand van een soortgelijk niveau, zei hij, alleen op een ander gebied.'

Robin deed er het zwijgen toe. De impact van wat ze net had gelezen liet zich niet zomaar verdrijven. Margot Bamborough was voor haar echt gaan leven, en zojuist was haar het beeld opgedrongen van hoe de vrouw tot bloedens toe was mishandeld, waarna ze een psychopaat smeekte haar in leven te laten.

'Creed is in '83 naar Belmarsh overgeplaatst.' Tucker gaf een klopje op de papieren die nog voor hem lagen, en ze dwong zichzelf zich te concentreren. 'En daar zijn ze hem medicijnen gaan geven, zodat hij geen eh... u weet wel, zodat het niet meer lukte om...

In die tijd kreeg ik toestemming om hem een brief te schrijven, en hij mocht mij ook terugschrijven. Sinds zijn veroordeling heb ik bij de instanties verzoeken ingediend om hem rechtstreeks vragen te mogen stellen, en om hem terug te laten schrijven. Uiteindelijk gingen ze overstag. Ik moest beloven dat ik nooit zou publiceren wat hij me schreef, en dat ik de brief ook nooit aan de media zou geven, maar ik ben het enige familielid van een slachtoffer dat ooit toestemming heeft gekregen om rechtstreeks contact met...' Hij draaide de volgende twee vellen papier naar Robin toe. 'En deze heb ik teruggekregen.'

De brief was geschreven op briefpapier van de gevangenis. Er stond geen 'Beste meneer Tucker' boven.

Uw brief heb ik drie weken geleden ontvangen, maar vlak daarna werd ik in de isoleercel gezet en hebben ze me mijn schrijfspullen afgenomen, dus kon ik niet antwoorden. Weet dat ik normaal gesproken niet op verzoeken zoals dat van u mag reageren. Denkelijk zijn de instanties gezwicht onder uw vasthoudendheid. Ook al zou u het misschien niet verwachten, ik heb bewondering voor u, meneer Tucker. Crisis vraagt om veerkracht. Hieraan heb ik me altijd vastgehouden.

Tijdens de drie weken gedwongen eenzaamheid heb ik me afgevraagd hoe ik u zou moeten uitleggen wat misschien één op de tienduizend mensen zou kunnen begrijpen. En al denkt u waarschijnlijk dat ik me de namen, gezichten en persoonlijkheden van de verschillende 'slachtoffers' herinner, mijn geheugen toont me alleen maar het monster met de vele armen, benen en borsten met wie ik heb gestoeid, een stinkend ding dat uiting gaf aan pijn en ellende. Reken maar dat mijn monster op het laatst geen aangenaam gezelschap meer was, al fascineerde het me wel dat ze zich zo in alle bochten wrong; als je het maar genoeg prikkelde, kon het een extase van pijn bereiken, en dan wist het dat het leefde, en het stond trillend op de rand van de afgrond, gillend, smekend om genade.

Hoe vaak is het monster doodgegaan en weer tot leven geko-

men? U snapt: niet vaak genoeg naar mijn zin. Ik zag haar gezicht en stem wel veranderen, maar haar reacties bleven hetzelfde. Laf genoeg gaf Richard Merridan, mijn oude psychiater, datgene waarvan ik bezeten was andere namen, maar in werkelijkheid was ik in de greep van een goddelijke razernij.

Diverse collega's van Merridan hebben zijn conclusie dat ik toerekeningsvatbaar zou zijn aangevochten. Echter, de rechter heeft hun mening helaas niet laten meewegen. Om wat voor redenen ook. Maar hoe dan ook, misschien heb ik uw dochter gedood, misschien niet. Heb ik het gedaan, dan is het gebeurd onder invloed van een bepaalde gekte die mijn geheugen nog steeds blokkeert, en waartoe een kundiger arts misschien zou kunnen doordringen, maar het kan ook zijn dat ik haar nooit heb ontmoet, en dat de kleine Louise nog ergens rondloopt, lachend om haar vader die haar zoekt, of misschien ondergaat ze een andere hel dan de hel waarin mijn monster leefde.

Als ik de extra psychiatrische ondersteuning zou krijgen die in Broadmoor voorhanden is, zou mij dat ongetwijfeld helpen om zo veel mogelijk van mijn geheugen terug te krijgen. Alleen willen de instanties me, om voor mij ondoorgrondelijke redenen, liever hier in Belmarsh houden. Recentelijk werd ik pal voor de ogen van bewaarders bedreigd. Maar los van het voor de hand liggende feit dat eenieder die mij te lijf gaat daar een zeker aanzien mee verwerft, word ik dag in, dag uit blootgesteld aan intimidatie en mishandeling. Ook is het mij een raadsel hoe men van mij kan verwachten dat ik op deze manier psychisch gezond genoeg zal worden om de politie verder bij te staan.

Echt uitzonderlijke personen zouden alleen moeten worden bestudeerd door mensen die hen begrijpen. Door gebrekkige analyse, zoals die waaraan ik tot op heden ben blootgesteld, verergert slechts mijn onvermogen om me alles wat ik heb gedaan te herinneren. En daarom hoop ik dat u me kunt helpen, meneer Tucker. Rechters luisteren misschien wel naar u. Vraagt u zich eens af wat voor stimulans ik heb om mijn gefragmenteerde geheugen af te speuren naar details die u kunnen helpen erachter te komen wat er met uw dochter is gebeurd, als ik niet word opgenomen in een medische instelling, waar ik de hulp kan krijgen die ik nodig heb. Overigens is mijn veiligheid dagelijks in het geding. Ook mijn geestelijke vermogens gaan achteruit.

Redelijkerwijs zult u teleurgesteld zijn dat ik u niet kan vertellen wat er met Louise is gebeurd, maar ik verzeker u dat ik wel degelijk menselijk mededogen ken wanneer ik niet in de greep ben van de waanzin. Zelfs mijn ergste critici moeten toegeven dat ik anderen veel beter begrijp dan zij mij begrijpen! En ik snap wat het voor u zou betekenen als u het lichaam van Louise zou vinden; als u haar de begrafenis zou kunnen geven waar u naar verlangt, al raakt mijn kleine voorraad menselijke empathie snel op door de omstandigheden waarin ik momenteel leef. 'Slechte mensen hebben het recht op een eerlijke behandeling verspeeld', zo lijkt de publieke opinie te luiden, want na de meest recente mishandeling, die me bijna mijn oog heeft gekost, weigerden de autoriteiten me in een ziekenhuis buiten de gevangenis te laten opnemen, waardoor mijn herstel vertraging heeft opgelopen. Toch leidt wreedheid alleen maar tot meer wreedheid, daar zijn zelfs de meest onnozele psychiaters het over eens.

In uw hart moet toch ergens genade schuilen, meneer Tucker? En daarom vraag ik u meteen na ontvangst van deze brief een verzoek in te dienen om mij de rest van mijn straf in Broadmoor te laten uitzitten. Reken er maar op dat de geheimen die mijn weerbarstige geheugen nog vasthoudt zich dan naar buiten zullen laten lokken. Fijn voor u, en voor mij.

Met vriendelijke groet,
Dennis

Toen Robin de brief gelezen had keek ze op.

'Je ziet het niet, hè?' zei Tucker met een merkwaardig gretige blik. 'Nee, natuurlijk zie je het niet. Het is ook niet heel duidelijk. Ik zag het zelf eerst ook niet. De gevangenisdirectie heeft het ook niet gezien. Die hadden het te druk met roepen dat ze hem echt niet naar

Broadmoor zouden overplaatsen, dus dat ik daar niet om hoefde te vragen.'

Hij tikte met een vergeelde nagel op de brief.

'Zet de eerste letter van elke zin achter elkaar en kijk dan eens wat er staat.'

Robin deed wat hij zei.

'u-w d-o-c-h-t-e-r...' las ze hardop, maar uit angst voor waar de boodschap naartoe zou gaan, deed ze er verder het zwijgen toe, tot ze bij de laatste zin kwam en de smaak van de koffie met melk in haar mond ranzig leek te worden. 'O god.'

'Wat staat er?' vroeg Lauren. Fronsend probeerde ze mee te kijken.

'Laat maar,' zei Tucker kortaf, en hij pakte de brief terug. 'Zie je nou?' Hij vouwde de papieren op en stopte ze weer in zijn binnenzak. 'Nu weet je wat voor man het is. Hij heeft Lou vermoord, en ook die dokter van jullie en hij geniet er met volle teugen van.'

Voor Robin iets kon zeggen draaide Tucker het volgende papier naar haar toe: een kopie van de kaart van Islington, zag ze, met een cirkel getrokken om iets wat eruitzag als een groot huis.

'Er zijn twee plekken waar nooit iemand heeft gezocht en waar hij volgens mij lichamen verstopt zou kunnen hebben. Ik heb alles nagetrokken waar hij mee in verband te brengen was, als kind of als volwassene. De politie heeft alle voor de hand liggende adressen onderzocht, flats waar hij heeft gewoond en zo, maar hier zijn ze nooit wezen kijken.

Toen Lou in november '72 verdween, had hij haar nooit in Epping Forest kunnen begraven, want...'

'Daar was toen net het lichaam van Vera Kenny gevonden,' zei Robin.

Tucker was onder de indruk, al was het tegen wil en dank. 'Jullie doen op dat detectivebureau wel je huiswerk, hè? Klopt. Er was op dat moment nog politie in het bos.

Maar zie je dat daar?' Hij tikte op het omcirkelde huis. 'Dat is nu een woonhuis, maar in de jaren zeventig was het het Archer Hotel, en wie denk je dat daar de was verzorgde? De stomerij waar

Creed werkte. Hij haalde één keer per week met zijn busje de was op en bracht die weer terug, lakens, spreien, al dat spul...

Afijn, toen hij was gearresteerd, heeft de eigenares van het Archer Hotel tegen de *Mail* gezegd dat hij altijd zo aardig en beleefd overkwam, dat hij altijd een praatje kwam maken als hij haar zag...

Dit staat niet op de hedendaagse kaarten.' Tucker verschoof zijn vinger nu naar een kruis dat op het terrein van het hotel was getekend. 'Maar op de oude aktes wel. Aan de rand van het terrein is een put. Gewoon een schacht in de grond die het regenwater opvangt. Van vóór het huidige pand.

Ik heb de eigenares in '89 opgespoord, nadat ze de boel had verkocht. Ze vertelde me dat de put in haar tijd dichtgetimmerd was en dat ze er struiken omheen had geplant, omdat ze bang was dat er per ongeluk een kind in zou vallen. Maar Creed reed altijd door die tuin als hij het wasgoed kwam brengen, precies langs de plek waar die put lag. Hij moet ervan hebben geweten. Ze herinnerde zich niet dat ze hem erover had verteld,' zei Tucker snel, om Robins vraag voor te zijn, 'maar dat zegt niks, toch? Ze kan al die tijd moeilijk alles onthouden hebben wat ze tegen haar gezegd hebben, of wel soms?

Creed kan in het holst van de nacht een bestelbus bij de achteringang hebben neergezet, via het hek aan de achterkant naar binnen zijn gegaan... maar tegen de tijd dat ik me dit allemaal realiseerde,' zei Tucker, terwijl hij gefrustreerd zijn bruine tanden knarste, 'was het Archer alweer privébezit geworden, en nu is er ook nog een kas over die oude put heen gebouwd.'

'Denkt u niet,' zei Robin behoedzaam, 'dat ze toen ze erop gingen bouwen wel gezien zouden hebben...'

'Waarom zouden ze dat gezien hebben?' vroeg Tucker agressief. 'Ik heb nog nooit een aannemer meegemaakt die zich extra werk op de hals haalt als hij ook ergens gewoon een laag beton kan storten. Bovendien is Creed niet op zijn achterhoofd gevallen. Hij heeft vast puin op het lichaam gegooid, of niet dan? Om het te bedekken. Dus dát is een mogelijkheid,' zei hij beslist. 'En dan hebben we dit nog.'

Zijn laatste vel papier was weer een kaart.

'Dat daar,' zei hij terwijl hij met zijn knokige vinger op een ander omcirkeld pand wees, 'is het huis van Dennis Creeds overgrootmoeder. Het komt voor in *De demon van Paradise Park*. Creed heeft tijdens een van zijn verhoren gezegd dat de enige keren dat hij als kind op het platteland is geweest was als hij hier mee naartoe genomen werd.

En moet je hier eens kijken.' Tucker wees een groot stuk groen aan. 'Het huis grenst aan de achterkant aan Great Church Wood. Tientallen hectares bos. Creed kende daar de weg. Hij had een bestelbus. Als kind had hij in die bossen gespeeld.

We weten dat hij voor de meeste lichamen Epping Forest heeft gekozen omdat die plek niet naar hem terug te voeren was, maar in '75 patrouilleerde de politie inmiddels dus regelmatig 's nachts in Epping Forest. Dit bos kent hij ook, en het is niet ver van Londen, en Creed heeft een busje, en achterin liggen zijn spades klaar. Ik vermoed dat Lou en die dokter van jullie in de put of in dat bos liggen. En tegenwoordig is de technologie anders dan in de jaren zeventig. Radar die door de grond heen kan, weet ik veel. Met een beetje goede wil kan het niet al te moeilijk zijn om te kijken of er op een van beide plekken een lichaam ligt. Maar,' zei Tucker terwijl hij de twee kaarten van de tafel veegde en ze met trillende handen opvouwde, 'er is geen goede wil, nooit geweest ook, al jaren niet. Niemand van degenen die er iets over te zeggen hebben maalt erom. Ze denken dat het voorbij is, ze denken dat Creed toch nooit gaat praten. En daarom moet jouw baas hem gaan ondervragen. Ik wou dat ik het zelf kon doen, maar je hebt gelezen hoe Creed mij behandelt...'

Toen Tucker zijn papieren weer in zijn windjack stopte, merkte Robin dat het café tijdens hun gesprek was volgelopen. Aan het dichtstbijzijnde tafeltje zaten drie jonge mannen, allemaal met een vermakelijk edwardiaans baardje. Robin was zo lang afgestemd geweest op de zachte, schorre stem van Tucker dat haar oren nu opeens tuitten van al het lawaai. Ze had het gevoel alsof ze uit een ver verleden naar een schel en onverschillig heden was getransporteerd. Wat zouden Margot Bamborough, Louise Tucker en Kara Wolfson ervan gedacht hebben dat bijna iedereen een mobiele telefoon in zijn hand hield, of van 'Happy' van Pharrell Williams dat nu ergens vlakbij werd gedraaid, of van de jonge vrouw die met een koffie terugkwam van de bar, haar haar hoog op haar hoofd in plukjes opgestoken, met de opdruk GO F#CK YOUR #SELFIE op haar T-shirt?

'Niet huilen, opa,' zei Lauren met het gele haar zachtjes, en ze sloeg een arm om hem heen toen er een dikke traan langs zijn gezwollen neus rolde en op de houten tafel belandde. Nu hij zijn verhaal over Louise en Creed gedaan had, leek hij te zijn gekrompen.

'Onze hele familie lijdt eronder,' zei Lauren tegen Robin. 'Mijn moeder en tante Lisa waren altijd bang als mijn nichtjes en ik na het donker nog de deur uit gingen...'

'En terecht!' Tucker droogde weer met zijn mouw zijn ogen.

'... en ze hebben ons altijd ingeprent dat het iets is wat echt kan gebeuren, snapt u?' zei de onschuldig ogende Lauren. 'Mensen verdwijnen écht. Er worden écht mensen vermoord.'

'Ja,' zei Robin, 'ik weet het.' Over het tafeltje heen pakte ze even de onderarm van de oude man vast. 'We gaan doen wat we kunnen, meneer Tucker, dat beloof ik. U hoort van me.'

Toen Robin het café uit liep, wist ze dat ze zojuist had gesproken uit naam van Strike, die niets wist van het plan om Creed te ondervragen, laat staan van het plan om uit te zoeken wat er met Louise Tucker was gebeurd, maar ze had niet meer de energie om zich daar nu druk over te maken. Ze trok haar jasje wat dichter om zich heen en liep terug naar kantoor, haar gedachten opgeslokt door de afschuwelijke leegte die vermiste personen achterlieten.

52

Oft Fire is without Smoke.

Edmund Spenser
The Faerie Queene

Het was één uur 's nachts en Strike reed naar Stoke Newington om Robin af te lossen, die op dat moment het rijtjeshuis in de gaten hield waar Goochems Baas weer op bezoek was en waar hij zich vrijwel zeker weer overgaf aan het chantabele gedrag waar Goochem op de een of andere manier achter was gekomen. Goochem mocht zijn baas dan zo in de tang hebben dat laatstgenoemde er bijna door van de Tower Bridge was gesprongen, GB leek niet te kunnen of willen stoppen met wat hij deed in het huis van Elinor Dean, wat dat ook mocht zijn.

Het was een heldere, frisse nacht, al waren de sterren vanaf de felverlichte Essex Road maar heel vaag te zien. Uit de speaker van de BMW klonk op dat moment de stem van Barclay. Het was een week geleden sinds de Schot GB had weten over te halen om van de Tower Bridge af te komen en een kop koffie met hem te gaan drinken.

'Hij kan het niet laten, de arme sukkel.'

'Dat is wel duidelijk,' zei Strike. 'Dit is zijn derde bezoek in tien dagen tijd.'

'Tegen mij zei hij: "Ik kan er niet mee stoppen." Hij zegt dat het goed is tegen de stress.'

'Hoe valt dat te rijmen met zijn zelfmoordneigingen?'

'Van die chantage krijgt hij zelfmoordneigingen, Strike, niet door wat hij in Stoke Newington uitspookt.'

'Heeft hij nou op geen enkele manier laten doorschemeren wat hij daar doet?'

'Dat zeg ik toch: hij zei dat-ie niet met haar neukt, maar dat zijn vrouw bij hem weggaat als het uitkomt. Iets met rubber misschien,' voegde Barclay er peinzend aan toe.

'Huh?'

'Rubber. Net als die vent laatst die naar zijn werk latex onder zijn pak droeg.'

'O, ja,' zei Strike. 'Die was ik vergeten.' De verschillende seksuele voorkeuren van hun cliënten liepen in Strikes herinnering vaak in elkaar over.

Hij hoorde op de achtergrond het geroezemoes van het casino. Goochem zat er al uren en Barclay had hem gezelschap gehouden, onopgemerkt vanaf de andere kant van de zaal.

'Maar je wilt dus echt dat ik hier blijf?' vroeg Barclay met zijn sterke accent. 'Want het kost een godsvermogen en je zei dat de klant al pissig begon te worden over de rekening. Ik kan ook buiten op straat in de gaten houden wanneer die slijmjurk vertrekt.'

'Nee, blijf daar maar. Blijf foto's maken en probeer iets te vinden waarop we hem kunnen pakken.'

'Goochem staat stijf van de coke.'

'De helft van zijn collega's zal er ook wel op los snuiven. We moeten iets ernstigers hebben, willen we die hufter kunnen pakken op chantage, zo heftig dat mensen erdoor van een brug willen springen...'

'Je wordt weekhartig, Strike.'

'Probeer jij die klootzak nou maar ergens op te pakken, en zet daar niet te veel geld op in.'

'Van dat gokken gaan we niet failliet,' zei Barclay. 'Van de drank wel.'

Hij hing op, en Strike draaide het raampje omlaag en stak een sigaret op. Hij probeerde geen aandacht te besteden aan de pijn in zijn stijve nek en schouders.

Net als GB zou Strike wel even verlost willen zijn van de problemen en uitdagingen van het leven, maar dergelijke uitlaatkleppen waren op het moment niet voorhanden. Het afgelopen jaar had Joans ziekte hem beroofd van het kleine beetje vrije tijd dat hij had. Sinds zijn amputatie deed hij niet meer aan sport. Door de werkdruk zag hij zijn vrienden onregelmatig, en zijn familie, die op dat moment lastiger was dan ooit, bezorgde hem meer kopzorgen dan plezier.

De volgende dag was het eerste paasdag, en dat betekende dat Joans familie in St Mawes bij elkaar zou komen om haar as op zee uit te strooien. Afgezien van de treurige gebeurtenis zelf zag Strike er niet bepaald naar uit om nog een keer dat hele eind naar Cornwall te moeten reizen of om weer gedwongen contact met Lucy te hebben, die tijdens een aantal telefoongesprekken duidelijk had gemaakt dat ze vreselijk tegen dit definitieve afscheid opzag. Ze keerde steeds weer terug op haar eigen verdriet over het feit dat ze straks geen graf zou kunnen bezoeken, en Strike bespeurde een beschuldigende ondertoon in haar stem, alsof ze vond dat Strike zich niet had mogen neerleggen bij de wens die Joan op haar sterfbed had geuit. Lucy toonde zich ook teleurgesteld dat Strike niet het hele weekend zou blijven, zoals Greg en zij, en ze had hem botweg laten weten dat hij vooral niet mocht vergeten om voor alle drie zijn neefjes paaseieren mee te nemen, en dus niet alleen voor Jack. Strike zat er niet op te wachten om drie breekbare chocolade-eieren helemaal mee naar Truro te moeten nemen, in de trein, terwijl hij ook een weekendtas bij zich had en zijn stomp pijn deed van dagen en weken onafgebroken doorwerken.

Om zijn stress nog erger te maken bestookten zowel de hem onbekende halfzus Prudence als halfbroer Al hem weer met berichten. Halfbroer en halfzus schenen te denken dat Strike, na die kortstondige, noodzakelijke ontlading die zijn geschreeuw tegen Rokeby aan de telefoon hem had bezorgd, misschien spijt van zijn uitbarsting zou hebben en dus eerder over te halen zou zijn om naar het feest van zijn vader te komen en het goed te maken. Strike had op geen van hun berichtjes gereageerd, maar hij had ze ervaren als insectenbeten: je nam je voor om niet te krabben, maar ze waren niettemin een bron van zeurende irritatie.

Alle andere zorgen werden overstemd door de zaak-Bamborough, die ondanks alle uren die Robin en hij erin staken, nog net zo ondoorgrondelijk was als op de dag dat ze overeengekomen waren om zich in dit veertig jaar oude mysterie te gaan verdiepen. De deadline van een jaar kwam steeds dichterbij, en tot nog toe was er niets gebeurd wat op een doorbraak leek. Als Strike heel eerlijk was, had hij weinig hoop dat het gesprek met de dochters van Wilma Bayliss iets zou opleveren. Dat gesprek zou later die ochtend plaatsvinden, met Robin erbij, voordat Strike de trein naar Truro nam.

Al met al moest Strike toen hij naar het huis reed van de vrouw van middelbare leeftijd tot wie GB zich zo aangetrokken leek te voelen, toegeven dat hij een sprankje medeleven voelde voor een man die zo naarstig op zoek was naar enige vorm van seksuele ontlading, want dat moest het wel zijn. Het was onlangs tot Strike doorgedrongen dat de relaties die hij had gehad sinds hij bij Charlotte was weggegaan weliswaar oppervlakkig waren geweest, maar ook de enige pure afleiding van zijn werk hadden gevormd. Sinds Joan te horen had gekregen dat ze kanker had, was zijn seksleven op sterven na dood geweest: steeds weer die lange reis naar Cornwall had alle tijd in beslag genomen die hij ook aan dates had kunnen besteden.

Wat niet wilde zeggen dat hij er geen kans voor had gehad. Sinds het bureau zo succesvol was, leek een aantal van de rijke, ongelukkige vrouwen waaruit het klantenbestand van het detectivebureau grotendeels bestond Strike te beschouwen als een geschikte kandidaat om hun eigen emotionele pijn te stillen of een leegte te vullen. Strike had de dag ervoor, op Goede Vrijdag, precies zo'n soort vrouw als nieuwe opdrachtgever aangenomen. Aangezien zij de plaats had ingenomen van mevrouw Smith, die op basis van de foto's die Morris had genomen van haar echtgenoot met hun nanny de echtscheidingsprocedure al in gang had gezet, hadden ze de tweeëndertigjarige brunette de bijnaam 'Mevrouw Jones' gegeven.

Ze was onmiskenbaar mooi, met lange benen, volle lippen en een gladde huid die veel geld gekost moest hebben. Er werd over haar geschreven in de roddelbladen, deels omdat ze erfgename was en deels omdat ze met haar ex-vriend verwikkeld was in een akelige strijd over de voogdij. Ze zocht informatie over hem om hem voor de rechter te kunnen zwartmaken. Mevrouw Jones had haar lange benen steeds opnieuw over elkaar geslagen terwijl ze Strike vertelde over het drugsgebruik van haar hypocriete ex, over het feit dat hij verhalen over haar naar de kranten lekte en hij geen enkele belangstelling had voor hun dochtertje van een half jaar, behalve als een manier om Mevrouw Jones ongelukkig te maken. Toen het gesprek ten einde was en hij haar uitliet, had ze een paar keer haar hand op zijn arm gelegd en langer om zijn beleefd bedoelde opmerkingen gelachen dan nodig was. Terwijl Strike haar onder Pats kritische blik beleefd de deur uit probeerde te werken, had hij het gevoel dat hij kauwgum van zijn vingers probeerde te pulken.

Strike kon zich precies voorstellen wat Dave Polworth zou hebben gezegd als hij erbij was geweest, want Polworth had scherpzinnige theorieën over het soort vrouwen dat zijn oudste vriend aantrekkelijk vond, van wie Charlotte het zuiverste voorbeeld was geweest. De vrouwen die zich het gretigst tot Strike aangetrokken voelden waren volgens Polworth neurotisch, chaotisch en een enkele keer ook gevaarlijk, en hun genegenheid voor de voormalige bokser met zijn kromme neus wees op een onbewust verlangen naar iets wat op een rots leek, waaraan zij zich als een zeeslak konden vastzuigen.

Terwijl Strike door de verlaten straten van Stoke Newington reed, gingen zijn gedachten als vanzelf naar zijn ex-verloofde. Hij had niet gereageerd op de wanhopige appjes die ze hem had gestuurd vanuit een particuliere psychiatrische instelling – hij had de naam gegoogeld en wist nu dat het een privékliniek was waar ze zat. De berichten waren binnengekomen op de avond voordat hij naar Joans sterfbed zou afreizen, en dat niet alleen: hij wilde haar ijdele hoop dat hij haar zou komen redden niet voeden. Zat ze daar nog steeds? Zo ja, dan was ze langer opgenomen dan ooit tevoren. Haar tweeling van een jaar was ongetwijfeld toevertrouwd aan de zorg van een nanny, of aan de schoonmoeder van wie Charlotte hem een keer had verzekerd dat ze haar taak als moeder elk moment wilde overnemen.

Toen hij vlak bij de straat van Elinor Dean was, belde hij Robin.

'Is hij nog binnen?'

'Ja. Je kunt vlak achter mij parkeren, daar is plek. Ik denk dat nummer 14 voor Pasen weg is met de kinderen. Allebei de auto's zijn weg.'

'Ik ben er over vijf minuten.'

Toen Strike de straat in reed, zag hij de oude Land Rover een paar huizen voorbij Elinors voordeur geparkeerd staan, en hij kon probleemloos op de plek pal achter haar parkeren. Toen hij zijn motor uitzette sprong Robin uit haar Land Rover, sloot zachtjes het portier en liep om de BMW heen naar de passagierskant, met een grote tas over haar schouder.

'Goeiemorgen.' Ze kwam naast hem zitten.

'Goeiemorgen. Sta jij niet te trappelen om te vertrekken?' Terwijl hij dat zei, lichtte het scherm van haar telefoon in haar hand op: ze had een berichtje. Robin keek er niet eens naar, maar legde de telefoon omgekeerd op haar knie, om het licht te verbergen.

'Ik moet je een paar dingen vertellen. Ik heb C.B. Oakden gesproken.'

'Aha.'

Gezien het feit dat Oakden in de eerste plaats in Strike geïnteresseerd was en Strike vermoedde dat Oakden zijn gesprekken opnam, hadden de twee detectives afgesproken dat Robin degene moest zijn die hem zou waarschuwen zich niet meer met de zaak te bemoeien.

'Hij was er niet blij mee,' zei Robin. 'Het was een en al "we leven in een vrij land" en "ik mag praten met wie ik wil". Ik heb gezegd: "Als u probeert ons voor te zijn en met getuigen te praten, zou dat ons onderzoek kunnen belemmeren." Hij zei dat hij zo'n ervaren biograaf was dat hij...'

'O, fuck off,' mompelde Strike.

'... dat hij weet hoe hij mensen moet ondervragen om informatie uit ze los te krijgen en dat het misschien een goed idee is als wij drieën onze krachten bundelen.'

'Ja hoor, dat is precies waar we op zitten te wachten: een veroordeelde misdadiger op de loonlijst. Hoe is het afgelopen?'

'Nou, ik merk dat hij echt jou wil spreken en volgens mij is hij vastbesloten om alles wat hij over Brenner weet voor zich te houden tot hij jou persoonlijk kan ontmoeten. Hij wil Brenner als lokaas gebruiken.'

Hij pakte nog een sigaret. 'Ik weet niet of Brenner C.B. Oakden wel waard is.'

'Ook niet na wat Janice te vertellen had?'

Strike nam een trek van de sigaret en blies toen de rook het raam uit, weg van Robin. 'Ik geef toe dat Brenner nu een stuk verdachter overkomt dan toen we net met ons onderzoek begonnen, maar hoe groot is de kans dat Oakden echt informatie heeft waar we iets aan hebben? Hij was nog maar een kind toen dit allemaal gebeurde, en dat hij dat overlijdensbericht heeft gepikt doet eerder vermoeden dat hij materiaal bij elkaar harkt dan dat hij...'

Hij hoorde naast zich iets ritselen, draaide zich om en zag dat Robin haar messengerbag openmaakte. Enigszins tot zijn verbazing haalde ze Talbots aantekenboek er weer uit.

'Heb je dat nou nog steeds bij je?' Hij deed zijn best om het niet geërgerd te laten klinken.

'Blijkbaar,' zei ze. Ze legde haar mobiel op het dashboard, zodat ze het boek op haar schoot kon openslaan. Strike keek naar de telefoon en zag dat er nog een berichtje binnenkwam; het scherm lichtte op. Deze keer zag hij ook de naam: Morris.

'Waar appt Morris je over?' Strike hoorde zelf hoe kritisch de vraag klonk.

'Niks. Hij verveelt zich gewoon, daar voor het huis van de vriend van Mevrouw Jones,' zei Robin, die door Talbots aantekenboek bladerde. 'Ik wil je iets laten zien. Hier, moet je kijken.'

Ze gaf hem het boek, opengeslagen op een bladzijde die Strike zich herinnerde van de keren dat hij zelf in de aantekeningen had gebladerd. Het was tegen het eind, waar de bladzijden het drukst versierd waren met vreemde tekeningen. Midden op deze bladzijde danste een zwart geraamte dat een zeis in zijn hand hield.

'Let even niet op die rare tarottekeningen,' zei Robin. 'Het gaat me hierom. Die zin tussen de benen van het geraamte. Dat sym-

⚸ heeft GEHEIMEN – ⚸ primitieve instincten, duistere persoonlijkheid, GEHEIMEN ⚸ niet moederlijk maar SEKSUEEL, ja, rauwe gevoelens, ontrouw, oneerlijk, stond in 11e toen ☽ verdween, huis van VRIENDSCHAPPEN, maar beweert dat ze bij familie??
11e huis ook Huis van ♒, wat deed ze daar? Bloed op de grond – een ritueel? Obeah? DAAR ZULLEN DE GEITEN DEMONEN ELKAAR BEGROETEN EN DAAR ZAL LILITH RUST VINDEN
'Negen druppels onzuiver bloed'
vraag FAMILIE van ⚸ ook buren
BAPHOMET HERMAFRODIET
'Ze leeft in de wereld van Romantiek, in de voortdurende droom over Extase' – 'Stil en moeiteloos doet ze haar werk'
'Ze heeft het imago van extreme zuiverheid en schoonheid, oneindig subtiel; je kunt bijna niet zien hoe ze werkelijk is, want ze weerspiegelt de aard van de ander volkomen.'
Contrast ⚸ en ☽
zwarte maan / witte maan
♏
⊗ in 2e GELD en BEZIT. Moeders Huis
VERTROUWDE ⚸
Wilde ⚸ niet wegsturen
VERLIEFD OP ♑?
Adams: ♍ 'houding ongetwijfeld kinderachtig' 'het feit dat ze haar gram wilde halen valt moeilijk te verhullen' WAAR
20° ♋
21° ♊
Lévi: St John akkoord
Zwavel = ether
Kwik = water
Zout = Drakenbloed of MENSTRUUM VAN DE AARDE
De zaken van transcendente symboliek kunnen alleen door de ware kinderen der wetenschap goed begrepen worden.'
⊗
zijn RODE VROUWEN die HET BEEST BERIJDEN
♍
Ik ben de Slang die Kennis en Blijdschap schenkt en grote roem, en die de beestachtige mensen dronken maakt.
Aanbid mij door wijn te drinken en vreemde drugs te nemen.
A CROWLEY

booltje, het rondje met het kruis erin, dat staat voor Pars Fortuna…'

'Wat is dat?' vroeg Strike.

'Dat is een punt in de horoscoop dat over werelds succes gaat, schijnt. "Pars Fortuna in Tweede, GELD EN BEZIT." En "Moeders Huis" is onderstreept. De Oakdens woonden aan Fortune Street, weet je nog? En de Pars Fortuna stond in het huis van geld en bezit toen Margot verdween, en dat verbindt hij met het feit dat Dorothy het huis van haar moeder heeft geërfd, en hij zegt dat dat geen drama voor Dorothy was, maar juist een meevaller.'

'Zou je denken?' Strike wreef in zijn vermoeide ogen.

'Ja, want kijk, vervolgens begint hij erover dat de Maagd – dat is Dorothy's sterrenbeeld, in allebei de systemen – kinderachtig is en dat ze haar gram wil halen, en dat klopt wel met wat wij over haar weten. Verder heb ik naar de geboortedata gekeken, en wat denk je? Dorothy's moeder was zowel volgens het traditionele systeem als volgens dat van Schmidt Schorpioen.'

'Jezus, hoeveel Schorpioenen moeten we nog krijgen?'

'Ik snap wat je bedoelt.' Robin liet zich niet van de wijs brengen. 'Maar uit wat ik erover gelezen heb maak ik op dat Schorpioen een van de meest voorkomende sterrenbeelden is. Maar het gaat hierom: Carl Oakden is geboren op 6 april. Dat betekent dat hij volgens het traditionele systeem Ram is, maar volgens dat van Schmidt Vissen.'

Er viel even een stilte.

'Hoe oud was Oakden toen zijn oma van de trap af viel?' vroeg Strike.

'Veertien.'

Hij wendde zijn gezicht af om de rook weer uit het raampje te blazen. 'Jij denkt dat hij zijn oma geduwd heeft, hè?'

'Misschien niet met opzet. Het kan best dat hij zich langs haar heen heeft gewurmd en dat ze daarbij haar evenwicht is verloren.'

'"Margot maakt Vissen verwijten." Het is nogal wat om een kind ervan te beschuldigen…'

'Misschien heeft ze het hem wel nooit voor de voeten gegooid. Het kan ook zijn dat Talbot alleen maar vermoedde dat die confrontatie had plaatsgevonden, of dat hij zich die heeft verbeeld. Het is hoe dan ook...'

'... suggestief, ja. Heel suggestief...' Strike kreunde zacht. 'Dus we zullen die bloody Oakden wel móéten ondervragen, hè? Dat stelletje begint iets hachelijks te krijgen, vind je niet? Brenner en de familie Oakden, vanbuiten vroom...'

'... en vanbinnen puur gif. Weet je nog? Dat zei Oonagh Kennedy over Dorothy.'

De detectives bleven nog een poosje naar de voordeur van Elinor Dean zitten kijken. Die bleef dicht, in haar donkere tuin bewoog niets.

'Hoeveel moorden denk jij dat er onopgemerkt blijven?' vroeg Robin.

'De vraag zegt het al, hè? "Onopgemerkt" – dat kun je niet weten. Maar ja, dan hebben we het vooral over de stille sterfgevallen in huiselijke omgeving. Kwetsbare mensen die door hun eigen familie naar de andere wereld worden geholpen, en iedereen maar denken dat ze een zwakke gezondheid hadden...'

'... of dat het een zegen is dat ze zijn overleden.'

'Sommige sterfgevallen zíjn ook een zegen.'

En bij die woorden kregen ze allebei een gruwelijk beeld voor ogen. Strike moest denken aan het lichaam van sergeant Gary Topley, op de stoffige weg in Afghanistan, de ogen wijd open, de onderste helft verdwenen. Dat beeld had Strike sindsdien steeds in zijn nachtmerries teruggezien, en zo nu en dan praatte Gary in die dromen tegen hem, terwijl hij daar in het stof lag. Als hij wakker werd was het altijd een geruststellende gedachte dat Gary op slag dood was geweest, dat zijn opengesperde ogen en niet-begrijpende blik bewezen dat het einde hem had overvallen voordat er pijn of schrik tot zijn brein had kunnen doordringen.

Maar Robin zag iets voor zich waarvan ze niet eens zeker wist of het ooit gebeurd was. Ze stelde zich Margot Bamborough voor, vastgeketend aan een radiator (*terwijl ik met een zweep haar gezicht en haar borsten bewerk*), terwijl ze smeekte om haar leven (*een lachwekkend doorzichtige strategie*) en gemarteld werd (*kon het een extase van pijn bereiken, en het stond trillend op de rand van de afgrond, gillend, smekend om genade*).

'Weet je,' zei Robin, deels om de stilte te doorbreken en het beeld in haar hoofd te verdrijven, 'ik zou wel eens een foto van Maud willen zien, de moeder van Dorothy.'

'Waarom?'

'Ter bevestiging, want... Ik geloof dat ik het je nog niet verteld heb, maar moet je kijken...'

Ze bladerde terug in het aantekenboek, naar de bladzijde die vol stond met watersterrenbeelden. Onder een afbeelding van een schorpioen stonden in kleine lettertjes de woorden 'VLEK (Adams)' geschreven.

'Is dat een nieuw sterrenbeeld?' vroeg Strike. 'De Vlek?'

'Nee.' Robin glimlachte. 'Talbot verwijst hier naar het feit dat de astroloog Evangeline Adams heeft gezegd dat de ware Schorpioen vaak een moedervlek heeft. Ik heb haar boek gelezen, tweedehands op de kop getikt.'

Er viel een stilte.

'Wat nou?' vroeg Strike, want Robin keek hem verwachtingsvol aan.

'Ik zit te wachten tot jij een hatelijke opmerking maakt.'

'Die lust is me al enige tijd vergaan. Je weet dat er van ons wordt verwacht dat wij deze zaak over een week of veertien opgelost hebben, hè?'

'Ik weet het,' verzuchtte Robin. Ze pakte haar telefoon om te kijken hoe laat het was, en Strike zag vanuit zijn ooghoeken dat ze weer een appje van Morris had. 'Oké,' zei ze toen, 'straks die afspraak met de zusters Bayliss. Misschien dat zij iets weten waar we mee verder kunnen... Weet je zeker dat je mee wilt? Ik vind het prima om het alleen te doen. Je hebt hier dan de hele nacht gezeten, je zult wel doodop zijn.'

'Ik slaap straks wel, in de trein naar Truro. Jij nog plannen voor Pasen?'

'Nee. Mijn moeder vroeg of ik kwam, maar...'

Strike vroeg zich af wat het stilgevallen vervolg op deze zin was, en of ze soms plannen met iemand anders had, waarover ze hem niet wilde vertellen. Met Morris bijvoorbeeld.

'Oké, ik beloof dat dit het laatste is uit Talbots aantekenboek waarover ik begin,' zei Robin, 'maar ik wil je iets laten zien voor we de zusters Bayliss spreken.'

'Vertel.'

'Je zei zelf dat hij racistisch overkomt, in zijn aantekeningen.'

'"Zwart spook",' citeerde Strike. 'Klopt.'

'En "Zwarte Maan Lilith..."'

'... en dat hij zich afvroeg of ze een heks was.'

'Precies. Ik denk dat hij haar echt heeft lastiggevallen, en de familie waarschijnlijk ook,' zei Robin. 'De taal die hij voor Wilma gebruikt: "primitief", "leugenachtig"...' Robin bladerde terug naar de bladzijde met de drie sterrenbeelden met hoorns, 'en "vrouw zoals ze in het huidige eon is... gewapend en strijdlustig".'

'Een radicale feministische heks.'

'Wat best cool klinkt als jij het zegt,' zei Robin, 'maar ik denk niet dat Talbot het zo bedoeld heeft.'

'Denk je dat de dochters daarom niet met ons wilden praten?'

'Zou kunnen. Dus ik denk dat we wel een beetje... Dat we goed rekening moeten houden met wat er gebeurd zou kunnen zijn. We moeten ons in elk geval niet opstellen alsof we Wilma ergens van verdenken.'

'Goed punt, ik zal het onthouden.'

'Nou,' zei Robin met een zucht, terwijl ze het schrift weer in haar tas stopte. 'Dan ga ik maar... Wat dóét hij daar in vredesnaam?' vroeg ze zacht, met een blik op Elinor Deans voordeur.

'Barclay denkt dat het misschien een rubberfetisj is.'

'Hij moet heel wat talkpoeder gebruiken als hij zich met die pens van hem in rubber wil wurmen.'

Strike moest lachen.

'Oké, dan zie ik je over...' Ze keek op haar telefoon hoe laat het was, 'over zeven uur en drie kwartier.'

'Welterusten.'

Toen ze van de BMW wegliep, zag hij dat ze weer op haar telefoon keek, ongetwijfeld om de berichtjes van Morris te lezen. Hij keek toe hoe ze in de stokoude Land Rover stapte, het tankachtige voertuig vlot keerde en een hand naar hem opstak toen ze hem voorbijreed, terug naar Earl's Court.

Strike haalde de thermosfles met thee onder zijn stoel vandaan en dacht opeens aan die zogenaamde tandartsafspraak van laatst, waarover Robin vreemd zenuwachtig had geklonken en die plaats had gevonden op Morris' vrije middag (hoewel Strike die link eerder niet had gelegd). Er begon hem een uitermate onaangename mogelijkheid te dagen: had Robin gelogen, net als Irene Hickson, en nog wel om dezelfde reden ook? Hij dacht meteen aan wat Robin een paar maanden geleden had gezegd toen ze vertelde dat haar ex-man een nieuwe vriendin had: 'O, dat heb ik je niet verteld, hè? Ik heb het tegen Morris gezegd.'

Terwijl Strike de dop van zijn thermosfles draaide, liet hij in gedachten Robins gedrag in Morris' bijzijn van de afgelopen paar maanden de revue passeren. Ze had nooit de indruk gewekt hem erg graag te mogen, maar zou het niet kunnen dat ze maar had gedaan alsof, om de aandacht af te leiden? Hadden zijn compagnon en zijn werknemer echt een relatie, die hem was ontgaan doordat hij zo in beslag was genomen door zijn eigen besognes?

Strike schonk thee in, leunde weer achterover op zijn stoel en keek door de damp die opsteeg van de naar plastic smakende modderkleurige thee chagrijnig naar Elinor Deans dichte deur. Hij hield zichzelf voor dat hij kwaad was omdat hij de regel had moeten vastleggen dat partners in de zaak geen relatie mochten aangaan met freelancers, maar er was nog een andere reden waar hij verder liever niet op inging, omdat hij heel goed wist wat die was en het toch geen zin had om daarover te gaan zitten piekeren.

53

Like three faire branches budding farre and wide,
That from one roote deriu'd their vitall sap:
And like that roote that doth her life diuide,
Their mother was...

Edmund Spenser
The Faerie Queene

Zeven uur later reed Robin in haar Land Rover in het koele licht van een bewolkte ochtend via een omweg naar de lunchzaak waar Strike en zij hadden afgesproken met de drie zussen Bayliss.

Toen Maya, de middelste zus, had voorgesteld om af te spreken bij Belgique in Wanstead, had Robin meteen beseft dat ze dan langs de Flats zou moeten rijden, waar Dennis Creed zijn voor zover bekend op twee na laatste slachtoffer had gedumpt, de zevenentwintigjarige kapster Susan Meyer.

Een half uur voor de afspraak parkeerde Robin de Land Rover naast een rijtje winkels aan Aldersbrook Road, en ze stak over en liep een kort voetpad op, dat naar de met riet begroeide oever van Alexandra Lake leidde, een groot, kunstmatig aangelegd meer waarop verschillende soorten watervogels dobberden. Twee eenden kwamen hoopvol naar Robin toe gezwommen, maar toen ze geen brood of anders lekkers uit haar zak haalde, gleden ze weer weg, compact, onafhankelijk, met hun onyxzwarte ogen het water en de oever afturend, op zoek naar een andere kans.

Negenendertig jaar geleden was Dennis Creed in het holst van de nacht naar dit meer gereden en had hij het lichaam van Susan Meyer, ontdaan van hoofd en handen, het water in gerold, in zwart plastic gehuld en met touw omwikkeld. Susan Meyer had met haar opvallende kapsel en verlegen glimlach een prominente plaats gekregen op het omslag van *De demon van Paradise Park*.

De melkbleke lucht leek net zo ondoorzichtig als het ondiepe meer, dat deed denken aan jadegroene zijde en waarin de voortglijdende watervogels uitlopende rimpels veroorzaakten. Met haar handen in haar zakken keek Robin uit over het water en het ruisende riet, en ze probeerde zich het tafereel voor te stellen: een parkmedewerker had het zwarte voorwerp in het water zien liggen en aanvankelijk gedacht dat het een zeildoek was, opgebold door de lucht die erin zat, tot hij het met een lange stok te pakken had gekregen, voelde hoe akelig zwaar het was en meteen een link legde (althans, dat vertelde hij aan de televisieploeg die vlak na de politie en de ambulance ter plaatse arriveerde) met de lijken die steeds in Epping Forest opdoken, nog geen vijftien kilometer verderop.

Creed had Susan precies een maand voor de verdwijning van Margot ontvoerd. Hadden ze nog samen in Creeds kelder gezeten? Zo ja, dan had Creed daar gedurende een korte periode drie vrouwen tegelijkertijd vastgehouden. Robin dacht liever niet aan wat Andrea, of Margot, als ze daar geweest was, doorgemaakt moest hebben toen ze Creeds kelder in werd gesleept, daar nog een andere vrouw vastgeketend zag zitten en wist dat ook zij voor ze stierf eerst die uitgemergelde toestand, compleet met gebroken botten, zou moeten bereiken.

Andrea Hooton was de laatste vrouw die Creed, voor zover bekend, had gedood, en om zich van het lichaam te ontdoen was hij van zijn vaste routine afgeweken en had hij vanaf zijn huis aan Liverpool Road honderdtwintig kilometer gereden, naar Beachy Head, waar hij het in zee had gegooid. In Epping Forest en op de Wanstead Flats werd tegen die tijd te intensief gepatrouilleerd door de politie, en hoewel het overduidelijk was dat Creed per se wilde dat elke moord op conto van het Monster van Essex werd geschreven – wat viel op te maken uit de geheime stapel krantenknipsels die hij onder de plankenvloer van zijn souterrain bewaarde – had hij nooit gepakt willen worden.

Robin keek op haar horloge: het was tijd om naar de afspraak met de zusjes Bayliss te gaan. Terwijl ze terugliep naar de Land Rover dacht ze na over de scheidslijn tussen normaal gedrag en krankzinnigheid. Op het eerste gezicht had Creed veel normaler geleken dan Bill Talbot. Creed had geen gestoorde aantekeningen achtergelaten waarin hij zijn gedachteprocessen uitlegde; hij had nooit de loop van asteroïden uitgedokterd om die als richtlijn te gebruiken; in zijn gesprekken met psychiaters en de politie was hij volkomen helder geweest. Het geloof in sterrenbeelden en symbolen, een geheime taal die alleen door ingewijden kon worden ontcijferd, was niks voor Creed, hij had nooit zijn toevlucht gezocht in mysteriën of magie. Dennis Creed had alles nauwgezet gepland, wist iedereen op het verkeerde been te zetten met zijn keurige witte bestelbus, in de roze jas die hij van Vi Cooper had gestolen, soms met een pruik op, waardoor een dronken slachtoffer zijn wazige gestalte van een afstandje makkelijk voor een vrouw kon aanzien, voor hem lang genoeg om zijn grote handen voor een geschrokken opengesperde mond te slaan.

Toen Robin aankwam in de straat van het eetcafé zag ze even voorbij de ingang Strike uit zijn BMW stappen. Op zijn beurt zag hij de Land Rover, stak ter begroeting een hand op en kwam haar kant op gelopen, terwijl hij de laatste hap nam van iets wat haar een McMuffin met bacon en ei leek. Hij had een stoppelbaard en de kringen onder zijn ogen waren paars.

'Heb ik nog tijd voor een peuk?' was het eerste wat hij met een blik op zijn horloge vroeg toen Robin uitstapte en het portier dichtsloeg. 'Nee,' gaf hij zelf met een zucht het antwoord al. 'Nou ja...'

'Neem jij de leiding in het gesprek maar,' zei hij tegen Robin toen ze samen naar het eetcafé liepen. 'Jij hebt al het voorbereidende werk gedaan. Ik maak aantekeningen. Hoe heetten ze ook alweer?'

'Eden is de oudste. Zij is raadslid voor Labour en komt uit

Lewisham. Maya is de middelste en is adjunct-directrice op een basisschool. De jongste is Porschia Dagley, en zij is maatschappelijk werkster...'

'... net als haar moeder...'

'Precies, en ze woont hier verderop in de straat. Ik denk dat we bij haar in de buurt hebben afgesproken omdat ze ziek is geweest, dus wilden de andere twee niet dat ze zou moeten reizen.'

Robin duwde de deur van het eetcafé open en ging als eerste naar binnen. De zaak was modern-chic ingericht, met een halfronde bar, een houten vloer en een opvallende knaloranje muur. Vlak bij de deur zaten drie zwarte vrouwen aan een tafel voor zes personen. Robin wist meteen wie wie was, door de foto's die ze op de Facebook-pagina's van hun familie had gezien, en op de website van de gemeente Lewisham.

Eden, het gemeenteraadslid, zat met haar armen over elkaar geslagen, en haar golvende bobkapsel wierp een schaduw over het grootste deel van haar gezicht, waardoor alleen haar zorgvuldig donkerrood gestifte volle lippen duidelijk zichtbaar waren, zonder glimlach. Ze droeg een getailleerd zwart jasje en wekte met haar hele houding de indruk van een zakenvrouw die was gestoord tijdens een belangrijke bespreking.

Maya, de adjunct-schooldirectrice, droeg een korenblauwe trui en een spijkerbroek. Om haar hals hing een zilveren kruisje. Ze was tengerder dan Eden, had de donkerste huid en was, in Robins ogen, de knapste van de drie zussen. Haar lange ingevlochten haar zat in een dikke staart, ze droeg een bril met een vierkant montuur, haar ogen stonden ver uit elkaar en haar volle lippen, met van nature omhoogwijzende mondhoeken, straalden hartelijkheid uit. Maya had een leren tas op schoot en hield die met beide handen stevig vast alsof ze bang was dat hij anders zou ontsnappen.

Porschia, de jongste van de drie die maatschappelijk werkster was, was tevens de zwaarste. Haar haar was heel kort, bijna gemillimeterd, ongetwijfeld door de chemotherapie die ze onlangs had ondergaan. Haar wenkbrauwen, die net weer begonnen te groeien, had ze ingetekend; ze vormden een boogje boven haar lichtbruine ogen, die goudkleurig oplichtten. Porschia droeg een paars bloesje met smokwerk en een spijkerbroek, en lange oorbellen met kralen, die als miniatuurkroonluchtertjes heen en weer zwaaiden toen ze naar Strike en Robin omkeek. Toen ze naar de tafel toe liepen zag Robin dat Porschia een kleine tatoeage in haar nek had: de drietand van de vlag van Barbados. Robin wist dat Eden en Maya allebei in de vijftig waren en Porschia negenenveertig, maar ze hadden alle drie voor minstens tien jaar jonger kunnen doorgaan.

Robin stelde Strike en zichzelf voor. Er werden handen geschud, waarbij Eden onafgebroken glimlachte, en de detectives gingen zitten, Strike aan het hoofd van de tafel en Robin tussen hem en Porschia in, tegenover Maya en Eden. Iedereen behalve Eden praatte stroef wat over de buurt en het weer, tot de ober de bestelling kwam opnemen.

'Heel fijn dat u met ons wilde afspreken,' zei Robin zodra de man weg was. Hebt u er bezwaar tegen dat Cormoran aantekeningen maakt?'

Maya en Porschia schudden het hoofd. Strike trok zijn notitieboekje uit zijn jaszak en sloeg het open.

'Zoals ik aan de telefoon al zei,' begon Robin, 'gaat het ons eigenlijk vooral om de achtergrond, zodat we ons een compleet beeld kunnen vormen van het leven van Margot Bamborough in de maanden...'

'Mag ík misschien een paar vragen stellen?' onderbrak Eden haar.

'Natuurlijk,' zei Robin beleefd, al verwachtte ze problemen.

Eden zwaaide haar haar uit haar gezicht, zodat haar ogen zichtbaar werden, zwart als ebbenhout.

'Wist u dat er man is die iedereen belt die iets met St John te maken had? Hij zegt dat hij een boek aan het schrijven is over uw onderzoek naar de verdwijning van Bamborough.'

Shit, dacht Robin.

'Is dat toevallig ene Oakden?' vroeg Strike.

'Nee, Carl Brice.'

'Dat is dezelfde man,' zei hij.

'Hebt u iets met hem te maken of...?'

'Nee, en ik raad u uitdrukkelijk aan om niet met hem te praten.'

'Ja, dat hadden we zelf ook al bedacht,' zei Eden koeltjes. 'Maar dat betekent dus wel dat er publiciteit komt.'

Robin keek even naar Strike.

'Als we de zaak oplossen komt er sowieso publiciteit, ook zonder Oakden of Brice, of hoe hij zichzelf tegenwoordig ook noemt,' zei hij. 'Maar dat is allemaal maar zeer de vraag. Eerlijk gezegd is de kans groter dat we de zaak niet oplossen, en ik denk dat Oakden zijn boek dan aan de straatstenen niet kwijt kan. Wat u ons vertelt blijft onder ons.'

'En als wij nou iets weten waardoor u de zaak kunt oplossen?' Porschia boog zich naar voren zodat ze langs Robin heen Strike kon aankijken.

Er viel even een stilte, waarin Robin Strikes belangstelling bijna voelde aanwakkeren, net als die van haarzelf.

'Dat hangt ervan af wat voor informatie het is,' antwoordde hij langzaam. 'Wellicht kunnen we voor ons houden waar we die vandaan hebben, maar als de bron belangrijk is om iemand veroordeeld te krijgen...'

Er viel een lange stilte. De zussen leken stilzwijgend met elkaar te communiceren.

'Nou?' zei Porschia uiteindelijk op vragende toon.

'We hebben toch besloten het te doen?' mompelde Maya tegen Eden, die er zwijgend bij bleef zitten, met de armen over elkaar.

'Goed dan,' zei Eden, en het klonk alsof ze wilde zeggen: 'En mij niet later de schuld geven.'

De adjunct-schooldirectrice voelde afwezig aan het zilveren kruisje om haar hals, en ze hield het vast toen ze begon te praten.

'Ik moet eerst een beetje over onze achtergrond vertellen,' zei ze. 'Toen wij klein waren – Eden en ik waren al pubers, maar Porschia was pas negen...'

'Acht,' verbeterde Porschia haar.

'Acht,' zei Maya gehoorzaam, 'is onze vader veroordeeld voor... voor verkrachting en moest hij de gevangenis in.'

'Maar hij had het niet gedaan,' zei Eden.

Robin pakte automatisch haar koffiekop en nam een slok, om haar gezicht te verbergen.

'Hij had het niet gedaan, ja?' Eden keek Robin aan. 'Hij had een paar maanden een witte vriendin. Dat wist heel Clerkenwell. Iedereen had ze samen gezien, in cafés en alles. Toen hij het uit wilde maken, beweerde zij dat hij haar had verkracht.'

Robins maag kwam omhoog alsof de vloer opeens gekanteld was. Ze wilde niets liever dan dat dit verhaal niet waar was. Ze vond het een weerzinwekkende gedachte dat een vrouw zou liegen dat ze verkracht was. Zelf had ze voor de rechtbank van minuut tot minuut over haar eigen verkrachting moeten vertellen. Haar drieënvijftigjarige verkrachter en bijna-moordenaar had naderhand met zachte stem tegen de jury verklaard dat de twintigjarige Robin hem mee naar binnen had gevraagd, het trappenhuis in haar studentenflat in, om daar seks met haar te hebben. Volgens hem was alles met wederzijdse instemming gebeurd: ze had gefluisterd dat ze het fijn vond als het er ruw aan toeging, vandaar de enorme blauwe plekken in haar hals, ze had het zo lekker gevonden dat ze hem had gevraagd de volgende avond weer te komen, en ja (met een lachje in het beklaagdenbankje), natuurlijk was hij verbaasd geweest dat een keurig jong meisje als zij hem zomaar uit het niets had versierd...

'Dat kan een witte vrouw een zwarte man gemakkelijk flikken,' zei Eden, 'vooral in 1972. Mijn vader had al een strafblad, want hij was een paar jaar daarvoor bij een vechtpartij betrokken geweest. Hij heeft vijf jaar moeten zitten.'

'Dat moet zwaar voor jullie als gezin zijn geweest,' zei Strike zonder Robin aan te kijken.

'Dat was het ook,' zei Maya. 'Heel zwaar. De kinderen op school... Nou ja, u weet hoe kinderen zijn...'

'Mijn vader was altijd voor het grootste deel kostwinner geweest,' zei Porschia. 'We waren met z'n vijven, en mijn moeder heeft niet veel opleiding gehad. Voordat mijn vader werd gearresteerd had ze wel gestudeerd, geprobeerd wat examens te halen, zich op te werken. Met het inkomen van mijn vader erbij redden we het al nauwelijks, maar toen hij weg was hadden we het pas echt moeilijk.'

'Onze moeder en haar zus zijn met twee broers getrouwd,' vertelde Maya. 'Samen hebben ze negen kinderen. We waren allemaal heel hecht met elkaar, totdat mijn vader gearresteerd werd – toen veranderde alles. Oom Marcus ging tijdens het proces van mijn vader elke dag naar de rechtbank, maar mijn moeder wilde niet, en oom Marcus was heel kwaad op haar.'

'Hij wist dat het een enorm verschil zou hebben gemaakt als de rechter had gezien dat het hele gezin achter hem stond,' zei Eden vinnig. 'Ík ben wel gegaan. Ik heb ervoor gespijbeld. Ik wist dat hij onschuldig was.'

'Nou, goed van je,' zei Porschia, al klonk het beslist niet complimenteus, 'maar mama had geen zin om haar man bij een openbare zitting te moeten horen vertellen hoe vaak hij seks had gehad met zijn vriendin...'

'Het was een ordinair mens,' zei Eden kortaf.

'Als de nood maar hoog genoeg is,' zei Porschia met een dik aangezet Caribisch accent. 'Hij heeft er zelf voor gekozen.'

'Hoe dan ook,' zei Maya snel, 'de rechter geloofde die vrouw en mijn vader moest zitten. Mijn moeder is hem nooit gaan opzoeken, en ze wilde ook niet dat ik Porschia of onze broertjes meenam.'

'Ik ben wel geweest,' mengde Eden zich weer in het gesprek. 'Ik heb oom Marcus gevraagd of ik met hem mee mocht. Het was toch onze vader. Mama had niet het recht ons bij hem weg te houden.'

'Dus,' ging Maya verder voor Porschia ook nog iets kon zeggen, 'mijn moeder wilde scheiden, maar ze had geen geld voor een advocaat. Toen heeft dokter Bamborough haar in contact gebracht met een feministische advocaat die juridische bijstand verleende aan vrouwen in moeilijke omstandigheden, tegen gereduceerd tarief. Toen oom Marcus mijn vader vertelde dat mama een advocaat voor zichzelf had weten te regelen, schreef hij haar vanuit de gevangenis een brief waarin hij haar smeekte het niet te doen. Hij zei dat hij God had gevonden, dat hij van haar hield, dat hij zijn lesje had geleerd en dat hij alleen maar terug wilde naar zijn gezin.'

Maya nam een slokje koffie.

'Ongeveer een week nadat mijn moeder zijn brief kreeg, was ze op een avond, toen iedereen al weg was, de spreekkamer van dokter Bamborough aan het schoonmaken en zag ze iets in de prullenmand liggen.'

Maya maakte de tas op haar schoot open en haalde er een lichtblauw vel zwaar verkreukeld papier uit, waar duidelijk ooit iemand een prop van had gemaakt. Ze stak Robin het papier toe, die het plat op tafel legde, zodat Strike het ook kon lezen.

Laat mijn vrouw met rust kutwijf of ik zorg dat je langzaam en pijnlijk in de hel komt.

Robin keek even opzij naar Strike en zag op zijn gezicht haar eigen amper verhulde verbazing terug. Voor een van hen iets kon zeggen liep er een groepje jonge vrouwen langs hun tafel, zodat Strike zich genoodzaakt zag zijn stoel wat dichter aan te schuiven. De vrouwen gingen al pratend en giechelend aan het tafeltje achter Maya en Eden zitten.

'Toen mijn moeder dat las' – Maya dempte haar stem, zodat de nieuwkomers haar niet konden verstaan – 'dacht ze dat mijn vader het had gestuurd. Niet letterlijk, want het zou nooit door de censuur van de gevangenis gekomen zijn, nee, ze dacht dat iemand het namens hem had gestuurd.'

'Oom Marcus, om precies te zijn,' zei Eden, met haar armen over elkaar geslagen en een pinnig gezicht. 'Oom Marcus, die lekenpredikant was en het k-woord nog nooit van zijn leven in de mond heeft genomen.'

'Mijn moeder stapte met het briefje naar oom Marcus en tante Carmen,' zei Maya, die verder niet op deze opmerking inging, 'en heeft Marcus op de man af gevraagd of hij erachter zat. Dat ontkende hij, maar mijn moeder geloofde hem niet. Het kwam door dat "hel": Marcus was indertijd echt zo'n hel-en-verdoemenis-predikant...'

'... en hij geloofde niet dat mijn moeder echt wilde scheiden,' zei Porschia. 'Hij nam het dokter Bamborough kwalijk dat ze mijn moeder ervan had overtuigd dat ze bij mijn vader weg moest, want mijn moeder had het natuurlijk écht nodig dat een witte vrouw haar aan haar verstand bracht dat ze een rotleven had. Zelf zou ze nooit op die gedachte zijn gekomen.'

'Ik ga even roken, oké?' zei Eden abrupt. Ze kwam overeind en liep de zaak uit, haar hakken tikkend op de houten vloer.

Beide jongere zussen leken opgelucht adem te halen omdat ze weg was.

'Zij was het lievelingetje van onze vader,' vertelde Maya Strike en Robin zacht, terwijl ze naar buiten keek en zag dat Eden een pakje Silk Cut tevoorschijn haalde, haar haar uit haar gezicht zwiepte en er een opstak. 'Ze was dol op hem, ook al was hij een rokkenjager.'

'En met onze moeder heeft ze het nooit goed kunnen vinden,' zei Porschia. 'Die konden zo'n ruzie maken dat de hele straat kon meegenieten.'

'Eerlijk gezegd heeft Eden er het ergst onder geleden dat ze uit elkaar gingen,' zei Maya. 'Ze is op haar zestiende van school gegaan en bij Marks & Spencer gaan werken om mijn moeder te helpen...'

'Onze moeder heeft nooit gewild dat ze met school stopte,' zei Porschia. 'Dat was Edens eigen keuze. Eden beweert graag dat ze het gedaan heeft om het gezin te helpen, maar schei toch uit. Ze kon niet wáchten om van school te gaan, want mijn moeder zat haar enorm achter de broek om goede cijfers te halen. Ze beweert graag dat ze een tweede moeder voor de anderen is geweest, maar zo herinner ik het me niet. Ík herinner me vooral dat ik bij één verkeerde blik al een lel kon krijgen.'

Aan de andere kant van het raam stond Eden met haar rug naar hen toe te roken.

'Het was een nachtmerrie, de hele situatie,' zei Maya treurig. 'Mijn moeder en oom Marcus hebben het nooit bijgelegd, en aangezien mijn moeder en Carmen zussen zijn...'

'Laten we het ze nu snel vertellen, voordat zij zich ermee kan bemoeien,' spoorde Porschia Maya aan. Toen draaide ze zich naar Strike en Robin toe en zei: 'Tante Carmen hielp mijn moeder met de scheiding, achter de rug van oom Marcus om.'

'Hoe dan?' vroeg Robin. Er liep een ober langs hun tafel, op weg naar het groepje vrouwen achter hen.

'Nou, toen de advocaat die dokter Bamborough had aanbevolen vertelde wat ze rekende, wist mijn moeder dat ze haar nooit zou kunnen betalen, zelfs niet tegen gereduceerd tarief,' zei Porschia.

'Mijn moeder kwam na afloop thuis en moest huilen,' zei Maya, 'omdat ze die scheiding achter de rug wilde hebben voordat mijn vader uit de gevangenis kwam. Ze wist dat hij anders zo weer bij haar zou intrekken, en dan kon ze geen kant meer op. Hoe dan ook, een paar dagen later vroeg dokter Bamborough hoe het met de advocaat was gegaan en toen bekende mijn moeder dat ze de scheiding uit geldgebrek niet kon doorzetten,' verzuchtte Maya. 'Dus toen heeft dokter Bamborough aangeboden de advocaat te betalen, en dan zou mijn moeder in ruil daarvoor een paar uur per week het huis in Ham komen schoonmaken.'

De vrouwen aan de tafel achter hen zaten inmiddels met de jonge ober te flirten; ze vroegen zich af of het te vroeg was voor een taartje en besloten giechelend hun dieet aan hun laars te lappen.

'Mijn moeder had het gevoel dat ze dat aanbod niet kon weigeren,' zei Maya. 'Maar de reiskosten om helemaal in Ham te komen, de tijd die ze ermee kwijt zou zijn, terwijl ze al twee banen had en binnenkort examen moest doen...'

'Toen heeft uw tante Carmen gezegd dat zij dat schoonmaakwerk wel zou doen,' raadde Robin, en vanuit haar ooghoeken zag ze Strike even snel naar haar kijken.

'Ja.' Maya zette grote ogen op van verbazing. 'Precies. Het leek een goede oplossing. Tante Carmen was huisvrouw en oom Marcus en dokter Bamborough werkten allebei de hele dag, dus mijn moeder dacht dat ze er nooit achter zouden komen dat de verkeerde vrouw kwam schoonmaken.'

'Eén keer ging het bijna mis,' zei Porschia. 'Weet je nog, M? Toen dokter Bamborough ons allemaal had uitgenodigd om bij haar thuis te komen barbecueën?' Ze draaide zich naar Robin toe. 'We konden er niet heen, want dan zou de nanny van dokter Bamborough door hebben gehad dat mijn moeder niet de vrouw was die elke week kwam schoonmaken. Tante Carmen mocht die nanny niet,' voegde ze eraan toe. 'Helemaal niet zelfs.'

'Waarom niet?' vroeg Strike.

'Ze dacht dat dat kind achter de man van dokter Bamborough aan zat. Elke keer dat zijn naam viel, moest ze blozen, schijnt.'

De deur van het eetcafé ging open en Eden kwam weer binnen. Toen ze ging zitten, bereikte een vleugje rook vermengd met haar parfum Robins neus.

'Waar zijn jullie gebleven?' vroeg ze. Ze zag eruit alsof ze het koud had.

'Dat tante Carmen in mama's plaats ging schoonmaken,' zei Maya.

Eden sloeg haar armen weer over elkaar en liet haar koffie voor wat hij was.

'Dus de verklaring die uw moeder aan de politie heeft gegeven, over het bloed en dat dokter Phipps door de tuin liep...' zei Strike.

'... ging eigenlijk over wat Carmen háár had verteld, ja,' zei Maya, en ze voelde weer aan het kruisje om haar hals. 'Ze kon niet bekennen dat haar zus daar was gaan schoonmaken, want oom Marcus zou door het lint zijn gegaan als hij daarachter was gekomen. Tante Carmen sméékte mijn moeder om het niet aan de politie te vertellen, en dat heeft ze dan ook niet gedaan.

Dus ze moest doen alsof zíj het bloed op de vloerbedekking had gezien en alsof zíj dokter Phipps over het gazon had zien lopen.'

'Alleen stelde Carmen naderhand haar mening over dokter Phipps bij,' onderbrak Porschia haar met een vreugdeloos lachje. 'Mijn moeder ging na haar eerste politieverhoor naar haar toe en zei: "Ze vragen of ik me niet vergist kan hebben, of ik niet een van de bouwvakkers voor dokter Phipps aangezien kan hebben." Carmen zei: "O. Ja. Ik was vergeten dat er achter het huis mensen aan het werk waren. Misschien wel, ja."'

Porschia lachte even, maar Robin wist dat ze het niet echt grappig vond. Het was net zo'n lachje als waar Robin zich achter had verscholen op de avond dat ze het met Max aan de keukentafel over verkrachting had gehad.

'Ik weet dat het niet grappig is,' zei Porschia toen ze Maya zag kijken, 'maar kom op, zeg. Carmen was altijd al een warhoofd, maar je zou toch denken dat ze tóén geen dingen door elkaar heeft gehaald? Mijn moeder was letterlijk ziek van de stress, als ze iets at, begon ze te kokhalzen. En toen dat onaardige ouwe mens op haar werk, die secretaresse, merkte dat ze duizelig was...'

'Ja.' Eden kwam opeens tot leven. 'Vervolgens werd mijn moeder ervan beschuldigd dat ze een dief was, dat ze dronk, en toen hebben ze haar bij de praktijk ontslagen. Die oude secretaresse beweerde dat ze stiekem aan de thermosfles van mijn moeder had gesnuffeld en dat ze drank had geroken. Regelrecht uit haar duim gezogen.'

'Dat was een paar maanden na de verdwijning van Margot Bamborough, klopt dat?' vroeg Strike, met zijn pen in de aanslag boven zijn notitieboekje.

'O, neem me niet kwalijk,' zei Eden op ijzig sarcastische toon, 'dwaal ik af van het onderwerp? Terug naar de verdwenen witte dame, jongens. Wat kan het ons schelen wat die zwarte vrouw heeft moeten doorstaan?'

'Sorry, het was niet mijn...' begon Strike.

'Weet u wie Tiana Medaini is?' beet Eden hem toe.

'Nee,' moest hij bekennen.

'Nee,' zei Eden, 'natuurlijk weet u dat niet. Het is veertig jaar geleden dat Margot Bamborough is verdwenen, en wij zitten ons hier met z'n allen druk te maken over waar ze is gebleven. Tiana Medaini is een zwarte tiener uit Lewisham. Ze is vier jaar geleden verdwenen. Hoe vaak heeft Tiana op de voorpagina's gestaan? Waarom was zij geen belangrijk nieuws, zoals Bamborough? Omdat de media en de politie ons niet net zo belangrijk vinden, hè?'

Strike leek hier geen adequate reactie op te kunnen bedenken; ongetwijfeld doordat er niets tegen Edens kritiek in te brengen was, dacht Robin. De foto van het enige zwarte slachtoffer van Dennis Creed, Jackie Aylett, een secretaresse en moeder van één kind, was de kleinste en minst duidelijke van de spookachtige zwart-witfoto's van Creeds slachtoffers op de cover van *De demon van Paradise Park*. Jackies donkere huid was op de donkere achtergrond het minst goed te zien. De belangrijkste plek op het omslag was toegekend aan de zestienjarige Geraldine Christie en de zevenentwintigjarige Susan Meyer, allebei bleek en blond.

'Toen Margot Bamborough vermist was,' zei Eden fel, 'werden de witte vrouwen van haar praktijk door de politie als porseleinen poppetjes behandeld, ja? Hun tranen werden nog net niet voor ze afgeveegd, maar onze moeder, o nee. Die behandelden ze alsof ze een gewetenloze misdadiger was. Hoe heette die politieagent ook alweer die de leiding had?'

'Talbot?' probeerde Robin.

'"Wat hebt u te verbergen? Kom op, ik weet dat u iets verzwijgt!"'

Robin zag opeens de mysterieuze gestalte van de Hiërofant voor zich. De hoeder van geheimen en raadselen in de Thoth-tarot droeg een saffraangeel gewaad en zat op een stier ('de kaart verwijst naar Stier') en voor hem stond een zwarte priesteres, half zo groot als hij, met ingevlochten haar, zoals dat van Maya ('Voor hem staat de vrouw omgord met een zwaard; zij vertegenwoordigt de Rode Vrouw...'). Wat was er eerst geweest, het leggen van de tarotkaarten die duidden op geheimhouding en rookgordijnen, of zijn intuïtie als politieman die hem had verteld dat de doodsbange Wilma tegen hem loog?

'Tijdens mijn verhoor...' begon Eden.

'Heeft Talbot ú verhoord?' vroeg Strike op scherpe toon.

'Ja. Hij kwam onaangekondigd naar Marks & Spencer, waar ik werkte.' Robin zag dat Edens ogen opeens blonken van de tranen. 'Iemand anders van de praktijk had dat anonieme briefje gezien dat Bamborough had gekregen. Talbot kwam erachter dat mijn vader in de gevangenis zat en hij had gehoord dat mijn moeder bij de dokter thuis schoonmaakte. Hij is alle mannen in onze familie langsgegaan en heeft ze er allemaal van beschuldigd die dreigbrieven te hebben geschreven, en toen kwam hij naar mij toe en stelde hij me allemaal vreemde vragen over de mannen uit mijn familie. Hij wilde weten wat ze op allerlei verschillende data hadden uitgevoerd, hij vroeg of oom Marcus wel eens een nacht niet thuiskwam. Hij vroeg zelfs of ik van mijn vader en oom Marcus hun...'

'... sterrenbeeld wist?' vroeg Robin.

Eden keek stomverbaasd. 'Hoe weet u dat nou weer?'

'Talbot heeft een aantekenboek nagelaten. Dat staat vol occulte teksten. Hij probeerde de zaak met behulp van tarotkaarten en astrologie op te lossen.'

'Astrologie?' zei Eden haar na. 'Dat meen je niet?'

'Talbot had u niet mogen ondervragen zonder dat daar een volwassene bij aanwezig was,' zei Strike tegen haar. 'Hoe oud was u, zestien?'

Eden lachte de detective in zijn gezicht uit. 'Zo gaat het misschien bij witte meisjes, maar wij zijn anders, dat zei ik toch net? Wij zijn stoer. Wij zijn hárd. Dat occulte gedoe...' Eden draaide zich weer naar Robin toe. 'Ja, dat klopt wel, want hij vroeg me naar *obeah*. Weet u wat dat is?'

Robin schudde haar hoofd; ze waren het wel in Talbots aantekeningen tegengekomen.

'Een vorm van magie die vroeger in het Caribisch gebied werd beoefend. Komt oorspronkelijk uit West-Afrika. We zijn allemaal in Southwark geboren, maar in de ogen van inspecteur Talbot waren we een stelletje zwarte heidenen. Hij nam me apart in een kamertje achteraf en vroeg me van alles over rituelen waarbij bloed gebruikt wordt, over zwarte magie. Ik was doodsbang, ik had geen idee waar hij het over had. Ik dacht dat hij mijn moeder bedoelde, en het bloed op het tapijt, ik dacht dat hij probeerde te suggereren dat zij dokter Bamborough om zeep had geholpen.'

'Hij zat in een psychose en is ingestort,' zei Robin. 'Daarom hebben ze hem van de zaak afgehaald. Hij dacht dat hij met een duivel te maken had. Jullie moeder was niet de enige vrouw van wie hij dacht dat ze bovennatuurlijke krachten had – maar hij was beslist een racist,' voegde ze er zacht aan toe. 'Dat komt duidelijk uit zijn aantekeningen naar voren.'

'Je hebt ons nooit verteld dat de politie naar Marks & Spencer is gekomen,' zei Porschia. 'Waarom heb je dat niet verteld?'

'Waarom zou ik?' Eden bette boos haar vochtige ogen. 'Mama was al ziek van alle ellende, oom Marcus liep tegen me te schreeuwen dat mama de politie op hem en zijn zonen af had gestuurd, en ik was doodsbang dat als oom Marcus erachter kwam dat er iemand van de politie op mijn werk was geweest, hij een klacht tegen hem zou indienen, en daar zaten we al helemaal niet op te wachten. Jezus, wat was dat een ellende.' Ze drukte haar handen tegen haar natte ogen. 'Wat een puinhoop.'

Het leek even alsof Porschia iets troostends tegen haar oudere zus wilde zeggen, maar Robin had de indruk dat dit zo indruiste tegen de manier waarop ze normaal gesproken met elkaar omgingen dat ze niet goed wist hoe ze het moest aanpakken.

Na een paar tellen mompelde Porschia: 'Ik moet naar de wc.' Ze schoof haar stoel naar achteren en liep naar de toiletten.

'Ik wilde eigenlijk niet dat Porsch vandaag zou meekomen,' zei Maya zodra de deur van de toiletten achter haar jongere zus was dichtgevallen. Ze keek uit tact niet naar haar oudere zus, die probeerde te doen alsof ze niet huilde, maar steels tranen uit haar ogen bleef vegen. 'Deze stress is helemaal niet goed voor haar. Ze is nog maar net klaar met de chemo.'

'Hoe gaat het met haar?' vroeg Strike.

'Ze heeft vorige week gehoord dat ze schoon is, godzijdank. Ze denkt erover om weer halve dagen te gaan werken. Mij lijkt het nog te vroeg.'

'Ze is maatschappelijk werkster, hè?' vroeg Robin.

'Ja,' verzuchtte Maya. 'Elke ochtend honderd wanhopige berichten die weggewerkt moeten worden, en als er iets misgaat met een gezin dat je niet hebt weten te bereiken, heb jíj het gedaan. Ik snap niet hoe ze het doet. Maar ze is net als mijn moeder. Als twee druppels water. Ze is altijd mijn moeders lievelingetje geweest, en mijn moeder was haar grote voorbeeld.'

Eden liet een zacht 'huh' horen, wat zowel als instemmend als geringschattend kon worden opgevat. Maya reageerde er niet op. Er viel even een stilte, waarin Robin nadacht over ingewikkelde familiebanden. De oorlog tussen Jules en Wilma Bayliss leek nog tot in de volgende generatie namens hen te worden gevoerd.

De deur van de toiletten ging weer open en Porschia kwam terug.

In plaats van op haar stoel naast Robin te gaan zitten, draaide ze haar brede heupen om Strike heen, aan het hoofd van de tafel, en schoof achter een geschrokken Maya langs, die haar stoel snel wat verder aanschoof, tot ze bij Eden stond. Porschia drukte haar oudere zus een prop wc-papier in de hand, sloeg toen haar dikke armen om Edens hals en gaf haar een kus op haar kruin.

'Wat doe je nou?' vroeg Eden schor, en ze bracht haar armen omhoog om die van haar jongste zus vast te pakken, niet om ze weg te duwen, maar om ze daar te houden. Robin zag vanuit haar ooghoeken dat Strike net deed of hij aandachtig in zijn notitieboekje zat te lezen.

'Ik kom je bedanken,' zei Porschia zacht, en ze gaf nog een kus op het hoofd van haar oudste zus voordat ze haar losliet. 'Dat je hiermee hebt ingestemd. Ik weet dat je het eigenlijk niet wilde.'

Iedereen zat er een beetje geschrokken en zwijgend bij terwijl Porschia zich om de tafel heen wurmde en weer naast Robin ging zitten.

'Hebben jullie ze het laatste deel al verteld?' vroeg Porschia aan Maya, terwijl Eden haar neus snoot. 'Over mama en Betty Fuller?'

'Nee,' zei Maya, die helemaal in shock leek te zijn door het gebaar van verzoening waar ze zojuist getuige van was geweest. 'Mama heeft het aan jou verteld, dus ik vond dat jij dat maar moest doen.'

'Oké dan,' zei Porschia, en ze draaide zich om om Strike en Robin aan te kijken. 'Dit is echt het laatste wat we erover weten, en misschien heeft het niets te betekenen, maar nu jullie de rest weten, kunnen we dit net zo goed ook vertellen.'

Strike wachtte.

'Mijn moeder heeft me dit verteld vlak nadat ze met pensioen was gegaan. Ze had het eigenlijk niet mogen vertellen, want het ging over een cliënt, maar als u hoort waar het om gaat, begrijpt u het wel.

Mijn moeder is nadat ze haar diploma maatschappelijk werk had gehaald in Clerkenwell blijven werken. Daar woonden al haar vriendinnen, dus ze wilde niet verhuizen. Vandaar dat ze de mensen daar echt goed heeft leren kennen.

Een van de gezinnen waarmee ze werkte woonde aan Skinner Street, niet ver van de St John-praktijk...'

'Skinner Street?' herhaalde Strike. Die naam deed een belletje bij hem rinkelen, maar hij was zo moe dat hij niet meteen wist waarom. Robin daarentegen wist onmiddellijk waarom Skinner Street hun bekend in de oren klonk.

'Ja. Het ging om de familie Fuller. Die kampte volgens mijn moeder echt met zo ongeveer alle problemen die je maar kunt bedenken: verslaving, mishandeling, criminaliteit, noem maar op. Het hoofd van het gezin, zeg maar, was een vrouw van in de veertig die al oma was en die haar geld voornamelijk in de prostitutie verdiende. Betty heette ze, en mijn moeder zei dat ze een soort plaatselijke nieuwsdienst was; in elk geval als je iets over de onderwereld wilde weten. Die familie woonde al generatieslang in die buurt.

Maar goed, op een dag zegt Betty tegen mijn moeder, een beetje stiekem, om te kijken hoe ze zou reageren: "Marcus heeft nooit geen dreigbrieven naar die dokter gestuurd."

Mijn moeder wist niet wat ze hoorde,' zei Porschia. 'Het eerste wat ze dacht was dat Marcus bij die vrouw kwam... u weet wel, als klant – ik weet dat het niet zo is,' zei ze er snel achteraan, en ze stak een hand op om Eden voor te zijn, die haar mond al opendeed. 'Mijn moeder en Marcus hadden elkaar in die tijd al jaren niet meer gesproken. Het was sowieso allemaal heel onschuldig: Betty had Marcus ontmoet doordat de buurtkerk soms aan welzijnswerk deed. Hij had wat spullen van het oogstfestival voor het gezin meegenomen en had geprobeerd om Betty over te halen om een keer naar de mis te komen.

Betty had inmiddels door dat Marcus familie van mijn moeder was, doordat mijn moeder zich nog steeds Bayliss noemde, en Betty beweerde dat ze wist wie écht die dreigbrieven aan Margot Bamborough had geschreven, en dat de afzender van die briefjes dezelfde was die haar vermoord zou hebben. Dus mijn moeder vroeg: "Wie was dat dan?" En toen zei Betty dat als ze dat ooit zou vertellen, de moordenaar van Margot haar ook zou doden.'

Er viel een korte stilte. Om hen heen klonk het geroezemoes van het eetcafé, en een van de vrouwen aan het aangrenzende tafeltje, die een stuk taart aan het eten was, zei luid en opzichtig genietend: 'Jezus, wat lekker.'

'Geloofde uw moeder Betty?' vroeg Robin.

'Ze wist niet wat ze ervan moest denken,' zei Porschia. 'Betty kende een paar heel ongure types, dus misschien dat ze via via wat had gehoord, maar wie zal het zeggen? Mensen praten nu eenmaal, nietwaar, en ze doen graag of ze belangrijk zijn.'

Robin herinnerde zich dat Janice Beattie precies hetzelfde had gezegd toen ze vertelde over het gerucht dat Margot Bamborough op een begraafplaats gezien zou zijn.

'Maar als er iets van waar is, dan zou een vrouw als Betty er van haar leven niet mee naar de politie gaan. Ze zal onderhand wel dood zijn,' zei Porschia, 'als je zag hoe ze leefde, maar goed, dit is dus het verhaal, voor wat het waard is. Het moet niet moeilijk te achterhalen zijn of ze nog leeft.'

'Heel erg bedankt dat u het ons hebt verteld,' zei Strike. 'Het is beslist de moeite waard om daar achterheen te gaan.'

Nu de drie zussen alles hadden verteld wat ze wisten, vervielen ze tot een pijnlijk stilzwijgen. Het was niet de eerste keer dat Robin reden had gehad om stil te staan bij de nevenschade die elke daad van geweld met zich meebracht. De verdwijning van Margot Bamborough had in het leven van de meisjes Bayliss duidelijk een spoor van verwoesting achtergelaten, en nu ze wist hoeveel verdriet het hun had bezorgd en hoe pijnlijk de herinneringen waren die ermee in verband stonden, begreep ze heel goed dat Eden aanvankelijk niet met detectives had willen praten. Ze vroeg zich hooguit af waarom de zussen van gedachten waren veranderd.

'Heel hartelijk dank voor dit gesprek,' zei ze oprecht. 'Ik weet dat Margots dochter u ontzettend dankbaar zal zijn dat u met ons hebt willen praten.'

'O, dus de dochter heeft u ingehuurd?' zei Maya. 'Nou, zeg haar maar namens mij dat mijn moeder zich haar hele leven schuldig heeft gevoeld over het feit dat ze niet eerlijk is geweest tegen de politie. Ze mocht dokter Bamborough graag. Ze waren niet echt bevriend of zo, maar ze vond haar een fijne vrouw.'

'Ze had er last van,' zei Porschia. 'Tot aan haar dood heeft ze er last van gehad. Daarom heeft ze dat briefje altijd bewaard. Ze had vast gewild dat wij dit deden. Er bestaat toch zoiets als handschrift-analyse en dat soort dingen?'

Dat kon Strike beamen. Hij ging betalen, en Robin wachtte aan tafel bij de zussen, die de detectives nu zo snel mogelijk wilden zien vertrekken, merkte ze. Ze hadden hun persoonlijke pijn en familiegeheimen op tafel gelegd, en nu verdroegen ze geen loze beleefdheden meer, en elke andere vorm van conversatie was uitgesloten. Robin was blij toen Strike er weer bij kwam, en na een kort afscheid verlieten ze samen het eetcafé.

Strike was nog niet in de frisse buitenlucht of hij bleef staan om zijn Benson & Hedges uit zijn zak te halen en er een op te steken.

'Die had ik nodig,' mompelde hij toen ze verder liepen. 'Goed... Skinner Street...'

'Daar is Joseph Brenner gezien op de avond dat Margot Bamborough is verdwenen.'

'Aha,' mompelde Strike, en hij deed even zijn ogen dicht. 'Ik wíst dat er iets was.'

'Ik zal me zodra ik thuis ben in Betty Fuller verdiepen,' zei Robin. 'Wat vond jij er verder van?'

'De familie Bayliss heeft het wel voor z'n kiezen gekregen, hè?' Strike bleef naast de Land Rover staan en keek om naar het eetcafé. Zijn BMW stond vijftig meter verderop. Hij fronste en nam nog een trek van zijn sigaret. 'Weet je... dit geeft ons wel een andere kijk op dat stomme aantekenboek van Talbot,' moest hij toegeven. 'Als je al die occulte onzin weghaalt, had hij wel gelijk, hè? Wilma hield inderdaad dingen voor hem verborgen. Heel veel zelfs.'

'Dat was mijn gedachte ook al.'

'Besef je wel dat dat dreigbriefje het eerste tastbare bewijsstuk is dat we hebben gevonden?'

'Ja.' Robin keek op haar horloge. 'Hoe laat vertrek jij naar Truro?'

Strike gaf geen antwoord. Robin keek op en zag hem zo gefixeerd door het plantsoen heen naar de overkant van de straat kijken dat zij zich ook omdraaide om te zien waar zijn aandacht door werd getrokken, maar ze zag alleen twee stoeiende West Highland-terriërs en hun baasje, die met twee riemen zwaaiend in zijn hand voorbij wandelde.

'Cormoran?'

Strike leek van heel ver weg te moeten komen. 'Wat?' zei hij, en toen: 'Ja. Nee, ik was even...' Hij draaide zich met een frons weer om naar het café. '... aan het nadenken. Niks. Ik lijk Talbot wel, ik zag betekenis in iets wat volslagen toeval is.'

'Welk toeval dan?'

Maar Strike reageerde pas toen de deur van het eetcafé openging en de drie zussen Bayliss met hun jas aan naar buiten kwamen.

'Laten we maar gaan,' zei hij. 'Die zijn ons onderhand spuugzat. Tot maandag. Laat even weten of je nog iets interessants vindt over Betty Fuller.'

54

But nothing new to him was that same pain;
Nor pain at all; for he so oft had tried
The power therof, and lov'd so oft in vain.

Edmund Spenser
The Faerie Queene

De trein schokte; Strikes slapende hoofd rolde naar opzij en zakte tegen het koude raam. Hij werd wakker en voelde kwijl op zijn kin. Terwijl hij dat er met de mouw van zijn jas af veegde, keek hij om zich heen. Het bejaarde echtpaar tegenover hem hield zich beleefd in hun leesvoer verdiept, maar vier pubers aan de andere kant van het gangpad hadden in stilte de slappe lach, waarbij ze nadrukkelijk niet naar hem keken maar zogenaamd belangstellend naar de velden buiten, terwijl hun schouders schokten van het lachen. Blijkbaar had hij met open mond zitten snurken, want die voelde nu vervelend droog aan. Hij keek op zijn horloge en zag dat hij bijna twee uur had geslapen.

Strike pakte de Schots geruite thermosfles die op het tafeltje voor hem stond en die hij eerder die dag bij McDonald's had omgespoeld en opnieuw gevuld, en hij schonk voor zichzelf zwarte koffie in. De pubers bleven ondertussen snuiven en proesten van het lachen. Ze vonden hem vast lachwekkend vreemd en oud, met zijn gesnurk en zijn Schots geruite thermosfles, maar hij had een jaar lang regelmatig door schommelende treincoupés gelopen en wist inmiddels dat zijn beenprothese het op prijs stelde als hij zo min mogelijk naar de restauratiewagen ging. Hij dronk een beker naar plastic smakende koffie, maakte het zich toen weer gemakkelijk en ging met de armen over elkaar geslagen naar de velden zitten kijken die voorbijgleden, bezaaid met elektriciteitsmasten. Het dichte witte wolkendek kreeg door het stof op het raam een grijsgroen waas. Het landschap drong slechts een enkele keer tot hem door: Strikes aandacht was naar binnen gericht, op de vreemde gedachte die na het gesprek met de gezusters Bayliss bij hem was opgekomen.

Het kon natuurlijk best te wijten zijn aan een overbelaste geest die onterechte verbanden legde tussen doodnormale toevalligheden. Hij wikte en woog, bekeek het idee van verschillende kanten, tot hij op het laatst gapend opzijschoof naar de lege stoel naast hem en zich moeizaam in het gangpad overeind hees, zodat hij bij de weekendtas in het bagagerek boven zijn hoofd kon. Naast de weekendtas lag een tasje van Waitrose, want hij was onderweg naar Paddington Station nog even bij de supermarkt langsgegaan, waar hij drie paaseieren voor zijn neefjes had gekocht, of liever gezegd, drie chocolade-egels ('Woodland Friends'), omdat die tenminste vrij compact waren. Hij graaide in de weekendtas rond op zoek naar *De demon van Paradise Park* en stootte daarbij per ongeluk het draagtasje met de chocola om. De bovenste egel viel eruit; in zijn poging hem op te vangen, sloeg hij hem per ongeluk de lucht in. De doos stuiterde tegen de rugleuning van de stoel van de bejaarde dame, zodat ze een gilletje van schrik slaakte, en belandde op de grond.

De pubers voor wie Strike onbedoeld een komische onemanshow aan het opvoeren was, gierden het nu openlijk uit van het lachen. Pas toen Strike zich onhandig bukte om de inmiddels kapotte chocolade-egel op te rapen, met één hand op het tafeltje van de pubers ter ondersteuning, zag een van de meisjes de metalen staaf die als zijn rechterenkel dienstdeed. Hij wist wat ze had gezien doordat ze abrupt ophield met lachen en gejaagd 'sst' tegen haar vriendinnen fluisterde. Hij hijgde en zweette en had inmiddels door dat de halve coupé naar hem keek terwijl hij de beschadigde egel weer in het tasje stopte, en hij vond in zijn weekendtas *De demon van Paradise*

Park en ging weer op zijn stoel aan het raam zitten, waarbij hij, nog enigszins zwetend, een boosaardig genoegen beleefde aan de schrik van de stuurs kijkende pubers naast hem.

Nadat hij het boek had doorgebladerd op zoek naar het gedeelte dat hij nog een keer wilde lezen, vond hij het hoofdstuk op twee derde, met de titel 'Gevangen'.

Tot dan toe was Creeds relatie met verhuurster Violet Cooper cruciaal geweest voor zijn veiligheid. Violet geeft zelf toe dat ze de eerste vijf jaar dat hij bij haar huurde nooit een kwaad woord over 'Den' had kunnen geloven. Ze beschouwde hem als een eenzame, zachtaardige man die plezier had in hun zangavondjes samen en waarschijnlijk homoseksueel was.

Maar waar Creed zich voorheen alle mogelijke moeite had getroost om het Violet naar de zin te maken, kon hij dat op een gegeven moment niet meer opbrengen. Vroeger had hij haar gedrogeerd als hij van plan was in de kelder botten tot stof te vermalen, of als hij 's nachts een lijk in het busje moest laden, maar tegenwoordig deed hij slaapmiddel in haar wodka-jus d'orange, louter omdat hij zich bij haar verveelde en geen zin had in haar gezelschap.

Creed begon zich ook anders te gedragen tegenover Violet. Hij ging 'gemeen' tegen haar doen, 'stak de draak met me als dat nergens voor nodig was, zei nare dingen, lachte me uit als ik de verkeerde woorden gebruikte, dat soort dingen, en behandelde me alsof ik achterlijk was, terwijl hij dat daarvoor nooit had gedaan.

Ik herinner me dat ik hem een keer vertelde over het huis dat mijn broer had gekocht toen hij met pensioen ging, een cottage op het platteland, heel mooi allemaal, en ik zei: "Je had die tuin moeten zien, zijn rozen en een prieeltje," en toen lachte Dennis me uit, nou, hatelijk zelfs, want ik had het verkeerd uitgesproken. Piereeltje, had ik gezegd, ik zal het nooit vergeten. "Geen woorden gebruiken die je niet kunt uitspreken," zei hij, "want dan kom je alleen maar dom over."

Ik vond het heel kwetsend. Die gemene kant van hem kende ik helemaal niet. Ik wist dat hij slim was, want hij maakte elke dag de kruiswoordpuzzel in de *Times*. Hij wist bij *Mastermind* alle antwoorden als we daar samen naar keken, maar hij had me nooit eerder gekleineerd.

Op een avond begon hij over mijn testament. Hij wilde weten aan wie ik het huis zou nalaten. Hij vroeg eigenlijk gewoon of ik het aan hem wilde nalaten.

Dat stond me niet aan. Ik was geen oude vrouw, ik was niet van plan om binnenkort al dood te gaan. Ik begon over iets anders, maar een paar avonden later begon hij er weer over. Ik zei: "Hoe denk je dat dat voor mij is, Dennis, dat jij daar steeds over begint, alsof ik op mijn laatste benen loop? Ik krijg bijna het gevoel dat je van me af wilt."

Hij werd heel dwars en zei dat ik het allemaal goed voor elkaar had, maar dat hij niets had, geen zekerheid, niks, en stel nou dat degene aan wie ik het huis naliet hem op straat zette. En hij liep kwaad weg. Later hebben we het wel bijgelegd, maar ik hield er toch een naar gevoel aan over.'

Het zou wel het toppunt van roekeloosheid zijn geweest als Creed Violet had overgehaald om haar testament te veranderen om haar vervolgens te vermoorden. Behalve dat hij een duidelijk motief had gehad, liep hij dan ook het gevaar dat de politie het souterrain zou doorzoeken, waar hij de stoffelijke overschotten en bezittingen van minstens vijf vrouwen verstopt had. Creeds arrogantie en gevoel van onschendbaarheid leken onderhand echter geen grenzen te kennen. De voorraad pillen die hij aanlegde was groter dan ooit, en daardoor had hij contact met meerdere straatdealers. Dit had tot gevolg dat hij door meer mensen kon worden herkend.

Een van zijn nieuwe contacten in de drugswereld was Michael Cleat, die barbituraten verkocht die hij had gestolen van een contactpersoon bij een farmaceutisch bedrijf. Cleat zou later een deal sluiten met de politie in ruil voor zijn getuigenis bij het proces van de moordenaar. Hij verklaarde dat Creed hem had gevraagd of zijn contactpersoon een receptenboekje van een arts kon leveren. De politie vermoedde dat Creed een recept voor Violet hoopte te kunnen vervalsen, zodat verklaarbaar werd hoe het kwam dat zij zoveel pillen in huis had dat ze een overdosis had kunnen nemen...

Ondanks de koffie begonnen Strikes oogleden weer te zakken. Een paar minuten later viel zijn hoofd opzij en gleed het boek uit zijn verslapte handen.

Toen hij weer wakker werd was de lucht koraalrood geworden, waren de lachende pubers verdwenen en zag hij dat het nog tien minuten duurde voor hij op het station van Truro zou aankomen. Hij was stijver dan ooit en totaal niet in de stemming voor de familiereünie, en zou willen dat hij onderweg was naar zijn zolderverdieping, waar hij kon douchen en waar het stil was. Toch leefde hij enigszins op toen hij zag dat Dave Polworth hem op het perron stond op te wachten. De tas met chocolade-egels rammelde een beetje toen Strike moeizaam uit de trein stapte. Hij moest niet vergeten de kapotte egel aan Luke te geven.

'Gaat-ie, Diddy?' zei Polworth toen ze elkaar de hand schudden en op de rug sloegen, want Strikes Waitrose-tasje zat een omhelzing in de weg.

'Bedankt dat je me komt ophalen, man.'

Ze reden in de Dacia Duster van Polworth naar St Mawes en bespraken onderweg hun plannen voor de volgende dag. Polworth was samen met zijn vrouw en dochters uitgenodigd om het verstrooien van de as bij te wonen, net als Kerenza, de verpleegkundige van de thuiszorg.

'... alleen wordt het geen verstrooien,' zei Polworth, terwijl ze over landweggetjes reden en de zon aan de horizon in een brandende bol veranderde. 'Het wordt eerder drijven.'

'Hoezo?'

'Lucy heeft een urn gekocht,' zei Polworth. 'Van klei en katoen, wateroplosbaar. Ze heeft hem me gisteravond laten zien. Hij moet een bloem voorstellen. Je doet de as erin en dan dobbert het hele geval weg en lost op.'

'Leuk bedacht,' zei Strike.

'Dat voorkomt stomme ongelukken,' zei Polworth pragmatisch. 'Herinner je je Ian Restarick nog, van school? Zijn opa wilde dat zijn as vanaf Land's End in zee werd gegooid. Die domme sukkels gooiden de as in zee toen het heel hard waaide, dus die stonden uiteindelijk allemaal met een hap as van die ouwe in hun mond. Restarick vertelde me dat hij een week later nog as uit zijn neus moest snuiten.'

Terwijl Strike erom lachte voelde hij zijn telefoon in zijn zak zoemen, en hij haalde hem eruit. Hij hoopte dat het een berichtje van Robin zou zijn, misschien om hem te vertellen dat ze Betty Fuller al had opgespoord. Maar het was een onbekend nummer.

Dat ik je zo gehaat heb komt doordat ik zoveel van je hield.
Mijn liefde is altijd blijven bestaan, maar die van jou niet.
Die was op. Die heb ik opgemaakt

Polworth was nog aan het woord, maar Strike luisterde al niet meer. Hij las het bericht nog een paar keer, met een lichte frons, stopte de telefoon weer in zijn zak en probeerde zich te concentreren op de anekdotes van zijn jeugdvriend.

Bij het huis van Ted klonken luide welkomstkreten en werd hij omhelsd door zijn oom, Lucy en Jack. Strike probeerde te doen alsof hij heel blij was om daar te zijn, ondanks zijn vermoeidheid en het besef dat hij pas kon gaan slapen als verder iedereen naar bed was. Lucy had een grote pan pasta gemaakt en zodra ze even niet voor alle anderen in de weer was of Luke op zijn kop gaf omdat hij Adam schopte of lusteloos in haar eigen eten zat te prikken, stond het huilen haar nader dan het lachen.

'Het is zo vreemd, vind je niet?' fluisterde ze na het eten tegen haar broer, toen Greg met de jongens, op Gregs aandringen, de tafel afruimde. 'Om hier te zijn zonder haar?' En zonder een stilte te laten vallen vervolgde ze: 'We hebben besloten om de as morgenvroeg te doen, want dan is het mooi weer, en dan komen we daarna hier terug voor de paaslunch.'

'Lijkt me prima,' zei Strike.

Hij wist hoe belangrijk het voor Lucy was om alles goed te plannen, om te zorgen dat alles ging zoals het moest. Ze haalde de urn en bewonderde de gestileerde witte lelie. Ted had Joans as er al in gedaan.

'Heel mooi. Die zou Joan prachtig gevonden hebben,' zei hij, al had hij geen idee of dat echt zo was.

'En ik heb voor ons allemaal roze rozen gekocht, die we er dan bij in het water kunnen gooien,' zei Lucy, terwijl de tranen weer opwelden.

'Mooi gebaar.' Strike onderdrukte een geeuw. Hij wilde gewoon douchen, liggen en slapen. 'Bedankt dat je het allemaal zo goed geregeld hebt, Luus. O, en ik heb paaseieren voor de jongens meegebracht. Waar wil je die hebben?'

'Doe maar in de keuken. Heb je er ook aan gedacht om eieren voor Roz en Mel te kopen?'

'Voor wie?'

'De dochters van Dave en Penny, die komen morgen ook.'

Godver.

'Ik wist niet...'

'Jezus, Stick,' zei Lucy, 'je bent toch hun peetoom?'

'Nee, dat ben ik niet.' Strike deed zijn uiterste best om niet tegen haar uit te vallen. 'Maar prima, ik ga morgenochtend wel even naar het dorp om er nog een paar te kopen.'

Toen hij even later eindelijk alleen was in de donkere woonkamer en op de bank lag die hem het afgelopen jaar tegen wil en dank zo vertrouwd was geworden, zijn prothese tegen de salontafel geleund, keek hij weer op zijn telefoon. Hij was blij dat hij geen nieuwe berichten meer van het onbekende nummer had gekregen, en zo uitgeput dat hij snel in slaap viel.

Maar even voor vier uur 's nachts ging zijn telefoon. Strike schrok wakker uit een diepe slaap, graaide naar het toestel en zag voor hij het naar zijn oor bracht nog net hoe laat het was.

'Hallo?'

Het bleef een hele tijd stil, maar hij hoorde aan de andere kant van de lijn iemand ademen.

'Wie is dit?' vroeg hij, al had hij wel een vermoeden.

'Bluey,' klonk een zacht fluisterstemmetje. 'Met mij.'

'Het is vier uur, Charlotte.'

'Ik weet het,' fluisterde ze, en hij hoorde iets wat een giechel of een snik kon zijn. Ze klonk vreemd; misschien zelfs manisch. Strike keek naar het donkere plafond, en hooguit vier meter bij hem vandaan stond de as van zijn tante.

'Waar ben je?'

'In de hel.'

'Charlotte...'

Ze hing op.

Strike hoorde zijn eigen hart onheilspellend hard kloppen, als paukenslagen diep in een grot. Roodgloeiende scheuten paniek en vrees joegen door hem heen.

Hoeveel ellende moest hij nog meer op zijn schouders nemen? Had hij niet genoeg geboet, genoeg gegeven, genoeg geofferd... genoeg liefgehad? Joan voelde nu heel dichtbij, in het donker van haar eigen woonkamer, met haar sierborden en droogbloemen, dichterbij dan haar stoffige resten, in die ietwat bespottelijke witte lelie, die er nietig en onbeduidend zou uitzien als hij op de wijde zee wegdobberde, als een weggegooid papieren bordje. Terwijl hij daar lag, was het alsof hij haar laatste woorden hoorde: 'Je bent een fijne man... mensen helpen... Ik ben trots op je...'

Charlotte had hem gebeld vanaf hetzelfde onbekende nummer als waarmee ze hem eerder een bericht had gestuurd. Strikes vermoeide gedachten draaiden in een kringetje langs de bekende feiten: dat Charlotte in het verleden zelfmoordpogingen had gedaan, dat ze getrouwd was en kinderen had en onlangs was opgenomen in een psychiatrische kliniek. Hij dacht aan zijn voornemen van een paar weken geleden om haar man te bellen als ze hem nog meer zelfdestructieve berichten zou sturen, maar Jago Ross was in het paasweekend om vier uur 's nachts vast niet op zijn handelsbank te bereiken. Hij vroeg zich af of het wreed of verstandig zou zijn om het telefoontje te negeren, en hoe hij, als hij niet reageerde, zou moeten leven met de wetenschap dat ze een overdosis had genomen. Na tien heel lange minuten, waarin hij min of meer verwachtte dat ze zou terugbellen, kwam hij overeind om een bericht terug te schrijven.

Ik ben in Cornwall. Mijn tante is net gestorven. Ik denk dat je hulp nodig hebt, maar daarvoor ben ik niet de aangewezen persoon. Als je alleen bent, moet je iemand bellen en vertellen hoe je je voelt.

Het verschrikkelijke was dat Charlotte en hij elkaar zo goed kenden. Strike wist precies hoe laf en onoprecht Charlotte deze nietszeggende reactie zou vinden. Ze wist donders goed dat hij ergens diep in zijn hart (op een plekje dat door vastberaden onthouding sterk gekrompen was, maar zich nooit helemaal had laten uitroeien) nog steeds naar haar toe werd getrokken, zeker in een extreme situatie als deze, niet alleen doordat hij zich jarenlang verantwoordelijk had gevoeld voor haar geluk, maar ook doordat hij nooit zou vergeten dat zij naar hem toe was gekomen toen hij er het slechtst aan toe was, toen hij met een net geamputeerd been in het ziekenhuis lag en zich afvroeg wat hij in godsnaam nog van het leven te verwachten had. Hij zag haar nog voor zich, in de deuropening, de mooiste vrouw die hij ooit had gezien, zoals ze door de zaal naar hem toe was gelopen en hem zonder een woord te zeggen op zijn mond had gekust, en op dat moment, meer dan ooit, had hij geweten dat het leven zou doorgaan, dat het prachtige momenten van schoonheid en plezier zou kennen, dat hij niet meer alleen was, en het de vrouw die hij niet kon vergeten niet uitmaakte dat hij zijn been kwijt was.

Daar in het donker, huiverend door de vermoeidheid, terwijl hij het zelden koud had, typte hij nog drie woorden:

Het wordt beter

Hij verstuurde het bericht. Toen ging hij weer liggen en wachtte tot de telefoon opnieuw zou trillen, maar dat gebeurde niet, en uiteindelijk viel hij in slaap.

Hij werd, onvermijdelijk, gewekt door Luke die de woonkamer binnenstormde. Terwijl Strike luisterde hoe Luke luidruchtig door de keuken denderde, pakte hij zijn telefoon en keek op het schermpje. Charlotte had nog twee berichtjes gestuurd: het ene een uur geleden en het volgende een half uur later.

Bluey, wat erg van je tante. Is dat de tante die ik ontmoet heb?

En daarna, toen Strike niet had gereageerd:

Ben ik een slecht mens? Jago zegt van wel. Vroeger dacht ik dat dat niet kon, omdat jij van me hield

Ze was in elk geval niet dood. Met het gevoel alsof zijn maag in een bankschroef zat, kwam Strike overeind, bevestigde zijn prothese en probeerde Charlotte uit zijn hoofd te zetten.

Het ontbijt was bepaald geen ontspannen aangelegenheid. De tafel stond zo vol met paaseieren dat het leek alsof ze in een vogelnest uit een cartoon zaten. Strike at van een bord op schoot. Lucy had voor Strike en Ted allebei een ei gekocht, en de detective begreep nu dat hij er dus ook een voor zijn zus had moeten kopen. De jongens hadden alle drie een hele berg, die dreigde om te vallen.

'Wat heeft een egel met Pasen te maken?' vroeg Adam aan Strike, terwijl hij het cadeautje van zijn oom omhooghield.

'Met Pasen is het toch voorjaar?' zei Ted vanaf het hoofd van de tafel. 'Dan komen de dieren uit hun winterslaap.'

'Die van mij is helemaal kapot.' Luke schudde met het doosje.

'Goh, jammer,' zei Strike, en Lucy wierp hem een felle blik toe.

Ze was gespannen, mopperde op haar zoontjes omdat ze onder het eten op hun telefoon keken, wierp Strike een boze blik toe als hij op de zijne keek, en keek voortdurend naar buiten om het weer in de gaten te houden. De detective was blij dat hij een excuus had om even de deur uit te gaan om paaseieren voor de dochters van Polworth te kopen, maar hij had nog geen tien meter gelopen, bergafwaarts, met een sigaret in de hand, of het gezin stopte al voor de deur in hun Dacia. Toen Strike fluisterend tegen Polworth zei wat hij ging doen, zei die: 'Rot op, ze hebben thuis genoeg chocola voor een heel jaar liggen.'

Om elf uur, met een lamsbout in de oven en de kookwekker gezet, en nadat Luke te verstaan had gekregen dat hij zijn iPad niet mocht meenemen op de boot, en na een valse start doordat ze terug moesten omdat de jongste dochter van de Polworths moest plassen en volhield dat ze vóór vertrek nog niet had gehoeven, slaagde het gezelschap erin de haven te bereiken, waar Kerenza de verpleegkundige al op hen stond te wachten, en ze gingen aan boord van Teds oude zeilboot, de Jowanet.

Strike, die ooit het trotse hulpje van zijn oom was geweest, had niet meer het evenwicht om de zeilen of het roer te bedienen. Hij ging bij de vrouwen en kinderen zitten, waar hij zich door het kabaal van de wind tegen het zeildoek niet geroepen voelde om een gesprek te voeren. Ted riep naar Polworth en Jack wat ze moesten doen. Luke zat chocola te eten, met zijn ogen half dichtgeknepen tegen de koude wind; de dochters van Polworth zaten in elkaar gedoken rillend naast hun moeder, die haar armen om hen heen hield. Lucy zat met de platte witte urn op schoot, en de tranen liepen haar nu al over de wangen. Naast haar zat Kerenza met een bos donkerroze rozen, losjes in cellofaan gewikkeld. Aan Greg en Polworth de taak om naar de kinderen te roepen dat ze moesten uitkijken voor de giek toen ze om het schiereiland heen laveerden waar St Mawes Castle de wacht hield.

Het zeeoppervlak veranderde per seconde, van een rimpelende saliegroene met grijze vlakte tot een tapijt van fonkelende diamanten. De geur van ozon was voor Strike net zo vertrouwd en troostrijk als die van bier. Net toen hij zat te bedenken dat hij heel blij was dat Joan hiervoor had gekozen en niet voor een graf, voelde hij zijn telefoon tegen zijn borst trillen. Hij kon de verleiding niet weerstaan om het berichtje van Charlotte te lezen – want hij wist zeker dat dat het was – en haalde zijn telefoon tevoorschijn.

Ik dacht dat je terug zou komen ik dacht dat je me zou tegenhouden ik had niet gedacht dat je me met hem zou laten trouwen

Hij stak zijn telefoon weer in zijn zak. Luke keek naar hem en Strike meende de gedachte bij hem te zien opkomen om te vragen waarom oom Cormoran wel op zijn telefoon mocht kijken terwijl híj zijn iPad niet had mogen meenemen, maar hij kreeg zo'n blik van zijn oom dat hij ervan afzag, en stak alleen nog maar de zoveelste homp chocola in zijn mond.

Iedereen, zelfs Luke, leek ten prooi te vallen aan een gevoel van beklemming toen Ted de boot tegen de wind in keerde en langzaam stilhield, het zeil hard klapperend in de wind. In de verte was het St Mawes Castle nu nog maar zo groot als een zandkasteel. Kerenza deelde de rozen uit, voor iedereen één behalve voor Ted, die de rest van de bos in zijn eeuwig bruingebrande handen hield. Niemand zei iets, en toch voelde het moment niet als een anticlimax. Terwijl boven zijn hoofd de zeilen nijdig klapperden, boog Ted zich over de zijkant van de boot omlaag en liet de urn voorzichtig in zee zakken. Hij mompelde er zijn afscheidswoorden bij, en het voorwerp waarvan Strike had gedacht dat het er onbeholpen en smakeloos uit zou zien, kreeg, juist doordat het zo klein was toen het sierlijk over de zee wegdeinde, iets aandoenlijks, en vreemd genoeg iets verhevens. Nog even en de laatste resten van Joan Nancarrow zouden worden opgenomen door de zee, en alleen de roze rozen die iedereen een voor een op het water gooide, bleven dan nog achter om de plaats aan te geven waar zij was verdwenen.

Toen ze terugvoeren naar de kust sloeg Strike zijn arm om Lucy heen, die haar hoofd tegen zijn schouder legde. Rozwyn, de oudste dochter van Polworth, begon te huilen, aanvankelijk door de aanblik van de urn die in de verte verdween, maar genoot toen zo van haar eigen verdriet en het medeleven van haar moeder dat ze het nog even volhield. Strike keek tot hij de witte stip niet meer zag, richtte zijn blik toen op de kust en dacht aan de lamsbout die thuis op hen wachtte.

Een paar minuten nadat hij weer voet aan wal had gezet, trilde zijn telefoon opnieuw. Polworth hielp Ted met het vastmaken van de boot, Strike stak een sigaret op en wendde zich van het gezelschap af om het nieuwe bericht te lezen.

Ik wil voor ik doodga de waarheid spreken mensen liegen maar iedereen die ik ken liegt zo erg ik wil niet meer doen alsof

'Ik ga terug lopen,' zei hij tegen Lucy.

'Dat kan niet,' zei ze meteen, 'we gaan als we thuiskomen meteen aan tafel...'

'Ik heb behoefte aan nog een sigaret.' Strike hield vastbesloten het pakje omhoog voor haar afkeurende blik. 'Ik zie jullie zo.'

'Zal ik met je meelopen, Diddy?' vroeg Polworth. 'Penny neemt de meiden wel mee.'

'Nee, ga maar alvast,' zei Strike. 'Ik moet even iemand bellen voor mijn werk,' voegde hij er zachtjes aan toe, zodat Lucy hem niet kon horen. Hij had het nog niet gezegd of zijn mobiel trilde weer.

'Ik neem even afscheid, Corm,' zei Kerenza, haar besproete gezicht vriendelijk als altijd. 'Ik ga niet mee lunchen.'

'Fijn,' zei Strike. 'Nee, sorry, ik bedoel: fijn dat je gekomen bent, Kerenza. Joan was erg op je gesteld.'

Toen Kerenza eindelijk in haar Mini was gestapt en de familie in hun eigen auto's wegreed, haalde Strike zijn telefoon weer tevoorschijn.

Vergeet nooit dan ik van je hield vaarwel Blues x

Strike belde het nummer. Na een paar keer overgaan schakelde het naar de voicemail.

'Charlotte, met mij. Ik blijf bellen tot je opneemt.'

Hij hing op en belde nog een keer. Het nummer schakelde voor de tweede keer door naar de voicemail.

Strike begon te lopen, want zijn bezorgdheid vroeg om actie. Het was niet druk in de straten rond de haven. De meeste mensen zouden nu wel aan tafel zitten voor de paaslunch. Steeds opnieuw belde hij het nummer van Charlotte, maar ze nam niet op.

Het was alsof er een draad om zijn schedel strakgetrokken werd. Zijn nek stond stijf van de spanning. Zijn emoties wisselden met de seconde, van woede naar wrok, naar frustratie, naar angst. Ze was altijd al een eersteklas manipulator geweest. Het had ook al twee keer weinig gescheeld of ze was dood geweest, door een zelfmoordpoging.

Misschien nam ze niet op omdat ze al dood was. Misschien lagen er jachtgeweren voor het grijpen bij het Castle of Croy, waar de familie van haar man al generatieslang woonde. In de kliniek moest ze zware medicijnen gekregen hebben; misschien dat ze daar een voorraadje van had aangelegd. Misschien had ze zelfs wel een scheermesje ter hand genomen, zoals ze een keer tijdens een van de meer destructieve ruzies met Strike had gedaan.

Nadat hij het nummer voor de tiende keer had gebeld, bleef hij staan en keek over het hek naar de meedogenloze zee, die met zijn naar het land toe stromende en weer terugtrekkende beweging geen troost bood. Hij werd overspoeld door herinneringen aan Joan, zoals ze zich uit alle macht aan het leven had vastgeklampt, en zijn bezorgdheid om Charlotte vermengde zich met woede, omdat ze haar leven vergooide.

Toen ging zijn telefoon.

'Waar ben je?' schreeuwde hij zo ongeveer.

'Bluey?'

Ze klonk alsof ze dronken was, of heel stoned.

'Waar ben je?'

'... toch gezegd,' mompelde ze. 'Bluey, weet je nog...'

'Charlotte, WAAR BEN JE?'

'Toch gezegd, S'monds...'

Hij draaide zich om en ging op een drafje, half hobbelend terug. Twintig meter verderop stond een ouderwetse rode telefooncel, en met zijn vrije hand viste hij alvast munten uit zijn broekzak.

'Ben je op je kamer? Waar ben je?'

De telefooncel rook naar urine, sigarettenpeuken en de modder van talloze aangekoekte zolen.

'Ik zie lucht... Bluey, ik ben zo...' Ze mompelde nog steeds, haar ademhaling ging langzaam.

'Inlichtingen, wat kan ik voor u doen?' zei een opgewekte stem door de hoorn in zijn linkerhand.

'Symonds House, een psychiatrische kliniek in Kent.'

'Zal ik u doorverbinden?'

'Ja, verbindt u me door... Charlotte, ben je daar nog? Zeg eens iets. Waar ben je?'

'Symonds House,' zei een opgewekte vrouwenstem in zijn andere oor.

'Zit er bij jullie een zekere Charlotte Ross?'

'Het spijt me, meneer,' zei de receptioniste, 'wij mogen niet...'

'Ze heeft een overdosis genomen. Ze heeft me net vanuit jullie kliniek gebeld en ze heeft een overdosis genomen. Jullie moeten haar gaan zoeken – misschien is ze buiten, hebben jullie een tuin daar?'

'Meneer, mag ik u vragen...?'

'*Ga kijken waar Charlotte Ross is, nu meteen! Ik heb haar aan een andere lijn en ze heeft een overdosis genomen.*'

Hij hoorde de vrouw iets zeggen tegen iemand anders, niet in de hoorn.

'... mevrouw Ross... eerste verdieping, kijk even of ze...'

De stem klonk weer in zijn oor, nog steeds professioneel opgewekt, maar nu bezorgd.

'Meneer, vanaf welk nummer belt mevrouw Ross? Ze mag... Patiënten die hier intern zitten hebben geen eigen mobiele telefoon.'

'Ze heeft er een te pakken weten te krijgen,' zei Strike. 'En ook een lading pillen.'

Ergens op de achtergrond aan de andere kant van de lijn hoorde hij iemand schreeuwen, gevolgd door luide voetstappen. Hij probeerde nog een muntje in de gleuf te stoppen, maar dat viel rechtstreeks in het retourbakje onderaan.

'Fuck...'

'Meneer, ik wil u verzoeken zo niet tegen mij te spreken...'

'Nee, ik probeer alleen...'

De verbinding viel weg. Charlottes adem was nu bijna niet meer te horen.

Strike ramde al het kleingeld dat hij in zijn zak had in de gleuf, belde toen nog een keer Inlichtingen. Binnen een minuut had hij de vrouw van Symonds House weer aan de lijn. 'Symonds House...'

'Hebben jullie haar gevonden? De verbinding werd verbroken. Is ze gevonden?'

'Daar kan ik helaas niets over zeggen,' zei de getergd klinkende vrouw.

'Ze heeft binnen jullie muren een mobiel te pakken weten te krijgen en de middelen om zichzelf van het leven te beroven,' zei Strike, 'dus dan kun je mij verdomme ook wel vertellen of ze dood is of...'

'Meneer, ik zou het op prijs stellen als u niet tegen mij zou schreeuwen...'

Maar op dat moment hoorde Strike door de telefoon aan zijn andere oor in de verte mannenstemmen. Het had geen zin om op te hangen en te bellen: Charlotte had die tien eerdere telefoontjes van hem ook niet gehoord. Ze had het toestel waarschijnlijk op stil gezet.

'ZE IS HIER!' brulde hij, en de vrouw op de vaste lijn slaakte een geschrokken kreet. 'VOLG MIJN STEM, ZE IS HIER!' Strike schreeuwde in de telefoon, zich er terdege van bewust dat de kans zeer klein was dat de mensen die haar zochten hem zouden horen. Hij hoorde geritsel en gekraak en hij wist dat Charlotte buiten was, waarschijnlijk ergens in het struikgewas.

Toen hoorde hij door de mobiele telefoon een man schreeuwen.

'Shit, hier is ze – hier is ze! Fuck... bel een ambulance!'

'Meneer,' zei de dodelijk geschrokken vrouw, nu Strike niet meer schreeuwde, 'mag ik uw naam noteren?'

Maar Strike hing op. Terwijl zijn kleingeld in het retourbakje viel, bleef hij luisteren naar de twee mannen die Charlotte hadden gevonden. Een van hen schreeuwde tegen de hulpdienst wat voor overdosis ze genomen had, de ander riep voortdurend Charlottes naam, tot iemand merkte dat de telefoon die naast haar lag nog aanstond, en die uitzette.

55

Of louers sad calamities of old,
Full many piteous stories doe remaine...

Edmund Spenser
The Faerie Queene

Als bekende schoonheid en societyfiguur met een tot de verbeelding sprekende hoeveelheid beroemdheden in haar kennissenkring en een rebels, zelfdestructief verleden, was Charlotte altijd voer geweest voor de roddelbladen. Haar spoedopname in het ziekenhuis, vanuit een psychiatrische privékliniek, was natuurlijk groot nieuws.

De tabloids brachten verhalen met veel foto's erbij, van Charlotte op haar veertiende (toen ze voor het eerst van kostschool was weggelopen en de politie een zoekactie had gehouden), op haar achttiende (arm in arm met haar vader, een bekende radiopresentator, drie keer getrouwd en alcoholist), op haar eenentwintigste (met haar moeder, societyfiguur en voormalig model, op een cocktailparty) en op haar achtendertigste, nog even mooi als altijd, met een lege glimlach naast haar witblonde echtgenoot, met de babytweeling in haar armen, op de achtergrond een smaakvolle salon. Niemand had een foto van haar met Cormoran Strike kunnen vinden, maar het feit dat ze ooit iets met elkaar hadden gehad, wat Charlotte met opzet zelf aan de verslaggevers had verteld toen ze zich met Jago verloofde, zorgde ervoor dat zijn naam naast de hare in de krant stond. 'Spoedopname', 'verslavingsproblematiek', 'moeilijk verleden': hoewel de tabloids het niet met zoveel woorden zeiden, moest je wel heel naïef zijn om hieruit niet te concluderen dat Charlotte een zelfmoordpoging had gedaan. De aandacht voor het verhaal laaide opnieuw op toen een anonieme 'betrouwbare bron' in Symonds House vertelde dat de toekomstige burggravin Ross 'naar verluidt' was gevonden in het struikgewas, op haar buik, pal achter een oud zomerhuis.

De serieuze kranten brachten artikelen over de twijfelachtige praktijken van het exorbitant dure Symonds House, dat (aldus de *Telegraph*) 'bekendstaat als het laatste redmiddel voor de rijken met de juiste connecties. Er worden controversiële behandelmethoden toegepast, zoals transcraniële magnetische stimulatie en geestverruimende psilocybine (beter bekend als paddo's).' Ook deze kranten verfraaiden hun artikelen met grote foto's van Charlotte, zodat Robin, die alles stiekem las en zich daar na afloop schuldig over voelde, er voortdurend aan werd herinnerd wat een mooie vrouw Strikes ex-vriendin was.

Strike had tegenover Robin met geen woord over deze hele kwestie gerept, en zij had er niet naar gevraagd. Op Charlottes naam rustte een stilzwijgend verbod sinds die ene avond vier jaar geleden, toen Robin nog uitzendkracht was geweest en Strike haar stomdronken had toevertrouwd dat Charlotte had gelogen toen ze tegen hem had gezegd dat ze zwanger van hem was. Robin wist op dit moment alleen dat Strike in een wel erg zwijgzame stemming was teruggekomen uit Cornwall, en hoewel ze wist dat het verstrooien van de as van zijn tante een trieste aangelegenheid moest zijn geweest, vermoedde ze dat zijn slechte humeur ook met deze kwestie te maken had.

Uit loyaliteit jegens Strike weigerde ze over zijn ex te roddelen, ook al leek iedereen om haar heen het over haar te willen hebben. Toen Strike een week terug was uit Cornwall kwam Robin op een dag het kantoor binnen, al chagrijnig doordat Matthew opnieuw hun afspraak voor de mediation had uitgesteld. Toen Pat, de secretaresse, de deur open zag gaan, probeerde ze snel de *Daily Mail* weg te moffelen waar ze samen met Morris in had zitten lezen. Zodra tot Pat doordrong dat het niet Strike maar Robin was die zojuist binnen was gekomen, had ze haar raafachtige kakellach laten horen en de krant weer op haar bureau gegooid.

'Op heterdaad betrapt,' zei Morris met een knipoog naar Robin. 'Heb je dat allemaal gelezen over de ex van de baas?'

Hij is mijn baas niet, hij is mijn compagnon, dacht Robin, maar ze zei alleen maar: 'Ja.'

'Over hoog gegrepen gesproken zeg,' zei Morris, terwijl hij een foto bekeek van Charlotte op eenentwintigjarige leeftijd, in een met kralen bezet mini-jurkje. 'Hoe krijgt een gast die er zo uitziet als hij het in godsnaam voor elkaar zo'n vrouw aan de haak te slaan?'

Zelfs thuis was Robin er niet veilig voor. Max, die zijn sluike haar had laten millimeteren voor zijn nieuwe rol als voormalig legerofficier, was begonnen met de opnamen voor zijn tv-serie en was opgewekter dan ze hem ooit had meegemaakt. Ook Max vond het machtig interessant dat Strike zestien jaar lang een relatie met Charlotte had gehad.

'Ik heb haar één keer ontmoet,' vertelde hij Robin, die naar boven was gekomen nadat ze op haar kamer uren achter elkaar online bestanden had uitgeplozen op zoek naar Betty Fuller. De voormalige prostituee bleek moeilijker te vinden dan ze had verwacht.

'O ja?' zei Robin, die het verhaal tegelijk wel en niet wilde horen.

'Ja, ik zat jaren geleden in een toneelstuk samen met haar halfbroer. Simon Legard? Hij speelde in die miniserie over de financiële crisis, hoe heette die ook alweer? Ze kwam naar ons stuk kijken en nam ons na afloop allemaal mee uit eten. Ik vond haar eigenlijk wel leuk, je kon enorm met haar lachen. Sommige van die chique meiden zijn een stuk geestiger dan je zou denken.'

'Hm,' deed Robin vaag, en ze ging met een kop thee meteen weer terug naar haar kamer.

'Ik durf te wedden dat ze geprobeerd heeft Corm te bellen voor ze het deed,' luidde Ilsa's koele commentaar aan de telefoon, twee weken na Pasen, toen Robin er door geduldig gegevens met elkaar te vergelijken in was geslaagd de vrouw te vinden die volgens haar de meest waarschijnlijke kandidaat was voor de Betty Fuller die in de tijd van Margot Bamboroughs verdwijning in Skinner Street had gewoond. Betty woonde inmiddels in een verzorgingshuis in Sans Walk, niet ver van haar oorspronkelijke adres, en Robin was van plan haar de volgende middag een bezoek te brengen, na de mediation met Matthew, die nu eindelijk door leek te gaan.

Ilsa had Robin gebeld om haar succes te wensen. Robin had haar best gedaan om er niet over na te denken dat ze Matthew weer moest zien, en ze had zichzelf voorgehouden dat het met een paar uur achter de rug zou zijn, maar naarmate de avond vorderde had het haar steeds meer moeite gekost om zich op haar vragenlijst voor Betty Fuller te concentreren, zodat ze aanvankelijk blij was geweest dat Ilsa haar stoorde.

'Wat zegt Corm over dat hele gedoe met Charlotte?' vroeg Ilsa.

'Niets,' zei Robin naar waarheid.

'Nee, hij heeft het inderdaad nooit meer over haar. Ik ben benieuwd hoe lang haar huwelijk zal duren. Dat moet aan een zijden draadje hangen. Het verbaast me eerlijk gezegd dat ze het al zo lang volhouden. Ze is alleen maar getrouwd om het Corm betaald te zetten.'

'Nou, ze heeft anders wel kinderen met Jago gekregen,' merkte Robin op, maar ze had er meteen spijt van. Ilsa had haar al verteld dat Nick en zij hadden besloten om niet voor een vierde ivf-poging te gaan.

'Ze wilde nooit kinderen,' zei Ilsa. 'Dat had ze met Corm gemeen. Dat, en het feit dat ze eenzelfde soort moeder hadden. Drank, drugs en talloze mannen, alleen leeft die van Charlotte nog. Dus je hebt het er helemaal niet met hem over gehad?'

'Nee.' Al bedoelde Ilsa het goed, Robin voelde zich door dit gesprek zelfs nog een fractie slechter. 'Ilsa, het spijt me, ik moet ophangen. Ik moet nog werken voor morgen.'

'Kun je morgenmiddag niet vrij nemen? Dan gaan we ergens koffiedrinken, want na afloop ben je vast wel aan een beetje ontspanning toe. Dat vindt Corm toch niet erg?'

'Vast niet,' zei Robin, 'maar we hebben het heel druk, en ik moet wat dingen uitzoeken. En als ik werk, hoef ik niet aan Matthew te denken. Laten we in het weekend bijpraten, als je dan tijd hebt.'

Robin sliep slecht die nacht. Het was deze keer niet Charlotte die telkens in haar dromen opdook, maar Mevrouw Jones, hun cliënte die in scheiding lag en die, zoals iedereen inmiddels was opgevallen, zo met Strike probeerde aan te pappen dat hij Pat had gevraagd haar niet meer met hem door te verbinden. Robin werd wakker voordat de wekker ging, blij dat ze verlost was van een ingewikkelde droom waarin bleek dat Mevrouw Jones altijd al Matthews vrouw was geweest en waarin Robin zich aan het hoofd van een lange geboende tafel in een donkere directiekamer moest verdedigen tegen een aanklacht wegens fraude.

Omdat ze professioneel en zelfverzekerd wilde overkomen trok ze een zwarte broek en een zwart jasje aan, ook al wist Matthew best dat ze haar werk als detective grotendeels in spijkerbroek deed. Voor ze de kamer uit liep wierp ze nog één laatste blik in de spiegel, en ze vond dat ze er uitgeblust uitzag. Ze probeerde maar niet aan al die foto's van Charlotte Ross te denken, die bijna altijd zwart droeg, maar wier porseleinen schoonheid door het contrast daarmee alleen nog maar meer straalde. Robin pakte snel haar tas en liep de kamer uit.

Terwijl ze op de metro stond te wachten probeerde ze de zenuwkluwen in haar buik tot rust te brengen door haar mail te checken.

Beste mevrouw Ellacott,

Zoals ik u onlangs al heb laten weten ben ik alleen bereid om met meneer Strike te spreken. Dit is niet bedoeld als een blijk van minachting naar u toe, maar ik vind het prettiger om met een man te praten. Spijtig genoeg ben ik vanaf eind volgende week niet beschikbaar, omdat ik voor mijn werk naar het buitenland moet.

Ik kan echter wel tijd vrijmaken op de avond van de 24e. Als meneer Strike zich hierin kan vinden, wil ik voorstellen om in de

American Bar van het Stafford Hotel af te spreken, daar is het discreet. Ik hoor graag van u of u hiermee instemt.

Met vriendelijke groet,
C.B. Oakden

Toen Robin twintig minuten later op station Holborn de metro uitkwam, stuurde ze dit bericht door naar Strike. Ze was ruim een kwartier te vroeg voor haar afspraak, en er waren in de buurt genoeg gelegenheden waar ze even koffie kon halen, maar voor ze daar de kans voor kreeg ging haar telefoon. Het was Pat, vanaf kantoor.

'Robin?' klonk de vertrouwde schorre stem. 'Weet jij waar Cormoran is? Ik heb geprobeerd hem te bellen, maar hij neemt niet op. Zijn broer Al is hier, en die wil hem spreken.'

'Echt?' zei Robin geschrokken. Ze had Al een paar jaar geleden ontmoet, maar ze wist dat Strike en hij niet close waren. 'Nee, ik weet niet waar hij is, Pat. Heb je een boodschap ingesproken? Hij is waarschijnlijk ergens waar hij niet kan opnemen.'

'Ja, ik heb een bericht achtergelaten. Oké, ik blijf het proberen. Dag!'

Robin liep verder. Door haar nieuwsgierigheid naar wat Al op kantoor kwam doen, was ze vergeten dat ze zin in koffie had. Ze had Al heel aardig gevonden toen ze hem had ontmoet; hij leek lichtelijk onder de indruk te zijn van zijn oudere halfbroer, wat Robin aandoenlijk vond. Al leek niet erg op Strike, hij was kleiner, had steil haar, smalle kaken en dezelfde enigszins loensende ogen als hun beroemde vader.

Terwijl ze aan Strikes familie liep te denken sloeg ze de hoek om en daar zag ze Matthew uit een taxi stappen, met over zijn pak een donkere jas die ze niet van hem kende. Er trok zo'n akelige huivering door haar heen dat ze even bleef staan. Hij draaide zijn hoofd haar kant op en heel even keken ze naar elkaar, op vijftig meter afstand, als huurmoordenaars die klaar waren om te schieten. Op dat moment ging Robins telefoon; ze pakte hem automatisch, en toen ze hem tegen haar oor had gedrukt en weer opkeek, was Matthew het gebouw al binnengegaan.

'Hallo?'

'Hé,' zei Strike, 'ik krijg net die e-mail van Oakden. "Naar het buitenland", m'n reet.'

Robin keek op haar horloge. Ze had nog vijf minuten, en haar advocaat Judith was nog nergens te bekennen. Ze ging tegen de koude stenen muur staan en zei: 'Ja, dat dacht ik ook al. Heb jij Pat al teruggebeld?'

'Nee, hoezo?'

'Al is op kantoor.'

'Welke Al?'

'Je broer.'

Er viel even een stilte.

'Godsamme,' zei Strike zacht.

'Waar zit je?' vroeg Robin.

'In een bouwmarkt in Chingford. Onze blonde vriendin uit Stoke Newington is binnen.'

'Wat moet ze hebben?'

'Schuimrubber en multiplex, om te beginnen. Die gast van Goochems sportschool helpt haar. Waar ben jij?'

'Ik sta te wachten voor het kantoor van Matthews advocaat. We hebben zo meteen die mediation.'

'Shit, dat was ik vergeten. Nou, succes. Zeg... neem anders de rest van de dag vrij, als je...'

'Ik wil geen vrij,' zei Robin. Ze had net in de verte Judith gezien, die in een rode jas met ferme pas haar kant op kwam lopen. 'Ik wilde straks bij Betty Fuller langsgaan. Maar ik moet ophangen, Cormoran. Ik spreek je later.'

Ze hing op en liep Judith tegemoet, die breed glimlachte. 'Alles goed?' vroeg ze, waarbij ze Robin een klopje op haar arm gaf met de hand waarmee ze niet haar aktetas vasthield. 'Het komt goed. Laat mij het woord maar doen.'

'Juist.' Robin glimlachte terug met alle hartelijkheid die ze kon opbrengen.

Ze liepen samen de trap op en een kleine ontvangsthal in, waar een gedrongen man in pak met een Caesar-kapsel met een obligate glimlach naar voren trad en zijn hand naar Judith uitstak.

'Mevrouw Cobbs? Andrew Shenstone. Mevrouw Ellacott? Hoe maakt u het.'

Hij kneep zo hard dat Robins hand bonsde. Samen met Judith liep hij voor Robin uit een klapdeur door, babbelend over het verkeer in Londen. Robin liep met een droge mond achter hen aan en voelde zich net een kind dat achter haar ouders aan sjokte. Ze liepen een eindje een donkere gang in, sloegen toen links af een kleine vergaderruimte in, met een ovale tafel en armoedige blauwe vloerbedekking. Matthew zat er al, in z'n eentje, met zijn jas nog aan. Toen zij binnenkwamen ging hij wat rechter zitten. Robin keek hem strak aan en ging schuin tegenover hem zitten. Tot haar verbazing wendde Matthew meteen zijn blik af. Ze had gedacht dat hij haar vanaf de andere kant van de tafel kwaad zou aankijken, waarbij hij dan weer zo vreemd wit zou wegtrekken rond zijn mond, alsof hij een muilkorf droeg, net zoals tijdens de ruzies op het eind van hun huwelijk.

'Goed,' zei Andrew Shenstone, weer met een glimlach, toen Judith Cobbs het dossier opensloeg dat ze bij zich had. Zelf had hij een leren map gesloten voor zich liggen. 'Je cliënt staat nog steeds op hetzelfde standpunt als vermeld in je brief van de veertiende, klopt dat, Judith?'

'Dat klopt.' Judith nam, met haar dikke zwarte bril op het puntje van haar neus, snel een kopie van de genoemde brief door. 'Mevrouw Ellacott is bereid alle claims op uw cliënt te laten varen, behalve ten aanzien van de opbrengst van de verkoop van de flat aan... eh...'

Hastings Road, dacht Robin. Ze moest denken aan de dag dat ze met Matthew in het kleine huis was getrokken, aan dat ze opgewonden dozen vol kamerplanten en boeken het paadje op hadden gedragen, aan dat Matthew het koffiezetapparaat had ingeschakeld, een van hun eerste gezamenlijke aankopen, en aan de pluchen olifant op het bed die hij haar lang geleden had gegeven.

'... Hastings Road, ja.' Judith nam de brief vluchtig door. 'Daarvan wil ze graag de tienduizend pond terug die haar ouders voor de aanbetaling hebben bijgedragen.'

'Tienduizend,' herhaalde Andrew Shenstone. Matthew en hij keken elkaar aan. 'In dat geval zijn wij welbereid aan uw wens tegemoet te komen.'

'Daar zijn jullie... toe bereid?' Judith Cobbs was net zo verbaasd als Robin zelf.

'De omstandigheden van mijn cliënt zijn veranderd,' zei Shenstone. 'Het gaat er hem nu vooral om de scheiding zo snel mogelijk af te handelen, en jouw cliënt heeft volgens mij al aangegeven dat dat ook haar voorkeur heeft, die tienduizend pond even niet meegerekend. De vereiste twee jaar zijn bijna om, dus...'

Judith keek naar Robin, die knikte. Ze had nog steeds een droge mond.

'Dan denk ik dat we het vandaag wel kunnen afronden. Uitstekend,' zei Andrew Shenstone tevreden, en Robin kon zich niet aan de indruk onttrekken dat hij het over zichzelf had. 'Ik ben zo vrij geweest om alvast...'

Hij sloeg zijn map open, draaide die om op het glimmend opgewreven tafelblad en schoof hem naar Judith toe, die het document dat erin lag zorgvuldig las.

'Ja,' zei ze toen ze klaar was, en ze schoof het document opzij naar Robin toe, die eruit begreep dat Matthew het geld binnen zeven dagen na ondertekening op haar rekening beloofde over te maken. 'Tevreden?' voegde Judith er op gedempte toon tegen Robin aan toe.

'Ja,' zei Robin, enigszins verbluft.

Waarom had hij haar in vredesnaam hierheen laten komen? Was het een laatste poging tot machtsvertoon geweest, of had Matthew vanochtend pas besloten om overstag te gaan? Ze wilde haar tas pakken, maar Judith stak haar haar eigen vulpen al toe, dus nam Robin die van haar aan en zette haar handtekening. Judith gaf het document terug aan Andrew Shenstone, die het naar Matthew toe schoof, die haastig zijn handtekening zette. Toen hij klaar was, keek hij even naar Robin op, maar wendde zijn blik snel af, en op dat moment wist ze wat er was gebeurd en waarom hij haar haar zin had gegeven.

'Uitstekend,' zei Andrew Shenstone weer, en hij sloeg met zijn dikke hand op tafel en lachte. 'Nou, dat was kort maar krachtig, hè? Dan zijn we denk ik...'

'Ja,' zei Judith met een lachje. 'Dat denk ik ook!'

Matthew en Robin stonden op en keken toe terwijl hun advocaten hun spullen pakten; Judith trok haar jas aan. Robin was nog een beetje van slag door wat er net was gebeurd en kreeg opnieuw het gevoel dat ze een kind was met haar ouders; ze wist niet goed hoe ze zich uit de situatie moest bevrijden en wachtte maar tot de advocaten dat voor haar deden.

Andrew Shenstone hield de deur voor haar open en Robin liep de gang weer in, terug naar de hal. Achter haar hadden de advocaten het weer over het verkeer. Toen ze in de hal even bleven staan om afscheid te nemen, liep Matthew, na Shenstone kort te hebben bedankt, zo langs Robin heen naar buiten, de straat op.

Robin wachtte tot Andrew Shenstone was verdwenen en richtte zich toen pas tot Judith.

'Ontzettend bedankt.'

'Nou, ik heb eigenlijk niet veel gedaan, hè?' zei Judith lachend. 'Maar door mediation krijgen mensen vaak hun gezonde verstand terug. Dat heb ik vaker zien gebeuren. In een kamer met objectieve waarnemers is het een stuk moeilijker om vast te houden aan je gelijk.'

Ze schudden elkaar de hand en Robin liep naar buiten, de voorjaarswind in, die haar haar in haar mond blies. Ze was een beetje van slag. Tienduizend pond. Ze had aangeboden haar ouders het bedrag terug te betalen, want ze wist dat het ze moeite had gekost om net zoveel te kunnen bijdragen als de ouders van Matthew, maar ze hadden gezegd dat ze het geld mocht houden. Ze moest Judiths rekening natuurlijk nog betalen, maar dan hield ze nog een buffer over – misschien wel genoeg om zelf weer woonruimte te kunnen gaan zoeken.

Ze sloeg een hoek om en daar, pal voor haar neus, op de stoep, met zijn arm in de lucht om een taxi aan te houden, stond Matthew.

Toen hij haar zag bleef hij heel even stokstijf staan, met zijn hand nog omhoog, en de taxi die hij had willen aanhouden hield tien meter verderop stil en nam een stelletje mee.

'Sarah is zwanger, hè?' zei Robin.

Hij keek op haar neer; hij was niet zo lang als Strike, maar nog net zo knap als op zijn zeventiende, op de dag dat hij haar mee uit had gevraagd.

'Ja.' Hij aarzelde even. 'Het was een ongelukje.'

Ja, dág, dacht Robin. Sarah had altijd geweten hoe ze haar zin moest krijgen. Robin snapte eindelijk hoe lang Sarah haar spel al had gespeeld: altijd aanwezig, giechelen, flirten, bereid om genoegen te nemen met Matthews beste vriend, om bij hem in de buurt te kunnen zijn. Toen ze hem steviger in haar greep had, maar Matthew eruit dreigde te glippen, had ze de diamanten oorbel in Robins bed achtergelaten en nu was er die zwangerschap, nog waardevoller, om hem aan zich te binden, voordat hij de gevaarlijke singlestatus kon bereiken. Robin had sterk het vermoeden dat dit de reden van de twee uitgestelde mediationafspraken was geweest. Had Sarah, die opeens last had van haar hormonen en onzeker was geworden, een scène gemaakt, was ze bang geweest voor een ontmoeting tussen Matthew en Robin terwijl hij nog niet had besloten of hij de baby of zijn of haar moeder eigenlijk wel wilde?

'En ze wil trouwen voor het geboren wordt?'

'Ja,' zei Matthew. 'Nou ja, ik ook.'

Zag hij nu in een flits hun eigen bruiloft voor zich, net zoals Robin? De kerk in Masham, die ze allebei sinds de basisschool hadden bezocht, de receptie in dat mooie hotel, met de zwanen op het meer die weigerden samen op te zwemmen, en de rampzalige receptie, toen Robin een paar angstaanjagende seconden lang had geweten dat als Strike haar had gevraagd er met hem vandoor te gaan, ze het gedaan zou hebben.

'Hoe gaat het met jou?'

'Heel goed,' zei Robin.

Ze hield duidelijk de schijn op. Dat doe je toch als je een ex tegenkomt? Je wekt de indruk dat je de juiste keuze hebt gemaakt. Dat je nergens spijt van hebt.

'Nou,' zei hij terwijl het verkeer stapvoets voorbijreed, 'ik moet...'

Hij wilde weglopen.

'Matt.'

Hij draaide zich om.

'Wat is er?'

'Ik zal nooit vergeten... dat je er voor me was, toen ik je echt nodig had. Wat er verder ook... Dat zal ik nooit vergeten.'

Een fractie van een seconde trok hij met zijn gezicht, als een klein jongetje. Toen kwam hij naar haar teruggelopen, bukte zich, en voor ze wist wat er gebeurde, omhelsde hij haar snel en liet haar toen los alsof ze gloeiend heet was.

'Het beste, Robs,' zei hij met verstikte stem, en toen liep hij voor altijd haar leven uit.

56

Whereas this Lady, like a sheepe astray,
Now drowned in the depth of sleepe all fearlesse lay.

Edmund Spenser
The Faerie Queene

Precies op het moment dat Matthew zich in Holborn omdraaide om bij Robin vandaan te lopen, besloot Strike, die vijf kilometer verderop in zijn geparkeerde auto voor het rijtjeshuis in Stoke Newington zat dat hij inmiddels goed kende, zijn broer te bellen, om te voorkomen dat Al de hele dag op kantoor op hem zou zitten wachten. De woede van de detective was doorspekt met andere, minder gemakkelijk te benoemen gevoelens, waarvan het minst pijnlijke nog wel was dat hij schoorvoetend moest toegeven bewondering te hebben voor Als volharding. Strike wist zeker dat Al naar zijn kantoor was gekomen voor een allerlaatste poging om hem over te halen tot een vorm van verzoening met zijn vader, het liefst vóór of tijdens het feest ter ere van diens nieuwe album. Strike had Al altijd nogal zwak en genotzuchtig gevonden, maar moest nu toegeven dat hij lef toonde door het risico te nemen dat hij zich de woede van zijn oudere broer op de hals zou halen.

Strike wachtte tot Elinor Dean het schuimrubber en goedkope hout uit haar auto had geladen en alles met hulp van haar vriend van Goochems sportschool naar binnen had gedragen. Toen hij de voordeur zag dichtgaan, belde hij Al.

'Hallo.' Al nam na één keer overgaan op.

'Waarom ben je bij mij op kantoor?'

'Ik wilde je zien, broertje. Ik moet je even persoonlijk spreken.'

'Nou, ik kom daar vandaag niet meer,' loog Strike, 'dus ik stel voor dat je nu zegt wat je te zeggen hebt.'

'Broertje...'

'Wie is daar bij je?'

'Eh... je secretaresse... Pat toch, hè?' Strike hoorde dat Al zich van zijn telefoon wegdraaide om te checken of die naam klopte, en hij hoorde Pat instemmend kraaien. 'En nog een gast, ene...'

'Barclay,' zei de Schot luidkeels op de achtergrond.

'Oké, ga dan maar naar mijn kamer, dan heb je een beetje privacy.' Strike hoorde Al tegen Pat zeggen wat Strike hem had opgedragen, waarna hij het vertrouwde geluid hoorde van zijn eigen kantoordeur die werd dichtgedaan.

'Als dit gaat waarover ik denk dat het gaat...'

'Cormoran, we wilden het je eigenlijk niet vertellen, maar pa heeft kanker.'

Fuck. Sodemieter op.

Strike boog zich even naar voren, leunde met zijn voorhoofd tegen het stuur en ging toen weer rechtop zitten.

'Prostaat,' ging Al verder. 'Ze denken dat ze er bijtijds bij zijn. Maar we vonden toch dat je het moest weten, want dit feest is niet alleen om het zoveeljarig bestaan van de band en het nieuwe album te vieren. Het is ook mooi dat hij iets heeft om naar uit te kijken.'

Er viel een stilte.

'We vonden dat jij het moest weten,' zei Al nog een keer.

Waarom zou ik het in godsnaam moeten weten, dacht Strike, terwijl hij naar de dichte deur van Elinor Deans huis bleef kijken. Hij had geen relatie met Rokeby. Dacht Al nou echt dat hij zou gaan huilen en in allerijl naar Rokeby toe zou gaan om hem zijn medeleven te betuigen? Rokeby was multimiljonair. Hij zou ongetwijfeld de allerbeste behandeling krijgen. Strike moest denken aan Joans lelie-urn die wegdobberde op zee.

'Oké, nou, ik weet niet goed wat ik hierop moet zeggen. Het is vast klote voor iedereen die om hem geeft.'

Weer een lange stilte.

'We dachten dat dit het misschien zou veranderen,' zei Al zacht.

'Dat dit wát zou veranderen?'

'Hoe jij ertegenover staat.'

'Als ze er bijtijds bij waren, redt hij het wel,' zei Strike opbeurend. 'Waarschijnlijk leeft hij lang genoeg om nog een paar kinderen te verwekken die hij nooit ziet.'

'Jezus christus!' Al werd nu echt kwaad. 'Het interesseert jou misschien geen ruk, maar het is toevallig wel mijn vader...'

'Ik interesseer me voor mensen die zich ooit voor mij hebben geïnteresseerd. En praat verdomme een beetje zachter, het zijn mijn werknemers, hoor, voor wie jij mijn vuile was buiten hangt.'

'O, dát vind je nu het belangrijkst?'

Strike dacht aan Charlotte, die volgens de kranten nog in het ziekenhuis lag, en aan Lucy, die wilde weten of Strike het weekend vrij kon nemen om net als Ted naar haar huis in Bromley te komen. Hij dacht aan de opdrachtgevers in de zaak van Goochem, die hadden laten doorschemeren dat ze over een week zouden stoppen met betalen als het bureau er voor die tijd niet achter kwam wat voor belastende informatie Goochem over zijn baas had. Hij dacht aan Margot Bamborough en aan het jaar dat ze hadden gekregen om uit te zoeken wat er met haar was gebeurd, een jaar dat al bijna om was. Onverklaarbaar genoeg dacht hij ook aan Robin, en aan het feit dat hij was vergeten dat ze die dag het mediationgesprek met Matthew had.

'Ik heb mijn eigen leven.' Strike moest echt alle zeilen bijzetten om zijn chagrijn in toom te houden. 'Dat is zwaar en ingewikkeld, net zoals bij iedereen. Rokeby heeft een vrouw en zes kinderen, en ik ben vierentwintig uur per dag in de weer voor mensen die mij nodig hebben. Ik kom niet naar dat stomme feest, ik zit niet op hem te wachten, ik wil geen contact met hem. Hoeveel duidelijker moet ik zijn, Al?'

De verbinding werd verbroken. Hij had van geen enkel woord

spijt, maar ademde niettemin zwaar toen hij zijn telefoon op de stoel naast hem smeet en een sigaret opstak, en hij bleef nog een kwartier naar Elinor Deans voordeur zitten kijken, tot hij in een opwelling de telefoon weer van de stoel pakte en Barclay belde.

'Wat ben jij op dit moment aan het doen?'

'Mijn onkosten indienen,' zei de Schot laconiek. 'Dat casino heeft je een godsvermogen gekost.'

'Is mijn broer er nog?'

'Nee, die is weg.'

'Mooi zo. Ik wil dat jij het hier in Stoke Newington van me komt overnemen.'

'Ik heb geen auto bij me.'

'Fuck. Nou dan niet,' zei Strike pissig.

'Het spijt me, Strike,' zei Barclay, 'maar ik zou vanmiddag vrij hebben...'

'Nee, het spijt *míj*.' Strike sloot zijn ogen. Hij had hetzelfde gevoel als laatst in St Mawes, alsof er ijzerdraad om zijn voorhoofd werd strakgetrokken. 'Pure frustratie. Geniet van je vrije middag. Ik meen het,' zei hij er nog achteraan, voor het geval Barclay dacht dat hij sarcastisch deed.

Na Barclay belde hij Robin.

'Hoe ging de mediation?'

'Goed,' zei Robin, al klonk ze merkwaardig vlak. 'We zijn eruit gekomen.'

'Fijn!'

'Ja, een hele opluchting.'

'Zei jij nou dat je naar Betty Fuller ging?'

'Ja. Ik wilde net de metro in lopen.'

'Waar woont ze ook alweer?'

'In een aanleunwoning aan Sans Walk, in Clerkenwell.'

'Oké, dan zie ik je daar.'

'O? Ik wil het best...'

'Dat weet ik, maar ik wil erbij zijn,' onderbrak Strike haar.

Hij reed weg bij het huis van Elinor Dean in de wetenschap dat hij zojuist de twee collega's die hem het liefst waren had afgesnauwd.

Als hij zo nodig zijn slechte humeur wilde afreageren, had hij dat beter tegen Pat en Morris kunnen doen.

Twintig minuten later reed Strike via Percival Street Clerkenwell in. Rechts van hem stonden de onopvallende flats van rode baksteen waar Janice Beattie en Steve Douthwaite ooit hadden gewoond, en hij vroeg zich wederom af wat er was geworden van Margots voormalige patiënt, wiens woon- en verblijfplaats ondanks alle moeite die Robin en hij hadden gedaan onbekend bleef.

Sans Walk was een smalle verkeersvrije straat. Strike zette zijn BMW er zo dicht mogelijk bij in de buurt. Het was verrassend warm, ofschoon er nogal wat wolken waren. Toen hij naar Sans Walk toe liep, zag hij dat Robin aan het begin van de straat op hem stond te wachten.

'Hallo,' zei ze. 'Het is aan de andere kant, dat moderne gebouw van rode baksteen met dat ronde geval, die toren, erop.'

'Mooi,' zei Strike, en ze liepen samen die kant op. 'Sorry van daarnet, ik...'

'Nee, geeft niet. Ik snap dat we snel met iets moeten komen.'

Maar hij meende toch een lichte verkilling te bespeuren.

'Ik was kwaad vanwege Al,' legde hij uit. 'Dus misschien dat ik een beetje...'

'Cormoran, het geeft niet,' zei ze nog een keer, maar nu met een glimlach die Strike geruststelde.

'Fijn dat die mediation goed is gegaan.'

'Ja,' zei Robin, al keek ze er niet erg blij bij. 'Hoe kunnen we het met Betty Fuller het best aanpakken, denk jij?'

'Eerlijk en direct zijn over wie we zijn en waar we onderzoek naar doen, en dan verder maar kijken hoe het loopt, lijkt me. En hopen dat ze in godsnaam niet dement is...'

Priory House was een modern gebouw met een aantal woonlagen en aan de achterkant een gemeenschappelijke tuin. Toen ze op de voordeur af liepen, kwam er een stel van middelbare leeftijd naar buiten; ze keken opgelucht, als mensen die zojuist hun plicht hebben gedaan, en ze glimlachten naar Strike en Robin toen ze de deur voor hen openhielden.

'Dank u wel,' zei Robin, en ze glimlachte terug. Toen het stel doorliep hoorde ze de vrouw zeggen: 'Ze wist deze keer in elk geval nog wie we waren...'

Als de scootmobielen er niet hadden gestaan, had het ook de hal van een studentencomplex kunnen zijn, met de slijtvaste donkergrijze vloerbedekking, het mededelingenbord vol geprikt met folders en de deprimerende geur van een instellingskeuken.

'Ze woont op de begane grond.' Robin wees naar een gang. 'Ik heb de namen op het belbord bekeken.'

Ze liepen langs een aantal identieke vurenhouten deuren naar een deur met op een kaartje in een metalen houdertje de naam ELIZABETH FULLER. Achter de deur klonken gedempte stemmen. Net zoals toen Strike bij Janice Beattie op bezoek was gegaan, stond de televisie binnen erg hard. Hij klopte aan.

Na een hele tijd wachten ging de deur langzaam open, en ze zagen een hijgende oude dame met een slangetje in haar neus. Ze had haar zuurstoftank mee naar de deur gezeuld. Over haar schouder zag Strike een tv waarop het realityprogramma *The Only Way Is Essex* schetterde.

'I'm fine. You just upset me, Arg,' zei een zwaar opgemaakt meisje in een felblauwe outfit op tv.

Betty Fuller zag eruit alsof ze aan meer zwaartekracht blootgesteld was geweest dan de rest van de mensheid. Alles aan haar hing er slap en uitgezakt bij: de mondhoeken van haar dunne lippen, haar papierdunne oogleden, het losse vel onder haar kin, de punt van haar smalle neus. Het leek wel alsof al het vlees uit haar bovenlichaam naar haar onderlichaam was gezogen: Betty had bijna geen boezem, maar haar heupen waren breed en haar deerniswekkende blote benen waren enorm gezwollen; haar enkels waren dikker dan haar hals. Ze had zo te zien herenpantoffels aan, en een donkergroene tricot jurk vol met vlekken. Door het weinige grijze haar heen, dat uit haar gezicht gekamd zat, was duidelijk haar gelige hoofdhuid te zien, en in haar linkeroor zat prominent een gehoorapparaat.

'Wie zijn jullie?' vroeg ze zwaar ademend, en ze keek van Robin naar Strike.

'Goedemiddag, mevrouw Fuller,' zei Strike luid en duidelijk. 'Ik ben Cormoran Strike en dit is Robin Ellacott.'

Hij haalde zijn rijbewijs uit zijn zak en liet het haar zien, samen met zijn visitekaartje. Ze maakte een ongeduldig gebaar om aan te geven dat ze het toch niet kon lezen: haar ogen waren troebel van de staar.

'Wij zijn privédetectives,' zei Strike, nog steeds met luide stem om boven het ruziënde stel op tv uit te komen ('*Uiteindelijk heeft Lucy gewoon een onenightstand gehad, met een jongen...*' '*Arg... Arg... Arg... daar gaat het niet om...*').

'Ons is gevraagd om onderzoek te doen naar wat er met Margot Bamborough is gebeurd. Dat was een dokter die...'

'Wie?'

'Dokter Margot Bamborough,' zei Strike, nog harder deze keer. 'Ze is in 1974 verdwenen in Clerkenwell. We hebben gehoord dat u...'

'O ja...' zei Betty Fuller, die om de paar woorden adem leek te moeten halen. 'Dokter Bamborough... ja.'

'We vroegen ons af of we u een paar vragen over haar zouden mogen stellen.'

Betty Fuller bleef er twintig lange seconden over nadenken terwijl op de televisie een jongeman in een roodbruin pak tegen het te zwaar opgemaakte meisje zei: 'Ik wilde er niet over beginnen, maar jij kwam naar mij toe...'

Betty Fuller maakte een ongeduldig gebaar, draaide zich om en slofte naar binnen. Strike en Robin keken elkaar even aan.

'Is het goed als we binnenkomen, mevrouw Fuller?' vroeg Strike op luide toon.

Ze knikte. Nadat ze haar zuurstoftank voorzichtig had neergezet, liet ze zich in haar stoel vallen en trok toen de tricot jurk omlaag in een poging haar knieën ermee te bedekken. Strike en Robin kwamen de kamer binnen en Strike deed de deur achter zich dicht. Toen Robin de oude dame zag worstelen om haar jurk omlaag te trekken, had ze de neiging om een deken van het onopgemaakte bed te pakken en die netjes over haar schoot te leggen.

Robin wist van haar research dat Betty vierentachtig was. Ze schrok ervan hoe de oude vrouw er lichamelijk aan toe was. Het kamertje stonk naar zweet en urine. Aan de eenpersoonskamer grensde een klein toilet. Door een openstaande kastdeur zag Robin gekreukte kleren, die er lukraak in gegooid waren, en twee lege wijnflessen, half verscholen in het ondergoed. Er hing niets aan de muren, behalve een kattenkalender: de maand mei had een plaatje van twee rode kittens die tussen roze geraniums vandaan gluurden.

'Vindt u het goed als ik die wat zachter zet?' riep Strike boven de tv uit, waar het stelletje nog steeds ruzie aan het maken was. De vrouw had wimpers zo dik als rupsen.

'Zet maar... uit,' zei Betty Fuller. 'Ik heb het opgenomen.'

De stemmen uit Essex verstomden in één klap. De twee detectives keken om zich heen. Er vielen maar twee zitplaatsen te kiezen: het onopgemaakte bed en een harde rechte stoel, dus Robin nam de eerste en Strike de tweede. Hij haalde zijn opschrijfboekje uit zijn zak.

'We zijn in de arm genomen door de dochter van dokter Bamborough, mevrouw Fuller, met de vraag of wij willen uitzoeken wat er met haar moeder is gebeurd.'

Betty Fuller maakte een geringschattend geluid dat klonk als 'hurmm', al kon het volgens Strike ook een poging zijn geweest om slijm uit haar keel los te krijgen. Ze ging in haar stoel een beetje naar één kant hangen en trok zonder dat het veel uithaalde aan de achterkant van haar jurk. Haar gezwollen onderbenen zaten onder de bobbelige spataderen.

'Dus u herinnert zich wel dat dokter Bamborough indertijd verdwenen is, mevrouw Fuller?'

'Ja,' bromde ze, nog steeds moeizaam ademend. Ondanks haar beperking en haar weinig belovende manier van doen had Strike de indruk dat ze een stuk helderder was dan ze aanvankelijk hadden gedacht, en ook blijer met gezelschap en aandacht dan haar niet erg innemende voorkomen deed vermoeden.

'U woonde indertijd in Skinner Street, klopt dat?'

Ze hoestte, en dat leek haar wat meer lucht te geven. Met iets vastere stem zei ze: 'Pas nog... tot afgelopen jaar. Michael Cliffe... House. Bovenste verdieping... Lukte niet meer.'

Strike keek even naar Robin; hij had gedacht dat zij het gesprek zou leiden, ervan uitgaand dat Betty beter op een vrouw zou reageren, maar Robin maakte een merkwaardig passieve indruk zoals ze daar op het bed zat en haar blik het kamertje rond liet gaan.

'Was u patiënt bij dokter Bamborough?' vroeg Strike aan Betty.

'Ja,' bracht Betty piepend uit. 'Dat klopt.'

Robin dacht: eindigen alle alleenstaanden dan zo, mensen die geen kinderen hebben die voor hen kunnen zorgen, mensen zonder dubbel inkomen? In een hok, waar ze via realitysterren een plaatsvervangend leven leiden?

Met kerst zou ze in Masham ongetwijfeld Matthew, Sarah en hun pasgeboren baby tegen het lijf lopen. Ze zag al helemaal voor zich hoe Sarah trots door de straten zou paraderen, achter het duurste model kinderwagen, met Matthew naast zich en een baby met Sarahs hoogblonde haar die boven het dekentje uit gluurde. Als Jenny en Stephen hen nu nog eens tegenkwamen, hadden ze tenminste iets gemeen, dan spraken ze allemaal de taal van het ouderschap. Robin nam zich ter plekke voor, terwijl ze daar bij Betty Fuller op bed zat, om de komende kerst níét naar haar ouders te gaan. Ze zou desnoods aanbieden om de feestdagen door te werken.

'Mocht u dokter Bamborough graag?' vroeg Strike aan Betty.

'Ze was... wel aardig.'

'Hebt u ooit met een van de andere dokters van de praktijk te maken gehad?'

Betty's borst zwoegde. Hij zag het niet goed, doordat het buisje in haar neus in de weg zat, maar Strike meende een flauw glimlachje te zien.

'Ja.'

'Met wie?'

'Met Brenner,' zei ze hees, en ze hoestte weer. 'Er moest iemand thuis... langskomen... spoedgeval... zij kon niet.'

'En toen is dokter Brenner bij u langsgekomen?'

'Hurmm,' deed Betty Fuller. 'Ja.'

Op de vensterbank stonden een paar kleine foto's in goedkope lijstjes, zag Robin. Op twee daarvan stond een dikke cyperse kat, vermoedelijk een betreurd huisdier, maar er waren ook een paar foto's bij van peuters, en een met twee tienermeisjes met getoupeerd haar en jurken met pofmouwen uit de jaren tachtig. Dus zelfs als je kinderen had kon je eenzaam en vrijwel vervuild eindigen? Was het dan puur een geldkwestie? Ze dacht aan de tienduizend pond die ze later die week op haar bankrekening gestort zou krijgen, en waar dan onmiddellijk de rekeningen van haar advocaat en de gemeentebelastingen af gingen. Ze moest oppassen dat het niet opeens op was. Ze moest echt nodig gaan sparen, een pensioenvoorziening regelen.

'Dan zult u wel heel erg ziek zijn geweest, nietwaar?' vroeg Strike. 'Dat er een dokter thuis moest langskomen?'

Hij had geen speciale reden om dit te vragen, behalve om er een gemoedelijke sfeer mee te creëren. Zijn ervaring met oude dames was dat ze het over niets liever hadden dan over hun gezondheid.

Betty Fuller grijnsde plotseling naar hem, zodat hij haar geel geworden, beschadigde gebit zag.

'Hebt u wel eens... een pik van... meer dan twintig... centimeter... in uw reet gehad?'

Robin moest haar uiterste best doen om niet geschokt in lachen uit te barsten. Ze moest Strike nageven dat hij zonder blikken of blozen antwoordde: 'Nee, dat is me nog nooit gebeurd.'

'Nou,' zei Betty Fuller, die nog steeds piepend ademde, 'neemt u van mij aan... ik verging van de pijn... die kerel ging tekeer... het leek wel een drilboor... mijn hele aars... lag open.' Ze hapte naar lucht en lachte een beetje. 'Cindy hoorde me kermen... bloed... ze zegt: "Mam, je moet... naar de dokter", dus die heeft ze... toen gebeld.'

'En Cindy is uw...?'

'M'n dochter. Ja... ik heb er twee. Cindy en Cathy...'

'En toen is dokter Brenner bij u langsgekomen?' Strike deed zijn best om niet te lang stil te staan bij het beeld dat Betty had opgeroepen.

'Ja... hij kijkt even... stuurt me... naar de eerste hulp, ja... negentien hechtingen,' zei Betty Fuller. 'En ik heb een week... op een zak ijs... gezeten... en er kwam... geen fucking cent binnen... Daarna,' hijgde ze, 'geen anaal meer... tenzij zo'n vent... dubbel betaalde... en ook niet meer... dan vijftien centimeter.' Ze stootte een kakelende lach uit, eindigend in een hoestbui. Strike en Robin keken elkaar angstvallig niet aan.

'Was dat de enige keer dat u dokter Brenner hebt gezien?' vroeg Strike toen het hoesten was gezakt.

'Nee,' zei Betty Fuller hees, terwijl ze op haar borst klopte. 'Daarna heb ik hem... regelmatig... elke vrijdagavond... gezien... maandenlang.'

Ze leek het geen enkel punt te vinden om dit aan Strike te vertellen. Strike had zelfs de indruk dat ze het wel leuk vond.

'Wanneer is dat begonnen, dat hij steeds op vrijdag kwam?'

'Een paar weken... nadat hij bij me was geweest... voor m'n kont. Hij stond voor de deur... met z'n dokterstas... hij deed alsof-ie... kwam kijken... hoe het met me ging... en toen zei hij... dat-ie een vaste afspraak wilde. Vrijdagavond... half zeven... ik moest tegen de buren zeggen... voor onderzoek... als ze ernaar vroegen...'

Betty onderbrak haar verhaal even om luidruchtig te hoesten. Toen ze haar reutelende borst weer tot bedaren had gebracht, ging ze verder.

'... en als ik het... aan iemand vertelde... ging hij naar de politie... en zou hij zeggen... dat ik hem afperste...'

'Dus hij heeft u bedreigd?'

'Ja,' zei Betty Fuller hijgend, maar zonder rancune, 'maar het was niet zo... dat hij het gratis... probeerde te krijgen... dus ik hield... mijn mond.' Haar Cockneyaccent was nu heel sterk.

'Hebt u nooit aan dokter Bamborough verteld wat er aan de hand was?' vroeg Robin.

Betty keek opzij naar Robin, die er nog nooit zo misplaatst had uitgezien als hier op het bed van Betty, vond Strike: jong, fris en gezond. Misschien dat Betty's hangende, troebele ogen zijn zakenpartner ook wel zo zagen, want ze leek aanstoot te nemen aan zowel de vraag als aan degene die hem stelde.

'Fuck, nee. Ze probeerde me... met dat werk... te laten stoppen... Brenner was... de gemakkelijkste klus... van de hele week.'

'Hoezo dat dan?' vroeg Strike.

Betty lachte weer schor piepend.

'Hij wilde dat ik... stil bleef liggen... alsof ik... in coma was... ik moest doen of ik... dood was. En dan neukte hij me... zei vieze woorden... ik deed alsof... ik hem niet hoorde... op één keer na,' zei ze, half grinnikend, half kuchend. 'Toen ging dat verdomde brandalarm... halverwege af... en ik zei... in zijn oor... "Ik blijf hier niet... voor dood liggen... als er brand is... godver... m'n kinderen... liggen hiernaast." Hij was woest... bleek 't... loos alarm te zijn...'

Ze lachte kakelend en moest toen weer hoesten.

'Denkt u dat dokter Bamborough vermoedde dat dokter Brenner bij u kwam?' vroeg Robin.

'Nee,' zei Betty stekelig, opnieuw met een schuine blik opzij. 'Fuck nee, natuurlijk vermoedde ze dat niet... dat gingen wij haar toch niet vertellen?'

'Was Brenner bij u,' vroeg Strike, 'op de avond dat ze verdwenen is?'

'Ja,' zei Betty Fuller onverschillig.

'Kwam hij op hetzelfde tijdstip als anders, en ging hij ook rond dezelfde tijd weg?'

'Ja,' zei ze weer.

'Bleef hij na de verdwijning van dokter Bamborough ook nog bij u komen?'

'Nee. Er was voortdurend politie... in de praktijk... nee, daarna kwam hij niet meer... Ik heb gehoord... dat hij kort daarna... met pensioen is gegaan. Zal wel dood zijn, hè?'

'Ja,' antwoordde Strike, 'hij is dood.'

Het getekende gezicht getuigde van in het verleden gepleegd geweld. Strike, die zelf een gebroken neus had gehad, wist zeker dat Betty's neus niet meer zijn oorspronkelijke vorm had, met die scheve punt.

'Werd Brenner ooit gewelddadig tegen u?'

'Nooit.'

'Toen die eh... vaste afspraak tussen u speelde,' zei Strike, 'hebt u daar toen ooit met iemand over gesproken?'

'Nee.'

'En toen Brenner met pensioen was? Heeft u het toen niet toevallig aan ene Tudor Athorn verteld?'

'Niet op uw achterhoofd gevallen, hè?' zei ze met een enigszins verraste lach. 'Ja, ik heb het... aan Tudor verteld... die is ook allang dood... ik dronk vaak wat... met Tudor. Zijn neef... woont hier nog... volwassen... ik zie hem wel eens. Achterlijk,' zei Betty Fuller.

'Denkt u, op grond van wat u over Brenner weet,' vroeg Strike, 'dat hij misbruik van een patiënt gemaakt zou kunnen hebben?'

Er viel een stilte. Betty nam hem met haar troebele ogen op.

'Alleen als ze... buiten westen was.'

'Anders niet?'

Ze zoog door haar kromme neus een diepe teug zuurstof naar binnen. 'Zo'n man... als die ergens... echt opgewonden van raakt... wil hij niks anders meer...'

'Heeft hij u ooit willen drogeren?' vroeg Strike.

'Nee, dat was niet nodig...'

Hij sloeg een bladzijde in zijn opschrijfboekje om. 'Zegt de naam Wilma Bayliss u nog iets, een maatschappelijk werkster?'

'Een donkere jonge vrouw? Ja... U rookt, hè? Ik ruik het... Geef me er eens eentje,' zei ze, en het verwoeste oude lichaam vertoonde een zweem flirterigheid.

'Dat lijkt me niet verstandig,' zei Strike met een glimlach. 'Aangezien u aan de zuurstof zit.'

'Rot op, dan niet.'

'Mocht u Wilma graag?'

'Wie?'

'Wilma Bayliss, die maatschappelijk werkster.'

'Ze was... zoals ze allemaal waren,' zei Betty schouderophalend.

'We hebben onlangs de dochters van mevrouw Bayliss gesproken,' zei Strike. 'Die vertelden ons over de dreigbriefjes die dokter Bamborough voor haar verdwijning kreeg.'

Betty ademde in en uit; haar ingezakte borst deed dapper zijn best, en uit haar doodzieke longen klonk een piepje.

'Weet u iets van die briefjes?'

'Nee,' zei Betty. 'Ik heb wel gehoord... dat ze ze kreeg. Dat wist iedereen hier.'

'Van wie hoorden de mensen dat dan?'

'Waarschijnlijk van die Irene Bull...'

'Dus die herinnert u zich nog?'

Nu met veel meer onderbrekingen om op adem te komen legde Betty Fuller uit dat haar jongste zus op school bij Irene in de klas had gezeten. Irenes familie woonde in een zijstraat van Skinner Street, Corporation Row.

'Ik moest 'r niet... schijnheilige trut,' zei Betty. Ze lachte, maar kreeg toen weer een hese hoestaanval. Toen ze daarvan was bekomen, ging ze verder: 'De politie... heeft iedereen gevraagd... zijn mond te houden... maar die griet... kletste maar raak... iedereen wist... dat er bedreigingen waren geweest.'

'Volgens de dochters van Wilma' – Strike lette goed op hoe Betty zou reageren – 'wist u wie die briefjes had gestuurd.'

'Nee, dat heb ik nooit geweten,' zei Betty, die nu niet meer glimlachte.

'Maar u wist zeker dat Marcus Bayliss ze niet had gestuurd?'

'Marcus zou dat nooit... Dat was een fijne... Weet u... ik vond ze altijd wel leuk... de zwartjes,' zei Betty Fuller, en Robin keek naar haar handen en hoopte dat Betty haar niet ineen had zien krimpen. 'Hele knappe vent... ik had het nog gratis... met hem gedaan... hahaha... grote, lange man.' Betty klonk weemoedig. 'Aardig ook... nee, díé heeft nooit een dokter bedreigd.'

'Wie denkt u dan...'

'Mijn tweede dochter... Cathy...' ging ze Oost-Indisch doof verder, 'haar vader was een zwartje... geen idee wíé het was... het condoom scheurde... ik heb 'r gehouden... want ik hou van kinderen, maar... ze kijkt niet naar me om. Een junkie!' zei ze fel. 'Ík heb nooit iets gebruikt... ik heb er te veel... op die manier... dood zien gaan. Ze jatte van me... dus ik heb gezegd... en nou godverdomme m'n huis uit, jij.

Cindy is een lieve meid,' zei Betty moeizaam. Ze had het nu heel zwaar met haar gebrek aan adem, maar ze genoot nog steeds van Strikes geboeide aandacht. 'Cindy... komt zo nu en dan langs. Die verdient... netjes haar geld...'

'O, ja?' Strike speelde het spelletje mee en wachtte zijn kans af. 'Wat doet Cindy voor werk?'

'Escort,' bracht Betty hijgend uit. 'Goed figuur... Soho... verdient meer dan ik ooit... Arabieren en wat niet al... maar ze zegt... "Mam, het zou voor jou... niks zijn... hoe het tegenwoordig gaat... ze willen alleen maar... anaal."' Ze lachte schel, moest hoesten en draaide haar hoofd toen abrupt om naar Robin, die op het bed zat, en zei venijnig: 'Zíj vindt het niet grappig, hè... Of wel soms?' vroeg ze streng aan Robin, die even van haar à propos was. 'Jij doet het vast... voor een etentje en sieraden... en dan denk je dat het... gratis is... Moet je dat gezicht zien.' Betty nam Robin vol afkeer op. 'Je bent precies hetzelfde... als die arrogante... maatschappelijk werkster... die bij ons kwam... toen ik op de kinderen... van Cathy paste... die zijn nu weg. Naar een pleeggezin... "Zóóó, mevrouw Fuller." Ze zette een overdreven keurig accent op. '"Zóóó, kijk... míj maakt het niet uit... hoe u de kost verdient... want werk in de seksindustrie is ook werk"... dat zeggen ze tegen je... op dat neerbuigende toontje... maar zouden ze het goedvinden... dat hún dochters dat werk deden? Om de dooie dood niet.' Voor de langste zin die ze in dit gesprek had uitgesproken moest ze boeten met de ergste hoestaanval tot nu toe.

'Cindy gebruikt... te veel coke,' zei Betty zwaar hijgend en met tranen in de ogen toen ze weer een woord kon uitbrengen. '... zo blijft ze slank... Cathy was aan de smack... haar vriend... ze werkte voor hem... sloeg haar bont en blauw... zwanger... baby verloren...'

'O, wat erg,' zei Strike.

'Het zijn allemaal kinderen... op straat... vandaag de dag,' zei Betty, en door haar vastbesloten harde buitenkant heen meende hij nu iets van oprecht verdriet te zien. 'Dertien, veertien... kinderen... In mijn tijd... we hadden ze rechtsomkeert gestuurd... terug naar huis... volwassen vrouwen, oké... maar kinderen? Wat zit je nou te kijken?' blafte ze tegen Robin.

'Cormoran, misschien moet ik...' zei Robin, en ze stond op en wees naar de deur.

'Ja, sodemieter maar op,' zei Betty Fuller, en ze keek tevreden toe terwijl Robin de kamer verliet. 'Je doet het met haar, hè?' zei ze hijgend tegen Strike toen de deur eenmaal achter haar was dichtgevallen.

'Nee.'

'Waar heb je d'r dan... in godsnaam voor?'

'Ze is heel goed in haar werk. Als ze tenminste iemand anders tegenover zich heeft dan u.'

Betty Fuller grijnsde haar cheddargele tanden bloot.

'Hahaha... ik ken... dat type... weet geen fuck... van het echte leven...'

'In de tijd van Margot Bamborough woonde er een man in Leather Lane, Niccolo Ricci. Hij werd "Mucky" genoemd.'

Ze zei niets, maar ze kneep haar troebele ogen tot spleetjes.

'Wat weet u over Ricci?'

'Hetzelfde als... iedereen.'

Vanuit zijn ooghoeken zag Strike Robin het daglicht in lopen. Ze tilde even haar haar uit haar nek, alsof het haar te zwaar werd, en liep uit beeld, met haar handen in haar zakken.

'Mucky was het niet... die haar bedreigde,' zei Betty. 'Die schreef geen... briefjes. Dat was niet... zijn stijl.'

'Ricci kwam op de kerstborrel van de St John-praktijk. Dat is een beetje vreemd.'

'Daar weet ik... niks van...'

'Sommige mensen op die borrel dachten dat hij de vader van Gloria Conti was.'

'Nooit van gehoord.'

'Volgens de dochters van Wilma Bayliss hebt u tegen hun moeder gezegd dat u bang was voor degene die die briefjes schreef. U zei dat de afzender van die briefjes Margot Bamborough had vermoord. U zou tegen Wilma gezegd hebben dat hij u ook zou vermoorden als u vertelde wie hij was.'

Betty had een uitdrukkingsloze blik in haar troebele ogen. Haar magere borstkas zwoegde om genoeg zuurstof in haar longen te krijgen. Strike was net tot de slotsom gekomen dat ze niets zou zeggen, toen ze haar mond opendeed.

'Een vrouw uit de buurt. Een vriendin van me... díé had Mucky ontmoet... hij kwam op onze plek... op zoek naar een vrouw... en hij zegt tegen Jen... "Hier ben jij te goed voor... tippelen... met zo'n figuur... ik regel dat je... vijf keer meer verdient... dan hier", dus daar ging Jen... naar Soho... strippen voor publiek... seks met z'n vrienden... Ik ben 'r een paar jaar later... nog eens tegengekomen... toen ze bij d'r moeder langsging... en toen heeft ze me een verhaal verteld.

Een meisje van die club... prachtige meid, zei Jen... was verkracht... bedreigd met een mes. Dwars door haar ribben gestoken...' zei de oude vrouw, terwijl ze op haar eigen in elkaar gezakte bovenlichaam wees, '... door een vriend... van Ricci...

Sommige mensen... vinden dat als een hoer... verkracht wordt... ze alleen maar... haar geld niet heeft gekregen... en ik denk dat die verwaande tante van jou...' zei Betty met een blik op het raam, 'er ook zo over denkt... maar zo is het niet... Die vrouw... kwaad... wil wraak... wil het Ricci... betaald zetten... dus die stomme trut... wordt informante... voor de politie... en daar is Mucky achter gekomen,' bracht ze hijgend en piepend uit, 'en toen hebben ze d'r vermoord... en dat heeft hij gefilmd. Mijn vriendin Jen... heeft het gehoord van iemand... die die film... gezien had... Ricci bewaarde hem... in de kluis... liet hem zien... als er iemand... bang gemaakt... moest worden...

Jen is al lang dood. Overdosis... jaar of dertig geleden... dacht dat ze beter af was... in Soho... en ik maar tippelen... maar ik leef wel nog.

Ik weet niks... van die briefjes... alleen dat Marcus... het niet was... O, daar is tafeltje-dek-je.' Ze keek naar buiten. Strike zag een man naar de buitendeur toe lopen met een stapel in folie verpakte plateaus in zijn armen.

'Ik ben er klaar mee,' zei Betty, die opeens moe en dwars leek. 'Zet de tv... maar weer aan... en schuif die tafel... hierheen... geef me m'n mes en vork... op de wc...'

Ze had ze afgespoeld in het fonteintje van de wc, maar ze waren nog vuil. Strike waste ze opnieuw af voordat hij ze naar haar toe bracht. Nadat hij de tafel voor haar leunstoel had geschoven en hij *The Only Way Is Essex* weer had aangezet, deed hij de deur open voor de man van de maaltijdservice, een vrolijke grijsaard.

'O, hallo!' zei de nieuwkomer met luide stem. 'Is dit je zoon, Betty?'

'Mocht-ie willen. Wat heb je voor me?'

'Stoofpotje met kip en een puddinkie...'

'Heel erg bedankt dat u met me hebt willen praten, mevrouw Fuller,' zei Strike, maar Betty was duidelijk helemaal door haar welwillendheid heen, en ze had nu meer belangstelling voor haar eten.

Toen Strike buitenkwam, stond Robin even verderop tegen een muur geleund iets op haar telefoon te lezen.

'Het leek me beter om het veld maar te ruimen,' zei ze toonloos. 'Hoe ging het?'

'Ze wilde niets over die briefjes zeggen,' antwoordde hij toen ze samen Sans Walk uitliepen, 'en als je het mij vraagt, is dat omdat ze vermoedt dat Mucky Ricci ze heeft geschreven. Ik ben wat meer te weten gekomen over de vrouw in die snuffmovie.'

'Dat meen je niet,' zei Robin, en ze keek bezorgd.

'Ze schijnt politie-informante te zijn geweest in een van Ricci's...'

Robin slaakte een kreet. 'Kara Wolfson!'

'Wat?'

'Kara Wolfson. Een van de vrouwen van wie ze dachten dat Creed haar had vermoord. Kara werkte in een nachtclub in Soho – de eigenaren hebben na haar verdwijning het gerucht verspreid dat ze politie-informante was!'

'Hoe weet je dat?' vroeg Strike perplex. Hij kon zich niet herinneren dat hierover iets in *De demon van Paradise Park* stond.

Robin herinnerde zich opeens dat ze het had gehoord van Brian Tucker, in het Star Café. Ze had nog geen reactie van het ministerie van Justitie op haar verzoek om Creed te mogen ondervragen, en aangezien Strike nog steeds geen idee had wat ze in haar schild voerde, zei ze: 'Ik geloof dat ik dat online ergens gelezen heb...'

Zwaarmoedig bedacht Robin dat Kara's enige overgebleven naaste familielid, de broer die zij had grootgebracht, zich had doodgedronken. Hutchins had gezegd dat de politie niets aan die film kon doen. Het lichaam van Kara Wolfson kon wel overal liggen. Sommige verhalen hadden geen afgerond einde: er was geen plek waar je bloemen voor Kara Wolfson kon neerleggen, of het moest zijn dat je koos voor de hoek vlak bij de stripclub waar ze voor het laatst was gezien.

Robin verzette zich tegen het sombere gevoel dat haar dreigde te overspoelen, en ze hield haar telefoon omhoog om Strike te laten zien wat ze net had opgezocht. 'Ik stond net over somnofilie te lezen,' zei ze op resoluut zakelijke toon.'

'En ik neem aan...?'

'Dat was Brenners fetisj, ja.' Vanaf haar telefoon las Robin voor: '"Somnofilie is een vorm van parafilie waarbij een individu seksueel opgewonden raakt van iemand die niet bij bewustzijn is... sommige psychologen hebben somnofilie ook wel in verband gebracht met necrofilie." Cormoran... je weet toch dat hij in zijn spreekkamer een voorraad barbituraten had aangelegd?'

'Ja,' zei Strike langzaam. Ze liepen terug naar zijn auto. 'Nou, dit is wel iets om het met Dorothy's zoon over te hebben, hè? Ik vraag me af of zij er ook voor in was om te doen alsof ze dood was. Of dat het haar is opgevallen dat ze altijd heel lang sliep als Brenner op zondagmiddag bij hen had gegeten.'

Robin huiverde even.

'Ik weet dat ik heb gezegd' – Strike stak een sigaret op – 'dat we hem pas moeten benaderen als we het echt niet meer weten, maar we hebben nog maar drie maanden te gaan. Ik begin nu toch te denken dat ik maar eens bij Mucky Ricci langs moet gaan.'

57

But all his mind is set on mucky pelfe,
To hoord vp heapes of euill gotten masse,
For which he others wrongs, and wreckes himself.

Edmund Spenser
The Faerie Queene

Nu ze ook overdag nog moesten gaan surveilleren bij verpleeghuis St Peter, had het bureau naarmate de maand mei vorderde de grootste moeite om voor alle lopende zaken iemand beschikbaar te hebben. Strike wilde weten hoeveel bezoekers er in en uit gingen, en hoe laat, zodat hij kon beoordelen op welk moment hij het gebouw het best binnen kon gaan zonder daarbij het risico te lopen een van de familieleden van de voormalige gangster tegen te komen.

Het verpleeghuis lag in een rustige negentiende-eeuwse straat, helemaal aan de rand van Clerkenwell, in een stille, lommerrijke enclave, waar de huizen van grijsbruin baksteen een neoklassieke geveldriehoek en een glanzende zwarte voordeur hadden. Op de buitenmuur van het verpleeghuis hing een plaquette van donker hout, opgesmukt met een kruis en een Bijbelcitaat in goudkleurige letters:

In de wetenschap dat u niet met vergankelijke dingen, zilver of goud, vrijgekocht bent van uw zinloze levenswandel, die u door de vaderen overgeleverd is, maar met het kostbaar bloed van Christus, als van een smetteloos en onbevlekt Lam.

Petrus 1:18-19

'Leuke gedachte,' zei Strike tijdens een van hun overdrachtsmomenten tegen Robin, 'maar je komt hier niet binnen als je niet een flinke smak geld hebt.'

Het particuliere verpleeghuis was klein en duidelijk duur. Het personeel, dat de speurders al snel allemaal van gezicht leerden kennen, droeg een donkerblauw uniform en kwam voornamelijk uit het buitenland. Er was een zwarte mannelijke verpleegkundige bij die zo te horen uit Trinidad kwam, en er waren twee blonde vrouwen die Pools met elkaar spraken, elke ochtend als ze langs de medewerker van het detectivebureau kwamen die op dat moment toevallig in de buurt rondhing en zogenaamd stond te bellen, een krant zat te lezen of enigszins ongeduldig wachtte op een vriend die nooit kwam opdagen.

Er kwam ook regelmatig een pedicure of een kapster in het verpleeghuis, maar nadat ze twee weken overdag hadden gesurveilleerd, kwamen de detectives voorzichtig tot de conclusie dat Ricci alleen op zondag bezoek kreeg. Dan kwamen zijn twee zonen langs, allebei met de gelaten blik van iemand voor wie dit een vervelende verplichting is. Ze konden gemakkelijk zien welke broer wie was, door de foto's die van hen in de krant hadden gestaan. Luca zag er, in Barclays woorden, uit 'alsof er een piano op zijn hoofd is gevallen': hij had een kaal, plat hoofd met zichtbare littekens. Marco was kleiner, tengerder en behaarder, maar hij straalde een amper in toom te houden gewelddadigheid uit; hij ramde bijvoorbeeld altijd een paar keer op de bel van het verpleeghuis als de deur niet meteen werd opengedaan, en gaf een kleinzoon een draai om zijn oren omdat hij een reep chocola op straat had laten vallen. Allebei de broers hadden een echtgenote die er hard en ongevoelig uitzag, en niemand van de familie had het knappe voorkomen dat Robin met Italianen associeerde. De overgrootvader die beroofd van zijn spraakvermogen in het verpleeghuis opgesloten zat mocht dan een echte Italiaan zijn geweest, zijn nakomelingen zagen er teleurstellend bleek en Angelsaksisch uit, tot en met het roodharige jongetje dat zijn reep had laten vallen.

Robin was de eerste die Ricci zelf te zien kreeg, op de derde zaterdag dat het bureau het verpleeghuis in de gaten hield. Onder haar regenjas droeg ze een jurk, want ze moest later die dag met Strike naar hotel Stafford in Mayfair, waar ze een afspraak hadden met C.B. Oakden. Ze was nog nooit in het Stafford geweest, en ze had het opgezocht en gezien dat het een vijfsterrenhotel was, met portiers met bolhoed, en een van de oudste en chicste hotels van Londen, vandaar deze afwijkende kledingkeuze voor een ochtendje surveilleren. Aangezien ze zich bij eerdere gelegenheden had vermomd als ze voor St Peter de wacht hield (nu eens met een beanie, dan weer met opgestoken haar, donkere contactlenzen of een zonnebril), durfde ze voor deze ene keer wel als zichzelf door de straat op en neer te lopen, zogenaamd bellend, al had ze wel een bril met gewone glazen opgezet, die ze zou afzetten als ze naar het Stafford ging.

’s Middags werden de bejaarde bewoners van St Peter wel eens te voet of in een rolstoel naar het nabijgelegen parkje gebracht, dat in het midden een privétuin had, omsloten door een hekwerk, uitsluitend toegankelijk voor mensen die er de sleutel van hadden, om daar goed ingepakt tegen de kou te gaan zitten dommelen of van de seringen en viooltjes te genieten. De medewerkers van het detectivebureau hadden tot dan toe alleen maar gezien dat er bejaarde dames mee naar buiten werden genomen, maar die dag bevond zich voor het eerst ook een oude man in het groepje dat de rolstoelingang naast het gebouw af kwam.

Robin herkende Ricci meteen, niet aan zijn ring met de leeuwenkop, die schuilging onder een Schots geruite plaid, mocht hij hem nog dragen, maar aan het profiel dat door de jaren misschien wat was aangescherpt, maar toch onmiskenbaar was. Zijn dikke zwarte haar was nu donkergrijs en zijn neus en oorlellen waren gigantisch. De grote ogen die Strike aan een basset deden denken hingen tegenwoordig nog sterker omlaag. Ricci's mond hing een beetje open toen hij door een van de Poolse verpleegsters naar het plein werd geduwd. Ze praatte opgewekt tegen hem, maar kreeg geen reactie.

'Enid, lieverd, gaat het?' riep de zwarte verpleegkundige naar een frêle uitziende oude dame met de muts van lammy, een eindje voor hem, en ze knikte lachend.

Robin gaf het groepje een voorsprong en ging er toen achteraan. Een van de verzorgers maakte het hek open en het gezelschap ging de tuin in. Robin liep het parkje rond met haar telefoon aan haar oor, alsof ze in gesprek was. Typisch, dacht Robin, om uitgerekend vandaag hakken te dragen; ze had natuurlijk nooit gedacht dat zich een kans zou voordoen om naar Ricci toe te lopen en een praatje met hem te maken.

Het groepje van het verpleeghuis was blijven staan naast paars-met-gele bloembedden en Ricci werd in zijn rolstoel naast een leeg bankje geparkeerd. De verzorgers stonden een beetje met elkaar te praten, en met de oude dames die daartoe in staat waren, terwijl de oude man met een lege blik over het gazon uitkeek.

Als ze nou gewoon haar gympen aan had gehad, had Robin misschien over het hekje kunnen klimmen en ongezien de tuin binnen kunnen komen. Ze zag een groepje bomen waarachter ze door de verzorgers niet te zien zou zijn, en dan had ze voorzichtig naar Ricci toe kunnen lopen en had ze er op zijn minst achter kunnen komen of hij dement was of niet. Dat zat er in die jurk en op die hoge hakken helaas niet in.

Toen Robin het parkje rond was gelopen zag ze Saul Morris haar kant op komen. Morris was vroeg, zoals altijd als Robin degene was die hij moest aflossen.

Hij gaat meteen iets zeggen over de bril of mijn schoenen, dacht Robin.

'Hoge hakken,' zei Morris zodra hij binnen gehoorsafstand was, en hij nam haar met zijn helderblauwe ogen van top tot teen op. 'Ik geloof niet dat ik je ooit eerder op hakken heb gezien. Grappig, het valt me eigenlijk nu pas op dat je lang bent. Sexy bril ook.'

Voor Robin hem ervan kon weerhouden had hij zich al voorovergebogen en haar een kus op haar wang gegeven.

'Ik ben de man met wie je een blind date hebt,' zei hij met een knipoog terwijl hij zijn rug weer rechtte.

'Hoe verklaren we dan dat ik je hier zo meteen alleen achterlaat?' vroeg Robin met een strak gezicht. Morris lachte er veel te hard om, zoals hij ook altijd om Strikes flauwste grapjes deed.

'Geen idee... Wat moet er gebeuren wil jij weglopen van een blind date?'

Dat jij die blind date blijkt te zijn, dacht Robin, maar ze ging niet op de vraag in, keek op haar horloge en zei: 'Als jij het nu van me kunt overnemen, ga ik...'

'Daar komen ze aan,' zei Morris zacht. 'O, die ouwe is er vandaag ook bij, zie ik. Ik vroeg me al af waarom je bij de voordeur weg was gegaan.'

Die opmerking irriteerde Robin bijna net zo erg als zijn flirterige gedrag. Hoe kon hij nou denken dat ze bij de voordeur weg was gegaan als hun doelwit zich niet had verplaatst. Toch bleef ze naast hem staan wachten terwijl het groepje verzorgers en bewoners, dat blijkbaar had besloten dat twintig minuten frisse lucht wel genoeg was, hen aan de overkant van de straat passeerde en terugliep naar het verpleeghuis.

'Mijn kinderen werden op de crèche ook zo uitgelaten,' zei Morris zacht toen het groepje voorbijliep. 'Die werden ook allemaal dik ingepakt in een wagentje door de leidsters naar buiten gereden. Er zullen er ook wel een paar bij zitten die een luier omhebben. Jezus, ik hoop niet dat ík ooit zo zal eindigen. Ricci is nog de enige man ook, die arme sodemieter.'

'Volgens mij worden ze heel goed verzorgd,' zei Robin.

'Daar gaan we, Enid!' hoorde ze de verpleegkundige uit Trinidad roepen.

'Maar het is wel alsof je weer kind bent, toch?' Morris volgde de stoet rolstoelen met zijn blik. 'Maar dan zonder de voordelen.'

'Zoiets, ja. Oké, dan ga ik, als jij het nu verder kunt overnemen?'

'Ja hoor, prima. Waar ga je eigenlijk naartoe, zo netjes aangekleed?'

'Ik heb een afspraak met Strike.'

'Aha,' zei Morris met opgetrokken wenkbrauwen, 'op die manier...'

'Nee, niet op die manier. We hebben een gesprek met iemand in een heel chic hotel.'

'O, sorry.'

Maar de manier waarop hij haar gedag zei had iets vreemd zelfvoldaans, tegen het samenzweerderige aan. Pas toen Robin aan het eind van de straat was aangekomen kwam de vervelende gedachte in haar op dat Morris de bitse toon waarmee ze had ontkend dat ze een date met Strike had wel eens helemaal verkeerd had kunnen opvatten; dat hij misschien had gedacht dat Robin hem duidelijk wilde maken dat ze niet bezet was.

Was Morris nou echt zo de weg kwijt dat hij dacht dat Robin diep in haar hart hoopte dat zijn niet erg subtiele geflirt tot iets tussen hen zou kunnen leiden? Dat kón hij toch niet denken? Zelfs na tweede kerstdag, toen ze hem de huid vol had gescholden omdat hij haar die dickpic had gestuurd? Ze wilde het eigenlijk niet geloven, maar ze was bang dat het antwoord 'ja' luidde. Morris was stomdronken geweest toen ze zo tegen hem tekeer was gegaan, en wellicht niet in staat om te beoordelen hoe verschrikkelijk kwaad ze was geweest en hoezeer ze van hem had gewalgd. Hij had onmiddellijk na het voorval de indruk gewekt zich er oprecht voor te schamen, dus had ze zichzelf ertoe gezet vriendelijker tegen hem te zijn dan ze eigenlijk wilde, louter omdat ze het team hecht wilde houden. Het gevolg daarvan was geweest dat Morris weer was vervallen in zijn gedrag van vóór de dickpic. Ze reageerde alleen maar op de berichtjes die hij 's avonds laat stuurde, voornamelijk met moppen en pogingen tot lolligheid, om te voorkomen dat ze vervolgens allemaal berichtjes met *Heb ik je beledigd?* van hem kreeg. Nu bedacht ze dat wat zij als professioneel gedrag beschouwde door Morris misschien wel als aanmoediging werd opgevat. Uit alles wat hij over het werk tegen haar zei kon ze opmaken dat hij haar beschouwde als minder kundig en minder ervaren dan de rest van de medewerkers. Misschien dacht hij ook wel dat ze naïef genoeg was om zich gevleid te voelen door de aandacht van een man die ze in werkelijkheid een neerbuigende gladjanus vond.

Morris hield eigenlijk niet van vrouwen, bedacht Robin terwijl ze naar de metro liep. Hij wilde natuurlijk wel seks met ze, maar dat was een heel ander verhaal: Robin, die voor altijd getekend was door de onuitwisbare herinnering aan de man met het gorillamasker, wist als geen ander dat naar iemand verlangen en iemand aardig vinden twee totaal verschillende zaken waren, die elkaar soms uitsloten. Morris verried zichzelf voortdurend, niet alleen door de manier waarop hij tegen Robin sprak, maar ook door zijn idee om mevrouw Smith 'Rich Bitch' te noemen, door het feit dat hij elke vrouw die zij volgden corrupte of provocerende motieven toedichtte, door de amper verholen afkeer waarmee hij had gezegd dat Mucky Ricci zich nu gedwongen zag om in een tehuis met alleen maar vrouwen te wonen. *Jezus, ik hoop niet dat ík ooit zo zal eindigen.*

Robin liep nog even verder en bleef toen met een ruk staan, wat haar een bevreemde blik van een langslopende parkeerwachter opleverde. Ze had opeens een idee gekregen door wat Morris net tegen haar had gezegd of eigenlijk had het idee zich in één klap in haar hoofd naar voren gedrongen, en ze wist dat het al een hele tijd in haar onderbewustzijn had liggen wachten tot zij het zou toelaten.

Ze deed een stap opzij om voorbijgangers niet in de weg te staan, haalde haar telefoon tevoorschijn en bekeek de lijst met parafilieën die ze had geraadpleegd toen ze somnofilie opzocht.

Infantilisme.

'O god,' mompelde Robin. 'Dat is het. Dat moet het zijn.'

Ze belde Strike, maar kreeg zijn voicemail; hij zat vast al in de metro, op weg naar het Stafford. Ze dacht heel even na en belde toen Barclay.

'Hé daar,' zei de Schot.

'Sta jij nog bij Elinor Dean voor de deur?'

'Ja.'

'Is er iemand bij haar binnen?'

'Nee.'

'Sam, ik denk dat ik weet wat ze voor die mannen doet.'

'Wat dan?'

Robin vertelde het hem. Er volgde een lange stilte. 'Je bent niet goed wijs, Robin,' zei Barclay toen met zijn Schotse accent.

'Zou kunnen. Maar de enige manier om dat zeker te weten is bij haar aan te bellen en te vragen of ze het voor je wil doen. Zeg maar dat GB haar bij je heeft aanbevolen.'

'Rot op, gek,' zei Barclay. 'Weet Strike hiervan?'

'Sam, we hebben nog een week de tijd en dan trekt de klant de stekker eruit. Het ergste wat er kan gebeuren is dat ze het ontkent. Veel meer kansen krijgen we niet.'

Ze hoorde Barclay een diepe zucht slaken.

'Oké dan, maar als het niet zo is, is het jouw schuld.'

Robin liep snel door naar het metrostation en vroeg zich onderweg af of ze hier verstandig aan had gedaan. Zou Strike het stom van haar vinden dat ze Barclay puur op basis van een vermoeden naar binnen had gestuurd? Maar ze hadden nog maar een week de tijd voordat de klant de geldkraan dichtdraaide: wat hadden ze te verliezen?

Het was zaterdagavond en toen Robin op het overvolle perron aankwam, reed er net een metro voor haar neus weg. Tegen de tijd dat ze op station Green Park buiten kwam was de kans verkeken dat ze vroeg bij de American Bar zou aankomen, waarop ze had gehoopt zodat Strike en zij nog even met elkaar konden praten voordat Oakden arriveerde. Maar het werd nog erger: toen ze in stevige pas St James's Street door liep, zag ze dat het eind van de straat werd geblokkeerd door een grote menigte, die door de politie in bedwang werd gehouden, en het voelde als een déja vu. Robin ging langzamer lopen en vroeg zich af of het haar zou lukken om door de dichte mensenmassa heen bij het Stafford te komen, maar toen werd ze ingehaald door een paar rennende paparazzi die achter een stoet zwarte Mercedessen aan gingen. Ze zag de fotografen hun lenzen tegen de ruiten drukken, en op dat moment drong tot haar door dat de menigte in de verte 'Jon-ny! Jon-ny!' scandeerde. Door het raampje van een van de auto's die die kant op reden ving Robin een glimp op van een vrouw met een Marie Antoinette-pruik op. Pas toen ze bijna onder de voet werd gelopen door twee rennende handtekeningenjagers, allebei met een poster van de Deadbeats in de hand, besefte Robin met een schok van opwinding dat de Jonny wiens naam werd gescandeerd Strikes vader was.

'Shit,' zei ze hardop, en ze draaide zich op haar hakken om, holde snel terug en haalde ondertussen haar telefoon uit haar zak. Ze wist dat het Stafford nog een andere ingang had, via Green Park. Ze zou niet alleen te laat komen, maar er was opeens ook een verschrikkelijk vermoeden bij haar opgekomen. Waarom had Oakden erop gestaan om op uitgerekend vanavond af te spreken? En waarom moest het per se in dit café plaatsvinden, zo dicht bij een feest waarop, zo vreesde ze, Strikes vader zou verschijnen. Wist Strike wat er vlakbij stond te gebeuren, had hij zich dat gerealiseerd?

Ze belde hem, maar hij nam niet op. Onder het lopen stuurde ze hem een berichtje.

Cormoran, ik weet niet of je dit weet, maar Jonny Rokeby treedt om de hoek op. Ik denk dat Oakden je erin probeert te luizen.

Terwijl ze op een drafje verder liep omdat ze al vijf minuten te laat was, besefte ze dat ze Strike zojuist voor het eerst had laten weten dat ze wist wie zijn vader was.

Toen ze in Green Park aankwam, zag ze vanuit de verte een politieagent bij de achteringang staan, die samen met een van de hotelmedewerkers-met-bolhoed beleefd maar vastberaden twee mannen met telelenzen wegstuurde.

'Het spijt me, hier kunt u niet naar binnen,' zei de politieagent. 'Alleen voor vanavond. Als u in het hotel moet zijn, moet u de hoofdingang nemen.'

'Wat is er aan de hand?' vroeg een man in pak, die hand in hand liep met een mooie Aziatische vrouw in een *cheongsam*-jurk. 'We hebben een reservering in het restaurant! Waarom mogen we er niet door?'

'Het spijt me erg, meneer, maar er is een optreden in Spencer House,' legde de portier uit, 'en de politie heeft ons gevraagd om mensen tegen te houden die hierlangs willen.'

De twee mannen met de camera's draaiden zich vloekend om en renden terug in de richting waaruit Robin gekomen was. Ze boog haar hoofd toen ze haar passeerden, blij dat ze nog steeds de overbodige bril op had, want een paar jaar geleden had tijdens een rechtszaak haar foto in de krant gestaan. Misschien was het paranoïde van haar, maar Robin was bang dat de journalisten het Stafford niet probeerden te gebruiken om sneller bij Rokeby en zijn gasten te komen, maar juist bij de zoon met wie hij geen contact meer had.

Nu de fotografen vertrokken waren, stond de portier met de bolhoed de vrouw in de cheongsam en haar metgezel toe het hotel binnen te gaan, en nadat hij Robin met een scherpe blik van top tot teen had bekeken, kwam hij blijkbaar tot de conclusie dat ze geen fotograaf was en stond hij haar toe door het hek een binnenplaats te betreden, waar goedgeklede gasten onder de buitenverwarming stonden te roken. Ze keek op haar mobiel, zag dat Strike niet op haar bericht had gereageerd en liep snel het trapje naar de American Bar op.

Het was een prettige, elegante ruimte, ingericht met donker hout en leer, met aan het plafond vaantjes en honkbalpetten van allerlei Amerikaanse staten en universiteiten. Robin zag Strike meteen staan, aan de bar, in pak, waar het licht vanachter de rijen flessen tegen de wand zijn norse gezicht bescheen.

'Cormoran, ik heb je net...'

'Als je me wilt gaan vertellen dat mijn vader hier om de hoek is,' zei Strike afgemeten, 'dat weet ik al. Maar die klootzak weet nog niet dat ik doorheb dat hij me erin probeert te luizen.'

Robin keek even naar de verste hoek in het café. Daar zat Carl Oakden, wijdbeens, met een arm over de rugleuning van de leren bank. Hij droeg een pak maar geen das, en hij wilde met zijn houding duidelijk uitstralen dat hij zich op zijn gemak voelde in deze mondaine omgeving. Met zijn iets te dicht bij elkaar staande ogen en smalle voorhoofd leek hij nog steeds op de jongen die jaren geleden de kristallen schaal van Roys moeder had kapotgegooid.

'Ga jij met hem praten. Hij wil iets eten, ik ben de kaart aan het halen,' mompelde Strike. 'We waren net over Steve Douthwaite begonnen. Dorothy schijnt die vent nooit te hebben vertrouwd.'

Robin liep naar Oakden toe en hoopte maar dat Strike zich zou weten in te houden. Ze had maar één keer meegemaakt dat hij tegenover een getuige zijn zelfbeheersing verloor, en dat wilde ze niet nog een keer zien gebeuren.

'Meneer Oakden?' Ze stak hem met een glimlach haar hand toe. 'Ik ben Robin Ellacott, we hebben elkaar over de mail...'

'Dat weet ik,' zei Oakden, en hij draaide langzaam zijn hoofd en bekeek haar grijnzend van top tot teen. Hij negeerde haar uitgestoken hand, en Robin merkte dat hij het expres deed. Omdat ze niet wilde laten blijken dat ze doorhad dat hij haar probeerde te schofferen, trok ze haar regenjas uit.

'Leuke bar,' zei ze vriendelijk. Ze ging tegenover hem zitten. 'Ik was hier nooit eerder geweest.'

'Hij neemt je normaal gesproken zeker mee naar goedkopere tenten?'

'Cormoran vertelt me net dat u nog weet dat uw moeder het over Steve Douth...'

'Meisje,' zei Oakden, nog steeds wijdbeens en met een arm over de leuning van de leren bank, 'ik heb je al gezegd dat ik me niet met assistentes of secretaresses laat afschepen. Ik praat met hem of ik praat met niemand.'

'Ik ben Cormorans...'

'Dat geloof ik graag,' zei Oakden gniffelend. 'Hij kan nu natuurlijk niet meer van je af, hè?'

'Pardon?'

'Nadat je bent neergestoken toen je mannenwerk probeerde te doen.' Oakden bracht met een blik op haar onderarm zijn cocktailglas naar zijn mond. 'Je zou hem waarschijnlijk kapot procederen als hij het zou proberen.'

Oakden, die blijkbaar zijn huiswerk over de detectives had gedaan, genoot duidelijk van zijn grove opmerkingen. Robin kon alleen maar bedenken dat de oplichter ervan uitging dat ze zo om zijn informatie zat te springen dat ze bereid was zijn onbeschofte gedrag voor lief te nemen. Hij leek zich te hebben voorgenomen om zo veel mogelijk plezier aan deze ontmoeting te beleven: gratis alcohol en een maaltijd, en een vrouw schofferen die hoogstwaarschijnlijk toch niet zou weglopen. Robin vroeg zich af met welke krant of welk fotoagentschap hij contact had gezocht met het voorstel om Strike naar een locatie te lokken op een paar honderd meter van het feest ter ere van zijn vader, en hoeveel het Oakden zou opleveren als ze een foto wisten te maken van Strike die zijn vader openlijk schoffeerde, of als ze de detective een boze opmerking wisten te ontlokken die ze konden gebruiken.

'Alsjeblieft.' Strike gooide twee in leer gebonden menukaarten op tafel en ging zitten. Hij had er niet aan gedacht iets te drinken voor Robin mee te nemen. Oakden pakte een kaart en bladerde die langzaam door. Hij leek het leuk te vinden om hen te laten wachten.

'Ik neem de clubsandwich,' zei hij uiteindelijk, en Strike wenkte een ober. Toen de bestelling was opgenomen, richtte Strike zich weer tot Oakden.

'Goed, je zei dus dat je moeder Douthwaite nogal...'

'O, ze vond hem een echte charmeur,' zei Oakden. Robin zag dat zijn blik steeds naar de ingang van de bar ging, en ze wist zeker dat hij zat te wachten op binnenstormende fotografen. 'Gladde jongen, je kent dat type wel. Flirten met de grietjes van de receptie. Dat mens zei dat hij iedereen probeerde te versieren. De assistente werd helemaal giechelig als hij er was en alles.'

Robin moest denken aan het huppelende zwarte geraamte in Talbots schrift, en aan de woorden die naast Crowleys afbeelding van de dood geschreven stonden: *Fortuna zegt dat Pallas Athene, Ceres, Vesta en Cetus* RODE VROUWEN *zijn die* HET BEEST BERIJDEN...

'Dacht je moeder dat hij een oogje op dokter Bamborough had?'

Oakden nam een slokje van zijn cocktail en smakte met zijn lippen.

'Nou ja, die Margot...' Hij stootte een lachje uit, en Robin voelde bij zichzelf een irrationele ergernis over het feit dat Oakden de voornaam van de vermiste dokter gebruikte, 'dat was natuurlijk echt iemand die van twee walletjes wilde eten, hè?'

'Wat moet ik me daarbij voorstellen?' vroeg Strike.

'Eerst bunny.' Oakden nam nog een slokje. 'Haar benen en tieten showen, en dan snel die witte jas aan...'

'Ik geloof niet dat huisartsen een witte jas dragen.'

'Bij wijze van spreken. Echt een kind van haar tijd, of niet soms?'

'Hoe bedoel je?'

'De opkomst van de gynocentrische samenleving.' Oakden maakte een lichte buiging naar Robin, die zijn smalle hoofd plotseling op de kop van een hermelijn vond lijken. 'Eind jaren zestig, begin zeventig, toen is het allemaal begonnen, nietwaar? Eerst kwam de pil: neuken zonder consequenties. Het lijkt alsof dat gunstig is voor de man, maar door vrouwen in staat te stellen de voortplantingsfunctie te vermijden of te ondermijnen, onderdruk je de natuurlijke en gezonde patronen van ons seksleven. Je krijgt een gynocentrisch rechtssysteem, dat altijd partij trekt voor de vrouw, zelfs als ze de kinderen eigenlijk helemaal niet wilde. Je krijgt een misandristisch autoritair systeem, vermomd als strijd voor gelijke rechten, dat het denken, spreken en het natuurlijke gedrag van de man aan banden legt. En vervolgens krijg je de wijdverbreide seksuele uitbuiting van mannen. De Playboy Club, het slaat allemaal nergens op. Wel kijken, maar niet aankomen. De oude leugen van de hoofse liefde. De vrouw moet aanbeden worden, de man moet dokken, maar komt nooit aan zijn trekken. Zielenpoten zijn het, de mannen die in dat soort tenten komen.

Bamborough zorgde niet voor haar eigen kind.' Oakdens ogen schoten weer naar de ingang en toen terug naar Strike. 'Ze neukte niet met haar eigen man, heb ik me laten vertellen, want hij was bijna altijd te ziek. Maar hij had geld zat, dus ze neemt een nanny en gaat de baas spelen over de mannen op haar werk.'

'Over wie speelde ze specifiek de baas?' vroeg Strike.

'Nou, Douthwaite is de laatste keer dat hij bij haar was zo ongeveer huilend de praktijk uit gerend, volgens mijn moeder. Maar zo is onze cultuur al sinds de jaren zestig, of niet soms? Mannen die het zwaar hebben zoeken het maar lekker uit. En maar janken als een man instort, als hij er niet meer tegen kan, als hij door het lint gaat. Als Douthwaite haar heeft omgelegd, wat ik persóónlijk niet denk,' zei Oakden met een weids gebaar, en Robin bracht zichzelf in herinnering dat Carl Oakden Steven Douthwaite hoogstwaarschijnlijk nooit had gezien en dat hij veertien was geweest toen Margot verdween, 'maar áls hij het gedaan heeft, durf ik te wedden dat het is omdat ze heeft gezegd dat hij zich niet zo moest aanstellen. Alleen vrouwen bloeden, toch?' zei hij met een minachtend lachje. 'Waar of niet?' beet hij Robin toe. 'Aha, daar is mijn sandwich.'

Terwijl de ober zijn bestelling voor hem neerzette stond Robin op en liep naar de bar, waar de mooie vrouw in de cheongsam stond met haar partner. In het licht van de rijen flessen drank leek haar haar op zwarte zijde. Ze bestelden allebei een cocktail en leken te genieten van elkaars gezelschap. Robin vroeg zich opeens vluchtig af of zij zich ooit weer zou voelen als deze twee mensen. In haar werk werd ze bijna dagelijks herinnerd aan de vele manieren waarop mannen en vrouwen elkaar pijn konden doen.

Terwijl ze voor zichzelf tonic bestelde, ging haar telefoon. Ze hoopte dat het Barclay zou zijn, maar zag de naam van haar moeder staan. Misschien dat Linda ter ore was gekomen dat Sarah zwanger was. Matthew was misschien inmiddels met zijn aanstaande naar Masham gegaan om het blijde nieuws te vertellen. Robin zette haar telefoon op stil, betaalde haar drankje, wenste dat er alcohol in zat en liep ermee terug naar het tafeltje, waar ze Oakden nog net 'Nee, dat is niet waar' tegen Strike hoorde zeggen.

'Dus je hebt op de barbecue van dokter Bamborough geen wodka in de bowl gedaan?'

Oakden nam een grote hap van zijn gratis sandwich en kauwde die onbeschaamd weg. Ondanks zijn dunne haar en de vele rimpeltjes rond zijn ogen zag Robin door de man van vierenvijftig heen nog duidelijk de verwende puber.

'Ik heb wel wodka gepikt,' zei Oakden met volle mond, 'en die heb ik toen in de schuur opgedronken. Vreemd dat ze die hebben gemist, maar ja, de rijken zijn gierig. Zo blijven ze rijk, hè?'

'We hebben gehoord dat er iemand ziek is geworden van de bowl.'

'Daar kon ik niets aan doen.'

'Dokter Phipps schijnt nogal boos geweest te zijn, heb ik gehoord.'

'Ach, die.' Oakden grijnsde. 'Het heeft voor die ouwe Phipps toch allemaal goed uitgepakt?'

'In welk opzicht?' vroeg Strike.

'Toen zijn vrouw het veld had geruimd kon hij met de nanny trouwen. Kwam heel goed uit allemaal.'

'Je mocht Phipps niet, hè? Dat maakte ik wel op uit je boek.'

'Heb je dat gelezen?' Oakden schrok even. 'Hoe kan dat?'

'Ik heb een vooruitexemplaar op de kop weten te tikken. Het had in '85 moeten uitkomen, klopt dat?'

'Ja.'

'Herinner je je het prieeltje nog dat ten tijde van die barbecue in de tuin in aanbouw was?'

Een van Oakdens oogleden trilde. Hij bracht snel een hand omhoog en streek over zijn voorhoofd, alsof hij een haar voelde kriebelen.

'Nee.'

'Het staat op de achtergrond van een van je foto's. Ze waren net met de zuilen begonnen. Ik neem aan dat de vloer al was gestort.'

'Dat kan ik me niet herinneren.'

'Lag de schuur waar je met die wodka naartoe bent gegaan er dan niet vlakbij?'

'Dat kan haast niet.'

'Nu we het toch over stelen hebben,' zei Strike, 'heb je toevallig het overlijdensbericht van dokter Brenner bij je dat je uit het huis van Janice Beattie hebt meegenomen?'

'Ik heb nooit een overlijdensbericht uit haar huis gestolen,' zei Oakden vol minachting. 'Waarom zou ik dat in godsnaam doen?'

'Om informatie te krijgen die je vervolgens kunt proberen te presenteren als informatie die je zelf hebt ingewonnen?'

'Ik hoef niets op te zoeken over Joe Brenner, ik weet genoeg over hem. Hij kwam om de week op zondag bij ons eten. Mijn moeder kookte blijkbaar lekkerder dan zijn zus.'

'Nou, vertel.' Strike klonk nu strijdlustig. 'We zijn benieuwd.'

Oakden trok zijn dunne wenkbrauwen op. Hij nam nog een hap, slikte die door en zei toen: 'Hallo zeg, dit was jouw idee. Als je niet wilt horen wat ik te zeggen heb, dan ben ik zo weg.'

'Als je niet meer te vertellen hebt dan wat er in je boek staat...'

'Brenner wilde Margot Bamborough laten schorsen. Hij kwam een keer op zondag bij ons langs, in alle staten. Dat was een paar weken voor haar verdwijning. Zo,' zei Oakden vechtlustig, 'dat heb ik niet in mijn boek gezet, omdat mijn moeder het niet wilde.'

'Waarom was dat?'

'Ze wilde hem nog steeds niet afvallen,' zei Oakden met een snuivend lachje. 'En ik wilde die arme schat indertijd te vriend houden, want het gerucht ging dat ze me uit haar testament wilde schrappen. Oude vrouwen,' zei de veroordeelde oplichter, 'zijn een beetje te beïnvloedbaar als je ze niet in de gaten houdt. In de jaren tachtig was ze dikke maatjes met de plaatselijke dominee. Ik was bang dat de poen allemaal naar de kerk zou gaan, om die stomme torenspits te vernieuwen, als ik haar niet in de gaten hield.'

'Waarom wilde Brenner Bamborough laten schorsen?'

'Ze had een keer een kind onderzocht zonder toestemming van de ouders.'

'De zoon van Janice, bedoelt u?' vroeg Robin.

'Had ik het tegen jou?' beet Oakden haar toe.

'Hou je fatsoen, ja?' grauwde Strike. 'Was het de zoon van Janice, ja of nee?'

'Zou kunnen,' zei Oakden, en Robin maakte daaruit op dat hij het niet meer wist. 'Het gaat erom dat het onethisch was, een kind onderzoeken zonder dat er een ouder bij is, en daar heeft die ouwe Joe zich toen vreselijk over opgewonden. "Hier laat ik haar voor schorsen," zei hij de hele tijd. Dát heb ik niet uit een overlijdensbericht, of wel soms?'

Oakden sloeg de rest van zijn cocktail achterover en zei: 'Doe mij er nog maar een.'

Strike negeerde dat. 'En dat was twee weken voordat Bamborough verdween?'

'Zo ongeveer, ja. Ik heb die ouwe ellendeling nog nooit zo opgewonden gezien. Hij vond het fijn om mensen te straffen, de oude Joe. Gemene rotzak was het.'

'In welk opzicht?'

'Hij zei tegen mijn moeder waar ik bij was dat ze me niet genoeg sloeg,' zei Oakden. 'Ze luisterde nog naar hem ook. Een paar dagen later probeerde ze me er met een pantoffel van langs te geven, de domme trut. Dat heb ik haar snel afgeleerd.'

'O ja? Heb je teruggeslagen?'

Oakden nam Strike eens goed op met zijn te dicht bij elkaar staande ogen, alsof hij probeerde vast te stellen of hij de informatie waard was.

'Als mijn vader nog had geleefd, had hij het recht gehad me te straffen, maar mij proberen te vernederen omdat Brenner dat had gezegd? Dat pikte ik niet.'

'Hoe hecht was je moeder met Brenner?'

Oakden fronste zijn dunne wenkbrauwen.

'Ze waren dokter en secretaresse, meer niet. Verder speelde er niets tussen hen, als je dat soms bedoelt.'

'Dus ze gingen na het eten niet even liggen samen?' vroeg Strike. 'Ze maakte geen slaperige indruk als Brenner langs was geweest?'

'Ik zou andermans moeder niet met mijn eigen moeder vergelijken, als ik jou was,' zei Oakden.

Strike nam de schimpscheut met een duistere glimlach in ontvangst. 'Heeft je moeder Brenner gevraagd om de overlijdensakte van je oma te tekenen?'

'Wat heeft dat er nou weer mee te maken?'

'Nou?'

'Geen idee,' zei Oakden, en hij keek weer even snel naar de ingang. 'Hoe kom je daarbij? Waarom vraag je dat eigenlijk?'

'Margot Bamborough was toch de arts van je grootmoeder?'

'Weet ik veel.'

'Je kunt je woordelijk herinneren wat je moeder je over Steven Douthwaite heeft verteld, tot zijn geflirt met de receptionistes en haar verhaal dat hij de laatste keer dat hij uit de praktijk wegging in tranen was aan toe, maar je weet niets meer van je eigen oma's val van de trap, waarmee ze een eind aan haar leven heeft gemaakt?'

'Daar was ik niet bij. Ik was bij een vriend van me toen het gebeurde. Toen ik thuiskwam zag ik de ambulance.'

'Dus je moeder was toen alleen thuis?'

'Wat heeft dit in godsnaam...'

'Hoe heette die vriend bij wie je toen was?' Strike pakte nu voor het eerst zijn notitieboekje erbij.

'Wat is dit?' vroeg Oakden met een halfhartig lachje, terwijl hij het laatste stuk van zijn sandwich op zijn bord liet vallen. 'Wat probeer je nou godverdomme te suggereren?'

'Wil je ons niet vertellen hoe hij heet?'

'Waarom zou ik verdomme... Het was een schoolvriend van me...'

'Het kwam jou en je moeder wel goed uit hè, dat de oude Maud van de trap viel,' zei Strike. 'Ik heb begrepen dat ze in haar toestand nooit alleen de trap af had mogen gaan. Je hebt het huis toch geërfd?'

Oakden begon heel langzaam zijn hoofd te schudden, alsof hij zich erover verbaasde dat Cormoran Strike opeens zo stom bleek te zijn.

'Serieus? Probeer je nou...? Wauw. Wauw.'

'Dus je gaat me niet vertellen hoe die schoolvriend van je heet?'

'Wauw,' zei Oakden, en hij probeerde te lachen. 'Je kunt niet zomaar...'

'... een bevriende journalist iets influisteren, met als strekking dat je langdurige loopbaan in het oplichten van oude vrouwtjes is begonnen met een harde duw in de rug van je oma? Nou, reken maar dat ik dat kan.'

'Nou moet je eens even heel goed...'

'Ik weet dat jij denkt dat ík er hier vanavond in word geluisd.' Strike boog zich naar hem toe. Zijn lichaamstaal was onmiskenbaar dreigend, en vanuit haar ooghoeken zag Robin de vrouw met het zwarte haar in de cheongsam en haar partner gealarmeerd toekijken, allebei met hun glas aan de mond. 'Maar de politie is nog steeds in bezit van een briefje uit 1985 waarin staat dat ze onder het johannieterkruis moeten gaan graven. Sindsdien zijn de DNA-technieken een stuk beter geworden. Ik denk dat ze op basis van het speeksel op de flap van de envelop wel een goede match kunnen vinden.'

Oakdens ooglid trilde weer.

'Jij dacht dat je weer wat belangstelling voor de zaak-Bamborough zou kunnen opwekken hè, om het publiek te interesseren voor dat waardeloze boek van je?'

'Het is nooit mijn...'

'Ik waarschuw je. Als je met de pers over mij en mijn vader gaat praten of vertelt dat ik aan de zaak-Bamborough werk, zorg ik ervoor dat je wordt gepakt vanwege dat briefje. En mocht dat niet lukken, dat zet ik al mijn medewerkers aan het werk om elke steen van jouw miezerige leventje om te draaien tot ik iets anders over je heb gevonden waarmee ik naar de politie kan. Begrepen?'

Oakden, die even van zijn stuk gebracht leek, herstelde zich snel. Hij wist zelfs opnieuw een lachje te produceren.

'Je kunt mij niet verbieden te schrijven wat ik wil. We hebben hier vrijheid van...'

'Ik waarschuw je,' zei Strike nog een keer, iets luider nu, 'voor wat er gebeurt als je dit onderzoek gaat dwarsbomen. En die fucking sandwich betaal je zelf.'

Strike stond op en Robin, die dit niet had zien aankomen, pakte snel haar jas en ging ook staan.

'Cormoran, laten we de achteruitgang nemen,' zei ze, met het oog op de twee fotografen die aan de voorkant op de loer stonden, maar ze hadden nog geen twee stappen gezet toen ze Oakden hoorden roepen.

'Je denkt zeker dat ik bang ben voor dat klotebureau van je? Lekkere detective ben jij!' zei hij, en nu draaiden bijna alle hoofden zich hun kant op. Robin keek om en zag dat Oakden ook was opgestaan: hij was achter het tafeltje vandaan gekomen en stond nu midden in de bar, duidelijk van plan om een scène te schoppen.

'Strike, laten we alsjeblieft gewoon gaan.' Robin had het gevoel dat het nu echt bonje werd. Oakden was duidelijk vastbesloten om iets verkoopbaars aan de ontmoeting over te houden, of in elk geval een verhaal waarin hij als winnaar uit de bus kwam. Maar Strike had zich al omgedraaid naar de man die ze ondervraagd hadden.

'Je wist verdomme niet eens dat er om de hoek een feest was voor je eigen fucking vader,' zei Oakden luidkeels, en hij wees in de richting van Spencer House. 'Zou je niet even langsgaan om hem te bedanken dat hij je moeder op een stapel zitzakken heeft liggen neuken terwijl er vijftig man stond toe te kijken?'

Robin zag voor haar ogen gebeuren waarvoor ze al bang was geweest, in slow motion, leek het wel: Strike haalde uit naar Oakden. Ze probeerde Strikes arm vast te grijpen die hij naar achteren had getrokken om een vuistslag uit te delen, maar ze was te laat: zijn elleboog knalde tegen Robins voorhoofd, waardoor haar bril doormidden brak. Ze kreeg donkere vlekken voor haar ogen, en voor ze het wist lag ze languit achterover op de vloer.

Robins poging om in te grijpen had de oplichter een paar seconden de tijd gegeven om weg te duiken, en in plaats van een vuistslag te krijgen die hem wellicht knock-out had geslagen, werd hij maar net langs zijn oor geschampt. Ondertussen besefte de ziedende Strike, die amper doorhad dat iemand zijn arm had tegengehouden, pas wat hij gedaan had toen hij overal in de bar gasten zag opspringen, hun blikken gericht op de vloer achter hem. Hij draaide zich om en zag Robin liggen, met haar handen voor haar gezicht terwijl er een straaltje bloed uit haar neus liep.

'Shit!' brulde hij.

De jonge barkeeper was achter de toog vandaan komen rennen. Oakden beweerde luidkeels dat hij was aangevallen. Nog enigszins dizzy, terwijl de tranen van pijn over haar wangen rolden, liet de vernederde Robin zich overeind helpen door twee grijze Amerikanen die een welvarende indruk maakten en erop stonden dat er een dokter voor haar zou komen.

'Nee, niks aan de hand,' hoorde ze zichzelf zeggen. Strikes elleboog was keihard tussen haar wenkbrauwen terechtgekomen, en ze merkte pas dat ze een bloedneus had toen ze per ongeluk bloed op het witte overhemd van de vriendelijke Amerikaan druppelde.

'Robin, shit...' zei Strike.

'Meneer, ik moet u vragen...'

'Ja, we gaan hier beslist weg,' zei Robin bespottelijk beleefd tegen de ober, terwijl haar ogen traanden en ze het bloed uit haar neusgaten probeerde te stelpen. 'Ik moet alleen... O, dank u wel,' zei ze tegen de Amerikaanse vrouw, die Robin haar regenjas aanreikte.

'Bel de politie!' riep Oakden. Dankzij Robins ingrijpen was hij volkomen ongedeerd. 'Laat iemand verdomme de politie bellen!'

'Ik ga geen aangifte doen,' zei Robin tegen niemand in het bijzonder.

'Robin... het spijt me ont...'

Terwijl er nog steeds warm bloed op haar kin druppelde, greep Robin Strike vast bij zijn mouw. 'Kom nou maar mee.'

Onderweg naar buiten trapte ze op het gebarsten glas van haar bril. De bar was stilgevallen, alle klanten keken hen na.

58

His louely words her seemd due recompence
Of all her passed paines: one louing howre
For many yeares of sorrow can dispence:
A dram of sweete is worth a pound of sowre:
Shee has forgott, how many, a woeful stowre
For him she late endurd; she speakes no more
Of past...
Before her stands her knight, for whom she toyld so sore.

Edmund Spenser
The Faerie Queene

'Robin...'

'Níét zeggen dat ik je niet had moeten tegenhouden,' zei ze met opeengeklemde kaken toen ze op een drafje de binnenplaats over liepen. Ze zag wazig door de tranen van de pijn. Rokers draaiden zich om om haar aan te gapen toen ze voorbijliep en haar bloedneus probeerde te stelpen. 'Als die klap raak was geweest, zaten we nu daarbinnen op de politie te wachten.'

Tot Robins opluchting stonden er geen paparazzi op hen te wachten toen ze Green Park in liepen, maar ze was bang dat het, na de scène die Strike net had geschopt, niet lang zou duren voor ze weer achter hen aan kwamen.

'We nemen een taxi.' Strike werd helemaal in beslag genomen door een combinatie van schaamte en woede jegens Oakden, zijn vader, de pers en zichzelf. 'Luister, je hebt gelijk...'

'Dat weet ik, bedankt!' zei ze een beetje onbeheerst.

Niet alleen klopte haar gezicht pijnlijk, ze vroeg zich inmiddels ook af waarom Strike haar niet had gewaarschuwd voor dat feest van Rokeby; waarom hij zich daar door die derderangs opportunist van een Oakden naartoe had laten lokken, zonder rekening te houden met de consequenties die dat voor hun onderzoek en voor het bureau kon hebben.

'Taxi!' brulde Strike, zo hard dat Robin ervan schrok. Ze hoorde ergens vlakbij mensen rennen.

Een zwarte taxi hield stil, en Strike duwde Robin erin. 'Denmark Street,' riep hij naar de chauffeur, en toen die weer gas gaf, hoorde Robin fotografen schreeuwen.

'Niks aan de hand.' Strike draaide zich om om naar buiten te kijken. 'Ze zijn lopend. Fuck, Robin... het spijt me echt.'

Ze had een spiegeltje uit haar tas gehaald om haar gehavende gezicht te fatsoeneren en veegde nu het bloed van haar bovenlip en kin. Het zag ernaar uit dat ze twee blauwe ogen zou krijgen: ze werden allebei snel dik.

'Zal ik je naar huis brengen?' vroeg Strike.

Ze was woedend op hem en vocht tegen de tranen van de pijn, en ze voorzag al hoe verbaasd en nieuwsgierig Max zou reageren als hij haar in deze toestand zag; ze voorzag al dat ze wéér luchtig zou moeten doen over verwondingen die ze tijdens haar werk had opgelopen. Ze bedacht ook dat ze al dagen niets te eten in huis had gehaald.

'Nee, geef me liever iets te eten en een stevige borrel.'

'Komt voor elkaar,' zei Strike, die blij was dat hij iets goed kon maken. 'Is een afhaalmaaltijd oké?'

'Nee,' zei ze sarcastisch, en ze wees naar haar snel blauw wordende ogen. 'Ik wil graag naar het Ritz.'

Hij begon te lachen, maar riep zichzelf tot de orde toen hij zag hoe belabberd haar gezicht eraan toe was. 'Misschien kunnen we beter naar de eerste hulp gaan.'

'Doe niet zo idioot.'

'Robin...'

'Het spijt je. Ik weet het. Dat heb je al gezegd.'

Strikes telefoon ging. Hij keek snel op het schermpje: Barclay kon wel even wachten, besloot hij, en hij zette hem op stil.

Drie kwartier later zette de taxi hen af aan het eind van Denmark Street met een Indiase afhaalmaaltijd en een paar rinkelende flessen. Eenmaal boven trok Robin zich terug op de wc op de overloop, waar ze met een prop nat wc-papier het opgedroogde bloed uit haar neusgaten en van haar kin veegde. Twee steeds dikkere, roodpaarse zwellingen met daarin haar ogen keken haar in de gebarsten spiegel aan. Op haar voorhoofd had ze een blauwe plek.

Binnen had Strike, die de curry normaal gesproken rechtstreeks uit het foliebakje naar binnen werkte, nu een allegaartje van borden en messen en vorken gepakt, en omdat Robin een stevige borrel wilde ging hij naar zijn kamers boven, waar hij nog een fles van zijn favoriete merk whisky had staan. Zijn koelkast had een klein vriesvak, waarin hij ijskompressen voor zijn stomp bewaarde naast de ijsblokjesvorm. De blokjes die erin zaten waren meer dan een jaar oud, want hoewel Strike zo nu en dan graag iets sterkers dronk, gaf hij over het algemeen de voorkeur aan bier. Hij wilde met de ijsblokjesvorm weer naar beneden gaan, maar toen bedacht hij zich en liep terug om ook een van de ijskompressen mee te nemen.

'Dank je wel,' mompelde Robin toen Strike terugkwam, en ze nam het ijskompres aan dat hij haar toestak. Ze zat op de stoel van Pat, achter het bureau waar ze ooit de telefoon had aangenomen, en waar Strike nu had gedekt en de curry had neergezet. 'En ik zou het rooster voor volgende week maar aanpassen als ik jou was,' zei ze meteen, terwijl ze het ijskompres voorzichtig eerst op haar linkeroog legde, 'want ik ben met geen concealer ter wereld toonbaar te maken. Weinig kans dat ik met twee blauwe ogen iemand kan schaduwen zonder op te vallen.'

'Fuck, Robin,' zei hij toch weer, 'het spijt me echt. Ontzettend stom van me... ik wilde gewoon... Wat wil je, wodka, whisky?'

'Whisky. Met ijs.'

Strike schonk voor hen allebei een driedubbele in.

'Het spijt me,' zei hij weer, terwijl Robin een slok scotch nam, waar ze hard aan toe was, en curry begon op te scheppen. 'Jou pijn doen is wel het laatste... Onvergeeflijk. Het werd zwart voor mijn ogen, er knapte iets. De andere kinderen van mijn vader lopen me al maanden aan mijn kop te zeuren dat ik naar dat klotefeest moet,' zei Strike, terwijl hij zijn hand door zijn dikke krulletjes haalde, die nooit in de war zaten. Hij vond dat hij haar nu wel het hele verhaal verschuldigd was: de reden, of misschien wel het excuus, waarom hij zo door het lint was gegaan. 'Ze wilden een groepsfoto met ons allemaal laten maken om hem cadeau te doen. Vervolgens vertelt Al me dat Rokeby prostaatkanker heeft – wat hem er overigens niet van schijnt te hebben weerhouden om vierhonderd vrienden uit te nodigen voor een ouderwetse knalfuif... Ik heb de uitnodiging verscheurd zonder zelfs maar te kijken waar het zou zijn. Ik had moeten snappen dat Oakden iets in zijn schild voerde, maar ik heb me laten afleiden, en...'

Hij sloeg zijn halve glas achterover.

'Het valt niet goed te praten dat ik hem een kaakslag wilde verkopen, maar alles bij elkaar, de afgelopen maanden... Rokeby heeft me in februari gebeld. Voor het eerst in mijn leven. Hij probeerde me om te kopen om met hem af te spreken.'

'Probeerde hij je óm te kopen?' Robin drukte het kompres nu tegen haar andere oog en herinnerde zich weer dat ze hem op Valentijnsdag vanuit zijn kantoortje 'Sodemieter op!' had horen schreeuwen.

'Min of meer. Hij zei dat hij openstond voor suggesties om mij financieel te helpen... Nou, daar komt hij dan wel veertig jaar te laat mee.' Strike sloeg de rest van zijn whisky achterover, pakte de fles en schonk nog een glas in.

'Wanneer heb je hem voor het laatst gezien?'

'Toen ik achttien was. Ik heb hem twee keer ontmoet. De eerste keer was ik nog klein. Mijn moeder probeerde hem met mij te overvallen, voor de deur van een platenstudio.'

Hij had dit alleen ooit aan Charlotte verteld. Haar familie was in elk geval net zo gestoord en raar als die van hem, met scènes die voor andere mensen misschien bepalend zouden zijn voor een periode in hun leven – 'het was een maand voordat papa het portret van mama dat in de hal hing in brand stak, toen de lambrisering vlam vatte en de brandweer kwam en we allemaal via de ramen op de bovenverdieping geëvacueerd moesten worden' – maar voor de familie Campbell zo normaal waren dat ze er niet vreemd meer van opkeken.

'Ik dacht dat hij me wilde zien,' zei Strike. Door de schrik over wat hij Robin had aangedaan en door de whisky die in zijn keel brandde waren er herinneringen vrijgekomen die hij normaal gesproken diep weggestopt hield. 'Ik was zeven. Ik stond te trappelen, verdomme. Ik wilde er netjes uitzien, zodat hij... zodat hij trots op me zou zijn. Ik zei tegen mijn moeder dat ik mijn netste broek aan wilde. We kwamen aan bij die studio – mijn moeder had contacten in de muziekindustrie, en iemand had haar verteld dat hij daar zou zijn – maar toen wilden ze ons niet binnenlaten. Ik dacht dat er een vergissing in het spel was. De man voor de deur snapte blijkbaar niet dat mijn vader me wilde zien.'

Hij nam weer een slok. De curry stond tussen hen in koud te worden.

'Mijn moeder begon te tieren. Ze stonden haar net te bedreigen toen achter ons de manager van de band uit zijn auto stapte. Hij wist wie mijn moeder was en wilde geen scène, zo in het openbaar. Hij nam ons mee naar binnen, naar een kamertje uit de buurt van de studio. De manager probeerde haar aan haar verstand te brengen dat het een domme zet was om zomaar onverwacht langs te komen. Als ze meer geld wilde, moest ze dat via een advocaat spelen. Op dat moment drong het tot me door dat mijn vader ons helemaal niet had uitgenodigd. Ze probeerde zich daar gewoon naar binnen te werken. Ik begon te huilen,' zei Strike op ruwe toon. 'Ik wilde alleen maar weg daar... En op dat moment, terwijl mijn moeder en Rokeby's manager nog tegen elkaar stonden te tieren, kwam Rokeby binnen. Hij had geschreeuw gehoord toen hij van de wc kwam. Waarschijnlijk was hij gewoon een lijntje gaan snuiven; dat besefte ik later pas. Hij was al opgefokt toen hij binnenkwam.

En ik probeerde naar hem te glimlachen. Mijn gezicht onder het snot. Ik wilde niet dat hij me een jankerd zou vinden. Ik had gedacht dat hij me een knuffel zou geven. "Daar ben je dan eindelijk." Maar hij keek naar me alsof ik niks voorstelde. Alsof ik het kind van een fan was, in een te korte broek. Mijn broeken waren verdomme altijd te kort... Ik groeide te snel...

Toen zag hij mijn moeder, en ineens begreep hij het. Ze begonnen ruzie te maken. Ik kan me niets herinneren van wat ze tegen elkaar zeiden. Ik was een kind. Hoe haalde ze het in haar botte harses om zomaar langs te komen, daar kwam het op neer, ze had het telefoonnummer van zijn advocaat en hij betaalde al genoeg, het was haar probleem als ze het allemaal over de balk smeet. En toen zei hij: "Dit was godverdomme een ongelukje." Ik dacht dat hij bedoelde dat hij per ongeluk naar de studio was gekomen of iets dergelijks. Maar toen keek hij naar mij en ik wist: hij bedoelt míj. Ík was het ongelukje.'

'O jezus, Cormoran,' zei Robin zacht.

'Nou, je moet hem nageven dat hij wel eerlijk was. Hij liep de kamer uit. Wij gingen naar huis.

Ik heb daarna nog een tijdje de vage hoop gehad dat hij er spijt van zou krijgen. Ik kon het idee dat hij me diep in zijn hart wél wilde zien niet loslaten. Maar nee hoor.'

De zon ging nog lang niet onder, maar het werd gestaag donkerder in de kamer. De hoge gebouwen aan Denmark Street wierpen op dit uur van de avond hun schaduw over de gevel van het kantoor, en geen van beide detectives had het licht aangedaan.

'De tweede keer dat we elkaar zagen,' zei Strike, 'had ik een afspraak gemaakt met zijn management. Ik was achttien. Ik studeerde net aan Oxford. We hadden al jaren niet meer aan het geld van Rokeby gezeten. Ze waren weer een rechtszaak begonnen om mijn moeder op te leggen waar ze het wel en niet aan mocht besteden, want ze kon totaal niet met geld omgaan, ze smeet het gewoon over de balk. Maar goed, mijn oom en tante hadden Rokeby, zonder mijn medeweten, verteld dat ik op Oxford was aangenomen. Mijn moeder kreeg een brief waarin hij zei geen verplichtingen ten aanzien van mij meer te hebben nu ik achttien was, maar hij hielp haar er wel aan herinneren dat ik het geld mocht gebruiken dat op de bankrekening stond.

Ik had een afspraak met hem gemaakt op het kantoor van zijn manager. Hij was er met Peter Gillespie, die al heel lang zijn advocaat is. Die keer kon er bij Rokeby wel een glimlach af. Hij had nu dan geen financiële verplichtingen meer tegenover mij, maar ik was wel oud genoeg om met de pers te praten. Hij was er nogal van geschrokken dat ik op Oxford was aangenomen. Hij had waarschijnlijk gehoopt dat ik, met zo'n achtergrond, voor altijd stilletjes uit beeld zou verdwijnen.

Hij feliciteerde me met de toelating en zei dat ik inmiddels aardig wat spaargeld had opgebouwd, omdat mijn moeder er zes, zeven jaar lang niks van had uitgegeven.

Ik zei dat hij zijn fucking geld in zijn fucking reet kon steken en er een lucifer bij kon houden. Toen liep ik weg.

Een zelfingenomen eikel was ik. Het kwam niet in me op dat Ted en Joan zouden moeten dokken als Rokeby het niet deed, en dat gebeurde dus ook... alleen besefte ik dat veel later pas. Maar ik heb niet lang op hun zak geteerd. Na de dood van mijn moeder, halverwege mijn tweede jaar, ben ik met mijn studie gestopt en in dienst gegaan.'

'Heeft hij na de dood van je moeder geen contact met je gezocht?' vroeg Robin zacht.

'Nee. Of als hij dat wel heeft gedaan, heeft het mij nooit bereikt. Toen ik mijn been kwijt was, heeft hij me een briefje gestuurd. Ik wil wedden dat hij 'm toen wel geknepen heeft, toen hij hoorde dat ik op een bom was gereden. Hij was natuurlijk doodsbang hoe dat in de krant zou komen.

Toen ik eenmaal uit Selly Oak ontslagen was, heeft hij nog een keer geprobeerd om me geld te geven. Hij was erachter gekomen dat ik dit bureau wilde beginnen. Charlottes vrienden kenden een paar van zijn kinderen, zo heeft hij er lucht van gekregen.'

Toen Robin Charlottes naam hoorde, voelde ze iets draaien in haar maag. Strike had het zelden over haar.

'Aanvankelijk heb ik geweigerd. Ik wilde het geld niet aannemen, maar er was geen andere mafkees te vinden die aan een ex-militair met één been zonder huis of spaargeld genoeg geld wilde lenen om een detectivebureau te beginnen. Ik heb tegen die lul van een advocaat gezegd dat ik net genoeg geld wilde om het bureau te kunnen beginnen en dat ik het in termijnen zou terugbetalen. En dat heb ik ook gedaan.'

'Dat geld was dus eigenlijk gewoon van jou?' zei Robin, die zich herinnerde dat Gillespie, toen zij net bij Strike werkte, er om de paar weken bij hem op had aangedrongen om af te lossen.

'Ja, maar ik wilde het niet aannemen. Ik vond het al erg dat ik er een deel van moest lenen.'

'Gillespie deed alsof...'

'Rijke en beroemde mensen trekken nu eenmaal dat soort mensen aan. Gillespies hele ego draaide erom dat hij mijn vaders handhaver was. Die klootzak was zo ongeveer verliefd op mijn pa, of op zijn roem, weet ik veel. Ik deed nogal bot aan de telefoon toen ik hem liet weten hoe ik over Rokeby dacht, en dat kon Gillespie me niet vergeven. Ik wilde dat geld per se lenen, en daar hield Gillespie me aan, als straf omdat ik hem onomwonden te verstaan had gegeven hoe ik over die twee dacht.'

Strike werkte zich van de bank omhoog, die daarbij de gebruikelijke scheetgeluiden maakte, en schepte curry voor zichzelf op. Toen ze allebei een vol bord hadden, ging hij twee glazen water halen. Hij had de fles al voor een derde leeg.

'Cormoran,' zei Robin toen hij weer op de bank zat en aan zijn curry was begonnen. 'Je weet toch wel dat ik nooit tegen andere mensen over je vader zal praten, hè? Ik zal zelfs nooit tegen jóú over hem praten als je dat niet wilt, maar... we zijn compagnons. Je had me gewoon kunnen vertellen dat hij je lastigviel, om zo stoom af te blazen, in plaats van een getuige een ram te verkopen.'

Strike kauwde op een stukje kip jalfrezi, slikte het door en zei toen zacht: 'Ja, dat weet ik.'

Robin nam een stukje naan. Haar gezicht deed iets minder pijn: het ijskompres en de whisky hadden haar verdoofd, allebei op een andere manier. Toch duurde het nog een minuut voor ze genoeg moed verzameld had om te zeggen: 'Ik zag dat Charlotte in het ziekenhuis is opgenomen.'

Strike keek naar haar op. Hij wist natuurlijk dat Robin maar al te goed wist wie Charlotte was. Vier jaar geleden was hij zo dronken geworden dat hij bijna niet meer kon lopen en toen had hij haar veel meer verteld dan ooit zijn bedoeling was geweest, over de vermeende zwangerschap, waarvan Charlotte had volgehouden dat het zijn kind was, en waardoor ze definitief uit elkaar waren gegaan.

'Ja,' zei hij.

En toen vertelde hij Robin het verhaal over de afscheidsberichtjes, dat hij naar een telefooncel was gerend en aan de lijn was gebleven tot ze Charlotte hadden gevonden, in het struikgewas op het terrein van haar dure kliniek.

'O, jezus.' Robin legde haar vork neer. 'Wanneer wist je dat ze nog leefde?'

'Twee dagen later wist ik het zeker, toen het in de krant stond.' Hij hees zich weer overeind, schonk Robin nog wat whisky bij, schonk toen nog eens voor zichzelf in en ging weer zitten. 'Maar ik was al eerder tot de conclusie gekomen dat ze nog moest leven. Slecht nieuws verspreidt zich sneller dan goed nieuws.'

Er viel een lange stilte, waarin Robin hoopte dat ze meer te horen zou krijgen over hoe het voor hem was geweest om bij Charlottes zelfmoordpoging betrokken te zijn geweest en zo te horen haar leven te hebben gered, maar Strike at zijn curry en zei verder niets.

'Nou,' zei Robin uiteindelijk, 'ook hier geldt: misschien dat we in de toekomst eens kunnen proberen om te praten, voordat je van de stress sterft aan een hartaanval of iemand doodslaat die we moeten ondervragen.'

Strike grijnsde berouwvol. 'Ja, misschien moeten we dat een keer proberen...'

De stilte sloot zich weer om hen heen, een stilte die voor de enigszins dronken Strike dik als honing leek te worden, troostrijk en zoet, maar een beetje gevaarlijk als je er te diep in wegzakte. Vervuld van whisky, berouw en een sterk gevoel waar hij te allen tijde liever niet te lang bij stilstond, wilde hij een soort verklaring afleggen over hoe aardig en tactvol Robin was, maar hij vond alles wat in hem opkwam even onhandig en onbruikbaar: hij wilde de waarheid onder woorden brengen, maar de waarheid was gevaarlijk.

Hoe kon hij nou zeggen: 'Luister, ik doe al sinds je hier voor het eerst binnenkwam en je jas uittrok mijn best om niet verliefd op je te worden. Ik probeer dat wat ik voor je voel niet te benoemen, omdat ik toch al weet dat het te veel is, en ik wil niets meer te maken hebben met het gezeik dat liefde altijd met zich meebrengt. Ik wil alleen zijn, zonder last, en vrij.

Maar ik wil niet dat je iets met iemand anders begint. Ik wil niet dat een of andere eikel je overhaalt om voor de tweede keer te trouwen. Ik vind het een fijne gedachte dat er een kans bestaat dat wij misschien ooit...

Maar dat zou natuurlijk verkeerd aflopen, want het loopt altijd verkeerd af, want als ik het type man was voor een langdurige relatie, was ik allang getrouwd. En als het verkeerd gaat, ben ik je voor altijd kwijt, en dan is dat wat we samen hebben opgebouwd, wat letterlijk het enige mooie in mijn leven is, mijn roeping, mijn trots, mijn grootste prestatie, dat is dan voor altijd naar God, want ik vind nooit meer iemand met wie ik het leuk vind om samen de tent te runnen, zoals ik het leuk vind om met jou samen de tent te runnen, en daarna zal alles besmet zijn met de herinnering aan jou.'

Kon ze maar in mijn hoofd kijken wat zich daar afspeelt, dacht Strike, dan zou ze begrijpen dat ze een unieke plaats inneemt in mijn gedachten en gevoelens. Hij vond dat hij haar die informatie verschuldigd was, maar was bang dat hij dit gesprek daarmee een terrein op stuurde dat ze maar moeilijk weer zouden kunnen verlaten.

Maar terwijl ze daar zo zaten leek er langzaam maar zeker, met inmiddels meer dan een halve fles pure whisky achter de kiezen, een andere geest in hem te varen, en hij stelde zichzelf voor het eerst de vraag of hij wel echt de rest van zijn leven alleen wilde blijven.

Joanie denkt dat jij nog eens eindigt met je zakenpartner. Die Robin.
Alles of niets. Gewoon kijken wat er gebeurt. Alleen was het risico van een dergelijke zet het grootste dat hij ooit in zijn leven zou lopen; veel groter dan toen hij op een studentenfeest naar de andere kant van de kamer was gewankeld om Charlotte Campbell te versieren, want toen had hij, hoeveel ellende hij later door haar ook had moeten doorstaan, hooguit een lichte vernedering geriskeerd, waaraan hij een goed verhaal zou hebben overgehouden.

Robin had zoveel curry gegeten als ze maar op kon, en ze had zich er inmiddels bij neergelegd dat ze niet te horen zou krijgen wat Strike voor Charlotte voelde. Het was natuurlijk ook vergeefse hoop geweest, maar ze wilde het heel graag weten. De pure whisky die ze had gedronken had de avond iets wazigs gegeven, als een sluier van motregen, en ze werd een beetje weemoedig. Ze wist dat ze zich zonder de alcohol waarschijnlijk gewoonweg ongelukkig zou hebben gevoeld.

'Ik neem aan,' zei Strike met de fatalistische moed van een trapezeartiest die naar de schijnwerper toe zwaait, met onder zich niets dan zwarte lucht, 'dat Ilsa jou ook aan mij probeert te koppelen, hè?'

Robin, die aan de andere kant van de kamer in de schaduw zat, voelde een soort elektrische schok door haar lichaam gaan. Dat Strike er zelfs maar op zinspeelde dat een derde partij het idee had dat zij twee iets met elkaar zouden kunnen hebben was echt ongekend. Ze gedroegen zich immers altijd alsof zoiets voor hen totaal niet speelde. Ze hadden altijd gedaan alsof bepaalde gevaarlijke momenten niet waren voorgevallen, zoals die keer dat ze de groene jurk voor hem had geshowd, en die keer dat ze hem in haar bruidsjurk had omhelsd en had gevoeld dat bij hem net zo goed als bij haar de gedachte opkwam om er samen vandoor te gaan?

'Ja,' zei ze uiteindelijk. 'Ik was bang... Nou ja, ik vond het vervelend... omdat ik nooit...'

'Nee,' zei Strike vlug, 'ik heb ook nooit gedacht dat jíj...'

Ze wachtte tot hij nog iets zou zeggen, zich er plotseling heel scherp van bewust, wat nooit eerder was gebeurd, dat er pal boven hun hoofd een bed stond, op nog geen twee minuten van waar ze nu zaten. En net als Strike dacht ze: als dit gesprek de verkeerde kant op gaat, zet ik alles waarvoor ik heb gewerkt en wat ik heb opgeofferd op het spel. Dan is onze relatie voor altijd getekend door onhandigheid en ongemak.

Maar wat nog veel erger was: ze was bang om zichzelf te verraden. De gevoelens die ze had ontkend tegenover Matthew, haar moeder, Ilsa en zichzelf, moesten verborgen blijven.

'Nou, het spijt me,' zei Strike.

Wat bedoelde hij daar nou weer mee? Robins hart ging vreselijk tekeer. Ze nam een grote slok whisky en zei toen: 'Waarom zeg je dat het je spijt? Jij hebt toch niet...'

'Het is *mijn* vriendin.'

'De mijne inmiddels ook. Ik... denk dat ze het niet kan laten. Ze ziet een vriend en een vriendin die het goed met elkaar kunnen vinden...'

'Ja,' zei Strike, nu alert: waren ze niet meer dan dat? Een vriend en een vriendin? Hij wilde het onderwerp man en vrouw nog niet opgeven en zei: 'Je hebt me trouwens nog niet verteld hoe dat mediationgesprek is gegaan. Hoe komt het dat hij opeens akkoord is gegaan, nadat hij de boel zo lang heeft lopen traineren?'

'Sarah is zwanger. Ze willen trouwen voordat het kind geboren wordt... of voor ze te dik wordt voor een designerjurk, Sarah kennende.'

'Shit,' zei Strike zacht, en hij vroeg zich af hoe erg ze het vond. Hij kon haar toon niet goed peilen en zag haar ook niet goed: het kantoor was inmiddels in schaduw gehuld, maar hij wilde het licht niet aandoen. 'Is hij... Had je het verwacht?'

'Ik had het eigenlijk wel moeten zien aankomen,' zei Robin met een glimlach die Strike niet kon zien, maar die pijn deed aan haar gehavende gezicht. 'Ze begon er waarschijnlijk genoeg van te krijgen dat hij de scheiding op de lange baan schoof. Toen hij een eind aan hun verhouding wilde maken heeft ze een oorbel in ons bed achtergelaten, zodat ik die zou vinden. Ze was waarschijnlijk bang dat hij haar niet ten huwelijk zou vragen, en dus is ze vergeten de pil te slikken. Dat is toch de enige manier waarop vrouwen mannen de baas kunnen zijn?' Ze was Charlotte even vergeten, en ook de baby die ze beweerde te hebben verloren. 'Ik heb het gevoel dat ze hem gewoon verteld heeft dat ze zwanger was toen hij die eerste keer de mediation afzegde. Matthew zei dat het een ongelukje was... Misschien wilde hij het niet laten komen toen ze het hem net had verteld...'

'Wil jij kinderen?' vroeg Strike aan Robin.

'Ik dacht vroeger van wel,' zei Robin langzaam. 'Toen ik nog dacht dat Matthew en ik... Nou ja, je weet wel. Voor altijd.'

Terwijl ze het zei kwamen er herinneringen aan oude fantasieën in haar op: een gezin dat nooit had bestaan, maar dat ze ooit levendig voor zich had gezien. De avond dat Matthew haar ten huwelijk had gevraagd had ze een duidelijk beeld voor ogen gehad van hen tweeën met drie kinderen (een compromis tussen zijn jeugd, met kinderen, en haar eigen ouders, die er vier hadden). Ze had het allemaal heel duidelijk voor zich gezien: Matthew die een zoontje aanmoedigde dat op rugby zat, net als hijzelf; Matthew die naar zijn eigen dochtertje zat te kijken dat in het kerstspel van school de rol van Maria vertolkte. Het viel haar nu op dat het allemaal heel conventionele beelden waren geweest, en dat ze Matthews verwachtingen had overgenomen.

Terwijl Robin daar zo met Strike in het donker zat, bedacht ze dat Matthew een heel goede vader zou zijn voor het soort kind dat hij verwachtte. Met andere woorden: een jongetje dat op rugby wilde, of een meisje dat wilde dansen in een tutu. Hij zou foto's van hen in zijn portefeuille bij zich dragen, hij zou zich bemoeien met de gang van zaken op hun school, hij zou ze knuffelen als ze daar behoefte aan hadden, hij zou zich met hun huiswerk bemoeien. Hij was geen slecht mens: hij voelde zich schuldig als hij iets verkeerd deed. Het punt was alleen dat wat Matthew als goed beschouwde sterk beïnvloed werd door wat andere mensen deden, door wat andere mensen aanvaardbaar en wenselijk achtten.

'Maar ik weet het nu niet meer,' zei Robin na een korte stilte. 'Ik kan me niet voorstellen dat ik kinderen zou krijgen terwijl ik dit werk doe. Ik denk dat ik me verscheurd zou voelen... en ik wil me nooit meer verscheurd voelen. Matthew probeerde me altijd een schuldgevoel aan te praten over mijn werk: ik verdiende niet genoeg, ik maakte te lange dagen, ik nam te veel risico's... maar ik doe niks liever,' zei ze met even iets fels, 'en ik heb geen zin meer om me daar nog voor te moeten verontschuldigen... En jij? Wil *jíj* kinderen?'

'Nee.'

Robin moest lachen.

'Wat is er zo grappig?'

'Ik leg mijn hele ziel bloot over dit onderwerp en jij zegt gewoon: nee.'

'Ik hoor er eigenlijk niet te zijn, hè?' zei Strike vanuit het donker. 'Ik ben een ongelukje. Ik ben niet van plan om de vergissing in stand te houden.'

Er viel een stilte, en toen zei Robin op scherpe toon: 'Strike, dat is verdomme puur zelfmedelijden.'

'Hoezo?' zei hij met een geschrokken lachje. Toen hij datzelfde tegen Charlotte had gezegd, had ze hem begrepen én was ze het met hem eens geweest. Toen Charlotte een jaar of dertien, veertien was, had haar dronken moeder haar verteld dat ze had overwogen om abortus te plegen toen ze zwanger van haar was.

'Omdat je... Godsamme, je kunt toch niet je hele leven laten bepalen door de omstandigheden waarin je bent verwekt! Als iedereen die het gevolg is van een ongelukje zou stoppen met kinderen krijgen...'

'Dan waren we allemaal beter af, niet dan?' zei Strike ruw. 'De wereld is al overbevolkt genoeg. Trouwens, ik ken geen enkel kind dat bij mij het verlangen oproept om er zelf een te krijgen.'

'Jack vind je leuk.'

'Klopt, maar dat is één kind van de God weet hoeveel. De kinderen van Dave Polworth – weet je wie Polworth is?'

'Je beste vriend.'

'Mijn oudste vriend,' verbeterde Strike haar. 'Mijn beste vriend...'

Hij vroeg zich een fractie van een seconde af of hij het zou zeggen, maar door de whisky had hij de beschermende muur laten zakken die hij normaal gesproken om zich heen had. Waarom zei hij het niet gewoon?

'... ben jij. Mijn beste vriendin.'

Robin was zo perplex dat ze geen woord kon uitbrengen. Strike had in die vier jaar nooit ook maar iets laten doorschemeren van wat ze voor hem betekende. Dat hij op haar gesteld was had ze moeten opmaken uit terloopse opmerkingen, kleine gunsten, ongemakkelijke stiltes of gebaren waartoe hij zich in tijden van stress genoodzaakt had gezien. Ze had maar één keer eerder hetzelfde gevoel gehad als nu, en dat was toen ze onverwacht een ring met saffieren en diamanten had gekregen, die ze had achtergelaten toen ze was weggegaan bij de man die haar die had gegeven.

Ze wilde iets soortgelijks terugzeggen, maar haar keel zat zo dichtgeschroefd dat ze een paar seconden geen woord kon uitbrengen.

'Ik... eh... Dat is wederzijds,' zei ze, en ze deed haar best het niet al te blij te laten klinken.

Strike hoorde vanaf de bank vaag dat er iemand een verdieping lager de metalen trap op liep. Soms werkte de grafisch ontwerper van het kantoor onder hen nog tot laat door. Strike zat vooral te genieten van het gevoel dat hij had gekregen toen Robin zijn genegenheidsverklaring beantwoordde.

En toen, na alle whisky, moest hij denken aan die keer dat hij haar op haar bruiloft op de trap in zijn armen had genomen. Dichter dan nu waren ze dat moment in bijna twee jaar tijd niet genaderd, en er hingen allerlei onuitgesproken zaken in de lucht. Opnieuw had hij het gevoel alsof hij op een platformpje stond, op het punt om zich in het onbekende te storten. *Laat het verder rusten*, zei zijn wrevelige kant, die naar een eenzame zolderkamer verlangde, en naar vrijheid en rust. *Nú*, fluisterde de flakkerende demon die door de whisky was losgebroken, en net als Robin een paar minuten daarvoor was Strike zich er nu ook van bewust dat ze zich op een paar meter van een tweepersoonsbed bevonden.

De voetstappen bereikten de overloop achter de glazen kantoordeur. Voor Strike of Robin kon reageren, ging die open.

'Is de stroom uitgevallen?' vroeg Barclay, en hij knipte het licht aan. Heel even zaten ze elkaar alle drie verbaasd knipperend aan te kijken, en toen zei Barclay: 'Je bent fucking geniaal, R... Jezus, wat is er met je gezicht gebeurd?'

59

The warlike Britonesse...
... with such vncouth welcome did receaue
Her fayned Paramour, her forced guest,
That being forst his saddle soone to leaue,
Him selfe he did of his new loue deceaue:
And made him selfe then ample of his follie.
Which done, she passed forth not taking leaue,
And left him now as sad, as whilome iollie,
Well warned to beware with whom he dar'd to dallie.

Edmund Spenser
The Faerie Queene

Robin knipperde tegen het felle licht en pakte het ijskompres weer. 'Strike heeft me geslagen. Per ongeluk.'

'Jezus,' zei Barclay. 'Dan wil ik niet weten hoe het eruitziet als hij het met opzet doet. Hoe is dat gebeurd?'

'Mijn gezicht zat zijn elleboog in de weg.'

'Hmm.' Barclay keek hongerig naar de bijna lege currybakken. 'Wat is dat? Goedmakertje?'

'Precies,' zei Robin.

'Namen jullie daarom de afgelopen drie uur geen van beiden je telefoon op?'

'Shit, sorry, Sam. Robin haalde haar telefoon uit haar zak en keek erop. Sinds ze in de American Bar haar moeder op stil had gezet, had ze vijftien gemiste oproepen van Barclay. Ze was ook blij te zien dat ze een paar berichtjes van Morris had gemist, waarvan er aan één zo te zien een foto was toegevoegd.

'Het gaat wel beetje ver om hier dan persoonlijk naartoe te komen,' zei de aangeschoten Strike. Hij wist niet goed of hij blij of juist geïrriteerd was dat Barclay hen was komen storen, maar vermoedde dat irritatie de overhand had.

'Moeder de vrouw logeert vanavond met de kinders bij haar moeder,' zei Barclay, 'dus ik dacht: laat ik het goede nieuws maar persoonlijk komen brengen.'

Hij nam een papadum en ging op de leuning van de bank zitten, aan de andere kant van Strike.

'Ik heb ontdekt wat GB in Stoke Newington uitspookt. Dankzij Robin. Willen jullie het horen?'

'Hè?' Strike keek van Barclay naar Robin. 'Wanneer...?'

'Vanmiddag,' zei Robin, 'vóór onze afspraak.'

'Ik heb aangebeld,' zei Barclay, 'en ik zei dat GB me haar had aanbevolen en dat ik me afvroeg of zij me kon helpen. Ze geloofde me niet, ik moest een voet tussen de deur zetten om te voorkomen dat ze hem in mijn gezicht zou dichtgooien. Toen zei ze dat GB had verteld dat een of andere Schot hem laatst van de Tower Bridge af had weten te praten. Ik vond het onderhand wel mooi geweest,' zei Barclay, 'dus ik zei: ja, dat was ik. Ik ben een vriend van hem. We weten wat jij hier uitspookt. Als je ook maar iets om je klant geeft, ga je nu met mij praten. Dus toen heeft ze me binnengelaten.'

Barclay at een stukje papadum.

'Sorry, ik rammel. Maar goed, ze neemt me mee naar de achterkamer, en daar staat het allemaal.'

'Wát allemaal?'

'Een reusachtige box die ze van een soort schuimrubber en mdf in elkaar heeft gezet,' zei Barclay met een grijns. 'Een groot oud aankleedkussen. Een stapel luiers voor volwassenen. Johnson's babypoeder.'

Strike leek even sprakeloos. Robin begon te lachen, maar hield daar snel mee op, omdat het pijn deed aan haar gezicht.

'Die arme GB geilt erop om voor baby te spelen. Ze heeft nog maar één andere klant, die vent van de sportschool. Meer heeft ze niet nodig, omdat GB haar zoveel betaalt. Ze kleedt ze aan. Verschoont ze. Poedert hun fucking reet...'

'Je neemt me in de zeik,' zei Strike. 'Dit kan niet waar zijn.'

'Het is waar,' zei Robin, met het ijskompres tegen haar gezicht gedrukt. 'Dat heet... Wacht even...'

Ze zocht de lijst met seksuele afwijkingen weer op op haar telefoon.

'"Infantilisme. Opgewonden raken doordat men zichzelf als een pasgeboren baby beschouwt."'

'Hoe ben je daar in godsnaam...?'

'Ik zat naar die oude mensen te kijken die in hun rolstoel het verpleeghuis uit werden gereden,' zei Robin. 'En toen zei Morris dat het net kinderen waren, dat sommigen waarschijnlijk een luier om hadden en ineens... viel het muntje. Ik heb haar in de supermarkt een hele lading babypoeder en fopspenen zien kopen, maar we hebben nog nooit een kind dat huis in of uit zien gaan. Bovendien gaf ze die mannen een klopje op het hoofd, alsof het kleine kinderen waren...'

Strike moest denken aan de keer dat hij de bedrijfsleider van de sportschool was gevolgd, en de man met zijn hand voor de onderste helft van zijn gezicht die bij Elinor Dean naar buiten was gekomen, alsof er iets uit zijn mond stak waarvan hij niet wilde dat iemand het zag.

'... en er werden grote dozen bij haar bezorgd, met iets erin wat bijna niks woog,' zei Robin.

'Dat zullen die luiers geweest zijn,' zei Barclay. 'Maar goed... het is geen kwaad mens. Ik kreeg een kop thee. Ze weet over die chantage, maar het interessante is dat zij en GB denken dat Goochem niet weet wat zich daarbinnen echt afspeelt.'

'Hoe dat zo?'

'Die man van de sportschool heeft tegenover Goochem laten vallen dat hij een hoge piefvan Goochems bedrijf kent. GB en de man van de sportschool gaan namelijk soms samen in de box. Net als op een crè... alsof het een crè...'

Barclay barstte opeens in lachen uit, en Strike deed mee. Robin drukte het ijskompres tegen haar gezicht en begon ook te lachen. Een minuut lang kwamen ze alle drie niet meer bij door het beeld van de twee mannen met een luier om, in hun box van mdf.

'... alsof het een crèche is,' zei Barclay met overslaande stem, en hij veegde de tranen uit zijn ogen. 'Tering, waar mensen al niet op kicken, hè. Maar goed, die idioot van de sportschool praat zijn mond voorbij, en Goochem, die weet dat GB nog nooit van zijn leven in een sportschool is geweest en dat hij aan de andere kant van Londen woont, vraagt nog wat door en merkt dat die ander zich ongemakkelijk begint te voelen. Dus Goochem volgt GB. Hij ziet hem bij Elinor naar binnen gaan en weer naar buiten komen. Hij trekt de voor de hand liggende conclusie: het is een hoer.

Vervolgens loopt Goochem het kantoor van GB binnen, doet de deur dicht, noemt het adres van Elinor en zegt dat hij weet wat daar gaande is. GB schijt bagger, maar is niet op zijn achterhoofd gevallen. Hij gaat ervan uit dat Goochem denkt dat het om gewone seks gaat, maar is bang dat Goochem er verder in gaat graven. Want GB heeft Elinor namelijk online gevonden, waar ze in een of ander duister hoekje van het web haar diensten aanbiedt. GB is bang dat Goochem op zoek zal gaan naar wat ze echt doet als hij ontkent dat het om seks gaat, en als iemand erachter komt wat zich daar werkelijk afspeelt, loopt GB zo de Tower Bridge weer op.

Dus die kant van het verhaal is niet bepaald grappig,' zei Barclay, ernstiger nu. 'Die vent van de sportschool heeft een paar maanden geleden aan GB en Elinor opgebiecht dat hij met Goochem had gesproken. Hij was bijna in staat om zich van kant te maken, na wat hij gedaan heeft. Elinor heeft haar advertentie verwijderd, maar internet onthoudt alles, dus daar heeft hij geen moer aan...

Het ergste is nog wel, zei Elinor, dat Goochem zelf een regelrechte klootzak is. GB heeft haar alles over hem verteld. Goochem schijnt zelfs op zijn werk coke te snuiven en hij loopt constant zijn assistente te betasten, maar GB kan er niets tegen doen, uit angst voor wraak. Dus,' zei Barclay, 'wat gaan we eraan doen? Tegen die bestuursleden zeggen dat GB's broeken niet goed passen omdat hij er een luier onder draagt?'

Strike kon er niet om lachen. De hoeveelheid whisky die hij tot zich had genomen was niet bepaald bevorderlijk voor zijn denkproces.

Robin reageerde als eerste. 'Nou, we kunnen de bestuursleden alles vertellen en op de koop toe nemen dat er dan een paar levens worden verwoest... of we kunnen hen het contract met ons laten beëindigen zonder hun te vertellen wat er aan de hand is, en dan maar accepteren dat Goochem GB blijft chanteren... of...'

'Ja,' zei Strike met een diepe zucht, 'dat is de grote vraag, hè? Wat is de derde optie, waarbij Goochem zijn verdiende loon krijgt en GB niet in de Theems eindigt?'

'Zo te horen zou Elinor GB wel steunen als hij zou beweren dat ze gewoon een verhouding hadden, en meer niet,' zei Robin tegen Barclay. 'Al zal GB's vrouw daar misschien niet blij mee zijn.'

'Ja, Elinor steunt hem wel,' zei Barclay. 'Dat is in haar eigen belang.'

'Ik zou Goochem graag te grazen nemen,' zei Strike. 'Daar zou de klant ontzettend blij mee zijn, als we kunnen zorgen dat ze Goochem op straat kunnen zetten zonder dat de naam van het bedrijf overal in de krant komt te staan... wat zonder meer gebeurt als bekend wordt dat hun CEO zijn reet graag laat poederen...

Als die assistente last heeft van ongewenste intimiteiten, en ze ziet dat hij op zijn werk coke snuift, waarom dient ze dan geen klacht tegen hem in?'

'Uit angst dat ze niet geloofd zal worden?' opperde Robin. 'Dat ze haar baan kwijtraakt?'

'Zou jij Morris voor me kunnen bellen?' vroeg Strike aan Robin. 'Hij zal de gegevens van die vrouw nog wel hebben. En Barclay...' Het lukte Strike bij zijn derde poging om op te staan van de bank, en hij liep het aangrenzende kantoor binnen. 'Kom eens even, we moeten het rooster voor volgende week aanpassen. Robin kan geen mensen volgen als ze eruitziet alsof ze net drie rondes tegen Tyson Fury heeft gevochten.'

De andere twee gingen het kantoor binnen. Robin bleef nog even aan Pats bureau zitten, waar ze niet dacht aan wat Barclay hun net had verteld, maar aan wat er was gebeurd vlak voordat hij zijn opwachting had gemaakt, toen Strike en zij hier in het halfdonker hadden gezeten. Bij de gedachte dat Strike tegen haar had gezegd dat zij zijn beste vriendin was werd haar hart onmetelijk veel lichter, alsof iets waarvan ze niet had beseft dat het op haar drukte voorgoed was weggenomen.

Na even van dit gevoel genoten te hebben pakte ze haar telefoon en opende de berichtjes die Morris haar eerder die dag had gestuurd. Het eerste, waar een foto bij zat, luidde *LOL*. Op de foto was een bord te zien met de tekst: LADING VIAGRA GESTOLEN. AGENTEN ZOEKEN BENDE KEIHARDE CRIMINELEN. Het tweede berichtje luidde: *Niet grappig?*

'Nee,' mompelde Robin. 'Niet grappig.'

Ze stond op, koos Morris' nummer en begon met één hand de curryresten op te ruimen, met de telefoon tegen haar oor.

'Goeienavond,' zei Morris nadat de telefoon een paar keer was overgegaan. 'Je belt zeker om te vertellen dat je een keiharde crimineel gevonden hebt?'

'Zit je achter het stuur?' vroeg Robin zonder erop in te gaan.

'Nee, ik loop. Het verpleeghuis heeft net de deuren gesloten voor de nacht. Ik ben vlak bij kantoor; ik ga Hutchins zo aflossen. Hij staat voor The Ivy de vriend van Mevrouw Jones in de gaten te houden.'

'Oké, we hebben de contactgegevens van de assistente van Goochem nodig.'

'Hè? Hoezo?'

'We zijn erachter gekomen waar hij GB mee chanteert, maar,' ze aarzelde even en dacht aan de grappen ten koste van GB die ze zou moeten aanhoren als ze Morris vertelde wat Elinor Dean voor hem deed, 'het is niets illegaals en hij doet er niemand kwaad mee. We willen nog een keer met Goochems assistente praten, dus we hebben haar gegevens nodig.'

'Nee, ik vind niet dat we haar nog een keer moeten benaderen. Geen goed idee.'

'Waarom niet?' Robin gooide de foliebakjes in de pedaalemmer en probeerde niet te fronsen omdat dat pijn deed aan haar gezicht.

'Omdat... Godverdomme,' zei Morris, die normaal gesproken nooit tegen Robin vloekte. 'Jíj hebt indertijd zelf gezegd dat we haar er niet bij moesten betrekken.'

Achter haar, in het kantoor, lachte Barclay om iets wat Strike had gezegd. Voor de derde keer die avond kreeg Robin het gevoel dat er iets akeligs te gebeuren stond.

'Saul, je gaat toch niet nog steeds met haar om, hè?'

Hij gaf niet meteen antwoord. Terwijl Robin daarop wachtte pakte ze de borden van het bureau en zette ze in de gootsteen.

'Nee, natuurlijk niet,' zei hij met een halfhartig lachje. 'Het lijkt me alleen geen goed idee. Jíj zei toen dat er voor haar te veel op het spel stond...'

'Maar deze keer gaan we haar niet vragen om hem in de val te lokken of hem erin te luizen...'

'Ik moet er even over nadenken.'

Robin legde de messen en vorken ook in de gootsteen. 'Saul, het maakt niet uit of jij het er wel of niet mee eens bent. We moeten haar contactgegevens hebben, punt uit.'

'Ik weet niet of ik die wel bewaard heb,' zei Morris, en Robin wist dat hij loog. 'Waar is Strike op dit moment?'

'In Denmark Street.' Ze had geen zin in weer zo'n steek onder water over dat Strike en zij na donker nog bij elkaar waren, dus zei ze met opzet niet dat zij daar ook was.

'Oké, ik bel hem wel,' zei Morris, en voor Robin nog iets kon zeggen had hij opgehangen.

De whisky had nog steeds een enigszins verdovende uitwerking op haar. Ze wist dat ze als ze broodnuchter was geweest nog veel laaiender zou zijn over de zoveelste keer dat Morris haar niet als compagnon van dit bedrijf behandelde, maar als Strikes secretaresse.

Ze draaide de kraan in het krappe keukentje open, spoelde de borden en het bestek af, en terwijl de currysaus wegspoelde, dwaalden haar gedachten weer naar het moment voordat Barclay binnen was gekomen, toen Strike en zij nog in het halfdonker hadden gezeten.

Op Charing Cross Road reed een auto voorbij waaruit 'I Will Never Let You Down' van Rita Ora schetterde, en Robin zong zachtjes mee.

'Tell me baby what we gonna do
I'll make it easy; got a lot to lose...'

Ze deed de stop in de gootsteen, liet hem vollopen en spoot wat afwasmiddel op het bestek. Terwijl ze zo stond te zingen viel haar blik op de ongeopende fles wodka die Strike had gekocht, maar die ze geen van beiden hadden aangeraakt. Ze dacht aan Oakden die op de barbecue van Margot wodka had gepikt...

'You've been tired of watching me
Forgot to have a good time...'

... en beweerde dat hij er niks van in de bowl had gedaan. Toch had Gloria moeten overgeven... Precies op het moment dat Robin een diepe ademteug nam om Strike te roepen en hem te vertellen wat ze bedacht had, sloten twee handen zich om haar middel.

Robin was twee keer in haar leven van achteren door een man aangevallen. Zonder er echt bij na te denken ramde ze haar hoge hak hard op de voet van de man achter haar, gooide tegelijkertijd haar hoofd naar achteren, zodat ze hem vol in zijn gezicht raakte, pakte een mes uit de gootsteen en draaide zich om toen de man haar middel had losgelaten.

'TERING!' brulde Morris.

Ze had hem door het water dat in de gootsteen spetterde en doordat ze zelf stond te zingen niet de trap op horen komen. Hij stond inmiddels voorovergebogen, met zijn handen tegen zijn neus gedrukt.

'TERING!' schreeuwde hij weer. Hij liet zijn gezicht los en zag dat zijn neus bloedde. Hij hupste naar achteren, met de afdruk van haar naaldhak in zijn schoen, en viel neer op de bank.

'Wat is hier aan de hand?' Strike kwam uit het kantoor aangesneld. Hij keek van Morris op de bank naar Robin, die nog met het mes in haar hand stond. Ze draaide zwaar ademend de kraan dicht.

'Hij greep me beet,' zei ze toen Barclay achter Strike het kantoor uit kwam. 'Ik hoorde hem niet aankomen.'

'Het was... een fucking grapje...' zei Morris, die naar de bloedvegen op zijn handen keek. 'Godsamme... ik wilde je alleen maar aan het schrikken maken...'

Maar de adrenaline en de whisky hadden opeens een woede in Robin ontketend zoals ze die niet meer had gevoeld sinds de avond dat ze bij Matthew was weggegaan. Met een licht gevoel in haar hoofd liep ze op Morris af. 'Zou je Strike ook van achteren besluipen en bij zijn middel vastgrijpen? Loop je op je tenen naar Barclay toe en sla je je armen om hem heen? Stuur je hun ook foto's van je pik?'

Het bleef doodstil.

'Rotwijf,' zei Morris, met de rug van zijn hand tegen zijn neusgaten gedrukt. 'Je zei dat je dat nooit...'

'Wát heeft hij gedaan?' vroeg Strike.

'Hij heeft me een dickpic gestuurd,' beet Robin hem ziedend toe. Toen draaide ze zich weer om naar Morris en zei: 'Ik ben niet een of andere stagiaire van zestien die niet durft te zeggen dat je ermee moet ophouden. Je blijft van me af, ja? Ik wil niet dat je me kust...'

'Heeft jij je een dickpic gestuurd?' begon Strike.

'Ik heb het je niet verteld omdat je al genoeg stress had,' zei Robin. 'Joan die stervende was, jij de hele tijd heen en weer naar Cornwall, dit kon je er niet bij gebruiken, maar ik ben er klaar mee. Ik werk niet meer met die vent samen. Hij moet weg.'

'Godsamme,' zei Morris weer, terwijl hij zijn neus bette, 'het was een geintje...'

'Je moet goddomme leren wie je tegenover je hebt, man.' Barclay stond met zijn armen over elkaar tegen de muur en leek het allemaal wel vermakelijk te vinden.

'Je kunt me verdomme niet ontslaan omdat ik...'

'Je hebt een tijdelijk contract,' zei Strike. 'Dat wordt niet verlengd. Je geheimhoudingsplicht blijft van kracht. Eén woord over dingen die je hebt gehoord toen je hier werkte en ik zorg dat je nooit meer ergens als detective aan de slag komt. En nu als de sodemieter wegwezen hier.'

Morris stond met een verwilderde blik op; er kwam nog steeds bloed uit zijn linkerneusgat. 'Mij best. Je wilt haar natuurlijk aanhouden omdat je op haar geilt, prima.'

Strike deed een stap naar voren; Morris deinsde achteruit en struikelde bijna over de bank.

'Prima,' zei hij weer.

Hij draaide zich om en liep zo het kantoor uit. De glazen deur sloeg hij hard achter zich dicht.

Terwijl de deur nog natrilde en Morris' voetstappen de metalen trap af denderden, duwde Barclay zich van de muur af, nam het mes dat Robin nog steeds vasthad uit haar hand en liep naar de gootsteen, waar hij het bij de vuile vaat gooide. 'Ik heb die zeikerd nooit gemogen,' zei hij.

Strike en Robin keken elkaar aan en keken toen naar de versleten vloerbedekking, waar nog een paar druppels bloed van Morris glinsterden.

'Oké, het staat 1-1.' Strike klapte in zijn handen. 'Zullen we zeggen dat de eerste die vanavond Barclays neus breekt gewonnen heeft?'

DEEL 6

So past the twelue Months forth, and their dew places found.

Edmund Spenser
The Faerie Queene

60

Fortune, the foe of famous cheuisaunce
Seldome (said Guyon) yields to vertue aide,
But in her way throwes mischiefe and mischaunce,
Whereby her course is stopt, and passage staid.

Edmund Spenser
The Faerie Queene

Wat er zou zijn gebeurd als Sam Barclay die avond de deur niet had opengedaan en het licht niet had aangeknipt, was een vraag die beide compagnons van het detectivebureau het hele weekend bezighield. Allebei lieten ze het gesprek de revue nog eens passeren en vroegen ze zich af wat de ander dacht en of er te veel was gezegd of prijsgegeven.

Strike, inmiddels weer nuchter, moest blij zijn dat hij niet had gedaan wat de whisky hem had ingefluisterd. Als hij aan die door alcohol aangewakkerde impuls gevolg had gegeven, had hij daar nu misschien wel bittere spijt van gehad en zou hij niet meer terug kunnen naar de voor hem unieke vriendschap. Toch vroeg hij zich op stille momenten af of Robin had geweten hoe weinig het had gescheeld of hij had het gesprek op een terrein gebracht dat tot dan toe met prikkeldraad afgezet was geweest, of dat hij zich, een paar seconden voordat Barclay de lichtschakelaar had omgezet, had afgevraagd wanneer hij voor het laatst zijn bed had verschoond.

Robin was zondagochtend wakker geworden met het gevoel alsof er iemand op haar gezicht was gaan staan, met een lichte kater en een onbestendige mengeling van vreugde en bezorgdheid. Ze liep alles wat ze tegen Strike had gezegd nog eens na en hoopte maar dat ze niets had laten blijken van de gevoelens die ze normaal gesproken altijd ontkende, zelfs tegenover zichzelf. Dat hij haar zijn beste vriendin had genoemd veroorzaakte elke keer dat ze eraan terugdacht een golfje van geluk, maar naarmate de dag verstreek en haar blauwe plekken erger werden, zou ze willen dat ze de moed had gehad om hem op de man af te vragen wat hij nog voor Charlotte Campbell voelde.

Robin had de laatste dagen permanent een beeld van Charlotte in haar hoofd, als een schimmig portret dat ze nooit had willen ophangen. Het was nu vier jaar geleden dat ze elkaar op het kantoor aan Denmark Street op de trap waren tegengekomen, en sindsdien was het beeld een stuk duidelijker geworden, door alles wat Ilsa haar over Charlotte had verteld en door de stukjes die ze in de krant had gelezen. Gisteravond was dat beeld echter grimmig en onbeweeglijk geworden: een duister romantisch beeld van een verloren en stervende geliefde, die haar laatste woorden in Strikes oor fluisterde terwijl ze ergens tussen de bomen lag.

En dat was, hoe je het ook wendde of keerde, een uitzonderlijk krachtig beeld. Strike had Robin één keer, toen hij verschrikkelijk dronken was, verteld dat Charlotte de mooiste vrouw was die hij ooit had gezien, en die mooiste vrouw had, toen ze tussen leven en dood zweefde, ervoor gekozen om Strike een bericht te sturen en hem te vertellen dat ze nog steeds van hem hield. Wat had Robin Ellacott, gewoontjes als ze was, te bieden wat tegen zulk geëxalteerd drama, tegen zulke extreme emoties op kon? Een bijgewerkt rooster, keurig van een omschrijving voorziene facturen en bekers sterke thee? Het kwam ongetwijfeld door de pijn aan haar gezicht, maar Robins opgewektheid nam af en haar neiging tot tobben nam toe. Op een gegeven moment sprak ze zichzelf streng toe: Strike had haar verzekerd van zijn genegenheid, zoals hij nooit eerder had gedaan, ze hoefde Saul Morris nooit meer te zien, en over allebei die dingen zou ze dolblij moeten zijn.

Zoals viel te voorspellen nam Pat het plotselinge ontslag van Saul Morris het zwaarst op. Strike vertelde het haar maandagochtend, toen de secretaresse en hij in de deuropening aan Denmark Street bijna tegen elkaar opbotsten, Strike onderweg naar buiten, Pat naar binnen. Ze popelden allebei om nicotine tot zich te kunnen nemen; Pat had net de elektronische sigaret tevoorschijn gehaald die ze op haar werk rookte, en Strike had het pakje Benson & Hedges in zijn hand waarvan hij er op kantoor zelden een rookte.

'Goeiemorgen,' zei Strike. 'Ik heb een briefje op je bureau neergelegd, met een paar dingen die je voor me moet doen terwijl ik de deur uit ben. Robin is er om tien uur. O...' Hij had al een paar stappen gezet, maar draaide zich toen om. '... en kun jij Morris' salaris tot en met vrijdag uitrekenen en dat bedrag meteen op zijn rekening overmaken? Hij komt niet meer terug.'

Hij wachtte haar reactie niet af, dus toen Robin om tien voor tien arriveerde kreeg zij de volle laag van de teleurgestelde secretaresse. Pat had Radio Two aanstaan, maar zette die uit zodra de deurklink omlaagging.

'Goeiemorgen. Jee... wat is er met jou gebeurd?'

Robins gezicht zag er, twee dagen later, erger uit dan zaterdag. De zwelling was wel afgenomen, maar rond allebei haar ogen was de huid donkergrijs, met wat rood erdoorheen.

'Een ongelukje. Ik ben ergens tegenaan geknald.' Robin trok haar jas uit en hing hem aan een haakje. 'Dus voor mij deze week geen schaduwklussen.'

Ze haalde een boek uit haar tas en liep ermee naar de waterkoker. Ze had het schielijke gegluur in de metro die ochtend niet bepaald prettig gevonden, maar ze was niet van plan om tegen Pat over Strikes elleboog te beginnen, want ze probeerde Pats antipathie jegens haar compagnon zo min mogelijk aan te wakkeren.

'Waarom komt Saul niet meer?' vroeg Pat op strenge toon.

'Het was geen succes,' zei Robin, terwijl ze met haar rug naar Pat toe twee bekers uit het keukenkastje pakte.

'Hoe bedoel je?' vroeg Pat verontwaardigd. 'Hij heeft die man toch gepakt die het met de nanny deed? Hij hield zijn administratie altijd keurig bij, en dat kun je van die Schotse kwibus moeilijk zeggen.'

'Ik weet het. Maar hij was niet zo'n goede teamspeler, Pat.'

Pat nam een diepe teug nicotinedamp en fronste haar wenkbrauwen. 'Nou, híj kan anders nog wat van Morris leren!' zei ze met een knikje naar de lege stoel waar Strike normaal gesproken zat.

Robin wist best dat Pat er niet over ging wie de compagnons in dienst namen en ontsloegen, maar in tegenstelling tot Strike vond zij wel dat Pat, aangezien ze maar met zo'n klein team werkten, de waarheid mocht horen.

'Cormoran was niet degene die hem weg wilde hebben.' Ze draaide zich om naar de secretaresse. 'Dat was ik.'

'Jíj!' zei Pat stomverbaasd. 'Ik dacht juist dat het dikke mik was tussen jullie!'

'Nee, ik mocht hem niet. En afgezien van wat er verder allemaal is gebeurd, heeft hij me met kerst een foto van zijn stijve penis gestuurd.'

Op Pats diep doorgroefde gezicht viel een bijna komische ontzetting te lezen. 'Met de... met de post?'

Robin moest lachen. 'Hoe bedoel je, in een kerstkaart gestoken? Nee, over de app.'

'Je hebt er toch niet...?'

'Om gevraagd? Nee,' zei Robin, die nu niet meer kon glimlachen. 'Het is een engerd, Pat.'

Ze draaide zich weer om naar de waterkoker. De fles wodka stond nog steeds onaangeroerd naast de gootsteen. Toen haar blik erop viel schoot haar het idee weer te binnen dat zaterdagavond in haar was opgekomen, vlak voordat Morris' handen zich om haar middel hadden gesloten. Ze gaf de secretaresse haar koffie, liep toen naar het kantoor met haar eigen beker en het boek dat ze uit haar tas had gepakt.

'Zal ik het rooster veranderen of doe jij dat?' riep Pat haar na.

'Dat doe ik wel,' zei Robin, en ze sloot de deur, maar in plaats van het rooster erbij te pakken belde ze Strike.

'Goeiemorgen.' Hij nam na twee keer overgaan op.

'Hallo. Ik ben je nog vergeten te vertellen over een idee dat ik zaterdagavond kreeg.'

'Vertel.'

'Het gaat over Gloria Conti. Waarom moest zij op de barbecue van Margot op de wc overgeven als Oakden niets in de bowl had gedaan?'

'Omdat het een leugenaar is en hij wél iets in de bowl had gedaan?' opperde Strike. Hij liep op hetzelfde plein in Islington als waar Robin vrijdag had gepost, maar hij bleef nu even staan om een sigaret te pakken, met zijn ogen op de tuin in het midden gericht, waar die dag niemand te bekennen was. De bloembedden vol paarse viooltjes leken wel fluwelen mantels die over het glinsterende gras waren uitgespreid.

'Of moest ze overgeven omdat ze zwanger was?' vroeg Robin.

'Ik dacht dat je dan alleen 's ochtends moest overgeven,' zei Strike na een korte stilte waarin hij een sigaret opstak. 'Daarom heet het toch...' Hij wilde 'ochtendmisselijkheid' zeggen, maar hij moest ineens denken aan de zwangere vrouw van een oude legervriend, die in het ziekenhuis was opgenomen omdat ze maar bleef overgeven, vierentwintig uur per dag.

'Mijn nicht kon elk moment van de dag overgeven toen ze in verwachting was,' zei Robin. 'Ze verdroeg bepaalde etensgeuren niet. En Gloria was op een barbecue.'

'Juist,' zei Strike, die zich opeens de vreemde gedachte herinnerde die na het gesprek met de zussen Bayliss in hem was opgekomen. Robins theorie leek hem meer voor de hand te liggen dan de zijne. Het was zelfs zo dat zijn theorie geen stand hield als die van Robin klopte.

'Oké,' zei hij, 'dus je denkt dat Gloria misschien...'

'... die abortus in de kliniek aan Bride Street heeft gehad? Ja,' zei Robin. 'En dat Margot die voor haar heeft geregeld. Irene zei toch dat Gloria een gesprek onder vier ogen had met Margot in haar spreekkamer? En dat Irene de receptie toen in haar eentje moest doen?'

De seringenstruik in het plantsoen gaf zo'n zware geur af dat

Strike hem boven de rook van zijn sigaret uit kon ruiken. 'Hier zou wel eens iets in kunnen zitten,' zei hij langzaam.

'Dat zou ook meteen verklaren...'

'Waarom Gloria niet met ons wil praten?'

'Precies. Behalve dat het een traumatische herinnering voor haar is, weet haar man er misschien niet van. Waar zit jij op dit moment?'

'Islington. Ik ga mijn geluk eens beproeven bij Mucky Ricci.'

'Hè?' zei Robin geschrokken.

'Ik heb er dit weekend over lopen nadenken,' zei Strike, die in tegenstelling tot Robin het weekend geen vrij had gehad, maar Goochem en de vriend van Mevrouw Jones had moeten volgen. 'Er zijn bijna tien maanden om van het jaar dat we ervoor hebben, en we hebben eigenlijk nog niks. Als hij dement is houdt het natuurlijk op, maar je weet maar nooit, misschien lukt het me nog iets uit hem te krijgen. Misschien vindt hij het zelfs wel leuk om het nog eens over die goeie ouwe tijd te hebben...'

'En als zijn zonen er nou achter komen?'

'Hij kan niet praten, of niet goed. Ik gok erop dat hij ze niet zal kunnen vertellen dat ik langs ben geweest. Moet je horen.' Strike had niet echt haast om op te hangen, want hij wilde zijn sigaret oproken en dat deed hij liever terwijl hij met Robin in gesprek was. 'Betty Fuller denkt dat Ricci haar heeft vermoord, dat merkte ik aan haar. Tudor Athorn ook: hij heeft het tegen zijn neef gezegd, en dat waren van die mensen die goed op de hoogte waren van alle roddels die de ronde deden, mensen die de plaatselijke onderklasse kenden.

Ik moet de hele tijd denken aan wat Shanker zei, toen ik hem vertelde dat Margot spoorloos was verdwenen. "Het werk van een prof." Als je een stapje achteruit doet en er van een afstandje naar kijkt,' zei Strike, die nu nog maar een centimeter van zijn sigaret overhad, 'lijkt het onbegonnen werk om alle sporen te wissen, tenzij het door iemand is gedaan die veel ervaring had.'

'Creed had ervaring,' zei Robin zacht.

'Weet je wat ik gisteravond heb gedaan?' Strike negeerde haar opmerking. 'Ik heb online de geboorteakte van Kara Wolfson opgezocht.'

'Hoezo? O,' zei Robin, en Strike hoorde gewoon dat ze moest glimlachen, 'sterrenbeeld?'

'Ja. Ik weet dat het tegen de regel "gelegenheid gaat voor motief" is,' zei hij er meteen achteraan, voordat Robin hem daarop kon wijzen, 'maar ik bedacht dat iemand Margot misschien over de moord op Kara heeft verteld. Dokters weten van alles, toch? Ze komen bij de mensen thuis, ze hebben vertrouwelijke gesprekken. Het zijn net priesters. Ze krijgen geheimen te horen.'

'Je hebt gekeken of Kara Schorpioen was,' zei Robin. Het was meer een vaststelling dan een vraag.

'Precies. En ik vroeg me af of Ricci soms naar dat feest is gegaan om zijn handlangers aan te wijzen welke vrouw ze moesten omleggen.'

'Nou?'

'Wat nou?'

'Wás Kara Schorpioen?'

'O. Nee. Stier – 17 mei.'

Strike hoorde dat Robin aan de andere kant van de lijn bladzijden omsloeg.

'Dat betekent, volgens Schmidt...' zei ze, en er volgde een korte stilte, '... dat zij Cetus was.'

'Hmm,' deed Strike, die zijn sigaret op had. 'Nou, wens me maar succes. Ik ga naar binnen.'

'Veel suc...'

'Cormoran Strike!' klonk het vrolijk achter hem.

Strike hing op; een slanke zwarte vrouw in een crèmekleurige jas kwam met een stralende glimlach naast hem lopen.

'Je weet niet meer wie ik ben, hè?' zei ze. 'Selly Oak. Ik ben...'

'Marjorie!' Strike herinnerde het zich weer. 'Marjorie de fysiotherapeute. Hoe gaat het met je? Wat doe jij...'

'Ik werk een paar uur in dat bejaardenhuis verderop in de straat!' zei Marjorie. 'En jij dan, hartstikke beroemd...'

Fuck.

Het kostte Strike vijfentwintig minuten voordat hij haar van zich af had weten te schudden.

'... dus dat kan ik verder verdomme wel vergeten,' zei hij later op kantoor tegen Robin. 'Ik deed alsof ik in de buurt was omdat ik bij mijn accountant langs moest, maar als zij bij St Peter werkt, kunnen we het wel vergeten dat we daar naar binnen kunnen om Ricci te spreken te krijgen.'

'Jíj kunt het wel vergeten dat je daar naar binnen kunt...'

'Ik heb het je al gezegd,' zei Strike bits. Robins gehavende gezicht was een zichtbare waarschuwing voor roekeloos gedrag, voor hoe gevaarlijk het was als je niet goed over de consequenties nadacht. 'Jij blijft bij die man uit de buurt.'

'Ik heb Mevrouw Jones aan de lijn,' riep Pat vanuit het andere kantoorgedeelte.

'Verbind maar door naar mij,' zei Robin, en Strike zei geluidloos *Dank je wel.*

Terwijl Robin met Mevrouw Jones in gesprek was, werkte ze verder aan het rooster op haar computer, en gezien het feit dat ze zelf tijdelijk niet inzetbaar was voor schaduwwerk en Morris definitief was weggevallen, was het alsof ze een heel ingewikkelde lineaire vergelijking probeerde op te lossen. Drie kwartier lang maakte ze, telkens wanneer Mevrouw Jones even stilviel om adem te halen, vage instemmende geluiden. Hun cliënt was duidelijk van plan om net zo lang aan de lijn te blijven tot Strike weer op kantoor was. Robin wist haar op uiteindelijk toch te lozen door te doen alsof ze net de boodschap van Pat had gekregen dat Strike de hele dag weg zou blijven.

Dat was haar enige leugen die dag, bedacht Robin toen Strike en Pat aan haar bureau Barclays onkostenvergoeding doornamen. Als je bedacht dat Strike er zelf heel goed in was om vooral geen dingen te beloven die hij niet wilde beloven, had het hem eigenlijk moeten opvallen dat Robin met geen woord had beloofd dat ze uit de buurt van Mucky Ricci zou blijven.

61

Then when the second watch was almost past,
That brasen dore flew open, and in went Bold
Britomart...

Edmund Spenser
The Faerie Queene

In de eerste week van juni verscheen er een stukje in de *Metro* over Strikes aanwezigheid in de American Bar op de avond van het feest van zijn vader, zonder dat er namen werden genoemd.

> Welke beroemde zoon van een beroemde vader staat op de avond dat die laatste een feest geeft liever vijfhonderd meter verderop in een café te knokken dan dat hij de avond gezellig met zijn familie doorbrengt? Onze bronnen zeggen dat er een vuistslag is uitgedeeld, en 'Hold It Back' lukte zijn trouwe assistent niet meer. Een strijd tussen vader en zoon om de meeste publiciteit? Vader heeft deze ronde in elk geval gewonnen.

Aangezien *Hold It Back* de naam van een van Jonny Rokeby's albums was, hoefde niemand zich meer echt af te vragen om welke vader en zoon het hier ging. Er belden een paar journalisten naar Strikes kantoor, maar aangezien Rokeby noch hij van plan was commentaar te geven, doofde het verhaal snel uit bij gebrek aan meer informatie. 'Het had erger gekund,' luidde Strikes enige commentaar. 'Geen foto's, geen woord over Bamborough. Oakden schijnt het toch niet te hebben aangedurfd om verhalen over ons rond te bazuinen.'

Robin had, met een licht schuldgevoel, toen ze voor het huis van de vriend van Mevrouw Jones had staan posten, op haar telefoon al de foto's van het feest van Jonny Rokeby bekeken. Rokeby's gasten, onder wie sterren uit Hollywood en de wereld van de rock-'n-roll, waren allemaal in achttiende-eeuws kostuum verschenen. Tussen al die beroemdheden stond één foto van Rokeby met zes van zijn zeven volwassen kinderen om zich heen. Robin herkende Al, met een grijns onder een scheve bepoederde pruik. Ze kon zich Strike daar net zomin uitgedost in brokaat en zwaar opgemaakt tussen voorstellen als dat ze zich kon voorstellen dat hij aan polsstokspringen zou doen.

Hoe opgelucht ze ook was dat Oakden zijn plan leek te hebben laten varen om naar de pers te gaan en een boekje over hun bureau open te doen, naarmate de maand juni verstreek, ging ze zich toch weer zorgen maken. De zaak-Bamborough, die voor haar belangrijker was dan wat ook, was volledig tot stilstand gekomen. Gloria Conti had niet gereageerd op Anna's verzoek om medewerking, Steve Douthwaite was nog net zo ongrijpbaar als altijd, Robin had niets meer gehoord over het eventuele gesprek met Dennis Creed, en Mucky Ricci zat nog altijd opgesloten in zijn verpleeghuis, waar doordat ze zelf te weinig personeel hadden, nu niemand meer postte.

Zelfs een tijdelijke vervanger voor Morris bleek niet te vinden. Strike had iedereen gebeld die hij bij de Special Investigation Branch kende, Hutchins had zijn contacten bij de politie gevraagd en Robin had gelobbyd bij Vanessa, maar niemand toonde ook maar enige belangstelling om bij hen te komen werken.

'Het is zomer, hè?' zei Barclay toen Robin en hij elkaar een keer op zaterdagmiddag op kantoor tegenkwamen. 'Dan willen mensen niet aan een nieuwe baan beginnen, dan willen ze met vakantie. Ik ken dat gevoel.'

Zowel Barclay als Hutchins had al maanden van tevoren aangegeven wanneer hij met vrouw en kinderen met vakantie wilde, en

Strike noch Robin misgunde hun medewerkers die vrije weken. Het gevolg was wel dat zij halverwege de maand juli nog als enigen voor het bureau aan het werk waren.

Strike besteedde al zijn tijd aan het volgen van de vriend van Mevrouw Jones, nog steeds in een poging iets te vinden waarmee kon worden aangetoond dat de man niet geschikt was om de voogdij over zijn dochter te krijgen, en Robin probeerde contact te leggen met de assistente van Goochem, wat nog niet zo eenvoudig bleek. Ze had die maand tot nog toe, telkens met een andere pruik op en verschillende kleuren contactlenzen in, geprobeerd in een bar een gesprekje met haar aan te knopen, ze was een keer in een nachtclub met opzet tegen haar op gebotst en was haar in warenhuis Harvey Nichols naar de toiletten gevolgd. De assistente leek geen flauw idee te hebben dat ze steeds door dezelfde vrouw werd aangesproken of lastiggevallen, maar toonde geen enkele behoefte om een praatje te maken, laat staan om te vertellen dat haar baas een handtastelijke engerd of een cokesnuiver was.

Nadat Robin een keer rond lunchtijd vergeefs had geprobeerd om in een broodjeszaak in Holborn naast de assistente te gaan zitten, besloot ze nu, met donker haar en donkerbruine ogen, dankzij uitwasbare haarverf en contactlenzen, dat het tijd werd dat ze een poging ging wagen om een stokoude man informatie te ontfutselen, in plaats van een knappe jonge vrouw.

Ze had dit besluit niet lichtvaardig genomen, en ze koos ook beslist niet voor een nonchalante aanpak. Robin had ergens een zwak voor Strikes oude vriend Shanker, maar snapte maar al te goed dat iemand wel heel gevaarlijk moest zijn als hij een man bang wist te maken die al vanaf zijn negende in een gewelddadig milieu verkeerde. Met dat besef had ze een plan bedacht, waarvan de eerste stap erin bestond dat ze zich een volledige en effectieve vermomming aanmat. Dat was haar vandaag uitzonderlijk goed gelukt: ze had veel over make-up geleerd sinds ze bij Strike was komen werken, en ze had ook wel eens meegemaakt dat haar compagnon twee keer moest kijken voor hij doorhad wie ze was. Nadat ze op de wc van een McDonald's nog eens kritisch in de spiegel had gekeken en zich ervan had verzekerd dat ze niet alleen totaal niet op Robin Ellacott leek, maar dat het bovendien niemand zou opvallen dat ze onlangs nog twee blauwe ogen had opgelopen, vertrok ze naar de metro. Krap twintig minuten later kwam ze aan op station Angel.

Toen ze langs de tuin liep waar de oude bewoners van St Peter soms zaten, zag ze dat die ondanks het warme weer verlaten was. De viooltjes waren vervangen door roze asters, en in de brede zonnige straat waaraan het verpleeghuis lag was bijna geen mens te bekennen.

Robin liep naar de hoofdingang toe. Het goudkleurige citaat van Petrus blonk in de zon. ... *niet met vergankelijke dingen, zilver of goud, vrijgekocht bent... maar met het kostbaar bloed van Christus...*

Ze belde aan.

Even later werd de deur opengedaan door een mollige vrouw met zwart haar, in het bekende blauwe uniform. 'Goeiemiddag,' zei ze. Ze klonk Spaans.

'Hallo,' zei Robin met een Noord-Londens accent dat ze van haar vriendin Vanessa had overgenomen. 'Ik kom voor Enid. Ik ben haar achterkleindochter.'

Ze had de enige voornaam onthouden die ze ooit van een van de oude dames in het verpleeghuis had gehoord. Haar grote angst was dat Enid misschien was overleden voordat ze die naam kon gebruiken, of dat Enid helemaal geen familie had.

'O, wat leuk,' zei de verzorgster, en met een glimlach wees ze Robin een gastenboek aan, vlak achter de deur. 'Schrijf je hier maar even in, en vergeet niet je uit te schrijven als je weggaat. Ze is op haar kamer. Het kan zijn dat ze slaapt!'

Robin liep een donkere gang met lambrisering in. Ze had met opzet niet gevraagd naar Enids kamernummer, want het was haar bedoeling om onderweg te verdwalen.

Tegen de muur stonden een paar looprekken en twee inklapbare rolstoelen. Er hing een reusachtig kruisbeeld in de hal, tegenover de deur, met daaraan een ziekelijk bleke gipsen Jezus, met een met schrikbarende precisie weergegeven sixpack, en dieprood bloed dat van zijn handen, voeten en uit de door zijn doornenkroon veroorzaakte prikgaatjes droop. Het rook hier niet zo vies als in het verzorgingshuis waar Betty Fuller woonde, ook al hing er beslist een zweem van oude etensluchtjes, vermengd met de geur van boenwas.

Robin boog zich over het gastenboek en noteerde de datum, het tijdstip waarop ze het gebouw binnen was gekomen en de verzonnen naam die ze voor deze gelegenheid had gekozen: Vanessa Jones. Door het ventilatierooster achter haar viel de zon naar binnen. Boven de tafel waarop het gastenboek lag hing een bord met de namen van alle bewoners. Naast elke naam bevond zich een schuifje, waarmee kon worden aangegeven of de bewoner 'aanwezig' of 'afwezig' was. Niccolo Ricci was op dit moment 'aanwezig' – en Robin vermoedde dat dat bijna altijd het geval was.

Er was een lift, maar ze koos ervoor de met een rode loper beklede trap met houten leuning te nemen. Ze passeerde de verzorger uit Trinidad die ze vaak had gezien als ze had staan posten. Hij liep de trap af beladen met pakken incontinentiemateriaal, glimlachte naar haar en wenste haar goedemiddag.

Op de eerste overloop was een deur met daarnaast een bordje dat verwees naar de kamers 1 tot en met 10. Robin liep de gang in en las de namen op de deuren. Helaas woonde 'mevr. Enid Billings' achter deur nummer 2 en zat Ricci, zoals Robin al snel ontdekte, niet op deze verdieping. Zich er terdege van bewust dat het hierdoor bijzonder moeilijk vol te houden zou zijn dat ze op weg naar Enids kamer was verdwaald liep ze de volgende trap op, naar de tweede verdieping.

Toen ze een paar stappen had gezet door precies zo'n zelfde gang als een verdieping lager, hoorde ze in de verte een vrouw met een zwaar Pools accent praten, en ze deinsde snel achteruit een nis in, waar een gootsteen en een kastje waren geïnstalleerd.

'Moet u naar de wc? Moet... u... naar... de... wc... meneer... Ricci?'

Zacht gekreun.

'Ja?' zei de stem. 'Of nee?'

Nog een zacht gekreun als antwoord.

'Nee? Oké dan...'

De voetstappen werden luider; de verzorgster kon elk moment langs de nis lopen, dus Robin kwam er vlug en met een glimlach uit.

'Even mijn handen gewassen,' zei ze tegen de verzorgster die haar kant op gelopen kwam, een kordate blonde vrouw die alleen even knikte in het voorbijgaan. Blijkbaar had ze iets anders aan haar hoofd.

Zodra de verzorgster weg was, liep Robin verder de gang in, tot ze bij de deur met nummer 15 kwam, met daarop de naam DHR. NICO RICCI.

Ze hield onbewust haar adem in, klopte zachtjes aan en duwde de deur open. Er zat geen slot op de binnenkant; hij ging meteen open.

Het was een kleine kamer, maar hij lag op het zuiden en was heel zonnig. Men had zijn best gedaan om het er gezellig te maken: aquarellen aan de muur, onder andere een van de baai van Napels. Op de schoorsteenmantel stonden familiefoto's, en op de kastdeur waren een paar kindertekeningen geplakt, onder andere een met als titel 'Opa en ik en een vlieger'.

De bejaarde bewoner zat bijna dubbelgeklapt in een stoel naast het raam. De verzorgster was net een minuut weg, maar de man sliep alweer diep. Robin liet de deur zachtjes achter zich dichtvallen, liep op haar tenen naar Ricci toe en ging op het voeteneind van zijn eenpersoonsbed zitten, tegenover de voormalige pooier, pornograaf en organisator van groepsverkrachting en moord.

Het personeel zorgde goed voor de bewoners, zoveel was wel duidelijk. Ricci's donkergrijze haar en zijn nagels waren net zo brandschoon als zijn witte overhemd. Hoewel het in de kamer vrij warm was, hadden ze hem een lichtblauwe trui aangetrokken. Op een van zijn dooraderde handen, die slap naast hem in de stoel lagen, glinsterde de gouden ring met de leeuwenkop. De vingers lagen zo gekromd dat Robin zich afvroeg of hij ze nog wel kon gebruiken. Misschien had hij een beroerte gehad; dat zou verklaren waarom hij niet meer kon praten.

'Meneer Ricci?' zei Robin zachtjes.

Hij maakte een snuivend snurkgeluidje en bracht langzaam zijn hoofd omhoog, met open mond. Zijn enorme hangogen waren misschien niet zo troebel als die van Betty Fuller, maar stonden niettemin dof, en net als zijn oren en neus leken ze te zijn gegroeid, terwijl de rest van zijn lichaam was gekrompen, met losse donkere huidplooien tot gevolg.

'Ik kom u een paar vragen stellen,' zei Robin zacht. 'Over een vrouw, Margot Bamborough.'

Hij keek haar met open mond aan. Hoorde hij haar? Begreep hij wat ze zei? In geen van beide overdreven grote oren zat een hoorapparaat. Het hardste geluid in de kamer was het bonzen van Robins hart.

'Kunt u zich Margot Bamborough nog herinneren?'

Tot haar verbazing kreunde Ricci zacht. Betekende dat ja of nee?

'Herinnert u zich haar nog?'

Hij kreunde weer.

'Ze is verdwenen. Weet u...?'

Op de gang kwamen voetstappen haar kant op. Robin stond snel op en streek de afdruk glad die ze op de sprei had gemaakt.

O God, laat ze alsjeblieft niet hier binnen komen.

Maar God leek niet naar Robin Ellacott te luisteren. De voetstappen werden luider, en toen ging de deur open en stond daar een heel lange man wiens gezicht onder de acnelittekens zat en wiens bobbelige kale hoofd er, zoals Barclay al had gezegd, uitzag alsof iemand er iets zwaars op had laten vallen: Luca Ricci.

'Wie ben jij?' vroeg hij. Bij het horen van zijn stem, die veel zachter en hoger was dan ze had gedacht, gingen haar nekharen overeind staan. Een paar seconden lang dreigde de angst Robins zorgvuldig uitgedachte ontsnappingsplan te laten ontsporen. Ze had gedacht dat ze in het ergste geval een verzorger tegenover zich zou krijgen. De zonen van Ricci hoorden hier helemaal niet te zijn: het was geen zondag. En van alle Ricci's was Luca wel de laatste die ze had willen ontmoeten.

'Bent u familie?' vroeg Robin met haar Noord-Londense accent.

'O, godzijdank! Hij maakte zo'n vreemd kreunend geluid. Ik was net op bezoek bij mijn oma en ik dacht dat hij ziek was of zo.'

Luca stond nog steeds in de deuropening en bekeek Robin van top tot teen.

'Daar bedoelt hij niks mee.' Luca sliste. 'Hij kreunt een beetje, maar dat betekent niks, hè pa?' zei hij luid tegen de oude man, die zijn oudste zoon alleen maar knipperend aankeek.

Luca begon te lachen. 'Hoe heet je?'

'Vanessa,' zei ze vlot. 'Vanessa Jones.'

Ze deed een halve stap naar voren, in de hoop dat hij opzij zou gaan, maar hij bleef staan waar hij stond, al glimlachte hij nu wel iets breder. Ze wist dat hij snapte dat ze weg wilde, maar ze wist niet of hij zo vastbesloten was om haar hier binnen te houden omdat hij het gewoon leuk vond om haar even klem te zetten of omdat hij haar zogenaamde reden voor haar aanwezigheid in de kamer van zijn vader niet geloofde. Robin voelde zweet in haar oksels en op haar hoofdhuid, en ze hoopte maar dat de uitwasbare haarverf niet zou afgeven.

'Ik heb je hier nooit eerder gezien,' zei Luca.

'Nee, ik ben hier ook voor het eerst.' Robin dwong zichzelf te glimlachen. 'Ze worden hier goed verzorgd, hè?'

'Ja, dat isss wel in orde. Ik kom meestal op zondag, maar we vertrekken morgen naar Florida. Dus we missen zijn verjaardag,' zei Luca hevig slissend. 'Niet dat hij weet dat hij jarig isss, of wel?' zei hij, tegen zijn vader, wiens mond open bleef hangen, zijn lege ogen nietsziend op zijn zoon gericht.

Luca haalde een pakje in cadeaupapier onder zijn jas vandaan, boog zich naar de ladekast en legde het erbovenop zonder zijn grote voeten ook maar een centimeter te verplaatsen.

'O, wat lief,' zei Robin.

Ze voelde het zweet nu ook op haar borstbeen, waar het voor Luca zichtbaar zou zijn. Het leek hier wel een broeikas, zo warm was het. Zelfs als ze niet had geweten wie Luca was, dan had ze wel geweten wát hij was. Hij straalde uit dat hij gewelddadig kon zijn. Het zat 'm in de gretige glimlach waarmee hij naar haar keek, en in de manier waarop hij nu tegen de deurpost geleund stond, genietend van zijn stille machtsvertoon.

'Gewoon bonbonsss,' zei Luca. 'Wie isss je oma?'

'Overgrootmoeder, eigenlijk, maar ik zeg altijd "oma" tegen haar.' Robin probeerde tijd te rekken in de hoop dat haar een van de namen te binnen zou schieten die ze onderweg naar Ricci's kamer had zien staan. 'Sadie.'

'Waar zit die?'

'Een paar kamers die kant op.' Robin wees naar links. Ze hoopte maar dat hij niet kon horen dat ze een heel droge mond had. 'Ik had mijn moeder beloofd dat ik even bij haar langs zou gaan nu zij met vakantie is.'

'O ja? Waar is je moeder naartoe?'

'Naar Florence,' verzon Robin ter plekke. 'Kunst kijken.'

'O ja?' zei Luca weer. 'Onze familie komt oorspronkelijk uit Napelsss. Toch, pa?' riep hij over Robins hoofd heen naar de oude man met zijn open mond. Daarna monsterde hij Robin opnieuw van top tot teen. 'Weet je wat mijn pa vroeger voor werk deed?'

'Nee.' Robin deed haar best om te blijven glimlachen.

'Hij had een eigen stripclub. Vroeger had hij jou zo uit je slipje gepraat.'

Ze probeerde te lachen, maar dat lukte niet, en ze zag dat Luca ervan genoot dat ze zich zo ongemakkelijk voelde.

'Nou en of. Zo'n meid als jij? Hij had je zo een baantje alsss gastvrouw gegeven. En dat was dik verdienen ook, hoor, al moest je zo nu en dan wel een paar van pa'sss vrienden pijpen, hahaha.'

Hij had een hoge lach, als een vrouw. Robin kon niet meelachen. Ze moest aan Kara Wolfson denken.

'Nou,' zei ze, en ze voelde het zweet langs haar hals druppelen, 'ik moet nu echt...'

'Wees maar niet bang,' zei Luca glimlachend, terwijl hij nog steeds tussen haar en de deur bleef staan, 'ik zit niet in die business.'

'Wat doet u dan voor werk?' vroeg Robin, die op het punt had gestaan om hem te vragen even opzij te gaan, maar nu niet meer durfde.

'Ik sssit in de verzekeringen,' zei Luca met een brede glimlach. 'En jij?'

'Ik werk op een kinderdagverblijf.' Robin werd op het idee gebracht door de kindertekeningen op de deur van de kledingkast.

'O ja? Hou je van kinderen?'

'Ja, enorm.'

'Ik ook,' zei Luca. 'Ik heb er zes.'

'Jeetje. Zes!'

'Ja. En ik ben niet zoals hij.' Luca keek opnieuw over Robins hoofd heen naar zijn vader met de openhangende mond. 'Hij wasss totaal niet in onsss geïnteresseerd, passs toen we volwassen waren. Ik vind die kleintjes juissst leuk.'

'O, ik ook,' zei Robin gemaakt enthousiast.

'Je moest minssstens onder een auto komen om van hém aandacht te krijgen, toen we klein waren,' zei Luca. 'Dat isss nog eens met mijn broer Marco gebeurd, toen hij twaalf was.'

'Ach, jee,' zei Robin beleefd.

Hij had haar in de tang, hij eiste van haar dat ze hem gepaste antwoorden gaf, terwijl ze zich er allebei van bewust waren dat ze hem niet durfde te vragen opzij te gaan, bang voor waar hij toe in staat zou kunnen zijn. Nu glimlachte hij om haar voorgewende medeleven met het auto-ongeluk van zijn broer Marco, lang geleden.

'Ja, pa isss drie weken achter elkaar bij Marco in het ziekenhuisss gebleven, tot hij buiten levensssgevaar wasss,' zei Luca. 'Althans, ik denk dat hij voor Marco bleef, maar het kan ook voor de verpleegsssterss geweest zijn. In die tijd droegen ze zwarte kousssen,' zei hij terwijl hij zijn blik opnieuw langs Robin liet gaan.

Ze hoorde weer voetstappen; deze keer bad ze: kom alsjeblieft hier naar binnen, en haar gebed werd verhoord. De deur achter Luca ging open en knalde daarbij tegen zijn rug. De kordate blonde verzorgster was terug.

'O, neem me niet kwalijk, meneer Ricci,' zei ze terwijl Luca een stap opzij deed. 'O,' zei ze nog een keer toen ze zich bewust werd van Robins aanwezigheid.

'Hij kreunde,' zei Robin weer, en ze wees op Mucky in zijn stoel. 'Sorry, ik had niet... Ik dacht dat hij pijn had of zo.'

Precies op dat moment kreunde Mucky Ricci, vrijwel zeker om haar tegen te spreken.

'Ja, dat doet hij als hij iets wil,' zei de verzorgster. 'Waarschijnlijk wilt u nu wel naar de wc hè, meneer Ricci?'

'Ik blijf hier niet ssstaan kijken als hij zit te ssschijten,' zei Luca Ricci met een lachje. 'Ik kwam alleen even een cadeautje brengen voor volgende week vrijdag.'

Robin was al bijna de deur uit, maar ze had nog geen drie stappen gezet of Luca kwam tot haar afgrijzen pal achter haar lopen; hij zette twee keer zulke grote passen als zij.

'Moet je Sssadie niet even gedag ssseggen?' vroeg hij toen ze langs de deur van mevrouw Sadie O'Keefe kwamen.

'O, die is in slaap gevallen toen ik bij haar was, de schat,' zei Robin. 'Helemaal onder zeil.'

Ze liepen de trap af, Luca de hele tijd vlak achter haar. Ze voelde zijn ogen als laserstralen in haar nek, op haar benen en haar billen.

Het leek wel tien minuten te duren, al waren het er hooguit drie, maar toen waren ze aangekomen op de begane grond. Terwijl ze naar de deur liepen, keek de bijna levensgrote gipsen Jezus bedroefd neer op de moordenaar en de bedrieger. Robin had net haar hand op de klink gelegd toen Luca zei: 'Wacht even, Vanessssa.'

Robin draaide zich om; in haar hals klopte een ader.

'Je moet opschrijven dat je weggaat.' Luca stak haar een pen toe.

'O ja, vergeten,' zei Robin met een ademloze giechel. 'Ik zei toch: ik ben hier voor het eerst.'

Ze boog zich over het gastenboek. Pal onder de handtekening die ze had gezet toen ze het pand binnen was gekomen, stond die van Luca.

Luca Ricci

In de ruimte voor 'Opmerkingen' had hij geschreven:

Heb bonbons gebracht voor zijn verjaardag, volgende week vrijdag. Graag op 25 juli 's ochtends geven.

Robin schreef de tijd naast haar handtekening en draaide zich toen om naar de deur. Die hield hij voor haar open.

'Bedankt,' fluisterde ze terwijl ze langs hem heen de frisse lucht in schoof.

Luca bleef boven aan het trapje naar de straat staan. 'Kan ik je een lift geven? Mijn auto ssstaat om de hoek. Een Assston Martin.'

'O, nee hoor, maar bedankt. Ik heb met mijn vriend afgesproken.'

'Nou, gedraag je. En als dat niet lukt, doe het dan veilig, hahaha!'

'Ja,' zei Robin, een beetje uitgelaten. 'O, en veel plezier in Florida!'

Hij stak een hand naar haar op en liep weg, 'Begin the Beguine' fluitend. Robin, licht in het hoofd van opluchting, liep de andere kant op. Ze moest zich tot het uiterste inhouden om niet te gaan rennen.

Toen ze bij het parkje was aangekomen, ging ze achter de seringenstruik staan en hield daar ruim een half uur de voordeur van het verpleeghuis in de gaten. Toen ze zeker wist dat Luca Ricci echt weg was, ging ze terug.

62

Oftimes it haps, that sorrowes of the mynd
Find remedie vnsought, which seeking cannot fynd.

Edmund Spenser
The Faerie Queene

De ruzie, waar Robin zich al op had voorbereid, was een van de ergste die Strike en zij ooit hadden gehad. Hij was woedend omdat ze Mucky Ricci had benaderd terwijl hij haar nog zo had gewaarschuwd en geïnstrueerd dat niet te doen, en die woede nam zelfs niet af nadat ze die avond op kantoor een uur lang ruzie hadden zitten te maken, waarbij Robin op een gegeven moment kwaad haar tas had gepakt en halverwege een zin van Strike was weggelopen. Hij had naar de trillende glazen deur gekeken en had het liefst gehad dat die aan diggelen was gegaan, zodat hij die haar in rekening had kunnen brengen.

Na een nachtje slapen was Strikes boosheid maar een klein beetje geluwd. Ja, er was een groot verschil tussen wat Robin deze keer gedaan had en datgene wat ze drie jaar geleden had geflikt, en wat voor hem aanleiding was geweest om haar te ontslaan: ze had deze keer bijvoorbeeld geen verdachte zodanig aan het schrikken gemaakt dat die zich vervolgens niet meer liet zien. Bovendien wees niets erop, in elk geval niet in de eerste vierentwintig uur na haar bezoek, dat de familie Ricci of het verpleeghuis vermoedde dat 'Vanessa Jones' iemand anders was dan ze beweerde te zijn. Daar kwam nog bij (maar dit maakte zijn boosheid er eerder groter dan kleiner op) dat Robin nu zijn zakenpartner was en niet zomaar een gewone medewerker. Strike werd voor het eerst geconfronteerd met het harde feit dat als hun wegen zich ooit zouden scheiden, hij verstrikt zou raken in een juridisch en financieel conflict. Sterker nog, het zou veel weg hebben van een echtscheiding.

Hij wilde niet zonder Robin verdergaan, maar doordat hij nu voor het eerst inzag dat dat heel moeilijk zou worden, werd zijn woede alleen maar erger. De sfeer bleef nog tot twee weken na haar bezoek aan St Peter gespannen, totdat Robin op de eerste ochtend van augustus een afgemeten berichtje ontving van Strike waarin hij haar verzocht om haar nieuwste poging om vriendschap te sluiten met de assistente van Goochem te staken en terug te komen naar kantoor.

Toen ze hun kantoor binnenliep zat Strike aan het dubbele bureau, met allerlei papieren uit het politiedossier over de zaak-Bamborough voor zich uitgespreid. Hij keek naar haar op, zag dat ze haar eigen kleur haar en ogen had en zei toen bruusk: 'De Goochem-klanten hebben net gebeld. Ze stoppen ermee, bij gebrek aan resultaat.'

'O nee,' zei Robin, en ze liet zich op de stoel tegenover hem zakken. 'Het spijt me, ik heb echt geprobeerd om met die assistente...'

'En Anna en Kim willen met ons praten. Ik heb voor vier uur vanmiddag een telefonisch overleg afgesproken.'

'Ze willen toch niet...?'

'Dat we de zaak afronden?' zei Strike onaangedaan. 'Waarschijnlijk wel. Ze schijnen een spontane uitnodiging te hebben gekregen van een vriendin om mee op vakantie te gaan naar Toscane. Ze willen voor ze vertrekken met ons praten, want op de vijftiende zijn ze nog niet terug.'

Er viel een lange stilte. Strike leek verder niets te zeggen te hebben, maar ging verder met het bekijken van allerlei stukken uit het dossier.

'Cormoran.'

'Wat?'

'Kunnen we het alsjeblieft even over St Peter hebben?'

'Ik heb alles wat ik daarover te zeggen heb al gezegd.' Hij pakte de verklaring van Ruby Elliot op waarin ze zei dat ze twee vrouwen in de regen ruzie had zien maken en deed alsof hij die nog een keer las.

'Niet over dat ik daarheen ben gegaan. Ik heb al gezegd...'

'Je zei dat je Ricci niet zou benaderen...'

'Ik heb ermee "ingestemd" om bij Ricci uit de buurt te blijven.' Robin maakte met haar vingers aanhalingstekens in de lucht. 'Net zoals jij met Gregory Talbot had "ingestemd" dat je niet aan de politie zou vertellen hoe je aan die filmrol was gekomen.' Ze was zich er sterk van bewust dat Pat aan de andere kant van de deur zat te typen, en ze sprak op zachte toon. 'Ik heb het niet gedaan om tegen jou in te gaan; ik had hem aan jou overgelaten, weet je nog? Maar het moest gebeuren, en jij kon niet. En voor het geval het je nog niet was opgevallen, ik kan me stukken beter vermommen dan jij.'

'Daar gaat het niet om.' Strike schoof de verklaring van Ruby Elliot opzij en pakte vervolgens Gloria's beschrijving van Theo. 'Wat mij dwarszit, en dat weet je donders goed, is dat je me niet vooraf verteld hebt dat je...'

'Bel jij *míj* dan elke drie seconden om me te vertellen wat je gaat doen? Als het jou uitkomt, mag ik op eigen initiatief werken, maar als...'

'Luca Ricci heeft in de bak gezeten omdat hij elektroden op geslachtsdelen heeft gezet, Robin!' Strike probeerde nu niet eens meer te doen alsof hij in de beschrijving van Theo geïnteresseerd was.

'Hoe vaak moeten we het hier nog over hebben? Denk je soms dat ik blij was toen hij die kamer binnenkwam? Ik zou er nooit naar binnen zijn gegaan als ik had geweten dat hij daar onverwacht zou langskomen! Het feit blijft...'

'... het is geen feit...'

'... dat als ik niet...'

'... die theorie...'

'Verdomme, het is geen theorie, Strike, het is de werkelijkheid, doe niet zo koppig!' Robin haalde haar mobiel uit haar achterzak en scrolde naar de foto die ze had genomen bij haar tweede bezoek aan het verpleeghuis, dat hooguit twee minuten had geduurd, en waarbij ze snel, zonder dat iemand het zag, een foto had gemaakt van het handschrift van Luca Ricci in het gastenboek.

'Geef me dat anonieme briefje eens,' beval ze Strike, en ze stak haar hand uit naar het verfrommelde blauwe papier dat de zussen Bayliss hun aan het eind van het gesprek hadden meegegeven. 'Zie je wel!'

Ze legde de foto en het papier naast elkaar voor Strike neer. Voor Robin waren de overeenkomsten onmiskenbaar: dezelfde vreemde mengeling van hoofdletters en kleine letters, allemaal los van elkaar, maar met rare, onnodige haaltjes eraan, een beetje zoals het uit de toon vallende gelispel van een lange, gevaarlijk uitziende man wiens huid zo pokdalig was als een gedeeltelijk gepelde sinaasappel.

'Je kunt op basis van een foto niet bewijzen dat dat hetzelfde handschrift is.' Strike wist dat hij vervelend deed, maar zijn woede was nog niet helemaal gedoofd. 'Deskundige handschriftanalyse baseert zich onder andere op de druk die op de pen is uitgeoefend.'

'Oké, dan niet,' zei Robin, die nu een harde, boze brok in haar keel had. Ze stond op en liep het kantoor uit, waarbij ze de deur iets op een kier liet staan. Door die kier hoorde Strike dat ze met Pat praatte, en daarna hoorde hij haar in de weer met theebekers. Hoe geïrriteerd hij ook was, hij hoopte dat ze ook een beker thee voor hem zou zetten.

Met een lichte frons trok hij Robins telefoon en het anonieme briefje naar zich toe en keek opnieuw van het een naar het ander. Ze had gelijk, en dat wist hij, al had hij het niet toegegeven, vanaf het moment dat ze hem bij terugkomst van St Peter de foto op haar telefoon had laten zien. Strike had het Robin niet verteld, maar hij had een foto van zowel het anonieme briefje als Luca Ricci's aantekening in het gastenboek doorgestuurd naar een handschriftdeskundige, die hij via zijn contacten bij de politie had benaderd. De vrouw had gewaarschuwd dat ze niet wist of ze tot een snelle en doorslaggevende conclusie kon komen zonder dat ze de oorspronkelijke stukken voor zich had, maar zei dat ze er op basis van het materiaal 'voor zeventig tot tachtig procent' zeker van was dat beide teksten door dezelfde persoon waren geschreven.

'Blijft iemands handschrift dan zo consistent, ook veertig jaar later?' vroeg Strike.

'Niet altijd,' antwoordde de deskundige. 'Je verwacht bepaalde veranderingen. Bij de meeste mensen gaat het handschrift naarmate ze ouder worden achteruit, door lichamelijke oorzaken. Iemands stemming kan ook invloed hebben. Uit mijn onderzoek blijkt dat het handschrift veelal het minst verandert bij mensen die niet regelmatig schrijven, vergeleken met dat van mensen die heel veel schrijven. Iemand die zo nu en dan schrijft houdt vast aan de stijl die hij vroeg in zijn leven heeft aangenomen, mogelijk op school al. Bij deze twee voorbeelden zijn er onderscheidende kenmerken die vanuit de jeugd lijken te zijn blijven hangen.'

'Ik denk dat we wel kunnen stellen dat deze man voor zijn werk niet veel hoeft te schrijven,' zei Strike.

De laatste keer dat Luca in de gevangenis had gezeten, wist hij van Shanker, was omdat hij opdracht had gegeven voor een steekpartij, en er ook op had toegezien dat die opdracht werd uitgevoerd. Het slachtoffer was in zijn ballen gestoken. Als door een wonder had hij het overleefd, 'maar die kan geen kinderen meer krijgen, de arme sukkel,' had Shanker Strike twee avonden geleden verteld. 'Als-ie een stijve krijgt, vergaat-ie van de pijn. Dan heb je toch geen leven meer? Het mes is zo door z'n rechterbal gegaan, heb ik gehoord... ze hielden hem natuurlijk tegen de grond gedrukt...'

'Bespaar me de details,' had Strike gezegd. Hij had net een heel vervelend gevoel gekregen, dat van zijn eigen ballen uitstraalde naar zijn borst.

Strike had Shanker met een tamelijk doorzichtig smoesje gebeld, alleen om te horen of het zijn oude vriend misschien ter ore was gekomen dat Luca Ricci bang was dat er een vrouwelijke detective bij zijn vader in het verpleeghuis was geweest. Aangezien Shanker er niets over had gezegd, moest Strike er wel van uitgaan dat dergelijke geruchten niet de ronde deden.

Dat was een opluchting, maar eigenlijk geen verrassing. Toen

Strike eenmaal was gekalmeerd, had hij tegenover zichzelf moeten toegeven dat hij ervan overtuigd was dat Robin het 'm geflikt had. Alles wat Strike over Luca Ricci wist, deed vermoeden dat hij Robin nooit ongedeerd had laten wegkomen als hij had gedacht dat ze daar was om onderzoek te doen naar iemand van zijn familie. Het soort mensen dat zijn meest duistere impulsen in toom liet houden door zijn eigen geweten, door de wet, door sociale normen en gezond verstand, kon misschien niet geloven dat iemand zo stom of onbezonnen zou zijn om Robin iets aan te doen in een kamer van een verpleeghuis, of om haar met een mes tegen haar rug mee naar buiten te tronen. Dat zou hij toch nooit op klaarlichte dag doen, zeiden die mensen. Dat durft hij niet, met overal getuigen! Maar Luca had zijn afschrikwekkende reputatie te danken aan het feit dat hij schaamteloos tot geweld kon overgaan, ongeacht waar hij zich bevond of wie er keek. Hij handelde vanuit de overtuiging dat hij ongestraft zou blijven, en daar had hij alle reden toe. Tegenover elke gevangenisstraf die hij had uitgezeten stonden vele incidenten waarvoor hij veroordeeld had moeten worden, maar waarbij hij onder zijn straf uit had weten te komen door getuigen te intimideren of anderen zo bang te maken dat ze de schuld op zich namen.

Robin kwam terug in het kantoor, met een ijzige blik maar wel met twee bekers thee. Ze duwde de deur met haar voet dicht en zette de beker met de donkerste thee voor Strike neer.

'Dank je,' mompelde Strike.

'Graag gedaan,' antwoordde ze stijfjes, waarna ze op haar horloge keek en weer ging zitten. Ze hadden nog twintig minuten voor het telefonisch overleg met Anna en Kim.

'We kunnen niet tegen Anna zeggen dat we denken dat Luca Ricci die anonieme briefjes heeft geschreven,' zei Strike.

Robin keek hem alleen maar aan.

'We kunnen niet hebben dat twee aardige, beschaafde vrouwen gaan rondbazuinen dat Ricci Margot heeft bedreigd en misschien wel heeft vermoord. Dan brengen we hen ook in gevaar, net als onszelf.'

'Kunnen we die twee teksten niet in elk geval aan een deskundige voorleggen?'

'Dat heb ik al gedaan.' Strike vertelde wat de vrouw had gezegd.

'Waarom heb je me dat niet...'

'Omdat ik nog steeds pislink was.' Strike nam een slokje van zijn thee. Die was precies zoals hij hem lekker vond: sterk, zoet en met de kleur van teer. 'Robin, als we met die foto en dat briefje naar de politie gaan, of er nu iets uitkomt of niet, dan staat er meteen een reusachtige schietschijf op jouw rug geschilderd. Ricci gaat dan uitzoeken wie een foto gemaakt zou kunnen hebben van zijn handschrift in dat gastenboek. En dan komt hij binnen de kortste keren bij ons uit.'

'Hij was tweeëntwintig toen Margot verdween,' zei Robin zacht. 'Oud en fors genoeg om een vrouw te ontvoeren. Hij had contacten die hem konden helpen om zich van een lijk te ontdoen. Betty Fuller dacht dat degene die die briefjes had geschreven de moordenaar was, en ze durft ons nog steeds niet te vertellen wie het was. Dat zou op de zoon kunnen wijzen, maar net zo goed op de vader.'

'Dat kan allemaal zo zijn, maar we moeten wel reëel blijven. We hebben niet de middelen om het tegen de georganiseerde misdaad op te nemen. Dat jij naar St Peter bent gegaan was al roekeloos genoeg...'

'Zou je me kunnen uitleggen waarom het roekeloos was toen ik het deed, maar niet toen jij het zelf van plan was?'

Daar had hij even niet van terug.

'Omdat ik minder ervaring heb? Omdat je denkt dat ik het verpruts, of dat ik in paniek raak? Of dat ik niet alert genoeg ben?'

'Nee, dat allemaal niet,' zei Strike, hoewel het hem moeite kostte dat te moeten toegeven.

'Nou dan...'

'Omdat ik meer kans heb om het te overleven als Luca Ricci me met een honkbalknuppel te lijf gaat dan jij, oké?'

'Maar Luca gaat geen mensen te lijf met een honkbalknuppel,' zei Robin redelijk. 'Hij gaat ze met messen, elektroden en bijtend zuur te lijf, en ik zie niet in waarom jij daar beter tegen bestand zou zijn dan ik. Jij vindt het voor jezelf gewoon prima om bepaalde risico's te nemen, maar voor mij niet. Ik weet niet of dat komt door een gebrek aan vertrouwen in mij of dat het hoffelijkheid van je is, of het een vermomd als het ander...'

'Luister...'

'Nee, luister jíj maar eens. Als jij daar binnen was herkend, had ons hele bureau daarvoor moeten boeten. Ik heb me over Ricci ingelezen, ik ben niet achterlijk. Hij pakt net zo gemakkelijk iemands familie, partner of zelfs huisdier als dat hij iemand persoonlijk te grazen neemt. Er zijn nu eenmaal plekken waar ik gemakkelijker kan komen dan jij, of je het nu leuk vindt of niet. Ik zie er minder opvallend uit, ik kan me gemakkelijker vermommen, en mensen vertrouwen een vrouw eerder dan een man, vooral als er kinderen en oude mensen bij zijn. We zouden dit allemaal niet geweten hebben als ík niet naar St Peter was gegaan...'

'We hadden het beter niet kunnen weten,' beet Strike haar toe. 'Shanker heeft me al maanden geleden gezegd: "Als Mucky Ricci het antwoord is, moet jij heel gauw ophouden de fucking vraag te stellen." En datzelfde geldt absoluut voor Luca.'

'Daar meen je niks van. Daar ken ik je te goed voor. Jij zou er nooit voor kiezen om iets dan maar niet te weten.'

Ze had gelijk, maar dat wilde hij niet toegeven. Een van de dingen waardoor zijn woede de afgelopen twee weken was blijven sudderen was inderdaad dat hij wist dat er in zijn eigen stellingname sprake was van een fundamenteel gebrek aan logica. Als het de moeite waard was om informatie over de familie Ricci te verzamelen, dan had dat moeten gebeuren, en dan was Robin, zoals ze wel had bewezen, daartoe de aangewezen persoon. Hij nam het haar kwalijk dat ze hem niet van tevoren had verteld wat ze van plan was, maar hij wist ook dat hij het haar verboden zou hebben als ze dat wel had gedaan, vanuit een in essentie niet te verdedigen verlangen om haar te behoeden voor gevaar, want de logische conclusie van die gedachte was dat ze dit werk dan helemaal niet zou moeten doen. Hij wilde dat ze open en direct tegen hem was, maar wist dat het te wijten was aan zijn eigen onduidelijke houding ten aanzien van de lichamelijke risico's die zij zou lopen dat zij niet eerlijk tegen hem was geweest over haar plannen. Elke keer dat hij het lange litteken op haar onderarm zag voelde hij het verwijt, ook al was de fout die tot de aanval had geleid uitsluitend op haar conto te schrijven. Hij wist te veel over haar verleden; de relatie was te persoonlijk geworden: hij wilde haar niet nog een keer in het ziekenhuis hoeven opzoeken. Hij ervoer precies dat irritante verantwoordelijkheidsgevoel dat ervoor zorgde dat hij vastbesloten was single te blijven, maar dan zonder de geneugten die dat compenseerden. Daar kon zij niets aan doen, maar het had twee weken geduurd voordat hij deze feiten onder ogen durfde te zien.

'Je hebt gelijk,' mompelde hij uiteindelijk. 'Ik zou er niet voor kiezen om iets niet te weten.' Hij vermande zich uit alle macht en zei: 'Verdomd goed gedaan.'

'Dank je wel,' zei Robin, net zo verrast als voldaan.

'Maar kunnen we alsjeblieft afspreken dat we dit soort dingen in de toekomst van tevoren bespreken?'

'Als ik je had gevraagd...'

'Ja, dan had ik misschien nee gezegd, en dan had ik fout gezeten, en dat zal ik voor de volgende keer in gedachten houden, oké? Maar, zoals je zelf ook de hele tijd zegt: we zijn compagnons, dus ik zou het waarderen...'

'Oké. Goed. We bespreken het. Sorry dat ik dat niet gedaan heb.'

Op dat moment klopte Pat aan en deed de deur op een kiertje open. 'Ik heb mevrouw Phipps en mevrouw Sullivan aan de lijn.'

'Verbind maar door, alsjeblieft,' zei Strike.

Met een gevoel alsof ze bij de dokter zat voor een slechtnieuwsgesprek liet Robin Strike het woord doen tegenover Anna en Kim Hij nam systematisch alle gesprekken door die ze de afgelopen elfenhalve maand hadden gevoerd, hij vertelde hun de geheimen die Robin en hij boven water hadden gekregen en de voorzichtige conclusies die ze hadden getrokken.

Hij onthulde dat Irene Hickson kort iets met de ex-vriend van Margot had gehad, en dat ze daar allebei over hadden gelogen, en hij legde uit dat Satchwell misschien bang was geweest dat Margot aan de politie zou vertellen hoe zijn zus aan haar einde was gekomen; dat Wilma de schoonmaakster nooit een voet in Broom House had gezet, en dat het verhaal dat ze Roy had zien lopen hoogstwaarschijnlijk niet waar was; dat de dreigbriefjes echt waren geweest, maar dat ze er (met een korte blik op Robin) niet in waren geslaagd om de afzender ervan te achterhalen; dat Joseph Brenner een onfrisser type was geweest dan iedereen had gedacht, maar dat ze niets hadden kunnen vinden wat hem in verband bracht met Margots verdwijning; dat Gloria Conti, de laatste die Margot in leven had gezien, in Frankrijk woonde en niet met hen wilde praten; en dat Steve Douthwaite, Margots verdachte patiënt, spoorloos was verdwenen. Tot slot vertelde hij hun dat ze het busje gevonden hadden dat op de avond van Margots verdwijning van Clerkenwell Green was weggescheurd, en dat ze zeker wisten dat het niet de bestelbus van Dennis Creed was geweest.

De eerste keer dat Strike een pauze liet vallen in zijn relaas, werd de stilte alleen onderbroken door het zachte gebrom uit de speaker op zijn bureau, ten teken dat de verbinding nog in stand was. Robin wachtte tot Anna iets zou zeggen en merkte opeens dat ze tranen in haar ogen had. Ze had er zo vreselijk graag achter willen komen wat er met Margot Bamborough was gebeurd.

'Tja... we wisten dat het moeilijk zou worden,' zei Anna uiteindelijk. 'Zo niet onmogelijk.'

Robin kon horen dat Anna ook huilde. Ze voelde zich ellendig.

'Het spijt me,' zei Strike formeel. 'Het spijt me heel erg dat ik geen beter nieuws voor jullie heb. We zouden natuurlijk nog steeds Douthwaite graag willen spreken, en...'

'Nee.'

Robin herkende in dat vastberaden 'nee' Kims stem.

'Nee, het spijt me,' zei de psychologe. 'We hadden een jaar afgesproken.'

'We hebben nog twee weken te gaan,' zei Strike, 'en als...'

'Hebt u enige reden om te denken dat u Steve Douthwaite de komende twee weken wel zult vinden?'

Strikes bloeddoorlopen ogen vonden Robins vochtige ogen. 'Nee,' moest hij toegeven.

'Zoals ik in mijn mail al zei, we gaan binnenkort met vakantie,' zei Kim. 'U hebt Margots lichaam niet gevonden, dus er was altijd wel weer een andere invalshoek die u eens kon proberen, of de zoveelste persoon die misschien iets wist, maar zoals ik u in het begin al heb gezegd: we hebben het geld niet, en eerlijk gezegd ook niet het emotionele uithoudingsvermogen, om hier eindeloos mee door te gaan. Het lijkt me beter – zuiverder – als we accepteren dat u uw best hebt gedaan en we u bedanken voor de moeite die u zich duidelijk hebt getroost. Het is zonder meer de moeite waard geweest, ook al... Ik bedoel, de relatie tussen Anna en Roy is beter dan die in jaren is geweest, dankzij uw bezoek. Hij zal het fijn vinden om te horen dat de schoonmaakster nu inziet dat hij die dag echt niet kon lopen.'

'Nou, dat is fijn,' zei Strike. 'Ik vind het alleen jammer...'

'Ik wist,' zei Anna met onvaste stem, 'dat het praktisch... onmogelijk zou zijn. Maar nu weet ik in elk geval dat ik het geprobeerd heb.'

Toen Anna had opgehangen bleef het stil in het kantoor. Na een hele poos zei Strike: 'Even naar de wc,' en hees hij zich overeind en verliet de ruimte.

Robin stond ook op en zocht de gekopieerde bladzijden uit het politiedossier bij elkaar. Ze kon gewoonweg niet geloven dat het nu allemaal voorbij was. Toen ze de documenten op een keurig stapeltje had gelegd, ging ze zitten en bladerde ze nog één keer door. Ze wist van zichzelf dat ze hoopte dat ze iets zou tegenkomen, wat dan ook, wat ze over het hoofd hadden gezien.

Uit de verklaring van Gloria Conti tegenover Lawson:

> Het was een kleine, donkere, gedrongen vrouw die eruitzag als een zigeunerin. Ik schatte haar nog geen twintig. Ze was alleen en zei dat ze erge pijn had. Ze zei dat ze Theo heette. Ik verstond haar achternaam niet en vroeg ook niet of ze die nog een keer wilde zeggen, omdat ik

dacht dat ze met spoed door een arts moest worden gezien. Ze hield haar handen tegen haar buik gedrukt. Ik zei dat ze even moest wachten en toen ben ik aan dokter Brenner gaan vragen of hij naar haar kon kijken, want dokter Bamborough was nog met patiënten bezig.

Uit de verklaring van Ruby Elliot tegenover Talbot:

Ik zag ze naast een telefooncel, twee vrouwen die ruzie leken te maken. De langste van de twee, met de regenjas aan, leunde op de kleinste, die een plastic regenkapje op had. Het leken me allebei vrouwen, maar ik heb hun gezichten niet kunnen zien. Het zag eruit alsof de een de ander sneller probeerde te laten lopen.

Uit de verklaring van Janice Beattie aan Lawson:

Ik sprak meneer Douthwaite wel eens sinds de keer dat hij bij de flats was aangevallen, maar ik zou hem geen vriend willen noemen. Hij vertelde me wel hoe erg hij het vond dat zijn vriendin zelfmoord had gepleegd. Hij vertelde me dat hij vaak last had van hoofdpijn. Ik dacht dat dat door spanning kwam. Ik weet dat hij in een pleeggezin is opgegroeid, maar hij heeft me nooit verteld hoe zijn pleegmoeders heetten. Hij sprak nooit over dokter Bamborough, behalve om te zeggen dat hij naar haar toe was gegaan vanwege zijn hoofdpijn. Hij had me niet verteld dat hij wegging uit Percival House. Ik weet niet waar hij naartoe is gegaan.

Uit de verklaring van Irene Hickson tegenover Lawson:

Het bijgevoegde bonnetje toont aan dat ik die middag in Oxford Street was. Het spijt me heel erg dat ik niet eerlijk ben geweest over waar ik was, maar ik schaamde me ervoor dat ik had gelogen om een middag vrij te krijgen.

En onder deze verklaring lag een kopie van Irenes bonnetje: Marks & Spencer, drie artikelen, met een totaalbedrag van 4 pond 73.

Uit de verklaring van Joseph Brenner tegenover Talbot:

Ik ben net zo laat als anders uit de praktijk weggegaan, want ik had mijn zus beloofd dat ik met het eten thuis zou zijn. Dokter Bamborough was zo vriendelijk om het spoedgeval voor haar rekening te nemen, aangezien ze iets later toch een afspraak met een vriendin had in de buurt. Ik heb geen idee of dokter Bamborough persoonlijke problemen had. Wij hadden een strikt professionele relatie. Ik zou niet weten of iemand haar kwaad wilde doen. Ik weet nog dat een van haar patiënten haar een doosje chocolaatjes stuurde, al zou ik niet met zekerheid kunnen zeggen dat dat van Steven Douthwaite kwam. Ik ken meneer Douthwaite niet. Ik weet nog dat dokter Bamborough niet blij was toen Dorothy haar de chocolaatjes kwam brengen en dat ze aan Gloria, de receptioniste, vroeg om het doosje meteen in de vuilnisbak te gooien, al heeft ze het er later zelf weer uitgehaald. Ze was een echte zoetekauw.

Strike kwam het kantoor weer binnen en gooide een briefje van vijf pond voor Robin op tafel neer.

'Waar is dat voor?'

'We hadden een weddenschap, over de vraag of ze het jaar zouden verlengen als we nog geen aanwijzingen hadden. Ik zei van wel. Jij zei van niet.'

'Dat neem ik niet aan,' zei Robin, en ze liet het briefje liggen. 'We hebben nog twee weken.'

'Ze hebben net...'

'Ze hebben tot het eind van de maand betaald. Ik ga er niet nu mee stoppen.'

'Heb je niet begrepen wat ik net zei?' Strike keek fronsend op haar neer. 'We stoppen met Ricci.'

'Dat weet ik.' Ze keek weer op haar horloge. 'Ik moet het over een uur van Andy overnemen. Dus ik ga maar.'

Toen Robin weg was stopte Strike de kopieën weer in de dozen met oude politiedossiers die nog onder het bureau stonden en liep zijn kantoor uit naar Pat, die zoals altijd haar elektronische sigaret tussen haar tanden had.

'We zijn twee klanten kwijt,' zei hij. 'Wie is de volgende op de wachtlijst?'

'Die voetballer.' Pat riep het gecodeerde dossier op op haar beeldscherm om Strike een zeer bekende naam te laten zien. 'En als je meteen voor allebei een nieuwe wilt, heb ik hier die chique vrouw met de chihuahua.'

Hij aarzelde. 'Laten we voorlopig alleen die voetballer doen. Kun je zijn assistente bellen en zeggen dat ik morgen tijd heb om alles door te spreken?'

'Morgen is het zaterdag.'

'Dat weet ik. Ik werk in het weekend en ik denk niet dat hij wil dat iemand hem hier naar binnen ziet gaan. Zeg maar dat ik het prima vind om bij hem langs te komen.'

Hij ging weer naar zijn kantoor en schoof het raam omhoog om de middaglucht de kamer binnen te laten, vol uitlaatdampen en die typisch Londense geur van warme baksteen en roet, en die dag ook een vleugje bladeren, bomen en gras. Hij had zin om een sigaret op te steken, maar deed dat niet uit respect voor Pat, aangezien hij haar had gevraagd binnen niet te roken. Hun cliënten waren tegenwoordig allemaal niet-rokers en hij vond dat ze een slechte indruk maakten als het hier stonk als een asbak. Hij leunde over de vensterbank naar buiten en keek naar de cafébezoekers en de winkelende mensen die op deze vrijdagavond door Denmark Street op en neer liepen, terwijl hij met een half oor luisterde naar Pats gesprek met de assistente van de voetballer uit de Premier League, maar zijn gedachten waren meer bij Margot Bamborough.

Hij had al die tijd geweten dat de kans dat ze erachter zouden komen wat er met haar was gebeurd bijzonder klein was, maar die vijftig weken waren voorbijgevlogen. Hij moest denken aan alle tijd die hij bij Joan in Cornwall had doorgebracht en aan de andere klanten die waren gekomen en gegaan, en hij vroeg zich af of ze er wél achter gekomen zouden zijn wat er met Margot Bamborough was gebeurd als al die andere zaken er niet tussen waren gekomen. Maar hoe verleidelijk het ook was om de afleiding de schuld te geven, hij dacht dat het resultaat toch hetzelfde zou zijn geweest.

Misschien was Luca Ricci wel het antwoord dat ze nooit zouden kunnen geven. Een plausibel antwoord, in vele opzichten: een huurmoord, om een of andere ondoorgrondelijke onderwereldreden gepleegd, omdat Margot gevaarlijk dicht in de buurt van een geheim was gekomen of omdat ze zich met de zaken van die gangsters had bemoeid. *Waag het niet mijn vrouw lastig te vallen...* Ze was er echt het type naar geweest om een stripper, een tippelaarster, een pornoactrice of een verslaafde te adviseren een ander leven te gaan leiden, te getuigen tegen de mannen die misbruik van haar maakten...

'Elf uur morgenochtend,' zei Pat schor, achter Strike. 'Bij hem thuis. Ik leg zijn adres op je bureau.'

'Dank je wel.' Toen hij zich omdraaide, zag hij dat ze haar jas al aanhad. Het was vijf uur. Ze keek lichtelijk verbaasd toen ze zijn 'dank je wel' hoorde, maar sinds Robin tegen hem tekeer was gegaan omdat hij altijd zo onbeschoft deed tegen Pat, had hij bewust zijn best gedaan om wat beleefder tegen de secretaresse te zijn. Ze aarzelde heel even, haalde toen de elektronische sigaret uit haar mond en zei: 'Robin heeft me verteld wat Morris gedaan had. Wat hij haar gestuurd had.'

'Ja. De smeerlap.'

'Ja.' Ze bekeek hem eens goed, alsof ze iets aan hem zag wat ze nooit had gedacht te zullen zien. 'Vreselijk. En hij deed me nog wel altijd aan Mel Gibson denken, in zijn jonge jaren,' zei ze tot zijn verrassing.

'O ja?'

'Gek hè, iemands uiterlijk. Wat dat je voor ideeën geeft.'

'Ach, ja.'

'Jij lijkt bijvoorbeeld heel erg op mijn eerste man,' zei Pat.

'Echt?' zei Strike verbaasd.

'Ja. Nou... ik ga ervandoor. Fijn weekend.'

'Jij ook.'

Hij wachtte tot haar voetstappen op de metalen trap waren weggestorven, haalde toen zijn sigaretten tevoorschijn, stak er een op en liep terug naar zijn kantoor, waar het raam nog openstond. Hij haalde een oude asbak uit zijn bureaula, pakte Talbots leren aantekenboek uit de bovenste la van de dossierkast en ging op zijn vaste stoel zitten om het nog één keer door te bladeren. Bij de laatste bladzijde hield hij stil.

Strike had nooit al te lang stilgestaan bij Talbots laatste notities, deels doordat zijn geduld op was tegen de tijd dat hij daar was aanbeland, en deels doordat het de rommeligste en meest onsamenhangende aantekeningen van allemaal waren. Maar vanavond had hij een melancholieke reden om de laatste bladzijde van Talbots boek eens wat nader te bestuderen, aangezien ook voor Strike deze zaak ten einde was. Dus bestudeerde hij Talbots tekening van de demon, waarvan hij vermoedde dat hij die had gemaakt voordat de ambulance hem was komen halen: de geest van Margot Bamborough, teruggekeerd van een of ander astraal vlak om hem te kwellen in de gedaante van Babalon, de Moeder der Gruwelen.

Hij voelde geen druk meer om er iets van te begrijpen. Strike schakelde zijn gedachten uit zoals hij zijn ogen zou hebben ontspannen om in een ogenschijnlijk vlak patroon beter zo'n driedimensionaal beeld te zien verschijnen. Hij liet zijn blik over de zinsflarden en fragmenten glijden die Talbot half had onthouden uit de teksten van Crowley en van de Thoth-tarot. Terwijl hij de afbeelding van de demon met de zware borsten nog eens goed bekeek, op wier buik de berouwvolle Talbot vervolgens een christelijk kruis had getekend, moest hij denken aan wat Robin maanden geleden in Hampton Court Palace had gezegd, over de aantrekkingskracht van mythen en symbolen, en over het idee van het collectieve onderbewuste, waarin archetypen op de loer lagen. Deze demon en de losse zinsflarden die voor Talbot in zijn psychotische toestand blijkbaar heel relevant waren geweest, waren ontsproten uit het onderbewuste van de politieman zelf: het was te gemakkelijk, te simplistisch om Crowley en Lévi de schuld te geven van wat Talbots geest zelf had willen onthouden. Die had dit voortgebracht, in een laatste stuiptrekking van zijn gekte, in een laatste poging de zaak te ontrafelen. *Zeven sluiers, zeven hoofden, zeven stromen. Lust en vreemde drugs. Zeven rond haar hals. De*

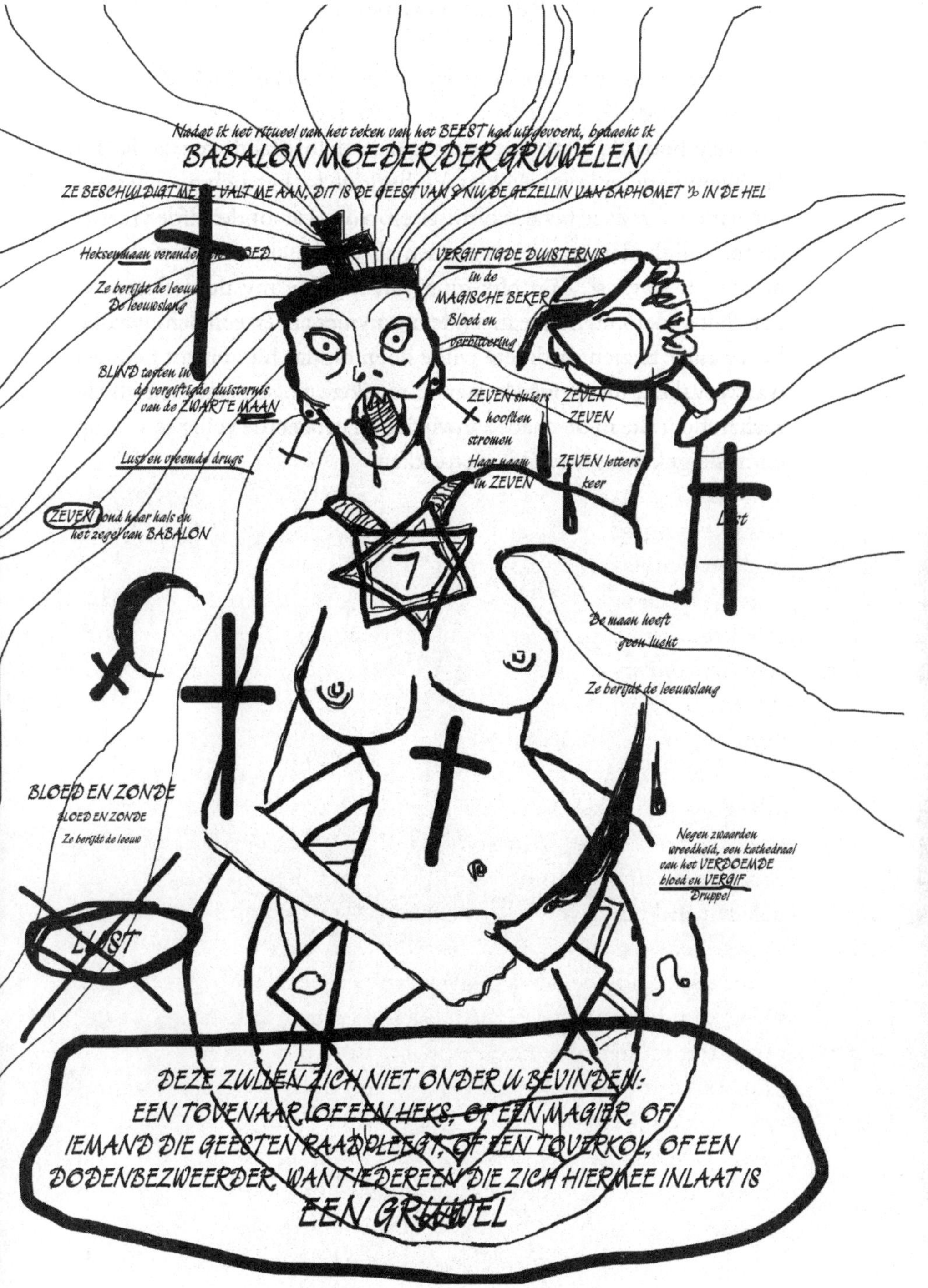
Nadat ik het ritueel van het teken van het BEEST had uitgevoerd, bedacht ik
BABALON MOEDER DER GRUWELEN
ZE BESCHULDIGT ME ZE VALT ME AAN, DIT IS DE GEEST VAN NU DE GEZELLIN VAN BAPHOMET IN DE HEL
Heksenmaan verander
Ze berijdt de leeuw
De leeuwslang
BLIND tasten in
de vergiftigde duisternis
van de ZWARTE MAAN
Lust en vreemde drugs
ZEVEN rond haar hals en
het zegel van BABALON
VERGIFTIGDE DUISTERNIS
in de
MAGISCHE BEKER
Bloed en
verbittering
ZEVEN sluiers
hoofden
stromen
Haar naam
in ZEVEN
ZEVEN
ZEVEN
ZEVEN letters
keer
Lust
De maan heeft
geen lucht
Ze berijdt de leeuwslang
BLOED EN ZONDE
BLOED EN ZONDE
Ze berijdt de leeuw
Negen zwaarden
wreedheid, een kathedraal
van het VERDOEMDE
bloed en VERGIF
Druppel
LUST
DEZE ZULLEN ZICH NIET ONDER U BEVINDEN:
EEN TOVENAAR, OF EEN HEKS, OF EEN MAGIER, OF
IEMAND DIE GEESTEN RAADPLEEGT, OF EEN TOVERKOL, OF EEN
DODENBEZWEERDER, WANT IEDEREEN DIE ZICH HIERMEE INLAAT IS
EEN GRUWEL

vergiftigde duisternis van de ZWARTE MAAN. *Bloed en zonde. Ze berijdt de leeuwslang.*

Strike boog de lamp wat dichter naar de bladzijde toe, zodat hij de tekening beter kon bekijken. Verbeeldde hij het zich nu of wezen een aantal van deze bizarre notities erop dat Talbot dezelfde vreemde toevalligheden waren opgevallen als Strike, na zijn gesprek met de zussen Bayliss? Zijn blik ging van het ene mystieke fragment naar het andere, en Strike meende hierin niet alleen een berouwvolle kerkganger te zien die boete wilde doen omdat hij ooit tot hekserij was vervallen, maar ook de laatste radeloze poging van een goede rechercheur die in de chaos aanwijzingen probeerde veilig te stellen, en in de gekte logica wilde ontdekken.

63

At last resoluing forward still to fare,
Till that some end they finde or in or out,
The path they take, that beaten seemd most bare,
And like to lead the labyrinth about...

Edmund Spenser
The Faerie Queene

In de weken hierna viel het Robin op dat *Astrology 14* van Steven Schmidt, het tweedehands boek dat ze op kantoor had laten liggen, steeds op een andere plek lag. De ene ochtend lag het nog boven op de archiefkast, waar ze het had neergelegd, een paar dagen later lag het op Strikes helft van het bureau en de avond daarop naast de waterkoker. Er doken ook steeds allerlei documenten uit het politiedossier over Bamborough op, om vervolgens weer te verdwijnen, en het in leer gebonden aantekenboek van Bill Talbot was uit de dossierkast verdwenen en, zo vermoedde ze, boven in Strikes zolderappartement beland.

Ze hadden het wederom ontzettend druk. De nieuwe opdrachtgever, de voetballer, had twee miljoen pond gestoken in een nieuw te openen nachtclub waar niets van terecht was gekomen. Zijn compagnon in dit project was inmiddels verdwenen, samen met al het geld. De voetballer – die van Barclay, die hem niet moest, de bijnaam 'Dopey' had gekregen – was net zo bang dat het hele verhaal in de krant zou komen als dat hij zijn geld niet terug zou krijgen.

De vriend van Mevrouw Jones leidde ondertussen nog steeds een keurig leven, maar zij vond het blijkbaar geen enkel probleem om de rekeningen van het bureau te blijven betalen, zolang Strike het maar volhield om twee keer per week met haar te bellen. Tijdens deze zogenaamde voortgangsgesprekken vertelde ze Strike over al haar problemen en liet ze duidelijk doorschemeren dat ze een uitnodiging voor een etentje maar wat graag zou accepteren.

Naast deze cliënten, en de mensen die op de wachtlijst waren voorgedrongen, hadden ze ook nog Goochems Baas, die door de raad van bestuur was gedwongen om met vervroegd pensioen te gaan. GB liep op een ochtend het kantoor aan Denmark Street binnen omdat hij Barclay wilde spreken, die zijn contactgegevens bij Elinor Dean had achtergelaten. Tot Strikes verbazing had GB's vervroegde pensionering hem niet tot wanhoop gedreven, maar hem juist bevrijd.

'Ongelooflijk toch, een paar maanden geleden overwoog ik echt om er een eind aan te maken,' zei hij tegen Strike. 'Maar ik ben nu van die ellendeling verlost. Ik heb mijn vrouw over Elinor verteld...'

'Echt waar?' vroeg Strike verbaasd.

'En ze was heel begripvol. In mijn vorige huwelijk werd... eh... werd in mijn behoeften voorzien door mijn ex-vrouw, maar sinds we uit elkaar zijn... Hoe dan ook, Portia en ik hebben het er uitgebreid over gehad en ze vindt het prima dat ik bij Elinor blijf komen, zolang er maar geen sprake is van ontrouw.'

Strike verborg zijn gezicht achter zijn beker. Hij kon zich goed voorstellen dat Portia, met haar centimeters lange nagels, haar door de kapper geföhnde haar, haar drie vakanties per jaar, haar zwarte American Express-card en haar huis met zes slaapkamers en een zwembad in West Brompton, het verschonen van GB's luiers liever aan iemand anders overliet.

'Het enige wat ik nu nog wil,' zei GB, en zijn tevreden glimlach maakte plaats voor een harde, boze blik, 'is dat die vuile goochemerd zijn verdiende loon krijgt. En ik ben bereid ervoor te betalen.'

Vandaar dat zowel Goochem als zijn assistente weer door hen werd gevolgd.

Dat ze drie veeleisende zaken hadden, betekende dat de communicatie tussen de twee compagnons de rest van de maand voornamelijk per telefoon ging. Eind augustus kruisten hun wegen zich eindelijk weer, op een donderdagmiddag toen Strike het kantoor binnenkwam en Robin net wilde vertrekken.

Pat, die naar de radio zat te luisteren terwijl ze een dikke stapel rekeningen zat te betalen, bood aan die uit te zetten toen ze Strike zag, wiens aandacht zojuist werd getrokken door de nauwsluitende blauwe jurk die Robin aanhad.

'Nee, laat maar,' zei hij. 'Leuk, een beetje muziek.'

'Cormoran, kan ik je heel even spreken?' Robin wenkte hem hun kantoor binnen.

'... en dan nu, in onze top-honderd van seventies-hits, een gouwe ouwe van de eendagsvlieg Middle of the Road: "Chirpy Chirpy Cheep Cheep..."'

'Waar ga jij naartoe?' vroeg Strike, terwijl hij de tussendeur naar Pat dichtdeed. Hij was bijna de hele avond ervoor op de been geweest, had Goochem zich in een nachtclub zien volzuipen en -snuiven, en had vandaag heen en weer gereden tussen de diverse adressen die Dopeys compagnon de afgelopen twee jaar had gebruikt. Hij had zich niet geschoren, had overal pijn en liet zich met een kreun van verlichting op zijn vaste stoel zakken.

'Naar The Vintry. Wijnbar in de City,' zei Robin. 'Gemma gaat daar straks naartoe; Andy heeft het haar horen afspreken. Ik hoop dat ze er met vriendinnen heen gaat. Ik moet op de een of andere manier in het groepje zien te infiltreren.'

Gemma was Goochems assistente. Door de dichte deur hoorden ze inmiddels flarden van een vrolijk liedje op de radio, met de wat vreemde tekst '*Where's your momma gone?*'

'Je bent nog steeds met Bamborough bezig, hè?' vroeg Robin.

'Even een paar dingen checken,' gaf Strike toe.

'En?'

'En niks. Het lijkt wel een doolhof. Zodra ik denk dat ik de goede weg ben ingeslagen, ga ik een hoek om en blijkt hij dood te lopen. Of ben ik weer terug bij af. Waarom kijk je zo tevreden?'

'Ik ben gewoon blij dat je het niet hebt opgegeven.'

'Dat zeg je niet meer als ze me net als Bill Talbot naar het gekkenhuis afvoeren. Ik hoop dat ik nooit van mijn leven meer een sterrenbeeld onder ogen krijg... Waar hangt die Douthwaite uit? Wat is er met hem gebeurd?'

'Denk je...?'

'Ik vertrouw die man voor geen stuiver, nooit gedaan ook. Zijn alibi slaat nergens op. Dan verandert hij zijn naam. Dan gaat er, zoals jij ontdekt hebt, wéér een jonge vrouw in zijn omgeving dood – die verdronken medewerkster van het vakantiepark. Dan verdwijnt hij opnieuw.

Als ik die Douthwaite een keer te spreken kon krijgen,' zei Strike terwijl hij met zijn vingers op het bureau trommelde, 'dan zou ik het daarna loslaten.'

'Echt?'

Hij keek even naar haar en wendde toen fronsend zijn blik af. Ze zag er buitengewoon sexy uit in die blauwe jurk, die hij nooit eerder had gezien.

'Ja, als ik Douthwaite te spreken kon krijgen, zou ik er verder vrede mee hebben.'

'*Last night I heard my momma singing a song...*'

'En Gloria Conti misschien,' zei Strike.

'*Woke up this morning, and my momma was gone...*'

'En Creed.. Ik zou graag Dennis Creed spreken.'

Robins hart maakte een sprongetje. Ze had die ochtend een e-mail ontvangen waarin stond dat ze tegen het eind van de dag een besluit kon verwachten over een eventuele ondervraging van Creed.

'Ik moet gaan. Gemma, die assistente van Goochem, is om zes uur in die wijnbar, als het goed is. Aardig van je dat Pat de radio aan mocht laten staan,' zei ze met haar hand op de klink.

'Ach ja,' zei Strike schouderophalend. 'Ik doe mijn best.'

Toen Robin haar jas aantrok in het gedeelte waar Pat zat, zei die: 'Die kleur staat je heel goed.'

'Dank je. Het is een oudje. Een wonder dat hij me nog past, na alle chocola die ik de laatste tijd heb gegeten.'

'Denk je dat hij thee wil?'

'Vast wel,' zei Robin verrast. Blijkbaar was Strike niet de enige die zijn best deed.

'Ooo, hier was ik vroeger helemaal weg van,' zei Pat toen de eerste klanken van 'Play That Funky Music' door het kantoor klonken, en toen Robin de trap afliep, hoorde ze haar met haar schorre bariton meezingen:

Once I was a funky singer,
Playin' in a rock and roll band...

The Vintry, waar Robin twintig minuten later aankwam, lag in de buurt van metrostation Cannon Street, in het hart van het financiële district, en was precies het soort tent waar haar ex-man van hield. Het interieur was modern op een conventionele manier, zonder opsmuk, met een strakke mix van stalen balken, grote ramen en een houten vloer, en deed vaag aan een kantoortuin denken, ondanks de lange bar met de gestoffeerde krukken. Er was hier en daar iets speels aan toegevoegd, zoals de twee opgezette konijnen op een vensterbank, met een speelgoedgeweertje onder de arm en een jachtpetje op, maar over het algemeen was de clientèle, die overwegend uit mannen in pak bestond, gehuld in een sfeer van smaakvolle beige nietszeggendheid. Ze hadden net hun werkdag achter de rug en stonden in groepjes bij elkaar te drinken, te lachen, op hun telefoon de krant te lezen of de paar vrouwelijke klanten te keuren. Robin vond dat ze niet alleen zelfvertrouwen, maar ook zelfbehagen uitstraalden. Ze ontving enkele goedkeurende blikken toen ze zich tussen effectenmakelaars, bankiers en beurshandelaren door een weg naar de bar baande.

Ze keek behoedzaam om zich heen in de grote, open ruimte en zag dat Gemma er nog niet was, dus ging ze op een vrije barkruk zitten, bestelde een tonic en deed alsof ze op haar telefoon het nieuws van de dag zat te lezen, louter en alleen om de onverholen blikken van twee jonge mannen rechts van haar te ontwijken, van wie er een vastbesloten leek om Robin te laten opkijken, al was het maar om vast te stellen waar het irritante bulderende gelach vandaan kwam. Links van haar zaten twee oudere mannen het ophanden zijnde referendum over de Schotse onafhankelijkheid te bespreken.

'De peilingen voorspellen niet veel goeds,' zei de eerste man. 'Ik hoop maar dat Cameron weet wat hij doet.'

'Ze zijn hartstikke gek als ze die onafhankelijkheid doorzetten.'

'Dat kan gunstig zijn – voor sommige mensen, althans,' zei de eerste man. 'Ik weet nog toen ik in Hongkong was... O, ik geloof dat ons tafeltje vrij is...'

De twee heren konden aan tafel en vertrokken. Robin keek weer om zich heen, waarbij ze het zorgvuldig vermeed om de jongen met de bulderlach aan te kijken, en haar oog viel op een vuurrode vlek helemaal aan het eind van de bar. Gemma was er, ze stond alleen en probeerde de aandacht van de barkeeper te trekken. Robin liet zich van haar kruk glijden en liep met haar drankje naar Gemma, die lang, donker haar had dat in zigeunerinnenkrullen tot halverwege haar rug viel.

'Hé... Linda?'

'Hè?' Gemma keek geschrokken op. 'Nee, sorry.'

'O,' zei Robin, en ze keek beteuterd. 'Misschien ben ik in de verkeerde bar. Hebben ze nog meer vestigingen?'

'Ik zou het niet weten, sorry,' zei Gemma, met haar hand nog in de lucht om de aandacht van de barkeeper te trekken.

'Ze zei dat ze iets roods zou aantrekken,' zei Robin, en ze keek om zich heen naar de zee van pakken.

Gemma keek even naar Robin, lichtelijk geïnteresseerd.

'Blind date?'

'Was het maar waar.' Robin sloeg haar ogen ten hemel. 'Nee, een vriendin van een vriend van me denkt dat er misschien een baan vrijkomt bij Winfrey and Hughes. Ze zou hiernaartoe komen om even iets met me te drinken.'

'Winfrey and Hughes? Daar werk ik.'

'Dat meen je niet!' zei Robin lachend. 'Hé... maar ben jij dan toch Linda niet? Dat je deed alsof je iemand anders was, omdat je me niet leuk vond of zo?'

'Nee, ik heet Gemma.'

'O. En heb je hier met iemand afgesproken of...?'

'Als het goed is wel, ja,' zei Gemma.

'Vind je het goed als ik hier even kom zitten? Tot je afspraak er is? Waar ik net zat kreeg ik van die geile blikken.'

'Vertel mij wat,' zei Gemma toen Robin op de barkruk naast haar ging zitten. De barkeeper liep nu naar een grijze man in krijtstreeppak toe, die net aankwam.

'Hé!' riep Robin, en een stuk of vijf zakenmannen draaiden hun hoofd om, net als de barkeeper. 'Zij was eerst.' Ze wees opzij naar Gemma, die weer moest lachen.

'Wauw. Jij laat niet met je sollen, hè?'

'Nee, dan zijn ze bij mij aan het verkeerde adres,' zei Robin, en ze nam een slokje tonic. Ze had haar Yorkshire-accent subtiel aangezet, zoals ze wel vaker deed als ze een stoerder, brutaler type wilde neerzetten dan ze eigenlijk was. 'Je moet de leiding nemen, anders lopen die hufters over je heen.'

'Daar kan ik je geen ongelijk in geven,' verzuchtte Gemma.

'Bij Winfrey and Hughes is het toch niet zo, hè?' vroeg Robin. 'Dat er allemaal van die irritante ballen rondlopen?'

'Nou...'

Op dat moment kwam de barkeeper Gemma's bestelling opnemen. Zodra de assistente haar grote glas rode wijn had, nam ze een slok en zei: 'Het valt wel mee, eigenlijk. Het hangt er een beetje van af op welke afdeling je werkt. Ik ben de rechterhand van een van de grote bazen. Interessant werk.'

'Aardige man?' vroeg Robin nonchalant.

Gemma nam meerdere slokken wijn en zei toen pas: 'Hm... gaat wel. Je kan wel van baan veranderen, maar of dat een verbetering is? Ik vind het werk leuk en het bedrijf ook. Ik verdien hartstikke goed en ik heb er een heleboel vrienden... Hè, shit...'

Haar tas was van de kruk gegleden. Toen Gemma zich bukte om hem op te rapen, zag Robin, die haar blik langs de aaneenschakeling van gebroken wit, grijs en beige had laten gaan, plotseling Saul Morris staan.

Hij was net het café binnengekomen, in pak, met een overhemd zonder stropdas en een opmerkelijk zelfingenomen glimlach. Hij keek om zich heen, zag Gemma en Robin meteen door de felle kleur van hun jurken, en bleef als aan de grond genageld staan. Twee tellen lang keken Robin en hij elkaar alleen maar aan; toen draaide Morris zich abrupt om en liep snel weer naar buiten.

Gemma ging weer op haar barkruk zitten, met haar tas veilig op schoot. De telefoon die ze op de bar had laten liggen lichtte op.

'Andy?' Gemma nam snel op. 'Ja... nee, ik ben er al...'

Er viel een lange stilte. Robin hoorde de stem van Morris. Hij sprak op dezelfde vleiende toon waarmee hij haar het bed in had proberen te praten, met al die kinderachtige grapjes en opmerkingen als 'Heb ik je nu beledigd?'

'Mij best,' zei Gemma, en haar gezicht verstrakte. 'Mij best. Maar dan... dan haal ik nú je nummer uit mijn telefoon en dan wil ik dat je... Nee, eigenlijk wil ik... Ach, sodemieter toch op, man!'

Ze hing op, met een rode kleur en een trillende mond.

'Waarom willen ze toch altijd horen dat je ze nog steeds leuk vindt, ook al belazeren ze je waar je bij staat?'

'Dat vraag ik me ook vaak af,' zei Yorkshire Robin. 'Je vriend?'

'Ja,' zei Gemma, helemaal van slag. 'Sinds een half jaar. En dan laat hij me op een avond gewoon zitten, zonder uitleg. Vervolgens komt hij een paar keer terug – eigenlijk alleen voor de seks.' Ze nam nog een grote slok wijn. 'En ten slotte negeert hij me gewoon. Ik heb hem gisteren een appje gestuurd om te zeggen dat ik even wil afspreken, dat ik wil horen waarom...'

'Een eersteklas lul, zo te horen.' Robins hart ging tekeerging van opwinding over deze uitgelezen kans op een openhartig gesprek. 'Hé!' riep ze naar de barkeeper. 'Mogen wij nog twee glazen wijn en de kaart?'

Daarna bleek het een eitje om Gemma nog meer ontboezemingen te ontlokken. Met drie grote glazen wijn achter de kiezen en een nieuwe vriendin uit Yorkshire die heel geestig en begripvol bleek, met een bord kip met polenta en een fles wijn ('Welja, wat kan ons het schelen?') voor haar neus, ging ze van de misdragingen van 'Andy' naadloos over op haar baas, die haar ongepast en ongewenst bepotelde, wat zo was geëscaleerd dat ze op het punt stond om ontslag te nemen.

'Kun je niet naar Personeelszaken gaan?'

'Hij zegt dat toch niemand me gelooft, door wat er afgelopen jaar tijdens een cursus is gebeurd... al... Eerlijk gezegd weet ik niet eens wat er nou precies gebeurd is,' zei Gemma, en terwijl ze haar gezicht afwendde mompelde ze: 'Ik bedoel... we hebben seks gehad... maar ik was zo ver heen... zo dronken... Ik bedoel, hij heeft me niet... verkracht of zo... dat wil ik niet beweren...'

'Was je wel in staat om toestemming te geven?' Robin lachte nu niet meer. Ze had maar een half glas wijn gedronken.

'Nou, eh... nee, maar... Nee, daar begin ik niet aan,' zei Gemma, met een rode kleur en tranen in haar ogen. 'Niet de politie en alles, alsjeblieft niet, zeg... Hij is de directeur en kan de beste advocaten betalen... en als ik niet zou winnen, hoe moet ik dan ooit nog een andere baan in de City krijgen? De rechtbank, de kranten... Maar het is nu toch al te laat... Iedereen heeft me... uit zijn kamer zien komen. Ik heb gedaan alsof er niks aan de hand was. Ik moest wel, ik schaamde me dood... Sindsdien draait de geruchtenmolen op volle toeren. We hebben allebei ontkend dat er iets gebeurd is, dus wat zullen ze wel denken als ik opeens...

Andy zei dat ik geen aangifte moest doen,' zei Gemma, terwijl ze het laatste beetje wijn inschonk.

'O ja?'

'Ja... Ik heb het hem meteen verteld, de eerste keer dat we seks hadden... Het was namelijk de eerste keer dat ik weer met iemand naar bed ging, sinds... En hij zei: "Ja, dat zou ik verder maar voor me houden... Jij krijgt er alleen maar narigheid van en hij gaat waarschijnlijk vrijuit." Hij heeft bij de politie gezeten, Andy, hij weet dat soort dingen.'

Morris, vuile klootzak.

'Nee, als ik al iets zou vertellen,' zei Gemma wazig, 'dan zou het over die handel met voorkennis zijn... Nou en of... Daar weet niemand van, behalve ik...'

Een uur later liepen Robin en Gemma naar buiten, waar het inmiddels bijna donker was, en Robin moest Gemma zo ongeveer op de been houden, want ze had de neiging om in elkaar te zakken als ze niet werd ondersteund. Na tien minuten slaagde ze erin een taxi aan te houden en zette ze de uitermate dronken Gemma erin.

'Laten we zaterdag uitgaan!' Gemma probeerde Robin tegen te houden toen ze het portier dichtdeed.

'Super!' zei Robin, die de assistente een verzonnen telefoonnummer had gegeven. 'Bel me maar!'

'Ja, doe ik... bedankt voor het eten!'

'Graag gedaan!' Robin slaagde er eindelijk in het portier dicht te slaan. Gemma bleef naar haar zwaaien tot de taxi de hoek om was.

Robin draaide zich om en liep snel aan The Vintry voorbij. Een jongeman in pak floot haar na.

'Sodemieter toch op,' mompelde Robin, en ze haalde haar telefoon uit haar tas om Strike te bellen.

Tot haar verbazing zag ze dat ze zeven gemiste oproepen van hem had. Ze had ook een e-mail ontvangen met als onderwerp 'Creed'.

'O god,' zei ze hardop.

Ze zette er de pas in, weg van de hordes mannen in pak die nog steeds over straat liepen; ze wilde alleen zijn en zich kunnen concentreren. Toen ze eindelijk een donkere portiek van een grijs stenen kantoorcomplex had gevonden opende ze daar de mail. Nadat ze hem drie keer had gelezen, omdat ze zeker wilde weten dat haar ogen haar niet bedrogen, belde ze Strike terug.

'Ah, daar ben je!' Hij nam na de eerste keer overgaan op. 'Raad eens?'

'Wat?'

'Ik heb Douthwaite gevonden!'

'Wát?!' riep Robin uit, waarmee ze de geschrokken aandacht trok van een nuchter uitziend City-heerschap dat in het donker voorbij schuifelde, met een stevig opgerolde paraplu in de hand. 'Hoe dan?'

'Namen!' Strike klonk opgetogen. 'En door Pat die naar hits uit de seventies luistert.'

'Ik begrijp niet...'

'Hij noemde zich toch aanvankelijk Jacks? Nou, Terry Jacks had in '74 een gigantische hit met het nummer "Seasons in the Sun". Dat draaiden ze vanmiddag op de radio. We weten dat Douthwaite zichzelf als zanger beschouwde, dus ik dacht: wedden dat hij daardoor op het idee is gekomen om zichzelf "Jacks" te noemen?'

Robin hoorde Strike heen en weer lopen. Hij was duidelijk net zo opgewonden als zij.

'Dus ik terug naar dat boek van Oakden. Hij zei dat Douthwaites hit "Longfellow Serenade" vooral erg in trek was bij de dames. Ik heb het opgezocht. Het was een nummer van Neil Diamond. Dus toen ben ik Steve Diamond gaan googelen... Ik stuur je een foto,' zei hij. 'Wacht even.'

Robin haalde de telefoon van haar oor en wachtte. Binnen een paar seconden kreeg ze het bericht binnen en opende ze de foto die bijgevoegd was.

Een zweterige, kalende man van in de zestig met een rood gezicht die in een microfoon stond te zingen. Hij had een turquoise T-shirt aan, dat over een forse buik gespannen zat. Hij droeg nog steeds een ketting, maar de enige andere gelijkenis met de foto van de brutale jongen met het piekhaar en de brede, opzichtige das waren de ogen, die nog net zo donker en fel waren als vroeger.

'Ja, dat is 'm,' zei Robin.

'Die foto heb ik van de website van een pub in Skegness. Hij is nog steeds karaokekoning en hij heeft daar een bed and breakfast, die hij samen met zijn vrouw Donna runt,' zei Strike. 'Ik vraag me af of zij weet dat hij niet altijd Diamond heeft geheten.'

'Ongelooflijk!' Robin was nu in zo'n jubelstemming dat ze de straat weer op liep, puur om de energie te gebruiken die nu door haar heen joeg. 'Je bent geniaal!'

'Ik weet het,' zei Strike een tikje zelfingenomen. 'Dus we gaan naar Skegness. Morgen.'

'Maar ik moet morgen...'

'Ik heb het rooster omgegooid. Kun je me vroeg komen ophalen? Uur of acht? Ik kom wel naar Earl's Court.'

'Tuurlijk.'

'Oké, dan zie ik je...'

'Wacht even.'

'O, shit, ja,' zei Strike beleefd. 'Had ik moeten vragen. Hoe ging het met Gemma?'

'Heel goed. Goochem handelt met voorkennis, maar dat terzijde.'

'Wat?'

'Strike, niet om je te overtreffen of zo, hoor.' Ze probeerde tevergeefs om niet triomfantelijk te klinken. 'Want het is echt ongelooflijk dat je Douthwaite hebt gevonden, maar ik vind dat ik je toch moet vertellen... dat je toestemming krijgt om Dennis Creed in Broadmoor te ondervragen, en wel op 19 september.'

64

... his hand did quake,
And tremble like a leafe of Aspin greene,
And troubled blood through his pale face was seene
To come, and goe with tidings from the heart,
As it a ronning messenger had beene.

Edmund Spenser
The Faerie Queene

'Zó,' zei Strike toen hij de volgende ochtend in de Land Rover stapte.

Ze keken elkaar stralend aan. Robin had heel even de indruk dat Strike overwoog haar te omhelzen, maar toen stak hij zijn hand naar haar uit en schudde de hare.

'Jezus, zit je een jaar lang op een doorbraak te wachten...'

Robin lachte, schakelde en reed de weg op. Het was heel warm voor de tijd van het jaar; ze had een zonnebril op, maar Strike zag wel een sjaal uit de tas achter haar stoel steken.

'Ik denk dat je die niet nodig hebt. Het lijkt wel zomer,' zei hij met een blik op de strakblauwe lucht.

'Wacht maar af,' zei Robin sceptisch. 'We kwamen vroeger toen ik klein was vaak in Skegness. De zus van mijn moeder woonde in Boston, een dorp verderop. Er staat meestal een stevige wind vanaf de Noordzee.'

'Zeg, ik heb die mail gelezen,' zei Strike, verwijzend naar het bericht dat Robin naar hem had doorgestuurd, waarin de voorwaarden voor het gesprek met Dennis Creed uiteen werden gezet, en de reden waarom de bevoegde instanties hadden besloten om Strike er toestemming voor te geven.

'Wat vond je ervan?' vroeg Robin.

'Behalve dat ik compleet verbijsterd was dat je het voor elkaar gekregen hebt?'

'Het heeft eindeloos geduurd.'

'Dat verbaast me niks. Maar afgezien daarvan, ik zal er niet over liegen... Ik voel wel de druk.'

'Vanwege de Tuckers, bedoel je?'

'Ja.' Strike deed het raampje open zodat hij een sigaret kon opsteken. 'Anna weet niet dat ik deze kans krijg, dus die kan geen valse hoop krijgen, maar die arme Tucker...'

De eerste voorwaarde luidde dat er absolute geheimhouding over het gesprek in acht moest worden genomen, en Strike moest daarvoor een contract tekenen waarin hij vastlegde er nooit met de media over te zullen praten.

'Hij wil echt dat jij het doet,' zei Robin. 'Tucker. Hij zegt dat Creed een groot ego heeft en dat hij jou vast zal willen ontmoeten. En de psychiaters moeten het er wel mee eens zijn, anders zouden ze er nooit toestemming voor geven. Brian Tucker zegt dat Creed nogal een hoge pet van zichzelf op heeft en dat hij vindt dat hij het verdient om met beroemde, succesvolle mensen om te gaan.'

'Het is niet aan een psychiater om te bepalen of ik in staat zal zijn iets uit hem te krijgen. Ik denk dat ze alleen maar bang zijn dat ik hem op stang jaag. Je wordt niet in Broadmoor opgesloten omdat je een tikkeltje excentriek bent.'

Hij deed er een hele tijd het zwijgen toe en keek naar buiten, en Robin zei ook niets, om zijn gedachtestroom niet te verstoren. Toen hij eindelijk weer het woord nam, klonk hij zakelijk en had hij het alleen over de manier waarop ze het in Skegness zouden aanpakken.

'Ik heb die B&B opgezocht op TripAdvisor. Het heet Allardice, dat is de meisjesnaam van zijn vrouw. We lopen niet zomaar naar binnen, want als hij er niet is en zijn vrouw ruikt onraad, kan ze hem bellen en zeggen dat hij niet terug moet komen, dus we zetten de auto neer en stellen ons zo op dat we het huis kunnen zien, en dan bellen we hem. Als hij er is, gaan we meteen naar binnen, zodat hij niet de kans krijgt de benen te nemen, of we spreken hem aan als hij de deur uit gaat. En als hij niet thuis is, wachten we.'

'Hoe lang?'

'Ik zou het liefst willen zeggen "zo lang als nodig is", maar we krijgen hier niet voor betaald, dus ik moet wel maandag weer terug zijn.'

'Ik zou hier kunnen blijven.'

'Lijkt me geen goed idee.'

'Sorry.' Robin had meteen spijt van het voorstel, ze was bang dat Strike misschien zou denken dat ze uit was op een weekendje weg in een hotel. 'Ik weet dat we onderbemand zijn...'

'Daar gaat het niet om. Jij hebt me er zelf op gewezen dat vrouwen in de omgeving van Steve Douthwaite nogal eens doodgaan of verdwijnen. Het kan een kwestie van pech zijn, maar aan de andere kant... drie verschillende achternamen is wel een beetje veel voor iemand die niets te verbergen heeft. Ik ben hier de baas.'

Om elf uur kwamen ze in het kustplaatsje aan, en ze parkeerden de Land Rover naast Skegness Bowl, een reusachtige, aan zee gelegen bowlingbaan met rode muren. Strike rook en proefde de zee toen hij uitstapte en draaide zich er intuïtief naartoe om, maar vanwaar hij stond was de zee niet te zien. In plaats daarvan stond hij naar een kunstmatig aangelegd kanaal met troebel groen water te kijken, waar een lachende jonge vrouw en haar vriend in een bootje doorheen peddelden. Het portier aan de bestuurderskant sloeg dicht, en Strike draaide zich om en zag dat Robin, met haar zonnebril nog op, de sjaal om haar hals sloeg.

'Ik zei het toch?' zei ze tegen de verbaasde Strike, die het nog steeds onverminderd warm vond. Terwijl hij zich er, niet voor het eerst, over verbaasde dat vrouwen het koud konden hebben wanneer het helemaal niet koud was, stak hij een sigaret op, wachtte naast de Land Rover tot Robin een parkeerkaartje had gekocht en liep toen samen met haar naar de Grand Parade, een brede straat langs de kade.

'The Savoy.' Strike las gniffelend de namen van de grotere hotels, die vanaf hun bovenverdiepingen vast en zeker uitzicht boden op de zee in de verte. 'The Quorn. The Chatsworth.'

'Niet zo sarcastisch. Ik vond Skegness altijd heel leuk toen ik klein was.'

'Het Allardice moet daar ongeveer zijn.' Toen ze overstaken wees Strike de brede Scarbrough Avenue in. 'Ja, daar is het, met die blauwe luifel.'

Op de hoek bleven ze even staan, naast een reusachtig hotel in imitatie-tudorstijl, dat zich kon verheugen in de Jubilee Carvery and Café. Buiten zaten vroege klanten aan het bier en aan de koffie van de zon te genieten.

'Een prima plek om de boel in de gaten te houden.' Strike wees op een van de tafeltjes op de stoep. 'Ik kan wel een kop thee gebruiken.'

'Oké, ik bestel wel. Ik moet toch naar de wc. Bel jij hem of zal ik dat doen?'

'Ik bel wel.' Strike liet zich al op een van de stoelen zakken en haalde zijn mobiel tevoorschijn.

Toen Robin naar binnen liep, stak Strike een sigaret op en toetste, zijn blik op de ingang van de B&B gericht, het nummer van het Allardice in. Het bevond zich in een rij van acht hoge rode huizen, waarvan er een aantal tot kleine pensions waren verbouwd, die allemaal dezelfde luifel van pvc met schulprand boven de ingang hadden hangen. Voor bijna elk raam hing kraakheldere witte vitrage.

'Goedemorgen, met het Allardice,' zei een Schotse vrouw, kordaat op het geïrriteerde af.

'Is Steve er?' vroeg Strike, zogenaamd nonchalant en zelfverzekerd.

'Ben jij dat, Barry?'

'Ja.'

'Hij is onderweg. We hadden alleen nog een kleine, sorry. Maar Barry, doe me een lol en hou hem niet te lang op, want er moeten nog vier bedden gedaan worden en hij moet zo melk voor me halen.'

'Okido,' zei Strike, en omdat hij geen lettergreep méér wilde zeggen die kon verraden dat hij Barry helemaal niet was, hing hij op.

'Is hij er?' vroeg Robin gespannen, terwijl ze tegenover hem neerplofte. Ze had op de wc haar handen gewassen, maar die waren nog vochtig doordat ze zo'n haast had gehad om terug te komen.

'Nee.' Strike tikte zijn as in het roze metalen emmertje dat daarvoor op tafel stond. 'Hij is iets afleveren in de buurt, en hij is zo terug, met melk.'

'O,' zei Robin zacht, en ze draaide zich om om achter zich naar de koningsblauwe luifel van het Allardice te kijken, waarop in witte krulletters de naam geschreven stond.

De barkeeper bracht twee metalen theepotjes en porseleinen kopjes, en de detectives dronken in stilte hun thee, waarbij Strike het Allardice in de gaten hield en Robin de Grand Parade. De zee werd aan haar zicht onttrokken door de brede, veelkleurige toegang tot de pier van Skegness, waarop werd geadverteerd voor een café-restaurant met de optimistische naam Hollywood, en een paar andere attracties. Bejaarden reden op scootmobielen over de Grand Parade heen en weer. Gezinnetjes slenterden langs, met een ijsje in de hand. Maltezers met pluimstaart, dikke mopshondjes en hijgende chihuahua's dribbelden naast hun baasje over het hete trottoir.

'Cormoran,' mompelde Robin opeens.

Er kwam een man de hoek van Scarbrough Avenue om gelopen, met een zware boodschappentas in zijn hand. Zijn grijze haar was rond de oren heel kort geknipt, maar over zijn bezwete brede voorhoofd waren een paar lange plukken gekamd. Met zijn ronde schouders en deemoedige blik had hij iets van een man wiens leven alleen nog maar uit naargeestige gehoorzaamheid bestond. Hetzelfde turquoise T-shirt dat hij ook op de foto van het karaokeoptreden had gedragen zat strak om zijn bierbuik. Douthwaite stak over, liep de drie treden van het trapje naar de voordeur van het Allardice op en verdween met een flits zonlicht op glas uit beeld.

'Heb je al betaald?' Strike dronk zijn laatste slok thee op en zette zijn lege kopje weer op het schoteltje.

'Ja.'

'Oké, dan gaan we.' Hij gooide zijn sigaret in het metalen emmertje en hees zich overeind. 'Voordat hij naar boven verdwijnt en bedden gaat opmaken.'

Ze staken over zo snel als Strike kon lopen en liepen het stoepje op, dat lichtblauw was geschilderd. Onder de ramen op de begane grond hingen manden met paarse petunia's en op de ruit in de voordeur zaten allemaal verschillende stickers, waarvan er een aangaf dat dit een driesterrenaccommodatie was, en een andere waarop de gasten werd verzocht hun voeten te vegen.

Een rinkelend belletje kondigde hun komst aan. De verlaten gang was smal, de trap bekleed met een donkerblauw-met-groene Schotse ruit. Ze bleven staan wachten naast een tafeltje met stapels folders voor plaatselijke attracties, waar ze een geur van gefrituurd eten en sterke luchtverfrisser met rozenaroma inademden.

'... en Paula heeft nieuwe lampen in haar zonnebanken laten zetten,' klonk een Schotse stem, waarna er rechts van hen een vrouw met kort, kanariegeel geverfd haar door een deur de gang in kwam. Over het midden van haar voorhoofd stond een diepe verticale rimpel gegroefd. Ze had blote benen, een schort voor met een Highland-koe erop en daaronder een T-shirt, een spijkerrok en Dr. Scholl-sandalen.

'We zitten vol, het spijt me,' zei ze.

'Bent u Donna?' vroeg Strike. 'We wilden Steve eigenlijk even spreken.'

'Waar gaat het over?'

'Wij zijn privédetectives.' Strike haalde zijn portefeuille tevoorschijn om haar een kaartje te geven. 'En we doen onderzoek naar...'

Op de overloop boven hen verscheen een zeer zwaarlijvige oude vrouw. Ze droeg een knalroze legging en een T-shirt met de tekst THE MORE PEOPLE I MEET, THE MORE I LIKE MY DOG. Hoorbaar hijgend begon ze aan een zijwaartse afdaling, waarbij ze de leuning met beide handen vastgreep.

'... een vermissing,' maakte Strike zijn zin snel af, terwijl hij Donna het kaartje overhandigde.

Op dat moment kwam Steve Douthwaite achter zijn vrouw tevoorschijn, met een stapel handdoeken in zijn armen. Van dichtbij waren zijn donkere ogen bloeddoorlopen en dik. Al zijn gelaatstrekken waren ruw en grof geworden, door ouderdom en misschien ook door de drank. Toen hij zag hoe zijn vrouw erbij stond, met het kaartje in haar hand, en hij de twee onbekenden zag, die hem nu aankeken, bleef hij abrupt staan, met een angstige blik in de donkere ogen boven de stapel handdoeken.

Donna las het kaartje. 'Cormoran Strike,' mompelde ze. 'Bent u niet die...?'

De oude vrouw, die amper halverwege de trap was, hijgde nu hoorbaar.

'Hier naar binnen,' mompelde Donna, en ze wees Strike en Robin naar de kamer waar ze zojuist uitgekomen was. 'En jij ook,' beet ze haar man toe.

Ze gingen een kleine gemeenschappelijke zitkamer binnen, met een aan de muur bevestigde televisie, een boekenkast met schamele inhoud en een troosteloos uitziende graslelie in een urn op een voetstuk. Via een boogdoorgang kwam je in de ontbijtkamer, waar vijf dicht op elkaar staande eettafeltjes net werden schoongeveegd door een ontevreden ogende vrouw met een bril op, die aanmerkelijk sneller te werk ging toen ze besefte dat Donna terug was. Robin vermoedde dat ze moeder en dochter waren. Hoewel de dochter donker was en niet blond, had het leven een identieke groef van ontevredenheid in haar voorhoofd gekerfd.

'Laat verder maar, Kirsty,' zei Donna abrupt. 'Breng jij die handdoeken even naar boven. En doe de deur achter je dicht.'

Kirsty verloste Douthwaite zwijgend van zijn stapel handdoeken en verliet de kamer, waarbij haar slippers tegen haar blote voetzolen sloegen. De deur viel met een klikje achter haar dicht.

'Ga zitten,' droeg Donna Strike en Robin op, die dat deden, op een bankje.

Douthwaite nam staand zijn positie in, met de armen over elkaar geslagen en zijn rug naar de televisie toe. Onder een lichte frons schoot zijn blik van Strike en Robin terug naar zijn vrouw. De zon die door de vitrage viel wierp een meedogenloos licht op zijn haar, dat uit dunne, piekerige plukken staalwol leek te bestaan.

'Dat is die detective die de Shacklewell Ripper heeft gepakt,' zei Donna tegen haar man, met een knikje in de richting van Strike. 'Waarom moet hij jou hebben?' Haar stem steeg zowel in toon als in volume. 'Heb je weer met de verkeerde vrouw lopen klooien? Nou?'

'Hoezo?' zei Douthwaite, maar dit was duidelijk een tactiek om tijd te rekken: hij had het donders goed begrepen. Op zijn rechteronderarm had hij een tatoeage van een zandloper, met daaromheen een lint met de woorden NOOIT GENOEG.

'Meneer Douthwaite,' begon Strike, maar Douthwaite zei snel: 'Diamond! Ik heet Diamond!'

'Waarom noemt u hem Douthwaite?' vroeg Donna.

'Neem me niet kwalijk,' zei Strike schijnheilig. 'Mijn fout. Uw man is geboren als Steven Douthwaite, zoals u ongetwijfeld...'

Maar Donna wist het niet, zoveel was wel duidelijk. Ze draaide zich stomverbaasd om en keek van Strike naar Douthwaite, die als aan de grond genageld was blijven staan, zijn mond een beetje open.

'Douthwaite?' herhaalde Donna. 'Je zei dat je vroeger Jacks heette!'

'Ik...'

'Wanneer heette jij Douthwaite?'

'... heel lang...'

'Waarom heb je me dat niet verteld?'

'Ik... Wat doet het ertoe?'

Het belletje rinkelde weer, en ze hoorden een groepje de gang in komen. Donna, die nog steeds geschokt en kwaad keek, beende naar buiten om te kijken of iemand iets nodig had. De houten zolen van haar sandalen klepperden op de tegels.

Zodra ze weg was, richtte Douthwaite zich tot Strike. 'Wat moet je?'

'We zijn in de arm genomen door de dochter van dokter Margot

Bamborough, om onderzoek te doen naar haar verdwijning,' zei Strike.

De delen van Douthwaites gezicht die niet rood zagen van de gesprongen adertjes, trokken wit weg.

De reusachtige oude vrouw was de trap inmiddels afgedaald en liep de kamer binnen, en aan haar brede, onschuldige gezicht was te zien dat ze volledig immuun was voor de sfeer daar. 'Welke kant moet ik op voor de zeehondenopvang?'

'Aan het eind van de straat links,' zei Douthwaite schor.

Ze schoof zijwaarts de kamer weer uit. Het belletje op de gang rinkelde.

'Luister,' zei Douthwaite snel toen de voetstappen van zijn vrouw weer luider werden. 'Dit is verspilde moeite. Ik weet niets over Margot Bamborough.'

'Misschien zou u dan in elk geval wel even uw oude politieverklaring willen bekijken,' zei Strike, en hij haalde een kopietje uit zijn binnenzak.

'Wat?' vroeg Donna, terug in de kamer. 'Wat voor politieverklaring? O, godsamme,' zei ze toen het belletje weer ging, en ze kloste de kamer uit en riep naar boven: 'Kirsty! KIRSTY!'

'Die dokter,' zei Douthwaite, en hij keek Strike met bloeddoorlopen ogen aan, zijn voorhoofd bezweet. 'Dat is allemaal iets van veertig jaar geleden gebeurd, ik weet echt niet wat er gebeurd is. Nooit geweten ook.'

De getergde Donna kwam weer terug.

'Kirsty doet de voordeur,' zei ze met een boze blik op haar man. 'We gaan naar boven. Lochnagar is vrij. We kunnen niet naar onze woonkamer,' voegde ze er tegen Strike en Robin aan toe terwijl ze naar het souterrain wees, 'want daar zitten mijn kleinkinderen computerspelletjes te spelen.'

Douthwaite hees zijn broeksband omhoog en wierp door de vitrage een verwilderde blik naar buiten, alsof hij overwoog om te vluchten.

'Kom mee,' zei Donna fel, en hij liep achter zijn vrouw aan de kamer uit, opnieuw met die deemoedige blik.

Kirsty passeerde hen op weg naar beneden toen ze de steile geruite trap opliepen, waarbij Strike gretig gebruikmaakte van de leuning om zich omhoog te hijsen. Hij had gehoopt dat Lochnagar op de eerste verdieping zou liggen, maar helaas. De kamer lag, zoals de naam van de berg misschien al had doen vermoeden, helemaal boven in de B&B, aan de achterkant van het huis.

De meubels waren gemaakt van goedkoop vurenhout. Kirsty had de handdoeken in de vorm van twee elkaar kussende zwanen neergezet op de kastanjebruine sprei, die paste bij het behang met een kastanjebruin en donkerpaars motief. Achter de aan de muur bevestigde televisie bungelden snoeren. Op een laag tafeltje in de hoek stond een plastic waterkoker, naast de broekenpers. Door het raam zag Strike dan toch eindelijk de zee: een glanzende goudstaaf die laag tussen de huizen lag, door het mistige waas van de vitrage.

Donna liep naar de andere kant van de kamer en ging in de enige stoel zitten. Ze kneep zo hard in haar eigen bovenarmen dat de huid er wit van werd. 'Ga zitten,' zei ze tegen Strike en Robin.

Er was verder geen stoel, dus gingen ze allebei op het voeteneind van het tweepersoonsbed zitten, op de glibberige kastanjebruine sprei. Douthwaite bleef met zijn rug tegen de deur staan, zijn armen over elkaar, zodat de tatoeage van de zandloper goed zichtbaar was.

'Diamond, Jacks, Douthwaite,' somde Donna op. 'Hoeveel namen heb je nog meer gehad?'

'Verder geen,' zei Douthwaite, en hij deed een vergeefse poging er een lachje uit te persen.

'Waarom heb je je naam van Douthwaite in Jacks veranderd?' vroeg ze streng. 'Waarom zat de politie achter je aan?'

'Die zat niet achter me aan,' zei Douthwaite schor. 'Dit is allemaal heel lang geleden. Ik wilde een nieuw begin, meer niet.'

'Hoe vaak moet één man wel niet opnieuw beginnen?' vroeg Donna. 'Wat had je gedaan? Waarom moest je bij de politie een verklaring afleggen?'

'Er werd een dokter vermist,' zei Douthwaite met een snelle blik op Strike.

'Wat voor dokter? Wanneer?'

'Ze heette Margot Bamborough.'

'Bamborough?' zei Donna hem na, waarbij haar voorhoofd door die diepe frons in tweeën werd gespleten. 'Maar... daar stonden de kranten vol van...'

'Ze hebben alle patiënten ondervraagd die bij haar waren geweest voor ze verdween,' zei Douthwaite snel. 'Het was een routineonderzoek! Ik was helemaal geen verdachte.'

'Je denkt zeker dat ik van gisteren ben. Die twee' – ze wees naar Strike en Robin – 'hebben je echt niet opgespoord vanwege een *routineonderzoek*, of wel soms? Je hebt je naam toch ook niet veranderd omdat het een *routineonderzoek* was? Je neukte haar zeker, hè?'

'Ik neukte haar helemaal niet, verdomme!' zei Douthwaite – zijn eerste teken van verzet.

'Meneer Douthwaite,' begon Strike.

'Diamond!' zei Douthwaite, eerder radeloos dan kwaad.

'Doet u mij een plezier en leest u uw politieverklaring nog eens door, om te zien of u er nog iets aan toe te voegen hebt.'

Douthwaite keek alsof hij het liefst zou willen weigeren, maar na een korte aarzeling pakte hij de papieren en begon te lezen. Het was een lange verklaring, over de zelfmoord van Joanna Hammond, zijn getrouwde ex-vriendin, over het pak slaag dat hij van haar echtgenoot had gekregen, over de angst en depressie die hadden geleid tot vele bezoeken aan de St John-praktijk, zijn verzekering dat hij beslist niet meer voor Margot Bamborough had gevoeld dan een lichte dankbaarheid voor haar expertise als arts, zijn ontkenning dat hij ooit cadeautjes voor haar had meegenomen of had opgestuurd, en over zijn zwakke alibi voor het tijdstip van haar verdwijning.

'Ja, daar heb ik niets aan toe te voegen,' zei Douthwaite toen hij klaar was, en hij stak Strike de papieren weer toe.

'Ik wil hem ook lezen,' zei Donna meteen.

'Het heeft niets met... het is veertig jaar geleden, het stelt niks voor,' zei Douthwaite.

'Je echte naam is Douthwaite en tot vijf minuten geleden had ik daar geen idee van! Ik heb het recht te weten wie je bent,' zei ze fel.

'Ik heb het recht het te weten, zodat ik zelf kan besluiten of het stom van me was om bij je te blijven, na de laatste...'

'Oké, mij best, lees maar,' zei hij met weinig overtuigende bravoure.

Strike gaf haar de verklaring.

Ze had er nog geen minuut in gelezen of ze riep al uit: 'Jij deed het met een getrouwde... en die heeft zélfmoord gepleegd?'

'Ik deed het niet... We hadden geen... Het is één keer gebeurd, één keer! Dat is voor niemand reden om zelfmoord te plegen!'

'Waarom heeft ze het dan gedaan, hè? Nou?'

'Haar man was een hufter.'

'Míjn man is een hufter. Maar ík heb mezelf niet van kant gemaakt!'

'Jezus, Donna...'

'Wat is er gebéúrd?'

'Het stelde niks voor! We gingen wel eens samen uit, een paar jongens van het werk met hun vrouw, weet ik veel, en op een avond was ik op stap met een paar andere vrienden en toen kwam ik Joanna tegen, die met vriendinnen was en... toen heeft een of ander kutwijf haar man verteld dat we samen uit de pub waren weggegaan en...'

'En toen is die dokter verdwenen en kwam de politie langs?'

Donna stond op, en Douthwaites verfrommelde verklaring trilde in haar hand. Robin zat nog steeds op de glibberige kastanjebruine sprei en moest denken aan de dag dat ze de diamanten oorbel van Sarah Shadlock in haar bed had gevonden, en ze meende een beetje, een heel klein beetje, te weten hoe Donna zich nu moest voelen.

'Ik wist al dat je een leugenaar en een vreemdganger was, maar dríé vriendinnen dood? Eén is een tragedie,' zei Donna woedend, en Strike was benieuwd of ze nu een epigram à la Oscar Wilde te horen zouden krijgen, 'maar dríé? Hoeveel pech kan één man in godsnaam hebben?'

'Ik heb nooit wat met die dokter gehad!'

'Je probeert het met iedereen!' snerpte Donna, en toen richtte ze zich tot Robin. 'Twee jaar geleden heb ik hem nog in een gastenkamer betrapt met een van mijn beste vriendinnen...'

'Godsamme, Donna!' jammerde Douthwaite.

'... en een half jaar geleden...'

'Donna...'

'... kom ik erachter dat hij het stiekem met een van onze vaste gasten doet... en nu...' Donna liep op Douthwaite af, met zijn verklaring in haar vuist geklemd. 'Vuile klootzak, wat is er met al die vrouwen gebeurd?'

'Ik had verdomme niks met hun dóód te maken!' Douthwaite probeerde een ongelovig lachje te produceren, maar zag er alleen maar doodsbang uit. 'Donna, kom op... denk je nou dat ik een of andere móórdenaar ben?'

'Verwacht je nou echt dat ik geloof...'

Tot Strikes verbazing sprong Robin opeens overeind. Ze pakte Donna bij de schouders vast en leidde haar terug naar haar stoel.

'Doe uw hoofd omlaag,' zei ze. 'Hoofd omlaag.'

Terwijl Robin Donna's schort afdeed, dat strak om haar middel gebonden zat, zag Strike dat Donna's voorhoofd, het enige wat hij kon zien nu ze haar handen voor haar gezicht had geslagen, net zo wit was als de vitrage achter haar.

'Donna?' zei Douthwaite zwakjes, maar zijn vrouw fluisterde: 'Blijf uit mijn buurt, rotzak.'

'Diep ademhalen.' Robin ging op haar hurken naast Donna's stoel zitten. 'Pak even een glaasje water voor haar,' zei ze tegen Strike, die opstond en de piepkleine badkamer binnenging, waar boven de wastafel een plastic bekertje in een houder stond.

Douthwaite, die bijna net zo bleek zag als zijn vrouw, keek toe terwijl Robin Donna aanspoorde een slokje te nemen.

'Blijf maar even rustig zitten,' zei Robin tegen de pensionhoudster, met één hand op haar schouder. 'Niet opstaan.'

'Heeft hij iets met hun dood te maken?' fluisterde Donna, en ze keek opzij naar Robin, haar pupillen groot van de schrik.

'Daar proberen wij nu achter te komen,' mompelde Robin terug.

Ze draaide zich om en wierp Strike een betekenisvolle blik toe, waarna hij er zwijgend mee instemde dat ze de dodelijk geschrokken Donna geen betere dienst konden bewijzen dan Douthwaite informatie ontfutselen.

'We willen u graag een paar vragen stellen,' zei Strike tegen hem. 'U bent natuurlijk niet verplicht daar antwoord op te geven, maar ik wil u wel zeggen dat het voor iedereen, ook voor uzelf, het best is als u meewerkt.'

'Wat voor vragen?' vroeg Douthwaite, die nog steeds met zijn rug tegen de deur stond. En toen, in een stortvloed van woorden: 'Ik heb nooit iemand iets aangedaan, nooit, ik ben niet gewelddadig. Vraag maar aan Donna. Ik heb haar nooit met één vinger aangeraakt als ik kwaad was, zo ben ik niet.'

Maar toen Strike hem alleen maar bleef aankijken, zei Douthwaite op smekende toon: 'Luister, ik heb al gezegd... dat met Joanna... dat was een onenightstand. Ik was nog hartstikke jong,' zei hij, en toen, als een soort echo van wat Irene Hickson had gezegd: 'Dat soort dingen doe je als je jong bent, hè?'

'En als je oud bent,' fluisterde Donna. 'En al die jaren ertussen...'

'Waar was u toen Joanna zelfmoord pleegde?' vroeg Strike aan Douthwaite.

'In Brent. Kilometers verderop! En ik had getuigen die het konden bevestigen. We gingen in die tijd altijd met z'n tweeën de deuren langs, ieder één kant van de straat, en ik was op pad met ene Tadger.' Hij probeerde opnieuw te lachen. Niemand deed mee. 'Dat betekent "penis" in het Schots, dus je begrijpt wat hij allemaal over zich heen... Maar goed, die was dus de hele dag bij me.

Eind van de middag kwam ik terug op kantoor en toen was daar een groepje collega's die ons vertelden dat Hammond net bericht had gekregen dat zijn vrouw zich van kant had gemaakt...

Verschrikkelijk,' zei de bleke en zwetende Douthwaite, 'maar afgezien van die ene nacht had ik niks met haar te maken. Maar die vent van haar... Nou ja, het was gemakkelijker om mij er maar de schuld van te geven dan om over zijn eigen gedrag na te denken, hè?

Een paar avonden later kwam ik thuis en toen stond hij me op te wachten. Verdekt opgesteld. Hij heeft me helemaal verrot geslagen.'

'Goed zo!' zei Donna met een snikje.

'En uw buurvrouw Janice, de praktijkassistente, heeft u toen...'

'Meteen naar de buurvrouw, Steve?' Donna lachte hol. 'Mocht de zuster je opkalefateren?'

'Zo is het helemaal niet gegaan!' zei Douthwaite verrassend fel.

'Zo doet-ie dat, hè,' zei de lijkbleke Donna tegen Robin, die nog steeds naast haar stoel geknield zat. 'Hij heeft altijd wel een zielig verhaal. Daar ben ik zelf ook voor gezwicht. Helemaal kapot van verdriet omdat zijn grote liefde was verdronken... O god,' fluisterde Donna, terwijl ze langzaam haar hoofd schudde. 'En dat was nummer drie.' Met een hysterisch lachje zei ze: 'Voor zover we weten. Misschien zijn het er nog wel meer. Wie zal het zeggen?'

'Jezus, Donna!' zei Douthwaite weer. Er verschenen zweetplekken onder de oksels van zijn dunne turquoise T-shirt. Strike kon zijn angst letterlijk ruiken. 'Alsjeblieft zeg, je kent me toch, je weet best dat ik nooit iemand iets zou aandoen!'

'Janice zegt dat ze u heeft geadviseerd om met uw klachten naar de dokter te gaan...'

'Zíj heeft nooit tegen me gezegd dat ik naar de dokter moest!' zei Douthwaite vinnig, met één oog op zijn vrouw gericht. 'Dat hoefde niemand tegen me te zeggen, ik ben uit eigen beweging gegaan, omdat ik me gewoon zorgen maakte over de... hoofdpijn en de... Voornamelijk over de hoofdpijn. Ik voelde me beroerd.'

'U bent in een periode van twee weken zes keer bij Margot geweest,' zei Strike.

'Ik was ziek, ik had buikpijn en van alles... Ik bedoel, het had me natuurlijk aangegrepen dat Joanna dood was en dat er over me werd gepraat...'

'O, arme schat, arme schat,' mompelde Donna. 'Jezus christus, man. Je gaat anders nooit naar de dokter. En dan zes keer in twee weken tijd?'

'Donna, alsjeblieft,' smeekte Douthwaite. 'Ik voelde me hondsberoerd! En toen kwam ook nog de politie, die deed alsof ik haar stalkte of zo. Het had alleen maar met mijn gezondheid te maken!'

'Hebt u niet iets voor haar gekocht?' vroeg Strike.

'... bonbons? Nee!' zei Douthwaite, die opeens een zeer geagiteerde indruk maakte. 'Als iemand haar bonbons heeft gestuurd, moet u diegene misschien eens gaan zoeken. Maar ik was dat niet! Ik heb tegen de politie gezegd dat ik nooit iets voor haar heb gekocht, zo was het helemaal niet...'

'Getuigen zeggen dat u erg gespannen en misschien ook boos leek, de laatste keer dat u de praktijk van dokter Bamborough verliet,' zei Strike. 'Wat is er tijdens dat laatste bezoek gebeurd?'

Douthwaites ademhaling ging nu heel snel. Opeens keek hij Strike recht aan, op het agressieve af.

Strike wist het nodige van de lichaamstaal van verdachten die snakken naar ontlading en opluchting, zodat ze hun verhaal willen doen, wat dat ook voor gevolgen mag hebben, en opeens wist hij dat Douthwaite op het punt stond om alles op te biechten. Strike had er bijna alles voor overgehad om de man snel mee te kunnen nemen naar een rustige verhoorruimte, maar precies zoals hij al vreesde, werd het kostbare moment door Donna tenietgedaan.

'Ze heeft je zeker afgewezen, hè? Wat dacht je, Steve, dat een miezerig mislukt vertegenwoordigertje als jij kans maakte bij een dokter?'

'Ik probeerde haar helemaal niet te versieren!' viel Douthwaite uit tegen zijn vrouw. 'Ik was daar voor mijn gezondheid, ik was er hartstikke slecht aan toe!'

'Hij is net een kater,' zei Donna tegen Robin. 'Altijd stiekem in de weer. Hij grijpt ook alles aan om zijn zin te krijgen. Zijn vriendin heeft zich van kant gemaakt en dat gebruikt hij om verpleegsters en dokters te versieren...'

'Dat deed ik niet, ik was ziek!'

'Dat laatste consult...' begon Strike weer.

'Ik weet niet waar u naartoe wilt, maar er is niks gebeurd.' Douthwaite meed nu Strikes blik. 'De dokter zei gewoon dat ik het rustig aan moest doen.'

'Alsof ze jou dat moest vertellen, lamzak,' beet Donna hem toe.

'Aangezien u zich niet goed voelt, mevrouw Diamond, kan ik misschien beter ergens apart met Steve gaan...'

'Mooi niet!' zei Donna. 'Vergeet het maar. Ik wil...' Ze barstte in tranen uit, liet haar schouders hangen, met haar handen weer voor haar gezicht. 'Ik wil dit nu allemaal horen... nu het nog kan...'

'Donna...' zei Douthwaite klaaglijk.

'Nee,' snikte ze met haar vingers voor haar mond. 'Waag het niet...'

'Misschien,' zei Strike, die hoopte te kunnen terugkeren naar het laatste bezoek aan Margot, 'kunnen we het nog een keer hebben over uw alibi voor het tijdstip waarop dokter Bamborough is verdwenen.'

Donna snikte, en liet haar tranen en snot nu de vrije loop. Robin pakte een papieren servetje van het dienblad naast de waterkoker en gaf het haar.

Douthwaite was dermate geïntimideerd door het verdriet van zijn vrouw dat hij Strike toestond zijn wankele alibi voor de avond in kwestie nog eens met hem door te nemen. Hij bleef vasthouden aan het verhaal dat hij onopgemerkt in een eetcafé had gezeten, waar hij de kranten had zitten napluizen op advertenties voor een huurwoning.

'Ik wilde weg, weg van alle roddels over Joanna. Ik wilde gewoon weg.'

'Dus de wens om te verhuizen was niet ingegeven door iets wat er tijdens uw laatste consult is voorgevallen tussen dokter Bamborough en u?' vroeg Strike.

'Nee,' zei Douthwaite, die Strike nog steeds niet aankeek. 'Wat zou dat moeten zijn?'

'Blauwtje gelopen?' vroeg Donna vanachter het natte servetje waarmee ze haar ogen droogde. 'Hij wist dat hij zichzelf voor schut had gezet. Net als met dat jonge grietje uit Leeds, toch, Steve?'

'Donna, verdómme...'

'Hij vergeet dat hij niet meer dat brutale gastje is van toen hij twintig was,' zei Donna tegen Robin. 'Zelfingenomen kale... klootzak,' snikte ze.

'Dónna...'

'Dus toen bent u naar Waltham Forest verhuisd...' drong Strike aan.

'Ja. Politie. Pers. Het was een nachtmerrie,' zei Douthwaite. 'Ik heb overwogen om er een eind aan te maken, om u de waarheid...'

'Jammer dat je het niet gedaan hebt,' zei Donna woest. 'Had ons een boel tijd en ellende bespaard.'

Strike deed alsof hij dit niet had gehoord en besteedde geen aandacht aan Douthwaites woedende blik. 'Waarom bent u toen naar Clacton-on-Sea gegaan? Had u daar familie wonen?'

'Ik heb geen familie, ik ben opgegroeid in een...'

'O, jezus, start de vioolmuziek,' zei Donna.

'Het is toch zo, of niet soms?' Douthwaite gaf nu voor het eerst blijk van onversneden woede. 'Ik mag over mijn eigen leven toch wel de waarheid vertellen? Ik wilde gewoon bij een vakantiepark als entertainer gaan werken, want ik kan een beetje zingen en het leek me lollig om zo je geld te verdienen...'

'Lollig,' mompelde Donna, 'o ja, zolang jij maar lol hebt, Steve...'

'... weg van mensen die me behandelden alsof ik iemand had vermoord...'

'En oeps! Daar ging er weer een, het zwembad in...'

'Je weet donders goed dat ik er niets mee te maken had dat Julie verdronken is!'

'Hoe moet ik dat weten? Ík was er niet bij. Dat was nog vóór wij elkaar leerden kennen.'

'Ik heb je het verhaal in de krant laten zien! Ik heb het je laten zíén, Donna, kom op, zeg!' Hij draaide zich om naar Strike. 'We zaten met een groepje in ons vakantiehuisje te drinken. Ik was met een paar maten aan het pokeren. Julie was moe. Ze ging weg voordat wij met ons potje klaar waren, terug naar haar eigen huisje. Ze liep om het zwembad heen, gleed in het donker uit, raakte bewusteloos en...' Douthwaite liet nu voor het eerst blijken dat het hem aangreep. '... toen is ze verdronken. Ik zal het nooit vergeten. Nooit. Ik rende de volgende ochtend in mijn onderbroek naar buiten toen ik mensen hoorde schreeuwen. Ik zag haar lichaam toen ze haar uit het zwembad haalden. Zoiets vergeet je van je leven niet. Het was nog maar een kind. Tweeëntwintig of zo. Haar ouders kwamen en... het was verschrikkelijk. Verschrikkelijk. Ik heb nooit... Dat iemand zo kan doodgaan. Uitglijden, vallen...

Ja, dus... toen heb ik gesolliciteerd op een baan bij het vakantiepark in Ingoldmells, even verderop. En daar heb ik Donna leren kennen,' zei hij met een ongeruste blik op zijn vrouw.

'Dus dat u uit Clacton-on-Sea bent weggegaan en opnieuw uw naam hebt veranderd had niets te maken met het feit dat een zekere Oakden u over Margot Bamborough kwam ondervragen?' vroeg Strike.

Donna keek met een ruk op. 'O god,' zei ze, 'dus zelfs dat over Julie is gelogen?'

'Het is niet gelogen!' zei Douthwaite luidkeels. 'Ik heb je verteld dat Julie en ik een paar dagen voor haar dood ruzie hadden gehad, dat heb ik je vertéld, omdat ik me daarna zo schuldig voelde! Die man, die... hoe heette hij ook alweer, zei u? Oakden? Ja, die is langs geweest en hij zei dat hij een boek aan het schrijven was over de verdwijning van dokter Bamborough. Hij is bij alle andere entertainers langsgegaan om over mij te praten, hij vertelde iedereen dat ik verdachte was geweest en dat ik daarna mijn naam had veranderd, dus niemand die me nog vertrouwde. En Julie was ontzettend kwaad op me omdat ik het haar niet had verteld...'

'Nou, dat lesje heb je goed in je oren geknoopt, hè Steve?' zei Donna. 'De benen nemen en je schuilhouden, dat is het enige wat jij kunt, en als je ontmaskerd wordt, ga je er gewoon vandoor en zoek je een andere vrouw om tegen te gaan janken, tot zíj je ontmaskert, en dan...'

'Meneer Douthwaite,' zei Strike om Donna de mond te snoeren, 'ik wil u bedanken voor uw tijd. Ik snap dat het een schok voor u is om dit allemaal weer te moeten oprakelen.'

Robin keek verbijsterd naar Strike op. Hier liet hij het toch niet bij zitten? De Douthwaites (of de Diamonds, zoals ze zichzelf noemden) leken al even verbaasd te zijn. Strike haalde nog een visitekaartje uit zijn zak en stak het Douthwaite toe.

'Mocht u nog iets te binnen schieten, dan weet u me te vinden. Beter laat dan nooit.'

De tatoeage van de zandloper op Douthwaites onderarm golfde toen hij zijn hand naar het kaartje uitstak. 'Met wie hebt u verder nog gesproken?' vroeg hij aan Strike.

Nu zijn beproeving voorbij was, leek hij het gesprek vreemd genoeg niet te willen beëindigen. Misschien was hij bang om met zijn vrouw alleen te zijn, dacht Robin.

'Met Margots echtgenoot en haar familie,' zei Strike, en hij keek hoe Douthwaite hierop reageerde. 'Met de collega's die nog leven: dokter Gupta. Een van de receptionistes, Irene Hickson. Met Janice Beattie, de praktijk...'

'O, fijn,' begon Donna weer, 'het verpleegstertje is nog beschikbaar, Steve.'

'... met een ex van Margot, met haar beste vriendin, en nog een paar mensen.'

Douthwaite, die rood geworden was na de opmerking van zijn vrouw, zei: 'Niet met Dennis Creed?'

'Nog niet. Nou...' Strike keek van de man naar zijn vrouw. 'Bedankt voor uw tijd.'

Robin stond op.

'Ik vind het heel naar voor u,' zei ze zachtjes tegen Donna. 'Ik hoop dat u zich iets beter voelt.'

'Dank u wel,' mompelde ze.

Toen Strike en Robin bij de trap stonden, hoorden ze achter de deur van Lochnagar opnieuw geschreeuw losbarsten.

'Donna, liefje...'

'Waag het niet mij liefje te noemen, vuile klootzak!'

'Het had geen zin om door te vragen.' Strike begon net zo langzaam als de zwaarlijvige oude vrouw van daarstraks de steile geruite trap af te dalen. 'Hij gaat het toch niet zeggen met haar erbij.'

'Wat gaat hij niet zeggen?'

'Tja,' zei Strike, terwijl het geschreeuw van de Douthwaites langs de trap naar beneden galmde, 'dat is de grote vraag, hè?'

65

Like as a ship, that through the Ocean wyde
Directs her course vnto one certaine cost,
Is met of many a counter winde and tyde,
With which her winged speed is let and crost,
And she her selfe in stormie surges tost;
Yet making many a borde, and many a bay,
Still winneth way, ne hath her compasse lost:
Right so it fares with me in this long way,
Whose course is often stayd, yet never is astray.

Edmund Spenser
The Faerie Queene

'Ik heb honger,' liet Strike weten zodra ze voor het Allardice het zonnige trottoir op liepen.

'Dan gaan we fish-and-chips eten,' zei Robin.

'Kijk, zo mag ik het horen,' zei Strike enthousiast, en ze liepen terug naar het begin van Scarbrough Avenue.

'Cormoran, waarom denk jij dat Douthwaite iets weet?'

'Zag je niet hoe hij naar me keek toen ik hem vroeg naar zijn laatste afspraak met Margot?'

'Toen keek ik waarschijnlijk naar Donna. Ik was echt bang dat ze van haar stokje zou gaan.'

'Was dat maar gebeurd.'

'Strike!'

'Ik weet zeker dat hij op het punt stond me iets te vertellen, maar toen heeft zij het verpest.' Toen ze aan het einde van de straat waren aangekomen, zei hij: 'Die man was bang, en ik denk niet dat hij alleen bang is voor zijn vrouw... Links of rechts?'

'Rechts,' zei Robin, dus liepen ze de Grand Parade over, langs een pand met een grote open pui, Funland geheten, dat vol stond met bliepende en flitsende videogames, grijpmachines en mechanische paarden waar kinderen na inworp van een muntje een ritje op konden maken. 'Wil je nou zeggen dat Douthwaite schuldig is?'

'Ik denk dat hij wel dat gevoel heeft,' zei Strike, terwijl ze zich een weg baanden tussen vrolijke gezinnen en stelletjes in T-shirt. 'Hij keek me daarstraks aan alsof hij popelde om iets te vertellen waaronder hij gebukt gaat.'

'Als hij het kan bewijzen, waarom heeft hij het dan niet aan de politie verteld? Dan hadden ze hem verder met rust gelaten.'

'Ik kan maar één reden bedenken.'

'Hij was bang voor degene die haar volgens hem had vermoord?'

'Precies.'

'Dus... Luca Ricci?'

Op dat moment riep een mannenstem in de krochten van Funland: 'Wit, zeven en vier, vierenzeventig.'

'Zou kunnen.' Strike klonk niet helemaal overtuigd. 'Douthwaite en Ricci woonden in die tijd bij elkaar in de buurt. Misschien kwamen ze wel in dezelfde pubs. Het kan best dat hem ter ore was gekomen dat Ricci haar iets wilde aandoen. Maar dat strookt niet met de ooggetuigenverklaringen, hè? Als Douthwaite haar was komen waarschuwen, zou je denken dat juist Margot na afloop een gespannen indruk moet hebben gemaakt, terwijl wij weten dat híj angstig en bezorgd de praktijk uit is gerend... maar mijn intuïtie zegt me dat Douthwaite denkt dat wat er bij die laatste afspraak tussen hen is voorgevallen iets met haar verdwijning te maken heeft.'

De ingang naar een goed onderhouden plantsoen rechts van hen hing helemaal vol met petunia's. Voor hen, op een eilandje midden op een kruispunt, stond een achttien meter hoge klokkentoren van baksteen, in een enigszins gotische stijl en met net zulke wijzerplaten als de Big Ben.

'Hoeveel fish-and-chips-tenten heeft Skegness precies?' vroeg Strike toen ze stilhielden op het drukke kruispunt naast de klokkentoren. Ze stonden pal naast twee eetgelegenheden die een terrasje voor de deur hadden staan, en aan de andere kant van het kruispunt zag hij er nog twee.

'Ik heb ze nooit geteld,' zei Robin. 'Ik had altijd meer belangstelling voor de ezels. Zullen we deze nemen?' Ze wees naar het eerste het beste vrije tafeltje, dat pistachegroen was en hoorde bij Tony's Chippy ('Hier telt kwaliteit, niet de prijs').

'Ezels?' zei Strike haar grijnzend na terwijl hij op het bankje ging zitten.

'Ja, ezels. Kabeljauw of schelvis?'

'Schelvis, graag,' zei hij, en Robin liep naar binnen om te bestellen.

Toen Strike zich even later op zijn fish-and-chips zat te verheugen en genoot van de zon op zijn rug, werd hij zich ervan bewust dat hij nog steeds naar Robin keek, en hij richtte zijn blik op het gefladder pal boven zijn hoofd. De bovenkant van het gele hekwerk dat Tony's scheidde van Harry Ramsbottom's was voorzien van dunne pinnen om te voorkomen dat er vogels op gingen zitten, maar een handjevol gespikkelde spreeuwen trok zich daar niets van aan. Ze waren keurig tussen de pinnen in gaan zitten en balanceerden op de ijzeren rondjes vlak daaronder, waar ze hun kans afwachtten om op een verdwaald frietje af te duiken.

Terwijl Strike naar de vogels zat te kijken vroeg hij zich af hoe groot de kans was dat Douthwaite het nummer op zijn kaartje zou bellen. De man was altijd voor zijn verleden weggelopen, maar Strike wist zeker dat hij op zijn gezicht een radeloosheid had bespeurd die hij eerder alleen nog maar had gezien bij mannen die de druk van een verschrikkelijk geheim niet langer aankonden. Strike wreef in gedachten verzonken over zijn kin en besloot Douthwaite even met rust te laten, en hem later weer te bellen of zelfs onaangekondigd terug te gaan naar Skegness, waar hij hem dan op straat of in een café zou onderscheppen, ergens waar Donna zich er niet mee kon bemoeien.

Hij zat nog steeds naar de spreeuwen te kijken toen Robin twee piepschuimen dienblaadjes met twee houten vorkjes en twee blikjes cola op tafel neerzette.

'Erwtenpuree,' zei Strike met een blik op Robins plateau, waar naast haar fish-and-chips een flinke dot van een soort groene brij lag.

'Yorkshire-kaviaar.' Robin ging zitten. 'Ik dacht niet dat jij dat lustte.'

'En gelijk had je.' Hij pakte een zakje ketchup en keek met iets van walging toe hoe Robin een frietje in de groene derrie doopte en in haar mond stak.

'Een slappe zuiderling ben je,' zei ze, en Strike moest lachen.

'Laat Polworth het niet horen.' Hij brak een stukje vis af met zijn vingers, doopte het in de ketchup en stak het in zijn mond. Toen begon hij totaal onverwacht te zingen:

'A good sword and a trusty hand!
A merry heart and true!
King James's men shall understand,
What Cornish lads can do.'

'Wat is dát nou weer?' vroeg Robin lachend.

'Het eerste couplet van "The Song of the Western Men". Dat gaat erover dat mannen uit Cornwall juist het tegenovergestelde van slappelingen zijn. Godsamme, lekker dit, zeg.'

'Nou. Zulke lekkere fish-and-chips krijg je in Londen niet.'

Ze aten een paar minuten zwijgend verder. Het vetvrije papier waarin de bakjes met patat waren verpakt was bedrukt met oude krantenpagina's van de *Mirror*. PAUL WEG BIJ THE BEATLES. Er stonden ook cartoons op, van het type ondeugende ansichtkaart: een rondborstige blondine in bed met haar bejaarde baas die zei: 'De zaken zullen wel goed gaan. Ik heb nog nooit zoveel overuren moeten maken.' Het deed haar denken aan Gemma, de assistente van

Goochem, die het verzonnen telefoonnummer dat Robin haar had gegeven misschien al had gebeld en had beseft dat niet alleen haar ex 'Andy' iemand anders was dan hij had willen doen voorkomen. Maar Robin had een geluidsopname op haar telefoon van alles wat Gemma wist over Goochem, die met voorkennis handelde, en Pat was bezig die uit te typen en te verwerken tot een document waar alles waaraan de informant te herkennen zou zijn was geschrapt. Goochem was binnenkort werkloos, hoopte Robin, met een beetje mazzel zou hij bovendien worden aangeklaagd.

Aan de overkant van de straat onttrok een lange rij kermisattracties de zee aan haar zicht. Boven de bakjes van het reuzenrad in de verte hing een dakje in de vorm van een heteluchtballon in pasteltinten. Even verderop stond een gigantische klimwand voor volwassenen, met touwen en heen en weer zwaaiende autobanden, van wel dertig meter hoog. Toen Robin keek naar de mensen die zich met een tuigje om van het ene obstakel naar het andere manoeuvreerden, ervoer ze een vreemde mengeling van tevredenheid en melancholie: de mogelijkheid van een nieuwe ontwikkeling in de zaak-Bamborough, de verrukkelijke fish-and-chips en de erwtenpuree, het gezelschap van Strike en de zon waren allemaal dingen waar ze blij van werd, maar ze moest ook denken aan hoe ze als kind over het strand, dat nu niet te zien was, had gerend om eerder dan haar broertje Stephen bij de ezels te zijn, zodat zij als eerste mocht kiezen. Waarom deed die herinnering aan onschuld zo'n pijn, naarmate je ouder werd? Waarom deed de herinnering aan het kind dat had gedacht dat ze onkwetsbaar was, dat nooit wreedheid had gekend, haar pijn in plaats van dat ze er blij van werd?

Ze had een gelukkige jeugd gehad, in tegenstelling tot Strike; die herinnering hoorde geen pijn te doen. Robin en haar broers hadden jarenlang in zomerweekenden met elkaar gestreden over wie er op de zwarte ezel mocht rijden, die Noddy heette en nu ongetwijfeld allang dood was. Kwam het dan door de sterfelijkheid dat vrolijke herinneringen een bitterzoete nasmaak kregen? Misschien dat ze hier een keer met Annabel naartoe zou gaan, dacht Robin, als ze groot genoeg was, en dan zou ze haar op haar allereerste ritje op een ezel trakteren. Het was een leuk idee, maar ze betwijfelde of Stephen en Jenny Skegness wel een geschikte bestemming voor een weekendje weg zouden vinden. Annabels oudtante was uit Boston vertrokken, ze hadden geen familie meer in de buurt wonen. De tijden veranderden, en de kinderjaren ook.

'Gaat-ie?' vroeg Strike met een blik op Robins gezicht.

'Ja hoor, prima. Ik zat alleen te denken... over een paar weken word ik dertig.'

Strike snoof. 'Nou, van mij hoef je geen medeleven te verwachten.' Ik word een maand later veertig.'

Hij trok zijn blikje cola open en nam een slok. Robin keek naar een gezin dat voorbijliep, alle vier met een ijsje, vergezeld van een waggelende teckel die snuffelde aan het tasje met de Engelse vlag dat aan de hand van de vader heen en weer zwaaide.

'Denk je dat Schotland eruit gaat?'

'Dat ze voor onafhankelijkheid kiezen? Zou kunnen,' zei Strike. 'In de peilingen is het kielekiele. Barclay denkt dat het kan. Hij vertelde me over een paar oude vrienden van hem, van waar hij vandaan komt. Precies Polworth, zoals die praten. Dezelfde haat voor publieke figuren, dezelfde beloftes dat het allemaal rozengeur en maneschijn wordt, als ze zich maar losmaken van Londen. Iedereen die op valkuilen of problemen wijst wordt beticht van bangmakerij. Deskundigen weten er niets van. Feiten kloppen niet. "Het kan niet erger worden dan het nu is."'

Hij stopte een paar frietjes in zijn mond, kauwde, slikte de hap door en zei toen: 'Maar het leven heeft mij geleerd dat het altijd nog erger kan dan het al is. Ik dacht dat ík het zwaar had, maar toen reden ze een vent de zaal op die allebei zijn benen en zijn geslachtsdelen bij een explosie had verloren.'

Hij had nooit eerder iets tegen Robin gezegd over de nasleep van het letsel dat zijn hele leven had veranderd. Hij zei zelfs zelden iets over het been dat hij niet meer had. Sinds hun door whisky benevelde gesprek in het donkere kantoortje was er definitief een blokkade weggevallen, meende Robin.

'Iedereen wil gewoon één eenvoudige oplossing,' zei hij, nu aan zijn laatste paar frietjes toe. '"Met één onverwachte truc uw buikvet kwijt." Ik heb het nooit aangeklikt, maar ik begrijp waarom dat mensen aanspreekt.'

'Ja, en het is ook erg aanlokkelijk om jezelf opnieuw te mogen uitvinden, toch?' Robin keek naar de nep-heteluchtballonnen die over hun gebaande pad ronddraaiden. 'Neem nou Douthwaite, die om de paar jaar een andere naam aanneemt en een nieuwe vrouw zoekt. Dan moet het toch heel lekker zijn om een heel nieuw land te kunnen starten? Dat je daar deel van mag uitmaken.'

'Ja. Mensen denken natuurlijk dat, als ze zichzelf ondergeschikt maken aan een groter geheel en dat geheel verandert, ze zelf ook veranderen.'

'Nou, er is toch niks mis mee om beter of anders te willen zijn? Om dingen te willen verbeteren?'

'Zeker niet. Maar het komt zelden voor dat mensen fundamenteel veranderen, is mijn ervaring, want dat is verdomd lastig, vergeleken met meelopen in een protestmars of met een vlag zwaaien. Hebben wij in deze zaak ook maar iemand gesproken die radicaal anders is dan de persoon die hij veertig jaar geleden was?'

'Ik weet het niet... Ik denk wel dat ík veranderd ben.' Ze schaamde zich meteen dat ze het hardop had gezegd.

Strike keek haar een paar tellen strak aan – zolang als nodig was om op een frietje te kauwen en het door te slikken – en zei toen: 'Ja, maar jij bent dan ook uitzonderlijk, hè?'

Ze kreeg hooguit de tijd om even licht te blozen voordat Strike vroeg: 'Eet jij die friet verder niet op?'

'Ga je gang,' zei Robin, en ze schoof haar bakje naar hem toe. Ze haalde haar telefoon uit haar zak. 'Dan zoek ik even die onverwachte truc om buikvet kwijt te raken op.'

Strike grijnsde.

Nadat ze haar handen aan haar papieren servetje had afgeveegd, checkte ze haar mail. 'Heb jij dit bericht van Vanessa Ekwensi gezien? Ze heeft jou ge-cc'd.'

'Wat dan?'

'Ze weet misschien iemand die Morris zou kunnen vervangen...

een vrouw, Michelle Greenstreet... die wil weg bij de politie. Daar heeft ze acht jaar gewerkt.' Robin scrolde langzaam door de mail. 'Ze vindt haar werk niet leuk... ze woont in Manchester... wil naar Londen verhuizen... wil graag als detective aan de slag...'

'Klinkt veelbelovend. Laten we een sollicitatiegesprek inplannen. De eerste horde heeft ze al met vlag en wimpel gehaald.'

'Welke horde dan?' Robin keek op.

'Ik denk niet dat ze ooit iemand een dickpic heeft gestuurd.' Hij klopte op zijn zakken, haalde er zijn pakje Benson & Hedges uit, maar dat bleek leeg. 'Ik moet peuken kopen, laten we...'

'Wacht.' Robin zat nog steeds op haar telefoon te kijken. 'O, my god. Cormoran... Gloria Conti heeft me gemaild.'

'Dat meen je niet.' Strike was al half overeind gekomen, maar liet zich nu weer op het bankje zakken.

'"Beste mevrouw Ellacott,"' las Robin voor, '"het spijt me dat ik niet op uw e-mails heb gereageerd. Ik had niet door dat u contact met me probeerde te zoeken, daar ben ik zojuist pas achter gekomen. Als het u schikt, zou ik morgenavond om 19.00 uur met u kunnen bellen. Met vriendelijke groet..." en ze heeft haar telefoonnummer erbij gezet.' Robin keek verbijsterd naar Strike op. 'Hoe kan het dat ze daar net pas achter is gekomen? Ik ben haar al máánden aan het mailen, zonder ooit een reactie te hebben gekregen... of het moet zijn dat Anna er bij haar op heeft aangedrongen?'

'Het zou kunnen. Maar dat verwacht je niet van iemand die wil dat het onderzoek wordt gestaakt.'

'Natuurlijk wil ze dat niet. Maar je moet ergens een grens trekken, anders word je gek.'

'En wat zegt dat over ons?'

Ze schudde glimlachend het hoofd. 'Dat we toegewijd zijn?'

'Conti: de laatste die Margot in leven heeft gezien. Degene met wie Margot op de praktijk het meeste contact had...'

'Ik bedank haar even,' zei Robin, terwijl ze snel een berichtje typte, 'en ik zeg dat het schikt om morgen te bellen.'

'We kunnen het ook vanuit kantoor doen, samen. Misschien kunnen we facetimen, als ze daar geen bezwaar tegen heeft.'

'Ik vraag het wel.' Robin zat die nog steeds te typen.

Een paar minuten later vertrokken ze, op zoek naar sigaretten. Robin bedacht dat ze er juist volkomen terloops mee had ingestemd om op zaterdagavond naar kantoor te komen, zodat ze het gesprek met Gloria samen met Strike kon voeren. Ze had thuis geen boze Matthew meer die woedend was omdat ze zulke lange werkdagen maakte, die het niet vertrouwde, Strike en zij 's avonds samen alleen op kantoor. En ze moest eraan denken dat Matthew bij het mediationgesprek had geweigerd haar vanaf zijn kant van de tafel aan te kijken. Hij had een andere partner, werkte bij een ander bedrijf; binnenkort werd hij vader. Zijn leven was veranderd, maar was hij dat zelf ook?

Ze sloegen de hoek om en stonden in een straat met wat Strike in gedachten de aanduiding 'kilometers rotzooi' gaf. Zover het oog reikte stonden er rekken met koopwaar op het trottoir uitgestald: strandballen, sleutelhangers, goedkope sieraden, zonnebrillen, kartonnen bekers met suikerspin, karamel en pluchen beesten.

'Moet je kijken,' zei Robin opeens, en ze wees naar rechts. Op een knalgeel bord stond: UW LEVEN IN UW HANDEN. Op de donkere ruit van de deur eronder stond: HANDLEZER. HELDERZIENDE, met daarbij een rond overzicht met daarop alle twaalf de tekens van de dierenriem, met de bijbehorende symbolen, en in het midden een zon.

'Wat nou?' vroeg Strike.

'Jouw horoscoop is al getrokken. Misschien laat ik de mijne wel doen.'

'Sodemieter op,' mompelde Strike, en ze liepen door. Robin glimlachte wat voor zich uit.

Strike ging bij een kiosk naar binnen om sigaretten te kopen terwijl Robin buiten bleef staan wachten en de ansichtkaarten bekeek.

Terwijl Strike stond te wachten tot hij aan de beurt was, werd hij opeens bevangen door een onzinnige opwelling (ongetwijfeld ingegeven door de opzichtige kleuren om hem heen, de zon en de zuurstokken, door het gerammel en geklingel van de gokhallen en doordat hij zijn buik rond had gegeten aan de lekkerste fish-and-chips die hij ooit had geproefd) om een pluchen ezel voor Robin te kopen. Hij hervond zijn verstand gelukkig bijna nog eerder dan het idee echt gestalte had gekregen: hij was toch geen tiener die met zijn eerste vriendinnetje op stap was? Toen hij weer naar buiten kwam en de zon in liep zag hij dat hij niet eens een ezel had kúnnen kopen, al had hij het gewild. Er viel er niet een te bekennen: in de bakken met speelgoedbeesten lagen alleen maar eenhoorns.

'Terug naar de auto dan maar?' vroeg Robin.

'Ja.' Strike trok het cellofaan van zijn sigaretten. 'We gaan toch wel eerst even naar zee voor we vertrekken?'

'Oké,' zei Robin verbaasd. 'Eh... waarom eigenlijk?'

'Heb ik gewoon zin in. Je kan niet aan zee zijn geweest zonder hem met eigen ogen te hebben gezien.'

'Is dat iets uit Cornwall?' vroeg Robin toen ze terugliepen naar de Grand Parade.

'Zou kunnen.' Strike stak de sigaret op die hij tussen zijn tanden geklemd hield. Hij nam een trek, blies uit en zong:

'And when we come to London Wall,
A pleasant sight to view,
Come forth! come forth! ye cowards all:
Here's men as good as you.'

'"The Song of the Western Men?"'

'Precies.'

'Waarom voelen ze volgens jou de behoefte om de Londenaren te vertellen dat ze net zo goed zijn? Dat weet toch iedereen?'

'Alleen Londen, hè?' zei Strike terwijl ze overstaken. 'Moeten ze niks van hebben.'

'Ik hou van Londen.'

'Ik ook. Maar ik begrijp wel waarom andere mensen er niks van moeten hebben.'

Ze kwamen langs een fontein met in het midden een beeld van de Jolly Fisherman, de rondbuikige zeeman met zijn baard die huppelde in de wind, die al bijna een eeuw lang op posters werd gebruikt om Skegness aan te prijzen. Over een glad geplaveid stuk liepen ze verder naar het strand.

Eindelijk zagen ze wat Strike vond dat hij moest zien: een uitgestrekte vlakke zee met de kleur van chalcedon, onder een maagdenpalmblauwe lucht. Ver weg op zee zagen ze een leger hoge witte windmolens die de horizon vervuilden, en hoewel Strike de frisse wind die van de weidse zee kwam persoonlijk wel lekker vond, begreep hij eindelijk waarom Robin een sjaal had meegenomen.

Hij rookte in stilte; zijn stugge krulletjes trokken zich niets aan van de koude wind. Hij dacht aan Joan. Het kwam nu pas in hem op dat ze, door de laatste rustplaats die ze voor zichzelf had bedacht, hun een graf had gegeven dat ze elke keer dat ze ergens aan de Engelse kust waren konden bezoeken. Joan, geboren en getogen in Cornwall, had geweten dat zij allemaal deze behoefte kenden om steeds weer de zee op te zoeken. Elke keer dat ze nu naar de kust gingen betoonden ze haar hun eer, naast de eerbied die ze voor de golven hadden.

'Het waren Joans lievelingsbloemen, roze rozen,' zei hij na een poosje. 'Die jullie gestuurd hebben, naar de uitvaart.'

'O, echt? Ik... ik had een soort beeld van Joan in mijn hoofd, door wat jij me over haar hebt verteld en... toen dacht ik dat roze rozen wel bij haar pasten.'

Ze keerden de zee de rug toe. 'Als ons kantoor ooit failliet gaat,' zei Strike, 'kun je altijd teruggaan naar Skegness en als helderziende gaan werken.'

'Lijkt me een beetje een beperkte markt,' zei Robin, terwijl ze terugliepen naar de parkeerplaats. 'Raden wat de lievelingsbloemen van een overledene waren.'

Strike keek nog even om naar het strand. 'Geen ezels.'

'Geeft niet,' antwoordde Robin vriendelijk. 'Ik denk dat je er toch een beetje te zwaar voor zou zijn geweest.'

66

Speak, thou frail woman, speak with confidence.

Edmund Spenser
The Faerie Queene

De volgende avond namen Strike en Robin samen plaats aan dezelfde kant van het dubbele bureau. Het was voor het eerst dat ze alleen op kantoor waren sinds de avond dat Strike haar twee blauwe ogen had bezorgd. Deze keer was het licht wel aan, en ze hadden geen glas whisky in hun hand, maar ze waren zich allebei sterk bewust van wat er die vorige keer was gebeurd en ze voelden allebei een lichte gêne, die zich bij Strike, toen ze het computerscherm zo draaiden dat ze het allebei goed konden zien, manifesteerde in een ietwat kortaangebonden toon, en bij Robin in een concentratie op alle vragen die ze Gloria wilde stellen.

Stipt om zeven uur belde Strike Gloria's nummer, en na een gespannen stilte hoorden ze de telefoon overgaan en verscheen er een vrouw op het scherm die er enigszins nerveus uitzag en zich zo te zien in een studeerkamer vol boeken bevond. Aan de muur achter haar hing een grote ingelijste foto van een gezin: Gloria zelf, een gedistingeerd uitziende echtgenoot en drie volwassen kinderen, allemaal in een wit overhemd, allemaal opvallend aantrekkelijk.

Van alle mensen die ze met betrekking tot Margot Bamborough hadden ondervraagd leek Gloria Conti nog het meest op hoe ze er vroeger had uitgezien, vond Robin, hoewel ze geen zichtbare moeite had gedaan om het verouderingsproces te verdoezelen. Haar haar was spierwit en in een korte, flatterende bob geknipt. Op haar voorhoofd en rond haar ogen had ze wel wat fijne rimpeltjes, maar haar lichte huid leek niet erg vaak aan zon te zijn blootgesteld. Ze was slank en had hoge jukbeenderen, zodat de structuur van haar gezicht nog grotendeels hetzelfde was als toen ze jong was, en haar hooggesloten donkerblauwe blouse, gouden oorbelletjes en bril met vierkant montuur waren stijlvol en eenvoudig. Gloria voldeed meer aan Robins beeld van een hoogleraar dan aan dat van een telg van een criminele familie, maar misschien werd ze beïnvloed door de volle boekenplanken achter haar.

'Goedenavond,' zei Gloria nerveus.

'Goedenavond,' zeiden Strike en Robin in koor.

'Ontzettend fijn dat u met ons wilt praten, mevrouw Jaubert,' zei Strike. 'Dat stellen we zeer op prijs.'

'O, graag gedaan, hoor,' zei ze beleefd.

Robin had op basis van Irene Hicksons beschrijving van een meisje uit een zwaar milieu niet gedacht dat ze accentloos Engels zou spreken, maar net als Paul Satchwell woonde Gloria inmiddels natuurlijk al langer in het buitenland dan ze ooit had gewoond in het land waar ze geboren was.

'We hoopten al heel lang dat we eens met u zouden kunnen praten,' zei Robin.

'Ja, dat spijt me zeer,' zei Gloria. 'Mijn man, Hugo, heeft me niet verteld dat u die mails had gestuurd. Ik trof uw laatste e-mail bij toeval aan bij de verwijderde berichten. Daardoor snapte ik dat u contact met me probeerde te zoeken. Hugo... Nou ja, hij dacht dat hij er verstandig aan deed.'

Robin moest denken aan die keer dat Matthew een voicemail van Strike op haar telefoon had verwijderd, in een poging te voorkomen dat ze weer voor hem zou gaan werken. Het verbaasde haar dat Gloria het haar man niet kwalijk leek te nemen. Het leek wel of Gloria haar gedachten kon lezen, want ze zei: 'Hugo ging ervan uit dat ik niet met onbekenden zou willen praten over wat er is gebeurd. Hij besefte niet dat jullie juist de enigen zijn met wie ik wél zou willen praten, omdat jullie erachter proberen te komen wat er daadwerkelijk is gebeurd, en als jullie daarin slagen zou dat... Er zou een enorme last van me af vallen.'

'Hebt u er bezwaar tegen als ik aantekeningen maak?' vroeg Strike.

'Nee hoor, helemaal niet.'

Hij klikte de punt van zijn pen tevoorschijn en Gloria reikte naar een glas rode wijn, dat buiten beeld stond, nam een slokje en leek zich schrap te zetten.

'Maar mag ik eerst een paar dingen uitleggen, als u het niet erg vindt?' vroeg ze toen snel. 'Ik loop er sinds gisteren al over na te denken en ik denk dat het u veel tijd bespaart als ik u eerst mijn verhaal vertel. Dat is essentieel om mijn relatie met Margot te kunnen begrijpen en om te snappen waarom ik gedaan heb... wat ik gedaan heb.'

'Dat zou fijn zijn,' zei Strike, met de pen in de aanslag. 'Vertelt u maar.'

Ze nam nog een slokje wijn, zette haar glas weer neer op de plek waar zij het niet konden zien en haalde diep adem. 'Allebei mijn ouders zijn bij een woningbrand om het leven gekomen toen ik vijf was.'

'Wat vreselijk,' zei Robin geschrokken. In de gegevens die zij had geraadpleegd, in het bevolkingsregister uit 1961, was er nog sprake geweest van een voltallig gezin van vier personen. 'Wat erg voor u.'

Strike liet een meelevend gebrom horen.

'Dank u wel. Ik vertel het alleen maar om uit te leggen... Weet u, ik heb die brand overleefd doordat mijn vader me uit het raam heeft gegooid, in een deken die de buren ophielden. Mijn vader en moeder zijn niet gesprongen, omdat ze bij mijn oudere broertje probeerden te komen, die opgesloten zat. Ze zijn alle drie om het leven gekomen, dus ik ben door de ouders van mijn moeder grootgebracht. Ontzettend lieve mensen. Ze hadden werkelijk alles voor me over, en dat maakt alles wat ik nu ga vertellen nog veel erger...

Ik was nogal een verlegen meisje. Ik was erg jaloers op de meisjes op school die ouders hadden die... die met hun tijd meegingen, zal ik maar zeggen. Mijn arme oma begreep niks van de jaren zestig en zeventig,' zei ze met een treurig lachje. 'Ik had altijd een beetje ouderwetse kleren. Geen minirok, geen make-up, snapt u wel...

Als reactie hierop ontwikkelde ik een heel uitgebreid fantasieleven. Ik weet dat de meeste tieners van alles fantaseren, maar ik was daar... extreem in. Toen ik zestien was en naar de film *The Godfather* ging, is het min of meer uit de hand gelopen...

Het is bespottelijk,' zei Gloria nuchter, 'maar wel de waarheid. Ik... klampte me helemaal aan die film vast. Het werd een obsessie voor me. Ik weet niet hoe vaak ik hem gezien heb; op zijn minst twintig keer, vermoed ik. Ik was een Engels schoolmeisje in de jaren zeventig, in Islington, maar eigenlijk wilde ik Apollonia in de jaren veertig in Sicilië zijn, en een knappe Amerikaanse maffioso ontmoeten, en níét door een autobom worden opgeblazen, maar met Michael Corleone in New York gaan wonen en mooi en betoverend zijn terwijl mijn man betoverend gewelddadige, criminele dingen deed, allemaal volgens een strenge morele code.'

Strike en Robin moesten allebei lachen, maar bij Gloria kon er geen glimlachje van af. Integendeel, ze zag er verdrietig en beschaamd uit.

'Op de een of andere manier dacht ik dat dat allemaal te realiseren was,' ging ze verder, 'doordat ik een Italiaanse achternaam had. Tot *The Godfather* had die naam me nooit echt geïnteresseerd. Maar nu vroeg ik vanuit het niets aan mijn opa en oma of we in de Italiaanse kerk aan Clerkenwell Road naar de mis konden gaan, in plaats van in de kerk waar ze normaal gesproken altijd kwamen. En die brave mensen deden het nog ook. Ik zou willen dat ze het niet hadden gedaan. Ik zou willen dat ze tegen me gezegd hadden dat ik niet zo egoïstisch moest zijn, want ze kregen veel steun van hun eigen kerk en die vormde het middelpunt van hun sociale leven.

Ik had me altijd op-en-top Engels gevoeld, en dat wás ik aan moederskant ook, maar toen begon ik van alles uit te zoeken over de familie van mijn vader. Ik hoopte tot de ontdekking te komen dat ik van maffiosi afstamde. Dan kon ik geld aan mijn grootouders vragen en naar Sicilië gaan, waar ik dan iedereen zou ontmoeten en misschien wel met een verre neef zou trouwen. Maar het enige wat ik te weten kwam was dat mijn Italiaanse opa naar Londen was geëmigreerd om in een espressobar te gaan werken. Ik wist al dat mijn vader voor het Londense vervoersbedrijf had gewerkt. Iedereen die ik vond, hoe ver terug ook, was in en in keurig en gezagsgetrouw. Dat was een enorme teleurstelling,' zei ze met een zucht.

'Op een zondag zaten we in de Italiaanse kerk, en toen wees iemand een man aan, Niccolo Ricci, die achterin zat. Er werd beweerd dat hij een van de allerlaatste gangsters van Little Italy was.'

Gloria laste even een pauze in om nog een slok te nemen, zette het glas weer buiten beeld neer en zei toen: 'Afijn... Ricci had zonen.'

Nu zette Strike voor het eerst zijn pen op het papier.

'Er was niet veel gelijkenis tussen Luca Ricci en Al Pacino,' zei Gloria droogjes, 'maar het lukte me er toch een te vinden. Hij was vier jaar ouder dan ik, en iedereen die ik naar hem vroeg, zei dat hij niet deugde, en dat was precies wat ik wilde horen. Het begon met een glimlach in het voorbijgaan...

Een paar maanden voordat ik examen zou doen gingen we voor het eerst met elkaar uit. Ik zei tegen mijn opa en oma dat ik bij een vriendinnetje thuis ging leren. Ik was altijd een heel braaf kind geweest; het kwam niet in hun hoofd op dat ik jokte.

Ik wilde niets liever dan Luca leuk vinden, want zo kon ik mijn fantasie waarmaken. Hij had een auto en hij was zonder meer een crimineel. Maar hij vertelde me nooit wat over topontmoetingen met de hoofden van criminele families, nee, hij had het vooral over zijn Fiat, over drugs en over andere mensen aftuigen.

Na een paar afspraakjes was het wel duidelijk dat Luca gek op me was, of... nee,' zei Gloria met een strak gezicht, 'hij was niet gek op me, want dan voel je echt iets voor iemand. Hij wilde mij gewoon voor zichzelf alleen hebben. Ik was zo stom en ging zo op in mijn fantasie dat ik dat spannend vond, want dat vond ik echt iets voor een maffiafiguur, snapt u? Maar ik vond Luca het leukst als ik niet bij hem was, als ik hem in mijn hoofd kon verwisselen met Michael Corleone, 's avonds in bed.

Ik deed niets meer aan school. Mijn fantasieleven nam het volledig over. Gangsterliefjes hoefden geen hoge cijfers te halen. Luca vond ook niet dat ik hoge cijfers moest halen. Ik zakte voor al mijn examens.

Mijn grootouders waren vreselijk teleurgesteld, al reageerden ze heel lief,' zei Gloria. Voor het eerst trilde haar stem nu een beetje. 'En toen, ik denk een week later, kwamen ze erachter dat ik met Luca omging. Ze waren erg bezorgd en verdrietig, maar tegen die tijd interesseerde me dat niet meer. Ik zei dat ik mijn plan om te gaan studeren helemaal had opgegeven. Ik wilde gaan werken.

Ik heb alleen maar op die baan bij de St John-praktijk gesolliciteerd omdat die midden in Little Italy lag, ook al bestond Little Italy toen eigenlijk al niet echt meer. Luca's vader was een van de allerlaatste nazaten. Maar het hoorde allemaal bij mijn fantasie: ik was een Conti, dus daar hoorde ik te zijn, waar mijn voorouders hadden gewoond. Het was daardoor ook gemakkelijker voor me om met Luca om te gaan, want hij woonde daar.

Ik had die baan van receptioniste nooit mogen krijgen. Ik was veel te jong en ik had geen ervaring. Margot wilde me aannemen.'

Gloria zweeg even, en Robin wist zeker dat dat kwam doordat ze net voor het eerst Margots naam had moeten noemen. Gloria haalde diep adem. 'Dus ik zat daar de hele dag met Irene achter de receptie. Mijn grootouders stonden niet bij de praktijk ingeschreven, want die woonden in Islington, dus ik kon Irene van alles op de mouw spelden over mijn achtergrond.

Ik had inmiddels een heel personage opgetuigd. Ik vertelde haar dat de familie Conti van oudsher van Sicilië kwam, dat mijn opa en mijn vader deel hadden uitgemaakt van een misdaadfamilie en wat niet al meer. Soms gebruikte ik dingen die Luca me over de familie Ricci had verteld. Andere kwamen regelrecht uit *The Godfather*. Ironisch genoeg' – Gloria sloeg haar ogen ten hemel – 'hield ik het enige echt criminele feit voor me. Ik vertelde haar niets over mijn vriend. Luca had gezegd dat ik nooit met andere mensen over hem en zijn familie mocht praten, dus deed ik dat niet. Ik nam hem heel serieus.

Ik weet nog dat een paar maanden nadat ik die baan had gekregen, het gerucht de ronde deed dat er een lijk was gevonden onder het beton op een van de bouwlocaties verderop in de straat. Ik deed alsof ik daar via mijn contacten in de onderwereld alles over wist. Ik zei tegen Irene dat ik uit betrouwbare bron had gehoord dat het om iemand van de Sabini-bende ging. Ik was echt niet goed bij mijn hoofd,' zei ze zacht. 'Dwaas kind...

Maar ik had altijd het gevoel dat Margot dwars door me heen kon kijken. Toen ik daar net werkte, zei ze dat ze "iets in me had gezien" bij het sollicitatiegesprek. Dat vond ik maar niks, ik had het gevoel dat ze op me neerkeek. Ze behandelde me nooit zoals ik behandeld wilde worden, als een bijdehand maffiameisje met duistere geheimen, maar altijd alsof ik gewoon een lief jong meisje was. Irene mocht Margot ook niet zo, en we zaten bij de receptie altijd over haar te klagen. Margot vond een goede opleiding en carrière maken heel belangrijk, en wij zeiden altijd dat ze hypocriet was, omdat ze getrouwd was met een rijke specialist. Als je zelf liegt over je leven, is niets bedreigender dan mensen die de waarheid spreken...

Neem me niet kwalijk.' Gloria schudde ongeduldig haar hoofd. 'Het lijkt misschien allemaal niet erg relevant, maar als jullie me nog even verder mijn verhaal willen laten doen...'

'Neem de tijd,' zei Strike.

'Nou... de dag na mijn achttiende verjaardag kregen Luca en ik ruzie. Ik weet niet meer waar het over ging, maar hij greep me bij mijn keel en duwde me tegen de muur tot ik geen adem meer kreeg. Ik was doodsbang.

Hij liet me los, maar hij had een doodenge blik in zijn ogen. "Dat heb je aan jezelf te danken," zei hij. En ook: "Je lijkt die dokter wel, zoals je praat."

Ik had hem namelijk veel over Margot verteld. Ik had gezegd dat ze een stuk chagrijn was, heel erg bazig en verwaand. Ik herhaalde voortdurend opmerkingen van haar, om erop af te geven, om mezelf wijs te maken dat het allemaal nergens op sloeg.

Tijdens een stafvergadering citeerde ze een keer Simone de Beauvoir. Ze had gevloekt toen ze haar pen liet vallen en toen zei dokter Brenner: "Mensen vragen me altijd hoe het is om een dame als collega te hebben, en mocht ik ooit een dame als collega krijgen, dan laat ik het u weten." Dorothy moest erom lachen – die lachte bijna nooit – en Margot gaf hem lik op stuk. Ik ken het citaat nog uit mijn hoofd, in het Frans zelfs: "Van een man wordt gezegd dat hij een mens is en van een vrouw dat ze vrouwelijk is – wanneer ze zich gedraagt als een mens, wordt er van haar gezegd dat ze de man imiteert."

Irene en ik hadden het er na afloop nog over. We vonden haar een aansteller omdat ze een of andere Franse vrouw citeerde, maar dat soort dingen bleven gewoon in mijn hoofd zitten en ik kreeg ze er niet meer uit. Ik dacht dat ik een maffiahuisvrouw uit de jaren vijftig wilde zijn, maar Margot kon soms ontzettend geestig zijn, en ik zag dat ze nooit het hoofd boog voor Brenner, daar moest je wel bewondering voor hebben...'

Gloria nam nog een flinke slok wijn.

'Maar goed, de avond dat Luca me zo ongeveer wurgde ging ik naar huis en lag de halve nacht te huilen. De volgende ochtend deed ik een coltrui aan, zodat niemand de blauwe plekken kon zien, en toen ik die middag om vijf uur van mijn werk wegging, ging ik linea recta naar een telefooncel vlak bij de praktijk, belde Luca en maakte het uit. Ik zei dat ik bang voor hem was geworden en dat ik hem niet meer wilde zien.

Hij nam het vrij rustig op. Ik was verbaasd, maar ontzettend opgelucht... Drie of vier dagen lang dacht ik dat het allemaal achter de rug was en voelde ik me heerlijk. Het was alsof ik wakker werd, of alsof ik na een hele tijd onder water eindelijk bovenkwam om adem te halen. Ik wilde nog steeds een maffialiefje zijn, maar de fantasieversie was mooi genoeg. Ik had een beetje te veel meegemaakt van hoe het in werkelijkheid was.

Toen hadden we de kerstborrel van de praktijk, en op het eind kwam Luca daar opeens binnengelopen, met zijn vader en een van zijn neven.

Ik schrok me dood toen ik ze daar zag. Luca zei tegen me: "Mijn vader wilde mijn vriendin wel eens ontmoeten." En toen zei ik, ik weet niet waarom, behalve dat ik vreselijk bang was dat het op een scène zou uitlopen: "O, oké." En ik pakte mijn jas en vertrok met hen drieën, zonder dat iemand een woord met hen had kunnen wisselen.

Ze liepen met me mee naar mijn bushalte. Onderweg zei Nico: "Je bent een aardig meisje. Luca was erg van streek door wat je over de telefoon tegen hem hebt gezegd. Hij is dol op je, hoor. Je wilt hem toch niet ongelukkig maken?" Toen liepen Luca's neef en hij weg. Luca zei: "Je meende het toch niet, hè?" En ik... ik was doodsbang. Dat hij met zijn vader en zijn neef was gekomen... Ik maakte mezelf wijs dat ik me er later wel van zou kunnen losmaken. Dat ik hem nu gewoon even tevreden moest houden. Dus zei ik: "Nee, dat meende ik niet. Maar zoiets doe je toch nooit meer, hè?" En hij vroeg: "Wat bedoel je?" Alsof hij nooit mijn luchtpijp had dichtgedrukt tot ik geen adem meer kreeg. Alsof ik het me had verbeeld.

Dus bleven we elkaar zien. Luca begon over trouwen. Ik zei steeds dat ik mezelf daar nog te jong voor vond. Telkens wanneer ik op het punt stond om het uit te maken beschuldigde hij me ervan dat ik hem bedroog, en dat was de ergste misdaad die er bestond, en ik kon op geen enkele manier bewijzen dat het niet waar was, behalve door met hem te blijven gaan.'

Nu wendde ze haar blik van hen af, en ze keek naar iets wat zich buiten het scherm bevond.

'Inmiddels gingen we met elkaar naar bed. Ik wilde dat niet. Ik zeg niet dat hij me gedwongen heeft – niet echt,' zei Gloria, en Robin dacht aan Gemma, de assistente van Goochem, 'maar de enige manier om het vol te houden was door hem zijn zin te geven. Anders kon ik een klap in mijn gezicht krijgen, of nog erger. Eén keer maakte hij een opmerking over mijn oma, dat hij haar iets zou aandoen als ik me niet gedroeg. Ik raakte helemaal in paniek, en hij lachte me uit en zei dat het maar een grapje was, maar hij wilde me doen beseffen dat hij daartoe in staat was, en die gedachte liet me niet meer los.

Hij geloofde ook niet in voorbehoedmiddelen. We moesten het volgens de... u weet wel, periodieke onthouding.' Gloria pakte haar wijn weer. 'Maar hij was... laten we zeggen dat hij onvoorzichtig was, en ik wist zeker dat hij me zwanger wilde maken, want dan zou ik geen kant meer op kunnen en wel hem moeten trouwen. Mijn grootouders zouden waarschijnlijk aan zijn kant hebben gestaan. Ze waren heel gelovig.

Dus toen ben ik, zonder het Luca te vertellen, naar Margot gegaan om de pil te vragen. Ze zei dat ze me die met alle plezier wilde geven, maar dat ze niet eens had geweten dat ik een vriendje had, daar had ik nooit iets over verteld...

En hoewel ik haar niet echt mocht vertelde ik haar er toch het een en ander over. Het was de enige plek waar ik mijn ware gezicht kon laten zien, denk ik. Ik wist dat zij het niet verder zou vertellen, dat het binnen de muren van haar spreekkamer zou blijven. Ze probeerde op me in te praten. Ze probeerde me te laten inzien dat ik me uit die situatie kon bevrijden, dat ik Luca niet de hele tijd zijn zin hoefde te geven. Ik dacht: zij heeft mooi praten met al haar geld en haar grote, veilige huis...

Maar ik denk dat ze me toch een beetje hoop heeft gegeven. Eén keer, toen hij me had geslagen en zei dat ik er zelf om had gevraagd, en dat ik dankbaar moest zijn dat iemand me de kans bood om weg te gaan bij die twee oude mensen, zei ik: "Er zijn nog wel meer plekken waar ik naartoe kan." Ik denk dat hij toen bang is geworden dat iemand me hulp had aangeboden om weg te komen. Ik maakte in die tijd geen nare opmerkingen meer over Margot, en Luca was niet op zijn achterhoofd gevallen...

Toen is hij haar dreigbriefjes gaan schrijven. Anoniem natuurlijk, maar ik wist dat ze van hem kwamen,' zei Gloria. 'Ik kende zijn handschrift. Dorothy had op een dag vrij omdat de amandelen van haar zoontje moesten worden geknipt, dus Irene maakte de post open en vouwde een van die briefjes open, aan het bureau pal naast me. Ze zat zich erover te verkneukelen, en ik moest doen alsof ik het grappig vond, alsof ik het handschrift niet herkende.

Ik heb Luca gevraagd of die briefjes van hem kwamen. Hij zei dat ik niet zo stom moest doen, dat hij ze natuurlijk niet geschreven had, maar ik wist wel beter...

Hoe dan ook, ik ontdekte – ik denk vlak na het tweede briefje – dat mijn grootste angst was uitgekomen. Ik was zwanger. Ik had niet begrepen dat de pil niet werkte als je moet overgeven, en ik had een maand daarvoor buikgriep gehad. Ik wist dat ik nu geen kant meer op kon en dat het te laat was. Ik zou met Luca moeten trouwen. Dat zou de familie Ricci willen, en mijn grootouders zouden vast niet willen dat ik een ongehuwde moeder werd.

Op dat moment heb ik het voor het eerst tegenover mezelf toegegeven.' Gloria keek Strike en Robin recht aan. 'Ik haatte Luca Ricci.'

'Gloria,' zei Robin zacht, 'sorry dat ik je even onderbreek, maar mag ik misschien vragen: moest je overgeven op Margots barbecue...?'

'O, dus dat hebben jullie gehoord? Ja, dat was toen ik die buikgriep had. Er werd gezegd dat een van de kinderen alcohol in de bowl had gedaan, maar dat denk ik niet. Verder was er niemand zo beroerd als ik.'

Uit haar ooghoek zag Robin dat Strike iets opschreef in zijn notitieboekje.

'Ik ben weer naar Margot gegaan om zeker te weten of ik zwanger was,' zei Gloria. 'Ik wist dat ik haar kon vertrouwen. In haar spreekkamer hield ik het niet meer en toen ze bevestigde dat ik zwanger was, heb ik mijn ogen uit mijn kop gehuild. En toen... Ze was zo lief voor me. Ze hield mijn hand vast en heeft eindeloos met me gepraat.

Ik beschouwde abortus als een zonde. Zo ben ik opgevoed. Maar Margot vond het geen zonde. Ze praatte met me over wat voor leven ik waarschijnlijk met Luca zou krijgen als ik het kind liet komen. We bespraken de mogelijkheid dat ik het zou houden, in mijn eentje, maar we wisten allebei dat Luca dat nooit zou willen, dat ik nooit van hem af zou komen als ik een kind van hem zou krijgen. Het was in die tijd heel zwaar om in je eentje een kind groot te brengen. Ik zag het bij Janice, de praktijkassistente. Altijd haar aandacht moeten verdelen tussen haar zoon en haar werk.

Ik heb het Luca natuurlijk niet verteld. Ik wist dat als ik... als ik íéts wilde doen, ik snel moest zijn, voordat hij zou merken dat mijn lichaam veranderde, maar in de eerste plaats voordat de baby het kon voelen, of...'

Ze boog plotseling haar hoofd en sloeg haar handen voor haar gezicht.

'Dat moet vreselijk voor u geweest zijn,' zei Robin.

'Nee... ach.' Gloria rechtte haar rug en streek haar witte haar uit haar gezicht. Haar ogen waren nat. 'Daar gaat het nu niet om. Ik vertel het jullie alleen maar zodat jullie begrijpen...

Margot heeft de afspraak voor me gemaakt. Ze gaf haar naam en adres op aan de kliniek en heeft voor ons allebei een pruik gekocht, want als zij herkend zou worden, zou iemand mij daardoor misschien ook herkennen. En ze is met me meegegaan – het was op een zaterdag – naar een adres aan Bride Street. Ik zal nooit de naam van die straat vergeten, want dat was nou precies wat ik níét wilde zijn, een bruid, en dat was juist de reden waarom ik daar was.

De kliniek had Margots naam genoteerd als de arts die me had doorverwezen, en ik denk dat er ergens iets mis is gegaan, want ze dachten dat "Margot Bamborough" degene was die de ingreep moest ondergaan. Margot zei: "Het doet er niet toe, niemand komt er ooit achter, al die dossiers zijn geheim." En ze zei dat het eigenlijk wel handig was zo, want als er een vervolgafspraak nodig was, zouden ze haar bellen om die te maken.

Onderweg naar binnen hield ze mijn hand vast en ze was er ook toen ik weer bijkwam,' zei Gloria. Er drupten nu tranen uit haar donkere ogen, die ze snel wegveegde. 'Toen ik weer naar huis mocht, bracht ze me met een taxi naar het begin van de straat waar mijn grootouders woonden. Ze legde me uit wat ik later moest doen, hoe ik mezelf moest verzorgen...

Ik was niet zoals Margot,' zei Gloria, en haar stem brak. 'Ik geloofde niet dat het goed was wat ik deed. 14 september, ik denk niet dat die datum sindsdien ooit is verstreken zonder dat ik aan de baby heb gedacht.

Ik nam een paar dagen vrij en toen ik weer op mijn werk kwam, nam ze me even apart in haar spreekkamer en vroeg hoe ik me voelde. Daarna zei ze: "Oké Gloria, nu moet je moedig zijn. Als je bij Luca blijft, gebeurt het nog een keer. We moeten een baan voor je zoeken, ergens buiten Londen, en zorgen dat hij niet weet waar je naartoe bent gegaan." En toen zei ze iets wat me altijd is bijgebleven: "Ons leven wordt niet bepaald door de fouten die we maken. Het gaat erom wat je met die fouten doet. Op die manier laat je zien wie je bent."

Maar ik was niet zoals Margot,' zei Gloria weer. 'Ik was niet moedig, ik kon me niet voorstellen dat ik mijn grootouders in de steek zou laten. Ik deed alsof ik het met haar eens was, maar tien dagen na de abortus ging ik alweer met Luca naar bed, niet omdat ik het wilde, maar omdat ik dacht dat ik geen andere keus had.

En toen gebeurde het, ongeveer een maand nadat we in de kliniek waren geweest. Toen is Margot verdwenen.'

Aan Gloria's kant van de verbinding klonk nu een gedempte mannenstem. Ze draaide zich om naar de deur achter zich en zei: '*Non, c'est toujours en cours!*'

Ze draaide zich weer om naar de computer. '*Excusez-moi*. Ik bedoel: pardon.'

'Mevrouw Jaubert... Gloria,' zei Strike, 'vindt u het goed als wij even de dag waarop Margot is verdwenen met u doornemen?'

'De hele dag?'

Hij knikte. Gloria ademde langzaam in, als iemand die een duik in diep water gaat nemen, en zei toen: 'Nou, de ochtend verliep normaal. Iedereen was er, behalve Wilma, de schoonmaakster. Die kwam nooit op vrijdag.

Ik herinner me van die ochtend nog twee dingen: dat ik Janice tegenkwam bij de waterkoker, achter, en dat ze er maar over doorging dat er binnenkort een vervolg op *The Godfather* uitkwam. Ik deed alsof ik me daar enorm op verheugde, terwijl ik in werkelijkheid het gevoel had dat ik er liever zou maken dat ik wegkwam dan dat ik hem zou gaan bekijken... en ik herinner me dat Irene nogal in haar nopjes was omdat Janice net een afspraakje had gehad met een man aan wie Irene haar al een eeuwigheid probeerde te koppelen.

Irene deed een beetje raar over Janice. Ze waren zogenaamd dikke vriendinnen, maar ze had het altijd over dat Janice een mannenverslinder was, en dat was raar als je Irene enigszins kende. Ze zei altijd dat Janice zich niets moest verbeelden, dat ze niet moest denken dat er iemand als James Caan kwam opduiken, die dan stapelverliefd op haar werd, want dat ze als alleenstaande moeder echt niet zo'n goede partij was. Irene vond dat ze blij moest zijn met die man van Eddies werk, die zo te horen een beetje onnozel was. Irene lachte hem altijd uit omdat hij dingen verkeerd begreep...

We hadden het nogal druk, in mijn herinnering. Alle drie de dokters liepen af en aan om hun patiënten uit de wachtkamer te halen. Ik herinner me niet of er die middag iets vreemds is gebeurd, behalve dan dat Irene vroeg wegging. Ze zei dat ze kiespijn had, maar dat geloofde ik niet. Al die tijd dat ze het over het liefdesleven van Janice had, had ik daar niks van gemerkt.

Ik wist dat Margot met haar vriendin in de pub had afgesproken. Dat had ze me verteld, want ze had een donut met huishoudfolie erom in de koelkast liggen en vroeg of ik haar die wilde brengen, vlak voordat ze haar laatste patiënt ontving, om even wat in haar maag te hebben. Ze was een echte zoetekauw. Om vijf uur dook ze altijd in de koektrommel. Ze had zo'n stofwisseling waarbij ze nooit aankwam, een en al nerveuze energie.

Ik herinner me die donut nog, want toen ik hem bracht, vroeg ik: "Waarom heb je niet gewoon die bonbons genomen?" Ze had een doos bonbons uit de vuilnisbak gehaald, ik geloof de dag ervoor. Ze zaten nog in cellofaan toen ze ze uit de vuilnisbak viste, het was niet onhygiënisch of zo. Die had iemand haar gestuurd...'

'Iemand?' zei Strike haar na.

'Nou, we dachten allemaal dat het die patiënt was in wie de politie nogal geïnteresseerd was: Steve Douthwaite. Dat dacht Dorothy tenminste.'

'Zat er een briefje bij?'

'Ja, een kaartje met "bedankt", en misschien dat Dorothy daaruit heeft opgemaakt dat ze van Steve Douthwaite kwamen, want wij vonden allemaal dat hij wel erg vaak kwam. Maar er stond geloof ik geen naam op dat kaartje.'

'Dus Margot gooide die doos in de vuilnisbak en heeft hem er later weer uitgehaald?'

'Ja, omdat ik haar erom uitlachte,' zei Gloria. '"Ik wist wel dat je er niet af kon blijven," zei ik, en zij moest ook lachen. Toen ik de volgende dag vroeg: "Waarom eet je ze niet op?" zei ze: "Heb ik gedaan, ze zijn al op."'

'Maar de doos had ze nog?'

'Ja, op de plank, bij haar boeken. Ik liep terug naar de balie. De patiënt van dokter Brenner ging weg, maar Brenner zelf niet, want die was dossiers aan het bijwerken.'

'Mag ik vragen of u op de hoogte was van dokter Brenners barbituratenverslaving?' vroeg Strike.

'Zijn wát?'

'Heeft niemand u dat ooit verteld?'

'Nee.' Ze keek verbaasd. 'Daar wist ik niks van.'

'Hebt u nooit gehoord dat Janice een keer een capsule Amytal op de bodem van een theebeker heeft gevonden?'

'Nee... O. Is Margot daarom op een gegeven moment voor zichzelf thee gaan zetten? Tegen mij zei ze dat Irene er te veel melk in deed.'

'Laten we even teruggaan naar de volgorde waarin iedereen vertrok.'

'Oké, daarna ging de patiënt van dokter Gupta weg, en dokter Gupta zelf meteen daarna. Hij had een familie-etentje waar hij naartoe moest, vandaar dat hij snel vertrok.

En net toen we dachten dat we klaar waren die dag, kwam die vrouw binnen, Theo.'

'Vertel ons eens wat meer over Theo,' zei Strike.

'Lang zwart haar... een vrij donkere huid. Roemeens leek ze me, of Turks. Van die grote oorbellen, weet u wel? Zigeunerachtig. Ik vond haar er ook uitzien als een zigeunerin. Ik had haar nog nooit gezien, dus ik wist dat ze geen patiënt bij ons was. Ze leek erg veel pijn te hebben, buikpijn. Ze kwam naar de balie en vroeg of ze met spoed bij een dokter terechtkon. Ik vroeg hoe ze heette, en ze zei Theo... nog wat. Ik vroeg het niet nog een keer, want ze had duidelijk veel pijn, dus ik zei dat ze even moest wachten en dat ik zou kijken of er een dokter beschikbaar was. De deur van Margot was nog dicht, dus toen vroeg ik dokter Brenner. Hij wilde haar niet onderzoeken. Zo was hij, altijd moeilijk doen. Ik heb hem nooit gemogen.

Toen ging de deur van Margot open, en de moeder met haar kind die op consult was geweest vertrok. Margot zei ze dat de jonge vrouw die zat te wachten wel bij haar terechtkon.'

'En Theo was echt een vrouw?' vroeg Strike.

'Zonder enige twijfel,' zei Gloria vastbesloten. 'Ze had brede schouders, dat zag ik toen ze voor de balie stond, maar ze was zonder meer een vrouw. Misschien dat het door die schouders kwam dat dokter Brenner later zei dat ze op een man leek, maar ik weet zeker...

Ik dacht gisteravond nog aan hem, toen ik wist dat ik jullie zou spreken. Brenner was misschien wel de grootste vrouwenhater die ik ooit heb gekend. Hij gaf op vrouwen af als ze er niet vrouwelijk uitzagen of niet "damesachtig" spraken, maar hij moest ook niets hebben van Irene, die altijd giechelde en die blond en heel vrouwelijk was. Ik denk dat hij gewoon wilde dat we allemaal waren zoals Dorothy, onderdanig en eerbiedig, hooggesloten bloesjes, lange rokken. Dorothy was net een ontzettend humorloze non.'

Robin dacht aan Betty Fuller, die op een bed lag en deed alsof ze buiten bewustzijn was, terwijl Brenner haar smerige taal influisterde.

'Onze vrouwelijke patiënten mochten Brenner niet. Ze vroegen altijd of ze niet Margot konden krijgen, maar dat lukte bijna nooit, omdat ze altijd helemaal vol zat. Maar Brenner zou met pensioen gaan en we hoopten dat we er dan een betere huisarts bij zouden krijgen.

Dus ja, hij vertrok en Theo ging de spreekkamer van Margot in. Ik hield de tijd in de gaten, want ik had afgesproken met Luca, en als ik te laat kwam, was het altijd hommeles. Maar het consult van

Theo duurde maar en duurde maar. Om kwart over zes kwam Theo eindelijk de spreekkamer uit en vertrok.

Een paar minuten later kwam Margot naar buiten. Ze was doodop. Het was een lange dag geweest. "Ik maak morgen dat verslag wel," zei ze. "Ik moet nu gaan, Oonagh zit op me te wachten. Sluit jij maar af met de reservesleutel." Ik reageerde nauwelijks,' zei Gloria, 'want ik was heel bang dat Luca boos op me zou worden. Dus ik heb niet echt gedag gezegd, of "fijne avond nog", tegen de vrouw die mijn leven heeft gered...

Want dat heeft ze gedaan, hoor. Ik heb het nooit tegen haar gezegd, maar ze heeft mijn leven gered...'

Er biggelde een traan over haar gezicht. Gloria zweeg even en veegde hem weg.

'Ik weet nog dat ze struikelde terwijl ze haar paraplu opstak. Ze zwikte om op haar hak. Het regende, het trottoir was nat. Toen herstelde ze zich, liep ze weg en zag ik haar niet meer.

Ik vloog meteen de praktijk door, deed de lichten uit, borg de dossiers op in de archiefkasten. Daarna controleerde ik of de achterdeur wel op slot zat, en dat was zo – daar heeft de politie later nog naar gevraagd. Ik deed de voordeur dicht, draaide hem op slot en rende zo Passing Alley in, het straatje pal naast de praktijk, naar St John Street, waar ik met Luca had afgesproken.

En dat was de laatste keer dat ik Margot heb gezien.'

Gloria pakte haar wijnglas weer, waar niet veel meer in zat, en dronk het leeg.

'Had u enig idee wat er met haar gebeurd kon zijn?' vroeg Strike.

'Natuurlijk,' zei Gloria zacht. 'Ik was doodsbang dat Luca iemand had ingehuurd om haar iets aan te doen, of om haar te ontvoeren. Ze was een schrikbeeld voor hem geworden. Elke keer dat ik voor mezelf opkwam zei hij heel akelige dingen over Margot die me zou beïnvloeden. Hij was ervan overtuigd dat zij me probeerde over te halen om bij hem weg te gaan, wat natuurlijk ook zo was. Mijn grootste angst was dat hij er op de een of andere manier achter zou komen dat ze me geholpen had met... u weet wel. In Bride Street.

Ik wist dat hij haar niet persoonlijk ontvoerd kon hebben, want ik trof hem in St John Street nog geen vijf minuten nadat zij uit de praktijk was vertrokken, en ik weet dat het ook niet zijn vader geweest kan zijn, want zijn broer Marco lag in die tijd in het ziekenhuis en hun ouders waren vierentwintig uur per dag bij hem. Maar Luca had vrienden en neven.

Dat kon ik niet aan de politie vertellen. Luca deed niet meer alsof hij een grapje maakte als hij dreigde mijn grootouders iets te zullen aandoen. Toch vroeg ik hem of hij erachter zat. Ik kon het niet meer aan, ik móést het vragen. Hij werd ontzettend kwaad, schold me uit – "stom wijf", dat soort dingen. Hij zei dat hij het natuurlijk niet had gedaan. Maar hij had me verhalen verteld over zijn vader die "mensen liet verdwijnen", dus ik wist het gewoon niet...'

'Hebt u ooit reden gehad om aan te nemen dat hij wist' – hier aarzelde Robin – 'wat er in Bride Street was gebeurd?'

'Ik weet honderd procent zeker dat hij dat nooit heeft geweten. Margot was hem te slim af. De pruiken, het feit dat ze haar naam had opgegeven, en ze had mij een aannemelijk verhaal ingeprent over de reden waarom ik een tijdje geen seks met hem kon hebben... Dankzij haar heb ik er geen last mee gekregen. Nee, hij heeft het nooit geweten. Dus op mijn beste momenten dacht ik: hij had niet echt reden genoeg om...'

De deur achter Gloria ging open en er kwam een knappe grijze man binnen met een scherpe neus gekleed in een gestreept overhemd en een spijkerbroek, met een fles rode wijn in de hand. Een grote Duitse herder kwam kwispelend achter hem aan de kamer in.

'*Je m'excuse*,' zei hij met een glimlach tegen Strike en Robin op het scherm. 'Neem me niet kwalijk dat ik... *Comment dit-on "interrompre"?*' vroeg hij aan zijn vrouw.

'Storen,' zei ze.

'*Oui*. Neem me niet kwalijk dat ik storen.'

Hij schonk zijn vrouw bij, gaf het glas terug, gaf haar een klopje op de schouder en liep toen weer de kamer uit, waarbij hij de hond riep mee te komen.

'*Viens, Obélix*.'

Toen man en hond weg waren, zei Gloria met een lachje: 'Dat was Hugo.'

'Hoe lang bent u nog bij de St John-praktijk blijven werken nadat Margot verdween?' vroeg Strike, ook al wist hij het antwoord.

'Een maand of zes, zeven, denk ik. Lang genoeg om mee te maken dat die nieuwe politieman het overnam. We waren er allemaal blij mee, want die eerste – Talbot, toch? – was een vreemde snuiter. Hij heeft Wilma en Janice vreselijk bang lopen maken. Ik denk trouwens dat Wilma daardoor ziek is geworden. Ze had al genoeg op haar bordje, en toen kwam de politie haar ook nog lastigvallen.'

'Dus u denkt niet dat ze aan de drank was?' vroeg Robin.

'Aan de drank? Dat was allemaal kwaadsprekerij van Dorothy,' zei Gloria hoofdschuddend. 'Dorothy probeerde Wilma die diefstallen in de schoenen te schuiven. Hebben jullie daar al over gehoord?'

Strike en Robin knikten.

'Toen ze niet kon bewijzen dat Wilma geld uit de tassen van anderen pikte, begon ze rond te bazuinen dat ze aan de drank was en toen heeft dat arme mens ontslag genomen. Ze was waarschijnlijk blij dat ze daar weg kon, maar ze raakte wel een inkomen kwijt, hè?

Ik wilde zelf ook weg, maar ik was als verlamd. Ik had het vreemde gevoel dat als ik daar maar bleef werken, alles wel weer goed zou komen. Dat Margot zou terugkomen. Pas na haar verdwijning besefte ik... wat ze voor me had betekend...

Maar goed,' verzuchtte Gloria, 'op een avond, ze was inmiddels al maanden vermist, werd Luca echt heel gewelddadig tegen me. Ik had geglimlacht naar een man die een deur voor me had opengehouden toen ik met Luca uit de pub vertrok. Dat was de aanleiding. Hij sloeg me zoals hij me nog nooit had geslagen, bij hem thuis – hij had een flatje.

Ik weet nog dat ik zei: "Het spijt me, het spijt me, ik had niet naar hem mogen glimlachen." En terwijl ik dat zei, zag ik de hele tijd, hier' – ze tikte tegen haar hoofd – 'Margot die naar me keek, en terwijl ik Luca smeekte om op te houden en toegaf dat ik me als een sloerie had gedragen, en dat ik nooit naar vreemde mannen mocht glimlachen, dacht ik de hele tijd: ik ga weg, Margot. Ik ga ergens naartoe waar hij me nooit zal kunnen vinden.

Want eindelijk was het muntje gevallen. Zij had tegen me gezegd dat ik moedig moest zijn. Het had geen zin om te wachten tot iemand me kwam redden. Ik moest mezelf redden.

Toen hij eenmaal was gekalmeerd stond hij me toe naar mijn grootouders te gaan, maar hij wilde me later die avond weer zien. Zo ging het altijd als hij erg gewelddadig was geweest. Dan wilde hij extra contact.

Hij had me niet in mijn gezicht geslagen. Dat deed hij nooit, zover wist hij zich altijd wel te beheersen. Dus ik ging terug naar mijn grootouders en deed alsof er niets aan de hand was. Toen ik die avond naar Luca toe ging nam hij me mee uit eten, en dezelfde avond heeft hij me ten huwelijk gevraagd, met een ring en alles.

En ik zei ja,' zei Gloria met een vreemd lachje, schouderophalend. 'Ik deed die ring om, keek ernaar, en ik hoefde niet eens te doen alsof ik blij was, want ik was het echt. Ik dacht: daar kan ik mooi een deel van mijn vliegticket van betalen. En dan moet u weten dat ik nog nooit van mijn leven gevlogen had. Ik vond het doodeng. Maar al die tijd zag ik Margot voor me. *Je moet moedig zijn, Gloria.*

Ik moest mijn grootouders vertellen dat ik verloofd was. Ik kon hun niet vertellen wat ik echt van plan was, want ik was bang dat ze de schijn niet zouden kunnen ophouden, of dat ze zouden proberen de confrontatie met Luca aan te gaan, of, erger nog, dat ze naar de politie zouden stappen. Afijn, Luca kwam naar ons toe om officieel kennis met ze te maken. Hij deed heel aardig, en het was vreselijk, en ik moest doen alsof ik het allemaal prachtig vond.

In de periode daarna heb ik elke dag alle kranten gekocht en alle banen in het buitenland omcirkeld waar ik misschien voor in aanmerking zou komen. Het moest allemaal in het geheim gebeuren. Ik typte op mijn werk een cv en nam een bus naar West End om alle sollicitaties op de post te doen, want ik was doodsbang dat iemand die Luca kende zou zien dat ik een hele stapel enveloppen in de brievenbus stopte.

Na een paar weken kreeg ik een sollicitatiegesprek met een Franse vrouw die op zoek was naar een Engelse hulp in de huishouding, om haar kinderen Engels te leren. Ik heb die baan voornamelijk gekregen omdat ik kon typen. Die vrouw had een eigen bedrijf en werkte vanuit huis, dus zo kon ik wat administratie voor haar doen terwijl de kinderen naar de crèche waren. Ik kreeg kost en inwoning, en mijn werkgever zou mijn vliegticket betalen, dus ik hoefde Luca's ring niet te verkopen en te doen alsof ik hem kwijt was...

De dag waarop ik op de praktijk zei dat ik ontslag nam gebeurde er iets vreemds. Er had al weken niemand iets over Margot gezegd. Kort na haar verdwijning hadden we het over niets anders gehad, maar het werd op de een of andere manier een taboeonderwerp. We hadden een plaatsvervanger, die haar spreekkamer gebruikte. Ik weet niet meer hoe hij heette. Een nieuwe schoonmaakster ook. Maar die dag kwam Dorothy helemaal geagiteerd binnen, terwijl ze normaal gesproken nooit enige emotie toonde...

Die rare... Hoe zeg je dat ook alweer?' Gloria knipte met haar vingers; voor het eerst kon ze niet op een woord in haar moedertaal komen. 'Wij zouden "*un dingue*" zeggen... U weet wel, iemand die gestoord is, een nietsnut... onschuldig, maar vreemd. Lange baard, groezelig, je zag hem altijd met zijn zoon door Clerkenwell Road lopen. Die man dus, die had Dorothy midden op straat zo ongeveer aangeklampt en gezegd dat hij Margot Bamborough had vermoord.

Dorothy was helemaal van slag, maar vreemd genoeg... en ik hoop niet dat jullie het heel slecht van me vinden... hoopte ik dat het waar was. Want al had ik er alles voor gegeven om te weten dat Margot nog leefde, ik wist zeker dat ze dood was. Ze was er de vrouw niet naar om weg te lopen. En mijn ergste nachtmerrie was dat Luca het op zijn geweten had, want dat zou betekenen dat het allemaal mijn schuld was.'

Robin schudde haar hoofd, maar Gloria reageerde er niet op.

'Ik heb mijn grootouders pas de avond voor ik naar Frankrijk zou vertrekken de waarheid verteld. Ik had ze geen penny laten uitgeven aan een bruiloft die nooit zou plaatsvinden, maar toch was het een enorme schok voor ze. Ik heb gezegd dat ze even moesten gaan zitten en toen heb ik ze alles verteld, behalve van die abortus.

Ze waren natuurlijk helemaal ontdaan. Aanvankelijk wilden ze me niet laten gaan; ze wilden dat ik naar de politie ging. Ik moest uitleggen waarom dat een heel slecht idee was, ik moest hun vertellen dat Luca me had bedreigd en alles. Maar ze waren zo blij dat ik niet met hem zou trouwen dat ze het uiteindelijk accepteerden. Ik zei dat het allemaal zou overwaaien en dat ik snel terug zou komen... al betwijfelde ik of dat wel waar was, en of het zou kunnen.

Mijn opa bracht me de volgende ochtend vroeg naar het vliegveld. We hadden een verhaal bedacht voor als Luca zou komen vragen waar ik was. Ze zouden zeggen dat ik twijfelde, omdat hij geweld tegen me had gebruikt, en dat ik naar Italië was, naar familie van mijn vader, om er nog eens goed over na te denken. We verzonnen zelfs een nepadres voor hem. Ik weet niet of hij me daar ooit heeft geschreven.

Nou, dat is mijn verhaal.' Gloria schoof achteruit op de bureaustoel. 'Ik ben zeven jaar bij mijn eerste werkgever gebleven en kreeg uiteindelijk een baan bij haar bedrijf. Pas toen ik hoorde dat Luca veilig en wel getrouwd was ging ik weer naar Londen.' Ze nam nog een slokje uit het glas dat haar man had bijgeschonken. 'Zijn eerste vrouw heeft zich op haar negenendertigste doodgedronken. Hij sloeg haar heel vaak. Dat ben ik later allemaal te weten gekomen.

En ik heb nooit meer over mezelf gelogen.' Gloria hief haar kin. 'Ik heb nooit iets aangedikt, nooit gedaan alsof, altijd alleen maar de waarheid gesproken, op één ding na. Tot vanavond was Hugo de enige die van de abortus wist, maar nu weten jullie het ook.

Zelfs als jullie erachter zouden komen dat Luca achter de verdwijning van Margot zat en ik dat de rest van mijn leven met me mee zal moeten dragen, ben ik het haar verplicht de waarheid te vertellen. Die vrouw heeft mij gered, en ik ben haar nooit vergeten. Ze was een van de moedigste, aardigste mensen die ik ooit heb gekend.'

67

There by th'vncertaine glims of starry night,
And by the twinkling of their sacred fire,
He mote perceiue a litle dawning sight…

Edmund Spenser
The Faerie Queene

Ze bedankten Gloria voor haar tijd en haar eerlijkheid. Nadat Strike en Robin afscheid van haar hadden genomen, bleven ze, allebei in gedachten verzonken, aan het dubbele bureau zitten, tot Strike Robin een pot gedroogde noedels aanbood die hij als tussendoortje altijd op kantoor had staan. Ze sloeg het aanbod af, haalde weinig enthousiast een zakje gemengde noten uit haar tas en maakte het open. Toen Strike kokend water op de inhoud van het plastic bakje had gegoten, liep hij terug naar het bureau en roerde met een vork in de noedels.

'De efficiëntie,' zei hij terwijl hij weer ging zitten. 'Die zit me dwars. Er is letterlijk geen spoor van haar te vinden. Of iemand is uitzonderlijk slim geweest of heeft ongekend veel mazzel gehad. En Creed beantwoordt nog steeds het best aan dat beeld, met Luca Ricci als goede tweede.'

'Alleen kan Luca het niet geweest zijn. Die heeft een alibi: Gloria.'

'Maar zoals zij al zei: hij kende mensen die iemand konden laten verdwijnen – want hoe groot is nou de kans, als Margot van de straat is meegenomen en ontvoerd, dat dit echt door één persoon is gedaan? Zelfs Creed had handlangers, zonder dat ze dat zelf wisten. De slaperige hospita, die hem dat veilige souterrain bood, en de man van de stomerij van wie hij die dag het busje mocht lenen, en...'

'Niet doen,' zei Robin fel.

'Wat niet?'

'Hun de schuld geven.'

'Ik geef hun niet de schuld, ik...'

'Max en ik hadden het er laatst over. Dat het mensen – meestal vrouwen – kwalijk wordt genomen als ze iets niet weten of niet gezien hebben, maar iedereen is bevooroordeeld. Daar ontkomt niemand aan.'

'Denk je echt?' vroeg Strike met volle mond, na de eerste hap noedels.

'Ja. We hebben allemaal de neiging om op basis van onze eigen ervaringen te generaliseren. Neem nu Violet Cooper. Die dacht te weten hoe Creed was, doordat ze een paar mannen had gekend die zich net zo gedroegen als hij, uit de tijd dat ze bij het theater werkte.'

'Mannen die iedereen uit hun souterrain weerden omdat ze daar schedels aan het uitkoken waren?'

'Je snapt best wat ik bedoel, Strike.' Robin weigerde dit grappig te vinden. 'Zachte stem, vriendelijk voorkomen, een beetje vrouwelijk. Creed vond het leuk om haar verenboa om te doen en hij deed alsof hij van musicalliedjes hield, waardoor zij dacht dat hij homoseksueel was. Maar als Max, mijn huisgenoot, de enige homo was geweest die zij ooit had gekend...'

'O, is hij gay?' Strike had maar een vage herinnering aan Max.

'Ja, en totaal niet camp, en hij haat musicals. Nu we het er toch over hebben, als zij een paar van Matts heterovrienden van de rugbyclub had meegemaakt, die zodra ze de kans kregen sinaasappels onder hun T-shirt stopten en daarmee liepen te paraderen, had ze misschien wel een andere conclusie getrokken, hè?'

'Vast wel.' Strike at zijn mond leeg terwijl hij erover nadacht. 'En laten we eerlijk zijn: de meeste mensen kennen geen seriemoordenaars.'

'Precies. Dus zelfs als iemand er vreemde gewoonten op na houdt, zijn we op basis van onze eigen ervaring geneigd te denken dat hij of zij gewoon excentriek is. Vi had nog nooit een man ontmoet die graag vrouwenkleren droeg of... Sorry, ik verveel je,' zei Robin, want Strike leek een wazige blik in zijn ogen te krijgen.

'Nee, helemaal niet,' mompelde hij. 'Je zet me juist aan het denken... Ik kreeg laatst namelijk een idee. Ik dacht dat ik een paar toevalligheden had ontdekt, en daardoor ging ik me afvragen...'

Hij zette de beker noedels neer en trok een doos met politiedossiers onder zijn bureau vandaan. Bovenop lagen de bladzijden die hij als laatste had zitten bekijken. Hij haalde ze eruit, spreidde ze voor zich uit en ging weer verder met zijn noedels.

'Krijg ik nog iets te horen over die toevalligheden?' vroeg Robin enigszins ongeduldig.

'Wacht even.' Strike keek naar haar op. 'Waarom stond Theo niet ín de telefooncel?'

'Hoezo?' Robin begreep er niets van.

'Ik denk dat we er nu wel van uit mogen gaan dat Ruby Elliot Theo heeft gezien bij die telefooncel bij Albemarle Way, ja toch? Haar beschrijving klopte precies met die van Gloria... dus waarom stond Theo dan buiten en niet ín de telefooncel?'

'Ze stond te wachten op het busje dat haar zou komen ophalen.'

'Precies. Niet om je op dingen te wijzen die je al weet, maar die oude rode telefooncellen hebben ramen in de zijkanten. Het goot van de regen. Theo had geen paraplu bij zich en Ruby zei dat Theo's haar aan haar gezicht geplakt zat, dus waarom is ze dan niet in die telefooncel gaan schuilen om daar op haar lift te wachten? Clerkenwell Road is een lange, rechte straat. Ze had vanuit die telefooncel prima zicht gehad, en alle tijd om naar buiten te komen en te zorgen dat de bestuurder van het busje haar zou zien. Dus waarom,' zei Strike nu voor de derde keer, 'stond ze niet in die telefooncel?'

'Omdat... omdat die bezet was?'

'Dat zou de meest voor de hand liggende verklaring zijn. En vanuit die telefooncel aan het eind van Albemarle Way heb je zicht op het begin van St John's Lane.'

'Denk je dat iemand Margot daar heeft staan opwachten? Dat hij vanuit die telefooncel in de gaten hield of ze eraan kwam?'

Strike aarzelde. 'Zoek het fragiele-x-syndroom eens op.'

'Oké... waarom?' vroeg Robin. Ze legde haar zakje noten neer en begon te typen.

'Die telefooncel staat aan het eind van de straat waar de familie Athorn woont.'

Terwijl Robin de zoekresultaten opriep schoof Strike de kopie van het bonnetje van Irene Hickson naar zich toe. Als tijdstip stond er 15.10 uur op. Strike zat nog steeds noedels te eten en naar het stukje papier te kijken toen Robin van haar scherm voorlas wat ze gevonden had.

'"Het werd aanvankelijk het Martin Bell-syndroom genoemd... het FMR1-gen op het x-chromosoom is in 1991 ontdekt"... Sorry, wat wil je precies weten?'

'Wat voor afwijkingen veroorzaakt dat syndroom?'

'"Sociale angststoornissen"', las Robin verder, '"weinig oogcontact... moeite met relaties aangaan... moeite met onbekende situaties en mensen... niet goed in staat gezichten te herkennen die men al eerder heeft gezien", maar wel "goed langetermijngeheugen, goede imitatievaardigheden en goed visueel leervermogen". Mannen hebben er meer last van dan vrouwen... gevoel voor humor meestal... "kunnen creatief zijn, vooral visueel"...'

Ze keek om het beeldscherm heen. 'Waarom wil je dat allemaal weten?'

'Ik zat gewoon te denken.'

'Aan Gwilherm?'

'Ja. Nou ja, over dat hele gezin eigenlijk.'

'Híj had toch geen fragiele-x?'

'Nee, ik weet niet wat Gwilherm had. Misschien kwam het gewoon door de bennies.' Deze keer glimlachte hij niet toen hij het zei.

'Cormoran, wat voor toevalligheden waren dat nou?'

In plaats van antwoord te geven trok hij een paar bladzijden met aantekeningen van de politie naar zich toe en las die nog een keer door. Robin pakte uit gewoonte het aantekenboek van Talbot en sloeg het open op de eerste bladzijde. Het bleef een paar minuten stil in het kantoor, en geen van beiden hoorden ze de geluiden die hun net zo vertrouwd waren als hun eigen ademhaling: het verkeer dat over Charing Cross Road reed, zo nu en dan geroep of wat flarden muziek van Denmark Street beneden.

De allereerste bladzijde van Bill Talbots aantekenboek begon met slordig gekrabbel waarvan Robin wist dat het echte bewijzen en observaties bevatte. Dit was het meest begrijpelijke deel van de aantekeningen, maar onder aan diezelfde bladzijde verschenen al de eerste pentagrammen, en ook de eerste astrologische observatie.

(Theo? MAN?) wit busje rijdt hard vanaf Aylesbury St Clerkenwell Green uit
Twee vrouwen bij telefooncellen, slecht ter been, kleinste met regenkapje, langste in regenjas,
maken ruzie lijkt wel, dan scheurt BESTELBUS weg van Clerkenwell Green
♃ is momenteel retrograad in ♓ dat wil zeggen planeet van
OBJECTIEVE WAARHEID in teken van ILLUSIE en FANTASIE

Robin las deze laatste alinea twee keer, met licht gefronst voorhoofd. Toen legde ze het zakje noten weg en dook ze in de dichtstbijzijnde doos met politiemateriaal. Na vijf minuten had ze het originele rapport met de verklaring van Ruby Elliot gevonden, en terwijl ze zocht, bleef Strike diep verzonken in zijn eigen deel van de aantekeningen.

> Ik zag ze naast een telefooncel, twee vrouwen die ruzie leken te maken. De langste van de twee, met de regenjas aan, leunde op de kleinste, die een plastic regenkapje op had. Het leken me allebei vrouwen, maar ik heb hun gezichten niet kunnen zien. Het zag eruit alsof de een de ander sneller probeerde te laten lopen.

Met bonzend hart legde Robin dit blad weg, ging weer op haar knieën zitten en zocht naar het rapport met Ruby's verklaring aan Lawson. Ook dat kostte haar vijf minuten.

Ik zag ze naast de twee telefooncellen aan Clerkenwell Green, twee vrouwen die ruziemaakten. De langste met de regenjas probeerde de kleinste met het regenkapje sneller te laten lopen.

'Cormoran,' zei ze op dringende toon.

Strike keek op.

'De lengtes kloppen niet.'

'Hoe bedoel je?'

'In Ruby's allereerste verklaring aan Talbot zei ze: "Ik zag ze naast een telefooncel, twee vrouwen die ruzie leken te maken. De langste van de twee, met de regenjas aan, leunde op de kleinste, die een plastic regenkapje op had. Het leken me allebei vrouwen, maar ik heb hun gezichten niet kunnen zien. Het zag eruit alsof de een de ander sneller probeerde te laten lopen."'

'Aha,' zei Strike met een lichte frons.

'En zo heeft Talbot het ook in zijn horoscoopaantekeningen genoteerd. Maar zo kan het niet geweest zijn, als die twee vrouwen de Fleury's waren. Waar is die foto?'

'In de eerste doos.' Hij schoof hem met zijn echte voet naar Robin toe.

Ze ging op haar knieën onder het bureau zitten en zocht tussen alle kopieën tot ze het stapeltje krantenknipsels had gevonden dat Strike haar maanden geleden in de Three Kings had laten zien.

'Hier,' zei Robin. 'Kijk. Híér.'

Het was de oude foto van de twee vrouwen die zich hadden gemeld om te zeggen dat zij de vrouwen waren die Ruby ruzie had zien maken: de lange brede, de jongste van de twee met haar vrolijke gezicht, en haar bejaarde moeder, die klein en tenger en krom was.

'Het is verkeerd om,' zei Robin nog een keer. 'Als Fiona Fleury op haar moeder had geleund, had ze haar platgedrukt...' Ze las de tekst onder de foto nog eens. 'Cormoran, het klopt niet. Fiona zegt dat zíj het regenkapje op had, maar Ruby zegt dat de kleinste van de twee het regenkapje droeg.'

'Ruby deed er vaag over,' zei Strike, maar Robin zag zijn belangstelling aanwakkeren toen hij de papieren van haar aanpakte. 'Ze heeft zich misschien vergist...'

'Talbot heeft nooit gedacht dat moeder en dochter Fleury de mensen waren die Ruby had gezien, en dat komt hierdoor! De lengtes waren omgedraaid. De langste van de twee vrouwen die Ruby zag was onvast ter been, niet de kleinste...'

'Waarom heeft ze dan niet tegen Lawson gezegd dat het nooit moeder en dochter Fleury geweest konden zijn?'

'Om dezelfde reden waarom ze nooit aan iemand heeft verteld dat ze Theo gezien had? Omdat ze van de kaart was doordat Talbot haar probeerde te dwingen om haar verhaal zo te veranderen dat het klopte met zijn theorieën? Omdat ze geen vertrouwen meer in zichzelf had en niet meer wist wat ze nou werkelijk had gezien? Het regende, ze was verdwaald, ze was in paniek... Tegen de tijd dat Lawson de zaak op zich had genomen wilde ze misschien gewoon bevestigen dat ze moeder en dochter Fleury had gezien en verder met rust worden gelaten?'

'Plausibel.'

'Hoe lang was Margot?'

'Eén vijfenzeventig.'

'En Creed?'

'Eén zeventig.'

'O god,' zei ze zacht.

Het bleef nog een minuut stil, waarin Strike in gedachten verzonken was en Robin de verklaringen die voor haar lagen nog een keer doorlas.

'Die telefooncellen,' zei Strike na een hele poos. 'Die bloody telefooncellen...'

'Wat is daarmee?'

'Talbot wilde toch dat Ruby die twee ruziënde vrouwen had gezien naast de twee telefooncellen op Clerkenwell Green? Zodat hij ze in verband kon brengen met het busje dat wegscheurde, Aylesbury Street in, waar Creed zogenaamd in zou zitten.'

'Klopt.'

'Maar toen de Fleury's zich bekend hadden gemaakt, probeerde

Talbot Ruby te laten verklaren dat ze de twee ruziënde vrouwen naast de eerste telefooncel had gezien, die aan het eind van Albemarle Way.'

'Maar ze wilde haar verhaal niet veranderen,' zei Robin, 'omdat ze daar Theo had gezien.'

'Precies. Maar dat zou heel onlogisch zijn.'

'Ik snap niet...'

'Ze rijdt in de regen een enorm eind om, op zoek naar dat huis dat ze niet kan vinden, ja toch?'

'Ja...'

'Nou, dat Ruby op een van haar enorme rondes Theo bij de telefooncel in een busje heeft zien stappen wil nog niet zeggen dat ze bij haar tweede of derde ronde niet twee vrouwen kan hebben zien ruziën, of wel? We weten dat ze een beetje vaag was over herkenningspunten, dat ze dit deel van de stad niet kende en dat ze geen richtingsgevoel had. Daar was haar dochter heel duidelijk over. Maar ze had wel een erg goed visueel geheugen, ze is iemand die oog heeft voor kleding en kapsels...'

Strike keek weer op zijn bureau, pakte voor de tweede keer het bonnetje van Irene Hickson en bekeek het aandachtig. Toen gooide hij het neer en stond op, met zijn handen tegen zijn achterhoofd, zo abrupt dat Robin ervan schrok.

'Shit,' zei hij. 'Shit! Nooit afgaan op een telefoontje waarvan je de herkomst niet hebt gecheckt!'

'Welk telefoontje?' vroeg Robin nerveus, en ze liep in gedachten alle telefoontjes na die ze in de loop van dit onderzoek had aangenomen.

Strike liep het kantoortje uit en kwam weer terug, nog steeds met zijn handen tegen zijn achterhoofd. Blijkbaar moest hij op en neer lopen, net zoals Robin een wandeling had moeten gaan maken toen ze te horen had gekregen dat Strike Creed mocht ondervragen. 'Hoe is het godverdomme mógelijk dat ik dat niet gezien heb?'

'Cormoran, waar heb je...'

'Waarom heeft Margot een lege bonbondoos bewaard?'

'Weet ik veel.' Robin begreep er niets van.

'Zal ik jou eens wat vertellen?' zei Strike langzaam. 'Ik denk dat ik het wel weet.'

68

... an Hyena was,
That feeds on wemens flesh, as others feede on gras.

Edmund Spenser
The Faerie Queene

Broadmoor, een zwaarbeveiligde psychiatrische kliniek, lag op iets meer dan een uur rijden van Londen, in het graafschap Berkshire. Het woord 'Broadmoor' riep in het collectieve bewustzijn van de Engelse bevolking allang geen associaties met een lieflijke landelijke omgeving meer op, en dat was voor Strike niet anders. Hij zag bij die naam beslist geen uitgestrekt gebied met grasland of heide voor zich, maar louter geweld, gruwelijke misdaden en tweehonderd van de gevaarlijkste mannen van Engeland, die in de sensatiekranten monsters werden genoemd. Vandaar dat Strike, ook al wist hij dat hij een kliniek bezocht en geen gevangenis, toch alle voorzorgsmaatregelen nam die hij ook bij een zwaarbeveiligde gevangenis zou hebben genomen: hij droeg geen stropdas, hij zorgde ervoor dat hij niets bij zich had of in zijn auto had liggen wat aanleiding kon geven om hem grondig te fouilleren, hij had twee verschillende identiteitsbewijzen met foto bij zich én een kopie van zijn brief van het ministerie van Justitie, en hij ging bijtijds de deur uit, want ook al was hij er nog nooit geweest, hij wist zeker dat het veel tijd zou kosten om de instelling binnen te komen.

Het was een prachtige septemberochtend. De zon scheen tussen witte wattenwolken neer op de weg die voor hem lag, en terwijl Strike in zijn BMW door Berkshire reed, luisterde hij naar het nieuws op de radio, met als belangrijkste onderwerp dat Schotland had gestemd om bij het Verenigd Koninkrijk te blijven, met 55 procent vóór en 45 procent tegen. Net toen hij zich afvroeg hoe Dave Polworth en Sam Barclay dit nieuws zouden opvatten, ging zijn telefoon.

'Met Brian. Brian Tucker,' zei de hese stem. 'Ik stoor toch niet? Ik wilde je even succes wensen.'

'Dank je wel, Brian,' zei Strike.

Ze hadden elkaar drie dagen daarvoor eindelijk getroffen, op het kantoor van Strike. Tucker had hem de oude brief van Creed laten zien, het hangertje met de vlinder beschreven dat uit het souterrain van de moordenaar was meegenomen en waarvan hij dacht dat het van zijn dochter was, en had hem zijn theorieën uit de doeken gedaan, trillend van emotie en van de zenuwen bij de gedachte dat Strike oog in oog zou komen te staan met de man die volgens hem zijn oudste dochter had vermoord.

'Ik hou je niet langer op,' zei Tucker. 'Je belt me wel als je daar klaar bent, hè?'

'Ja, natuurlijk.'

Het kostte Strike moeite zich op het nieuws te concentreren nu hij had gehoord hoe gespannen en opgewonden Tucker was. Hij zette de radio uit en richtte zijn gedachten op wat hem te wachten stond.

Hoeveel voldoening het ook zou geven om te menen dat hij, Cormoran Strike, Creed met een list of met zijn overtuigingskracht zover kon krijgen dat hij zou bekennen, terwijl dat iedereen die het vóór hem had geprobeerd niet was gelukt, maar zo egocentrisch was Strike niet. Hij had in zijn carrière al vele verdachten ondervraagd; het ging erom dat je het voor een verdachte gemakkelijker maakte om de waarheid te vertellen dan om te blijven liegen. Sommigen raakten verzwakt door geduldig ondervragen, anderen waren bestand tegen alles behalve hevige druk, weer anderen snakten ernaar om alles eindelijk op te biechten, en de ondervrager moest daar zijn methode op aanpassen.

Maar nu Strike Creed te spreken zou krijgen kon hij de helft van zijn ondervragingsarsenaal thuislaten. Om te beginnen had hij het aan Creed te danken dat hij daar was, want de patiënt had toestemming voor het gesprek moeten geven. Verder zag Strike niet in hoe hij een angstaanjagend beeld zou moeten schetsen van de gevolgen die het voor Creed zou hebben als hij bleef zwijgen, aangezien de ondervraagde toch al een levenslange straf in Broadmoor uitzat. Creeds geheimen waren zijn enige machtsmiddel, en Strike was zich er terdege van bewust dat het wel eens onmogelijk zou kunnen blijken, voor welke onderzoeker ook, om hem zover te krijgen dat hij er daar een van prijsgaf. Standaardtechnieken als een beroep doen op het geweten of op het verlangen om in de ogen van anderen of van zichzelf een beter mens te lijken, waren net zomin bruikbaar. Aan Creeds hele leven viel af te lezen dat hij er voornamelijk plezier aan beleefde andere mensen pijn te doen en ze aan zich te onderwerpen, en het viel te betwijfelen of hij zich door iets anders tot bekentenissen zou laten verleiden.

De eerste indruk die Strike van de beruchte kliniek kreeg was die van een vesting op hoger gelegen terrein. Hij was gebouwd in de negentiende eeuw en werd omringd door bossen en weilanden, en de klokkentoren van het roodstenen gebouw vormde het hoogste punt. De muren eromheen waren zes meter hoog, en toen Strike naar het toegangshek toe reed, zag hij honderden bewakingscamera's op palen, als cyclopen. Toen het hek opengingen, voelde hij de adrenaline door zijn lichaam jagen, en heel even leken de spookachtige zwart-witfoto's van de zeven dode vrouwen en het gespannen gezicht van Brian Tucker voor zijn ogen te zweven.

Hij had van tevoren zijn kenteken doorgegeven. Toen hij het eerste hek door was kwam hij bij een afrastering, net zo hoog als de muur die hij net was gepasseerd. Toen het tweede hek zich achter de BMW had gesloten wees een man met een militaire uitstraling, gekleed in een zwarte broek en wit overhemd, Strike een parkeerplaats aan. Voordat hij uitstapte, ook omdat hij zo min mogelijk tijd kwijt wilde zijn aan de security waar hij zo mee te maken zou krijgen, stopte hij zijn telefoon, sleutels, riem, sigaretten, aansteker en kleingeld in het handschoenenvak en sloot dat af.

'Meneer Strike?' zei de man met het witte overhemd glimlachend. Hij had een Welsh accent en een profiel dat deed vermoeden dat hij bokser was. 'Hebt u voor mij een identiteitsbewijs?'

Strike liet hem zijn rijbewijs zien en werd naar binnen geleid, waar hij stuitte op het type beveiligingsscanner dat hij ook kende van luchthavens. Toen de scanner bij Strikes metalen onderbeen snerpend protesteerde, volgde de onvermijdelijke lacherigheid en moest hij zijn broekspijp oprollen om aan te tonen dat hij geen wapen bij zich had. Toen hij van onder tot boven beklopt en gefouilleerd was mocht hij naar dokter Ranbir Bijral toe, die hem aan de andere kant van de scanners stond op te wachten: een tengere psychiater met een baard, wiens gele overhemd zonder stropdas een vrolijke tegenhanger vormde van de doffe grijsgroene vloertegels, de witte muren en de muffe lucht die in alle medische instellingen hing, deels ontsmettingsmiddel, deels frituur, met een vleugje opgesloten mens.

'We hebben twintig minuten, en dan kunt u naar Dennis toe,' zei dokter Bijral, terwijl hij Strike voorging een griezelig lege gang in, de ene na de andere turquoise klapdeur door. 'We coördineren alle bewegingen van de patiënten zorgvuldig, en het is altijd nogal een gedoe om hem te verplaatsen. Hij mag namelijk absoluut niet in contact komen met patiënten die een uitgesproken hekel aan hem hebben. Hij is niet populair. We wachten in mijn kamer.'

Strike had de nodige ziekenhuizen vanbinnen gezien, maar had nog nooit meegemaakt dat het er op de gangen zo rustig was en er zo weinig patiënten liepen. Die leegte werkte enigszins op zijn zenuwen. Ze kwamen langs vele gesloten deuren. Er beende een kleine verpleegkundige in een donkerblauw uniform langs. Ze glimlachte naar Strike, hij glimlachte terug.

'Er werken hier vrouwen, zie ik?' zei hij lichtelijk verbaasd.

'Uiteraard,' zei dokter Bijral.

Strike had op de een of andere manier gedacht dat er alleen maar mannen zouden werken, ook al wist hij dat er in gevangenissen voor mannen ook vrouwelijke cipiers werkten. Dokter Bijral deed de deur open van een kantoortje dat eruitzag als een voormalige behandelkamer, met afgebladderde verf op de muren en tralies voor de ramen.

'Gaat u zitten.' Dokter Bijral wees op de stoel aan de andere kant van zijn bureau. 'Hebt u een goede reis gehad?' vroeg hij enigszins geforceerd beleefd. 'Bent u uit Londen gekomen?'

'Ja, het is hier mooi.'

Dokter Bijral ging achter het bureau zitten en kwam ter zake. 'Goed, u krijgt drie kwartier de tijd met Creed.'

'Drie kwartier.'

'Als Dennis nog een moord wil toegeven, moet dat ruim voldoende zijn, maar... Mag ik eerlijk tegen u zijn, meneer Strike?'

'Natuurlijk.'

'Als het aan Dennis' behandelteam had gelegen, hadden we waarschijnlijk geen toestemming gegeven voor dit bezoek. Ik weet dat het ministerie van Justitie van mening is dat de familie Bamborough en de familie Tucker nog één laatste kans moeten krijgen om Dennis te vragen wat er met hun naasten is gebeurd, maar...'

Hij leunde achterover op zijn stoel en zuchtte.

'... hij is een klassieke sociopaat, een schoolvoorbeeld. Hij scoort heel hoog op de duistere drie: narcisme, machiavellisme en psychopathie. Onbetrouwbaar, sadistisch, gespeend van berouw en extreem egoïstisch.'

'U bent geen fan van hem, begrijp ik?' zei Strike, en de arts stond zichzelf een vluchtige glimlach toe.

'Het probleem is dat, mocht hij tijdens uw ondervraging nog een moord toegeven, u daarvoor met de eer zou gaan strijken. En dat kan Dennis niet hebben; hij kan niet toestaan dat iemand anders als winnaar uit de bus komt. Hij moest natuurlijk toestemming geven voor uw komst, en ik denk dat hij dat gedaan heeft omdat het hem een kick geeft als hij wordt ondervraagd, vooral door iemand die in de kranten heeft gestaan, en ik denk dat hij u zodanig wil bewerken dat u het op een of andere manier voor hem gaat opnemen. Hij is al heel lang aan het lobbyen om van Broadmoor te worden overgeplaatst naar de gevangenis.'

'Ik dacht juist dat hij zo graag hiernaartoe wilde?'

'Dat wilde hij ook, ooit.'

'Bekende zedendelinquenten lopen in een reguliere gevangenis meestal het risico om mishandeld te worden, zoals u waarschijnlijk wel weet. U hebt misschien in de krant gelezen dat iemand hem bijna een oog heeft uitgestoken, met de scherp geslepen steel van een lepel. Dennis wilde toen hij net veroordeeld was naar Broadmoor, maar er was indertijd geen reden om hem in een kliniek op te nemen. Psychopathie is op zichzelf niet behandelbaar.'

'Wat is er veranderd?'

'In de gevangenis was hij uitermate moeilijk te hanteren. Hij wist een jonge gevangene met het syndroom van Asperger zover te krijgen dat hij zelfmoord pleegde. Daarvoor is hij in de isoleercel gezet. Uiteindelijk heeft hij bijna een jaar in eenzame opsluiting gezeten. 's Nachts ging hij alles naspelen wat er in het souterrain aan Liverpool Road was gebeurd, en dan schreeuwde hij de boel bij elkaar. Hij deed zijn eigen stem en die van de vrouwen. De bewakers konden er niet tegen, laat staan de andere gevangenen.

Na elf maanden eenzame opsluiting werd hij suïcidaal. Eerst ging hij in hongerstaking. Toen probeerde hij zijn eigen polsen open te bijten en sloeg hij met zijn hoofd tegen de muur. Hij werd onderzocht, er werd vastgesteld dat hij psychotisch was en toen is hij hierheen overgeplaatst.

Toen we hem een paar maanden hier hadden, beweerde hij dat hij zijn psychische stoornis had voorgewend, en dat is Dennis ten voeten uit. Niemand mag slimmer zijn dan hij. Maar in werkelijkheid was hij er geestelijk erg slecht aan toe toen hij bij ons kwam, en het heeft maanden geduurd, maanden waarin hij medicijnen en therapie kreeg, voordat hij zichzelf niet meer beschadigde en geen zelfmoordpogingen meer deed.'

'En nu wil hij hier weer weg?'

'Toen hij eenmaal voldoende was opgeknapt om volledig te beseffen wat het verschil is tussen de gevangenis en een kliniek, was hij teleurgesteld, kunnen we gerust zo stellen. In Belmarsh had hij meer vrijheid. Voordat hij ziek werd, schreef en tekende hij veel.

Ik heb de autobiografie gelezen waarmee hij bezig was toen hij hier werd opgenomen. Daar hebben we veel aan gehad bij ons onderzoek. Hij schrijft erg goed voor iemand die amper enige opleiding heeft gehad, maar...' Dokter Bijral vlocht zijn vingers ineen, en Strike moest denken aan een andere dokter, die over teamwork had gesproken terwijl hij vijgencakejes at. 'Weet u, een patiënt zover krijgen dat hij over zijn misdaden gaat praten is meestal een belangrijk onderdeel van de behandeling. Je probeert hun verantwoordelijkheidsgevoel en berouw bloot te leggen, maar Dennis kent geen berouw. Hij raakt nog steeds opgewonden bij de gedachte aan wat hij die vrouwen heeft aangedaan, en hij vindt het leuk om erover te praten en te schrijven. Hij maakte vroeger ook tekeningen van taferelen uit dat souterrain; het kwam er in feite op neer dat hij zijn eigen harde porno fabriceerde. Dus toen hij hier kwam, hebben we al zijn schrijf- en tekengerei in beslag genomen.

Dennis verwijt ons dat zijn geestelijke vermogens achteruit zijn gegaan, hoewel hij in feite opvallend scherp is voor een man van zevenenzeventig. Iedere patiënt is anders, en we behandelen Dennis volgens een strikt systeem van belonen en straffen. De beloningen die hij kiest zijn ongebruikelijk. Hij houdt van schaken; dat heeft hij zichzelf in Belmarsh geleerd, dus zo nu mag hij van mij even schaken. Hij houdt ook van kruiswoordpuzzels en raadsels. Als hij zich goed gedraagt, geven we hem daar toestemming voor.

Maar u moet niet denken dat zijn gedrag kenmerkend is voor al onze patiënten,' voegde dokter Bijral er ernstig aan toe. 'De grote meerderheid van de psychiatrisch gestoorde patiënten vormt geen enkel gevaar, zoals u vast wel weet. En er worden mensen ontslagen uit Broadmoor, mensen die beter worden. Als ze gemotiveerd genoeg zijn, als ze de juiste hulp krijgen, kan hun gedrag wel degelijk veranderen. Genezing is altijd ons doel. Je kunt het misdrijf verschrikkelijk vinden, maar toch compassie voelen voor de dader. Veel mannen die hier zitten zijn in hun jeugd afschuwelijk mishandeld. Dennis heeft een gruwelijke jeugd gehad – al zijn er uiteraard ook mensen die net zo'n vreselijke jeugd hebben gehad en die nooit zullen doen wat Dennis heeft gedaan. Een van onze voormalige patiënten heeft zelfs...'

Er werd op de deur geklopt en een vrolijke ogende blonde vrouw stak haar hoofd om de hoek. 'Dennis zit klaar in de kamer, Ranbir,' zei ze, en ze vertrok weer.

'Zullen we dan maar?' Dokter Bijral stond op. 'Ik blijf bij het gesprek, en Dennis' belangrijkste verzorger ook.'

De vrouw die was komen vertellen dat Dennis in de vergaderruimte was aangekomen liep met Strike en de psychiater mee, een paar gangen door. Steeds als ze een andere gang in liepen moesten er deuren ontgrendeld en weer op slot gedaan worden. Na de derde gesloten deur zag Strike een zwaarlijvige man in een Nike-joggingbroek voortschuifelen, geflankeerd door twee verpleegkundigen, die ieder een stijve arm van de patiënt op zijn rug hielden. Toen het drietal hen passeerde, keek de patiënt Strike glazig aan.

Uiteindelijk kwamen Strike en het gezelschap aan bij een open ruimte waar verder niemand was, met leunstoelen en een tv, die uit stond. Strike was ervan uitgegaan dat de blonde vrouw Creeds verzorgster was, maar dat had hij verkeerd: een potige man met volgetatoeëerde armen en een prominente vierkante kaak werd aan hem voorgesteld als 'Martin, Dennis' hoofdverzorger'. De blonde vrouw glimlachte naar Strike, wenste hem succes en liep weg.

'Nou, zullen we dan maar?' zei dokter Bijral, en Marvin opende een deur die toegang bood tot een spartaanse vergaderruimte met één raam en een whiteboard aan de muur.

De enige aanwezige was een kleine zwaarlijvige man met een bril in een spijkerbroek en een zwart sweatshirt. Hij had een driedubbele onderkin en zat door zijn buik bijna een halve meter van de witte formicatafel af. Als je Dennis Creed bij een bushalte had neergezet, zou hij gewoon een oude man zijn, een beetje onverzorgd, met lichtgrijs haar dat nodig geknipt moest worden.

(Hij had gloeiend hete ijzers tegen de blote borsten van secretaresse Jackie Aylett gedrukt. Hij had alle vinger- en teennagels van kapster Susan Meyer uitgetrokken. Hij had de ogen van makelaar

Noreen Sturrock uitgestoken terwijl ze nog leefde en aan een radiator vastgeketend zat.)

'Dennis, dit is Cormoran Strike,' zei dokter Bijral, die plaatsnam op een stoel tegen de muur. Marvin ging naast hem staan, met zijn getatoeëerde armen over elkaar geslagen.

'Hallo, Dennis.' Strike ging tegenover hem zitten.

'Hallo, Cormoran,' zei Creed op vlakke toon, met nog steeds het Oost-Londense accent van de arbeidersklasse.

Het zonlicht viel als een glanzend paneel tussen hen in over de tafel en benadrukte de vette vegen op de glazen van Creeds bril met stalen montuur, en de stofdeeltjes in de lucht. Achter de vieze brillenglazen zag Strike irissen die zo lichtgrijs waren dat ze in het oogwit leken over te gaan, zodat de enorme pupillen omringd leken door wit. Van dichtbij kon hij het onregelmatige litteken zien dat van de slaap naar de neus liep en daarbij het linker onderste ooglid omlaagtrok, een overblijfsel van de aanval die Creed bijna de helft van zijn gezichtsvermogen had gekost. De dikke bleke handen die op tafel lagen trilden een beetje en de slaphangende mond beefde: bijwerkingen van Creeds medicijnen, vermoedde Strike.

'Voor wie werk je?' vroeg Creed.

'Ik denk dat je daar op grond van mijn vragen zelf wel achter komt,' zei Strike.

'Waarom zeg je het dan niet gewoon?' vroeg Creed, en toen Strike niet antwoordde, zei hij: 'Teken van narcisme: informatie achterhouden om je machtig te voelen.'

Strike glimlachte. 'Het is geen kwestie van me machtig willen voelen. Ik ben gewoon bekend met het koningsgambiet.'

Creed schoof zijn bril hoger op zijn neus. 'Ze hebben je zeker verteld dat ik schaak?'

'Ja.'

'Schaak jij ook?'

'Slecht.'

'Wat heeft het koningsgambiet dan met deze situatie te maken?'

'Je openingszet lijkt de weg naar je koning vrij te maken. Je biedt aan om het meteen over de vermiste vrouw te hebben naar wie ik onderzoek doe.'

'Maar je denkt dat dat een truc is?'

'Zou kunnen.'

Er viel een korte stilte. Toen zei Creed: 'Zal ik je dan maar vertellen wie ik denk dat jou gestuurd heeft?'

'Vertel.'

'De dochter van Margot Bamborough.' Dennis Creed keek aandachtig hoe Strike hierop zou reageren. 'De echtgenoot heeft het lang geleden al opgegeven, maar haar dochter zal nu ergens in de veertig zijn en vast goed in de slappe was zitten. Degene die je heeft ingehuurd moet geld hebben. Je bent niet goedkoop. Dat heb ik allemaal in de krant gelezen.

De tweede mogelijkheid,' zei Creed toen Strike niet reageerde, 'is die ouwe Brian Tucker. Die laat om de paar jaar weer eens van zich horen en maakt zichzelf dan volkomen belachelijk. Brian heeft alleen geen penny... of is hij op internet met de bedelnap rondgegaan? Op de computer jammeren hoe erg het allemaal is, zodat onnozelaars geld sturen? Maar als hij dat had gedaan, bedenk ik nu, had het wel in de krant gestaan.'

'Ben je vaak online?' vroeg Strike.

'Dat mogen we hier niet. Waarom verdoe je je tijd hier eigenlijk? We hebben maar drie kwartier. Stel een vraag.'

'Dat was een vraag, die ik net stelde.'

'Waarom vertel je me niet om welk zogenaamd slachtoffer het je gaat?'

'"Zogenaamd" slachtoffer?'

'Willekeurige etiketten,' zei Creed. '"Slachtoffer". "Patiënt". De een verdient medelijden... de ander wordt opgesloten. Misschien waren die vrouwen die ik gedood heb wel de echte patiënten en ben ik het ware slachtoffer?'

'Heel nieuwe kijk op de zaak,' zei Strike.

'Ja, nou, dat is juist goed, om de zaak eens van een andere kant te bekijken.' Creed schoof zijn bril weer omhoog. 'Daar worden de mensen wakker van, als ze daar al toe in staat zijn.'

'Waar heb jij die vrouwen dan volgens jou van genezen?'

'De besmetting van het leven? Diagnose: leven. Terminaal. "Heb geen medelijden met de gevallenen! Ik heb ze nooit gekend. Ik ben er niet voor hen. Ik troost niet: ik haat de getrooste en de troostende..."'

(Hij had de mondhoeken van scholiere Geraldine Christie opengesneden en foto's van haar gemaakt terwijl ze huilde en gilde, en daarna heeft hij haar de keel doorgesneden, omdat ze zoveel lawaai maakte. Dat heeft hij haar ouders vanuit de beklaagdenbank verteld.)

'"... ik ben uniek en ik ben veroveraar. Ik behoor niet tot de slaven die sterven." Weet je wie dat gezegd heeft?'

'Aleister Crowley,' zei Strike.

'Aparte kost voor een onderscheiden soldaat van het Britse leger.'

'O, in het geniep waren we allemaal satanist.'

'Je denkt nu dat je een grapje maakt.' Creed keek hem doordringend aan. 'Maar als jullie doden krijg je een medaille en zeggen ze dat je een held bent. Ik dood en over mij zeggen ze dat ik door en door slecht ben, en mij sluiten ze voor altijd op. Willekeurige categorieën. Weet je wat hier even verderop aan de weg ligt?'

'Sandhurst.'

'Sandhurst,' herhaalde Creed, alsof Strike niks gezegd had. 'Instellingen voor moordenaars, naast elkaar, een om ze te maken, een om ze te breken. Leg mij nou eens uit waarom het wel moreel verantwoord is om op commando van Tony Blair bruine kindertjes te vermoorden, maar niet wat ik gedaan heb. Ik ben nu eenmaal zo. Dat kun je op hersenscans zien; ze hebben mensen zoals ik onderzocht. Zo zijn we geprogrammeerd. Waarom is het erger als je doodt omdat je dat nu eenmaal moet, omdat je zo in elkaar zit, dan wanneer je arme bruine mensen opblaast omdat we olie willen hebben? Goedbeschouwd ben ík onschuldig, maar mij mesten ze vet als een opgehokt varken en stoppen ze vol met medicijnen, en jij krijgt een staatspensioen.'

'Interessant argument. Dus je had geen controle over je daden?'

'Controle.' Creed schudde minachtend zijn hoofd. 'Dat bewijst maar weer hoe ver verwijderd... Ik kan het niet uitleggen op een manier die iemand als jij zou begrijpen. "Jij hebt jouw manier. Ik heb mijn manier. Wat is de beste, correcte en enige manier? Simpel, die bestaat niet." Weet je wie dat gezegd heeft?'

'Klinkt als iets van Nietzsche,' zei Strike.

'Nietzsche,' praatte Creed door Strike heen. 'Duidelijk zat. Ik heb in Belmarsh veel gelezen, voordat ze me zo volstopten met allerlei medicijnen dat ik me niet lang genoeg kon concentreren om een zin van begin tot eind uit te lezen.

Ik heb nu diabetes, wist je dat?' ging Creed verder. 'Ja. Schuld van de kliniek. Ze mesten een dunne, gezonde man vet met al die pillen die ik niet nodig heb en met dat varkensvoer dat we hier moeten vreten. Achthonderd zogenaamde genezers verdienen geld aan ons, stelletje bloedzuigers. Ze willen ons ziek hebben, want anders zijn ze brodeloos. Morlocks. Weet je wat dat woord betekent?'

'Fictieve onderwezens,' zei Strike, 'uit *De tijd...*'

'Duidelijk zat,' zei Creed weer, die het ergerlijk leek te vinden dat Strike zijn verwijzingen begreep. 'H.G. Wells. Primitieve wezens die het gemunt hebben op de ontwikkelde soorten, die niet doorhebben dat ze gefokt worden om opgegeten te worden. Alleen heb ík dat wel door, ík weet wat er aan de hand is.'

'Dus je beschouwt jezelf als een van de Eloi?'

'Het interessante aan de Eloi is dat ze totaal geen geweten hebben. Het hogere ras is intellectueel, verfijnd, zonder zogenaamde wroeging... Dat heb ik in mijn boek allemaal beschreven, het boek dat ik aan het schrijven was voordat ze het me hebben afgepakt. Wells' versie was een oppervlakkige allegorie, meer niet, maar hij kwam wel in de buurt van een waarheid... Wat ik schreef was deels autobiografie, deels een wetenschappelijk traktaat, maar dat is me afgepakt; ze hebben mijn manuscript in beslag genomen. Het zou een heel waardevolle bron kunnen zijn, maar nee, omdat het van mij was, moest het vernietigd worden. Ik heb een IQ van 140, maar ze willen dat mijn brein net zo week wordt als mijn lichaam.'

'Je maakt op mij een aardig scherpe indruk. Wat voor medicijnen krijg je?'

'Ik zou helemaal geen medicijnen moeten krijgen. Ik zou therapie moeten krijgen, maar ik mag de afdeling voor intensieve behandeling niet af. Die schizofrene gastjes laten ze gewoon op de werkplaats rondlopen, waar overal messen liggen, en ik mag niet eens een potlood hebben. Toen ik hier kwam, dacht ik dat ik intelligente mensen zou ontmoeten... Elk kind dat de tafel van zeven uit zijn hoofd kan leren kan dokter worden, dat is allemaal stampen en stellingen leren. De patiënt hoort een stem te hebben in dit therapeutische proces, en ik zeg dat ik goed genoeg ben om terug te gaan naar de gevangenis.'

'Op mij maak je de indruk bij je volle verstand te zijn.'

'Dank je wel.' Creed was rood aangelopen. 'Dank je wel. Jíj bent blijkbaar wel intelligent. Dat dacht ik al. Daarom heb ik met dit gesprek ingestemd.'

'Maar je slikt nog steeds medicijnen...'

'Ik weet precies wat die medicijnen doen, en ze geven me er te veel van. Ik kan zelf beter voorschrijven wat ik nodig heb dan die lui hier.'

'Hoe weet je dat soort dingen dan?'

'Duidelijk zat,' zei Creed met een weids gebaar. 'Ik heb mezelf als proefkonijn gebruikt, ik heb voor mezelf een reeks gestandaardiseerde tests ontwikkeld. Hoe goed kon ik lopen en praten op twintig milligram, op dertig milligram... Ik heb aantekeningen gemaakt over desoriëntatie, slaperigheid, verschillen in bijwerkingen...'

'Wat voor medicijnen waren dat?'

'Nembutal, amobarbital, pentobarbital, fenobarbital,' somde Creed op: de namen van barbituraten uit begin jaren zeventig, die inmiddels grotendeels door andere medicijnen waren vervangen.

'Kon je die gemakkelijk op straat kopen?'

'Ik heb alleen zo nu en dan iets op straat gekocht, ik had andere kanalen, waar nooit veel mensen van wisten...'

En Creed begon aan een wijdlopig relaas dat je niet echt een verhaal kon noemen, omdat de logische verbanden ontbraken en het vol zat met mysterieuze verwijzingen en zinspelingen, maar het kwam er ongeveer op neer dat hij in de jaren zestig en zeventig met veel niet nader bij naam genoemde maar machtige mensen was omgegaan, met een gestage toevoer van medicijnen als bijkomend voordeel, soms wanneer hij voor criminelen werkte en soms wanneer hij hen namens de overheid moest bespioneren. Hij liet doorschemeren dat hij door de inlichtingendienst gerekruteerd zou zijn, hij had het over vluchten naar Amerika, waarvan niet kon worden bewezen dat hij die ooit genomen had, over aan barbituraten verslaafde politici en beroemdheden, en over het gevaarlijke verlangen van mensen uit alle geledingen om zichzelf te drogeren om de wrede werkelijkheid aan te kunnen, een neiging en verleiding die Dennis Creed afwees en waar hij zelf nooit aan had toegegeven.

Strike nam aan dat deze zogenaamde herinneringen bedoeld waren om Creeds buitensporige hang naar status te bevredigen. Tijdens de tientallen jaren die hij in zwaarbeveiligde gevangenissen en psychiatrische klinieken had doorgebracht, had hij ongetwijfeld geleerd dat er daar bijna net zo werd neergekeken op verkrachting en marteling als in de buitenwereld. Misschien voelde hij zelf nog steeds seksueel genot door het herbeleven van zijn misdaden, maar bij andere mensen leidden die misdaden alleen maar tot verachting. Zonder een gefantaseerde carrière, waarin hij deels spion en deels gangster was, was de man met het IQ van 140 alleen maar de bezorger van een stomerij, iemand met een seksuele afwijking die handenvol kalmerende middelen kocht van straatdealers, die hem hadden gebruikt en vervolgens verraden.

'... heb je al die beveiliging om me heen gezien, tijdens het proces? Er speelden nog meer dingen, meer kan ik er niet over zeggen...'

Er had een gesloten kordon politie om Creed heen gestaan toen hij de rechtbank binnenging en er weer uitkwam, want de menigte had hem willen lynchen. De details over zijn martelkamer waren naar de pers gelekt: de politie had de ijzers en de tang gevonden, de mondproppen en de zwepen, de foto's die Creed van zijn slachtoffers had genomen, zowel levend als dood, en het hoofd en de handen, in staat van ontbinding, van Andrea Hooton, in de wasbak van zijn badkamer. Maar in het beeld dat Creed nu van zichzelf schetste tegenover Strike was dat moorden een bijzaak in een crimineel bestaan van veel hoger aanzien, als een hobby waar het publiek om de een of andere reden maar over bleef doorzeuren, terwijl er zoveel meer te vertellen en te bewonderen viel.

'... want ze verlustigen zich graag in spannende dingetjes waar ze opgewonden van raken, als uitlaatklep voor hun eigen onaanvaardbare verlangens,' zei Creed. 'Ik had best dokter kunnen worden, dat had ik misschien ook moeten doen...'

(Hij had kokende olie over het hoofd van kantinejuffrouw Vera Kenny gegoten, daarna haar haar in brand gestoken en foto's van haar gemaakt terwijl het brandde, met een prop in haar mond. Hij had de tong van de werkloze Gail Wrightman uitgesneden. Hij had kapster Susan Meyer vermoord door herhaaldelijk op haar hoofd te stampen.)

'Heb je nooit iemand met een overdosis vermoord?'

'Het is veel moeilijker om ervoor te zorgen dat ze gedesoriënteerd raken, maar wel op hun benen blijven staan. Elke idioot kan iemand een overdosis door zijn strot douwen. Voor dat andere heb je kennis en ervaring nodig. Daardoor weet ik dat ze me hier te veel geven, want ik ken de bijwerkingen.'

'Wat gaf je die vrouwen in het souterrain?'

'Ik heb nog nooit een vrouw gedrogeerd als ze eenmaal bij me binnen was. Daar had ik andere manieren om haar stil te houden.'

De mond van Andrea Hooton was door Creed dichtgenaaid terwijl ze nog leefde: op het rottende hoofd hadden nog sporen van het garen gezeten.

De psychiater keek op zijn horloge.

'En als een vrouw al dronken was?' vroeg Strike. 'Gail Wrightman – die heb je toch in een bar opgepikt? Bestond dan niet het gevaar van overdosering, als je haar boven op alle alcohol nog verdovende middelen toediende?'

'Intelligente vraag.' Creed nam Strike gretig op met zijn enorme pupillen. 'Ik weet meestal exact hoeveel een vrouw gedronken heeft. Gail was alleen, ze was chagrijnig. Een of andere kerel had haar laten zitten...'

Creed gaf niets prijs: dit waren geen geheimen. Hij had het allemaal al bekend, in de beklaagdenbank, waar hij met veel plezier de feiten had opgedist en gekeken had hoe de familieleden van de slachtoffers reageerden. Door de foto's die verstopt lagen onder de plankenvloer, van Gail en Andrea, van Susan en Vera, van Noreen, van Jackie en Geraldine, vastgebonden, verbrand en met messteken, levend en verminkt, hun verminkte lijken, soms zonder hoofd, in pornografische houdingen gezet, was hij al veroordeeld voordat hij zijn mond opendeed, maar hij had erop gestaan dat het proces van begin tot eind werd gevoerd, en had schuld door ontoerekeningsvatbaarheid bekend.

'... met een pruik, een beetje lippenstift... ze denken dat je ongevaarlijk bent, vreemd... een nicht misschien. Ik heb een paar minuten met haar gepraat, in een donker hoekje. Je toont je bezorgd...

Beetje Nembutal in haar drankje... een heel klein beetje maar.' Creed hield zijn trillende vingers een paar millimeter uit elkaar. 'Nembutal en alcohol, dat kan gevaarlijk zijn als je niet weet wat je doet, maar dat wist ik natuurlijk wel...

Dus ik zeg: "Nou, ik moet gaan, lieverd, pas goed op jezelf. Voorzichtig zijn, hoor!" Dat werkte altijd.' Creed zette een piepstem op om Gail na te doen. '"O, ga nou niet weg, drink nog wat!" "Nee, lieverd, ik heb mijn schoonheidsslaapje nodig." Op dat moment bewijs je dat je geen gevaar vormt. Je doet alsof je weg wilt gaan, of je loopt ook echt weg. Als ze je dan terugroept of als je ze tien minuten later weer toevallig tegenkomt, als ze zich al een beetje beroerd voelen, dan zijn ze opgelucht, want jij bent die aardige man die geen kwaad in de zin heeft...

Het staat allemaal in mijn boek, alle verschillende manieren waarop ik ze heb meegelokt. Nuttige informatie voor vrouwen die niet in de problemen willen komen, zou je zeggen, nuttig om te lezen hoe een zeer efficiënte moordenaar te werk gaat, maar de instanties willen niet dat het gepubliceerd wordt, en dan vraag je je toch af: misschien vinden ze het eigenlijk wel prima dat die sletten van de straat geplukt worden.

Waarom zijn er eigenlijk wezens zoals ik, Cormoran? Waarom laat de evolutie dit gebeuren? Omdat de mens zo ver doorontwikkeld is dat we onszelf alleen maar kunnen uitdunnen met roofdieren van de eigen soort. Die pikken de zwakkeren eruit, de moreel verdorvenen. Het is goed dat ontaarde, dronken vrouwen zich niet voortplanten. Dat is gewoon een feit.

Dan draaide ik mijn raampje omlaag. "Wil je een lift, lieffie?" Ze konden niet meer op hun benen staan. Blij dat ze me zagen. Ze stapten in het busje, zonder verzet, blij dat ze even konden zitten...

Ik zei altijd tegen Gail, toen ik haar eenmaal in het souterrain had: "Je had gewoon naar de wc moeten gaan, kutwijf, of niet dan? Jij bent vast zo'n type dat op straat gaat zitten pissen, hè? Gatverdamme, wat smerig"... Waarom ben je eigenlijk zo geïnteresseerd in dat drogeren?'

De woordenstroom was opeens stilgevallen. Creeds uitdrukkingsloze grijs met zwarte ogen schoten van Strikes linker- naar zijn rechteroog.

'Je denkt zeker dat dokter Bamborough te slim was om zich door iemand als ik te laten drogeren, hè?'

'Dokters kunnen ook fouten maken, net als iedereen,' zei Strike. 'Noreen Sturrock heb je in een bus ontmoet, toch?'

Creed keek hem secondelang onderzoekend aan, alsof hij iets probeerde te doorgronden.

'O, gaan we het nu over bussen hebben? Hoe vaak nam Margot Bamborough de bus?'

'Regelmatig, neem ik aan.'

'Zou zij een blikje cola van een vreemde hebben aangenomen?'

'Heb je Noreen een blikje aangeboden? En zat die cola vol fenobarbital?'

'Ja. Tegen de tijd dat we bij mijn halte waren sliep ze al bijna. Ik zei: "Je hebt je halte gemist, lieverd. Kom mee, dan breng ik je naar een taxistandplaats." Ik liep zo met haar de bus uit, met mijn arm om haar heen. Noreen was maar een kleintje. Zij was een van de gemakkelijkste.'

'Stemde je de dosering af op het gewicht?'

Er viel weer een korte stilte.

'Bussen en blikjes fris, en medicijnen afstemmen op gewicht?

Weet je wat ik denk, Cormoran? Ik denk dat ik met die tweede naam goed zat. Jij bent hier voor de kleine Louise Tucker.'

'Nee,' zei Strike met een zucht, en hij leunde achterover op zijn stoel. 'Je had het toevallig meteen de eerste keer goed. Ik ben ingehuurd door de dochter van Margot Bamborough.'

Nu viel er een langere stilte, en de psychiater keek opnieuw op zijn horloge. Strike wist dat zijn tijd bijna om was, en dat wist Creed waarschijnlijk ook.

'Ik wil terug naar Belmarsh, Cormoran,' zei Creed. Nu Strike naar achteren geleund zat, leunde hij naar voren. 'Ik wil mijn boek afmaken. Ik ben bij mijn volle verstand, dat weet jij ook, dat zei je daarnet zelf. Ik ben niet ziek. Het kost de belastingbetaler vijf keer zoveel om me hier te houden als wanneer ik in de gevangenis zou zitten. Waar vindt de Engelse bevolking dat ik moet zitten, denk je?'

'O, die wil dat je teruggaat naar de gevangenis.'

'Nou, dat ben ik dan met ze eens.' Creed keek opzij naar dokter Bijral, die zo te zien het gesprek elk moment kon beëindigen. 'Ik ben bij mijn volle verstand, en als ik als zodanig word behandeld, zal ik me ook zo gedragen.' Hij boog nog iets verder naar voren. 'Ik heb Louise Tucker vermoord,' zei hij zacht, en vanuit zijn ooghoeken zag Strike zowel de psychiater als de verzorger verstijven, verbijsterd. 'Ik heb haar in november 1972 met mijn busje opgepikt van een straathoek. Het was die avond ijskoud. Ze wilde naar huis en ze had geen geld. Ik kon er geen weerstand aan bieden, Cormoran.' Zijn grote zwarte pupillen boorden zich in die van Strike. 'Een klein meisje in haar schooluniform. Daar is geen man tegen bestand. Ik heb het in een opwelling gedaan... niet gepland... geen pruik, geen cola met slaapmiddel erin, niets...'

'Waarom is er dan geen spoor van haar in het souterrain teruggevonden?'

'Dat was er wel. Ik had haar ketting. Maar zelf is ze nooit in het souterrain geweest, snap je? Wil je bewijs, dan krijg je bewijs: ze noemde haar stiefmoeder "Klauw". Zeg maar tegen Tucker dat ze me dat heeft verteld, oké? Ja, we hebben een minuut of vijf gepraat over hoe ellendig het thuis was, en toen kreeg ze door dat we de verkeerde kant op gingen. Toen begon ze te gillen en op de ramen te bonken.

Ik ben een donkere parkeerplaats op gereden, heb mijn hand tegen haar mond gedrukt en heb haar de laadruimte van het busje in getrokken. Daar heb ik haar geneukt en gewurgd. Ik had haar graag langer bij me willen houden, maar ze maakte te veel kabaal, veel te veel kabaal.

Heel stom van me, maar ik kon er geen weerstand aan bieden, Cormoran. Ik had niks gepland – een schooluniform! Maar ik moest de volgende dag werken, de bestelbus moest leeg zijn. Ik wilde het lijk meenemen naar het souterrain, maar Vi Cooper, dat ouwe mens, was klaarwakker toen ik Liverpool Road in reed. Ze stond voor het raam op de bovenste verdieping naar beneden te kijken toen ik langsreed, dus toen ben ik doorgereden. Later zei ze dat ze dacht dat ze me gezien had. Dat wijf bleef altijd op om te kijken hoe laat ik thuiskwam. Meestal drogeerde ik haar als ik op jacht ging, maar dit was een spontane traktatie...'

'Wat heb je met het lichaam gedaan?'

'Ha,' zei Creed, en hij ging achteruit zitten. De natte lippen gleden over elkaar heen en de wijde pupillen staarden hem aan. 'Ik denk dat ze me eerst naar Belmarsh moeten overplaatsen voordat ik dat aan iemand vertel. Ga maar aan de krant vertellen dat ik besloten heb de moord op Louise te bekennen, dat ik bij mijn volle verstand ben, dat ik in Belmarsh hoor te zitten en dat ik pas als ik word overgeplaatst die ouwe Brian Tucker zal vertellen waar ik zijn kleine meid heb gelaten. Geef de instanties maar door dat dat mijn bod is...

Je weet nooit, misschien ben ik zelfs bereid om over Margot Bamborough te vertellen als ik daar eenmaal zit. Eerst die troep uit mijn lijf, dan herinner ik het me misschien beter.'

'Je lult maar wat.' Strike stond met een kwaad gezicht op. 'Denk maar niet dat ik ze dat ga vertellen.'

'Doe nou niet zo flauw, alleen maar omdat het niet degene is voor wie je kwam,' zei Creed met een trage glimlach. 'Zo lijk je een echte narcist, Cormoran.'

'Ik ben hier klaar,' zei Strike tegen dokter Bijral.

'Doe niet zo flauw,' zei Creed. 'Hé!'

Strike draaide zich om.

'Oké... ik geef je één kleine aanwijzing voor de plek waar ik Louises lijk heb gelaten, en dan zullen we eens zien of jij echt zo slim bent als je denkt, oké? Dan zullen we eens zien wie er als eerste achter komt, jij of de politie. Als zij het lijk vinden, weten ze dat ik bij mijn volle verstand ben, en dan ben ik bereid over Margot Bamborough te praten, zolang ik maar overgeplaatst word naar de gevangenis van mijn keuze. En als niemand begrijpt wat ik met die aanwijzing bedoel, dan zal er iemand moeten terugkomen om met me te praten. Jij misschien wel. We zouden een potje kunnen schaken, Cormoran, met meer aanwijzingen als inzet.'

Strike wist dat Creed al voor zich zag hoe hij wekenlang de voorpagina's zou halen, terwijl hij een spoor uitzette voor de rechercheurs. Een psychische marteling voor de familie Tucker, manipulatie van de publieke opinie, misschien Strike op afroep beschikbaar: de natte droom van een sadist.

'Nou, vertel op,' zei Strike, terwijl hij op hem neerkeek. 'Wat is die aanwijzing?'

'Je vindt het lichaam van Louise Tucker daar waar je M54 vindt,' zei Creed, en Strike wist dat hij die aanwijzing ruim van tevoren had bedacht, en hij wist ook zeker dat het een aanwijzing over Margot zou zijn geweest als Strike had gezegd dat hij door de familie Tucker was ingehuurd. Creed moest kunnen denken dat hij Strike niet had gegeven waar hij echt op uit was. Hij moest zelf als winnaar uit de bus komen.

'Oké.' Strike draaide zich om naar dokter Bijral. 'Zullen we?'

'M54, hè Cormoran?' riep Creed.

'Ik heb je gehoord.'

'Sorry dat ik je niet met dokter Bamborough heb kunnen helpen!'

Strike hoorde hoe hij ervan genoot dat hij de detective had kunnen dwarsbomen.

Strike draaide zich nog één keer om. Hij deed niet meer alsof hij kwaad was, en hij grijnsde nu zelf ook. 'Ik kwam hier voor Louise, domme sukkel. Ik weet dat je Margot Bamborough nooit hebt ontmoet. Die is gedood door een veel slimmere moordenaar dan jij ooit bent geweest. En even voor alle duidelijkheid,' voegde hij eraan toe, terwijl de sleutels van de verzorger rinkelden. Er was ontzetting te lezen op Creeds papperige, dikke gezicht. 'Ik vind je een gestoorde idioot, en mocht iemand ernaar vragen, dan zal ik zeggen dat je tot je laatste snik in Broadmoor hoort te blijven zitten.'

69

Beare ye the picture of that Ladies head?
Full liuely is the semblaunt, though the substance dead.

Edmund Spenser
The Faerie Queene

Na een afrondend gesprek van bijna een uur met dokter Bijral, waarin de geschrokken psychiater Scotland Yard belde, verliet de detective de kliniek met het gevoel alsof hij er twee keer zo lang was geweest als daadwerkelijk het geval was. Het dorp Crowthorne lag niet op Strikes route terug naar Londen, maar hij had honger, hij wilde Robin bellen en hij had sterk de behoefte aan een plek met gewone mensen die hun gewone dingen deden, om de herinnering te verdrijven aan de lege galmende gangen, de rinkelende sleutels en de sterk verwijde pupillen van Dennis Creed.

Hij zette zijn auto voor een pub, stak de sigaret op waar hij de afgelopen tweeënhalf uur naar had gesnakt en zette toen zijn telefoon weer aan. Hij had al twee gemiste oproepen van Brian Tucker, maar in plaats van de oude man terug te bellen, toetste hij Robins nummer in. Ze nam op na de tweede keer overgaan.

'Hoe ging het?'

Strike vertelde het haar. Toen hij klaar was, bleef het even stil.

'Zeg die aanwijzing nog eens.' Robin klonk gespannen.

'"Je vindt haar daar waar je M54 vindt."'

'Niet dé M54? Niet de snelweg?'

'Het kan zijn dat hij dat bedoelde, maar het lidwoord liet hij weg.'

'De M54 is iets van veertig kilometer lang.'

'Ik weet het.'

Er kwam eindelijk een reactie bij hem op gang: Strike had zich triomfantelijk moeten voelen, maar hij was alleen maar moe en gespannen. Zijn telefoon bliepte en hij keek op het schermpje.

'Dat is Brian Tucker weer die me probeert te bellen,' zei hij tegen Robin.

'Wat ga je tegen hem zeggen?'

'De waarheid,' zei Strike bedrukt, en hij blies rook door zijn open raampje naar buiten. 'Dokter Bijral heeft Scotland Yard al gebeld. Het punt is alleen dat als die aanwijzing niets betekent, of niets oplevert, Tucker nog steeds weet dat Creed zijn dochter heeft vermoord, maar het lichaam nooit zal terugkrijgen. Dit zou best eens Creeds idee van de ultieme marteling kunnen zijn.'

'Maar dat hij bekend heeft, is toch al heel wat?'

'Tucker is er al tientallen jaren van overtuigd dat Creed haar heeft vermoord. Een bekentenis zonder lichaam houdt de wond alleen maar open. Creed is nog steeds degene die als laatste lacht, doordat hij weet waar ze is en het niet vertelt... Hoe ging het in de bibliotheek?'

'O, prima,' zei Robin. 'Ik heb een paar uur geleden Joanna Hammond gevonden.'

'En?' Strike was nu een en al aandacht.

'Ze had een grote moedervlek op haar gezicht. Linkerwang. Die is te zien op de foto van haar bruiloft, in de regionale krant. Ik stuur hem nu naar je door.'

'En de heilige basilicum...?'

'Die stond op de achterkant van haar overlijdensbericht. In dezelfde regionale krant.'

'Jezus.'

Er viel nu een langere stilte. Strikes telefoon bliepte weer, en hij zag dat Robin hem een foto had gestuurd. Hij opende hem en zag een stel op hun trouwdag in 1969: een wazige zwart-witfoto van een stralende bruid met een brede glimlach en grote tanden, bruin haar in pijpenkrullen, een hooggesloten kanten jurk, een pillbox op haar sluier, een grote moedervlek op haar linkerjukbeen. De blonde echtgenoot was een kop groter dan zij. Hij glimlachte niet. Ze waren pas een paar minuten getrouwd, maar de man zag er nu al uit als iemand die wel raad wist met een honkbalknuppel.

'Ze was volgens Schmidt geen Boogschutter,' zei Robin, en Strike bracht de telefoon weer naar zijn oor, 'ze was Schorpi...'

'... wat Talbot beter bij haar vond passen, vanwege die moedervlek,' zei Strike met een zucht. 'Ik had al die sterrenbeelden opnieuw moeten doornemen toen jij dat van Schmidt had ontdekt. Dan waren we hier misschien eerder op uitgekomen.'

'Wat gaan we met Douthwaite doen?'

'Ik bel hem wel,' zei Strike na een korte stilte. 'Nu meteen. Dan bel ik jou daarna terug.'

Met knorrende maag belde hij pension Allardice in Skegness, en hij hoorde het bekende boze Schotse accent van Donna, de vrouw van Douthwaite.

'Nee, hè,' zei ze toen Strike zich kenbaar had gemaakt. 'Wat nu weer?'

'Niks ergs,' loog Strike, die op de achtergrond een radio hoorde. 'Ik wilde gewoon nog even een paar dingen checken.'

'Steve!' hoorde hij haar met haar hand tegen de telefoon roepen. 'Ik heb die vent weer aan de lijn! ... Hoe bedoel je "wie"? Jezus, wie denk je?'

Strike hoorde voetstappen en toen kwam Douthwaite aan de lijn, die half kwaad, half angstig klonk.

'Wat moet je?'

'Ik wil u graag vertellen wat er volgens mij tijdens uw laatste afspraak met Margot Bamborough is gebeurd.'

Strike sprak twee minuten, en Douthwaite onderbrak hem niet; Strike wist dat hij nog steeds aan de lijn was doordat hij de achtergrondgeluiden van het pension nog kon horen. Toen hij klaar was met zijn reconstructie van Douthwaites allerlaatste consult bleef het stil; hij hoorde alleen de radio, waarop nu 'Blame' van Calvin Harris werd gedraaid.

'So blame it on the night... don't blame it on me...'

'Nou?' vroeg Strike.

Hij wist dat Douthwaite het niet wilde bevestigen. Het was een lafaard, een zwakkeling die voor problemen wegliep. Als hij de moed had gehad om te vertellen wat hij wist, had hij kunnen voorkomen dat er nog meer doden waren gevallen, maar hij had voor zijn eigen hachje gevreesd, hij was bang geweest dat ze hem als medeplichtige zouden zien, een domme armoedzaaier in de ogen van de krantenlezers. En dus had hij de benen genomen, maar daardoor was het allemaal nog erger geworden, op een nachtmerrie uitgelopen, en ook daarvoor was hij gevlucht, terwijl hij amper aan zichzelf had durven toegeven waar hij bang voor was, hij had afleiding gezocht in drank, karaoke en vrouwen. En nu stelde Strike hem voor een afschuwelijke keuze die eigenlijk helemaal geen keuze was. Net als Violet Cooper stond Steve Douthwaite levenslange minachting van het kritische publiek te wachten; hij wist dat het veel beter geweest zou zijn als hij veertig jaar geleden aan Talbot de waarheid had verteld, zodat het lichaam van Margot Bamborough snel gevonden had kunnen worden en een moordenaar had kunnen worden berecht voordat er nog meer mensen hadden moeten sterven.

'Heb ik gelijk?' vroeg Strike.

'Ja,' zei Douthwaite uiteindelijk.

'Oké, dan raad ik u aan om het meteen aan uw vrouw te vertellen, voordat de media het doen. Dit kunt u niet langer geheimhouden.'

'Shit,' zei Douthwaite zacht.

'Dan zie ik u in de rechtbank,' zei Strike kortaf, en hij hing op en belde meteen Robin terug.

'Hij heeft het bevestigd.'

'Cormoran.'

'Ik heb hem geadviseerd om het aan Donna te vertellen...'

'Cormoran,' zei Robin weer.

'Wat is er?'

'Ik denk dat ik weet wat M54 is.'

'Toch niet...'

'... de snelweg? Nee. M54 is een sferische cluster...'

'Een wát?'

'Een bolvormige cluster van sterren.'

'Sterren?' De moed zonk Strike in de schoenen. 'Wacht even...'

'Luister nou. Creed dacht dat hij slim was, maar je hoeft het alleen even te googelen...'

'Ze hebben daar geen internet,' zei Strike. 'Daar klaagde hij nog over...'

'Nou goed, M54 is dus een cluster sterren in het sterrenbeeld Boogschutter,' zei Robin.

'Niet weer astrologie, hè.' Strike sloot zijn ogen. 'Robin...'

'Lúíster nou even. Hij zei: "Je vindt haar daar waar je M54 vindt", toch?'

'Ja...'

'Boogschutter is een ander woord voor *Archer*.'

'Ja, en?'

'Brian heeft ons de kaart laten zien, Strike! Dennis Creed kwam begin jaren zeventig regelmatig in het Archer Hotel in Islington, toen hij daar het stomerijgoed bezorgde. Op het terrein van dat hotel, in de achtertuin, was een put. Dichtgespijkerd, en nu staat er een plantenkas op.'

Twee aangeschoten kerels met identieke bierbuiken liepen de pub aan de overkant binnen. Strike zag ze amper. Hij was zelfs vergeten om trekjes te nemen van de sigaret die tussen zijn vingers brandde.

'Denk eens na,' zei Robin in zijn oor. 'Creed heeft onverwacht een lijk in zijn busje liggen, maar hij kan het niet naar Epping Forest brengen, want dat was nog steeds een actieve plaats delict. Ze hadden daar net het lijk van Vera Kenny gevonden. Ik weet niet waarom hij dit lichaam niet mee naar het souterrain heeft genomen...'

'Ik wel,' zei Strike. 'Dat heeft hij me net verteld. Hij reed langs het huis en zag dat Vi Cooper wakker was en voor het raam stond.'

'Oké, dus dat busje moet leeg voordat hij weer naar zijn werk gaat. Hij weet de weg in de tuin van het Archer Hotel en hij weet dat er een achteruitgang is. Hij heeft gereedschap in het busje liggen, dus hij had die planken makkelijk kunnen loswrikken. Cormoran, ik weet zéker dat zij in die oude put van het Archer ligt.'

Het bleef even stil, en toen viel er hete as van de vergeten sigaret op Strikes schoot.

'Godver...'

Hij knipte de peuk uit het raam, wat hem op een misprijzende blik kwam te staan van een oude vrouw die een geruite boodschappentrolley achter zich aan trok.

'Oké, we pakken het als volgt aan,' zei hij tegen Robin. 'Ik bel Tucker en ik vertel hem wat er net is gebeurd, en ook wat jij eruit opmaakt. Jij belt George Layborn en je vertelt hem over de put bij het Archer Hotel. Hoe sneller de politie daar gaat zoeken, hoe beter het voor de familie Tucker is, vooral als het nieuws uitlekt dat Creed heeft bekend.'

'Goed, ik ga meteen...'

'Wacht even, ik ben nog niet klaar.' Strike had zijn ogen gesloten, wreef over zijn slapen en dacht na over alles wat ze moesten doen, en snel. 'Als je Layborn hebt gesproken, wil ik dat je Barclay belt en zegt dat hij morgenochtend met jou op pad moet. De vriend van Mevrouw Jones moet hij maar een paar uur vergeten. Of hoogstwaarschijnlijk de hele dag, als ik het bij het rechte eind heb.'

'Wat gaan Barclay en ik doen?'

'Dat snap je toch wel?' Strike deed zijn ogen weer open. 'Als Douthwaite het aan iemand vertelt, wordt het een race tegen de klok.'

'Dus Barclay en ik gaan...?'

'Margots lichaam zoeken. Inderdaad.'

Het bleef een hele tijd stil. Strikes maag knorde weer. Er gingen nu twee jonge vrouwen de pub binnen, giechelend om iets wat de een de ander op haar telefoon had laten zien.

'Dus je denkt echt dat ze daar ligt?' vroeg Robin een beetje geschrokken.

'Ik weet het wel zeker.'

'En jij gaat...?'

'Ik ga Brian Tucker bellen, friet eten, dat andere telefoontje plegen – ik denk dat het daar drie uur later is, dus dat moet lukken – en dan rij ik terug naar kantoor. Ik ben aan het eind van de middag terug, en dan spreken we het allemaal nog even goed door.'

'Oké. Succes.'

Ze hing op. Strike aarzelde even voordat hij Brian Tucker belde; hij had er graag een glas bier bij in zijn hand gehad, maar hij moest nog terugrijden naar Londen en hij wilde echt niet het risico lopen gearresteerd te worden met drank achter het stuur op de dag voordat ze de moordenaar van Margot Bamborough zouden pakken. Dus hij stak nog maar een sigaret op en zette zich schrap om een rouwende vader te vertellen dat hij na tweeënveertig jaar wachten binnenkort wellicht zijn dochter zou kunnen begraven.

70

... and lastly Death;
Death with most grim and griesly visage seene...

Edmund Spenser
The Faerie Queene

Het weer was zo zacht die ochtend dat het wel zomer leek, maar de bladeren aan de platanen naast de telefooncel aan het begin van Albemarle Way werden al geel. De lucht, een lappendeken van blauw en wit, het was nu eens warm en dan weer koel, wanneer de zon achter de wolken gleed en weer tevoorschijn kwam. Robin huiverde, ondanks de trui die ze onder haar regenjas droeg, alsof er een koude wind stond in Albemarle Way, het korte zijstraatje, waar door de hoge, ononderbroken huizenrij altijd schaduw was.

Ze stond naast de telefooncel waar ooit, veertig jaar geleden, de moordenaar van Margot Bamborough op de uitkijk had gestaan; Robin stelde zich voor dat diegene zich ongeveer net zo moest hebben gevoeld als zij nu. Die persoon moest angst en zenuwen hebben gekend, hebben getwijfeld of het plan wel zou kunnen slagen, en bang zijn geweest voor de gevolgen als het mislukte. Maar dat gevoel van verwantschap zorgde er niet voor dat Robin milder tegenover de moordenaar stond. Ze keek naar de oude poort van St John's Gate aan de overkant van de straat en zag in gedachten Margot Bamborough erdoorheen lopen, op een regenachtige avond veertig jaar geleden, slingerend misschien wel, doordat ze zich merkwaardig versuft voelde en niet wist hoe dat kwam... of had ze het geweten? Het zou kunnen. Margot was een slimme vrouw, en dat was ook de reden geweest waarom ze had moeten sterven...

Het was druk op Clerkenwell Road, met verkeer en voetgangers. Robin voelde zich volledig van iedereen afgesloten. Geen mens die haar passeerde kon ook maar in de verste verte vermoeden wat ze zo meteen zou gaan doen. Wat zouden ze haar plannen voor die ochtend bizar en macaber vinden... Er trok een rilling van paniek langs haar ruggengraat.

Aan iets anders denken.

Die ochtend had er in de *Metro* een foto van Charlotte Ross gestaan, die met een zonnebril op en een lange donkere jas aan met haar zus Amelia in Mayfair over straat liep. Charlottes man en de jonge tweeling waren nergens te bekennen geweest, en in het korte onderschrift had Robin niets gelezen wat ze wilde weten.

> Charlotte Campbell is gisterochtend in Londen gezien terwijl ze een wandeling maakte met haar zus, Amelia Crichton. Charlotte, die getrouwd is met Jago, erfgenaam van het burggraafschap Croy, is onlangs uit het ziekenhuis ontslagen, na een langdurig verblijf in Symonds House, een instelling voor verslavings- en geestelijke gezondheidszorg die erg in trek is bij de beau monde.
>
> Charlotte, die ooit *Tatler*'s lijst met de 100 mooiste Londenaren aanvoerde, is al een geliefd onderwerp van de roddelrubrieken sinds ze op 14-jarige leeftijd voor het eerst van school wegliep. Ze is de dochter van...

Aan iets anders denken, hield ze zichzelf voor, en ze zocht bewust naar een ander onderwerp.

Het was 20 september. Iemand die vandaag geboren werd zou Maagd zijn. Robin vroeg zich af hoe lang het zou duren voor ze van de tic af was om data steeds aan sterrenbeelden te willen verbinden. Ze dacht aan Matthew, de Maagd die ze het best kende. Mensen met dat sterrenbeeld zouden slim, georganiseerd en nerveus moeten zijn. Hij was zonder meer georganiseerd, en slim, als iemand die veel leest... Ze moest denken aan Oonagh Kennedy, die had gezegd: 'Ik denk wel eens: hoe pienterder ze zijn met boeken, hoe stommer ze zijn met seks,' en ze vroeg zich af of hij nu blij was met de zwangerschap waarvan hij had gezegd dat het een ongelukje was...

Aan iets anders denken.

Ze keek op haar horloge. Waar bleef Barclay? Oké, Robin was erg vroeg en Barclay was officieel nog niet te laat, maar ze vond het niet prettig om hier in haar eentje te staan en haar best te moeten doen om vooral niet te denken aan wat ze zo meteen gingen doen.

Theo had ooit op vrijwel precies dezelfde plek gestaan waar Robin nu stond, en gekeken naar het verkeer dat over Clerkenwell Road reed. Theo met haar donkere haar en de Kuchi-oorbellen en de buikpijn, wachtend op de zilverkleurige bestelbus die haar daar zou komen ophalen. Het was nog steeds een raadsel waarom Theo zich later nooit had gemeld, waarom ze nooit genoeg dankbaarheid had gevoeld jegens de vrouw die haar zonder afspraak had willen onderzoeken, want zo had ze zichzelf in elk geval van verdenking kunnen ontheffen en ervoor kunnen zorgen dat Talbot ermee ophield achter een waanbeeld aan te jagen. Maar daarmee ging je er natuurlijk van uit dat Theo inderdaad dankbaar was. Niemand kon ooit weten wat zich afspeelde tussen arts en patiënt: het was het seculiere equivalent van de biechtstoel. Robins gedachten waren inmiddels bij Douthwaite, maar toen zag ze Barclay, die met een weekendtas in de hand haar kant op kwam lopen. Toen hij dicht genoeg bij haar was, hoorde ze het gereedschap in de tas rinkelen.

'Ik heb een beetje een déjà vu,' zei hij met zijn sterke Schotse accent toen hij naast haar stil bleef staan. 'Hebben wij niet al eens eerder samen naar een lijk gegraven?'

'Ik geloof niet dat dit in de categorie graven valt.'

'Nog nieuws?'

'Hij is de deur uit. Strike zegt dat we moeten wachten tot hij terug is.'

'Wat zit daarin?' Barclay gaf een knikje naar het draagtasje dat ze bij zich droeg.

'Chocoladekoekjes.'

'Omkoperij?'

'Zoiets, ja.'

'En heeft Strike...?'

'Nog niet. Hij staat op zijn post. Hij wil dat wij...'

Robin wachtte tot een groepje jongelui, studenten zo te zien, voorbij was en zich buiten gehoorsafstand bevond.

'... wij eerst onze taak doen. Was je blij' – Robin deed nog steeds haar best om niet te denken aan wat ze zo meteen gingen doen zolang het niet per se hoefde – 'met de uitslag van het referendum?'

'Ja, maar we moeten niet te vroeg juichen,' zei Barclay somber. 'Het is nog niet gedaan. Die achterlijke Cameron speelt de nationalisten regelrecht in de kaart. "Engelse stemmen voor Engelse wetten", de dag nadat Schotland heeft besloten te blijven? Je gaat nationalisme verdomme toch niet bestrijden met nog meer fucking nationalisme? Hij wil laten zien dat Farage zijn rug op kan... Zeg, is dat 'm daar?'

Robin keek om. Aan het eind van Albemarle Way zag ze het silhouet van een man met een raar hobbelend loopje die met twee volle boodschappentassen over straat liep. Voor een deur bleef hij staan, zette zijn boodschappen neer, stak zijn sleutel in het slot, pakte de boodschappentassen op, liep de drempel over en verdween uit beeld.

'Dat is 'm.' Robin had een gevoel alsof haar ingewanden trilden. 'Kom.'

Ze liepen naast elkaar de straat door naar de donkerblauwe deur.

'Hij heeft de sleutel in het slot laten zitten.' Barclay wees ernaar.

Robin wilde net aanbellen toen de deur openging, en daar was Samhain Athorn weer. Hij zag bleek, had grote oren en muisgrijs haar, en zijn mond hing een beetje open. Hij droeg een Batmansweatshirt. In verwarring doordat er opeens twee mensen bij hem voor de deur stonden, knipperde hij met zijn ogen en zei toen tegen Robins linkerschouder: 'Ik heb de sleutel erin laten zitten.'

Hij stak zijn hand om de deur heen om de sleutel uit het slot te trekken. Toen hij de deur dicht wilde doen, stak Barclay behendig zijn voet ertussen.

'Jij bent toch Samhain?' Robin glimlachte naar hem, en Samhain stond er met open mond bij. 'Wij zijn vrienden van Cormoran Strike. Jij hebt hem een paar maanden geleden enorm geholpen.'

'Ik moet de boodschappen opbergen.' Samhain probeerde de voordeur dicht te doen, maar Barclays voet zat in de weg.

'Mogen we misschien even binnenkomen?' vroeg Robin. 'Heel even maar? We willen graag met jou en je moeder praten. Je hebt laatst zo goed geholpen, toen je Cormoran over je oom Tudor vertelde...'

'Oom Tudor is dood.'

'Dat weet ik. Wat naar.'

'Hij is in het ziekenhuis doodgegaan.'

'O ja?'

'Papa Gwilherm is onder de brug doodgegaan,' zei Samhain.

'O, wat akelig,' zei Robin. 'Mogen we alsjeblieft heel even binnenkomen? Cormoran heeft me gevraagd of ik je dit wilde brengen.' Ze haalde het blik chocoladekoekjes uit haar tas. 'Als bedankje.'

'Wat is dat?' Samhain keek vanuit zijn ooghoek naar het blik.

'Chocoladekoekjes.'

Hij pakte het blik uit haar hand. 'Ja, kom maar binnen.' Hij draaide zich om en liep de donkere trap op.

Met een snelle blik op Barclay ging Robin haar collega voor naar binnen. Ze hoorde dat hij de deur achter haar dichtdeed, met gerinkel van het gereedschap in zijn weekendtas. Het was een steile, smalle trap, waar het 's avonds donker was, en het peertje aan het plafond deed het niet. Toen Robin op de overloop aankwam zag ze door de open deur een vrouw met wit haar en net zulke grote oren als Samhain. Ze was in een bruin betegelde keuken het aanrecht aan het afnemen terwijl Samhain, die met zijn rug naar haar toe stond, gretig het plastic van het blik chocoladekoekjes trok.

Deborah draaide zich om, waarbij haar keurige witte vlecht over haar schouder gleed, en richtte haar donkere ogen strak op de twee onbekenden.

'Hallo, mevrouw Athorn.' Robin bleef in de gang staan.

'Zijn jullie van maatschappelijk werk?' vroeg Deborah langzaam. 'Ik heb Clare gebeld...'

'We kunnen u helpen met alles wat Clare ook doet,' zei Barclay voordat Robin antwoord kon geven. 'Wat is het probleem?'

'Die vent van beneden is een schoft,' zei Samhain, die nu in het blik zocht en er een koekje in een goudkleurig papiertje uit koos. 'Deze zijn het lekkerst, in dat glimmende papier, daaraan kun je het zien.'

'Klaagt de man van beneden weer?' vroeg Robin met een plotselinge golf opwinding die grensde aan paniek.

'Mogen we even kijken wat het probleem is?' vroeg Barclay. 'Waar zit volgens hem de scheur in zijn plafond?'

Deborah wees naar de woonkamer.

'Ik ga wel even kijken,' zei Barclay op vertrouwenwekkende toon, en hij liep naar de woonkamer.

'Niet allemaal achter elkaar opeten, Sammy,' zei Deborah, die verder was gegaan met systematisch alle oppervlakken in de keuken schoonvegen.

'Ik heb ze gekregen, stom mens,' zei Samhain met zijn mond vol chocola.

Robin liep achter Barclay aan, vechtend tegen een gevoel van opperste onwerkelijkheid. Zou het echt waar kunnen zijn wat Strike vermoedde?

In een hoek van de kleine woonkamer zaten twee grasparkieten in een kooi te kwetteren. Net als in de gang lag hier tapijt met bruine en oranje krullen. Over de rugleuning van de bank hing een gehaakte sprei. Barclay keek naar de legpuzzel, die bijna af was, met eenhoorns die over een regenboog sprongen. Robin keek om zich heen. Er stonden maar weinig meubels. Afgezien van de bank en de parkietenkooi stonden er alleen nog een kleine leunstoel, een televisie met daarbovenop een urn, en een boekenkastje met een paar oude paperbacks en wat goedkope prullaria. Haar blik bleef rusten op het Egyptische symbool voor het eeuwige leven dat op een stuk vaalgroene muur was geschilderd.

Ze ligt op een gewijde plaats.

'Vloerplanken?' mompelde ze tegen Barclay.

Hij schudde zijn hoofd, keek betekenisvol naar de eenhoornpuzzel en wees toen met zijn voet naar de overdreven grote poef waarop de puzzel lag.

'O god, nee,' fluisterde Robin voor ze het wist. 'Denk je echt...?'

'Anders had het tapijt eruit gemoeten,' mompelde Barclay. 'Meubels weg, vloerplanken eruit... en zou het plafond beneden dan gescheurd zijn? En die lucht...?'

Samhain kwam nu de kamer binnen gehobbeld; hij had zijn tweede koekje uit het foliepapier gehaald.

'Wil je warme chocolademelk of niet?' vroeg hij, zijn blik op Robins knieën gericht.

'Eh... nee, dank je,' zei Robin met een glimlach.

'Wil hij warme chocolademelk of niet?'

'Nee, bedankt, man,' zei Barclay. 'Mogen we deze puzzel verplaatsen? Ik moet er even onder kijken.'

'Deborah wil niet dat iemand aan haar puzzel komt,' zei Samhain streng.

'We zullen toch moeten bewijzen dat de man van beneden liegt,' zei Robin. 'Over de scheur in zijn plafond.'

'Deborah,' riep Samhain. 'Ze willen je puzzel verplaatsen.'

Hij liep met zijn schommelende tred de kamer uit, en zijn moeder nam zijn plaats bij de deur van hem over, keek naar Robins schoenen en zei: 'Jullie mogen mijn eenhoorns niet verplaatsen.'

'We moeten er even onder kijken,' zei Robin. 'Ik beloof u dat we heel voorzichtig zullen zijn en dat we hem niet kapot zullen maken. We leggen hem...'

Ze keek om zich heen, maar er was nergens een stuk vloer groot genoeg voor de puzzel.

'Leg hem maar in mijn kamer,' zei Samhain, die weer in beeld verscheen. 'Ze kunnen hem wel op mijn bed leggen, Deborah.'

'Uitstekend idee,' zei Barclay joviaal, en hij bukte om de puzzel op te tillen.

'Eerst dichtdoen,' zei Robin snel, en ze vouwde de flappen van de mat over de puzzel heen, zodat alle stukjes erin zaten.

'Goed zo,' zei Barclay, en hij droeg de puzzelmat voorzichtig de woonkamer uit, gevolgd door Deborah, die zowel bezorgd als gealarmeerd keek, en door Samhain, die gewichtig deed, blijkbaar trots omdat de nieuwe man in huis zijn plan had overgenomen.

Robin stond een paar seconden alleen in de woonkamer, en ze keek neer op de poef die veel te groot was voor deze kleine kamer. Er lag een doek overheen waarvan Robin vermoedde dat hij uit de jaren zestig stamde, van dunne, verschoten paarse katoen, met daarop een mandalamotief. Als een lange vrouw zich opkrulde, paste ze misschien in de holle poef, maar dan moest ze natuurlijk wel slank zijn.

Ik wil niet kijken, dacht Robin opeens, en de paniek kwam weer op. Ik wil het niet zien...

Maar ze moest kijken. Ze moest het zien. Daarvoor was ze hier.

Barclay kwam terug, met een geïnteresseerd kijkende Samhain en een bezorgde Deborah achter zich aan.

'Die kan niet open,' zei Deborah, wijzend op de poef, waar nu niets meer op lag. 'Die mogen jullie niet openmaken. Afblijven.'

'Daar zat vroeger mijn speelgoed in,' zei Samhain. 'Hè, Deborah? Vroeger. Maar toen mocht dat niet meer van Mijn-vader-Gwilherm.'

'Die mogen jullie niet openmaken,' zei Deborah nog een keer, angstig nu. 'Afblijven, niet aankomen.'

'Deborah,' zei Robin zacht, terwijl ze naar de oudere vrouw toe liep, 'we moeten uitzoeken hoe het komt dat er beneden scheuren in het plafond zitten. Je weet toch dat de man van beneden altijd klaagt en dat hij wil dat Samhain en jij hier weggaan?'

'Ik wil hier niet weg,' zei Deborah meteen, en een fractie van een seconde keek ze Robin met haar donkere ogen bijna aan, maar haar blik schoot meteen weer naar het tapijt met de krullen. 'Ik wil niet verhuizen. Ik ga Clare bellen.'

'Nee.' Robin liep snel om Deborah heen en versperde haar de weg naar de keuken, waar aan de muur naast de koelkast de oude telefoon hing. Ze hoopte maar dat Deborah de paniek in haar stem niet zou horen. 'Wij zijn hier in plaats van Clare, snap je? Om je te helpen met die meneer van beneden. Maar we denken... Sam en ik...'

'Mijn-vader-Gwilherm noemde mij altijd Sam,' zei Samhain. 'Hè, Deborah?'

'Wat leuk,' zei Robin. 'Deze meneer heet ook Sam.' Ze wees op Barclay.

'O ja, heet hij Sam?' zei Samhain blij, en hij sloeg zijn ogen stoer op naar Barclays gezicht, maar keek meteen grijnzend weer weg. 'Twee Sammen. Deborah! Twee Sammen!'

Robin richtte zich tot de onthutste Deborah, die van haar ene voet op haar andere stond te wippen en zo de waggelende tred van haar zoon in herinnering riep.

'Sam en ik regelen dit wel, Deborah, zodat jij verder geen problemen meer hebt met de benedenbuurman.'

'Gwilherm wilde niet dat die openging.' Deborah voelde gespannen aan de punt van haar witte vlecht. 'Hij wilde niet dat die openging, die moesten we van hem dicht laten.'

'Gwilherm zou vast willen dat Samhain en jij hier mogen blijven wonen, of niet soms?'

Deborah stak de punt van haar vlecht in haar mond en zoog erop alsof het een ijslolly was. Haar donkere ogen dwaalden rond alsof ze hulp zocht.

'Ik denk dat het beter is als Samhain en jij even op zijn kamer wachten,' zei Robin voorzichtig, 'terwijl wij die poef bekijken.'

'Pief paf poef!' zei Samhain, en hij lachte weer kakelend. 'Sam! Hé, Sam! Pief paf poef!'

'Da's een goeie,' zei Barclay grijnzend.

'Kom.' Robin legde een arm om Deborah heen. 'Wacht jij maar even met Samhain op zijn kamer. Jullie hebben niks verkeerd gedaan, dat weten we best. Het komt allemaal goed.'

'Maar ik blijf lekker hier,' hoorde ze Samhain opgewekt zeggen toen ze Deborah langzaam de gang door loodste.

'Nee, man,' antwoordde Barclay.

Robin en Deborah gingen Samhains piepkleine slaapkamer binnen. De muren hingen van onder tot boven vol met afbeeldingen van superhelden en personages uit videogames. Deborahs reusachtige legpuzzel nam het grootste deel van het bed in beslag. De vloer rond de PlayStation lag bezaaid met chocoladepapiertjes.

'Pas jij even op je moeder, dan leer ik je als we klaar zijn een goocheltruc,' zei Barclay.

'Mijn-vader-Gwilherm kende trucs!'

'*Aye*, dat heb ik gehoord. Als je vader het kon, moet jij het ook kunnen, niewaar?'

'We zijn zo terug,' zei Robin tegen Samhains angstige moeder. 'Blijf hier maar even zitten, goed? Doe je dat, Deborah?'

Deborah knipperde alleen maar met haar ogen naar haar. Robin was vooral bang dat de vrouw bij de telefoon aan de keukenmuur zou proberen te komen, want ze wilde haar niet fysiek moeten tegenhouden. Ze ging terug naar de woonkamer, waar Barclay nog steeds met Samhain aan het onderhandelen was.

'Doe dan,' zei Samhain. Hij keek grijnzend van Barclays handen naar zijn kin en toen zijn oor. 'Toe dan, laat dan zien.'

'Sam kan alleen een truc doen als we eerst ons werk hebben gedaan,' zei Robin. 'Samhain, wil je alsjeblieft bij je moeder op je kamer wachten?'

'Ga maar, man,' zei Barclay. 'Het duurt maar even. Daarna leer ik je die truc.'

De glimlach bestierf op Samhains gezicht. 'Stom mens,' zei hij bozig tegen Robin. 'Dom mens.'

Hij liep de kamer uit, maar in plaats van naar zijn kamer te gaan ging hij naar de keuken.

'Shit,' mompelde Robin. 'Nog even niets doen, Sam...'

Samhain kwam terug met het blik chocoladekoekjes, liep zijn kamer in en deed de deur met een klap achter zich dicht.

'Nu,' zei Robin.

'Blijf jij bij de deur staan,' zei Sam, 'en hou ze in de gaten.'

Robin liet de deur van de woonkamer op een kiertje staan, zodat ze naar Samhains kamer kon gluren, en stak toen haar duimen naar Barclay op.

Hij trok de doek met de mandala van de poef, bukte zich, greep de rand van het deksel vast en trok eraan. Hij kreeg er geen beweging in. Hij trok uit alle macht, maar het kwam nog steeds niet omhoog. In de kamer van Samhain werd met stemverheffing gepraat. Deborah zei tegen Samhain dat hij van de chocoladekoekjes af moest blijven.

'Het lijkt wel... of hij op slot zit... aan de binnenkant,' zei Barclay hijgend, en hij liet los.

Hij deed de rits van de weekendtas open en haalde er na enig zoeken een koevoet uit, waarvan hij het uiteinde in de spleet tussen het deksel en het onderstel van de poef zette. 'Kom... op... rotding,' fluisterde hij. Het uiteinde van de koevoet schoot los en Barclay kreeg het bijna in zijn gezicht. 'Het zit ergens aan vast.'

Robin gluurde weer naar de deur van Samhains kamer. Die was nog steeds dicht. Moeder en zoon zaten nog over de chocoladekoekjes te bakkeleien. De grasparkieten tjilpten. Buiten zag Robin een condensstreep van een vliegtuig, een wollige witte pijpenrager langs de hemel. Alledaagse dingen leken opeens heel vreemd als je wachtte tot er iets vreselijks ging gebeuren. Haar hart klopte in haar keel.

'Help eens even,' zei Barclay met opeengeklemde kaken. Hij was erin geslaagd het uiteinde van de koevoet dieper in de spleet van de poef te wrikken. 'Het lukt me niet in mijn eentje.'

Na nog een blik op Samhains dichte deur liep Robin snel naar Barclay toe en greep naast hem de koevoet vast. Met al hun gewicht en kracht duwden ze het uiteinde gezamenlijk omlaag naar de vloer.

'Jezus,' hijgde Robin. 'Wat klemt er zo?'

'Waar is... Strike... als je hem... nodig...'

Er klonk een hard knerpend, krakend geluid. De koevoet schoot plotseling los en het deksel van de poef ging open. Robin draaide zich om en zag een stofwolk opstijgen. Barclay duwde het deksel omhoog.

De poef was gevuld met beton, waarin het deksel zich had vastgezogen. Het grijze spul was brokkelig en zag eruit alsof het niet goed gemengd was geweest. Op twee plekken brak er iets glads door het onregelmatige asgrauwe oppervlak heen: iets wat op een paar centimeter slagtand van een walrus leek, en iets ronds, een soort donkere ivoren bol. Toen zag Robin, aan een stukje beton gekleefd dat tegen het deksel van de poef was blijven plakken, een paar blonde haren.

Ze hoorden voetstappen op de gang. Net op het moment dat Samhain de deur opendeed, sloeg Barclay het deksel van de poef dicht. Achter Samhain liep Deborah.

'Ik zal je nu even die goocheltruc leren.' Barclay liep naar Samhain toe. 'Kom mee naar de keuken, dan doen we hem daar.'

De twee mannen liepen de kamer uit. Deborah slofte naar binnen en raapte de verschoten paarse doek op die Robin opzij had gegooid.

'Hebben jullie hem opengemaakt?' mompelde ze, haar blik gericht op de oude vloerbedekking.

'Ja,' zei Robin, veel kalmer dan ze zich voelde. Ze ging op de poef zitten, ook al voelde dat als heiligschennis. Het spijt me, Margot, het spijt me ontzettend.

'Ik moet nu even bellen, Deborah. En daarna moeten we allemaal maar een beker warme chocolademelk nemen, lijkt me.'

71

Such is the face of falshood, such the sight
Of fowle Duessa, when her borrowed light
Is laid away, and counterfesaunce knowne.

Edmund Spenser
The Faerie Queene

Er kwam een trein onder luid geraas over het Southeastern-spoor aan gedenderd. Strike, die aan de overkant van de straat stond, voelde zijn telefoon in zijn zak trillen en haalde hem tevoorschijn, maar het was een paar seconden lang nog zo'n kabaal dat hij Robin niet meteen kon verstaan.

'... gevonden.'

'Wat zeg je?' schreeuwde hij terwijl de trein verder reed.

'We hebben... haar... gevonden. In de poef in de woonkamer. Helemaal in beton gestort, maar we kunnen een stukje van haar schedel zien, en een stukje van een dijbeen misschien.'

'Shit.'

Strike had wel verwacht dat het in de woning van de Athorns zou liggen, maar het wende nooit, een dood mens vinden. 'Beton?'

'Ja. Zo te zien niet erg goed gemengd. Amateuristisch. Maar het heeft z'n werk gedaan. Het heeft de geur waarschijnlijk grotendeels onderdrukt.'

'Dat is natuurlijk een gigantisch gewicht op een steunbalk.'

'Ja, precies. Waar ben jij nu?'

'Buiten, ik ga zo naar binnen. Oké: bel het alarmnummer, en bel dan Layborn en vertel hem waar ik ben en waarom. Dan zetten ze er wel vaart achter.'

'Oké. Succes.'

Strike hing op. Het was stil in de onopvallende straat met rijtjeshuizen nu de trein weg was en het donderende geraas had plaatsgemaakt voor vogelgezang. Strike had staan wachten op een plek waar hij niet te zien was en liep nu de straat in, langs drie kleine huizen. Bij het vierde sloeg hij links af, liep een kort tuinpad op en klopte roffelend aan op de donkerrode voordeur.

De vitrage werd een stukje opzijgetrokken en daar verscheen het boze gezicht van Janice Beattie. Strike stak ter begroeting zijn hand op. De vitrage viel terug.

Hij moest iets langer wachten dan je zou verwachten, gezien de korte afstand van de woonkamer naar de gang, maar toen deed Janice de deur open. Ze was vandaag helemaal in het zwart en droeg schapenwollen pantoffels. Haar heldere porseleinblauwe ogen, achter een bril met een stalen montuur, stonden net zo vriendelijk en onschuldig als altijd. Ze keek met haar zilvergrijze haar en appelwangetjes fronsend naar de detective op, maar zei niets.

'Mag ik binnenkomen?' vroeg Strike.

Het bleef een hele tijd stil. Buiten kwetterden de vogels, en Strike dacht vluchtig aan de parkieten in de woning van de Athorns, en hij kreeg even het beeld voor ogen van een schedel en een dijbeen die uit beton omhoogstaken.

'Als het moet,' zei Janice langzaam.

Hij liep achter haar aan de rode woonkamer binnen, met het goedkope rode Turkse kleed, de wanddecoraties met droogbloemen en de verschoten foto's. De zon viel fonkelend op de Assepoesterkoets met de zes paarden van geblazen glas boven de kachel, die Janice aan had staan, ondanks het zachte weer op deze septemberdag.

'Kopje thee?' vroeg Janice.

'Ja, lekker.' Strike was zich ten volle bewust van de onwerkelijkheid van de situatie.

Hij luisterde naar het door haar schapenwollen pantoffels gedempte geluid van haar voetstappen, en naar de keukendeur die openging. Hij haalde zijn telefoon uit zijn zak, schakelde de opnamestand in en legde hem op de leuning van de stoel waar hij de vorige keer had gezeten. Toen haalde hij een paar latex handschoenen tevoorschijn en liep hij zachtjes achter Janice aan de kamer uit, waarbij de versleten vloerbedekking zijn voetstappen dempte.

Bij de deur bleef hij even staan luisteren naar het zachte geborrel van kokend water tegen het deksel van de waterkoker, het getinkel van theelepeltjes en het openen van een kastdeurtje. Met één vinger duwde hij de keukendeur open.

Janice draaide zich met een ruk om en zette grote ogen op. Toen ze hem zag, griste ze een van de porseleinen bekers van het dienblad en bracht hem vlug naar haar mond, maar Strike had al een stap naar haar toe gezet. Hij greep de dunne pols beet met zijn in een latex handschoen gestoken hand en duwde de beker weg van haar mond. Onder het zachte vlees en de papierdunne huid van de bejaarde vrouw voelde hij haar bot. Met zijn vrije hand pakte hij haar de beker af en bekeek die aandachtig. Hij was voor ongeveer een derde gevuld met een stroperige witte vloeistof. Terwijl hij Janice' pols bleef vasthouden keek hij in de theepot, waar meer van hetzelfde in zat, en deed toen het kastje boven de waterkoker open.

Dat stond boordevol potjes met pillen, onkruidverdelger, bleekwater en jampotten gevuld met iets wat eruitzag als zelf gedroogde planten, bladeren en paddenstoelen: de voorraad van een gifmenger, getuige van een levenslange grondige studie naar middelen waarmee je iemand onder het mom van genezing de dood in kon jagen.

'Ik denk dat ik die thee maar oversla,' zei Strike. 'Wij moesten maar eens praten, vindt u niet?'

Ze verzette zich niet toen hij haar aan haar pols terugleidde naar de woonkamer en op de bank neerduwde.

'Iemand vermoorden en tegelijk zelfmoord plegen: dat zou wel een spectaculair einde zijn, hè?' Strike torende boven haar uit. 'Maar ik heb niet zo'n zin om slachtoffer nummer... Hoeveel zijn het er?'

Janice deed er het zwijgen toe. In haar ronde blauwe ogen stond slechts schrik te lezen.

Strike keek omhoog naar de muur met oude foto's. Op één daarvan was een stralende bruid met grote tanden te zien, haar haar in bruine pijpenkrullen gekleed in een hooggesloten kanten jurk, een pillbox op haar sluier, een grote moedervlek op haar linkerjukbeen. Vlak daarboven hing een foto van een jonge blonde vrouw met een pluizige jarentachtigpermanent. Ze had een rode jas aan. De foto was hem niet opgevallen, hij had hem niet gezien doordat hij met bepaalde verwachtingen deze kamer binnen was gekomen, met net zulke vergaande aannames als Talbot, die ervan overtuigd was geweest dat Kreeften intuïtief, vriendelijk en oplettend waren. Verpleegkundigen waren engelen, zorgden voor kwetsbare mensen: hij was net zo bevooroordeeld geweest als Vi Cooper, en hij had Janice gezien door het prisma van zijn dankbare herinneringen aan de verpleegkundigen in Selly Oak, die hem hadden leren omgaan met zijn pijn en depressie, en aan Kerenza in Cornwall, die dag in, dag uit troost en liefde was komen brengen. En alsof dat nog niet genoeg was, had hij zich om de tuin laten leiden door iemand die een ongelooflijk talent voor leugens en misleiding had.

'Ik vond,' zei Strike, 'dat ik de maatschappelijk werkster van de familie Athorn persoonlijk moest komen vertellen dat er in hun woning een lijk is aangetroffen. Heel knap zoals je dat keurige accent nadoet, Janice. Ik neem aan dat de telefoon die Clare gebruikt hier ergens ligt?'

Hij keek om zich heen. Misschien had ze hem ergens verstopt toen ze zag wie er voor de deur stond. Plotseling zag hij de föhn liggen, achter de bank weggestopt, maar het snoer stak er nog onder uit. Hij liep zijwaarts langs de salontafel, bukte zich en trok hem tevoorschijn, samen met een rol cellofaan, een buisje waar het etiket af was getrokken, een injectienaald en een paar bonbons.

'Afblijven,' zei Janice opeens kwaad, maar hij legde de voorwerpen op de salontafel.

'Hoe ziek zou ik geworden zijn als ik een van die dadels had gegeten waarmee je de vorige keer dat ik hier was aan het knoeien was?' vroeg hij. 'Die föhn gebruik je om het cellofaan er weer omheen te doen, hè?' Toen ze geen antwoord gaf, zei hij: 'Ik heb je nog niet bedankt voor de bonbons die je Robin en mij met kerst hebt gestuurd. Ik had griep. Ik heb er maar een paar van kunnen eten, en toen moest ik overgeven. De rest heb ik weggegooid, omdat ik er een vervelende associatie mee had. Heb ik even geluk gehad, hè?'

Strike ging nu in de leunstoel zitten, naast zijn telefoon, die nog steeds aan het opnemen was.

'Heb je ál die mensen vermoord?' Hij wees naar de wand met foto's. 'Of hebben sommigen alleen steeds last van hun darmen als ze bij je zijn? Nee,' zei hij, en hij keek nog eens goed naar de muur, 'Irene hangt er niet bij, hè?'

Ze knipperde vanachter haar ronde zilverkleurige brilletje, door glazen die stukken schoner waren dan die van Dennis Creed.

Achter de vitrage reed een auto de straat in. Janice keek ernaar toen hij voorbijreed, en Strike vermoedde dat ze min of meer een politieauto verwachtte. Misschien zou ze helemaal niet praten. Dat gebeurde soms. Dan liet zo iemand het volledig aan de advocaten over.

'Ik heb gisteravond je zoon aan de telefoon gehad.'

'Daar geloof ik niks van!' Het was eruit voor ze het wist, van schrik.

'Toch wel. Kevin was heel verbaasd te horen dat je in Dubai bij hem op bezoek was geweest, want hij heeft je al bijna zeven jaar niet meer gezien. Waarom deed je alsof je naar hem toe ging? Om even verlost te zijn van Irene?'

Ze perste haar lippen op elkaar. Eén hand speelde met de dun geworden trouwring aan de andere hand.

'Kevin vertelde me dat hij amper contact met je heeft gehad sinds hij het huis uit is. Jullie zijn nooit erg hecht geweest, zei hij. Maar hij heeft wel zeven jaar geleden een vliegticket voor je betaald om naar hem toe te komen, omdat hij vond dat hij je "nog een kans" moest geven, zoals hij dat zei... en terwijl je op haar paste presteerde zijn dochtertje het om een flinke slok bleekwater binnen te krijgen. Ze heeft het overleefd – maar nét – en sindsdien heeft hij alle contact met je verbroken.

We hebben uiteindelijk bijna twee uur met elkaar gesproken.' Strike zag Janice van kleur verschieten. 'Kevin vond het moeilijk om hardop te zeggen wat hij al jaren vermoedt. De gedachte dat je eigen moeder mensen vergiftigt, daar wil toch niemand aan? Hij dacht liever dat hij zelf paranoïde deed over al die "speciale drankjes" die jij hem vroeger gaf. En je eerste echtgenoot schijnt...'

'Hij was mijn echtgenoot niet,' mompelde Janice. 'We zijn nooit getrouwd.'

'... te zijn vertrokken omdat hij ook dacht dat je iets met zijn eten uitspookte. Kevin dacht altijd dat zijn vader het allemaal maar verzon. Maar na ons gesprek van gisteravond denk ik dat hij er inmiddels wel anders tegenaan kijkt. Hij is bereid om naar Engeland te komen en tegen je te getuigen.'

Janice maakte een schokkerige beweging. Het bleef bijna een minuut lang stil.

'U neemt dit op,' fluisterde ze uiteindelijk, met een blik op de telefoon op Strikes armleuning.

'Ja, dat klopt.'

'Als u hem uitzet, zal ik met u praten.'

'Dan kan ik nog steeds getuigen over alles wat je me vertelt.'

'Toch ben ik ervan overtuigd dat een advocaat mij zou afraden om geluidsopnamen te laten maken.'

'Ja. Daar heb je waarschijnlijk gelijk in.'

Hij pakte de telefoon, draaide hem naar haar toe zodat ze kon meekijken en schakelde 'opnemen' uit. Toen legde hij het toestel op de kleine salontafel, naast de bonbons, de lege injectiespuit, het cellofaan en de föhn.

'Waarom heb je het gedaan, Janice?'

Ze streek nog steeds over de trouwring. 'Ik weet niet waarom,' zei ze. 'Ik vind het gewoon... leuk.'

Haar ogen dwaalden over de wand met foto's.

'Ik vind het leuk om te zien wat er met ze gebeurt als ze vergif of te veel medicijnen innemen. Soms vind ik het leuk om ze te helpen, zodat ze dankbaar zijn, en soms vind ik het leuk om ze te zien lijden, en soms vind ik het leuk om ze te zien doodgaan...'

Strikes nekharen gingen overeind staan.

'Ik weet niet waarom,' zei ze weer. 'Ik denk wel eens dat het komt doordat ik hard op mijn hoofd ben gevallen toen ik tien was. Mijn vader had me van de trap gegooid. Ik was een kwartier buiten westen. Sinds die tijd heb ik last van hoofdpijn... Hersenletsel kan rare dingen met je doen, hoor. Dus misschien kan ik er wel niks aan doen, maar... weet ik veel...

Toen met m'n kleindochter,' zei Janice met een lichte frons, 'die wilde ik gewoon dood hebben, eerlijk gezegd... verwend, en maar zeuren... Ik hou niet van kinderen.' Ze keek Strike recht aan. 'Ik heb ze ook nooit gewild, ik wilde Kevin niet, maar ik dacht dat z'n vader wel met me zou trouwen als ik 'm eenmaal had... maar nee hoor, hij wou niet...

M'n moeder moest bevallen en is eraan doodgegaan. Ik was acht. Het werd thuis geboren. Ze had een voorliggende placenta. Overal bloed, ik probeerde haar te helpen, geen dokter, m'n vader die dronken tegen iedereen tekeerging...

Deze heb ik van m'n moeders dode hand gehaald,' zei Janice zacht, en ze liet Strike de trouwring aan haar vinger zien. 'Ik wist dat m'n vader hem zou verpatsen om drank te kunnen kopen. Ik heb 'm gepakt om te voorkomen dat hij 'm zou pakken. Het is het enige wat ik van haar heb. Ik hield van m'n moeder.' Janice Beattie streek met haar vinger over de trouwring, en Strike vroeg zich af of het waar was, of hersenletsel en mishandeling in de vroege jeugd Janice hadden gemaakt tot wat ze was, en of ze überhaupt in staat was om van iemand te houden.

'Is dat je zusje, Clare?' Strike wees op het dubbele lijstje dat naast Janice stond, met aan de ene kant de te zware man met de slaperige ogen en het rokersgebit en aan de andere kant de mollige maar knappe blondine.

'Nee.' Janice keek naar de foto. Na een kort stilte zei ze: 'Dat was Larry's minnares. Ik heb ze allebei gedood. Ik heb er geen spijt van. Ze verdienden het. Hij was met mij, hij was geen geweldige partij, maar hij was met mij en ze hadden een affaire. Rotwijf.'

'Ik neem aan dat je de overlijdensberichten hebt bewaard?'

Ze stond langzaam op van de bank, en Strike hoorde haar knieën knakken toen ze naar de servieskast in de hoek liep, waar ze het merendeel van haar goedkope beeldjes van geblazen glas had staan. Ze knielde neer, en ook deze keer hield ze zichzelf daarbij ter ondersteuning even vast aan de schoorsteenmantel. Ze haalde nu niet één map uit de la onder in de kast, maar twee, en Strike herinnerde zich dat ze de vorige keer eerst een tijdje in de la had zitten rommelen, hoogstwaarschijnlijk om alles uit de map te halen waarvan ze niet wilde dat hij het zou zien.

'Hierin' – ze liet hem de dikste map zien – 'zit het spul over Margot. Ik knipte alles uit wat ik kon vinden. Ik had zelfs een tweede map nodig voor alle knipseltjes over haar...'

Ze sloeg de dunnere map open – de map die Strike al eerder had gezien – en haalde er een oude nieuwsbrief uit, met in het briefhoofd HICKSON & CO. Bovenaan stond prominent een kleurenfoto van de blonde vrouw.

'Clare Martin. Zwaar aan de drank. "Onfortuinlijke overdosis"... leverfalen. Ik wist dat ze te veel paracetamol slikte voor haar endometriose, dat heb ik haar zelf zien doen. Larry en ik hadden een stel mensen over de vloer. Ze dachten dat ik op m'n achterhoofd gevallen was. De hele avond oogcontact tussen die twee. Stelletje uilskuikens. Ik maakte de drankjes. Elke cocktail die ik haar gaf bestond voor de helft uit vloeibare paracetamol. Acht dagen later was ze dood...

En hier heb je die van Larry,' zei ze onverschillig, terwijl ze nog een nieuwsbrief van Hickson & Co omhooghield.

'Ik heb zes, zeven maanden gewacht. Doodeenvoudig. Larry was een tikkende tijdbom, de dokters hadden hem gewaarschuwd, hij had een slecht hart. Pseudo-efedrine was het deze keer. Ze hebben zelfs nooit gecontroleerd of er bepaalde stoffen in z'n bloed zaten. Ze wisten waar het door kwam: roken en schransen. Niemand heeft verder gekeken dan z'n slechte rikketik...'

Strike bespeurde geen greintje wroeging bij haar, zoals ze de overlijdensberichten van haar slachtoffers zat door te bladeren, alsof het breipatronen waren. Haar vingers trilden, maar Strike meende dat

dat eerder door de schrik kwam dan door schaamte. Een paar minuten geleden had ze nog zelfmoord willen plegen. Misschien dat dat koele, slimme brein heel hard werkte achter dat masker van ogenschijnlijke eerlijkheid, en Strike pakte opeens de vergiftigde bonbons van het tafeltje naast Janice en zette ze naast zijn stoel op de grond. Ze bleef ernaar kijken, en hij was ervan overtuigd dat hij gelijk had gehad met zijn vermoeden dat ze ervan had willen eten. Nu boog hij zich weer naar voren en pakte het oude vergeelde krantenknipsel dat hij de vorige keer had zitten bekijken, met daarop de kleine Johnny Marks uit Bethnal Green.

'Hij was je eerste slachtoffer, hè?'

Janice haalde diep adem en blies uit. Een paar knipseltjes fladderden op. 'Ja,' zei ze bedrukt. 'Pesticide. Daar kon je in die tijd allerlei soorten van kopen, gewoon in de winkel. Organofosfaten. Ik was stapelverliefd op hem, op Johnny Marks, maar hij lachte me uit. Ja, dus ze dachten dat het buikvliesontsteking was en toen ging-ie dood. Het klopt trouwens wel dat de dokter niet kwam opdagen. Het interesseerde ze niks als het om een kind uit een achterbuurt ging... Het was een ellendige dood voor hem. Ik mocht even bij hem gaan kijken toen-ie dood was. Ik heb 'm een kusje op z'n wang gegeven. Hij kon me toch niet tegenhouden, hè? Hij had me niet moeten uitlachen.'

'Door Marks,' zei Strike terwijl hij het knipsel bekeek, 'ben je op het idee van Spencer gekomen, hè? Door die naam heb ik haar voor het eerst met jou in verband gebracht, maar ik had het al door moeten hebben toen Clare me meteen terugbelde. Dat doen maatschappelijk werkers anders nooit. Die zijn veel te overwerkt.'

'Huh.' Janice moest bijna glimlachen. 'Ja. Daar heb ik die naam van: Clare Martin en Johnny Marks.'

'Het overlijdensbericht van Brenner heb je niet bewaard, of wel?'

'Nee.'

'Omdat je hem niet hebt vermoord?'

'Nee. Die is van ouderdom gestorven, ergens in Devon. Ik heb zijn overlijdensbericht niet eens gelezen, maar ik moest toch iets verzinnen toen u ernaar vroeg? Dus zei ik maar dat Oakden het had meegenomen.'

Ze was misschien wel de meest bedreven leugenaar die Strike ooit had ontmoet. Ze was een klasse apart, met haar talent om à la minute met een verzinsel te komen, en de manier waarop ze haar aannemelijke leugens door de waarheid heen vlocht zonder ooit haar hand te overspelen, ogenschijnlijk authentiek en eerlijk.

'Was Brenner echt verslaafd aan barbituraten?'

'Nee.'

Ze schoof de overlijdensberichten weer in de map, en Strikes blik viel op het knipsel met op de achterkant de overlijdensadvertentie voor Joanna Hammond.

'Nee,' zei ze nog een keer, waarna ze de overlijdensberichten weer in de onderste la legde en die dichtdeed, alsof het nog belangrijk was dat ze alles netjes opborg, alsof die knipsels niet binnenkort als bewijsmateriaal tegen haar zouden worden gebruikt. Met knakkende knieën kwam ze langzaam overeind, en ze liep terug naar de bank.

'Ik liet Brenner medicijnen voor me bestellen. Hij dacht dat ik erin handelde, de ouwe sukkel.'

'Hoe kreeg je hem dan zo ver dat hij veel meer bestelde dan er nodig was? Chantage?'

'Zo zou je het kunnen noemen, ja. Ik was erachter gekomen dat hij daar in de buurt een prostituee bezocht. Een van haar kinderen vertelde me dat Brenner een keer per week langskwam. Dus ik dacht: hebbes, ouwe viespeuk. Hij zou bijna met pensioen gaan. Ik wist dat hij zo op het eind van zijn carrière niet nog op een schandaal zat te wachten. Op een dag ben ik zijn spreekkamer binnengegaan en heb ik gezegd dat ik het wist. Hij kreeg bijna een hartaanval,' zei Janice met een boosaardige glimlach. 'Ik zei dat ik goed kon zwijgen, en toen vroeg ik of hij medicijnen voor me kon regelen. Hij tekende meteen, zo mak als een lammetje. Ik heb daarna nog jarenlang spullen gebruikt die ik van Brenner had gekregen.'

'Die prostituee was Betty Fuller, nietwaar?'

'Ja. Ik dacht wel dat u daarachter zou komen.'

'Heeft Brenner Deborah Athorn echt aangerand?'

'Nee. Hij kwam naar haar hechtingen kijken na de geboorte van Samhain, meer niet.'

'Waarom vertelde Clare Spencer me dat verhaal dan? Gewoon om mij nog meer op het verkeerde been te zetten?'

Janice haalde haar schouders op. 'Weet ik veel. Ik dacht dat u dan misschien zou denken dat Brenner vrouwen lastigviel en dat Margot erachter was gekomen dat hij met patiënten rotzooide.'

'Heeft er echt ooit een capsule Amytal in Brenners beker gezeten?'

'Nee. Die zat in Irenes beker... dat was stom van me.' Janice fronste haar roze-witte voorhoofd. De grote blauwe ogen dwaalden naar de wand met foto's van haar slachtoffers, naar het raam en terug naar Strike. 'Dat had ik niet moeten doen. Soms was het op het randje. Nam ik stomme risico's. Ik was een keer kwaad op Irene toen we achter de balie zaten, omdat ze zat te flirten met... Nou ja, ze zat te flirten,' zei Janice, 'dus toen heb ik 'r een beker thee met een paar capsules erin gegeven. Ze kan zo oeverloos kleppen dat je haar soms wel zou willen wurgen, en ik wilde alleen maar dat ze een tijdje d'r mond hield. Maar ze liet de thee koud worden...

Ik was eigenlijk wel blij, toen ik eenmaal gekalmeerd was. Ik pakte de beker en liep ermee naar achteren om hem af te wassen, maar opeens stond Margot achter me, die was komen aansluipen op haar platte schoenen. Ik probeerde het nog te verstoppen, maar ze had het al gezien.

Ik dacht dat ze het zou gaan rondbazuinen, dus ik moest 'r voor zijn. Ik ben meteen naar dokter Gupta gegaan en heb gezegd dat ik een capsule in de thee van dokter Brenner had gevonden, en toen vertelde ik 'm dat ik dacht dat hij veel meer medicijnen bestelde dan we nodig hadden en dat hij verslaafd was. Wat moest ik anders? Gupta was een aardige man, maar wel een lafaard. Beetje bang voor Brenner. Ik dacht dat hij 'm er waarschijnlijk toch niet op zou aanspreken, en dat deed hij ook niet, maar eerlijk waar, ik weet zeker dat Brenner liever had gedaan alsof hij verslaafd was dan dat hij het risico zou lopen dat ik iemand vertelde wat hij allemaal met Betty Fuller uitspookte, de viespeuk.'

'En had Margot echt haar bedenkingen over de dood van Dorothy Oakdens moeder?'

'Nee,' zei Janice weer. 'Maar ik moest toch íéts zeggen?'

'Je hebt een enorm talent om mensen te misleiden,' zei Strike, en Janice bloosde licht.

'Ik ben altijd al slim geweest,' mompelde ze, 'maar daar schiet je als vrouw niet veel mee op. Je kunt beter knap zijn. Als je knap bent, heb je een veel beter leven. Mannen vielen altijd op Irene, niet op mij. Ze kon de hele avond uit 'r nek kletsen, maar haar vonden ze toch leuker. Niet dat ik lelijk was... ik had gewoon niet wat mannen leuk vonden.'

'Toen we Irene en jou voor het eerst spraken,' Strike negeerde haar opmerking, 'dacht ik dat Irene misschien wilde dat we jullie samen ondervroegen om zeker te weten dat jij haar geheimen niet verklapte, maar het was precies andersom, hè? Jij wilde erbij zijn om invloed uit te oefenen op wat zíj zei.'

'Tja,' zei Janice, weer met een zucht, 'dat heb ik niet zo slim aangepakt, hè? Ze kletste maar raak.'

'Vertel eens, heeft Charlie Ramage echt een vermiste vrouw gezien in Leamington Spa?'

'Nee. Ik wilde gewoon dat jullie je gingen verdiepen in iets anders dan in Margot die Kevs buik onderzocht. Charlie Ramage vertelde me dat hij Mary Flanagan had gezien op een begraafplaats in... ergens in een dorp in Worcestershire, geloof ik. Ik wist dat niemand zou zeggen dat het niet waar was, ik wist dat hij dood was en dat hij altijd zo'n onzin uitkraamde dat niemand uit zijn omgeving zich het zoveelste sterke verhaal zou herinneren.'

'En dat je Leamington Spa noemde, was dat om mij in de richting van Irene en Satchwell te sturen?'

'Ja.'

'Heb je een middeltje in de thermosfles van Wilma Bayliss gedaan? Is dat de reden waarom ze op de praktijk dachten dat ze dronken was?'

'Ja, dat klopt.'

'Waarom?'

'Dat zeg ik net,' zei Janice rusteloos. 'Ik weet ook niet waarom ik het doe, ik doe het gewoon... Ik wilde zien wat er met haar zou gebeuren. Ik vind het leuk als ik de enige ben die weet waarom iets gebeurt...

Hoe bent u hier allemaal achter gekomen?' vroeg ze op dwingende toon. 'Talbot en Lawson hadden geen enkel vermoeden.'

'Lawson misschien niet,' zei Strike, 'maar Talbot wel, denk ik.'

'Nee hoor. Die at uit m'n hand.'

'Dat weet ik zo net nog niet. Hij heeft een boek met vreemde aantekeningen nagelaten, en daarin kwam hij steeds terug op de dood van Schorpioen, of Juno, en dat zijn de namen die hij aan Joanna Hammond gaf. Hij heeft jou zeven keer verhoord, Janice. Ik denk dat hij onbewust wist dat er met jou iets niet in de haak was. Hij heeft het veel over vergif, en ik denk dat dat in zijn hoofd zat door de manier waarop Joanna was gestorven. Op een gegeven moment – ik heb die aantekeningen gisteravond weer eens gelezen – neemt hij een lange beschrijving over van de tarotkaart Koningin van Bekers. Het komt er ongeveer op neer dat ze de toeschouwer een spiegel voorhoudt. "Het is bijna onmogelijk te zien hoe zij werkelijk is." En op de avond dat hij naar het ziekenhuis werd afgevoerd had hij een hallucinatie van een vrouwelijke demon met een beker in haar hand en een zeven om haar hals. Hij was te ziek om zijn verdenkingen met elkaar te verbinden, maar zijn onderbewustzijn bleef hem influisteren dat jij niet was wie je leek te zijn. Op een gegeven moment schreef hij: "Heeft Cetus gelijk?" – hij noemde Irene "Cetus" – en uiteindelijk stelde ik mezelf de vraag waar ze dan gelijk in gehad moest hebben. Toen moest ik denken aan die eerste keer dat we jullie spraken en dat zij ons vertelde dat ze dacht dat jij een oogje op Douthwaite had.'

Toen Janice Douthwaites naam hoorde, kermde ze zacht.

'Oakden zei ook al dat je giechelig werd als Douthwaite er was.' Strike keek aandachtig hoe ze reageerde. 'En Dorothy noemde jou, net als Irene en Gloria, een losbandig type, en daaruit maak ik op dat je hebt geflirt waar zij bij was.'

'Is dat de enige aanwijzing die u had? Dat ik een keer geflirt heb en dat ik de Koningin van Bekers was?' Janice slaagde erin iets van minachting in haar stem te laten doorklinken, al leek ze geschrokken te zijn.

'Nee, er was nog veel meer. Vreemde voorvallen en toevalligheden. Allerlei mensen die tegen me zeiden dat Margot "de assistente" niet mocht, maar ze verwarden jou vaak met Irene, dus het duurde even voor ik erachter was dat ze jou bedoelden.

En dan dat fragiele-x-syndroom. Die eerste keer dat ik jou sprak, samen met Irene, beweerde je dat je maar één keer bij de familie Athorn thuis was geweest, maar de tweede keer dat ik hier was, bleek je wel verdomd veel over hen te weten. Begin jaren zeventig heette het fragiele-x-syndroom nog het Martin Bell-syndroom. Als jij ze alleen die ene keer had gezien, was het een beetje vreemd dat je precies wist wat hun mankeerde, en dat je daar de moderne benaming voor gebruikte...

En toen begon me op te vallen hoeveel mensen er buikklachten kregen of gedrogeerd leken. Heb je op de barbecue van Margot en Roy iets in de bowl gedaan?'

'Ja, dat klopt. Dat was braakwortel. Het leek me grappig als iedereen zou denken dat hij voedselvergiftiging had opgelopen door de barbecue, maar toen gooide Carl de schaal waar de bowl in zat stuk en was ik eigenlijk wel blij... Ik wilde alleen maar dat iedereen ziek werd, zodat ik ze kon verzorgen. Ik wilde het feest verpesten, maar het was stom van me, hè? Dat bedoel ik: soms was het op het randje, het waren dokters, stel dat ze erachter gekomen waren. Alleen Gloria had er een groot glas van gedronken en zij moest overgeven. Margots man was daar niet blij mee... die viezigheid in hun deftige huis...'

En Strike zag het bijna willekeurige verlangen naar ontwrichting dat achter het zachtmoedige voorkomen schuilging.

'Gloria die op de barbecue moest overgeven,' zei Strike. 'Irene en haar prikkelbaredarmsyndroom... Kevin met zijn steeds terugkerende buikpijn... Wilma die op haar benen stond te zwaaien en moest overgeven terwijl ze op de praktijk aan het werk was... ik die mijn kerstbonbons uitkotste... en Steve Douthwaite natuurlijk, met de klachten over zijn gezichtsvermogen, hoofdpijn en zijn opspelende darmen... Douthwaite was zeker degene met wie Irene had zitten flirten hè, die dag dat je Amytal-capsules in haar thee hebt gedaan?'

Janice perste haar lippen op elkaar en kneep haar ogen tot spleetjes.

'Je hebt natuurlijk tegen haar gezegd dat hij homo was in de hoop dat ze ermee zou ophouden.'

'Ze had Eddie al, die popelde om met haar te trouwen,' zei Janice fel. 'Al die kerels in de pub liepen met haar te flirten. Als ik tegen haar had gezegd dat ik Steve leuk vond, had ze hem versierd om mij dwars te zitten. Zo was ze. Dus ja, toen heb ik gezegd dat hij een nicht was.'

'Wat dien je haar tegenwoordig toe?'

'Dat wisselt,' zei Janice rustig. 'Het hangt ervan af hoe irritant ze is.'

'Hoe zat het met Steve Douthwaite?'

Opeens ging Janice heel zwaar ademen. Haar gezicht werd weer rood: ze zag er geëmotioneerd uit.

'Dat was... zo'n mooie man.'

Strike schrok bijna nog meer van de hartstochtelijke snik in haar toon dan van de enorme voorraad vergif in haar keuken daarnet. Hij dacht aan de olijke gast met zijn brede opzichtige stropdas, die nu de pafferige eigenaar van het Allardice in Skegness was geworden, met zijn bloeddoorlopen ogen. Dat gaf Strike reden om maar weer eens stil te staan bij de uitzonderlijk onvoorspelbare aard van de liefde.

'Ik ben altijd het type geweest dat meteen hoteldebotel is,' zei Janice, en Strike dacht aan Johnny Marks, die een pijnlijke dood was gestorven, en aan Janice die hem een afscheidskus op zijn koude dode wang had gegeven. 'O, met Steve kon je zo lachen. Ik vind het énig als een man je aan het lachen kan maken. Héél knap was-ie. Ik liep wel tien keer op een dag langs z'n huis, in de hoop dat hij me zou groeten... We raakten bevriend...

Hij kwam vaak langs en vertelde me al z'n problemen... en toen zei hij ineens dat-ie stapelverliefd was op een getrouwde vrouw. De vrouw van z'n vriend. Hij ging maar door, dat ze zo'n zwaar leven had, en ik zat daar als alleenstaande moeder. Was mijn leven niet zwaar dan? Zíj had tenminste een man. Maar nee, ik merkte wel dat het niks met hem zou worden zolang zij in de weg liep, dus ik dacht: goed, dan moet ze verdwijnen...

Ze was niet knapper dan ik,' mompelde Janice, en ze wees op de foto van Joanna Hammond aan de muur. 'Met dat enorme ding op d'r gezicht...

Dus ik zocht haar op in het telefoonboek en ik ben gewoon langsgegaan toen ik wist dat haar man naar z'n werk was. Ik had vroeger een pruik die ik altijd opdeed als ik een feestje had. Die zette ik op, m'n uniform aan, en een bril op die ik had liggen maar niet nodig had. Ik belde aan en zei dat ik een tip had gekregen over de thuissituatie.

Voor een verpleegkundige doet iedereen de deur open. Ze snakte ernaar om met iemand te praten. Ik rakelde haar emoties flink op, tranen en alles. Ze vertelde dat ze met Steve naar bed ging en dat ze dacht dat ze verliefd op 'm was...

Ik heb een drankje voor d'r gemaakt, met latex handschoenen aan. Voor de helft onkruidverdelger. Zodra ze het proefde wist ze het, maar ik greep 'r bij d'r haar beet' – ze deed de beweging voor – 'en trok haar hoofd naar achteren en perste het zo bij dat kreng naar binnen. Nou en of. Toen ze eenmaal op de grond lag te kokhalzen goot ik er nog meer in, puur.

Ik moest een poosje bij haar blijven om zeker te weten dat ze niet zou proberen om iemand te bellen. Zodra ik wist dat ze te ver heen was om nog te kunnen herstellen trok ik m'n uniform uit en ben ik vertrokken.

Het is eng.' Janice Beattie zag nu vuurrood en had fonkelende ogen. 'Maar als je normaal doet en ervoor zorgt dat niemand iets vreemds ziet... Je moet gewoon lef hebben. En ik was dan misschien geen opvallende schoonheid toen ik jong was, dat hielp wel. Ik was niet zo iemand die mensen zich later herinneren...

Steve kwam zo ongeveer de volgende dag al bij me uithuilen. Het ging allemaal volgens plan,' zei de vrouw die pure onkruidverdelger in de keel van haar rivale had gegoten. 'Daarna zag ik 'm heel vaak, hij kwam voortdurend bij me langs. Er was iets tussen ons, ik voelde het gewoon.

Hem heb ik nooit heel zwaar gedrogeerd,' ging ze verder, alsof dat een oprecht teken van liefde was. 'Net genoeg om te zorgen dat hij niet meer uitging, om 'm het gevoel te geven dat hij me nodig had. Ik zorgde ook heel goed voor 'm. Hij lag een keer bij me op de bank te slapen en toen heb ik zijn gezicht voor 'm schoongeveegd, terwijl hij sliep.'

Strike moest opnieuw denken aan de kus die ze de dode Johnny Marks had gegeven.

'Maar soms,' zei ze op verbitterde toon, 'zagen mannen me als een moederfiguur en meer niet. Ik merkte wel dat Steve me leuk vond, maar ik dacht dat hij misschien ook een verkeerd beeld van me had, doordat ik verpleegkundige was, snapt u, en doordat Kev de hele tijd aan mijn rokken hing. Op een avond kwam Steve langs toen Kev een woedeaanval had, en Steve zei dat-ie maar beter kon gaan, zodat ik voor Kev kon zorgen... en toen wist ik gewoon: jij wilt mij niet met een kind erbij. Dus toen dacht ik: Kev moet weg.'

Ze zei het alsof ze het had over de vuilnisbakken die naar buiten moesten.

'Maar als het om je eigen kind gaat, moet je heel voorzichtig zijn. Ik moest zorgen dat er een voorgeschiedenis was. Hij kon niet zomaar doodgaan, terwijl-ie altijd kerngezond was geweest. Ik begon met wat dingen te experimenteren, ik dacht: misschien een overdosis zout, en dan beweren dat-ie zich door vriendjes had laten uitdagen of zo. Ik deed zo nu en dan iets in z'n eten. Ik moest zorgen dat-ie op school over buikpijn ging klagen en zo, en dan zou ik zeggen: ja, ik weet het, hij is een beetje schoolziek, denk ik...'

'Maar toen heeft Margot hem onderzocht,' zei Strike.

'Maar toen,' zei Janice hem langzaam na, en ze knikte terwijl ze aan de oude trouwring om haar vinger draaide, 'nam die troela 'm mee haar spreekkamer in en heeft ze 'm onderzocht. En ik wist dat ze 't niet vertrouwde. Ze vroeg me later wat ik 'm te drinken gaf, want dat rotjong had verteld dat mama speciale drankjes voor 'm maakte...

Nog geen week later besefte ik dat Steve naar háár toe ging omdat-ie zich niet goed voelde, in plaats van naar mij. Voor ik 't wist begon Margot me allemaal vragen te stellen over de dood van Joanna, achter bij de waterkoker, en Dorothy en Gloria luisterden mee. Ik zei: "Hoe moet ík verdomme weten wat er gebeurd is?", maar ik maakte me zorgen. Ik dacht: wat heeft Steve haar allemaal verteld? Heeft-ie gezegd dat-ie denkt dat het niet pluis is? Heeft iemand gezegd dat ze een verpleegster bij haar naar buiten hebben zien komen?

Ik begon me zorgen te maken. Ik heb 'r bonbons met fenobarbital erin gestuurd. Irene had me verteld dat Margot dreigbrieven had gekregen, en dat verbaasde me niks, de vuile bemoeial... Ik dacht, dan denken ze vast dat die bonbons afkomstig zijn van degene die haar die brieven heeft gestuurd...

Maar ze heeft ze nooit opgegeten. Ze gooide ze waar ik bij was in de prullenbak, maar ik hoorde dat ze ze er later weer uit had gehaald en dat ze ze had bewaard. En toen wist ik 't zeker. Ik dacht: ze gaat ze laten testen...'

'En toen ging jij eindelijk akkoord met een afspraakje met die brave, onnozele Larry.'

'Wie zegt dat-ie onnozel was?' zei Janice, opeens fel.

'Irene. Je moest immers aan beton kunnen komen, nietwaar? Je wilde niet gezien worden terwijl je het zelf kocht, stel ik me zo voor. Wat heb je gedaan? Tegen Larry gezegd dat hij het moest meenemen, maar het aan niemand mocht vertellen?'

Ze keek hem alleen maar aan met die ronde blauwe ogen die niemand die dit gesprek niet had gehoord zou kunnen wantrouwen.

'Hoe ben je op het idee van dat beton gekomen? Door het gerucht dat er een lijk in de fundering was gevonden?'

'Ja,' zei Janice na een hele poos. 'Het leek me een goede manier om te voorkomen dat het lichaam ging stinken. Ze moest verdwijnen. Het werd me te heet onder de voeten, doordat ze Kev had onderzocht en naar Joanna informeerde en die bonbons bewaarde. Ik wilde dat de mensen zouden denken dat het Monster van Essex haar misschien te pakken had genomen, of die vent die haar die dreigbrieven stuurde.'

'Hoe vaak ben je bij de familie Athorn langsgegaan voordat je Margot vermoordde?'

'Een paar keer.'

'Omdat ze zorg nodig hadden? Of voor iets anders?'

Hierop volgde de langste stilte tot nu toe, zo lang dat de zon achter een wolk vandaan kon glijden en de glazen koets van Assepoester kortstondig als wit vuur deed opvlammen, waarna het beeldje weer veranderde in het smakeloze prul dat het eigenlijk was.

'Ik heb nog min of meer overwogen om ze te doden,' zei Janice langzaam. 'Ik weet eigenlijk niet waarom. Uit de tijd dat ik ze leerde kennen... Ze waren vreemd en er kwam verder nooit iemand. Die neven en nichten van ze kwamen misschien eens in de tien jaar langs. Ik heb ze in januari ontmoet, die neven en nichten, toen de woning moest worden uitgemest om te voorkomen dat die benedenbuurman naar de rechter zou stappen... Ze bleven een uur en lieten "Clare" de rest opknappen...

Ja, ik dacht dat ik de Athorns op een dag misschien wel zou doden,' zei ze schouderophalend. 'Daarom bleef ik er komen. Ik vond het wel een leuk idee om een heel gezin samen te zien sterven en dan te wachten tot mensen het doorkregen. Het zou waarschijnlijk op het nieuws komen en dan wist ik wat er gebeurd was, terwijl er in de buurt allemaal praatjes de ronde zouden doen...

Ik heb wel een beetje met ze geëxperimenteerd. Ik zei dat 't vitamine-injecties waren. Speciale behandeling. En ik kneep hun neus vaak dicht als ze sliepen. Dan trok ik hun oogleden omhoog om naar hun ogen te kijken, als ze bewusteloos waren. Verpleegkundigen dienen nooit narcose toe, maar ik kreeg van dokter Brenner alles wat je maar kon bedenken, en de Athorns lieten gewoon toe dat ik van alles met ze deed, zelfs Gwilherm. Hij vond het hartstikke leuk als ik kwam. Ik gaf hem dagenlang benzedrine, en daarna weer iets kalmerends. Een echte junk was 't.

Ik zei altijd tegen 'm: aan niemand vertellen wat we doen. Dit zijn kostbare behandelingen. Ik geef ze jullie alleen maar omdat ik jullie graag mag.

Ik dacht wel eens: ik leg de zoon om en dan zeg ik dat Gwilherm 't gedaan heeft. Dat had ik zo bedacht. Ik dacht: dan kom ik in de krant, helemaal opgedoft, en dan getuig ik tegen hem. Mijn foto op de voorpagina... dat leek me interessant om 't met Steve over te hebben, als-ie m'n foto in de krant had gezien. Mannen zijn dol op verpleegsters. Dat was het enige wat in mijn voordeel sprak als ik uitging met Irene, en toen ging dat kreng opeens ook doen alsof ze verpleegkundige was...

Maar godzijdank heb ik dat allemaal nooit gedaan, ik heb de familie Athorn godzijdank gespaard, want wat had ik anders met Margot moeten doen, als zij niet vlakbij hadden gewoond? Ik had inmiddels hun reservesleutel ingepikt. Dat hebben ze nooit gemerkt.

Ik had nooit gedacht dat 't zou lukken,' vervolgde Janice, 'want ik moest 't plan in iets van vijf minuten bedenken. Toen ze die bonbons bewaarde, wist ik dat ze me doorhad, en daarna heb ik de hele nacht geen oog dichtgedaan, ik heb alleen maar liggen piekeren... De volgende dag, of misschien de dag daarna, kwam Steve die laatste keer haar spreekkamer uit gestormd. Ik was bang dat zij 'm voor mij had gewaarschuwd, want toen ik die avond bij 'm langsging had-ie een of ander smoesje om me niet binnen te laten... Hij is nooit naar de politie gegaan, dus ik weet nu dat 't paranoïde van me was, maar indertijd...'

'Het was niet paranoïde van je. Ik heb hem gisteren gesproken. Margot heeft tegen hem gezegd dat hij niets meer mocht eten wat jij voor hem had klaargemaakt. Meer niet. Maar hij begreep wat ze bedoelde.'

Janice werd nu nog roder. 'Dat rotwijf,' zei ze venijnig. 'Waar was dat goed voor? Ze had een rijke man en een minnaar die haar terug wilde, waarom moest ze Steve dan van mij afpakken?'

'Vertel verder,' zei Strike, 'over hoe je het gedaan hebt.'

Er voltrok zich nu een subtiele verandering in Janice' houding. Tot nu toe was ze bedeesd, zakelijk of zelfs beschaamd geweest over haar eigen impulsiviteit, maar nu leek ze voor het eerst te genieten van wat ze te vertellen had, alsof ze Margot Bamborough met haar verhaal opnieuw vermoordde.

'Ik ben met Larry de deur uit gegaan. Ik had 'm een of ander lulverhaal verteld over 'n arm gezin dat beton nodig had voor hun dakterras. Ik zei dat ze straatarm waren. Hij wilde zo graag indruk op me maken, de stomme idioot, dat hij 't zelf voor ze wilde gaan doen.' Ze sloeg haar ogen ten hemel. 'Ik moest een heel verhaal ophangen, dat die vader dan 't gevoel zou krijgen dat-ie tekortschoot... Ik zei dat-ie alleen maar een paar zakken betonmix van de bouwplaats hoefde te pikken.

Larry bracht ze voor me naar Albemarle Way en droeg ze de trap op, naar hun overloop. Ik liet 'm niet binnen, want ik zei dat 't onethisch was als ik hem bij patiënten thuis zou laten komen. Hij was niet erg slim, Larry, je kon 'm van alles wijsmaken... Maar hij wilde niet met me trouwen,' zei ze opeens. 'Waarom toch niet? Waarom wilde niemand met me trouwen? Wat heb ik niet wat andere vrouwen wel hebben?' vroeg de doktersassistente die de oogleden van haar gedrogeerde slachtoffers omhoog had getrokken om in hun nietsziende ogen te kijken. 'Er heeft nooit iemand met me willen trouwen... nooit... Ik wilde met een witte jurk in de krant staan. Ik wilde trouwen in de kerk, maar dat is nooit gebeurd. Nooit...'

'Je had niet alleen beton, maar ook een alibi nodig, neem ik aan?' Strike ging niet op haar vraag in. 'Ik neem aan dat je hebt gekozen voor die demente oude dame in Gopsall Street omdat zij niet met zekerheid kon zeggen of je bij haar was geweest op het moment dat Margot verdween?'

'Ja.' Janice hervatte haar verhaal. 'Ik ben aan 't eind van de ochtend bij 'r geweest en heb 'r medicijnen gebracht en 'n briefje neergelegd, om te bewijzen dat ik daar was geweest. Ik wist dat zij zou bevestigen dat ik daar aan 't begin van de avond was geweest. Ze had geen familie, ze zei ja op alles wat je tegen haar zei...

Toen ik bij haar vandaan kwam, ben ik een bioscoopkaartje voor een late film gaan kopen en heb ik m'n oppas gebeld om te zeggen dat ik later zou thuiskomen dan ik gedacht had, omdat we naar de laatste voorstelling gingen. Ik wist dat Irene niet mee zou willen gaan. Die had al de hele ochtend lopen roepen dat ze zich niet goed voelde. Ik wist dat ze helemaal geen kiespijn had, maar ik deed alsof ik haar geloofde. Irene wilde nooit ergens mee naartoe waar we geen mannen zouden ontmoeten.'

'Dus je bent die middag teruggegaan naar de praktijk – via de achterdeur, neem ik aan?'

'Ja.' Haar ogen stonden nu een beetje wazig. 'Niemand heeft me gezien. Ik wist dat Margot een donut in de koelkast had liggen, want die had ik daar 's ochtends gezien, maar toen liepen er allemaal mensen in en uit, dus ik kon niks doen. Ik spoot er pentobarbital in, door het cellofaan heen.'

'Je moet daar onderhand wel bedreven in zijn geweest. Je wist hoeveel je haar moest geven zodat ze nog wel de straat op kon gaan, of niet?'

'Niets is zeker,' zei de verpleegkundige. In tegenstelling tot Creed deed ze niet alsof ze almachtig was, maar ze had zich dan ook, zij het met tegenzin, naast het doden ook met genezen beziggehouden. 'Ik had een goed gevoel voor doseringen, maar je weet 't nooit honderd procent zeker. Ik had gehoord dat ze met een vriendin had afgesproken, in een pub verderop in de straat, en meestal at ze wel iets voor ze de deur uit ging, maar ik kon niet zeker weten of ze de donut zou opeten, of ze daarna nog in staat zou zijn om de straat in te lopen, of wanneer het tot 'r zou doordringen...

Al die tijd, toen ik dat beton regelde en die donut volspoot, dacht ik: dit gaat niet lukken, dit kán niet lukken. Je gaat de gevangenis in, Janice... En zal ik u eens iets vertellen?' zei de verpleegkundige fel. 'Het interesseerde me niet eens meer. Niet als zij Steve over mij had verteld. Ik dacht: ik word aangeklaagd en dan vertel ik ze datie me als 'n moeder en 'n verpleegster heeft behandeld en dat-ie misbruik van me heeft gemaakt, dat-ie op de gekste tijden bij me langskwam. Dan zal-ie verdomme weten dat ik er ben en dan zalie wel naar me moeten luisteren, of niet soms? Het interesseerde me niet. Ik dacht gewoon: jij moet dood, dame. Jij moet dood, jij met je man en ook nog 'n vriend ernaast, en míjn man die drie keer in de week bij je langskomt...

Of ze gaat dood, dacht ik, en ik kom ermee weg, of ik word beroemd, ik kom in de krant... en dat vond ik toen wel 'n leuke gedachte.'

Ze keek haar kleine woonkamer rond, en Strike vermoedde dat ze zich afvroeg hoe haar cel eruit zou zien.

'Ik ben van de praktijk weggegaan en met 'n omweg naar de Athorns gelopen, maar toen ik mezelf binnenliet, was Gwilherm er niet. Oké, dacht ik, dat wordt een probleem. Waar is-ie?

En toen begonnen Deborah en Samhain moeilijk te doen. Ze wilden hun vitamine-injectie niet. Ik moest ze heel streng toespreken. Ik zei tegen Deborah: het is aan deze injecties te danken dat je je goed voelt. Als je ze niet neemt, moet ik een ambulance bellen en moeten ze je naar het ziekenhuis brengen voor onderzoek... Je kon 'r alles laten doen door te zeggen dat ze de deur uit moest. Ik gaf Deborah en Samhain hun "vitamine-injectie", ze lagen naast elkaar in bed. Ik draaide ze op hun zij. Ze waren onder zeil.

Dus toen ging ik buiten staan wachten in de telefooncel, waar ik deed alsof ik aan 't bellen was terwijl ik op de uitkijk stond.

Het voelde allemaal alsof 't niet echt was. Ik dacht niet dat 't zou lukken. Waarschijnlijk zou ik de volgende dag op m'n werk te horen krijgen dat Margot op straat was flauwgevallen en zou ze roepen dat ze gedrogeerd was, en ik wist dat ze dan naar mij zou wijzen...

Het duurde een eeuwigheid. Ik dacht: 't is klaar. Ze heeft de donut opgegeten en is in de praktijk ziek geworden. Ze heeft een ambulance gebeld. Ze heeft het door, ze heeft overgegeven. Er stond een meisje voor de telefooncel en ik probeerde om 'r heen te kijken of...

En toen zag ik Margot aan komen lopen. Ik dacht: daar gaat-ie. Het regende hard. Niemand lette op. Het was een en al paraplu's en auto's die door plassen reden. Ze stak over en ik zag dat ze er slecht aan toe was. Ze liep te tollen op haar benen. Toen ze aan mijn kant van de straat was aangekomen leunde ze even tegen de muur. Ze zakte bijna door haar knieën. Ik kwam die telefooncel uit en zei: "Kom maar, meissie, je moet even gaan zitten." Ik hield mijn gezicht omlaag. Ze liep met me mee, een paar stappen, en toen had ze door dat ik 't was. Een korte worsteling. Ik kreeg haar nog een paar meter mee, tot net in Albemarle Way, maar ze was lang, hoor... en ik dacht, nou, hier eindigt 't dus...

En toen zag ik Gwilherm van de andere kant aan komen lopen. Hij was m'n enige kans. Ik riep dat-ie me moest komen helpen. Hij dacht dat hij háár hielp. Hij hielp me haar de trap op te zeulen. Ze bood inmiddels niet veel verzet meer. Ik hing een of ander onzinpraatje op tegen Gwilherm om te voorkomen dat-ie een ambulance zou bellen. Ik zei dat ik 'r zelf wel kon behandelen... dat hij geen politie over de vloer wilde hebben die bij 'm kwam rondneuzen... Hij was altijd heel paranoïde over de instanties, dus dat werkte...

Ik zei: ga jij even kijken of Deborah en Samhain nog slapen. Ze maakten zich grote zorgen over waar je zat, dus ik heb ze even iets kalmerends gegeven.

Terwijl-ie de kamer uit was, heb ik haar verstikt. Daar was niet veel voor nodig. Ik heb 'r neus dichtgehouden en m'n hand tegen haar mond gedrukt. Ik heb met Margot gedaan wat ik aanvankelijk met de Athorns had willen doen.

Toen ik wist dat ze dood was heb ik 'r op de bank achtergelaten en ben ik naar de badkamer gegaan. Ik ging op de wc zitten, keek naar de flamingo's op 't behang en ik dacht: wat nu? Gwilherm is hier. Hij heeft 'r gezien... en 't enige wat ik kon bedenken was dat ik 'm moest aanpraten dat hij 't gedaan had. Daar was-ie gek genoeg voor. Ik dacht: ik zal hem misschien uiteindelijk ook moeten doden, maar dat zien we dan wel weer...

Dus ik wachtte op de plee tot-ie naar binnen ging en haar vond.

Ik gaf 'm vijf minuten alleen met 't lijk en ging toen weer naar binnen. Ik praatte tegen Margot alsof ze nog had geleefd toen ik de kamer uit ging. "Voel je je al wat beter, Margot?" En toen zei ik: "Gwilherm, wat heb je gedaan? Wat heb je gedaan?"

En hij zei: "Niks, niks, ik heb helemaal niks gedaan," en ik zei: "Je hebt me verteld dat je mensen kunt doden met je speciale krachten. Misschien moeten we de politie maar bellen," en hij begon me te smeken om dat niet te doen, hij bedoelde 't niet zo, 't was allemaal 'n vergissing. Dus uiteindelijk zei ik: "Goed dan. Ik zal je niet aangeven. Ik zorg wel dat 't verdwijnt. Ik regel 't wel."

Hij huilde als 'n klein kind en vroeg of ik iets kalmerends voor hem had. Hij vróég me gewoon om 'm onder zeil te brengen, niet te geloven toch? Ik gaf 'm kalmeringspillen. Toen ik wegging, lagie opgekruld op Samhains bed te slapen.

Het was ontzettend moeilijk om 'r in m'n eentje in dat grote ding te krijgen. Eerst moest alle troep eruit die ze daarin hadden liggen. Ik heb 'r dubbelgevouwen. Toen ze er eenmaal in lag ben ik bij alle Athorns gaan kijken. Ik heb gecontroleerd of hun luchtwegen wel vrij waren. Toen ben ik naar buiten gerend, naar de telefooncel. Ik vroeg Irene: "Gaan we nog naar de bios?" Ze zei nee, precies zoals ik al had gedacht, godzijdank.

Dus ik weer naar binnen. Daar ben ik bijna tot twaalf uur 's nachts gebleven. Ik moest 't beton beetje bij beetje mengen, in een emmer. Het duurde 'n eeuwigheid. Die poef was met Margot al bijna helemaal vol, maar 't duurde heel lang voordat ik 't beton helemaal om haar heen had. Toen deed ik 't deksel dicht. Die bleef aan 't beton plakken. Ik kreeg 't niet meer omhoog, dus dat was goed.

Toen ze allemaal wakker waren heb ik tegen Gwilherm gezegd dat ik 't geregeld had. Ik zei zachtjes tegen 'm dat 't deksel van die kist vastzat. Dat ze 't speelgoed van Samhain beter ergens anders konden opbergen.

Hij wist 't natuurlijk. Ik denk dat-ie zichzelf wijsmaakte dat-ie 't niet wist, maar hij wist 't wel. Ik kwam er daarna nog drie keer per week. Ik moest wel. Ik moest 'm tevreden houden. Eén keer had-ie al die symbolen op de muur geschilderd, alsof 't daar een soort heidense tempel was.

Wekenlang, maandenlang was ik als de dood dat het zou uitkomen. Ik wist dat-ie rondbazuinde dat-ie 'r had doodgemaakt. Gelukkig dacht iedereen daar in de buurt dat-ie niet goed bij z'n hoofd was. Maar op 't laatst kon 't niet langer. Hij moest dood. Ik kan nog steeds niet geloven dat ik er een jaar mee heb gewacht om 'm uit de weg te werken...'

'En rond de tijd dat je hem vermoordde, belde je Cynthia Phipps en deed je alsof je Margot was, klopt dat? Zodat de politie daar weer achteraan kon gaan en ze afgeleid werden van Gwilherm, voor het geval iemand hem serieus zou hebben genomen?'

'Ja, dat klopt,' mompelde Janice, terwijl ze de oude trouwring ronddraaide.

'En je bleef bij Deborah en Samhain langsgaan, als Clare Spencer?'

'Ja, inderdaad. Ik moest wel. Ze moesten in de gaten gehouden worden. Ik zat er niet op te wachten dat daar echte maatschappelijk werkers gingen rondneuzen.'

'En Deborah en Samhain hebben nooit doorgehad dat Clare dezelfde persoon was als doktersassistente Janice?'

'Mensen met 't fragiele-x-syndroom zijn niet goed in gezichten herkennen. Ik heb een andere kleur haar genomen en een bril opgezet. Ik heb veel gedaan om te zorgen dat ze gezond bleven, hoor. Vitamine D voor Deborah, omdat ze nooit buiten komt. Ze is jonger dan ik... Ik dacht: misschien ben ik allang dood als het lijk ooit gevonden wordt. Hoe langer het duurde, hoe kleiner de kans dat er iemand achter zou komen dat ik er iets mee te maken had...'

'En Douthwaite?'

'Die is 'm gesmeerd,' zei Janice; de glimlach bestierf op haar gezicht. 'Ik was er kapot van. We gingen vaak met z'n vieren uit, met Irene en Eddie, en ik deed alsof ik heel gelukkig was met Larry, maar m'n grote liefde was verdwenen. Ik vroeg aan iedereen waar Steve naartoe was, maar niemand die 't wist.'

'En waarom hangt Julie Wilkes hier aan de muur?'

'Wie?' vroeg Janice, die helemaal opging in haar zelfmedelijden.

'Het meisje dat in het vakantiepark in Clacton-on-Sea werkte,' zei Strike, en hij wees naar de jonge blondine met haar pluizige haar, die in een lijstje aan de muur hing.

'O, die...' Ze zuchtte. 'Ja... ik kwam iemand tegen die weer iemand kende die Steve bij Butlin's had gezien, een paar jaar later... O, wat was ik blij. Goeie god, ik had onderhand schoon genoeg van Larry. Ik wilde Steve echt heel graag weer zien. Enig, een man die je aan het lachen kan maken,' herhaalde de vrouw die van plan was geweest een heel gezin uit te moorden, alleen maar omdat het haar leuk leek hen te zien doodgaan. 'Ik wíst gewoon dat er iets was geweest tussen ons, ik wíst dat we een stel hadden kunnen worden. Dus toen heb ik voor Larry en mij een vakantie bij Butlin's geboekt. Kev wilde niet mee – prima. Ik heb een permanent genomen en ben op dieet gegaan. Ik kon niet wachten. Je maakt 't in gedachten steeds mooier, hè?

We gingen 's avonds naar het optreden in de nachtclub en daar was-ie,' zei Janice zacht. 'O, hij zag er geweldig uit. "Longfellow Serenade". Alle meiden waren door 't dolle heen toen hij klaar was met zingen. En Larry maar zuipen... Toen Larry in ons huisje in bed lag ben ik teruggegaan. Ik kon 'm niet vinden.

Het heeft me drie dagen gekost voor ik 'm te spreken kreeg. Ik zei: "Steve, ik ben 't: Janice. Je buurvrouw. De doktersassistente!"'

Ze werd nu langzaam roder dan ze gedurende het hele gesprek was geweest. Haar ogen begonnen te tranen, zo hevig bloosde ze.

'Dus hij zegt: "O ja. Alles goed, Janice?" En hij loopt zo weg. En ik heb gezien,' zei Janice met een trillende kaak, 'dat-ie die griet, die Julie, kuste, en dat-ie toen naar mij omkeek, alsof-ie wilde dat ik 't zag...

En ik dacht: nee. Na alles wat ik voor je gedaan heb? Nee, Steve.

Ik heb 't gedaan op de een-na-laatste avond van onze vakantie. Larry lag weer te snurken, zoals altijd. Die merkte 't nooit als ik niet in bed lag.

Ze gingen na hun werk altijd naar 't huisje van Steve, daar was ik achter gekomen. Ik erachteraan. Zij kwam in 'r eentje naar buiten. Straalbezopen. Om twee uur 's nachts.

Het was niet moeilijk. Er was verder niemand. Ze hadden in die tijd nog niet overal camera's hangen, zoals tegenwoordig. Ik gaf haar 'n duw en sprong ook het zwembad in, en ik hield haar onder water. De schrik heeft 'r de das omgedaan. Ze kreeg een heleboel water binnen toen ze kopje-onder ging. Zij is de enige die ik ooit zonder middelen heb gedood, maar ik was nu eenmaal kwaad...

Ik kwam uit het zwembad en droogde me af. Ik heb alle voetstappen opgedweild, maar 't was warm die nacht, dus de volgende ochtend zag je er niks meer van.

De volgende dag zag ik 'm. Ik zei: "Wat verschrikkelijk, van dat meisje, Steve. Je ziet er slecht uit. Zullen we iets gaan drinken?"

Hij werd lijkbleek, maar ik dacht: je hebt me gebruikt, Steve, en toen heb je me zomaar laten zitten, of niet soms?'

Ergens in de verte klonk een politiesirene. Strike keek op zijn horloge en verwachtte dat hij deze kant op kwam, naar Nightingale Grove.

'Je hebt gebruikgemaakt van m'n medeleven en mijn goedheid en je hebt me voor je laten koken,' zei Janice, nog steeds tegen een denkbeeldige Steve Douthwaite. 'Ik was zelfs bereid om m'n eigen kind voor je te doden! En dan ga jij een beetje lopen klooien met andere vrouwen? Nee. Je gedrag kan niet zonder gevolgen blijven.' Haar wangen gloeiden nog steeds. 'Dat moeten mannen leren, en ze moeten hun verantwoordelijkheid nemen. Vrouwen moeten dat ook.'

De politiesirene werd luider. 'Nou, dan zal ik 'm voor de rechtbank wel weer zien, hè? Ik verheug me er zelfs op, nu ik erover nadenk. Het is niet leuk, hoor, hier in m'n eentje. Ik verheug me nu al op het gezicht van Irene. Ik kom natuurlijk in alle kranten, nietwaar? En misschien dat er mannen zijn die lezen waarom ik 't heb gedaan en dan beseffen dat ze voorzichtig moeten zijn met wie ze aan 't lijntje houden. Dat is voor alle mannen 'n goede les, als je 't mij vraagt. Je gedrag,' zei Janice Beattie nog een keer, en ze rechtte haar schouders terwijl de politieauto voor haar deur stilhield, klaar om haar lot te aanvaarden, 'kan niet zonder gevolgen blijven.'

DEEL 7

Then came October full of merry glee...

Edmund Spenser
The Faerie Queene

72

... they for nought would from their worke refraine...

Edmund Spenser
The Faerie Queene

Succes is een veel ingewikkelder aangelegenheid dan de meeste mensen denken, daar was Cormoran Strike al lang geleden achter gekomen.

Het was niet de eerste keer dat de media hun aandacht richtten op het detectivebureau, en hoewel de lof zonder meer vleiend was, en goede publiciteit voor hun bureau, belemmerde het de zakenpartners zoals altijd ernstig in hun werk. De media hadden binnen de kortste keren achterhaald waar Robin woonde, dus zocht ze haar toevlucht in het huis van Vanessa Ekwensi, en met behulp van een paar pruiken en wat vaardig aangebrachte make-up slaagde ze er toch in een bepaalde hoeveelheid werk voor haar rekening te nemen, zodat Barclay en Hutchins niet alles in hun eentje hoefden te doen. Strike zag zich daarentegen genoodzaakt weer zijn intrek te nemen in de logeerkamer van Nick en Ilsa, waar hij zijn baard liet groeien en zich gedeisd hield terwijl hij zijn medewerkers per telefoon aanstuurde. Pat Chauncey bemande als enige nog het kantoor aan Denmark Street: ze regelde de administratie, opende onverstoorbaar elke ochtend en sloot elke avond weer af.

'Geen commentaar. Jullie kunnen beter allemaal opzouten,' zei ze twee keer per dag met haar schorre stem tegen het groepje journalisten dat in Denmark Street rondhing.

De publiciteitsexplosie die volgde op de twee vrouwenlijken die werden gevonden, het ene in beton in een stille woning in Clerkenwell en het andere, de botresten van een tiener, verstopt onder puin, in een diepe ondergrondse put in Islington, leek niet snel te zullen luwen. Dit verhaal had veel te veel spannende invalshoeken: de twee aparte opgravingen en de vaststelling dat het inderdaad om de beenderen van Margot Bamborough en die van Louise Tucker ging, het commentaar van de nabestaanden, die amper wisten of ze meer opluchting of verdriet voelden, de profielen van twee totaal verschillende moordenaars en, uiteraard, de privédetectives die nu alom werden geprezen als de meest getalenteerde speurders van heel Londen.

Hoe bevredigend het ook was, Strike vond het vreselijk zoals de pers George Talbot ('Wat wilt u zeggen tegen de mensen die beweren dat uw vader bloed aan zijn handen had?') en Dinesh Gupta lastigviel ('Hebt u er spijt van dat u Janice Beattie die lovende aanbeveling hebt gegeven, dokter?'), en het feit dat de familie Athorn door echte maatschappelijk werkers uit hun woning werd weggeleid, bang, ontheemd en in verwarring. Carl Oakden dook nog even op in de *Daily Mail*, waar hij zich probeerde te presenteren als deskundige, zowel met betrekking tot Cormoran Strike als tot Margot Bamborough, maar aangezien het artikel begon met de woorden 'Veroordeelde oplichter Carl Brice, de zoon van de vroegere secretaresse van de huisartsenpraktijk, Dorothy...' was het misschien niet zo vreemd dat Oakden zich weer snel uit de schijnwerpers terugtrok. Strikes vader bleef zijn naam daarentegen maar al te graag in verband brengen met die van Strike, en hij deed via zijn pr-agent een kruiperige verklaring uitgaan waarin hij liet weten hoe trots hij op zijn oudste zoon was. Strike brieste in stilte en ging op geen enkel verzoek om commentaar in.

Dennis Creed, die zo lang in elk nieuwsbericht waarin hij voorkwam de hoofdrol had gespeeld, werd in deze zaak vrijwel tot een voetnoot gereduceerd. Janice Beattie had hem overtroefd, niet alleen wat het aantal vermoedelijke slachtoffers betrof, maar ook doordat ze er tientallen jaren langer in was geslaagd om onder de radar te blijven. Er werden foto's van haar woonkamer in Nightingale Grove naar de pers gelekt; vooral de muren vol met ingelijste foto's van de doden, de map met overlijdensberichten in haar servieskast, de injectiespuit, het cellofaan en de föhn die Strike achter de bank had gevonden, kregen alle aandacht. De voorraad medicijnen en gifstoffen die in haar keuken was aangetroffen werd door forensisch experts haar huis uit gedragen, en de verpleegkundige met haar roze wangen en het zilvergrijze haar, die als bijnaam 'de Gifoma' kreeg, knipperde onaangedaan naar de nieuwscamera's toen ze de rechtbank binnen werd geleid en weer werd afgevoerd naar de gevangenis, waar ze in voorlopige hechtenis bleef.

Strike kon ondertussen geen krant openslaan of televisie aanzetten zonder Brian Tucker te zien, die zich liet interviewen door iedereen die hem maar wilde spreken. Hij huilde, prees Strike en Robin met zijn hese stem de hemel in, verkondigde dat ze het verdienden om tot ridder geslagen te worden ('Of dat andere, hoe heet dat voor vrouwen?' 'Die mogen zich dan "dame" noemen,' mompelde de sympathieke blonde talkshowhost die de hand van de geëmotioneerde Tucker vasthield), haalde huilend herinneringen op aan zijn dochter, vertelde over de voorbereidingen voor haar begrafenis, uitte kritiek op de politie en zei dat hij altijd al had vermoed dat Louise in die put begraven had gelegen. Strike was heel blij voor de oude man, maar had toch liever gezien, zowel omwille van zichzelf als omwille van Tucker, dat hij ergens anders in stilte ging zitten rouwen, en niet op de bank in een eindeloze reeks praatprogramma's.

Het stroompje familieleden die hun vraagtekens hadden bij de manier waarop hun naasten waren overleden onder de hoede van Janice veranderde al snel in een vloedgolf. Er werd opdracht gegeven tot opgravingen, en in de *Daily Mail* verscheen een profielschets van Irene Hickson, bij wie de keukenkastjes leeggehaald waren, waarna de inhoud ervan door de politie was geanalyseerd. Bij het artikel stond een foto waarop ze in haar woonkamer vol draperieën en ruches zat, geflankeerd door twee voluptueuze dochters die erg op haar leken.

'Ik bedoel, Janice was altijd al een beetje een mannenverslindster, maar dit had ik nooit gedacht. Nooit. Ik noemde haar mijn beste vriendin. Ik snap niet hoe ik zo stom heb kunnen zijn! Ze bood altijd aan om boodschappen voor me te doen als ik bij mijn dochter was wezen logeren. Dan at ik iets van het eten dat ze in de koelkast had gezet, ik werd ziek, en dan belde ik haar en vroeg of ze langs wilde komen. Mijn huis is wat gezelliger dan dat van haar, en ze was hier graag. Soms gaf ik haar geld, dus dat is de reden dat ik niet dood ben. Ik weet niet of ik hier ooit overheen kom, echt niet. Ik kan niet slapen. Ik ben er beroerd van, de hele dag door, ik moet er voortdurend aan denken. Achteraf vraag ik me af hoe het kan dat ik het nooit gezien heb. En als straks blijkt dat ze Larry vermoord heeft, die arme Larry, die Eddie en ik nog aan haar hebben voorgesteld, dan weet ik niet hoe ik mezelf nog in de ogen kan kijken. Echt, het is één grote nachtmerrie. Dat verwacht je toch niet van een verpleegster?'

Hierin, en alleen hierin, moest Strike Irene Hickson gelijk geven. Hij vroeg zich af waarom het zo lang had geduurd voordat hij zich nader had verdiept in een alibi waarvan hij van meet af aan had geweten dat het er maar net mee door kon, en waarom hij Janice op haar woord had geloofd, terwijl hij verder aan bijna iedereen had getwijfeld. Hij moest wel tot de conclusie komen dat hij zich, net als de vrouwen die vrijwillig bij Dennis Creed in het bestelbusje waren gestapt, om de tuin had laten leiden door een zorgvuldig geregisseerd vertoon van vrouwelijkheid. Zoals Creed een ogenschijnlijk verwijfde en zachtaardige façade had opgetrokken, had Janice zich verscholen achter het imago van de verzorgster, de onbaatzuchtige geefster, de meelevende moeder. Strike had haar ogenschijnlijke bescheidenheid verkozen boven het oeverloze gebabbel van Irene, en haar beminnelijkheid boven de boosaardigheid van haar vriendin, maar hij wist dat hij die karaktereigenschappen vast niet meteen voor lief genomen zou hebben als hij een man voor zich had gehad. *Ceres is zorgzaam en beschermend. Kreeft is vriendelijk, wil van nature beschermen.* Een flinke dosis zelfverwijt temperde Strikes jubelstemming, tot verbazing van Ilsa en Nick, die de krantenberichten over de meest recente en meest bejubelde overwinning van hun vriend handenwrijvend lazen.

Ondertussen wilde Anna Phipps niets liever dan Strike en Robin persoonlijk bedanken, maar de compagnons stelden een afspraak uit tot de eerste golf media-aandacht was geluwd. Strike, die overdreven voorzichtig was, en al een aardige baard begon te krijgen, stemde ruim twee weken nadat het lichaam van Margot was gevonden uiteindelijk in met een ontmoeting. Robin en hij hadden dagelijks telefonisch contact, maar dit zou meteen ook de eerste keer zijn dat zij elkaar zagen sinds ze de zaak hadden opgelost.

De regen roffelde tegen het raam van Nick en Ilsa's logeerkamer toen Strike zich die ochtend stond aan te kleden. Hij trok net een sok over zijn kunstvoet toen op het nachtkastje zijn telefoon piepte. Hij dacht dat het een appje van Robin zou zijn, misschien om hem te waarschuwen dat er journalisten voor het huis van Anna en Kim op de loer lagen, maar toen zag hij Charlottes naam.

Hallo Bluey. Ik dacht dat Jago deze telefoon had weggegooid, maar ik vond hem net achter in een kastje. Nou, je hebt het 'm weer geflikt. Ik heb het allemaal in de krant gelezen. Ik wou dat ze wat betere foto's van je hadden, maar jij vindt het vast prima zo, hè? Hoe dan ook gefeliciteerd. Het moet een fijn gevoel zijn om te kunnen laten zien dat iedereen die niet in het bureau geloofde het bij het verkeerde eind had. En daar hoor ik denk ik ook bij. Ik wou dat ik je meer had gesteund, maar daar is het nu te laat voor. Ik weet niet of je blij bent om van me te horen of niet. Waarschijnlijk niet. Je hebt nooit naar het ziekenhuis gebeld, of als je dat wel gedaan hebt, heeft niemand het me verteld. Misschien was je stiekem wel blij geweest als ik was doodgegaan. Weer een probleem opgelost, en daar hou jij van, problemen oplossen... Maar denk nou niet dat ik niet dankbaar ben. Dat ben ik wel, geloof ik, of anders komt het nog wel. Maar ik weet dat je het voor iedereen gedaan zou hebben. Zo zit jij nu eenmaal in elkaar, toch? En ik wilde altijd iets bijzonders van je, iets wat je nooit aan iemand anders zou geven. Grappig dat ik nu waarde-

ring begin te krijgen voor mensen die zich tegenover iedereen fatsoenlijk gedragen, maar ook daar is het nu te laat voor, hè? Jago en ik gaan uit elkaar, alleen wil hij het nog niet zo noemen, want het staat niet fraai om bij je suïcidale vrouw weg te gaan, en niemand gelooft natuurlijk dat ík bij hém wegga. Ik meen het nog steeds, wat ik op het laatst tegen je zei. Voor altijd.

Strike ging weer op het logeerbed zitten, met zijn telefoon in zijn hand, één sok aan, één uit. Het regenachtige daglicht viel op het schermpje van de telefoon, zodat hij zijn bebaarde gezicht erin weerspiegeld zag toen hij fronsend naar het bericht keek dat zo op-en-top Charlotte was dat hij het zelf geschreven zou kunnen hebben: de ogenschijnlijke berusting in haar lot, de pogingen om hem geruststellende woorden te ontlokken, de als wapen ingezette kwetsbaarheid. Was ze echt weg bij Jago? Waar was de nu twee jaar oude tweeling? Hij dacht aan alles wat hij tegen haar had kunnen zeggen, wat haar hoop zou hebben gegeven: dat hij het ziekenhuis had willen bellen, dat hij sinds de zelfmoordpoging over haar had gedroomd, dat het hem nog steeds niet lukte haar uit zijn fantasie te bannen. Hij overwoog om niet op het bericht te reageren, maar toen hij de telefoon weer wilde neerleggen, bedacht hij zich en tikte zorgvuldig, letter voor letter, zijn korte antwoord.

Je hebt gelijk, ik zou voor ieder ander hetzelfde gedaan hebben. Dat neemt niet weg dat ik blij ben dat je nog leeft. Maar je moet nu voor jezelf en voor je kinderen blijven leven. Ik neem binnenkort een ander nummer. Pas goed op jezelf.

Hij las het nog een keer voordat hij het verstuurde. Zijn woorden zouden ongetwijfeld hard bij haar aankomen, maar hij had sinds haar zelfmoordpoging veel nagedacht. Hij had zichzelf altijd wijsgemaakt dat hij nooit een ander nummer zou nemen omdat veel te veel contactpersonen dit nummer van hem hadden, maar hij had onlangs tegenover zichzelf toegegeven dat hij het had willen houden om een communicatiekanaal tussen Charlotte en hem open te houden, omdat hij wilde weten dat ze hem niet kon vergeten, net zomin als hij haar kon vergeten. Het werd hoog tijd om deze laatste dunne draad nu ook door te knippen. Hij drukte op 'verzenden' en kleedde zich toen verder aan.

Nadat hij had gekeken of de katten van Nick en Ilsa wel allebei in de keuken opgesloten zaten, ging hij de deur uit. Toen hij in de regen de straat in liep, kreeg hij nog een berichtje van Charlotte.

Ik geloof niet dat ik ooit in mijn leven zo jaloers op iemand ben geweest als nu op die Robin.

En dit besloot Strike wel te negeren.

Hij was met opzet vroeg naar station Clapham South vertrokken, want hij wilde nog even tijd hebben om een sigaret te roken voordat Robin hem oppikte en ze naar de flat van Anna en Kim reden, wat maar een kort ritje was. Hij ging onder de overkapping voor het station staan, stak een sigaret op en keek uit over een rij fietsen in een modderige hoek van Clapham Common, waar de bomen met hun okergele blad huiverden in de stortregen. Hij had pas een paar trekjes genomen toen zijn telefoon ging in zijn zak. Met het voornemen niet op te nemen als het Charlotte was, haalde hem uit zijn zak en zag Polworths naam staan.

'Alles goed, Chum?'

'Zo, Sherlock, dus je hebt nog wel tijd voor de gewone man?'

'Een paar minuten kan wel even.' Strike keek naar de regen. 'De mensen moeten niet gaan denken dat ik de normale omgang verleerd ben. Hoe gaat-ie?'

'We gaan een weekendje naar Londen.'

Polworth klonk ongeveer net zo enthousiast als iemand die een colonoscopie moet ondergaan.

'Ik dacht dat Londen een poel des verderfs was?'

'Niet mijn keuze. Roz is jarig. Ze wil naar de fucking *Lion King* en Trafalgar Square en al die shit.'

'Als je een logeerplek zoekt, ik heb maar één slaapkamer.'

'We hebben een Airbnb geboekt. Volgend weekend. Ik vroeg me

af of je zin had om een biertje te gaan drinken. Neem Robin anders mee, dan heeft Penny iemand om mee te praten. Tenzij... weet ik veel, de fucking koningin een klus voor je heeft.'

'Nou, dat heeft ze inderdaad, maar ik heb gezegd dat de wachtlijst vol is. Goed idee,' zei Strike. 'Verder nog nieuws?'

'Nee, niks,' zei Polworth. 'Heb je gezien dat de Schotten hun keutel hebben ingetrokken?'

In een stroom auto's was de oude Land Rover verschenen. Omdat hij geen zin had om het over Keltisch nationalisme te moeten hebben, zei Strike: 'Als je dat een keutel wilt noemen, ja. Maar luister, ik moet je hangen, Robin komt me zo met de auto ophalen. Ik bel je nog.'

Hij gooide zijn sigaret in een put, zodat hij meteen kon instappen als Robin stilhield.

'Goeiemorgen,' zei ze toen Strike zich op de passagiersstoel hees. 'Ben ik te laat?'

'Nee, ik was vroeg.'

'Leuke baard.' Robin reed in de regen weg. 'Je ziet eruit als een guerrillaleider die net met succes een coup heeft gepleegd.'

'Zo voel ik me ook.' Nu Strike herenigd was met Robin voelde hij inderdaad opeens de onversneden triomf die dagenlang ver te zoeken was geweest.

'Had je net Pat aan de lijn?'

'Nee, Polworth. Hij komt naar Londen, volgend weekend.'

'Ik dacht dat hij een hekel aan Londen had?'

'Heeft hij ook. Een van zijn kinderen wil hierheen. Hij wil jou ook ontmoeten, maar ik raad het je niet aan.'

'Hoezo niet?' Robin voelde zich een beetje gevleid.

'Vrouwen vinden Polworth meestal niet leuk.'

'Ik dacht dat hij getrouwd was?'

'Klopt. Zijn vrouw vindt hem ook niet leuk.'

Robin moest lachen.

'Waarom dacht je dat het Pat was?'

'Ik had haar zelf net aan de lijn. Mevrouw Jones is boos omdat ze niet meer door jou persoonlijk op de hoogte wordt gehouden.'

'Ik zal straks wel even met haar facetimen,' zei Strike, terwijl ze met de ruitenwissers aan door het stadspark reden. 'Hopelijk schrikt die baard haar af.'

'Er zijn vrouwen die daarvan houden,' zei Robin, en Strike vroeg zich onwillekeurig af of Robin ook zo'n vrouw was.

'Het lijkt erop dat Hutchins en Barclay de partner van Dopey bijna klem hebben.'

'Ja. Barclay heeft aangeboden om naar Mallorca te gaan en daar eens rond te kijken.'

'Dat geloof ik graag. Ben je nog steeds beschikbaar om maandag samen dat sollicitatiegesprek met de nieuwe freelancer te doen?'

'Met Michelle? Ja, zeker.'

'Hopelijk zitten we tegen die tijd weer op kantoor.'

Robin reed Kyrle Road in. Er waren nergens journalisten te bekennen, dus zette ze de auto voor een negentiende-eeuws pand dat in twee appartementen was verdeeld.

Toen Strike bij het bordje PHIPPS/SULLIVAN had aangebeld, hoorden ze door de deur voetstappen op de trap. De deur ging open en daar stond Anna Phipps, in dezelfde wijde blauwe katoenen jumpsuit en dezelfde witlinnen schoenen die ze de eerste keer had gedragen, in Falmouth.

'Kom binnen.' Ze liep glimlachend naar achteren zodat ze een kleine vierkante ruimte onder aan de trap konden betreden. De muren waren wit geschilderd, er hing een reeks abstracte zwart-witte reproducties, en door het waaiervormige raam boven de deur vielen lichtkringen op de ongestoffeerde trap, wat Robin deed denken aan het verpleeghuis St Peter en de levensgrote Jezus die daar over de entree waakte.

'Ik zal mijn best doen om niet te gaan huilen,' zei Anna zacht, alsof ze bang was dat iemand haar zou horen, maar ondanks dat voornemen stonden de tranen haar nu al in de ogen. 'Het spijt me, maar ik... Ik wil jullie heel graag omhelzen,' zei ze.

Ze voegde de daad meteen bij het woord en sloeg eerst haar armen om Robin heen en toen om Strike. Toen schudde ze haar hoofd en veegde half lachend haar ogen af.

'Ik heb er geen woorden voor hoe dankbaar... hoe dankbaar ik ben. Wat jullie mij hebben gegeven...' Ze maakte een onbenoembaar gebaar en schudde opnieuw haar hoofd. 'Het is zo... zo vreemd. Ik ben ontzettend blij en opgelucht, maar tegelijkertijd ben ik verdrietig... Snappen jullie dat?'

'Helemaal,' zei Robin. Strike bromde wat.

'Iedereen is er.' Anna wees naar boven. 'Kim, mijn vader, Cyn, en Oonagh ook. Ik heb haar uitgenodigd om een paar dagen te komen logeren. We zijn namelijk de begrafenis aan het regelen... Mijn vader en Cyn laten het eigenlijk helemaal aan mij over... maar goed... kom boven, iedereen wil jullie bedanken...'

Terwijl ze achter Anna aan de steile trap op liepen, waarbij Strike zich met behulp van de leuning omhooghees, moest hij denken aan de wirwar van emoties die hem had overvallen toen hij zelf het telefoontje had gekregen waarin hem werd verteld dat zijn moeder was overleden. In de allesoverweldigende golf verdriet had ook een heel klein speldenprikje opluchting gezeten, en daar was hij van geschrokken en had hij zich voor geschaamd. Het had heel lang geduurd voordat hij dat verwerkt had. Op den duur was hij gaan inzien dat hij dit nieuws ergens in een donker hoekje van zijn hart met angst en beven min of meer had zien aankomen. Toen de bijl eindelijk gevallen was, was de spanning voor altijd verdwenen: Leda's afschuwelijke smaak op het gebied van mannen was uitgelopen op een armzalige dood op een gore matras, en hoewel hij haar miste, zou hij liegen als hij beweerde dat hij de giftige mengeling van bezorgdheid, schuldgevoel en angst miste dat hij de laatste paar jaar van haar leven had moeten doorstaan.

Hij kon zich nauwelijks een voorstelling maken van alle verschillende emoties die Margots echtgenoot op dit moment moest voelen, of de oppas die Margots plaats in het gezin had ingenomen. Toen hij op de eerste verdieping was aangekomen had hij in de woonkamer Roy Phipps in een leunstoel zien zitten. Ze keken elkaar even aan, en toen kwam Kim de kamer uit, waardoor Strike het zicht op de hematoloog werd ontnomen. De blonde psychologe glimlachte van oor tot oor; zij leek in elk geval oprecht blij te zijn.

'Goh,' zei ze terwijl ze eerst Strike en toen Robin de hand schudde, 'ik weet niet wat ik moet zeggen. Kom binnen...'

Strike en Robin liepen achter Anna en Kim aan de woonkamer in, die net zo groot en licht was als hun vakantiehuis in Falmouth, met lange doorzichtige gordijnen voor de ramen die uitkeken op Clapham Common, met een kale plankenvloer, een groot wit kleed en lichtgrijze wanden. De boeken stonden op kleur in de kast. Alles was eenvoudig en doordacht; heel anders dan het huis waarin Anna was opgegroeid, met de lelijke negentiende-eeuwse bronzen beelden en de met chintz beklede stoelen. De enige kunst hing boven de open haard: een zwart-witfoto van zee en lucht.

De regen striemde tegen het grote erkerraam achter Roy, die al overeind was gekomen. Hij veegde zijn hand zenuwachtig af aan zijn broek en stak hem uit naar Strike. 'Hoe gaat het?' vroeg hij krampachtig.

'Prima, dank u,' zei Strike.

'Mevrouw Ellacott.' Roy stak Robin zijn hand toe. 'Ik heb begrepen dat ú degene was die...'

De onuitgesproken woorden 'haar gevonden hebt' leken door de kamer te galmen.

'Ja,' zei Robin, en Roy knikte en tuitte zijn lippen. Hij wendde zijn blik af en liet zijn grote ogen rusten op een van de ragdollkatten die net de kamer binnen was komen sluipen, met een schrandere blik in zijn aquamarijnblauwe ogen.

'Ga zitten, pap,' zei Anna vriendelijk, en Roy deed wat hem gezegd was.

'Ik ga even kijken of Oonagh alles heeft kunnen vinden; ze is thee aan het zetten,' zei Kim opgewekt, en ze liep de kamer uit.

'Ga toch zitten,' zei Anna tegen Strike en Robin. Ze namen naast elkaar plaats op de bank. Zodra Strike zat, sprong de ragdollkat zacht naast hem op de bank en stapte op zijn schoot. Robin zag dat een grote poef dienstdeed als koffietafel. Hij was gestoffeerd met grijs-met-wit gestreepte katoen en was veel kleiner dan de poef in de woning van de familie Athorn, veel te klein om er een vrouw opgekruld in kwijt te kunnen, maar niettemin een meubelstuk waarvan Robin zich niet kon voorstellen dat ze er zelf ooit een zou hebben, hoe handig zo'n ding ongetwijfeld ook was. Ze zou nooit de stoffige massa uitgehard beton vergeten, en de schedel van Margot Bamborough die daar deels boven uitstak.

'Waar is Cyn?' vroeg Anna aan haar vader.

'Naar de wc,' zei Roy een beetje schor.

Hij wierp een zenuwachtige blik op de lege overloop achter de deur en richtte zich toen tot de detectives. 'Ik... ik moet bekennen dat ik me vreselijk schaam omdat ik zelf nooit iemand in de arm heb genomen. Neem van mij aan dat de gedachte dat we dit tien, twintig jaar geleden allemaal al hadden kunnen weten...'

'Dat is niet erg goed voor ons ego, dokter Phipps,' zei Strike, terwijl hij de spinnende kat aaide. 'Want daarmee zegt u eigenlijk dat iedereen had kunnen doen wat wij gedaan hebben.'

Roy en Anna moesten allebei harder lachen dan deze opmerking rechtvaardigde, maar Strike begreep de behoefde aan ontlading met grapjes na een hevige schok. Nog maar een paar dagen nadat hij uit die krater was getakeld waar hij in had gelegen nadat zijn been er door een bermbom af was geblazen en hij met het bovenlichaam van Gary Topley naast zich steeds even het bewustzijn had verloren, had Richard Anstis, de andere overlevende, wiens gezicht bij de explosie verminkt was geraakt, een stom grapje gemaakt over het geld dat Gary op broeken zou hebben uitgespaard als hij was blijven leven. Strike wist nog dat hij om dat idiote, smakeloze grapje had moeten lachen en een paar seconden lang even verlost was geweest van de schok, het hevige verdriet en de gruwelijke pijn.

Over de overloop kwamen vrouwenstemmen hun kant op: Kim kwam terug met een dienblad met de thee, gevolgd door Oonagh Kennedy, die een grote chocoladetaart droeg. Ze keek hen stralend aan vanonder haar pony met paarse plukjes, en haar amethisten kruisje wipte net als de vorige keer op haar borst op en neer.

'Daar zijn ze dan, onze helden!' Ze zette de taart neer. 'Ik ga jullie stevig omhelzen, hoor!'

Robin stond op om de eerbetuiging in ontvangst te nemen, maar

Strike wilde de kat niet wegjagen en nam zittend zijn omhelzing onhandig in ontvangst.

'O, daar ga ik alweer!' zei Oonagh, toen ze lachend overeind kwam en haar ogen afveegde. 'Godallemachtig, het is alsof je in een achtbaan zit. Het ene moment pieken, dan weer een diep dal...'

'Het gebeurde mij ook, toen ik ze net zag,' zei Anna lachend tegen Oonagh. Robin zag dat Roys glimlach gespannen en een beetje geforceerd was. Ze vroeg zich af hoe het voor hem was om na al die jaren opeens oog in oog te staan met de beste vriendin van zijn overleden vrouw. Vroeg hij zich door Oonaghs fysieke verandering af hoe Margot er nu uit had gezien als ze de zeventig zou hebben gehaald? Of vroeg hij zich opnieuw af, zoals hij in alle tussenliggende jaren ook gedaan moest hebben, of zijn huwelijk de langdurige ijzige stilte zou hebben overleefd die was gevolgd op die ene keer dat ze met Paul Satchwell iets was gaan drinken, of ze de spanningen in hun relatie hadden kunnen overwinnen of dat Margot het aanbod van Oonagh zou hebben aangenomen en naar haar flat zou zijn gevlucht?

Ze zouden gescheiden zijn, dacht Robin met grote stelligheid, maar toen vroeg ze zich af of ze Margot niet met zichzelf verwarde, een neiging die ze gedurende het hele onderzoek had gehad.

'O, hallo,' zei iemand zacht vanuit de deuropening, en iedereen keek om en daar stond Cynthia, met op haar magere, grauwe gezicht een glimlach die niet helemaal tot in haar bezorgde, gespikkelde ogen doordrong. Ze droeg een zwarte jurk, en Robin vroeg zich af of ze dat expres had gedaan om de indruk te wekken dat ze in de rouw was. 'Neem me niet kwalijk, ik was... Hoe gaat het met jullie?'

'Prima,' zei Robin.

'Uitstekend,' zei Strike.

Cynthia lachte even gespannen, ademloos, en zei toen: 'Ja, nee... echt geweldig...'

Robin vroeg zich af of het wel echt geweldig was voor Cynthia, en Anna's stiefmoeder trok een stoel bij en sloeg de taart af, die Oonagh in de regen bleek te zijn gaan halen. Hoe was het voor haar om Margot Bamborough terug te hebben, ook al was het in de vorm van beenderen in een kist? Was het pijnlijk om te zien dat haar man zo van slag en zo geëmotioneerd was, en om Oonagh, Margots beste vriendin, in de schoot van het gezin te moeten ontvangen, als een pas ontdekte tante? Het leek wel alsof Robin een beetje op de helderziende toer ging, want ze wist opeens zeker dat als Margot nooit vermoord zou zijn maar gewoon van Roy was gescheiden, de hematoloog Cynthia nooit tot tweede vrouw had gekozen. Margot zou de jonge Cynthia waarschijnlijk hebben gesmeekt om haar te vergezellen in haar nieuwe leven en voor Anna te blijven zorgen. Zou Cynthia daarmee hebben ingestemd of zou haar loyaliteit bij Roy hebben gelegen? Waar zou ze naartoe zijn gegaan en met wie zou ze getrouwd zijn als er eenmaal geen plek meer voor haar was geweest in Broom House?

Nu kwam de tweede kat de kamer binnen. Ze keek naar de onverwacht grote groep mensen daar. Ze liep behoedzaam langs de leunstoelen, de poef en de bank, sprong op de vensterbank en ging daar met de rug naar hen toe zitten kijken naar de regendruppels die over het raam naar beneden gleden.

'Oké, luister,' zei Kim vanaf de rechte stoel die ze uit een hoek van de kamer had aangedragen, 'we willen jullie echt graag betalen voor de extra maand werk die jullie erin hebben gestoken. Ik weet dat jullie gezegd hebben dat jullie dat niet willen...'

'We hebben er zelf voor gekozen om eraan door te werken,' zei Strike. 'We zijn blij dat we hebben kunnen helpen en we willen in geen geval meer geld.'

Robin en hij waren het erover eens dat, aangezien het ernaar uitzag dat de zaak-Bamborough zichzelf qua publiciteit en extra opdrachten driedubbel zou uitbetalen, en omdat Strike vond dat hij hem eigenlijk veel eerder had moeten oplossen, het onnodig inhalig zou zijn om nog meer geld van Anna en Kim aan te nemen.

'Dan willen we graag een donatie doen aan een goed doel,' zei Kim. 'Hebben jullie ergens een voorkeur voor?'

'Nou...' Strike schraapte zijn keel. 'Als jullie dat echt willen, dan is de vereniging voor oncologieverpleegkundigen...'

Hij zag de familie lichtelijk verbaasd kijken.

'Mijn tante is dit jaar overleden,' legde hij uit, 'en ze heeft veel steun gehad aan de verpleegkundige die bij haar aan huis kwam.'

'O, vandaar,' zei Kim met een voorzichtig lachje en even viel er een stilte, waarin het beeld van Janice Beattie tussen hen in leek op te rijzen, als de damp die uit de tuit van de theepot omhoog kringelde.

'Een doktersassistente, een verpleegkundige,' zei Anna zacht. 'Wie verdenkt nu een verpleegkundige?'

'Margot,' zeiden Roy en Oonagh in koor.

Ze keken elkaar even aan en glimlachten: een treurig lachje, het verbaasde ze vast dat ze het eindelijk een keer met elkaar eens waren. Robin zag dat Cynthia haar blik afwendde.

'Ze mocht die assistente niet. Dat heeft ze me zelf verteld,' zei Oonagh, 'maar ik verwarde haar met die blonde vrouw op de kerstborrel, die toen zo'n scène maakte.'

'Nee, ze heeft de assistente inderdaad nooit gemogen,' zei Roy. 'Dat heeft ze mij ook verteld, toen ze bij de praktijk ging werken. Ik heb er niet echt aandacht aan besteed...'

Hij leek zich te hebben voorgenomen om eerlijk te zijn, hoe pijnlijk het ook was.

'... ik dacht gewoon dat het kwam doordat die twee vrouwen te veel op elkaar leken: uit hetzelfde milieu, allebei een sterk karakter. Toen ik op die barbecue kennis met haar maakte, leek het me... nou ja, een aardige vrouw. Margot heeft me natuurlijk nooit verteld dat ze haar ervan verdacht...'

Er viel weer een stilte, en Strike was ervan overtuigd dat iedereen in de kamer eraan dacht dat Roy in de weken voorafgaand aan de moord geen woord meer met zijn vrouw had gesproken, precies de periode waarin Margots verdenkingen ten aanzien van Janice duidelijker vorm moesten hebben aangenomen.

'Ik geloof dat ik nooit iemand heb ontmoet die zo goed kan liegen als Janice Beattie,' zei Strike in de gespannen sfeer, 'en die zo goed kan toneelspelen als zij.'

'Ik heb een heel bijzondere brief gekregen,' zei Anna, 'van haar zoon Kevin. Wisten jullie al dat hij uit Dubai overkomt om tegen haar te getuigen?'

'Ja, dat wisten we,' zei Strike, die door George Layborn regelmatig op de hoogte werd gehouden van de vorderingen van het politieonderzoek.

'Hij schreef dat hij denkt dat het feit dat mama hem heeft onderzocht hem zijn leven heeft gered.'

Het viel Robin op dat Anna Margot nu 'mama' noemde, terwijl ze het eerder alleen over 'mijn moeder' had gehad.

'Een heel bijzondere brief.' Kim knikte. 'Vol excuses, alsof het op de een of andere manier zijn schuld is.'

'De arme man,' zei Oonagh zacht.

'Hij zegt dat hij het zichzelf kwalijk neemt dat hij niet naar de politie is gegaan, maar welk kind gelooft nou dat zijn moeder een seriemoordenaar is? Ik kan jullie echt niet vertellen,' zei Anna weer, boven het spinnen van Cagney op Strikes schoot uit, 'wat jullie voor mij betekend hebben... voor ons allemaal. Niet weten wat er met haar gebeurd was, was echt verschrikkelijk, en nu weet ik zeker dat mama niet vrijwillig is weggegaan en dat ze... nou ja, dat ze eigenlijk wel vredig...'

'Voor zover dat kan, was het een praktisch pijnloze dood,' zei Strike.

'En ik weet zeker dat ze van me hield,' zei Anna.

'We hebben je altijd...' begon Cynthia, maar haar stiefdochter onderbrak haar snel.

'Ik weet dat jullie altijd gezegd hebben dat ze van me hield, Cyn, maar doordat we niet wisten wat er echt was gebeurd, was er toch altijd iets van twijfel, hè? Maar als ik mijn situatie vergelijk met die van Kevin Beattie, vind ik eigenlijk dat ik van geluk mag spreken...

Weten jullie trouwens,' vroeg Anna toen aan Strike en Robin, 'wat ze gevonden hebben toen ze... eh... toen ze mama eenmaal uit het beton hadden?'

'Nee,' zei Strike.

Cynthia's magere handen speelden met haar trouwring, die ze om haar vinger ronddraaide.

'Het medaillon dat papa haar gegeven had,' zei Anna. 'Het was helemaal dof geworden, maar toen ze het openmaakten, bleek er een fotootje van mij in te zitten, dat nog zo goed als nieuw was.' In Anna's ogen blonken opeens weer tranen. Oonagh gaf een klopje op Anna's knie. 'Ze zeggen dat ik het terugkrijg zodra de technische recherche het onderzoek heeft afgerond.'

'Wat fijn,' zei Robin zacht.

'En hebben jullie gehoord wat er in haar handtas zat?' vroeg Kim.

'Nee,' zei Strike.

'Aantekeningen van het consult van Theo,' zei Kim. 'Ze waren nog prima leesbaar – beschermd door het leer, natuurlijk. Haar volledige naam was Theodosia Loveridge en ze kwam van een travellersfamilie. Margot was bang dat ze een buitenbaarmoederlijke zwangerschap had en wilde een ambulance bellen, maar Theo zei dat haar vriend haar wel zou brengen. Uit Margots aantekeningen kun je opmaken dat Theo haar familie niet durfde te vertellen dat ze zwanger was. Ze hadden het niet zo op die vriend, schijnt.'

'Dus dat is de reden waarom ze zich later nooit heeft gemeld?' vroeg Robin.

'Dat denk ik,' zei Kim. 'Het arme kind, ik hoop maar dat het verder goed is gegaan.'

'Mag ik vragen' – Roy keek naar Strike – 'hoe groot volgens u de kans is dat Janice Beattie veroordeeld wordt? Want... ik weet niet wat uw contactpersonen bij de politie hebben losgelaten, maar het laatste wat wij gehoord hebben is dat de patholoog-anatoom niet heeft kunnen vaststellen dat Margot gedrogeerd was.'

'Vooralsnog niet, nee,' zei Strike, die de avond ervoor George Layborn had gesproken, 'maar ik heb begrepen dat ze met een of andere nieuwe techniek gaan proberen of ze sporen van medicijnen en chemische stoffen uit het beton rond haar lichaam kunnen halen. Er is geen garantie dat dat lukt, maar in de VS is die techniek onlangs met succes toegepast.'

'Maar als ze niet kunnen bewijzen dat ze gedrogeerd was,' zei Roy met een doordringende blik, 'dan is er dus alleen maar indirect bewijs tegen Janice, of niet?'

'Haar advocaat zal zonder meer proberen haar vrij te pleiten, te oordelen naar de uitlatingen die hij in de media heeft gedaan,' zei Kim.

'Dat zal nog een hele dobber voor hem worden,' zei Strike. 'De verdediging moet kunnen uitleggen waarom de politie een telefoon van een niet-bestaande maatschappelijk werkster in haar huis heeft aangetroffen, en waarom de familie Athorn daarvan het nummer had. De neven en nichten van de Athorns uit Leeds kunnen bevestigen dat zij de vrouw was die hen heeft geholpen de woning uit te mesten. Gloria Conti is bereid hierheen te komen en een verklaring af te leggen over de donut in de koelkast en over de braakaanvallen waar Wilma en zij last van hadden, en Douthwaite gaat ook getuigen...'

'O ja?' Oonaghs gezicht klaarde op. 'O, dat is goed nieuws, we maakten ons al zorgen over hem...'

'Ik denk dat hij eindelijk beseft dat er maar één manier is om dit achter zich te laten en dat is door open kaart te spelen,' zei Strike. 'Hij is bereid te getuigen dat hij, vanaf het moment dat hij voedsel ging eten dat Janice voor hem had klaargemaakt, vergiftigingsverschijnselen had, en wat nog belangrijker is, dat Margot hem tijdens hun laatste consult heeft aangeraden om niets meer te eten wat door Janice was klaargemaakt.

Verder hebben we Kevin Beattie, die zal verklaren dat zijn dochtertje bleekwater heeft gedronken terwijl Janice op haar had moeten letten, en dat zijn moeder hem altijd "speciale drankjes" gaf, waar hij ziek van werd... En wat nog meer?' vroeg Strike aan Robin om haar verder te laten vertellen, voornamelijk zodat hij dan taart kon eten.

'Nou, dan hebben we nog alle dodelijke stoffen die uit Janice' keuken zijn meegenomen,' zei ze, 'om nog maar te zwijgen over het feit dat ze geprobeerd heeft om gif in Cormorans thee te doen toen hij daar was om haar met onze bevindingen te confronteren. En het vergiftigde eten dat de politie bij Irene thuis heeft gevonden, en de ingelijste foto's die Janice aan de muur had hangen, waaronder een van Joanna Hammond, die ze volgens haar nooit heeft ontmoet, en van Julie Wilkes, die in het vakantiepark in Clacton-on-Sea is verdronken. De politie heeft er alle vertrouwen in dat ze uit de graven van andere slachtoffers nog bewijsmateriaal kunnen halen, mocht het materiaal van Margot geen uitsluitsel geven. Janice heeft haar ex, Larry, laten cremeren, maar zijn minnares Clare was begraven en die is inmiddels opgegraven.'

'Persoonlijk,' zei Strike, die erin was geslaagd zijn halve punt chocoladetaart weg te werken terwijl Robin het woord deed, 'denk ik dat ze in de gevangenis zal sterven.'

'Nou, dat is goed om te horen,' zei Roy met een opgeluchte blik.

'Ja, nee, absoluut,' zei Cynthia ademloos.

De kat voor het raam keek naar hen om en draaide zich toen weer langzaam terug naar de regen, terwijl de andere kat loom zijn nagels in Strikes trui sloeg.

'Jullie komen toch wel naar de begrafenis, hè?' vroeg Anna.

'Natuurlijk,' zei Robin, want Strike had net weer een grote hap taart genomen.

'We eh... laten het regelen daarvan aan Anna over,' zei Roy. 'Zij heeft de leiding.'

'Ik wil graag dat mama een echt graf krijgt,' zei Anna. 'Ergens waar ik naartoe kan, nadat ik al die jaren niet heb geweten waar ze was. Ik wil dat ze ergens is waar ik haar kan vinden.'

'Dat begrijp ik,' zei Strike.

'Jullie hebben echt geen idee wat dit voor mij betekent,' zei Anna voor de derde keer. Ze had haar hand uitgestoken naar Oonagh, maar ze keek naar Cynthia. 'Ik heb Oonagh nu, en Cyn natuurlijk ook, die een geweldige moeder is geweest... Mama heeft in ieder geval de juiste persoon uitgekozen om mij groot te brengen...'

Cynthia vocht zichtbaar tegen haar tranen, en Strike en Robin keken allebei tactvol een andere kant op, Robin naar de kat voor het raam en Strike naar het zeegezicht boven de schoorsteenmantel. De regen roffelde tegen het raam, de kat op zijn schoot zat te spinnen, en hij moest denken aan de wegdobberende lelie-urn. Met een steek in zijn borst, en ondanks het feit dat hij blij was met het behaalde resultaat, wenste hij dat hij Joan had kunnen bellen en haar had kunnen vertellen hoe het verhaal over Margot Bamborough was afgelopen, en dat hij haar nog één keer kon horen zeggen dat ze trots op hem was.

73

For naturall affection soone doth cesse,
And quenched is with Cupids greater flame:
But faithfull friendship doth them both suppresse,
And them with maystring discipline doth tame,
Through thoughts aspyring to eternall fame.
For as the soule doth rule the earthly masse,
And all the seruice of the bodie frame,
So loue of soule doth loue of bodie passe,
No lesse then perfect gold surmounts the meanest brasse.

Edmund Spenser
The Faerie Queene

Een paar dagen later werd Robin wakker bij een herfstzonnetje dat door een kier in haar gordijnen viel. Ze keek op haar telefoon en zag tot haar verbazing dat het al tien uur was, wat betekende dat ze langer had geslapen dan ooit dit jaar. Toen herinnerde ze zich waarom ze had uitgeslapen: het was vandaag 9 oktober, haar verjaardag.

Ilsa had voor de avond erop, een vrijdag, een etentje voor haar georganiseerd. Ilsa had het chique restaurant uitgekozen en gereserveerd, waarvoor Nick en zij, Vanessa en haar verloofde Oliver, Barclay en Hutchins, ieder met echtgenote, plus Max, zijn nieuwe vriend (de lichtman van zijn tv-serie) en Strike allemaal waren uitgenodigd. Robin had voor vandaag, haar eigenlijke verjaardag, geen plannen; Strike had erop gestaan dat ze vrij nam. Ze ging rechtop zitten, gaapte en keek naar de pakjes die op de ladekast tegenover haar lagen, allemaal van haar familie. Het kleine pakje van haar moeder zag eruit als een sieradendoosje, ongetwijfeld ter ere van dit kroonjaar. Ze wilde net uit bed komen toen haar telefoon bliepte en ze zag dat ze een berichtje van Strike had.

Ik weet dat je vandaag eigenlijk vrij hebt, maar ik heb je toch nodig. Kun je om 17 uur naar Shakespeare's Head komen, aan Marlborough Street? Trek iets moois aan, we moeten misschien naar een chique tent.

Robin las het twee keer, alsof ze een 'van harte gefeliciteerd' over het hoofd gezien kon hebben. Hij zou het toch niet nóg een keer vergeten zijn? Of dacht hij soms dat het genoeg was om gewoon op het etentje te verschijnen dat Ilsa had georganiseerd, en dat hij aan de dag zelf geen aandacht hoefde te besteden? Ze moest toegeven dat ze niet goed wist wat ze met zichzelf moest aanvangen nu ze niet hoefde te werken en er haar vrienden geen van allen beschikbaar waren, maar dat wist Strike niet, dus appte ze met zeer gemengde gevoelens *Oké* terug.

Maar toen Robin in haar ochtendjas bovenkwam om een kop thee te zetten, zag ze dat er een grote doos op de keukentafel stond, met daarop een kaart, met op de envelop haar naam in Strikes onmiskenbare kriebelige, moeilijk te lezen handschrift. Ze wist dat Max vroeg de deur uit was gegaan omdat hij in Kent buitenscènes moest draaien, en dat hij Wolfgang had meegenomen, die in de auto kon slapen en die hij dan tussen de middag kon uitlaten. Ze had de bel niet gehoord, dus ze nam aan dat Strike de doos en kaart al eerder bij Max had bezorgd, zodat ze vanochtend als verrassing op haar lagen te wachten. Dit impliceerde een planning en genomen moeite die ze niet van Strike kende. Bovendien had ze nooit eerder een echte kaart van Strike gehad, zelfs niet toen hij de groene jurk voor haar had gekocht nadat ze hun eerste zaak hadden opgelost.

De voorkant van de verjaardagskaart was vrij algemeen, met een grote glinsterende roze *30* erop. Aan de binnenkant had Strike geschreven:

Van harte gefeliciteerd. Dit is niet je echte cadeau, dat krijg je later (geen bloemen).

Liefs, Strike X

Robin keek langer naar deze regels dan nodig was. Ze vond er meerdere dingen leuk aan, zoals het kusje en het feit dat hij met 'Strike' had ondertekend. Ze zette de kaart op tafel en pakte de grote doos, die tot haar verbazing zo licht was dat het wel leek alsof er niets in zat. Toen zag ze op de zijkant staan: BALLOON IN A BOX.

Ze deed het deksel open en haalde er een ballon in de vorm van een ezelskop uit, die met een dik lint aan de verzwaarde bodem was vastgemaakt. Ze zette de doos met een grijns terug op tafel, maakte thee en ontbijt voor zichzelf en stuurde Strike toen een berichtje.

Bedankt voor de ezelballon. Uitstekende timing. De mijne is bijna leeg.

Zestig seconden later reageerde hij met:

Mooi zo. Ik was al bang dat het zo voor de hand liggend was dat iedereen er een voor je zou kopen. Ik zie je om 5 uur.

Robin voelde zich meteen een stuk vrolijker, en toen ze haar thee en toast op had liep ze weer naar beneden om de cadeautjes van haar familie open te maken. Iedereen had een net even duurdere versie gekocht van het cadeau dat hij vorig jaar had gegeven, behalve haar ouders, die haar een mooi hangertje hadden gestuurd: één ronde opaal, haar geboortesteen, fonkelend groen en blauw, met minuscule diamantjes eromheen. Op het begeleidende kaartje stond:

Gefeliciteerd met je dertigste verjaardag, Robin. We houden van je, papa en mama X.

Robin besefte de laatste tijd dat ze van geluk mocht spreken dat ze twee liefhebbende ouders had. Door haar werk had ze geleerd dat veel mensen het minder goed getroffen hadden, dat veel mensen onherstelbaar verstoorde familiebanden hadden, dat veel volwassenen rondliepen met onzichtbare littekens uit hun vroegste jeugd, hun waarnemingen en associaties voor altijd aangetast door een gebrek aan liefde, door geweld, door wreedheid. Dus belde ze Linda om haar te bedanken, en had ze haar moeder uiteindelijk ruim een uur aan de lijn: grotendeels onbeduidend gebabbel, maar niettemin stemde het haar opgewekt. Ze vond het gemakkelijker om naar huis te bellen nu de scheiding achter de rug was. Robin had haar moeder nog niet verteld dat Matthew en Sarah een baby kregen: daar moest Linda zelf maar achter komen, zodat Robin geen getuige hoefde te zijn van haar eerste verontwaardiging.

Toen het gesprek ten einde liep begon Linda, die al fel gekant was geweest tegen Robins ingrijpende carrièreswitch sinds haar dochter voor het eerst tijdens haar werk gewond was geraakt, over de aanhoudende media-aandacht voor Margot Bamborough.

'Echt een ongelooflijke prestatie, hoor. Van jou en eh... Cormoran.'

'Dank je wel, mam,' zei Robin, even verbaasd als ontroerd.

'Hoe gaat het met Morris?' vroeg haar moeder op zogenaamd nonchalante toon.

'Die hebben we ontslagen,' zei Robin opgewekt. Ze was vergeten dat ze haar moeder dat ook nog niet had verteld. 'Zijn vervangster begint volgende week. Michelle Greenstreet, geweldig mens.'

Nadat ze gedoucht had liep ze terug naar haar kamer om haar haar uitgebreid te föhnen, ze lunchte voor de tv en ging toen weer naar beneden om de nauwsluitende blauwe jurk aan te trekken die ze voor het laatst had gedragen toen ze de assistente van Goochem haar geheimen moest zien te ontfutselen. Ze deed het kettinkje met de opaal erbij om, nu het enige kostbare sieraad dat ze bezat, aangezien ze haar verlovingsring had achtergelaten toen ze bij Matthew wegging. De fraaie steen haalde met zijn iriserende spikkeltjes de oude jurk mooi op, en ze was voor de verandering eens tevreden over haar uiterlijk. Robin koos haar andere tas, die iets netter was dan de tas die ze normaal gesproken mee naar kantoor nam, en pakte haar telefoon van haar nachtkastje.

De la stond een stukje open en toen ze omlaagkeek zag ze het pakje Thoth-tarotkaarten erin liggen. Heel even aarzelde ze; toen keek ze, onder de glimlachende blik van de ezelballon, die ze in de hoek van haar slaapkamer had geïnstalleerd, op haar telefoon hoe laat het was. Het was nog te vroeg om de deur al uit te gaan voor haar afspraak om vijf uur met Strike in Marlborough Street. Ze zette haar tas neer, pakte de tarotkaarten, ging op bed zitten, schudde de kaarten, draaide toen de eerste om en legde hem voor zich neer.

Twee gekruiste zwaarden voor een blauwe roos, tegen een groene achtergrond. Ze keek in *Het boek van Thoth*.

> Vrede... Zwaarden Twee. Deze kaart staat voor een algehele heroriëntatie, voortkomend uit het conflict van Vuur en Water in hun huwelijk...
>
> Deze relatieve rust wordt benadrukt door de hemelse eigenschap: de Maan in Weegschaal...

Robin herinnerde zich dat deze eerste kaart 'de aard van het probleem' zou moeten weergeven.

'Vrede is geen probleem,' mompelde ze voor zich uit. 'Vrede is juist goed.'

Maar ze had de kaarten natuurlijk ook geen vraag gesteld; ze had alleen maar gewild dat ze haar vandaag iets zouden vertellen, op de dag van haar geboorte. Ze draaide de tweede kaart om, de vermeende oorzaak van het probleem.

Een vreemde vrouwenfiguur met een groen masker voor stond onder een ouderwetse weegschaal, met een groen zwaard in de hand.

> Aanpassing... Deze kaart staat voor Weegschaal... ze staat voor De Tevreden Vrouw. Evenwicht onthoudt zich van individuele vooroor-

delen... Ze moet derhalve gezien worden als iemand die elke handeling op waarde beoordeelt en die onmiddellijke en precieze voldoening eist...

Robin trok haar wenkbrauwen op en draaide de derde en laatste kaart om: de oplossing. Dit waren weer de twee verstrengelde vissen, die water goten in twee gouden kelken die op een groen meer dreven: dezelfde kaart die ze in Leamington Spa had omgedraaid, toen ze nog niet wist wie Margot Bamborough had vermoord.

Liefde... De kaart verwijst ook naar Venus in Kreeft. Deze toont de harmonie tussen man en vrouw, in de ruimste zin van het woord. Het is volmaakte, vreedzame harmonie...

Robin haalde diep adem, stopte toen alle kaarten terug in het doosje en legde dat weer in de la van haar nachtkastje. Toen ze opstond en haar regenjas pakte, wiegde de ezelballon zachtjes heen en weer aan zijn lint.

Terwijl ze naar het metrostation verderop in de straat liep, voelde ze de nieuwe opaal in het kuiltje van haar hals rusten, en doordat ze eindelijk eens een keer goed had geslapen, ze haar haar had gewassen en ze iets lichts over zich had, al vanaf het moment dat ze de ezelballon uit de doos had gehaald, trok ze op straat en in de metro de aandacht van een heleboel mannen. Maar Robin negeerde alle blikken toen ze op Oxford Circus de trap op liep, Regent Street in, waarna ze uiteindelijk bij Shakespeare's Head uitkwam, waar ze Strike, in pak, al buiten op haar zag staan wachten.

'Gefeliciteerd,' zei hij, en na een korte aarzeling boog hij zich naar haar toe en gaf haar een kus op haar wang. Het viel Robin op dat hij niet alleen naar sigaretten rook, maar ook subtiel naar een lavendelaftershave, en dat was nieuw.

'Dank je wel... Gaan we niet naar binnen?'

'Eh... nee. Ik wilde een nieuw parfum voor je kopen.' Hij wees naar de achteringang van Liberty, hooguit tien meter verderop. 'Dat is je echte verjaardagscadeau... tenzij je zelf al een nieuw hebt gekocht?' zei hij erachteraan. Hij hoopte vurig van niet. Hij kon niks anders bedenken wat hij haar kon geven waardoor ze niet meteen weer op ongemakkelijk terrein verzeild zouden raken, met het risico op misverstanden.

'Ik... Nee. Hoe wist je dat ik...?'

'Omdat ik Ilsa gebeld heb, afgelopen kerst...'

Hij hield de glazen deur voor haar open en ze betraden een chocoladeafdeling waar nu vooral snoepgoed voor Halloween werd verkocht. Strike legde uit dat hij in december een vergeefse poging had gedaan om parfum voor Robin te kopen.

'... dus ik vroeg het aan de verkoper, maar hij liet me steeds dingen zien met namen als... weet ik veel... "Natte droom"...'

De lach die Robin niet kon onderdrukken klonk zo luid dat mensen zich naar haar omdraaiden. Ze liepen langs tafels die hoog opgetast waren met dure truffels.

'... en toen raakte ik in paniek,' bekende hij. 'Vandaar dat je toen alleen chocola hebt gekregen.' Ze waren bij de ingang van de parfumafdeling aangekomen, met een koepel die beschilderd was met de maan en de sterren. 'Kies maar wat je lekker vindt, ik betaal.'

'Strike, dat is... echt heel attént van je.'

'Ja, ach,' zei haar compagnon schouderophalend. 'Mensen kunnen veranderen. Dat heb ik althans gehoord van een psychiater in Broadmoor. Ik ga daar staan.' Hij wees naar een hoek waar hij hopelijk niemand in de weg zou staan met zijn grote, logge lijf. 'Neem de tijd.'

En dus neusde Robin op haar gemak een kwartiertje rond tussen de flesjes; ze spoot wat uit een tester op een strookje papier, overlegde even met de behulpzame verkoopster, en hield uiteindelijk twee parfums over waartussen ze wilde kiezen. Nu aarzelde ze, wist niet goed of ze dit wel durfde... maar als ze beste vrienden waren, kon het toch wel?

'Oké,' zei Robin, toen ze weer naast Strike opdook. 'Er zijn er twee die ik heel lekker vind. Zeg even welke jij het lekkerst vindt. Jij moet ermee leven, in de Land Rover.'

'Als ze zo sterk zijn dat ze de stank van die auto overstemmen, zijn ze niet geschikt om door de mens te worden ingeademd,' zei hij, maar toch nam hij de twee strookjes van haar aan.

Het eerste rook naar vanille, wat hem aan taart deed denken, en dat vond hij lekker. Het tweede deed hem denken aan warme, naar muskus geurende huid, met een vleugje geplette bloemen.

'Deze. Die tweede.'

'Huh? Ik dacht dat je die eerste lekkerder zou vinden.'

'Omdat die naar eten ruikt?'

Ze grijnsde en rook nog eens aan de strookjes. 'Ja... ik geloof dat ik die tweede ook lekkerder vind. Niet goedkoop, hoor.'

'Het kan er wel af.'

En dus liep hij naar de kassa met een zware kubus van wit glas met de niet erg bijzondere naam NARCISO.

'Ja, het is een cadeautje,' zei hij toen hem dat werd gevraagd, en hij wachtte geduldig tot het prijsje eraf was gepulkt en er een cadeaupapiertje en een lint omheen waren gedaan. Hij zag persoonlijk niet in waar dat goed voor was, maar hij vond dat Robin een ceremoniële overhandiging verdiende, en naar haar glimlach toen ze het tasje van hem aannam te oordelen had hij het juiste antwoord gegeven. Nu liepen ze samen door de winkel naar de hoofdingang, waar emmers met bloemen hen omringden.

'Oké, waar...?' vroeg Robin.

'We gaan champagne drinken in het Ritz.'

'Serieus?!'

'Ja. Daarom heb ik een pak aan.'

Heel even keek Robin hem alleen maar aan, toen sloeg ze haar armen om hem heen en omhelsde hem stevig. Zo met al die bloemen om hen heen moesten ze allebei denken aan de omhelzing boven aan de trap op haar trouwdag, maar deze keer draaide Robin haar gezicht en gaf ze hem nadrukkelijk een kus op zijn wang – stoppels tegen haar lippen. 'Dank je wel, Strike. Ik ben hier echt heel blij mee.'

En dat, dacht haar compagnon toen ze in het goudkleurige licht van de vroege avond samen naar het Ritz liepen, was de zestig pond en dat beetje moeite meer dan waard.

Uit zijn onderbewuste kwamen de namen Mazankov en Kroepov bij hem op, en het duurde twee tellen voor hij wist waar hij die gehoord had, waarom ze Cornish klonken en waarom hij er uitgerekend nu aan moest denken. Zijn mondhoeken trokken omhoog, maar aangezien Robin hem niet zag glimlachen, vond hij het niet nodig het haar uit te leggen.

Dankwoord

Mijn dank gaat zoals altijd uit naar mijn voortreffelijke redacteur David Shelley, dankzij wie ik altijd met veel plezier werk; naar mijn fantastische literair agent Neil Blair; naar het managementteam dat me bij de les houdt: Mark Hutchinson, Rebecca Salt en Nicky Stonehill; naar mijn medewerkers thuis en op kantoor, zonder wie dit boek nooit af zou zijn gekomen: Di Brooks, Simon Brown, Danny Cameron, Angela Milne, Ross Milne, Fi Shapcott en Kaisa Tiensuu; naar Neil Murray, de beste meelezer ter wereld; naar Kenzie, die dat johannieterkruis heeft gevonden op een plek waar ik het niet had verwacht; naar William Leone en Lynne Corbett, voor hun inspiratie en omdat ze mijn berekeningen controleerden; naar Russell Townsend, die me geholpen heeft om alle locaties na te trekken en die mijn gecrashte laptop heeft gered; en naar Tom Burke, vanwege de fascinerende Crowleyana en boekwinkel Atlantis.